魯迅

루쉰전집

17

루쉰전집 17권 일기 1

초판 1쇄 발행 _ 2018년 4월 20일
지은이 · 루쉰 | 옮긴이 · 루쉰전집번역위원회(유세종, 이주노)

펴낸이 · 유재건 | 펴낸곳 · (주)그린비출판사 | 신고번호 · 제2017-000094호
주소 · 서울시 마포구 와우산로 180, 4층 | 전화 · 702-2717 | 팩스 · 703-0272

ISBN 978-89-7682-284-0 04820 978-89-7682-222-2(세트)
이 도서의 국립중앙도서관 출판시도서목록(CIP)은 서지정보유통지원시스템 홈페이지(http://seoji.
nl.go.kr/ecip)와 국가자료공동목록시스템(http://nl.go.kr/kolisnet)에서 이용하실 수 있습니
다.(CIP제어번호: CIP2018009822)

루쉰(魯迅). 1912년.

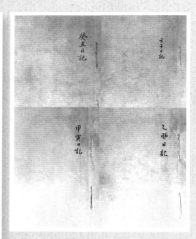

루쉰의 일기 수고(왼쪽)와 연도별 겉면(오른쪽).

베이징 쉬안우먼(宣武門) 밖에 있던 루쉰의 거처 산콰이회관(山會邑館).
1912년 교육부 직원으로 임명된 루쉰은 그해 5월부터 베이징에서 공무
를 수행했다. 1919년 11월까지 이곳에 기거했다. 나중에 간판을 사오싱
현관(紹興縣館)으로 바꾸었다.

君諱全字景完敦煌效穀人也其先蓋周之曹叔振鐸之
乾君之槧軺伐股既定爾勳福祿攸同封弟叔振鐸于曹國因氏焉秦漢之際曹參夾輔王室世宗廟竟
子孫遷于雍州之郊分止右扶風或在安定或處武都或居隴西或家敦煌枝分葉布所在為雄君高祖父敏
舉孝廉武威長史巴郡朐忍令張掖居延都尉曾祖父述孝廉謁者金城西部都尉祖父鳳孝廉張掖屬國都尉丞右扶風隃麋侯相金城西部都尉
漢陽阿陽十月十一月癸酉二年
尉北地太守父琫少貫名州郡不幸早世是以位不副
德君童齔好學甄極鉤緯無不綜覽
心收養季祖母供事繼母先意承志存亡之敬禮無遺
闕是以鄉人為之諺曰重親致歡曹景完易世載德不
隕其名及其從政清擬夷齊直慕史魚歷郡右職紀綱萬里
攝史仍佐郡曹城令司馬俱治中別駕部司馬右職國王和
興都郡戎部司馬別領西域戊部司馬
二年舉孝廉除郎中拜西域戊部司馬
陶國王和德君遷除郎中戰討有兇膿之仁加
德收父墓位不供職軍戎戊辰王和德面縛歸死
之惠攻城野戰謀若涌泉威牟強虜
帍振旅諸國禮遣且二百萬悉以簿官邊右扶風槐里

루쉰이 베껴 쓴 조전비(수고). 베이징 시기의 루쉰은 옛 문헌과 비문 등을 필사하고 정리하면서 소일했다.

루쉰이 수집한 와당탁편(瓦當拓片, 위)과 한화상탁편 (漢畫像拓片, 아래). 아래의 중간 그림은 진시황을 암 살하려는 형가(荊軻)의 이야기를 조각한 것이다.

루쉰이 소장한 『환우정석도』(寰宇貞石圖) 일부. 주(周)대 에서 당(唐)대에 이르는 비석 탁본 300여 종이 수록되 어 있었는데, 루쉰은 이 판본이 형편없다며 다시 정리 했다. 1916년 1월 2일 일기를 보면 231종 전 5책으로 정리했다고 기록되어 있다.

푸청먼(阜成門) 안의 시싼탸오(西三條) 21호(위). 루쉰은
이곳에서 1924년 5월에서 1926년 8월까지 거주하였다.
응접실 겸 서재로 쓰인 남쪽 방(오른쪽)에는 타오위안칭
(陶元慶)이 그린 루쉰의 목탄화 초상화가 오랫동안 걸려
있었다.

타오위안칭(위)과 그가 1926년에 그린
루쉰 초상화(왼쪽).

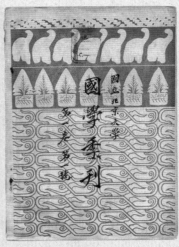

1924년 3월 루쉰은 『가요』(歌謠)의 편집자인 창웨이쥔 (常維鈞)의 부탁에 응하여 『가요』 기념 증간을 위해 겉 표지 도안을 디자인했다.

1924년 12월 루쉰이 구제강(顧頡剛)에게 그려 보낸 『국학계간』(國學季刊)의 겉표지.

가오창훙(高長虹)의 산문과 시를 모은 『마음의 탐험』(心的探險). 루쉰은 이 청년 작가를 위해 글을 고르고 교정보고 표지를 디자인해서 '오합(烏合)총서'의 하나로 출판되도록 도왔다.

루쉰은 사오싱부중학당 시절 제자였던 쑹린(宋琳) 등이 요청한 『텐줴바오』(天覺報) 창간 축사에 응해 "텐줴의 출판 자유를 삼가 축하합니다. 베이징에서 저우수런"이라는 전보를 쳤고, 「소나무처럼 무성하게」(如松之盛)라는 그림을 그려 주었다.

교육부 첨사직에 있던 루쉰이 공무를 겸했던 경사도서관.

1917년 1월 26일 경사도서관 개관 기념 사진. 두번째 줄 오른쪽에서 네번째가 루쉰.

루쉰전집

17

일기 1

日記
1

루쉰전집번역위원회 옮김

ㅎB
그린비

| 일러두기 |

1 이 책은 중국에서 출판된 『魯迅全集』 1981년판과 2005년판(이상 北京: 人民文学出版社) 등을 참조하여 번역한 한국어판 『루쉰전집』이다.

2 이 책의 주석은 기존의 국내외 연구성과를 두루 참조하여 옮긴이가 작성한 것이다.

3 단행본·전집·정기간행물·장편소설 등에는 겹낫표(『 』)를, 논문·기사·단편·영화·연극·공연·회화 등에는 낫표(「 」)를 사용했다.

4 외국의 인명이나 지명, 작품명은 〈국립국어원〉에서 펴낸 '외래어 표기법'에 근거해 표기했다. 단, 중국의 인명은 신해혁명(1911년) 때 생존 여부를 기준으로 현대인과 과거인으로 구분하여 현대인은 중국어음으로, 과거인은 한자음으로 표기했으며, 중국의 지명은 구분을 두지 않고 중국어음으로 표기하는 것을 원칙으로 했다.

『루쉰전집』을 발간하며

루쉰을 읽는다, 이 말에는 단순한 독서를 넘어서는 어떤 실존적 울림이 담겨 있다. 그래서 루쉰을 읽는다는 말은 루쉰에 직면直面한다는 말의 동의어가 되기도 한다. 그런데 루쉰에 직면한다는 말은 대체 어떤 입장과 태도를 일컫는 것일까?

2007년 어느 날, 불혹을 넘고 지천명을 넘은 십여 명의 연구자들이 이런 물음을 품고 모였다. 더러 루쉰을 팔기도 하고 더러 루쉰을 빙자하기도 하며 루쉰이라는 이름을 끝내 놓지 못하고 있던 이들이었다. 이 자리에서 누군가가 이런 말을 던졌다. 『루쉰전집』조차 우리말로 번역해 내지 못한다면 많이 부끄러울 것 같다고. 그 고백은 낮고 어두웠지만 깊고 뜨거운 공감을 얻었다. 그렇게 이 지난한 작업이 시작되었다.

혹자는 말한다. 왜 아직도 루쉰이냐고. 이에 대해 우리는 이렇게 대답할 수밖에 없다. 아직도 루쉰이라고. 그렇다면 왜 루쉰일까? 왜 루쉰이어야 할까?

루쉰은 이미 인류의 고전이다. 그 없이 중국의 5·4를 논할 수 없고 중국 현대혁명사와 문학사와 학술사를 논할 수 없다. 그는 사회주의혁명 30년 동안 누구도 건드릴 수 없는 성역으로 존재했으나 동시에 사회주의 이데올로기의 금구를 타파하는 데에 돌파구가 되었다. 그의 삶과 정신 역정은 그가 남긴 문집처럼 단순하지만은 않다. 근대이행기의 암흑과 민족적 절망은 그를 끊임없이 신新과 구舊의 갈등 속에 있게 했고, 동서 문명충돌의 격랑은 서양에 대한 지향과 배척의 사이에서 그를 배회하게 했다. 뿐만 아니라 1930년대 좌와 우의 극한적 대립은 만년의 루쉰에게 선택을 강요했으며 그는 자신의 현실적 선택과 이상 사이에서 끝없이 방황했다. 그는 평생 철저한 경계인으로 살았고 모순이 동거하는 '사이주체'間主體로 살았다. 고통과 긴장으로 점철되는 이런 입장과 태도를 그는 특유의 유연함으로 끝까지 견지하고 고수했다.

한 루쉰 연구자는 루쉰 정신을 '반항', '탐색', '희생'으로 요약했다. 루쉰의 반항은 도저한 회의懷疑와 부정否定의 정신에 기초했고, 그 탐색은 두려움 없는 모험정신과 지칠 줄 모르는 창조정신에서 비롯되었다. 또한 그의 희생정신은 사회의 약자에 대한 순수하고 여린 연민과 양심에서 가능했다.

이 모든 정신의 가장 깊은 바닥에는 세계와 삶을 통찰한 각자覺者의 지혜와 존재하는 모든 것들에 대한 허무 그리고 사랑이 있었다. 그에게 허무는 세상을 새롭게 읽는 힘의 원천이자 난세를 돌파해 갈 수 있는 동력이었다. 그래서 그는 굽힐 줄 모르는 '강골'強骨로, '필사적으로 싸우며'(쩡자 挣扎) 살아갈 수 있었다. 그랬기에 '철로 된 출구 없는 방'에서 외칠 수 있었고 사면에서 다가오는 절망과 '무물의 진'無物之陣에 반항할 수 있었다. 그는 자신을 둘러싼 모든 것과 대결했다. 이러한 '필사적인 싸움'의 근저에는 생명과 평등을 향한 인본주의적 신념과 평민의식이 자리하고 있다. 이것이 혁명인으로서 루쉰의 삶이다.

우리에게 몇 가지 『루쉰선집』은 있었지만 제대로 된 『루쉰전집』 번역본은 없었다. 만시지탄의 감이 없지 않지만 이제 루쉰의 모든 글을 우리말로 빚어 세상에 내놓는다. 게으르고 더딘 걸음이었지만 이것이 그간의 직무유기에 대한 우리 나름의 답변이 될 수 있기를 희망해 본다.

번역저본은 중국 런민문학출판사에서 출판된 1981년판 『루쉰전집』과 2005년판 『루쉰전집』 등을 참조했고, 주석은 지금까지의 국내외 연구성과를 두루 참조하여 번역자가 책임해설했다. 전집 원본의 각 문집별로 번역자를 결정했고 문집별 역자가 책임번역을 했다. 이 과정에서 몇 년 동안 매월 한 차례 모여 번역의 난제에 대해 토론을 벌였고 상대방의 문체에 대한 비판과 조율의 과정을 거쳤다. 그러므로 원칙상으로는 문집별 역자의 책임번역이지만 내용상으론 모든 위원들의 의견이 문집마다 스며들어 있다.

루쉰 정신의 결기와 날카로운 풍자, 여유로운 해학과 웃음, 섬세한 미학적 성취를 최대한 충실히 옮기기 위해 노력했지만 많이 부족하리라 생각한다. 독자 제현의 비판과 질정으로 더 나은 번역본을 기대한다. 작업에 임하는 순간순간 우리 역자들 모두 루쉰의 빛과 어둠 속에서 절망하고 행복했다.

2010년 11월 1일
한국 루쉰전집번역위원회

| 루쉰전집 전체 구성 |

•일기 1

일기
1

『루쉰전집』 17~19권은 작가가 1912년 5월 5일부터 1936년 10월 18일까지 쓴 일기를 수록하고 있다. 작가 생전에 발표한 적이 없다. 1951년 상하이출판공사가 수고(手稿)를 가지고 영인본을 출판한 적이 있다. 그러나 당시 1922년 일기는 수고가 분실되어 빠져 있었다. 1959년과 1976년 런민문학출판사에서 두 차례 활자본을 출판했으며, 여기에 쉬서우창(許壽裳)이 기록·보존하고 있던 것들을 토대로 하여 누락된 1922년 일기를 제18권(중국어판으로는 제16권) 끝에 부록으로 넣었다.

일기에 기록된 인물과 서적 등에 대한 주석은 일기의 맨 마지막 권인 제19권(중국어판 제17권)에 수록하였다. 그 밖의 것은 매일의 일기 하단에 각주로 달았다.

임자일기(1912년)

5월

　5일 오전 열한 시 배로 톈진에 도착했다.[1] 오후 3시 반에 기차로 출발, 중도에 황토와 그 사이사이 초목들이 보였다. 특별히 볼만한 것은 없었다. 7시경에 베이징에 도착, 장파뎬長發店에 묵었다. 밤에 산콰이회관[2]에 가서 쉬밍보許銘伯[3] 선생을 만나 『월중선현사목』越中先賢祠目 1 책冊을 받았다.

　6일 오전에 산콰이회관으로 옮겼다. 노새 가마[4]를 타고 교육부[5]에 갔

1) 1912년 2월, 난징 중화민국임시정부 교육부 총장 차이위안페이(蔡元培)는 루쉰을 교육부 직원으로 임명했다. 3월 쑨중산(孫中山)이 임시정부 대총통직을 사임하고 위안스카이(袁世凱)로 하여금 베이징에서 계속 임무를 수행하게 하자 교육부도 베이징으로 옮겨 갔다. 루쉰은 4월 말 쉬서우창(許壽裳)과 함께 사오싱(紹興)을 출발, 상하이로 향했고 그곳에서 톈진(天津) 가는 배를 탔고 다시 기차로 바꿔 타 베이징에 도착했다.

2) '산콰이회관' 원문은 '山會邑館'. 산인(山陰)현과 콰이지(會稽)현, 두 현의 회관이다. 그해에 두 현이 합쳐 이름은 사오싱현관(紹興縣館) 혹은 사오싱회관(紹興會館)으로 명칭을 바꾸었다. 쉬안우먼(宣武門) 밖 난제후퉁(南截胡同)에 있다. 루쉰은 6일 이곳으로 이사해 임시거처로 삼았고 1919년 11월 12일이 되어서 바다오완(八道灣)의 집으로 이사했다.

3) 인명에 나오는 '伯'의 중국어 발음은 보(bo)와 바이(bai) 두 가지가 있다. 여기서는 '보'로 통일하기로 했다.

다가 돌아왔다. 둘째[6]에게 편지를 보냈다. 밤에 누웠는데 삼십 분이 되지 않아 바퀴벌레 삼사십 마리가 나와 테이블 위로 피해서 잤다.

7일 저녁 광허쥐[7]에서 한잔했다. 일꾼[8]에게 시켜 침대 판을 바꾸게 하고는 비로소 잠을 잘 수 있었다.

8일 둘째에게 편지를 보냈다. 편지지는 3장, 분실을 우려해 빠른 우편으로 보냈다. 오후, 둘째로부터 편지를 받았다. 2일 부친 것이다. 밤에 궈친國親의 초대로 즈메이자이致美齋에서 한잔했다.

9일 밤에 비가 조금 내렸다. 미열이 있다. 감기인 듯하다.

10일 아침 아홉 시에서 오후 네 시 반까지 교육부에 나가 일을 했다. 멍하니 종일을 보냈다. 아주 무료하기 짝이 없다. 궈친이 이사를 갔다.

11일 오전에 둘째와 노부코信子, 셋째의 편지를 받았다. 5일 부친 것이다. 낮에 후쯔팡胡梓方 집에서 점심식사를 했다. 저녁에 둥쉰스董恂士가 왔고, 장셰허張協和도 와서 광허쥐에서 밥을 먹었다. 둥董 군은 내가 사는 회관에 묵었는데 테이블에서 재웠다.

12일 일요일 휴식. 아침에 셰허가 왔다. 오전에 허셰허우何燮侯가 왔다가 오후에 갔다. 오후에 지푸,[9] 스취안詩荃, 셰허와 함께 류리창琉璃廠에 가

4) 원문은 '騾車'. 노새를 이용한 가마 비슷한 탈 것. 한 마리 혹은 두 마리의 노새 등 앞뒤에 봉을 걸쳐놓고 그 위에 가마를 올려놓아 사람이 타거나 짐을 실을 수 있었다. 노새를 직접 타는 것보다는 안정감이 있다고 한다. 청조 건륭 연간에 베이징에서 가장 흔하게 볼 수 있는 교통수단이었다. 1925년 즈음 거의 사라졌다.

5) 1912년 3월, 중화민국임시정부가 베이징으로 옮겨 가자 교육부는 시단(西單) 난다제(南大街) 구학부(舊學部)의 옛터에 자리를 잡고 5월 6일에 일을 시작했다.

6) 원문은 '二弟'. 저우쭤런(周作人)을 지칭. 루쉰이 장남으로 첫째이고 저우쭤런이 둘째가 된다. 셋째는 저우젠런(周建人)이다.

7) '광허쥐'의 원문은 '廣和居'. 사오싱회관 가까이에 있었던 음식점 이름.

8) '일꾼' 원문은 '長班'. 치쿤(齊坤)의 아버지였다고 한다. 저장성 사오싱 출신으로 사오싱회관에서 일했고, 당시 육십 세 정도였다고 한다(장넝겅張能耿, 『루쉰초기사적별록』魯迅早期事跡別錄). 치쿤은 1919년 12월 29일 일기에 '쉬쿤'(徐坤)으로 기록되어 있다.

고서점을 둘러보고 부씨傳氏의 『찬희려총서』纂喜廬叢書 1부部 7본本을 5위안 8자오에 샀다.[10] 둘째에게 편지를 부쳤다.

13일 낮에 신문을 읽었다. 사오싱에 열흘 동안 병란이 일어났고, 11일까지도 진압되지 않았다는 기사가 실렸다. 사실 여부를 알 수 없고 걱정이 끊이지 않아 전보로 물어볼까 하였으나 그만두었다. 저녁에 지푸와 함께 하이창회관海昌會館으로 셰허를 방문했다.

14일 아침에 둘째에게 속달을 부쳤다. 사오싱[11]에서 일어난 사태의 진위를 물었다.

15일 오전에 판아이눙范愛農 편지를 받았다. 9일 항저우에서 부쳤다.

16일 오후에 콰이뤄무蒯若木가 왔다. 저녁에 차이궈칭蔡國靑이 와 식사를 한 후 갔다.

17일 큰 비가 왔다. 쉬안우먼宣武門 왼편은 정강이가 찰 정도로 물이 차서 행인이 드물었다. 나는 지푸와 함께 노새 가마를 타고 갔다 왔다.

18일 맑음. 오후에 우이자이吳一齋가 왔다. 둥셴스와 장셰허가 와서 지푸와 함께 광허쥐에 갔다. 차이궈친蔡國親이 먼저 와 있어 함께 식사했다. 밤에 쉰스가 지푸의 방에서 묵었다.

---

9) 지푸(季茀)는 쉬서우창(許壽裳)의 자이다. 뒤에서는 쉬서우창의 자를 '季市'(지푸)로 쓰기도 했고, '季黻'(지푸)로 표기하기도 했다. 여기서는 일일이 구분하지 않고 한글 '지푸'로 통일했다. 쉬서우창은 루쉰의 평생 지기로 저장성 사오싱 사람이다. 일본 유학을 함께 했고 장타이옌(章太炎) 아래서 함께 공부했다. 귀국 후의 거의 모든 역정이 루쉰과 비슷할 정도로 루쉰의 적극적인 지지자이자 친구였다.

10) 책 혹은 책을 묶은 수량을 표시하는 다양한 양사들, 집(集), 부(部), 책(冊), 본(本), 질(帙), 함(函) 등은 책의 제본이나 책형태의 성격에 따라 구분하여 사용하였다. 또 종이를 세는 양사도 매(枚), 장(張), 지(紙), 면(面), 엽(葉), 칙(則) 등이 다양하게 사용되었다. 여기서는 이를 존중하여 원어 그대로 한자음으로 번역하기로 한다. 중국어발음이 아닌 한자음으로 번역한 것은 우리 전통문화에서도 사용해 온, 한국화한 것들이기 때문이다. 화폐 단위 퉁위안(銅元) 대신 쓰는 '枚'는 '매'가 아니라 '메이'로 옮겼다.

11) 사오싱 원문은 '웨'(越). 사오싱 지방의 옛 이름이 '웨'다. 여기서는 모두 사오싱으로 통일했다.

19일 쉰스, 지푸와 함께 완성위안[12]에 놀러 갔다. 또 지푸와 함께 타오란정[13]에도 놀러 갔다. 그곳에 범어로 새긴 조형물이 있었다. 절의 스님이 요遼나라 때의 것이라고 했으나 그 진위는 잘 모르겠다. 둘째의 편지를 기다렸으나 오지 않았다. 밤에 판아이눙의 편지를 받았다. 13일에 항저우에서 부쳤다.

20일 아침에 쑹쯔페이宋子佩의 편지를 받았다. 12일에 사오싱에서 보냈다. 오전에 퉁펑차오童鵬超의 편지를 받았다. 13일에 사오싱에서 부쳤다. 엉성하기 이를 데 없다.

21일 오전 구스천顧石臣이 교육부에 왔으나 사양하고 만나지 않았다. 저녁에 쉬안우먼 바깥으로 산보를 갔다가 퉁위안銅元 10메이枚를 주고 화초집 2책을 샀다. 한 권은 매화이고 한 권은 연꽃이다. 운빙惲冰의 그림이라 쓰여 있으나 가짜가 아닌가 한다.

22일 저녁, 구스천이 왔다. 말을 많이 하다 한참 지나서야 겨우 갔다.

23일 아침에 판아이눙과 쑹쯔페이에게 편지를 부쳤다. 오후에 둘째의 서신을 받았다. 14일에 부친 것이다. 15일에 하부토 형제[14]를 맞이하러 간다고 했다. 또 셋째의 편지를 받았다. 둘째의 부인이 16일 오후 7시 20

---

12) 완성위안(萬生園)은 완성위안(萬牲園)으로도 썼다. 청나라 광서(光緒) 말년에 농공상부(農工商部)가 원래의 삼패자화원(三貝子花園) 옛터에 농사시험장을 지었고 그 안에 동물원을 만들었다. 1908년 대외 개방을 하면서 이름을 완성위안(萬牲園)이라 했다. 이것을 통칭 '삼패자화원'(三貝子花園)이라고도 했고 중국 최초의 동물원이 되었다. 현재 베이징 동물원으로 개칭되었다.

13) 타오란정 원문은 '陶然亭'. 베이징 성남의 츠베이암(慈悲庵)에 있는 정자로 청나라 강희 34년(1695)에 지어졌다. 츠베이암은 원대에 지어졌다. 이 절 안에는 요나라 수창(壽昌) 5년(1099)의 자지대덕사(慈智大德師) 불정존승대비다라니당(佛頂存勝大悲陀羅尼幢)이 있는데 범문으로 되어 있다. 정자 이름 '타오란'은 백거이의 7언 율시 「몽득과 함께 술을 받아 한가로이 마시고 후일을 약속하다」(與夢得沽酒閑飮且約後期; 몽득은 유우석劉禹錫을 말한다)에서 유래되었다. "국화꽃 피어나고 새 술이 익거들랑, 나 그대와 다시 한번 거나하게 취하리라"에서 거나하게 취하다의 원문이 '타오란'(陶然)이다. 이 정자에 앉으면 서산(西山)의 노을을 바라볼 수 있고 연꽃 연못과 습지가 있어 베이징 시민의 휴식처가 되었다고 한다.

분에 아들[15]을 출산하였고, 모자 모두 건강하다 했다. 기쁜 일이다. 이 편지는 17일에 부쳤다. 밤에 둘째에게 편지를 썼다.

24일 메이광시梅光羲 군이 불교회의 제1, 2차 보고서 각 1책을 보냈다.

25일 오후에 류리창에 가서 『이태백집』李太白集 1부 4책을 2위안元에 샀다.[16] 『관무량수불경』觀無量壽佛經 1책을 3자오角 1.2편分에 샀다. 『중국명화』제15집 1책을 1위안 5자오에 샀다.

26일 일요일 휴식. 오후 지푸와 스취안과 함께 관인사 거리의 칭윈거[17]엔 가 차를 마셨다. 또 류리창의 서점과 시허옌西河沿에 있는 취안예창[18]을 둘러봤다.

27일 둘째의 편지를 받았다. 21일 부친 것이다.

28일 아침에 둘째와 둘째 부인에게 편지를 부쳤다. 저녁에 구칭谷青이 왔다.

29일 아무 일도 없었다.

30일 봉급 60위안을 수령했다.[19] 저녁에 류리창에 가서 『사략』史略 1

---

14) 하부토 시게히사(羽太重久)와 하부토 요시코(羽太芳子)를 가리킨다. 두 사람은 저우쮜런에게 시집을 간 노부코(信子)의 출산을 도우러 중국을 방문했다. 또 요시코는 1914년 2월 28일 루쉰의 셋째동생인 저우젠런과 결혼하게 된다.

15) 저우쮜런의 장남, 저우펑이(周豊一)를 말한다. 원래 이름은 펑(豊) 혹은 펑완(豊丸)이라고 했다. 후에 펑이로 개명했다.

16) 루쉰 시대에는 근대식 정부가 막 들어섰고, 정치적 불안정과 사회 격변으로 인해 매우 복잡한 화폐제도가 동시에 운용되었다. 퉁위안(銅元), 인(銀), 진(金), 위안(元), 자오(角), 편(分), 취안(泉), 원(文), 취안(券) 등. 여기서는 원문 그대로 옮기기로 하였다. 다만 취안(泉) 앞에 돈의 성격을 나타내는 단어와 결합하여 새로운 단어가 되었을 때는 '취안'을 옮기지 않았다. 예컨대, '奉泉', '工泉', '仆泉', '药泉', '滙泉'은 봉급, 공임, 심부름값, 약값, 송금수수료로 옮겼다.

17) 칭윈거(青雲閣). 첸먼(前門) 밖에 있는 관인사(觀音寺) 거리의 시장을 말한다. 위층에는 위후춘(玉壺春) 찻집이 있었다.

18) 취안예창의 원문은 '勸工場'(취안궁창). 취안예창(勸業場)으로도 불렸다. 일기 뒤편으로 가면 모두 취안예창으로 표기하고 있다. 여기서는 취안예창으로 통일. 첸먼 밖 시허옌(西河沿)에 있는 국산품 시장을 말한다. 그곳의 남쪽문은 랑팡터우탸오(廊房頭條)로 통해 있었다. 일기에서 종종 랑팡터우탸오가 거론된다. 탸오(條)는 골목이란 뜻.

부 2책을 8자오에 사고, 『이룡면백묘구가도』李龍眠白描九歌圖 1첩 12매를 6
자오 4편에 샀다. 그리고 『나양봉귀취도』羅兩峰鬼趣圖 1부 2책을 2위안 5자
오 6편에 샀다.

31일 오후에 둘째에게 편지를 부쳤다. 저녁에 둘째와 셋째의 편지를
받았다. 26일에 부친 것이다. 저녁 무렵 구칭의 초대로 광허쥐에서 한잔했
다. 지푸도 동석했다.

6월

1일 오후에 둘째와 셋째에게 편지를 부쳤다. 저녁에 쉰스, 밍보, 지푸
와 함께 광허쥐에서 마셨다.

2일 일요일 휴식. 오후에 밍보, 지푸, 스취안과 함께 완성위안 구경을
갔다. 장셰허와 유관칭游觀慶이 왔으나 만나지 못했다.

3일 밤에 복통. 27일과 28일자 『민싱일보』를 각 1부씩 받았다.[20]

4일 판아이눙의 편지를 받았다. 30일 항저우에서 부친 것이다.

5일 오후에 둘째에게 편지를 부쳤다. 저녁에 비가 내리고 천둥이 치
더니 잠시 후 그쳤다.

6일 오후에 비. 둘째의 편지를 받았다. 30일 부친 것이다. 밤에 『어월
삼불후도』의 파손된 3장을 보충하여 그려 넣었다.[21]

---

19) 1912년 5월부터 같은 해 7월까지, 교육부가 베이징에 처음 이주하여 등급별 봉급을 결정하지
못한 상태에서, 정부는 직원들에게 일률적으로 매월 생활비 60위안을 임시 지급했다.
20) 『민싱일보』(民興日報)는, 『웨둬일보』(越鐸日報)가 내부분열을 일으킨 후, 쑹쯔페이(宋紫佩), 마
커싱(馬可興), 리샤칭(李霞卿) 등이 1912년 4월 20일에 창간한 신문이다. 사오싱 딩자눙(丁家弄)
푸루교(福祿橋) 아래에 민싱일보사를 세웠다. 발행부수는 삼백 부. 같은 해 11월 경제 사정으로
인해 정간되었다.

7일 흐림. 2일 주장九江에서 부친 성수신[22]의 편지를 받았다. 1일자 『민싱일보』 1부를 받았다. 두하이성杜海生의 편지를 받았다.

8일 저녁에 우싱吳興회관으로 양신스楊莘士를 방문했다. 궈친國親이 왔다. 5월 30일자 『민싱보』[23] 1부를 받았다.

9일 아침에 상치형商契衡 군이 왔다. 오전에 칭윈거靑雲閣에 가서 머리를 잘랐다. 오후에 류리창에 가서 『사인재교간사삼종』四印齋校刊詞三種 1부 4책을 1위안에 샀다. 선화동씨善化童氏 각본 『심하현집』沈下賢集 1부 2책을 2위안 5자오에 샀다. 『기보총서』畿輔叢書본 『이위공회창일품집』李衛公會昌一品集 1부 6본을 2위안에 샀다. 3일에 항저우에서 부친 둘째의 편지를 받았다. 2일자, 3일자 『민싱보』 각 1부를 받았다. 밤에 큰 비와 우레가 쳤다.

10일 아침에 둘째에게 편지를 부쳤다. 두하이성에게 편지를 부쳤다. 오전에 셋째의 편지를 받았다. 4일 부친 것이다. 4일자 『민싱보』 1부를 받았다. 오후에 치쭝이 군과 함께 톈진에 가서[24] 그 부모님 댁에 머물렀다. 저녁에는 광허러우에 신극을 시찰하러 갔으나 날씨가 흐려져 공연이 중지되었다. 그래서 단구이위안에 가 구극을 보았다.[25]

11일 오전에 일본 조계지의 가토양행[26]에 가 넥타이 하나를 6자오 5

---

21) 『어월삼불후도』(於越三不朽圖)는 명대(明代) 사오싱 지방의 선현인 주동무(朱東武), 호유항(胡幼恒), 여안수(余岸修) 세 사람의 초상이 그려진 책이다. 루쉰은 이 책을 보충해서 썼을 뿐만 아니라 찬(贊)과 발문도 썼다. 1913년 7월 10일에는 사오싱에서 다시 세 장을 그렸고 저우젠런에게 찬과 발문 1장을 쓰게 하기도 했다.

22) 성수신(升叔信)은 저우펑성(周鳳升)이다. 자는 보성(伯升), 1882년생으로 루쉰보다 한 살 어리다. 생모가 젊어서 죽자 아버지인 제푸공(介孚公)과 그의 첩 아래서 자랐다. 1904년 난징의 강남수사학당(江南水師學堂) 졸업 후, 배를 타고 일을 했으나 1918년 불과 36세의 나이에 익사했다.

23) 『민싱보』는 『민싱일보』를 말한다. 루쉰이 줄여서 『민싱보』라고 썼는데, 여기서는 원문을 살려서 그대로 옮겼다.

24) 루쉰은 6월 10일부터 12일까지 교육부의 공무로 사회교육사(社會敎育司)의 동료인 치쭝이(齊宗頤)와 함께 신극(新劇)을 시찰하러 갔다. 루쉰이 근무한 사회교육사는 '문예, 음악, 연극 등을 관장하는' 부서였다. 신극이란 근대 초기의 현대극을 말한다. '문명회'(文明戱)라고도 한다.

편에 사고 가죽신발 한 켤레를 5위안 4자오에 샀다. 오후에 톈러위안天樂園에 가 구극을 보았다. 밤에 또 광허러우에 가 신극을 봤다. 상연 목록은 고작「강북수재기」[27] 한 편뿐이었다. 의욕은 봐줄 만했으나 식견과 기량은 부족했다. 나머지 모든 구극에는 어린 남자아이가 출연했고 관객은 겨우 백삼십여 명이었다.

12일 저녁에 톈진에서 베이징으로 돌아왔다. 보슬비가 내렸다. 둘째와 노부코의 편지를 받았다. 6일에 부친 것이다. 5일자『민싱보』1부를 받았다.

13일 저녁에 비가 조금 내렸다. 광허쥐에서 궈친의 초대로 한잔했다. 동석자는 밍보, 지푸, 위잉야兪英崖였다. 치멍起孟이 쓴「동화연구」가 실린[28] 6일, 7일자『민싱일보』각 1부를 받았다.

14일 아침 셋째와 둘째 부인[저우쭤런의 아내 하부토 노부코]에게 편지를 부쳤다. 점심 후에 메이광시 군과 후위진胡玉搢 군과 함께 톈탄과 셴눙탄에 가 그곳을 공원으로 만들 수 있을지 여부에 대해 조사했다.[29] 8일자『민싱일보』1부를 받았다.

15일 낮에 둘째에게 편지를 부쳤다. 오후에 둘째와 셋째로부터 온 편

---

25) 광허러우(廣和樓)와 단구이위안(丹桂園)은 모두 톈진시 남쪽 대로변에 있었다. 이류극장으로 유명한 배우가 출연하지 않았다. 광허러우는 1921년경 파괴되었고 단구이위안은 후에 영화관으로 바뀌었다고 한다.

26) 가토양행(加藤洋行). 톈진의 일본조계 거리(지금의 허핑로和平路)에 있었던 잡화상으로 프랑스조계 가까이 있었다. 옆으로 톈진공립병원이 있었고 뒤로는 북지나(北支那)매일신문사가 있었다. 당시에는 몽고 부근까지 광범위하게 상품 거래를 했다고 한다.

27) 1912년 6월, 허베이성 동북부의 각 현은 심한 장마로 큰 피해를 입었다. 이 지방 전체가 침수되었고 특히 톈진, 우칭(武淸), 바오디(寶砥)의 피해가 가장 컸다(『루쉰연보』제1권, 루쉰박물관 루쉰연구실 편, 런민문학출판사).「강북수재기」(江北水災記)는 이 홍수사건을 제재로 한 현대극이다.

28) 치멍은 저우쭤런(周作人)의 자다. 그는「동화연구」(童話硏究)를 발표한 후 원고를 루쉰에게 보내 교정을 부탁했다. 나중에「동화약론」(童話略論)이란 제목으로『교육부편찬처월간』(敎育部編纂處月刊) 제1권 제8책(1913년 9월)에 게재되었다.

지를 받았다. 모두 9일에 부쳤다. 9일자『민싱일보』1부를 받았다.

16일 일요일 휴식. 오전에 칭윈거에 가 양말, 양산, 치약 등을 모두 2위안 6자오에 샀다. 또 류리창에 가서『공반천화책』孔半千畵冊 1본을 8자오에 샀다. 진인자陳仁子의『문선보유』文選補遺와 완각阮刻본『열녀전』각 1부를 모두 6위안에 샀다. 오후에 둘째와 셋째에게 편지를 부쳤다. 저녁에 셰허와 구칭谷靑이 와 얘기를 했다.

17일 10일, 11일자『민싱보』각 1부를 받았다. 무척 더웠다.

18일 아침에 두통이 왔다. 치서우산산齊壽山과 잡담을 나누었더니 한참 후 나아졌다. 저녁에 뇌우가 쳤다.

19일 음력 단오절. 12일자『민싱보』1부를 받았다. 밤에 밍보와 지푸가 나를 초대해 술을 마셨다.

20일 13일자『민싱일보』1부를 받았다.

21일 오후 네 시부터 다섯 시까지 하계강연회30)에 가서「미술약론」美術略論을 강연했다. 수강생은 30명 정도였고 중간에 퇴장한 사람이 5, 6명이었다. 14일자『민싱일보』1부를 받았다. 공화당 사무소에서 온 편지를

---

29) 당시 농림부는 톈탄(天壇)을 임업시험장으로, 셴눙탄(先農壇)을 목축시험장으로 만들려 하였고, 경사의사회(京師議事會)는 이것들을 공원으로 만들려 했다. 한편 공위군(拱衛軍)은 셴눙탄에 군 기계창고를 세울 계획을 가지고 있었는데, 쳰먼(前門) 밖 일대의 주민들 반대에 부딪혔다. 경사의사회와 농림부가 서로 양보하지 않는 상태에서 루쉰이 봉직했던 교육부는 두 탄을 공원으로 만들자는 주장을 했고 루쉰을 파견하여 공원으로서의 가능성을 조사하게 했다. 톈탄은 명청 시기 제왕들이 하늘과 곡식의 신에게 제사를 지내던 장소로 명 영락(永樂) 18년(1420)에 처음 세워졌고, 셴눙탄은 명청의 제왕들이 농사의 신에게 제사 지내던 장소로 이 역시 명 영락 18년에 축조되었다. 셴눙탄은 1915년 6월 17일 공원으로 결정되어 일반인의 입장을 허락했다(『루쉰연보』1권).

30) 원문 '夏期講演會'. 교육부가 사회교육을 보급하기 위해 연 대중 강연회다. 정치, 철학, 불교, 경제, 문화교육 등의 과목을 개설하였고 중국인과 외국인 학자를 초청하여 강연했다. 루쉰도 초빙되어 미술에 대해 강연했다. 이날 시작하여 7월 17일까지 모두 네 차례 했다. 강연 원고는 유실되었다.

받았다.[31]

22일 15일 사오싱에서 부친 둘째의 편지를 받았다. 16일 주장九江에서 부친 성수신의 편지도 받았다. 15, 16일자『민싱일보』각 한 부씩을 받았다. 차이위안페이 총장이 어제 사표를 냈다.[32] 공화당 당원증과 뱃지를 받았다.

23일 일요일 휴식. 오전에 셋째에게 편지를 부쳤고, 둘째에게 보내는 편지도 동봉했다. 오후에 둥쉰스가 와 이야기를 나누었고 저녁에 광허쥐에서 한잔했다. 밍보도 같이 갔고 지푸가 냈다. 17, 18일자『민싱일보』각 한 부씩을 받았다.

24일 아무 일 없었다.

25일 비가 오다가 정오 무렵 개었다. 오후에 국자감과 학궁을 시찰하였다.[33] 옛날 동기銅器 10점과 석고石鼓를 봤는데 글자가 심하게 훼손되었다. 그 가운데 하나는 절구로 보였다. 옛 문물에 대한 중국인들의 태도는 성의가 없다.

26일 오전에 태학의 당직자가 석고문石鼓文 탁본 10매와 원元대 반적潘迪의 「음훈」音訓 2매를 가져왔다. 새로 탁본한 것이다. 나는 인銀 1위안 2자

---

31) 공화당은 1912년 5월 9일 상하이에서 창립되었다. 통일당, 민사(民社) 등 6개 정치단체의 연합으로 조직되었고 총본부는 베이징에 두었다. 리위안홍(黎元洪)이 이사장이고 장젠(張謇), 장빙린(章炳麟) 등이 이사였으며, 탕화룽(湯化龍), 판위안롄(范源濂), 왕자샹(王家襄) 등이 간사였다. 오래지 않아 장빙린은 이사 선출에 불만을 품고 화를 내며 탈퇴했다. 이 당은 위안스카이를 지지 옹립했으며 관계를 확대하여 각계 인사들에게 당증과 뱃지 등을 배포했다. 루쉰은 이에 대해 아무런 대응을 하지 않았다.
32) 위안스카이의 독재정치와 교육부 차장인 판위안렌의 전횡에 분개하여 21일 사의를 표명했다. 차이위안페이는 이후 남하하여 유럽으로 갈 예정이었다.
33) 국자감(國子監)은 태학(太學)이라고도 불렀다. 베이징 안딩먼(安定門) 안의 성셴제(聖賢街)에 있었고 원·명·청 삼대에 걸쳐 최고학부의 역할을 했다. 학궁(學宮)은 공자묘를 말한다. 국자감과 인접해 있었고 묘당 안에 주대의 제기(祭器)와 석고(石鼓)가 있었다. 석고는 돌로 만든 북. 당시 교육부가 국자감에 역사박물관을 설치하고자 루쉰을 보내 시찰케 했다.

오 5편을 주고 받았다. 오후에 둘째의 편지를 받았다. 21일 항저우에서 부친 것이다. 안에 「동화연구」 초고 4매가 동봉되어 있었다. 19, 20일자 『민싱일보』 각 1부를 받았다. 전저공회[34]의 편지를 받았다. 안에 「전저공회장정초안」全浙公會章程草案 4지紙가 들어 있었다. 발기인은 쑨바오후孫寶琦, 왕리위안汪立元, 왕첸王潛, 리성페이李升培, 왕쿠이王葵, 왕량王亮 등으로 모두 모르는 사람들이다. 그들이 어떤 이들인지 알지 못해 회신하지 않기로 했다.

27일 오후에 『경자일기』庚子日記 2책을 빌려 읽었다. 문장은 유려하지 않고 오류가 많았다. 모두 권비에 대한 일을 기록하고 있었다.[35] 그들의 행동과 사상이 남양인들의 야만적인 것과 다르지 않았다. 치중이 군과 그의 친구인 모군은 자신들이 직접 몸으로 겪고 몇 차례 위험에 처했던 일들을 말하였다. 그러한 이야기에 크게 놀랐다. 모군의 이름은 알지 못하지만 전문사專門司의 사원司員인 듯하다.[36] 21일자 『민싱일보』 1부를 받았다.

28일 오후에 비가 조금 내리다 금방 그쳤다. 4시에 하계강연회에 가서 「미술약론」에 대해 강연했다. 5시까지 하고 마쳤다. 22일에 부친 셋째

---

34) '全浙公會'. 전(全) 저장성(浙江省) 공회(公會)의 줄임말.
35) 19세기 말 북방지역에서 반외세 운동을 한 의화단운동을 말한다. 주로 산둥성과 즈리(直隷: 지금의 허베이성) 일대의 농민과 수공업자, 도시 유랑민들로 구성되었다. 그들의 일부는 호신술의 일종인 권(拳)과 봉술(棒術)을 습득해야 하는 의화권(義和拳)이라는 조직을 만들어 세력을 확대했다. 처음에는 '반청멸양'(反淸滅洋)의 기치를 내걸고 싸우다가 청조의 비공식적인 비호를 받으면서는 구호를 '부청멸양'(扶淸滅洋)으로 바꾸었다. 청나라 통치자들은 외국대사관을 습격하고 교회를 불태우는 데 이들을 암암리 이용하였다. 1900년에 8국 연합군이 이를 빌미로 베이징을 침략했고 이에 굴복한 청 정부는 연합군과 함께 이들을 강제 진압하였다. 광서(光緒) 26년 5월 17일(1900년 6월 13일)에 처음으로 이들을 '권비'(拳匪: 주먹패거리)라고 낮추어 부르기 시작했다. 이전에는 '의화권회'(義化拳會)라고 불렸었다(「노라는 떠난 후 어떻게 되었는가?」 5번 주석 참조. 『루쉰전집』 제1권 『무덤』에 수록).
36) 모군은 장진(張謹)을 말한다. 자는 중쑤(仲蘇), 혹은 중쑤(仲素)라고 했다. 허베이성 칭위안(淸苑)현 출신으로 8월 21일 교육부 전문교육사(敎育司)의 첨사(僉事)에 임명됐다. 당시 교육부의 여러 직위와 직책이 아직 자리를 잡지 못한 상태여서 교육부 내에서도 서로 이름조차 모르는 사람이 있었다.

의 편지를 받았다. 22일자 『민싱보』 1부를 받았다. 저녁에 다시 비가 내렸고 바로 그쳤다.

29일 아침에 둘째에게 편지를 부쳤다. 셋째에게도 부쳤다. 이달 봉급 60위안을 받았다. 오후에 즈리관서국直隸官書局에 가서 『아우당총서』[37] 1부 20책을 15위안 주고 샀다. 『경기금석고』京畿金石考 1부 2책을 8자오에 샀다. 둘째 부인의 편지를 받았다. 요시코芳子의 편지 한 장이 동봉되어 있었다. 23일에 부친 것이다. 23일자 『민싱보』 1부를 받았다. 밤에 술을 조금 마셨다.

30일 일요일 휴식. 오전에 셰시위안謝西園이 왔다. 샹루잉터우香爐營頭 골목의 셰謝씨 집에 살고 있다고 했다. 상치형도 와서 광허쥐에서 식사하고 점심 지나서 갔다. 24일자 『민싱보』 1부를 받았다.

7월

1일 교육부에서 집무시간을 오전 7시 반부터 11시 반까지로 바꾸었다.[38] 6월 26일 항저우에서 부친 둘째의 편지를 받았다. 6월 25일자 『민싱일보』 1부를 받았다.

2일 차이 총장이 두번째 사직[39]을 했다. 셰허로부터 진金 5위안을 돌

---

37) 『아우당총서』(雅雨堂叢書). 아우는 노견회(盧見曾, 1690~1768)의 호다. 자는 담원(澹園)이고 산둥성 더저우(德州) 사람. 강희(康熙) 60년(1721)에 진사에 합격하였고 시인으로 명성을 날렸다. 『아우당시문집』(雅雨堂詩文集)이 있고 각본(刻本)으로 『아우당총서』(雅雨堂叢書)가 있다.

38) 교육부에서는 1912년부터 '근무세칙'을 만들어 근무시간을 정했다. 4월부터 6월까지는 오전 9시 반부터 12시까지, 오후 1시 반부터 4시 반까지, 7월부터 8월까지는 오전 8시부터 11시 반까지, 오후 휴무, 9월부터 이듬해 3월까지는 오전 10시부터 12시까지, 오후 1시부터 4시 반까지로 했다. 시행하는 도중에 조정하기도 했다. 근무 규정에는 7월부터 8시 출근인데 루쉰은 7시 반으로 썼다.

려받았다. 26일자 『민싱보』 1부를 받았다.

3일 오후에 지푸와 관인사觀音寺 거리의 성핑위안升平園에서 목욕을 했다. 아주 쾌적했다. 류리창에서 명明 원袁씨본 『세설신어』世說新語 1부 4책을 2위안 8자오에 샀다. 오래되지 않았으나 많이 훼손되었고 애석하게도 지질도 나빴다. 또 『초당시여』草堂詩餘 1책을 2자오에 샀는데 『사학총서』詞學叢書의 파본 같다.

4일 오전, 둘째에게 편지를 부쳤다. 점심 때, 27일 사오싱에서 보낸 천쯔잉陳子英의 편지를 받았다. 또 셋째의 편지와 『근세지리』近世地理 1책을 받았다. 28일 사오싱에서 부친 것이다. 27일자, 28일자 『민싱일보』 각 1부를 받았다.

5일 큰 비. 오후 4시에 강연회에 갔다. 연사들은 모두 휴가였고 청중은 한 사람도 없었다. 그냥 돌아왔다. 셋째에게 편지를 부쳤다. 안에 둘째부인과 요시코에게 보내는 편지도 작은 봉투로 만들어 동봉했다. 30일 부친 둘째의 편지를 받았다. 밤에 또 큰 비가 내리고 우레가 쳤다.

6일 비. 아침에 둘째에게 편지를 부쳤다. 낮에 29일에 부친 셋째의 편지를 받았다. 29일자 『민싱일보』 1부를 받았다. 저녁에 지푸와 광허쥐에서 한잔했다.

7일 일요일 휴식. 아침에 류지셴劉楫先의 편지를 받았다. 1일에 상위上虞에서 부친 것이다. 점심 때, 1일에 부친 둘째의 편지를 받았다. 6월 30일자, 7월 1일자 『민싱일보』 각 1부를 받았다. 오후에 셰허와 구칭이 왔다. 밤에 비.

---

39) 6월 21일 차이위안페이를 시작으로 둥멍회(同盟會)의 다른 관료들, 왕충후이(王寵惠), 쑹자오런(宋敎仁), 왕정옌(王正廷)이 사표를 제출했지만 6월 29일 위안스카이가 그들을 만류했다. 그로 인해 7월 2일에 다시 사표를 제출하였고 결국 7월 14일 정식으로 전원 사직이 결정되었다.

8일 비. 오전에 상하이통속교육회[40]에서 보낸 편지와 『통속교육연구록』 1책을 받았다.

9일 맑음. 오후에 2일자, 3일자 『민싱일보』 각 1부를 받았다. 임시교육회의[41]가 시작되었다. 밤에 약간의 비.

10일 맑고 더웠다. 오전 9시부터 10시까지 하기강습회에 가 「미술약론」을 강연했다. 청중은 대략 20여 명. 오전에 등자오민샹[42] 일본우체국에 가서 하부토 가家로 보내는 편지와 일본돈 10엔円을 부쳤다. 오후에 지푸와 함께 차이제민蔡子民을 보러 숙소로 찾아갔으나 만나지 못했다. 밤에 약간의 비.

11일 셋째에게 편지를 부쳤다. 둘째에게 보내는 편지 1통과 둘째 부인에게 보내는 메모 1장을 동봉했다. 소포 하나를 받았다. 그 안에 P. Gauguin의 『Noa Noa』와 W. Wundt의 『Einführung in die Psychologie』 각 1책이 들어 있었다. 6월 27일 사오싱에서 보낸 것이다. 밤에 고갱이 쓴 책을 읽고[43] 매우 아름답다고 생각했다. 고갱 외의 다른 인상파 화가들의

---

40) 상하이통속교육회(上海通俗敎育會). 중국통속교육연구회를 말한다. 난징 임시정부 교육부 일부 관리와 사회 저명인사가 발기한 반관변 성격의 교육단체로 1912년 4월 28일 난징에서 설립되었다. 이사는 황옌페이(黃炎培), 우보춘(伍博純) 등이다. 임시정부가 베이징으로 옮겨 갔을 때, 그 소관업무가 난징에서 상하이로 이관되었고 베이징 교육부는 별도로 총회기관인 '통신처'(通信處)를 설치하여 우보춘 등으로 하여금 주관하게 하였다. 7월 중순 이후 임시교육회의가 베이징에서 개최되었을 때 이 교육회는 이를 빌미로 회원을 대폭 확대했다.

41) 임시교육회의(臨時敎育會議). 교육부는 청조 학제를 개편하기 위해 각지의 대표를 소집, 제1차 자문회의를 열었는데 이것이 중화민국 성립 이후의 최초 중앙교육회의이다. 1912년 7월 10일부터 8월 10일까지 교육부 강당에서 개최했다. 교육부와 각지 교육전문가 80여 명이 출석해 안건 92개를 발의하고 23건을 결의했다. 회의 전(8월 9일)에 다과회를 열었는데, 이는 차이위안페이가 임시교육회의를 소개하는 자리였다.

42) 둥자오민샹(東交民巷). 동으로는 충원먼(崇文門)으로부터 서쪽으로는 정양먼(正陽門)에 달하는 약 1.5킬로미터의 성벽을 남측의 경계로 삼고 북으로는 둥창안제(東長安街)에 이르는 약 750미터의 지역을 말한다. 원래 청나라의 여러 관청들과 각국의 대·공사관이 있었으나 1900년 의화단사건이 진압된 이후 이 지역을 각국의 공사관 지역으로 정했다. 일종의 치외법권지역인 셈이다.

책을 더 읽어 보고 싶다. 밤에 4일자 『민싱일보』 1부를 받았다. 밤에 큰 비.

12일 맑음. 오후에 둘째의 편지를 받았다. 5일 부친 것이다. 또 셋째의 편지를 받았다. 6일 부친 것이다. 저녁에 5일자, 6일자 『민싱일보』 각 1부를 받았다. 밤에 비. 임시교육회의에서 마침내 미학교육을 뺐다는 소식을 들었다.[44] 이런 어리석은 놈들, 불쌍하도다 불쌍하도다!

13일 비. 아무 일 없음.

14일 맑음. 일요일 휴식. 아침에 둘째와 셋째에게 편지를 부쳤다. 오전에 장셰허와 양신스가 왔다. 7일자 『민싱일보』 1부를 받았다. 오후에 밍보, 지푸와 함께 광허쥐에서 한잔했다. 몹시 취했다. 밤에 또 8일자 『민싱일보』 1부를 받았다.

15일 오전에 교육회에 가 잠시 방청을 했다. 오후에 부원들이 차이위안페이 총장을 위해 송별회를 열었으나 가지 않았다. 9일자 『민싱일보』 1부를 받았다.

16일 아침에 이달 월급 60위안을 받았다. 10일자 『민싱일보』 1부를 받았다. 밤에 비.

---

43) 고갱(Paul Gauguin, 1848~1903). 프랑스 인상주의 대표 화가 중 하나. 그가 지은 『노아 노아』(Noa Noa)는 남태평양 타히티섬에 사는 마오리족의 순박한 민심과 섬의 풍경을 묘사한 책이다. 노아노아는 원주민 마오리족 언어로 향기라는 뜻이다. 루쉰은 이 책을 번역하고 싶어 1929년 프랑스 원본을 구입했고 1932년 4월 일본인 마에카와 겐이치(前川堅市, 1902~1965. 교토 출신, 불문학자)가 번역한 『노아 노아』(岩波書店)를 샀다. 같은 해 5월 『문예연총』(文藝連叢) 광고에 루쉰은 '뤄우'(羅憮)라는 필명으로 이 책의 번역출판을 예고했다. 그러나 실행에 옮기진 못했다(『집외집습유』, 「'문예연총'의 시작과 현재」에서는 현재 교열·인쇄 중인 목록이라고 하였다).
44) 미학교육의 원문은 '美育'. 세계관으로서의 철학과 예술 및 그를 통한 정서교육을 하는 교과목이다. 루쉰은 미육을 종교적인 것으로까지 바꿀 것을 주장했다. 루쉰이 소속한 사회교육사(司)는 그의 주장을 실현하기 위한 좋은 부서였다. 교육부장관 차이위안페이는 청말의 학부에서 가르친 '충군(忠君), 존공(尊孔), 상공(尙公), 상무(尙武), 상실(尙實)' 다섯 가지 교육방침을 '군국민(軍國民) 교육, 실리주의, 공민도덕, 세계관, 미육'으로 바꾸었다. 그러나 임시교육회의에서는 이 미육을 삭제하기로 결의한 것이다.

17일 비. 교육부차장 판위안롄范源濂이 총장대리가 되었다. 오전 9시에서 10시까지 하계강연회에서 「미술약론」을 강의했다. 처음에는 한 사람뿐이더니 마칠 때는 열 명이었다. 이날로 강연을 끝냈다. 정오 조금 전에 개었다. 오후에 셰시위안이 와 이야길 나누었고 10엔을 빌려 갔다. 저녁에 지푸의 방에서 마셨다.

18일 오전에 11일자 『민싱일보』 1부를 받았다. 오후에 무척 더웠고 번개가 쳤다.

19일 아침에 둘째의 편지를 받았다. 12일 사오싱에서 부친 것이다. 판아이눙이 10일 물에 빠져 죽었다고 했다. 슬프고 슬프다. 그대는 제명대로 살지 못했구나,[45] 웨越 땅의 불행이도다. 그러니 허지중何幾仲[46] 무리들이 준동蠢動하는구나. 오후에 12, 13일자 『민싱일보』 각 1부를 받았다. 오후에 지푸와 함께 차이제민을 방문했으나 만나지 못했다. 그길로 둥쉰스 집으로 가 첸다오쑨錢稻孫과 같이 저녁까지 얘기하다 돌아왔다.

20일 오전에 둘째에게 편지를 부쳤다. 또 천쯔잉에게도 편지를 부쳤다. 14일자 『민싱일보』 1부를 받았다. 오후에 칭윈거에 가 일용잡화를 사고 다시 류리창에 가 『황자구추산무진도권』黃子久秋山無盡圖卷 1책을 5자오에, 『몽창사』夢窓詞 1책을 4자오에, 『노학암필기』老學庵筆記 2책을 8자오에 샀다. 저녁에 양신스, 첸다오쑨이 와 다같이 광허쥐에서 마셨다. 지푸도 왔다. 밤에 큰 비.

21일 흐림. 일요일 휴식. 오전에 비. 후멍러胡孟樂가 왔다. 두하이성이 왔다. 오후에 큰 비. 차이구칭蔡谷青이 왔다. 저녁에 둘째와 셋째의 편지를

---

45) 원문은 '君子無終'. 무종(無終)은 자연적인 수명을 다하지 못함을 말한다. 판아이눙은 루쉰의 고향친구로 절친이다. 그의 죽음에 대한 루쉰의 애달픈 마음은 다음 주석들을 참고.
46) 아래 22일 일기 주석 49번 참조.

받았다. 15일 발신. 15일자 『민싱일보』1부를 받았다.

22일 폭우가 내려 출근하지 않았다. 저녁에 천궁멍陳公猛 집에서 한잔했다. 차이제민을 위한 송별자리였다. 차이구칭, 위잉야俞英厓, 왕수메이王叔眉, 지푸 등과 같이 했는데 안주요리가 모두 좋았다. 밤에 세 편의 글을 써 아이눙을 애도했다. 여기에 기록 보존한다.[47]

비바람 흩날리는 날, 나 판아이눙이 그리워.[48]

흰머리엔 숱이 듬성듬성, 권세 좇는 속된 무리 백안시했네.[49]

---

47) 아래 세 수의 시는 「판 군을 애도하는 시 세 수」(哀范君三章)란 제목으로 『집외집습유』에 들어 있다. 이 시는 1912년 8월 21일 사오싱 『민싱일보』에 황지(黃棘)라는 필명으로 처음 발표되었다. 원고 말미에 부기로 이런 글이 있다. "나는 아이눙의 죽음으로 오랫동안 우울했다. 지금까지도 벗어나지 못했다. 어제 문득 시 세 편을 지어 붓 가는 대로 썼다. 그러다가 갑자기 계충(鷄蟲: 권세와 이익을 좇는 속된 무리)이란 단어를 시에 넣게 되었는데 정말 기묘하고 절묘했다. 벽력같은 큰소리로 하찮은 소인배 벌레들을 죽이니 큰 낭패를 당했을 것이다. 이제 이를 기록하여 대감정가들의 감정을 받고자 하니, 만일 나쁘지 않다면 『민싱』에 실어주길 바란다. 비록 천하를 바라본 지 오래되었다 할 수는 없으나, 나 어찌 하고픈 말을 참으리오?"(「哀范君三章」附記) 루쉰은 1912년 7월 19일자 일기에서 판아이눙이 10일 물에 빠져 죽었다고 기록하였고, 22일 일기에는 판 군을 애도하는 시 세 편을 썼다고 했다. 23일에는 수정을 가한 후, 저우쭤런에게 보내 『민싱일보』에 전했다. 일기에 기록된 이 시는 원래 시에서 몇 가지 단어를 수정한 것이다.

48) 판아이눙(范愛農, 1883~1912). 이름은 자오지(肇基), 자는 쓰녠(斯年), 호가 아이눙(愛農)이며 저장성 사오싱 사람이다. 광복회 회원이었고 일본 유학 시 루쉰과 알게 되었다. 1911년 루쉰이 산콰이초급사범학당(나중에 사오싱사범학교로 개칭)의 교장이 되었을 때 그를 학감에 임명했다. 루쉰이 학교와 갈등을 빚어 사직하자 그도 수구세력에 의해 축출되었다. 1912년 7월 10일 그는 『민싱일보』 직원들과 배를 타고 중국 전통극을 보러 갔다 돌아오는 도중 술에 취해 실족하여 물에 빠져 죽었다. 그러나 루쉰은 판아이눙이 물에 익숙하고 수영을 잘하는 사람이기 때문에 세상을 비관해 자살한 것으로 추정하고 있다.

49) 원문은 '白眼看鷄蟲'. '백안시하다'는 『진서』(晉書) 「완적전」(阮籍傳), "완적은 검은 자위의 눈과 하얀 자위의 눈을 만들 줄 알아서, 속류 인사들의 방문을 받으면 백안을 만들어서 무시하는 태도로 대했다"에서 유래했다. '계충'(鷄蟲)은 여기서 권세와 이익을 좇는 무리를 가리킨다. 두보의 시 「흰 비단 닭의 노래」(縛鷄行)에 "계충이 득실거리는 무료한 때, 겨울 강을 사랑하고 산의 누각에 의지한다"는 데서 유래. 허지중(何幾仲)이란 사람은 신해혁명 후 중화자유당 사오싱지부 간부였다. 루쉰의 고향 사오싱 방언으로 '지충'(鷄蟲) 발음과 허지중의 '지충'(幾仲)의 발음이 같다. 그러므로 계충(鷄蟲)은 쌍관어이다. 판아이눙이 선천적으로 눈에 흰자위가 많아 이렇게 노래한 것이다.

세상 맛 가을 씀바귀처럼 쓰고, 사람은 곧은데 도가 다하였네.

어이타 삼월에 헤어지고는, 끝내 너를 잃게 되었구나!

해초는 성문 밖에 푸르른데,[50] 여러 해 타국에서 늙어 갔네.

여우 살쾡이는 방금 굴속으로 숨어들고, 요사스런 꼭두각시 모두 무대

에 올랐다.[51]

고향땅 찬 구름에 뒤덮여 있어, 염천炎天에도 추운 밤은 길고도 길다.

그대 홀로 맑고 차가운 물에 빠졌으니, 근심 어린 오장육부, 그래 씻을

수 있었는가?

술잔 잡고 세상사 논할 때도, 그댄 술 많이 마시는 이 우습게 여겼었지.[52]

온 천하가 만취해도, 그댄 조금 취했으리 스스로 물에 빠졌으리.[53]

이번 이별 영원한 이별 되어, 다하지 못한 말도 이제 다 사라졌네[54]

고인이 구름처럼 흩어져 버리니, 나 역시 가벼운 먼지가 되었구나![55]

---

50) 원문은 '海草國門碧'. 이백의 시 「이른 봄 강하에서 채십이 운몽으로 귀가하는 것을 배웅하며」
(早春於江夏送蔡十還家雲夢序)의 "해초가 세 번 푸르도록 나라로 돌아가지 못하였다"에서 유래.
해외생활로 오랫동안 귀국하지 못함을 말한다. 여기서는 판아이눙이 오랫동안 일본 유학으로
귀국하지 못했음을 비유.

51) '여우 살쾡이'는 청나라 황제와 관리들을 비유한 것. 꼭두각시는 원문이 도우(桃偶), 복숭아나
무로 깎아 만든 인형인데 벽사(辟邪)용으로 사용했다. 여기서는 위안스카이에 아부하는 관료들
을 지칭한다.

52) 원문은 '先生小酒人'. 판아이눙을 높여 선생이라고 불렀고, '酒人'은 술 많이 마시는 사람, '小'
는 가볍게 보다, 업신여기다를 의미한다.

53) 판아이눙이 절대 실족할 만큼 만취할 사람이 아니라는 루쉰의 생각, 아마 스스로 투신자살한
것일 거라는 루쉰의 추측을 말하고 있다.

54) '다하지 못한 말'의 원문은 '緖言'. 『장자』 「어부」편에 나오는 단어다. "조금 전에 선생께서 미진
한 말씀을 남기시고 떠나셨습니다." 당대(唐代)의 성현영(成玄英)이 "緖言은 다 못한 말(餘論)이
다"라고 주석을 달았다.

23일 비. 날씨가 매우 춥다. 오전에 17일자 『민싱일보』 1부를 받았다. 오후에 두하이성이 왔다. 위잉야가 오진吳鎭[원대의 화가]과 왕탁王鐸[명말청초 의 서화가]이 그린 산수화를 보여 주었다.

24일 흐림. 오전에 하부토 가에서 부친 편지를 받았다. 17일 도쿄에서 부친 것이다. 하기강연회의 거마비 10위안을 받았다. 16, 17일자 『민싱일 보』 각 1부를 받았다. 점심 후에 보슬비.

25일 흐림. 오후에 둘째에게 편지를 부쳤다. 안에 셋째의 메모가 한 장 들어 있었다. 첸다오쑨이 왔다.

26일 맑음. 판위안롄이 교육부 총장이 되었다는 소식. 오후에 셰시위 안이 왔다. 둘째의 편지를 받았다. 20일 부친 것이다. 20일자 『민싱일보』 1 부를 받았다. 위잉야와 왕수메이 두 사람이 왔다.

27일 오전에 둘째에게 편지를 부쳤다. 점심에 21일에 부친 둘째와 셋 째의 편지를 받았다. 21일자 『민싱일보』 1부를 받았다. 저녁에 지푸와 함 께 구칭의 집에 갔는데 셰허도 있었다. 잠깐 동안 큰 비가 내렸고 식사 후 귀가했다. 도로가 2촌56)가량 침수되었으나 달은 이미 하늘에 떠올랐다.

28일 일요일 휴식. 아침에 다오쑨이 와 광허쥐에서 점심식사를 했다. 지푸, 신스도 동석했다. 식사 후 우싱관吳興館에 갔다. 밤에는 또 볜이팡便宜 坊에서 식사를 했다. 19일자 『민싱일보』 1부를 받았다. 비.

29일 흐림. 아무 일 없음. 밤에 비. 둥쉰스가 교육부 차장이 되었다고 한다.

---

55) 이 시는 『집외집습유』 「판 군을 애도하는 시 세 수」(哀范君三章)와 같고, 마지막 수는 여기에 수 록된 것과 약간 내용을 달리하여 『집외집』에 「판아이눙을 곡하다」(哭范愛農)라는 제목으로 따 로 실었다.
56) 촌(寸)은 10분의 1척(尺), 길이로 약 3.33센티미터 정도다.

30일 맑음. 점심 후에 22일, 23일자 『민싱일보』 각 1부를 받았다. 오후에 중국통속교육연구회에 갔는데 저녁 무렵에서야 산회했다. 이 연구회는 교육부에 장소를 빌려 설립한 것으로, 비록 중국이란 명칭을 쓰고는 있으나 사실상 장쑤성[57] 사람들이 벌인 일이라고 한다. 이 얼마나 훌륭한 일인가! 저녁에 쉰스가 와 지푸의 방에서 한잔했다.

31일 맑다가 점심 후에 비. 교육부 본부에서 강연회를 열어 총장과 차장이 연설을 했다. 오후에 24일자, 25일자 『민싱일보』 각 1부를 받았다. 저녁 무렵 갬.

8월

1일 오후 다오쑨이 와서 지푸 방에 있다가 같이 류리창에 갔다. 『비아』[坤雅] 1부 4본을 2위안에 샀다. 명[明] 판각 같다. 저녁에 광허쥐에서 많이 마셨다.

2일 오전에 둘째의 편지를 받았다. 27일 부친 것이다. 판아이눙을 애도하는 시가 있었다. "천하에 소신껏 행동하는 사람 없어, 온 세상 시들고 쇠퇴해 버렸구나. 고결하고 고결했던 판부자시여,[58] 이런 말세를 살다 가셨구나.[59] 도도한 모습은 세속의 질시를 받았고, 여러 차례 벌레들의 기만도 당하였네. 실의에 젖어 한평생을 소진하다, 맑은 물가에서 삶을 마치셨네. 지금 이분 가셨다는 소식에, 내 가슴 슬프고 애달프다. 잡스런 저 원님

---

57) 원문은 '吳人'. 오나라 땅의 사람들이란 뜻으로 지금의 장쑤성(江蘇省) 일대를 지칭한다.
58) 부자(夫子)는 덕행이 높은 사람에 대한 존칭으로 쓰인다. 판아이눙을 높여 판부자라고 한 것임.
59) '말세'의 원문은 '季叔時'. 맹중계숙(孟仲季叔), 백중계숙(伯仲季叔)은 모두 맏이, 둘째, 셋째, 막내의 의미이며 계숙(季叔)은 여기서 마지막의 의미, 즉 말세를 지칭하는 듯하다.

네들, 저와 같이 오래도록 살고 있건만!" 27일자『민싱보』1부를 받았다. 오후에 둘째에게 편지를 부쳤다. 왕문태汪文台가 편찬한『사심후한서』謝沈後漢書 1권의 필사를 마쳤다.[60] 또 26일자『민싱일보』1부를 받았다. 저녁에 양신스의 초대로 광허쥐에서 한잔했다. 동석자는 장옌췬章演群, 첸다오쑨, 쉬지푸다. 밤에 바람 불고 가랑비가 왔다.

3일 비. 오전에 개었다. 아무 일 없었다.

4일 맑음. 일요일 휴식. 오전에 28일자『민싱보』1부를 받았다. 오후에 첸다오쑨, 두하이성杜海生이 왔다. 저녁에 콰이뤄무劊若木가 왔다.

5일 오전에 펑한수馮漢叔가 교육부로 만나러 왔다. 낮에 29일자『민싱일보』1부를 받았다. 오후에 교육부로 가 교육회의 임원이 각지의 교육현황에 대해 설명하는 것을 들었다. 그러나 참석자는 저장성 사람 2명에 그쳤다. 저녁에 비 오고 바람 불었다.

6일 비. 우보춘伍博純이 와서 통속교육연구회의 가입을 강하게 권했다. 거절을 못 해 승낙하고 말았다. 30일자『민싱일보』1부를 받았다.

7일 맑음. 오전에 펑한수가 교육부로 만나러 왔다. 낮에 집으로 돌아가는 길에 인력거꾼이 쓰러져 왼손과 오른쪽 무릎에 가벼운 상처를 입었다. 베이징 신문에 5일자 전보로 실린 뉴스에서, 사오싱 지부의 경비병이『웨둬신문』회관에 들이닥쳤다고 했다.[61] 7월 31일자, 8월 1일자『민싱일

---

60) 왕문태(汪文台)가 수집 편찬한『사심후한서』(謝沈後漢書). 청대 왕문태가 수집한 것에는『칠가후한서』(七家後漢書) 21권이 있는데 그 가운데 삼국 사승(謝承)의『후한서』8권과 진(晉)대 사심(謝沈)의『후한서』1권이 들어 있다. 이날 루쉰은『사심서』필사를 마쳤고 8월 15일에는『사승서』필사를 마쳤다.

61) 신해혁명에 의해 설치되었던 사오싱 군정지부가 1912년 7월 31일 폐지되어 경비군을 해산했다. 그런데 다음 날 해산 후의 경비군 병사들이『웨둬일보』의 기사가 사실과 다르다는 이유로『웨둬일보』신문회관을 습격했다.

보』각 1부를 받았다. 저녁에 둘째가 부친 소포를 받았다. 안에 푸씨復氏의
『미술과 국민교육』美術與國民敎育 1책과 푸씨福氏의 『미술론』美術論 1책이 들
어 있었다. 모두 독일어 책이다. 1일 부친 것이다.

8일 오전에 둘째의 편지를 받았다. 2일 부쳤다. 오후에 둘째에게 편지
를 부쳤다. 첸다오쑨이 왔다.

9일 아침에 셰시위안의 편지를 받았고 인銀 10위안을 돌려받았다. 오
후에 장셰허가 와서 지푸와 함께 한잔했다. 밤에 비.

10일 흐리고 오후에 비. 저녁에 지푸의 방에서 한잔했다.

11일 비. 일요일 휴식. 정오가 좀 지나 두하이성이 왔다. 오후에 양신
스와 첸다오쑨이 왔다. 저녁에 둘째가 부친, 독일어로 된 스씨[62]의 『근세
조형미술』近世造形美術 1책을 받았다. 5일 부친 것이다.

12일 맑음. 며칠 전부터 기침이 있다. 기관지염이 아닌가 한다. 오전
에 이케다의원[63]에 가 진료를 받았다. 걱정 없다고 한다. 그저 신경이 쇠약
해진 탓이니 주의해야 한다고 했다. 물약과 가루약 각 이틀 분을 주었다. 1
위안 2자오에 초진비 2위안이 들었다. 오후에 둘째와 셋째의 편지를 받았
다. 6일 부친 것이다. 초저녁에 옆집 손님들이 민난어閩南語로 시끄럽게 떠
들었다. 마치 개들이 컹컹거리며 서로 물어뜯는 듯했다. 숙면하지 못했다.

13일 흐림. 오전에 둘째와 셋째에게 편지를 부쳤다.

14일 맑음. 오전에 이케다의원에 가서 진찰을 받았다. 점심 후 지푸와
랑팡터우탸오郎房頭條의 취안예창에 가서 차를 마셨다. 나는 또 이발을 했

---

62) 원문은 '思氏'. 폴란드의 예술사학자 스트시고프스키(Josef Strzygowski, 1862~1941)이다.
63) 일본인 의사 이케다(池田)가 베이징의 스푸마다제(石駙馬大街)에 문을 연 병원이다. 루쉰은 이
해 말부터 다음 해에 걸쳐 호흡기 질환을 앓았고 항상 이 병원에 가 진료를 받았다. 하지만 그 이
전에도 기관지염이나 위통, 치통으로 힘들어했다. 또 신경병을 앓은 적도 가끔 있다.

다. 또 토지사土地祠의 신주국광사[64]에 가서 『남뢰여집』南雷余集 1책과 『천유각집』天游閣集 1책을 1위안 2자오에 샀다. 밤에 지푸의 방에서 한잔하며 포도, 전복, 살구씨를 먹었다. 둘째가 부친 소포 두 개를 받았다. 안에 『역외소설집』 제1, 2권이 각 5책씩 들어 있었다. 8일에 부친 것이다. 내가 사람들에게 선물하려고 2일에 편지로 부탁했었다.[65]

15일 『역외소설』[66]을 둥쉰스와 첸다오쑨에게 주었다. 점심 후 장셰허張協和가 왔다. 저녁에 왕문태가 편찬한 『사승후한서』 8권 필사를 마쳤다. 조유趙葵의 『장단경』長短經을 읽었다. 그 속에 인용된 우세남虞世南의 사론史論을 필사했다.

16일 흐림. 오늘부터 근무시간이 오전 9시부터 오후 4시 반까지로 바뀌었다. 이것은 교육부의 규정 개정에 의한 것이다. 정오에 큰 비, 오후에 갬. 둘째가 부친 V. van Gogh의 『Briefe』 1책을 받았다. 10일 부친 것이다. 밤에 지푸의 방에서 한잔했다.

17일 맑음. 오전에 이케다의원에 가 진찰을 했다. 병은 좀 나아졌으나 술을 마시지 말라고 했다. 『속담조』續談助 2책을 빌려 읽었다.

18일 일요일 휴식. 정오에 둘째의 편지를 받았다. 12일 부친 것이다. 오후에 둘째에게 편지를 부쳤다.

---

64) 신주국광사(神州國光社)는 1908년 덩스(鄧實)가 상하이에서 창립하였고 베이징에 지사를 설립했다. 원래는 비첩(碑帖)과 고서적, 미술서를 인쇄 간행하였다. 1929년 천밍수(陳銘樞)가 인수한 후에 조직을 개편, 왕리시(王禮錫)를 총편집으로 임명하고 사회과학과 신문예서적을 출판하기 시작했다. 1930년 루쉰은 이 출판사를 위해 '현대문예총서'를 편집한 적이 있다.
65) 『역외소설집』(域外小說集). 루쉰과 저우쭤런이 공편한 외국단편소설집으로 1909년 도쿄에서 출판했다. 1921년에 증보판이 상하이에서 다시 나왔다. 자세한 것은 루쉰접집 12권 『역문서발집』을 참조. 『일기』에서는 초판본 표지에서 사용했던 전자(篆字)에서의, 역(域)의 이체자에 해당하는 역(或)으로 표기하는 경우도 종종 있었으나 여기서는 모두 역(域)으로 통일.
66) 원문에는 '或外小說'로 되어 있다.

19일 오후에 셰시위안이 왔으나 못 만났다. 그가 놓고 간 명함을 봤다. 음력 칠월 칠석이다. 저녁에 밍보가 술자리를 마련, 초대해 주어 마셨다.

20일 오전에 교육사장教育司長과 교육부 동료 4명이 함께 도서관에 가 둔황석실敦煌石室에서 가져온 당인사경唐人寫經을 조사했다.[67] 송원宋元시대 각본刻本이 적지 않았다. 조사를 마친 후, 치서우산齊壽山을 데리고 스차하이[68]에 놀러가 지셴러우集賢樓에서 식사를 하고 오후 네 시 귀가했다.

21일 정오가 좀 지나 차이궈칭이 왔다. 펑한수의 명함을 받고 오전에 왔다 간 것을 알았다.

22일 아침에 교육부에서 임명한 명부를 보았다. 나는 첨사가 되었다.[69] 오전에 차이궈칭에게 편지를 부쳤다. 저녁에 첸다오쑨이 와 지푸와 함께 광허쥐에서 마셨다. 모두 각자 1위안씩 냈다. 돌아올 때 달빛이 너무 아름다워 노새 가마[70]로 거리를 돌아다녔다.

23일 둘째의 편지를 받았다. 16일에 부친 것이다. 저녁에 첸다오쑨이

---

67) 여기서 도서관은 경사(京師)도서관을 말한다. 1909년(宣統 元年) 창설되었고 도서관의 유적은 스차하이(什刹海) 부근의 광화사(廣化寺) 내에 있었다. 1912년 4월 교육부로 도서관 관장이 이양되었고 5월에 장한(江翰. 叔海)이 관장에 임명되었으며, 8월 27일 문을 열었다. 루쉰은 이 도서관 건축 준비를 위해 여러 해 동안 일했다. 그리고 그곳의 장서를 활용하여 『중국소설사략』 등의 저서를 썼다.

68) 스차하이(十刹海)는 통칭 스차하이(什刹海)라고도 쓴다. 스차하이라는 것은 열 개의 절을 의미한다. 속된 말로는 허옌(河沿)이라고도 불리며 디안먼(地安門) 밖 서쪽 세 곳을 잇는 물길의 총 칭이기도 하다. 예전에 이곳에 절이 많이 있었다고 한다. 성내로 들어온 물이 지수이탄(積水潭; 스차하이 서해西海)으로부터 스차하이(스차하이 후해後海), 허탕(荷塘; 스차하이 전해前海)으로 흘러가 베이하이(北海)로 나간다. 이곳 전체를 스차하이라고 부르며 오래진부터 시민의 쉼디가 되었다. 특히 허탕 부근은 그 이름과 같이 연꽃의 명승지로 유명하고 여름철에는 찻집이나 전통 소극장이 즐비했다고 한다.

69) 첨사(僉事). 임시대총통이던 위안스카이는 8월 21일 루쉰 등 32명을 교육부 첨사에 임명했다. 8월 26일 루쉰은 문화예술 방면을 책임지는 사회교육사(社會敎育司) 제1과 과장에 겸직 발령을 받았다. 당시 관제에 따르면 '참사'(參事)와 '첨사'는 모두 교육부 총장의 추천으로 총통이 임명했다.

70) 원문은 '騾' 즉 노새 가마(騾車)를 말한다. 1912년 5월 일기의 주석 3번 참조.

와서 내친김에 함께 류리창에 가 종이를 샀다. 또 신주국광사에 가서 『고학휘간』古學彙刊 제1편 1부 2책을 1위안 5편에 샀다. 밤에 위통.

24일 오전에 둘째에게 편지를 부쳤다. 점심 후 첸다오쑨이 집에 왔다.

25일 일요일 휴식. 오전에 쉬스취안과 상치형이 왔다. 점심 후 첸다오쑨이 와서 함께 류리창에 갔고 또 스차하이에 가서 차를 마시고 저녁에 귀가했다.

26일 흐리고 우레가 치더니 오후에는 비가 한바탕 내리다 개었다. 저녁에 둘째에게 편지를 부쳤다.

27일 맑음. 오후에 첸다오쑨의 집에 갔다가, 둘이 같이 다시 우리 집으로 왔다. 그리고 곧 돌아갔다. 저녁에 셰허가 왔다. 밤중에 비바람과 큰 우레.

28일 맑음. 다오쑨, 지푸와 함께 국가 휘장을 만들어 판范 총장에게 제출했다. 하나는 12장章, 하나는 기감旗鑒, 또 간장簡章이 2개, 모두 4개의 그림을 그렸다.[71] 오후에 둘째의 편지를 받았다. 안에 둘째 부인과 셋째의 서신이 들어 있었다. 22일 부친 것이다. 21일자, 22일자 『민싱일보』 각 1부를 받았다. 모두 발행 중단된 후에 재발행한 것들이다. 나와 치멍의 판아이눙을 애도하는 시가 거기 다 실렸다. 저녁에 다오쑨이 와서 지푸의 방에서 많이 마셨다.

29일 오전에 우보춘에게 편지를 보냈다. 오후에 23일자 『민싱보』 1부를 받았다. 저녁에 다오쑨과 셰허가 왔다.

---

71) 당시 총통부는 루쉰, 쉬서우창, 첸다오쑨에게 국가 휘장(원문 '國章案')을 만들도록 위임했다. 첸다오쑨이 그림을 그리고 루쉰이 설명서를 썼다. 이 글과 그림이 「국무원에 올리는 국가 휘장 도안 설명서」(致國務院國徽擬圖說明書)라는 제목으로 『교육부편찬처월간』(敎育部編纂處月刊) 제1권 제1책(1913년 2월)에 실렸다. 저자의 이름 없이 실렸다. 지금은 『집외집습유보편』(集外集拾遺補編; 루쉰전집 10권)에 실려 있다.

30일 흐림. 오후에 이달 봉급 125위안을 받았다. 반달치 월급이다. 밤중에 비가 내렸다.

31일 맑음. 오전에 둘째와 둘째 부인 그리고 셋째에게 편지를 부쳤다. 오후에 25일자 『민싱일보』 1부를 받았다. 저녁에 둥쉰스의 초대로 즈메이자이致美齋에서 마셨다. 동석한 사람은 탕저춘湯哲存, 샤쑤이칭夏穗卿, 허세허우, 장셰허, 첸다오쑨, 쉬지푸許季黻이다.

9월

1일 일요일 휴식. 둘째의 편지를 받았다. 26일 부친 것이다. 26일자 『민싱일보』 1부를 받았다. 오전에 지푸와 함께 다오쑨 집에 잠시 있다가 함께 스차하이에 갔다. 벌써 썰렁하니 행인이 뜸했다. 아마도 음력 7월 15일이 지난 탓일 게다.[72] 점심은 쓰파이러우四牌樓 퉁허쥐同和居에서 먹었는데 정말 맛이 없었다. 오후에는 칭윈거靑雲閣에 가 잡동사니를 두세 개 샀다. 또 류리창 유정서국有正書局에 가 『중국명화』中國名畵 제1집에서 10집까지 모두 10책을 인銀 12위안에 샀다. 목갑木匣 하나가 딸려 있었는데 무료였다.

2일 비. 아무 일 없다. 밤에 도쿄로 보내는 두 통의 편지를 썼다. 화집을 펼쳐 보았는데 아주 기분 좋았다.

3일 흐림. 오전에 둥자오민샹 일본우체국에 가 하부토 씨에게 편지와

---

72) 스차하이의 찻집이나 소극장은 음력 5월 5일 단오절에 문을 열고, 음력 7월 15일 중원절(中元節)에 문을 닫는 것이 당시 관례였다. 이 중원절에는 우담바라분회(盂蘭盆會)가 열렸다. 우담바라분회는 등을 달고 불경을 읽어서 극락으로 가지 못한 영혼들을 제도하는 행사였다. 연잎이나 사철쑥을 엮어 등을 만들고 아이들은 이 등을 들고 거리를 걸으며 노래를 불렀다. "연꽃으로 등을 달자, 연꽃으로 등을 달자, 오늘은 불 밝히고 내일은 꺼 버리네." 여러 절에서는 '법선'(法船)을 만들어 강으로 흘려보내곤 했다.

인銀 20위안을 보냈고 또 사가미야서점[73]으로 편지와 인 30위안을 부쳤다. 지푸도 인 10위안을 동봉했다. 오후에 맑았다. 27일, 28일자『민싱보』각 1부를 받았다. 집으로 작은 소포를 부쳤다. 안에 버섯 20량,[74] 자협刺夾 6개, 거우피狗皮연고 6매를 동봉했다.[75]

4일 오전에 집으로 작은 소포를 부쳤다. 안에 말린 복숭아, 살구, 사과 및 설탕절임 대추 네 가지를 넣었다. 저녁에 다오쑨이 와 함께 광허쥐에 가 한잔했다. 밍보, 지푸도 동석했다. 밤에 둘째와 셋째의 편지를 받았다. 그런데 편지 끝에 초初 5일 발송이라고 썼다.

5일 오전에 교육부 사장司長 및 몇몇 동료와 같이 국자감에 가 죽 돌아본 후에 점심을 대접받았다. 식사 후 다오쑨과 같이 걸어서 스차하이에 가 차를 마셨다. 다시 걸어서 양자위안쯔楊家園子에 가 포도를 사 포도 시렁 아래서 먹었다. 회관으로 돌아오니 이미 다섯 시 반이 되었다. 29일자, 30일자『민싱일보』각 1부를 받았다. 밤에는 우빙청吳秉成 군이 왔다.

6일 흐림. 오전에 본부 직원회의에 갔다. 판范 총장의 연설만 있었다. 그의 언변은 좀 이상했다. 점심 후 대학전문과정 토론회[76]에 참석해 미술학교 교육과정을 논의했다. 오후에 다오쑨이 왔고 저녁에는 지푸 방에서 한잔했다. 31일자『민싱보』1부를 받았다.

---

73) 사가미야(相模屋)서점은 일본 도쿄에 있는 오래된 서점 이름이다. 일본인 오자와 다미사부로(小澤民三郎)가 연 서점으로 루쉰은 귀국 후에도 종종 편지로 책 주문을 했다.
74) 일반적으로 16량(兩)은 1근에 해당하고 10분의 1량은 1전(錢)이다. 그러나 지방이나 물품에 따라 계산법이 다른 경우도 있다. 통일이 된 것은 1949년 중화인민공화국 성립 이후이다. 1근은 약 500그램, 10량은 1근으로 통일되었다.
75) '거우피'는 개 가죽이란 뜻. 작게 자른 개 가죽 위에 연고를 바른 일종의 파스 같은 것이다. 일반적인 연고보다 효능이 좋다고 알려졌다. '자협'은 분명치 않으나 핀셋 같은 물건이 아닌가 한다.
76) 대학전문과정 토론회(大學專門課程討論會). 민국 초에는 학교의 커리큘럼이 청나라의 것을 그대로 답습하였다. 이를 개혁하기 위해 교육부는 교육전문가들을 불러 커리큘럼 개혁방법을 토론했다. 루쉰은 교육부 내 전문가로 초청되어 출석했다.

7일 비. 오후에 첸다오쑨의 집에 갔다. 저녁에 지푸가 있는 곳에서 리멍저우李夢周를 만났다.

8일 흐림. 일요일 휴식. 오전에 지푸와 함께 류리창에 갔다. 즈리관서국에서 『식훈당총서』式訓堂叢書 초판 2집 1부 32책을 6위안 5자오에 샀다. 비를 만나 곧바로 돌아왔다. 9월 1일자 『민싱보』 1부를 받았다. 점심 후 개었다. 『식훈당총서』를 들춰 보니 이 책은 콰이지會稽의 장章씨가 새긴 것인데 지금은 그 판각이 쑤저우인 주지룽朱記榮에게 있었다. 이 책은 주지룽이 다시 찍은 것이다. 또 주지룽은 그 책에서 몇 가지를 발췌해 『괴려총서』槐廬叢書라는 책에 수록하였고, 최근에는 그 순서를 바꿔 『교경산방총서』校經山房叢書라고 불렀다. 이러다 보니 장씨의 이름은 사라져 버렸다. 지룽이란 사람은 본래 서적상을 하였는데 고서古書에서 액운을 맞았다고 한다. 마치 신서적에 있어서 장위안지와 같다.77) 『배경루제발』拜經樓題跋을 읽고는 내가 소장하고 있는 『추사초당집』秋思草堂集이 최근에 간행한 『장씨사안』莊氏史案임을 알았다. 생각하건대 쑤저우인[주지룽]의 장서가 상우인서관으로 들어간 것인 듯하다.78) 오후에 비가 한바탕 내리고 개었다. 저녁에 다오쑨에게 초대받아 벤이팡에서 마셨다. 동석한 사람은 지푸와 왕수샤汪曙霞와 그 형이다.

---

77) 장위안지(張元濟, 1867~1959)는 저장성 하이옌(海鹽)현 사람으로 자는 쥐성(菊生)이고 상하이 상우인서관 편역소 소장을 지냈다(『차개정잡문』, 「아프고 난 뒤 잡담의 남은 이야기」, 수석 18번[루쉰전집 8권, 267쪽] 참조). 루쉰이 장위안지와 같았다고 말한 것은 당시 상우인서관이 돈을 모으려고 지조 없이 서적을 긁어모아 출판한 것을 비아냥거린 것이다.

78) 상우인서관(商務印書館). 1897년 상하이에서 창설되었고 중국 내 거의 모든 중소도시에 분점을 설립한, 중국 최대 규모의 출판사 겸 서점이다. 1932년 1·28전쟁 때, 상하이에 있던 대부분 조직들이 일본군 폭격으로 파괴되었다가 나중에 부분적으로 복구되었다. 루쉰은 베이징, 샤먼, 광저우, 상하이에 있을 때에 항상 이 서관을 통해 책을 구입했다. 이 서관에서 발행하는 간행물에 글이나 번역문을 발표하기도 하고 단행본을 출판하기도 했다.

9일 맑고 오후에 바람. 둘째의 편지를 받았다. 2일 부친 것이다. 2일자, 3일자『민싱일보』각 1부를 받았다.

10일 아침에 둘째에게 편지를 부쳤다. 오후에 둘째의 편지를 받았다. 4일 부친 것이다. 4일자『민싱일보』1부를 받았다.

11일 오후에 8월 24일자『민싱보』1부를 받았다. 저녁에 후멍러胡孟樂의 초대를 받아 난웨이자이南味齋에서 한잔했다. 득남得男 축하 자리였다. 장張, 퉁童, 타오陶 이상 세 명은 그 이름이 불명, 위보잉兪伯英, 쉬지푸, 천궁멍, 양신스 그리고 나, 9명이 동석했다.

12일 오후에 동료와 청말의 잡다한 일에 대해 한담을 나눴다. 저녁에 5일자『민싱일보』1부를 받았다. 이불 한 장을 인銀 5위안 주고 만들었다.

13일 흐림. 아침에 둘째에게 편지를 부쳤다. 오후에 가랑비. 6일자, 7일자『민싱보』각 1부를 받았다. 저녁에 다오쑨이 와 지푸를 불러 광허쥐에서 한잔했다. 바람이 제법 크게 불었다.

14일 맑음. 점심에 이달 월급의 반인 125위안을 받았다. 낡은 이불을 빨고 수고비로 300[79)]을 주었다.

15일 일요일 휴식. 오전에 칭원거에 가 일용물품 3위안 어치를 샀다. 또 류리창에 가서『개원점경』開元占經 1부部 24책冊을 3위안에,『장남사화책』蔣南沙畫冊 1책을 1위안 2자오에 샀다. 둘째의 편지를 받았다. 둘째 부인의 편지와 셋째의 편지가 동봉되어 있었다. 8일 부친 것이다. 8일자『민싱

---

79) 당시 화폐단위로 위안, 자오, 펀 외에도 메이(枚), 원(文), 댜오(吊) 등이 있었다. 이들은 인위안(銀元)의 보조역할을 했다. 청말에 구리(銅)로 만들어진 '당스퉁위안'(當十銅元)이 있었고 베이징에서는 퉁위안을 그냥 메이(枚)라고 불렀다. 1당스퉁위안은 1메이퉁위안이고 1메이퉁위안은 10원(文)이다. 또 10메이퉁위안을 댜오(吊)라고 부르기도 했다. 여기서 300은 300원(文)이고 30메이(枚)의 퉁위안(銅元)이며, 3댜오(吊)에 해당한다. 당시 30메이퉁위안으로는 8~9개의 계란을 살 수 있었다고 한다.

보』1부를 받았다.

16일 오전에 하부토 가의 편지를 받았다. 9일 도쿄에서 부친 것이다. 9일자『민싱보』1부를 받았다. 약간 몸이 안 좋았다. 감기인 듯하다.

17일 오전에 둘째에게 편지를 부쳤다. 둘째 부인과 셋째에게 보내는 편지도 동봉했다. 10일자『민싱일보』1부를 받았다.

18일 오전에 하부토 가 앞으로 편지를 부쳤다. 후쿠코福子 앞으로 보내는 편지도 동봉했다. 오전에 사가미야서점으로부터 엽서를 받았다. 오후에 둘째와 셋째의 편지를 받았다. 12일 부친 것이다. 11일자『민싱일보』1부를 받았다. 저녁에 둘째에게 편지를 부쳤다. 밤에 민閩지방 사람이 옆집에서 시끄럽게 떠들었다.

19일 저녁에 다오쑨이 와 밍보, 지푸와 같이 광허쥐에서 한잔했다. 12일자『민싱보』1부를 받았다.

20일 흐리고 오후에 비. 둘째가 부친『세잔 화전畵傳』1권을 받았다. 14일 부친 것이다. 13, 14일자『민싱보』각 1부를 받았다. 밤에도 비가 그치지 않았다. 옆집에 또 민閩南지방 사람이 와 들개가 짖는 것처럼 한밤중까지 떠들어 댔다. 나가서 질타를 하니 잠시 조용해졌다.

21일 맑고 바람. 둘째에게 편지를 부쳤다. 지푸가 청나라 전시[80]의 논책을 찾고 있던 차에, 돌아가신 할아버지의 답안지를 발견하고는 내게 건네주었다.[81] 저녁에 서우주린壽洙隣과 첸다오쑨이 왔다.

---

80) 청나라 과거시험은 향시(鄕試), 회시(會試), 전시(殿試) 세 단계가 있었다. 전시는 최종 시험으로, 임금의 참여 하에 회시에 합격한 사람만 참여하였다. 전시합격자는 1갑(甲), 2갑, 3갑으로 나뉘고 1갑의 1등을 장원(狀元), 2등을 방안(榜眼), 3등을 탐화(探花)라고 했다. 루쉰의 할아버지 저우푸칭(周福淸)은 동치(同治) 10년(1871년) 전시를 치렀고 제3갑 제15등의 성적으로 진사(進士)가 되었다(周苕棠,『鄕土憶錄』).
81) 루쉰의 조부 저우푸칭이 1871년 진사에 합격하였을 때의 답안지를 말한다.

22일 맑고 바람. 일요일 휴식. 오전에 15일자『민싱일보』1부를 받았다. 오후에『전당시』全唐詩에서 우세남虞世南의 시 한 권을 옮겨 썼다.

23일 오후에 17, 18일자『민싱일보』각 1부를 받았다.

24일 점심 후에 다오쑨과 같이 류리창에 가『술학』述學 2책을 8자오에,『배경루총서』拜經樓叢書 7종 8책을 3자오에 샀다. 둘째의 편지를 받았다. 16일 부친 것이다. 16일자『민싱일보』1부를 받았고, 또 19일분도 1부 받았다. 저녁에 위안원써우袁文藪가 왔고 장이즈蔣抑卮가 왔다.

25일 음력 추석이다. 오후에 첸다오쑨이 왔다. 20일자『민싱일보』1부를 받았다. 저녁에 밍보, 지푸가 초대해서 한잔했다. 10시까지 이야기하다 집으로 돌아오니 보름달의 차가운 빛이 마치 고향에서와 같이 환히 빛났다. 집에서는 변함없이 월병으로 제사를 지냈으리라.

26일 흐림. 아침에 둘째에게 편지를 부쳤다. 오후에 21일자『민싱보』1부를 받았다. 저녁에 장셰허가 왔다. 7시 30분에 10분의 1이 가려진 월식을 보았다. 사람들이 동銅 대야를 두드리며 달의 원상복귀를 기원했다. 이런 풍속은 남쪽에는 없다. 남방인이 북방인에 비해 그래도 현명해서 그런가 생각할 수 있으나 사실은 그렇지 않다. 남방인은 애정이 넘쳐 고갈되어 버렸고, 그래서 달이 정말로 하늘의 개[82]에게 먹힘을 당한다 해도 그것을 구하려 나서지 않는 것이다. 미신이 다 사라져 버려 그런 것은 아니다.

27일 맑음. 오후에 22일자『민싱보』1부를 받았다. 둘째가 보낸 소포를 받았다. 안에 전체 가족사진 한 장이 들어 있었다. 또 둘째 부인이 핑

---

82) '하늘의 개'의 원문은 '天狗'. 중국신화에서 월식은 하늘의 개가 가끔씩 달이 먹고 싶어지면 달을 먹어 치워서 생기는 현상이라고 생각했다. 그래서 사람들은 월식이 일어나면 소리가 나는 것을 두들겨 하늘의 개를 쫓아 버리고자 하였다. 일식이나 월식을 어떤 종류의 동물이, 예를 들면 용이나 개가 먹었다고 생각하는 신화는 세계 각지에 두루 퍼져 있다.

완豌을 안고 있는 사진 1장, 나의 오래된 사진 3장, 양말 두 켤레, 독일어로 된 『식물채집법』植物採集法 1책이 들어 있었다. 14일 부친 것이다. 저녁에 취안예창勸業場에 있는 샤오유톈小有天에서 마셨다. 둥쉰스, 첸다오쑨, 쉬지푸가 동석했다. 안주가 푸젠福建(閩) 지방 식이었다. 그다지 입에 맞지 않았다. 이른바 훙짜오 식으로 만든 것 역시 맛이 없었다.[83]

28일 오후에 바람. 둘째의 편지를 받았다. 23일에 부친 것이다. 저녁에 다오쑨이 왔다. 쑹지런宋汲仁이 왔다. 쑹씨는 이름이 서우룽守榮이고 우싱吳興 사람이다. 교육부의 서기[84]인 듯하다.

29일 일요일 휴식. 오전에 장셰허가 왔다가 금방 갔다. 둘째와 둘째 부인에게 편지를 부쳤다. 오후에 첸다오쑨이 와, 함께 취안궁勸工의 진열소를 죽 한번 둘러보았다. 진열소 안의 청러위안澄樂園에서 차를 마시고 돌아왔다. 장이즈가 왔다. 24일자 『민싱일보』 1부를 받았다.

30일 오전에 장수하이江叔海에게 편지를 보냈다. 또 장이즈에게도 편지를 보냈다. 도서관에 소장된 귀중한 책 열람을 소개하기 위함이다. 25일자 『민싱일보』 1부를 받았다. 저녁엔 쑹쯔페이의 편지를 받았다. 25일 부친 것이다.

10월

1일 아침에 둘째에게 편지를 부쳤다. 그리고 쑹쯔페이에게 편지를 부쳤다. 이전에 다오쑨과 류리창에 가서 작은 글씨본小字本 『예문유취』藝文類

---

83) 훙짜오(紅糟). 붉은 쌀누룩을 원료로 하여 만든 절임음식의 일종. 푸젠성(福建省) 요리에 많이 사용되고 있다.
84) 서기의 원문은 '錄事'. 옛날 관청에서 기록이나 허드렛일을 하는 말단관리를 지칭.

聚1부를 발견했었는데 다오쑨이 경쟁하듯 하여 가서 사 놓고는 지금 갑자기 나에게 주고 싶어 했다. 그래서 원가 9위안을 주고 받았다. 판각이 좋지 않고 잘못된 설명도 많았지만, 하의문何義門의 도장이 찍혀 있고 게다가 명판본이니 소장할 만하다. 오후에 사가미야서점으로 편지를 부쳤다. 둘째와 셋째의 편지를 받았다. 26일 부친 것이다.

2일 저녁에 다오쑨이 와 밍보, 지푸와 같이 광허쥐에서 한잔했다.

3일 아무 일 없음.

4일 바람이 모래를 안고 불어와 날씨가 흐렸다. 햇빛은 등자나무의 황색이 되었다. 오후에 첸다오쑨이 왔다. 지톈푸季天復가 왔다. 지의 자는 쯔추自求이고 치멍의 동창이다.

5일 비가 내렸고 추웠다. 점심 지나 비가 그치고 바람이 불자 더 추웠다.

6일 맑고 바람. 일요일 휴식. 오전에 다오쑨이 와서 지푸와 함께 뤄마시[85]의 작은 골동품 가게에 갔다. 여러 개 서가의 고서를 보았다. 쉬수밍의 골동품인데 그 아들이 팔려고 내놓은 것이다. 나는 『경전석문고증』經典釋文考證 1부를 샀다. 가격은 고작 2위안이었지만 애석하게도 물에 젖은 것이었다. 또 차이제민蔡孑民이 쉬徐에게 올린 백습을 보았는데 해서楷書체로 되어 있고 수업受業이라고 불렀다.[86] 곁에는 쉬의 평어評語가 적혀 있었다.

---

85) 뤄마시(騾馬市). 당시 쉬안우먼(宣武門)의 경계 북쪽으로 죽 가면 시단파이러우(西單牌樓)가 있었다. 굉장히 번잡한 곳이다. 더 번잡한 곳은 차이스커우(菜市口)로 쉬안우먼 남쪽으로 죽 따라가면 있었다. 차이스커우의 통로를 동쪽으로 조금 향해 나아가면 뤄마시가 나오는데 이곳 일대에 여관이 많았다. 베이징 이외 지역에서 온 사람들이 이 지역에 많이 모였기 때문이다.

86) 쉬수밍(徐樹銘). 자는 서우형(壽衡)이고 후난 창사(長沙) 사람이다. 청나라 도광(道光) 연간에 진사에 합격하였다. 저장성 향시(鄕試) 시험관, 회시(會試) 총재 등을 역임했다. 차이제민(즉, 차이위안페이)은 쉬수밍에게서 과거시험 공부를 했다. 그래서 스스로 '수업'이라 부른 것이다. 백습(白摺)은 응시 시험답안지다. 쉬가 차이의 답안지 위에 "조충서 체로 온갖 잡다한 잡배들을 묘사했다"고 평가한 것은 스승과 제자의 도리에 어긋나는 것이다. 그래서 루쉰이 "인간사 변화가 참 불가사의하구나" 한 것이다. '조충서'에 대해서는 아래 주석 참조.

"조충서 체로 온갖 잡다한 잡배들을 묘사했다."[87] 지푸가 인銀 2자오에 샀다. 인간사 변화가 참 불가사의하구나.[88] 점심 후에 지쯔추季自求, 서우주린을 방문했다. 오후에 류리창에 가 전지箋紙를 사고 명함을 주문했다. 또 『둔황석실진적록』敦煌石室眞迹錄 1부를 인 1량兩에 샀다. 저녁에 둘째와 둘째 부인 그리고 셋째에게 편지를 부쳤다. 둘째의 편지를 받았다. 안에 「동화연구」교정원고 절반半이 들어 있었다. 10월 1일 부친 것이다.

7일 아무 일 없음. 다이루링戴螺舲에게 기증할 『역외소설집』 두 권을 장셰허에게 가져가 전해 달라고 부탁했다. 저녁에 또 옆집 푸젠 사람이 시끄럽게 떠들었다.

8일 북쪽 퉁저우 부대 전란에 의연금 1위안을 냈다.[89]

9일 점심 후 바람. 아무 일 없음.

10일 국경절[90] 휴식. 오전에 쉬밍보, 지푸, 스취안, 스링詩苓과 같이 류리창에 가서 공화기념회에 참석했다.[91] 여러 개의 경축 아치문이 있었지만 사람들이 개미떼처럼 많아 오래 머물지 못하고 곧바로 나왔다. 나는 명

---

87) 원문은 "우귀사신, 충서조전"(牛鬼蛇神, 蟲書鳥篆). 우귀사신은 온갖 잡다한 귀신 및 잡배들, 충서조전은 조충서(鳥蟲書) 즉, 장식성이 풍부한 서체로 무기나 부적 등에 사용되곤 하던, 진나라의 8서체 가운데 하나. 줄여서 충서(蟲書) 혹은 충전(蟲篆)이라고 했다.

88) 백습은 과거시험에서 진사에 급제한 자가 천자가 출제한 문제에 답을 쓴 시험답안지를 말한다. 진사 시험에 합격했던 차이위안페이의 답안지를 받은 시험관인 쉬수밍은 그 답안지에 대해 "위귀사신······"이라고 평어를 부쳐 혹평을 했다. 하지만 그 후 두 사람의 입장은 크게 바뀌었다. 루쉰이 이를 두고 불가사의하다고 한 것이다.

89) 북쪽 퉁저우(通州)는 허베이성 퉁현(通縣; 지금은 베이징에 속함)을 말함. 1912년 8월 24일 저녁, 안게이(皖系) 군벌인 장구이티(姜桂題)가 퉁저우 주둔 부대에서 소란이 일어나 하룻밤 사이 재난을 당한 퉁저우 시민들이 수천 가구가 되었고 수만의 이재민이 유랑길에 올랐다.

90) 중화민국 참의원은 1912년 9월 28일에, 중화민국 건국의 계기가 된 우창(武昌)봉기일인 10월 10일을 기념하기 위해 이날을 국경절로 결정했다. 쌍십절이라고도 부른다. 현재 중국의 국경절인 10월 1일은 1949년 10월 1일 중화인민공화국 성립의 날을 기념하는 것이다.

91) 공화기념회(共和紀念會). 중화민국 첫번째의 공화기념회로서 베이징의 류리창 창뎬(廠甸)에서 거행됐다. 참관 군중이 약 10만으로 쑹자오런(宋敎仁)이 대회주석을 맡았다. 기념대회장 안에는 진열관, 운동장, 극장 등이 설치되어 성시를 이뤘다고 한다.

함을 찾았고 2위안에 『전·후한기』前後漢記 1부를 사가지고 돌아왔다. 저녁에 광허쥐에서 한잔했는데 모두 류리창에 같이 갔다 온 다섯 사람이다. 오늘은 유난히 날씨가 차다. 『경전석문』2장을 보충 필사했다.

11일 비가 약간 내리더니 맑았다. 아침에 둘째의 편지와 「동화연구」 원고 절반을 받았다.[92] 5일 부친 것이다. 오전에 둘째에게 편지를 부쳤다.

12일 맑음. 오후에 둘째에게 편지를 부쳤다. 저녁에 둘째가 부친 소포 2개를 받았다. 『고소설구침』[93] 초고와 사오싱 지방 사람들이 지은 저서들의 초고 등 10책[94]과 『지나회화소사』支那繪畵小史 1책이 들어 있었다. 7일 부친 것이다. 다시 둘째의 편지를 받았는데 안데르센 동화[95] 2편이 동봉되어 있었다. 7일 부친 것이다. 『사략』史略 1장을 보충 필사했다. 밤에 갑자기 복통이 오래 지속되었다. 그 까닭은 알지 못했다.

13일 흐림. 일요일 휴식. 배에 약간의 통증이 여전하다. 종일 책제본을 하여 『사략』2책과 『경전석문』6책을 완성했다.

14일 비. 저녁에 『경전석문』4책 제본을 다 했다. 밤에 태풍이 불었다.

---

92) 이해 6월 13일, 26일, 10월 6일 그리고 이날, 총 4회에 걸쳐 루쉰이 받은 저우쭤런의 논문 「동화연구」는 1912년 6월 6일과 7일 『민싱일보』에 게재된 것을 저우쭤런이 수정한 것이다. 루쉰은 이 논문을 『교육부편찬처월간』 제1권 7책(1913년 8월)에 게재했고, 제1권 8책(1913년 9월)에는 저우쭤런의 「동화약론」이 게재되었다. 이 논문들은 모두 저우쭤런의 논문집 『아동문학소론』 (1932년 출간)에 수록되었다.

93) 원문은 『古小說拘沈』. 『고소설구침』(古小說鉤沈)을 말한다. 루쉰은 젊어서부터 고소설 관련 자료를 모았고 일본 유학에서 귀국한 후 틈틈이 집필했다. 여기서는 루쉰이 고향에 있는 저우쭤런에게 부탁해 사오싱 고향집에 있던 초고를 부치게 한 것이다. 이후 그는 계속 집필, 교정을 했다.

94) 사오싱 지방 사람들이 지은 저서들의 초고를 말한다. 루쉰은 일찍이 사오싱 지방 저서들 가운데 뛰어난 것들을 추려 모아서 기록하였다. 이것은 나중에 『콰이지군고서잡집』(會稽郡故書雜集)의 저본이 되었다.

95) 안데르센(Hans Christian Andersen)은 덴마크 동화작가. 여기서 말하는 것의 1편은 「공주」이고 다른 1편은 미상이다. 저우쭤런은 사오싱의 『뭐사』(爰社; 1914년 1월 2일 일기 주석 참고) 창간호(1913년 12월)에 「덴마크 시인 안데르센전」을 발표했는데, 이것은 현재까지 발견된 문장 가운데 중국에서 가장 처음 안데르센을 소개한 글이다.

15일 맑고 바람. 오전에 둘째에게 소포 2개를 부쳤다. 갑, 『배경루총서』拜經樓叢書 8책, 『초당시여』草堂詩餘 1책. 을, 『제물론석』齊物論釋, 『몽창사』夢窓詞, 『남뢰여집』南雷余集, 『천유각시집』天游閣詩集, 『실재신척』實齋信撫 각 1책, 『실재찰기』實齋札記 2책이다. 오후에 이달 월급의 반 125위안을 받았다. 둘째와 셋째의 편지를 받았다. 10일 부친 것이다. 룽취안사龍泉寺로 유관칭游觀慶을 찾아갔으나 만나지 못했다. 저녁에 서우주린이 와서 광허쥐에서 한잔 샀다.

16일 맑음. 저녁에 『북당서초』北堂書鈔 1장을 보완하여 썼다.

17일 아침에 장셰허가 나 대신 여우가죽 모피를 사가지고 왔다. 가격은 30위안. 오전에 둘째와 셋째에게 편지를 부쳤다. 오후에 취안예창에 가서 이발을 했다. 저녁에 지쯔추가 와서 이야길 나누었다. 『역외소설집』 1권과 2권을 주었다.

18일 흐림. 오전에 사가미야서점의 엽서를 받았다. 12일 부친 것이다.

19일 맑음. 메이셰윈梅撷雲이 『불학총서』佛學叢書 제1호 1책을 보내왔다. 저녁에 쉬밍보가 싱화춘杏花村에서 한잔 샀다. 동석자는 천陳씨 성을 가진 상위上虞 사람으로 그의 자字는 잊어버렸다. 그리고 위웨후兪月湖, 후밍러, 장셰허, 쉬지푸다.

20일 바람. 일요일 휴식. 오전에 류리창에 가서 『한간전정』汗簡箋正 1부를 3위안에, 『북몽쇄언』北夢瑣言 1부를 4자오에, 『독화록·인인전』讀畵錄·印人傳 합각合刻 1부를 1위안에 샀다. 점심 후 구름. 저녁에 둘째의 편지와 「그리스의곡」 2편[96]을 받았다. 15일 부친 것이다.

---

96) 「그리스의곡」(希臘擬曲)은 저우쭤런이 쓴 단편소설이다. 1916년 10월 1일 『중화소설계』(中華小說界) 제10기에 치밍(啓明)이란 필명으로 발표했다.

21일 구름. 오전에 롼리푸阮立夫의 편지를 받았다. 16일 주장九江에서 부친 것이다. 오후에 약간의 눈. 저녁에 서적상이 고서를 들고 팔러 왔으나 사지 않았다.

22일 구름. 오전에 둘째에게 편지와 인 50위안을 부쳤다. 오후에 눈이 약간 내렸다. 저녁에 쉬밍보와 지푸, 스렁과 같이 광허쥐에서 한잔했다.

23일 맑음. 아무 일 없음.

24일 비. 저녁에 둘째의 편지를 받았다. 19일 발신. 19일자 『민싱일보』 1부를 받았다. 고아원에 인 1위안을 헌금했다.[97]

25일 맑음. 오전에 지푸를 대신하여 사가미야서점에 편지를 부쳤다. 다이루링이 운빙惲冰의 그림을 보고 위작이라고 했다. 저녁에 20일자 『민싱일보』 1부를 받았다.

26일 흐림. 오전에 둘째에게 편지를 부쳤다. 오후에 지푸, 셰허와 같이 샤오스[98]에 가 가죽옷을 사려 하였으나 사지 못하고 다시 다산란大柵欄으로 갔으나 역시 사지 못했다. 그래서 칭윈거에 가 차를 마셨다. 판이천范亦陳을 만났고, 천布을 3위안에 샀다. 다시 류리창에 가 『정판교도정묵적』鄭板橋道情墨迹 1책을 3자오에, 『서철운수찰』舒鐵雲手札 1책을 4자오에, 『중국명화』 제16집 1책을 1위안 5자오에 샀다. 귀가하니 저녁이었다. 21일자 『민싱일보』 1부를 받았다. 밤에 『술학』述學 2책을 교정했는데 1시가 되어 겨

<hr />

97) 원문은 '貧兒院'. 원래 명칭은 '베이징 고아원'(北京貧兒院)으로 1911년 11월 설립되었다. 신해혁명 중에 희생된 사람들의 아이들 30여 명 고아를 수용했다. 차이위안페이가 이 고아원의 후원자이자 명예이사였다. 8월에 고아원 신축을 위한 모금을 하자 루쉰이 여기에 헌금을 한 것이다. 이후 루쉰은 여러 차례 헌금을 했다.

98) 샤오스(小市). 원래 명칭은 샤오스(曉市)로 옛날 골동품 및 잡화를 팔던 시장. 충원먼(崇文門) 일대와 쉬안우먼(宣武門) 일대를 구분하여 동(東)샤오스, 서(西)샤오스로 불렀다. 루쉰이 자주 간 곳은 서샤오스다.

우 마쳤다.

27일 맑음. 일요일 휴식. 정오 좀 지나 장셰허가 왔다. 오후에 첸다오쑨이 왔다. 본관 선현제⁹⁹⁾에 갔다. 참석자가 겨우 10여 명. 제사 후 다과를 먹었다. 밤에 미풍이 불다 잠시 후 점점 커지더니 창문 앞 대추나무 잎이 마치 비가 내리듯 우수수 떨어졌다.

28일 바람, 구름. 점심 후 맑음. 23일자 『민싱보』 1부를 받았다.

29일 맑음. 오전에 위간싼兪乾三의 편지를 받았다. 23일 상위上虞에서 부친 것이다. 저녁에 24일자 『민싱일보』 1부를 받았다. 차이궈친이 왔다.

30일 흐리고 점심 후에 비. 선상치沈商耆의 편지를 받았다. 25일 상하이에서 부친 것이다. 톈줴바오사¹⁰⁰⁾의 편지를 받았다. 24일 사오싱에서 부친 것이다. 안에 출판 공고문 1장, 원고모집 광고문 1장이 들어 있고 쑹쯔페이가 이름을 열거하였다. 밤에 바람이 불고 달이 떴다.

31일 맑음. 오전에 둘째와 셋째의 편지를 받았다. 25일 부친 것이다. 25일자 『민싱일보』 1부를 받았다. 오후에 26일자 『민싱보』 1부를 받았다.

---

99) 본관(本館)이란 베이징에 있는 사오싱현관(紹興縣館)이다. 사오싱현관에서 매년 봄, 가을 두 차례, 현관 내에 있는 양시당(仰戱堂)에서 사오싱의 선현들에게 세사를 올렸다. 베이징에 거주하는 사오싱 출신 사람들이 대거 참석하곤 했다.

100) 톈줴바오사(天覺報社). 루쉰의 학생인 쑹린(宋琳) 등이 사오싱에서 『톈줴바오』를 창간하였다. 11월 1일 창간에 즈음하여 사오싱 부중학당 시절 스승이었던 루쉰에게 축사를 요청했다. 루쉰은 이에 "톈줴의 출판 자유를 삼가 축하합니다. 베이징에서 저우수런."이라고 전보를 부쳐 주었고 또 "소나무처럼 무성하게」(如松之盛)라는 그림을 '위차이 축하'(豫才祝)라는 서명으로 그려 주었다(『魯迅硏究論文集』, 浙江文藝出版社 수록). 『그림쟁이 루쉰』(왕시룽 저, 김태성 옮김, 일빛, 2010), 20~21쪽 참고.

11월

1일 맑음. 오전에 둘째와 셋째에게 편지를 보냈다. 인위안과 증서[101] 초안 각 1매씩을 동봉했다.

2일 오전에 위안스카이 총통의 위임장을 받았다.[102] 오후에 류리창에 가서 『추파소영책자』秋波小影冊子 1책을 4자오에, 『미암집』眉庵集 2책을 8자오에, 『제남전씨총서』濟南田氏叢書 28책을 4자오에, 『설문석례』說文釋例 10책을 3위안에, 『여정시초』邨亭詩抄와 『유시』遺詩 2책을 1위안에 샀고, 또 조본[103] 『아우당총서』雅雨堂叢書 1부 28책을 4위안에 샀다. 저녁에 다오쑨이 왔다. 27일자, 28일자 『민싱일보』 각 1부를 받았다.

3일 일요일 휴식. 점심 후에 칭윈거에 가서 치약가루 한 곽을 샀다. 29일자 『민싱일보』 1부를 받았다. 오후부터 저녁까지 『아우당총서』의 파손된 페이지를 보완하여 필사했다. 모두 6장이나 되었고 11시가 되어서야 마쳤다. 밤에 바람. 구독자에게 보내는 『핑바오』平報 1부를 받았다.

4일 맑고 바람. 저녁에 양신스가 오씨 성을 가진 재단사[104]를 소개해 주었다. 가죽을 주고 옷을 만들게 했다. 선불로 인銀 1위안을 지불했다. 둘째의 편지를 받았다. 30일 부친 것이다. 오늘자 『핑바오』 1부를 받았다.

---

101) 인위안(銀圓). 1위안짜리 은화. 옛날 중국에서 통용되던 은화(銀貨)로 통칭 '다양'(大洋)이라고도 했으며, 중량은 '꽝핑'(廣平)의 7첸(錢) 2편(分)에 해당되며 은의 순도는 100분의 90임. 1935년 법에 의해 유통이 금지되었다. 증서의 원문은 '狀面'. 고소장, 공술서, 보증서 등 사건이나 사적(事迹) 등을 기록한 글들의 총칭이다.
102) 위임장. 원본 제목은 임명장(任命狀)이다. 민국 원년 8월 21일자로 난 임명장 내용이다. "저우수런을 교육부 첨사(僉事)에 임명함. 이상." '발령장번호 제449호.'
103) 조본(粗本)은 정본(精本)의 반대말로 책의 제본이나 지질, 인쇄의 상태가 조악한 것을 지칭.
104) 양신스의 아는 사람 중에 오씨 성을 지닌, 생활이 무척 어려운 사람이 있다는 것을 듣고, 루쉰이 일부러 주문을 한 것이라 함.

5일 맑고, 바람이 많이 불고, 아주 추웠다. 물이 얼었다. 밤이 되자 더욱 심해졌다.

6일 오전에 둘째에게 편지를 부쳤다. 저녁에 왕웨이런王偉人과 첸다오쑨이 와서 지푸와 함께 광허쥐에서 밥을 먹었다.

7일 큰 바람에 혹한. 오전에 10월 봉급 나머지분 인 95위안을 받았다. 저녁에 천중수陳仲書가 왔다. 천쯔잉의 편지를 받았다. 1일에 부쳤다. 30일 자와 31일자『민싱보』각 1부를 받았다. 2일자『톈줴바오』제2호 1부를 받았다.

8일 흐림. 오후에 관인사 거리에 가서 방한복과 방한모 등 15위안어치를 샀다. 선상치에게 상하이로 편지를 부쳤다. 오늘 대나무 발을 헝겊 커튼으로 바꿨고 작은 진흙 화로[105]를 사 숯을 조금 피워 방에 놓았다. 수시로 쳐다보니 객지에서의 고충이 사라지는 듯했다. 밤에 바람.

9일 맑음. 아침에 둘째의 편지를 받았다. 3일에 부친 것이다. 3일자 『톈줴』天覺와『민보』民報 각 1부를 받았다. 오전에 천쯔잉에게 답신을 했고 롼리푸에게도 답신을 했다. 오후에 시성핑위안西升平園에 가서 목욕을 했다. 류리창에 가 종이를 샀고 칭미거淸秘閣[106]에 가 린친난林琴南의 화첩 1장을 인 4위안 4자오에 부탁했다. 약 보름 후 가지러 가기로 했다. 저녁에 밍보와 지푸를 초대해 광허쥐에서 한잔했고 생선 한 마리를 샀다. 10월 30일과 이달 4일자『민싱일보』각 1부를 받았다. 밤에 편지 2통을 쓰고 배 3개를 먹었다. 무척 달았다. 야밤에 복통.

---

105) 덩윈샹(鄧雲鄉)의『루쉰과 베이징 풍토』(魯迅と北京風土)에 의하면, 두탄(豆炭) 혹은 숯가루를 둥글게 뭉친 연료를 사용하는 난로로, 연기가 없고 방에 습기를 제거해 주어 많이 팔렸다 한다.
106) 당시 류리창에 있던 칭미거, 룽바오자이(榮寶齋), 룬츠자이(倫池齋), 춘칭거(淳青閣) 등에서는 뛰어난 목각 전지(箋紙)와 편지지 등을 만들어 판매했다고 한다.

10일 일요일 휴식. 오전에 지쯔추와 류리칭劉歷靑이 왔다. 점심 후에 둘째에게 편지를 부쳤고 사가미야서점에도 편지를 부쳤다. 오후에서 밤까지『아우당총서』5장을 보충하여 필사했다. 생강즙을 마셔서 위의 통증을 달랬더니 조금 나아졌다.

11일 샤이옌夏揖顔이 찾아왔으나 못 만났다. 밤에『아우당총서』2장을 보충하여 필사했다.

12일 첸다오쑨 편에 원저우와 추저우의 수재[107] 의연금 2위안을 보냈다. 저녁에 6일자『톈줴바오』1부를 받았다. 밤에『아우당총서』가운데「대대례」大戴禮 목록과 후어後語의 파손된 2장을 보충하여 필사했다. 전 책의 필사를 마쳤다.

13일 구쯔옌顧子言을 통해 상하이 공화여학교共和女學校에 기부금 1위안을 냈다. 창常 군이『중국학보』제1기 제1책을 주었다. 저녁에 둘째의 편지를 받았다. 둘째 부인과 요시코, 셋째의 편지가 동봉되어 있었다. 8일 부친 것이다. 7일자『톈줴바오』1부를 받았다. 밤에 바람.

14일 오전, 둘째에게『중국학보』제1기 1책을 부쳤다. 점심 지나서 칭미거에서 린친난의 그림을 가지고 왔다. 정말 별로였다.

15일 오전에 둘째와 둘째 부인에게 편지를 부쳤다. 요시코와 셋째의 편지 각 1장도 동봉했다.

16일 오후에 이달 봉급 인銀 220위안을 받았다. 샤夏 사장을 방문하러 그의 집을 찾았으나 만나지 못했다. 류리창에 가서『동향광산수책』董香光山水冊 1책을 1위안 2자오에,『대척자산수책』大滌子山水冊 1책을 1위안에,『석

---

107) 이해에 일어난 저장성의 원저우(溫州), 추저우(處州)의 수재(水災)를 말한다. 재해지역이 40여 곳이었고, 이재민이 수만에 달했다.

곡만년의고책』石谷晚年擬古冊 1책을 8자오에 샀다. 자오자컹敎家坑에 있는 하이창海昌회관에 들러 장셰허를 찾았으나 만나지 못했다. 장바이치蔣百器가 왔으나 못 만났다. 저녁에 둘째와 둘째 부인의 편지를 받았다. 11일 부친 것이다(5).[108] 10일자, 11일자『톈줴바오』각 1부를 받았다.

17일 흐림. 일요일 휴식. 오전에 셰시위안이 왔다. 둘째에게 편지와 인 50위안(五)을 배달증명으로 부쳤다. 천궁샤陳公俠가 왔다. 첸다오쑨이 왔다. 쉬밍보가 톈진에 가게 되어 인사하러 갔다. 점심 후에 류리창 신주국 광사神州國光社에 가서 『당풍도』唐風圖, 『김동심화과책』金冬心花果冊 각 1책을 모두 인 3위안 9자오에 샀다. 또 원밍서국[109]에 가서 원元대의 『염중빈혜산복은도』閻仲彬惠山復隱圖, 『심석전영은산도』沈石田靈隱山圖, 『문징명소상팔경책』文徵明瀟湘八景冊, 『공반천산수책』龔半千山水冊, 『매구산황산승적도책』梅瞿山黃山勝迹圖冊, 『마부희화조초충책』馬扶曦花鳥草蟲冊, 『마장상화훼초충책』馬江香花卉草蟲冊, 『대문절방고산수책』戴文節仿古山水冊, 『왕소매인물책』王小梅人物冊 각 1책을 샀고, 예찬 운림[110]의 산수화, 운남전惲南田의 수선화, 구십주仇十洲의

---

108) 루쉰은 사오싱의 동생과 거의 2, 3일 간격으로 편지를 주고받았다. 나름대로 편지의 순서를 정하기 위함에서인지, 동생이 보낸 편지에는 1, 2, 3 아라비아숫자로 ( )안에 순서를 매기고, 자신이 동생에게 보낸 편지에는 一, 二, 三 한문 숫자로 ( )안에 순서를 기록하고 있다. 일기의 뒤편으로 갈수록 매번의 편지에 이 표시를 빠짐없이 기록하고 있다.

109) 원밍서국(文明書局)은 1902년 위푸(兪復) 등이 상하이에 세운 서점으로 베이징에 분점이 있었다. 루쉰은 늘 이곳에서 책을 구입하곤 했다. 1914년 1월 저우쭤런이 번역한 『목탄화』(炭畵)를 이 서국에서 출판하였다.

110) 예찬(倪瓚, 1301~1374). 원나라의 화가, 자는 원진(元鎭), 호(號)는 운림(雲林)이다. 우시(無錫) 사람으로 부호 집안에서 출생, 청비각(淸閟閣)이라는 개인 수장(收藏)각을 짓고 살았다. 50세경 전란(戰亂)을 예측해 가재(家財)를 버리고 여행을 떠났다고 전해진다. 극단적인 결벽과 속진(俗塵)을 꺼려하여 '예우'(倪迂)라고 불릴 정도로 기이한 언동이 많았고 산수화의 대가 미불(米芾)과 병칭되곤 했다. 화풍은 동거양식(董巨樣式; 동기창董其昌과 거연巨然의 회화풍)에 이곽파(李郭派; 이공린李公麟과 곽희郭熙의 회화풍)를 융합하여 숙산체(肅散體; 냉랭하고 깔끔 단순한 스타일)라는 풍격을 이뤘다. 몇 그루의 나무와 소탈한 강변, 인물 없는 작은 정자(亭子) 등을, 극도로 적은 양의 먹물로 단순하게 그려, 갈묵(渴墨; 물을 적게 쓴 건조한 묵) 화풍으로도 유명하다.

버섯화, 화추악華秋岳의 앵무화를 각 1장씩, 모두 합쳐 인 8위안 3자오 2편에 샀다. 저녁에 첸다오쑨이 또 왔다. 12일자 『톈줴바오』 1부를 받았다.

18일 맑고 바람. 오전에 쉬지상許季上의 편지를 받았다. 14일 펑톈奉天에서 부친 것이다.

19일 저녁에 13일자, 14일자 『톈줴바오』 각 1부를 받았다.

20일 오전에 치서우우산齊壽山, 다이루링, 쉬지상이 펑톈에서 보낸 편지를 받았고 점심 후에 회신하였다.

21일 점심 후에 다모창打磨廠 바오상保商은행에 가서 일본 돈을 바꿨다. 둥자오민샹 일본우체국에 가 하부토 가에 편지와 일본 인銀 50위안을 부치고, 사가미야서점에도 편지와 일본 인 50위안을 부쳤다. 지푸의 책값 10위안도 동봉했다. 궈친이 다리에 종기가 났다는 소릴 듣고 지푸와 같이 가 문병했다. 16일자 『톈줴바오』 1부를 받았다.

22일 오후에 17일자 『톈줴바오』 1부를 받았다. 둘째에게 편지를 부쳤다(六). 밤에 복통.

23일 점심 후에 상치형이 왔다. 오후에 복통이 있어 생강즙을 만들어 먹었다. 저녁에 둘째가 보낸 책 3포를 받았다. 『소설구침』 초고 1질, J. Meier Graeve의 『Vincent van Gogh』 1책, 『역외소설』 제1, 제2집 각 5책인데 모두 18일 부친 것이다. 밤에 바람. 가운데 뜰 남향으로 작은 방이 둘 있는데 원래는 민閩지역 손님이 살던 곳이다. 지금 비어 있어 옮기기로 하였다. 일꾼에게 벽지를 바르게 하였다. 하루 만에 끝났다. 품삯으로 3위안 5자오를 주었다.

24일 일요일 휴식. 오전에 둘째 편지를 받았다. 17일 부친 것이다(6). 18일자 『톈줴바오』 1부를 받았다. 지푸가 나에게 『고학휘간』古學彙刊 제2편을 사다주었다. 총 2책으로 가격은 1위안 그리고 6편이다. 점심 지나서 구름. 눈이 내릴 모양이다. 오후에 둘째에게 작은 상자를 부쳤다. 상자 안에 『중국명화』제1집에서 13집까지 모두 13책을, 또 『황자구추산무진도권』黃子久秋山無盡圖卷을, 왕고운王孤雲의 『성적도』聖迹圖, 『서청등수묵화훼권』徐靑藤水墨花卉卷, 『진장후인물책』陳章侯人物冊, 『공반천세필산수책』龔半千細筆山水冊, 『김동심화과책』金冬心花果冊 각 1책, 그리고 『월중선현사목서례』越中先賢祠目序例 1책을 넣었다. 보충하여 필사한 『북당서초』北堂書鈔의 결손 페이지 1장도 넣었다. 등기우편으로 부쳤다. 우편료는 8자오. 저녁에 제봉사가 와 이셔츠와 상의 겉옷을 가지고 왔다. 19일자 『톈줴일보』1부를 받았다.

25일 맑음. 『역외소설집』제1, 제2책을 샤쑤이칭夏穗卿 선생에게 주었다. 저녁에 20일자 『톈줴일보』1부를 받았다.

26일 오전에 둘째에게 편지를 부쳤다(七). 저녁에 21일자 『톈줴바오』1부를 받았다.

27일 구름, 점심 지나 갑자기 갬. 저녁에 둘째와 둘째 부인, 셋째의 편지를 받았다. 22일 부친 것이다. 22일자 『톈줴바오』1부를 받았다.

28일 오전에 사가미야서점이 『국가집』國歌集 2책을 부쳐 왔다. 가격은 2자오 9편. 즉시 선상치에게 주었다. 오후에 가운데 뜰 남향의 작은 방으로 이사를 했다. 저녁에 23일자 『톈줴바오』1부를 받았다.

29일 흐리고 춥다. 저녁에 24일자 『톈줴바오』1부를 받았다. 밤에 약간의 눈.

30일 구름. 점심 후에 맑음. 오후에 취안예창에 가서 둘째를 위해 부활제에 가오高 의사에게 선물할 물건을 찾다가 징타이야오[111]의 자기磁器

---

111) 징타이야오(景泰窯)는 중국의 유명한 칠기 중 하나인 징타이란(景泰藍)을 생산하는 도자기 가마(窯)다. 징타이는 동기(銅器) 표면에 구리선으로 무늬를 내고 파랑 유기물감을 발라서 불에 구워 낸 공예품이다. 명(明)대 경태(景泰) 연간부터 대량으로 제작하기 시작하였고 유약이 주로

화병 한 쌍을 샀다. 무늬는 두 마리 용과 구름, 꽃으로 중국 전통 스타일이다. 값은 인 5위안. 27일부터 『비아』_{埤雅} 수선을 시작했다. 오늘 오후에서야 제본을 마쳤다. 무려 4책이다. 저녁에 25일자 『텐줴바오』 1부를 받았다. 밤에 바람. 나무상자와 헝겊을 사서 바늘로 꿰매 작은 소포를 만들었다.

12월

1일 바람 불고 햇빛이 아주 아름답다. 일요일 휴식. 점심에 둘째와 둘째 부인 그리고 셋째에게 편지를 부쳤다(八). 장셰허가 왔다. 오후에 둘째에게 소포를 부쳤다. 안에 화병 한 세트를 같이 보냈다. 난퉁저우[112]회관으로 지쯔추를 찾아가 『역외소설』_{或外小說}[113] 2책을 류리칭_{劉曆靑}에게 전해 달라고 부탁했다. 그리고 지쯔추로부터 「대수개부의동삼사용산공묘지명」_{大隋開府儀同三司龍山公墓誌銘} 1매와 「대진경교유행중국비」_{大秦景敎流行中國碑} 등 비액과 비측 모두 4매를 받았다.[114] 저녁에 둘째의 편지를 받았다. 26일 부친 것이다(8). 26일자 『텐줴바오』 1부를 받았다.

2일 맑음. 오전에 쉬지상이 펑톈에서 보낸 편지를 받았다.[115] 저녁에 왕웨이천이 왔다. 밤에 약간의 복통이 있었다.

'파란색'(藍色)을 띠기 때문에 징타이란으로 불린다.

112) 난퉁저우(南通州). 옛날 지명으로 민국 이후에 난퉁현(南通縣; 지금 장쑤성江蘇省에 소속)으로 바뀌었다.

113) 역(或)은 역(域)과 통용한다.

114) 비(碑)에는 앞 뒤, 위 아래를 구분하는 명칭이 있다. 앞은 비양(碑陽) 혹은 양(陽), 뒤는 비음(碑陰) 혹은 음(陰), 위는 비두(碑頭) 또는 비액(碑額), 위의 비석 지붕은 비개(碑蓋), 아래는 비좌(碑座) 또는 비부(碑趺), 측면은 비측(碑側)이라고 한다. 비문(碑文)은 정면에 쓰고 이름은 뒷면 혹은 측면에 각(刻)하는 것이 일반적이다.

115) 펑톈은 지금의 선양(瀋陽)으로 청조시대 궁성을 중심으로 발달한 도시다. 고궁 외에 청 태조의 복릉(福陵), 태종의 소릉(昭陵)이 있고, 사고전서(四庫全書)를 보관한 문소각(文溯閣)이 있다.

3일 오전에 둘째에게 편지를 부쳤다(九).『통속교육연구록』通俗教育研究錄 제3기 1책을 받았다. 저녁에 28일자『톈줴바오』1부를 받았다.

4일 점심 후에 천환장陳煥章이 지은『공교론』孔教論 1권을 받았다. 상하이에서 부친 것이다. 저녁에 29일자『톈줴바오』1부를 받았다.

5일 점심 후에 사가미야서점에서 보낸 엽서 두 장을 받았다. 29일 발신한 것이다. 이케다池田의원에 가서 약을 받았다. 기관지와 위가 병들었고 나머진 괜찮다고 한다. 초진료로 2위안을 냈다. 약값은 1위안 2자오. 저녁에 30일자『톈줴바오』1부를 받았다. 이날 처음 저녁으로 죽을 먹었다.

6일 구름. 점심 후에 햇빛이 조금 보였다. 위통은 점차 가라앉는다는 생각이나 거의 힘이 없었다. 저녁에 둘째의 편지를 받았다. 1일 부친 것이다(9). 밤에 바람이 크게 불었다.

7일 맑고 바람. 오전에 도쿄 하부토 가에서 보낸 편지를 받았다. 1일 부친 것이다. 사가미야에 편지를 부쳤다. 이케다의원에 가서 약값 1위안 2자오를 지불했다. 오후에 류리창에 가서『고서미화책』顧西眉畵冊 1책을 8자오에,『설문고주소증』說文古籀疏證 1부 4책을 1위안 5자오에 샀다. 초2일자『톈줴바오』1부를 받았다.

8일 일요일 휴식. 12시까지 잤다. 점심 후에 둘째에게 편지(十)와『고학휘간』제1, 2편 모두 4책을 부쳤다.

9일 아무 일 없음.

10일 오전에 의원에 갔다. 마침 이케다가 왕진을 가고 없어 이전과 똑같은 약을 사서 돌아왔다. 약값은 1위안 4자오.

11일 저녁에 둘째의 편지를 받았다. 6일 부친 것이다(10). 점심 후 2시에 설사약 10알을 복용했다. 10시 반이 되어서 효과가 있었다.

12일 오전에 쉬지상, 다이루링, 치서우산이 청나라 고궁과 문물을 조사하고 펑톈에서 돌아왔다.[116] 목록 10여 책을 가지고 왔는데 모두 자기磁器, 동기銅器, 서화書畵류 들이다. 또 사진 12장이 있었는데, 그 안에 있는 이성李成의 「선산누각도」仙山樓閣圖는 아주 정교하였다. 최백崔白이 비단으로 직조한 「일로영화도」一路榮華圖는 백로와 연꽃 그림인데 원본은 아름다울 것 같으나 사진은 별로였다. 오후에 쉬지상 등과 같이 빙부와兵部窪에 있는 집으로 샤夏 사장司長을 방문해 약 한 시간 있다 왔다.

13일 오전에 둘째에게 편지를 부쳤다(十一).

14일 점심 후에 민국 2년의 달력 1책을 받았다. 오후에 류리창에 가서 『왕무공집』王無功集 1책을 5자오에, 『징더전도록』景德鎭圖錄 1부 4책을 1위안에, 「대문절소한화과」戴文節銷寒畵課 1첩 10매를 6자오 4편에, 『비효루사녀화책』費曉樓仕女畵冊 1책을 8자오에 샀다. 지학협회[117]의 편지를 받았다. 쉬지상이 왔다. 유윈바이游允白가 와서 『역외소설집』 2책을 주었다. 어떤 사람이 『여자사범풍조견문기』女子師範風潮聞見記 1책을 보내왔다.[118]

15일 일요일 휴식. 오전에 창이전常毅箴이 편지를 보내 연극 관람에 초대했으나, 가지 않았다. 점심 후 둘째의 편지를 받았다. 11일 부친 것이다 (11).

16일 오전에 이달 봉급 100위안을 먼저 받았다. 유윈바이가 『역외소

116) 1912년 9월 12일 교육부에 미술조사처가 신설되었고 루쉰은 이곳의 책임자로 일하게 되었다. 11월 8일 쉬지상, 다이루링, 치서우산이 펑톈(지금의 랴오닝성遼寧省 선양)으로 청대의 고궁 미술품을 조사하러 갔다. 그들이 돌아온 후 루쉰은 그들과 함께 샤쩡유(夏曾佑) 사장(司長) 집으로 휘보(彙報) 작업을 하러 갔다.

117) 지학협회(地學協會). 1909년에 설립된 학술단체로 푸쩡샹(傅增湘)이 총리였고 구랑(顧琅) 등이 평의원이었다. 1912년 2월 12일 차이위안페이가 총장으로 선출되었고 평의원은 여전히 구랑 등이었다. 같은 해 겨울, 학회 발전을 위해 학회는 다방면의 인사들에게 연락을 취했었다.

118) 『여자사범풍조견문기』(女子師範風潮聞見記). 당시 베이징여자사범대학교에서는 학생들이 교장 우딩창(吳鼎昌)에 반대하여 파업을 일으켰다. 학생들은 삐라를 뿌리는 등의 시위를 통해 교장의 행동을 비판했다.

설집』을 찾아서 2부 주었다.

17일 밤에 유원바이가 와서 휴가를 청한다고 말했다.

18일 오전에 둘째와 셋째에게 편지를 부쳤다. 생활비 100위안과『함하고문원의』函夏考文苑議 소책자를 동봉했다(十二). 점심 후에 몇몇 동료와 함께 샤오스에 놀러 갔다. 오후에 14일자『웨둬바오』越鐸報 1부를 받았다. 저녁에 콰이뤄무가 왔다.

19일 종일 대설. 점심 후 샤 사장과 같이 도서관에 갔는데 가는 길이 무척 추웠다. 저녁에 마를 밥으로 먹었다.[119]

20일 맑음. 오후에 랑팡터우의 취안예창에 가서 이발을 했다.

21일 아침에 약간 눈이 내리고 그쳤다. 점심 후 칭원거에 가 신발 한 켤레를 2위안 2자오에 샀다. 또 류리창에 가서 문경당본問經堂本『상자』商子 1본을 2위안에,『몽계필담』夢溪筆談 1부 4책을 2위안에 샀다. 또『만소당화전』晩笑堂畵傳 1부를 찾았지만 상태가 아주 나빴다. 그럼에도 인銀 7자오에 그걸 샀는데 연습본으로 쓰고자 함이다. 오후에 둘째의 편지를 받았다. 16일 부친 것이다(12). 또 둘째 부인과 평완의 사진 1장을 받았다. 같은 날 부친 것이다. 16일자『웨둬』1부를 받았다. 저녁에 계란 두 개와 국수를 삶아 저녁으로 먹었다. 밤에 바람.

22일 맑음. 일요일 휴식. 음력으로는 동지라고 지푸가 말했다. 쉬밍보가 어제 톈진에서 돌아왔다는 소식을 듣고 오후에 보러 갔다. 지푸와 같이 셴량사賢良寺에 장章 선생님을 뵈러 갔다가 잠시 있다 나왔다.[120] 정멍正蒙서

---

119) 루쉰은 단 것 말고도 게나 밤, 마를 좋아했다고 한다. 베이징으로 옮겨 온 1912년 12월부터 다음 해까지 혹한이 이어지면서 그는 위병과 기관지염을 앓았다. 이 시기 루쉰은 소화가 잘 되고 영양이 풍부하며 맛도 좋다고 하는 베이징 특유의 마를 자주 먹었다. 껍질을 벗긴 마를 잠시 삶은 후 진한 우유에 잘게 썰어 넣고 사탕을 첨가해 먹었다고 한다(鄧雲鄕,『魯迅と北京風土』).

국으로 천중수陳仲書를 보러 갔으나 만나지 못했다. 목욕탕에 갔다. 또 루이푸샹瑞蚨祥에 가서 망토 하나를 인 16위안에, 장갑 한 켤레를 인 1위안에 샀다. 저녁에 집으로 돌아오니 지톈푸季天復가 점심 후 나를 만나러 왔다가 메모를 남기고 간 걸 알았다. 17일자『웨둬일보』1부를 받았다.

23일 오전에 둘째에게 편지를 부쳤다(十三). 사가미야서점 엽서와 선메이서원審美書院 출판목록 1책을 받았다. 모두 16일에 부친 것이다.

24일 아무 일 없음.

25일 오후에 둘째의 편지를 받았다. 20일 부친 것이다. 또 엽서 1장을 받았다. 21일에 부친 것이다(13). 15일, 19일, 20일자『웨둬바오』1부씩을 받았다. 저녁에 이곳의 상우인서관 분관이 갑자기 집으로『신자전』新字典 1책을 보냈다. 그 이유는 알 수 없었다. 밤에 진눈깨비.

26일 1자 넘게 눈이 쌓였으나 그칠 줄 모른다. 아침에 교육부 직원들과 함께 톄스쯔후퉁鐵獅子胡同에 있는 총통부로 가서 위안총통[121]을 만났다. 교육에 관한 의견 백여 마디를 하고는 금방 나왔다. 점심이 되어 가자 눈이 멎고 해가 났다.

27일 맑음. 오전에 이달의 나머지 월급 120위안을 받았다. 지푸에게 70위안을, 셰허에게 20위안을 빌려주었다.

28일 오전에 둘째에게 편지와『그리스의곡』번역원고 1묶음을 부쳤다(十四). 점심 후에 장셰허와 쉬지푸를 불러 루이푸샹에 가서 마고자 한

120) 장타이옌(章太炎)이 당시 정치에 대한 비판을 거세게 하자 위안스카이 정부는 그를 '전권대사'로 위임한다는 형식을 빌려 만주로 파견키로 했다. 이에 그의 제자였던 루쉰과 쉬지샹이 장타이옌이 임지로 출발하기 전에 인사를 하러 간 것이다.
121) 위안스카이는 12월 24일부터 각부에서 추천한 관리들을 접견하는 일련의 행사를 열었다. 매일 3, 4조로 나누어 각부서 총장이 인솔하는 관리들을 접견했는데, 루쉰이 속한 교육부는 11조였다.

개를 샀다.[122] 쓴 돈은 모두 인 20위안 8자오였다. 류리창에 가서 『중국학보』中國學報 제2기 1책을 4자오에 샀는데 책에 특별히 좋은 글이 있는 것은 아니나 「월만일기」越縵日記 같은 것이 들어 있어 사 두었다. 또 호경胡敬이 쓰고 각한 「남훈전도상고」南薰殿圖象考, 「국조원화록」國朝院畫錄, 「서청찰기」西淸札記 3종을 합각合刻한 것 1부 4책을 3위안에 샀다. 이 판본은 이미 서점으로 귀속되었다는 얘길 들었다. 밤에 약간의 위통.

29일 일요일 휴식. 점심 후에 24일자, 25일자 『웨둬일보』 각 1부를 받았다. 밤에 바람이 불었다.

30일 오전에 둘째에게 『중국학보』 제2기 1책을 부쳤다. 밤에 밍보가 햄 한 개를 가져왔다.

31일 점심 후에 지푸와 함께 관인사 거리에 가 치약가루 하나와 거울 하나, 레몬사탕 하나를 인 2위안에 샀다. 또 같이 칭윈거에서 차를 마시고 새우국수를 먹었다. 저녁에 밍보가 한잔 마시자고 초대했다. 지푸와 위위우兪毓吳가 동석했다. 요리는 소박했으나 풍미가 있었다. 고향의 맛이 났다. 오랫동안 얘기하다 돌아왔다.

임자년(1912년) 베이징행 이후의 도서장부

제물론석 齊物論釋 1冊	0.30	4월 28일
귀주탁본 鬼주拓本 1枚	0.80	
어월선현상전 於越先賢象傳 2冊	3.00	

---

122) 마고자(馬褂)는 방마괘(方馬褂)라고도 불리던, 청대 만주족 예복의 하나다. 허리까지 오는 짧은 상의 겉옷을 말한다. 대부분 검정색이었다. 원래는 말 탈 때 입는 승마용 하프코트 같은 것으로 승마에 방해가 되지 않도록 팔소매가 갈라져 있었다.

고사전병도 高士傳幷圖 2冊	3.00	
송원본 서목삼종 宋元本書目三種 4冊	2.00	4월 29일
백화시전보 百華詩箋譜 2冊	4.20	
실재신척 實齋信撫 1冊	0.36	
실재을묘급병진찰기 實齋乙卯及丙辰札記 2冊	0.72	
진장후인물책 陳章侯人物冊 1冊	0.72	
중국명화 中國名畵 第12~13集 3冊	3.60	
	18.700	
어월선현사목서례 於越先賢祠目序例 1冊	쉬밍보 선생이 기증	
서청등 수묵화권 徐靑藤水墨畵卷 1冊	1.00	5월 8일
왕고운성적도 王孤雲聖迹圖 1冊	1.20	
찬희려총서 纂喜廬叢書 7冊	5.80	5월 12일
이태백집 李太白集 4冊	2.00	5월 25일
관무량수불경도찬 觀無量壽佛經圖讚 1冊	0.312	
중국명화 中國名畵 第15集 1冊	1.50	
방송본 사략 仿宋本史略 2冊	0.80	5월 30일
이룡면백묘구가도 李龍眠白描九歌圖 12枚	0.64	
나양봉귀취도 羅兩峰鬼趣圖 2冊	2.56	
	15.812	
사인재교간사삼종 四印齋校刊詞三種 4冊	1.00	6월 9일
심하현문집 沈下賢文集 2冊	2.50	
회창일품집 會昌一品集 6冊	2.00	
공반천세필그림책 龔半千細筆畵冊 1冊	0.80	6월 16일
완각고개지화 열녀전 阮刻顧愷之畵烈女傳 4冊	4.00	
진인자 문선보유 陳仁子文選補遺 12冊	2.00	
석고문과 음훈 탁본 石鼓文幷音訓拓本 12枚	1.25	6월 26일
아우당총서 雅雨堂叢書 20冊	15.00	6월 29일
손성연 경기금석고 孫星衍京畿金石考 2冊	0.80	
	28.350	
명원씨각본 세설신어 明袁氏刻本世說新語 4冊	2.80	7월 3일
초당시여 草堂詩餘 1冊	0.20	

노학암필기 老學庵筆記 2冊	0.80	7월 20일
몽창사 夢窓詞 1冊	0.40	
황자구추산무진도권 黃子久秋山無盡圖卷 1冊	0.50	
	4.700	
비아 埤雅 4冊	4.00	8월 1일
남뢰여집 南雷余集 1冊	0.60	8월 14일
천유각시집 天遊閣詩集 1冊	0.60	
고학휘간 古學彙刊 2冊	1.05	8월 23일
	6.250	
중국명화 中國名畵 第1集~第10集 10冊	12.00	9월 1일
식훈당총서 式訓堂叢書 初2集 32冊	6.50	9월 8일
장남사화조초충책 蔣南沙華鳥草蟲冊 1冊	1.20	9월 15일
대당개원점경 大唐開元占經 24冊	3.00	
술학 述學 2冊	0.80	9월 24일
배경루총서 拜經樓叢書 7種 8冊	3.00	
	26.500	
명각소자본 예문유취 明刻小字本藝文類聚 10冊	9.00	10월 1일
둔황석실진적록 敦煌石室眞迹錄 2冊	1.35	10월 6일
경전석문고증 經典釋文考證 10冊	2.00	
순열전한기 원굉후한기 합각 筍悅前漢紀袁宏後漢記合刻 16冊	2.00	10월 10일
한간전정 汗簡箋正 4冊	3.00	10월 20일
북몽쇄언 北夢瑣言 2冊	0.40	
독화록 인인전 합각 讀畵錄印人傳合刻 2冊	1.00	
정판교도정사묵적 鄭板橋道情詞墨迹 1冊	0.30	10월 26일
서철운 왕중구 왕래 수찰묵적 舒鐵雲王仲瞿往來手札墨迹 1冊	0.40	
중국명화 中國名畵 第16集 1冊	1.50	
	20.950	
추파소영책자 秋波小影冊子 1冊	0.40	11월 2일
미암집 眉庵集 2冊	0.80	
제남전씨총서 濟南田氏叢書 28冊	4.00	
설문석례 說文釋例 10冊	3.00	

여정시초, 유시 邸亭詩抄幷遺詩 2冊	1.00	
아우당총서 雅雨堂叢書 28冊	4.00	
중국학보 中國學報 第1期 1冊	창궈셴(常國憲) 군이 기증	11월 13일
동향광산수책 董香光山水冊 1冊	1.20	11월 16일
대척자산수책 大滌子山水冊 1冊	1.00	
왕석곡만년의고책 王石穀晚年擬古冊 1冊	0.80	
김동심화과책 金冬心花果冊 1冊	1.40	11월 17일
당풍도 唐風圖 1冊	2.50	
염중빈혜산복은도 閻仲彬惠山復隱圖 1冊	0.24	
심석전영은산도 沈石田靈隱山圖 1冊	1.12	
문징명소상팔경책 文徵明瀟湘八景冊 1冊	0.64	
공반천산수책 龔半千山水冊 1冊	0.96	
매구산황산승적도책 梅瞿山黃山勝迹圖冊 1冊	1.44	
마부희화조초충책 馬扶曦花鳥草蟲冊 1冊	0.96	
마장상화훼초충책 馬江香花卉草蟲冊 1冊	0.72	
대문절방고산수책 戴文節仿古山水冊 1冊	0.96	
왕소매인물책 王小梅人物冊 1冊	0.96	
예운림산수 倪雲林山水 1枚	0.08	
운남전수선 惲南田水仙 1枚	0.08	
구십주마고선도 仇十洲麻姑仙圖 1枚	0.08	
화추악앵무도 華秋岳鸚鵡圖 1枚	0.08	
고학휘간 古學彙刊 第2編 2冊	1.06	11월 24일
	29.480	

대수개부의동삼사용산공묘지명탁본 大隋開府儀同三司龍山公墓誌銘拓本 1枚

　　　　　　　　　　　　　　　지쯔추 군이 기증 12월 1일

대진경교유행중국비 비액 비측 탁본 大秦景敎流行中國碑幷碑額碑側拓本 4枚 위와 동일

고서미화책 顧西眉畵冊 1冊	0.80	12월 7일
설문고주소증 說文古籀疏證 4冊	1.50	
왕무공집 王無功集 1冊	0.50	12월 14일
징더전도록 景德鎭圖錄 4冊	1.00	
대문절소한화과 戴文節銷寒畵課 1帖 10枚	0.64	

비효루사녀책 費曉樓仕女冊 1冊	0.80	
문경당교각본 상자 問經堂校刻本商子 1冊	2.00	12월 21일
몽계필담 夢溪筆談 4冊	2.00	
중국학보 中國學報 第2期 1冊	0.40	12월 28일
남훈전도상 고원도록 서청찰기 南薰殿圖象考院圖錄西淸札記 三種合刻 4冊 3.00		
	12.640	

총계 164.3820

5월부터 연말까지 살펴보니 무릇 8개월 동안 구입한 책이 160여 위안어치다. 그러나 좋은 책善本은 없다. 베이징에서는 고서를 골동품으로 취급해 돈 있는 사람들이나 살 수 있을 뿐이다. 지금 사람들 처세에 독서가 꼭 필요한 것도 아니다. 또 내 연배들은 책을 살 수 있는 여력이 없다. 그런데도 매월 20여 위안을 던져 수많은 파본들을 수집하고도 혼자 즐거워하고 있으니 말하자면, 우습고도 개탄할 일이다.

민국 원년 12월 31일 등불 아래 기록

계축일기(1913년)

정월

1일 맑고 따뜻하다. 오전에 둘째의 편지를 받았다. 작년 12월 26일에 부친 것이다(14). 점심 후에 지푸와 함께 셴눙탄¹⁾에 갔으나 사람이 너무 많았다. 귀갓길에 양중허楊仲和를 보러 갔으나 만나지 못했다. 밤에 왕씨와 손씨 두 사람이 편한 『사승서』 교열을 보았다.²⁾ 1권을 마쳤다.

2일 오전에 양중허가 왔다. 점심 후에 둘째에게 편지를 부쳤다(一). 지푸와 함께 하이창관海昌館으로 셰허協和를 찾아가 한 시간 앉아 있었다. 류리창에 가서 서화와 골동품 가게를 죽 돌아보았으나 살 만한 게 없었다.

---

1) 셴눙탄(先農壇)에 놀러 간 이날은 '공화대기념일'(共和大記念日)이었다. 1912년 1월 1일에 쑨원이 임시대총통에 취임하였고 중화민국의 성립을 선언했는데 '공화대기념일'은 이를 기념하는 날이다. 내무부 예속사(禮俗司)가 이날 셴눙탄에 고문물 보존소(保存所)를 설치하여 무료개방을 하였고, 그래서 관람자가 많이 몰린 것이다.
2) 『사승서』(謝承書)는 사승(謝承)의 『후한서』(後漢書)다. 루쉰은 1912년 8월 15일 왕문태(汪文台) 편집본에 대한 필사를 마쳤고, 이날부터 다시 청대 손지조(孫志祖) 편집본을 가지고 그것과 대조교열을 시작했다. 3월 5일에는 이 교정본의 필사를 하기 시작했다.

창이전常毅箋이 왔다 갔는데 못 만났다.

　3일 점심 후에 저우다펑周大封이라는 사람이 와서 자신은 지더우산笄斗山에 살고 있고 부친 존함은 칭룽慶榕이며 우리 집안과 친척이라고 했다. 저녁에 밍보가 작별인사를 하러 왔다. 내일 아침에 다시 톈진으로 간다고 했다. 밤에 바람.

　4일 오전에 모임이 있어 교육부에 나갔다. 다과와 술, 과일 등이 차려 있었고 둥 차장이 연설을 했다.[3] 점심 후에 롼리푸阮立夫가 주장九江에서 보낸 편지를 받았다. 저녁 무렵 둘째가 부친 『사류부』事類賦 1부를 받았다. 작년 12월 26일 부친 것이다. 저녁에 류리창 가게 사람이 고서를 가지고 와 보여 주었으나 좋은 것이 없었다. 우무尤袤의 『전당시화』全唐詩話와 손도孫濤의 『속편』續編 1부 총 8책이 있었다. 오랫동안 찾던 것이어서 5진金에 샀다.

　5일 일요일 휴식. 점심 후에 셰허가 와 20위안을 빌려주었다. 지푸가 나가자고 불러서 첸먼 안에 있는 린지양행臨記洋行에 같이 가서 다과 두 가지를 샀다. 또 비스킷과 사탕을 사서 셰허 아이들 주라고 주었다. 칭윈거에 가 차를 마시고 저녁이 될 즈음 회관으로 돌아왔다.

　6일 흐리고 아주 추웠다. 저녁에 머리가 무겁고 코가 막혀 감기인가 싶어 담요를 덮고 한참 누워 있었다. 곧 좋아졌다. 일어나 책을 읽었다.

　7일 구름. 오전에 둘째에게 편지를 부쳤다(二). 오후에 부슬부슬 비가 내렸다. 저녁에 둘째의 편지를 받았다. 작년 12월 30일에 부친 것이다(15).

---

3) 둥 차장은 둥훙후이(董鴻禕)로 자는 쉰스(恂士)다. 1902년 일본 유학 시에 반청(反淸)활동을 적극적으로 했다. 1909년 귀국 후에 학부(學府)에 들어가 나중에 교육부 비서장, 차장, 총장대리 등을 역임했다. 이날 그는 교육부 직원들에게 "국가의 일을 내 집 일처럼 생각하고, 부원을 가족으로 생각하고, 마음을 합해 서로 협력해 나가자"라는 취지의 강연을 했다. 학부는 청 정부가 1905년 과거제를 폐지한 후 다음 해 문부성(文部省) 안에 설립한 최고의 교육행정기관을 말한다. 학부는 1912년에 교육부로 개칭되었다.

8일 맑음. 날씨가 따뜻해졌다. 저녁에 둘째의 편지를 받았다. 1월 4일 부친 것이다(1).

9일 맑다가 점심 후에 구름. 걸어서 샤오스에 가 늘어선 노점들을 둘러보았으나 살 만한 게 없었다.

10일 오전에 둘째에게 편지를 부쳤다(三). 밤에 바람.

11일 맑음. 오후에 쉬지상^{許季上}이 갑자기 칭궁^{淸宮} 문에 들어가 난하이쯔⁴⁾를 보고 싶다고 하여 약속을 하고 달려갔다. 그러나 아무리 해도 수위가 막아서서 들어갈 수 없었다. 지상은 거기서 시창안졔^{西長安街}로 갔고 나는 첸먼 안에 있는 시메이쥐^{西美居}에 가 비스킷 1위안어치를 사 돌아왔다.

12일 맑고 바람. 오전에 차이궈칭이 왔다. 점심 후에 둘째와 셋째의 편지를 받았다. 8일 부친 것이다(2). 난퉁저우관^{南通州館}으로 지톈푸^{季天復}를 방문하러 가서 삼십 분 있다 왔다. 오후에 관서국⁵⁾에 가서 『한산시』^{寒山詩} 1본을 1위안에, 『번남문집보편』^{樊南文集補編} 1부 4본을 3위안에 샀다. 다시 고서점을 둘러보다가 『수경주휘교』^{水經注彙校} 1부 16본을 얻었는데 각^刻이 아주 형편없었다. 가격은 고작 1위안이었다. 저녁에 둘째가 보낸 소포 2개를 받았다. 안에 독일어로 된 『르누아르 화전^{畵傳}』 1책과 코르넬리우스의 『조형미술개론』^{有形美術要義} 1책, 일어본 『어린아이의 그림』^{小供之畵} 1책이 들어 있었다. 모두 6일 부친 것이다.

13일 점심 후에 장수하이^{江叔海}의 편지를 받고 바로 답장을 했다. 5일자 『웨둬바오』^{越鐸報}를 받았다. 쑨더칭의 사진과 쉬보쑨과 타오환칭 등의

---

4) 난하이쯔(南海子)는 베이징 칭궁 서편에 있는, 황족용 3개의 화위안호수(花園湖)다. 난하이(南海), 중하이(中海), 베이하이(北海)로 나누어 불린다. 금원(金元)대에 파기 시작하였다. 금원은 북방 몽고계열 민족이었는데 호수를 의미하는 호(湖)를 몽고어로는 하이쯔(海子)라고 했다.

5) 관서국(官書局)은 즈리관서국(直隷官書局)을 말한다. 류리창에 있다.

사진이 나란히 실려 있어 참으로 우스꽝스러웠다.[6] 그런데 가까웠던 사람들의 망령됨이 더욱더 가공스럽다.

14일 아무 일 없음.

15일 아침에 솜털 같은 눈이 겨울나무 가지에 내려 지극히 아름다웠다. 오전에 갑자기 갰다. 둘째와 셋째에게 편지를 부쳤다(四).

16일 맑음. 오전에 하부토 모친의 편지를 받았다. 16일 부친 것이다.

17일 오전에 하부토 가로 편지를 부쳤다. 둘째에게 『개원점경』開元占經 1부를 2포로 나누어 부쳤다. 점심 후에 유윈바이游允白가 한서우현漢壽縣에서 보낸 편지를 받았다. 오후에 6일에서 10일까지의 『웨둬바오』각 1부를 받았다.

18일 점심 후에 류리창 서점에 가서 팔려고 내놓은, 둔황 석굴에서 출토된 당인唐人 사경寫經 4권을 봤다. 흑색이 마치 새것 같았고, 지질 역시 흠이 거의 없었다. 뤄수윈羅叔蘊 무리가 학부[7]에서 훔쳐 낸 것이 아닌가 하는 생각이 들었다. 각권이 50진金이었고, 다 보고 나서 돌려주었다. 『공순당총서』功順堂叢書 1부 24본을 4위안에 샀다. 책은 그리 좋지 않으나 안에 『서청필기』西淸筆記, 『경림잡기』涇林雜記, 『광양잡기』廣陽雜記 등 읽을 만한 것들이 있었다. 저녁에 11, 12일자 『웨둬바오』각 1부를 받았다.

19일 일요일 휴식.[8] 지푸가 오리 한 마리를 삶아서 점심식사에 날 초

---

6) 쑨더칭은 사오싱 일대의 진보적인 신사였으나, 신해혁명 후 본성을 드러내 『웨둬일보』를 자신의 것으로 차지하고는 위안스카이를 옹호하면서 쑨원을 공격하는 데 이용했다. 또 이 신문의 편집자인 왕원호(王文灝) 등은 쑨더칭을 혁명원로로 추대했다. 그런 그가 혁명열사인 서백손(徐伯蓀; 즉 서석린徐錫麟)이나 타오환칭(陶煥卿; 즉 타오청장陶成章) 등과 같이 나란히 찍은 사진이 신문에 게재된 것이다.

7) 학부는 교육부의 전신을 말한다. 앞의 주석 3번 참조.

8) 원문은 '日曜休息'. 지금까지 일요일을 '星期'라고 표현했는데 여기서 처음으로 '日曜'라고 표기.

대했다. 스취안도 같이했다. 저녁에 둘째와 둘째 부인의 편지를 받았다 (3). 또 엽서 하나도 받았는데 모두 13일 부친 것이다. 13일에서 15일까지의『웨둬』각 1부씩을 받았다. 밤에는 바람.

20일 구름. 오전에 가는 눈이 내리다 금방 개었다. 둘째와 둘째 부인에게 편지를 부쳤다(五).

21일 구름. 아침에 가는 눈발이 내리다가 금방 그쳤다. 하루 종일 아무 일 없음.

22일 맑고 바람. 오후에 둘째의 편지를 받았다. 17일 발송한 것이다 (4). 16일자에서 18일자까지의『웨둬』각 1부를 받았다.

23일 맑음. 저녁에 샤이옌夏揖顏이 보러 왔다. 거의 십여 년 가까이 만나지 못했었다.

24일 눈 그리고 가끔 햇빛. 오전에 둘째에게 편지를 부쳤다(六). 저녁에 눈이 그쳤다가 밤에 다시 내렸고, 눈이 그치자 달이 떴다.

25일 가는 눈. 아침에 갑자기 어떤 사람이 방으로 들이닥쳐 자신은 뤼呂씨이며 위야오余姚 사람이라고 했다. 의도하는 바는 금품 요구였다. 나는 정중한 말로 거절하였다. 점심 후에 눈이 그치고 해가 났다. 19일자『웨둬바오』1부를 받았다. 저녁에 둘째가 보낸 복사용지 5첩을 받았다. 세어 보니 500매다. 19일에 부친 것이다.

26일 맑음. 일요일 휴식. 점심 후에 20일자와 21일자『웨둬바오』각 1부를 받았다. 저녁에 둘째와 셋째의 편지, 그리고 셋째가 쓴「다점한화」茶店閑話 4칙[9]을 받았다. 22일 부친 것이다(5). 22일자『웨둬』1부와 21일자, 22일자『징둬』警鐸 각 1부를 받았다. 밤에 둘째가 부친『야마코시코사쿠쇼

---

9) 칙의 원문은 '則'. 칙은 조항, 조각, 토막, 단락의 의미. 여기서는 4장의 의미.

표본목록』山越工作所標本目錄 1책을 받았다. 22일 부친 것이다.

27일 점심 후에 이달 봉급 220위안을 받았다. 저녁에 롼허쑨阮和孫이 보러 왔다. 함께 온 손님은 성이 쩡曾씨이고 서우주린壽洙隣의 친척이라고 했다.

28일 맑고 바람. 오전에 첸다오쑨이 교육부로 와 그저께 귀경했다고 했다. 관휴貫休 작, 석각石刻「십육응진상」을 선물로 주었다. 석각은 청 건륭 연간에 만들어졌고 성인사聖因寺에 있는데, 지금은 주루이朱瑞에 의해 훼손되었다.[10] 장자팅張稼庭이 교육부로 만나러 왔다. 점심 후 시허엔西河沿의 자오퉁은행에 가서 지폐를 인위안銀元으로 바꿨다. 셰허로부터 20위안을, 지푸로부터 70위안을 돌려받았다. 밤에 바람이 많이 불었다.

29일 맑음. 오전에 둘째와 셋째에게 편지를 부쳤다. 생활비 50위안과 책값 20위안을 동봉했다(七). 자오민샹交民巷 일본우체국에 가서 사가미야 서점 앞으로 편지를 부쳐 인銀 30위안어치 책 구입을 부탁했다. 지푸의 책값 10위안도 동봉했다. 오후에 란만후퉁爛縵胡同에 있는 서우주린 집으로 가 롼허쑨을 방문해서 잠시 있다가 돌아왔다. 23일자부터 25일자까지의 『웨둬일보』각 1부를 받았다.

30일 아무 일 없음.

31일 맑고 바람 약간. 오전에 천쯔잉陳子英에게 편지를 부쳤다.

---

10) 관휴는 당(唐)나라 말기의 시인이자 화가. 본문의 「십육응진상」(十六應眞象) 석각은 항저우의 시링인사(西泠印社)에서 산 「관휴화나한석각상」(貫休畵羅漢石刻像)과 동일한 것이다. 가장 먼저 나온 것은 탁본이고 나중에 나온 것이 영인본이다. 루쉰은 후자 한 세트를 마스다 와타루(增田涉)에게도 보냈다(1935년 3월 23일 일기). 청나라 건륭이 남쪽을 순례했을 때, 시후(西湖) 구산(孤山)에 있는 성인사에서 이 그림을 보고는 칭송하는 제찬(題贊)을 쓰기도 했다 한다. 현재 이 석각 16면(面)은 항저우 공자묘에 안치되어 있다. 주루이란 사람은 1912년 8월부터 1916년 4월까지 저장성 도독을 지냈고 위안스카이를 지지하는 입장을 취했다고 한다.

2월

1일 점심 후에 류리창 서점에 가서『십칠사』十七史를 사려 했으나 사지 못했다. 저녁에 26일자『웨둬』1부를 받았다.

2일 일요일 휴식. 오전에 둘째의 편지를 받았다.「하신년편」賀新年篇 1지紙가 동봉되어 있었다.『톈줴바오』를 위해 쓴 것으로 27일 부친 것이다(6). 왕마오룽王懋鎔 군이 와서 얘기하다가 점심에 돌아갔다. 점심 후에 쉬지상이 와 함께 류리창에 가 책을 둘러보았다.『이아익』爾雅翼 1부 6책을 1위안에 샀다. 또 베이망에서 출토된 명기11) 5개를 인銀 6위안에 샀다. 사람이 하나, 돼지가 하나, 양이 하나, 오리가 하나다. 또 뿔이 하나 달린 인면수신人面獸身이 하나다. 날개가 달렸는데 그 이름은 모르겠다. 저녁에 27일자, 28일자『웨둬』각 1부를 받았다. 28일자『징둬』警鐸 1부도 받았다.

3일 오전에 둘째에게 편지를 부쳤다(八). 오후에 지푸, 지상과 같이 류리창에 가서 명기明器 2개를 샀다. 서 있는 여자가 하나, 절구가 하나다. 모두 1위안 반半이다.

4일 구름. 아침에 샤이옌이 보러 왔다. 오후에 29일자『웨둬』1부를 받았다. 밤에 바람이 많이 불었다.

5일 맑고 바람. 아침에 둘째의 편지를 받았다. 31일 부친 것이다(7). 점심 후 치서우산과 샤오스에 갔다. 바람 때문에 노점상들이 하나도 없어 그냥 돌아왔다. 한 골동품점을 지나다가 담병12)을 발견했다. 팥 색으로 약

---

11) 베이망(北邙)은 허난성 뤄양시 북쪽에 있는 산으로 망산(邙山), 망산(芒山)으로도 불렸다. 동한(東漢)과 위(魏)의 여러 왕후대신들이 여기에 묻혔다. 명기(明器)는 수장품들이다. 루쉰은 2일과 3일에 명기 7점을 구매한 후 실물을 그대로 2폭의 그림으로 그렸고 여기에 명기도설명(明器圖說明) 문을 썼다. 이 글은 현재「스스로 그린 명기 약도 설명」(自繪明器略圖題識)이란 제목으로『집외집습유보편』(루쉰전집 10권)에 실려 있다.

간 흠이 있지만 괜찮았다. 도광道光 연간의 것이라고 했다. 그래서 1위안에 사가지고 왔다. 판范 총장이 사직을 하고 해군총장 류관슝[13]으로 대체되었다. 오후에 교육부에 가서 짧은 연설을 하였으나 뭘 말했는지 모르겠다. 린지양행臨記洋行에 가서 비스킷과 사탕 3위안어치를 샀다. 저녁에 둘째가 부친 『무기화학』 번역 원고 3책을 받았다. 31일 부친 것이다. 스취안이 빌려 보길 원해서 그에게 주라고 지푸에게 부탁했다. 31일자와 1일자 『웨둬』 각 1부를 받았고, 30일자 『웨둬』와 『징둬』 각 1부를 받았다. 리훙량李鴻梁의 편지를 받았다. 지푸가 한잔 초대했는데 찐 오리와 햄이 나왔다.

6일 맑음. 음력 설이다. 점심 후에 교육부를 나와 류리창에 갔으나 점포들이 모두 문을 닫았다. 완구노점상만 적잖이 문을 열어 몇 가지를 사가지고 돌아왔다.

7일 오전에 둘째에게 편지를 부쳤다(九). 점심 후에 바람이 불었다. 오후에 서우주린과 쩡리룬曾麗潤, 롼허쑨이 찾아와 잠시 함께 있다가 난웨이자이南味齋에서 저녁을 먹었다.

8일 맑고 바람. 오전에 교육부에 가는데, 인력거꾼이 땅 위에 설치된 고무수도관을 잘못 밟았다. 그러자 순경 같은 사람과 사복을 입은 세 명이 갑자기 달려들어 그를 때렸다. 말세의 인성人性이 모두 들개 같구나. 개탄스러운지고! 점심 후에 류리창에 가 주상현朱象賢의 『인전』印典 2책이 함께

---

12) 담병(胆瓶)은 도자기 제품으로 병목이 길고 몸통은 둥근 형태를 한 병이나.

13) 해군총장 류관슝(劉冠雄)은 푸젠성 민허우현(閩侯縣) 출신으로 민국 이후 해군총장을 역임했으나 1월 28일 위안스카이로부터 교육부 총장을 겸임하라는 지시를 받았다. 교육에 대한 지식이 없었기 때문에 명령의 철회를 바랐으나 수용되지 않아서 이날 교육부로 출근했다. 부원으로부터 신뢰를 얻지 못해서 이해 3월 19일 사임했다. 루쉰이 교육부에 재직했던 1912년 2월에서 1926년 7월 전후까지 약 15년 동안 교체된 교육부 총장은 27명이나 된다. 나중에 루쉰은 「'만담'을 반대하다」(反'漫談'; 루쉰전집 제5권 『이이집』 참조)라는 글에서 교육부 총장의 잦은 교체에 대해 비아냥의 글을 쓴 바 있다.

들어 있는 주장문朱長文의『묵지편』墨池編 1부 6책을 10위안에 샀다. 또『도암몽억』陶庵夢憶 1부 4책을 1위안에 샀다. 이것은 왕문고王文誥가 편하고 구이린桂林에서 각한 것으로 비록 단행본이나『월아당총서』粵雅堂叢書와 같은 판본이 아닌가 한다. 오후에 지푸를 보러 갔으나 머리가 멍멍하게 잠이 오는 것 같아 바로 나왔다. 저녁에 구칭이 와 20위안을 빌려 갔다.

9일 맑음. 오전에 둘째의 편지와 엽서 하나를 받았다. 모두 5일 부친 것이다(8). 2일자『웨둬』 1부를 받았다. 일요일 쉬는 날이다. 점심 지나 류리창에 갔다. 가는 도중에 양중허楊仲和를 만났다. 그는 나를 훠선먀오[14]에 데리고 갔다. 늘어선 가게들이 아주 많았다. 모두 골동품 가게였다. 간간이 서화점도 있었으나 대부분 새로 만든 작품들이거나 가짜였다. 죽 돌아보고는 그와 헤어졌다. 고서점를 발견하고 홍다오탕宏道堂에 가『호해루총서』湖海樓叢書 1부 22책을 7위안에,『패문재서화보』佩文齋書畵譜 1부 32책을 20위안에 샀다. 가게 주인은 청程씨 성을 가진 사람인데 나이는 오십여 세 되었다. 스스로 말하길, 가격이 비싼 것들을 찾아 놓는 것은 책들을 세상에 좀더 많이 남겨 놓고자 함에서, 라고 했다. 참으로 솔직한 말이다. 또 말하길, 관官에서 찍은 서적을 그래도 좀 갖추어 놓은 것은 이문은 박하지만 동업자들이 하려 하지 않는 일이어서 그래서 나는 그것을 한다, 고 했다. 밤에 바람.

10일 맑고 바람. 밤에 지푸가 햄 한 덩이를 주었다.

11일 오전에 리훙량에게 답신을 했다.

12일 통일기념일[15]이어서 쉬었다. 오전에 천쯔잉의 편지를 받았다.

---

14) 훠선먀오(火神廟)는 동쪽 류리창의 북쪽에 있다. 음력 1월 4일부터 28일까지 성대한 시장이 열려 골동품을 많이 팔았다.

5일 부친 것이다. 8일자 『웨둬』 1부를 받았다. 점심 후에 둘째에게 편지를 부쳤다(十). 창몐[16]에 가서 진열된 서화들을 구경했다. 『화징록』畵徵錄 1부 2책을 3자오에, 『신주대관』神州大觀 제1집 1책을 1위안 6자오 반에 샀다. 이 책은 『신주국광집』神州國光集을 개정한 것으로 종이 질과 인쇄 모두 훌륭했다. 책자 역시 큼직했다. 이것을 시작으로 하여 계속 구매해 나갈 생각이다.

13일 구름. 오후에 미국인 헨더슨이라는 사람[17]이 교육부에 와서 차장과 6시까지 얘기하다가 갔다. 동석하였는데 무척 지루했다.

14일 맑음. 저녁에 차이구칭이 왔다. 밤에 바람이 많이 불었다. 약간의 위통.

15일 큰 바람. 오전에 둘째와 셋째의 편지를 받았다. 9일 부친 것이다 (9). 이전에 다이루링에게 산수화를 한 폭 그려 달라 부탁했었는데 오늘 가지고 왔다. 바오뎨셴包蝶仙이 그린 산수 한 폭은 그려 달라 부탁한 사람에게 전했다. 밝은 창가에서 죽 펼쳐 보니 마치 고향을 보는 듯했다. 점심후에 다이루링과 함께 창몐과 휘선먀오에 갔다. 교육부가 독음통일회 회원[18]을 선발하고자 오후에 간담회를 열었다. 가지 않았다. 창이전常毅箴이

---

15) 1912년 2월 12일 청나라 황제가 「퇴위조」(退位詔)를 내려서, 위안스카이에게 베이징에서의 임시공화정부 조직과 남방 군민과의 통일 협상에 대한 일체의 전권을 명했다. 위안스카이는 매년 이날을 통일기념일로 정했다.

16) 창몐(廠甸)은 류리창을 가로지르는 길의 북쪽에 있는, 서점이 많이 모여 있는 곳이다. 매년 음력 1월 1일부디 16일까지 온갖 물긴이 다 나오는 장이 서서 구경꾼들이 운집했나. 이것을 속칭 '창몐을 노닐다'(逛廠甸)라고 말하기도 했다.

17) 미국인 헨더슨(Charles Richmond Henderson)은 사회학 연구자로서 미국의 시카고대 교수였다. 1월 베이징에 설립된 중미동맹회의 초대로 2월 8일 상하이, 한커우(漢口)를 거쳐 베이징에 도착했다. 그는 중국에 도착한 이후 계속 위생구국의 중요성을 주장했다.

18) 독음통일회(讀音統一會)는 이해 2월 15일에서 5월 15일까지 교육부에서 선발·초빙한, 교육부 내외의 전문인력으로 구성되어 만들어졌다. 후일 이 회는 중국어 발음기호인 주음자모(注音字母) 39개를 제정하였고 1918년 교육부를 통해 시행을 선포했다.

상우관商務館『신자전』新字典을 얻고자 하여 가지고 있던 것을 주었다. 저녁에 9일자『웨뒈일보』1부를 받았다.

16일 맑음. 일요일 휴식. 오전에 10일자부터 12일자까지의『웨뒈바오』각 1부를 받았다. 점심 후에 두야취안杜亞泉이 왔다. 오후에 천쯔잉, 장셰허, 지쯔추季自求가 왔다. 저녁에 쯔잉과 셰허를 초대해 광허쥐에서 한잔했다. 둘째가 부친『역외소설집』제1, 제2권 각 5책이 왔다. 12일 부친 것이다.

17일 오전에 둘째와 셋째에게 편지를 부쳤다(十一). 점심 후에 선상치와 같이 도서관으로 장수하이를 방문해서 교체 일자를 물었다.[19]

18일 아침에 샤이옌이 남쪽으로 돌아가려 한다는 편지를 받았는데, 교육부에 가는 도중 그를 우연히 만났다. 다시 회관으로 돌아가『역외소설』제1권, 제2권 각 2책을 주었다. 오후에 선상치와 같이 샤夏 사장司長 집으로 가 잠시 마시다가 끝내는 여럿이 함께 좀 마셨다. 또 훠선먀오에 놀러 가 여러 가게를 죽 둘러보며 어슬렁거리다 저녁 무렵이 되어서야 집으로 돌아왔다. 저녁에 사가미야서점의 엽서를 받았다. 11일 부친 것이다.

19일 오전에 창이전이『중국학보』제3기 1책을 주었다. 오후에 둘째의 편지를 받았다. 14일 부친 것이다(10). 13일자에서 15일자『웨뒈일보』각 1부를 받았다. 밤에 바람.

20일 맑다가 점심 후 흐림. 퇴근하고 취안예창에 가서 이발을 했다. 둘째에게 줄 생각으로 오뚜기 두 개도 샀다. 훠선먀오에 가서 모든 노점들

---

19) 1912년 4월 26일 교육부가 경사도서관의 관리업무를 인계받자 5월 23일에 장한(江瀚; 자는 수하이叔海)이 도서관 관장으로 부임했다. 1913년 경사도서관의 관장 장한이 쓰촨성 염운사(鹽運使)로 전출되어 감에 따라 사무인수인계 준비를 위해 루쉰과 선상치가 그를 방문한 것이다. 교육부는 경비절감을 위해 장한의 후임을 결정하지 않고 교육부 사회교육사 사장(司長)인 샤쩡유(夏曾佑)로 하여금 겸임하게 하였다. 그러나 실제 업무는 모두 루쉰과 선상치가 했다.

을 죽 둘러보고 『구발라실서화과목고』鉢羅室書畫過目考 1부 4책을 1위안에 샀다. 다시 창뎬에 가 죽 돌아봤다. 한산하기 그지없었다. 저녁에 사가미야서점의 엽서를 받았다. 12일에 부친 것이다.

21일 구름. 바람이 많이 불었다. 저녁에 둘째에게 『중국학보』제3기 1책을 부쳤다.

22일 맑고 바람. 오전에 16일자 『웨둬바오』 1부를 받았다. 둘째에게 편지를 부쳤다(十二). 천샹밍陳象明 모친이 돌아가셔서 부의금 1진金을 보냈다. 오후에 주디셴朱迪先, 마유위馬幼興, 천쯔잉陳子英이 와서 얘기하다가 저녁에 유위는 먼저 갔고, 나중에 디셴, 쯔잉을 초대해 광허쥐에서 식사를 했다.

23일 맑음. 일요일 휴식. 점심 후에 17일자에서 19일자까지의 『웨둬』 각 1부를 받았다. 점심 후 지쯔추와 류리칭이 왔다. 리칭이 산수화 한 폭을 그렸는데 이내와 구름이 에워싼 촉蜀지방의 산들이다. 두 시간 걸쳐서 완성했다. 제題[20]하여 말하길, 십 년간 치멍起孟을 만나지 못하다가 그림 한 장 그려 주노라, 했다. 저녁에 광허쥐에서 함께 식사했다. 둘째의 편지를 받았다. 18일 부친 것이다(11).

24일 점심 후에 사가미야서점에서 부친 소포 두 개를 받았다. 안에 『필경원』筆耕園 1책을 35엔円에, 『정창원지』正倉院誌 1책을 70첸錢에, 『진백양화조진적』陳白陽花鳥眞迹 1책을 1엔에 산 것들이 들어 있었다. 모두 12일 부친 것이다. 밤에 바람.

25일 오전에 왕짜오저우王造周가 카이펑開封에서 보낸 편지를 받았다. 쯔잉의 주소를 물었다. 곧바로 답했다. 점심 후에 사가미야서점으로 편지

---

20) 그림의 여백에 시 혹은 짧은 문장을 지어 넣는 일, 혹은 그 글을 말한다.

를 부쳤다. 밤에 바람.

26일 아침에 쯔잉의 하인 츠수쥔池叔鈞이 왔다. 점심에 이달 봉급 인銀 240위안을 받았다. 점심 후 20일자에서 23일자까지의 『웨둬바오』 각 1부를 받았다. 둘째가 부친 줄 친 복사용지 3첩帖 총 500매를 받았다. 20일 부친 것이다. 다이루링이 와서 『필경원』을 보고는 아주 훌륭하다고 했다. 저녁에 함께 광허쥐에 가 한잔했다. 밤에 약간의 위통이 있었다. 많이 마신 까닭이다.

27일 아침에 양중허가 왔다. 오전에 둘째에게 편지와 이달 생활비 50위안을 부쳤다(十三). 점심 후에 치서우산과 쉬지상과 함께 샤오스에 갔다. 오후에 지푸가 사람을 보내 『역외소설집』 제1권 제2권 각 1책을 가져갔다. 위안원써우袁文藪가 원해서라고 했다.

28일 맑고 바람. 아무 일 없다.

3월

1일 맑음. 아침에 둘째의 편지를 받았다. 23일 부친 것이다(12). 23일자 『웨둬』 1부를 받았다. 점심에 다이루링, 치서우산과 같이 쓰하이춘四海春에서 식사를 했다. 점심 후 지푸와 같이 성핑위안升平園에 가서 목욕을 했다. 류리창에 가서 『육예강목』六藝綱目 1부 2책을 8자오에, 『법원주림』法苑珠林 1부 48책을 11위안에, 『초학기』初學記 1부 16책을 2위안 2자오에 샀다. 저녁에 지푸가 위러우춘玉樓春에서 친구들을 초대해서 거기에 어울렸다. 동석자들은 주디셴, 즈칭芷靑, 선인모沈尹默, 천쯔잉, 왕웨이천王維忱, 첸다오쑨, 다이루링이다. 셰허와 구칭이 각기 20위안을 돌려주었다.

2일 구름. 일요일 휴식. 오전에 윈바이允白가 와서 어제 상하이에서 돌아왔다고 하면서 『요석포척독』姚惜抱尺牘 1부를 주었다. 24일자에서 26일 자까지의 『웨둬일보』 각 1부를 받았다. 점심 후에 천쯔잉이 왔다. 다이루 링, 주티셴朱逷先, 선인모가 왔다. 쯔잉이 옌서우쓰제延壽寺街의 화즈후퉁花枝 胡同으로 이사했다고 했다. 저녁에 함께 그곳을 보러 갔다가 큰 사발로 술 한잔을 하고 돌아왔다. 밤에, 둘째가 부친 독일어 『귀괴기고도』鬼怪奇觚圖 1 책을 받았다. 25일 부친 것이다. 쯔잉이 옛날에 빌려 간 돈 200위안을 갚 았다. 밤에 차를 많이 마셨다. 술도 많이 마셨다. 이후에는 조심해야 한다.

3일 오후 퇴근하는 길에 쯔잉, 티셴, 유위를 만났고 나중에 같이 티셴 의 집으로 가 잠시 앉아 있었다. 그가 구입한 책들을 구경했다.

4일 오전에 둘째에게 편지를 부쳤다(十四). 오후에 쯔잉이 왔고, 저녁 에는 지푸와 함께 광허쥐에서 밥을 먹었다. 밤 열시에 돌아왔다.

5일 맑고 바람 많음. 점심 후에 다이루링과 같이 후쯔팡胡梓方의 집으 로 가서 그가 수집한 서화들을 구경했다. 모두 최근 사람들의 작이다. 오 후에 둘째와 셋째의 편지를 받았다. 28일 부친 것이다(13). 27일자에서 1 일자까지의 『웨둬바오』 각 1부를 받았다. 밤에 바람이 많이 불었다. 사승 의 『후한서』 초록을 시작했다.[21]

6일 맑음. 오전에 지푸가 일본우체국에 간다고 하여 사가미야서점에 보내는 편지와 인銀 20엔을 부탁했다. 오후에 선상치와 같이 샤 사장의 집 에 갔다. 저녁에 쯔잉이 왔다가 바로 갔다.

7일 점심 후에 선상치와 함께 도서관에 가서 인수인계를 상의했다.

8일 오전에 둘째와 셋째에게 편지를 부쳤다(十五). 점심 후 류리창에

---

21) 사승(謝承)의 『후한서』(後漢書). 루쉰이 사승 『후한서』집의 교정본을 손으로 필사한 것이다. 루 쉰은 3월 27일에 이 필사를 마치고 「사승의 『후한서』 서(序)」를 썼다. 이 서문은 루쉰전집 제12 권 『고적서발집』에 수록되어 있다.

가서『백화강부각시집』白華絳跗閣詩集 1부 2책을 5자오에 샀다. 저녁에 쑹쯔페이宋紫佩가 보낸 편지를 받았다. 사오싱에서 1일 부친 것이다. 2일자『웨둬』1부를 받았다.

9일 일요일 휴식. 오전에 둘째의 편지를 받았다. 3일 부친 것이다(14). 점심 후 3일자, 4일자『웨둬바오』각 1부를 받았다. 오후에 쯔잉이 지푸 있는 곳에 있었다. 이야기하러 갔다가 장줘칭張卓卿이 와서 만났다. 저녁에 다함께 광허쥐에서 밥을 먹었다. 둘째가 보낸 독일어『근세화인전』近世畫人傳 2책을 받았다. 3일 부친 것이다.

10일 오후에 주티셴과 마유위가 왔다.

11일 구름. 점심 후 갬. 오후에 류리창에 가서『고학휘간』古學彙刊 제3기 1부 2책을 1위안 5편에 샀다.

12일 맑음. 점심 후에 독음통일회讀音統一會에 갔다. 고체자를 표음부호로 삼는 것에 동의하고자 하여서였다.[22] 표결에 부친 결과 다수표를 얻었다. 오후에 둘째의 편지(15)와 시링인사[23]의 도서목록 1책을 받았다. 6일 부친 것이다. 6일자에서 8일자까지의『웨둬바오』각 1부를 받았다. 밤에 쯔잉이 와서 잠시 앉아 있다 갔다.

---

22) 독음통일회가 음소(音素)를 결정하고 자모(字母)를 채택하는 일에 착수하였을 때 각계의 논쟁은 매우 치열했다. 주장은 대략 세 파로 나뉘었다. 1파는 편방(偏旁)파다. 일본의 가타가나를 모방하여 소리에 가까운 한자를 가지고 편방의 필획을 임시로 취해 자모로 삼자고 주장했다. 편방이란 한자의 구성에서 왼쪽을 편, 오른쪽을 방이라고 한다. 2파는 부호(符號)파이다. 부호를 만들어서 자모로 삼자고 주장한 파다. 3파는 로마자모(羅馬字母)로 표시하자고 주장한 파이다. 이렇듯 각파의 논쟁이 합의점을 찾지 못한 와중에서, 루쉰은 쉬지푸(쉬서우창), 주시쭈(朱希祖), 마유위, 첸다오쑨 등과 함께, 1908년 장빙린(章炳麟)이 시도한 바 있었던 표음부호를 기초로 하여 자모를 제정할 것을 주장, 마침내 통과시켰다.

23) 시링인사(西泠印社)는 '금석(金石)을 보존하고 인학(印學)을 연구한다'는 취지로 세워진 예술단체이자 출판사이다. 금석(金石), 고고학(考古學), 미술 방면의 책과 물품을 출판 판매하였고, 1904년 항저우에서 창립되었다. 나중에 시링인사의 사장 우창숴(吳昌碩)는 상하이에도 시링인사를 세워서 책, 그림, 도장 관련 일을 하도록 하였다.

13일 구름. 오전에 둘째에게 편지(十六)와 『비아』碑雅 1부 4책, 『이아익』爾雅翼 1부 6책을 부쳤다. 셋째가 중국 식물들의 이름을 정하는 데 참고가 될 만한 자료를 얻고자 하여, 책을 찾아 부친 것이다. 저녁에 리李 군이 왔다.

14일 맑음. 점심 후에 린스옌林式言이 교육부로 나를 만나러 왔다가 세허를 찾아갔다. 밤에 구칭이 왔다.

15일 다이루링과 같이 하이톈춘海天春24)에 가서 점심을 먹었다. 점심 후에 9일자 『웨둬』 1부를 받았다.

16일 일요일 휴식. 점심 후에 10일자에서 12일자까지의 『웨둬』 각 1부를 받았다. 첸중지錢中季의 책을 받았다. 지푸의 것과 한 봉투에 들어 있었다. 오후에 책들을 정리했는데, 이미 두 서가에 가득 차 처리하기 곤란했다. 참 스스로 개탄할 일이로다. 저녁에 둘째의 편지를 받았다. 11일 부친 것이다(16). 밤에 바람.

17일 구름. 점심 후 독음통일회에 갔다가 3시에 퇴근했다. 저녁에 왕티루王惕如가 와서 얘기를 했고 티베트어로 된 역서曆書 1책을 내게 주었다.

18일 구름. 오전에 둘째에게 편지를 부쳤다(十七). 저녁에 쯔잉이 지푸의 집에 있어 가서 얘기하였다. 밤에 몸이 좀 불편했다. 감기인 것 같다.

19일 구름과 바람. 오전에 둘째의 편지를 받았다. 15일 부친 것이다(17). 두통과 열이 나서 이케다池田에게 가 진찰을 받았다. 위가 약해졌고

---

24) 하이톈춘은 쉬안우먼 밖 대로에 있던 식당으로 루쉰이 근무했던 교육부에서 가까운 거리에 있었다. 루쉰은 점심식사를 하이톈춘과 같은 경제적이고 편리한 식당을 이용한 적이 많았다. 이런 식당은 매일 오는 고객의 편의를 위해 매번 현금을 지불하지 않고 모아서 한꺼번에 계산하곤 했다. 또 미리 요리나 국 등의 가짓수를 정해 달마다 한 번 지불하기도 했다. 루쉰은 9월 4일부터 이 식당에서 친구들과 매월 인 5위안을 내고 정기적으로 식사하기도 했다. 그러나 9월 18일 일기에 쓴 대로 음식의 질이 떨어지자 계약을 해지하였다(鄧雲鄕, 『魯迅と北京風土』).

신경과민일 뿐이라고 했다. 진찰료와 약값 3위안 2자오를 냈다. 점심 후에 샤 사장, 다이루링과 같이 도서관에 갔다. 13일에서 15일자까지의 『웨둬』 각 1부를 받았다. 밤에 바람이 많이 불었다.

20일 맑고 바람. 병이 낫질 않아 집에서 쉬었다. 오후에 쯔잉과 다오쑨 모두 병문안을 왔다. 다오쑨은 밤에야 갔다.

21일 맑음. 병이 많이 나았으나 사무실엔 나가지 않았다. 점심 후에 다오쑨의 편지와 소금에 절인 오이 한 병을 받았다.

22일 구름. 병이 크게 좋아져 출근했다. 오전에 선인모沈尹默, 주티셴이 왔다 갔으나 만나지 못했다. 점심에 이케다의원에 가서 약을 타 왔다. 1위안 2자오를 지불했다. 점심 후에 허셰허우何燮侯의 편지를 받았다. 사가미야서점의 엽서를 받았다. 13일 부친 것. 16일자『웨둬』 1부를 받았다. 월식을 보았다.

23일 맑음. 일요일 휴식. 점심 전에 둘째에게 편지를 부쳤다(十八). 17일에서 19일자까지의 『웨둬바오』 각 1부를 받았다. 오후에 쉬지상이 놀러 왔다. 둘째와 셋째의 편지를 받았다. 19일 부친 것이다(18).

24일 맑고 바람이 많이 불었다. 몸이 피곤하여 출근하지 않았다. 점심 지나서 셰시위안이 왔다. 저녁에 허셰허우가 허우더푸厚德福에서 초대해 한잔했다. 동석자는 마유위, 천위안陳于鑫, 왕유산, 왕수하이, 차이구칭, 쉬지푸였다. 마시방죽에 관한 것이 화제가 되었다.[25]

25일 맑고 바람. 아무 일 없다.

---

25) 마시방죽의 원문은 '麻溪埧'. 마시방죽은 사오싱 북부의 린푸진(臨浦鎭) 동남에 있다. 명청 시대부터 이 방죽을 둘러싼 이 지역사람들의 분쟁은 오랜 역사가 있다. 1912년 성(省) 의회가 이 방죽의 폐지를 제안하자 현(縣) 의회가 반대하고 나선 것이다. 쌍방은 모두 각 성의 향우회와 베이징의 정부에 이를 알리고 지지를 호소하였고, 싸움은 확전되어 끝날 줄 몰랐다. 그러다가 3월, 현지의 러톈향(樂天鄕) 48촌(村) 촌민들이 봉기하여 이 방죽을 폐쇄해 버린 일이 발생했다.

26일 오전에 이케다의원에 갔다. 오후에 이달 봉급 240위안을 받았다. 샤 사장, 후쑤이즈胡綏之와 함께 류리창에 갔다. 토우土偶[흙인형]를 사려했으나 못 샀다. 나는 퉁위안銅元 30위안에 작은 부뚜막 1매를 샀다. 서점에 가서 『십칠사』十七史 1부 28상자를 30위안에, 『여정지견전본서목』邸亭知見傳本書目 1부 10본을 14위안에 샀다. 저녁에 다오쑨이 왔다. 지푸와 같이 광허쥐에서 한잔했다. 21일자, 22일자 『웨둬』 각 1부를 받았다.

27일 구름. 점심 후에 시허옌西河沿 자오퉁은행에 가서 지폐를 인銀으로 바꾸었다. 또 둥자오민샹 일본우체국에 가서 하부토 집으로 편지와 인 25위안을 부쳤다. 그리고 사가미야서점으로 편지와 인 45위안을 부치고 지푸를 대신하여 15위안을 부쳤다. 밤에 바람. 사승의 『후한서』 필사를 마쳤다. 모두 6권, 약 10여만 자다.

28일 맑음. 오전에 둘째와 셋째에게 편지를 부치고(十九) 이달치 생활비 50위안을 동봉했다. 밤에 사심의 『후한서』 1권을 교정하여 필사했다.[26]

29일 맑고 약간의 바람. 오전에 이케다의원에 가서 진료를 받고 약을 타 왔다. 1위안 2자오를 냈다. 점심 후에 첸먼前門 안에 있는 린지양행臨記洋行에 가서 치약가루와 비누, 비스킷 등을 샀다. 저녁에 23일자 『웨둬』 1부를 받았다. 밤에 우예의 『진서』 집본集本을 교정하여 필사했다.[27]

30일 구름. 일요일 휴식. 오전에 왕마오룽王懋熔이 왔으나 내가 아직 자고 있어서 못 만났다. 점심 후에 쯔잉이 왔다. 오후에 둘째의 편지를 받

---

26) 사심(謝沈)의 『후한서』(後漢書). 루쉰은 지난해 8월 2일 왕집본(汪輯本)에서 이를 옮겨 적기 시작하여 이날 교정 필사를 마친 것이다. 루쉰이 쓴 「사심의 『후한서』 서」는 『고적서발집』(루쉰전집 제12권)에 수록되어 있다.

27) 루쉰은 이미 산실되어 버린 진(晉)대 우예(虞預)의 『진서』(晉書)를 교정하고 필사하여 3월 31일에 마쳤으며 이 책을 위한 서문 「우예의 『진서』 서」도 작성하였다. 이 서문은 『고적서발집』에 수록되어 있다.

왔다. 24일 부친 것이다(19). 24일자에서 26일자까지의 『웨뒤바오』 각 1부를 받았다. 둘째가 보낸 『소학답문』小學答問 5책과 『심하현집』 초본[28] 2책, 검은색 패지[29] 3첩을 받았다. 모두 24일 부친 것이다. 저녁에 쯔페이가 베이징에 와서 읍관邑館으로 돌아왔다.

31일 오전에 뤼롄위안呂聯元이 신창新昌에서 보낸 편지를 받았다. 『통속교육연구록』 제6기 1책을 받았다. 점심 후에 샤 사장, 다이루링과 함께 전저장성회관全浙會館에 가서, 그 안의 무대 및 부근의 건물이 아동예술전람회로 쓸 만한 회의장인지 아닌지를 시찰했다.[30] 오후에 둘째에게 편지와 책값 5위안을 부쳤다(二十). 밤에 우예의 『진서』 필사를 마쳤다. 목록 포함 14장이다.

4월

1일 맑음. 점심 후에 샤 사장과 치서우산, 다이루링과 같이 첸칭창前青廠에 가서 도서분관[31]으로 새롭게 빌린 사옥을 구경하고 잠시 앉아 있다

---

28) 루쉰이 이날 받은 『심하현집』(沈下賢集) 초록본(抄錄本)은 1912년 초 난징에 있었을 때, 쉬서우창과 같이 강남(江南)도서관에 있던 것을 빌려 옮겨 적으면서 교정한 것이다. 루쉰은 1914년 4월 6일부터 이 초본에 근거하여 다시 청서(清書)를 했다.

29) 검은색 패지의 원문은 '오사란지'(烏絲闌紙). 복사하기 편하게 칸을 친 편지지와 같은 종이.

30) 1912년 9월 교육부는, 1913년 여름에 전국아동예술전람회를 열기로 결정했다. 1913년 3월에는 각 지역에서 전람회에 전시할 물품들을 속속 보내왔다. 이날 루쉰은 샤쩡유(夏曾佑) 등과 같이 전람회 장소를 선정하러 돌아다녔다. 나중에 위안스카이에 반대하는 '2차혁명'이 폭발하게 되는 바람에 전람회는 1914년 4월로 연기되었다.

31) 도서분관(圖書分館). 경사(京師)도서관이 있었던 광화사(廣化寺)는 장소가 외진 곳이었고 건물이 낡고 습기가 차서 책을 보관하기 적합하지 않았다. 그래서 교육부는 다른 도서관 부지를 물색함과 동시에 쉬안우먼(宣武門) 밖 첸칭창(前青廠)에 있는 민가 건물을 얻어 이해 6월에 분관을 열었다. 1914년 첸칭창 시커우(西口)의 융광사제(永光寺街)로 이사를 했고 1916년 초에는 다시 쉬안우먼 밖의 샹루잉(香爐營)의 쓰탸오후퉁(四條胡同)으로 이사했다.

나왔다. 또 치서우산, 다이루링과 같이 칭윈거에 가서 차를 마셨다.

2일 오전에 둘째의 편지를 받았다. 29일 부친 것이다(20). 오후에 27, 28일자『웨둬』각 1부를 받았다.

3일 오후에 쯔잉이 왔다.

4일 구름. 오전에 주커밍朱可銘이 난징에서 보낸 편지를 받았다. 점심 후에 비.『교육부월간』제1권 제1, 2책 각 1권을 받았다. 저녁에 커밍에게 답신을 했다. 도서관, 샤 사장, 다이루링, 쉬지상에게『소학답문』小學答問을 한 권씩 기증했다.

5일 구름. 낮에 둘째와 둘째 부인에게 편지를 부쳤다(二十一). 오후에 류리창에 가서『구오대사』舊五代史,『구당서』舊唐書 각 1부, 모두 8상자, 48책을 인銀 6위안에,『추포쌍충록』秋浦雙忠錄 1부 6책을 3위안에 샀다. 또『월중고각구종』越中古刻九種 석인본 1책을 구했다. 왕즈쉬안王止軒이 수집한 것이어서 일단 사 두었다. 저녁에 29일자『웨둬』1부를 받았다.

6일 맑고 바람. 오전에 31일자와 이달 1, 2일자『웨둬』각 1부를 받았다. 점심 후에 쉬지상이 왔다. 오후에 둘째의 편지를 받았다. 초록한「의림」意林 4장이 동봉되어 있었다. 31일에 부친 것이다(21). 왕마오룽(자, 쭤창佐昌)이 와서『소학답문』1책을 주었다. 오늘은 일요일.

7일 흐리고 바람. 쉬지상이『권발보리심문』勸發菩提心文 1책과『등부등관잡록』等不等觀雜錄 1책을 나에게 주었다. 점심 후에 셰허가 10위안을 갚았다.

8일 맑음. 국회 개원으로[32] 쉬었다. 점심 후에 류리창에 가 한가로이 산보했다.『삼보황도』三輔黃圖 1부 2책을 2위안에 구입했다. 책은 영암산관靈岩山館본인데 나중에『경훈당총서』經訓堂叢書에 수록되었다. 또 장쯔성張梓生을 대신해『양계학』養鷄學 1책을 9자오에,『양계전서』養鷄全書 1책을 7자오에 샀다. 쯔잉을 방문했으나 없었다. 심부름꾼 수쥔叔鈞이 나와 말하길, 아침 8시에 쉬許 선생이 불러서 나갔다는 것이다. 오후에 구칭이 왔다.

9일 흐림. 아침에 둘째의 편지를 받았다. 5일 부친 것이다(22). 오전에 둘째에게 책 한 박스를 부쳤다. 안에 『고학휘간』 제3기 2책과 『양계학』, 『양계전서』 각 1책을 동봉했다. 점심 후에 하부토 가의 편지를 받았다. 할머니의 병이 심하다고 했다. 3일 부친 것이다. 4일자 『웨둬』 1부를 받았다.

10일 맑음. 오전에 둘째에게 편지를 부쳤다(二十二). 점심 후에 사가미야서점으로부터 엽서를 받았다. 3일 부친 것이다. 하부토 가의 편지를 받았다. 할머님이 4일 8시에 돌아가셨다고 한다. 4일 부친 것이다. 오후에 구름.

11일 구름과 바람. 점심 후에 일본우체국에 가서 하부토 가로 편지를 부쳤다. 인銀 30위안을 동봉했다. 오후에 둘째와 둘째 부인에게 편지를 부쳤다(二十三).

12일 맑음. 오전에 하부토 가의 편지를 받았다. 또 사가미야서점의 엽서를 받았다. 모두 6일 부친 것이다. 오후에 류리창에 가서 『도산집』陶山集 1부 8책을 1위안 6자오에, 『화양국지』華陽國志 1부 4책을 2위안에, 『후지부족재총서』後知不足齋叢書 1부 35책을 11위안에 샀다. 6일자 『웨둬』 1부를 받았다.

---

32) 신해혁명 후, 각 성(省)의 도독(都督)이 파견한 참의원 3인씩으로 구성된 '임시참의원'은 일원제로 된 입법기관이었다. 이 기관은 쑨중산의 사직을 받아들였고 위안스카이를 임시총통으로 선출 추대하였으며 베이징을 수도로 결정했다. 그런데 위안스카이는 정식총통으로 임명되는 것을 획책해 임시참의원에게 정식국회참의(正式國會參議)와 중의양원선거법(衆議兩院選擧法) 제정을 독촉하여 양원제를 만들었다. 1912년 12월 양원에서는 급하게 서둘러 1차 선거를 했고, 1913년 2월에 다시 2차 선거를 했으며, 일기에 나오는 4월 8일에는 1차 국회를 여는 등 일사천리로 일을 추진했다. 1913년 10월 4일에는 '총통선거법'을 선포하였고 10월 6일 위안스카이는 정식총통에 선출되었다.

13일 구름. 일요일 휴식. 오전에 둘째의 편지를 받았다(23). 리샤칭의 편지를 받았다. 9일 난징에서 부친 것이다. 점심 후에 쯔잉이 왔다. 오후에 린지양행에 가서 나비넥타이와 비스킷을 샀다. 티셴을 방문했으나 만나지 못했고 셰허가 있는 곳에서 잠시 앉아 있었다.

14일 맑음. 아무 일 없다. 밤에 바람.

15일 점심 전에 둘째에게 편지를 부쳤다(二十四). 점심 후에 샤 사장과 다이루링과 같이 도서관에 갔다. 7일자에서 9일자까지의 『웨둬』 각 1부를 받았다.

16일 오전에 셰시위안이 왔다. 둘째와 둘째 부인의 편지를 받았다. 11일 부친 것이다. 10일에서 12일자 『웨둬』 각 1부를 받았다. 오후에 둘째가 부친 『*Der Nackte Mensch in der Kunst*』[예술작품에서의 나체 인물] 1책을 받았다. 10일 부친 것이다.

17일 아무 일 없다. 단지 참사參事가 천陳 총장과 의견이 맞지 않아 사직을 했다는 소식만을 들었을 뿐이다.[33]

18일 구름. 오후에 비. 날씨가 갑자기 추워졌다. 돌아오는 길에 한기가 심해 기침을 많이 했다.

19일 맑음. 오전에 첸윈빈錢允斌이 왔다. 이름은 핀전聘珍이고 옛날 항저우사범학당[34]의 박물과博物科 학생이다. 13일자 『웨둬』 1부를 받았다. 오후에 린지양행에 가서 비스킷을 샀다. 류리창에 가서 산보를 하다가 서

---

33) 교육부 총장이었던 천전셴(陳振先)은 중앙학회의 선거를 준비하는 과정에서 마음대로 원래의 규약을 개정하였고 사적 이익을 위해 폐단을 저질렀다. 이로 인해 교육부의 참사였던 중관광(鍾觀光), 장웨이차오(蔣維喬), 탕중(湯中), 왕퉁링(王桐齡) 등이 항의하고 사표를 제출했다. 나중에 교육부 직원 전체가 사표를 내는 항의소동이 있었다.

34) 항저우사범학당은 항저우 양급사범학당(杭州兩級師範學堂)으로 루쉰이 1909년 일본에서 귀국한 후 이 학교에서 1년간 교편을 잡았었다.

점에 들러 섭씨葉氏의 『관고당휘각서병소저서』觀古堂彙刻書幷所著書 1부를 1위안에 샀다. 또 『조사승장생책』趙似升長生冊 1부 2책을 2자오에 샀다. 이 책은 볼만한 것이 없는 책이나 사오싱 사람의 저서여서 일단은 사 두었다. 저녁에 주티셴, 마유위가 왔다. 쑹지런宋汲仁이 왔다. 둘째의 편지를 받았다. 16일 부친 것이다(25).

20일 일요일. 오전에 둘째에게 편지를 부쳤다(二十五). 천 총장이 중앙학회35)의 일로 바빠서 일요일이라도 평일처럼 근무하라는 교육부의 통지를 받았다. 교육부로 출근하였으나 아무 일이 없어 점심 지나 나왔다. 인력거를 못 잡아 걸어서 돌아왔다. 도중에 서점을 만나 『콰이지왕씨은관록』會稽王氏銀管錄 1책을 퉁위안 8메이枚에 샀다. 저녁에 14일자에서 16일자까지의 『웨둬일보』 각 1부를 받았다.

21일 구름. 점심 후에 리샤칭에게 회신을 했다. 저녁에 러우춘방樓春舫이 왔다.

22일 보슬비가 종일 내렸다. 둥董 차장이 사직했다는 소식을 들었다.36) 저녁에 첸원빈이 왔다. 밤에 달이 떴다.

23일 구름. 오후에 19일자 『웨둬』 1부를 받았다. 저녁에 다시 17일자와 18일자 각 1부를 받았다. 밤에 탁족濯足을 했다.

24일 비. 아무 일 없다.

---

35) 중앙학회는 위안스카이 정부가 외형적 형식을 갖추기 위해 영국왕립학회를 모방하여 설립하고자 한 기관으로서 당시 교육부 총장이 직접 관할하고 있었다. 나중에 회원 자격을 어떻게 결정할 것인가의 문제로 풍파가 일었다.

36) 둥 차장은 둥쉰스(董恂士)를 말한다. 둥쉰스는 교육부의 경비 절감을 위해서 수시로 예산 집행 불가를 주장해 왔고 또 중앙학회의 선거문제로 인해 큰 파란이 일어나게 되자 일찍부터 사퇴할 생각을 갖고 있었다. 4월 21일 천전셴 총장이 둥 차장과 아무런 상의 없이 개인적으로 아는 자신의 사람 4명을 교육부 참사, 사장, 첨사 등에 임명하자 이에 항의의 표시로 사표를 제출했다. 머지않아 천전셴 역시 교육부 내외의 반대에 부딪혀 사표를 제출했다.

25일 맑음. 오전에 둘째에게 편지를 부쳤다(二十六). 첸윈빈에게 편지를 부쳤다. 오후에 천쯔잉이 왔다. 저녁에 지푸가 광허쥐에서 식사초대를 했다. 주티셴, 선인모, 마유위, 첸다오쑨이 왔다. 서우주린이 왔다.

26일 오전에 롼리푸가 사오싱에서 보낸 편지를 받았다. 점심 후에 서우주린의 집에 갔다가 다시 함께 재정부에게 가서 천궁멍에게 소개했다. 돌아오는 길에 린지양행에 들러 약간의 비스킷을 샀다. 다이루링을 만나러 하이창海昌회관에 갔다. 선쥔모沈君默, 주티셴을 만났다. 마유위도 있었다. 이달 봉급 240위안을 받아서 루링에게 40위안을 갚았다. 오후에 20일자『웨둬』1부를 받았다. 밤에 바람.

27일 맑음. 일요일 휴식. 저녁에 사회교육사 동료들이 취안예창의 샤오유톈판관小有天飯館으로 지궁취안冀貢泉 군을 공식적으로 초대했다. 참석자는 10명이다. 둘째의 편지를 받았다. 21일 부친 것이다(26).

28일 오후에 둘째에게 소포 1개를 부쳤다. 안에『필경원』筆耕園 1책,『백양산인화조화책』白陽山人花鳥畵冊 1책,『나양봉귀취도』羅兩峰鬼趣圖 2책,『아우당총서』雅雨堂叢書 15책(조본粗本),『조사승장생책』趙似升長生冊 2책, 핀셋 10개를 넣었다. 저녁에 다오쑨이 왔고, 지푸가 광허쥐로 술 초대를 해 약간 취했다. 밤에 바람.

29일 오전에 쯔잉이 왔다. 가까운 시일에 돌아갈 거라고 했다. 점심 후에 하부토 가의 편지를 받았다. 3월 24일 부친 것이다.

30일 오전에 둘째의 편지를 받았다. 26일 부친 것이다(27). 점심 전에 둘째에게 편지와 이달 생활비 50위안을 부쳤다(二十七). 오후에 어두워지고 천둥번개가 치고 바람이 크게 불더니 비가 조금 내리다가 바로 그쳤다. 저녁에 찐 마와 생배추, 얇게 썬 닭고기를 먹었다.

5월

1일 맑음. 오전에 둘째에게 『아우당총서』 1포 13책을 부쳤다. 이것은 28일 부치고 남은 것이다. 점심 지나서 취안예창에 가서 이발을 하고 차를 마셨다. 저녁에 쯔잉이 왔다. 광허쥐에서 그를 초대해 한잔했다. 쯔페이도 같이 갔다. 밤에 치통이 심해 잠을 자지 못했다.

2일 천 총장이 교육부를 떠났다. 점심 후 하부토 가에서 부쳐 온 양갱 1갑을 받았다. 동료들과 반 나눠 먹었다. 오후에 치통. 화즈후퉁花枝胡同으로 쯔잉을 방문했으나 못 만났다. 그가 내일 사오싱으로 돌아가기 때문에 집으로 보내는 소포 하나를 맡겼다. 안에 『찬희려총서』篡喜廬叢書 1부, 『이룡면백묘구가도』李龍眠白描九歌圖 1첩, 면 옷 한 벌을 넣었다. 쯔페이에게 10위안을 빌렸다.

3일 점심 전에 교육부 사람 10여 명과 같이 둥 차장의 집에 가서 출근해서 일을 하시라고 촉구했다.[37] 점심 후 왕푸징王府井의 치과의사 쉬징원의 집으로 가서 이 질환을 치료했다.[38] 보정하는 치아 4매를 예약하고 헹구는 약 1병을 샀다. 가격은 모두 47위안이고 10위안을 지불했다.[39] 다오샹춘稻香村에 들러서 비스킷 1위안어치를 샀다.

4일 일요일 휴식. 오전에 둥쉰스, 첸다오쑨이 와서 지푸의 집에서 밥을 먹었다. 점심 후에 귀가했다. 오후에 류리창 고서점에 가서 책을 보았

---

37) 5월 1일에 위안스카이가 천전셴의 교육부 겸직 사표를 수리하고 그 후임에 둥쉰스를 직무대행으로 임명했다. 둥쉰스가 취임을 거부하자 교육부 직원들이 루쉰을 대표로 하여 그에게 가서 출근하여 일할 것을 촉구한 것을 말한다. 이를 수용한 둥쉰스는 5월 7일부터 출근했다.

38) 쉬징원(徐景文)은 미국 의과대학을 졸업한 치과의사다. 토요일부터 월요일까지 베이징에서 진료를 했고 화요일부터 토요일까지는 톈진(天津)에서 진료를 했다.

39) 나머지 37위안은 11일에 지불했다고 기록됨.

다. 얻은 것 없이 돌아왔다.

5일 아침에 둘째에게 편지를 부쳤다(二十八). 오전에 쉬징원의 집으로 이를 치료하러 갔다. 점심에 치서우산, 다이루링과 같이 하이톈춘에 가서 밥을 먹었다. 오후에 쉬지푸와 같이 충샤오사에 가 모란을 구경했다.[40] 이미 절정은 지난 상태였고 술에 취한 이상한 사람을 만났으며 또 절의 중은 우리 주변을 빙빙 돌았다. 정말 모두 몹시 불쾌하였다. 둘째의 편지를 받았다. 1일 부친 것이다(28). 30일자 『웨둬』 1부를 받았다. 쑹쯔페이가 톈진으로 출발했다.

6일 구름. 오후에 2일자 『웨둬』 1부를 받았다. 저녁에 첸윈빈이 와서 10위안을 빌려 갔는데, 학비가 떨어졌다고 했다. 밤에 바람.

7일 맑음. 오후에 3일자 『웨둬』 1부를 받았다. 저녁에 다오쑨이 쪽지를 보내 광허쥐로 초대했다. 갔으나 술은 마시지 않았다. 동석자들은 주티셴, 선쥔모, 장자팅, 다이루링이었다. 밤에 보슬비.

8일 맑음. 오후에 치서우산과 다이루링의 집에 갔다. 파위안사[41]에 같이 놀러 갈 생각이었으나 그만두었다. 4일자 『웨둬』 1부를 받았다. 저녁에 롼허쑨이 왔다.

9일 맑고 바람. 오후에 쑹쯔페이가 톈진에서 보낸 편지를 받았다. 5일

---

40) 충샤오사(崇孝寺)는 베이징 쉬안우먼 밖 바이즈팡(白紙坊)의 천자후퉁(陳家胡同)에 있다. 대추나무가 많아서 '짜오화사'(棗花寺; 대추꽃 절)라고도 불렸다. 절에 심은 모란(원문은 '牧丹') 40여 그루가 매년 봄과 여름 사이에 만개해 청소 시내부터 유닝했나. 꽃이 피면 관광객들이 몰렸고 절의 중들은 돈을 벌 절호의 기회여서 관광객들에게 귀찮게 달라붙었다고 한다. 루쉰이 살던 때 이 절은 성 밖에 멀리 있었고 중산(中山)공원에도 모란이 유명해져서 청대만큼 번화하진 않았다고 한다.

41) 파위안사(法源寺)는 베이징 광안먼(廣安門) 안에 있다. 당(唐) 무측천(武測天)의 만세통천(萬歲通天) 원년(969)에 창건되었다. 처음 이름은 민충사(憫忠寺)였고 나중에 순천사(順天寺), 숭복사(崇福寺)로 개명되다가 청(淸) 옹정(雍正) 12년(1734)에 파위안사로 바뀌었다. 베이징 시내에 현존하는 절 가운데 역사가 가장 오래된 것이다.

자『웨둬』1부를 받았다.

10일 맑음. 아침에 둘째의 편지를 받았다. 6일 부친 것이다(29). 둘째에게 편지를 부쳤다(二十九). 점심 후, 파위안사가 석가모니불의 강생 2940년 탄생 기념법회[42]를 연다고 하여 예식을 보러 갔다. 어깨를 부딪혀 가며 도착했으나 인파로 먼지가 극심했고 발 디딜 틈이 없어 바로 나와 집으로 왔다. 6일자『웨둬』1부를 받았다. 저녁에 쉬징원의 집에 가 이 치료를 했고 돌아오는 길에 린지양행에 들러 비스킷 1위안어치를 샀다. 다이루링의 편지를 받았다. 밤에 바람이 많이 불었다.

11일 일요일 휴식. 사오보중邵伯迥에게 1위안 부의賻儀를 했다. 오전에 샤 사장의 집에 가자고 초대하는 다이루링의 편지를 받았다. 도착하여 술을 마셨다. 오후가 되어도 끝나지 않아 도망치듯 돌아왔다. 7일자『웨둬』1부를 받았다. 저녁에 쉬징원의 집에 가서 이 보정치료를 마쳤다. 37위안을 지불했다.

12일 구름. 오전에 8일자『웨둬』1부를 받았다. 점심 후 류리창에 가서『고학휘간』제4편 1부 2책을 1위안에 샀다. 상치헝이 왔다. 옛날 제5중학[43] 학생 3명과 같이 왔다. 한 명은 왕징칭王鏡淸이고 두 명은 이름을 잊었다. 롼허쑨이 왔다. 쩌우鄒씨 한 명, 장張씨 한 명, 손님 둘을 데리고 왔다. 밤에 비가 조금.

---

42) 이해의 음력 4월 1일부터 8일까지 파위안사는 석가모니불 탄생 2940년 기념대회를 열었다. 설치되어 있던 수륙도장(水陸道場)을 빌려서 청대 융유태후(隆裕太后)와 민국의 혁명 열사를 추존하고 제사를 올렸다. 동시에 절이 소장하고 있는 진귀한 보물과 명화, 고불(古佛), 사리(舍利) 등이 전시되었다.

43) 제5중학은 '저장성립(浙江省立) 제5중학'을 가리킨다. 이 학교의 전신은 사오싱부중학당(紹興府中學堂)으로 루쉰은 일본에서 귀국한 후, 1910년 9월부터 1911년 11월까지 여기에서 교편을 잡았다. 1912년에 저장성립 제5중학으로 교명을 바꾸었다.

13일 맑음. 오전에 둘째에게 편지를 부쳤다(三十). 점심 후에 흐림. 오후에 9일자 『웨둬』 1부를 받았다. 밤에 보슬비가 내리더니 금방 달이 보였다.

14일 맑고 바람. 오후에 10일자 『웨둬』 1부를 받았다. 세시위안이 왔다. 저녁에 선헝산沈衡山이 왔다.

15일 맑음. 아침에 둘째의 편지를 받았다. 11일 부친 것이다(30). 양신스의 편지를 받았다. 9일 시안西安에서 부친 것이다. 11일자 『웨둬일보』 1부를 받았다.

16일 오전에 12일자 『웨둬』 1부를 받았다. 점심 후에 샤 사장과 같이 도서관에 갔고 또 스차하이를 반 바퀴 걸어서 돌아왔다. 밤에 바람.

17일 점심 후에 시성핑위안에 가서 목욕을 했다. 오후에 쉬스취안이 퉁야전童亞鎭, 한서우진韓壽晋과 함께 왔다. 모두 대학에 재학 중이다.[44] 나에게 보증을 부탁했다. 또 웨이푸몐, 왕징칭 두 사람 보증도 부탁하여 도장을 가지고 갔다. 롼허쑨이 내일 러허熱河로 떠난다고 인사하러 왔다. 허세허우에게 편지를 부쳤다. 쑹쯔페이에게 편지를 부쳤다. 밤에 13일자 『웨둬』 1부를 받았다.

18일 맑고 바람. 일요일 휴식. 오전에 톈둬자田多稼가 왔다. 명함에 '의원'議員이라고 적혀 있었다. 속물적이어서 정말 싫었다. 14일자 『웨둬』 1부를 받았다. 점심 전에 둘째에게 편지를 부쳤다(三十一). 점심 후에 류리창에 가서 『칠가후한서보일』七家後漢書補逸 1부 6책을 1위안에, 『상기헌사종』

---

44) 여기서의 대학은 베이징대학을 말한다. 이 대학의 전신은 경사대학당(京師大學堂)이다. 1898년(광서光緖 24년)에 창립되었고 1912년에 지금의 명칭으로 바뀌었다. 루쉰은 1920년 8월부터 1926년 7월까지 이 학교에서 교편을 잡았다. 1929년과 1932년 두 차례 베이징으로 어머니를 찾아뵈었을 때, 베이징대학의 요청으로 이 학교에서 강연한 바 있다.

賞奇軒四種 1부 4책을 4위안에, 『악부시집』樂府詩集 1부 12책을 7위안에, 『임화정집』林和靖集 1부 2책을 1위안에 샀다. 오후에 둘째가 부친 독일어본 『근세화인전』近世畵人傳 2책을 받았다. 13일 부친 것이다. 저녁에 자字가 위안성元生이라는 황위셰黄于協가 왔다. 밤에 왕톄위王鐵漁가 와서 얘기했다. 지푸가 이사를 갔다.

19일 맑음. 저녁에 쑹쯔페이의 편지를 받았다. 18일 부친 것이다. 15일자 『웨뒤』 1부를 받았다.

20일 오후에 둘째의 편지를 받았다. 16일 부친 것이다(31). 16일자 『웨뒤바오』 1부를 받았다.

21일 오전에 둘째에게 책 2포를 부쳤다. 『악부시집』 12책, 『도암몽억』陶庵夢憶 4책, 『백화강부각시집』白華絳跗閣詩集 2책, 『고학휘간』 제4편 2책이다. 오후에 17일자 『웨뒤』 1부를 받았다.

22일 오후에 18일자 『웨뒤』 1부를 받았다. 밤에 왕톄루王鐵如가 와서 얘기했다.

23일 오전에 둘째에게 편지를 부쳤다(三十二). 둘째의 편지를 받았다. 19일 부친 것이다(32). 점심 후에 샤 사장, 다이루링과 같이 첸칭창의 도서분관에 갔다. 오후 둘째가 부친 둘째 부인과 펑완의 사진 1장을 받았다. 역시 19일 부친 것이다. 밤에 19일자 『웨뒤』 1부를 받았다.

24일 점심 후에 취안예창에 가서 가죽가방을 사려 했으나 마음에 드는 것이 없었다. 다오샹춘에 들러 비스킷과 반찬 1위안어치를 샀다. 오후에 20일자 『웨뒤』 1부를 받았다. 둘째가 부친 작은 소포 하나를 받았다. 도쿄로 부치라는 것이다. 14일 부친 것이다.

25일 맑음. 일요일 휴식. 점심 전에 우레가 치다가 갑자기 어두워지고 비가 한바탕 내리더니 그쳤다. 점심 후에 둘째가 부친 파본 『타이저우총서』台州叢書 18책을 받았다. 21일 부친 것이다.

26일 맑음. 오전에 22일자 『웨둬』 1부를 받았다. 점심 후에 둥자오민샹 일본우체국에 가서 소포 하나를 부쳤다. 저녁에 우빙청 군이 왔다.

27일 점심 후에 이달 월급 240위안을 받았다. 오후에 왕톄루가 왔다. 23일자 『웨둬』 1부를 받았다.

28일 오전에 둘째에게 편지(三十三)와 이달 생활비 50위안을 부쳤다. 오후에 쉬지상과 함께 관인사 거리 푸허샹에 가서 커피를 마셨다. 비스킷도 조금 먹었다. 둘째의 편지를 받았다. 24일 부친 것이다(33). 24일자 『웨둬』 1부를 받았다.

29일 점심 후에 치서우산, 다이루링과 같이 도서관에 가 『감주집』紺珠集 4책과 『설부』說郛의 초록抄錄본 파본 5책을 빌려 돌아왔다. 오후에 천쯔잉의 편지를 받았다. 25일 부친 것이다. 25일자 『웨둬』 1부를 받았다. 퉁야전, 한서우진이 도장을 돌려주러 왔다. 밤에 『설부』를 읽었다. 각본刻本과 아주 많이 달랐다.[45]

30일 맑음. 오후에 쑹쯔페이가 톈진에서 보낸 편지를 받았다. 28일 부친 것이다.

31일 오전에 둘째에게 편지를 부쳤다(三十四). 점심 후에 관인사 거리 푸허샹에서 2위안어치 음식을 샀다. 오후에 26, 27일자 『웨둬일보』 각 1부

---

45) 루쉰이 『설부』(說郛)를 빌린 것은 『운곡잡기』(雲谷雜紀)를 교정하여 정서(淨書)하기 위함이었고 6월 1일부터 이를 필사하기 시작했다. 여기에서 말하는 각본은 청대 순치(順治) 초의 도정(陶珽)이 편각(編刻)한 120권 본을 말한다. 이 각본(刻本)은 가필이 많이 섞인 것이어서 비록 『설부』의 이름을 따랐다고는 하나 원래의 모습을 많이 잃어버린 것이었다. 『설부』는 한위(漢魏)에서 송원(宋元)대까지의 필기(筆記)를 모아 놓은 것으로 원(元)대 말 명(明)대 초의 도종의(陶宗儀)가 엮은 책이다. 100권으로 되어 있으나 원서는 훼손이 되어 온전하게 전해지지 않는다. 루쉰이 경사도서관에서 빌린 『설부』는 훼손된 5책으로 옛날의 초록본이었다.

를 받았다. 저녁에 상치형, 왕징칭,웨이푸몐, 이름을 잊어버린 천陳씨, 4명이 왔다. 광허쥐에서 저녁식사 초대를 받아 이끌려 갔다. 밤 10시에 갔다.

6월

1일 맑음. 일요일 휴식. 오전에 28일자 『웨둬』 1부를 받았다. 점심 후에 구름이 끼고 바람이 불고 날씨가 아주 더웠다. 어제와 오늘 이틀 밤에 『설부』로부터 『운곡잡기』[46] 1권을 초록했다. 대부분이 취진판본[47]에 없는 것이었다. 애석하게도 오탈자가 많다. 그 안에서 고증하고 있는 상위의 오부촌 한 대목만큼은 아주 정확했다.[48]

2일 오전에 둘째의 편지를 받았다. 5월 29일 부친 것이다(34). 29일자 『웨둬』 1부를 받았다. 오후에 샤 사장, 다이루링, 후쯔팡胡梓方과 함께 역사박물관[49]에 가서 구매해 놓은 명기明器와 토우土偶들 약 80여 점을 구경했

---

46) 『운곡잡기』(雲谷雜紀). 명대 초본(抄本)인 『설부』 제30권에서 편집 초록한 『운곡잡기』를 말한다. 1권 49조(條)로 되어 있고 『설부』본'이라고 부른다. 루쉰은 이 책의 권말에 짧은 발문을 썼는데 이 글은 지금 『고적서발집』(루쉰전집 12권, 『운곡잡기』 발문)에 수록되어 있다.

47) 취진판본(聚珍版本)이란 청나라 건륭이 『사고전서』(四庫全書)를 만들 때, 『영락대전』(永樂大典)에서 집록(輯錄)한 것으로 120여 항목에 4권으로 나뉘어 있다. 무영전(武英殿) 취진판(聚珍版)으로 간행한 활자본으로 이것은 나중에 유포된 것이다.

48) 상위(上虞)의 오부촌(五夫村)은 『설부』본 중 「오대부」(五大夫) 항목을 말한다. 이 항목이 고증하고 있는 것은, 상위의 오부촌은 진시황이 소나무를 하사하여 오대부의 땅이 된 것이 결코 아니라는 것이다. 오부에는 "초(焦)씨란 사람의 묘가 있었는데 나중에 그의 다섯 아들이 모두 대부의 자리에 오르게 되자 이로 인해 이름 붙여진 것"이란 얘기다. 진시황이 내린 소나무는 타이산(泰山)에 있다는 것을 고증한 것이다.

49) 역사박물관. 당시 교육부는 1912년 7월 국무회의에, 구 국자감부서에 역사박물관 설립을 건의하여 얼마 지나지 않아 동의를 받아 국자감 이륜당(彛倫堂)에 주비처를 설치하였다. 동시에 원래 가지고 있던 소장품 조사를 시작하고 베이망(北邙) 등지에서 출토된 문물을 사들였다. 이 공사는 사회교육사 제1과(科)의 책임 하에 진행되었기 때문에 루쉰이 항상 이를 감독·관장하였다. 1918년 역사박물관은 우먼(午門) 앞에 있는 쭤유자오팡(左右朝房)으로 이사를 하고 1926년 7월에 정식 개방을 했다.

다. 가는 도중에 종루를 지나게 되어 인력거를 세우고 둘러보았다.

3일 오후에 30일자 『웨둬』 1부를 받았다. 밤에 비가 조금 내림. 『타이저우총서』 두 장을 보충하여 필사했다.

4일 비가 오다가 저녁에 개었다. 밤에 『타이저우총서』의 결락 페이지 4장을 보충하여 필사했다.

5일 약간의 비. 오전에 둘째에게 편지를 부쳤다(三十五). 점심 후 쑹쯔페이에게 편지를 부쳤다. 샤 사장 댁으로 가서 도서분관 문제를 상의했다. 오후에 5월 31일, 6월 1일자 『웨둬』 각 1부를 받았다. 저녁에 황위안성黃元生이 와서 한참을 앉아 있다 갔다. 많이 괴로웠다. 밤에 『타이저우총서』 두 장을 보충 필사했다.

6일 맑음. 오전에 사가미야서점의 엽서를 받았는데, 쯔잉子英이 어디 사는지를 물었다. 점심 후에 관라이칭關來卿 선생과 함께 도서관에 갔고 빌린 도서를 반납했다. 별도로 송본宋本 『역림주』易林注 2책을 빌렸다. 저녁에 상치헝商契衡 군이 와서 귀향한다고 말했다. 밤에 『역림주』를 필사했다.

7일 맑음. 아침에 쉬밍보가 보러 왔다. 둘째의 편지를 받았다. 3일 부친 것이다(35). 점심 후에 구름. 류리창에 가서 쓰촨각본四川刻本 『몽계필담』夢溪筆談 1부 4본을 3위안에 샀다. 서점으로부터 『홍설산방화품』紅雪山房畵品 1책을 기증받았다. 푸허샹普和祥에 가서 비스킷을 1위안 5자오어치 샀다. 2일, 3일자 『웨둬』 각 1부를 받았다. 저녁에 쑹쯔페이가 톈진에서 왔다. 밤에 『역림』易林을 필사했다.

8일 일요일 휴식. 하루 종일 많은 비. 종일토록 『역림』을 필사했다. 밤에 바람이 많이 불었다.

9일 단오절. 오전에 비가 조금 내리더니 그쳤다. 사가미야서점에 회신을 했다. 오후에 4일, 5일자 『웨둬』 각 1부를 받았다. 밤에 『역림』 파본권3, 권4 1책의 필사를 마쳤다.

10일 맑음. 오전에 둘째의 편지를 받았다. 요시코芳子의 편지 한 장이 동봉되어 있었다. 6일 부친 것이다(36). 둘째에게 편지를 부쳤다(三十六). 오후에 6일자『웨둬일보』1부를 받았다. 저녁에 양신쓰楊莘耜가 보낸 완구 1갑匣을 받았다. 5월 9일 시안에서 부친 것이다. 밤에『역림』을 필사했다.

11일 아침에 셰시위안이 와서 10위안을 빌려 갔다. 오후에 쉬지상의 집과 후쯔팡의 집에 갔다. 7일자『웨둬일보』를 받았다. 밤에『역림』을 필 사했다.

12일 맑음. 점심 지나서 구름. 천쯔잉에게 편지를 부쳤다. 사가미야서 점에게 편지를 부쳤다. 쉬지상 대신에 잡지목록을 청했다. 오후에 관라이 칭 선생이 왔다. 8일자『웨둬』1부를 받았다. 밤에『역림』권 제13의 필사 를 마쳤다.

13일 맑고 덥다. 점심 후에 하부토羽太 가의 편지를 받았다. 후쿠코福子 가 썼다. 7일 부친 것이다. 오후에 9일자『웨둬』1부를 받았다. 밤에『역림』 을 필사했다.

14일 오전에 둘째에게 편지를 부쳤다. 요시코에게 보내는 답신 1장을 동봉했다(三十七). 점심 후에 선상치, 다이루링과 함께 치서우산 집에 가 서 석죽石竹을 구경했다. 저녁에 쉬스취안이 왔다. 판范씨 성을 가진 사람 도 같이 왔는데 그 자字를 묻지 않았다. 밤에『역림』필사.

15일 약간의 비. 일요일 휴식. 오전에 10일, 11일자『웨둬』각 1부를 받았다. 오후에『역림』권 제14의 필사를 마쳤다. 중고 가죽가방 한 개를 샀고 마麻로 만든 커버를 주문했다. 합쳐서 인 5위안.

16일 맑음. 점심에 치서우산, 다이루링과 함께 하이톈춘에 가서 밥을 먹었다. 오후에 둘째의 편지를 받았다. 11일 부친 것이다(37). 저녁에 지푸가 와서 그의 집으로 저녁식사 초대를 했다. 밤에 귀가했다. 12일자 『웨둬』 1부를 받았다. 쑹지런이 왔다가 금방 갔다. 밤에 소나기가 한 차례 내렸다.

17일 맑음. 루룬저우盧潤州의 편지를 받았다. 13일 전장鎭江에서 부친 것이다. 진젠잉金劍英의 편지를 받았다. 12일 카이펑開封에서 부친 것이다. 점심 후에 선상치와 같이 샤 사장 댁으로 가서 점심을 먹었다. 관라이칭, 다이루링이 동석했다. 오후에 13일자 『웨둬』 1부를 받았다. 귀향을 준비했다.[50] 가방상자 판자[51]를 제작하는 데 1첸千[52] 들었다. 10위안을 주고 버섯 6근을 샀고, 사과 말린 것과 복숭아 말린 것 4근을 2위안에 샀다. 가지고 돌아갈 생각이다.

18일 오전에 둘째에게 편지를 부쳤다(三十八). 루룬저우에게 회신을 했다. 진젠잉에게 회신을 했다. 오후에 취안예창에 가 이발을 했다. 푸허상에 가서 과자와 치약, 칫솔, 손가방 등을 샀다. 모두 합쳐 4위안. 14일자 『웨둬』 1부를 받았다.

19일 오전에 15일자 『웨둬』 1부를 받았다. 점심 후에 짐 정리를 하여 첸먼 밖 역으로 갔다. 황위안성, 쑹쯔페이가 배웅을 나왔다. 오후 4시 40분에 베이징을 출발해서 7시 20분에 톈진에 도착했다. 타이안잔泰安棧에 묵었다. 숙소와 음식 모두 형편없었다.

20일 맑음. 오전 10시 20분에 톈진을 출발했다. 열차가 황허 기슭을 지나가는데 어린아이 10여 명이 돌을 던져 한 승객의 이마를 맞췄다. 피

---

50) 루쉰은 19일에 사오싱으로 귀향할 계획을 세웠다. 이번 귀향은 전후로 약 50일이 소요되었고 8월 7일이 되어서야 베이징으로 되돌아온다.

51) 가방상자 판자. 원문은 '箱夾'. 상자나 트렁크 등을 운반할 때 물건 사이에 끼우는 판자 같은 것으로 파손을 막기 위한 것임. '箱夾板'이라고도 씀.

52) 1첸은 1첸원(千文)으로 100메이(枚)의 통위안(銅元)과 같다. 당시 화폐 단위에 대해서는 1912년 9월 일기, 주석 79번 참조.

가 많이 났다. 승객들이 잠시 소란을 피웠다. 밤에 옌저우兗州에 도착하자 변발을 늘어뜨린 군인이 수시로 다가와 창문을 들여다보았다. 서너 명은 차에 올라왔다. 어떤 이는 사방을 살피고 어떤 이는 이유 없이 누워 있는 사람에게 일어나라고 채근했다. 한 사람은 나의 짐 바구니를 들어서 무게를 재더니 금방 사라졌다.

21일 오전 1시에 옌저우를 출발하여 오후 1시에 밍광明光에 도착했다. 열차의 일꾼 한 명이 부주의로 열차에서 떨어졌다. 한 발은 바퀴에 끼어서 무릎 아래가 모두 절단되었고 한 발은 발목이 부서졌다. 3시에 추저우滁州에 도착했다. 비가 많이 내렸으나 바로 그쳤다. 4시 반경에 포구浦口에 도착, 다시 또 비가 많이 내렸다. 작은 배에 올라 양쯔강을 건넜다. 짐과 옷이 모두 젖었다. 제1건물에서 잠시 쉬었다. 건물은 양저우揚洲 사람들을 위해 지은 것으로 그다지 좋지는 않았다. 룬창공사潤昌公司에 가서 담요, 담배 등 7위안8자오어치를 샀다. 밤에 후닝선[53] 역으로 가서 10시 반 난징을 출발했다. 예전보다 30분 빨라졌다고 한다. 열차 안에서 마주 앉은 사람은 천陳씨 성을 가진 승객으로 항저우 사람이라 했다. 옛날 항저우중학교에서 양신스의 동료였다는 등을 말했다.

22일 구름. 오전 7시에 상하이에 도착, 멍위안여관孟淵旅舍에서 쉬었다. 상당히 정돈되어 있었고 청결했다. 너무 바쁜 것이 애석할 따름이다. 심부름꾼에게 역에 가서 짐을 찾아오라 했으나 그렇게 안 되었다. 내가 가서 가져왔다. 관계자가 말하길, 번호에 오류가 있어서 본인이 가서 확인하지 않으면 줄 수 없다는 거였다. 점심 후에 중화서국[54]에 가서 다이루링이 부

---

53) 후닝(滬寧)의 후는 상하이를, 닝은 닝보(寧波)를 말한다. 즉 상하이에서 닝보까지 가는 열차를 지칭. 루쉰의 고향 사오싱은 그 중간에 있는 작은 수향(水鄕) 도시다.

치는 물건을 건넸다. 홍커우虹口의 일본과자점에 가서 비스킷 2갑을 샀다. 1위안 8자오. 구이런리歸仁里 시링인사西泠印社에 가서 영송본影宋本『이한림집』李翰林集 1부 6책,『거양시주』渠陽詩注 1부 1책,『빈퇴록』賓退錄 1부 4책,『초망사승』草莽私乘,『계창총화』鷄窗叢話,『혜면잡기』蕙楊雜記 각 1부 각 1책,『동해원서상기』董解元西廂記,『원구궁사보』元九宮詞譜 각 1부 각 2책을 합계 10위안 2자오 8펀에 샀다. 뒤의 두 책은 다른 사람에게 줄 것이다. 오후에 숙소에서 저녁까지 많이 잤다. 밤에 싼마로三馬路를 나와서 바나나[55] 한 송이를 샀다. 28근에 1위안 반이다.

23일 구름. 아침에 후항선[56] 기차역으로 나가 7시 30분에 상하이를 출발했다. 오전에 비가 내리더니 잠시 후 그쳤다. 점심 후 12시 40분경 난싱南星에 도착했다. 예닐곱 명의 군인이 짐 검사를 했는데 눈 깜짝할 사이에 종이보따리 2, 3개를 찢어 놓았다. 가마꾼을 사서 첸탕강錢塘江을 건넜다. 물이 불어나 있었고 물살이 급했다. 배는 아주 형편없었다. 짐은 3시가 되어서야 비로소 도착했다. 위우팡[57]에서 배를 사서 사오싱으로 향했다. 배는 샤오산蕭山을 지났다. 소귀나무 열매[58]와 복숭아를 사서 먹었다. 밤에

---

54) 중화서국(中華書局)은 1912년 상하이에서 창건되었고 중국 도시 여러 곳에 분관을 갖고 있었다. 루쉰은 1914년 1월에 동생 저우쭤런이 번역한『질긴 풀』(勁草)을 이 서점에 투고했다. 결과적으로는 간행되지 못했다.『질긴 풀』에 대해서는 1914년 1월 주석 6번 참조.

55) 원문은 '파차실'(巴且實). 파차실은 분말바나나 혹은 건조바나나를 가리키는데 여기서는 그냥 바나나의 의미로 사용한 듯하다.

56) 후항(滬杭)선은 상하이와 항저우(杭州)를 잇는 철도 노선.

57) 위우팡(俞五房)은 위우팡궈탕항(俞五房過塘行)을 말한다. 시싱전(西興鎭)에 있었던, 짐을 부치고 운송하고 배를 대여해 주는 일을 하던 운송업체였다. 시싱전은 첸탕강을 끼고 항저우 맞은편에 있던 작은 읍.

58) 소귀나무 열매의 원문은 '楊梅'. 소귀나무 혹은 소귀나무 열매를 말한다. 소귀나무는 소귀나무과의 상록 활엽교목으로 높이는 10~20미터이며 잎은 두껍다. 암수딴그루로 4월에 누런 빛을 띤 붉은색 꽃이 피고 열매는 구형의 핵과(核果)로 6~7월에 열린다. '楊梅'는 방언에서는 '딸기'로도 쓰인다.

소나기가 한 차례 내렸다.

24일 구름. 아침 7시 반에 집에 도착했다. 점심 후 우중원伍仲文이 왔다.

25일 오전에 천쯔잉이 왔다. 점심 후에 쯔잉이 명함을 주면서 청장여

학교59)로 초청했다. 조금 지나 우중원이 왔다. 펑지밍馮季銘과 장웨러우張月

樓가 따라왔다. 함께 학교를 죽 한번 둘러보았다. 밤에 중원을 초대해서 밥

을 먹었다.

26일 아침에 셋째와 같이 다로大路의 저둥浙東여관에 가서 우중원과

함께 배를 타고 난정에 놀러 갔다.60) 또 우릉에도 갔다.61) 돌아오는 길은

둥궈먼東郭門을 통해서 땅에 내렸다. 걸어서 돌아왔다. 중원이 저녁 8시에

사오싱을 떠난다고 했다. 밤에 비가 조금 내리다가 바로 그쳤다.

27일 구름. 밤에 비.

28일 맑음. 오전에 셋째와 같이 다제大街에 가 한가로이 걸었다. 다시

제5중학교로 옛 동료들을 방문했다. 아는 서점에 들러서『설령』說鈴 전집前

集 1부 12책을 받았고, 옛날 빚을 갚았다. 점심 후에 류지셴劉楫先이 왔다.

밤에 비.

---

59) 청장(成章)여학교는 민주주의혁명가였던 타오청장(陶成章)을 기념하기 위해 설립한 초등학교
다. 1912년 4월 천린산(陳琳珊)과 후스제(胡士傑) 등이 창건했다. 천쯔잉은 이 학교 이사장이었
다. 루쉰은 이 학교의 창립을 지원하였다. 타오청장은 사오싱 사람으로 자는 환칭(煥卿)이고 호
는 타오얼산인(陶耳山人)이다. 민주혁명가(民主革命家)로서 청말 광복회(光復會) 창시자 중 한
사람이다. 어렸을 때부터 반청(反淸)활동을 하였고 일본으로 유학하여 일본 육군에서 공부했
다. 귀국 후 혁명 활동에 참여했고 중화민국 성립 후에는 광복군사령부(光復軍司令部) 총사령을
지냈다. 신해혁명 후 혁명파 내부의 반대파에 의해 암살당했다.
60) 난정(蘭亭). 루쉰의 고향 사오싱(紹興)에 있는 정자로, 동진(東晉)시대 왕희지(王羲之)가 수계
(修禊)의 모임을 갖고「난정집서」(蘭亭集序)를 쓴 곳으로 유명하다.
61) 우릉(禹陵)은 우임금의 무덤으로 사오싱 시 외곽에 있다. 사오싱은 춘추시대 월(越)나라의 수
도로 2,500년의 역사를 가진 지역이다. 난정과 우릉 외에도 많은 명승고적이 있다. 근대에서는
루쉰 생가(魯迅故裏), 심원(沈園) 등이 있고, 차이위안페이(蔡元培), 저우언라이(周恩來), 추근(秋
瑾) 등의 유적지가 있다.

29일 비. 오전에 서적판매원이 고서를 가지고 왔다.[62] 좋은 것이 없었다. 집어든 것은 벌레 먹은 원각原刻『후갑집』後甲集 2책과 파본인 명明 진번각晋藩刻의 『당문수』唐文粹 18책이다. 진金 6위안 6자오에 샀다.

30일 맑음. 오전에 첸진장錢鎭江, 저우쯔허周子和, 장징어章景鄂, 예푸런葉譜人, 징타이라이經泰來, 장융성蔣庸生이 왔다. 점심 후에 서적판매원 왕칭양王晴陽이 왔다. 『질원집』質園集 1부를 들고 왔으나 사지 않았다. 쑹쯔페이의 형이 왔다. 차, 마른 죽순 들을 가지고 왔다. 버섯 1포로 답례를 했다.

7월

1일 맑음. 아침에 외삼촌이 안차오터우安橋頭로 돌아갔다.[63] 오전에 우중원의 편지를 받았다. 29일 항저우에서 부친 것. 서적판매원 왕칭양이 왔다. 동이여童二如의 『화매가』畵梅歌의 여러 사람 평본評本 1부를 가져왔다. 모두 3책이다. 이여 스스로 표지 제목을 단 것도 있었으나 사지 않았다. 점심 후에 둘째와 함께 팡芳 삼촌을 만나러 난제南街의 스이쥐施醫局에 갔다. 그리고 청장여학교로 교장 귀郭모씨를 만나러 갔다. 그의 자字를 묻지 않았다. 차이궈칭의 처형이라고 했다.[64]

2일 점심 전에 천쯔잉이 왔다. 밤에 잠을 잘 수 없었다. 새벽까지 앉아

---

62) 서적판매원. 청말 사오싱에는 여러 개의 서적상이 있었는데, 가상 신 벽사를 사시고 있는 서점은 헤이룬탕(黑潤堂)이었다. 루쉰이 귀향한 것을 안 헤이룬탕이 이날 고서를 보여 주러 가지고 온 것이다.
63) 안차오터우(安橋頭)는 루쉰의 외가가 있던 곳으로 사오싱 루쉰의 본가에서 30여 리 떨어진 강촌 마을이다. 강촌 마을이긴 하나 바다에 가까운 차오어강(曹娥江)에서 멀지 않은 곳에 있다. 여기서 삼촌은 루지샹(魯寄湘)을 말한다.
64) 귀(郭)모씨는 귀환장(郭煥章)으로 차이궈칭(蔡國卿)의 처형. 차이궈칭은 차이구칭(蔡穀卿)으로 차이위안페이의 사촌동생이다.

있었다.

3일 평완이 감기에 걸려 루빙창陸炳常에게 가 진찰을 받았다. 오전에 다이루링의 편지와 인 150위안을 받았다. 27일 부친 것이다.

4일 비. 해를 가리는 그늘막을 설치했다. 점심 후에 루빙창을 오라고 하여 어머니, 요시코芳子, 평완의 진료를 받게 하였다.

5일 구름. 아침에 다이뤄링戴螺舲에게 편지를 보냈다. 점심 후에 둘째, 셋째와 함께 다제大街에 있는 밍다수좡明達書莊에 가서 콰이지會稽 장씨章氏 각본『절묘호사전』絶妙好詞箋 1부 4책을 5자오 6편에 샀다. 다시 헤이룬탕黑潤堂에 가서 방고본仿古本『서상십칙』西廂十則 1부 10본을 4위안 8자오에 샀다. 비스킷과 완구도 약간 샀다. 창차오제倉橋街를 거쳐 귀가하였다. 오는 길이 장융성蔣庸生 집을 지나게 되어 들어가 그를 만났다. 오후에 외삼촌이 왔다. 밤에 비가 많이 내렸다.

6일 비가 조금. 점심 후에 루빙창이 와서 진료했다.

7일 비가 좀 내리더니 오후에 갑자기 개었다.

8일 구름. 점심 전에 쑹쯔페이의 편지를 받았다. 3일 부친 것. 오후에 루빙창이 와서 진료.

9일 비. 아무 일 없다.

10일 구름. 아침에 삼촌이 안차오로 돌아갔다. 점심 후에 처겅난車耕南이 왔다. 저녁에 비가 조금 내리다 그쳤다.『어월삼불후도찬』於越三不朽圖贊 3장을 보충하여 그렸다. 셋째에게 찬[65]과 발문 1쪽을 부탁했다.

11일 맑음. 아침에 처겅난이 왔다. 오후에 주커밍朱可銘이 왔다.

12일 맑고 더움. 점심 후에 외삼촌이 왔다. 오후에 루빙창이 진료를

---

65) 원문은 '贊'. 아름다운 행적이나 예술작품 등을 칭송하여 기리는 글이나 그러한 문체를 말한다.

보러 왔다.

13일 맑고 더움. 오후에 사오싱교육회[66]에 갔고, 둘째와 같이 쿠이위안탕奎元堂으로 고서를 보러 갔다. 『육십종곡』六十種曲 1부 80책과 왕정王禎의 『농서』農書 1부 10책을 합해 인銀 26위안에 샀다. 돌아오는 길에 추관디秋官第에 들러 펑완을 위해 밥공기 4개를 샀다.

14일 맑음. 오후에 비가 많이 내리고 번개가 치다 바로 그쳤다. 외삼촌이 크게 아프셨다. 셋째가 옆에서 간호하느라 밤에 자지도 못했다. 나도 세시까지 같이 앉아 있었다.

15일 맑음. 오후에 폭우. 번개가 조금 치더니 잠시 후 멈췄다. 외숙모가 왔다.

16일 맑음. 아침에 다이루링의 편지를 받았다. 11일 베이징에서 부친 것이다. 오전에 쑹즈팡宋知方이 왔다. 오후에 루빙창이 진찰하러 왔다. 저녁에 비가 조금 내렸다.

17일 비가 조금 내림. 오전에 리샤칭李霞卿이 왔다.

18일 흐리고, 저녁에 비. 아무 일 없다.

19일 맑고, 점심에 비. 오후에 다이루링에게 편지를 부쳤다.

20일 비. 아무 일 없다.

21일 맑음. 아침에 외삼촌과 외숙모가 안차오로 돌아가셨다. 오전에 쑨푸위안이 왔다.

---

66) 사오싱현(紹興縣)교육회를 말한다. 1909년(선통宣統 원년元年)에 세워졌다. 산콰이(山會)사범학당이 산인(山陰)현, 콰이지(會稽)현 두 현의 학당에게 호소하여 교육토론을 조직, 교육의 발전과 연구를 도모하려 했던 것이 이 회의의 시작이다. 1911년 여름 확대개편 되어서 산콰이교육회가 되었고 산콰이사범학당의 교장이었던 두하이성(杜海生)이 회장으로 뽑혔다. 1912년 사오싱현 교육회로 다시 개편되었고 회장에 뤄양보(羅颺伯)가, 부회장에 저우수런(周樹人; 루쉰)과 푸리천(傅勵臣)이 당선되었다. 1913년 4월에는 저우줘런이 회장이 되었다.

22일 맑음. 성내에 도둑 백여 명이 출몰해 군사들이 수색을 하느라 성문을 모두 닫아 버렸다.[67] 외출하려다 하지 못했다.

23일 맑고, 덥다. 성문이 아직 열리지 않았다.

24일 아무 일 없다. 오후에 다이루링에게 편지를 부쳤다.

25일 성문이 모두 열렸다.

26일 맑고, 무척 덥다. 아침에 평완이 열이 나 루빙창에게 진찰받으러 갔다. 밤에 잠을 자지 못했다.

27일 평완의 열이 가라앉았다. 오후에 배를 타고 시싱西興으로 향했다.[68] 혼자 배 안에 있으니 무척 심심하고 고요했다.

28일 아침에 시싱에 도착하였다. 간단한 편지를 써 뱃사람 편에 주어 집으로 돌아가 둘째에게 전달토록 하였다. 곧바로 위우팡俞五房을 통해 배를 빌려 강을 건너 난싱南星역으로 갔다. 점심 후 차가 출발했고 바로 궁천拱宸에 도착해 다둥공사大東公司의 배로 상하이로 향했다.

29일 아침에 자싱嘉興에 도착, 주자자오朱家角를 돌아서 상하이에 도착했을 때는 오후 다섯 시가 되었다. 배가 부두에 도착했을 때 여관 호객꾼들이 끊이질 않았다. 뱃사람, 인력거꾼들이 서로 신호를 보내며 타관 사람들을 속였다. 여관 여러 곳을 수소문했으나 모두 사람이 차서 거절당했다. 거액을 지불하고 인력거 두 대를 고용해, 홍커우虹口 쑹치양행松崎洋行으로 가 투숙했다. 밤에 엽서 하나를 둘째에게 부쳐 이동하는 도중의 일정을 알려 주었다.

---

67) 이날 토비들이 둥가오(東皐)에서 소란을 피우자 군인들이 성문을 폐쇄하고 수색을 했다. 사오싱에는 일곱 개의 성문이 있었는데, 봄에는 5시, 겨울에는 6시로 성문을 여는 시간은 동일했으나, 닫는 시간은 6시 반, 7시, 7시 반으로 모두 달랐다고 한다.
68) 고향을 떠나 베이징을 향해 가는 것이다.

30일 구름. 종일 여관에 있었다. 점심 후에 비가 조금 내리다 그쳤다. 오후에 둘째에게 엽서를 하나 부쳤다.

31일 구름. 여전히 종일 여관에 우두커니 앉아 있었다. 배표를 사려 했으나 못 샀다. 아주 답답하다.

8월

1일 비가 내리다 오전에 개었다. 여관에서 톈진 행 2등 선실 표 1장을 사 주었다. 값은 2위안. 배의 이름은 '탕구'塘沽, 내일 4시 출발이다.

2일 맑음. 점심 후에 투르게네프가 지은 『연기』烟의 일본어 번역본 1책을 인銀 1위안 4자오에 샀다. 2시에 '탕구'호를 탔다. 선실은 더럽고 비좁았다. 이름은 쉬차오徐魈, 자는 샤오멍小夢이란 사람이 같은 방에 들었다. 칭다오靑島에 간다고 했다. 둘째에게 엽서를 부쳤다. 4시에 배가 출발했다.

3일 맑음. 배 안에. 밤 12시 칭다오에 도착.

4일 맑음. 배 안에. 오후 3시 칭다오 출발.

5일 맑음. 배 안에. 오후 3시 다롄大連 도착.

6일 맑음. 배 안에. 오전 9시 다롄 출발.

7일 맑음. 오전 8시 반 톈진에 도착하였다. 좋은 여관에 묵었다. 둘째에게 엽서 한 장을 부쳤다. 오후 2시 톈진 서역西驛으로 가 기차를 탔다. 2시 반에 출발하여 6시 반에 베이징에 도착하였고 7시에 집에 들어왔다. 둘째가 30일 부친 엽서를 받았다. 펑완의 열이 다 사라졌다고 했다. 주환쿠이朱煥奎가 와서 볜이팡便宜坊으로 저녁식사 초대를 하였다. 그의 동생도 불러서 왔는데 자가 스푸石甫다.

8일 맑음. 아침에 둘째에게 엽서 하나를 부쳤다. 교육부에 나갔다. 사가미야서점의 편지를 받았다. 6월 26일 부친 것인데 소포도 하나 있었다. 안에는 독일어로 된『인상화파술』印象畵派述 1책, 일어본『근대문학 10강』近代文學十講 1책,『사회교육』1책,『죄와 벌』전편前篇 1책이 들어 있었다. 7월 26일에 부친 것이다. 점심 후에 쉬지상이 와서『법원주림』法苑珠林 3함函을 빌려 갔다. 오후에 지푸의 집으로 가서 선서우펑沈壽彭이 부탁한 두 가지 음식을 전해 주었다. 세허도 동석했고 저녁식사 후 귀가했다. 밤에 쑹쯔페이가 왔다. 7월 29일에서 30일까지의『웨둬바오』각 1부를 받았다.

9일 오전에 1일자『웨둬』1부를 받았다.『원구궁사보』元九宮詞譜를 선상치에게 주었고,『동해원서상기』董解元西廂記를 다이루링에게 주었다. 7월 봉급 240위안을 받았고 6월 봉급의 나머지인 74위안을 루링으로부터 건네받았다. 첸다오쑨이『사목표』史目表 1책을 주었다. 녠거우 선생의 작이다.[69] 또 고사기高士奇의『원서화고』元書畵考 사본 2책을 받았다. 봄에 주티셴에게 부탁하여 저장浙江도서관에서 사람을 고용하여 베낀 것이다. 오후에 둘째에게 편지를 부쳤다(一). 엽차 한 갑과 햄 한 개를 황위안성黃元生에게 주었다. 신주국광사에 가서『고학휘간』제5편 1부를 1위안 5펀에,『신주대관』神州大觀 제2집 1책을 1위안 6자오 5펀에 샀다. 또 진허샹晋和祥에 가서 과자 두 가지 1위안어치를 샀다. 둘째의 엽서를 받았다. 2일 부친 것이다.

10일 맑고 덥다. 일요일 휴식. 점심 후에 2일자『웨둬』1부를 받았다.

11일 비, 오전에는 바람과 가랑비, 점심 후에 그쳤다. 쑹쯔페이가 왔다. 오후에 둘째의 편지를 받았다. 4일 부친 것이다(1). 밤에 지푸가 왔다.

12일 구름. 아침에 둘째에게 편지를 부쳤다(二). 오전에 둥자오민샹

---

69) 녠거우(念敄)는 첸쉰(錢恂)의 자다. 첸쉬안퉁(錢玄同)의 형이고 첸다오쑨의 아버지다. 당시 총통부의 고문이었다.

일본우체국에 가서 하부토 가로 편지와 인 20엔을 부쳤다. 또 사가미야서 점으로 편지와 인 50위안을 부쳤고, 쯔잉子英을 대신하여 50위안을, 셰허와 지푸를 대신하여 각 10위안씩을 부쳤다. 점심 후 다이루링, 쉬지상과 함께 융허궁雍和宮[70]에 놀러 갔었고 그 다음엔 역사박물관에 갔다. 푸허샹에 가서 2위안어치 음식을 샀다. 성핑위안에 가서 목욕을 했다. 3일자『웨둬』1부를 받았다. 저녁에 관라이칭 선생이 찾아왔다.

13일 맑고 더움. 오전에 천쯔잉에게 편지를 부쳤다.

14일 점심 후에 6일에서 8일까지의『웨둬』각 1부를 받았다. 저녁에 쯔페이가 왔다. 이어서 송대의 파본인『역림』易林을 필사하기 시작했다.

15일 오전에 둘째에게 편지와 7월 생활비 50위안(三)을 부쳤다. 점심 후에 구름이 끼더니, 저녁 무렵 한 차례 비가 왔다. 밤에 둘째의 편지를 받았다. 9일 부친 것이다(2). 밤중에 비.

16일 가랑비. 오전에 개었다. 점심 후에 류리창에 가 광원자이廣文齋에서 옛날 돈 18개品를 인 1위안에 샀다.[71]

17일 비. 일요일 휴식. 종일 회관에서 책을 베꼈다.

18일 구름, 점심 후에 반짝 갬. 10일자『웨둬』1부를 받았다. 류리창의 광원자이에 가서 옛날 돈 21개를 인 2위안 6자오에 샀다. 또 즈리관서국에 가서『고금천략』古今泉略 1부 16책을 12위안에,『고금대문록』古今待問錄 1부 1책을 4자오에 샀다. 저녁에 허셰허우가 초청장으로 광허쥐에서 술 초대를 했다. 동석자는 우레이촨吳雷川, 탕얼허湯爾和, 장자팅張稼庭, 왕웨이천王

---

70) 둥시베이다제(東西北大街) 북쪽의 성벽 가까이에 있는 라마묘를 말한다. 원래 옹정제의 옛 저택이었다. 건륭 2년(1737)에 라마묘로 개방되었다. 몽골이나 티베트식의 불상들이 모셔져 있다.
71) 옛날 돈의 원문은 '고천'(古泉). 고천은 지명이기도 하고, 옛날 돈 즉 '고전'(古錢)의 별칭이기도 하다. 고음(古音)에서는 '泉'과 '錢'을 통용했다. 발음도 비슷하고, 돈이 샘물(泉)처럼 유통된다고 하여 같이 쓰기도 한 것이다.

維忱, 다오쑨, 지푸였다.

19일 구름, 점심 후에 반짝 갬. 11일자 『웨둬』 1부를 받았다. 오후에 쑹쯔페이가 왔다. 저녁에 지톈푸가 왔다. 함께 그의 집으로 가 잠시 앉아 있다 돌아왔다.

20일 맑고 아주 더움. 오전에 둘째에게 편지를 부쳤다(四). 오후에 둘째의 편지를 받았다. 14일 부친 것이다(3). 저녁에 바람이 많이 불고 약간의 번개가 치고 비가 내리더니 잠시 후 바로 그쳤다. 밤에 13일, 14일자 『웨둬』 각 1부를 받았다. 기침이 났다. 감기인 듯하다.

21일 맑음. 아침에 둘째가 부친 E. W. Bredt의 『Sittliche oder Unsittliche Kunst?』[도덕적인 혹은 비도덕적인 예술?] 1책을 받았다. 14일 부친 것이다. 다오쑨이 대신 지불한 『원서화고』元書畵考 복사비 3위안을 갚았다. 점심 후에 차이구칭을 방문했는데 병이 심했다. 저녁 무렵 쉬안우먼宣武門 큰 거리를 한가로이 걷다가 다이루링을 만나 돌아오면서 잠시 이야길 나누었다.

22일 맑음. 아무 일 없음. 밤중에 바람이 불고 비가 많이 내렸다.

23일 비. 오전에 둘째에게 『문학 10강』文學十講 1책을 부쳤다. 점심 후 개었다. 첸먼 린지양행에 가서 비스킷 1위안 8자오어치를 샀다. 또 관인사 거리의 푸허샹에 가서 소고기 2캔을 2자오에 샀다. 오후에 처겅난車耕南의 편지를 받았다. 18일 항저우에서 부친 것이다.

24일 맑음. 일요일 휴식. 아침에 둘째의 편지를 받았다. 18일 부친 것이다(4). 오전에 둘째에게 편지를 부쳤다(五). 오후에 칭윈거에 이발을 하러 갔다. 다음에 류리창에 갔다가 다시 쉬안우먼 밖으로 가서 큰 거리를 경유해 걸어서 돌아왔다. 노점에서 '숭녕절오'崇寧折五 동전 하나를 발견하고 퉁위안銅元 5메이枚를 주고 샀다.

25일 맑음. 밤에 『역림』을 계속 필사해 마쳤다. 계산해 보니 '권7에서 권10까지' 4권이었고 이전에 초록한 것을 합해 모두 8권이었다.

26일 오전에 사가미야서점의 편지를 받았다. 18일 부친 것이다. 하부토 가의 편지를 받았다. 19일 부친 것이다. 저녁에 바람 불고 보슬비가 내렸다.

27일 구름. 오전에 둘째에게 편지를 부쳤다(六). 이달 봉급 170위안을 받았고 나머지 70위안은 공채표로 준다는데 지급하지 않았다. 점심 후에 보슬비. 『타이저우총서』 가운데 『석병집』石屛集을 교열 필사하기 시작했다.[72] 저녁에 쑹쯔페이가 와서 인 10위안을 돌려주었다.

28일 구름. 날씨가 추워졌다. 점심 후에 보슬비가 내리다가 바로 그쳤다. 둘째의 편지를 받았다. 22일 부친 것이다(5).

29일 맑음. 오전에 선상치와 함께 중국은행에 가 인銀을 바꾸었다. 처경난의 편지를 받았다. 오후에 명함에 천즈거陳治格라고 이름을 쓴 사람이 왔다. 그의 얘길 들어 보니 외삼촌의 사위라고 한다.[73] 우싱吳興회관으로 양신스를 찾아갔으나 만나지 못했다. 밤에 바람.

30일 오전에 양신스에게서 영수증과 완구 12점을 받았다. 모두 산산 지역[74]에서 출토된 것이다. 당소인불상唐塑印佛象 하나는 산시陝西에서 얻었다고 했다. 점심 후에 바람. 저녁에 쉬지푸가 와 열시 반에 갔다.

31일 맑음. 일요일 휴식. 오전에 둘째에게 편지(七)와 이달 생활비 100위안을 부쳤다. 저녁에 난퉁현관南通縣館으로 지쯔추季自求를 찾아갔다.

---

72) 이날부터 『석병집』을 필사하기 시작하여 11월 16일에 끝마친다.
73) 여기서 외삼촌은 지샹(寄湘) 삼촌을 말한다.
74) 원문은 '山陜'. 산시(山西)와 산시(陝西)를 가리킴.

9월

1일 맑음. 아무 일 없다.

2일 오전에 둘째의 편지를 받았다. 8월 22일 부친 것이다(6). 옛날 동창 찬신자이畢新齋가 왔는데 생계를 도모할 방도가 없었다. 귀향을 권하였고 여비 10위안을 주었다. 셰허와 중원仲文에게 부탁하여 돌려보내도록 했다. 점심에 치서우산과 같이 거리에 나가 유럽과자와 커피를 먹고 술도 조금 마셨다. 저녁에 마유위馬幼興가 와 잠시 앉아 있다 갔다. 밤에 쑹쯔페이가 와서 열시 반에 갔다.

3일 아무 일 없다. 날씨가 따뜻해졌고 모기가 많아졌다.

4일 구름. 오전에 다오쑨으로부터 『문시』文始 1책을 받았는데 원고를 그대로 석판 인쇄한 것이다. 점심에 왕핑화王屛華, 치서우산, 선상치와 하이톈춘에서 식사를 하기로 했다. 매일 네 가지 음식에 매월 각자 인 5위안을 내기로 약속하였다. 오후에 비가 조금 내리다 바로 그쳤다. 저녁에 왕티루王惕如가 와서 이야기했다.

5일 맑음. 오전에 둘째의 편지를 받았다. 8월 30일 부친 것이다(7). 둘째에게 편지를 부쳤다(八). 양신스가 「제갈무후사당비」諸葛武侯祠堂碑 탁본 1매를 주었다. 치서우산이 『설희』說戲 1책을 주었다. 그의 형 루산如山의 작이다. 점심 후에 샤오스小市에 걸어가 옛날 돈 3개를 샀다. 밤에 『석병집』 서문과 목차 필사를 마쳤다. 왕티루가 와 얘기했다.

6일 점심 후에 샤오스에 놀러 갔다. 오후에 교육부를 나왔는데 인력거가 없어 천천히 걸어서 돌아왔다.

7일 맑고 바람. 일요일 휴식. 오후에 칭윈거에 갔다가 다시 류리창에 가서 옛날 돈 6가지를 인 2위안에 샀다.

8일 흐리다가 점심에 반짝 개었다. 오후에 둘째의 편지와 옛날 돈 목록 2장을 받았다. 2일 부친 것이다(8). 저녁에 황위안성黄元生이 왔다. 밤에 바람이 조금 불었다.

9일 보슬비. 아침에 서우주린壽洙隣이 초대장으로 한잔 초대를 했다. 오전에 둘째에게 편지를 부쳤다(九). 오후에 개었다.

10일 맑고 바람. 저녁에 서우주린이 와서 함께 쭈이충린醉瓊林에 가 저녁을 먹었다. 동석자는 여덟아홉으로 대부분 이름을 잊어버렸다. 둘째가 부친 구소설 번역 원고 3권[75]과 「동화약론」童話略論 1편을 받았다.[76] 3일 부친 것이다.

11일 오전에 『교육부월간』 제1기에서 4기까지를 둘째에게 부쳐 주었다. 후멍러가 산둥山東 화상석畵像石 석각 탁본 10매를 보내왔다. 3일 부친 것이다.

12일 오후에 둘째의 편지를 받았다. 9일 부친 것이다(9). 저녁에 바람.

13일 큰 바람. 오전에 둘째에게 편지를 부쳤다(十). 오후에 류리창 칭미거淸秘閣에 가서 지묵紙墨을 샀다. 천쯔잉의 편지를 받았다. 6일 부친 것이다. 저녁에 황위안성에게 편지를 주었다. 관라이칭 선생이 보러 왔다.

14일 맑음. 일요일 휴식. 아침에 황위안성이 왔으나 만나지 못했다. 오전에 번리탕本立堂의 책판매원이 와서 파손된 책 아홉 가지를 가져갔다.

---

75) 번역 원고 3권은 저우쭤런이 번역한 소설 『목탄화』(炭畵), 『노란 장미』(黄薔薇), 『질긴 풀』을 말한다. 『목탄화』는 중편소설로 폴란드 시엔키에비치 작이다. 저우쭤런이 일본 유학 시절에 영역본을 가지고 중역한 것이다. 여러 차례 상우인서관과 중화서국에 투고했으나 채택되지 않았다. 루쉰을 통해 상하이 원밍(文明)서국과 연결된 후 이해 4월에 출판되었다. 『질긴 풀』에 대해서는 1914년 1월 주석 참조.
76) 「동화약론」(童話略論)은 저우쭤런이 쓴 것으로 루쉰을 통해 『교육부편찬처월간』 제1권 제8책에 게재하였다.

수선비 2위안을 선지불하고 책 수선을 부탁하였다. 저녁에 왕쮀창王佐昌이 왔다.

　15일 아침에 관라이칭 선생이 왔다. 오전에 총통 왕다셰王大燮가 교육부에 와서 보러 갔다. 오후에 둘째의 편지를 받았다. 8일 부친 것이다(10). 차이구칭이 전화로 저녁식사에 초대해 그 집에 갔다. 동석자들은 그 가족들과 왕티루, 니한장倪漢章이었다. 식사가 끝나고 귀가하려는데 인력거가 없었다. 그래서 왕티루와 같이 걸어서 쉬안우먼 밖까지 와 겨우 인력거를 잡았다. 도중에 보슬비가 내렸고 도착할 즈음 큰 비가 내렸다. 오늘은 음력 추석이다. 그러나 달은 뜨지 않았다.

　16일 맑고 바람. 오전에 둘째에게 책 두 포를 부쳤다. 『교육부월간』 제5기에서 7기까지 3권, 『권발보리심문』勸發菩提心文, 『등부등관잡록』等不等觀雜錄 각 1책, 『설희』說戱 1책, 티베트어로 된 민국 2년의 달력 1책이다. 오후에 구름. 저녁에 보슬비가 한바탕 내리고 바로 그쳤다. 저녁에 『석병시집』石屛詩集 권 제1의 복사를 마쳤다.[77] 모두 27장이다.

　17일 맑음. 둘째에게 편지를 부쳤다(十一). 오후에 흐리고 밤에 비.

　18일 비. 하이톈춘의 요리가 점점 나빠진다. 점심시간에 마침내 가지 않았다. 선상치가 2위안 5자오를 돌려주었다. 오후에 개었다. 둘째의 편지를 받았다. 12일 부친 것이다(11). 장셰허가 찐 밤 한 병을 주어 밥으로 먹었다. 다 먹지 못했다. 저녁에 관라이칭 선생이 왔다.

　19일 맑고 바람. 오전에 번리탕의 점원이 왔다. 저녁에 쑹쯔페이가 왔다.

---

77) 복사의 원문은 '영사'(影寫). 여기서 영사는 미농지같이 훤히 보이는 종이를 원본 위에 올려놓고 그대로 베끼는 것으로, '초록'(抄錄), '사록'(寫錄) 등 베껴 쓰다, 필사하다의 의미와 구별되는 것이다.

20일 맑고 바람이 많음. 아무 일 없다.

21일 맑고 바람. 일요일 휴식. 아침에 쑹즈팡宋子方의 편지를 받았다. 14일 린하이중학臨海中學에서 부친 것이다. 오전에 둘째에게 편지를 부쳤다(十二). 천쯔잉에게 편지를 부쳤다. 오전에 쉬지상이 와서 이야길 나누었다. 오후에 읍관邑館에서 가을축제가 열렸다. 니한장, 쉬지푸, 차이구칭이 보였다.

22일 점심 전에 차위안蔡院 골목의 우중원의 집에 가서 식사하고 돌아왔다. 오후에 둘째의 편지를 받았다. 16일 부친 것이다(12).

23일 오전에 둘째에게 편지를 부쳤다(十三). 오후에 류리창에 가서 『혜중산집』嵇中散集을 찾았으나 구하지 못했다. 번리탕에 부탁해 놓았다. 다시 원밍文明서국에 가서 『남호사미』南湖四美 1책을 9자오에 샀다. 모두 우즈잉吳芝瑛이 소장한 것으로 그림은 4쪽뿐이다. 저녁에 관라이칭 선생이 왔다. 주티셴이 『문시』文始 1책을 보냈다.

24일 오후에 『석병집』권 제2를 필사했다. 모두 22쪽이다.

25일 오전에 쑹즈팡에게 편지를 부쳤다. 오후에 갑자기 흐렸다 갑자기 개었다 하더니 저녁 무렵 비가 한바탕 내렸다.

26일 맑음. 오후에 이달 월급 인 170위안을 받았다. 공채권 70위안은 다음 달에 지급된다고 했다. 둘째의 편지를 받았다. 20일 부친 것이다(13). 저녁에 쉬지푸가 왔다가 바로 갔다. 쑹쯔페이가 왔다가 열시에 갔다.

27일 오전에 둘째에게 편지를 부쳤다(十四). 점심 후에 관인사 거리에 가서 일용품을 샀다. 저녁에 상치헝이 와 또 햄 하나를 나에게 주었다. 다오쑨이 초대해서 광허쥐에 가 마셨다. 동석자로는 셰허우燮侯, 중지仲季, 자팅稼庭, 티셴逷先, 유위幼漁, 신스莘士, 쥔모君默, 유천幼忱 그리고 이름을 모르는 한 사람이었다. 지푸는 가지 않았다.

28일 일요일 휴식. 공자 생일이라고 한다.[78] 어제 왕汪 총장이 국자감에 가서 배례할 것을 교육부원들에게 명했다.[79] 사람들이 시끄러웠다. 아침 7시에 가 보니, 온 사람은 고작 3, 40명이다. 무릎 꿇은 사람, 서 있는 사람, 옆에 서서 웃고 있는 사람들. 첸넨거우錢念劬가 옆에서 큰소리로 욕을 하고 있어 일찌감치 대충 서둘러 일을 끝냈다. 정말로 우스운 일이다. 이번 일은 샤후이칭[80]이 주동한 거라는 소릴 들었는데, 음험하고도 놀라운 일이다. 돌아오는 길에 치서우산 집에 들러 잠시 앉아 있다 왔다. 지푸 집에서 막 나온 장셰허를 길에서 우연히 만나 다시 불러 함께 가서 점심이 되어 돌아왔다. 오후에 잠시 잤다. 저녁에 국자감에서 소고기 한 덩이를 보내왔다. 쯔페이가 왔다가 바로 갔다.

29일 오전에 다오쑨이 『역외소설』을 구한다는 중지의 편지를 가지고 왔다. 점심 후에 중국은행에 가서 인銀을 바꾸었다.

30일 오전에 『역외소설집』 2책을 다오쑨에게 주어, 중지에게 1책을, 황지강黄季剛에게 1책을 전해 달라고 부탁했다.

<hr />

78) 전통적으로 공자 생일은 음력 8월 27일인데 이날이 양력 9월 28일이었다. 1912년 1월 1일 중화민국이 창립된 다음 날, 양력을 기념일로 바꾼다고 전국에 전통(電通)으로 공포했다.

79) 청말 민국 초까지 정부는 매년 음력 2월과 8월 정일(丁日)에 국자감 인근의 공자묘에서 제례를 거행했다. 이를 '정제'(丁祭)라고 했다. 또 별도로 음력 8월 27일이 공자의 탄신일이어서 교육부에서 제사를 지낸 것이다. 제사에 사용한 제례음식은 나중에 제례에 참여한 사람들에게 골고루 나누어 주었다고 한다.

80) 샤후이칭(夏穗卿)은 샤쩡유(夏曾佑)를 말한다. 후이칭(穗卿)은 자다. 루쉰과는 동향인이고 사회교육사장(司長)이었고 루쉰의 직속상관이었다. 루쉰 일기에서는 1912년 8월 12일부터 샤 사장, 샤 선생으로 기록되어 있다. 량치차오(梁啓超), 담사동(譚嗣同) 등과 같이 신사상을 주도했던 인물이었지만, 이날 공자 탄신일 사건 이후로 루쉰은 그에 대한 신뢰를 거두었다. 루쉰은 1928년 1월에 발표한 글 「이른바 '궁중문서'에 대한 이야기」에서 샤쩡유를 비난하는 글을 썼다(루쉰전집 제5권 『이이집』, 226쪽. 샤쩡유에 대해서는 『이이집』 232쪽의 주석 12번 참조).

10월

1일 맑음. 오전에 둘째에게 편지와 9월 생활비 100위안을 부쳤다 (十五). 점심 후에 도서관에 가서 왕쥐창을 찾아 『역림』을 반환하고 『혜강집』 1책을 빌렸다.[81] 명나라 오포암吳匏庵의 총서당叢書堂 사본이다. 오후에 둘째의 편지를 받았다. 24일 부친 것이다(14). 밤에 『석병집』 권 제3의 초록을 마쳤다. 모두 20장. 글씨를 쓸 때, 현기증이 나고 손이 떨렸다. 신경병이 또 재발한 듯하다. 걱정근심 없는 날 없으니 슬프구나.[82] 밤에 바람.

2일 아침에 치보강祁伯岡이 왔다. 오후에 왕징칭王鏡淸이 왔으나 못 만났다.

3일 흐리다가 오전에 큰 비가 내리고 오후에 개었다. 날씨가 추워졌다. 둘째의 편지를 받았다. 28일 부친 것이다(15).

4일 맑음. 점심 후에 류리창 신주국광사에 가서 『신주대관』神州大觀 제 3집 1책을 1위안 6자오 5편에 샀다. 다시 관인사 거리의 푸허샹에 가서 비스킷 2위안어치를 샀다. 저녁에 쉬지푸가 광허쥐에서 한잔 초대했다. 동석자는 모두 11명, 교육부 직원들이었다.

---

81) 루쉰은 『혜강집』(嵇康集)을 집록(輯錄)하기 위해서, 총서당 사본 『혜강집』을 빌려 저본으로 삼고, 황성증(黃省曾), 왕사현(汪士賢), 정영(程榮), 장부(張溥), 장섭(張燮) 등의 각본(刻本)과 유서(類書; 여러 책을 모아 사항별로 분류해서 검색하기 편하게 만든 사전류의 책)와 옛날 주석서 등을 이용해 교정·편집했다. 이달 15일부터 시작해 1924년 6월에 이르러 기본적인 완성을 마쳤다. 그동안 이 책에 대한 서문, 발문, 일문고(逸文考), 저록고(著錄考)를 썼다. 1931년 11월에는 송나라 본을 영인(影宋本)한 『육신주문선』(六臣注文選)도 한 차례 교감(校勘)했다. 교정을 마친 책은 루쉰 생전에 출판되지 못했다.
82) 위안스카이 통치하의 당시 사회는 음식점, 여관 등 어디든지 스파이들이 숨어 감시를 하였다. 조금이라도 정부에 반하는 언행을 하는 사람이나 뭔가 의심이 가는 사람이면 즉시 잡아갔다. 돌아오지 못한 사람들이 부지기수였다(루쉰전집 제7권 『거짓자유서』, 「'잘못하여 사람을 죽였다'에 대한 이의」, 138~139쪽 참조).

5일 흐리고 춥다. 일요일 휴식. 오전에 반짝 개었다. 둘째에게 편지를 부쳤다(十六). 펑완에게 줄 비스킷 한 곽도 부쳤다. 점심 후에 흐려지고 수시로 보슬비가 내렸다. 류리창 리주자이李竹齋에 가서 옛날 돈을 구경했다. '제소도'齊小刀 20개를 1위안에, '펑양폐'平陽幣 2개와 '안양폐'安陽幣 1개, '亐昃'83) 1개를 모두 1위안에 샀다. 또 사사명史思明의 '득일원보'得壹元寶 1개를 2위안에 샀다. 번리탕에 가서 장정 수선을 맡긴 책을 물어보았더니 거의 다 되었다.『섬록』剡錄이 딸린『승현지』嵊縣誌 1부, 도합 14책을 인 2위안에 샀다. 표지를 바꾸고 장정을 다시 해 달라고 부탁했다. 오후에 웨이푸몐魏福綿과 왕징칭이 왔다. 또 차 한 봉지를 가져왔다. 밤에 비가 크게 내렸다. 처겅난이 와서, 오후에 이곳에 도착했고 중시여관에 머문다고 했다.84)

6일 흐리다가 오전에 반짝 갬. 겅난이 읍관邑館으로 이사했다. 집에서 부탁해 가져온 햄 하나를 나에게 주었고 차 한 병, 비스킷 1통도 주었다.

7일 맑음. 오전에 둘째의 편지를 받았다. 3일 부친 것이다(16). 천쯔잉의 편지를 받았다. 2일 부친 것이다. 점심에 장셰허를 불러서 함께 루이푸샹에 가 여우다리 모피로 만든 옷 한 벌과 수달피 목도리 1개를 36위안에 샀다. 저녁에 지푸와 셰허에게 햄 한 개씩을 보냈다.

8일 구름. 오전에, 어제 산 모피들을 작은 소포로 싸서 사오싱으로 부쳤다. 점심 후에 웨이푸몐에게 편지를 부쳤다. 저녁에 쑹쯔페이가 왔다.

9일 흐리고 춥다. 오전에 둘째에게 편지를 부쳤다(十七). 오후에 상치헝이 왔다. 밤에『석병집』권4의 초록을 마쳤다. 모두 20장이다. 밤중에 비.

---

83) 한글 독음 불명.
84) 중시여관(中西旅館)은 보통명사로, 중국식의 서양여관을 줄여서 부른 이름이다. 당시에 각지에 유행했다고 한다. 중국식 여관에 서양풍의 설비들, 즉 욕조나 전화 등을 구비해 놓은 숙소를 말한다.

10일 비. 국경일이어서 휴가. 오전에 비가 그쳤다. 쉬지샹에게 편지를 부치고 나 자신에게도 편지 하나를 부쳤다. 오늘을 기념하는 우체국 소인을 갖고 싶어서이다. 점심에 예포禮砲 소리를 들었다. 위안총통이 취임한 것이다. 오후에 큰 비. 날씨가 점점 쌀쌀해져 잠시 누웠다. 쉬지샹이 부친 엽서와 편지를 받았다.

11일 맑음. 어제 나에게 부친 편지를 받았다. 점심 후에 샤오스에 놀러 갔다가 교육부에서부터 걸어서 귀가했다. 오후에 왕징칭과 한서우첸韓壽謙이 왔다. 밤에 『석병집』 제5권을 필사했다. 모두 11장.

12일 일요일 휴식. 오전에 둘째의 편지를 받았다. 8일 부친 것이다 (17). 번리탕에 가서 수선이 끝난 책을 가져왔다. 공임으로 6위안을 지불했다. 점심 전에 천쯔잉에게 편지를 부쳤다. 저녁에 쉬지샹이 와서 『법원주림』法苑珠林 3상자를 돌려주었고 밤까지 얘기하다 돌아갔다.

13일 흐리다가 점심 후에 큰 비가 내리고 바로 개었다. 오후에 일본우체국에 가서 도쿄 하부토 가로 편지와 인 15위안을 부쳤다. 저녁에 비가 오다 바로 그침.

14일 맑고 바람. 오전에 둘째에게 편지를 부쳤다(十八). 점심 후에 비가 내리고 밤에는 달이 보였다.

15일 맑고 바람. 아무 일 없다. 총서당叢書堂본 『혜강집』을 『전삼국문』全三國文과 대조하며 교열을 보았고 좋은 글귀를 뽑아냈다. 나중 한가한 날 그것을 쓰고자 함이다.

16일 점심 후에 왕징칭에게 편지를 부쳤다. 오후에 둘째의 편지를 받았다. 12일 부친 것이다(18). 저녁에 한서우첸이 왔다. 밤에 일본어 문학론을 번역했다.[85]

17일 오전에 타오예이陶冶一가 교육부로 방문 왔다. 저녁에 관라이칭 선생이 왔고 쑹쯔페이도 왔다. 잠시 앉아 있다 함께 돌아갔다. 밤에 번역.

18일 흐리다가 점심 후에 갬. 저녁에 쉬지상이 왔다. 밤에 논문 번역을 마쳤다. 모두 6,000자이고 제목은 「아동의 호기심」으로 했다. 우에노 요이치의 작이다.[86]

19일 일요일 휴식. 오전에 관라이칭 선생이 왔다. 장세허가 왔다. 둘째에게 편지를 부쳤다(十九). 점심에 차이구칭이 왔다. 점심 후에 바람. 한서우첸, 서우진壽晉이 왔다. 저녁에 쑹쯔페이가 왔다. 밤에 계속하여『혜강집』교열을 했다.

20일 맑고 바람. 밤에『혜강집』교열을 마쳤다. 짧은 발문을 써서 첨부했다. 계속『석병집』제6권을 필사했다.

21일 점심 후에 통속도서관이 개관을 하여 가 보았다.[87] 번역문을『교육부월간』에 건넸다. 저녁에 둘째의 편지를 받았다. 17일에 부친 것이

---

85) 「아동의 호기심」을 말한다. 일본 사람 우에노 요이치(上野陽一)의 저서로 루쉰은 이달 18일에 번역을 마치고 21일에『교육부편찬처월간』에 원고를 넘겼다. 11월에 이 간행물의 제1권 제10 책에 게재되었고『역총보』(譯叢補)에 수록되었다.『역총보』는 루쉰이 생전에 신문과 잡지에 발표했으나 책으로 엮지 않은 번역문 39편을 모은 것이다.『역문서발집』(루쉰전집 12권), 680쪽 주석 1번 참조.

86) 우에노 요이치(1883~1957)는 도쿄 출신으로 도쿄 제국대학 심리학과를 졸업했다. 1912년 잡지『심리연구』를 창간하고 편집을 맡았다. 이 잡지는 1925년에 정간되고『심리학연구』로 통합되었다. 이즈음 길브레스(Frank Bunker Gilbreth)나 테일러(Frederick Winslow Taylor) 등의 동작과 노동과정에 관한 연구에 주목하여 산업능률운동에 관여하게 되었고, 나중에는 만주철도 건설에 조언을 하기도 했다. 저서로는『실험심리학강의』(實驗心理學講義),『아동심리학정의』(精義),『지나연구』(支那研究),『생활과 능률』(生活と能率) 등 다수가 있다.
「아동의 호기심」은『심리연구』제4권 제4책(1913년 10월)에 발표된 것이다. 루쉰은 이 글이 발표되자마자 번역했다. 루쉰은 이에 앞서 일기에는 보이지 않으나 같은 해에 우에노 요이치의 논문 2편을 번역했다. 즉『심리연구』제3권 제1책(1913년 1월)에 수록된 「예술감상교육」(藝術玩賞の教育; 번역명 「예술감상의 교육』藝術玩賞之教育)을『교육부편찬처월간』제1권 4기와 제7기에 게재하였고 또『심리연구』제1권 제3책(1912년 3월)에 수록된 「취미의 사회적 교화」(趣味の社會的 教化; 번역명 「사회교육과 취미』社會教育與趣味)를『교육부편찬처월간』제1권 제9책과 제10책에 번역해서 실었다. 두 번역문의 번역후기는『역문서발집』에 실려 있다. 3편 모두 역자의 이름 없이 발표되었다.

다(19).

22일 저녁에 퉁펑탕同豊堂에서 여는 연회에 갔다. 스취안의 약혼식으로 지푸가 밍보를 대신해 초대하였다. 참석자는 십여 명 정도.

23일 오전에 둘째에게 책 한 권을 부쳤다. 안에 『교육부월간』 제8기 1책과 『콰이지왕씨은관록』 1책을 동봉했다. 저녁에 쉬지상이 왔다.

24일 맑고 큰 바람. 오전에 둘째에게 편지를 부쳤다(二十). 저녁에 쏭쯔페이가 왔다.

25일 오전에 이능憶農 백부가 교육부로 찾아왔다.[88] 오후에 칭원거에 가 이발을 하고 커피와 박하사탕을 샀다. 시허옌의 퉁성커위同升客寓로 이능 백부를 방문했다. 잠시 앉아 있다가 함께 읍관으로 왔고 저녁에 광허쥐에 가서 저녁을 먹은 뒤 헤어졌다. 둘째가 부친 『사오싱교육회월간』 5책을 받았다. 21일 부친 것이다.

26일 일요일 휴식. 오전에 둥쉰스가 왔다 점심에 갔다. 오후에 류리창 신주국광사에 가서 『국학휘간』 제6편 1부 2책을 1위안 5편에 샀다. 제1집 완결본이다. 관라이칭 선생을 만나러 첸칭창前靑廠 도서분관에 갔다. 그는 만났는데 쯔페이는 외출했다. 저녁에 둘째의 편지를 받았다. 22일 부친 것이다(20). 밤에 몹시 추웠다.

27일 오전에 둘째에게 『고학휘간』 제5, 6편 모두 4권을 부쳤다. 점심

8/) 통속노서관의 성식넝칭은 경사(京師; 베이징)통속도서관이나. 교육부 사회교육사가 쥬판하였고 제2과가 관리하였다. 처음에는 쉬안우먼 안의 다제(大街)에 있다가 1919년 말 쉬안우먼 안의 터우파(頭髮) 골목으로 이전했다. 루쉰은 이전과 관련한 일을 했고, 여기서 책을 빌려 보거나 책·잡지 등을 기증했다.

88) 이능 백부는 저우창펑(周鏘鳳)을 말한다. 저장성 사오싱 출신으로 이즈음 바오딩(保定)에서 직장을 다니고 있었다. 여기서 백부는 아버지 항렬의 동년배로서 대개 아버지보다 나이가 위인 남자를 가리킨다. 당시의 대가족제도 하에서 백부는 무척 많았을 수 있고 그 친소관계도 다양하였다. 루쉰은 저우(周)씨 집안의 종손이었다.

후에 이달 봉급 인銀 170위안을 받았다. 공채권 70위안은 여전히 주지 않았다. 저녁에 쉬지푸가 와『사오싱교육회월간』1권을 내게 주었다.

28일 오전에 둘째에게 편지를 부쳤다(二十一).『사오싱교육회월간』1책을 첸다오쑨에게 주었다. 점심 후에 다이루링이 중국은행을 가기에, 수표를 지폐로 바꿔 달라고 부탁했다. 밤에 바람.『석병집』권6 필사를 마쳤다. 모두 46장이다. 열이 났다. 감기에 걸린 듯해 키니네를 먹었다.[89]

29일 맑고 바람. 교육부에서 종일 민국 3년의 예산을 짜고 경사도서관의 개편과 관련된 논의를 했다.[90] 머리가 몹시 무거웠다.

30일 맑음. 왕중유王仲猷가 결혼을 해 2위안으로 축하했다. 오후에 첸칭창 도서분관에 가서 구舊관원들을 본관으로 철수시키라는 문서 하나를 전했다. 도쿄 하부토 가의 편지를 받았다. 24일 부친 것이다. 밤에 키니네 한 알을 먹었다.

31일 오후에 둘째의 편지를 받았다. 27일 부친 것이다(21). 저녁에 쉬지푸가 왔다. 쑹쯔페이가 왔다. 밤에 솜옷을 입었다.『석병시집』제7권 필사를 마쳤다. 모두 18장이다. 키니네 한 알을 먹었다.

11월

1일 구름. 오전에 맑음. 둘째에게 편지와 10월 생활비 100위안을 보냈다(二十二). 점심 후 샤 사장夏司長과 함께 스차하이什利海 경사도서관에

---

89) 키니네의 원문은 '規那丸'. 쿠이닝환(奎寧丸)이라고도 썼다. 루쉰 일기에는 鷄那丸, 金鷄那小丸, 金鷄納丸, 鷄那霜丸 등으로 혼용하여 쓰고 있다. 열을 내리는 해열제로 사용했다.
90) 교육부가 도서관을 확대 개편하고자 계획을 세우고, 이 업무를 위해 루쉰 등을 파견했다. 루쉰은 이 도서관 직원들과 함께 정리업무, 인수인계업무 등 이주를 위한 준비를 했다.

갔다. 오후에는 관인사 거리 성핑위안에 가 목욕을 했다. 또 다오샹춘稻香村에 가서 순대와 훈제 생선을 샀다. 밤에 『석병집』 권8의 필사를 마쳤다. 모두 6장이다.

2일 비. 일요일 휴식. 점심 후 왕중유가 톄먼鐵門 안칭회관安慶會館에서 결혼을 하여 보러 갔다. 혼례는 신식에 회교도 의식을 섞어서 진행했다.

3일 맑음. 오후에 둘째의 편지를 받았다. 10월 30일 부친 것이다(22). 이눙 백부의 편지를 받았다. 2일 바오딩에서 부친 것이다. 지푸가 삶은 오리 한 그릇을 주어 저녁으로 먹었다. 저녁에 지푸가 왔다. 밤에 약간의 복통이 왔다. 체한 듯하다.

4일 점심에 첸다오쑨과 함께 이창에서 밥을 먹었다.[91] 소고기, 빵을 먹고 약간의 술을 마셨다. 오후에 둘째가 부친 책 한 묶음을 받았다. 안에 『급취편』急就便 1책, 사본 『영표록이』[92]와 교감기 각 1책, 그리고 『문사전』文士傳과 『제가문장기록』諸家文章記錄 집고輯稿 합 2책이 있었다. 10월 31일 부친 것이다.

5일 구름, 점심 후 비. 밤에 처겅난과 왕톄루가 와서 얘기했다. 한밤중에 바람이 많이 불었다.

6일 맑고 바람. 오전에 둘째에게 편지를 부쳤다(二十三). 점심 후 다오쑨과 함께 아동예술품을 진열했다.[93]

---

91) 이창(益昌)은 다른 일기에선 이창(益昌)으로도 표기함. 베이징 시단(西單) 대로에 있던 시양식 당으로 루쉰은 이날 처음으로 이 식당에 갔다. 교육부에서 가깝고 청결하며 가격도 적당하였다. 흰 테이블보에 포크와 나이프가 있고 두 가지 외국어로 된 메뉴가 있었다(鄧雲鄕, 『魯迅と北京風土』). 1913년 11월 4일부터 1917년까지, 루쉰은 치서우산, 첸다오쑨 등과 함께 수시로 이 식당에서 식사를 하거나 먹을 것들을 샀다.

92) 『영표록이』(嶺表錄異)의 원서는 유실됨. 1910년에서 1911년 초 루쉰은 무영전(武英殿) 취진본(聚珍本)을 기초로 하여 교열하고 보충하였으며 교감기(校勘記)도 썼다.

93) 전국아동전람회 개최를 위한 준비 작업을 말한다.

7일 점심에 다오쑨과 함께 시장에 가서 과자를 샀고 우유 마시는 걸로 식사를 대신했다. 밤에 『석병집』 권9의 필사를 마쳤다. 모두 25장이다.

8일 오전에 둘째의 편지를 받았다. 4일 부친 것이다(23). 점심 후 류리창 유정서국有正書局에 가서 석인본 『부청주자서시고』傅青主自書詩稿 1책을 3자오 반에, 『김동심자서시고』金冬心自書詩稿 1책을 3자오에 샀다. 또 다오샹춘에 가서 음식 1위안어치를 샀다. 저녁에 상치헝이 왔다. 지푸가 왔다.

9일 맑고 바람. 일요일 휴식. 점심 후에 쑹쯔페이가 왔다. 황위안성이 친구 한 명과 함께 왔다. 장셰허가 왔다. 차이구청이 술에 취해 왔다. 저녁까지 자다가 일어나 갔다. 밤에 지푸가 왔다.

10일 아무 일 없다.

11일 오전 둘째에게 편지를 부쳤다(二十四). 둘째의 편지를 받았다. 7일 부친 것이다(24). 점심에 다오쑨과 함께 간이식당에 가 식사를 했다. 저녁에 왕쭤창이 왔다.

12일 흐리고 바람이 많이 불었다. 오전에 둥자오민샹 일본우체국에 가서 하부토 가로 편지와 인 45위안을 부쳤다. 또 사가미야서점에 편지와 인 20위안을 부쳤다. 오후에 집으로, 설탕에 절인 말린 과일 5가지를 담아 작은 소포 하나를 부쳤다.

13일 맑고 바람. 오전에 둘째와 둘째 부인에게 편지를 부쳤다 (二十五). 오후에 통속도서관에 갔다.

14일 맑음. 저녁에 지푸가 왔다.

15일 오전에 관라이칭 선생이 왔다. 오후에 천쯔잉의 편지을 받았다. 11일 부친 것이다. 저녁에 우중원이 한잔 초대했다. 장중쑤張仲素가 법정法政전문대학을 시찰하러 창장長江 일대로 가는 것을 송별하기 위해서였다. 참석자들은 왕쥔즈王君直, 첸다오쑨, 마오쯔룽毛子龍이다. 밤에 『석병집』 권

10의 필사를 마쳤다. 30장이다.

16일 일요일 휴식. 오전에 둘째의 엽서를 받았다. 24일 부친 것이다(24A). 타오예이陶冶一가 왔다. 주티셴이 와서 『남송원화록』南宋院畵錄 1부 4책을 주었다. 점심 지나서 갔다. 점심 후에 류리창 유정서국有正書局에 가서 송대 진거중陳居中이 그린 『여사잠도』女史箴圖 1책을 2위안 4자오에 샀다. 칭원거에서 나와 푸허샹으로 가 우유를 마시고 엿을 사 가지고 돌아왔다. 쉬지상이 왔으나 만나지 못했다. 밤에 『석병집』 발문 2장 초록을 마쳤다. 이제 책 전체가 완성되었다. 책 10권, 서목 1권, 총 272장이다. 걸린 시간은 80일이다.

17일 큰 바람. 오후에 지푸가 고추 된장 한 그릇을 주었다. 저녁에 지푸가 왔다. 밤에 둘째의 편지를 받았다. 13일 부친 것이다(25).

18일 맑음. 오전에 둘째에게 편지를 부쳤다(二十六). 저녁에 둘째가 부친 『사오싱교육회월간』 제2호 5책을 받았다. 14일 부친 것이다.

19일 점심 후에 민국 3년의 달력 1책을 받았다. 교육부에서 나눠 준 것이다. 저녁에 지푸가 왔다.

20일 흐리다가 점심 후 갬. 역사박물관에서 교육부로 소장품 13종을 보냈다. 라이프치히 조각전람회에 가져가기 위해 독일인 미허보에게 빌려주는 것이다.[94] 진귀한 것이어서 잘 지켜야 했다. 집에서 모포 두 장을 가져와 교육부에서 잤다. 밤에 쉬지상이 와 이야기하다가 9시에 돌아갔다. 새벽까지 잠을 자지 못했다.

---

94) '라이프치히 조각전람회'의 정식 명칭은 '만국 인쇄 조각 및 기타 전문예술 전람회'(萬國書業彫刻及他種專藝賽會)다. 1914년 5월부터 8월까지 독일 라이프치히에서 개최되었다. 당시 중국에 체류 중이던 독일인 미허보 박사에게 독일은, 베이징에 준비처를 설립하게 하여 중국의 조각, 인쇄 역사물, 예술작품을 모아 전시회에 보내는 일을 위탁했다.

21일 오전에 미허보가 와서 소장품을 가지고 갔다. 점심에 다오쑨, 루링과 같이 이창에서 밥을 먹었다. 오후에 집으로 돌아와 둘째의 편지를 받았다. 17일 부친 것이다(26). 저녁에 지푸가 와서 『사오싱교육회월간』 제2호 1책을 주었다.

22일 점심 후에 류리창에 가서 『절의론』折疑論 1부 2책을 5자오에, 그리고 『군재독서지』郡齋讀書誌 1부 10책을 3위안에 샀다. 그 다음에 다시 다오샹춘에 가서 음식을 사가지고 돌아왔다. 저녁에 지푸가 야생 새고기 한 그릇을 주었다. 자고새인 듯하다. 밤에 상치헝 군이 왔다.

23일 맑고 바람. 일요일 휴식. 점심 전에 둘째에게 편지를 부쳤다 (二十七). 오후에 왕징칭 군이 왔다. 쉬許씨 성의 동기생 한 명도 같이 왔다. 선허우칭沈後青이 왔다. 이름은 젠스鑒史고 둥푸東浦인이다. 쯔잉과 아는 사람이다. 저녁에 쑹쯔페이가 왔다.

24일 흐리고 춥다. 아무 일 없다.

25일 맑음. 오후에 왕징칭과 웨이푸몐 두 학생의 편지를 받았다.

26일 새벽에 비와 눈이 왔다. 반 촌가량 쌓였다.[95] 오전에 개었다. 쉬지상이 『대당서역기』大唐西域記 1부를 주었다. 모두 4권인데 창저우常州 신각본新刻本이다. 점심 후에 이달 봉급의 90퍼센트인 216위안을 받았다. 오후에 둘째의 편지를 받았다. 22일 부친 것이다(27).

27일 맑음. 점심 후에 제6우체국에 가서 외국환을 바꾸었다. 오후에 사가미야서점의 편지를 받았다. 20일 부친 것이다. 저녁에 지푸가 왔다. 밤에 바람.

28일 오전에 둘째에게 편지와 이달 생활비 100위안을 부쳤다

---

95) 촌(寸)은 약 3.33센티미터. 반촌은 약 1.5센티미터가 조금 넘는 길이다.

(二十八). 천쯔잉에게 편지를 부쳤다. 점심 후에 하부토 가의 편지를 받았다. 22일 부친 것이다. 저녁에 왕중유가 화빈관華賓館에서 한잔 샀다. 좌중은 모두 동료들. 밤에 돌아오니 웨이푸몐의 메모가 있었다. 곤로를 피우기 시작했다.

29일 오후에 천중츠陳仲箎가 롼阮씨 성을 가진 사람을 위해 인銀 1위안을 모금해 갔다. 차이구칭이 항저우로 가기 때문에, 지푸, 셰허와 같이 그를 송별하기 위해 저녁에 광허쥐에서 한잔했다. 동석자는 왕티루, 천궁멍, 후멍러. 헤어진 후 지푸와 셰허는 와서 얘기하다가 10시 반에 갔다.

30일 눈이 조금 내렸다. 일요일 휴식. 정오에 개었다.

12월

1일 맑음. 오전에 둘째의 편지를 받았다. 26일 부친 것이다(28). 밤에 바람.

2일 맑고 바람. 저녁에 지푸가 왔다.

3일 오전에 둘째에게 편지를 부쳤다(二十九). 둘째의 편지를 받았다. 29일 부친 것이다(29). 저녁에 쑹쯔페이가 왔다. 지푸의 메모를 받았다. 밤에 쉬밍보 선생이 왔다. 그저께 톈진에서 돌아왔다고 했다.

4일 오전에 둘째에게 편지를 부쳤다(三十). 도쿄 하부토 가에 편지를 부쳤다. 저녁에 레이즈첸雷志潛이 왔다. 이름은 위渝이고 구이양桂陽 사람으로 구도서관 직원이다. 상치헝 군이 와서 내년에 학비 빌릴 일에 대해 말했다.

5일 오전에 『관고당총서』觀古堂叢書를 둘째에게 부쳤다. 모두 32책으로 4박스에 나누었다.

6일 구름. 점심 후에 반짝 개었다. 책을 사러 류리창에 갔으나 좋은 게 없었다. 1위안에 『보륜당집』寶綸堂集 1부를 사서 돌아왔다. 또 린지양행에 가서 과자와 빵을 반牛위안 어치 샀다. 저녁에 지푸 집으로 밍보 선생을 만나러 갔다가 3시간 동안 얘기했다.

7일 구름. 일요일 휴식. 점심 후에 둘째에게 책 두 보따리를 부쳤다. 안에 『식훈당총서』式訓堂叢書 1부 32책을 동봉했다. 또 작은 꾸러미 하나 안에 표고버섯 1근, 옛날 돈 24개를 동봉했다. 옛날 돈은 '제소도'齊小刀 12개, '명월천'明月泉 1개, '소천직일'小泉直一 1개, '상평오수'常平五銖 2개, '오행대포'五行大布 1개, '주원염승천'周元猒勝泉 1개, '순천'順天과 '득일'得壹 각 1개, '건염'建炎과 '함순'咸淳 각 1개, '소흥'紹興 2개다. 오후에 성이 러우樓라는 손님이 왔다. 자字는 잊어버렸다. 류리창에 가 『당문수』唐文粹 결본을 사서 보완하고자 했으나 못 했다. 『산문』散文이 딸려 있는 『월만당변체문』越縵堂駢體文 1부 4책을 1위안에 샀다. 판板 한가운데에 『허곽거총서』虛霩居叢書라고 제목이 써 있었으나 전서全書는 없었다. 판각이 미완성이었거나 중도에 그만둔 것임에 분명하다. 저녁에 관라이칭 선생이 왔다.

8일 흐리고 바람. 오전에 둘째의 편지를 받았다. 4일 부친 것이다(30). 점심 후 둘째에게 편지를 부쳤다(三十一). 구양우顧養吾가 소책자 『통계일석담』統計一夕談 1권을 주었는데 다오쑨이 표지를 그렸다. 저녁에 쉬밍보 선생이 왔다.

9일 맑음. 아무 일 없음.

10일 아무 일 없음. 저녁에 레이즈첸이 왔다.

11일 오전에 둘째에게 편지를 부쳤다(三十二). 오후에 밍보 선생을 보러 갔으나 못 만났다. 저녁에 셰허, 지푸와 함께 광허쥐에서 한잔했다.

12일 큰 바람. 오전에 쉬밍보 선생이 왔다. 저녁에 타오수천陶書臣이

사오싱에서 왔다. 둘째의 편지를 받았다. 지난달 30일에 쓴 것이다. 타오가 법관시험에 응시하러 왔는데 상황을 잘 알지 못한다고 하였다. 편지를 써서 그것을 가지고 차이궈친에게 가서 물어보게 하였다. 잠시 후 돌아와 말하길, 그분이 아파 만나질 못했다. 그러나 규칙 1책을 주더라고 했다.

13일 오전에 둘째의 편지를 받았다. 9일 부친 것이다(31). 오전에 타오수천이 교육부로 왔다. 쉬치상^{徐企商}에게 소개하는 편지를 선상치에게 부탁하여 시험에 관한 일을 묻게 하였다. 오후에 린지양행에 가서 과자와 치약가루 등을 샀다. 밍보 선생이 헤이룽장으로 가기 때문에 저녁에 광허쥐에서 송별모임을 했다. 셰허, 지푸를 초청하였고 식사를 마치고 모두 같이 숙소로 동행해서 2시간 동안 이야기하다 돌아갔다.

14일 일요일 휴식. 점심 후에 류리창 신주국광사에 가서『황석재수사시』^{黃石齋手寫詩} 1책을 2자오에 샀다. 다시 유정서국에 가서『석가보』^{釋迦譜} 1부 4책을 7자오에,『우세남여남공주묘지명』^{虞世南汝南公主墓誌銘} 1책을 7자오에, 또『동묘당비』^{東廟堂碑} 1책을 5자오에,『원명고덕수적』^{元明古德手迹} 1책을 3자오에 샀다. 저녁에 밍보와 지푸가 숙소로 한잔 초대해서 갔다. 좌중에는 위웨후^{兪月湖}, 자는 잊어버린 차^查씨 성을 가진 사람, 판윈타이^{范雲臺}, 셰허와 쉬스링^{許詩荃}이 있었다. 9시에 돌아왔다. 밤에 눈.

15일 눈. 오전에 둘째에게 편지를 부쳤다(三十三). 저녁에 셰허가 위러우춘에서 쉬밍보 선생의 송별모임을 했다. 또 초대에 응했다. 또 지푸도 있었다. 밤에 돌아왔다.

16일 맑고 바람. 저녁에 쑹쯔페이가 왔다.

17일 오후에 마유위^{馬幼輿}에게 쪽지를 보내『예문유취』^{藝文類聚}를 찾았다.

18일 오전에『예문유취』32책을 받았다. 오후에 둘째의 편지를 받았다. 14일 부친 것이다(32). 저녁에 쉬지상이 와서 얘기하다가 식사 후에 돌아갔다. 밤에 쑹서우룽宋守榮이 그의 저서 10여 책을 보내와 서문을 써 달라고 했다.

19일 오전에 도쿄 하부토 가에 편지를 부쳤다. 오후에 류리창 번리탕 의 책판매원이 고서 8부를 가지고 갔다. 수선을 해 달라고 부탁한 것이다. 밤에 지푸가 왔다가 바로 갔다. 계속『혜중산집』을 필사했다. 한밤중에 눈 이 조금 왔다.

20일 맑음. 오전에 둘째에게 편지를 부쳤다(三十四). 점심 후에 왕푸 징 대로의 쉬징원徐景文 의사 집으로 가서 치료한 이 세 개의 보정을 해 달 라고 했다. 돌아오는 길에 린지양행에 들러 비스킷 3곽을 샀다. 집으로 부 쳐 달라고 쑹쯔페이에게 부탁할 생각이다. 저녁에 레이즈첸이 왔다.

21일 일요일 휴식. 점심 후에 치보강祁柏岡이 와서 식사초대를 했으 나 사양하자 돌아갔다. 천쯔잉의 편지를 받았다. 16일 부친 것이다. 쉬징 원 의사 집으로 가서 이 치료를 끝냈다. 2위안을 지불했다. 류리창에 가서 『서기성집』徐騎省集 1부 8책을 2위안 5자오에 샀다. 밤에 쑹쯔페이가 와서 20위안을 빌려 갔다. 한밤중에 바람이 불었다.

22일 점심 후에 타오왕차오陶望潮가 메모를 보내 10위안을 빌려 달라 고 했다. 천모타오陳墨壽에게 전달해 달라고 주었다. 저녁에 지푸가 왔다.

23일 오전에 타오수천陶書臣이, 아침에 사오싱으로 출발한다고 작별 인사 메모를 남겼다. 둘째의 편지를 받았다. 19일 부친 것이다(33). 저녁 에 치서우산이 왔다. 상치헝이 왔다. 쑹쯔페이가 왔다.

24일 오전에 둘째가 부친『사오싱교육회월간』제3기 5책을 받았다. 19일 부친 것이다. 쯔페이가 어제 말하길, 점심 후 사오싱으로 출발한다 고 했다. 인편에 책 한 상자와 편지 한 통을 보내 집에 전해 달라고 부탁했다. 상자 안에는 책 27종 143책과 서화첩 4종 22매, 비스킷 3봉지, 말린 과일 2봉지, 입었던 윗옷과 바지 각 한 개를 넣었다. 점심에 혼자 이창에 가서 점심과 간식을 먹었다. 오후에 쑹서우룽이 갑자기 사람을 보내 자신의 책을 찾아갔다. 저녁에 지푸가 삶은 비둘기 한 쌍을 주었다.

25일 오전에 둘째에게 편지(三十五)와 『몽암유상소지』夢庵游賞小志 1책을 부쳤다. 교육부가 첨사와 주사를 반으로 감원하기로 했다.[96] 아는 사람들 대부분은 변동이 없었으나 유일하게 치서우산만 사라지게 되었다. 오후에 시학으로 이동한다고 들었다.[97]

26일 점심 후에 이달 봉급 216위안을 받았다. 사실 여전히 90퍼센트만 지급하고 있는 것이다. 오후에 레이즈첸이 쪽지를 보내서 왕쭤창의 여비를 지급해 주지 않는다고 채근했다. 그 언사가 아주 심하고 괴이했다. 오늘의 청년들이 사리에 밝지 못하니 참으로 한탄하지 않을 수 없다. 저녁에 다시 교육부에서 명령이 내려왔다. 나와 셰허, 다오쑨은 모두 현직에 그대로 유임하지만 치서우산은 시학으로 갔다. 그리고 후멍러는 끝내 면직되었다. 장자莊子의 이른바 때를 기다리지 못하고 떨어지는 것이 바로 이러한 것이구나.

27일 점심 후에 자오퉁은행에 가서 사회교육사를 대신해 저금을 했고 지푸와 셰허를 만나 함께 취안예창勸業場 칭푸러우慶福樓에 가서 차를 마셨다. 저녁이 다 되어 헤어졌다. 선허우칭沈後靑이 오후에 찾아왔으나 만나지 못했다. 둘째의 편지를 받았다. 23일 부친 것이다(34). 밤에 처겅난

---

96) 1912년 8월 2일 임시대총통이 공포한, 참의원이 결정한 「교육부관제 수정」의 규정에 따르면 교육부는 32명의 첨사(僉事)와 80명을 초과하지 않는 주사(主事)를 둔다는 것이다. 1913년 겨울에, 수정된 관제 개편에 따라 첨사는 18명 감원되었고, 주사는 42명이 감원되었다.
97) 시학(視學)은 학사업무를 관리 감독하던 행정 관료의 옛 명칭이다. 지금은 '독학'(督學)이라고 부른다. 오늘날 장학사와 같은 직책이다.

이 얘기하러 왔다.

28일 일요일 휴식. 점심 후에 충원면崇文門 밖 차오창草廠 9탸오條 헝후퉁橫胡同으로 선허우칭을 찾아갔으나 만나지 못했다. 관인사 거리 푸허샹에 가서 과자, 사탕, 소고기, 코코아 등 모두 3위안 어치를 샀다. 류리창 신주국광사에 가서 전겸익錢謙益의『투필집전주』投筆集箋注 1권을 5자오에 샀다. 또『신주대관』神州大觀 제4기 1책을 1위안 5자오에 샀다. 배송비가 1자오 5편이다. 다시 칭미거淸秘閣에 가 편지지와 봉투 5자오어치를 샀다. 오후에 치보강이 술 초대를 했으나 사양하고 가지 않았다. 선허우칭이 왔다. 쉬지푸, 장셰허가 왔다. 밤에 큰 바람. 황위안성이 왔는데 그 주장이 아주 이상해 실소를 금치 못했다. 29일 맑고 약간의 바람. 오전에 둘째에게 편지와 이달 생활비 100위안을 보냈다(三十六). 저녁에 류리창의 번리탕 고서적 점원이 이전에 부탁한 고서의 장정과 수선한 것을 가지고 왔다. 모두 100권이다. 수선비 5위안 1자오 5편을 지불했다. 단지『급취편』急就篇 장정은 잘 되지 않아 다시 해 달라고 돌려보냈다. 밤에 큰 바람.

30일 맑음. 오전에 첸다오쑨에게『사오싱교육회월간』제3기 1책을 주었다. 저녁에 쉬지푸가 왔다 금방 갔다.『사오싱교육회월간』제3기 1책을 주었다. 밤에『혜강집』필사를 마쳤다. 모두 10권, 약 4만 자 정도다.

31일 오전에 천쯔잉에게 편지를 부쳤다. 레이즈첸이 교육부로 와, 왕쯰창이 바오찬사寶禪寺에서 병사했다고 했다. 교육부에서 유족위로금 100위안을 주었다.[98] 점심 후에 통속도서관에『사오싱교육회월간』제1기에서 제3기까지 각 1책을 기증했다. 저녁에 지푸와 셰허가 각기 요리 하나

---

98) '유족위로금'의 원문은 '휼금'(恤金). 정부가 순직한 공무원이나 군인의 유족에게 지급하는 위로금 및 생활보조금을 말한다.

씩을 주었다. 머리에 약간의 열이 있다. 감기인 듯해 키니네 3알을 먹었다.
밤에 우중원伍仲文이 요리 한 그릇, 만두 한 접시를 보내왔다.

계축년(1913년) 도서장부

전당시화 全唐詩話 8冊	5.00	1월 4일
수경주휘교 水經注彙校 16冊	1.00	1월 12일
한산시집 寒山詩集 1冊	1.00	
번남문집보편 樊南文集補編 4冊	3.00	
공순당총서 功順堂叢書 24冊	4.00	1월 18일
십육응진상 석각 貫休畵十六應眞象石刻 16枚	첸다오쑨이 기증 1월 28일	
	14.000	
이아익 爾雅翼 6冊	1.00	2월 2일
묵지편 육책인전 墨池編六冊印典 2冊	10.00	2월 8일
도암몽억 陶庵夢憶 4冊	1.00	
패문재서화보 佩文齋書畵譜 32冊	20.00	2월 9일
호해루총서 湖海樓叢書 22冊	7.00	
화징록 畵徵錄 2冊	0.30	2월 12일
신주대관 神州大觀 第1集 1冊	1.65	
중국학보 中國學報 第3期 1冊	창이전이 기증 2월 19일	
구발라실서화과목고 甌鉢羅室書畵過目考 4冊	1.00	2월 20일
필경원 筆耕園 1冊	35.00	2월 24일
정창원지 正倉院誌 1冊	0.70	
신백양화소신적 陳白陽花鳥眞迹 1冊	1.00	
가태 콰이지지, 속지 嘉泰會稽誌幷續誌 10冊	20.00 2월 21일 치멍이 사오싱에서 구입	
	98.650	
육예강목 六藝綱目 2冊	0.80	3월 1일
법원주림 法苑珠林 48冊	11.00	
초학기 初學記 16冊	2.20	

요석포척독 姚惜抱尺牘 4冊	유원바이가 기증	3월 2일
백화강부각시집 白華絳跗閣詩集 2冊	0.50	3월 8일
고학휘간 古學彙刊 第3期 2冊	1.050	3월 11일
번급고각본 십칠사 飜汲古閣本十七史 174冊	30.00	3월 26일
여정지견전본서목 邸亭知見傳本書目 10冊	14.00	
	60.000	
추포쌍충록 秋浦雙忠錄 6冊	3.00	4월 5일
번취진본 구당서 구오대사 飜聚眞本舊唐書舊五代史 48冊	6.00	
월중고각구종 석인본 越中古刻九種石印本 1冊	찾아 구함	
권발보리심문 勸發菩提心文 1冊	쉬지상이 기증	4월 7일
등부등관잡록 等不等觀雜錄 1冊	쉬지상이 기증	
삼보황도 三輔黃圖 2冊	2.00	4월 8일
도산집 陶山集 8冊	1.60	4월 12일
화양국지 華陽國志 4冊	2.00	
후지부족재총서 後知不足齋叢書 35冊	11.00	
조사승장생책 趙似升長生 2冊	0.20	4월 19일
관고당휘각서급소저서 觀古堂彙刻書及所著書 32冊	10.00	
콰이지왕씨은관록 會稽王氏銀管錄 1冊	0.08	4월 20일
	35.880	
고학휘간 古學彙刊 第4編 2冊	1.00	5월 12일
칠가후한서보일 七家後漢書補逸 6冊	1.00	5월 18일
상기헌사종 賞奇軒四種 4冊	4.00	
악부시집 樂府詩集 12冊	7.00	
임화정시집 林和靖詩集 2冊	1.00	
	14.000	
성도각본 몽계필담 成都刻本夢溪筆談 4冊	3.00	6월 7일
홍설산방화품 십이칙 紅雪山房畵品十二則 1冊	서점이 기증	
영송본 이한림집 影宋本李翰林集 6冊	2.80	6월 22일
위학산거양시주 魏鶴山渠陽詩注 1冊	0.70	
빈퇴록 賓退錄 4冊	4.20	
초망사승 草莽私乘 1冊	0.210	

혜면잡기 蕙楊雜記 1冊   0.210

계창총화 鷄窗叢話 1冊   0.210

후갑집 後甲集 2冊   0.60   6월 29일

잔명진번본 당문수 殘明晉藩本唐文粹 18冊   6.00

                                            17.930

절묘호사전 絶妙好詞箋 4冊   0.560   7월 5일

방고본 서상십칙 仿古本西廂十則 10冊   4.80

급고각 육십종곡 汲古閣六十種曲 80冊   24.00   7월 13일

왕정 농서 王禎農書 10冊   2.00

                                            31.360

사목표 史目表 1冊   쳰다오쑨이 기증 8월 9일

고학휘간 古學彙刊 第5編 2冊   1.05

신주대관 神州大觀 第2集 1冊   1.65

고금천략 古今泉略 16冊   12.00   8월 18일

고금대문록 古今待問錄 1冊   0.40

                                            15.100

문시 文始 1冊   쳰다오쑨 군에게서 얻음 9월 4일 나중에 쯔잉에게 기증

제갈무후사당비탁본 諸葛武侯祠堂碑拓本 1枚 양신스 군이 가져옴   9월 5일

무량사화상일존석탁본 武梁祠畵像佚存石拓本 1枚 후밍러 군이 기증   9월 11일

남호사미 南湖四美 1冊   0.90   9월 23일

                                            0.900

신주대관 神州大觀 第3集 1冊   1.650   10월 4일

승현지 부섬록 嵊縣誌附剡錄 14冊   2.00   10월 5일

국학휘간 國學彙刊 第6編 2冊   1.050   10월 26일

                                            4.700

부청주자서시고 傅靑主自書詩稿 1冊   0.35   11월 8일

김동심자서시고 金冬心自書詩稿 1冊   0.30

남송원화록 南宋院畵錄 4冊   주티셴이 기증 11월 16일

진거중 여사잠도 陳居中女史箴圖 1冊   2.40

절의론 折疑論 2冊   0.50   11월 22일

군재독서지 郡齋讀書誌 10冊   3.00

대당서역기 大唐西域記 4冊	쉬지상이 기증	11월 26일
	6.550	
보륜당집 寶綸堂集 8冊	1.00	12월 6일
월만당병문 부산문 越縵堂駢文附散文 4冊	1.00	12월 7일
황석재수서시권 黃石齋手書詩卷 1冊	0.20	12월 14일
석가보 釋迦譜 4冊	0.70	
우세남여남공주묘지명 虞世南汝南公主墓誌銘 1冊	0.70	
초탁우서동묘당비 初拓虞書東廟堂碑 1冊	0.50	
원명고덕수적 元明古德手迹 1冊	0.30	
서기성집 徐騎省集 8冊	2.50	12월 21일
투필집전주 投筆集箋注 1冊	0.50	12월 28일
신주대관 神州大觀 第4期 1冊	1.75	
	9.150	

총계 310.220

올해 구매한 도서는 모두 310위안 2자오 2펀으로 월 평균 약 25위안 8자
오 5펀이다. 치명起孟[저우쭤런]과 차오펑喬峰[저우젠런]이 구입한 영문도서는
포함시키지 않았다. 작년에는 매월 20위안 5자오 5펀이었으니 올해 5분
의 1이 증가한 것이다.

12월 31일 등불 아래 기록

갑인일기(1914년)

정월

　1일 맑고 큰 바람. 공휴일. 오전에 쉬지쑨徐季孫, 타오왕차오陶望潮, 천모타오陳墨壽, 주환쿠이朱煥奎가 왔으나 만나지 못했다. 양중허楊仲和가 음식을 보내왔으나 돌려보냈다. 점심 후에 지푸가 왔다. 자오자후퉁敎家胡同으로 장셰허를 방문했으나 못 만났다. 내친김에 류리창에 가 구경하며 걸었다. 반半 위안을 주고 '화폐'貨幣 1개와 개원開元 천泉[1] 1매를 샀다. 뒤에 '선'宣자가 있었다. 오후에 쑹서우룽宋守榮이 왔으나 만나지 못했다. 둘째의 편지를 받았다. 작년 12월 28일에 부친 것이다(35).

　2일 맑고 바람. 공휴일. 오전에 정양허鄭陽和와 레이즈첸雷志潛이 왔으나 만나지 못했다. 점심 후에 둘째가 부친 『뤄사』잡지 1책을 받았다.[2] 작

---

1) 천(泉)은 옛날 화폐의 통칭이고 개원(開元)은 당(唐) 현종(玄宗)의 연호로 713~741년 사이임.
2) 『뤄사』(嵤社)는 1913년 봄 사오싱에서 결성된, 학술연구를 목적으로 하는 작은 단체의 기관지. 1913년 12월 창간. 훗날 『뤄사총간』(嵤社叢刊)으로 개칭되었다. 발기인 대다수가 사오싱 제5중학 교원이었다. 저우쭤런과 저우젠런은 명예회원이었다. 루쉰이 교정을 본 저우쭤런의 『『태감인존』(蛻龕印存) 서문」이 『뤄사』 제4기 문예란에 게재되기도 했다(1916년 6월 일기 주석 참조).

년 12월 28일에 부친 것이다. 저녁 5시에 교육부 사회교육사 동료들과 취안예창의 샤오유톈小有天에서 연회를 가졌다. 다오쑨도 오고 모두 10명이었다. 일이 있어서 쉬지상許季上과 후쯔팡胡子方은 오지 못했다.

3일 맑음. 공휴일. 점심 전에 둘째에게 편지를 부쳤다(一). 점심 후에 퉁항스童杭時가 왔다. 오후에 둥톄장후퉁東鐵匠胡同으로 쉬지상을 방문했으나 만나지 못했다. 류리창에 가서『청동려잔초』聽桐廬殘草 1본을 1자오에 샀다.『콰이지왕효자유시』會稽王孝子遺詩라고도 한다. 또『육방옹전집』陸放翁全集 1부와 안에 들어 있는 문고文稿 12책과 시고詩稿가 딸린『남당서』南唐書 24책, 모두 36책을 16위안에 샀다. 급고각汲古閣 각본이다. 또 인銀 2자오로 검색용으로『기원편』紀元編 1책을 샀다.

4일 맑음. 일요일 휴식. 점심 후에 쉬지상이 왔다. 둘째의 편지를 받았다. 작년 12월 31일에 부친 것이다(36). 오후에 장셰허가 왔다. 다이루링이 왔다. 저녁에 상치형이 와서 얘기를 했다. 정기적으로 학비를 빌려주길 원한다고 하여 승낙했다. 1년에 120위안을 3기에 나누어 빌려주기로 약속했다. 3월에 60위안, 8월과 12월에 각기 30위안. 오늘 수중에 마침 돈이 없어 먼저 10위안을 주었다.

5일 일을 시작했다. 오전 9시에 교육부에서 다과회를 열었다. 차는 있었으나 대화는 없었다. 과자는 마치 돌처럼 딱딱했다. 잠시 앉아 있다 헤어졌다. 점심 후에 탕얼허湯爾和가 교육부를 방문했다. 새해 인사의 의미인가 보다. 오후에 타오왕차오가 교육부로 왔다. 이전에 빌려 간 10위안을 돌려주었다. 밤에 바람.

6일 맑고 큰 바람. 아침에 교육부 심부름꾼이 와서 말하길, 러허熱河의 문진각서文津閣書3)가 이미 베이징에 도착했으니 빨리 교육부로 가 보라고 했다. 교육부로 갔더니 대학교에서 잠시 보관하기로 했다고 한다. 하여 대학교로 가 봤다. 오래 기다려도 도착하지 않아 텔레폰[4]으로 물어보았더니 내무부 직원이 벌써 원화전文華殿으로 운반해 갔다고 한다.[5] 교육부로 돌아왔다. 오후에 둘째가 부친 격자무늬 복사용지 2첩을 받았다. 약 1,000장 정도. 2일 부친 것이다.

7일 맑고 바람. 오전에 둘째의 편지를 받았다. 3일 부친 것이다(1). 점심에 사람들과 같이 작년 연회비 남은 돈으로 과자를 사서 함께 먹었다.

8일 맑음. 오전에 둘째에게 편지를 부쳤다(二). 천러수陳樂書에게 인 2위안을 부의금으로 주었다.

9일 아무 일 없다. 밤에 처경난車耕南과 위보잉兪伯英이 와 얘기했다. 경난이 『사오싱교육회월간』을 찾아서 3책을 주었다.

10일 오전에 둘째와 둘째 부인의 편지를 받았다. 6일 부친 것이다(2). 점심에 치서우산, 쉬지쉬안徐吉軒, 다이루링과 함께 이창에 가서 빵과 커피를 먹었다. 스푸마다제石駙馬大街의 골동품 가게에 들러 송, 원대의 옛날 돈 13개를 골랐다. 인 1위안에 샀다. 오후에 푸허샹에 가서 소 혀와 바나나 사탕 한 그릇을 1위안 1자오에 샀다.

11일 일요일 공휴일. 점심 후 칭윈거에 가 이발을 했다. 그리고 류리

---

3) 문진각서는 『사고전서』(四庫全書)를 말한다. 이 책은 중국 고대의 모든 전적을 경(經), 사(史), 자(子), 집(集) 네 가지로 분류하여 편집한 것으로, 청대 건륭 47년에 만들어졌다. 그 후에 7부를 필사하였고 그 가운데 1부가 청더(承德) 피서산장인 문진각(文津閣)에 보관되어 있었다. 모두 3만 6천여 책이다. 낭시 교육부가 이것을 경사노서관에 틀여놓고사 하며 베이징으로 이송하였는데 내무부가 이를 관리하게 되었다. 이후 여러 차례의 교섭 끝에 이듬해 9월 마침내 교육부로 이관되었다.

4) 텔레폰의 원문은 '더뤼펑'(德律風)이다. Telephone의 당시 중국어 음역이다.

5) 원화전(文華殿)은 자금성 안의 둥화먼(東華門)에 있다. 우먼(午門)으로 들어가면 오른쪽에 원화전이, 왼쪽에 우잉전(武英殿)이 있다. 원화전은 원래 황제가 경서를 공부하던 장소였다. 원화전 뒤에는 주징전(主敬殿)이 있고 그 뒤에는 원옌각(文淵閣)이 있는데 이곳에 『사고전서』가 보관돼 있다.

창 신주국광사 분점에 가서 『고학휘간』 제7기 1부 2책을 1위안 5편에 샀다. 또 번리탕에 가서 『급취장』^{急就章} 제본이 끝난 걸 보고 가져왔다.

12일 오전에 둘째에게 서적 2포를 부쳤다. 『보륜당집』^{寶綸堂集} 1부 8책, 산문^{散文} 1부가 부록으로 있는 『월만당변문』^{越縵堂駢文} 1부 4책, 『청동려잔초』^{聽桐廬殘草} 1책, 『교육부월간』 제10기 1책이다. 상하이 중화서국으로 편지와 둘째가 번역한 원고 『질긴 풀』⁶⁾ 1권을 부쳤다. 밤에 지푸가 왔다.

13일 흐리다가 오전에 반짝 갬. 둘째와 둘째 부인에게 편지를 부쳤다 (三). 도쿄 하부토 가의 편지를 받았다. 6일 부친 것이다. 천스쩡^{陳師曾}의 부인 왕^汪씨 부고를 받고, 쉬지상, 첸다오쑨과 함께 만장^{輓章} 하나를 만들어 보냈다.⁷⁾ 1위안 4자오씩 냈다. 저녁에 바람. 둘째가 부친 서적 4포를 받았다. 『초학기』^{初學記} 4책, 『입택총서』^{笠澤叢書} 1책, 『콰이지철영총집』^{會稽掇英總集} 4책, 석인본 장고문^{張皋文}의 『묵경해』^{墨經解}, 장졸존^{蔣拙存}이 쓴 『속서보』^{續書譜}, 죽타^{竹垞}가 초록한 『방천시』^{方泉詩}와 『부청주시』^{傅靑主詩} 각 1책, 『이상은시』^{李商隱詩} 2책이다. 8일 부친 것이다.

14일 맑고 바람. 오후에 둘째와 둘째 부인의 편지를 받았고 또 엽서 하나를 받았다. 모두 10일 부친 것이다(3).

15일 맑고 바람. 오전에 둘째와 둘째 부인에게 편지를 부치면서 또 쑹쯔페이 앞으로 메모 한 장을 전달해 줄 것을 부탁했다(四). 오후에 둘째가

---

6) 『질긴 풀』(勁草)은 러시아 이반 황제시대에서 제재를 취한 역사소설인 『백은공작』(白銀公爵)이다. 톨스토이 작이다. 저우샤서우(周遐壽) 작 『루쉰의 고가(古家)』에 의하면 '질긴 풀'은 원래 『후한서』에 나오는 말로 불요불굴의 충절을 상징했다고 한다. 주인공의 정신을 드높인다는 의미로 이 단어를 차용, 번역한 것으로 보인다. 저우쭤런이 일본 유학 시에 영역본을 가지고 중역한 것이었고, 루쉰이 도와주었으며 서문도 썼다. 루쉰은 이 원고를 중화서국에 대신 투고해 주었는데 얼마 후 되돌아왔다.
7) 만장은 장례식 때 운구행렬의 앞에 들고 가는, 헝겊을 길게 드리운 깃발을 말한다. 깃발 위에는 고인의 덕을 칭송하거나, 영혼을 위로하고, 영생과 안녕을 비는 문구들을 썼다.

부친, 제본이 되지 않은 『서청산기』西靑散記 1포를 받았다. 10일 부친 것이다. 저녁에 쉬지상이 와 같이 광허쥐에 가서 식사했다. 서류집게 5개를 만들었다.

16일 구름. 저녁에 구양우顧養吾가 쭈이충린醉瓊林으로 초대해 마셨다. 둘째가 번역한 『목탄화』木炭畵[8] 일로 원밍서국 총편집과 상의했다. 그 사람 이름은 장징량張景良이고 자는 스스師石인데, 출판을 승낙했고 인세는 판매 권당 20퍼센트다. 동석한 사람으로 첸다오쑨이 있었고, 또 성이 쉬許씨인 교육부 비서와 성이 둥董씨인, 아마도 고등사범학당 교수인 듯한 사람이 있었다. 차이구칭 모친의 부음을 들었다. 지푸가 왔었다고 하나 만나지 못했다. 밤에 쑹쯔페이의 편지를 받았다. 12일 부친 것이다. 『여지기승』興地紀勝 속에 있는 「사오싱부비목」紹興府碑目 4장을 초록했다.

17일 맑음. 아침에 둘째에게 편지를 부쳤다(五). 오전에 관라이칭 선생의 편지를 받았다. 13일 항저우에서 부친 것이다. 또 둘째에게 편지를 부쳤다(五甲). 점심 후에 자오퉁은행에 갔고 또 린지양행에 가서 음식을 샀다. 오후에 쉬지상을 방문했다. 콰이뤄무劌若木가 간쑤甘肅로 떠난다고 작별하러 왔으나 못 만났다. 명함을 두고 갔다. 저녁에 지푸가 왔다.

18일 일요일 공휴. 오전에 둘째의 편지를 받았다. 14일 부친 것이다 (4). 점심 후에 류리창 유정서국에 가서 『육조인수서좌전』六朝人手書左傳 1책을 4자오에, 『임화정수서시고』林和靖手書詩稿 1책을 4자오에, 『축지산초서염사』祝枝山草書艶詞 1책을 3자오에, 『오곡인수서시고』吳谷人手書詩稿 1책을 4자오에 샀다. 또 신주국광사에 가서 당나라 사람의 복사본 『당운잔권』唐

---

8) 『목탄화』는 중편소설로 폴란드 시엔키에비치 작이다. 저우쭤런이 일본 유학 시절에 영역본을 가지고 중역한 것이다. 여러 차례 상우인서관과 중화서국에 투고했으나 채택되지 않았다. 루쉰을 통해 상하이 원밍(文明)서국과 연결된 후 이해 4월에 출판되었다.

^{均殘卷} 1책을 1위안에 샀고, 둘째를 위해 『장쑤장닝향토교과서』^{江蘇江寧鄕土}
^{敎科書} 3책을 5자오에 샀다. 오후에 구름, 눈이 내릴 기미다. 저녁에 둘째가
부친 『백효도』^{百孝圖} 하책 1권과 콰이지^{會稽} 위바오전^{俞葆眞}이 편집한, 온전
히 책으로 제본된 것을 구해 받았다. 모두 14일 부친 것이다.

19일 맑고 바람. 오전에 둘째에게 『향토교과서』 3책을 부쳤다. 오후에
차이구칭에게 3위안을 부조했다.

20일 오전에 둘째에게 편지를 부쳤다(六). 저녁에 쉬지상이 와 밥을
먹은 후 갔다. 밤에 지푸가 왔다.

21일 저녁에 퉁항스가 한잔 초대했으나 가지 않았다. 주환쿠이가 왔
고 음식 2보자기를 주었는데 거절하지 못하고 받았다. 지푸가 왔다.

22일 장랑성^{張閬聲}, 첸쥔푸^{錢均夫}가 교육부로 보러 왔다. 저녁에 관라이
칭 선생에게 회신을 했고, 또 쑹쯔페이에게도 회신을 했다. 밤에 탁족^{濯足}
을 했다.

23일 점심 후에 이달 봉급 인 216위안을 받았다. 교육부가 도서관을
만들기 위해 스차오^{石橋} 별장을 사려고 해서 사장^{司長}과 동료들 몇 명이 같
이 가서 보았다. 오후에 둘째의 편지(5)와 『사오싱교육회월간』 제4기 5책
을 받았다. 19일 부친 것이다. 밤에 사오싱 사람 선즈샹^{沈稚香}, 천둥가오^{陳東}
^皋가 왔다. 둘째의 편지를 가지고 왔다. 18일 쓴 것이다. 바람.

24일 맑고 바람이 많이 불다가 점심 후에 그쳤다. 첸먼 린지양행에 가
서 과자 5자오어치를 샀다. 또다시 류리창에 가서 『원화성찬』^{元和姓纂} 1부 4
책을 1위안에, 『춘휘당총서』^{春暉堂叢書} 1부 12책을 4위안에 샀다. 안에 있는
『사적집』^{思適集}은 일독할 가치가 있다.

25일 맑음. 일요일 공휴. 오전에 둘째에게 편지를 부쳤다(七). 점심 전
에 딩바오위안^{丁葆園}이 왔다. 황위셰^{黃于協}의 편지를 받았다. 또『질긴 풀』 1

권을 돌려보냈다는 중화서국의 편지를 받았다. 아직 도착하지 않았다. 천둥가오와 다른 또 천씨 성을 가진 사람이 왔다. 지쯔추季自求가 와서 점심 후 그의 숙소로 같이 갔다가 다시 샤오스로 놀러 갔다. 선허우칭沈後靑이 왔으나 만나지 못했다. 치보강이 와 먹을 것 2통을 주었다. 쉬지상이 찹쌀떡 8개와 삶은 고기[9] 한 그릇을 주었다. 오늘은 음력 12월 30일이다. 밤에 겅난이 와 얘기를 했다. 둘째의 편지를 받았다. 22일 부친 것이다(6).

26일 맑음. 음력 설이다. 사무실은 일하지 않았다.[10] 점심 후까지 누워 있다 2시가 되어서야 일어났다. 오후에 관라이칭 선생이 왔다.

27일 오전에 중화서국에서 『질긴 풀』 번역원고 1권이 반송되어 왔다. 둘째가 부친 영역본 시엔키에비치 작 『생계』[11] 1책을, 또 『역외소설집』 제1, 제2 각 4책을 받았다. 모두 22일 부친 것이다. 점심 후 교육부에 갔더니 왕빙화王屛華만 있고 다른 사람들은 모두 퇴청했다. 잠시 머무르다 류리창에 갔다. 볼만한 게 없었다. 사람만 많을 뿐. 관서국官書局에 들어가 『서효목집전주』徐孝穆集箋注 1부 3본을 3위안에 샀다.

28일 오전에 퉁펑차오童鵬超가 왔다. 둘째에게 편지를 부쳤다(八). 저녁에 지푸가 와 『사오싱교육회월간』 제4기 1책을 주었다.

29일 오전에 둘째의 편지를 받았다. 25일 부친 것이다(7). 다오쑨에게 『사오싱월간』 4기 1책을 주었다. 쉬지쉬안徐吉軒으로부터 지사시험에 응시하는, 지완취안計萬全이라는 후베이湖北인의 보증을 서 달라는 부탁을 받았다. 다른 보증인 두 명은 지쉬안과 선상치이다.[12]

---

9) 삶은 고기의 원문은 '동육'(凍肉)이다. 삶아서 식혀 육즙이 엉기게 만든 고기를 말한다.
10) 당시에 공식적으로는 양력을 사용했으나 음력을 무시하지 못했다. 그래서 정부는 1914년, 음력 설날부터 5일까지를 춘절(春節), 단오절을 하절(夏節), 추석을 추절(秋節)이라고 하여 공휴일로 지정했다.
11) 『생계』(生計)는 아마도 『빵을 위해서』(Za chlebem, After Bread)일 것임.

30일 쉬지상의 딸이 만 세 살 되었다. 국수를 만들어 자기 집으로 초대했다.[13] 점심 후에 갔다. 참석자들은 다이루링, 치서우산 그리고 그의 자녀 4명이다. 오후에 둘째가 부친 옛날 증서 2장을 받았다. 25일 부친 것이다. 밤에 눈.

31일 구름. 오전에 퉁펑차오가 먹을 것 세 가지를 보냈다. 사환을 시켜 돌려보냈다. 점심 후에 쉬지쉬안과 같이 창뎬廠甸에 놀러 갔다. 주티셴, 첸중지錢中季, 선쥔모沈君默를 만났다. 오후에 웨이푸몐이 쉬許씨 성에 이름이 수펑叔封이란 사람과 같이 보증을 서 달라고 왔다. 지사시험에 응시한다고 하여 승낙했다. 사인을 하여 보냈다. 저녁에 쉬지푸가 왔다. 밤에 옆방의 왕모씨 방에 갑자기 손님이 와 큰소리로 떠들었다. 닭이 울 때까지 그치질 않았다. 그것 때문에 엎치락뒤치락 잠을 자지 못했고 잠들었다가도 여러 차례 깼다. 그래서 나가 소리를 좀 낮추어 달라고 요구했더니 이 사람 도리어 갑자기 큰소리로 욕을 마구 해댔고 또 영어를 섞어 썼다. 인간 품성의 차이가 이토록 심하다니. 그 사람 성이 우吳씨고 쑹수松樹 골목에 산다는 것을 나중에 알았다. 사오싱 사람은 아니었다.

---

12) 지사시험. 위안스카이가 복벽(復辟)을 단행, 황제제도를 시행하는 과정에서, 교육부와 내무부가 연합으로 '현지사시험'(縣知事試驗)을 시행했다. 제1차 고시가 1914년 2월 15일에 있었는데 응시자는 반드시 세 명 보증인의 보증을 받아야만 했다. 이 시험은 1914년에서 1915년까지 여러 차례 실시되었다. 그 기간 동안 이러저러한 경로를 통해 루쉰에게 보증을 부탁한 사람은 대략 30여 명이나 되었다.

13) 국수는 모양이 길게 끊어지질 않아 장수를 상징했고, 국수의 흰빛은 노인의 백발을 연상케 했다. 그래서 어린아이가 백발까지 장수하길 바라는 염원에서 생일에 국수를 만들어 손님을 접대하는 풍습이 있었다.

2월

1일 맑음. 일요일 휴식. 오전에 둘째에게 편지[14]와 정월 생활비 100위안을 부쳤다(九). 점심 후에 지푸를 방문했으나 못 만났다. 그 김에 류리창에 가 휘선먀오와 토지사[15] 서적노점을 어슬렁거렸다. 가격이 비싸 살 수 있는 게 없었다. 서점 십여 군데를 다시 돌아보다가 북송 영인본 『이이창화집』二李唱和集 1책을 1위안에, 진陳씨 중각重刻본 『월중삼불후도찬』越中三不朽圖贊 1책을 5자오에 샀다. 『월중삼불후도찬』을 별도로 1권 더 산 것은 부본으로 1권 더 가지고 있거나 다른 사람에게 줄 생각에서다. 『백효도』百孝圖 2책을 1위안에, 『평진관총서』平津館叢書 중각본重刻本 48책을 14위안에 샀다. 선허우칭, 퉁펑차오가 왔으나 못 만났다. 저녁에 지푸가 삶은 오리 한 그릇을 보냈다. 지푸가 왔다.

2일 오후에 라이위성來雨生이 교육부로 찾아왔다. 저녁에 지푸가 와 『삼불후도찬』 1책을 주었다. 밤에 둘째의 편지를 받았다. 30일 부친 것이다(8).

3일 구름. 오전에 라이위성이 교육부로 찾아왔다. 런웨이셴任惟賢과 런비任陛 두 사람의 보증을 서 달라고 했다. 모두 샤오산蕭山 사람이다. 오후에 쉬지쉬안으로부터 저우린周琳, 리짼李鑽 두 사람의 보증을 서 달라는 부

---

14) 사오싱중학교 교원이면서 현의 교육회장을 하고 있던 저우쭤런은 1914년 1월 『사오싱교육회월간』 제4기에 동요(口傳童謠)와 동화의 채집을 의뢰받아 글을 게재하였다. 이에 부응하여 루쉰은 이날 부친 편지에서 베이징 지역 동요 6수를 써서 보냈다(『민간문학』 1956년 10월호 참조).

15) 토지사(土地祠)는 하이왕춘(海王村)공원(당시에는 없었으나 1917년 류리창 거리에 있는 하이왕춘에 세워진 공원)의 서문 정방향에 있었다. 휘선먀오는 거기서 2, 300미터 정도 떨어져 있다. 당시 이 부근에는 고서점 가게가 즐비하게 늘어서 있었고 다른 곳보다 비교적 좋은 서적들이 많이 나와 있었다고 한다.

탁을 받았다. 모두 후베이 사람이다. 저녁에 퉁야전童亞鎭이 왔다. 지푸의 편지를 받았다. 밤에 쑹즈성宋芝生이 쯔페이의 편지를 가지고 찾아왔다.

4일 구름. 오전에 동료 링쉬凌煦가 와서 쉬루이徐瑞란 사람의 보증을 받아 갔다. 점심 후에 퉁야전이 양펑우楊鳳梧란 사람의 보증을 받아 갔다. 주지諸暨 사람이다. 오후에 쑹즈성이 교육부로 왔다. 그의 보증을 섰다. 저녁에 지푸가 왔다.

5일 맑고 바람. 오전에 지푸가 아들의 배움을 시작하게 하려고 그의 장남 스잉世瑛을 데려왔다.[16] 점심 전에 쉬지상을 위해 자이융장翟用章이란 사람의 보증을 섰다. 산시山西 사람이다. 지리팅冀醴亭이 소개했다. 오후에 치서우산 부탁으로 류빙젠劉秉鑒이란 사람의 보증을 섰다. 즈리直隷 사람이다. 왕징칭이 왔다. 밤에 둘째와 둘째 부인의 편지를 받았다. 2일 부친 것이다(9).

6일 오전에 둘째에게 편지를 부쳤다(十). 점심 후에 왕징칭이 교육부로 와 쉬쓰단徐思旦이란 사람의 보증을 서 달라고 해서 해주었다. 상위上虞 사람이다. 오후에 쉬지푸가 왔다. 쉬지상이 와 밥을 먹고 갔다.

7일 종일 대설大雪. 점심 후에 후멍러의 편지를 받고 바로 답장을 했다. 밤에 주순청朱舜丞의 편지와 셴빙 한 접시를 받았다.[17] 누군지 모르는 어떤 사람이 갑자기 방으로 들이닥쳐 보증을 서 달라고 완강하게 요구했다. 도

---

16) '배움을 시작'의 원문은 '개학'(開學). 공부 시작의 길을 열어 주는 것을 말한다. 사오싱 지방에서는 아이가 공부를 시작해야 할 나이에 이르면 인격이나 학문이 뛰어난 연장자에게 교본을 들고 와 첫 수업을 해 달라고 청하는 풍속이 있었다. 그 인물의 훈도와 가르침을 받기 원한다는 의미이기도 했다. 루쉰은 이날 오랜 친구인 쉬지푸의 아들 스잉에게 '천'(天), '인'(人) 두 글자를 써 주었고, 지푸가 사가지고 온 『문자몽구』(文字蒙求)에 아이의 이름 쉬스잉(許世瑛) 세 글자를 써 주었다(許壽裳, 『망우 루쉰 인상기』亡友魯迅印象記).

17) 셴빙(餡餠)은 반죽한 밀가루 피 속에 고기나 야채 소를 넣고 굽거나 튀겨서 만든 직경 8센티미터 정도 크기의 넓적하게 만든 떡.

장이 사무실에 있다고 했으나 믿으려 하지 않았다. 오래오래 있다가 겨우 갔다.

8일 맑음. 일요일 휴식. 점심 전에 주디셴이 와서 얘기를 하다가 점심이 되어서 셴빙을 같이 먹었다. 함께 류리창에 가 고서를 구경했다. 가격이 비싸 살 수 없었다. 아는 사람들을 아주 많이 만났다. 고서점에서 나와 서점을 둘러보다가 『십만권루총서』十萬卷樓叢書[18] 1부 112책을 19위안에 구했다. 그 목차들은 진귀해 보이지만 실은 거의 볼만한 게 없다. 지금 이것을 사긴 하지만 단지 오래된 염원을 이룬다는 것일 뿐이다. 퉁펑차오가 왔으나 만나지 못했다. 오후에 선허우칭이 왔다. 쉬지상이 와 저녁까지 얘기했다.

9일 구름. 점심 전에 퉁펑차오의 편지를 받았다. 점심 후에 왕쭤창에게 보내는 부의금 3위안을 참모부 제5국의 루퉁盧彤에게 보냈다. 저녁에 지푸가 와서 내일 저녁식사 약속을 했다.

10일 구름. 점심 전에 둘째에게 편지를 부쳤다(十一). 저녁에 지푸의 집으로 가서 만찬을 했다. 방금 덩鄧현에서 온 그의 둘째 형 중난仲南을 만났다. 참석한 사람에는 셰허, 스링도 있었다. 밤에 둘째의 편지를 받았다. 7일 부친 것이다(10).

11일 맑음. 아무 일 없음.

12일 맑음. 기념일 휴식.[19] 오전에 치보강이 왔으나 만나지 못했다. 밤에 첸謙 숙부의 편지를 받았다. 10일 난징에서 부쳤다.

13일 아무 일 없음. 저녁에 쑹즈성이 와서 한밤중까지 얘기하고 돌아

---

18) 청대 육심원(陸心源) 편집. 청대 광서(光緒) 연간에 구이안(歸安)의 육씨 가문의 판본으로 10종 112책으로 구성되었다.

19) 기념일이란 '통일기념일'을 말한다. 계축일기(1913년) 2월에 있는 주석 15번 참조.

갔다.

14일 오전에 둘째와 둘째 부인에게 편지를 부쳤다(十二). 밤에 천쯔잉의 편지를 받았다. 11일 부친 것이다.

15일 일요일 휴식. 점심 후에 약간 흐림. 쑹서우룽이 왔으나 만나지 못했다.[20] 오후에 지쯔추가 왔다. 저녁에 처겅난이 와서 내일 푸커우浦口로 간다고 했다. 밤에 둘째의 편지를 받았다. 12일 부친 것이다(11). 손지조孫志祖 사씨謝氏의 『후한보일』後漢補逸을 필사하기 시작했다.[21]

16일 흐리고 오후에 비. 올해 처음 내리는 비다. 저녁에 쑹쯔페이가 사오싱에서 왔다. 둘째의 편지를 가지고 왔다. 5일에 쓴 것이다.

17일 눈과 비가 섞여 내렸다. 점심 후에 그쳤다. 저녁에 쑹쯔페이가 왔다.

18일 눈. 오후 두시쯤 그쳤다. 보후이伯撝 숙부께 회신을 했다. 도서분관으로 관라이칭 선생을 찾아갔으나 만나지 못했는데, 교육부로 돌아와 만났다.

19일 구름. 점심 전에 둘째에게 편지를 부쳤다(十三). 점심 후에 잠깐 개었다. 오후에 둘째의 편지를 받았다. 15일 부친 것이다(12). 저녁에 쑹쯔페이가 왔다.

20일 맑음. 오전에 둘째에게 편지를 부쳤다(十四). 밤에 처겅난이 와서 내일 푸커우로 간다고 했다. 천중츠陳仲篪가 왔다.

21일 맑음. 왕다셰汪大燮가 사직을 해 옌슈嚴修가 그를 대신하게 되었

---

20) '만나지 못했다'의 원문은 '不之見'. 이전의 같은 표현에서는 모두 '未見'을 사용. 조금씩 백화 사용을 시도한 것으로 보인다.
21) 『후한보일』은 『후한서보일』(後漢書補逸)이다. 루쉰은 3월 14일에 이 책의 필사를 마쳤다고 기록하고 있다.

다. 부임하기 전까지는 차이루카이蔡儒楷가 직무대행을 한다. 오후에 구름. 쉬지푸가 왔다.

22일 일요일 휴식. 점심 후에 약간 흐림. 오후에 지쯔추가 왔다. 쉬지상이 왔다. 저녁에 마유위, 주티셴이 왔다. 밤에 둘째의 편지와 그가 번역한 『아동의 그림』[22] 3장을 받았다. 19일 부친 것이다(13). 선양즈沈養之의 편지를 받았다. 19일 부친 것이다.

23일 맑음. 오후에 상치헝 군이 왔다.

24일 맑고 약간의 바람. 저녁에 웨이푸몐 군과 왕징칭 군이 왔다. 밤에 바람.

25일 오전에 둘째에게 편지를 부쳤다. 차이궈친에게 전해 달라고 편지 하나를 동봉했다(十五). 오후에 쉬지푸가 왔다. 저녁에 쯔페이가 왔다. 밤에 보후이 숙부의 편지를 받았다. 22일 난징에서 부친 것이다. 쯔페이가 옛날 빌려 간 돈 10위안을 갚았다.

26일 오후에 이달 봉급 인銀 216위안을 받았다. 저녁에 쑹서우룽이 편지를 보내왔다. 허풍이 많았다.

27일 오후에 둘째와 셋째의 편지를 받았다. 또 『아동의 예술』 번역원고 2장을 받았다. 23일 부친 것이다(14). 쑹즈팡의 편지를 받았다. 19일 타이저우台州에서 부친 것이다. 밤에 쉬지푸가 왔다.

28일 점심 후에 통속도서관에 갔고, 또 다오샹춘에 가서 물건을 샀다. 쑹즈팡에게 회신을 했다. 저녁에 쑹쯔페이가 왔다.

---

22) 『아동의 그림』은 저우쭤런이 영국 체임벌린(Alexander Francis Chamberlain, 1865~1914)이 지은 『아동』(The Child)이란 책의 1절 「아동의 그림」을 번역한 것이다. 이 책은 루쉰이 1913년 9월 일본의 사가미야서점으로부터 입수한 것이다. 이날 루쉰이 받은 것은 그 번역원고의 일부다. 2월 27일 저우쭤런이 부친 「아동의 예술」도 같은 문장이다. 4월 21일부터 시작한 전국아동예술전람회와 어떤 관계가 있는 것은 아닌지 생각된다.

3월

1일 맑음. 일요일 휴식. 점심 후에 둘째와 셋째에게 편지를 부쳤다(十六). 오후에 뤄마시驛馬市로 한가로이 산보하러 나갔다가 류리창에 갔다. 작은 옛날 화폐 4개를 샀다. '양읍'梁邑, '과읍'戈邑, '장자'長子, '양원'襄垣이다. 또 '만국영통'萬國永通 1개를 샀다. 모두 합쳐 2위안이다. 밤에 바람.

2일 구름. 아침에 잉중관郢中館에 가 쉬지쉬안에게 국자감에 같이 가자고 했다. 공교회孔教會의 사람들이 정제[23]를 거행하였는데, 그 모습이 정말 황당하고 슬프고 개탄스러울 지경이다. 그래서 후쑤이즈胡綏之가 있는 곳으로 가 잠시 앉아 있다 돌아왔다. 시간은 이미 정오가 되었다. 밤에 비가 조금 내리다 바로 그쳤다. 별이 보였다. 둘째의 편지와 그가 번역한 체임벌린의 『아동의 그림』 3장을 받았다. 전편을 모두 마친 것이다. 27일 부친 것이다(15).

3일 맑음. 오전에 상치형에게 편지를 부쳤다. 차이구칭에게 보내는 편지를 동봉했다. 저녁에 쉬지상이 와서 얘기하였고 식사 후에 갔다.

4일 아무 일 없음.

5일 비. 점심 후에 국가채권[24] 3장을 받았다. 작년 8월부터 10월까지 미지급된 봉급에 해당하는 것이다. 저녁에 바람, 여전히 비.

---

23) 공교회는 1912년 천환장(陳煥章) 등이 상하이에 설립한 단체로 캉유웨이(康有爲)를 회장으로 추대했다. 총회 후에는 베이징으로 옮겨 갔고, 『공교회잡지』를 발행했다. 정제(丁祭)는 매년 중춘(仲春; 봄이 한창인 때, 음력 2월경) 혹은 중추(仲秋; 가을이 한창인 때, 음력 8월경)의 상순(上旬; 초하루부터 초열흘 사이) 정일(丁日; 일진의 천간天幹이 정丁이 되는 날)에 거행하던 공자제전을 말한다.

24) 국가채권의 원문은 '국고권'(國庫券). 1912년 5월 베이양(北洋)정부 재정부는 '국민공채조달법'(國民公債籌集辦法)을 공포하고 '국고권'을 발행하여 부족한 재정을 해결하기 시작했다.

6일 비 그리고 큰 바람. 오전에 둘째에게 편지를 부쳤다(十七). 원밍서국 장스스張師石에게 편지를 부쳤다. 그리고 영역英譯 시엔키에비치 소설 1책을 부쳤다. 점심 후에 비가 그쳤다. 둘째가 부친 『사오싱교육회월간』 제5기 5책을 받았다. 2월 21일 부친 것이다. 배달이 지체된 것이 14일이나 되니 좀 이상한 일이다. 저녁에 둘째에게 엽서 하나를 부쳤다(十七甲). 밤에 비.

7일 맑고 큰 바람. 아무 일 없다.

8일 맑음. 일요일 휴식. 오전에 둘째와 둘째 부인의 편지를 받았다. 4일 부친 것이다(16). 오후에 샤 사장을 보러 갔으나 만나지 못했다.

9일 오전에 자오한칭趙漢卿이 왔으나 못 만났다. 점심 후에 구름. 일본 우체국에 가서 하부토 가로 편지와 생활비 등 25위안을 부쳤다. 쉬지상 대신 조쿄쇼인25)에 5자오를 부쳐 『속장경목록』續藏經目錄을 샀고 둘째를 대신해 마루젠서점26)에 1위안을 부쳐 올해의 『학등』學燈을 샀다. 오후에 다이루링과 같이 샤 사장 집에 갔다가 식사 후에 귀가했다. 밤에 바람. 라이위성來雨生으로부터 초대장을 받았다.

10일 구름. 아무 일 없음.

11일 구름. 오전에 둘째와 둘째 부인에게 편지를 부쳤다(十八). 보후이伯撝 숙부께 회신했다. 밤에 지푸가 왔다. 쑹쯔페이가 왔다.

12일 비와 눈이 섞여 내렸다. 오전에 장스스의 편지를 받았다. 9일 상

---

25) 조쿄쇼인(藏經書院)은 일본의 출판기관으로 1902년 하마다 지쿠하(濱田竹坡)가 교토에 세운 것이다. 1902년에서 1912년 사이에 『대일본교정훈점대장경』(大日本校訂訓點大藏經), 『대일본 속장경목록』(大日本續藏經目錄) 등을 출판했다.

26) 마루젠(丸善)서점은 마루젠주식회사를 말한다. 일본 도쿄에 있는 대형서점으로 새 책 발행 외에 유럽과 미국의 서적 간행을 대행하기도 했다. 루쉰은 일본에 있을 때 항상 이 서점에서 책을 구입하곤 했다. 귀국 후에도 우편으로 책을 주문 구매했다.

하이에서 부친 것이다. 점심 후에 눈이 그치고 바람이 불었다. 밤에 달이 떴다.

13일 맑고 바람. 오후에 둘째와 둘째 부인의 편지를 받았다. 9일 부친 것이다(17). 저녁에 지푸가 햄 한 조각을 주었다.

14일 맑음. 점심 후에 류리창에 갔다. 아주 한참을 돌아다녔으나 산 것이 없다. 오후에 관라이칭 선생이 왔다. 저녁 무렵 사씨謝氏의 『후한서보일』後漢書補逸 필사를 마쳤다. 모두 5권으로 약 130장, 4만여 자다. 27일이 걸렸다. 밤에 바람.

15일 일요일 휴식. 점심 후에 류리창에 가서 번리탕에 책 제본 수선을 부탁했다. 또 룽바오자이榮寶齋에 가서 지필紙筆 1위안어치를 샀다. 다시 원밍서국에 가서 『송원명인묵보』宋元名人墨寶 1책을 6자오에, 『옹송선서서보』翁松禪書書譜 1책을 4자오에, 『양문산서음부경』梁聞山書陰符經 1책을 1자오 5편에 샀다.

16일 오전에 둘째에게 편지를 부쳤다(十九). 리샤칭李霞卿에게 보내는 편지를 쑹쯔페이에게 전달했다. 저녁에 『운곡잡기』[27]의 초록을 시작했다.

17일 점심에 치서우산, 첸다오쑨, 다이루링과 함께 쉬안난宣南 제1루에 가서 점심을 먹었다. 오후에 둘째의 편지를 받았다. 요시코의 편지가 동봉되어 있었다. 13일 부친 것이다(18). 요시코가 음력 2월 4일에 셋째와 결혼을 한다.[28] 양력으로는 2월 28일이다. 저녁에 쯔페이가 왔다. 리샤칭의 편지를 가지고 왔다. 8일 쓴 것이다.

18일 약간의 바람. 모피를 벗었다. 점심에 첸다오쑨, 다이루링과 쉬안

---

27) 『운곡잡기』(雲谷雜紀). 루쉰은 1913년 6월 1일 『운곡잡기』(『설부』說郛본) 필사를 끝낸 후, 계속해서 교정을 보고 평어(評語)와 주해(註解)를 달았다. 이날부터 정서(淨書)를 시작해서 22일 마쳤고 제본을 하여 정본(定本)으로 만들었다.

난 제1루에 가서 점심을 먹었다. 치서우산이 와 있어서 함께 식사했다. 오후에 셋째와 요시코의 사진 한 장을 받았다. 7일에 부친 것이다.

19일 오전에 천쯔잉에게 편지를 부쳤다. 보후이 숙부께 편지를 부쳤다. 리샤칭에게 회신했다.

20일 오후에 차이궈칭이 왔으나 만나지 못했다. 웨이푸몐, 왕징칭이 와서 같이 우편환으로 돈을 부치는 것에 대해 말했고, 200위안을 주었다. 밤에 비바람.

21일 구름. 오전에 둘째에게 편지를 부쳤다. 요시코에게 주는 편지를 동봉했다(二十). 점심 후 개었다. 취안예창勸業場에 가서 이발을 하고 먹을 것 두 가지를 샀다. 모두 8자오다. 왕중유 댁으로부터 나무 상자 하나를 나눠 받았다. 7자오를 지불했다. 징쯔위안經子淵 모친의 부고를 받았다. 2위안을 부조했다.

22일 맑음. 일요일 휴식. 오전에 둘째의 편지를 받았다. 18일 부친 것이다(19). 보후이 숙부의 편지를 받았다. 18일 부친 것이다. 점심 전에 쉬지상이 왔다. 두하이성杜海生이 왔다. 오후에 지쯔추가 왔다. 천궁샤陳公俠가 왔다. 저녁에 러우춘팡樓春舫이 왔다. 밤에 장청원張淸源의 『운곡잡기』 필사를 마쳤다. 모두 41장이고 대략 1만 4천여 자이다.

23일 구름. 저녁에 쑹쯔페이가 와서 나에게 10위안을 돌려주었다. 밤에 바람.

24일 바람 불고 눈비가 왔다. 점심 전에 그쳤다. 오후에 도쿄 하부토

---

28) 루쉰의 두번째 동생(형제 순으로 셋째)인 저우젠런과 결혼한 요시코(芳子)는 둘째와 결혼한 하부토 노부코(羽太信子)의 여동생이다. 1912년 5월 언니의 출산을 돕기 위해 사오싱의 루쉰 집을 방문하였다가 저우젠런과 알게 되어 결혼하게 되었다. 사교성이 좋은 요시코에 대해 루쉰은 좋은 감정을 가지고 있었던 듯하다. 『외침』에 수록된 소설 「토끼와 고양이」(兎和貓)에서 즐겁게 살고 있는 '셋째댁'(요시코)의 생활을 묘사한 바 있다.

가의 편지를 받았다. 17일 부친 것이다. 시와창細瓦廠으로 차이구칭, 천궁 샤를 보러 갔으나 만나지 못했다.

25일 맑고 큰 바람. 오전에 둘째의 편지를 받았다. 21일 부친 것이다 (20). 이미 웨이 군으로부터 우편환 200위안은 받았다고 했다. 이번 달과 4월분 생활비다. 보후이 숙부께 회신했다. 오후에 다오쑨과 같이 쉬안난 제1루에 가서 식사했다. 저녁에 퉁야전이 왔다. 밤에 쉬스춰안이 왔다.

26일 맑음. 오전에 둘째에게 편지를 부쳤다(二十一). 이달 봉급 216위 안을 받았다. 낮에 다오쑨과 함께 이창益錩에 가서 점심식사를 했다. 또 다음 주부터 매일 가서 점심을 먹기로 약속했다. 식사대는 6일마다 인銀 1위 안 5자오로 정했다. 오후에 쉬지상이 왔다. 저녁에 지쯔추, 류리칭이 왔다. 밤에 바람.

27일 오후에 도쿄 하부토 가의 편지를 받았다. 창징藏經총회에서 쉬지 상 앞으로 보내는 엽서가 한 장 동봉되었다. 둘째가 부친 『사오싱교육회월간』 제6기 5책을 받았다. 23일 부친 것이다.

28일 오전에 둥자오민샹 일본우체국에 가서 하부토 가로 편지와 인 10위안을 부쳤다. 물건 구매를 부탁했다. 점심에 지푸, 셰허와 같이 이창에 가서 밥을 먹었다. 점심 후에 류리창 번리탕에 가서 제본한 고서를 가져왔다. 오후에 차이궈칭이 왔다. 저녁에 상치형이 와서 학비 50위안을 가져갔다.

29일 일요일 휴식. 오전에 둘째와 둘째 부인의 편지를 받았다. 25일 부친 것이다(21). 점심 후에 류리창에 가서 『소만권루총서』小萬卷樓叢書 1부 16책을 4위안 5자오에 샀다. 치보강이 왔으나 만나지 못했다. 오후에 흐리다가 번개 치고 바람 불고 비가 내렸다.

30일 맑음. 오전에 둘째와 둘째 부인에게 편지를 부쳤다(二十二). 장이즈蔣抑巵가 왔으나 만나지 못했다. 오후에 쉬지푸가 왔다. 저녁에 퉁야전, 한서우진韓壽晋이 와서 학비 30위안을 가지고 갔다. 집으로 우편환으로 갚는다고 했다.

31일 오전에 둘째에게 편지를 부쳤다(二十三). 오후에 흐리고 바람. 밤에 비.

4월

1일 맑음. 오전에 창샹長巷 2탸오條의 라이위안공사來遠公司로 장이즈를 방문하러 갔다. 장멍핑蔣孟平, 차이궈칭을 만났다. 푸취안관福全館에 가서 점심식사를 한 후 역사박물관을 구경하고 라이위안공사로 돌아가 잠시 앉아 있다 숙소로 왔다. 오후에 흐리고 바람. 저녁에 웨이푸몐이 왔다. 밤에 비가 조금 내리다가 눈이 되었다. 얇게 쌓였다.

2일 구름. 점심29)에 대학 예과豫科30) 교무처로 편지를 부쳤다. 퉁야전 군과 한서우진 군의 보증서를 보낸 것이다.

3일 구름. 오후에 둘째의 편지를 받았다. 셋째 부인의 편지가 들어 있었다. 30일 부친 것이다(22).

4일 맑고 바람. 점심 후에 류리창에 신주국광사에 가서 『고학휘간』 제8기 1부를 1위안 5편에 샀다. 교정과 인쇄 상태가 점점 열악해진다. 다시 즈리관서국에 가서 『양절금석지』兩浙金石誌 1부 12책을 2위안 4자오에 샀다. 첸칭창前青廠 도서분관에 갔다. 밤에 지푸가 왔다.

---

29) 점심의 원문은 '午午[?]'로 되어 있다. 루쉰의 오타인 듯하다.
30) 대학 예과(豫科)는 베이징대학 예과를 말한다. 이해 5월 퉁야전과 한서우진이 베이징대학에 입학하여 보증서 써준 것을 부친 것이다.

5일 맑고 바람. 일요일 휴식. 점심에 둘째에게 편지를 부쳤다(二十四). 점심 후에 쉬지푸가 왔다. 오후에 지푸의 집으로 가 잠시 있었다. 웨이푸 멘이 지사시험의 보증서를 받아 갔는데 보증은 섰으나 피보증인 이름은 잊었다. 저녁에 관 선생이 왔다.

6일 오전에 상하이 스주찬食舊廛 고서서점으로 편지를 부쳤다. 책 목 록을 부탁했다. 서점은 신베이먼新北門 밖 톈주탕제天主堂街 43호에 있다. 다 이루링이 톈진에서 보낸 편지를 받았다. 어제 부쳤다. 치서우산에게 20위 안을 빌렸다. 탕핀즈湯聘之가 라이위성來雨生의 소개편지를 가지고 와 보증 을 부탁했다. 마침 도장이 없어 선상치에게 보증을 부탁했다. 밤에 아무 일 없이 앉아 있다가 심심해『심하현문집』목록 5장을 필사했다.[31]

7일 맑고 큰 바람. 아무 일 없다. 밤에『심하현집』1권을 필사했다.

8일 오전에 둘째의 편지를 받았다. 4일 부친 것이다(23). 쑹즈팡의 편 지를 받았다. 2일 타이저우에서 부친 것이다. 저녁에 웨이푸멘이 와서 쉬 쓰좡徐思莊이란 사람의 보증을 받아 갔다. 5일에 보증 서 준 사람은 펑부 칭馮步靑이라고 했다. 밤에 지푸가 왔다.

9일 오전에 하부토 시게히사雨太重久로부터 엽서를 받았다. 2일 부친 것이다. 이미 이치카와市川의 포병 제16연대 제4중대로 입영했다고 한다. 저녁에 지푸가 양고추로 만든 된장醬 한 그릇을 주었다. 밤에『심하현집』 제2권 필사를 마쳤다.

10일 구름. 오전에 둘째에게 편지를 부쳤다. 셋째 부인에게 보내는 편 지를 동봉했다(二十五). 저녁에 쯔페이가 왔다. 밤에 약간의 비.

---

31) 여기서 필사한 것은, 루쉰이 1912년 난징에 있었을 때 초록한『심하현문집』(沈下賢文集)을 정 서(淨書)한 것을 말한다.

11일 구름. 오전에 하부토 시게히사의 편지를 받았다. 3일 부친 것이다. 오후에 두하이성이 왔다. 11시에 갔다. 밤에 『심하현문집』 제3권 필사를 마쳤다.

12일 구름. 일요일 휴식. 오전에 둘째의 편지를 받았다. 8일 부친 것이다(24). 오후에 갬. 『심현』 권 제4의 필사를 마쳤다. 지쯔추가 왔다. 저녁에 상하이 스주찬에서 보내온 책 목록 1책을 받았다.

13일 맑음. 오전에 하부토 가의 편지를 받았다. 6일 부친 것이다.

14일 맑고 바람 많음. 오전에 자오퉁은행에 100위안 권을 가지고 가 5위안 소액권으로 바꾸었다. 일본우체국에 가서 하부토 가로 편지와 인銀 15위안을 부쳤다. 하부토 시게히사가 군대에서 쓸 용돈이다. 또 사가미야서점으로 편지와 인 20위안을 부쳤고 셰허를 대신해 5위안을 부쳤다. 오후에 덩궈셴郭國賢이 지사시험 보증을 부탁하였으나 도장을 가지고 있지 않아 치서우산에게 대신해 달라고 했다. 저녁에 쑹쯔페이가 와서 쑹즈성宋芷生을 위해 보증을 받아 갔다. 또 쉬이싼徐益三이란 사람을 데려왔다. 역시 보증을 서 주었다.

15일 맑고 바람이 많다. 오전에 둘째에게 편지를 부쳤다(二十六). 오후에 쿵사[32]에 가서 진열된 서화와 서적들을 죽 한번 보았다. 저녁에 왕핑화王屛華가 와서 셰진謝晉이란 사람의 보증을 받아 갔다. 샤오산蕭山 사람이다. 쉬지상이 왔다. 주순청朱舜丞이 그 아우와 함께 왔다. 벤이팡便宜坊에 가서 식사를 대접했다.

16일 맑음. 저녁 무렵 『심하현집』 권5의 필사를 끝냈다. 밤에 바람.

---

32) 쿵사(孔社)는 위안스카이가 육성한 공자 숭배 단체다. 1913년 4월 베이징에서 설립되었다. 1914년 4월 설립 1주년 기념식을 거행했다.

17일 맑고 바람. 오후에 둘째의 편지를 받았다. 13일 부친 것이다(25). 저녁에 지푸가 햄과 삶은 닭 한 그릇을 주었다. 밤에 바람이 많이 불었다. 『심하현문집』권 제6의 필사를 마쳤다.

18일 맑음. 오후에 유정서국에 가서 『선불보』選佛譜 1부, 『삼교평심론』三敎平心論, 『법구경』法句經, 『석가여래응화사적』釋迦如來應化事迹, 『열장지진』閱藏知津 각 1부를 모두 인 3위안 4자오 7편 2리厘에 샀다.[33]

19일 맑음. 일요일 휴식. 점심 후에 유정서국에 가서 『화엄경합론』華嚴經合論 30책, 『결의론』決疑論 2책, 『유마힐소설경주』維摩詰所說經注 2책, 『보장론』寶藏論 1책을 모두 인 6위안 4자오 그리고 9리에 샀다. 저녁에 쑹쯔페이가 왔다. 밤에 미풍. 『심하현문집』권7의 필사를 마쳤다.

20일 오전에 둘째에게 편지를 부쳤다(二十七). 밤에 추산위안裴善元 군이 와서 얘기했다.

21일 오전에 둘째의 편지를 받았다. 17일 부친 것이다(26). 점심 후 1시에 전국아동예술전람회를 개회했다.[34] 오후에 하부토 시게히사의 엽서를 받았다. 14일 부친 것이다.

22일 구름. 밤에 추산위안 군이 와 얘기했다.

23일 맑음. 저녁에 쉬지푸를 방문하였으나 할 이야기가 없어 돌아왔다. 밤에 『심하현문집』권 제8의 필사를 마쳤다.

---

33) 이날부터 루쉰은 불교서적을 사기 시작했다. 쉬서우창(許壽裳; 쉬지푸)의 『망우 루쉰 인상기』(亡友魯迅印象記)에 의하면 불교연구에 있어 루쉰은 타의 추종을 불허할 정도로 깊이가 있었다고 회고한다. 단지 그의 불교연구는 종교적인 관심에서가 아니라 인류사상 발전의 자료에 대한 연구였다고 할 수 있다. 여기에 처음 나오는 화폐단위 리(厘)의 '厘'는 '釐'의 속자(俗字)로 1,000분의 1위안(元)이다.

34) 전국아동예술전람회의 전람회장은 교육부 강당에 설치했고 전시품은 11개의 전람실에 나누어 전시했다. 서화, 자수, 섬유, 완구 등으로 분류되었고 1개월간 전시했다. 이 기간에 루쉰은 이곳으로 일하러 나갔다.

24일 아무 일 없다. 저녁에 쉬지상이 왔다가 밤에 갔다.

25일 구름. 오전에 둘째에게 편지를 부쳤다(二十八). 저녁에 바람.

26일 맑음. 일요일. 오전에 또 교육부에 나가 아동예술전람회 일을 처리했다. 오후 5시가 되어서야 겨우 집으로 돌아왔다. 둘째의 편지를 받았다. 22일 부친 것이다(27). 밤에 추산위안 군이 와서 얘기했다.

27일 약간의 비. 오전에 개었다. 이달 봉급 216위안을 받았다. 사가미 야서점의 엽서를 받았다. 20일 부친 것이다. 점심 후에 다오쑨이 와서 원밍서국에서 발행한 『목탄화』 30권을 주었다.³⁵⁾ 6권은 증정본이다. 교정, 인쇄, 종이와 먹 상태가 모두 좋지 않았다. 밤에 『심하현문집』 권 제9의 필사를 마쳤다.

28일 맑음. 오전에 통속도서관에 『목탄화』 1책을 기증했다. 또 장랑성張閬聲에게 1책을 주었다. 오후에 둘째의 편지를 받았다. 퉁야전 군의 집으로부터 송금한 돈 170위안을 받았다고 했다. 24일 부친 것이다(28). 밤에 둘째에게 소포 두 개를 부쳤다. 그 하나는 『목탄화』 10책이고 다른 하나는 『백효도』百孝圖 2책과 『석가여래응화사적』釋迦如來應化事迹 3책이다.

29일 오전에 둘째에게 편지를 부쳤다(二十九). 저녁에 쑹쯔페이가 왔다.

30일 오후에 도쿄 하부토 가의 편지를 받았다. 23일 부친 것이다. 저녁에 쉬지쉬안徐吉軒이 그의 집으로 초대했다. 동석한 사람은 치서우산, 왕핑화, 창이전常毅箴, 쳬다오쑨, 다이루링, 쉬지상이다. 저녁에 둘째가 부친 『사오싱교육회월간』 제7기 5책을 받았다. 26일 부친 것이다. 밤에 추산위안 군이 와서 얘기했다.

_{35) 『목탄화』에 대해서는 일기 1914년 1월 16일 주석 참조.}

5월

1일 맑음. '약법'[36]이 발표되었다. 오후에 퉁야전 군이 와서 송금환 분 140위안을 가져갔다. 지불이 끝났다.[37] 저녁에 지푸를 방문했다.

2일 오전에 사회교육사를 대신하여 일본 교토 조쿄쇼인藏經書院에 편지를 부쳤다.

3일 일요일. 오전에 천쯔잉의 편지를 받았다. 18일 부친 것이다. 둘째의 편지와 논문 1편을 받았다. 29일 부친 것이다(29). 지쯔추를 방문해 잠시 앉아 있었다. 쉬지상을 방문했으나 만나지 못했다. 점심 후에 전람회에 가서 저녁까지 일 처리를 했다. 밤에 위위창俞雨蒼이 와 자신은 웨이푸멘의

---

36) '약법'(約法)은 '중화민국약법'을 발한다. 이 법은 '임시약법'의 책임내각제를 총리제로 변경하고 국무원을 폐쇄하고 총통부정사당(總統府政事堂)을 설치하는 등, 위안스카이가 황제로 복귀하는 것을 준비하기 위해 만든 법 개정을 말한다. '임시약법'을 폐지함과 동시에 위안스카이는 베이양군(北洋軍) 돤치루이(段祺瑞) 등의 군권을 박탈함으로써 봉건 독재적인 대총통의 권력을 가지게 되었다. '임시약법'은 1911년 신해혁명 후, 기초위원회가 구성되고 1개월여의 토의 끝에 1912년 3월 11일에 공포한, 최초의 근대적인 민주헌법을 말한다. "제1조. 중화민국은 중화인민이 이를 조직한다, 제2조. 중화민국의 주권은 국민 전체에 속한다"로 시작되는 '임시약법'은 주권재민, 내각제도, 국민의 기본권을 정한 것이었다. 1914년 위안스카이의 폭력적인 약법 개정 이후, 광저우에서 쑨원을 중심으로 다시 조직된 군사정부는 쑨원을 대원수로 추대하고 호법운동을 펼쳤다. 쑨원은 1917년 9월, '광둥군정부'의 대원수로 임명되어 임시약법 수호를 위해 투쟁할 것을 선언했다. 그러나 전국의 실권을 잡는 데 실패하였고 군벌들의 지리멸렬한 분화와 이탈로 중국은 다시 혼란과 군벌의 시대로 진입하게 된다.

37) 이 부분을 이해하기 위해서는 당시의 상황 이해가 필요하다. 당시 시골에서 베이징으로 유학 온 학생들을 루쉰은 여러모로 돌보게 되었는데 금전관계에 대해서는 일기에 아주 꼼꼼하게 기록하고 있다. 대개의 경우 학생이 루쉰에게서 빌리고 루쉰에게 갚곤 했다. 그러나 이날의 퉁야전처럼 고향 사오싱의 집과 연관되는 경우도 있었다. 퉁야전은 이해 3월 30일 루쉰을 방문해 30위안을 빌렸고 그 돈의 반환은 사오싱의 루쉰 집으로 우편환으로 갚는다. 또 4월 28일 둘째로부터의 편지에는 퉁야전 부모님이 170위안을 우편환으로 보내왔다고 했다. 이 소식을 듣고 루쉰은 5월 1일 퉁야전을 불러 140위안을 건네주고는 다 주었다고 일기에 기록하고 있는 것이다. 이렇게 베이징에서 학생에게 루쉰이 돈을 주고 사오싱의 학생부모가 루쉰의 고향 집으로 돈을 갚는 방식의 계산으로 인해, 매월 사오싱으로 100위안의 생활비를 보내곤 하던 루쉰은 4월분 생활비는 송금하지 않게 되었다. 5월분도 생활비를 30위안만 보낸 것으로 5월 19일 일기에 기록하고 있다.

친구이며 이 회관에 머문다고 했다.

4일 맑고 바람. 아침에 둘째에게 편지를 부쳤다(三十). 오전에 교육총 장 탕화룽이 교육부에 왔다. 저녁에 청궁샤가 왔다.

5일 오전에 지푸에게 『목탄화』 2책을 주면서 1책은 밍보에게 전해 주 라고 부탁했다. 저녁에 추裘 군이 둥팡두董仿都와 함께 왔다. 이름은 샤오장 戰江이고 모 학교 교장이다.[38]

6일 아무 일 없다.

7일 아무 일 없다. 저녁에 쉬스취안이 와서 『무기질학』無機質學 1책을 빌려 갔다.

8일 흐림. 오후에 둘째의 편지를 받았다. 4일 부친 것이다(30). 밤에 지푸가 왔다. 많은 바람에 밝은 달.

9일 맑음. 오전에 둘째에게 편지를 부쳤다(三十一). 저녁에 샤 사장이 사무실에 술과 안주를 준비해 놓고 초대를 했다. 동석자는 치서우산, 첸다 오쑨, 다이루링, 쉬지상이다. 8시에 숙소로 돌아왔다.

10일 일요일. 오전에 여전히 전람회장에 가서 일했다. 저녁 6시에 귀 가. 보후이 숙부의 편지를 받았다. 7일 부친 것이다. 웨이푸몐 군이 와서 15위안을 빌려 갔다.

11일 맑고 바람. 아무 일 없다.

12일 구름. 오전에 차장 량산지梁善濟가 교육부에 왔다. 산시山西 사람 인데 정체를 알 수 없다. 점심 후에 비가 조금 내리다 바로 그쳤다. 오후에 열이 많이 나 서둘러 귀가하여 누웠다. 키니네 2알을 먹었다. 한밤중에 땀 이 많이 났으나 열은 조금 가라앉았다.

---

38) 여기서 모 학교는, 베이징공립 제1여자고등소학교를 지칭한다.

13일 흐리고 바람. 열이 완전히 내리지 않아 키니네 4알을 먹었다. 점심 후에 회의. 오후에 둘째의 편지와 원고 2편을 받았다. 모두 9일에 부친 것이다(31). 밤에 쉬지푸가 왔다.

14일 맑음. 아침에 둘째에게 편지를 부쳤다(三十二). 키니네 1알을 먹었다. 시창안제西長安街 퉁지同記에 가서 이발을 했다. 오전에 스푸마다제 이케다의원에 가서 진찰을 받을까 했으나 이케다가 외출을 하여 그 옆의 베이징의원에 갔다. 의사는 허우시민侯希民이란 사람이다. 열은 이미 내렸다고 하였지만 약 두 병을 주었다. 한 병은 마시는 약이고 한 병은 입안을 헹구는 약이다. 약값은 1위안 3자오이고 진찰료는 1위안이다. 저녁에 다이루링이 그의 집으로 초대를 했다. 또 다른 사람은 치서우산, 첸다오쑨, 쉬지쉬안, 창이전, 왕펑화, 쉬지상 등 6명이다. 그의 증조부 문절공[39]의 화책畵冊과 왕봉상王奉常, 왕초휴王椒畦가 모사模寫한 고화古畫를 보여 주었다. 모두 좋은 작품이었다. 밤 9시에 귀가했다. 밤에 바람.

15일 아침에 청상후퉁丞相胡同 제1여자소학교로 둥팡두를 방문했으나 만나지 못하고 명함만 남겨 놓았다. 관인사 거리로 가 밀짚모자 1개를 샀다. 1위안 8자오다. 류리창 원밍서국에 가서 『반야등론』般若燈論 1부 3책, 『중관석론』中觀釋論 1부 2책, 『법계무차별론소』法界無差別論疏 11부 1책, 『십주비바사론』十住毘婆沙論 1부 3책을 총 1위안 9자오 1편 1리에 샀다. 오후에 키니네 2알을 먹었다. 저녁에 쑹쯔페이가 왔다. 쉬지푸가 왔다. 추산위안이 왔다.

16일 오전에 하부토 시게히사의 엽서를 받았다. 3일 일본 지바千葉에

---

39) 문절공(文節公)은 대희(戴熙, 1801~1860)를 말한다. 자는 순사(醇士). 청나라 첸탕(錢塘) 사람으로 서화가다. 태평천국운동 당시 태평군이 항저우를 함락시키자 절명시(絶命詩)를 쓰고 못에 투신해 자진하였다. 문절은 임금이 내린 시호(諡號)다.

서 부친 것이다. 저녁에 지푸가 요리 한 접시를 주었다. 밤에 바람.

17일 일요일. 오전에 여전히 전람회에 가서 일 처리를 했고 오후 6시에 귀가했다. 관줘란關卓然이 왔었으나 만나지 못했다. 저녁에 큰 바람. 밤에『심하현문집』제10권 필사를 마쳤다. 추산위안 군에게『목탄화』번역본 1책을 보냈다.

18일 비가 오다가 오전에 그쳤다. 둘째의 편지를 받았다. 14일 부친 것이다(32).

19일 맑음. 오전에 둘째에게 편지와 이달 생활비 추가분 30위안을 보냈다(三十三). 오후에 류리창 국광사에 가서『신주대관』神州大觀 제5기 1책을 1위안 6자오 5편에 샀다. 저녁에 약간의 바람.

20일 오후 4시 반 아동예술전람회를 폐회했다. 회원들 모두 기념촬영을 했다. 저녁에 퉁야전이 와서 인 5위안을 빌려 갔다. 쉬지푸가 와서 11시에 갔다.

21일 점심 후에 회의. 밤에『질긴 풀』勁草 번역본에 권점을 찍었다.[40]

22일 오전에 차위안후퉁察院胡同으로 후쑤이즈胡綏之를 찾아갔으나 만나지 못했다. 점심 후에 흐림. 저녁에 비가 한바탕 내리고 천둥이 쳤다. 밤에는 바람이 불고 별이 보였다.

---

40) '권점'(圈點). 책의 중요한 부분에 동그라미를 치거나 점 등을 찍어 표시하는 것. 저우쭤런이 번역한『질긴 풀』원고는 루쉰이 서문을 썼고 중화서국에 투고했었는데(일기 1914년 1월 12일), 출판사에 채택되질 않아 원고가 돌아왔다(일기 1914년 1월 27일). 루쉰은 다시 이 원고를 손보았다. 부족하다고 생각되는 부분이나 표현에 권점을 찍어 표시하고 수정하여 다른 출판사에 보낼 준비를 한 것이다. 그러나 결국은 출판되지 않았을 뿐만 아니라 원고도 유실되었다. 다음은 저우쭤런의 말이다. "민국 이후 루쉰은『질긴 풀』을 다른 서점에 가지고 가 보여 주었다. 물론 출판의 전망은 없었다. 어떤 사람이 모 잡지에 실릴 수 있다고 했기 때문에 제목을『백은공작』(白銀公爵)으로 바꾸어 원고를 건네주었으나 소식이 없었다. 이 일이 민국 5년(1916) 즈음의 일이라고 생각한다."(周遐壽,『魯迅的故家』)

23일 맑고 바람. 오전에 아동예술심사회가 열렸다.[41] 점심 후에 류리창 유정서국에 가서『중국명화』제17집 1책을 1위안 5자오에, 또『화엄삼종』華嚴三種 1책을 1자오 4리에 샀다. 칭윈거에 가서 치약과 수건 등을 1위안어치 샀다. 저녁에 쉬지상이 와서 밥을 먹고 갔다. 둘째와 셋째의 편지를 받았다. 19일 부친 것이다(33).

24일 일요일 휴식. 오전에 둘째와 셋째에게 편지를 부쳤다(三十四). 첸다오쑨에게 편지를 부쳤다.『심하현문집』제11권 필사를 마쳤다. 점심 후에 바람이 많이 불었다. 추쯔위안裴子元이 와서 얘기했다. 밤에『심하현문집』제12권과 발문의 필사를 마쳤다. 전체 책이 완성되었다.

25일 오전에 첸다오쑨의 편지를 받았다. 오후에 바람이 크게 불고 밤이 되자 더욱 심해졌다.

26일 구름. 오전에 둘째의 편지와「그리스목가」1편,[42] 번역한 그리스 소설 2편을 받았다. 22일 부친 것이다(34). 점심 조금 전에 천둥이 쳤다. 점심 후 이달 봉급 216위안을 받았다. 오후에 큰 바람. 지푸가 집으로 와『사오싱교육회월간』제6기, 7기 각 1책을 주었다. 첸다오쑨에게 편지를 부쳤다.

27일 맑음. 오후에 둘째가 부친『사오싱교육회월간』제8기 5책을 받았다. 23일 부친 것이다.

28일 오전에 둘째에게 편지를 부쳤다(三十五). 보후이 숙부에게 편지를 부쳤다. 점심 후에 흐리고 바람이 크게 불었다. 저녁에 주순천朱舜臣이

---

41) 아동예술심사회(兒童藝術審查會). 전국아동예술전람회 폐막 후에 교육부는 즉시 루쉰, 천스쩡 등을 파견하여 전시작품 가운데 우수작품을 심사해서, 파나마 만국전람회에 출품하는 일을 책임지게 하였다. 루쉰 등은 이달 25일부터 평가를 시작해 6월 24일에 마쳤다. 그 결과 갑(甲) 상을 받은 사람은 151명이고 을(乙) 상을 받은 사람은 423명이었다고 한다.
42)「그리스목가」(希臘牧歌)는 저우쭤런이 6월 20일에 쓴 잡문(雜文)이다.

권련 2갑, 구운 닭 2마리, 쭝쯔 1포를 가져다주었다.[43] 쭝쯔의 반은 추쯔위 안에게 주었고, 반의 반은 사환에게 주었다. 밤에 약간의 비.

29일 맑고 바람. 음력 단오절. 휴일이다. 아침에 창이전이 왔으나 만나지 못했다. 오전에 추쯔위안이 왔다. 점심에 지푸가 삶은 오리와 소금에 절인 생선 한 그릇씩을 주었다. 오후에 지푸가 왔다. 『사오싱교육회월간』 제8기 1책을 주었다. 쉬지상이 와 딸기 한 팩을 주었다. 반으로 나누어 지 푸에게 주었다.

30일 아침에 쉬지푸가 왔다. 일본우체국에 가서 사가미야서점으로 편지를 부쳤다. 또 쯔잉을 대신하여 책값 30위안을 부쳤다. 일본 돈으로 27엔에 상당한다. 점심 후에 위안원써우袁文藪에게 『목탄화』 1책을 부쳤 다. 오후에 천중첸陳仲謙과 함께 도서분관에 갔다. 또 관라이칭 선생과 같 이 위장학당豫章學堂에 가서 건물을 보았다.[44] 저녁에 창이전이 그의 집으 로 초대했다. 쉬지쉬안, 치서우산, 쉬지상, 다이루링, 치보강, 주순청이 동 석했고 9시에 읍관으로 돌아왔다. 밤에 바람.

31일 비. 일요일 휴식. 아침에 천쯔잉에게 편지를 부쳤다. 오전에 둘 째의 편지를 받았다. 27일 부친 것이다(35). 점심 후에 비가 멈추고 바람 이 불었다. 날씨가 매우 추웠다. 유정서국에 가서 『사익범천소문경』思益梵 天所問經 1책, 『금강경 6역』金剛經六譯 1책, 『금강경, 심경약소』金剛經, 心經略疏 1

---

43) 쭝쯔의 원문은 '각서'(角黍). 찹쌀과 고기 및 야채 등을 연잎이나 대나무 잎에 싸서 찐 떡의 일 종이다. 흔히 쭝쯔(粽子)라고 한다.
44) 위장학당에 가서 건물을 본 것은 경사(京師)도서관을 이전하기 위해 새 건물을 보러 다닌 것이 다. 경사도서관(베이징도서관의 전신)은 처음에 스차하이(什刹海)에 있는 광화사(廣化寺) 안에 있었다가 1913년 6월 쉬안우먼(宣武門) 밖에 있는 첸칭창(前靑廠)의 분관으로 개관되었다(일기 1913년 4월 주석 참조). 그 후에 이전을 다시 해야 하게 되었는데 당시 교육부 첨사직에 있던 루 쉰은 첸칭창 도서분관의 관장인 관라이칭 선생과 함께 네 차례 후보지를 물색하기 위해 돌아다 녔다. 이날 본 위장학당은 그 후보지 가운데 하나였다.

책, 『금강경지자소, 심경정매소』金剛經智者疏, 心經靖邁疏 합 1책, 『팔종강요』八宗綱要 1책을 모두 인銀 8자오 1편에 샀다. 저녁에 맑음.

6월

1일 맑음. 오전에 둘째에게 편지를 부쳤다(三十六). 오후에 비가 오다가 저녁에 개었다. 쉬스취안이 왔다. 밤에 쉬지푸가 와서 예전에 빌려 간 돈 36위안 5자오를 갚았다. 빌린 돈을 모두 정리했다. 9시에 돌아갔다. 추쯔위안이 왔다가 한밤중에야 갔다.

2일 약간의 비, 오전에 개었다. 천스쩡과 함께 전람회 출품작 가운데 파나마에 보내 전시할 작품을 골랐다.[45] 하루 종일 걸렸다. 오후에 비.

3일 맑음. 오전에 둘째의 편지를 받았다. 5월 30일 부친 것이다(36). 오후에 유정서국에 가서 불경론佛經論과 호법저술護法著述 등 모두 13부 23책을 3위안 4자오 8편 3리에 샀다. 세목은 도서장부에 기록했다. 밤에 추쯔위안이 왔다. 쉬지푸가 왔다. 『이역문담』異域文譚 필사를 마쳤다.[46] 약 4천자다.

4일 오전에 첸다오쑨의 편지를 받았다. 쉬지푸에게 편지와 『이역문담』 원고 1권을 부쳐서, 융옌바오관庸言報館 사람에게 전달해 줄 것을 부탁했다.[47] 저녁에 지푸가 왔다. 밤에 다오쑨에게 편지를 부쳤다.

5일 아무 일 없음. 밤에 추쯔위안이 왔다.

---

45) 파나마 운하 개통을 축하하기 위해 열린 파나마태평양만국전람회를 가리킨다. 1915년 미국 샌프란시스코에서 개막되었다. 전국 아동예술전람회가 폐막된 이후, 중국은 전시된 작품 가운데 104작품을 선별하여 도합 125점을 이 전람회에 출품, 전시하였다.

46) 『이역문담』(異域文譚)은 『이역문담』(異域文談)으로도 표기. '譚'과 '談'은 모두 '이야기, 말'이라는 의미로 같이 쓰이는 한자. 이것은 저우쭤런의 저서 원고다.

6일 맑음. 오전에 둘째에게 편지를 부쳤다(三十七). 점심 후에 시성펑위안西升平園에 가서 목욕을 했다. 류리창 리주취안李竹泉[48] 가게에 가서 원족포圓足布 1매를 샀다. '안읍화금'安邑化金이란 글이 있었다. 평족포平足布 3매를 샀는데 '과읍'戈邑이란 글이 있었고 뒤에는 '嶺'라는 문자도 있었다. '자씨'玆氏, '폐'閇[49]도 있었다. 또 '퇴'垍 자가 있는 원폐圓幣 2매를 샀다. 모두 3위안 5자오다. 칭미거에 가서 편지지와 편지봉투를 5자오어치 샀다. 유정서국에 가서 『심경금강경주』心經金剛經注 등 5종 6책, 『현수국사별전』賢首國師別傳 1책, 『불교초학과본』佛敎初學課本 1책을 모두 인 9자오 9편 3리에 샀다. 오후에 흐리고 바람이 많이 불었다. 밤에 비.

7일 맑음. 일요일 휴식. 오전에 둘째와 셋째의 편지, 그리고 펑완이 그린 그림 1장을 받았다. 3일 부친 것이다(37). 점심 후에 바람. 치보강이 왔다. 오후에 웨이푸몐, 왕징칭 두 군君이 왔다. 웨이가 인 15위안을 갚았다.

8일 오전에 왕짜오저우王造周의 편지를 받았다.

9일 맑고 바람. 오전에 둘째에게 책 한 보따리를 부쳤다. 안에 『석가보』釋迦譜 4본, 『현수국사별전』賢首國師別傳 1본, 『선불보』選佛譜 2본, 『불교초학과본』佛敎初學課本 1본을 넣었다. 점심 후에 천스쩡이 삼엽충三葉蟲 화석 1개를 주었다. 타이산泰山에서 난 것이다. 밤에 쉬지푸와 스취안이 와서 얘기하다 11시 반에 갔다.

---

47) 저우쭤런의 이 원고는 『융옌바오』(庸言報)에 실리지 않았다. 저우쭤런은 1915년 10월 그리스 관련 4편의 문장을 써서 『이역문담』(異域文談)으로 이름을 붙여 소설월보사에 보냈다고 한다. 루쉰은 이 원고를 교정하고 초록해서 1915년 『이역문담』(異域文譚)이란 이름으로 사오싱 헤이룬탕(黑潤堂)에서 간행했다.

48) 리주취안은 정확하게는 리주안(李竹庵)으로 당시 류리창에 있던 골동품점이다. 루쉰은 여기서 옛날 돈을 구입했다. 포(布)는 고대 화폐의 일종이다. 옛날 돈의 양사는 모두 원본의 매(枚)를 그대로 옮겼다.

49) 폐(閉)의 이체자(異體字)임.

10일 오전에 둘째에게 편지와 옛날 돈의 탑본편欄本片 3매를 부쳤다 (三十八). 사가미야서점의 엽서를 받았다. 4일 부친 것이다. 오후에 왕짜오 저우에게 엽서로 답신을 보냈다. 항저우로 부쳤다. 저녁에 쑹쯔페이가 왔 다. 밤에 쉬지푸가 왔다.

11일 맑다가 점심 후에 흐림. 오후에 비가 조금 내리다 개었다.

12일 오전에 둘째의 편지를 받았다. 8일 부친 것이다(38).

13일 오후에 왕웨이천王維忱과 첸다오쑨의 병문안을 갔는데 많이 나 아 있었다. 잠시 앉아 있다 바로 나왔다. 선쥔모沈君默의 집으로 갔다가 그 의 아우와 마유위를 만났다. 잠시 후 첸중지錢中季도 왔다. 저녁까지 얘기 하다 귀가했다. 바람.

14일 약간의 비. 일요일 휴식. 점심이 다 되어 갬. 점심 후에 관인사 거 리 푸허상에 가서 과자 1위안어치를 샀다. 오후에 상치형 군이 왔다. 저녁 에 쉬지상이 와서 밥을 먹고 갔다.

15일 맑고 덥다. 오전에 둘째에게 편지를 부쳤다(三十九).

16일 오전에 둘째의 편지를 받았다. 12일 부친 것이다(39). 저녁에 소 낙비가 한바탕 오더니 바로 개었다.

17일 맑음. 오후에 마유위에게 편지를 부쳐 『사명육지』四明六志를 빌려 달라고 했다. 밤에 약간의 위통.

18일 무척 덥다. 아무 일 없다. 저녁에 마유위가 사람을 통해 『사명육 지』를 보내왔다. 심부름한 사람에게 수고비로 퉁위안銅元 20메이枚를 주 었다.

19일 아무 일 없다. 저녁에 큰 바람에 약간의 비.

20일 맑음. 오전에 둘째에게 편지를 부쳤다(四十). 점심 후에 비가 한 바탕 내렸고 오후에는 바람이 많이 불었다. 저녁에 쉬지푸가 와서 사진 한

장을 주었다. 투안청[50]의 금대金代 박달나무 아래서 찍은 것이다. 또 말린 죽순 1포를 주었다. 밤에 왕티루가 왔다.

21일 맑음. 일요일 휴식. 아침에 차이허우칭蔡垕卿이 왔으나 만나지 못했다. 오전에 둘째의 편지를 받았다. 17일 부친 것이다(40). 오후에 쉬지 상을 만나러 가서 지푸가 준 말린 죽순을 조금 주었다. 또 지쯔추를 방문하려다가 말았다.

22일 저녁에 처경난이 왔다. 웨이푸몐 군, 왕징칭 군 두 사람이 와서 사오싱으로 돌아간다고 하였다. 이달과 7월 생활비로 송금환 인 150위안의 전달을 부탁했다. 또 화석 하나를 셋째에게 전해 달라고 했다. 지푸가 왔다.

23일 맑음. 오전에 둘째에게 편지를 부쳤다(四十一). 오후에 뇌우雷雨가 크게 쳤다. 저녁이 다 되어 잠시 개더니 갑자기 또 비가 내리다가 멈추고, 밤이 되었다.

24일 약간의 비. 오전에 셋째의 편지를 받았다. 19일 부친 것이다. 오후에 맑음. 저녁에 한서우진 군, 퉁야전 군 둘이 와서 20위안을 빌려 갔고 강의록 한 보따리를 맡겼다.[51] 시험이 끝나서 사오싱으로 돌아간다 한다.

---

50) 투안청(團城). 베이징 황성(皇城) 안에는 타이에츠(太液池)라고 불리는 못이 있는데 흔히 베이하이(北海), 중하이(中海), 난하이(南海)라고도 나누어 불린다. 이 베이하이의 입구, 진아오위둥차오(金鰲玉蝀橋) 다리 동쪽기슭에 투안청이 있다. 청대에 승광전(承光殿)이 만들어졌는데 원형으로 된 담이 주위를 죽 둘러 있었기 때문에 원래는 둥근 성이라는 의미의 '웬성'(圓城)으로 불렸었다.

51) 강의록의 원문은 '강의'(講義). "강의라고 하는 것은 대개 수업시간에 교수가 말로 하는 것을 말하지만, 당시 베이징대학교에서는 그렇지 않았다. 교수가 미리 강의할 내용을 문장으로 만들어 학교 인쇄소에 맡기면 학생들이 그것을 동전 한 닢이나 두 닢을 주고 사서 수업에 가지고 들어간다. 여기서 '강의'(講義)라고 하는 것은 이 인쇄물을 가리키는 명칭이다. 학기말이 되면 학생들은 그것들을 묶어서 철을 해 한 권의 책으로 만들어 보관했다."(무라카미 도모유키村上知行, 『베이징 10년』北京十年) 학생들이 고향으로 돌아가면서 강의록을 루쉰의 집에 맡긴 것이다.

25일 흐림. 오전에 둥자오민샹 일본우체국에 가서 50엔 송금환을 만들었다. 오후에 맑음.

26일 맑음. 오전에 이달 봉급 216위안을 받았다. 오후에 구름. 둘째의 편지와 옛날 일본우표 1첩을 받았다. 22일 부친 것이다(41). 저녁에 약간의 비. 밤에 쑹쯔페이가 왔다.

27일 맑음. 오후에 둥쉰스를 방문했으나 만나지 못했다. 저녁에 한서우첸 군이 와서 15위안을 빌려 갔다. 밤에 약간의 비.

28일 맑음. 일요일 휴식. 오전에 황위안성이 왔으나 만나지 못했다. 점심에 둘째에게 편지와 인 60위안을 부쳤다. 이전에 왕징칭에게 사오싱으로 보내 달라고 부탁한 돈과 합쳐서 모두 210위안을 부쳤다. 그 안의 100위안은 이달 생활비이고 110위안은 리푸탕李賦堂에게 갚는 것이다. 또 송금환 1매 50위안은 도쿄로 보내 달라고 부탁했다. 셋째에게 보내는 편지 1매와 원밍서국에서 발행한 황[52]『목탄화』의 계약서[53] 1부도 동봉했다(四十二). 오후에 장셰허가 왔다. 지쯔추가 와서 『목탄화』 1권을 증정했다.

29일 구름, 오전에 약간의 비, 점심에 개었다. 다오쑨과 같이 나가서 만두를 사 먹었다.

30일 맑음. 점심 후에 구름. 오후에 둘째의 편지와 그가 기록한 「콰이지기」會稽記, 「운계잡기」雲溪雜記 각 1첩을 받았다.[54] 26일 부친 것이다(42). 저녁에 약간의 바람과 비, 밤에는 커다란 비.

---

52) 원문이 '黃'이다. 루쉰의 오타인 듯하다.
53) 1914년 1월 16일 루쉰이 저우쭤런을 대신해 상하이 원밍서국 대표와 체결한 『목탄화』 출판계약서를 말한다.
54) 이 두 첩은 저우쭤런이 『가태 콰이지지』(嘉泰會稽誌)에서 뽑아 기록한 글로 모두 4쪽이다. 루쉰이 정리하고 있던 『콰이지군고서잡집』(會稽郡故書雜集)에 넣을 자료로 제공한 것이다. 이 원고는 현존한다.

7월

1일 맑음. 이날부터 교육부는 오전 8시부터 11시 반까지를 근무시간으로 정했다. 오전에 둘째에게 편지를 부쳤다(四十三). 점심 후에 이발을 했다. 오후에 잠시 잤다. 일어나 『전록』[55]의 필사를 밤까지 했다.

2일 구름. 점심에 치서우산과 같이 이창에 가서 식사를 마치고 쉬지상의 숙소로 갔다. 지푸셴저츠畿輔先哲祠로 같이 놀러 가기로 약속했다. 오후에 둘째가 부친 『사오싱교육회월간』 제9기 5책을 받았다. 6월 28일에 부친 것이다.

3일 맑음. 점심에 천스쩡과 같이 첸다오쑨의 집으로 가서 화첩을 구경했다. 밤에 쉬지푸가 왔다.

4일 구름. 오전에 둘째의 편지와 펑완의 그림 한 장을 받았다. 6월 30일 부친 것이다(43). 점심 후에 류리창에 가서 『사십이장경 등 3종』四十二章經等三種 1책과 『현우인연경』賢愚因緣經 1부 4책을 7자오 2펀 1리에 샀다. 또 『국학휘간』 제9기 1부 2책을 1위안 5펀에 샀다. 오후에 비. 쉬지상이 왔다.

5일 약간의 비. 일요일 휴식. 점심 후에 둘째에게 책 1포를 부쳤다. 『기신론』起信論 2권, 승조僧肇의 『보장론』寶藏論 1권, 호교護敎 관련 서적 7권, 모두 10권이다. 오후에 맑음. 저녁에 쑹쯔페이가 왔다.

6일 맑음. 오전에 둘째에게 편지를 부쳤다(四十四).

7일 구름. 점심에 비 약간. 오후에 비가 많이 내렸고 갑자기 추워졌다.

---

55) 『전록』은 진(晉)대 우예(虞預)가 쓴 『콰이지전록』(會稽典錄)을 말한다. 현존하지 않는다. 이것을 루쉰은 『태평어람』(太平御覽) 등의 서적에서 발췌하여 편집하였고 또 「『전록』 서(序)」를 써서 나중에 『콰이지군고서잡집』(會稽郡故書雜集)에 수록했다. 이 서문은 현재 『고적서발집』(루쉰전집 12권)에 수록돼 있다.

8일 비. 오전에 시게히사의 엽서를 받았다. 벌써 제대하였고 1일 도쿄를 출발했다고 했다. 점심 후에 갬. 오후에 쉬지상이 왔다.

9일 맑음. 아무 일 없음. 저녁에 비. 밤에 옆집에서 놀음하는 소리에 잠을 자지 못했다.

10일 약간의 비. 오전에 둘째의 편지와 일본 우표 1첩을 받았다. 5일 부친 것이다(44). 다시 둘째의 편지를 받았다. 동생 부인이 5일 오후 11시에 딸을 낳았다고 했다.[56] 『콰이지구기』會稽舊記[57] 2엽葉이 동봉되어 있었다. 6일 부친 것이다(45). 첸다오쑨의 편지를 받았다. 오후에 갬. 저녁에 쉬스취안이 왔다. 밤에 비가 조금 내렸다.

11일 구름. 오전에 둘째에게 편지를 부쳤다(四十五). 점심 후에 푸허샹에 가서 사탕 2병을 사고 다시 유정서국에 가서 아함부경전[58] 11종 5책을 6자오 4펀에, 『당고승전』唐高僧傳 10책을 1위안 9자오 5펀에 샀다.

12일 맑고 무척 더움. 일요일 휴식. 오후에 둥쉰스를 방문했다. 밤에 추쯔위안이 왔다.

13일 맑음. 점심 후에 뇌우가 크게 쳤다. 오후에 개었다. 아무 일 없음. 밤에 다시 큰 비.

14일 비, 점심 후 갬. 밤에 추쯔위안이 왔다. 다시 비.

15일 구름. 오전에 개었다. 둘째의 편지와 그가 편집 기록한 『콰이지선현전』[59] 1지紙를 받았다. 11일 부친 것이다(46).

---

56) 딸의 이름은 저우미(周謐)다. 일본식 이름은 시즈코(靜子)다.
57) 진(晉)대 하순(賀循)이 지은 『콰이지기』(會稽記)로 원서는 유실되었다. 이것은 저우쭤런이 루쉰의 부탁을 듣고 『보경콰이지속지』(寶慶會稽續志), 『콰이지삼부주』(會稽三賦注) 등의 책에서 발췌·편집한 것으로, 루쉰이 이를 정리하여 다시 써서 거기에 『『콰이지기』 서(序)』를 써 나중에 『콰이지군고서잡집』에 수록했다. 서문은 현재 『고적서발집』에 수록돼 있다.
58) 아함부경전(阿含部經典)은 소승(小乘)불교의 경전을 말한다

16일 약간의 비, 오전에 갬. 둘째에게 편지를 부쳤다(四十六). 오후에 매우 더웠다. 밤에는 천둥과 번개가 쳤고 큰 비가 내렸다.

17일 구름, 오전에 갬. 무척 더웠다. 오후에 바람. 성핑위안에 가서 목욕을 했다. 또 푸허샹에 가서 먹을 것 1위안어치를 샀다. 저녁에 비가 조금 내리다 밤에는 천둥번개가 치고 소나기가 한바탕 내렸으나 더위는 가시지 않았다.

18일 구름 그리고 바람. 점심에 소나기가 한 차례 내렸고 점심 후에 개었다. 저녁에 보슬비가 오고 밤에는 큰 비가 내렸다.

19일 구름. 점심 전에 쉬지상이 왔다. 점심 후에 약간의 비. 추쯔위안이 왔다. 오늘은 일요일이어서 쉬었다.

20일 구름. 오전에 둘째의 편지와 우표 한 첩을 받았다. 16일 부친 것이다(47). 저녁에 쑹쯔페이가 왔다.

21일 맑음. 오전에 둘째에게 편지를 부쳤다(四十七). 점심 전에 선상치와 같이, 도서관으로 사용 가능한지 여부를 살피기 위해 주변학교의 건물을 보러 갔다. 밤에 쉬지푸가 와서 『사오싱교육회월간』 제9기 1책을 주었다.

22일 맑고 더움. 오후에 류리창에 가서 옛날 돈을 사려 했으나 못 사고 『조집전평』曹集銓評 2책을 사가지고 돌아왔다. 값은 1위안.

23일 아주 덥다. 저녁에 큰 바람이 불고 비가 약간 내렸다. 설사.

24일 비가 내리고 점심 후에 개다. 오후에 다시 한 차례 비가 내렸다.

---

59) 『콰이지선현전』(會稽先賢傳). 원서는 유실. 이것은 저우쭤런이 루쉰의 부탁을 받고 『태평어람』(太平禦覽), 『초학기』(初學記) 등의 책에서 발췌·기록한 것으로 루쉰이 이를 정리하여 다시 쓴 후, 『사승「콰이지선현전」서』를 써서 나중에 『콰이지군고서잡집』에 수록했다. 서문은 현재 『고적서발집』에 수록돼 있다.

25일 비. 오전에 둘째의 편지를 받았다. 21일 부친 것이다(48). 밤에 큰비.

26일 맑음. 일요일 휴식. 오전에 둘째에게 편지를 부쳤다(四十八). 점심에 지푸 집에 갔다가 저녁에 귀가.

27일 구름. 오전에 이달 봉급 240위안을 받았다. 불교경전유통처佛教經典流通處에 기부할 20위안을 쉬지상에게 건넸다. 점심에 비가 한 차례 내리고 바로 개었다. 오후에 쉬지푸가 왔다. 저녁에 천둥이 치고 비바람이 크게 치다가 바로 개었다.

28일 맑음. 오전에 주순청朱舜丞이 왔다. 오후에 쉬지푸의 편지와 『대방광불화엄경저술집요』大方廣佛華嚴經著述集要 1짝夾 12책과 『십이문론종치의기』十二門論宗致義記 1부, 『중론』中論 1부, 『조론약주』肇論略注 1부 각각 2책을 받았다. 류리창에서 대신 사 준 것이다. 값은 모두 3위안 2자오 2리다.

29일 오전에 둘째에게 책 세 보따리를 부쳤다. 1. 『현우인연경』賢愚因緣經 4본, 『조론약주』肇論略注 2본. 2. 『대당서역기』大唐西域記 4본, 『현장삼장전』玄奘三藏傳 3본. 3. 『속고승전』續高僧傳 10본. 쉬지상에게 부탁하여 금릉각경처[60]에 인銀 50위안을 보냈다. 『백유경』을 인쇄하기 위함이다.[61] 점심 전에

---

60) 금릉각경처(金陵刻經處)는 일기에 난징각경처(南京刻經處)라고도 썼다. 청나라 말의 거사 양문회(楊文會)가 난징 청셴제(成賢街)에 세운 인쇄소로 불경을 각하여 인쇄하는 것을 전문으로 했다. 규모가 크고 교정과 각(刻)이 정확하고 정교하여 이름이 났다. 여기서 각한 불교경전은 아시아 여러 불교국가에 많은 영향을 주었다.

61) 루쉰은 어머니의 장수를 비는 마음으로 어머니께 드리기 위해 금릉각경처에 부탁해 『백유경』(百喩經) 100책을 인쇄하도록 부탁했다. 비용은 모두 60위안이 들었고 1915년 1월에 인쇄가 완성됐다. 남은 돈 6위안으로는 『지장십륜경』(地藏十輪經) 1부를 인쇄했다. 『백유경』의 정식이름은 『백구비유경』(百句比喩經)이다. 대승불교의 가르침을 널리 펼 목적으로 만들어진 설화집 같은 것이다. 우언성이 풍부한 이야기 모음집으로 상권 50화(話), 하권 48화, 합계 98화에 권두와 권말에 있는 작은 글까지 합해 100화가 된다. 루쉰전집 『집외집』에 있는 「『치화만』(癡華鬘) 제기(題記)」와 『고적서발집』에 실린 「『백유경』교감 후기(校後記)」를 참조.

첸다오쑨과 같이 관인사 거리 푸허샹에 가서 점심을 먹었다. 다시 유정서
국에 가서 『유가사지론』瑜伽師地論 1부 5본을 2위안 6자오에, 『심진문집』鐔
津文集 1부 4본을 7자오 8편에, 양역梁譯과 당역唐譯의 『기신론』起信論 2책을
1자오 5편 6리에 샀다. 밤에 옆집에서 큰소리로 도박을 하더니 나중에는
또 큰소리로 싸웠다. 동틀 무렵까지 싸우다 헤어지고 나자, 나는 비로소
잠이 들었다.

30일 아침에 둘째의 편지를 받았다. 시게히사가 이미 상하이에 도착
했다고 한다. 26일 부친 것이다(49).

31일 오전에 둘째에게 편지와 이달 생활비 100위안을 부쳤다
(四十九). 오후에 쑹서우룽이 왔다. 그의 명함을 보니, 이름을 갑자기 쑹마
이宋邁로 바꾸었고 자字는 제춘潔純이라고 했다. 쉬지푸를 방문해 경전經典
대금을 갚았고 『고승전』高僧傳 1부를 빌려 귀가했다. 저녁에 두하이성이
왔다. 밤에 천둥번개가 치고 비바람이 크게 불었다. 한참 후에 그쳤다.

8월

1일 맑음. 오후에 푸허샹과 다오샹춘稻香村에 가서 먹을 것 2위안어치
를 샀다. 밤에 약간의 바람.

2일 맑음. 일요일 휴식. 왕수형王書衡이 부친의 부고를 알려 왔다. 부의
금 2위안을 보냈다. 오전에 난퉁관南通館으로 지쯔추를 방문해 일본 우표
10여 매를 주었다. 류리창 노점 서적상을 천천히 둘러봤다. 너무 더워서
바로 귀가했다. 오후에 약간의 비.

3일 구름. 오전에 갬. 아무 일 없다.

4일 맑음. 아침에 둘째의 편지를 받았다. 시게히사가 사오싱에 도착

했다고 한다. 7월 31일 부친 것이다(50). 오후에 류리칭劉歷靑이 와서 저녁에 함께 광허줘에 가 식사를 했다. 편지로 지쯔추를 초대했으나 오지 못했다. 밤에 비가 약간 내렸다.

5일 맑음. 오전에 둘째에게 편지를 부쳤다(五十).

6일 맑음. 오후에 구름. 아무 일 없다. 밤에 위통.

7일 비. 오후에 갬. 쉬지푸를 찾아가 『고승전』을 반환하고 『홍명집』弘明集을 빌렸다. 위통.

8일 구름, 오전에 갬. 오후에 다시 구름. 유정서국에 가서 당, 송, 명의 『고승전』각 1부 10책과 『속원교론』續原敎論 1책을 인 1위안 9자오 3편 7리에 샀다. 다시 관인사 거리에 가서 음식 5자오어치를 샀다.

9일 맑고 바람. 일요일 휴식. 오전에 둘째의 편지와 우세남虞世南의 문장 1엽葉을 받았다. 5일 부친 것이다(51). 오후에 쉬지상이 왔다. 서우주린이 왔다. 둘째가 부친 『월중문헌집존』越中文獻輯存 서書 4본, 일어번역본 시엔키에비치의 『이상향』理想鄕 1본을 받았다. 모두 3일 부친 것이다. 밤 9시에 지상이 돌아갔다.

10일 오전에 둘째에게 편지를 부쳤다(五十一). 저녁에 다시 엽서를 부쳐 책이 도착했다고 알렸다. 밤에 비.

11일 비, 오전에 갬. 시게히사의 엽서를 받았다. 7월 27일 상하이에서 부친 것인데 오늘에서야 도착. 16일이나 걸렸다. 심부름꾼이 변발을 잘라서 인銀 1위안을 주고 모자를 사게 했다. 점심에 지푸가 음식 두 가지를 주었다. 오리는 갖고 매실떡[62]은 돌려주었다. 위가 안 좋아서다. 오후에 주티

---

62) 잘 익은 매실을 밀봉된 통에 넣고 하루가 지난 뒤 씨를 발라내고 과육을 으깨어 헝겊으로 싸서 즙을 낸다. 그 즙에 칡가루를 섞어 약한 불에 찐 후 차게 식혀 먹는 음식이다.

셴의 편지를 받았다. 치밍이 대학교에서 영문학을 가르치길 원하는지 여부를 물었다.[63] 밤에 비바람이 크게 쳤다.

12일 맑음. 점심 후 1시부터 3시까지 행정방침토론회가 있었다. 오늘부터 이 일이 사회교육사 소관이 되었다. 오후에 쉬지샹에게 편지를 부쳤다. 저녁에 주티셴에게 답장을 했다. 밤에 쑹쯔페이가 왔다. 치통齒痛.

13일 맑고 아주 더움. 오전에 보후이伯撝 숙부에게 난징으로 편지를 부쳤다. 밤에 판윈타이范蕓臺와 쉬스취안徐詩荃이 왔다.

14일 맑고 아주 더움. 오전에 둘째의 편지를 받았다. 10일 부친 것이다(52). 오후에 비바람이 한 차례.

15일 오전에 둘째에게 편지를 부쳤다(五十二). 점심 후에 구름, 비가 크게 내리더니 저녁 무렵 조금 개었다.

16일 구름. 일요일 휴식. 오전에 맑음. 점심 전에 지쯔추가 와서 오후에 같이 쉬안우먼 밖 대로를 한가로이 산보했다. 저녁에 관인사 거리에 가서 음식 2위안어치를 샀다. 밤에 쑹쯔페이가 왔다. 바람이 불고 뇌우가 크게 쳤다.

17일 맑음. 오후에 첸다오쑨이 왔다.

18일 점심 전에 발령장을 받았다. 4등으로 승진했다.[64] 이발했다. 오후에 쉬지쉬안徐吉軒과 같이 통속도서관에 가서 잠시 앉아 있었다. 차장도 갔다. 밤에 천둥이 치고 비바람이 세찼다. 『지림』4장을 필사했다.[65]

19일 구름. 오후에 둘째의 편지를 받았다. 15일 부친 것이다(53). 쉬

---

63) 치밍(啓孟)은 둘째 저우쭤런의 호다.
64) 당시의 '중앙행정관관등법'(中央行政官官等法)에 따르면 특임관(特任官)을 제외하고 관등은 9등급으로 나뉘어 있었다. 루쉰의 직위였던 첨사(僉事)는 천임관(薦任官)에 속하고 4등과 5등이 있었다. 당시 루쉰은 5등이었는데 4등급으로 승진한 것이다.
65) 『지림』(志林)을 필사한 후 루쉰은 「『지림』서」를 썼다. 이 글은 『고적서발집』에 수록돼 있다.

지상이 왔다. 저녁에 주순청의 편지를 받았다. 밤에 쉬지푸가 왔다가 바로 갔다.

20일 맑음. 오전에 둘째에게 편지를 부쳤다(五十三). 주순청에게 답신을 했다. 교육부에서 4등 호봉 사령장을 주었다. 저녁에 선잉린沈應麟 군이 왔다. 옛날 사오싱부 중학당 학생이다. 명함에 자가 런쥔仁俊으로 되어 있다. 인 20위안을 빌려 갔다. 밤에 타오수천陶書臣이 와서 얘기했다.

21일 구름. 오전에 보후이 숙부의 편지를 받았다. 18일 난징에서 부친 것이다. 점심 후에 약간의 비.

22일 구름. 오전에 둘째의 편지를 받았다. 18일 부친 것이다(54). 점심 후에 쉬지푸가 왔다. 함께 첸량후퉁錢糧胡同으로 장 선생님을 뵈러 갔다.[66] 주티셴도 있었다. 저녁 무렵까지 앉아 있다가 귀가했다.

23일 맑고 바람. 일요일 휴식. 오전에 둘째에게 편지를 부쳤다(五十四). 점심 후에 류리창 유정서국에 가서『노자익』老子翼 4책,『음부·도덕·충허·남화 4경발은』陰符道德沖虛南華四經發隱 도합 1책, 그리고 석인石印「석가불좌상」釋迦佛坐象,「화엄법회도」華嚴法會圖 각 1매,「관음상」觀音象 4매를 샀다. 모두 인 1위안 8편이다.

24일 맑음. 점심 후에 행정방침연구회가 끝났다. 관상대[67]에서 월간『기상』氣象 1책을 보내왔다. 처음 포도를 먹었다. 오후에 두하이성杜海生이

---

66) 장 선생님은 장타이옌(章太炎)을 말한다. 1913년 8월 공화당 사무의 일로 상하이에서 베이징으로 올라온 장타이옌은 위안스카이에 의해 처음엔 폐교된 군대학교에 연금되었다가 나중에 룽취안사(龍泉寺)로 옮겨 연금당했다. 1914년 1월 2일 탈출하였으나 체포되었다. 그는 위안스카이 정부에 항의하여 6월에 단식을 했다. 이 일로 정부는 베이징 둥청(東城)의 첸량후퉁으로 그를 이주시키고 매월 500위안의 돈을 주면서 비교적 자유로운 생활을 하도록 허락했다. 일종의 유화책이었다. 그러나 위안스카이가 황제에 즉위한 것에 대한 장타이옌의 저항은 변함이 없었다. 이 시기 루쉰은 다른 제자들과 함께 종종 첸량후퉁으로 스승을 찾아뵈었다. 1916년 위안스카이 사후에 장타이옌은 석방되었다.

왔다. 저녁에 같이 광허쥐에 가서 식사를 했다.

25일 오후에 지푸가 왔다.

26일 오전에 이달 봉급 인 280위안을 받았다. 밤에 지푸가 왔다.

27일 아침에 둘째의 편지를 받았다. 23일 부친 것이다(55). 오전에 방에 벽지를 발랐다. 공임工賃이 3위안이다. 점심 후에 우체국에 갔고 또 린지양행과 다오샹춘에 가서 음식 1위안어치를 샀다. 오후에 성핑위안에 가서 목욕을 했다. 류리창 즈리관서국에 가서 『묵자한고』墨子閑詁 1부 8책을 3위안에, 『왕룽장유서』汪龍莊遺書 1부 6책을 2위안에, 『여배집』驪背集 1부 2책을 6자오에 샀다.

28일 오전, 둘째에게 편지와 이달 생활비 100위안을 부쳤다(五十五). 오후에 창이전이 와서 지사시험 응시자의 보증을 받아 갔다. 이름은 왕유王攸이고 산인山陰 사람이다. 저녁에 주티셴이 왔다.

29일 구름. 점심 전에 도서분관에 가서 『자치통감고이』自治通鑑考異 1부 10책을 빌렸다. 오후에 류리창에 가서 밤색 종이 2장과 송곳 한 개를 샀다. 다시 관인사 거리에 가 소고기와 햄 각각 4량兩어치를 샀다.[68] 밤에 쯔페이가 왔다.

30일 맑음. 일요일 휴식. 오전에 둘째의 편지와 아동학 도서목록 2장을 받았다. 26일 부친 것이다(56). 점심 후 쉬지푸를 방문해 도서목록을 전달하고 거실에 잠시 앉아 있다 곧바로 돌아왔다. 저녁에 태풍이 불고 천

---

67) 관상대란 천문대를 말한다. 천문과 기상을 관측하던 기구로 명·청대에는 여기에 '흠천감'(欽天監)을 설치하여 천문을 관측케 했다. 1912년 중국 정부는 여기에 교육부에서 관장하는 중앙관상대를 설치하고 천문, 역법, 기상, 자력 등의 4과를 두었다. 1913년 기상과에 의한 관측이 시작되었고 이듬해 1914년에는 기상지식의 보급을 위해 『기상월간』을 발행했다. 1915년에는 『기상총간』으로 이름을 바꿔 발간했다(홍스녠洪世年·천원옌陳文言, 『중국기상사』中國氣象史).

68) 량(兩)은 무게를 재는 단위다. 1912년 9월 3일 일기 주석 참조.

둥번개에 비가 내렸다. 한참 후에 그쳤다.

31일 맑음. 오전에 둘째에게 편지와 「규정」闡情[69] 번역문 1편을 부쳤다. 신新그리스 사람 에프타리오티스가 지은 것으로 둘째가 예전에 번역해 놓은 것이다. 『뭐사잡지』孜社雜誌에 실을 거라고 하여 되돌려주는 것이다(56). 밤에 쉬스취안이 왔다.

9월

1일 맑음. 오늘부터 교육부는 오전 10시부터 오후 4시 반까지를 근무시간으로 정했다. 점심에 치서우산과 같이 이창에 가서 밥을 먹었다. 오후에 천중첸陳仲騫이 『범경집』泛梗集 1부를 주었다. 오지장吳之章이 지었고 활자본이다.

2일 구름. 오전에 둘째의 편지를 받았다. 8월 29일 부친 것이다(57). 매우 무덥다. 밤에 천둥이 쳤다.

3일 구름. 점심 전에 사가미야서점의 엽서를 받았다. 8월 28일 부친 것이다. 밤에 약간의 비.

4일 구름. 아침에 자오퉁은행에 가서 지폐를 바꾸고 다시 자오민샹 일본우체국에 가서 도쿄의 하부토 가에 편지와 생활비 20엔을 부쳤다. 그리고 사가미야서점에 편지와 책 대금 40엔을 부쳤다. 환율이 1.27이어서 모두 76위안 8자오가 된다. 오전에 치서우산이 선저우 복숭아 1개를 주었다.[70] 점심에 천스쩡과 같이 이창에 가서 밥을 먹었다. 밤에 쯔페이가 왔

---

69) 「규정」은 그리스의 에프타리오티스가 지은 소설이다. 저우쭤런은 이것과 다른 두 편의 소설을 번역하여 「신그리스 소설 3편」이란 제목으로 1914년 12월에 출판된 『뭐사총간』 제2기에 발표했다.

다. 음력 7월 15일이어서 아이들이 등을 들고 다녔다.[71] 월식.

5일 구름. 오전에 둘째에게 편지를 부쳤다(五十七). 오후에 잠이 들어 저녁까지 잤다. 퉁야전童亞鎮, 왕스간王式乾, 쉬쭝웨이徐宗偉가 왔는데 퉁야전이 차 2통을 주었고 옛날 빌려 간 25위안을 갚았다. 밤에 비가 한 차례 내리더니 갑자기 또 소나기가 왔다.

6일 맑음. 일요일 휴식. 오전에 쉬지푸가 왔다. 점심 후에 류리창에 가서 『십이인연』十二因緣 등 사경四經의 합본 1책과, 『기신론직해』起信論直解 1책, 『임간록』林間錄 2책을 모두 5자오 5펀 2리에 샀다. 또 명남장본明南藏本 『대방광니원경』大方廣泥洹經과 『반열반경』般涅槃經, 『입아비달마론』入阿毘達磨論 각 1부 각 2책을 모두 1위안 5자오에 샀다. 엄씨嚴氏 『시집』詩緝 1부 12책은 1위안 5자오에 샀다. 오후에 지푸를 방문해서 『굉명집』宏明集을 반환하고 『문선』文選을 빌렸다. 저녁에 태풍이 불고 천둥이 치고 비가 조금 내렸다.

7일 비, 오전에 갬. 둘째의 편지를 받았다. 3일 부친 것이다(58). 오후에 쉬지상과 같이 류리창 바오구자이保古齋에 가서 제2, 제3 두 권이 결본인 『아육왕경』阿育王經 1부와, 제1권이 결본인 『부법장인연경』付法藏因緣經 1부 모두 10책을 2위안에 샀다. 저녁에 타오왕차오陶望潮가 왔다.

8일 구름. 저녁에 퉁야전이 왔다. 밤에 천궁샤陳公俠에게 편지를 부쳤다. 『대방등니원경』大方等泥洹經 2책을 지상에게 주었다.

9일 구름. 바람이 많이 불었다. 아침에 퉁야전, 왕스간, 쉬쭝웨이가 와서 각자에게 『목탄화』 1책씩 주었다. 또 같이 공업전문학교[72]에 가서 입학

---

70) 선저우(深州) 복숭아. 중국 복숭아는 크게 북방품종과 남방품종 둘로 나뉘는데, 허베이성 선현 (深縣)이 원산지인 선저우 복숭아는 북방품종으로 남방 것보다 맛이 달고 과즙이 많은 것으로 유명하다.

71) 음력 7월 15일 중원절과 등을 다는 풍경에 관해서는 1912년 9월 1일 일기의 주석 참조.

보증을 서 주었는데, 왕, 쉬 두 사람과 또 한 사람 쉬위안徐元이다. 점심 후 날씨가 개었다.

10일 바람. 오전에 둘째에게 편지를 부쳤다(五十八). 점심 후에 샤오스小市에 놀러 갔다. 산 것이 없다. 오후에 천궁샤의 편지를 받았다.

11일 맑음. 점심에 쉬지상의 집에 갔다. 오후에 한서우진韓壽晋이 와서 인 15위안을 갚았다. 그의 형 서우첸壽謙이 빌려 갔던 것이다.

12일 아침에 둘째의 편지를 받았다. 7일 부친 것이다(59). 오전에 타오왕차오에게 편지를 부쳤다. 천궁샤에게 소개하는 편지 한 통을 동봉했다. 둘째에게 책 두 포를 부쳤다. ①『과거현재인과경』過去現在因果經 1, 『심진문집』鐔津文集 4, 『노자익』老子翼 4, 『음부 등 4경발은』陰符等四經發隱 1, 모두 10권. ②『송고승전』宋高僧傳 8, 『명고승전』明高僧傳 2, 『임간록』林間錄 2, 『속원교론』續原教論 1, 모두 13권. 점심 후에 유정서국에 가서 감산憨山『노자주』老子注 2책 그리고『장자내편주』莊子內篇注 2책 모두를 5자오 9편에 샀다. 또 바오구자이에 가서『비급자방부침자택일』備急灸方附針灸擇日 모두 2책을 2자오에 샀다. 다음에 다오샹춘에 가서 음식 세 가지를 샀다. 5자오다. 오후에 쑹쯔페이에게 편지를 보내『통감고이』通鑑考異를 반환하고『양한서변의』兩漢書辨疑와『삼국지주보』三國志注補 모두 17책을 빌렸다. 저녁에 쯔페이가 왔다.

13일 구름. 일요일 휴식. 오전에 쉬지상이 왔다. 점심 전에 비가 한 차례 내리고 바로 개었다. 오후에 도서분관에 가서 어제 빌린 책 두 권을 반환하고 이어 린지양행에 가서 과자 1위안어치를 샀다. 도중에 소나기를 만났으나 바로 개었다. 밤에 바람이 불고 천둥번개에 비가 내렸다. 잠시

---

72) 공업전문학교는 국립 베이징공업전문학교를 말한다. 베이징의 시쓰파이러우(西四牌樓) 쭈자제(祖家街)에 있었고 기계, 전기, 섬유, 응용화학 등의 학과가 있었다.

후 다시 개었다. 지상에게서 『출삼장기집』^{出三藏記集} 파본을 빌려 필사했다. 제2권부터 시작했다.

14일 맑음. 오전에 쉬지상이 목각인쇄본 「석가입상」^{釋迦立像} 1매와 범자^{梵字}로 쓴 '암'^唵 자 1매를 주었다. 점심 후 작년에 받은 국고권^{國庫券} 9, 10월 2개월분 2매를 가지고 내국공채^{內國公債} 180위안을 샀다. 오후에 구름, 밤에 세찬 우레.

15일 맑음. 오전에 둘째에게 편지를 부쳤다(五十九). 오후에 구름. 저녁에 상치형, 왕징칭^{王鏡淸}이 왔다.

16일 맑음. 총통 생일이어서 하루 휴가다.[73] 아침에 둘째의 편지를 받았다. 12일 부친 것이다(60). 오후에 류리창에 가서 『장아함경』^{長阿含經} 1부 6본, 『반야심경오가주』^{般若心經五家注} 1본, 『용서정토문』^{龍舒淨土文} 1본, 『선여인전』^{善女人傳} 1본을 모두 인 1위안 5자오 3펀 4리에 샀다. 쉬지상의 편지를 받았다. 『부법장인연경』^{付法藏因緣經} 5본과 『금강경 6역』^{金剛經六譯} 및 여러 사람의 주론^{注論} 등 모두 8본을 빌려 갔다.

17일 구름. 오전에 사가미야서점의 엽서를 받았다. 10일 부친 것이다. 점심 후에 쉬지상이 창저우^{常州} 톈닝사^{天寧寺}에서 우편으로 구입한 불전^{佛典}들이 왔는데, 『금강경론』^{金剛經論} 1본, 『십팔공백광백론합각』^{十八空百廣百論合刻} 1본, 『변정론』^{辨正論} 1부 3본, 『집고금불도론형』^{集古今佛道論衡} 1부 2본, 『광홍명집』^{廣弘明集} 1부 10본을 양도받았다. 저녁에 주순청이 왔다가 바로 갔다. 밤에 지푸가 와 『역외소설집』 제1, 제2권 각 1책을 찾아서 가져갔다.

18일 센 천둥과 비. 오전에 잠시 멈추었다. 저녁에 바람 불더니 밤에 갑자기 추워져 겹옷을 입었다.

---

73) 위안스카이의 생일을 말한다. 1859년 9월 16일생이다.

19일 구름. 오전에 둘째에게 편지를 부쳤다(六十). 쉬지상으로부터 『보리자량론』菩提資糧論 1책을 양도받았다. 오후에 맑음. 상치형이 왔다. 학자금 60위안을 주었다. 올해 보조분은 끝났다. 밤에 게를 먹었다.[74] 타오수천이 와 얘기를 하였다.

20일 맑음. 일요일 휴식. 오전에 둘째의 편지를 받았다. 16일 부친 것이다(61). 점심 후에 타오왕차오가 왔다.

21일 오전에 둘째에게 편지를 부쳤다(六十一).

22일 맑고 바람. 오후에 도서분관에 가서 『진서집본』晉書輯本 등 9책을 빌렸다. 저녁에 선헝산沈衡山이 왔다.

23일 오전에 쉬지상에게 불경佛經 대금 3위안을 갚았다. 오후에 문관심사 합격증서[75]를 받았다. 밤에 쉬지푸가 왔다. 쑹쯔페이가 왔다. 바람.

24일 맑음. 오전에 도쿄 하부토 가의 편지를 받았다. 19일 부친 것이다. 밤에 바람.

25일 맑음. 아침에 둘째의 편지를 받았다. 21일 부친 것이다(62).

26일 구름. 아침에 둘째에게 편지를 부쳤다(六十二). 오전에 이달 봉급 280위안을 받았다. 오후에 맑음. 쉬지상과 같이 유정서국에 가서 불경을 샀다. 『대안반수의경』大安般守意經 1부 1책, 『중아함경』中阿含經 1부 12책, 『아비달마잡집론』阿毗達磨雜集論 1부 3책, 『조론』肇論 1책, 『일체경음의』一切經音義

---

74) 게(蟹). 사오싱을 위시한 강남지역에서는 게를 자주 먹었다. 그중에서도 쑤저우 양청호(陽澄湖)에서 나는 게가 일품이었다. 베이징지역에서는 게를 먹을 기회가 적었다. 맛있는 게를 먹을 수 있는 기간이 짧았기 때문이었다. 추석(중추절) 전후의 게가 가장 맛있다고 한다. "9월경에는 암게가 알을 품고 10월경에는 수게의 살이 오른다"는 말이 있을 정도다. 루쉰의 일기에서 게를 먹는 일이 기록된 것은 베이징 시기에 모두 9월이다.

75) 원문은 '文官甄別合格證書'. 문관고등위원회 허가 심사를 거쳐서 루쉰에게 발급한 교육부 첨사 합격증서를 말한다.

1부 4책을 인 4위안 2자오 6편 2리에 샀다. 또 푸허상에 가서 모자 한 개를 샀다. 값은 2위안 7자오.

27일 구름. 일요일 휴식. 오전에 선인모沈尹默, 첸스旺士, 첸중지, 마유위, 주티셴이 루이지반점瑞記飯店에서 점심식사 초대를 한다는 편지를 받고 정오에 갔다. 황지강黃季剛, 캉싱푸康性夫, 자字를 모르는 쩡曾씨를 합쳐 9명이 있었다. 오후에 서점에 가서 『설문발의』說文發疑 1부 3본을 퉁위안銅元 60메이에 샀다. 『출삼장기집』出三藏記集 필사를 권 제5까지 마쳤다. 잠시 쉴 생각이다.

28일 맑음. 아무 일 없다.

29일 구름. 점심 후에 약간의 비가 내리고 바로 개었다. 오후에 시스쿠 제5중학에 갔다.[76] 개교기념일이다. 잠시 서 있다가 바로 왔다.

30일 맑음. 오전에 둘째의 편지를 받았다. 26일 부친 것이다(63). 천쯔잉의 편지를 받았다. 25일 부친 것이다. 저녁에 주순청이 보낸 편지를 받았다. 4위안 빌려주었다. 기분이 좋지 않았다. 감기인가 싶다. 밤에 키니네 작은 2알을 먹었다.

10월

1일 맑음. 오전에 둘째에게 편지와 9월 생활비 100위안을 부쳤다(六十三). 일본 도쿄 향토연구사[77]에 인銀 3위안을 부쳤다. 점심 후에 샤오스를 죽 한번 걸었다. 저녁에 키니네 2알을 먹었다. 밤에 쉬지푸가 왔다.

---

76) 시스쿠(西什庫) 제5중학. 베이징 시안먼(西安門) 안의 시스쿠(西什庫) 허우쿠(後庫)에 있었던 중학교로, 1906년에 설립되었고 1912년 9월에 경사(京師)공립 제4중학으로 이름을 바꾸었다.

2일 구름, 점심 후에 바람. 문서를 작성하여 신문에 게재하는 일로 교육부 회의가 열렸다. 저녁에 키니네 2알을 먹었다.

3일 구름. 점심에 이창에 가서 밥을 먹었다. 점심 후에 어제 그 일로 또 회의를 했다. 오후에 비. 밤에 키니네 3알을 먹었다.

4일 비. 일요일. 음력 추석이어서 쉬었다. 점심 후에 『화엄경』을 다 읽었다. 오후에 개었다. 쉬지상이 왔다. 쉬지푸가 삶은 오리 한 그릇을 주었다. 저녁에 키니네 2알을 먹었다.

5일 구름. 오전에 둘째의 편지를 받았다. 1일 부친 것이다(64). 그저께의 일로 오후에 다시 회의. 밤에 약 2알 복용. 쑹쯔페이가 왔다. 한밤중에 비가 내리고 천둥번개가 심하게 치더니 벼락이 떨어졌다.

6일 맑음. 오전에 둘째에게 편지를 부쳤다(六十四). 둘째가 부친 『출삼장기집』出三藏記集 1본을 받았다. 2일 부친 것이다. 오후에 사회교육사의 회의가 열려 여러 규정[78]을 검토하기 시작했다. 저녁에 왕핑화王屛華가 와 10위안을 빌려 갔다. 키니네 2알을 먹었다.

7일 맑고 바람. 점심 후에 난징각경처刻經處로 『백유경』百喩經 인쇄비 10위안을 부쳤다. 저녁에 키니네 2알을 먹었다. 밤에 치통.

8일 맑음. 오전에 둘째의 편지를 받았다. 4일 부친 것이다(65). 점심 후에 이발.

9일 점심 후에 샤오스에 놀러 갔다. 오후에 류리창에 가서 종이와 붓을 샀다. 또 『중심경』中心經 등 14경 합본 1책과 『오고장구경』五苦章句經 등

---

77) 향토연구사(鄉土硏究社). 1913년 3월 일본의 야나기타 구니오(柳田國男)가 설립한 잡지사다. 원명은 향토연구회(鄉土硏究会). 민속연구 잡지인 『향토연구』를 출판했다. 1917년 3월에 정간되었다. 일기에 의하면 1915년 1월 8일에 『향토연구』 20책을 받아서 다음 날 사오싱의 저우쥐런에게 보냈다.

78) 여기서 여러 규정은 사회교육규정 초안을 말한다.

10경 합본 1책, 『문수소설선악숙요경』文殊所說善惡宿曜經 1책을 모두 인 3자 오 8편 8리에 샀다.

10일 구름. 국경일 휴식. 오후에 맑음. 류리창 바오화탕寶華堂에 가서 『여루총서』麗樓叢書 1부 7책, 『쌍매경암총서』雙梅景闇叢書 1부 4책, 『당인소설 6종』唐人小說六種 1부 2책, 『삼교원류수신대전』三教源流搜神大全 1부 2책을 모두 인 7위안에 샀다. 밤에 『콰이지전록』會稽典錄 집본輯本을 조사했다.

11일 맑음. 일요일 휴식. 오전에 둘째에게 편지를 부쳤다(六十五). 고등사범부속소학교[79]에서 2주년 개교기념식을 열었다. 오후에 참관하러 갔다가 다이루링을 만났다. 저녁이 되어 집으로 돌아왔다.

12일 구름. 점심 후에 맑음. 오후에 둘째의 편지를 받았다. 8일 부친 것이다(66). 타오왕차오의 편지를 받고 곧바로 답을 했다.

13일 맑음. 가방을 고쳤다. 공임은 3위안이다.

14일 구름. 아무 일 없다. 저녁에 쑹쯔페이가 왔다.

15일 맑음. 오전에 둘째에게 편지를 부쳤다(六十六). 쑹쯔페이에게 메모를 보내 이전에 빌린 도서관의 『진기집본』晉紀輯本 등 9책을 반환했다. 둘째가 부친 『사오현소학성적전람회보고』[80] 4책을 받았다. 4일 부친 것이다. 오후에 변호사의 보증서 2개를 제출했다. 지궁취안冀貢泉과 궈더슈郭德修 모두 산시山西인이다.

16일 맑음. 오전에 둘째의 편지를 받았다. 12일 부친 것이다(67).

17일 아침에 일본우체국에 가서 하부토 가에 편지와 인 35위안을 부

---

79) 고등사범부속소학교(高等師範附屬小學校)는 국립 베이징고등사범학교 부속 소학교를 말한다. 1912년 창립되었고 학교는 창뎬(廠甸)에 있었다.

80) 『사오현소학성적전람회보고』(紹縣小學成績展覽會報告). 사오싱교육회 회장이었던 저우쭤런은 강연, 환등감상회 등 문화사업을 적극적으로 하고 있었다. 소학교의 작품전람회도 그것의 일환이었다.

쳤다. 아이가 입을 것을 만들라고 부탁했다. 오후에 관상대가 보내온 민국 4년 역서曆書 1본을 받았다. 저녁에 천쯔잉에게 편지를 부쳤다.

18일 구름과 바람. 일요일 휴식. 오전에 쑹즈팡의 편지를 받았다. 11일 타이저우에서 부친 것이다. 점심에 약간의 비. 둘째에게 편지를 부쳤다(六十七). 본관의 가을축제에 쉬중난許仲南, 지푸가 보였다. 오후에 지쯔추가 왔는데 비가 크게 내리는 바람에 귀가를 서둘렀다. 밤에 바람.

19일 맑고 바람이 많다. 지쯔추가 어제 담뱃대를 잊어버리고 놓고 갔다. 아침에 가서 돌려주었다.

20일 맑고 바람. 아무 일 없다. 밤에 매우 추웠다.

21일 맑음. 오전에 둘째의 편지를 받았다. 17일 부친 것이다(68).

22일 오전에 둘째에게 편지를 부쳤다(六十八). 쑹즈팡에게 타이저우로 편지를 부쳤다.

23일 점심 후에 창이전과 샤오스에 놀러 갔다. 또 다이루링 집에 갔다.

24일 구름. 점심에 갬. 첸다오쑨과 같이 간이식당에 가 식사를 했다. 오후에 쉬중난, 지푸와 더불어 우잉전武英殿 고문물진열소[81]에 구경을 갔다. 마치 골동가게 같았다. 저녁에 장셰허가 왔다.

25일 맑음. 일요일 휴식. 오전에 둘째의 편지를 받았다. 21일 부친 것이다(69). 청년회의 편지를 받았다. 점심 후에 류리창 즈리관서국에 가서 진창치陳昌治본 『설문해자부통검』說文解字附通檢 1부 10책을 샀다. 소엽산방掃葉山房의 번각본飜刻本인데 무척 조악하다. 값은 2위안. 다시 유정서국에 가서 『대살차니건자수기경』大薩遮尼乾子受記經 1부 2책과 『천인감통록』天

81) 원문은 '古物陳列所'. 내무부에서 관할하였고, 1914년 10월 11일 개최하였다. 전시 작품들은 청더(承德)의 청나라 행궁(行宮)과 선양(沈陽)의 청나라 고궁(故宮) 두 곳에 소장되어 있던 고문물과 고미술품 등을 가져온 것이다.

人感通錄, 『석가성도기주』釋迦成道記注 각 1권, 『법해관란』法海觀瀾 1부 2책, 『거사전』居士傳 1부 4책을 모두 인 1위안 6자오 7펀 2리에 샀다. 또 석인본石印本 『사선성집』謝宣城集 1본을 2자오 5펀에 샀다. 오후에 타오왕차오가 왔다. 저녁에 쉬지푸의 집에 갔다. 밤에 약간의 위통.

26일 맑음. 오전에 둘째에게 책 한 포를 부쳤다. 안에 『숙요경』宿曜經, 『석가성도기주』釋迦成道記注, 『삼보감통록』三寶感通錄, 『용서정토문』龍舒淨土文, 『선여인전』善女人傳 각 1, 『불도논형실록』佛道論衡實錄 2, 『변정론』辨正論 3, 모두 10책이다. 이달 봉급 280위안을 받았다. 곧바로 공채 100위안을 샀다. 이전에 가지고 있던 국고권으로는 부족하여 현금을 냈다. 왕핑화가 10위안을 갚았다. 치서우산이 당의정 알약 30정을 주었다. 호흡기질환 치료제이다. 저녁에 타오수천에게서 보증인이 되어 달라는 부탁을 받았다.

27일 비. 오전에 둘째에게 편지를 부쳤다(六十九). 첸다오쑨에게 『사오싱교육회월간』 6에서 10까지 합 5책을 주었다.

28일 맑음. 아무 일 없다. 밤에 두하이성이 왔다.

29일 비. 오전에 둘째의 편지를 받았다. 25일 부친 것이다(70). 점심 후에 맑더니 밤에는 비.

30일 맑음. 저녁에 쑹쯔페이가 왔다.

31일 구름. 오전에 둘째에게 편지와 이달 생활비 100위안을 부쳤다(七十). 점심 후 비.

11월

1일 비. 일요일 휴식. 밤에 바람.

2일 비. 아침에 둘째의 편지를 받았다. 지난달 29일 부친 것이다(71).

저녁에 바람.

3일 맑고 큰 바람. 점심에 장중쑤張仲素, 치서우산, 첸다오쑨과 같이 간 이식당[82]에 가서 식사를 했다.

4일 아주 춥고 얼음이 얼었다. 오전에 둘째에게 책 한 포를 부쳤다. 『여루총서』麗樓叢書 7책, 『당인소설 6종』唐人小說六種 2책, 『삼교수신대전』三教搜神大全 2책, 『여배집』臚背集 2책, 모두 13책이다. 저녁에 화로를 침실에 들여놓기 시작했다. 타오수천이 왔다.

5일 오전에 둘째에게 편지를 부치고(七十一), 『공순당총서』功順堂叢書 1부 24책을 한 묶음으로 만들어 보냈다. 점심 후에 치서우산, 창이전, 황즈젠黃芷澗과 같이 샤오스에 놀러 갔다가, '대천오십'大泉五十 2매, '직백오수'直百五銖와 '반량'半兩 각 1매를 샀다. 값는 150원文.

6일 맑고 많은 바람. 오전에 둘째의 편지를 받았다. 2일 부친 것이다 (72). 점심 후에 치서우산, 창이전과 같이 샤오스에 놀러 갔다. 구이바이주桂百鑄에게 산수화 한 폭을 부탁했다. 『즈장일보』之江日報가 배달되었다. 밤에 약간의 위통.

7일 맑음. 정오 지나서 간이식당에 가서 점심을 먹었다. 같이 간 사람은 치서우산, 쉬지상, 첸다오쑨이고 장중쑤가 지불했다. 오후에 쉬지상과 함께 류리창에 가서 『복고편』復古編 1부 3본을 인 8자오에 샀다. 또 『고학휘간』 제10편 1부 2책을 인 1위안 5편에 샀다.

8일 구름. 일요일 휴식. 오전에 둘째에게 편지와 인쇄조례[83] 1장을 보

---

82) 간이식당 원문은 '소점'(小店). 당시 중국 식당은 크게 세 가지로 나눌 수 있다. 연회전문 요리를 제공하는 대형식당 '판좡'(飯莊)과 일반요리점이지만 대형식당이라고 할 수 있는 '판관쯔'(飯館子), 그리고 간단하게 식사를 할 수 있는 '샤오츠뎬'(小吃店)이다. 여기서 루쉰이 이용한 '간이식당'(小店)은 '샤오츠뎬'을 말한다.

냈다(七十二). 저녁에 쉬스취안이 『화학』化學을 빌려 갔다.

9일 맑고 바람. 점심 후에 첸다오쑨과 같이 샤오스에 놀러 갔다. 저녁에 퉁야전이 인 30위안을 빌려 갔다.

10일 맑음. 오전에 둘째에게 책 2포를 부쳤다. 『고학휘간』 제7편에서 제10편까지 8책이 한 포이고, 『거사전』居士傳 4책, 『복고편』 3책, 『콰이지군고서잡집』 초본[84] 3책이 한 포다. 오후에 구름. 저녁에 쑹쯔페이가 왔다. 밤에 비와 눈.

11일 구름. 점심 후에 둘째의 편지를 받았다. 7일 부친 것이다(73). 또 타오녠칭陶念卿 선생의 편지를 받았다. 역시 7일 부친 것이다.

12일 구름. 오전에 둘째에게 편지를 부쳤다(七十三). 책 1포도 부쳤다. 감산의 『도덕경주』道德經注 2책, 『장자내편주』莊子內篇注 2책, 『천인감통록』天人感通錄 1책, 『콰이지군고서잡집』 초고 3책이다.

13일 구름, 점심 후에 갬. 오후에 교육부에서 쉬지상 집으로 가 잠시 앉아 있었다. 쑹쯔페이의 편지를 받았다.

14일 맑고 많은 바람. 점심 후에 청난城南의원에 가 마오수취안毛漱泉을 방문했다.

15일 맑음. 일요일 휴식. 오후에 류리창에 갔다. 마침 나에게 오고 있던 지쯔추를 도중에 만나 같이 갔다. 바오화탕에 가서 『설문교의』說文校議 1부 5책과 『설문단주정보』說文段注訂補 1부 8책을 샀다. 값은 모두 4위안. 돌아오는 길에 난퉁관南通館에 들러 잠시 앉아 있었다. 마가오[85] 1포를 가지

---

83) 인쇄조례의 원문은 '각서조례'(刻書條例). 사오싱의 쉬광지커수푸(許廣記刻書鋪)에서 『콰이지고서잡집』(會稽故書雜集)을 인쇄하는 데 있어서의 협의 규정을 말한다.

84) 『콰이지군고서잡집』(會稽郡故書雜集) 초본. 루쉰은 1914년 10월 21일에 이 책의 서문을 쓴 후, 10월 30일에 그 서문을 저우쭤런에게 부쳤다. 11월 10일에는 이 책의 초본과 초고를 둘째에게 부쳐서 사오싱의 쉬광지커수푸에서 인쇄하도록 하였다.

고 돌아왔다. 밤에 둘째의 편지를 받았다. 12일 부친 것이다(74).

16일 맑음. 점심에 치서우산과 함께 시내로 나가 밥을 먹었다.

17일 오전에 둘째에게 편지를 부쳤다(七十四). 점심 후에 창이전, 황즈젠과 함께 샤오스에 갔다. 밤에 비.

18일 맑음. 점심 후에 샤오스에 갔다. 밤에 둘째의 편지를 받았다. 15일 부친 것이다(75).

19일 구름, 오전에 갬. 정오 지나서 치서우산과 함께 시내로 나가 밥을 먹었다.

20일 맑음. 점심 후에 샤오스에 가서 옛날 돈 7매를 샀다. 값은 30퉁위안銅元이다. '단평절삼'端平折三 1매는 좋았다. 저녁에 지푸가 요리 한 그릇을 보냈다.

21일 맑음. 오전에 둘째에게 편지를 부쳤다(七十五). 점심 후에 샤오스에 갔다. 밤에 한서우진이 20위안을 빌려 갔다.

22일 맑음. 일요일 휴식. 오전에 천쯔잉의 편지를 받았다. 18일 부친 것이다. 점심 후에 류리칭이 왔다. 붙들고 그림을 그리게 했다. 지쯔추가 왔다. 쉬지상이 와서 『열장지진』閱藏知津을 빌려 갔다. 웨이푸몐이 왔다. 저녁에 광허쥐에 가서 밥을 먹었다. 동석자들은 청보가오程伯高, 쉬융캉許永康, 지쯔추이고 리칭이 돈을 냈다.

23일 맑고 바람. 오전에 둘째의 편지와 류원柳惲의 시 2장을 받았다. 19일 부친 것이다(76). 점심 후 샤오스에 갔다. 바람이 많이 불어 노점이 거의 안 나왔다. 저녁에 쑹쯔페이가 왔다.

24일 맑음. 아무 일 없다.

---

85) 마가오의 원문은 '麻糕'. 참깨와 찹쌀, 쌀 등으로 만든 떡의 일종.

25일 점심 후에 하부토 후쿠코羽太福子의 편지를 받았다. 16일 부친 것이다. 밤에 쉬지푸가 왔다.

26일 구름. 오전에 둘째에게 편지를 부쳤다(七十六). 타오녠친陶念欽 선생에게 회신을 했다. 둘째가 부친 책 두 묶음을 받았다.『소학답문』小學答問 2부 2책,『문사통의』文史通義 1부 6책,『자위쇄기』慈闈瑣記 1책이다. 22일 부친 것이다. 점심 후에 둥자오민샹에 가서 사가미야서점 앞으로 편지를 부치고 쯔잉을 대신하여 책 대금으로 일본 돈 30엔을 부쳤다. 중국은행권으로는 40위안에 달한다. 오후에 아내에게서 편지가 왔다. 22일 딩자눙丁家弄 주朱씨 집에서 부친 것이다. 참으로 엉뚱하다. 저녁에 퉁야전이 와서 집으로 이미 100위안을 송금했다고 하여 즉시 주었다. 이전에 빌려 간 30위안을 제하고 70위안을 주었다.

27일 맑음. 오전에 둘째의 편지를 받았다. 23일 부친 것이다(77). 밤에「아동 관념계의 연구」[86] 번역을 마쳤다.

28일 구름. 오전에 천쯔잉에게 편지를 부쳤다. 오후에 유정서국에 가서 탕湯이 주注한 도陶의 시 석인본 1책을 인銀 2자오에 샀다. 또 봉투 한 묶음을 5편에 샀다. 저녁에 웨이푸몐이 와서 인 100위안을 가져갔다. 자기 집을 통해 둘째에게 바로 돈을 주게 하겠다고 했다. 밤에 마오수취안이 와서『목탄화』1책을 주었다.

29일 구름. 일요일 휴식. 낮에 갬. 점심 후에 난퉁현관으로 지쯔추를 찾아가『문사통의』를 주었다. 칭윈거에 가서 치약가루 1갑을 6자오에 샀다. 원밍서국에 가서 구십주仇十州가 그림을 그리고 문징명文徵明이 글을 쓴

---

86)「아동 관념계의 연구」(兒童觀念界之研究)는 일본의 심리학자이자 교육자인 다카시마 헤이자부로(高島平三郎, 1865~1946)의 논문이다. 번역문은『전국아동예술전람회기요』(全國兒童藝術展覽會紀要; 1915년 3월)에 발표되었다.

『비연외전』飛燕外傳 1책을 1위안 6자오에 샀다. 『황영표인물책』黃鸚瓢人物冊 1책을 9자오 6편에 샀다. 밤에 바람.

30일 구름. 오전에 둘째의 엽서를 받았다. 퉁야전의 집으로부터 우편환 100위안을 이미 받았다고 했다. 26일 부친 것이다. 밤에 미풍.

12월

1일 맑다가, 오전에 흐림. 둘째에게 편지를 부쳤다(七十七). 점심 후에 바람. 저녁에 지푸가 왔다.

2일 맑음. 오전에 둘째의 편지를 받았다. 지난달 28일 부친 것이다 (78).

3일 구름. 오전에 11월 봉급 인 280위안을 받았다. 점심 후에 왕중유王仲猷로부터 신화은행의 저축표87) 1매를 샀다. 값은 10위안이고 번호는 제602475번이다.

4일 맑음. 오전에 지푸에게 편지를 보냈다.

5일 점심 후에 창이전과 샤오스에 가서 옛날 돈 2매를 샀다. 또박또박 정서로 쓴 '당국통보'唐國通寶 1매, '홍화통보'洪化通寶 1매를 5퉁위안銅元에 샀다. 오후에 류리창에 가서 『지나본대소승론』支那本大小乘論 잔본 7책을 2위안에 샀다. 밤에 위통.

6일 맑음. 일요일 휴식. 오전에 둘째에게 편지를 부쳤다(七十八). 상치

---

87) 당시 중국정부의 재정부가 재정난을 해소하기 위해서 신화은행(新華銀行)에 위탁하여 이해 저축표 천만 위안어치를 발행했다. 원래 결정한 것은 3년 동안 추첨을 통해 당선된 사람 순으로 원금을 모두 되돌려주는 방식이었다. 그러나 경제난이 악화되어 당선되지 않았던 사람의 원금 반환은 3년간 연기되었고 1920년에는 현금이 아닌 민국 5년(1916) 발행의 내국공채권으로 반환하였다.

헝이 왔다. 오후에 류리창에 가서 남송南宋시대 옛날 돈 5매('오'五자 '육'六 자가 있는 '경원절삼'慶元折三 각 1매, 뒤에 '원'元자가 있는 '소정절이'紹定折二 1 매, 뒤에 '삼'三자가 있는 '함순평천'咸淳平泉 1매, 기타 1매. 값은 5자오)를 샀다. 또 『신주대관』神州大觀 제6집 1책을 1위안 7자오 5편에, 『삼론현의』三論玄義 1책을 1자오 4리에 샀다. 밤에 생강즙을 먹었다. 둘째의 편지를 받았다. 3 일 부친 것이다(79). 바람.

7일 맑고 바람. 점심 후에 치서우산과 같이 외출해 커피를 마셨다. 지 나본支那本 장경藏經 안에 '정'情자가 있는 책 2책을 쉬지상에게 주었다. 상 치헝에게 편지로 『유설』類說을 빌려 달라고 부탁했으나 빌리지 못했다. 퉁 야전이 와서 차 두 상자를 주었고 20위안을 빌려 갔다. 저녁에 쯔페이가 왔다.

8일 오전에 주티셴에게 편지를 부쳤다. 점심 후에 치서우산, 다이루 링, 쉬지상과 함께 이창에 가서 커피를 마셨다. 사가미야서점의 엽서를 받 았다. 2일 도쿄에서 부친 것이다.

9일 아침에 둥자오민샹 일본우체국에 가서 하부토 가에 편지를 부 쳤다. 후쿠코에게 보내는 메모 1장과 인銀 25엔을 동봉했다. 15엔은 연말 에 쓸 용돈이다. 점심 후에 샤 사장과 같이 류리창에 가서 책을 샀다. 나는 『해첩사십종』楷帖四十種 1부 4책과 『속해첩삼십종』續楷帖三十種 1부 4책을 두 상자에 나누어 샀다. 값은 모두 16위안 8자오 5편이다.

10일 오전에 둘째에게 편지를 부쳤다(七十九). 점심 후에 류리창에 가 서 교육부를 대신해 책을 샀다. 천스쩡이 산수화 4폭을 그려 주었다. 화초 화花草畫 그리는 것도 응낙해 주었다.

11일 구름. 점심 후에 치서우산과 같이 샤오스에 갔다. 오후에 바람.

12일 맑음. 오전에 둘째의 편지를 받았다. 요시코의 편지와 도서목록

2장이 동봉되어 있었다. 8일 부친 것이다(80). 점심 후 중쑤仲素, 서우산, 루링, 지상을 이창으로 초대해서 밥을 먹었다. 주티셴의 편지를 받았다. 오늘 부친 것이다. 저녁에 지푸를 방문했다. 샹치헝이 왔다.

13일 일요일 휴식. 점심 후에 지푸가 와서 같이 마유위의 집에 갔다. 쥔모, 첸스啟士, 티셴, 중지仲季를 만났다. 저녁에 귀가했다. 유위에게 『사명육지』四明六志 1부를 반환했다. 밤에 쑹쯔페이가 왔다. 지푸가 왔다. 위약을 먹었다.

14일 구름. 오후에 바람. 이창의 비스킷 두 가지를 샀다.

15일 맑음. 오전에 둘째에게 편지를 부쳤다. 요시코에게 보내는 답장을 동봉했다(八十). 청보가오程伯高에게 『소학답문』 1책을 보냈다. 오후에 바람. 저녁에 지푸가 삶은 오리와 햄 한 그릇을 보냈다. 밤에 마오수취안이 왔다. 천쯔잉의 편지를 받았다. 12일 부친 것이다. 12시경 외삼촌[88]이 사오싱에서 오셨다. 2시경까지 얘기했다. 그의 짐이 아직 톈진에 있어서 침구를 빌려드렸다.

16일 아무 일 없음. 밤에 바람이 많이 불었다.

17일 구름. 오전에 둘째의 편지를 받았다. 13일 부친 것이다(81). 밤에 바람이 한바탕 불었다.

18일 맑음. 점심 후에 퉁지同記에 가서 이발을 했다. 저녁에 샤오스를 빙 둘러서 귀가했다.

19일 점심에 다오쑨과 같이 이창에 가서 밥을 먹었다. 또 비스킷을 한

---

88) 외삼촌은 루쉰의 어머니 루루이(魯瑞)의 남동생인 루지샹(魯寄湘, 1862~1917)을 말한다. 한방 의사인 친구와 약방을 경영하다가 친구의 배신으로 가게 문을 닫고 베이징으로 일을 찾아 나섰다. 처음 베이징에 간 날이 이날이다. 1915년 6월 14일에 일시 귀향하였다가 다시 베이징에 간다(1915년 11월 28일 루쉰 일기). 직장을 얻지 못하고 귀향했다가 1917년 5월 20일 사망한다.

상자 샀다. 1위안 2자오다. 점심 후에 지푸와 같이 취안예창勸業場에 갔다.

20일 일요일 휴식. 오전에 둘째에게 편지를 부쳤다(八十一). 점심 전에 쉬지상이 와서 얘길 나누었다. 오후에 류리창에 가서 『이아정의』爾雅正義 1부 10본을 1위안에 샀다. 또 석인본 한漢 비석碑石 4종 4책을 1위안 2자오 5펀에 샀다. 또 옛날 거울 1개를 1위안에 샀는데 사유에 사령문이 있다.[89] 외삼촌이 집에서 부탁한 말린 생선 한 상자를 가져다주었고, 또 소고기 두 작은 상자를 주었다.

21일 구름. 점심 후에 치서우산과 함께 샤오스에 갔다. 밤에 바람. 둘째의 편지를 받았다. 18일 부친 것이다(82).

22일 아침에 눈이 반 촌寸[90]가량 쌓였다. 오전에 갬. 마오수취안이 사오싱으로 돌아간다고 작별하러 왔다. 인 20위안을 빌려주었다. 점심 후에 쉬지쉬안, 쉬지상과 같이 통속도서관에 가서 소설들을 조사했다.[91]

23일 동지冬至다. 휴식. 점심 후에 지푸가 와서 곧바로 마유위 집에 갔다가 저녁에 귀가했다. 감기에 걸렸다.

24일 맑음. 점심 후에 치서우산과 같이 샤오스에 갔다. 밤에 지푸가

---

89) 사유(四乳)는 옛날 거울 테두리의 볼록하게 나온 부분을 지칭. 사령문(四靈文)은 용, 기린, 봉황, 거북을 그린 장식무늬를 말한다. 이들은 성인(聖人)이 출현하거나 어떤 길조가 있을 때 나타난다는 영험한 동물들로 기린은 살아 있는 풀을 밟지 않고 생물을 먹지 않는 어진 짐승으로, 용은 뱀과 같은 비늘 몸에 사슴의 뿔과 귀신의 눈, 소의 귀를 하고 깊은 못이나 바다에 살며 자유자재의 조화를 부리는 짐승으로, 봉황은 닭의 머리, 뱀의 목, 제비의 턱, 거북의 등, 물고기의 꼬리를 갖추고 오색의 찬란한 빛을 내는 큰 새로, 거북은 장수와 상서(祥瑞)를 상징하는 영물(靈物)로 여겼다. 이들은 모두 한대(漢代) 고분벽화와 사당(祠堂), 동경(銅鏡) 등에 사용되었다. 모두 불생불멸 사상과 나라의 길흉을 미리 알려 준다는 도교사상과 결부되어 있다.

90) 촌(寸)은 10분의 1척(尺)으로 약 3.33센티미터 길이다.

91) 1913년 10월 21일에 개관한 통속도서관의 장서들은 주로 경사(京師)도서관에서 이관한 것들로, 중요하지 않은 책들도 많았다. 장서는 일반용과 아동용으로 구분되어 있었는데, 다른 도서관과 다른 점은 아동을 위한 철봉, 그네, 줄넘기 등 운동기구가 준비된 체육관이 있었다는 점이다. 이날 루쉰은 사회교육사의 관리 하에 있는 이 도서관의 장서를 검사하러 출장을 간 것이다.

왔다.

25일 오전에 다오쑨이 와서 『레미제라블』 2책을 빌려 갔다. 둘째에게 편지를 부쳤다(八十二). 같은 회관에 주朱씨 성을 가진 사람이 아직까지도 솜옷이 없어서 5위안을 주었다. 천중츠陳仲麃에게 전해 달라고 부탁했다. 저녁에 쉬스취안이 왔다. 밤에 바람.

26일 점심 후에 둘째가 부친 복사용 격자지[92] 10매를 받았다. 19일 부친 것이다. 저녁에 퉁야전, 왕징칭이 왔다.

27일 맑고 바람. 일요일 휴식. 점심 후에 유정서국에 가서 『황석재부인수서효경』黃石齋夫人手書孝經 1책을 3자오에 샀다. 『명탁한예사종』明拓漢隸四種, 『유웅비』劉熊碑, 『황초수공자묘비』黃初修孔子廟碑, 『도재장예학명』匋齋藏瘞鶴銘, 『수전탁본예학명』水前拓本瘞鶴銘 각 1책을 샀다. 모두 2위안 5자오 5펀이다. 오후에 둘째의 편지를 받았다. 셋째 부인의 편지가 동봉되어 있었다. 23일 부친 것이다(83). 시게히사重久의 편지를 받았다. 같은 날 부친 것이다. 저녁에 퉁야전이 와서 인 30위안을 빌려 갔다.

28일 오전에 이달 봉급 280위안을 받았다. 치서우산에게 200위안 저금을 부탁했다. 심부름하는 사람에게 8위안을 나눠 주었다.

29일 구름. 점심 후에 치서우산과 같이 이창에 가서 밥을 먹었다.

30일 구름. 오전에 둘째에게 편지를 부쳤다. 요시코에게 보내는 편지를 동봉했다(八十三). 천쯔잉에게 편지를 부쳤다. 하부토 가의 편지를 받았다. 20일 부친 것이다. 점심 후에 류리창 원밍서국에 가서 『문형산수서이소』文衡山手書離騷 1책을 샀고 또 『시고』詩稿 1책, 『왕각사자서시』王覺斯自書

---

92) 복사용 격자지의 원문은 '인서격자지'(印書格子紙). 책을 복사할 때 쓰던 용지로 바둑판처럼 네 모난 칸(格子)이 쳐 있는 종이.

詩 1책, 『왕량상해서논서잉어』^{王良常楷書論書賸語} 1책, 『왕몽루자서쾌우당시고』^{王夢樓自書快雨堂詩稿} 1책, 『심석전이죽도』^{沈石田移竹圖} 1책을 샀다. 모두 인 1위안 4자오 3편 5리다. 다시 유정서국에 가서 『장저료수서화엄경묵적』^{張樗寮手書華嚴經墨迹} 1책을 3자오 5편에, 『황소송장한비오종』^{黃小松藏漢碑五種} 1부 5책을 1위안 2자오에 샀다. 오후에 후베이에 기부금 2위안을 내고 극장표 1장을 받았다.[93] 칭미거^{淸秘閣}에서 종이 80장과 붓 2자루를 2위안에 샀다. 저녁에 외삼촌이 와서 이야기하였고 10위안을 빌려 갔다. 지푸가 왔다. 밤에 바람.

31일 맑음. 오전에 마유위의 집에 가서 주티셴, 선인모, 첸스, 첸중지^{錢中季}, 왕쉬추^{汪旭初}, 후양쩡^{胡仰曾}, 쉬지푸를 만났다. 점심식사 후에 돌아왔다. 천스쩡의 엽서를 받았다. 저녁에 교육부 사회교육사의 동료들이 시주스커우^{西珠市口}의 진구춘^{金谷春}에서 공식연회를 열었다. 동석자들은 쉬지쉬안, 황즈젠, 쉬지상, 다이루링, 창이전, 치서우산, 치보강, 린쑹젠^{林松堅}, 우원쉬안^{吳文瑄}, 왕중유다. 모두 11명. 밤에 황위안성이 왔다. 장셰허가 요리와 과자를 보냈다. 요리는 받고 과자는 돌려보냈다.

갑인년(1914년) 도서장부

청동려잔초 聽桐廬殘草 1冊	0.10	1월 3일
육방옹전집 陸放翁全集 36冊	16.00	
고학휘간 古學彙刊 第7期 2冊	1.05	1월 11일

---

93) 1914년 가을 후베이(湖北)성 장한(江漢), 샹양(襄陽) 등 30여 개 현(縣)에 수재, 가뭄, 해충의 재해가 극심하였다. 한촨(漢川) 등 4개 현의 이재민만도 6천만 명에 이르렀다고 한다. 9월 19일 후베이성은 베이징 정부에 긴급구제를 요청했다.

육조인수서좌씨전 六朝人手書左氏傳 1冊　　　　　0.40　　　　　1월 18일

임화정수서시고 林和靖手書詩稿 1冊　　　　　0.40

축지산수서염사 祝枝山手書艶詞 1冊　　　　　0.30

오곡인수서 吳穀人手書有正味齋續集之九 1冊　0.40

당인사본 당운잔권 唐人寫本唐均殘卷 1冊　　1.00

원화성찬 元和姓纂 4冊　　　　　　　　　　1.00　　　　　1월 24일

춘휘당총서 春暉堂叢書 12冊　　　　　　　4.00

서효목집전주 徐孝穆集箋注 3冊　　　　　3.00　　　　　1월 27일

　　　　　　　　　　　　　　　　　　　27.650

영북송본 이이창화집 影北宋本二李唱和集 1冊　1.00　　　2월 1일

진씨중각 월중삼불후도찬 陳氏重刻越中三不朽圖贊 1冊　0.50

백효도 百孝圖 2冊　　　　　　　　　　　1.00

주씨중각 평진관총서 朱氏重刻平津館叢書 48冊　14.00

십만권루총서 十萬卷樓叢書 112冊　　　　19.00　　　　2월 8일

　　　　　　　　　　　　　　　　　　　35.500

양문산서음부경 梁聞山書陰符經 1冊　　　0.15　　　　　3월 15일

옹송선서서보 翁松禪書書譜 1冊　　　　　0.40

송원명인묵보 宋元名人墨寶 1冊　　　　　0.60

소만권루총서 小萬卷樓叢書 16冊　　　　4.50　　　　　3월 29일

　　　　　　　　　　　　　　　　　　　5.650

고학휘간 古學彙刊 第8期 2冊　　　　　1.05　　　　　4월 4일

양절금석지 兩浙金石誌 12冊　　　　　　2.40

법구경 法句經 1冊　　　　　　　　　　0.13　　　　　4월 18일

삼교평심론 三敎平心論 1冊　　　　　　0.13

열장지진 閱藏知津 10冊　　　　　　　　2.00

선불보 選佛譜 2冊　　　　　　　　　　0.312

석가여래응화사적 釋迦如來應化事迹 3冊　　0.90

화엄경합론 華嚴經合論 30冊　　　　　　5.72　　　　　4월 19일

화엄결의론 華嚴決疑論 2冊　　　　　　 0.286

유마힐소설경주 維摩詰所說經注 2冊　　　0.351

보장론 寶藏論 1冊　　　　　　　　　　0.052

	13.331	
반야등론 般若燈論 3冊	0.65	5월 15일
대승중관석론 大乘中觀釋論 2冊	0.39	
대승법계무차별론소 大乘法界無差別論疏 1冊	0.143	
십주비바사론 十住毘婆沙論 3冊	0.728	
신주대관 神州大觀 第5期 1冊	1.65	5월 19일
중국명화 中國名畵 第17集 1冊	1.50	5월 23일
화엄권속삼종 華嚴眷屬三種 1冊	0.104	
사익범천소문경 思益梵天所問經 1冊	0.208	5월 31일
금강반야경 6종역 金剛般若經六種譯 1冊	0.195	
금강경 심경약소 金剛經心經略疏 1冊	0.136	
금강경지자소 심경정매소 金剛經智者疏心經靖邁疏 合 1冊	0.143	
팔종강요 八宗綱要 1冊	0.128	
	5.974	
대승기신론양역 大乘起信論梁譯 1冊	0.078	6월 3일
대승기신론당역 大乘起信論唐譯 1冊	0.078	
대승기신론의기 大乘起信論義記 1冊	0.416	
석마가연론 釋摩訶衍論 4冊	0.598	
발보리심론 發菩提心論 1冊	0.078	
현양성교론 顯揚聖敎論 4冊	0.780	
파사론 破邪論 1冊	0.117	
호법론 護法論 1冊	0.071	
절의론 折疑論 1冊	0.208	
일승결의론 一乘決疑論 1冊	0.071	
자은사삼장법사전 慈恩寺三藏法師傳 3冊	0.520	
삼보감통록 三寶感通錄 1冊	0.234	
청중각룡장휘기 淸重刻龍藏彙記 1冊	0.234	
현수국사별전 賢首國師別傳 1冊	0.05	6월 6일
심경금강경종륵주 心經金剛經宗泐注 1冊	0.114	
심경직설금강결의 心經直說金剛決疑 1冊	0.150	
심경석요금강파공론 心經釋要金剛破空論 1冊	0.150	

심경이종역실상문수 반야경합 心經二種譯 實相文殊 般若經合 1冊	0.085	
금강경종통 金剛經宗通 2冊	0.180	
불교초학과본 佛敎初學課本 1冊	0.136	
	4.476	
사십이장경 등 3종합본 四十二章經等三種合本 1冊	0.045	7월 4일
현우인연경 賢愚因緣經 4冊	0.676	
국학휘간 國學彙刊 第9期 2冊	1.050	
과거현재인과경 過去現在因果經 1冊	0.234	7월 11일
누탄경 樓炭經 2冊 1冊	0.247	
사체 등 7경동본 四諦等七經同本 1冊	0.071	
아난문사불 등 2경동본 阿難問事佛等二經同本 1冊	0.052	
당고승전 唐高僧傳 10冊	1.950	
조집전평 曹集銓評 2冊	1.00	7월 22일
중론 中論 2冊	0.372	7월 28일
십이문론종치의기 十二門論宗致義記 2冊	0.241	
대방광화엄저술집요 大方廣華嚴著述集要 12冊	2.262	
조론약주 肇論略注 2冊	0.327	
유가사지론 瑜伽師地論 5冊	2.600	7월 29일
심진문집 鐔津文集 4冊	0.780	
기신론 2종역 起信論二種譯 2冊	0.156	
	13.018	
속원교론 續原敎論 1冊	0.104	8월 8일
송고승전 宋高僧傳 8冊	1.560	
명고승전 明高僧傳 2冊	0.273	
노자익 老子翼 4冊	0.65	8월 23일
음부 등 4경발은 陰符等四經發隱 1冊	0.182	
정본묵자한고 定本墨子閑詁 8冊	3.00	8월 27일
왕룡장유서 汪龍莊遺書 6冊	2.00	
여배집 驢背集 2冊	0.60	
	8.370	
범경집 泛梗集 2冊	천중젠 기증	9월 1일

십이인연 사경동본 十二因緣四經同本 1冊	0.058	9월 6일
기신론직해 起信論直解 1冊	0.208	
임간록 林間錄 1冊	0.286	
불설반니원경 佛說般泥洹經 2冊	0.50	
불설대방광니원경 佛說大方廣泥洹經 2冊	0.50 9월 8일 쉬지상에게 기증	
입아비달마론 入阿毘達磨論 2冊	0.50	
엄씨시집 嚴氏詩緝 12冊	1.50	
부법장인연경 付法藏因緣經 5冊	1.00	9월 7일
아육왕경 阿育王經 5冊	1.00	
감산 도덕경해 憨山道德經解 2冊	0.28	9월 12일
감산 장자내편주 憨山莊子內篇注 2冊	0.310	
비급자방부침자택일 備急灸方附針灸擇日 編集 2冊	0.20	
장아함경 長阿含經 6冊	1.014	9월 16일
반야심경오가주 般若心經五家注 1冊	0.117	
용서정토문 龍舒淨土文 1冊	0.247	
선여인전 善女人傳 1冊	0.156	
금강반야밀경론 金剛般若密經論 1冊	0.187	9월 17일
변정론 辨正論 3冊	0.374	
십팔공백광백론합각 十八空百廣百論合刻 1冊	0.154	
고금불도론형록 古今佛道論衡錄 2冊	0.242	
광홍명집 廣弘明集 10冊	1.76	
보리자량론 菩提資糧論 1冊	0.154	9월 19일
대안반수의경 大安般守意經 1冊	0.084	9월 26일
중아함경 中阿含經 12冊	2.520	
아비담잡집론 阿毗曇雜集論 3冊	0.528	
조론 肇論 1冊	0.130	
일체경음의 一切經音義 4冊	1.00	
설문발의 說文發疑 3冊	0.460	9월 27일
	15.178	
중심경 등 십사경동본 中心經等十四經同本 1冊	0.12	10월 9일
오고장구경 등 십경동본 五苦章句經等十經同本 1冊	0.168	

문수소설선악숙요경 文殊所說善惡宿曜經 1冊	0.100	
여루총각 麗樓叢刻 7冊	3.00	10월 10일
쌍매경암총서 雙梅景闇叢書 4冊	2.00	
당인소설 6종 唐人小說六種 2冊	1.00	
회도삼교원류수신대전 繪圖三敎源流搜神大全 2冊	1.00	
대살차니건자수기경 大薩遮尼乾子受記經 2冊	0.336	10월 25일
석가성도기주 釋迦成道記注 1冊	0.100	
천인감통록 天人感通錄 1冊	0.060	
법해관란 法海觀瀾 2冊	0.336	
거사전 居士傳 4冊	0.840	
진씨본설문해자부통검 陳氏本說文解字附通檢 10冊	2.00	
사선성집 謝宣城集 1冊	0.250	
	11.310	
복고편 復古編 3冊	0.80	11월 7일
고학휘간 古學彙刊 第10編 2冊	1.05	
설문교의 說文校議 5冊	2.00	11월 15일
설문단주정보 說文段注訂補 8冊	2.00	
도정절시집탕주 陶靖節詩集湯注 1冊	0.20	11월 28일
구십주비연외전도 仇十州飛燕外傳圖 1冊	1.60	11월 29일
황영표인물책 黃癭瓢人物冊 1冊	0.960	
	8.610	
지나본대소승론정지일자 支那本大小乘論靜至逸字 7冊	2.00	12월 5일

정자情字 2책은 7일 쉬지상에게 기증

삼론현의 三論玄義 1冊	0.104	12월 6일
신주대관 神州大觀 第6集 1冊	1.750	
진당해첩사십종 晉唐楷帖四十種 4冊	10.15	12월 9일
속해첩삼십종 續楷帖三十種 4冊	6.70	
이아정의 爾雅正義 10冊	1.00	12월 20일
태산진전이십구자 泰山秦篆二十九字 1冊	0.25	
한석경잔자 漢石經殘字 1冊	0.20	
동해묘잔비 東海廟殘碑 1冊	0.40	

천발신참비 天發神讖碑 1冊	0.40	
명탁한예사종 明拓漢隷四種 1冊	0.60	12월 27일
한유웅비 漢劉熊碑 1冊	0.30	
위황초수공자묘비 魏黃初修孔子廟碑 1冊	0.25	
도재장예학명 匋齋藏瘞鶴銘 2種 1冊	1.00	
수전탁본예학명 水前拓本瘞鶴銘 1冊	0.40	
황석재부인수서효경정본 黃石齋夫人手書孝經定本 1冊	0.30	
문형산서이소진적 文衡山書離騷眞迹 1冊	0.35	12월 30일
문형산자서시고 文衡山自書詩稿 1冊	0.21	
왕각사시책 王覺斯詩冊 1冊	0.145	
왕량상논서잉어 王良常論書賸語 1冊	0.14	
왕몽루자서시고 王夢樓自書詩稿 1冊	0.14	
심석전이죽도 沈石田移竹圖 1冊	0.35	
장저료화엄경묵적 張樗寮華嚴經墨迹 1冊	0.35	
황소송장한비 黃小松藏漢碑 5種 5冊	1.20	
	28.789	

총합계 177.834

작년 대비 약 5분의 2 감소했다.

12월 31일 밤에 기록

을묘일기(1915년)

정월

　1일 구름. 공휴일. 점심 후 갬. 지푸가 요리 두 개를 보내서 외삼촌에게
보냈다. 오후에 치서우산齊壽山의 엽서를 받았다. 둘째의 편지를 받았다.
작년 12월 28일 부친 것이다(84). 디구이산狄桂山이 찾아왔다. 저녁에 지상
이 와서 식사를 한 후 같이 제1무대에 가 연극을 봤다.[1] 12시에 돌아왔다.

　2일 맑음. 공휴일. 오전에 첸다오쑨錢稻孫이 왔다. 장셰허張協和가 왔다.
점심 후 쑹쯔페이宋子佩가 왔다. 류리창 즈리관서국直隷官書局에 가서 『설문
해자계전』說文解字繫傳 1부 8책을 2위안에, 『광아소증』廣雅疏證 1부 8책을 2

---

1) 후베이성 재해복구를 위한 자선 경극(京劇) 공연이 베이징 첸먼(前門) 밖의 시류수징(西柳樹井)
다제(大街)의 제1무대를 빌려 열렸다. 루쉰은 1914년 12월 30일 일기에, 후베이 일대의 홍수 재
해 의연금으로 2위안을 기부하고 극장관람권 1장을 받았다고 기록했다. 루쉰이 경극을 본 것
은 이것이 마지막인 것으로 보인다. 소설 『외침』 「지신제 연극(社戲)」에서는 이날 전통 경극을
본 풍경을 자세히 언급하였고 이어 다음과 같이 말하고 있다. "이날 밤이 내가 바로 전통극에 대
해 이별을 고한 밤이었다. 그 뒤로 두 번 다시 그걸 생각해 본 적이 없다." 『외침』(루쉰전집 2권),
191~193쪽.

위안 5자오 6편에 샀다. 오후에 왕스간王式乾, 쉬쭝웨이徐宗偉가 와서 20위안을 빌려 갔다. 류리칭劉歷靑, 지쯔추季自求가 왔고 저녁에 광허쥐에 가서 밥을 먹었다.

3일 맑고 바람. 일요일 공휴일. 점심 후에 둘째에게 책 두 포를 부쳤다. 『방옹문집』放翁文集 1부 12책이 한 포, 『시집』詩集 8책이 한 포다. 오후에 처 겅난이 왔다. 타오수천이 왔다. 저녁에 둘째의 편지를 받았다. 12월 30일 부친 것이다(85).

4일 맑음. 오전에 둘째에게 편지를 부쳤다(一). 부에 나가 일을 했고 11시에 다과회가 있었다. 낮에 왕수탕汪書堂, 첸다오쑨과 같이 이창에 가서 밥을 먹었다. 오후에 둘째에게 책 한 포를 부쳤다. 『열장지진』閱藏知津 1부 10본과 『후갑집』後甲集 1부 2본을 넣었다. 다시 엽서 한 장을 보냈다. 밤에 바람.

5일 맑음. 점심 전에 전 교육부원들이 촬영을 했다. 오후에 자오퉁은행으로 공금을 가지러 갔다.

6일 구름. 오전에 둘째의 편지를 받았다. 2일 부친 것이다(1). 둘째에게 『검남시고』劍南詩稿 16본을 두 포로 나누어 부쳤다. 시링인사西泠印社 앞으로 인銀 9위안을 부쳤다. 영송본影宋本『도연명집』陶淵明集 2부 4위안, 영송본『파문수창집』坡門酬唱集 1부 3위안, 『도화선』桃花扇 1부 1위안 2자오, 우송비 8자오로 예약한 것이다. 점심 후 진눈깨비가 내려 밤이 되자 반 촌寸 정도 쌓였다.

7일 맑음. 오전에 둘째에게 편지를 부쳤다(二). 둘째의 편지를 받았다. 3일 부친 것이다(2). 오후에 류지저우劉濟舟가 교육부로 만나러 왔다. 저녁에 류성劉升이 소주에 담근 대추 1성2)을 가져왔는데 반을 받았고, 100원文3)을 주었다. 쑹쯔페이가 왔다.

8일 약간의 눈. 점심 후에 일본우체국에 가서 『향토연구』 20책을 가져왔다. 저녁에 웨이푸몐이 왔다.

9일 약간의 눈. 오전에 둘째에게 『향토연구』 1포를 부쳤다.

10일 맑음. 일요일 휴식. 점심 전에 둘째에게 편지를 부쳤다(三). 점심 후에 난류샹南柳巷으로 류지저우를 찾아갔으나 만나지 못했다. 원밍서국에 가서 『인명론소』因明論疏 1부 2책을 4자오 3편에, 석인石印 송본宋本 『도연명시』陶淵明詩 1책을 5자오에 샀다. 지쯔추를 방문했으나 만나지 못했다. 오후에 지샹嵜湘 삼촌과 천중츠陳中箎가 룽셴후퉁絨線胡同의 반차오板橋 토지묘土地廟로 이사했다. 저녁에 바람.

11일 흐리고 바람이 많이 불었다. 오전에 둘째의 편지를 받았다. 7일 부친 것이다(3). 『백유경』百喩經 인쇄가 다 되어 점심 후에 30책을 부쳐 왔다. 쉬지상에게 10책을, 지푸에게 4책을, 샤 사장과 다이루링에게 각 1책을 나눠 주었다. 이전에 사 모은 대가들의 석인石印 수적手迹과 석각石刻 소책자들을 정리하고 직공에게 그것들의 장정을 부탁하였더니 모두 30본이 되었다. 밤에 상치헝 군이 와서 학비 30위안을 가져갔다.

12일 맑음. 바람이 많고 무척 춥다. 점심 후 다오쑨에게 『백유경』 1본을 주었다.

13일 맑고 바람. 몹시 춥다. 오전에 둘째에게 『백유경』 6본을 한 포로 부쳤다. 점심 후에 치서우산과 이창에 가서 밥을 먹었다. 오후에 둘째가 부친 『뤄사총간』蘿社叢刊 제2기 1책을 받았다. 작년 12월 27일 부친 것이다.

14일 구름, 춥다. 오전에 쉬지상이 왔다. 둘째에게 편지를 부쳤다(四).

---

2) '성'의 원문은 '升'. 용량을 재는 단위로 흔히 '스성'(市升)이라고도 함. 1리터에 해당한다. 옛날 단위로는 되 혹은 됫박.
3) 원(文). 동전을 헤아리는 단위로서 1첸(錢)과 같은 단위임.

15일 맑음. 낮에 창이전常毅箋과 함께 샤오스에 놀러 갔다. 오후에 한서우첸韓壽謙 군이 왔다. 또 다오쑨에게 『백유경』 2책을, 왕수탕에게 1책을 주었다. 밤에 쑹쯔페이가 왔다.

16일 맑고 바람. 낮에 치서우산과 같이 이창에 가서 밥을 먹었다. 오후에 류리창 즈리관서국에 가서 소동파蘇東坡 사본의 모방각본模倣刻本 『도연명집』陶淵明集 1부 3책을 4위안에 샀다. 둘째의 편지를 받았다. 12일 부친 것이다(4). 저녁에 우중원伍仲文, 마오쯔룽毛子龍, 탄쥔루譚君陸, 장셰허와 함께 다섯 명이 취안예창의 위러우춘玉樓春 식당으로 류지저우를 초대했다.

17일 맑음. 일요일 휴식. 점심 후 지쯔추가 왔다. 『난퉁방언소증』南通方言疏證과 『묵경정문해의』墨經正文解義를 빌리고 『백유경』 1본을 주었다. 류리창에 가서 『관자득재총서』觀自得齋叢書 1부 24책을 5위안에 샀다. 저녁에 책방 직공이 와서 『법원주림』法苑珠林과 기타 잡서의 제본을 부탁했다. 2위안을 지불했다.

18일 맑음. 낮에 왕수탕, 치서우산, 첸다오쑨과 같이 이창에서 밥을 먹었다.

19일 구름. 오전에 둘째에게 편지를 부쳤다(五). 둘째의 편지를 받았다. 15일 부친 것이다(5). 천스쩡에게 『백유경』 1책을 주었다.

20일 진눈깨비. 오전에 하부토 가의 엽서를 받았다. 14일 부친 것이다. 밤에 눈이 그쳤다. 바람.

21일 구름. 낮에 다오쑨과 함께 이창에 가서 점심을 먹었다. 저녁에 장이즈蔣抑之가 왔다. 『백유경』과 『목탄화』 각 1책을 주었다.

22일 맑음. 오전에 둘째에게 편지를 부쳤다(六). 밤에 등씨鄧氏의 『묵경해』를 발췌·초록했다.[4] 특별히 좋은 것은 아니다. 진눈깨비.

23일 진눈깨비. 점심 후 치서우산과 함께 이창에 가서 다과를 먹었다.

쉬지쉬안의 아들이 만 1개월이 되었다.[5] 같이 축하하며 각기 1위안씩을 냈다. 오후에 류리창에 갔다.

24일 맑음. 일요일 휴식. 오전에 둘째의 편지를 받았다. 20일 부친 것이다(6). 밤에 진눈깨비. 장이즈가 왔다.

25일 약간의 눈. 오전에 개었다가 오후에 흐림.

26일 약간의 눈. 오전에 양신스가 산시陝西에서 돌아왔다. 대진경교유행중국비[6]의 비액碑額[7] 탁본 1장을 주었다. 오후에 쉬지상의 집에 가서 키니네 8알을 구해 얻었다.[8] 저녁에 지푸가 요리 한 접시를 주었다.

27일 맑고 많은 바람. 오전에 둘째에게 편지를 부쳤다(七). 또 『교육공보』教育公報 7본을 한 포로 부쳤다. 점심 후에 이달 봉급 인銀 280위안을 받

---

4) 발췌·초록하다의 원문은 '최사'(最寫). 『묵경해』(墨經解)의 원명은 『묵경정문해의』(墨經正文解義)다. 루쉰은 "거듭 고쳐서 확정한 본문은 모두 정확하지는 않았지만 공을 아주 많이 들인 것이었다. 이 때문에 그것을 베껴서 앞으로의 열람에 대비하려고 했다"라고 했다. 정문(正文)만 발췌 초록하고 그 주석과 해설은 옳기지 않았기 때문에 제목을 『묵경정문』(墨經正文)이라고 붙였다. 1918년 루쉰은 이 책을 다시 교정하면서 독서를 했는데, 이때 「『묵경정문』 재교열 후기」(「『墨經正文』重閱後記)라는 글을 썼다. 이 글은 현재 루쉰전집 10권 『집외집습유보편』에 실려 있다.

5) 만 1개월의 원문은 '미월'(彌月). 만월(滿月)의 의미다. 중국에서는 아기가 생후 1개월이 되면 친지들을 초대하여 크게 축하를 한다. 잔치옷을 입히고 단장을 해서 사람들에게 선을 보인다. 하객들은 현금이나 아기 옷, 장식품 등을 선물한다. 백일이 되면 또다시 큰 축하연을 여는데 베이징에서는 이것을 '백로'(百露)라고 불렀다.

6) 이 시기의 루쉰은 이상할 정도의 열정으로 금석문 탁본을 수집하기 시작했다. 루쉰 스스로 구입하기도 하고 친구들이 입수한 것을 전해 주기도 했다. 대진경교유행중국비(大秦景教流行中國碑)는 당대(唐代) 기독교의 비각(碑刻)이다. 당 정관(貞觀) 9년(635년) 기독교 네스토리우스파(경교景教)의 승려 아라본(페르시아인)이 페르시아에서 중국으로 건너와 창안에 페르시아사(중국어로는 波斯寺)를 창건하였다. 이 절이 나중에 대진사(大秦寺)로 이름을 바꾸었다. 당 덕종(德宗) 건중(建中) 2년(781)에 이 비석을 세웠다. 비석에는 1,780자의 비문(碑文)을 새겼는데 40여 자의 시리아 문자도 있다. 경교의 교리와 중국으로 전래된 역사, 비석건립의 유래 등을 기록하고 있다. 명대(明代) 천계(天啓) 3년(1623)에 옛 수도 창안(長安; 현재의 시안西安) 부근인 산시(陝西)성 저우즈(周至)에서 출토되었다.

7) 비석(碑石)에서 제목이 들어가는 비석 윗부분, 이마 부분을 지칭하는 용어.

8) 키니네의 원문은 '금계납환'(金鷄納丸). 루쉰이 감기기운이 있을 때 종종 복용하던 '규나환'(規那丸)과 같은 것. '금계납'(金鷄納), '규나수'(規那樹)도 같은 의미로서 '기나수' 혹은 '키나'라는 식물명이기도 하다. 일기에서는 모두 '키니네'로 번역함.

았다. 밤에 위통이 있어 일어나 중탄산소다 한 스푼을 먹었다.

28일 맑음. 점심 후에 샤오스에 갔다가 '절이가희통보'折二嘉熙通寶 1매를 샀다. 밤에 양신스가 옛날 돈 6매를 주었고 또 작은 동기銅器 1개를 주었다. 마치 부식한 쇠뇌틀[9] 같았다. 큰 바람.

29일 맑고 큰 바람. 오전에 둘째의 편지를 받았다. 25일 부친 것이다(7). 보후이伯撝 숙부의 편지를 받았다. 난징에서 인편에 부탁해 가져온 것이다. 후베이 수재의연금[10]으로 인 2위안을 기부했다. 점심 후에 다오쑨과 같이 이창에 가서 밥을 먹었다.

30일 맑음. 점심 후에 다오쑨, 서우산과 같이 이창에 가서 밥을 먹었다. 식사 후에 샤오스에 놀러 갔다. 오후에 류리창에 가서 『설문계전교록』說文繫傳校錄 1부 2책을 1위안에, 『수헌금석문자』隨軒金石文字 1부 4책을 2위안 4자오에 샀다. 저녁에 쉬지쉬안이 볜이팡便宜坊으로 초대하여 마셨다. 모두 13명으로 사회교육사 동료들이다.

31일 맑음. 일요일 휴식. 오전에 둘째에게 편지와 이달 생활비 100위안을 부쳤다(八). 점심 전에 지푸와 같이 장타이옌 선생님 댁에 갔다가 저녁에 귀가했다. 두하이성이 왔다. 밤에 큰 바람.

2월

1일 맑음. 정오 지나 지푸와 이창에 가서 밥을 먹었다. 밤에 바람, 약간의 눈.

---

9) 쇠뇌틀의 원문은 '노기'(弩機). 노는 석궁(石弓) 혹은 쇠뇌. 고대 병기(兵器)의 일종이다.
10) 후베이 수재의연금. 1914년 12월 30일에도 2위안을 기부했다.

2일 진눈깨비. 오전에 둘째의 편지를 받았다. 정월 29일 부친 것이다 (8). 마오수취안의 편지를 받았다. 29일 위야오余姚에서 부친 것이다. 점심 후에 천스쩡이 겨울 꽃 4장을 그려서 가져왔다.[11] 밤에 왕징칭 군이 왔다.

3일 맑다가 오후에 흐림. 학례學禮 회의[12]가 있었다. 저녁에 바람.

4일 맑고 큰 바람. 낮에 치서우산과 샤오스에 갔다. 저녁에 지푸가 왔다.

5일 맑고 바람. 오전에 둘째에게 편지를 부쳤다(九). 양신스가 『산시비림목록』陝西碑林目錄 1책을 주었다. 낮에 장중쑤, 치서우산, 쉬지상과 같이 이창에 가서 밥을 먹었다. 오후에 류리창에 갔다. 저녁에 지푸가 양고추 된장 한 그릇을 보냈다.

6일 흐리고 바람. 점심 후에 자오퉁은행에 가서 예약권을 공채권으로 바꾸었다. 류리창에 가서 『길금소견록』吉金所見錄 1부 4본을 2위안에, 『휘각서목』彙刻書目 1부 20본을 3위안에 샀다. 양신스가 「안노공상」顏魯公象 탁본 1매 그리고 「유축노등조상」劉丑奴等造象 탁본 1매을 주었다. 온전한 것이 아니다. 밤에 쑹쯔페이가 왔다. 위통.

7일 맑음. 일요일 휴식. 오전에 쉬지상이 왔다. 낮에 구름. 둘째의 편지를 받았다. 3일 부친 것이다(9).

---

11) 1914년 12월 10일 일기에 루쉰은 천스쩡에게 그림을 그려 달라고 부탁했다. 천스쩡은 난징의 광로학당(礦路學堂)과 일본의 고분학원(弘文學院)에서 루쉰과 함께 수학하였고 이 당시는 교육부의 동료로 같이 있었다. 저우쭤런은 "몇년 후 교육부에 함께 있게 되었을 때 스쩡의 그림과 전각 솜씨는 이미 한 경지에 올라 있었고 루쉰은 이를 높게 평가하고 있었다"(周遐壽, 『魯迅の故家』)고 했다. 루쉰은 1933년 정전둬(鄭振鐸)와 공편한 『베이핑전보』(北平箋譜)에 32매의 천스쩡 그림을 실었다.

12) 위안스카이 총통 재임 기간에 공자제례(孔子祭禮)를 강력하게 추진하면서 구제도로 돌아갈 것을 요구하였다. 학례(學禮)는 공자를 제사 지내던 옛날의 의례를 배우고 지도하는 것을 말한다. 당시 교육부에서는 이를 위해 그 일의 담당과 그 일을 할 사람들을 전문적으로 교육, 육성했다.

8일 맑고 바람이 많음. 낮에 치서우산과 같이 이창에 가서 밥을 먹었다. 오후에 둘째가 부친 『경률이상인과록』經律異相因果錄 1책을 받았다. 정월 9일에 부친 것이다. 한 달이나 걸렸다. 책 수선공이 옛날 책의 제본을 마쳤다. 2위안을 주었다.

9일 맑음. 점심 후에 샤오스에 갔다. 주디셴의 편지와 『유설』類說 10책을 받았다. 다이루링이 요리 한 그릇을 주었다.

10일 맑음. 오전에 둘째에게 편지를 부쳤다(十). 밤에 처겅난이 왔다. 첸중츠가 와서 먼저 창밖에서 몰래 한참을 듣고 있다가 들어왔고 겅난과 심하게 다투었다. 한바탕하다가 겨우 잠잠해졌다.

11일 맑고 바람. 낮에 치서우산과 샤오스에 갔다. 밤에 지푸가 왔다.

12일 오전에 둘째의 편지를 받았다. 『콰이지군고서잡집』 견본 2장이 동봉되어 있었다. 8일 부친 것이다(10). 보증 선 사람에게 학생의 학비를 청구하는, 공업전문학교의 편지를 받았다. 바로 퉁야전에게 쪽지를 보내 해결하도록 촉구했다. 오후에 이창에 가서 밥을 먹었다. 다오쑨이 돈을 냈다. 그 밖에 수탕書堂, 웨이천維忱, 랑성閬聲, 서우산 4명이 있었다. 또 다함께 샤오스에 갔다. 밤에 우중원이 요리 두 가지를 보냈다. 반만 받았다.

13일 맑고 큰 바람. 목공에게 책갈피에 넣을 판자 7개 제작을 부탁했다. 공임은 1위안 4자오. 점심 후에 신롄쯔후퉁新簾子胡同으로 외삼촌을 방문했다. 약 반 시간 앉아 있다 나왔다. 저녁에 왕징칭 군이 왔다. 치보강이 과자 한 상자와 입담배 두 상자를 보냈다.

14일 맑음. 음력 을묘乙卯년 설이다. 일요일 휴식. 오전에 지푸가 와서 인銀 300위안을 주었다. 점심 전에 장타이옌 선생님 댁에 갔다. 쿤모, 중지, 티셴, 유위, 지푸, 이추彝初 모두 왔다. 밤에 귀가했다. 지쯔추, 퉁야전이 왔으나 만나지 못했다. 첸중지의 편지를 받았다.

15일 맑음. 설 대체 휴일 휴식. 점심에 둘째에게 편지를 부쳤다. 또『콰이지서집』會稽書集 견본 2장도 부쳤다(十). 점심 후에 창뎬廠甸에 갔는데 사람이 너무 많아 있을 수 없어 바로 귀가했다. 노점에서「설문통계제일도」說文統系第一圖 탁본을 200원文에 샀다. 송·원대 화폐 4매를 450원文에 샀다. 오후에 지푸의 집에 가서 이전에 빌린 책 3권을 반환했다. 밤에 쑹쯔페이가 왔다. 저우유즈周有芝가 왔고 우전차 1갑을 주었다.[13)

16일 구름. 점심 후에 황즈젠黃芝澗과 같이 샤오스에 갔는데 아직 노점상이 나오지 않았다. 오후에 둘째의 편지를 받았다. 12일 부친 것이다(11). 밤에 지쯔추가 왔다.

17일 구름. 오후에 천스쩡과 같이 위㈜ 선생님을 방문하러 갔으나 만나지 못했다.

18일 맑음. 오전에 퉁야전의 편지를 받았다. 어제 부친 것이다. 점심 후 구름. 이창에 가서 밥을 먹었다.

19일 구름. 오전에 둘째에게 편지를 부쳤다(十二). 낮에 이창에 가서 밥을 먹었다. 다오쑨도 같이 갔다. 밤에 큰 바람.

20일 맑고 바람. 낮에 첸다오쑨, 왕수탕과 같이 이창에 가서 밥을 먹었다. 오후에 류리창과 훠선먀오火神廟에 갔다. 책값이 많이 올라 살 수가 없다. 죽 둘러보고 나왔다. 다른 서점을 둘러보다가『설문구두』說文句讀 1부 14책을 4위안에 샀다. 저녁에 왕징칭 군이 와서 이달 생활비를 우편환으로 대신 보내 주길 원한다고 하여, 40위안을 먼저 주었다.[14)

---

13) 우전차(雨前茶). 음력 24절기 가운데 하나인 3월의 '곡우'(穀雨)에 딴 차를 '우차'(雨茶)라고 부르고 곡우 며칠 전에 딴 차를 '우전차'(雨前茶)라고 부른다. '우전차'는 특별히 귀하고 좋은 차로 평가된다.

14) 고향 사오싱과 베이징에 있는 고향의 지인들과의 돈거래 방법에 대해서는 1914년 5월 1일의 일기 주석 참조.

21일 맑음. 일요일 휴식. 오전에 삼촌이 와서 15위안을 빌려 갔다. 쉬지상이 왔다. 점심 후에 『묵경정의』墨經正義와 『난통방언소증』南通方言疏證을 반환하러 지쯔추의 집에 갔고 다시 함께 창뎬에 가서 퉁위안銅元 20메이로 '장천사십'壯泉四十 1매를 샀다. 위조품이다. 또 『인재화잉』紉齋畵剩 1부 4책을 3위안에 샀다. 노점서적에 가서 『모시계고편』毛詩稽古編 1부 8책과 영송본影宋本 왕숙화王叔和의 『맥경』脈經 1부 4본 그리고 수진본袖珍本 『도연명집』 1부 2본을 모두 인 10위안에 샀다. 밤에 처겅난이 와서 얘기했다.

22일 맑음. 낮에 치서우산과 같이 이창에 가서 밥을 먹었다. 저녁에 다른 사람을 돕는 데 500원文을 희사했다.

23일 맑고 바람. 오등가화장을 받았다.[15] 낮에 왕수탕, 첸다오쑨과 같이 이창에 가서 밥을 먹었다. 오후에 다오쑨, 지푸와 같이 창뎬에 가서 '대포황천'大布黃千 2매를 반半 위안에 샀다. 밤에 둘째의 편지를 받았다. 17일 부친 것이다(12).

24일 구름. 오전에 둘째에게 편지를 부쳤다(十三). 밤에 진눈깨비.

25일 진눈깨비. 점심 후에 지푸가 인 50위안을 돌려주었다. 밤에 달이 떴다.

26일 구름. 오전에 둘째의 편지를 받았다. 22일 부친 것이다(13). 점심 후 이달 봉급 인 280위안을 받았다. 밤에 바람.

27일 태풍과 황사. 낮에 왕수탕, 첸다오쑨과 같이 이창에 가서 밥을 먹었다. 저녁에 한서우진, 쉬쭝웨이, 왕스간이 왔고 쉬가 이전에 빌려 간

---

15) 오등가화장(五等嘉禾章). 위안스카이 총통 시기에 훈장등급을 정했는데, 대훈장은 총통이 달고 그 이하는 9등급으로 나누었다. 모든 훈장에 '가화'(嘉禾)라는 글자를 조각해 넣었기 때문에 훈장을 가화장이라고 불렀다. 훈장의 등급은 끈 색으로 구분하여 나누었다. 기타훈장에 육군 백응(白鷹)훈장과 해군 문호(文虎)훈장이 있었다. 루쉰은 관직등급에 따라 오등가화장을 수여받은 것이다.

인 20위안을 갚았다. 밤에 바람이 멈추고 달이 떴다.

　　28일 맑음. 일요일 휴식. 오전에 약간의 바람. 점심 후 창덴에 가서 십이신경 1매를 샀다. 명銘은 있지만 비鼻가 없었다.[16] 인 2위안이다. 또 당唐대 단오경端午鏡 1매를 1위안에 샀다. 골동품가게에 가서 옛날돈 '직백'直百 1매를 샀는데 철재인 듯하다. '대평백금'大平百金 아안전鵝眼錢 1매는 '백금' 두 글자의 형태를 또렷이 전하고 있다. 또 '한원통보'漢元通寶 평전平錢 1매도 샀다. 모두 합해 1위안이다. 취안예창에 가서 치약가루와 비누를 샀고 다오샹춘에 가서 요리를 샀다. 모두 1위안 2자오다. 오후에 왕징칭이 와서 인 60위안을 주었다.

3월

　　1일 맑음. 오전에 둘째에게 편지를 부쳤다(十四). 지푸가 인 50위안을 갚았다. 낮에 치서우산과 같이 이창에 가서 밥을 먹었다. 저녁에 퉁야전이 와서 이전에 빌려 간 인 50위안을 갚았다. 밤에 지쯔추가 와 오서포도경[17] 한 개를 주었다. 잎 위에 작은 원이 있고 그 안에 해서楷書체로 '마'馬 자가 있었다. 노점에서 구한 것이라고 했다. 9시에 갔다. 내가 『소학답문』小學答問 1책을 주었다. 10시에 둘째와 셋째의 편지를 받았다. 셋째 부인이 2월

---

16) 십이신경의 원문은 '十二辰鏡'. 골동거울인 듯하다. 경(鏡)은 경(鏡)이다. 유리가 전래되기 이전, 고대에는 구리 및 동으로 거울을 만들고 그 테두리 혹은 뒤편에 글자를 새겨 넣기도 했는데 새겨 넣은 글자를 명(銘)이라고 한다. 거울 중앙부분 오목하게 돌출된 부분을 비(鼻)라고 했고 여러 가지 동물형상을 볼록하게 조각하기도 했다.

17) 오서포도경의 원문은 '鼯鼠葡桃鏡'. 오서는 날다람쥐다. 포도와 다람쥐의 문양이 있는 거울이다. 거울 뒷면이나 테두리에 그러한 문양이 새겨져 있어서 생긴 이름이다. 루쉰전집 제1권 『무덤』「거울을 보고 느낀 생각」(看鏡有感)에서 거론한 '해마포도경'(海馬葡萄鏡)이 이 거울이다(제1권 『무덤』, 295쪽).

25일 축시丑時에 아들을 낳았다고 했다.[18] 음력 정월 12일이다. 편지는 26일 부친 것이다(14).

2일 맑음. 오전에 시링인사西泠印社에 편지와 인 6위안을 부쳤다. 낮에 왕웨이천, 왕수탕과 같이 신롄쯔후퉁에 가서 건물을 보고[19] 이창에 가서 밥을 먹었다. 오후에 교육시설요목토론회敎育設施要目討論會가 열렸다. 저녁에 쑹쯔페이가 왔다.

3일 맑음. 오전에 둘째와 셋째에게 편지를 부쳤다(十五). 점심 후에 치서우산, 첸다오쑨과 같이 이창에 가서 밥을 먹었다. 첸쥔푸錢均夫는 나중에 왔다. 일본우체국에 가서 하부토 가에 편지와 인 20위안을 부쳤다. 또 후쿠코의 학비 8위안도 부쳤다. 3월부터 6월까지의 분이다. 중국은행에 가서 예약권을 공채권으로 바꾸었다. 밤에 태풍으로 집이 흔들렸다. 거의 잠을 자지 못했다.

4일 태풍과 황사. 점심 후 주티셴에게 편지를 부치고 『유설』類說 10본을 돌려주었다.

5일 맑음. 낮에 왕수탕, 양신스, 첸다오쑨과 같이 이창에 가서 밥을 먹었다. 밤에 쑹쯔페이가 50위안을 빌리러 왔다. 첸誧 숙부의 편지를 받았다. 3일 난징에서 부친 것이다.

6일 흐림. 우레이촨吳雷川 형의 부고를 받았다. 오전에 2위안 부의금을 보냈다. 낮에 왕수탕, 첸다오쑨, 치서우산과 같이 이창에 가서 밥을 먹었다. 오후에 류리창에 가서 『석고문석존』石鼓文釋存이 딸린 『금석계』金石契 1

---

18) 저우젠런(周建人)과 하부토 요시코 사이에서 태어난 장남 저우충(周沖)을 말한다. 이듬해 1916년 7월 18일에 사망. 일기 1916년 7월 22일에 기록되어 있음.

19) 1912년부터 경사(京師)도서관 개조와 이전문제가 시작되었는데 이날도 교육부 동료들과 이전후보지를 물색하러 다닌 것이다. 1915년 7월이 되어서야 안딩먼(安定門) 안의 팡자(方家)후퉁의 국자감(國子監) 남학(南學)으로 이전하기로 결정된다. 1917년 1월 26일에 개관식이 있었다.

부 5본과 『장안획고편』長安獲古編 1부 2본을 인 7위안에 샀다. 밤에 쑹쯔페이가 왔다. 나무상자 2개를 샀다.

7일 흐리고 큰 바람. 일요일 휴식. 오전에 둘째의 편지를 받았다. 3일 부친 것이다(15).

8일 맑음. 오전에 둘째에게 편지를 부쳤다(十六). 첸 숙부에게 답장을 보냈다. 주티셴에게 편지를 부쳤다. 첸중지에게 편지를 부쳤다. 낮에 천스쩡, 첸다오쑨과 같이 이창에 가서 밥을 먹었다. 왕수탕도 갔다. 식사 후 같이 샤오스에 놀러 갔다. 오후에 흐리고 바람.

9일 맑음. 점심 후에 이발. 오후에 시링인사의 답신을 받았다. 타오왕차오가 왔다.

10일 맑다가 정오 지나 구름. 공자묘의 제례 예행연습에 갔다. 오후에 끝났다. 다오쑨과 같이 간이음식점을 찾아 저녁을 먹고 귀가했다. 저녁에 처겅난이 왔다. 지쯔추가 와서 12일에 쓰촨四川으로 간다고 했다.

11일 구름. 오전에 둘째의 편지와 남제南齊시대 조상造像의 탁본 1매를 받았다. 7일 부친 것이다(16). 시링인사가 부친 『월화견문』越畵見聞 1부 3책과 『열선주패』列仙酒牌 1책, 『속휘각서목』續彙刻書目 1부 10책을 받았다. 점심 후에 창이전과 같이 샤오스에 갔다가 3개의 옛날 돈을 퉁위안銅元 8메이枚를 주고 샀다. 저녁에 쯔페이가 왔다.

12일 구름. 오전에 둘째에게 편지를 부쳤다(十七). 저녁에 첸중지의 편지를 받고 바로 답신을 했다. 밤에 처겅난이 와서 내일 산둥山東에 간다고 하며 인 10위안을 빌려 갔다.

13일 맑고 바람. 낮에 치서우산, 첸쥔푸와 같이 이창에 가서 밥을 먹었다. 샤오스에도 놀러 갔다. 쯔페이가 내일 사오싱으로 가기 때문에 오후에 도서분관으로 가서, 둘째에게 보내는 편지 한 통, 약 1근 반의 버섯 1갑,

옛날 돈 53매 1갑, 책 175책 1상자, 석각 탁본 14장을 부탁했다. 류리창 즈리관서국에 가서 파본인 『적학재총서』積學齋叢書 19책을 샀는데, 『면복고』冕服考 제3, 제4권 1책이 빠져 있었다. 값은 인 3위안. 저녁에 상치헝이 왔다. 밤에 쑹즈팡宋知方의 편지를 받았다. 7일 타이저우에서 부친 것이다.

14일 맑음. 일요일 휴식. 점심 후 쉬지상이 왔다. 오후에 천궁멍과 마오수취안이 왔고 지푸가 왔다. 저녁이 다 되어 모두 갔다. 밤에 둘째의 편지를 받았다. 11일 부친 것이다(17)

15일 맑다가 낮에 구름. 공자묘 제례의 예행연습에 갔다.

16일 맑음. 오전에 둘째에게 편지를 부쳤다(十八). 밤에 국자감 서쪽 방에서 잤다.[20]

17일 맑음. 새벽에 정제丁祭가 충성츠崇聖祠에서 거행되었다.[21] 8시에 끝나고 귀가했다.[22] 오전에 둘째가 부친 「도산마애」跳山摩厓[23] 석각 탁본 4매와 「묘상사조상」妙相寺造像[24] 탁본 2매를 받았다. 13일 부친 것이다. 종일 휴식.

18일 맑음. 오전에 천스쩡에게 「건초마애」建初摩厓와 「영명조상」永明造

---

20) 공자에게 지내는 제사, 정제(丁祭)는 새벽에 지내는 것이 전통이었다. 당시 루쉰이 살고 있던 사오싱회관은 베이징성 밖 서남쪽에 있었고, 정제가 행해지는 국자감은 베이징 성안의 동북 끝에 자리하고 있어 대각선 양 끝에 위치하고 있었다. 직선거리로 10킬로미터 이상 되기 때문에 당일 새벽에 사오싱회관에서 출발하여 시간에 맞추기는 힘이 들었다. 그래서 국자감에서 잔 것이다.
21) 당시 공자묘 제례는 교육부 소관이었고, 교육부 산하 각 사(司)에서 세례에 파견되는 사람은 5명이고 집행인원은 32명이다. 루쉰은 충성츠 정위집사(正位執事) 10명 가운데 한 명이었다.
22) '정제'는 새벽부터 시작하여 긴 시간 동안 춤과 노래 등으로 진행된다. 이런 의식은 학문을 배우는 국자감 벽옹궁(辟雍宮)에서 진행하지 않고 같은 부지 안에 있는 공자묘(학궁學宮 또는 문묘文廟라고도 불리는) 대성전(大成殿)에서 거행된다. 국자감, 학궁에 대해서는 일기 1912년 6월 주석 참조.
23) '마애'(摩厓)라고 하는 것은 산이나 계곡 등의 바위에 평평하게 깎여 나간 부분에 글자 등을 새겨 넣을 수 있는 곳을 말한다.

像 탁본 각 1본을 주었다. 점심 후에 후쿠코의 편지를 받았다. 12일 부친 것이다. 오후에 바람.

19일 맑음. 오전에 둘째의 편지를 받았다. 15일 부친 것이다(18). 점심 후 샤오스에 갔다. 오후에 다오쑨으로부터 『진한와당문자』秦漢瓦當文字 1권 2책을 빌렸다. 옮겨 쓸 예정이다. 칭미거에 가서 종이 1위안어치를 샀다.

20일 맑음. 점심 후 신롄쯔후퉁으로 가서 외삼촌을 뵈었다. 쉬지상이 된장에 절인 퉁관潼關의 무청 2묶음을 주었다.[25]

21일 구름. 일요일 휴식. 오전에 퉁야전이 5위안을 빌리러 왔다. 둘째에게 편지를 부쳤다(十九). 정오가 지나 개었다. 즈리관서국에 가서 『지진재총서』咫進齋叢書 1부 24책을 6위안 4자오에 샀다. 천보인陳伯寅이 17일 병고로 세상을 떴다. 부의금 5위안을 보냈다. 오후에 쉬지푸의 집에 가서 「건초마애」와 「영명조상」 탁본 각 1매를 주었다.

22일 맑고 바람. 아무 일 없다.

23일 맑음. 점심 후에 왕수탕과 같이 샤오스에 갔다. 오후에 천궁멍에게 『백유경』 1책을 부쳤다. 밤에 둘째의 엽서를 받았다. 20일 부친 것이다.

24일 황사. 오전에 둘째의 편지를 받았다. 20일 부친 것이다(19). 밤에 바람. 쉬너우셴徐耨仙이 천쯔잉의 편지를 가지고 왔다.

---

24) '조상'(造像)이란 문자를 새기거나 그림을 새긴 것을 말한다. 루쉰은 1915년 4월부터 많은 양의 한(漢)대 화상(畵像)이라든가 육조(六朝)시대 조상을 구입하기 시작했다. 쉬서우창(쉬지푸)은 "루쉰이 한위육조(漢魏六朝)의 석각을 수집하고 연구한 것은 그것의 문자에 대한 관심에서뿐만이 아니라 그림과 도안도 연구하기 위함이었다"고 했다(『망우루쉰인상기』亡友魯迅印象記). 후에 루쉰은 『한화상목록』(漢畵像目錄; 미완)과 『육조조상목록』(六朝造像目錄) 등의 출판계획을 세웠으나 인쇄비가 비싸서 끝내 실행하지 못했다.

25) 퉁관(潼關)의 절인 음식은 전국적으로 유명한 특산품이다. 죽순, 살구, 상추(대) 등 절임의 종류도 다양하다. 상추(대)절임에 대해선 1915년 5월 22일자 주석 참조. 중국의 절인 음식들은 종류, 첨가물, 염도, 산도 등 한국의 것과 비교해 다양하고 맛도 진하다. 그대로 먹거나 볶거나 삶아 먹기도 하고, 다져서 만두소에 넣기도 하는 등 쓰임새가 넓다.

25일 맑고 바람. 아무 일 없다.

26일 맑음. 오전에 쑹쯔페이의 편지를 받았다. 22일 사오싱에서 부친 것이다. 둘째에게 편지를 부쳤다(二十). 점심에 왕수탕, 치서우산과 같이 이창에 가서 밥을 먹었다. 또 샤오스에 갔다. 밤에 지푸가 왔다.

27일 진눈깨비. 점심에 치서우산과 같이 이창에 가서 밥을 먹었다. 오후에 왕징칭이 지사시험 응시자 1명의 보증을 부탁하러 왔다. 이름은 장이張驛이고 성嵊현 사람이다. 밤에 달이 떴다.

28일 맑고 바람. 일요일 휴식. 오전에 둘째의 편지를 받았다. 24일 부친 것이다(20). 점심 후에 뤄양보羅揚伯가 왔다. 마오수취안이 왔다. 오후에 후쑤이즈胡綏之가 와서 「용문산조상제기」龍門山造像題記 23매를 주었다. 나는 「도산건초마애」跳山建初摩厓 탁본 1매를 주었다.

29일 맑음. 오전에 왕스간의 편지를 받았다. 어제 부친 것이다. 둘째가 부친 『휘각서목』 20책을 받았다. 25일 부친 것이다. 점심 후 왕수탕과 같이 샤오스에 갔다. 탕湯 총장과 량梁 차장에게 『백유경』 각 1책을 주었다. 밤에 『진한와당문자』秦漢瓦當文字 제1권 상上의 필사를 마쳤다. 처음 시작부터 오늘까지 10일 걸렸다.

30일 맑음. 점심 후에 샤오스에 갔다. 오후에 왕징칭이 와서 완팡萬方과 천지창陳繼昌 두 사람의 보증을 받아 갔다. 완은 상위上虞 사람이고 천은 신창新昌 사람이다. 밤에 쑹즈성이 왔다.

31일 맑음. 오전에 둘째에게 편지를 부쳤다(二十一). 낮에 이창에 가서 밥을 먹었다. 모두 8명이었고 주옌즈朱炎之가 지불했다. 또 샤오스에 갔다. 오후에 이달 봉급 280위안을 받았다. 밤에 저우유즈周友芷가 처겅난의 편지를 가져왔다.

4월

1일 맑음. 오전에 둘째의 편지를 받았다. 28일 부친 것이다(21). 오후
에 왕스간이 와서 인銀 100위안을 주었다. 산중剡中[26]에서 송금환으로 우
리집에 보내는, 3월 생활비인 셈이다. 밤에 바람과 약간의 비.

2일 맑음. 오전에 둘째에게 『교육공보』敎育公報 제8, 제9기 각 1책을 부
쳤다. 점심 후에 샤오스에 갔다. 밤에 웨이푸몐이 지사시험 응시자의 보증
을 부탁하러 왔다. 4명이다. 러우치위안樓啓元은 샤오산蕭山 사람이고, 주자
오샹朱兆祥, 위원兪輼, 자오쑹샹趙松祥은 모두 주지諸曁 사람이다.

3일 흐림. 오전에 지사시험 응시자 두 사람의 보증을 섰다. 징완루景萬
祿, 바이얼위白爾玉 모두 산시山西 사람이고 쉬지상이 소개를 했다. 점심 후
류리창에 가서 자기로 된 소양 1개를 인 3자오에 샀다. 점원이 송대의 자
기이고 창더에서 출토되었다고 했다.[27] 또 『고학휘간』 제11집 2책을 인 1
위안 5편에 샀다. 오후에 상치형이 와서 학비 30위안을 주었다. 그리고 네
명의 보증을 섰다. 허진룽何晉榮, 퉁얼타오童爾陶는 신창 사람이고, 자오빙
중趙秉忠과 두쥔페이杜俊培는 주지諸曁 사람이다.

4일 맑고 바람. 일요일 휴식. 오전에 둘째에게 편지를 부쳤다(二十二).
시링인사에 편지와 인 8위안을 부쳤다. 시안西安의 우바오런吳葆仁에게 편
지와 인 5위안을 부쳤다. 탁본 구입을 부탁한 것으로 양신스가 소개장을

---

26) 산중은 지명으로 산(剡)현과 같다. 현재의 저장성 청(嵊)현의 서남쪽에 있었다. 왕스간의 출생
지다. 1914년 베이징 공업전문학교에 입학한 왕스간은 베이징대학 기계과로 편입을 하였고 그
즈음에 루쉰은 학비를 빌려주었다. 루쉰이 베이징에서 학생에게 돈을 빌려주면 학생의 고향집
에서 루쉰의 사오싱 집으로 송금환으로 보내는 방법으로 갚았다. 이 방법에 대해서는 1914년 5
월 1일 일기의 주석 참조.

27) 창더(彰德)는 허난(河南)성 안양(安陽)시이다. 소양(小羊)은 작은 양을 의미한다.

써 주었다. 오후에 거리에 나가 한가로이 산보했다.

5일 맑고 큰 바람. 오후에 차이구칭이 갑자기 사람을 보내 햄 한 개를 보냈다.

6일 맑고 큰 바람. 오전에 둘째의 편지와 엽서 하나를 받았다. 모두 2일 부친 것이다(22). 천인커陳寅恪에게 『역외소설』 제1, 제2집과 『목탄화』 각 1책을 보냈고, 치서우산에게 『목탄화』 1책을 주었다.

7일 맑고 바람. 점심 후 후쿠코의 편지를 받았다. 1일 부친 것이다.

8일 맑음. 오전에 둘째에게 책 1포를 부쳤다. 안에 『콰이지철영총집』會稽掇英總集 4본, 『금석계』金石契 4본, 『석고문석존』石鼓文釋存 1본을 넣었다. 천스쩡에게 『콰이지군고서잡집』會稽郡故書雜集 표지28)를 부탁했다. 점심 후 샤오스에 갔다. 오후에 차이구칭이 왔으나 만나지 못했다. 밤에 바람.

9일 맑고 바람. 오전에 둘째에게 편지와 스쩡이 그린 표지 1장을 부쳤다(二十三). 밤에 위통이 약간.

10일 맑음. 오전에 둘째의 편지를 받았다. 「영명조상기」永明造像記 2매가 동봉되어 있었다. 6일 부친 것이다(23). 첸중지의 편지와 『콰이지고서잡집』 표지 1장을 받았다. 시링인사의 엽서를 받았다. 장랑성張閬聲에게 「영명조상」 탁본 1매를 주었다. 점심 후 위커스兪恪士 선생님을 방문했으나 만나지 못했다. 칭미거에 가서 종이와 붓을 샀다. 합하여 1위안. 저녁에 『진한와당문자』秦漢瓦當文字 1권의 하권 필사를 마쳤다. 12일 걸렸다. 밤에 왕톄루가 왔다. 마오 수취안이 왔다.

---

28) 루쉰은 천스쩡과 첸중지(錢中季; 첸쉬안퉁錢玄同)에게 이 책의 표지 글자와 그림을 부탁했다. 천스쩡이 이날 쓴 표지 제자(題字: 표제의 글자)와 그림은 다음 날에, 첸중지가 만든 표지는 10일에 루쉰에게 전해지고 루쉰은 이 두 개 모두를 사오싱의 저우쭤런에게 부쳤을 것이다. 나중에 인쇄에 채택된 것은 천스쩡의 것이었다.

11일 맑음. 일요일 휴식. 오전에 쑹쯔페이의 편지를 받았다. 5일 사오 싱에서 부친 것이다. 점심 후 위커스 선생님을 방문해 잠시 앉아 있다 귀 가했다. 류리창에 가서 『문자몽구』文字蒙求 1책과 『오월삼자집』吳越三子集 1 부 8책을 인 6자오에 샀다. 또 마조馬曹의 탁본 1매를 2자오에 샀다. 자기 한 개를 1위안에 샀다. 오후에 한서우진韓壽晉이 와서 인 20위안을 갚았다. 시링인사가 『둔암고경존』遯庵古鏡存 2책과 『진한와당존』秦漢瓦當存 2책, 『돈 교집』敦交集 1책을 부쳐 왔다.

12일 구름과 바람. 아무 일 없다.

13일 맑음. 오전에 둘째에게 편지를 부쳤다(二十四). 둘째가 부친 「건 초마애」와 「영명조상」 탁본 각 2매를 받았다. 9일 부친 것이다. 점심 후 궁 웨이성龔未生이 교육부로 찾아왔다. 저녁에 쉬지상이 왔다가 밥을 먹고 갔 다. 밤에 둘째의 편지를 받았다. 요시코의 편지가 동봉되어 있었다. 10일 부친 것이다(24). 위통이 아주 심했다.

14일 맑고 바람. 오전에 시링인사로 편지를 부쳤다. 후쑤이즈胡綏之에 게 편지와 「영명조상」 탁편 1매를 부쳤다.[29] 밤에 바람.

15일 맑음. 오전에 궁웨이성이 교육부로 왔다. 점심 후에 하부토 가로 편지를 부쳤다. 후쿠코에게 보내는 편지 2장과 인 7위안을 동봉했다. 충沖 을 위한 옷값이다. 저녁에 서우주린壽洙隣과 그 친척이란 사람이 왔다. 밤 에 후쑤이즈의 편지를 받았다.

16일 맑음. 오전에 둘째에게 편지를 부쳤다. 요시코에게 보내는 편 지를 동봉했다(二十五). 또 『둔암와당존』遯庵瓦當存 2본, 『고경존』古鏡存 2본, 『이이창화집』二李唱和集 1본, 『돈교집』敦交集 1본, 『교육공보』 제10기 1본,

---

29) 탁편의 원문은 '拓片'. 탁본(拓本)의 일부분을 지칭.

『아동예술전람회기요』兒童藝術展覽會紀要 2본을 두 포에 나누어 부쳤다. 점심 후 장랑성이 소장했던 옛 도자기 문자[30] 탁편 1매를 주었다.

17일 구름. 점심 후『진한와당문자』를 반환하러 도서분관에 갔고 제본을 부탁했다. 쉬지상을 방문했으나 만나지 못했다. 햄 두 개를 놓고 왔다. 하나는 치서우산에게 주는 것이다. 마오수취안을 방문해 잠시 있었다. 위약을 8자오어치 사서 귀가했다.

18일 구름. 일요일 휴식. 점심 후 취안예창에 가서『문시』文始를 찾았는데 구했다. 인 1위안 5자오에 1책을 샀다. 다시 도서분관에 가서 제본한 책을 가져왔다. 밤에 둘째의 편지를 받았다. 15일 부친 것이다(25).

19일 구름. 점심 후 천스쩡과 같이 샤오스에 갔다. 인 1위안으로 파본『일체경음의』一切經音義와『금석췌편』金石萃編 한 묶음束을 샀다.

20일 비. 오전에 시링인사가 부친『보환우방비록』補寰宇訪碑錄 4책을 받았다. 밤에 둘째의 편지를 받았다. 17일 부친 것이다(26).

21일 맑고 바람. 오전에 둘째에게 편지를 부쳤다(二十六). 천쯔잉에게 편지를 부쳤다. 오후에 류리창의 신주국광사에 가서『신주대관』神州大觀 제7집 1책을 1위안 6자오 5편에 샀다. 다시 즈리관서국에 가서『금석속편』金石續編 1부 12본을 2위안 5자오에,『월중금석기』越中金石記 1부 8책을 20위안에 샀다.

22일 맑고 바람. 점심 후 천스쩡과 같이 샤오스에 갔다.

23일 맑고 바람. 아무 일 없다. 밤에 둘째와 셋째의 편지를 받았다. 20

---

30) 옛 도자기 문자(古陶文字). 돌에 문자를 새기는 것은 전한(前漢) 이전에 시작했다. 가장 오래된 중국 석각은 석고(石鼓: 돌북)에 새긴 것이라 할 수 있다. 그 후 도기에 문자를 기록한 것은 전국 시대부터 성행하였다. 처음에는 굽기 전에 날인(捺印)을 했지만 나중에는 칼로 글자를 새겼다. 제(齊)나라 도기에는 지방이름이 등장하다가 연(燕)의 도기에는 직인(職人)들의 이름이 많이 등장했다. 한대의 도기에는 예서체(隷書體)가 주로 쓰였다.

일 부친 것이다(27).

24일 맑고 바람. 점심 후 도서분관에 갔고 또 류리창에 갔다. 밤에 쑹쯔페이가 사오싱에서 돌아왔다. 삶아 말린 죽순 1포와 차 1포를 가져왔다.

25일 맑음. 일요일 휴식. 점심 후 바람. 쉬지상과 치보강을 방문해 말린 죽순 1포씩을 주었다. 류리창에 가서 「사양석문화상」射陽石門畫像 등 5매를 2위안에, 「조망희조상」曹望憘造像 탁본 2매를 4자오에 샀다. 오후에 다오샹춘에 가서 음식을 샀다.

26일 약간의 비. 오전에 둘째에게 편지를 부쳤다(二十七).

27일 구름. 오전에 둘째의 편지를 받았다. 24일 부친 것이다(28). 시링인사가 부친 방송仿宋본 『도연명집』 1부 4책을 받았다. 점심 후에 샤오스에 갔다. 이달 봉급 인 280위안을 받았다. 오후에 다시 샤오스에 갔다. 밤에 비.

28일 맑음. 오전에 둘째에게 책 1포를 부쳤다. 『입택총서』笠澤叢書 2책, 『월화견문』越畫見聞 3책, 『열선주패』列仙酒牌 1책, 그리고 목판 책갈피를 넣었다. 점심 후 우체국에 가서 상하이 에반스도서공사[31] 앞으로 편지와 인 50위안을 부쳤다. 셋째의 책 구매대금이다. 또 시링인사에 편지와 인 13위안을 부쳤다. 내 책값이다. 오후에 쑹쯔페이가 인 30위안을 갚았는데 말린 죽순 값 3위안을 뺐다. 도서분관에서 『소봉래각금석문자』小蓬萊閣金石文字를 빌려서 집에 소장하고 있는 책의 파손된 1장을 보완 필사했다.[32]

29일 맑음. 오전에 우중원에게 편지와 말린 죽순 1포를 주었다. 오후

---

31) 상하이 에반스도서공사(上海伊文思圖書公司). 영국인 에드워드 에반스(Edward Evens)가 상하이 베이쓰촨로(北西川路) 30호에 개설한 서점이다. 서양도서 판매를 위주로 했다.
32) 원문은 '경사'(景寫). 경(景)은 영(影)자와 통용됨. 영사(影寫)는 그림이나 글씨 위에 밑이 훤히 비치는 얇은 종이를 올려놓고 그대로 베끼는 것을 말한다.

에 지푸가 오리 요리 한 그릇을 주었다.

30일 맑고 바람. 오전에 둘째와 셋째에게 편지와 이달 생활비 100위안을 부쳤다(28).

5월

1일 맑음. 오전에 둘째의 편지를 받았다. 4월 27일 부친 것이다(29). 점심 후 류리창에 가서 『민지오서도』黽池五瑞圖[33]에 딸린 「서협송」西狹頌 2매를 2위안에, 여러 가지 한漢 화상畵像 4매를 1위안에, 무량사武梁祠 화상과 제기題記 등 51매를 8위안에 샀다. 오후에 쉬지상이 왔다. 웨이푸몐이 와서 20위안을 빌려 갔다. 밤에 마오수취안이 왔다.

2일 맑음. 일요일 휴식. 오전에 외삼촌이 왔다. 점심 후 흐려지고 바람. 도서분관에 가서 책 제본을 부탁했다. 류리창에 가서 「장사문조상제기」張思文造像題記 탁본 등 6종 10매를 인 2위안에 샀다. 관인사 거리에 가서 치약가루와 양말, 비스킷, 소고기 등 모두 4위안어치를 샀다. 인력거꾼의 옷이 낡아서 1위안을 주었다.

3일 맑음. 오전에 둘째에게 편지를 부쳤다(二十九). 오후에 첸다오쑨, 쉬지상과 같이 도서분관에 갔다.

4일 맑음. 낮에 이발을 했다. 밤에 둘째의 편지를 받았다. 1일 부친 것이다(30). 시링인사의 엽서를 받았다. 1일 부친 것이다.

5일 맑음. 점심 지나서 구름과 바람. 아무 일 없다. 밤에 큰 비.

6일 맑음. 오전에 시링인사가 부친 『양한금석기』兩漢金石記 6책, 『총서

---

33) 원문 제목에서의 민(黽)은 승(蠅)과 통용되는 글자. 승은 '파리'란 뜻.

거요』叢書擧要 44책, 『나악주소집』羅鄂州小集 2책, 영송각影宋刻 『경본통속소설』京本通俗小說 2책을 받았다. 3포로 나누어져 왔다. 둘째에게 편지를 부쳤다(三十). 시링인사에 편지와 우송료 부족분 2자오를 부쳤다. 우표로 대신 보냈다. 밤에 한서우진이 왔다. 우레가 한바탕 쳤다.

7일 구름. 아무 일 없다. 밤에 비.

8일 맑음. 점심 후 치서우산, 왕수탕과 같이 샤오스에 갔다. 오후에 즈리관서국에 가서 『금석췌편』金石萃編 1부 50책을 인 14위안에 샀다. 저녁에 상치형이 왔다.

9일 맑음. 일요일 휴식. 오전에 둘째의 편지를 받았다. 5일 부친 것이다(31). 오후에 류리창에 가서 한漢 석각 소품 3매, 화상畵像 1매, 조상 3매를 인 3위안에 샀다. 또 조상 4종 7매를 인 2위안 2자오에 샀다. 지쯔추의 편지를 받았다. 4월 3일 우청渝城[34]에서 부친 것이다. 저녁에 지푸의 편지를 받았고 또 관중關中 · 중주中州의 『금석기』金石記 4책을 빌려 갔다. 밤중에 옆집에서 여러 사람이 모여 시끄럽게 떠들어 숙면을 하지 못했다.

10일 맑고 바람. 아침 5시에 일어났다. 오전에 둘째에게 편지를 부쳤다(三十一). 점심 후 양신쓰楊莘耜가 시안으로부터 산 탁본을 보내왔다. 지상, 지푸의 것도 있어 각기 나누어 가졌다. 나는 10종을 가졌고 값은 약 2위안이다.

11일 맑음. 저녁에 바람이 많았다. 밤에 지푸가 왔다. 둘째의 편지를 받았다. 8일 부친 것이다(32).

12일 맑음. 오전에 처경난의 편지와 인 10위안을 돌려받았다. 10일 지난濟南에서 부친 것이다.

---

34) 우청은 충칭(重慶)이다.

13일 구름. 점심 전에 둘째에게 편지를 부쳤다(三十二). 저녁에 보슬비. 뤄양보羅揚伯가 왔다.

14일 구름. 점심 전에 교육부 사환에게 우체국에 가 처경난이 부친 돈을 찾아오게 하였으나 우체국에서 주질 않았다. 오후에 비. 밤에 바람.

15일 맑음. 점심 후에 우체국에서 경난이 부친 돈 10위안을 찾았다. 밤에 둘째의 편지를 받았다. 12일 부친 것이다(33).

16일 구름. 일요일 휴식. 점심 후 류리창에 가서 「문숙양식당화상」文叔陽食堂畵像 1매, 무씨사武氏祠에서 새로 출토된 화상畵像 1매, 이름을 알 수 없는 화상 1매를 인 2위안에 샀다. 또 종이를 1위안어치 샀다. 오후에 맑음. 쉬지상을 방문했으나 만나지 못했다. 이창에 가서 음식 1위안어치를 사왔다. 밤에 비.

17일 구름. 오전에 둘째에게 편지를 부쳤다(三十三). 오후에 비. 쉬지상의 집에 갔다. 저녁에 웨이푸몐이 왔다.

18일 맑음. 아침에 쉬지상이 왔다. 오후에 타오녠칭陶年卿 선생이 사오싱에서 왔다. 저녁에 쉬지푸의 집에 가서 중주와 관중의 『금석기』를 돌려주었고 또 영송본 『도연명집』을 주었다.

19일 맑음. 점심 후 샤오스에 갔다. 밤에 둘째의 편지를 받았다. 16일 부친 것이다(34).

20일 맑음. 오후에 외삼촌이 왔다. 밤에 약간의 비. 둘째의 엽서를 받았다. 17일 부친 것이다.

21일 맑음. 오전에 둘째에게 편지를 부쳤다(三十四). 점심 후 첸다오쑨과 같이 샤오스에 갔다. 저녁에 지푸가 요리 하나를 주었다.

22일 맑음. 오후에 쉬지상이 와서 된장에 담근 상추대 4개를 주었다.[35] 왕징칭이 왔다.

23일 맑음. 일요일 휴식. 오전에 둘째의 편지를 받았다. 19일 부친 것이다(35). 점심 후 마오수취안이 왔다. 오후에 류리창에 가서 지닝저우濟寧州 화상 1매를 인 1위안에 샀다. 저녁에 박하 술 등을 1위안에 샀다.

24일 구름. 점심 후 다오쑨, 스쩡과 같이 샤오스에 갔다. 오후에 삼촌의 편지를 받았다.

25일 맑음. 삼촌의 숙소에 갔다.

26일 맑음. 오전에 둘째에게 편지를 부쳤다(三十五). 오후에 쯔페이가 와서 20위안을 돌려주었다. 저녁에 보슬비가 한바탕 내리다 바로 그쳤다. 웨이푸몐이 왔다. 밤에 둘째의 편지를 받았다. 23일 부친 것이다(36).

27일 맑음. 아무 일 없다.

28일 맑음. 아무 일 없다.

29일 맑음. 오전에 시링인사로 편지와 인 8위안을 부쳤다. 이달 봉급 인 280위안을 받았다. 점심 후 샤오스에 갔다. 오후에 쉬지푸와 같이 장타이옌 선생님 댁에 갔다. 돌아오는 길에 다오샹춘에 들러 음식 1위안어치를 샀다. 저녁에 왕징칭이 와서 100위안을 주었는데 이달 생활비를 송금환으로 보내는 것이다. 웨이푸몐이 와서 밥을 먹고 갔다. 밤에 타오녠칭 선생에게 60위안을 드렸다. 소형본小型本 『도연명집』 4본을 다시 장정했다.

30일 구름. 일요일 휴식. 오전에 둘째에게 편지를 부쳤다(三十六). 쉬지푸가 왔다. 점심 후 둘째가 부친 『한비전액』漢碑篆額 1부 3본을 받았다. 26

---

35) 된장에 담근 상추대. 원문 '장우거'(醬萵苣)를 직역하면 '된장 상추'다. '우거'는 원래 양상추나 샐러드를 지칭하는 것이기도 하다. 여기서는 상추죽순(萵苣筍)으로 불리는 것인 듯하다. 원래 유럽에서 전래된 것으로 주로 줄기부분을 먹는다. 형태가 죽순과 비슷하여 그런 명칭을 얻게 되었다. 맛은 오이와 비슷하고 먹는 방법은 오이와 같다. 생식 혹은 삶거나 볶아서, 또는 된장이나 소금, 술지게미 등에 절여 먹고 줄기 외에 어린잎도 먹는다. 보통 1미터 높이까지 자라는데 수확 시기는 줄기 높이가 30센티미터 정도일 때이다.

일 부친 것이다. 궁웨이성이 왔다. 오후에 류리창에 가서 「장경조상」張敬造像 6매를 1위안 5자오에 샀다. 또 「이부인령제화록」李夫人靈第畫鹿 1매를 1위안에 샀다. 「노효왕석각」魯孝王石刻 1매를 5자오에 샀는데 번각飜刻이 아닌가 한다.[36] 밤에 둘째의 편지를 받았다. 27일 부친 것이다(37).

31일 맑음. 아무 일 없다.

6월

1일 맑음. 오전에 둘째에게 편지를 부쳤다(三十七). 점심 후 구름. 국자감 남학에 갔다. 저녁에 비.

2일 맑다가 오후에 흐림. 비가 한 차례 오더니 다시 갬. 밤에 비.

3일 맑음. 쯔페이에게 일하는 사람을 찾아 훌마고자 하나 만들 것을 부탁했다.[37] 인 5위안 4자오다.

4일 맑음. 오후에 우레가 치고 비가 한바탕 내렸다. 저녁에 첸다오쑨이 와서 광허쥐에 가서 밥을 먹었다. 지푸를 초대했으나 오지 않았다.

5일 맑음. 오전에 둘째의 편지를 받았다. 1일 부친 것이다(38). 둘째에게 책 한 포를 보냈다. 소형본 『도연명집』 1부 2본과 『광홍명집』廣弘明集 1부 10본이다. 오후에 장이즈의 편지와 문란각[38] 사본 『혜강산집』嵇康散集 1

---

36) 번각이란 한 번 새긴 판각을 원래 모습 그대로, 글자 형태 그대로 똑같이 다시 새기는 것을 말한다. 또는 고문서나 사본, 판본 등의 흐릿해지거나 뭉개진 부분을 보완하여 읽기 편한 해서체(楷書體)로 바꾸어 판각하여 일반인이 독서하기 좋게 만든 것을 말하기도 한다.

37) 마고자는 1912년 12월 28일 일기 주석 참조.

38) 문란각(文瀾閣)은 청대 『사고전서』(四庫全書)를 보관하였던 7대 수장각 가운데 하나다. 항저우 시후(西湖)의 구산(孤山) 남쪽 기슭에 있다. 『사고전서』는 청대 이전의 모든 중국 고대 서적을 경전(經經), 역사서(사史), 철학사상서(자子), 문집(집集) 등 네 가지로 분류하여 정리한 방대한 문집이다.

부 2책을 받았다. 밤에『한비전액』漢碑篆額 수정보완 작업을 마쳤다.

6일 맑고 바람. 오전에 쉬쭝웨이, 쉬위안徐元이 왔다. 천궁멍이 왔다. 쉬지상이 왔다. 둘째에게 편지를 부쳤다(三十八). 오후에 류리창에 가서 「군신상수각석」群臣上壽刻石 등 탁본 3종 4매를 인 2위안 4자오에 샀다. 또 다오샹춘에 가서 음식 2위안어치를 샀다. 밤에 쉬지푸가 와 50위안을 빌려 갔다.

7일 맑음. 오전에 시링인사로부터『백한연비』百漢研碑 1책과『구고정사금석도』求古精舍金石圖 4책이 1포로 부쳐 왔다.

8일 맑음. 오후에 큰 바람. 아무 일 없다. 밤에『금석췌편』金石萃編 수정을 마쳤다.

9일 흐리고 바람. 오전에 둘째의 편지를 받았다. 5일 부친 것이다(39). 저녁에 쉬지푸가 왔다.

10일 맑음. 오전에 둘째에게 편지를 부쳤다(三十九). 또 책 한 포를 부쳤다.『백한연비』百漢研碑 1책, 영송본影宋本『통속소설』2책,『악주소집』鄂州小集 2책,『교육공보』제11, 12기 각 1책이다. 양신스가 시안에서 석각 탁본을 대신 사가지고 왔다. 「범한합문경당」梵漢合文經幢 1매, 「마리지천등경」摩利支天等經 1매, 「전승경조상기」田僧敬造像記 모두 2매, 「하후순타조상기」夏侯純陀造像記 합이 2매, 「겸이신맹조상기」鉗耳神猛造像記 합이 4매, 모두 합해 인 1위안이다.

11일 맑음. 점심 후 구름. 전후로 하여 책 제본공製本工에게 24권의 책을 수선하게 하였다. 공임은 1위안. 밤에 둘째의 편지를 받았다. 8일 부친 것이다(40).

12일 맑음. 오후에 외삼촌의 엽서를 받았다. 어제 부친 것이다.

13일 맑음. 일요일 휴식. 오전에 외삼촌 집으로 갔다. 짐은 이미 다 꾸렸고 내일 돌아간다고 했다. 치보강이 차 4포를 보냈다. 점심 후에 흐리고 바람이 불었다. 리톄과이셰李鐵拐斜 거리에 가서 공채권을 팔아 쓰려 했는 데 팔지 못했다. 류리창에 가서 「조아환조상」趙阿歡造像 등 5매를 3자오에 샀다. 또 축각[39]한 옛날 비석 탁본 24매를 1위안에 샀다. 가게에서는 안여 거晏如居의 축각이라고 하였고 하자정[40]의 소장품에서 나온 것이라고 했지 만 고증이 필요하다. 『고학휘간』 제12기 2책을 1위안 5편에 샀다. 오후에 쉬지상이 왔다. 저녁에 우레가 한바탕 치고 바로 개었다. 밤에 치통으로 잠을 설쳤다.

14일 비. 스쩡이 작은 구리 도장 1개를 주었는데 '주'周라는 문자가 있 었다. 저녁에 맑고 별이 보였다.

15일 맑고 바람. 오전에 둘째에게 편지를 부쳤다(四十). 다오쑨에게 인 50위안을 빌렸다. 밤에 둘째의 편지와 「위황초십삼자잔비」魏黃初十三字殘碑 탁본 1매를 받았다. 12일 부친 것이다(41).

16일 비. 오전에 장이즈에게 편지를 부쳤다. 하부토 가로 편지와 생활 비 15위안을 부쳤다. 9월분까지다. 또 노부코의 옷값 15위안과 후쿠코의 학비 6위안을 부쳤다. 밍보 선생이 헤이룽장黑龍江에서 돌아와 오후에 그 를 방문했다. 저녁에 사환에게 다오샹춘에 가서 음식 1위안어치를 사오게 부탁했다. 밤에 밍보 선생이 왔다.

17일 맑음. 음력 단오절이고 휴일이다. 오전에 둘째가 부친 도화지[41] 100매를 받았다. 12일 부친 것이다. 쉬지상이 사 달라고 부탁한 것이다.

---

39) 축각(縮刻). 원본보다 글자 크기나 행간을 축소하여 판각, 인쇄하는 것.
40) 하자정(何子貞, 1799~1873). 청나라 창사(長沙) 사람 하소기(何紹基)로, 자정은 그의 자다. 육경 자사(六經子史)에 관한 저작이 많고 금석비각문자(金石碑刻文字) 연구에도 조예가 있었다.
41) 도화지(桃華紙). 지질이 부드럽고 섬세하며 선지(宣紙) 가운데서도 가장 얇은 정선된 종이다. 필묵(筆墨)의 농담(濃淡)을 잘 표현하는 지질 때문에 산수화 그리는 데 널리 사용되었다.

둘째와 둘째 부인 앞으로 편지를 부쳤다(四十一). 오후에 쉬지푸가 왔는데 장章 선생님이 쓰신 글 한 폭을 가져왔다.[42] 친히 쓰셔서 주는 것이다. 또 새로 각한 『제물론』齊物論 1책을 가져왔는데 궁웨이성이 주는 것이다. 또 삶은 오리 한 그릇을 사람을 시켜 가져왔다. 밤에 비.

18일 흐리다가 점심 후에 맑았다. 샤오스에 갔다. 밤에 비.

19일 맑음. 점심 후 쉬지쉬안, 다이루링과 같이 학교성적진열실에 갔다. 류리창에 가서 「맹광종비」孟廣宗碑 1매와 북제北齊에서 후당後唐에 이르는 조상 12종 14매를 샀다. 모두 4위안이다. 쉬지상에게 『북사』北史 2함函을 빌려주었다. 사람을 시켜 보냈다. 둘째가 부친 『콰이지군고서잡집』 20책을 받았다. 15일 부친 것이다. 바로 녠칭과 쯔페이에게 각각 1책을 주고 도서분관에 1책을 기증했다. 밤에 지푸를 찾아가 『잡집』 1책을 주고 밍보 선생에게도 1책을 드렸다.

20일 맑음. 일요일 휴식. 오전에 둘째의 편지를 받았다. 16일 부친 것이다(42). 둘째에게 『월중금석기』越中金石記 8본과 『한비전액』漢碑篆額 3본을 부쳤다. 모두 사이에 목판 책갈피를 넣었다. 또 「용문조상이십품」龍門造像 二十品 23매를 2포에 나누어 부쳤다. 점심 후 쉬지푸가 왔다. 오후에 쉬지상이 와서 『콰이지잡집』 2책을 가져갔다. 류리창 즈리관서국에 가서 『균청관금문』筠淸館金文 1부 5본을 4위안에, 『망당금석』望堂金石 8본을 6위안에 샀다. 저녁에 주티셴과 첸중지가 와서 『콰이지집』 1책씩을 주었다. 또 3책을 선인모, 첸스, 마유위에게 나눠 주라고 부탁했다.

---

42) 장타이옌(章太炎) 선생이 쓴 패축(掛軸)의 글이다. 내용은 『장자』(莊子) 「천운」(天運)에 나오는 글이다. "변화는 한결같아 늘 되풀이되는 것이니 오래된 변치 않음 같은 것을 고집하지 아니한다. 골짝에 있으면 골짝에 가득 차고 구덩이에 있으면 구덩이에 가득 찼다. 몰락하면서 오히려 정신을 지킬 수 있었으니 이는 물을 양으로 삼았기 때문이다."(變化齊一, 不主故常. 在谷滿谷, 在阬滿阬. 塗郤守神, 以物爲量.)

21일 맑음. 오전에 둘째에게 편지를 부쳤다(四十二). 천스쩡에게 『콰이지고서잡집』 1책을 주었다. 오후에 다이루링과 같이 남학南學에 갔다. 저녁에 후쑤이즈를 방문했다. 밤에 비.

22일 맑음. 오전에 치서우산으로부터 30위안을 빌렸다. 점심 후에 이발을 했다. 오후에 둥쉰스의 소개로 판자오룽樊朝榮이 왔다. 이름은 융鏞이다. 밤에 바람. 둘째의 편지와 「마위장작」馬衛將作 벽돌 탁본[43] 2매를 받았다. 19일 부친 것이다(43).

23일 맑음. 오후에 비. 아무 일 없다.

24일 맑음. 오전에 둘째에게 편지를 부쳤다(四十三). 첸중지에게 편지와 「영명조상」 탁본 1매를 부쳤다. 주티셴에게 편지와 「건초매지」建初買地와 「영명조상」 탁본 각 1매씩을 부쳤다. 주샤오취안朱孝筌에게 「건초매지기」建初買地記 1매를 보냈다. 밤에 상치형이 와서 『콰이지군고서잡집』 1책을 주며 산중剡中도서관에 기증해 달라고 부탁했다.

25일 맑음. 오전에 상치형에게 『아동예술전람회보고』[44] 1책을 보냈다.

26일 맑음. 오전에 이달 봉급 인 227위안 8자오를 받았다. 이번부터 10월 말까지 사년도四年度의 공채 280위안을 차감한 것이다. 다오쑨에게 50위안을 갚았고 치서우산에게 10위안을 갚았다. 점심 후 류리창에 가서 다오쑨 대신 『무전분운』繆篆分均[45] 1부를 2위안에 샀다. 오후에 둘째의 편

---

43) 벽돌 탁본. 초기에 돌이나 청동기 등에만 새기던 그림이나 글씨를 후대로 오면 여러 종류의 벽돌이나 기와 등에도 새겼다. 구운 벽돌이나 기와는 건축용으로 여러 곳에 사용되었는데 현재 많이 전해지는 유물들은 주택용보다는 묘전(墓磚)으로 무덤에 사용된 벽돌들이다. 여기에는 수장자의 관직 성명이나 여러 가지 이력 및 날짜 등이 새겨져 있다.

44) 『아동예술전람회보고』는 『전국아동예술전람회기요』를 말한다. 1915년 4월 16일 일기에 『아동예술전람회기요』가 기록되어 있다. 1914년 11월 주석 참조.

45) 청대 계복(桂馥)이 지은 자서(字書).

지를 받았다. 22일 부친 것이다(44). 저녁에 밍보 선생이 왔다. 웨이푸몐이 와서 50위안을 주고 집에 송금환으로 보내 줄 것을 부탁했다. 그리고 『콰이지군고서잡집』 1책을 주었다. 밤에 지쯔추의 편지를 받았다. 13일 청두成都에서 부친 것이다.

27일 맑음. 일요일 휴식. 오전에 타오녠칭 선생에게 인 60위안을 주었다. 점심 후에 류리창에 가서 『콰이지철영총집』會稽掇英總集 1부 4본과 『위가손전집』魏稼孫全集 1부 14본을 8위안에 샀다. 오후에 쉬지상이 『북사』北史 2함函을 돌려 보내왔다. 저녁에 큰 바람과 비.

28일 맑음. 오전에 셋째가 부친 『헨더씨 생물학』亨達氏生物學 번역 원고 상권 1책을 받았다. 24일 부친 것이다. 둘째에게 『구고정사금석도』求古精舍金石圖 4본과 『문시』文始 1본을 1포로 만들어 부쳤다. 저녁에 쉬스취안이 왔다. 밤에 왕징칭이 왔다.

29일 맑음. 오전에 둘째에게 편지를 부쳤다(四十四).

30일 맑음. 오전에 둘째의 편지를 받았다. 26일 부친 것이다(45). 오후에 쉬쭝웨이가 와서 20위안을 빌려주었다.

7월

1일 맑음. 근무시간이 오전 8시 반부터 12시까지로 변경되었다.[46] 점심 후에 2시간을 잤다. 오후에 류리창에 가서 「이현족조상비송」李顯族造像碑頌, 「노주사리탑하명」潞州舍利塔下銘 각 1매를 1위안에 샀고 또 『환우정석도』[47] 6본을 빌렸다. 후쿠코의 편지를 받았다. 6월 25일 부친 것이다. 저녁에 시스취안이 왔다.

2일 구름. 오전에 둘째가 부친 『천벽정고전도석』千甓亭古專圖釋 4본을

받았다. 27일 부친 것이다. 점심 후에 개었다. 오후에 관인사 거리에 가서

신발 한 켤레를 1위안 6자오에, 비스킷 한 통을 1위안 4자오에 샀다. 목욕.

3일 보슬비. 오전에 둘째에게 편지를 부쳤다(四十五). 점심 후 류리창

에 가서 「상악조상」常岳造像과 파손된 경종[48] 등 모두 4매와 「응선사삼급

부도비」凝禪寺三級浮圖碑 1매를 모두 인 2위안에 샀다. 『환우정석도』를 반환

했다.

4일 비. 일요일 휴식. 오전에 둘째의 편지를 받았다. 6월 30일 부친 것

이다(46). 시렁인사 책 목록과 『학등』學燈 각 1책도 받았는데 이것은 그 전

날 부친 것이다. 정오가 다 되어 개었다. 점심 후에 류리창에 가서 「양맹문

석문송」楊孟文石門頌 1매를 인 2위안에 샀다. 비액碑額[49]이 없는 것이다. 또

---

46) 근무시간 변경. 1912년 교육부에서 공포한 '근무세칙'(就業細則)에 따르면 4월에서 6월에는 오
전 9시 반부터 12시까지, 오후 1시 반부터 4시 반까지가 근무시간이었고, 7월에서 8월까지는
오전 8시부터 11시 반까지, 오후는 휴무였다. 9월부터 이듬해 3월까지는 오전 10시부터 12시까
지, 오후에는 1시부터 4시 반까지 일했다. 첸다오쑨의 회상에 의하면 근무시간은 일정하지 않
았다고 한다. 8시에 시작하는 벨이 울려도 첸은 10시에 출근하기도 했다고 한다. 교육부에서는
겸직을 인정하고 있었기 때문에 늦게 출근하는 것도 가능했다고 한다(「첸다오쑨방문기록」訪問錢
稻孫記錄, 『루쉰연구자료』魯迅硏究資料 4권).

47) 『환우정석도』(寰宇貞石圖). 환우(寰宇)란 세상이 있는 지구라는 의미이고 정석(貞石)은 묘석(墓
石)이란 뜻이다. 청나라 주일공사(駐日公使)로 있었던 양서우징(楊守敬)이 1882년 일본에서 출
판한 책이다. 초판본에는 주(周)대에서 당(唐)대에 이르는 비석 탁본 300여 종이 수록되어 있었
다. 그 후 초판본에서 200여 종을 선정하여 1909년 상하이에서 재판을 출판했다. 현재 베이징
도서관, 베이징루쉰박물관에 소장하고 있는 판본은 전 6책의 구성으로 258종이 수록돼 있다.
루쉰은 이 판본이 "매우 형편없다"(「『환우정석도』寰宇貞石圖 정리 후기」)는 이유로 다시 정리했다.
1916년 1월 2일 일기에서 이것의 정리를 마쳤고 231종 전 5책으로 정리했다고 기록했다. 양서
우징과 「『환우정석도』 정리 후기」에 대해서는 루쉰전집 『고적서발집』 229쪽 참조.

48) 경종의 원문은 '당'(幢)으로 깃발이란 의미. 깃발을 모방한 돌조각을 말하는데 8각형으로 만들
었고, 각각의 면에 '불정존승다라니경'(佛頂尊勝陀羅尼經)을 조각하여 「경종」이라고 불렀다. 당
(唐)대의 경종은 차츰 형태가 변해 6각형, 4각형으로도 조각되었고, 경(經)도 「존승다라니경」(尊
勝陀羅尼經)만 새기지 않게 되었다.

49) 비액(碑額)의 원문은 '액'(額)으로 비석의 제목 등이 들어가는 위 이마부분을 지칭. 비석의 '개'
(蓋)는 '비개'(碑蓋)로 비석의 지붕에 해당하는 부분이다. 여기에 제목이 들어가는 경우도 있다.
우리나라 사학계에서는 비석을 비액, 비개, 비좌(碑座), 비신(碑身; 정면陽面, 뒷면陰面, 측면側面)
등으로 나누어 말하는데, 비개는 그냥 '개'라고, 비액도 그냥 '액'이라고 사용하기도 한다.

「북제등자사사잔비」北齊等慈寺殘碑와 여러 가지 조상造像 등 7매를 4위안에 샀다. 또 「북위석거조상」北魏石渠造像 등 11종 15매와 또 악기岳琪가 소장한 것을 모두 8위안에 샀다. 지푸의 집에 갔다. 저녁에 밍보 선생과 지푸와 지푸(?)[50]를 초대하여 광허쥐에서 밥을 먹었다.

5일 맑음. 아무 일 없음.

6일 맑음. 점심 후 둘째의 편지를 받았다. 2일 부친 것이다(47). 저녁에 황쯔젠黃子澗의 집에서 식사를 했다.

7일 맑음. 오전에 둘째에게 편지를 부쳤다(四十六). 점심 후 회의를 했다. 오후에 둔구이敦古誼 탁본점에서 탁본을 가지고 왔다. 「동주사리탑액」同州舍利塔額 1매와 「청주사리탑하명」青州舍利塔下銘과 비액 2매를 모두 인 1위안 5자오에 샀다.

8일 맑음. 점심 후 둘째가 부친 『한비전액』漢碑篆額 3본과 동화 6편을 받았다.[51] 4일 부친 것이다. 오후에 선캉보沈康伯가 왔다. 저녁에 쉬지상이 왔다.

9일 맑음. 오후에 쉬지상의 집에 갔다. 둘째의 편지와 제본이 안 된 『고학휘간』 1포를 받았다. 5일 부친 것이다(48).

10일 맑음. 오전에 둘째에게 편지를 부쳤다(四十七). 오후에 류리창 둔구이에 가서 「장영천조상기」張榮遷造像記 3매, 「유비」劉碑, 「마천상조상기」馬天祥造像記 각 1매, 「기주사리탑하명」岐州舍利塔下銘 1매를 모두 3위안 3자오에 샀다.

11일 맑음. 일요일 휴식. 오전에 둘째가 부친, 제본이 안 된 『고학휘

---

50) 원문은 '季市及季市[?]'. 루쉰의 오기이다.
51) 동화 6편은 저우쭤런이 수집한 사오싱 지역의 민간동화들을 말한다.

간』1포를 받았다. 7일 부친 것이다. 오후에 쉬지상을 방문했고 돌아오는 길에 이창에 들러 먹을 것 1위안어치를 샀다. 밤에 큰 비.

12일 비가 내리다가 오전에 그침. 점심 후에 회의를 했다. 밤에 바람.

13일 맑음. 오전에 둘째의 편지를 받았다. 9일 부친 것이다(49). 오후에 지푸의 집에 갔다. 밤에 밍보 선생이 왔다.

14일 구름. 점심 후 소나기가 한바탕 내렸다. 오후에 개었다.

15일 비. 오전에 둘째에게 편지를 부쳤다(四十八). 점심 후에 큰 비. 오후에 장이즈蔣抑卮의 편지와 명각본『혜중산집』[52] 1권을 받았다. 장멍핀蔣孟蘋이 사람을 시켜 가져왔다. 바로 교열을 한 번 보았다. 쉬지상이 왔다. 저녁에 밍보 선생이 왔다.

16일 구름. 오전에 이즈에게 답신을 보내고『혜중산집』을 반환했다. 마찬가지로 장멍핀에게 부탁하였다. 오후에 개었다. 중국은행에 가서 민국3년의 공채 이자 8위안 4자오[53]를 받았다. 저녁에 류리칭이 불경 3책을 반환하러 왔다. 광허쥐에 가서 밥을 먹은 뒤에 갔다. 밤에 둘째의 편지를 받았다. 13일 부친 것이다(50).

17일 구름. 오전에 다오쑨에게『레미제라블』2책을 돌려주었다. 오후에 류리창에 가서「고복덕등조상」高伏德等造像 3매북위(北魏)의 경명(景明) 4년의 것으로 돌은 줘저우(涿州)에 있다를 5자오에「거사렴부등조상」居士廉富等造像 2종 4매

---

52) 명각(明刻)본『혜중산집』(稽中散集)은 장부(張溥)의 각본(刻本)이다. 루쉰은 이날 이 책을 가지고 첫 교정본을 교열했다.

53) 당시 정부수입의 주요 재원은 국내외공채를 발행하여 조달했다. 특히 제1차 세계대전의 영향으로 당시 정부는 내채(內債)발행에 주력했다. 이자도 일반적으로 6~8%의 수준을 유지했다. 민국 3년(1914)의 공채라는 것은 1914년 8월 3일 조례로 발행한 민국 3년의 내국공채를 말하는 듯하다. 이것의 모집액은 1,600만 위안이고 이자는 6%였다(첸자쥐千家駒,『구중국공채사자료』舊中國公債史資料).

동위(東魏) 흥화(興和) 2년의 것 1매, 무정(武定) 8년의 것 1매, 모두 허난(河南)에서 새로 출토된 것이다를 3위안에 샀다. 저녁에 보슬비, 밤에 큰 비.

18일 맑음. 일요일 휴식. 오전에 지푸의 집에 갔다. 점심 후 비가 내리다 오후에 개었다. 지푸가 요리 하나를 보냈다. 저녁에 천중츠陳仲麓가 돈을 빌려 달라고 편지를 썼는데 그 부인의 이름으로 서명을 했다. 너무 이상하여 곧바로 거절 편지를 썼다. 밤에 류리칭이 왔다.

19일 맑음. 오전에 둘째에게 편지를 부쳤다(四十九). 점심에 쉬지상의 집에 갔다. 그의 차녀가 만 일 년 돌이 되어서 국수를 먹었다. 점심 후 다이루링을 방문했다. 오후에 차오쩡구喬曾劬 군이 왔다. 쉬지푸가 와서 죽순과 삶은 콩 한 그릇을 주었다. 류리칭이 왔다. 밤에『백전고』百專考 1권의 필사를 마쳤다. 24장에 약 7,000자다. 밤에 뇌우.

20일 맑음. 오전에 후쑤이즈를 방문했으나 만나지 못했다. 둘째의 엽서를 받았다. 16일 부친 것이다. 쯔페이에게 10위안을 빌렸다. 오후에 도서분관에 갔다. 밤에 고려高麗본『백유경』의 번각본飜刻本54)을 죽 한번 교정했다.

21일 맑음. 점심 후에 회의. 저녁에 밍보 선생이 왔다. 밤에 뇌우.

22일 비. 점심 후 둘째의 편지를 받았다. 19일 상하이에서 부친 것이다(51). 저녁에 맑음.

23일 맑음. 오전에 둘째에게 편지를 부쳤다(五十). 오후에 쉬지상이 왔다. 저녁에 한바탕 뇌우가 쳤다.

24일 맑음. 점심 후에 쉬징원徐景文 집에 가서 충치 치료를 했다. 선캉

---

54) 루쉰이 모친의 생일을 기념하기 위해 자비로 인쇄하여 만든『백유경』(百喩經)을 가리킨다. 이에 대해서는 1914년 7월 일기 주석 참조.

보^{沈康伯}의 편지를 받았다. 밤에 지푸의 집에 갔다.

25일 맑음. 일요일 휴식. 오전에 쉬지상을 방문했다. 후쑤이즈를 방문했으나 만나지 못했다. 점심에 지쯔추를 찾아갔고 『학산문초』^{鶴山文鈔} 1부를 받았다. 오후에 쓰촨^{四川}으로 가는 왕톄루가 작별을 하러 왔다. 저녁에 구름 그리고 번개. 『출삼장기집』^{出三藏記集} 제1권 필사를 마쳤다. 일본에서 번각한 고려본에 근거하였다. 밤에 비.

26일 구름. 오전에 이번 달 봉급 226위안 9자오를 받았다. 점심 후 쉬징원의 집에 가서 이 치료를 했다. 10위안을 지불했다. 후쑤이즈를 방문했다. 오후에 둘째의 편지를 받았다. 22일 사오싱에서 부친 것이다(52). 밤에 비.

27일 맑음. 오전에 둘째가 부친 책 1포를 받았다. 『재속환우방비록』^{再續寰宇訪碑錄} 2책, 『독비소전』^{讀碑小箋} 1책, 『안학우득』^{眼學偶得} 1책, 『당풍루금석문자발미』^{唐風樓金石文字跋尾} 1책, 「풍우루장석」^{風雨樓藏石} 탁본 6매, 그리고 탄인루^{嘽隱廬} 서목 1본이다. 23일 부친 것이다. 둘째에게 편지를 부쳤다(五十一).

28일 맑음. 아침에 둘째의 편지와 '하평'^{河平} 벽돌문, '감로'^{甘露} 벽돌문 탁본 각 1매를 받았다. 24일 부친 것이다(53). 오전에 둘째에게, 제본한 『고학휘간』 1부 24책을 2포로 부쳤다. 상하이 시링인사에 편지와 인 6위안을 부쳤다. 지푸가 인 50위안을 갚았다.

29일 맑음. 오전에 둘째에게 편지와 이달 생활비 100위안을 부쳤다(五十二). 또 『맥경』^{脈經} 4본, 『한비전액』^{漢碑篆額} 3본, 『천벽정전도』^{千甓亭甎圖} 4본, 『속휘각서목』^{續彙刻書目} 10본을 2포로 나누어 부쳤다. 점심 후 센 비바람이 한바탕 불다 바로 개었다. 오후에 다시 큰 비바람이 한바탕 불었다.

30일 맑음. 오후에 큰 비, 바로 개었다. 쉬지상을 방문했다.

31일 맑음. 오전에 일본우체국에 가서 사가미야서점으로 편지와 인 30위안을 부쳤다. 둘째의 책 대금이다. 셰허를 대신하여 10위안을, 지상을 대신하여 2위안을 부쳤다. 치서우산에게 20위안을 갚았다. 점심 후에 쉬징원 집으로 가서 이를 치료했고 린지양행에 가서 치약가루와 칫솔 등 1위안어치를 샀다. 오후에 류리창에 가서 '삼자제도'三字齊刀 3매를 2위안에 샀다. 「원주등수탑상기」垣周等修搭像記 탁본 1매를 5자오에 샀다. 오후에 쉬지상이 왔다. 저녁에 지쯔추가 와서 『콰이지군고서잡집』 1책을 주었다.

8월

1일 맑음. 오전에 둘째의 편지와 전塼 목록 을본을 받았다.[55] 지난달 27일 부친 것이다(54). 또 「교지도위심군궐」交阯都尉沈君闕 탁본 1매를 받았다. 같은 날 부친 것이다. 오후에 류리창에 가서 「구시광조상」丘始光造像 등 탁본 10종 대소 합해 14매를 7위안에 샀다. 폭우가 한바탕 내렸다. 저녁에 둘째에게 편지를 부쳤다(五十三).

2일 구름. 밤에 비.

3일 맑음. 오전에 후쿠코의 편지를 받았다. 7월 27일 부친 것이다. 오후에 둔구이敦古誼 탁본점에서 제본이 되지 않은 석인石印 『환우정석도』 1묶음 57매를 보내왔다. 6위안이다.

4일 맑음. 점심 후에 회의를 했다. 둘째의 편지를 받았다. 7월 31일 부친 것이다(55).

---

55) '전 목록 을본'(專目乙本). 전(專)은 전(塼)과 통용하였고 벽돌의 의미이며, 을본은 두번째본을 의미하는 듯.

5일 맑음. 오전에 둘째에게 편지를 부쳤다(五十四). 웨이푸몐에게 편
지를 부쳤다. 시게히사重久의 편지를 받았다. 7월 28일 도쿄에서 부친 것이
다. 지상의 모친 육순 생일에 선물을 보냈다. 점심에 동료들과 같이 축하
하러 가서 국수를 좀 먹고 귀가했다. 오후에 시링인사가 보내온 『예풍당
고장금석목』藝風堂考贓金石目 8책과 『완암필기』阮盦筆記 2책, 『향동만필』香東漫
筆 1책을 받았다. 2일 부친 것이다. 비가 조금 내리더니 바로 개었다. 저녁
에 이발. 류리칭이 왔다.

6일 구름. 점심 후에 쉬징원의 집에 가서 이를 치료했다. 류리창에 가
서 옛날 벽돌 탁본 4매, 선업니善業埿의 탁본 2매를 5자오에 샀다. 오후에
시링인사에서 보낸 엽서를 받았다. 3일 부친 것이다. 저녁에 지위탕翼育堂
으로부터 타이펑러우泰豊樓에 초대받아 한잔했다. 동석자들은 열 명이다.
밤에 비.

7일 구름. 점심 후에 맑음. 스쩡이 서우산석 인장석印章石[56] 3개를 대
신 사 주었다. 5위안이다. 쉬지상이 한 개를 나눠 가져갔다. 오후에 약간의
비. 둘째에게 편지를 부쳤다(五十五). 시링인사에게 편지를 부쳤다. 이전
에 쑹쯔페이를 대신하여 우레이촨吳雷川에게 족보 서문 작성을 부탁했는
데, 레이촨이 다시 바이전민白振民에게 부탁하였다. 글이 완성되어 20위안
을 수고비로 건넸으나 받지 않았다. 식사 초대 하는 것으로 그것을 사용키
로 했다. 저녁에 중앙공원[57]에서 약속을 했다. 푸젠성福建省 요리를 하는 식

---

56) 서우산석 인장석은 엽랍석(葉蠟石)의 일종으로 전황석(田黃石)이라고도 한다. 푸젠성 푸저우
시(福州市)의 서우산(壽山)에서 나오기 때문에 서우산석으로 불린다. 황색을 띤 반투명의 아름
다운 돌이어서 도장이나 공예품의 재료로 널리 사용되었다.
57) 베이징 톈안먼(天安門)의 서쪽에 있는 공원이다. 원래는 명청대의 황제들이 토지신이나 오곡
신에게 제사를 지내기 위한 사직단(社稷壇)이었다. 1914년에 일반인에게 공원으로 개방되었고
1928년에는 중산(中山)공원으로 이름이 바뀌었다.

당에서 식사를 했다. 지푸, 다오쑨, 웨이천維忱도 함께하여 모두 6명이다.

8일 구름. 일요일 휴식. 오전에 둘째의 편지를 받았다. 4일 부친 것이다 (56). 점심 전에 가오성뎬高升店으로 지위탕을 방문했으나 이미 외출하였다. 류리창에 갔다. 타오수천이 왔다. 오후에 쉬지상을 방문했으나 만나지 못했다. 내친김에 샤오스에 갔다. 또 왕중유王仲猷를 방문하러 통속도서관에 갔다가 책 여러 권을 빌려 귀가했다. 장셰허가 왔으나 만나지 못했다.

9일 맑음. 점심 후에 회의를 했고 오후에 장셰허의 집에 갔다.

10일 맑음. 오전에 둘째에게 『진한와당문자』秦漢瓦當文字 2책과 『백전고』 1책, 옛 벽돌 탁본 5매를 부쳤다. 한 포로 부쳤다.

11일 맑음. 오전에 둘째에게 편지를 부쳤다(五十六). 광둥廣東의 홍수 재해에 의연금 1위안을 냈다. 스쩡이 둘째를 위해 도장 하나를 새겼는데 전문[58]을 모방했다. 사례비로 2위안을 주었다. 점심 후 둘째의 편지를 받았다. 7일 부친 것이다(57). 시링인사가 도서목록을 보냈다. 9일 부친 것이다. 밤에 약간의 비.

12일 맑음. 오전에 일본우체국에 가서 하부토에게 편지와 인 6위안을 부쳤다. 둘째에게 편지를 썼다(五十七). 오후에 마오수취안이 왔다. 둔구이에서 조상造像 탁본을 보내와 3가지 5매를 2위안 3자오에 샀다.

13일 맑음. 점심 후 쉬징원 집으로 가 이 치료를 끝냈다. 3위안을 지불했다. 귀갓길에 다오샹춘에 들러 중산쑹라오[59] 2병과 소고기 반근을 샀다. 오후에 둘째의 편지를 받았다. 건녕전建寧磚과 장생미앙와長生未央瓦의 탁본 각 1매가 동봉되어 있었다. 9일에 부친 것이다(58). 시링인사의 편지를 받

---

58) '전문'(專文). 전문(磚文)과 같은 글자임. 즉, 벽돌에 새긴 문자의 의미로 당시 수집하던 옛 벽돌에 사용된 글자체로 도장을 새겼다는 의미.
59) 중산쑹라오(中山松醪)는 잣의 기름을 원료로 하여 만든 술의 일종이다.

왔다. 10일 부친 것이다. 밤에 뇌우.

14일 비. 오전에 둘째에게 편지를 부쳤다(五十八). 스쩡이 인장석 3개를 4위안 5자오에 대신 사 주었다.

15일 맑음. 일요일 휴식. 오전에 천스쩡을 방문했다. 쉬지상을 방문했다. 오후에 류리창에 가서 「장용백조상기」張龍伯造像記와 「도충수탑기」道沖修塔記 각 1매를 샀다. 값은 모두 인 8자오다. 저녁에 비.

16일 맑음. 오전에 둘째의 편지를 받았다. 12일 부친 것이다(59). 오후에 쉬지상이 왔다.

17일 맑음. 오전에 둘째에게 편지를 부쳤다(五十九). 셋째가 번역한 『생물학』 중, 하권 원고 2책을 받았다. 또 요시코와 충沖의 사진 한 장을 받았다. 13일 부친 것이다. 오후에 뇌우.

18일 구름. 오전에 사가미야서점의 편지를 받았다. 10일 부친 것이다.

19일 맑음. 점심 후 통속교육연구회[60]에 출석했다. 밤에 뇌우.

20일 맑음. 아침에 둘째의 편지를 받았다. 16일 부친 것이다(60). 점심 후 팡자후퉁도서관에 갔다.[61]

21일 맑음. 오전에 둘째에게 편지를 부쳤다(六十). 점심 후 류리창에

---

60) 통속교육연구회(通俗敎育硏究會). 중국통속교육연구회의 뒤를 이은, 교육부가 별도로 설립 주관하던 관방조직이다. 이 연구회는 "통속교육사업을 연구하고 사회를 개량하며 교육을 보급한다"를 근본 취지로 하였고, 회원들은 베이징의 각계 기관에서 선발 파견하였다. 1915년 8월 3일 교육부는 루쉰을 포함한 29명을 파견하여 이 연구회에 가입시켰다. 8월 19일 '예비회의'를 열어 연구회 설립을 위한 갖가지 구체적인 준비작업에 대해 토론했다. 9월 1일에는 루쉰을 이 연구회의 소설부 주임으로 겸임토록 했다. 다음 해 2월 겸직을 사퇴했지만 소설부의 심사간사로 다시 임무를 받게 된다.

61) 팡자후퉁(方家胡同)도서관. 1915년 6월 교육부는 국자감 남학에 경사(京師)도서관 주비처를 세우기로 결정하고, 7월에 이 주비처를 광화사(廣華寺)에서 국자감 남학의 새 장소로 이전했다. 국자감 남학의 위치가 팡자후퉁에 있었기 때문에 팡자후퉁도서관으로도 불렸다. 당시 도서관은 이미 샤쩡유(夏曾佑)가 관장으로 임명되어 있었다.

갔다. 오후에 다시 류리창에 가서 진晉나라의 「왕명조상」王明造像 탁본 4매와 수隋나라 비구승지도완比丘僧智道玩 등의 조상 4매를 모두 인 4위안에 샀다. 저녁에 몹시 더워서 시성핑위안西升平園에 가서 목욕을 했다. 밤에 태풍과 번개 그리고 약간의 비.

22일 맑음. 일요일 휴식. 점심 후 천궁멍이 왔다. 오후에 후쑤이즈가 왔다. 서우주린이 왔다.

23일 맑음. 오전에 둘째의 편지와 옛날 돈과 옛 거울 등의 탁편 3매를 받았다. 19일 부친 것이다(61). 점심 후 류리창 상우인서관에 가서 『가자차고』賈子次詁 1부 2책을 1위안에 샀다. 또 『곡부비갈고』曲阜碑碣考 1책을 2자오에 샀다. 활자본인데 좋지 않다. 저녁에 쉬지상이 왔다.

24일 맑음. 오전에 둘째에게 편지를 부쳤다(六十一).

25일 맑음. 오전에 비. 아무 일이 없다. 저녁에 맑고 바람. 둘째의 편지를 받았다. 21일 부친 것이다(62).

26일 맑음. 오전에 둘째가 부친 딸 미謎[62]의 사진 1장을 받았다. 22일 부친 것이다. 점심 후 지푸가 왔다. 오후에 심한 비바람이 한바탕 치더니 금방 개었다.

27일 맑고 바람. 오전에 둘째에게 편지를 부쳤다(六十二). 점심 후 리샤칭李霞卿의 편지를 받았다. 22일 사오싱에서 부친 것이다.

28일 맑음. 점심 후 비가 한 차례 내렸다. 오후에 쉬지상이 왔다.

29일 구름. 일요일 휴식. 저녁에 약간의 비.

30일 맑음. 오전에 둘째의 편지를 받았다. 26일 부친 것이다(63). 이달

---

62) 딸 미(謎). 저우쭤런의 장녀 징쯔(靜子)다. 일본발음으로는 시즈코다. 1914년 7월 5일생이다. 1914년 7월 10일 일기 참조.

봉급 280위안을 받았다.

31일 구름. 아침에 롼주쑨⁶³⁾이 왔다. 오전에 둘째에게 편지와 이달 생활비 100위안을 부쳤다(六十三). 탄인루蟬隱廬로 편지와 인 22위안을 부쳐서 책을 샀다. 왕핑화가 중풍으로 실직하여 귀향하게 되었다. 3위안으로 부조扶助했다. 점심 후에 약속을 하여 주쑨이 와서 얘기를 나누었고, 저녁에 광허쥐에 가서 밥을 먹었다. 비. 밤에 위통.

9월

1일 맑음. 오늘부터 교육부의 전일근무를 시작했다. 점심 후 다이루링과 함께 내무부에 가서 『사고전서』 이관방법을 협의했다.⁶⁴⁾ 오후에 날씨가 갬. 둔구이에서 한漢 화상석⁶⁵⁾ 탁본을 보내왔다. 사지 않았다.

2일 맑고 큰 바람. 오전에 시게히사의 편지를 받았다. 아사쿠사淺草에서 부친 것이다. 점심에 바이전민白振民, 우레이촨吳雷川, 왕웨이천王維忱, 첸다오쑨, 쉬지푸를 초대하여 이창에 가서 식사를 했다. 쑨씨 족보서문의 사

---

63) 롼주쑨(阮久孫)은 루쉰 어머니 외가쪽 사촌 동생이다. 롼뤄쑨, 캉쑨, 허쑨, 주쑨 4형제 중 막내로서 루쉰소설 「광인일기」 주인공의 원형인물이라고도 한다. 저우샤서우(周遐壽)의 『루쉰소설 속의 인물』(魯迅小說中的人物)의 「광인은 누구인가」(狂人のとは誰か)에서 이렇게 말하고 있다. "루쉰의 사촌동생으로 류쓰(劉四)라고 부르기로 하겠다"고 기록되어 있다. 1916년 10월과 11월 일기에는 정신분열을 앓고 있던 주쑨을 입원시키는 등 그를 보살피는 루쉰의 모습이 나온다.

64) 러허(熱河)의 원진거(文津閣)에 소장되어 있는 『사고전서』를 베이징으로 운반하는 일은 내무부의 관리로 되어 있었다. 그런데 교육무가 여러 차례 교섭을 서듭한 끝에 1915년 8월 15일 이 일을 교육부로 귀속시키는 일에 내무부가 동의를 하였고 경사도서관에 이 전집을 수장하게 되었다. 그래서 교육부는 이관수속 및 일정 등에 대한 상담을 위해 루쉰 등을 파견하였다. 이 일은 10월 12일에 종료되었다.

65) 한(漢) 화상석(畵像石). 한대 화상석은 벽돌에 당시 생활상을 반영하는 여러 가지 그림을 부조의 형태로 조각하여 구운 것이다. 벽돌에 그린 그림이라고 하여 화상전(畵像磚)이라고도 한다. 다양한 부문의 한대 생활상을 잘 묘사하고 있어서 역사 및 미술사에서 매우 중요한 위치를 갖고 있다.

례금으로 식사비를 냈다.[66]

3일 맑음. 오전에 둘째와 셋째의 편지를 받았다. 30일 부친 것이다 (64). 스쩡에게 도장 조각을 부탁했다. 사례로 인 10위안을 주었다.

4일 구름. 오전에 둘째와 셋째에게 편지를 부쳤다(六十四). 천궁명을 만나러 갔으나 만나지 못했다. 일본우체국에 가서 시게히사에게 편지와 인 10위안을 부쳤다. 점심 후 천궁명에게 편지를 부쳤다. 시게히사가 도쿄에서 보내온 편지를 받았다. 또 엽서도 받았다. 28일, 29일 양일에 부친 것이다. 오후에 약간의 비. 사환에게 고약과 설탕 절임 과일 등을 사 오라고 부탁했다. 값은 7위안.

5일 맑음. 일요일 휴식. 오전에 쉬지상이 왔다. 점심 후 둘째의 편지를 받았다. 1일 부친 것이다(65). 류리창에 가서 옛날 돈 '지정'至正 2매와 화살촉 3매, 당唐대 조상造像 탁본 1매를 1위안에 샀다. 명각본『육사룡집』陸士龍集 1부와『포명원집』鮑明遠集 1부 각 4본을 5위안에 샀다.「봉삼공산비」封三公山碑,「봉룡산송」封龍山頌,「보덕상비」報德象碑 탁본 각 1매를 4위안 8자오에 샀다.

6일 맑음. 아침에 루룬칭陸潤靑이 왔다. 탄인루의 편지를 받았다. 3일 부친 것이다. 둘째에게 편지(六十五)와 소포 두 개를 부쳤다. 안에 고약 12매, 오월오일五月五日 거울 1매, 포도거울 1매, 송원宋元의 옛날 돈 3매, 인장 3개, 설탕 절임 과일 3종 6근을 넣었다. 점심 후에 통속교육연구회에 갔다.[67] 밤에 리샤칭이 사오싱에서 왔다. 둘째의 편지와 '마위장작'馬衛將作 벽

---

66) "이전에 쑹쯔페이를 대신하여 우레이촨(吳雷川)에게 족보 서문 작성을 부탁했는데, 레이촨이 다시 바이전민(白振民)에게 부탁하였다. 글이 완성되어 20위안을 수고비로 건넸으나 받지 않았다. 식사 초대하는 것으로 그것을 사용키로 했다." 1915년 8월 7일자 루쉰 일기.
67) 통속교육연구회의 창립대회에 간 것을 말한다. 회의석상에서 량산지(梁善濟) 수석회장이 이 연구회의 기본 취지에 대한 연설을 했고 또 가오부잉(高步瀛) 등 33명을 간사로 선임했다.

돌 1개, 말린 야채 한 통을 가져왔다. 또 50위안을 이미 집에 건넸다고 하여 우선 25위안을 주었다.

7일 맑음. 오전에 탄인루에게 편지와 인 8위안을 부쳤다. 점심 후 스쩡과 함께 샤오스에 갔다. 쉬지상이 『금강경가상의소』金剛經嘉祥義疏 1부 2본을 주었다. 이정강李正剛의 활자본이다. 저녁에 리샤칭이 왔다.

8일 맑음. 오전에 둘째에게 편지를 부쳤다(六十六). 리샤칭이 와서 함께 대학[68]에 가 그를 위한 보증을 섰다. 점심 후에 천궁멍에게 편지를 보냈다. 청스쩡이 도장 조각을 마쳤다. 새긴 글자가 6개로 '콰이지저우씨수장'會稽周氏收臧이다.

9일 맑음. 오전에 둘째의 편지를 받았다. 5일 부친 것이다(66). '마위장작' 벽돌을 왕수탕汪書堂에게 주었다. 『역외소설집』 2책을 장춘팅張春霆에게 주었다. 밤에 큰 바람이 불었는데 얼마 전 측후소 일기예보에 며칠내 폭풍이 있을 거라고 했는데 이를 두고 말함인가? 『복당일기』復堂日記를 읽었다.

10일 맑고 바람. 아침에 둘째의 엽서를 받았다. 6일 부친 것이다(67). 저녁에 치서우산이 초대하여 그의 집에 가서 게를 먹었다. 장중쑤張仲素, 쉬지쉬안徐吉軒, 다이루링, 쉬지상이 함께 하였다. 많이 먹고 마시고 많이 얘기하다 밤에 귀가했다.

11일 맑음. 오전에 둘째에게 편지를 부쳤다(六十七). 점심 후에 문묘[69]에 가서 제례祭禮 예행연습을 했다. 저녁에 왕스간王式乾, 쉬쭝웨이가 왔다. 쉬쭝웨이가 인 20위안을 갚았다. 또 퉁야전이 빌려 간 5위안도 갚았다.

---

(68) 리샤칭이 간 대학은 베이징대학을 가리킨다. 리샤칭은 이해에 국문학과에 입학했다.
(69) 문묘(文廟). 1915년 3월 주석 참조.

12일 맑음. 일요일 휴식. 오전에 쉬밍보 선생이 왔다. 점심 후에 장이즈가 왔다. 오후에 둘째가 부친 소포 하나를 받았다. 안에 『진금석각사』秦金石刻辭 1책과 『호리유진』蒿里遺珍 1책이 있었다. 상하이에서 탄인루가 부친 책 1포를 받았다. 안에 『유사추간』流沙墜簡 3책, 『권형도량실험고』權衡度量實驗考 1책, 『사조보초도록』四朝寶鈔圖錄 1책, 『금석췌편교자기』金石萃編校字記 1책, 『만읍서남산석각기』萬邑西南山石刻記 1책이 있었다. 3일 부친 것이다. 저녁에 타오녠칭 선생을 방문하였고 밤에는 국자감에서 잤다.

13일 맑음. 새벽에 충성츠崇聖祠에서 공자제례가 거행되었다. 8시에 제례가 끝나 귀가했다. 오전에 둘째의 편지와 「가도귀조상」賈道貴造像 탁본 1매, 동경銅鏡 탁본 2매를 받았다. 9일 부친 것이다(67). 오후에 바람. 쯔페이가 리샤칭이 있는 곳에서 수필70) 열 자루를 가져왔다. 마찬가지로 둘째가 부탁하여 보낸 것이다.

14일 맑음. 오전에 둘째에게 편지를 부쳤다(六十八). 오후에 시링인사가 『설문고주습유』說文古籀拾遺 1부 2책을 부쳐 왔다. 저녁에 쉬지상이 『유사추간』을 보러 왔다. 상치헝이 왔다.

15일 구름. 오전에 둘째의 편지와 거울 탁본 3매를 받았다. 11일 부친 것이다(68). 탄인루의 엽서를 받았다. 시링인사의 엽서를 받았다. 큰 비. 시게히사의 엽서 2장을 받았다. 9일 부친 것이다. 점심 후 통속교육연구회 소설부 제1차 회의71)에 갔다. 오후에 리샤칭의 편지를 받았다. 오늘 부친 것이다.

16일 맑음. 휴가. 오전에 둘째에게 편지를 부쳤다(六十九). 리샤칭에게

---

70) 수필(水筆). 마(麻)를 섞어서 만든 붓으로 값이 저렴했다.
71) 통속교육연구회 소설부 제1차 회의. 이 회의는 루쉰의 주도하에 소설부의 업무규정, 정례회의 일정 및 활동방침 등에 대해 토론했다.

회신을 했다. 시링인사로 회신을 했다. 점심 전에 류리창에 가서 옛 화살촉 20매를 샀다. 인 3위안이다. 오후에 둘째가 부친, 칸이 있는 원고용지[72] 1,200장과 「삼로휘자기일기」三老諱字忌日記 탁본 1매를 받았다. 12일 부친 것이다.

17일 맑음. 오전에 둘째의 편지를 받았다. 13일 부친 것이다(69).

18일 구름. 오전에 맑음. 점심 후 둘째가 부친 『사오싱교육잡지』 4기에서 9기까지 모두 6책을 받았다. 12일 부친 것이다. 쑹즈팡의 편지를 받았다. 12일 타이저우에서 부친 것이다. 저녁에 지푸가 와서 장미포도[73] 2송이를 주었다. 내가 그에게 인 15위안을 빌렸다. 밤에 시링인사 앞으로 편지와 인 3위안을 부쳤다. 또 우레이촨 선생의 책 주문서 1장과 편지 한 통도 동봉했다. 약간의 비.

19일 맑음. 일요일 휴식. 오전에 둘째에게 편지를 부쳤다(七十). 장타이옌 선생님의 장녀인 궁웨이성 부인의 부고를 받았는데 선생님이 쓰신 그녀의 『사략』事略이 들어 있었다.[74] 오후에 탄인루가 부친 『진한와당문자』秦漢瓦當文字 2책, 『정창소장봉니』鄭廠所藏封泥 1책, 도서목록 1책을 받았다. 8일 부친 것이다. 또 별도로 구매한 『통속편』通俗編 8책은 이미 사오싱

---

72) 칸이 있는 원고용지의 원문은 '사서격자지'(寫書格子紙). 붓으로 글씨 쓰기 편하게 칸이 쳐 있는 용지를 말한다.

73) 장미포도의 원문은 '매괴포도'(玫瑰葡萄)로 매괴란 장미의 뜻. 장미향포도(玫瑰香葡萄)라고도 불린다. 장미향포도는 유럽에서 수입된 품종으로 수분이 많고 단맛이 풍부해 최상품으로 취급됐다. 포도는 루쉰이 좋아하던 과일의 하나다.

74) 『사략』(事略)은 『죽은 딸 리의 약력』(亡女㸚事略)을 가리킨다. 9월 8일 장타이옌의 장녀이자 궁웨이성(龔未生)의 부인이었던 장리(章㸚)가 목을 매 자살하자 11일 장타이옌은 딸을 위해 이 글을 썼다. 일반적으로 사망통지서는 친척이나 지인, 친구들에게만 보내는데 장 선생은 9월 11일 루쉰에게도 알렸다. 늦었지만 루쉰은 9월 26일 스승 장타이옌이 계신 곳으로 찾아가 조문을 했다. 26일 일기 기록. "첸량후퉁으로 가서 궁웨이성 부인을 조문하고 2위안을 부조했다." 장타이옌의 장녀는 '㸚', 둘째딸은 '叕', 셋째딸은 '㠭', 넷째딸은 '㗊'이라고 한다. 문자학에 밝았던 장타이옌의 작명이 매우 독특하다.

으로 부쳤다. 밤에 상치형이 왔다. 학자금 40위안을 주었고 리샤칭에게도 인 23위안 2자오를 전달해 달라고 부탁했다. 이것으로 송금한 돈은 모두 청산한 것이다. 바람. 쯔페이와 샤칭이 왔고 『콰이지고서』會稽故書 1책을 주었다.

20일 맑음. 저녁에 셰허가 자기 아우의 결혼이 결정되어 중매인을 초대하였다. 동행해 달라고 부탁을 받았다. 동석자들은 열 명이었다.

21일 맑음. 오후에 둘째의 편지를 받았다. 17일 부친 것이다(70). 『부패도록』符牌圖錄 1책과 「왕생비」往生碑 탁본 4매 모두 1포, 역시 같은 날 부친 것이다. 시계히사의 편지를 받았다. 14일 부친 것이다. 저우유즈周友之가 왔다. 저녁에 한서우첸韓壽謙이 왔다. 서우진壽晉의 결석계를 위해 대학에 보낼 편지를 썼다. 밤에 선캉보沈康伯의 편지를 받았다. 오늘 부친 것이다. 약간의 비.

22일 구름. 오전에 둘째에게 편지를 부쳤다(七十一). 선캉보에게 회신을 했다. 점심 후에 연구회75)에 갔다. 비.

23일 구름과 바람. 음력으로 추석이다. 휴가. 오후에 밍보 선생이 『영모원총서』永慕園叢書를 보러 왔다. 저녁에 지푸가 오리 한 그릇을 보내와서 일꾼에게 400원文을 주었다. 밤에 달이 보였다.

24일 구름. 지상에게 10위안을 빌렸다. 점심 후에 비.

25일 맑음. 오전에 둘째의 편지를 받았다. 21일 부친 것이다(71).

26일 맑음. 일요일 휴식. 오전에 둘째에게 편지를 부쳤다(七十二). 쑹즈팡에게 답신을 했다. 첸량후퉁錢糧胡同으로 가서 궁웨이성 부인을 조문

---

75) 이 연구회는 소설부 제2차 정례회의를 말한다. 업무세칙을 토론했고 부원들에게 조사, 심사, 편집, 번역 등의 일이 분배되었다.

하고 2위안을 부조했다. 오후에 쉬중쑨徐仲蓀이 왔다.

27일 맑음. 오전에 시링인사의 편지를 받았다. 24일 부친 것이다. 이달 월급 280위안을 받았다. 지푸에게 15위안을, 지상에게 10위안을 갚았다. 저녁에 쉬지상이 왔다.

28일 맑음. 오전에 시링인사가 『문관사림휘간』文館詞林彙刊 1부 5본을 보내왔다. 24일 부친 것이다.

29일 맑음. 점심 후 통속교육회76)에 갔다. 하부토 가의 편지를 받았다. 24일 부친 것이다. 저녁에 가오랑셴高閬仙이 퉁허쥐同和居에 초대하여 한잔 했다. 동석자는 12명으로 치루산齊如山, 천샤오좡陳孝莊을 제외하고 나머지 모두 동료들이었다. 둘째의 편지를 받았다. 요시코芳子의 편지가 동봉되어 있었다. 25일 부친 것이다(72). 천스쩡이 도장 조각을 끝냈다. 한기가 들어서 몸이 불편하다.

30일 구름. 오전에 둘째에게 편지를 부쳤다. 잡문 원고 4편을 동봉했다(七十三). 또 이달 생활비 100위안과 작은 소포 하나를 부쳤다. 안에 『진금석각사』 1책, 『진한와당문자』 2책, 『유사추간』과 『보유』補遺 3책, 『권형도량실험고』 1책, 『호리유진』 1책, 한漢 석각 탁본 11매, '대천오십'大泉五十 1매, '지원통보'至元通寶 2매를 넣었다. 상하이 탄인루에게 편지와 인 13위안을 부쳤다. 장랑성張閬聲에게 「왕생비」往生碑 탁본 1매를 보냈다. 점심 후에 왕수탕과 같이 샤오스에 갔다가 「석고문음석」石鼓文音釋 2매를 6퉁위안銅元에 샀다. 지푸에게 줄 생각이다. 저녁에 비. 밤에 키니네 3알을 먹었다.

---

76) 통속교육연구회의 소설부 제3차 정례회의를 말한다. 회의에서 활동 진행의 방법을 토론했다. 루쉰은 소설심사 기준의 초안자 인선을 했다.

10월

1일 맑음. 점심 후 이발을 했다. 저녁에 우수자오吳叔昭가 징화춘京華春에 초대를 했다. 모두 동료들이고 9명이었다. 밤에 간룬성廿潤生이란 사람이 찾아왔다. 이름은 위안하오元灝다. 서우징우 선생님[77] 시절의 동학이라고 말했다. 잠자리에 들 때 키니네 2알을 먹었다. 한기를 느꼈다.

2일 아침에 보슬비가 한바탕 내렸다. 점심 후에 스쩡, 수탕과 같이 샤오스에 갔다. 오후에 쉬지상이 왔다. 왕, 웨이 두 학생이 왔다. 밤에 둘째의 편지를 받았다. 9월 29일 부친 것이다(73). 잠자리에 들 때 키니네 2알을 먹었다.

3일 구름. 일요일 휴식. 오후에 류리창에 가서 「번민비」樊敏碑 복각復刻 탁본 1매를 1위안에 샀다. 비가 한 차례 내렸다.

4일 맑음. 오전에 푸화거富華閣에서 여러 가지 한漢 화상석 탁본 137매를 보내왔다. 모두 자샹嘉祥, 원상汶上, 진샹金鄕에 산재한 것들로 탁본 상태가 좋지 않았다. 14위안에 구입했다. 오전에 둘째에게 편지를 부쳤다. 요시코에게 보내는 편지도 동봉했다(七十四). 치보강의 부친이 돌아가셔서 오후에 부의금으로 2위안을 냈다.

5일 맑음. 아침에 치보강이 왔다. 오후에 리샤칭의 편지를 받았다. 밤에 키니네 2알을 먹었다.

6일 맑음. 점심 후에 통속교육연구회[78]에 갔다.

7일 맑음. 오전에 둘째에게 책 2포를 부쳤다. 『장안획고편』長安獲古編 2

---

77) 루쉰이 어린 시절 사오싱에서 공부하러 다녔던 삼미서옥(三味書屋)의 스승인 서우징우(壽鏡吾)를 말한다.
78) 소설부 제4차 정례회의를 말한다. 소설의 심사기준을 토론했고 소설 분류의 문제를 토론했다.

책,『정창소장봉니』鄭廠所藏封泥 1책,『만읍서남산석각기』萬邑西南山石刻記 1책,『완암필기』阮庵筆記 2책,『향동만필』香東漫筆 1책,『수헌금석문자』隨軒金石文字 4책,『쌍매경암총서』雙梅景闇叢書 4책과 그 부록『양수진자정연보』楊守進自訂年譜 1책,『교육공보』敎育公報 3책, 마루젠丸善의『학등』 1책이다. 점심에 또 쑹씨 족보 서문 사례금[79]으로 손님을 불러 식사를 했다. 모두 9명이다. 주샤오취안朱孝荃이 버섯 한 상자를 주면서 류양瀏陽 모처에 땅 20리만 가지고 있다고 말했다. 오후에 둘째의 편지를 받았다. 3일 부친 것이다(74). 탄인루의 엽서를 받았다. 3일 부친 것이다. 창이전常毅箴의 아들이 만 1개월이 되어 축하금 1위안을 보냈다.

8일 맑음. 오전에 둘째에게 편지를 부쳤다(七十五). 쑹쯔페이에게 편지를 부쳐, 제단사를 불러 달라 부탁했고 재료 공임비 10위안을 주었다. 점심 후에 스쩡과 같이 샤오스에 갔다. 장셰허의 아우가 10일 결혼을 하여 축의금 4위안을 보냈다.

9일 맑고 바람. 국경절 대체 휴일. 오전에 녠친念欽 선생이 와서 점심에 같이 광허쥐에 가 밥을 먹었다. 저녁에 창이전이 안칭회관安慶會館으로 초대해 한잔했다. 밤에 쉬지상이 왔다. 비.

10일 비. 일요일 휴식. 점심 후 장셰허의 집으로 가 결혼식을 마치고 귀가했다.

11일 맑음. 오전에 둘째의 편지를 받았다. 7일 부친 것이다(75).

12일 맑음. 오전에 둘째에게 편지를 부쳤다(七十六). 궈링즈郭令之가『급취장초법고』急就章草法考 2책,『편방표』偏旁表 1책, 대형 석인본을 주었다. 점심 후 통속교육연구회에 갔다.

---

79) 1915년 8월 7일 일기에서 언급한 쑹씨 족보 서문에 대한 사례금을 말한다.

13일 맑음. 점심 후 통속교육연구회[80)]에 갔다. 저녁에 쉬지푸가 왔다.

14일 맑음. 점심 후 일본우체국에 가서 하부토 가에 편지와 겨울 생활비 및 학비 21위안, 연말 경비 10위안을 부쳤다. 밤에 둘째의 편지를 받았다. 11일 부친 것이다(76).

15일 맑음. 오전에 둘째가 부친『월중삼자시』越中三子詩,『난언술략』蘭言述略,『여정행술』邵亭行述 각 1책, 1포를 받았다. 10일 부친 것이다. 오후에 쉬지상이 왔다. 저녁에 쉬스취안이 와서『화학』化學 1책을 반환했다.

16일 맑음. 오전에 둘째에게 편지를 부쳤다(七十七). 오후에 류리창에 가서 「원녕조상기」元寧造像記 2매와 「장신락매전권」張神洛買田券 탁본 1매를 샀다. 모두 1위안.

17일 맑음. 일요일 휴식. 오후에 쉬위안徐元이 왔다. 저녁에 탄인루가 『운창총각』雲窓叢刻 1부 10책,『비별자보』碑別字補 1책, 그리고『엄주도경』嚴州圖經,『경정엄주속지』景定嚴州續志,『엄릉집』嚴陵集 각 1부, 각 2책을 부쳐 왔다. 외국의 열악한 종이로 인쇄를 해서 나쁜 책이 되었다.

18일 구름, 큰 바람. 오전에 탄인루에게 편지와 우표 5자오 6편을 부쳤다. 밤에 책을 보완 필사했다.

19일 맑음, 큰 바람. 솜옷으로 바꿔 입었다. 통속교육연구회에 갔다. 둘째의 편지를 받았다. 15일 부친 것이다(77).

20일 맑음. 오전에 둘째에게 편지를 부쳤다(七十八). 점심 후에 샤오스에 갔다.

21일 맑음. 오전에 둘째가 부친『콰이지군고서잡집』 10책을 받았다.

---

80) 소설부 제5차 정례회의를 말한다. 회의석상에서 소설심사 기준을 수정했고 통속도서관에 보관 중인 소설의 심사부터 우선 착수할 것을 결정했다.

17일 부친 것이다.

22일 맑음. 오전에 마이추馬彝初에게 『콰이지고서집』 1책을 부쳤다. 점심 후에 샤오스에 갔다. 밤에 둘째의 편지를 받았다. 19일 부친 것이다(78).

23일 구름. 오전에 둘째에게 편지를 부쳤다(七十九). 후쿠코의 편지를 받았다. 17일 부친 것이다. 오후에 도서분관에 갔다. 류리창에 가서 「찬룡안비」爨龍顔碑와 「단주석실기」端州石室記 탁본 각 1매를 4위안에 샀다.

24일 보슬비. 일요일 휴식. 오전에 탄인루가 갑인년甲寅年의 『국학총서』國學叢書 8책을 보냈다. 쉬지상이 왔다. 저녁에 한서우진이 왔다.

25일 맑음. 오전에 둘째의 편지를 받았다. 21일 부친 것이다(79). 오후에 궁웨이성이 교육부로 찾아왔다.

26일 맑음. 오전에 둘째에게 편지와 「장신락매지권」張神洛買地券 탁본 1매를 부쳤다(八十). 이달 봉급 280위안을 받았다. 지상에게 100위안을 빌려주었다. 점심 후에 궁웨이성이 와서 『홍씨비목』洪氏碑目을 돌려주었다. 의학전문학교[81] 3년 기념식이 있어서 오후에 참관하러 갔다가 들어갈 수 없어서 교육부로 돌아왔다. 직공에게 책 제본 부탁한 것이 누적 30여 책인데 저녁에 모두 완성되어 가져왔다. 공임비 1위안을 주었다.

27일 맑고 큰 바람. 오전에 일본우체국에 가서 후쿠코에게 편지와 인 20엔을 부쳤다. 중국돈으로 인 25위안이다. 점심 후에 통속교육연구회에 갔다.[82] 스쩡이 '후자손길'後子孫吉 벽돌 탁본 2매를 주었다. 귀축貴築의 요화姚華 수장이다.

---

81) 의학전문학교는 국립 베이징의학전문학교를 말한다. 1912년에 창설되었다. 학교는 허우쑨(後孫)공원에 있었고 당시 탕얼허(湯爾和)가 교장으로 있었다.
82) 소설부 제6차 정례회의를 말한다. 통속도서관에서 책을 빌리는 방법과 이전에 교육부 심사를 받았으나 이 연구회의 재심은 받지 않은 소설들을 어떻게 처리할 것인가 등의 문제를 토론했다.

28일 맑음. 오후에 통속교육연구대회가 있었다.[83] 저녁에 지푸가 서양고추장 한 그릇을 주었다.

29일 구름. 오전에 둘째의 편지를 받았다. 25일 부친 것이다(80). 24일 밤 10시에 둘째의 처가 딸을 낳았다고 했다.[84] 오후에 장張 총장이 초대하여 만났다. 저녁에 천스쩡과 같이 류리창에 놀러 갔다. 밤에 바람.

30일 맑고 바람. 오전에 둘째에게 편지를 부쳤다(八十一). 그리고『오월삼자집』吳越三子集 8책,『월중삼자시』越中三子詩 3책, '후의자손'後宜子孫 벽돌 탁본 2매,『교육공보』教育公報 2책을 한 포로 부쳤다. 점심 후에 서우산, 수탕, 다오쑨과 같이 샤오스에 갔다. 오후에 류리창에 가서「곽씨석실화상」郭氏石室畫象 10매,「감효송」感孝頌 1매 그리고 제명題名과 여러 가지 제기題記 등 9매를 인 5위안에 샀다. 또 이저우沂州 화상 14매를 인 3위안에 샀다. 또「식재사원화상」食齋祠園畫像,「공자견노자화상」孔子見老子畫像 각 1매와 옛날 탁본한 약간 파손된 공자상을 모두 합쳐 2위안에 샀다. 또「지방집화상」紙坊集畫像과 이름을 모르는 화상 각 1매를 6자오에 샀다. 조상造像 탁본 12종 14매를 4위안에 샀다. 저녁에 녠친念欽 선생이 와서 쯔페이가 광허쥐로 초대해 같이 식사를 했다. 리샤칭도 왔다.

31일 맑음. 일요일 휴식. 점심에 쉬밍보 선생이 식사 초대를 해서 갔다. 지푸, 스취안, 스잉世英, 판보양范伯昻, 윈타이雲臺가 동석했다. 점심 후에 귀가했다. 오후에 구름. 밤에 사오밍즈邵明之가 항저우에서 왔다. 11시까지 애기하다 돌아갔다. 중시여관[85]에 머문다고 했다.

---

83) 통속교육연구회 제2차 전체대회를 말한다. 회의석상에서 신임 교육청장인 장이린(張一麐)의 훈시가 있었다. 소설은 "충효와 절개와 의리(忠孝節義)를 담아"야만 한다고 강조했다. 또 신임 교육차장인 위안시타오(袁希濤)가 이 교육연구회의 회장을 겸임한다는 선포도 했다.

84) 저우쭤런의 부인 노부코(信子)가 낳은 딸 뤄쯔(若子)를 말한다. 뤄쯔는 일본 발음으로 와카코.

11월

1일 구름, 점심 후에 갬. 아무 일 없다.

2일 맑음. 오전에 둘째에게 소포 하나를 부쳤다. 안에 『운창총각』 1부, 류양劉陽의 버섯 2묶음. 옛날 화살촉 2포包, 사신 거울四神鑒 1매, 산시陝西의 완구 10여 개를 넣었다. 저녁에 쉬밍보 선생과 지푸가 밍즈明之를 식사에 초대했다. 약속하여 함께 가서 이야길 나누었다. 셰허도 왔다. 10시 반에 귀가했다.

3일 맑음. 아무 일 없다.

4일 맑음. 오전에 둘째의 편지를 받았다. 30일 부친 것이다(81). 둘째에게 편지를 부쳤다(八十二). 오전에 쉬지상과 같이 쑨관화孫冠華의 집으로 문상을 하러 갔다. 오후에 장시성 수해에 의연금 1위안을 냈다.[86] 밤에 태풍.

5일 맑고 바람. 저녁에 쉬지상이 왔다.

6일 구름. 점심 후에 류리창에 가서 '백인'白人,[87] '감단'甘丹도刀 등 5매를 2위안에, '정광'正光 벽돌 탁본 1매를 1위안에, 「설이희조상」薛貳姬造像 탁본 등 5종을 2위안에, 『산우석각총편』山右石刻叢編 1부 24책을 6위안에 샀다.

7일 맑음. 일요일 휴식. 오후에 상치형이 왔다.

8일 맑음. 큰 바람. 오전에 둘째의 편지를 받았다. 4일 부친 것이다 (82). 점심 후에 하부토 가의 편지를 받았다. 후쿠코의 편지가 동봉되어 있

85) 중시(中西)여관은 보통명사다. 중국식의 서양여관의 약칭으로 당시에 각지에 유행했다. 원래는 중국식 여관에 설비만 서양풍으로, 즉 욕조나 전화 등을 구비해 놓은 숙소다.

86) 장시(江西)성 수해. 1915년 7월 장마로 인해 장시성은 수해를 입었다. 푸(撫)강과 간(贛)강 등 여러 강과 파양(鄱陽)호수가 동시에 범람해 재해의 규모가 심각했다.

87) '백인'(白人)은 '백비'(白匕)의 오타인 듯하다. 고대의 칼 화폐(刀幣, 刀錢) 가운데 하나다.

었다. 2일 부친 것이다.

9일 맑음. 오전에 둘째에게 편지를 부쳤다(八十三). 밤에 바람.

10일 맑음. 저녁에 바람. 둘째에게 엽서 하나를 부쳐 도서목록에 대해 물었다. 밤에 몹시 추워 화로를 꺼냈다. 눈비.

11일 아침에 일어나니 눈이 3촌 높이 쌓였다.[88] 날씨는 쾌청. 아무 일 없다.

12일 구름, 오후에 갬. 둘째와 셋째의 편지를 받았다. 8일 부친 것이다 (83).

13일 맑음. 오전에 둘째에게 편지를 부쳤다(八十四). 오후에 류리창에 가서 화포 4매와 포천 1매,[89] 그리고 방족소폐方足小幣 5매, 옛날 돈 '대중절십'大中折十 1매를 모두 3위안에 샀다. 쑨보헝孫伯恒을 만나 그 김에 상우인 서관에 가서 잠시 앉아 있었다. 토용土俑 및 여러 가지 탁본과 당인唐人의 사경寫經을 구경했다.

---

88) 3촌의 원문은 '삼분'(三分)이다. 분은 길이, 면적, 시간, 화폐 등의 단위로 사용되었다. 길이에서 분은 백분의 1척(尺)이고 10분의 1촌(寸)이다. 1척은 약 30센티미터이기 때문에 1촌은 약 3센티미터이고 1분은 약 3밀리미터가 된다. 그러므로 이날 쌓인 눈 높이를 3분이라고 한 것은 약 1센티미터 정도를 말한다.

89) 화포(貨布)와 포천(布泉). 화폐의 시작은 가축이었다. 상업의 발달과 함께 남쪽 바닷가 지역의 조개가 화폐가 되었지만, 그것과 동시에 농기구나 칼, 그 외의 금속이 화폐가 되기도 했다. 주(周)대에는 동기(銅器)와 철기가 병행하여 사용되었고 화폐도 금속이 주된 형식이었다. 춘추전국시대가 되면 동전(銅錢)이 중심이 되었지만 그 외 금, 옥, 패(貝; 조개) 등도 사용되었다. 이 시대의 화폐는 약 4가지로 분류가 가능하다. 하나는 '포폐'(布幣)라고 하는 농기구에서 출발된 것으로 호미 형태를 띠고 있고, 둘째는 도폐(刀幣)라고 하여 도검(刀劍)의 형태인데 주로 수렵지역이나 수공업이 발달한 지역에서 사용되었다. 셋째는 '원전'(圓錢)으로 동그랗게 구멍이 뚫린 돈이다. 넷째는 동(銅)으로 만든 '초폐'(楚幣)로 초나라를 중심으로 사용된 화폐다. 작은 직사각형이고 조개모양의 형태를 하고 있는 화폐다. 진나라가 전국을 통일하자 화폐의 통일도 이뤄졌다. 밖은 동그랗고 그 안에 네모난 구멍을 뚫은 동전이 그것이다. 중화민국 때까지 이 형태가 오랫동안 지속되었다. 한편, 한(漢)대의 왕망(王莽)은 이전부터 내려오던 복잡한 화폐제도를 도입하였는데, 이때 만들어진 것이 '화포'이며 '포천'이었다. 그러나 이날 루쉰이 구입한 것이 왕망 시대의 것인지는 확실치 않다.

14일 구름. 일요일 휴식. 오후에 웨이푸몐이 왔다.

15일 비. 오전에 둘째의 편지를 받았다. 11일 부친 것이다(84). 치서우산에게 10위안을 빌렸다. 오후에 쉬지상이 100위안을 돌려주었다.

16일 맑고 바람. 오전에 둘째에게 편지를 부쳤다(八十五). 점심 후에 지푸가 화포 2매를 주었다. 저녁에 천스쩡이 한漢 화상석畵象石을 구경하러 왔다.

17일 맑음. 큰 바람. 점심 후 통속교육연구회[90)]를 열었다. 밤에, 자字가 한천瀚臣인 쑨뎬쉬孫奐胥란 사람이 찾아왔다.

18일 맑음. 아무 일 없다. 밤에 바람.

19일 맑음. 오전에 둘째의 편지를 받았다. 15일 부친 것이다(85). 점심 후에 천스쩡, 허창웨이何滄葦와 같이 샤오스에 갔다. 베이징 동절기 빈민구제[91)]에 3위안을 기부했다. 총장이 모금했다.

20일 맑음. 오전에 둘째에게 편지를 부쳤다(八十六). 점심 후에 칭미거淸秘閣에 가서 종이를 3위안어치 샀다. 둔구이敦古誼에서 「찬보자비」爨寶子碑 등 탁본 3종을 3위안에 샀다. 또 츠저우磁州에서 출토된 육조六朝시대 묘지墓誌 6종을 3위안에 샀다. 선캉보가 지린吉林으로 감에 따라 저녁에 우중원, 장셰허와 함께 한자탄韓家潭의 싱화춘杏花春에서 교육부 송별연을 했다. 좌중에 판이청范逸丞, 즈허稚和 형제와 구스천顧石臣도 있었다. 주샤오취안朱孝筌에게 『콰이지군고서집』 1책을 주었다.

---

90) 소설부 제8차 정례회의를 말한다. 소설 금지를 발표할 경우에는 사전에 통지해야만 한다는 안
건이 토론되었다. 제7차 정례회의는 11월 1일에 있었으나 일기에는 기록되지 않았다.
91) 베이징 동절기 빈민구제의 원문은 '北京冬季施粥'. 당시 베이징 여러 곳에는 빈민구제의 한 방
법으로 매년 10월 초순부터 이듬해 3월까지 '죽창'(粥廠)이란 것을 임시 개설하여, 하루 한 번
빈민들에게 죽을 배식하였다. 죽을 나누어 줌과 동시에 솜옷도 나누어 주었는데, 이 경비는 모
두 후원금으로 충당했다.

21일 맑음. 일요일 휴식. 오전에 둘째의 편지와 '영화'永和 벽돌 탁본 1매를 받았다. 17일 부친 것이다(86). 또 『구미문학연구수인』歐米文學研究手引 1책을 받았다. 15일 부친 것이다. 자字가 스성石生인, 윈허雲和의 웨이란魏蘭이란 사람이 찾아왔다. 웨이성未生의 소개편지를 가지고 있었다. 점심에 판이청, 구스천 초대를 하여 산시샹陝西巷의 중화반점에서 한잔했다. 좌중은 어제 저녁과 똑같다. 오후에 셰허에게 5위안을 빌리고 류리창에 가서 「왕소묘지」王紹墓誌 탁본 1매를 샀다. 인 5자오다.

22일 맑음. 오전에 둘째에게 편지를 부쳤다(八十七). 치서우산에게 10위안을, 장셰허에게 5위안을, 우중원에게 2위안 2자오를 갚았다.

23일 맑음. 아무 일 없다.

24일 맑음. 점심 후에 통속교육연구회에 갔다.[92] 오후에 통속도서관에 가서 『순톈통지』順天通志 2책을 빌렸다. 저녁에 스구자이師古齋에서 탁본을 가지고 왔다. 타오자이匋齋 소장인 파손된 한漢 화상석 1매를 인 1위안에 골랐다. 『장석기』藏石記에는 기재돼 있지 않았다. 또 「허시조상」許始造像 4매를 2위안에 샀다. 밤에 둘째의 편지와 양梁나라 벽돌 탁본 2매를 받았다. 21일 부친 것이다(87).

25일 맑음. 점심에 스쩡과 샤오스에 갔다. 밤에 바람.

26일 맑음. 오전에 둘째에게 편지를 부쳤다(八十八). 이달 봉급 280위안을 받았다. 점심 후 천스쩡과 같이 샤오스에 갔다. 저녁에 쉬지상이 왔다. 밤에 바람.

27일 맑고 바람. 오전에 양신스가 「주천성조상」周天成造像 탁본 1매를

---

92) 소설부 제9차 정례회의를 말한다. 소설 금지 발표 및 개선 안건에 대해 토론했다. 제10차 정례회의는 12월 1일에 있었으나 루쉰의 일기에는 기록이 없다.

주었다. 점심 후에 칭윈거에 가서 인 2위안 2자오에 털신 한 켤레를 샀다. 류리창 스구자이式古齋에 가서 탁본을 구경하다 「설산구」薛山俱, 설계훈薛季訓, 설경薛景, 향숙이백타인등조상鄕宿二百他人等造像 탁본 4매를 만났다. 일본인이 팔려고 내놓은 것이고 원석原石은 이미 중국에서 유출되었다고 했다. 가격이 아주 비쌌으나 결국에는 6위안을 주고 그것을 샀다. 또 다른 가게에 가서 「유평주조상」劉平周造像 3매, 「진숙도묘지」陳叔度墓誌 1매를 인 2위안에 샀다. 저녁에 상치형 군이 와서 학비 40위안을 주었다.

28일 맑음. 일요일 휴식. 점심 후 둔구이에 가서 「백석신군비」白石神君碑 2매, 「정도충묘지」鄭道忠墓誌 등 6매, 조상 2종 8매를 13위안에 샀다. 오후에 외삼촌[93]이 와서 차 한 상자를 내게 주었다.

29일 맑음. 오전에 둘째의 편지를 받았다. 25일 부친 것이다(88). 저녁에 둔구이 탁본점에 갔다. 밤에 지푸가 왔다.

30일 맑음. 오전에 둘째에게 편지를 부쳤다. 자신의 방에서 발견한 도서목록 1장을 동봉했다(八十九). 저녁에 한서우첸이 왔다.

12월

1일 맑음. 아무 일 없다.

2일 구름. 오전에 탄인루가 부친 도서목록 1본이 왔다. 밤에 바람.

3일 맑음. 오전에 둘째의 편지를 받았다. 11월 29일 부친 것이다(89). 쑹쯔페이의 친척이 사오싱으로 돌아가매 책 1포를 가져가 달라고 부탁했다. 『신주대관』神州大觀 7책, 『역대초폐도록』歷代鈔幣圖錄 1책, 『막려정행술』莫

---

93) 외삼촌은 지상(寄湘)숙부를 말한다. 1914년 12월 일기의 주석 참조.

邵亭行述 1책,『난언약술』蘭言略述 1책은 둘째에게 주는 것이고, 독일어로 된
『식물표본제작법』植物標本制作法 1책은 셋째에게 주는 것이다. 서우壽 선생
사모님의 부고에 만장 하나를 주린의 집으로 보냈다.[94] 점심 후에 스쩡과
같이 샤오스에 갔다.

4일 맑음. 오전에 둘째에게 편지를 부쳤다(九十). 점심 후에 류리창에
가서 두터운 종이 15매를 5자오에 샀다.「두문아조상」杜文雅造像 2매와「창
힐묘비」蒼詰廟碑와 음陰과 측側[95] 4매를 2위안6자오에 샀다. 또「연광잔비」
延光殘碑,「정능진수등애사비」鄭能進修鄧艾祠碑 각 1매를 3위안에 샀다. 저녁에
쉬지상이 왔다. 밤에 치통.

5일 맑음. 일요일 휴식. 서우주린이 싼성안三聖庵에서 어머니 장례식
을 올렸다. 오전에 가서 조문했다. 점심 후에 추쯔위안褒子元이 결혼을 하
여 축하하러 갔다. 축의금 2위안을 냈다. 오후에 류리창에 가서 고경高慶,
고정高貞, 고성비高盛碑,「관승송덕비」關勝頌德碑,「비구도보조상기」比丘道珤造
像記 탁본 각 1매를 모두 3위안에 샀다. 또 벽돌 탁본 조각 16매를 2위안에
샀다.「이화순잔비」履和純殘碑 1매를 덤으로 얻었다. 모각摹刻인 듯하다.

6일 구름. 점심 후에 청년회[96]의 위르장의 강연을 들었다.[97] 저녁에 지
푸가 요리 한 그릇을 주었다. 밤에 진눈깨비.

---

94) 삼미서옥(三味書屋)의 스승인 서우징우 선생의 부인이 죽자, 루쉰은 만장(輓章)을 만들어 서우
   선생의 둘째아들인 서우주린(壽洙鄰)에게 보냈다. 당시 서우주린은 베이징평정원(北京平政院:
   일종의 행정재판소)의 기록과 주임으로 있었다. 만장이란 장례식에서 죽은 이를 애도하여 지은
   글 혹은 비단이나 종이에 글을 적어 기(旗)처럼 만든 것으로, 주검을 산소로 운구할 때 상여 앞
   뒤에 들고 따라갔던 것이다.
95) 음과 측은 묘석(墓石)의 뒷면과 옆면을 가리킨다.
96) YWCA를 중국에서는 청년회로 표현한다.
97) 위르장(余日章)은 중화(中華) 그리스도교청년회(YMCA)의 강연부 주임간사로서 이해 5월부터
   9월까지 '구미시찰단'에 선발되어 유럽 및 미국 각지를 시찰하고 왔다. 이날 교육부의 초대로
   통속교육연구회에서 '각국 교육의 비교'라는 제목으로 강연을 했다.

7일 맑고 춥다. 점심 후 스쩡이 량粱 군에게 줄 「왕생비」往生碑 탁본 1매를 가져왔다. 밤에 진눈깨비.

8일 맑음. 오전에 둘째의 편지를 받았다. 3일 부친 것이다(90). 또 편지 한 통을 받았는데 4일 부친 것이다(91).

9일 구름. 오전에 둘째에게 편지를 부쳤다(九十一).

10일 약간의 눈. 아무 일 없다.

11일 맑음. 점심 후 류리창에 가서 왕승王僧, 이초李超의 묘지墓誌 3매를 3위안 5자오에 샀다. 또 「무극산비」無極山碑 1매, 「진군잔비」陳君殘碑와 음陰 2매, 「청주묵조잔비」靑州默曹殘碑 3매, 「효선공고번비」孝宣公高礥碑 1매, 「표이의향자혜석주송」標異義鄕慈惠石柱頌 합쳐서 대소 11매, 「손보희조상」孫寶憘造像 등 모두 6매, 「중사나조교기」仲思那造橋記 1매를 모두 인銀 8위안 6자오에 샀다. 저녁에 쉬쭝웨이의 편지를 받았다. 8일 부친 것이다.

12일 구름. 일요일 휴식. 오전에 둘째의 편지를 받았다. 8일 부친 것이다(92). 오후에 밍보 선생이 왔다.

13일 맑고 큰 바람. 오전에 둘째에게 편지를 부쳤다(九十二). 쉬쭝웨이 군에게 답신을 했다.

14일 맑음. 저녁에 쉬쭝웨이 군의 편지를 받았다. 오늘 부친 것이다.

15일 맑음. 아무 일 없다.

16일 구름. 오후에 교육부가 황옌페이를 위해 다과좌담회를 열었다.[98] 상부명령으로 오래 앉아 있었다. 저녁에 바람이 많았다.

---

98) 황옌페이(黃炎培) 역시 위 위르장처럼 '산업시찰단'의 일원으로 미국의 교육실태를 시찰하고 돌아왔다. 전 교육부 총장인 탕화룽(湯化龍)으로부터 미국 직업교육 실태와 직업교육과 보통교육의 연계방법에 대해 조사하도록 의뢰를 받았었다. 12월 15일부터 17일까지 교육부의 초대로 강연을 했다.

17일 맑고 바람. 오전에 둘째의 편지를 받았다. 13일 부친 것이다(93). 지상이 사람들을 모아 성안사를 청소하기에 2위안을 부조했다.[99]

18일 맑음. 오전에 둘째에게 편지를 부쳤다(九十三). 점심에 스쩡이 「찬룡안비」攀龍顔碑 탁본 1매를 주었다. 점심 후에 류리창에 가서 「고숙비」高肅碑 1매, 「하약의비」賀若誼碑 전체 탁본 1매, 「사마경화처맹묘지」司馬景和妻孟墓誌 1매를 모두 인銀 3위안 5자오에 샀다. 저녁에 왕징칭王鏡淸 군이 왔다. 밤에 치통이 심해서 새벽까지 잠을 못 잤다.

19일 맑음. 일요일 휴식. 점심 후에 루이푸샹瑞跌祥에 가서 비단 6척尺을 2위안에 샀다. 쉬징원의 집으로 가서 이를 치료하고 가글약 1병을 가져왔다. 오후에 류리창에 가서 「화음잔비」華陰殘碑, 「보덕옥상칠불송」報德玉象七佛頌 각 1매를 인銀 2위안에 샀다. 또 「찬룡안비」와 음陰 전체 탁본 2매, 우찬于纂, 시진時珍, 이모李謨의 묘지墓誌 각 1매를 모두 12위안에 샀다. 녠칭 선생이 왔으나 만나지 못했다. 저녁에 지푸의 집으로 가서 식사를 한 후 귀가했다.

20일 맑음. 오전에 둘째의 편지를 받았다. 16일 부친 것이다(94). 점심 후에 샤오스에 갔다. 밤에 큰 바람.

21일 맑고 바람. 오전에 둘째에게 편지를 부쳤다(九十四). 그리고 『교육공보』 2책과 민국 5년의 달력 1책을 부쳤다. 쉬지상의 장남이 만 1개월이 되어 비단을 보내 축하를 했다.[100]

22일 맑음. 점심 후에 통속교육연구회를 열었으나 모인 사람은 겨우

99) 성안사 청소. 매우 독실한 불교도였던 쉬지상은 난헝제(南橫街) 시커우루베이(西口路北)에 있는 절 성안사(聖安寺)와 관련해 봉사활동을 한 듯하다. 성안사는 당시 루쉰이 살았던 사오싱회관 가까이에 있었다. 지상은 자신의 부인이 죽었을 때도 이 절에서 장례를 치렀다. 1917년 12월 25일 일기 참조.
100) 생후 1개월 잔치에 대해서는 1915년 1월 23일 주석 참조.

네 명이었다. 유회하였다.

23일 맑음. 동지冬至 휴일이다. 오전에 타오왕차오가 왔다.

24일 오후에 삼촌을 대신하여 사오싱에서 송금한 500위안을 수령했다. 저녁에 쉬징원의 집으로 가서 충치를 치료했다.

25일 맑음. 오전에 이달 봉급 280위안을 받았다. 점심 후에 삼촌을 대신해서 중국은행에 가 송금환을 수령한 후 자오퉁은행에 저금했다. 류리창에 가서 「서문표사당비」西門豹祠堂碑와 음 2매를 1위안 5자오에, 「조각비」曹恪碑 1매를 2위안에, 「송매조상」宋買造像, 「장법락조상」張法樂造像 각 1매를 1위안에, 여러 가지 조상造像 5매를 1위안에 샀다. 저녁에 둘째의 편지를 받았다. 21일 부친 것이다(95). 쉬밍보 선생이 왔다.

26일 맑음. 일요일 휴식. 오전에 둘째에게 편지를 부쳤다(九十五). 점심에 저우유즈가 왔다. 오후에 다산란101에 가서 훈제 생선, 말린 두부102 등을 5자오에 샀다. 쉬징원의 집으로 가서 이 치료를 했다. 저녁에 판원타이范雲臺, 시스취안이 왔다. 『콰이지군고서잡집』 1책씩을 주었다.

27일 맑음. 오전에 둘째의 편지를 받았다. 23일 부친 것이다(96). 저녁에 리샤칭이 와서 30위안을 빌려 갔다.

28일 맑음. 오전에 왕스간, 쉬쭝웨이, 쉬위안이 와서 모두 80위안을 주었다. 저녁에 둘째에게 편지를 부쳤다(九十六). 밤에 왕징칭이 40위안을 빌려 갔다.

---

101) 정양먼(正陽門; 첸먼前門을 지칭) 밖 첸먼다제(前門大街) 일대는 베이징의 상업중심지로 대형 상점과 유명한 음식점들이 즐비하다. 첸먼다제의 서쪽에 있는 다산란(大柵欄)에는 극장, 요정, 취안예창(勸業場) 등이 가장 많이 모여 있는 곳이었다.

102) 말린 두부의 원문은 '두부건'(豆腐乾). 두부를 자잘하게 혹은 직사각형 등으로 잘라 헝겊에 싸서 여러 향료를 가미한 후 다음 헝겊을 벗겨 말리거나 다시 훈제를 한 두부 종류를 말한다. 향이나 마른 정도에 따라 다양한 종류의 말린 두부가 나온다.

29일 맑음. 점심 후에 이발.

30일 구름. 오전에 둘째의 편지를 받았다. 26일 부친 것이다(97). 리샤칭의 편지를 받았다. 어제 부친 것이다.

31일 구름. 오전에 둘째에게 편지를 부쳤다(九十七). 리샤칭에게 회신을 했다. 오후에 류리창에 가서 「맹현달비」孟顯達碑 탁본 1매를 1위안에, 『신주대관』神州大觀 제8집 1책을 1위안 6자오 5펀에 샀다. 쉬징원의 집으로 이 치료를 하러 갔다. 저녁에 장셰허가 요리 한 그릇을 보냈다. 심부름값으로 400원文을 주었다. 지푸가 요리 한 그릇을 보냈다. 심부름꾼에게 200원을 주었다.

을묘년(1915년) 도서장부

설문해자계전 說文解字繫傳 8冊	2.00	1월 2일
광아소증 廣雅疏證 8冊	2.56	
영송본 도연명집 影宋本 陶淵明集 4冊	2.00	1월 6일
영송본 파문수창집 影宋本坡門酬唱集 6冊	3.00	
도화선전기 桃花扇傳奇 2冊	1.20	
인명입정리론소 因明入正理論疏 2冊	0.403	1월 10일
석인송본도연명시 石印宋本陶淵明詩 1冊	0.50	
방소사본도연명집 倣蘇寫本陶淵明集 3冊	4.00	1월 16일
관자득재총서 觀自得齋叢書 24冊	5.00	1월 17일
대진경교유행 중국비액탁본 大秦景敎流行中國碑額拓本 1枚	양신스가 기증	1월 26일
설문계전교록 說文繫傳校錄 2冊	1.00	1월 30일
수헌금석문자 隨軒金石文字 4冊	2.40	
	25.063	
안노공화상탁본 顏魯公畫象拓本 1枚	양신스가 기증	2월 6일

길금소견록 吉金所見錄 4冊	2.00	
주씨휘각서목 朱氏彙刻書目 20冊	3.00	
설문통계제일도탁본 說文統系第一圖拓本 1枚	0.20	2월 15일
설문구두 說文句讀 14冊	4.00	2월 20일
인재화승 紉齋畵賸 4冊	3.00	2월 21일
모시계고편 毛詩稽古編 8冊	7.00	
영송본 왕숙화 맥경 影宋本王叔和脈經 4冊	2.50	
수진본도연명집 袖珍本陶淵明集 2冊	0.50	
	22.200	
금석계사책부석고문석존 金石契四冊附石鼓文釋存 1冊	4.00	3월 6일
장안획고편 長安獲古編 2冊	3.00	
월화견문 越畵見聞 3冊	2.10	3월 11일
열선주패 列仙酒牌 1冊	0.70	
속휘각서목 續彙刻書目 10冊	3.00	
잔본적학재총서 殘本積學齋叢書 19冊	3.00	3월 13일
지진재총서 咫進齋叢書 24冊	6.40	3월 21일
용문산조상제기탁편 龍門山造象題記拓片 23枚	후쑤이즈가 기증 3월 28일	
	22.200	
고학휘간 古學彙刊 第11集 2冊	1.050	4월 3일
문자몽구 文字蒙求 1冊	0.20	4월 11일
오월삼자집 吳越三子集 8冊	0.40	
한마조탁본 漢馬曹拓本 1枚	0.20	
둔암진한와당존 遯庵秦漢瓦當存 2冊	3.20	
둔암고경존 遯庵古鏡存 2冊	3.20	
돈교집 敦交集 1冊	0.70	
문시 文始 1冊	1.50	4월 18일
보환우방비록 補寰宇訪碑錄 4冊	0.70	4월 20일
신주대관 神州大觀 第7集 1冊	1.65	4월 21일
금석속편 金石續編 12冊	2.50	
월중금석기 越中金石記 8冊	20.00	
사양석문화상탁본등 射陽石門畵像拓本等 5種 5枚	2.00	4월 25일

조망희조상탁본 曹望憘造象拓本 2枚	0.40	
	37.700	
무량사당화상병제기탁본 武梁祠堂畵象幷題記拓本 51枚	8.00	5월 1일
민지오서도병서협송 黽池五瑞圖幷西狹頌 2枚	2.00	
잡한화상 雜漢畵象 4枚	1.00	
양한금석기 兩漢金石記 6冊	6.00	5월 6일
총서거요 叢書擧要 44冊	6.00	
영송 경본통속소설 影宋京本通俗小說 2冊	1.20	
나악주소집 羅鄂州小集 2冊	0.30	
금석췌편 金石萃編 50冊	14.00	5월 8일
한석각소품탁본 漢石刻小品拓本 3枚	1.00	
한영건오년식당화상 漢永建五年食堂畵象 1枚	0.50	
송경업조상탁본등 宋敬業造象拓本等 3種 3枚	1.50	
전승휘조상탁본등 田勝暉造象拓本等 3種 6枚	1.20	
불상거비탁본 佛象巨碑拓本 1枚	1.00	
서안소매잡첩 西安所買雜帖 10種 20枚	2.00	5월 10일
문숙양식당화상 文叔陽食堂畵象 1枚	2.00	5월 16일
지닝저우화상 濟寧州畵象 1枚	1.00	5월 23일
장경조상 張敬造像 6枚	1.50	5월 30일
이부인령제화록 李夫人靈第畵鹿 1枚	1.00	
오봉이년석각 五鳳二年石刻 1枚	0.50	
	51.700	
군신상수각석탁본 群臣上壽刻石拓本 1枚	0.60	6월 6일
배잠기공비탁본 裵岑紀功碑拓本 1枚	0.80	
도흥조상병고험방 道興造象幷古驗方 2枚	1.00	
백한연비 百漢研碑 1冊	3.00	6월 7일
구고정사금석도 求古精舍金石圖 4冊	5.00	
범한합문경당 梵漢合文經幢 等 5種 10枚	1.00	6월 10일
조아환조상 趙阿歡造象 等 5枚	0.30	6월 13일
안여거축각고비 晏如居縮刻古碑 24枚	1.00	
고학휘간 古學彙刊 第12期 2冊	1.050	

제물론석 齊物論釋 1冊	궁웨이성이 지푸에게 주어 가져옴 6월 17일	
맹광종비 孟廣宗碑 1枚	2.00	6월 19일
제지후당조상 齊至後唐造象 12種 14枚	2.00	
균청관금문 筠淸館金文 5冊	4.00	6월 20일
망당금석 望堂金石 8冊	6.00	
콰이지철영총집 會稽掇英總集 4冊	4.00	6월 27일
위가손전집 魏稼孫全集 14冊	4.00	
	5.750	
이현족조상비송 李顯族造像碑頌 1枚	0.80	7월 1일
노주사리탑하명 潞州舍利塔下銘 1枚	0.20	
상악조상 등 常嶽造像等 4種 4枚	1.00	7월 3일
응선사삼급부도비 凝禪寺三級浮圖碑 1枚	1.00	
양맹문석문송 楊孟文石門頌 1枚	2.00	7월 4일
북제등자사잔비 등 北齊等慈寺殘碑及雜造像等 9枚	4.00	
악기소장조상 嶽琪所藏造象 11種 15枚	8.00	
동주사리탑액 同州舍利塔額 1枚	0.50	7월 7일
청주사리탑하명병액 靑州舍利塔下銘幷額 2枚	1.00	
장영천조상기 張榮遷造像記 3枚	1.00	7월 10일
유비조상명 劉碑造象銘 1枚	1.00	
마천상등조상기 馬天祥等造像記 1枚	0.80	
기주사리탑하명 岐州舍利塔下銘 1枚	0.50	
고복덕등조상 高伏德等造像 3枚	0.50	7월 17일
거사렴부등조상 居士廉富等造像 2種 4枚	3.00	
학산문초 鶴山文鈔 12冊	지쯔추가 기증	7월 25일
원주수탑상등상 垣周修搭象等像 1枚	0.50	7월 31일
	25.800	
구시광조상 등 丘始光造像等 10種 14枚	7.00	8월 1일
환우정석도산엽 寰宇貞石圖散葉 57枚	6.00	8월 3일
예풍당고장금석목 藝風堂考藏金石目 8冊	3.700	8월 5일
완암필기 阮盦筆記 5種 2冊	0.80	
향동만필 香東漫筆 1冊	0.30	

고전탁본 古磚拓本 4枚	0.20	8월 6일
선업니탁본 善業埿拓本 2枚	0.30	
제양취조상탁본 등 齊楊就造象拓本等 3種 5枚	2.30	8월 12일
장용백조상기 등 탁본 張龍伯造像記等拓本 2種 2枚	0.80	8월 15일
왕명조상탁본 王明造像拓本 4種 4枚	2.00	8월 21일
비구승지도완 등 조상탁본 比丘僧智道玩等造象拓本 4枚	2.00	
가자차고 賈子次詁 2冊	1.00	8월 23일
	26.400	
영초삼공산비 탁본 永初三公山碑拓本 1枚	3.00	9월 5일
원씨봉룡산송 탁본 元氏封龍山頌拓本 1枚	0.80	
이청조보덕상비 탁본 李淸造報德象碑拓本 1枚	1.00	
곽대낭조상 탁본 霍大娘造象拓本 1枚	0.10	
육사룡집 陸士龍集 4冊	2.50	
포명원집 鮑明遠集 4冊	2.50	
금강경가상의소 金剛經嘉祥義疏 2冊	쉬지상이 기증	9월 9일
유사추간 流沙墜簡 3冊	13.80	9월 12일
권형도량실험고 權衡度量實驗考 1冊	3.00	
사조보초도록 四朝寶鈔圖錄 1冊	5.20	
금석췌편교자기 金石萃編校字記 1冊	0.50	
만읍서남산석각기 萬邑西南山石刻記 1冊	0.40	
설문고주습유 說文古籒拾遺 2冊	1.20	9월 14일
통속편 通俗編 8冊	2.60	9월 19일
진한와당문자 秦漢瓦當文字 2冊	5.40	
정창소장봉니 鄭廠所藏封泥 1冊	0.30	
문관사림휘간 文館詞林彙刊 5冊	3.00	9월 28일
	48.300	
번민비주탁본 樊敏碑朱拓本 1枚	1.00	10월 3일
자상령산한화상탁본 嘉祥苓散漢畵象拓本 137枚	14.00	10월 4일
옥연당본급취장초법고 玉煙堂本急就章草法考 2冊 偏旁表 1冊	궈링즈가 줌	10월 12일
원녕조상기장신낙매전권탁본 元寧造像記張神洛買田券拓本 3枚	1.00	10월 16일
운창총각 雲窓叢刻 10冊	8.00	10월 17일

비별자보 碑別字補 1冊	0.60	
엄주도경 嚴州圖經 2冊	0.50	
경정엄주속지 景定嚴州續志 2冊	0.45	
엄릉집 嚴陵集 2冊	0.50	
찬룡안비탁본 爨龍顔碑拓本 1枚	3.20	10월 23일
단주석실기탁본 端州石室記拓本 1枚	0.80	
갑인년국학총간 甲寅年國學叢刊 8冊	4.35	10월 25일
후자손길전탁본 後子孫吉磚拓本 2枚	천스쩡이 기증	10월 27일
곽씨석실화상병감효송 등 郭氏石室畫象幷感孝頌等 20枚	5.00	10월 30일
기주잡화상 沂州雜畫象 14枚	3.00	
식재사원화상 食齋祠園畫像 1枚	1.00	
공자견노자화상 孔子見老子畫像 1枚	1.00	
지닝잡화상 濟寧雜畫象 2枚	0.60	
잡조상 雜造象 12種 14枚	4.00	
	49.000	
정광이년전탁본 正光二年磚拓本 1枚	1.00	11월 6일
설이희조상탁본 등 薛戢姬造像拓本等 5種 7枚	2.00	
산우석각총편 山右石刻叢編 24冊	6.00	
찬보자비탁본 爨寶子碑拓本 1枚	0.80	11월 20일
정철비탁본 程哲碑拓本 1枚	0.80	
보량경탁본 寶梁經拓本 1枚	1.40	
츠저우출토육조묘지병개탁본 磁州出土六朝墓誌幷蓋拓本 12枚 3.00		
왕소묘지탁본 王紹墓誌拓本 1枚	0.50	11월 21일
한화상잔석탁본 漢畫象殘石拓本 1枚	1.00	11월 24일
허시등조상탁본 許始等造象拓本 4枚	2.00	
주친성조상탁본 周天成造象拓本 1枚	양신스가 기증	11월 27일
설산구이백인등조상탁본 薛山俱二百人等造象拓本 4枚	6.00	
유평주등잔조상탁본 劉平周等殘造象拓本 3枚	1.80	
진숙도묘지 陳叔度墓誌 1枚	0.20	
백석신군비병음 白石神君碑幷陰 2枚	1.00	11월 28일
정도충묘지 鄭道忠墓誌 1枚	5.00	

순우검묘지 등 淳于儉墓誌等 5枚	2.00	
두문아등조상 杜文雅等造象 4枚	2.50	
두조현등조상 杜照賢等造象 4枚	2.50	
	39.500	
창힐묘비병음측 蒼詰廟碑幷陰側 4枚	2.00	12월 4일
연광잔비 延光殘碑 1枚	1.50	
정능진수등애사비 鄭能進修鄧艾祠碑 1枚	1.50	
두문아등조상 杜文雅等造象 2枚	0.60	
광주자사고경비 光州刺史高慶碑 1枚	0.60	12월 5일
영주자사고정비 營州刺史高貞碑 1枚	0.60	
시중고성비 侍中高盛碑 1枚	0.60	
기주자사관승송덕비 冀州刺史關勝頌德碑 1枚	0.60	
비구도보조상기 比丘道珤造象記 1枚	0.60	
잡고전탁편 雜古磚拓片 16枚	2.00	
왕승묘지병개 王僧墓誌幷蓋 2枚	2.00	12월 11일
이초묘지 李超墓誌 1枚	1.50	
표리의향자혜석주송 標異義鄕慈惠石柱頌 11枚	3.00	
청주묵조잔비 靑州默曹殘碑 3枚	1.50	
무극산비 無極山碑 1枚	1.00	
효선공고번비 孝宣公高飜碑 1枚	0.70	
진군잔비병음 陳君殘碑幷陰 2枚	1.00	
잡조상 雜造象 6枚	1.00	
중사나조교기 仲思那造橋記 1枚	0.40	
난릉왕고숙비 蘭陵王高肅碑 1枚	1.00	12월 18일
하약의비 賀若誼碑 1枚	1.50	
사마경화처맹묘지 司馬景和妻孟墓誌 1枚	1.00	
화악묘잔비 華嶽廟殘碑 1枚	1.00	12월 19일
보덕옥상칠불송 報德玉象七佛頌 1枚	1.00	
찬룡안비병음전탁 爨龍顏碑幷陰全拓 2枚	9.00	
이모묘지 李謨墓誌 1枚	0.60	
시진묘지 時珍墓誌 1枚	0.40	

우찬묘지 于纂墓誌 1枚	2.00	
서문표사당비병음 西門豹祠堂碑幷陰 2枚	1.50	12월 25일
조각비 曹恪碑 1枚	2.00	
송매조상병측 宋買造象幷側 1枚	0.50	
장법락조상 張法樂造象 1枚	0.50	
잡조상병사리탑명 雜造象幷舍利塔銘 5枚	1.00	
맹현달비 孟顯達碑 1枚	1.00	12월 31일
신주대관 神州大觀 第8集 1冊	1.65	
	48.350	

총 합계 432.9630

12월 31일 등불 아래 기록

병진일기(1916년)

정월

1일 맑음. 공휴일. 아침에 푸화거富華閣에서 탁본을 가지고 왔다. 정오 좀 지나 타오수수천陶書臣이 왔다. 쉬지상許季上이 왔다.

2일 눈이 조금 내림. 공휴일. 오전에 쉬징원徐景文의 거처에 가서 이를 치료했다. 관인쓰제觀音寺街에 가서 모직바지 2개를 3위안에 샀다. 류리창에 가서 달력 하나를 50푼에 샀다. 「오곡랑비」[1] 탁본 1매를 5자오에 샀다. 또 위魏나라의 「이벽묘지」[2]와 뒷면 모두 2매를 인銀 1위안 5자오에 샀다. 오후에 퉁야전童亞鎭이 편지를 보내와 돈을 빌려 달라고 하기에 즉시 거절의 답신을 보냈다. 밤에 『환우정석도』[3]를 정리하였다. 비문을 베껴 썼다.

---

1) 「오곡랑비」(吳谷朗碑)는 삼국시대 오(吳)나라의 비각(碑刻)으로서, 원래 명칭은 「오구진태수곡랑비」(吳九眞太守谷朗碑)이다. 오나라 봉황(鳳凰) 원년(272)에 후난(湖南) 레이양현(耒陽縣)에 세워졌으며, 해서와 예서 중간의 자체를 지니고 있어서 해서 초기의 형태를 보여 주는 중요한 비각이다.
2) 「이벽묘지」(李璧墓志)는 북위(北魏) 정광(正光) 원년(520)에 새긴 것으로서, 서법이 매우 웅장하여 북위 해서를 익히는 본보기로 손꼽힌다.

3일 맑음. 공휴일. 오전에 둘째의 편지를 받았다. 셋째가 작은 외숙부[4]께 보내는 편지 한 장이 동봉되어 있었다. 12월 30일에 부친 것이다(98). 저녁에 리샤칭李霞卿과 인쭝이尹宗益가 찾아왔다. 밤에 바람이 불었다.

4일 흐림. 공휴일. 정오경에 둘째에게 편지(一)를 부쳤다. 오후에 류리창에 가서 『고지석화』古志石華 1부 8책을 2위안에 샀다. 「조군선공왕육묘지」趙郡宣恭王毓墓誌와 비개碑蓋 2매, 「양궤지」楊軌誌 1매, 「장영지」張盈誌와 비개 2매, 「류진지」劉珍誌와 뒷면 2매, 「두로실지」豆盧實誌 1매, 「개황잔지」開皇殘誌 1매, 「호택공구군지」護澤公寇君誌의 비개 1매, 측면이 빠진 「이종지」李琮誌 1매를 도합 인銀 5위안에 구입했다. 「탕창공휘복사비」宕昌公暉福寺碑와 뒷면 모두 2매를 인6위안에 샀다. 밤에 『이아보곽』爾雅補郭 한쪽을 보충하여 썼다.

5일 진눈깨비. 부서에 나가 업무를 보았다. 정오 좀 지나 다과회를 갖고[5] 사진을 촬영하였다. 밤에 동료가 왕수쥔王叔鈞을 유이춘又一村에 모셔서 부서의 연회를 가졌다.

6일 약간의 눈. 저녁에 쑹쯔페이宋子佩가 「진사명」晉祠銘 및 그 복각본, 그리고 「철미륵상송」鐵彌勒像頌 각 1매를 가져왔다. 즈성芷生이 보내 준 것이다.

---

3) 『환우정석도』(寰宇貞石圖)에 수록된 석각 탁편(拓片)은 시대순에 따라 엄밀하게 배열되어 있지 않고 여러 판본에 따라 맞지 않은 부분도 많으며 목록 또한 여러 차례 개편되었기 때문에 루쉰이 새로이 정리하였던 것이다. 1915년 7월 1일에 "『환우정석도』 여섯 책을 빌렸다"고 하고, 8월 3일에 "『환우정석도』 낱장 1조 57매"를 구입하였으며, 이어 이 책에 근거하여 탁본 231종을 정리하여 다섯 책으로 엮었다. 총목 및 설명을 덧붙이고 각 책마다 비석의 명칭, 연대, 소재지 등의 상세한 목록을 배열하였다. 편찬 후에 「『환우정석도』 정리 후기」를 썼는데, 현재 『고적서발집』에 수록되어 있다.
4) 작은 외숙부는 루쉰의 어머니 루루이(魯瑞)의 동생인 루지샹(魯寄湘, 1862~1917)을 가리킨다. 루지샹은 당시 구직을 위해 베이징에 올라와 있었다.
5) 교육총장 장이린(張一麐)은 교육부 직원 전원을 모아 새해맞이를 축하하는 다과회를 열었으며, 더불어 앞으로 교육이 나아가야 할 방침을 논의하였다.

7일 진눈깨비. 정오 좀 지나 샤오스에 갔지만, 노점은 열려 있지 않았다. 오후에 자오퉁은행에 가서 민국 4년 후반기의 공채이자 8위안 4자오를 받았다. 쉬징원의 거처에 가서 이를 치료했다.

8일 맑음. 오전에 둘째의 편지를 받았다. 3일에 부친 것이다(1). 정오 좀 지나 양줘안후퉁羊圈胡同의 선씨沈氏 댁으로 작은 외숙부를 찾아갔지만, 이미 잔탄사栴檀寺 뒤꼍의 자오창로敎場路 서西 19호의 천씨陳氏 댁으로 이사하였는지라 찾아가 뵙고서 작년 10월부터 12월까지의 생활비 조로 인銀 300위안, 그리고 밍보銘伯 선생의 집에서 송금한 200위안, 사오싱紹興에서 송금한 500위안 등 모두 1,000위안과 셋째가 보내온 편지 1매를 건네드렸다. 저녁에 둘째에게 편지를 부쳤다(二). 밤에 바람이 불었다.

9일 맑고 바람이 거셈. 일요일, 쉬다. 선상치沈商耆 부친의 일흔 살 생신이라 오전에 축하드리러 가서 동료와 함께 축수용 병풍을 드렸다. 정오 좀 지나 류리창에 가서 편지지와 편지봉투 등을 5자오에 구입했다. 「축군개도기」鄐君開道記의 옛 탁본 1매를 샀는데, '거오'鉅鏕 두 글자가 빠져 있다. 2위안을 주었다.

10일 맑음. 정오 좀 지나 「축군개도기」를 살피다가 새로 새긴 후에 탁본한 것임을 알게 되어, 가지고 가서 되돌려 주고 더 오래된 다른 것으로 바꾸었다. '거록'巨鹿이란 두 글자가 어렴풋이나마 보였다. 5자오를 깎았다. 「당옹사경비」唐邕寫經碑, 「수산사리탑비」首山舍利塔碑, 「영현비」寧贙碑 각 1매를 모두 2위안 5자오에 구입했다. 저녁에 왕스첸王式乾이 찾아와 20위안을 갚았다.

11일 맑음. 정오 좀 지나 샤오스를 돌아다녔다.

12일 맑음. 오전에 둘째의 편지를 받았다. 8일에 부친 것이다(2). 왕수탕汪書堂이 산둥금석보존소[6]에 소장된 석탁본石拓本 전체를 대신 구입해 왔다. 모두 170매이고 인銀 10위안어치이다. 즉시 지불하였다. 세목은 도서목록에 있다.

13일 맑음. 오전에 둘째가 부친 『교비수필』校碑隨筆 6책, 『사오싱교육잡지』紹興教育雜誌 제10기 1책을 받았다. 8일에 우편으로 부친 것이다. 둘째에게 편지(三)를 부치고, 유밀과油蜜果 두 상자를 한 꾸러미로 만들었다. 정오 좀 지나 왕수탕, 천스쩡陳師曾과 샤오스를 돌아다니다가 「오갈조비」吳葛祚碑의 비액碑額 탁본 1매를 4퉁위안銅元에 구입했다. 오후에 통속교육회원의 신년 다과회가 열렸다. 사진을 찍고 흩어졌다. 작은 외숙부를 대신하여 선씨沈氏 댁에서 보내온 편지를 받아 즉시 전송했다.

14일 맑음. 정오 좀 지나 샤오스를 돌아다녔다. 오후에 쉬징원의 거처에 가서 이를 하나 치료했다. 약값을 포함하여 모두 인 8위안이 들었다.

15일 맑음. 오전에 둥자오민샹東交民巷의 일본우체국에 가서 하부토羽太 댁에 편지와 인銀 36엔, 그리고 후쿠코福子에게 보내는 편지 1매를 함께 부쳤다. 정오 좀 지나 샤오스를 돌아다녔다. 오후에 류리창에 가서 산둥금석보존소장석탁본 가운데 조악한 것을 둔구이敦古誼에 건네 팔아 줄 것을 부탁했다. 「양숙공잔비」楊叔恭殘碑 및 뒷면과 측면 모두 3매를 1위안 5자오에, 「장사비」張奢碑 1매를 1위안 5자오에, 「고숙비」高肅碑와 뒷면 2매를 2위안에, 「왕천묘지」王遷墓誌 1매를 4자오에 구입하였다. 허난河南 존고각장석탁본存古閣藏石拓本 전체 30종 46매를 4위안에 구입하였다. 원래 32종 49매에 5위안이었지만, 이미 가지고 있는 것을 제외하니 위의 숫자가 되었다. 세목은 책 목록에 있다.

---

6) 산둥금석보존소(山東金石保存所)는 산둥성에서 세운 문물보호기구로서, 지난(濟南)의 다밍후(大明湖) 주변의 산둥성 도서관 내에 있다. 1909년(청대 선통宣統 원년)에 세워졌다. 금석(金石), 서화, 비첩(碑帖), 옛 서적 등 17,000여 점이 소장되어 있다.

16일 맑음. 일요일, 쉬다. 오전에 작은 외숙부의 편지를 받았다. 어제 보낸 것이다. 둘째의 편지를 받았다. 12일에 보낸 것이다(3). 상치헝商契衡이 왔다. 쉬지상許季上이 왔다. 정오 못 미쳐 작은 외숙부께서 오셨다.

17일 맑음. 오전에 둘째에게 편지를 부쳤다(四). 의학전문학교를 둘러보았다.[7] 정오 좀 지나 샤오스에 갔다.

18일 맑음. 정오 좀 지나 샤오스에 갔다. 장주좡蔣竹莊의 부친과 형의 부음을 받고서 동료와 함께 애도의 글을 보내고, 1위안 5자오를 분담했다.

19일 맑음. 오전에 둘째의 편지와 「함통전조상」咸通磚造象 탁본 1매를 받았다. 15일에 보낸 것이다(4). 정오 좀 지나 양첸리楊千里가 『음류재설자』飮流齋說瓷 2본을 보내왔다. 저녁에 쉬쭝웨이徐宗偉가 15위안을 받으러 왔다.

20일 흐림. 오전에 일본우체국에 가서 하부토 댁에 보내는 편지와 인銀 10위안을 부치면서 일용품을 구입해 달라고 부탁했다. 정오 좀 지나 샤오스에 가서 인주갑 하나, 퉁위안 42매를 구입했다. 우롄바이吳鍊百가 딸을 시집보내기에 축하금 1위안을 보냈다.

21일 흐림. 오전에 둘째에게 편지를 부쳤다(五). 치서우산齊壽山에게 20위안을 빌렸다. 정오 좀 지나 날이 개고 바람이 거세게 불었다.

22일 맑고 바람이 거셈. 오전에 천스쩡이 인주를 반 갑 정도 주었다. 정오 좀 지나 류리창에 가서 「향당산각경조상」響堂山刻經造像의 탁본 한 벌 도합 64매를 16위안에 구입하였다. 아울러 진대晉代에 새긴 「태공여망표」太公呂望表 1매를 5자오에, 동위東魏 때에 새긴 「태공여망표」와 뒷면 2매를 1

---

7) 베이징에는 교육부가 직접 관할하는 전문학교 이상의 학교가 여덟 곳이 있으며, 이 가운데에는 베이징대학과 베이징의학전문학교 등이 포함되어 있다. 이날 루쉰은 교육부를 대표하여 사전에 시찰하고 교육현황을 살펴보았다.

위안에 구입했다. 저녁에 어깨통증 때문에 오가피주를 마셨다.

23일 맑음. 일요일, 쉬다. 정오경에 천중첸陳仲騫의 집에 가서 식사를 하였다. 쑹화강松花江의 백어白魚가 나오고 아홉 명이 동석했다. 오후에 밍보 선생이 오셨다. 저녁에 쉬지푸許季市가 왔다.

24일 맑음. 오전에 둘째의 편지를 받았다. 20일에 보낸 것이다(5). 주인팅祝蔭庭이 모친상을 입은지라 1위안을 보냈다. 정오 좀 지나 샤오스에 갔다.

25일 맑음. 오전에 둘째에게 편지를 부쳤다(六). 정오 좀 지나 샤오스에 가서 숭악嵩岳의 석인정상'마'자石人頂上'馬'字의 탁본 3매를 모두 5퉁위안에 구입하고, 이 가운데 1매를 스쩡에게 보냈다.

26일 맑음. 치보강祁柏岡이 츠저우磁州에서 출토된 묘지墓誌의 탁편拓片 6매를 보내왔다. 정오 좀 지나 샤오스에 갔다. 오후에 이달치 월급 280위안을 수령하고, 곧바로 셰허協和에게 10위안을, 지푸와 서우산壽山에게 각각 20위안을 갚았다. 쉬쭝웨이에게 편지를 부쳤다. 저녁에 쯔페이가 와서 리샤칭의 묵은 빚 30위안을 갚았다. 밤에 둘째의 편지와 「영명조상」永明造像의 탁본 4매를 받았다. 23일에 보낸 것이었다(6).

27일 맑음. 정오 좀 지나 샤오스에 갔다. 저녁에 쉬쭝웨이가 왔다. 40위안을 건네주었으며, 이전에 준 돈을 포함하여 도합 100위안을 사오싱에 이달치 생활비로 송금했다. 쉬위안徐元이 왔다. 40위안을 건네주었다.

28일 맑음. 황즈젠黃芷澗이 아내를 여의었기에 오전에 조문하러 갔다. 또한 동료와 함께 만장을 보내고 1위안을 분담했다. 주샤오취안朱孝荃에게 부탁하여 『유마힐소설경』維摩詰所說經 등 모두 10책을 도합 인銀 1위안 3자오 2펀에 구입했다. 정오 좀 지나 샤오스에 갔다.

29일 맑음. 오전에 둘째에게 편지와 2월분 생활비로 인 100위안을 부쳤다(七). 아울러 『교육공보』教育公報 2책, 츠저우에서 출토된 묘지 6매를 동봉하였다. 주웨이샤朱渭俠에게 줄 예정이다. 작은 외숙부에게 보내는 편지 한 통을 전송했다. 장랑성張閬聲에게 『콰이지고서잡집』會稽故書雜集 1책을 보냈다. 천스쩡에게 「당옹사경비」 1매를 보냈다. 구산[8]의 탁본 전체를 구해 베끼려는 것이다. 정오 좀 지나 샤오스에 갔다. 오후에 류리창에 가서 『무량의경無量義經, 관보현행법경觀普賢行法經』 합각 1책을 8편에 구입했다. 「형방비」衡方碑 1매를 2위안에, 「송영귀묘지」宋永貴墓誌와 비개 2매를 5자오에, 「장평묘지」張泙墓誌와 비개 2매를 1위안에 구입했다.

30일 맑다가 바람이 붊. 오전에 둘째의 편지를 받았다. 26일에 부친 것이다(7). 아울러 죽지竹紙 200매, 전탁편磚拓片 4종, 『사오싱교육잡지』紹興敎育雜誌 제11기 1책을 받았다. 같은 날 우편으로 부친 것이다. 추쯔위안裘子元이 왔다. 정오 좀 지나 류리창에 가서 「삼공산비」三公山碑, 「교관비」校官碑, 「죽엽비」竹葉碑, 「왕기잔비」王基殘碑, 「한군갈」韓君碣, 큰글씨와 작은글씨의 「정국사비」定國寺碑, 「조룡화사비」造龍華寺碑 등의 탁본 각 1매를 도합 인 11 위안에 구입했다. 이날은 일요일이라 쉬었다.

31일 맑음. 정오 좀 지나 샤오스에 갔다.

2월

1일 맑음. 오전에 둘째에게 편지를 부쳤다(八). 정오 좀 지나 샤오스에 갔다.

---

8) 구산(鼓山)은 푸젠(福建)성 푸저우(福州)시 동쪽 교외에 있다. 이 산에는 당대 건중(建中) 4년 (783)에 세워지기 시작한 용천사(湧泉寺) 및 다수의 명승고적이 있다.

2일 맑음. 정오 좀 지나 샤오스에 갔다. 음력 섣달 그믐날이다. 우중원伍仲文이 요리 한 접시와 만두 스무 개를 보내왔다.

3일 맑음. 음력 병진년 설날 아침이다. 쉬다. 정오 좀 지나 흐림. 별일 없음.

4일 흐림. 쉬다. 오전에 둘째의 편지를 받았다. 30일에 부친 것이다. 정오 좀 지나 지푸가 왔다.

5일 흐림. 쉬다. 오전에 둘째에게 편지를 부쳤다(九). 쉬지상이 왔다. 정오 좀 지나 날이 개자, 창몐廠甸을 돌아다녔다. 오후에 지푸를 찾아갔으나 만나지 못하고, 밍보 선생을 만나 한참 동안 이야기를 나누다가 돌아왔다. 저녁에 술을 마셨다.

6일 맑음. 일요일, 쉬다. 정오 좀 지나 흐림. 별일 없음.

7일 맑고 바람이 거셈. 오전에 하부토 댁에서 보낸 편지를 받았다. 29일에 부친 것이다. 시게히사重久의 편지를 받았다. 30일에 부친 것이다.

8일 맑다가 바람이 붊. 오전에 둘째의 편지를 받았는데, 「영명조상」 탁본이 1매 동봉되어 있었다. 4일에 부친 것이다(9). 「영명조상」을 허창웨이何嘢威와 주샤오취안에게 각각 1매씩 주었다. 쉬지상에게 부탁하여 츠저우묘지磁州墓誌 탁편 6매를 구했다.

9일 맑다가 바람이 붊. 오전에 둘째에게 편지를 부쳤다(十). 이구자이肄古齋에서 탁편을 보내 주어 살펴보았다. 원옌元演, 원우元祐와 목윤穆胤의 묘지墓誌 각 1매를 도합 9위안에 구입했다. 아울러 「구문약수공자묘비」寇文約修孔子廟碑, 「곽현옹조상」郭顯邕造像, 「유마힐경잔석」維摩詰經殘石 모두 5매를 도합 3위안에 구입했다. 저녁에 지상의 집에 갔다.

10일 맑음. 오전에 둘째의 편지와 '영화'永和 전탁본磚拓本 1매를 받았다. 6일에 부친 것이다(10). 밤에 바람이 거세게 불었다.

11일 맑음. 오전에 둘째에게 편지를 부쳤다(十一). 녠칭恂卿 선생께 편지를 부쳤다. 밤에 지상이 왔다. 밤에 바람이 불었다.

12일 맑음. 오전에 둘째가 부친 전탁편磚拓片 3매를 받았다. 8일에 우편으로 부친 것이다. 정오 좀 지나 류리창에 가서 「무평조상」武平造像, 「무정잔비」武定殘碑 탁본 각 1매를 도합 1위안에 구입했다. 아울러 「이헌묘지」李憲墓誌 탁본 1매를 1위안에 구입했다.

13일 맑다가 바람. 일요일, 쉬다. 오전에 녠칭 선생이 와서 함께 광허쥐廣和居에 가서 점심을 먹었다.

14일 맑음. 오전에 둘째의 편지와 전탁본 1매를 받았다. 10일에 부친 것이다(11). 저녁에 지상이 찾아왔다. 밤에 바람이 거세게 불었다.

15일 맑음. 오전에 둘째에게 편지를 부쳤다(十二).

16일 맑음. 저녁에 웨이푸몐魏福綿과 왕징칭王鏡淸이 왔다.

17일 맑다가 오후에 바람이 거세짐. 저녁에 쑹쯔페이가 왔다.

18일 맑음. 오전에 둘째의 편지를 받았다. 14일에 부친 것이다.

19일 맑음. 오전에 이구자이에서 탁본을 보내 주었다. 이 가운데에서 골라 「무평칠년도속백여인조상」武平七年道俗百余人造像 1매를 5자오에, 「왕련처조씨묘지」王憐妻趙氏墓誌 1매는 모사본일지 몰라 5자오에, 「휘타묘지」譚墮墓誌 1매를 2위안에 구입했다. 둘째에게 편지를 부쳤다(十三). 오후에 왕징칭에게 편지를 부쳤다. 저녁에 지푸의 거처에 갔다가 인 20위안을 빌렸다.

20일 맑음. 일요일, 쉬다. 오전에 쉬밍보, 지푸, 스잉世英이 함께 왔다. 곧장 시화먼西華門 안으로 가서 촨신전傳心殿을 돌아다니면서 역대 제왕상을 구경하였다. 그림, 글과 자수도 약간 있었다. 정오 좀 지나 류리창에 가서 「찬보자비」爨寶子碑 1매, 「문안현주묘지」文安縣主墓誌 1매를 각각 1위안에 구입했다. 아울러 「옌저우자사잔묘지」兗州刺史殘墓誌 1매를 5자오에 구입했다. '택양'宅陽 및 '도양'匋易 방족소폐方足小幣[9] 모두 5매를 1위안에, 그리고 일광대명경日光大明鏡 1매를 1위안에 구입했다. 밤에 진눈깨비가 내렸다.

21일 진눈깨비. 별일 없음.

22일 흐림. 오전에 둘째의 편지를 받았다. 18일에 부친 것이다(13). 시계히사의 편지를 받았다. 16일에 부친 것이다. 오후에 진눈깨비가 내렸다.

23일 흐림. 정오 못 미쳐 둘째에게 편지를 부쳤다(十四).

24일 맑고 바람이 거셈. 오후에 한서우첸韓壽謙이 왔다. 양웨루楊月如에게 부의금 1위안을 보냈다.

25일 흐리고 바람이 붊. 정오 좀 지나 샤오스에 갔다. 노점이 아직 매우 적었다.

26일 맑음. 오전에 이달치 월급 288위안을 수령하고, 지푸에게 20위안을 갚았다. 우레이촨吳雷川의 경교景敎서적열람소 창설을 위해 4위안을 기부했다. 저녁에 상치형이 왔다. 밤에 밍보 선생이 오셨다.

27일 흐림. 일요일, 쉬다. 아침에 도사분관圖書分館이 개관하였는데,[10] 다과회가 있어서 거기에 갔다. 정오 못 미쳐 류리창에 가서 「위저진비」魏邸珍碑 1매를 인 1위안 5자오에 구입했는데, 측면이 빠져 있다. 아울러 「고숙비」高嵩碑 앞면을 「준수라비」雋修羅碑 및 뒷면 2매와 바꾸었다. 둘째의 편지와 전탁편 2매를 받았다. 23일에 부친 것이다(14). 오후에 쉬위안徐元이 왔

---

9) 포폐(布幣)는 삽 모양을 띤, 춘추전국시대에 중원의 여러 나라에서 유통되었던 구리화폐이다. 화폐의 다리 모양에 따라 첨족(尖足)포폐, 원족(圓足)포폐, 방족(方足)포폐 등으로 나뉜다. 방족포폐(方足布幣) 혹은 방족포(方足布)는 다리 부분이 사각형 모양으로 이루어진 화폐로서, 춘추전국시대에 진(晉)나라, 정(鄭)나라, 위(衛)나라, 송(宋)나라 등지에서 통용되었다.

10) 도서분관이 첸칭창(前靑廠) 시커우(西口) 융광쓰제(永廣寺街)에서 쉬안우먼(宣武門) 밖의 샹루잉(香爐營) 쓰탸오골목(四條胡同)으로 이전하였는데, 이날 개관 기념 다과회를 열었다. 이 분관은 3월 1일에 정식으로 고객을 맞았다.

다. 인 50위안을 건네주었다. 전에 주었던 것을 포함하여 도합 130위안을 생활비로 송금하였다.

28일 맑다가 바람. 오전에 둘째에게서 펑완豐丸을 안은 채 서서 찍은 사진 1매를 받았다. 24일에 우편으로 부친 것이다. 정오 못 미쳐 둘째에게 편지를 부쳤다(十五). 저녁에 상치형이 왔다. 학비 40위안을 주었다. 전에 계속 빌려주었던 것과 합쳐 도합 인 300위안이다. 오늘까지로 약속한 바를 모두 이행했다.

29일 맑음. 위수자오虞叔昭가 결혼했다. 부서에서 비단에 축하의 글을 써서 보냈다. 1위안을 분담했다. 오후에 샤夏 선생의 거처에 갔다.

3월

1일 맑음. 아침에 둥자오민샹에 가서 시게히사에게 편지와 인 5위안을 부쳤다.

2일 맑음. 오전에 둘째의 편지를 받았다. 2월 27일에 부친 것이다(15).

3일 맑고 바람이 거셈. 오전에 둘째에게 편지를 부쳤다(十六). 밤에 『법현전』法顯傳을 쓰기 시작했다.[11] 탁족하였다.

4일 맑고 바람이 거셈. 정오 좀 지나 선씨沈氏 댁으로 작은 외숙부를 찾아갔는데, 천씨陳氏 댁에 계신다기에 다시 그곳으로 가서 뵙고서 인 240위안 1자오를 건네드렸다. 이전의 빚과 사오싱으로부터의 송금수수료 등여러 경비를 제했는데, 원래는 300위안이다. 송금과 관련된 여러 건은 이

---

11) 『법현전』(法顯傳)은 동진(東晉)의 고승 법현 등이 인도에 불경을 구하러 갔던 일을 기록하고 있다. 루쉰은 3월 16일에 필사를 마쳤다.

것으로 청산하기로 하였다.

5일 맑고 바람이 거셈. 일요일, 쉬다. 정오 좀 지나 류리창에 가서 「송자공원장온천송」松滋公元萇溫泉頌 1매, 「제갈자항평진송」諸葛子恒平陳頌 1매, 「뤄저우리수이석교비」洛州澧水石橋碑 1매를 도합 2위안 5자오에 구입했다.

6일 맑다가 바람. 오전에 둘째의 편지를 받았다. 2일에 부친 것이다 (16). 왕징칭에게 편지를 부쳤다. 둥쉰스董恂士가 5일에 세상을 떴다. 오후에 부고가 오자 곧 가 보았다.

7일 맑음. 오전에 둘째에게 편지를 부쳤다(十七). 정오 좀 지나 샤오스에 갔다. 저녁에 왕징칭이 왔다.

8일 맑음. 밤에 쯔페이가 와서 이야기를 나누었다.

9일 맑음. 오전에 궁웨이성龔未生의 편지를 받았다. 저녁에 왕수췐이 유이춘又一村의 술자리에 초대하였다. 동석한 이는 모두 열 명이었다.

10일 맑음. 오전에 둘째의 편지를 받았다. 6일에 부친 것이다(17). 리샤칭의 편지를 받았다. 어제 부친 것이다. 녠칭 선생께 편지를 부쳤다.

11일 진눈깨비가 한 치 남짓 쌓였다가 오전에 갬. 둘째에게 편지를 부쳤다(十八). 녠칭 선생의 편지를 받았다. 정오 좀 지나 흐림. 류리창에 가서 공자 사당 안의 육조·당·송의 석각 탁본 총 14매를 구입했다. 4위안어치이다. 아울러 「무덕우부군의교석상비」武德于府君義橋石像碑와 뒷면, 양 측면의 탁본 모두 4매를 1위안에 구입했다. 『췌편』萃編에 수록한 것에는 측면이 없다. 또한 둔구이敦古誼에서 「우문장비」宇文長碑 1매, 「용장사비」龍藏寺碑와 뒷면, 측면 모두 3매, 「건안공구니사비」建安公構尼寺碑 1매를 구입하였다. 「건안공구니사비」는 『금석분역편』金石分域編에 따르면 뒷면과 측면에 제명題名이 있어야 하지만, 먀오씨繆氏의 『금석목』金石目에는 없으니 달리 알아봐야 마땅하다. 3종에 도합 3위안을 주었다.

12일 맑다가 바람. 일요일, 쉬다. 오전에 둘째의 편지를 받았다. 8일에 부친 것이다(18). 쑹즈팡宋知方의 편지를 받았다. 7일에 타이저우台州중학에서 부친 것이다. 정오 좀 지나 류리창의 즈리관서국直隷官書局에 가서 『오대사평화』五代史平話 1부 2책을 3위안 6자오에, 왕각汪刻 『육조입일가집』六朝卄一家集의 잔본 5종 5책을 5위안 4자오에 구입했다. 주티셴朱逖先을 만나 잠시 이야기를 나누었다. 이구자이宜古齋에 가서 공묘한비孔廟漢碑 탁본 1조 19매를 3위안에, 「조분잔비」趙芬殘碑 2매와 「정해사잔비」正解寺殘碑 4매를 각각 1위안에 구입했다.

13일 맑음. 오전에 궁웨이성에게 편지를 부쳤다. 한서우첸에게 편지를 부쳤다. 녠칭 선생께 편지를 부쳤다. 정오 못 미쳐 차이구칭蔡谷青에게 지푸와 연명하여 편지를 부쳤다. 저녁에 둘째에게 편지를 부쳤다(十九). 밤에 흔들거리는 이 하나를 뽑았다.

14일 흐림. 오전에 쑹즈팡에게 편지를 부쳤다. 오후에 녠칭 선생의 편지를 받았다. 밤에 바람이 불었다.

15일 맑음. 오전에 둘째에게 『교육공보』 제10기부터 제12기까지 각각 1책씩, 그리고 츠저우에서 출토된 묘지墓誌 6종 6매, 「이벽묘지」李璧墓誌 2매, 「이모묘지」李謀墓誌 1매를 부쳤다. 왕징칭에게 편지를 부쳤다. 정오 좀 지나 바람이 거세짐. 저녁에 지푸의 거처에 가서 식사를 한 후 돌아왔다. 이날 전문학교 성적전람회12)가 개막되었다.

16일 맑다가 바람. 오전에 둘째의 편지를 받았다. 12일에 부친 것이다

---

12) 전문학교 성적전람회는 전국의 전문학교 이상 학교의 성적전람회를 가리킨다. 1915년 8월에 준비를 시작하여 주로 전문교육사가 책임을 맡았는데, 이듬해 2월 18일에 루쉰은 간사로 임명되었다. 전람회는 3월 15일에 교육부의 강당에서 개막되었으며 4월 15일에 폐막되었다. 전람회에 참가한 학교는 모두 68개교였다.

(19). 오후에 한서우첸이 왔다. 인 100위안을 주어 생활비로 송금케 하였다. 밤에 『법현전』의 필사를 마쳤다. 모두 12,900여 자이며, 열사흘 만에 마쳤다.

17일 맑다가 바람. 오전에 둘째에게 편지를 부쳤다(二十). 정오 좀 지나 이발을 했다.

18일 맑음. 정오 좀 지나 쉬징원의 거처에 가서 이를 치료했다. 1위안을 지불했다. 오후에 작은 외숙부께서 오셨다.

19일 맑음. 일요일, 쉬다. 정오 좀 지나 류리창에 가서 「숭고령묘비」嵩高靈廟碑와 뒷면 2매, 「숭양사비」嵩陽寺碑 1매를 도합 2위안에 구입했다. 아울러 「안희공이사군비」安喜公李使君碑, 조상잔비造像殘碑, 이종·구봉숙묘지李琮·寇奉叔墓誌, 「법근선사탑명」法勤禪師塔銘 각 1매를 도합 3위안 5자오에 구입했다. 오후에 전람회장에 갔다가 밍보 선생의 일가와 만나 함께 이창益昌에 가서 다과를 먹은 후에 돌아왔다.

20일 흐림. 수보친舒伯勤이 아내를 여의었다는 부고가 왔다. 4위안의 부의를 우중원과 함께 보냈다. 정오 좀 지나 천스쩡과 함께 샤오스를 돌아다녔다. 오후에 류리창에 갔다. 둘째가 부친 『사오싱교육회잡지』紹興教育會雜誌 제12기 1책을 받았다. 16일에 우편으로 부친 것이다. 저녁에 롼허쑨阮和孫이 왔다. 밤에 바람이 불었다.

21일 맑다가 바람. 오후에 둥쉰스 댁에 부의금 10위안을 보냈다. 저녁에 허쑨이 왔다.

22일 맑다가 바람이 거셈. 오전에 둘째에게 편지를 부쳤다(二十一). 둘째의 편지를 받았다. 18일에 부친 것이다(20). 저녁에 이구자이에서 탁본을 보내왔다. 「담분묘지」譚棻墓誌 1매와 「두건서조상」杜乾緒造像 1매를 골라 도합 인 2위안에 구입했다.

23일 맑다가 바람. 별일 없음.

24일 맑다가 바람. 오전에 허쑨이 왔다. 저녁에 허쑨과 약속하여 꽝허 쥐에 가서 식사를 하고 밤에 헤어졌는데, 내일 판즈繁峙로 간다고 한다.

25일 맑음. 정오 좀 지나 이달치 월급 300위안을 수령했다. 오후에 류리창에 가서 「포효우비」慶孝禹碑 1매를 인 4위안에 구입했다. 아울러 지닝저우쉐濟寧州學에 소장된 한위漢魏의 석각 탁본 1조, 대소 모두 17매를 인 4위안에, 노왕묘魯王墓 앞의 두 개의 석인제자石人題字 2매를 인 5자오에 구입했다.

26일 흐림. 일요일, 쉬다. 오전에 둘째의 편지를 받았다. 22일에 부친 것이다(21). 둥쉰스를 조문하러 갔다. 정오 좀 지나 날이 개고 바람이 붊. 밍보 선생이 오셨다. 오후에 웨이푸몐이 왔다. 밤에 쑹쯔페이가 왔다.

27일 맑음. 오전에 둘째에게 편지를 부쳤다(二十二). 둥쉰스의 발인으로 교육부 직원이 노제를 지냈다. 정오 좀 지나 샤오스에 갔다.

28일 맑다가 밤에 바람. 별일 없음.

29일 맑다가 정오 좀 지나 바람. 별일 없음.

30일 흐림. 오전에 둘째의 편지를 받았다. 26일에 부친 것이다(22). 아침에 숙부의 편지를 받았다. 24일에 부친 것이다. 둘째에게 『설문교의』説文校議 1부 5책, 『호해루총서』湖海樓叢書 1부 22책을 세 꾸러미로 나누어 부쳤다. 저녁에 『지진재총서』思進齋叢書 1부의 수정을 마쳤다. 모두 24책이며, 사흘이 걸렸다.

31일 맑음. 오전에 둘째에게 편지를 부쳤다(二十三). 후쿠코의 편지를 받았다. 25일에 부친 것이다. 정오 좀 지나 둥자오민샹에 가서 하부토 댁에 편지와 인 35위안을 부쳤다. 8월분까지이다. 오후에 바람이 불었다.

4월

1일 흐림. 정오 좀 지나 류리창에 가서 「장천비」張遷碑와 뒷면 모두 2매를 1위안에, 그리고 「유요잔비」劉曜殘碑 1매를 5자오에 구입했다. 오후에 장셰허가 왔다. 저녁에 함께 지푸의 거처로 가서 식사를 한 후 돌아왔다. 밤에 진눈깨비가 내려 반 치나 쌓였다.

2일 맑음. 일요일, 쉬다. 오전에 둘째의 편지를 받았다. 3월 29일에 부친 것이다(23). 정오 좀 지나 류리창에 가서 「한인명」韓仁銘 1매, 「윤주비」尹宙碑 1매를 2위안 5자오에 구입했다. 아울러 「수선표」受禪表, 「손부인비」孫夫人碑, 「근법사비」根法師碑 각 1매를 2위안에 구입했다. 학교성적전람회에 들러 잠시 머물렀다가 돌아왔다.

3일 맑음. 오전에 둘째에게 편지를 부치면서 차오朝 숙부에게 보내는 답신 1매를 동봉하였다(二十四). 정오 좀 지나 바람이 거세졌다.

4일 맑고 바람이 거셈. 저녁에 이구자이에서 왔다. 「뤄저우노인조상비」洛州老人造像碑와 「왕선래묘지」王善來墓誌를 구입하였다. 도합 2위안어치이다.

5일 맑음. 저녁에 쉬위안이 왔다. 밤에 쯔페이紫佩가 왔다.

6일 맑음. 정오 좀 지나 쯔페이가 사오싱으로 돌아간다기에 둘째에게 보내는 편지 한 통, 그리고 서적 두 상자, 모두 28부 264책을 부탁했다. 오후에 둘째의 편지를 받았다. 2일에 부친 것이다. 저녁에 상치형이 왔다.

7일 흐림. 오전에 둘째에게 편지를 부쳤다(二十五). 리샤칭의 편지를 받고서 곧바로 답신을 보냈다. 정오 좀 지나 샤오스에 갔다. 저녁에 쉬한성徐涵生이 찾아왔다.

8일 흐림. 정오 좀 지나 류리창에 가서 「소자지」蘇慈誌 1매를 1위안에 구입했다. 아울러 탁본 21매에 천을 대어 배접褙接하느라 공임 6위안이 들었다. 밤에 리샤칭이 와서 인 10위안을 빌려 가고 차 한 곽을 주었다.

9일 맑고 바람이 거셈. 일요일, 쉬다. 별일 없음.

10일 맑다가 바람. 밤에 설사를 했다.

11일 맑음. 오전에 둘째의 편지를 받았다. 7일에 부친 것이다(25).

12일 맑음. 오전에 둘째에게 편지를 부쳤다(二十六). 정오 좀 지나 샤오스에 갔다. 저녁에 지푸가 왔다.

13일 맑음. 오전에 쑹쯔페이의 편지를 받았다. 10일에 상하이에서 부친 것이다. 오후에 야오원탕耀文堂에 가서 자첩字帖을 구경하고서 「추현가성보화상」鄒縣佳城堡畵像 6매를 3위안에 구입했다. 아울러 야오구이팡姚貴昉이 소장한 석탁편 12매를 4위안에 구입했는데, 대부분이 가짜로 새긴 것 같다. 또한 「내자후각석」萊子侯刻石, 「이가루화상」李家樓畵像, 「장사비」張奢碑, 「국언운묘지」鞠彦雲墓誌와 비개, 「순우검묘지」淳于儉墓誌, 「제갈자항평진송」諸葛子恒平陳頌 뒷면, 「두문경조상」杜文慶造像 각 1매를 도합 인 5위안에 구입했다. 저녁에 추쯔위안이 왔다. 웨이푸몐과 왕징칭이 왔다.

14일 맑음. 오전에 쯔페이에게 상하이에서 구입하도록 부탁한, 허난河南 안양安陽에서 새로 출토된 묘지 7종이 부쳐져 왔다. 모두 7매이고 10위안어치이다. 10일에 우편으로 부친 것이다. 정오에 밥이 전혀 먹히지 않았다. 오후에 왕스첸과 쉬쭝웨이가 왔다. 저녁에 쉬지푸의 거처에 가서 밥을 먹은 후에 돌아왔다. 밤에 추쯔위안이 와서 이야기를 나누었다.

15일 가랑비가 내리다가 곧 갬. 정오 좀 지나 신주국광사神州國光社에 가서 『신주대관』神州大觀 제9집 1책을 1위안 6자오에 구입했다. 또 칭윈거青雲閣의 부원자이步雲齋에 가서 신발 한 켤레를 역시 1위안 6자오에 샀다. 오후에 흐림. 시게히사의 편지를 받았다.

16일 맑음. 일요일, 쉬다. 오전에 밍보 선생의 편지를 받았다. 정오 좀 지나 함께 농사시험장[13]에 갔다가 저녁에 돌아왔다.

17일 맑음. 오전에 둘째에게 편지를 부쳤다(二十七). 후쿠코의 편지를 받았다. 밤에 비가 왔다.

18일 흐림. 오전에 둘째의 편지를 받았다. 12일에 부친 것이다(26). 정오 좀 지나 날이 갰다.

19일 비. 오전에 둘째가 부친 엽서를 받았다. 14일에 부친 것이다(27). 밤에 날이 갰다. 한서우진韓壽晉이 왔다.

20일 맑음. 오전에 쑹쯔페이의 편지를 받았다. 15일에 항저우에서 부친 것이다. 밤에 추쯔위안이 왔다.

21일 흐림. 오전에 둘째에게 편지를 부쳤다(二十八). 저녁에 저우유즈周友芝가 왔다. 첸쥔푸錢均夫가 왔다.

22일 비. 오후에 쉬지상이 『예문유취』藝文類聚를 빌리러 왔다.

23일 맑음. 일요일, 쉬다. 오전에 둘째의 편지를 받았다. 17일에 부친 것이다(28). 정오 좀 지나 류리창에 가서 「숭산삼궐」嵩山三闕 탁본 1조, 대소 11매를 2위안에, 「조식비」曹植碑 1매를 1위안에 구입했다. 아울러 황석애조상黃石厓造像 5종 4매를 2위안에, 「장각잔비」張角殘碑 1매를 1위안에 구입했다. 오후에 추쯔위안이 왔다. 쉬지푸가 왔다.

24일 흐림, 정오 좀 지나 류리창 전구자이震古齋에 가서 「원씨법의삽오인조상」元氏法義卅五人造像 탁본 1매를 구입하였는데, 석상은 이미 일실되었다. 아울러 「중사나조교비」仲思那造橋碑 1매를 구입하였다. 도합 2위안이 들었다. 저녁에 비가 내렸다.

---

13) 1912년 5월 19일 일기의 '완성위안'(萬生園)에 관한 주석을 참조하시오.

25일 흐림. 오전에 쑹쯔페이의 편지를 받았다. 20일에 사오싱에서 부친 것이다. 둘째에게 편지를 부쳤다(二十九). 정오 좀 지나 샤오스에 갔다.

26일 맑음. 오전에 쑹쯔페이에게 편지를 부쳤다. 한서우진의 편지를 받았다. 천스쩡이 인장 하나를 보내왔는데, '저우수소장'周樹所藏이라는 네 글자가 새겨져 있다. 정오 좀 지나 이달치 월급 300위안을 수령했다. 오후에 스쩡과 함께 류리창에 가서 탁본을 구경하다가 「조교룡상잔비」造交龍像殘碑 1매, 「읍의육십인조상송」邑義六十人造像頌 1매 및 양 측면인 듯한 2매, 아울러 탑송塔頌 1매, 안양만불구安陽萬佛溝 석각의 하나를 구입하였다. 도합 인 1위안이 들었다.

27일 맑음. 정오 좀 지나 샤오스에 갔다. 오후에 왕스첸에게 편지를 부쳤다. 저녁에 쉬지상이 왔다.

28일 맑다가 바람. 오전에 둘째의 엽서를 받았다. 21일에 부친 것이다 (29). 또한 편지를 받았다. 23일에 부친 것이다(30). 저녁에 왕스첸이 왔다. 인 40위안을 빌려주었으며, 나중에 사오싱에 송금하기로 약속하였다.

29일 흐림. 오전에 둘째의 편지를 받았다. 24일에 부친 것이다(31). 둘째에게 편지를 부쳤다(三十). 정오 좀 지나 차이구칭蔡谷靑에게 편지를 부쳤다. 류리창에 가서 「석장촌각석」石墻村刻石 1매, 「거섭분단각석」居攝墳壇刻石 2매, 「왕언묘지」王偃墓誌 및 뒷면 2매, 영수기림원靈壽祁林院의 북제조상北齊造像 5매, 「가사업조상」賈思業造像 1매, 「기승자조상」紀僧諮造像 1매, 유사완劉思琬 등의 잔조상殘造像 1매 등을 도합 인 4위안에 구입했다. 밤에 바람이 불었다.

30일 흐림. 일요일, 쉬다. 오전에 간 군卄君이 왔다. 정오 좀 지나 류리창에 갔다. 여러 곳의 탁본 가게를 들렀지만 구할 만한 것이 없었다. 회관에서 추제秋祭를 모시는지라,[14] 오후에 쉬밍보 선생, 지푸, 서우주린壽洙鄰

등이 와서 이야기를 나누다가 잠시 후에 돌아갔다. 저녁에 웨이푸몐과 왕 징칭이 왔다.

5월

1일 흐림. 정오 좀 지나 샤오스에 갔다. 정오 좀 지나 비가 내리다가 금방 그치고 바람이 불었다.

2일 맑다가 오후에 바람이 거세짐. 별일 없음. 밤에 둘째의 엽서를 받았다. 28일에 부친 것이다(32).

3일 맑음. 오전에 둘째에게 편지를 부쳤다(三十一). 오후에 바람이 불었다. 왕징칭에게 편지를 부쳤다.

4일 맑다가 오후에 바람이 거세짐. 별일 없음. 밤에 탁족하였다.

5일 맑다가 바람. 별일 없음.

6일 맑음. 오전에 둘째의 편지를 받았다. 1일에 부친 것이다(33). 정오 좀 지나 바람이 거세짐. 류리창에 가서 「유요잔비」劉燿殘碑 1매를 1위안에, 제자題字가 있는 화상畵像 1매 및 글자가 없는 2매를 2위안에, 「정도소등백봉산오언시석각」鄭道昭登百峰山五言詩石刻 1매를 2위안에, 황석애위조상黃石厓魏造像 6매를 2위안에, 타산당조상駝山唐造像 120매를 4위안에, 앙천산송조상仰天山宋造像 17매를 1위안에 각각 구입했다. 오후에 시끄럽게 떠들어 대는 것을 피하여 보수서옥補樹書屋[15]으로 옮겼다.

7일 맑음. 일요일, 쉬다. 오전에 둘째에게 편지를 부쳤다(三十二). 정오

---

14) 사오싱회관(紹興會館)의 대문을 들어서서 영벽(影壁)을 돌아들면 앞쪽에 양지탕(仰葴堂)이 있는데, 이곳은 선현의 위패를 모신 곳이다. 이곳에서는 매년 봄과 가을, 두 차례에 걸쳐 선현의 제사를 모신다. 본문의 추제(秋祭)는 춘제(春祭)의 오기이리라 추정된다.

좀 지나 류리창에 가서 탁본을 표구하도록 맡겼다. 아울러 「취각파마애」吹角埧摩厓 1매를 2위안에, 「주유실화상」朱鮪室畵像 15매, 잡산동잔화상雜山東殘畵像 4매를 5위안에, 잡육조소조상雜六朝小造像 16매를 3위안에 구입하였다. 또한 「백운당해역로」白雲堂解易老 탁본 1매를 덧붙였다. 간 군廿君이 왔다. 리샤칭이 와서 인銀 10위안을 갚았다. 저우유즈周友芝가 와서 황당한 이론을 떠들어 대다가 돌아갔다. 오후에 추쯔위안이 왔다. 왕징칭이 왔다.

8일 맑음. 정오 좀 지나 소장하고 있던 전탁본 1첩을 스쩡의 집에 보냈다. 인인루螾隱廬에서 서목을 보내왔다. 밤에 웨이푸몐魏福綿이 왔다.

9일 맑음. 오전에 푸화거富華閣에서 탁편을 가지고 왔다. 둘째에게 편지를 부쳤다(三十三). 오후에 둘째의 편지를 받았다. 4일에 부친 것이다(34).

10일 맑음. 오후에 전구자이에 가서 육조조상六朝造像 4종 7매를 2위안에 구입했다. 쉬위안이 왔다. 저녁에 밍보 선생이 오셨다. 주짜오우朱造五에게 『백유경』百喩經 1책을 보냈다.

11일 맑음. 별일 없음. 저녁에 쉬지푸가 왔다. 밤에 바람이 불었다.

12일 맑음. 오전에 둘째에게 편지를 부쳤다(三十四). 차이구칭의 편지를 받았다. 9일에 쑤저우에서 부친 것이다.

13일 비. 오전에 둘째의 편지를 받았다. 7일에 부친 것이다(35). 또한 엽서 1매를 받았다. 8일에 부친 것이다. 오후에 류리창에 가서 「국언운묘지」鞫彥雲墓誌와 비개 2매를 3위안에, 「원마야광지」源磨耶壙誌 1매를 2위안에, 왕구등조사면상王俱等造四面像 4매를 2위안에, 태안조래산마애泰安徂徠山摩崖

---

15) 루쉰은 사오싱회관에서 처음에는 동편의 등화관(藤花館) 서쪽 방에 거주하였다가, 1912년 11월 28일 등화관 남향의 작은 방으로 옮겼다. 이날부터 다시 현관(縣館) 서편의 보수서옥으로 옮겨 1919년 11월까지 거주하였다.

2조 각 7매를 도합 5위안에 구입했다. 따로 「양현숙조상」楊顯叔造像 1매를 덤으로 받았다. 탁편 34매를 표구하느라 공임이 5위안 들었다. 저녁에 날이 개고 바람이 불었다.

14일 맑음. 일요일, 쉬다. 오전에 푸화거의 탁본가게에서 왔다. 둘째에게 편지를 부쳤다(三十五). 어제 샀던 「국언운지」가 번각翻刻임을 알고서, 정오 좀 지나 류리창에 가서 「부휴비」郛休碑 및 뒷면 2매와 바꾸었다. 아울러 옛 탁본 「순우검묘지」淳于儉墓誌 1매를 1위안 5자오에, 「대업시건현계비」大業始建縣界碑 2매를 5자오에 구입했다. 이상은 전구거震古閣에서였다. 관서국官書局에 가서 우레이촨을 대신하여 『돈간재유서』敦艮齋遺書 1부 5본을 2위안에 구입했다. 푸화거에 가서 풍환馮煥·이업李業·양발楊發·가야우賈夜宇의 궐闕 각 1매를 3위안에, 「사마장원석문제자」司馬長元石門題字 2매를 1위안에, 「위삼체석경」魏三體石經 잔자殘字 1매를 3위안에 구입했다. 오후에 상치형이 왔다.

15일 맑음. 오전에 조래산마애 1조를 스쩡에게 보내 주었다. 오후에 흐림. 밤에 비.

16일 흐림. 정오 좀 지나 샤오스에 갔다. 오후에 날이 갰다. 차이구칭에게 편지를 부쳤다.

17일 맑음. 아침에 밍보 선생께서 오셨다. 쑹쯔페이의 편지를 받았다. 9일에 사오싱에서 부친 것이다. 오후에 부서에서 돌아오는 중에 지갑을 인력거에 떨어뜨렸는데, 인력거꾼이 돌려주었기에 1위안을 주었다. 저녁에 판치신潘企莘 군이 사오싱에서 와서 치멍起孟의 편지와 찻잎 한 곽을 건네주었다. 20위안취안元券16)을 그에게 빌려주고 현금을 간수하게 하였다. 밤에 추쯔위안이 왔다. 뇌우가 쏟아졌다.

18일 흐림. 오전에 둘째에게 편지를 부쳤다(三十六). 장랑성에게 20위안을 빌렸다. 오후에 날이 갰다. 류리창에 갔다.

19일 흐림. 오전에 둘째의 편지를 받았다. 13일에 부친 것이다(38). 오후에 날이 개고 바람이 불었다. 왕씨王氏 댁과 양씨楊氏 댁[17]에 부의금 4위안을 보냈다.

20일 맑음. 정오 좀 지나 류리창에 가서 「무반비」武班碑와 뒷면 2매, 「천감정란제자」天監井闌題字 1매, 「고진신매지권」高進臣買地券 1매, 안양잔석安陽殘石 4종 6매를 도합 6위안에 구입했다. 저녁에 밍보 선생의 거처에 가서 식사를 한 후 돌아왔다. 밤에 웨이푸몐이 왔다.

21일 맑음. 오전에 둘째의 편지를 받았다. 16일에 부친 것이다(38). 둘째에게 편지를 부치면서 「고진신매지권」 탁본 1매를 동봉했다(三十七). 류리창에 가서 「이맹초신사비」李孟初神祠碑 1매를 2위안에, 「봉룡산송」封龍山頌 1매를 1위안에, 「강찬조상」姜纂造像 옛 탁본 1매를 1위안 5자오에 구입했다. 오후에 리샤칭이 왔다. 5위안을 빌려주었다. 저녁에 바람이 불었다. 일요일, 쉬다.

22일 맑음. 정오 좀 지나 양중허楊仲和의 집에 조문을 갔다. 쉬위안의 편지를 받았다. 20일에 부친 것이다. 밤에 비가 내렸다. 설사를 했다.

23일 흐림. 오전에 둘째에게 엽서를 부쳤다(三十八). 왕웨이바이王維白의 집에 조문을 갔다. 오후에 뇌우가 쏟아졌다. 저녁에 날이 갰다.

24일 맑음. 저녁에 판치신이 왔다.

25일 맑음. 정오 좀 지나 판치신이 보증인이 되어 달라고 부탁하러 교육부에 왔다. 오후에 상치헝이 그의 벗 세 사람의 보증인이 되어 달라고

---

16) 당시 중국은행(中國銀行), 교통은행(交通銀行) 등에서는 여러 액면의 은행권을 발행하고 있었는데, 20위안취안은 중국은행에서 발행된 것이다.

17) 교육부의 동료인 왕웨이바이(王維白)와 양중허(楊仲和)의 집을 가리킨다.

부탁했다.

26일 맑고 바람이 거셈. 오전에 둘째의 엽서를 받았다. 20일에 부친 것이다(39). 쑹쯔페이의 엽서를 받았다. 23일에 상하이에서 부친 것이다. 오후에 왕웨이천王維忱의 거처에 갔다. 저녁에 둘째에게 엽서를 부쳤다 (三十九).

27일 맑다가 오후에 바람이 거세짐. 둘째 처의 편지를 받았다. 22일에 부친 것이다. 밤에 세찬 바람이 불었다.

28일 맑고 바람이 거셈. 일요일, 쉬다. 오전에 리샤칭의 편지를 받았다. 어제 부친 것이다. 둘째와 그의 처에게 편지를 부쳤다(四十). 정오경에 쉬지상이 왔다. 모친상을 입은 판지루范古陸를 조문하러 창춘사長椿寺에 갔다. 동료들과 함께 만장을 보내고, 1위안을 분담했다. 오후에 류리창에 가서 옛 탁본 「무영비」武榮碑 1매를 6위안에 구입했다. 이 가운데 2위안은 「찬룡안비」爨龍顏碑를 판 돈으로 충당했다. 아울러 「수승달조상」帥僧達造像 1매를 5자오에 구입했다. 인쭝이尹宗益가 왔다. 저녁에 간 군이 왔다. 왕징칭이 왔다. 밤에 비가 내림. 허리가 아팠다.

29일 맑음. 오전에 이달치 월급 300위안을 수령했다. 왕징칭에게 편지를 부쳤다. 쉬위안에게 편지를 부쳤다. 랑성에게 20위안을 갚았다. 오후에 둘째의 엽서를 받았다. 24일에 부친 것이다(40). 저녁에 둘째에게 편지를 부쳤다(四十一). 한서우첸이 와서 10위안을 빌려 갔다. 쉬밍보 선생께서 오셨다.

30일 맑음. 탁본 8종을 골라 오후에 둔구이敦古誼에 가서 표구를 부탁했다. 쉬쭝웨이와 쉬위안이 인銀 50위안을 빌리러 왔다. 왕웨이천이 왔다. 밤에 왕징칭이 와서 웨이푸몐을 대신하여 30위안을 빌려 갔다. 허리 통증이 아직 가시지 않아 요오드히드린을 발랐다.

31일 맑음. 오전에 천스쩡이 갓 출토된 「조진잔비」曹眞殘碑와 뒷면의 탁본 2매를 보여 주었다. '제갈량'諸葛亮의 세 글자가 새겨져 있지 않으며, 팡구자이仿古齋의 물건이라고 한다. 10위안을 주고서 건네받았다. 아울러 강녕량비江寧梁碑 탁본 전체 1조는 그 안에 「천감정상명」天監井床銘이 빠져 있으며 모두 16매인데, 약간 옛 탁본으로서 량梁 군의 물건이다. 팔고 싶어 하기에 역시 건네받았으며, 16위안을 주었다. 오후에 이발을 하였다. 사범학교[18]에서 잡지 1책을 부쳐 주었다. 밤에 판치신이 알지 못하는 누군가를 데려왔다.

6월

1일 맑음. 별일 없음.

2일 맑음. 오전에 둘째의 엽서를 받았다. 5월 28일에 부친 것이다(41).

3일 맑고 무더움. 오전에 둘째에게 엽서를 부쳤다(四十二). 오후에 류리창에 가서 「원지묘지」元鷟墓誌 1매, 「원지비공손씨묘지」元鷟妃公孫氏墓誌 1매를 도합 인 3위안에 구입했다. 아울러 표구를 한 탁편 10매를 찾아왔다. 공임으로 1위안 6자오가 들었다.

4일 맑음. 일요일, 쉬다. 오전에 우팡허우吳方侯가 왔다. 이름은 쭈판祖

---

18) 사범학교는 국립고등사범학교(國立高等師範學校)를 가리킨다. 이 학교의 전신은 경사대학당 (京師大學堂) 사범관(師範館)이며, 1908년에 독립하여 경사우급사범학당(京師優級師範學堂)이라 일컬어졌다. 1912년에 베이징고등사범학교로 개칭되고, 1923년 7월에 국립 베이징사범대학으로 개편되었으며, 1928년 11월부터 국립 베이핑대학(國立北平大學) 제일사범학원(第一師範學院)으로 일컬어지고, 1929년 8월에 베이핑사범대학으로 독립되었다. 루쉰은 1920년 8월부터 1926년 8월까지 이 학교에서 강사를 겸임했으며, 1929년과 1932년, 두 차례에 걸쳐 모친을 만나 뵈러 베이핑에 올라왔을 때 초청에 응하여 강연하였다.

^蕃이다. 오후에 흐려지더니 뇌우가 쏟아졌다.

5일 맑음. 음력 단오절, 쉬다. 오전에 둘째의 엽서를 받았다. 5월 31일에 부친 것이다(42). 상치헝이 왔다. 지푸의 거처에 가서 점심을 먹고 오후에 돌아왔다. 밤에 장이즈^{蔣抑之}가 왔다.

6일 흐림. 오전에 리샤칭의 편지를 받았다. 하부토 댁의 편지를 받았는데, 노부코^{信子}의 편지가 동봉되어 있었다. 5월 30일에 부친 것이다. 정오경에 날이 갰다. 밤에 둘째에게 엽서를 부쳤다(四十三). 리샤칭에게 엽서를 부쳤다.

7일 맑음. 정오 좀 지나 스쩡과 함께 샤오스에 갔는데, 노점이 극히 드물었다. 저녁에 상치헝이 왔다. 쑹쯔페이가 사오싱에서 왔는데, 둘째의 편지와 말린 채소 한 상자를 건네주었다. 아울러 말린 죽순 한 상자, 새로 나온 차 두 봉지를 보내 주었다.

8일 맑음. 밤에 밍보 선생께서 오셨다.

9일 맑음. 오전에 둘째 처의 편지를 받았다. 4일에 부친 것이다. 오전에 둘째의 편지를 받았다. 3일에 부친 것이다(43). 사오싱 위수사령부^{衛戍司令部}의 검열을 거치느라 늦게 도착했다. 리샤칭의 편지를 받았다. 저녁에 상치헝이 왔다. 쉬지상이 왔다.

10일 맑음. 오전에 둘째에게 편지를 부쳤으며, 그의 처에게 보내는 편지 1매를 동봉하였다(四十四). 둘째의 편지를 받았다. 5일에 부친 것이다(44). 정오 좀 지나 바람이 불었다. 류리창에 가서 한중^{漢中}의 석각 탁본 1조를 구입했다. 「축군개도기」를 제외하고 모두 12매이며, 6위안어치이다. 아울러 「고담묘지」^{高湛墓誌} 1매를 2위안에 구입했다. 저녁에 한서우진이 왔다. 간룬성^{甘潤生}이 왔다.

11일 맑고 바람. 일요일, 쉬다. 오전에 주홍유^{祝宏猷}(칭안^{慶安})와 인한저우尹翰周(더쑹德松)가 왔다. 정오 좀 지나 흐림. 류리창에 가서 탁본 약 90종을 표구해 달라고 부탁했다. 오후에 가랑비가 내리다가 그쳤다. 주린洙鄰이 왔다.

12일 맑음. 오전에 둘째에게 엽서를 부쳤다(四十五).

13일 가랑비. 오전에 둘째의 편지와 「『태감인존』蛻龕印存 서序」[19] 한 쪽을 받았다. 7일에 부친 것이다(45).

14일 가랑비. 오전에 주샤오취안이 고추장 한 그릇을 보내 주었다. 오후에 뇌우가 요란하게 쏟아졌다. 위수자오에게 옷을 빌렸다.

15일 맑음. 아침에 둘째에게 엽서를 부쳤다(四十六). 오전에 부서에서 파견되어 총통부에 분향하러 갔다.[20] 모두 5명이었다. 정오 좀 지나 쉬지상의 거처에 갔다. 오후에 바람이 불었다.

16일 맑음. 아침에 인한저우가 왔다. 오후에 둘째의 엽서를 받았다. 10일에 부친 것이다(46). 롼주쑨阮久孫의 엽서를 받았다. 12일에 판즈繁峙에서 부친 것이다. 위수자오에게 옷을 돌려주었다. 루룬저우廬閏州가 왔다. 저녁에 이구자이宜古齋에서 탁편을 가지고 왔다. 수대隋代의 「폭영묘지」暴永墓誌와 비개 2매를 골라 남겨 두었다. 2위안어치이다. 산시山西에서 새로이 출토되었다고 하는데, 어느 현인지는 알 수 없다.

17일 맑음. 오전에 롼주쑨에게 엽서를 부쳤다. 정오 좀 지나 류리창에

---

19) 『태감인존』(蛻龕印存)은 사오싱의 두쩌칭(杜澤卿; 별호는 태감蛻龕)이 지은 전각인보집(篆刻印譜集)이다. 이 「서문」은 저우쭤런(周作人)이 기초하였으며, 루쉰은 이를 수정하여 6월 21일에 부쳐 주었다.

20) 1916년 6월 6일에 위안스카이(袁世凱)가 사망하자, 국무원은 장의에 관한 조령을 공포하였다. 즉 납관 이튿날부터 탈상일까지 베이징의 문무 각 기관은 공적인 추모식 외에 매일 순번에 따라 분향하도록 하였다. 또한 분향에 관한 규정에서 분향자는 반드시 대례복(大禮服)을 착용하도록 하였다. 이로 인해 14일의 일기에서 "위수자오에게 옷을 빌렸다"고 적었던 것이다.

가서 표구된 탁편을 찾았다. 공임은 모두 10위안이다. 오후에 시링인사西
泠印社에서 서목 1책을 보내왔다. 밤에 쉬스취안許詩荃이 왔다. 비바람이 몰
아쳤다.

18일 맑음. 일요일, 쉬다. 오전에 류리창에 가서 「평등사비」平等寺碑 1
매, 「도흥조상」道興造像과 대소 처방전 3매, 「정해사잔비」正解寺殘碑 4매와 뒷
면 2매 등을 도합 4위안에 구입했다. 아울러 칭윈거靑雲閣에 가서 밀짚모
자, 양말, 신발 등을 도합 4위안에 구입했다. 정오 좀 지나 주린이 왔다. 오
후에 비가 한바탕 쏟아지더니 곧 개었다. 저녁에 둘째에게 엽서를 부쳤다
(四十七).

19일 맑음. 오후에 리샤칭이 왔다. 인銀 30위안을 빌려주었다. 둘째가
부친 『뤄사잡지』裸社雜誌 제3기 1책을 받았다. 14일에 우편으로 부친 것이
다. 저녁에 비가 내렸다.

20일 맑음. 오후에 둘째의 편지를 받았다. 14일에 부친 것이다(47). 왕
스간, 쉬쭝웨이가 왔다. 저녁에 흐려지더니 우레가 쳤다.

21일 맑음. 오전에 둘째에게 편지를 부치면서 「『인존』서」 1편을 동봉
하였다(四十八). 저녁에 밍보 선생께서 오셨다.

22일 맑고 바람이 붊. 아침에 둘째의 편지를 받았다. 16일에 부친 것
이다(48). 또 엽서를 받았다. 18일에 부친 것이다(49). 오전에 밍보 선생께
서 생신축하용 대련을 써줄 사람을 구해 달라고 부탁하러 오셨다. 모시고
부서로 가서 천스쩡을 붙들어 글을 쓰게 한 다음 보내 드렸다. 판치신이
작별 인사를 하러 왔다. 내일 돌아간다고 한다. 저녁에 탁본장수가 와서
품행불량으로 실직하여 탁본을 가지고 팔러 다닌다면서 사 달라기에, 그
의 궁색한 모습이 짠하여 1위안에 「황보린묘지」皇甫驎墓誌 1매를 구입했다.
밤에 뇌우가 몰아쳤다.

23일 흐렸다가 오전에 맑게 갬. 둘째에게 엽서를 부쳤다(四十九). 오후에 탁본장수가 왔으나 사지 않았다.

24일 맑음. 정오 좀 지나 류리창에 가서 탁본 32매의 표구를 맡겼다. 저녁에 탁본장수 리씨李氏가 왔다. 조상造像 3종을 2위안에 구입했다.

25일 흐림. 일요일, 쉬다. 오전에 인한저우가 왔다가 정오 좀 지나서야 돌아갔다. 리샤칭의 편지를 받았다. 아침에 부친 것이다. 차오朝 숙부의 편지를 받았다. 20일에 타이창太倉에서 부친 것이다. 오후에 가랑비가 내렸다. 저녁에 우쭈판吳祖藩이 왔다.

26일 흐림. 오전에 둘째의 편지를 받았다. 21일에 부친 것이다(50). 오후에 비가 내렸다.

27일 맑음. 오전에 둘째에게 엽서를 부쳤다(五十). 정오경에 비가 한바탕 내리더니 갰다. 오후에 바람이 불었다.

28일 맑고 바람이 붊. 위안샹청袁項城의 발인[21]으로 인해 업무를 중단하였다. 정오 좀 지나 류리창에 갔다. 밤에 뇌우가 쏟아졌다.

29일 맑음. 오전에 둘째의 편지를 받았다. 25일에 부친 것이다(51). 오후에 이구자이에서 오더니 「폭영묘지」 및 비개 2매를 두고 갔다. 팡구자이에서 왔다. 스쩡이 소개하였다. 밤에 탁족을 하였다. 뇌우가 거세게 내렸다.

30일 흐림. 오전에 둘째에게 편지를 부쳤다(五十一). 오후에 류리창에 갔다.

---

21) 위안스카이의 장례를 치른 일을 가리킨다. 샹청(項城)은 위안스카이의 별호이다.

7월

1일 맑음. 부서 업무를 오전근무로 바꾸었다. 오전에 6월분 월급 300 위안을 수령했다. 정오 좀 지나 류리창 이구자이에 가서 「창룡경오잔비」倉龍庚午殘碑, 초탁본初拓本 「숭고령묘비」嵩高靈廟碑와 뒷면, 측면 3매, 정탁본精拓本 「백실조중흥사비」白實造中興寺碑 1매, 비액碑額이 없는 「서암사사리탑비」棲岩寺舍利塔碑 1매 등을 도합 5위안에 구입했다. 오후에 팡구자이에서 왔다. 「백인조상」百人造像, 「명범상조상」明範上造像 각 1매를 도합 1위안에 구입했다.

2일 맑고 바람이 붊. 일요일, 쉬다. 오후에 지푸의 거처에 갔다. 류리창에 갔다.

3일 맑음. 아침에 둘째의 편지를 받았다. 6월 29일에 부친 것이다(52). 정오경에 타오녠친陶念欽 선생이 오셨다. 저녁에 쉬지상이 왔다.

4일 맑음. 오전에 둘째에게 편지를 부쳤다(五十二). 저녁에 인한저우가 또 왔다. 밤에 바람이 불었다.

5일 맑음. 오전에 둘째와 그의 처에게 편지를 부쳤다(五十三). 정오경에 류리창에 가서 표구한 탁본을 찾아왔다. 공임으로 5위안을 주었다. 아울러 「소굉서궐」蕭宏西闕 1매, 막우지莫友芝의 감탁도기監拓圖記, 「완귀조상」菀貴造像 1매를 도합 인 1위안에 구입하였다. 밤에 뇌우가 거세게 내렸다.

6일 흐리다가 오후에 뇌우. 별일 없음.

7일 맑음. 탁본을 담을 나무 상자 두 개를 1위안 5자오에 샀다. 저녁에 밍보 선생이 오셨다. 간룬성甘潤生이 왔다. 저우유즈가 왔다. 밤에 둘째의 편지를 받았는데, 자그마한 석상 탁편 1매가 동봉되어 있었다. 3일에 부친 것이다(53).

8일 맑음. 오전에 둘째에게 편지를 부쳤다(五十四). 주웨이샤朱渭俠에게 편지를 부쳤다. 오후에 류리창에 갔다. 성핑위안가平園에 가서 목욕하였다. 밍보 선생의 거처에 갔다. 저녁에 타오왕차오陶望潮가 만찬에 초대했으나 그곳에 가서 사양했다. 보슬비가 내리다가 밤에 뇌우가 거세졌다.

9일 맑음. 일요일, 쉬다. 오전에 지푸가 왔다. 치서우산이 왔다. 함께 지푸의 거처에 가서 정오 좀 지나 돌아왔다. 가랑비가 내렸다.

10일 흐림. 오후에 팡구자이에서 왔다. 저녁에 판치신이 왔다. 으슬으슬 한기가 느껴지고 열이 났다. 키나환약 두 알을 먹고 잠자리에 누웠다.

11일 맑음. 정오 좀 지나 팡구자이에 가서 탁본을 살펴보았다. 석각 13매, 전塼 10매를 구했다. 좋은 물건이 없는데도 가격은 7위안이나 되었다. 앞으로 삼가야겠다. 밤에 장이즈蔣抑之가 왔다. 둘째의 엽서를 받았다. 8일에 부친 것이다(54).

12일 흐림. 설사가 심했다. 오후에 장이즈蔣抑卮의 편지를 받았다. 밤에 살리실산 비스무트 중重소다[22]를 복용하였다.

13일 맑음. 오전에 둘째에게 편지를 부쳤다(五十五). 일본우체국에 가서 사가미야서점에 편지와 인銀 30엔을 부쳤다. 오후에 류리창에 가서 『이아음도』爾雅音圖, 『한예자원』漢隷字原 각 1부를 도합 6위안에 구입했다.

14일 맑음. 오전에 시링인사에 편지와 함께 서적 구입을 위해 인 8위안을 부쳤다. 정오 좀 지나 다시 우표 3자오를 보태 보냈다.

15일 맑음. 오전에 둘째의 편지를 받았다. 11일에 부친 것이다(55). 오후에 바람이 거세게 불더니 뇌우가 한바탕 쏟아지고 나서 갰다.

---

22) 살리실산 비스무트(Salicylic Acid Bismuth) 중(重)소다는 풍습성(風濕性) 질환을 치료하는 약제이다.

16일 맑음. 일요일, 쉬다. 오전에 둘째에게 편지를 부치면서 류리칭劉立青과 린수林紓의 그림 각 1매를 동봉하였다(五十六). 간룬성이 왔다. 정오 좀 지나 류리창에 가서 「대운사석각」大雲寺石刻 탁본 1조, 대소 10매와 「쯔저우봉황화상제자」淄州鳳凰畵像題字 2매를 도합 인 2위안에 구입했다.

17일 맑음. 정오 좀 지나 천스쩡과 함께 그의 거처로 갔다.

18일 맑음. 오전에 둘째의 편지를 받았다. 14일에 부친 것이다(56). 하부토 댁의 편지를 받았다. 11일에 부친 것이다. 정오 좀 지나 경사京師도서관에 갔다. 저녁에 인쭝이가 왔다. 편지를 쓰다 보니 한밤중이 되었다. 가엾은지고!

19일 맑음. 오전에 차오潮 숙부께 편지와 『사법예규속편』司法例規續編 1책을 부쳤다. 하부토 댁에 편지를 부쳤다. 둘째와 그의 처에게 편지를 보내면서 셋째에게 온 편지와 도쿄에서 부쳐 온 편지를 동봉하였다. 오후에 판치신이 왔다. 저녁에 지푸가 오리요리 한 그릇을 주었다.

20일 맑음. 정오 좀 지나 리샤칭의 편지를 받았다. 정오 좀 지나 지푸의 거처에 갔다. 저녁에 지상이 왔다.

21일 흐림. 오전에 시링인사로부터 편지와 함께 『고천총화』古泉叢話 1책, 『예풍당독서기』藝風堂讀書記 2책, 『항농총묘유문』恒農塚墓遺文 1책, 『한진석각묵영』漢晉石刻墨影 1책 등을 받았다. 한 꾸러미로 만들어 19일에 우편으로 부친 것이다. 정오경에 쉬지쉬안徐吉軒, 치서우산齊壽山, 쉬지상과 함께 지위탕冀育堂을 이창益를의 식사에 초대했다. 오후에 판치신이 왔다. 저녁에 밍보 선생이 오셨다. 밤에 하혈했다.

22일 맑음. 오전에 둘째의 편지를 받았다. 충沖이 18일 오전에 세상을 떴다고 알려 주었다. 그날 부친 것이다(57). 정오 좀 지나 류리창에 가서 표구를 맡긴 탁본 49매를 찾아왔다. 공임으로 5위안을 주었다. 오후에 둘째에게 편지를 부쳤다(五十八). 밤에 바람이 거세게 불었다.

23일 맑음. 일요일, 쉬다. 정오 좀 지나 류리창에 가서 두근[23]의 『수호도찬』水滸圖贊 석인본石印本 1책을 20퉁위안에 구입했다.

24일 맑음. 아침에 둘째의 편지를 받았다. 20일에 부친 것이다(58). 밤에 하혈했다.

25일 맑음. 오전에 둘째에게 편지를 부쳤다(五十九). 오후에 류리창에 가서 잡다한 한화상漢畵像 2매, 「가사백비」賈思伯碑 및 뒷면 3매, 「류회민묘지」劉懷民墓誌 1매 등을 도합 7위안에 구입했다.

26일 맑다가 정오 좀 지나 바람이 붊. 오후에 둘째의 편지를 받았다. 22일에 부친 것이다(59).

27일 맑음. 오후에 장셰허張燮和가 왔다.

28일 맑음. 오전에 둘째의 편지를 받았다. 24일에 부친 것이다(60). 둘째 처의 편지를 받았다. 25일에 부친 것이다. 오후에 흐려졌다. 둘째와 그의 처에게 편지를 부쳤다(六十). 류리창에 가서 돤씨端氏가 소장한 석탁본 한 보따리를 샀다. 한漢·위魏·육조六朝의 비갈碑碣 14종 17매, 육조 묘지墓誌 21종 27매, 육조 조상造像 40종 41매, 모두 75종 85매, 도합 25위안 5자오어치이다. 아울러 「장경략묘지」張景略墓誌 1매를 5자오에 구입했다. 시성핑위안西升平園에 가서 이발과 목욕을 하였다. 저녁에 쯔페이가 와서 10위안을 빌려 갔다. 밤에 가랑비가 내렸다.

29일 비가 내리다가 정오 좀 지나 그쳤다. 오후에 쉬지상이 왔다. 밤에 다시 비가 내렸다.

---

23) 두근(杜堇)은 15~16세기에 활동한 명대의 문인화가로서, 장쑤(江蘇) 단투(丹徒: 지금의 전장鎭江) 출신이다.

30일 흐림. 일요일, 쉬다. 오전에 둘째의 편지를 받았다. 26일에 부친 것이다(61). 정오 좀 지나 날이 갰다. 류리창에 가서 「심군궐」沈君闕 측면상 2매를 1위안에 구입하였다. 오후에 천궁멍陳公孟이 왔다.

31일 맑음. 오전에 둘째에게 편지를 부쳤다(六十一). 오후에 지푸 거처에 갔다. 저녁에 바람이 불었다.

8월

1일 맑음. 오전에 리샤칭에게 편지를 부쳤다. 밤에 비가 내렸다.

2일 흐림. 오전에 둘째의 편지를 받았다. 7월 29일에 부친 것이다(62).

3일 맑음. 오전에 둘째에게 편지를 부쳤다(六十二). 하부토 댁의 편지를 받았다. 7월 26일에 부친 것이다. 저녁에 더구자이德古齋에서 왔다.

4일 맑음. 오전에 7월분 월급 300위안을 수령했다. 정오 좀 지나 샤오스에 갔다. 오후에 류리창에 가서 「군신상수각석」群臣上壽刻石 1매, 「심군궐」 2매를 도합 3위안에, 「부각송」郙閣頌 1매를 2위안에, 잡다한 조상 5종 5매를 구입했다. 셋째의 편지를 받았다. 둘째가 덧붙인 말과 장보선전탁본張普先磚拓本 3매, 「후해지」侯海誌 탁본 1매를 동봉하였다. 7월 31일에 부친 것이다(63). 완후이법사萬慧法師의 인도 체재비로 인 10위안을 지상에게 건네주었다. 밤에 쯔페이가 10위안을 빌려 갔다.

5일 맑음. 오전에 하부토 댁에 편지를 부쳤다. 오후에 상치헝이 왔다. 저녁에 우레가 울렸다.

6일 맑음. 일요일, 쉬다. 오전에 둘째와 셋째에게 편지를 부쳤다(六十三). 아울러 『한진석각묵영』, 『역대부패도록』歷代符牌圖錄, 『수호도찬』 모두 3책을 한 꾸러미로 부쳤다. 둘째의 편지를 받았다. 2일에 부친 것이다(64). 한스훙韓士泓에게 편지를 부쳤다. 치보강郗柏岡이 왔다. 오후에 서우주린이 왔다. 우레가 울렸다.

7일 흐림. 오후에 베이하이北海에 갔다. 저녁에 뇌우가 한바탕 쏟아지고서 갰다.

8일 흐림. 오전에 둘째에게 편지를 부쳤다(六十四). 정오 좀 지나 날이 갰다. 오후에 더구자이에서 왔다. 돤씨端氏가 소장한 조상 탁본 32종 35매를 7위안에 연이어 구입했다. 아울러 탁본 30매를 표구하였다. 공임으로 3위안이 들었다.

9일 맑음. 오후에 뇌우가 한바탕 쏟아지고서 갰다. 둘째의 편지를 받았다. 5일에 부친 것이다(65). 저녁에 다시 가랑비가 내렸다.

10일 맑음. 오전에 둘째에게 편지를 부쳤다(六十五). 오후에 류리창에 가서 「학씨지」郝氏誌와 비개 2매를 1위안에 구입했다.

11일 맑다가 오후에 비. 둘째의 편지를 받았다. 7일에 부친 것이다(66). 우팡허우의 편지를 받았다. 쯔페이가 전해 주었다.

12일 맑음. 정오 좀 지나 한스훙에게 편지를 부쳤다. 오후에 류리창에 가서 돤씨 소장의 석각 소품 탁편 22종 25매를 6위안에 잇달아 구입했다. 아울러 전탁편 11매를 1위안에 구입했다. 둘째의 편지를 받았다. 8일에 부친 것이다(67). 추쯔위안이 왔다. 저녁에 둘째에게 편지를 부쳤다(六十六). 하루 종일 몹시 무더웠다. 밤이 되자 매미가 울었다. 한밤중에 비가 내렸다.

13일 비. 일요일, 쉬다. 오전에 바람이 불고 갰다. 정오 좀 지나 다시 비가 내렸다. 쉬지상이 왔다. 오후에 두하이성杜海生이 왔다.

14일 큰 비. 정오 좀 지나 둘째에게 편지를 부쳤다(六十七).

15일 흐림. 정오 좀 지나 큰 비가 내리다가 오후에 갰다. 둘째의 편지를 받았다. 11일에 부친 것이다(68).

16일 맑음. 오전에 둘째에게 편지를 부쳤다(六十八). 우팡허우에게 편지를 부쳤다. 오후에 우팡허우의 편지를 받았다.

17일 흐림. 정오 못 미쳐 차오^朝 숙부의 편지를 받았다. 13일에 부친 것이다. 오후에 맑다가 금방 비가 내렸다. 쉬지상이 왔다. 저녁에 쯔페이가 와서 사오씨^{邵氏}를 대신하여 인 40위안을 빌려 갔다.

18일 맑음. 오후에 둘째의 편지를 받았다. 14일에 부친 것이다(69). 저녁에 밍보 선생이 오셨다.

19일 맑음. 오전에 일본우체국에 가서 하부토 댁에 편지와 인^銀 28엔을 부쳤다. 정오 좀 지나 류리창 더구자이에 가서 육조의 조그마한 조상 11종 12매를 도합 1위안에 구입했다.

20일 맑음. 일요일, 쉬다. 오전에 둘째에게 편지를 부쳤다(六十九). 정오 좀 지나 지상의 거처에 갔다. 류리창에 가서 백불산조상제명^{白佛山造像題名} 대소 32매를 인 4위안에 구입했다. 이 가운데 2매에는 개황²⁴⁾ 연호가 적혀 있다. 다오샹춘^{稻香村}에 가서 식품을 4자오어치 샀다. 오후에 천궁멍이 왔다.

21일 맑음. 오후에 둘째의 편지를 받았다. 17일에 부친 것이다(70). 저녁에 둘째에게 편지를 부쳤다(七十).

22일 맑음. 오전에 리샤칭의 편지를 받았다. 쯔페이가 전해 주었다.

23일 맑음. 별일 없음.

24일 맑음. 정오경에 왕수탕^{汪書堂}의 초대를 받아 쓰촨판관^{四川飯館}에 가서 점심을 먹었다. 저녁에 밍보 선생의 거처에 갔다가 밤에 돌아왔다.

---

24) 개황(開皇)은 수(隋)나라 문제(文帝)의 연호로, 581년부터 600년까지이다.

25일 맑음. 오전에 둘째의 편지를 받았다. 21일에 부친 것이다(71). 정오 좀 지나 하부토 댁의 편지를 받았다. 19일에 부친 것이다. 저녁에 둘째에게 편지를 부쳤다(七十一). 밤에 쯔페이가 와서 20위안을 갚았다. 큰 비가 내렸다.

26일 큰 비가 내리다가 오전에 갰다. 우팡허우의 편지를 받았다. 오후에 한스홍의 편지를 받았다. 녠칭 선생이 오셨다.

27일 비. 일요일, 쉬다. 오전에 왕쯔위王子餘가 왔다. 오후에 쑹즈성宋芷生이 『산우금석기』山右金石記 1부를 부쳐 왔다.

28일 맑음. 별일 없음.

29일 흐림. 오전에 하부토 댁의 편지를 받았다. 23일에 부친 것이다. 오후에 둘째의 편지를 받았다. 25일에 부친 것이다(72).

30일 맑음. 아침에 둘째에게 편지를 부쳤다(七十二). 작은 외숙부에게 편지를 전하여 부쳤다. 오전에 한스홍에게 편지를 부쳤다. 차이구칭에게 편지를 부쳤다. 정오 좀 지나 왕수탕과 함께 샤오스에 갔다. 오후에 류리창에 갔다.

31일 맑음. 오전에 둘째의 편지를 받았다. 27일에 부친 것이다(73). 시링인사의 엽서와 『동주초당금석발』東洲草堂金石跋 1부 4책 및 3위안을 받았다. 정오 좀 지나 흐리고 바람이 불었다.

9월

1일 맑음. 오전에 둘째에게 편지를 부쳤다(七十三). 시링인사에 엽서로 답장했다.

2일 흐림. 오전에 우팡허우의 편지를 받았다. 29일에 부친 것이다. 사오씨가 빌려 간 40위안을 쯔페이가 갚았다. 지상에게 20위안을 빌려주었다. 오후에 바람이 불었다. 류리창에 가서 탁본을 구경했는데 살 만한 것이 없었다. 따로 『중국명화』中國名畵 제18집 1책을 사서 돌아왔다. 가격은 1위안 5자오이다. 밤에 비가 내렸다.

3일 큰 비. 일요일, 쉬다. 셋째가 온다기에 방을 도배했다. 오후에 날이 갰다. 지상이 와서 이야기를 나누었다.

4일 맑음. 오전에 둘째의 편지를 받았다. 8월 31일에 부친 것이다(74). 밤에 지푸가 왔다.

5일 맑음. 오전에 둘째에게 편지를 부쳤다(七十四). 밤에 셋째가 샤칭과 함께 왔다. 둘째의 편지를 건네받았다.

6일 맑음. 오전에 전구자이 탁본가게에서 왔다. 설이희薛貳姬, 공손흥公孫興의 조상 각 1매를 도합 인銀 1위안에 구입하였다. 샤칭이 햄 둘, 차 두 봉지를 주었다. 밤에 치서우산이 와서 햄 하나와 차 한 봉지를 가져갔다.

7일 맑음. 오전에 둘째의 편지를 받았다. 3일에 부친 것이다(75). 정오 좀 지나 류리창에 갔다.

8일 흐림. 오전에 둘째에게 편지를 부쳤다. 셋째의 편지를 동봉했다(七十五). 탁본 30매의 표구가 마무리되었다. 공임은 5위안이다. 오후에 전구자이에서 운봉태기산마애각雲峰太基山摩厓刻 옛 탁본을 팔러 왔다. 불완전본으로 31종 33매에 가격은 15위안이다.

9일 흐리다가 정오 좀 지나 갬. 류리창에 가서 「백구곡제각」白駒谷題刻 2매, 제齊의 조상造像 2매를 도합 2위안에 구입했다. 저녁에 가랑비가 내렸다.

10일 맑고 바람이 붊. 일요일, 쉬다. 오전에 둘째의 편지를 받았다. 셋째 처의 편지가 동봉되어 있었다. 6일에 부친 것이다(76). 정오 못 미쳐 밍보 선생이 오셨다. 칭원탕慶雲堂에서 탁편을 가지고 왔기에 한대漢代의 잔석殘石 1매를 구입했다. 여기에 "孝廉司隷從□"이라는 글자가 있다. 가격은 1위안이다. 셋째와 함께 이창에 갔다. 쯔페이를 기다렸다가 식사를 한 후 함께 중앙공원中央公園에 갔다. 또 무영전[25]을 돌아다니다가 저녁에 돌아왔다.

11일 맑음. 오전에 둘째에게 편지를 부쳤다. 셋째의 편지를 동봉했다(七十六). 오후에 8월분 월급 300위안을 수령했다.

12일 맑음. 음력 중추절, 쉬다. 오전에 둘째의 편지를 받았다. 8일에 부친 것이다(77). 정오 못 미쳐 퉁쉬안푸童萱甫가 왔다. 정오 좀 지나 셋째와 함께 바깥나들이를 하였다가 장셰허를 만나 함께 칭원거에 가서 차를 마시면서 한참 동안 앉았다가 류리창을 들러 돌아왔다. 저녁에 다시 밍보 선생의 거처에 함께 가서 식사를 하였다.

13일 맑음. 오후에 둘째에게 편지를 부쳤다(七十七). 저녁에 밍보 선생이 오셨다. 밤에 상치헝이 왔다.

14일 흐림. 오전에 둘째의 편지(78)와 탁본 한 꾸러미 3종 14매를 받았다. 10일에 부친 것이다.

15일 맑음. 오후에 롼주쑨阮久孫의 편지를 받았다. 10일에 판즈에서 부친 것이다.

16일 맑음. 오전에 둘째에게 편지를 부쳤다. 셋째의 편지를 동봉했다(七十八). 롼주쑨에게 답장을 보냈다. 오후에 소네曾根의 편지를 받았다. 8

---

25) 무영전(武英殿)은 구궁(故宮)의 시화먼(西華門) 안에 있다. 처음에는 황제가 재계(齋戒)하거나 대신을 만나는 장소였다. 이자성(李自成)이 베이징에 입성했을 때 이곳에서 제위에 올랐으며, 후에 청나라 태조 누르하치의 14번째 아들인 도르곤(愛新覺羅 多爾袞, 1612~1650)의 집무처로 사용되었다. 강희제(康熙帝)부터 궁정에서 전적을 수정하고 간행하는 곳으로 사용되었으며, 이 곳에서 찍어 낸 전적을 흔히 '전본'(殿本)이라 일컬었다.

일에 부친 것이다. 오후에 탕씨湯氏 댁에 조문을 갔다. 부서에서 만장을 두 개 보내고 2위안을 분담했다. 류리창에 가서 「왕유녀묘지」王遺女墓誌 1매를 1위안에 구입했다. 우쭈판의 편지를 받았다. 9일에 옌저우嚴州에서 부친 것이다. 저녁에 쉬지상이 왔다.

17일 흐림. 일요일, 쉬다. 오전에 쉬위안, 쭝웨이, 왕스첸이 왔다. 둘째의 편지를 받았다. 13일에 부친 것이다(79). 지씨紀氏 댁에 부의금 4위안을 보냈다. 정오 좀 지나 훙씨洪氏 댁에 축하하러 갔다. 동료와 함께 축수용 병풍 하나를 드리고 2위안을 분담했다. 셋째와 완성위안萬生園을 돌아다녔다. 오후에 이슬비가 내렸다. 저녁에 포도 2근을 사서 돌아왔다.

18일 맑음. 오전에 칭원탕 탁본가게에서 왔기에 원예元倪, 숙손고叔孫固, 목자암繆子岩의 묘지墓誌 각 1매, 그리고 조상 1종 4매를 도합 8위안에 구입했다. 정오 좀 지나 둥자오민샹의 우체국에 갔다. 차이구칭의 편지를 받았다. 15일에 항저우에서 부친 것이다. 쑹즈팡의 편지를 받았다. 9일에 타이저우台州에서 부친 것이다. 밤에 판치신이 인 20위안을 빌리러 왔다.

19일 흐림. 오전에 둘째에게 편지를 부쳤다. 셋째의 편지를 동봉했다 (七十九). 우팡허우에게 편지를 부쳤다. 쑹즈팡에게 편지를 부쳤다. 오후에 천스쩡이 옛 전탁편 한 꾸러미 18매를 주었다.

20일 흐림. 오전에 둘째의 편지를 받았다. 셋째 처의 편지가 동봉되어 있었다. 16일에 부친 것이다(80). 차이구칭에게 편지를 부쳤다. 저녁에 비가 내렸다.

21일 맑고 바람이 붊. 오전에 둘째에게 편지를 부쳤다(八十). 저녁에 장중쑤張仲蘇, 치서우산, 다이루링戴蘆舲, 쉬지상, 쉬밍보, 지푸를 초대하여 읍관邑館에서 식사하였다.

22일 맑음. 오전에 둘째의 엽서를 받았다. 18일에 부친 것이다(81). 밤에 상치헝이 왔다.

23일 맑음. 정오 좀 지나 류리창에 가서 「사광묘화상」師曠墓畵像 4매, 왕법현王法現, 진신흔陳神忻, 고령이동제촌조상高嶺以東諸村造像 각 1매, 「정도소제각」鄭道昭題刻 소종小種 2매를 도합 3위안에 구입했다.

24일 맑음. 일요일, 쉬다. 오전에 쉬지상이 왔다. 셋째와 함께 성펑위안升平園에 가서 이발과 목욕을 하였다. 난웨이자이南味齋에 가서 점심을 먹었다. 다시 지상의 거처에 이르러 함께 시창안제西長安街에 가서 영화를 보았다. 저녁에야 거처로 돌아왔다.

25일 맑음. 오전에 둘째의 편지를 받았다. 21일에 부친 것이다(82).

26일 맑음. 오전에 둘째에게 편지(八十一)와 『고천총화』1책, 『예풍당독서기』2책, 민국 6년의 책력 1책을 한 꾸러미로 만들어 부쳤다. 저녁에 지푸의 거처에 가서 식사를 하였다. 동석한 사람은 10명이다. 밤에 바람이 불었다.

27일 맑음. 정오 좀 지나 둘째에게 엽서를 부쳤다(八十二). 저녁에 탁본장수가 왔기에 진궐晉闕, 위지魏誌 각각 하나를 도합 2위안 5자오에 구입했다.

28일 흐리고 쌀쌀함. 오전에 다오쑨稻孫에게 책을 사 달라 부탁하고 인 10위안을 건네주었다. 저녁에 탁본장수가 왔기에 조상 2종을 1위안에 구입했다.

29일 흐림. 오전에 둘째의 편지를 받았다. 25일에 부친 것이다(83). 정오 좀 지나 스쩡과 함께 샤오스에 갔다. 밤에 비가 내렸다.

30일 맑음. 오전에 둘째에게 편지를 부쳤다(八十三). 후쿠코의 편지를 받았다. 24일에 부친 것이다. 오후에 류리창에 갔다. 저녁에 탁본장수가 왔다. 왕요王曜, □현□顯, 최섬崔暹의 묘지墓誌 모두 4매, 「염부조상」廉富造像 4

매, 「여승환조상」呂升歡造像 2매, 잡다한 조상 4매, 「호장인신도비」胡長仁神道
碑 비액碑額 1매 등을 도합 5위안에 구입했다. 밤에 셋째와 함께 다자란大柵
欄에 가서 영화를 보았다. 11시에 거처로 돌아왔다.

10월

1일 맑음. 일요일, 쉬다. 정오 좀 지나 셋째와 함께 칭윈거에 가서 차를
마셨다. 오후에 창안제長安街에 가서 영화를 보았다.

2일 맑음. 오전에 타오녠친 선생이 오셨다.

3일 맑음. 오전에 둘째의 편지를 받았다. 9월 29일에 부친 것이다(84).
롼허쑨阮和蓀의 편지를 받았다. 우타이五台에서 부친 것이다. 우팡허우의
편지를 받았다.

4일 맑음. 오전에 처겅난車耕南이 왔다. 둘째에게 편지를 부쳤다(八十
四). 허쑨에게 편지를 부쳤다.

5일 맑음. 오전에 둘째의 편지와 전탁편 3매를 받았다. 1일에 부친 것
이다(85). 정오 좀 지나 쯔페이에게 싱예은행26)에 가서 인銀 30위안을 집
에 송금하고, 아울러 둘째에게 보내는 편지 한 통(八十五)을 부쳐 달라고
부탁했다. 천중첸 모친의 생신을 축하하러 갔다. 동료와 함께 축수용 병풍
을 드리고, 2위안을 분담했다. 저녁에 쯔페이와 셋째를 불러 광허쥐廣和居
에 가서 식사하였다.

6일 흐리고 바람이 붊. 오후에 장제메이章介眉 선생이 오셨다.

---

26) 싱예(興業)은행은 저장 싱예은행(浙江興業銀行)을 가리킨다. 1906년 4월 항저우에서 창립되었
으며, 베이징 등지에 분점을 두었다. 루쉰의 동향인인 장이즈(蔣抑卮)가 이 은행의 이사였으며,
루쉰은 이 은행을 통해 금전과 관련된 업무를 처리하였다.

7일 흐림. 오전에 둘째에게 편지를 부쳤다(八十六). 소네의 편지를 받았다. 2일에 부친 것이다. 오후에 비가 내렸다.

8일 비. 일요일, 쉬다. 오전에 지푸가 왔다. 둘째의 편지를 받았다. 4일에 부친 것이다(86). 오후에 날이 갰다.

9일 맑음. 오전에 둘째의 엽서를 받았다. 5일에 부친 것이다(87). 둘째에게 편지를 부쳤다(八十七). 콴허쑨에게 편지를 부쳤다.

10일 맑음. 국경일, 쉬다. 오전에 밍보 선생이 오셨다. 정오 좀 지나 류리창에 가서 『신주대관』神州大觀 제10집 1책을 1위안 5자오에 구입했다. 아울러 진晉의 「태공여망표」太公呂望表와 비석 뒷면의 제명 모두 2매, 「염부조상」 비석 뒷면과 측면 모두 3매를 도합 1위안에 구입했다. 다리大荔회관으로 장제메이 선생을 찾아갔으나 만나지 못했다. 저녁에 쉬보, 지푸가 광허쥐에서 셋째를 위해 송별회를 열어 주었다. 스취안과 스잉詩英도 왔다.

11일 맑음. 쉬다. 정오 좀 지나 셋째와 함께 칭윈거에 가서 차를 마시고 전병을 사먹었다. 저녁에 쉬지상이 왔다.

12일 맑음. 아침 일찍 셋째가 귀향길에 올랐다. 쯔페이가 역까지 전송했다. 그에게 부탁하여 『항농총묘유문』 1책, 『신주대관』 제9집과 제10집, 『중국명화집』中國名畫集 제18집 각각 1책, 장후 선생의 글 한 폭을 보냈다. 오전에 둘째의 편지를 받았다. 8일에 부친 것이다(88). 저녁에 바람이 불고 뇌우가 조금 쏟아졌다. 밤에 바람이 거세게 불었다.

13일 맑고 추움. 오전에 둘째에게 편지를 부쳤다(八十八).

14일 맑음. 오전에 둘째의 편지를 받았다. 10일에 부친 것이다(89). 정오 좀 지나 흐림. 류리창에 가서 왕현王顯과 양정羊定의 묘지墓誌 각 1매를 2위안에 구입했다. 저녁에 허쑨의 편지를 받았다. 9일에 부친 것이다.

15일 맑고 바람이 붊. 일요일, 쉬다. 오전에 한서우진이 왔다. 류리창에 가서 탁편을 표구하도록 맡기고, 아울러 「천주산동감석실명」天柱山東堪石室銘 1매, 「세재임신건」歲在壬申建 1매, 「백운당중해이로야」白雲堂中解易老也 1매를 도합 인 2위안에 구입했다. 정오 좀 지나 주쑨의 엽서를 받았다. 12일에 부친 것이다. 저녁에 허쑨에게 편지를 부쳤다. 칭윈탕 탁본가게에서 왔기에 「등태위사비」鄧太尉祠碑 및 뒷면 2매를 2위안 5자오에, 그리고 「성모사조상」聖母寺造像 4매를 1위안 5자오에 구입했다.

16일 맑음. 오전에 쑹즈팡의 편지를 받았다. 13일에 항저우에서 부친 것이다. 둘째와 셋째에게 편지를 부쳤다(八十九).

17일 맑음. 오전에 둘째의 편지를 받았다. 13일에 부친 것이다(90). 셋째의 엽서를 받았다. 14일에 상하이에서 부친 것이다.

18일 맑음. 저녁에 지푸의 거처에 갔다.

19일 맑음. 쉬다. 오전에 쉬지상의 거처에 갔다. 정오 좀 지나 류리창에 가서 『금석원』金石苑 1부를 예약하고 취안券 11위안을 지불했다. 밤에 둘째에게 편지를 부쳤다(九十).

20일 맑음. 오전에 셋째의 편지를 받았다. 16일에 집에서 부친 것이다.

21일 맑음. 오후에 흐림. 별일 없음.

22일 맑음. 오전에 둘째의 편지를 받았다. 18일에 부친 것이다(91). 조모의 상을 입은 장세허의 거처에 조문하러 가서 부의금 4위안을 냈다. 정오 좀 지나 류리창에 가서 「육희도묘지」陸希道墓誌 비개 1매를 1위안에 구입했다. 잡다한 조상 3종 5매와 비상잔석毗上殘石 1매를 도합 2위안에 구입했다.

23일 흐림. 오전에 둘째와 셋째에게 편지를 부쳤다(九十一). 쉬반허우徐班侯의 생일을 축하하러 갔다. 동료들과 함께 비단에 적은 축수문을 보내고, 2위안을 분담했다. 저녁에 둔구이 탁본가게에서 왔기에 탁편의 표구를 맡겼다. 왕스첸이 왔다.

24일 맑고 바람이 거셈. 오전에 밍보 선생이 오셨다. 9월분 월급 300위안을 수령했다. 저녁에 류리창에 갔다.

25일 맑음. 오전에 둘째의 편지를 받았다. 펑완豊丸의 습자習字 1매가 동봉되어 있는데, 21일에 부친 것이다(92). 저녁에 상치형이 왔다.

26일 맑음. 둘째에게 편지를 부쳤다(九十二). 셋째와 그의 처의 편지를 받았다. 22일에 부친 것이다.

27일 흐림. 오전에 지쓰교노니샤[27]에 인 2위안 3자오를 부쳐 잡지 구독을 예약했다. 정오 좀 지나 저장 싱예은행에 가서 이달치 생활비 100위안을 송금했다. 리샤칭의 편지를 받고서, 저녁에 엽서로 답신했다.

28일 흐림. 오전에 둘째와 셋째, 셋째 처에게 편지를 부쳤다(九十三).

29일 맑음. 일요일, 쉬다. 오전에 둘째의 편지를 받았다. 25일에 부친 것이다(93). 허쑨和蓀의 편지를 받았다. 25일에 부친 것이다. 정오 좀 지나 류리창에 가서 돤씨端氏가 소장한 석탁본 27종 33매와 또 다른 1매(다이씨戴氏 화상畵像)를 도합 8위안에 구입했다. 관인사觀音寺에 가서 옷 두 가지를 5위안에 샀다. 정오 좀 지나 리샤칭이 와서 인銀 10위안을 빌려 갔다. 「설문계통도」說文系統圖 탁본 1매를 주었다.

30일 흐림. 오전에 주쑨의 편지를 받았다. 24일에 부친 것이다. 정오 좀 지나 경찰서에 갔다. 저녁에 다시 경찰서에 갔다. 주쑨이 나의 거처로 왔다.

31일 맑음. 정오 못 미쳐 둘째에게 편지를 부쳤다(九十四). 허쑨에게

---

27) 지쓰교노니샤(實業之日本社)는 1897년에 다이니혼지쓰교갓카이(大日本實業學會)로 창립되었으며, 월간지 『지쓰교노니혼』(實業之日本)을 창간했다. 1905년에 지쓰교노니혼샤로 개칭되었다.

편지를 부쳤다. 첸다오쑨錢稻孫의 편지를 받았다. 25일 도쿄에서 부친 것이다. 오후에 주쑨의 병이 자못 악화되더니 밤이 되자 더욱 심해졌다. 급히 이케다池田 의사를 청하여 진찰을 받았다. 5위안을 지불했다. 오래지 않아 차를 세내 이케다의원에 입원시키고, 따로 한 사람을 돌봄이로 고용하였다.

11월

1일 맑음. 오후에 이케다의원에 갔다. 쯔페이가 샤칭을 대신하여 인銀 5위안을 갚았다. 밤에 밍보 선생이 오셨다.

2일 흐림. 오전에 둘째와 셋째의 편지를 받았다. 10월 29일에 부친 것이다(94). 쑹즈팡의 편지를 받았다. 10월 28일 상위上虞에서 부친 것이다.

3일 흐림. 정오 못 미쳐 이케다의원에 갔다. 둘째에게 편지를 부쳤다(九十五). 셋째가 부친 『상하이지남』上海指南 1책을 받았다. 10월 29일에 부친 것이다. 저녁에 이케다의원에 갔다.

4일 흐림. 아침에 밍보 선생이 오셨다. 지푸에게 인 100위안을 빌렸다. 오후에 비가 내렸다. 첸다오쑨에게 편지를 부쳤다. 저녁에 이케다의원에 갔다. 밤에 허쑨에게 편지를 부쳤다.

5일 비. 일요일, 쉬다. 치보강祁柏岡이 모친상을 입었기에 정오 못 미쳐 조문하러 갔다. 저녁에 이케다의원에 가서 여러 경비를 지불했다. 아울러 한 달분의 약을 탔다. 도합 인銀 33엔이 들었다. 밤에 바람이 불었다. 란더藍德를 돌봄이로 오게 하였다.

6일 비. 날이 샐 무렵에 일어나 이케다의원에 가서 주쑨을 역까지 데려다주었다. 란더에게 그의 귀향길에 동행하도록 하였다. 란더에게 여비

50위안과 수고비 10위안을 주고 편지 1통을 부탁했다. 오전에 둘째에게 편지를 부쳤다(九十六). 오후에 둘째의 편지를 받았다. 요시코芳子의 편지가 동봉되어 있었다. 2일에 부친 것이다(95). 밤에 바람이 불었다.

7일 흐림, 바람, 몹시 추움. 오후에 둘째의 편지를 받았다. 3일에 부친 것이다(96). 저녁에 한서우진이 왔다.

8일 맑음. 오전에 둘째에게 편지를 부쳤다(九十七). 허쑨에게 편지를 부쳤다. 정오 좀 지나 마루젠丸善서점에 인 2위안을 부쳐 둘째를 위해 책을 구입했다. 저녁에 류리창에 가서 표구한 탁본을 찾아왔다. 공임으로 5위안을 주었다. 밤에 탁본장수가 왔기에 「선인당공방비」仙人唐公房碑와 뒷면 2매를 2위안에 구입했다.

9일 맑음. 오전에 둘째의 편지를 받았다. 5일에 부친 것이다(97). 저녁에 쉬지상이 왔다. 추쯔위안裘子元이 왔다. 밤에 뤄양보羅揚伯가 왔다.

10일 맑음. 오전에 허쑨의 편지를 받았다. 4일에 부친 것이다. 저장 싱예은행에 가서 송금환으로 주쑨에게 100위안을 갚는데, 집을 거쳐 건네주기로 하였다. 둘째에게 편지를 부쳤다(九十八).

11일 맑음. 다오쑨의 엽서를 받고 즉시 답신했다.

12일 맑고 바람이 붊. 일요일, 쉬다. 오전에 둘째와 셋째의 편지를 받았다. 8일에 부친 것이다(98). 둘째와 셋째에게 편지를 부쳤다(九十九). 정오 못 미쳐 류리창에 가서 「장구우생조상」章仇禹生造像과 뒷면 2매, 「중사나조교비」仲思那造橋碑 1매, 잡다한 조상 5매를 도합 2위안에 구입했다. 또한 돤씨가 소장한 탁본 4종 4매를 1위안에 구입했다. 오후에 녠친 선생이 오셨다.

13일 맑음. 오전에 허쑨에게 편지를 부쳤다. 우팡허우의 편지를 받았다. 왕둬중王鐸中의 편지를 받았다.

14일 맑음. 오전에 주쏸의 편지를 받았다. 9일에 사오싱에서 부친 것이다. 란더가 사오싱에서 돌아왔는데, 멍겅夢庚의 편지를 가지고 왔다. 수고비 10위안을 더 주느라 지상에게 돈을 빌렸다. 오후에 다오쏸의 엽서를 받았다. 8일에 도쿄에서 부친 것이다. 치서우산이 「이보신기공비」李寶臣紀功碑 탁본 1매를 주었다.

15일 맑음. 오전에 둘째의 편지를 받았다. 11일에 부친 것이다(99). 롼멍겅阮夢庚에게 편지를 부쳤다. 왕원하오王文灝에게 답신했다. 오후에 허쏸의 편지를 받았다. 10일에 부친 것이다. 밤에 허썬和森에게 답신하였다.

16일 맑음. 오전에 둘째에게 편지를 부쳤다(百). 다오쏸의 편지를 받았다. 10일에 부친 것이다. 저녁에 지푸가 고추장 한 그릇을 보내 주었다.

17일 맑음. 오후에 선중주沈仲久가 부서로 찾아왔다. 허쏸의 편지를 받았다. 13일에 부친 것이다.

18일 맑음. 오전에 둘째와 셋째의 편지를 받았다. 14일에 부친 것이다(100). 밤에 밍보 선생이 오셨다.

19일 맑음. 일요일, 쉬다. 오전에 둘째와 셋째에게 편지를 부쳤다(一百一). 진타이金台여관에 가서 뤄양보를 방문했다. 정오 좀 지나 샤오순후퉁孝順胡同의 신발가게에 갔다. 오후에 류리창에 가서 「상쭌호주」上尊號奏, 「수선표」受禪表 모두 3매를 3위안에, 그리고 밀랍으로 보수한 「마명사비」[28] 1매를 1위안에 구입했다. 저녁에 둘째에게 편지(一百二) 및 비목碑目 1권을 부쳤다.

---

28) 「마명사비」(馬鳴寺碑)는 「마명사근법사비」(馬鳴寺根法師碑)라고도 일컬으며, 북위(北魏) 정광(正光) 4년(523)에 지금의 산둥성 광라오현(廣饒縣) 대왕교(大王橋)에 세워졌다. 이 비는 원래는 갈라지고 패인 곳이 많았는데, 루쉰이 구입한 탁본은 이러한 곳을 밀랍으로 때운 이후에 만들어진 것이다.

20일 맑음. 오전에 다오쑨이 『암석학』岩石學 1부 2책을 부쳐 왔다. 가격은 8위안 3자오이며, 셋째를 위해 구입했다. 정오 좀 지나 이발을 했다. 10월분 월급 300위안을 수령했다. 중국은행권이 3할, 교통은행권이 7할이었다.[29]

21일 맑음. 오전에 지상에게 10위안을 갚고 지푸에게 50위안을 갚았다.

22일 맑음. 오후에 둘째의 편지를 받았다. 18일에 부친 것이다(101). 셋째의 편지를 받았다. 같은 날 부친 것이다.

23일 흐림. 오전에 둘째와 셋째에게 편지를 부쳤다(一百三). 일본우체국에 갔는데, 제일祭日[30]이라 휴무였다.

24일 흐림. 오전에 일본우체국에 가서 하부토 댁에 편지와 40위안을 부쳤다. 다오쑨의 엽서를 받았다. 18일에 부친 것이다. 오후에 류리창에 가서 탁본을 표구하고, 한잔비漢殘碑 탁본, 허난河南에서 출토된 명칭 미상의 것 1매, 「휘철묘지」諱徹墓誌 1매, 「원씨묘지」元氏墓誌와 비개 2매, 돤씨가 소장한 석탁편 3종 4매를 도합 4위안에 구입했다. 「양삼로식당」陽三老食堂 탁편 2매를 덤으로 받았다. 저녁에 쯔페이의 초대로 광허쥐에서 마셨다. 리샤칭이 왔다.

25일 흐리고 바람. 오전에 우팡허우의 편지를 받았다. 20일에 부친 것

---

29) 중국은행권과 교통은행권은 각각 중국은행과 교통은행에서 발행한 지폐이다. 위안스카이 정부는 국고가 바닥나자 1916년 5월 이 두 종류의 지폐에 대해 태환정지령(兌換停止令)을 내렸다. 이리하여 평가절하된 이 지폐들은 6할 혹은 7할의 할인된 가치로만 사용될 수 있었다. 게다가 교통은행권의 가치가 중국은행권보다 약간 높았기 때문에 유통될 때에는 비율에 따라 이 지폐를 배합하였다. 이날 일기에서의 "중국은행권 3할, 교통은행권 7할"이란 곧 월급 가운데 각각의 비율이 3 : 7이었음을 가리킨다.

30) 제일(祭日)은 니이나메사이(新嘗祭)를 가리키는데, 11월 23일에 일본의 '천황'(天皇)이 햇곡식을 천지의 신에게 바치고 이것을 친히 먹기도 하는 궁중 제사이다.

이다. 밤에 쯔페이가 샤칭이 빌린 5위안을 갚았다.

26일 흐리고 바람. 일요일, 쉬다. 오전에 둘째의 편지를 받았다. 22일에 부친 것이다(102). 허쑨의 편지를 받았다. 21일에 부친 것이다. 정오 좀 지나 류리창에 가서 석각 탁본을 샀다. 안양잔석安陽殘石 4종, 1매가 빠진 채 현재 모두 5매를 4위안에, 족탁31)「선국산비」禪國山碑 1매를 4위안에, 수석경잔석隋石經殘石 1매, 「단회목조탑잔석」段懷穆造塔殘石 1매, 「육십인조상」六十人造像 1매를 각각 1위안에 구입했다. 아울러 잡다한 조상 4매를 5자오에, 「이숭잔석」李崧殘石 1매를 5자오에, 「양양장씨묘지」襄陽張氏墓誌 10종 16매를 1위안에 구입했다. 오후에 지쯔추季自求와 루룬저우가 왔으나 만나지 못했다. 저녁에 둘째에게 비목碑目 1권을 부쳤다.

27일 맑고 바람이 붊. 오전에 지쯔추를 난퉁관南通館으로 찾아갔다. 둘째에게 편지를 부쳤다(一百四). 저녁에 의학교로 탕얼허湯爾和를 방문하여 비문을 읽고 처방을 받았다. 둘째의 편지를 받았다. 23일에 부친 것이다(103).

28일 맑음. 오전에 취안예창勸業場에 갔다. 또한 샤오순후퉁의 신발가게에 갔다.

29일 맑음. 오전에 둘째에게 편지를 부쳤다(一百五). 허쑨에게 편지를 부쳤다. 오후에 치서우산에게 20위안을 빌렸다. 녠친 선생에게 편지를 부쳤다. 둘째의 편지를 받았다. 25일에 부친 것이다(104). 밤에 지푸의 편지를 받았다. 상치형이 왔다.

30일 맑음. 오전에 천스쩡이 인장 하나를 주었는데, '쓰탕'俟堂이라고

---

31) 족탁(足拓)이란 발바닥에 직접 묵즙(墨汁) 등을 바르고 비석이나 종, 동전 등 위에 놓인 종이나 베 등을 밟아 그 형태를 본뜨는 것을 가리킨다.

새겨져 있다. 정오 좀 지나 스자후퉁施家胡同의 저장 싱예은행에 가서 11월
분과 12월분의 생활비 200위안, 그리고 어머니 생신 비용 60위안을 집에
송금했다. 송금 수수료로 6위안 5자오를 냈는데, 1위안을 속인 듯하다. 저
녁에 류리창에 가서 표구한 탁편을 찾았다. 공임으로 3위안을 지불했다.
야오원탕耀文堂 내의 전구자이에 가서 잡다한 육조조상六朝造像 4종 4매를
4자오에 구입했다. 또한 「왕반호조상」王攀虎造像 1매를 탁본장수가 탁본하
여 주었다. 산둥에서 사온 것인데, 이미 톈진天津의 정씨鄭氏라는 손님이 예
약한 것이라고 한다. 또한 문수반야비文殊般若碑 측제명側題名 1매는 새로이
탁본한 듯하다. 『교비수필』校碑隨筆에는 옛 탁본만 있다고 하였는데, 전혀
그렇지 않다.

12월

1일 맑음, 쉬다. 오전에 밍보 선생이 오셨다. 지상이 왔다. 장셰허가 와
서 사탕 두 상자를 주었다. 정오 좀 지나 판치신이 왔다. 치보강祁伯岡이 와
서 비스킷 두 상자를 주었다. 곧바로 한 상자를 치상에게 보내 주었다. 서
우주린이 왔다. 오후에 류리창에 갔다가 다시 취안예창에 가서 신발 한 켤
레를 8위안에, 그리고 세면도구류를 1위안에 샀다. 저녁에 루룬저우廬潤州
가 왔다. 지쯔추가 잠시 후에 왔다. 함께 광허쥐에 가서 식사를 하였다. 류
리칭劉歷青도 초대하였으나 마침 외출 중이었다.

2일 맑음. 오전에 둘째의 편지를 받았다. 11월 28일에 부친 것이다
(105). 아울러 노부코의 편지를 받았다. 같은 날 오후에 부친 것이다(106).
둘째에게 편지를 부쳤다(一百六). 정오 좀 지나 쉬밍보, 지푸, 지상, 치서우
산, 주샤오취안이 다반 각 2조를 주었다. 치서우산에게 설탕 절임 한 과일

과 버섯 14위안어치를 사 달라고 부탁했다. 저녁에 샤오순후퉁에 가서 요시코를 위해 가죽 구두 한 켤레를 14위안에 구입했다. 웨이푸몐, 왕징칭이 왔다. 지푸가 왔다. 판치신이 왔다. 밤에 주칭안祝慶安이 왔다. 리선자이李愼齋가 와서 버섯 네 상자를 주었다. 간룬성이 왔다. 타오왕차오가 왔다.

3일 맑음. 귀성길에 올랐다.[32] 아침 8시 반에 첸먼前門 역으로 가서 차를 타고 남쪽으로 내려갔다.

4일 맑음. 밤 9시에 상하이에 도착했다. 중시中西여관에 묵었다.

5일 맑음. 오전에 신주국광사神州國光社에 가서 펑위러우風雨樓에 소장된 길금吉金 탁본 12종 12매를 3위안 6자오에, 그리고 『당인사법화경』唐人寫法華經 1본을 5자오에 구입했다. 상우인서관商務印書館에 가서 『함분루비급』涵芬樓秘笈 제1집 8책을 2위안 4자오에, 영문 유행기 1책을 7자오 4편에 구입했다. 중화서국中華書局에 가서 『예술총편』藝術叢編 제1집부터 제3집까지 각각 1책을 8위안 4자오에 구입했다. 아이란바이리공사愛蘭百利公社에 가서 체온계 두 개를 2위안 6자오에 구입했다. 정오 좀 지나 닝후선寧滬線 역에 가서 화물을 찾았다. 홍커우虹口의 리씨李氏 댁에 가서 쉬지상을 대신하여 편지와 불상, 버섯을 보내 주었다. 자푸로乍浦路의 메이웨梅月에 가서 비스킷 네 상자를 4위안에 사고, 따로 완구 5종을 1위안에 샀다. 시링인사에 가서 「유웅잔비」劉熊殘碑 뒷면과 측면의 탁본 2매를 1위안 4자오에, 그리고 「고창벽화정화」高昌壁畵精華 1책을 6위안 5자오에, 인주 1냥을 용기와 함께 3위안에 구입했다. 도쿄제약회사에 가서 주쑨을 위해 약 3종, 계량컵 하나를 5위안에 샀다.

---

32) 루쉰이 어머니의 예순 살 생신을 맞아 귀향길에 올랐던 일을 가리킨다. 이날 출발하여 36일간 사오싱에 머물렀다가 이듬해 1월 7일에 베이징으로 돌아왔다.

6일 맑음. 아침에 후항선滬杭線 역에 가서 차에 올라, 정오 좀 지나 난싱역南星驛에 도착하였다. 강을 건너 배를 세내 사오싱으로 향하였다.

7일 맑음. 아침에 집에 도착하였다. 밤에 비가 내렸다.

8일 흐림. 정오 좀 지나 둘째와 함께 중학교[33)에 장루잔章魯瞻과 류지셴劉楫先을 찾아갔다. 위안타이元泰로 가서 신메이心梅 숙부를 찾아뵈었다. 모룬탕墨潤堂에 가서 옥연당본玉煙堂本『산해경』山海經 2책,『중주금석기』中州金石記 2책,『한서역전보주』漢西域傳補注 1책을 도합 3위안에 구입했다.

9일 흐림. 정오 좀 지나 지푸에게 편지를 부쳤다. 지상에게 편지를 부쳤다.

10일 흐림. 일요일. 별일 없음.

11일 흐림. 정오 좀 지나 대단히 많은 손님이 찾아왔다.[34)

12일 맑음. 오후에 '화조'花調를 공연하고, 밤에 '격벽희'隔壁戲 및 마술을 공연했다.[35) 비가 내렸다.

13일 맑음. 음력 11월 19일로, 어머니의 예순 살 생신날이다. 오전에 신께 제사를 올리고 정오에 조상님께 제사를 올렸다. 밤에 '평호조'平湖調를 공연했다.[36)

14일 맑음. 저녁에 사오밍즈邵明之가 와서 식사를 한 후에 갔다. 후쿠

---

33) 사오싱에 있는 저장성립(浙江省立) 제5중학을 가리킨다.
34) 루쉰 어머니의 생신을 축하하러 많은 벗들이 찾아온 것을 가리킨다. 생일은 음력 11월 19일(양력 12월 13일)이다. 옛 습속에 따르면, 생신 전전날에 우선 '난수'(暖壽)라 하여 가족과 친구들이 잔치를 열어 생일을 축하한다.
35) 화조(花調)는 맹인 여성이 삼현(三絃)을 타면서 노래하는 곡이며, 격벽희(隔壁戲)는 일종의 성대모사로서 배우 한 사람이 장막 안에서 각종 소리를 모사하여 간단한 내용을 연기하는 것이다.
36) 평호조(平湖調)는 평조(平調)라고도 하는데, 사오싱 지방의 설창예술의 일종이다. 일반적으로 5명이 공연한다. 한 사람이 삼현과 설창을 담당하고, 나머지 네 사람은 호금과 비파, 양금(揚琴), 통소 등의 반주를 분담한다.

코의 편지를 받았다.

15일 맑음. 손님들이 차츰 돌아갔다. 오전에 셋째 처의 병이 위중하여 의사를 모셔왔다.

16일 맑음. 중학교에서 주웨이샤^{朱渭俠}의 추도회를 열었다. 만련^{挽聯}을 보냈다.

17일 맑음. 일요일. 별일 없음.

18일 맑음. 오전에 지상의 편지를 받았다. 14일에 부친 것이다. 오후에 비가 내렸다. 궁웨이성^{龔未生}에게 편지를 부쳤다. 저녁에 장보다오^{張伯燾}가 찾아왔다.

19일 비. 별일 없음.

20일 맑음. 오전에 지푸에게 편지와 「숲속의 보물」^{林中之寶} 1편을 부쳤다. 웰스의 작품으로 둘째가 번역했다. 쑹쯔페이에게 편지와 『역외소설집』^{域外小說集} 제2집 1책을 부쳤다.

21일 맑음. 정오 못 미쳐 장보다오가 왔다. 밤에 셋째 처가 병이 위중하여 누워 소리내어 울다가 5시에야 잠이 들었다.

22일 안개. 오전에 장보다오가 와서 둥푸^{東浦}에 천쯔잉^{陳子英}을 방문하기로 약속했다. 저녁에 함께 사오싱 성내로 들어와 한길에서 헤어졌다.

23일 맑음. 오전에 우팡허우의 편지를 받았다. 18일에 부친 것이다.

24일 맑음. 일요일. 오전에 쑹쯔페이의 편지를 받았다. 20일에 부친 것이다. 주쏜의 편지를 받았다. 21일에 부친 것이다. 밤에 비가 내렸다.

25일 비. 오전에 우팡허우의 편지를 받았다. 20일에 부친 것이다. 밤에 바람이 세차게 불고 날이 추웠다.

26일 맑음. 오전에 쉬지상에게 편지를 부쳤다. 쑹쯔페이에게 편지를 부쳤다.

27일 맑음. 오후에 쑹청화宋成華에게 편지를 부쳤다.

28일 흐림. 오전에 지상의 편지를 받았다. 24일에 부친 것이다. 쑹즈팡, 장융성蔣庸生이 왔다. 정오 좀 지나 쑹청화에게 편지를 부쳤다. 쑹즈팡이 햄 두 개를 주었다. 오후에 주씨朱氏 집에 갔다. 저녁에 진눈깨비가 내렸다. 밤에 천쯔잉이 왔다.

29일 진눈깨비. 정오 좀 지나 쉬지상에게 편지를 부쳤다.

30일 진눈깨비. 오전에 지푸의 편지를 받았다. 26일에 부친 것이다. 쑹쯔페이의 편지를 받았다. 쑹즈팡이 보낸 편지가 동봉되어 있었다. 같은 날에 부친 것이다.

31일 비. 별일 없음.

도서장부

오곡랑비탁본 吳穀朗碑拓本 1枚		0.50	정월 2일
이벽묘지병음탁본 李璧墓志幷陰拓本 2枚		1.50	
고지석화 古志石華 8冊		2.00	정월 4일
육조묘지 六朝墓誌 等 7種 10枚		5.00	
탕창공휘복사비병음 宕昌公暉福寺碑幷陰 2枚		6.00	
진사명 晉祠銘 1枚	쑹즈성(宋芷生) 기증		정월 6일
진사명 번각본 晉祠銘翻刻本 1枚	위와 같음		
철미륵상송 鐵彌勒像頌 1枚	위와 같음		
축군개포여도기 郜君開襃餘道記		2.00	정월 9일
			이튿날 반환
축군개포여도기 郜君開襃餘道記 1枚		1.50	정월 10일
당옹사경비 唐邕寫經碑 1枚		1.00	

구산(鼓山) 탁본 중에도 있기에 29일 천스쩡에게 줌

서암사사리탑비 棲岩寺舍利塔碑 1枚	1.00	
정의대부영헌비 正議大夫寧巘碑 1枚	1.50	
산둥금석보존소장석탁본 山東金石保存所藏石拓本 119枚	10.00	정월 12일

    漢永和封墓刻石一紙跋一紙

    漢梧台裏社碑額幷陰二紙跋一紙

    漢建初殘磚一紙

    漢畫像十紙跋一紙

    嘉祥畫像十紙跋一紙

    漢畫像殘石二紙

    漢作虎函題刻一紙

    梁陶遷造像幷陰側四紙

    魏李璧墓誌幷陰二紙   3월 15일 둘째에게 줌

    魏李謀墓誌一紙   위와 같음

    魏張道果造像三紙跋一紙

    魏崔承宗造像一紙

    魏鹿光熊造像一紙

    齊世業寺造像二紙

    隋開皇殘造像二紙

    唐天寶造老君像幷陰側四紙

    唐李擬官造像一紙

    周顔上人經幢八紙

    石鼓舊本摹存一紙

    說文統系圖一紙

    佛遺敎經十紙   오후에 쉬지상에게 줌

    復刻法華寺碑十紙   이하 5종은 15일 둔구이에 맡겨 매각

    竹山連句十紙

    嶽侯送北伐詩一紙

    陸繼之摹禊帖一紙

    朱氏集帖二十八紙

형양태수갈조비액 衡陽太守葛祚碑額 1枚	0.03	정월 13일
양숙공잔비음측 楊叔恭殘碑幷陰側 3枚	1.50	정월 15일

허난존고각장석탁본 河南存古閣藏石拓本 30種 46枚　　　　4.00

원래 32종 49매. 이미 가지고 있는 2종 3매 제외

姚景郭度哲冊人等造像 1枚　天統 3년 10월

王惠略等五十人造像 1枚　　武平 5년 7월

王亮等造像 1枚　　　　　연월 표기 없음

鄧州舍利塔下銘 1枚　　　仁壽 2년 4월

寇遵考墓誌 및 碑蓋 2枚　　開皇 3년 10월

寇奉叔墓誌 및 碑蓋 2枚　　위와 같음

張波墓誌 및 碑蓋 2枚　　　大業 3년 11월

羊□墓誌 1枚　　　　　　　大業 6년 9월

薑明墓誌 1枚　　　　　　　大業 9년 2월

張盈墓誌 및 碑蓋 2枚　　　大業 9년 3월　이미 가지고 있는지라 받지 않음

張盈妻蕭墓誌 및 碑蓋 2枚　위와 같음

豆盧室墓誌 및 碑蓋 2枚　　大業 9년 10월　銘은 돌려줌

任軌墓誌 및 碑蓋 2枚　　　仁壽 4년 2월

薄夫人墓誌 및 碑蓋 2枚　　貞觀 15년 5월

齊夫人墓誌 및 碑蓋 2枚　　貞觀 20년 5월

李護墓誌 및 碑蓋 2枚　　　貞觀 20년 6월

張通墓誌 1枚　　　　　　　貞觀 22년 7월

王寬墓誌 및 碑蓋 2枚　　　永徽 5년 5월

王朗墓誌 및 碑蓋 2枚　　　龍朔 원년 4월

竹氏墓誌 및 碑蓋 2枚　　　龍朔 원년 9월

宋夫人墓誌 및 碑蓋 2枚　　龍朔 3년 2월

爨君墓誌 1枚　　　　　　　龍朔 9년 10월

袁弘毅墓誌 1枚　　　　　　麟德 원년 11일

王和墓誌 및 碑蓋 2枚　　　乾封 2년 10월

張朗墓誌 1枚　　　　　　　乾封 2년 윤12월

康磨伽墓誌 및 碑蓋 2枚　　永淳 원년 4월

康留買墓誌 1枚　　　　　　永淳 원년 10월

劉松墓誌 1枚　　　　　　　天聖 2년 10월

劉元超墓誌 및 碑蓋 2枚　　開元 6년 11월

엄씨묘지개 嚴氏墓誌蓋 1枚

전해이체효경잔석 篆楷二體孝經殘石 1枚

미지명비 未知名碑 1枚

발해태수장사비 勃海太守張奢碑 1枚   1.50

난릉왕고숙비 蘭陵王高肅碑 및 뒷면 2枚   2.00

왕천묘지 王遷墓誌 1枚   0.40

향당산조상각경탁본 響堂山造像刻經拓本 64枚   16.00   정월 22일

진각태공여망표 晉刻太公呂望表 1枚   0.50

동위각태공여망표 東魏刻太公呂望表 및 뒷면 2枚   1.00

숭산석인관상마자탁본 嵩山石人冠上馬字拓本 3枚   0.05   정월 25일

                          당일 스쩡에게 1매를 나눠 줌

츠저우소출묘지탁본 磁州所出墓誌拓本 6種 6枚 치보강(祁伯岡) 기증   정월 26일

                 29일 사오싱의 주웨이샤(朱渭俠)에게 기증

유마힐소설경 維摩詰所說經 1本   0.132   정월 28일

승만경송당이역 勝鬘經宋唐二譯 2本   0.09

미륵보살삼경 彌勒菩薩三經 1本   0.054

정토경론십사종 淨土經論十四種 4本   0.624

묘법연화경 妙法蓮華經 3本   0.42

무량의관보현행법이경 無量義觀普賢行法二經 1本   0.080   정월 29일

형방비탁본 衡方碑拓本 1枚   2.00

송영귀묘지 宋永貴墓誌 및 碑蓋 2枚   0.50

장평묘지 張忭墓誌 및 碑蓋 2枚   1.00

교관비 校官碑 1枚   1.00   정월 30일

사삼공산비 祀三公山碑 1枚   1.00

죽엽비 竹葉碑 1枚   1.50

왕기잔비 王基殘碑 1枚   4.00

표기장군한군묘갈 驃騎將軍韓君墓碣 1枚   0.50

고예수사송 高叡修寺頌 1枚   1.00

고예조상비 高叡造像碑 1枚   1.00

조룡화사비 造龍華寺碑 1枚   1.00

                 71.520

츠저우소출묘지탁편 磁州所出墓誌拓片 6枚　쉬지상에게서 구함　　　　　　　　2월 8일

　　　　　　　　　　　　　　　　　　　　　　15일 둘째에게 줌

원우묘지 元祐墓誌 1枚　　　　　　　　　　3.00　　　2월 9일

원연묘지 元演墓誌 1枚　　　　　　　　　　3.00

목윤묘지 穆胤墓誌 1枚　　　　　　　　　　3.00

구문약수공자묘비 寇文約修孔子廟碑 1枚　　1.00

곽현옹조상 郭顯邕造像 1枚　　　　　　　　0.50

유마힐경잔석 維摩詰經殘石 3枚　　　　　　1.50

무정잔비 武定殘碑 1枚　　　　　　　　　　0.50　　　2월 12일

읍사도략삼백인 등 조상 邑師道略三百人等造像 1枚　0.50

이헌묘지 李憲墓誌 1枚　　　　　　　　　　1.00

도속백여인조상 道俗百餘人造像 1枚　　　　0.50　　　2월 19일

왕련처조부인묘지 王憐妻趙夫人墓誌 1枚　　0.50

휘타묘지 諱墮墓誌 1枚　　　　　　　　　　2.00

찬보자비 爨寶子碑 1枚　　　　　　　　　　1.00　　　2월 20일

옌저우자사잔묘지 兗州刺史殘墓誌 1枚　　　0.50

문안현주묘지 文安縣主墓誌 1枚　　　　　　1.00

준수라비병음 雋脩羅碑幷陰 2枚　　　고숙비(高肅碑) 앞면과 교환　2월 27일

저진비 邸珍碑 1枚 無側　　　　　　　　　1.50

　　　　　　　　　　　　　　　　　　　　21.000

원장온천송 元萇溫泉頌 1枚　　　　　　　　1.00　　　3월 5일

제갈자항평진송 諸葛子恒平陳頌 1枚　　　　1.00

뤄저우리수이석교비 洛州澧水石橋碑 1枚　　0.50

공묘육조당송비탁본 孔廟六朝唐宋碑拓本 14枚　4.00　　3월 11일

　　　宗聖侯孔羨碑 1枚　　　　黃初 원년

　　　魯郡太守張猛龍淸頌碑, 뒷면 2枚 正光 3년

　　　　李仲璿修孔子廟碑 1枚　　興和 3년　　뒷면과 측면에 있어야 할 題名이 없음

　　　　鄭述祖夫子廟碑 1枚　　乾明 원년

　　　　陳叔毅修孔子廟碑 1枚　　大業 7년

　　　　孔顏贊殘碑幷陰 2枚　　開元 11년　　뒷면은 政和 6년

　　　　　　　측면에 있어야 할 孔昭薰의 題記가 없음

兗公頌碑 1枚　　　　　天寶 원년　　측면에 있어야 할 宋人 題名이 없음

文宣王廟門記 1枚　　　大曆 8년　　있어야 할 뒷면과 측면이 없음

新修廟記 1枚　　　　　鹹通 11년　측면에 있어야 할 題名이 없음

孔勖祖廟祝文 1枚　　　天聖 8년

祖廟祝文 1枚　　　　　景祐 2년

孔子手植檜贊 1枚　　　연월 표기 없음

우문장비 宇文長碑 1枚　　　　　　　　　　　　0.80

우부군의교석상비 于府君義橋石像碑, 뒷면, 측면 4枚　　1.00

용장사비 龍藏寺碑, 뒷면, 측면 3枚　　　　　　　1.20

건안공구니사명비 建安公構尼寺銘碑 1枚　　　　1.00

왕각입일가집중영본 汪刻卄一家集中零本 5種 5冊　5.40　　　　3월 12일

오대사평화 五代史平話 2冊　　　　　　　　　　3.60

취푸공묘한비탁본 曲阜孔廟漢碑拓本 12種 19枚　　3.00

　　魯孝王刻石幷題記 2枚

　　乙瑛碑 1枚

　　謁廟殘碑 1枚

　　孔謙碣 1枚

　　孔君碣 1枚

　　禮器碑 및 뒷면, 측면 4枚

　　孔宙碑 및 뒷면 2枚

　　史晨前碑一枚後碑 1枚

　　孔彪碑 및 뒷면 2枚

　　熹平殘碑 1枚

　　孔褒碑 1枚

　　汝南周君碑 및 題記 2枚

조분잔비 趙芬殘碑 2枚　　　　　　　　　　　1.00

조정해사잔비 造正解寺殘碑 4枚　　　　　　　　1.00

숭고령묘비 嵩高靈廟碑 및 뒷면 2枚　　　　　　1.50　　　　3월 19일

숭양사비 嵩陽寺碑 1枚　　　　　　　　　　　0.50

안희공이사군비 安喜公李使君碑 1枚　　　　　　1.50

조교룡상잔비 造交龍像殘碑 1枚　　　　　　　　0.50

이종묘지 李琮墓誌 및 측면 1枚   0.50

법근선사탑명 法懃禪師塔銘 1枚   0.50

구봉숙묘지 寇奉叔墓誌 1枚   0.50

담분묘지 譚棻墓誌 1枚   1.50   3월 22일

두건서조상 杜乾緒造像 1枚   0.50

포효우비 麃孝禹碑 1枚   4.00   3월 25일

지닝저우쉐한비탁본 濟寧州學漢碑拓本 1組 17枚 4.00

     永建食堂畵像 1枚

     北海相景君銘 및 뒷면 2枚

     郞中鄭固碑一枚殘石 1枚

     司隸校尉魯峻碑 및 뒷면 2枚

     執金吾丞武榮碑 1枚

     尉氏令鄭季宣碑 및 뒷면 2枚, 兩側近人題刻 2枚

     朱君長題名 1枚

     孔子見老子畵像 1枚

     膠東令王君廟門碑 1枚

     廬江太守范式碑 및 뒷면 2枚

노왕묘전 2석인제자 魯王墓前二石人題字 2枚   0.50

     40.500

장천비 張遷碑 및 뒷면 2枚   1.00   4월 1일

유요잔비 劉曜殘碑 1枚   0.50

한인명 韓仁銘 1枚   1.00   4월 2일

윤주명 尹宙銘 1枚   1.50

수선표 受禪表 1枚   0.80

손부인비 孫夫人碑 1枚   0.80

근법사비 根法師碑 1枚   0.40

뤄저우향성노인불비 洛州鄕城老人佛碑 1枚   0.50   4월 4일

왕선래묘지 王善來墓誌 1枚   1.50

소자묘지 蘇慈墓誌 1枚   1.00   4월 8일

발해태수장사비 勃海太守張奢碑 1枚   0.80   4월 13일

추현초성보화상 鄒縣焦城堡畵像 6枚   3.00

지닝이가루화상 濟寧李家樓畵像 1枚	0.20	
야오구이팡 소장 석탁편 姚貴昉藏石拓片 12枚	4.00	
국언운묘지병음탁본 鞠彦雲墓誌幷陰拓本 2枚	1.50	
제갈자항평진송비음 諸葛子恒平陳頌碑陰 1枚	1.00	
순우검묘지 淳于儉墓誌 1枚	1.00	
두문경조상 杜文慶造像 1枚	0.20	
내자후각석 萊子侯刻石 1枚	0.30	
신주대관제구집 神州大觀第九集 1冊	1.60	4월 15일
안양신출묘지탁편 安陽新出墓誌拓片 7枚	10.00	4월 14일
숭산삼궐 嵩山三闕 11枚	2.00	4월 23일
장각잔비 張角殘碑 1枚	1.00	
황석애조상 黃石厓造像 5種 4枚	2.00	
조자건비 曹子建碑 1枚	1.00	
원씨법의삽오인조상 元氏法義卅五人造像 1枚	1.00	4월 24일
중사나조교비 仲思那造礄碑 1枚	1.00	
조교룡상비잔석 造交龍像碑殘石 1枚	0.60	4월 26일
잡조상 등 탁본 雜造像等拓本 4枚	0.40	
예운 隸韻 6冊	3.50	4월 29일
석장촌각석 石墻村刻石 1枚	0.50	
거섭분단각석 居攝墳壇刻石 2枚	0.50	
왕언묘지 王偃墓誌 및 뒷면 2枚	1.00	
잡조상기 雜造像記 8枚	2.00	
	48.600	
유요잔비 劉曜殘碑 1枚	1.00	5월 6일
한화상 漢畵像 3枚	2.00	
등백봉산시 登百峰山詩 1枚	2.00	
황석애위조상 黃石厓魏造像 6種 5枚	2.00	
타산당조상 駝山唐造像 120枚	4.00	
앙천산송조상 仰天山宋造像 17枚	1.00	
취각파마애 吹角垻摩崖 1枚	2.00	5월 7일
주유실화상 朱鮪室畵像 15枚	4.00	

잡한화상 雜漢畫像 4枚	1.00	
잡육조조상 雜六朝造像 16枚	3.00	
잡육조조상 雜六朝造像 4種 7枚	2.00	5월 10일
국언운묘지 鞠彥雲墓誌 및 碑蓋 2枚	3.00	5월 13일

복각임을 알고서 이튿날 반환

원마야광지 源磨耶壙誌 1枚	2.00	
조래산마애 徂徠山摩崖 7枚	5.00(2조)	5월 15일

1조를 스쩡(師曾)에게 줌

개황년왕구조사면상 開皇年王俱造四面像 4枚	2.00	
양현숙조상 楊顯叔造像 1枚	덤으로 받음	
부휴비 郛休碑 및 뒷면 2枚	3.00	5월 14일
순우검묘지 淳于儉墓誌 1枚	1.50	
시건현계비 始建縣界碑 2枚	0.50	
이업양발가야우궐 李業楊發賈夜宇闕 3枚	2.00	
풍환궐 馮煥闕 1枚	1.00	
사마장원석문제자 司馬長元石門題字 2枚	1.00	
위삼체석경잔자 魏三體石經殘字 1枚	3.00	
안양잔비사종 安陽殘碑四種 6枚	3.00	5월 20일
무반비 武班碑 및 뒷면 2枚	0.60	
천감정란제자 天監井闌題字 1枚	0.60	
안희공이군비 安喜公李君碑 1枚	1.50	
고진신매분지권 高進臣買墳地券 1枚	0.30	
봉룡산송 封龍山頌 1枚	1.00	5월 21일
이맹초신사비 李孟初神祠碑 1枚	2.00	
구탁강찬조상 舊拓薑纂造像 1枚	1.50	
무영비 武榮碑 1枚	6.00	5월 28일
수승달조상 帥僧達造像 1枚	0.50	
구탁조진비 舊拓曹眞碑 및 뒷면 2枚	10.00	5월 31일
소량석각탁본 蕭梁石刻拓本 1組 16枚	16.00	

건릉궐 建陵闕 2枚	소수동비액 蕭秀東碑額 1枚
소수서비액 蕭秀西碑額 1枚	소수서비음 蕭秀西碑陰 1枚

소수서궐 蕭秀西闕 1枚	소담비액 蕭憺碑額 1枚	
소담비 蕭憺碑 1枚	소굉궐 蕭宏闕 2枚	
소적궐 蕭績闕 2枚	소정립궐 蕭正立闕 2枚	
소경서궐 蕭景西闕 1枚	소영서궐 蕭暎西闕 1枚	

이튿날 조사해 보니 소굉동궐 1매가 중복되고 서궐 1매가 빠져 있음

	79.000	
화산왕원지묘지 華山王元鷙墓誌 1枚	2.00	6월 3일
원지비공손씨묘지 元鷙妃公孫氏墓誌 1枚	1.00	
한중석각 漢中石刻 12枚	6.00	6월 10일
고담묘지 高湛墓誌 1枚	2.00	
폭영묘지 暴永墓誌 및 碑蓋 2枚	2.00	6월 16일
황보린묘지 皇甫驎墓誌 1枚	1.00	6월 22일
잡조상 雜造像 3種 3枚	2.00	6월 24일
	16.000	
창룡경오잔비 倉龍庚午殘碑 1枚	1.00	7월 1일
숭고령묘비 嵩高靈廟碑 및 뒷면, 측면 3枚	2.50	
백실조중흥사비 白實造中興寺碑 1枚	0.50	
서암사사리탑비 棲巖寺舍利塔碑 1枚	1.00	
일백인조상 一百人造像 1枚	0.60	
명범상조상 明範上造像 1枚	0.40	
소굉서궐 蕭宏西闕 1枚	0.80	7월 5일
완귀조상 菀貴造像 1枚	0.20	
작호함제각 作虎函題刻 1枚	0.50	7월 11일
한화상 漢畵像 1枚	0.50	
수산사리탑비 首山舍利塔碑 및 뒷면 大小 4枚	1.50	
왕언묘지 王偃墓誌 및 碑蓋 2枚	1.00	
잡조상 雜造像 7枚	3.00	
잡고전탁편 雜古磚拓片 10枚	0.50	
이아음도 爾雅音圖 3冊	3.00	7월 13일
한예자원 漢隷字原 6冊	3.00	
쯔저우붕황화상 淄州朋塑畵像 2枚	0.50	7월 16일

대운사비탁 大雲寺碑拓 1組 10枚	1.50	
예풍당독서기 藝風堂讀書記 2冊	0.90	7월 21일
고천총화 古泉叢話 1冊	0.50	
항농총묘유문 恒農塚墓遺文 1冊	2.30	
한진석각묵영 漢晉石刻墨影	2.30	
잡한화상 雜漢畵像 2枚	1.00	7월 25일
가사백비 買思伯碑 및 뒷면 3枚	1.00	
류회민묘지 劉懷民墓誌 1枚	5.00	
도재장석탁본 匋齋藏石拓本 75種 85枚	25.50	7월 28일
장경략묘지 張景略墓誌 1枚	0.50	
심군궐측화상 沈君闕側畵像 2枚	1.00	7월 30일
	62.000	
군신상수각석 群臣上壽刻石 1枚	1.00	8월 4일
심군좌우궐 沈君左右闕 2枚	2.00	
석리교부각송 析裏橋郙閣頌 1枚	2.00	
잡조상 雜造像 5種 5枚	1.00	
돤씨소장조상 端氏所藏造像 32種 35枚	7.00	8월 8일
학부인묘지 郝夫人墓誌 및 碑蓋 2枚	1.00	8월 10일
도재장석소품탁편 匋齋藏石小品拓片 22種 25枚	6.00	8월 12일
도재장전탁편 匋齋藏磚拓片 11枚	1.00	
잡조상 雜造像 11種 12枚	1.00	8월 19일
백불산조상제명 白佛山造像題名 大小 32枚	4.00	8월 20일
산우금석기 山右金石記 10冊 쑹즈성이 보냄	3.00	8월 27일
동주초당금석발 東洲草堂金石跋	3.00	8월 31일
	32.000	
중국명화집 中國名畵集(제18) 1冊	1.50	9월 2일
설이희 薛戬姬 및 공손흥조상 公孫興造像 각 1매	1.00	9월 6일
형양정공마애제각 熒陽鄭公摩崖諸刻 31種 33枚	15.00	9월 8일
백구곡제각 白駒谷題刻 2枚	1.00	9월 9일
북제조상 北齊造像 2種 2枚	1.00	
사예종□잔비 司隷從□殘碑 1枚	1.00	9월 10일

왕유녀묘지 王遺女墓誌 1枚	1.00	9월 16일
원예묘지 元倪墓誌 1枚	2.50	9월 18일
숙손고묘지 叔孫固墓誌 1枚	2.50	
목자암묘지 穆子岩墓誌 1枚	2.50	
오신조상 吳羊造像 4매	0.50	
왕법현조상 등 王法現造像等 3種 3枚	1.80	9월 23일
운봉산제각 雲峰山題刻 別種 2枚	0.40	
사광묘화상 師曠墓畵像 4枚	0.80	
진조부군묘도 晉趙府君墓道 2枚	1.50	9월 27일
최군묘지 崔君墓誌 1枚	1.00	
육조조상 六朝造像 2種 2枚	1.00	9월 28일
염부조상 廉富造像 4枚	1.00	9월 30일
여승환조상 呂升歡造像 2枚	1.00	
천보조상 天保造像 2種 2枚	0.40	
조상잔석 造像殘石 2枚	0.30	
호롱동왕신도 胡隴東王神道 1枚	0.30	
□현묘지 □顯墓誌 1枚	0.60	
왕요묘지 王曜墓誌 및 碑蓋 2枚	0.80	
최섬묘지 崔暹墓誌 1枚	0.60	
	39.000	
신주대관 神州大觀(第十集) 1冊	1.50	10월 10일
진태공여망표 晉太公呂望表 및 뒷면 2枚	0.50	
염부조상비 廉富造像碑 뒷면과 측면 3枚	0.50	
왕현묘지 王顯墓誌 1枚	1.00	10월 14일
양정묘지 羊定墓誌 1枚	1.00	
천주산동감석실명 天柱山東堪石室銘 1枚	1.50	10월 15일
백운당중해이로야 白雲堂中解易老也 1枚	0.20	
세재임신건 歲在壬申建 1枚	0.30	
수등태위사비 修鄧太尉祠碑 및 뒷면 2枚	2.50	
성모사조상 聖母寺造像 4枚	1.50	
금석원 金石苑 6冊	11.00	10월 19일

육희도묘지비개 陸希道墓誌碑蓋 1枚	1.00	10월 22일
잡조상 雜造像 3種 5枚	1.50	
비상잔석 毗上殘石 1枚	0.50	
돤씨장석탁본 端氏藏石拓本 27種 33枚	8.00	10월 29일
	32.500	
선인당공방비 仙人唐公房碑 및 뒷면 2枚	2.00	11월 8일
중사나조교비 仲思那造橋碑 1枚	0.50	11월 12일
장구우생조상 章仇禹生造像 및 뒷면 2枚	1.00	
잡조상 雜造像 5枚	0.50	
돤씨장석소품 端氏藏石小品 4種 4枚	1.00	
수선표 受禪表 1枚	1.50	11월 19일
공경장군상존호주 公卿將軍上尊號奏 2枚	1.50	
보본마명사비 補本馬鳴寺碑 1枚	1.00	
허난미지명 河南未知名 한잔비 漢殘碑 1枚	1.00	11월 24일
휘철묘지 諱徹墓誌 1枚	1.00	
원매득묘지 元買得墓誌 및 碑蓋 2枚	1.00	
단씨석탁편 端氏石拓片 3種 4枚	1.00	
안양잔석 安陽殘石 4種 5枚	4.00	11월 26일
족탁선국산비 足拓禪國山碑 1枚	4.00	
공천이공잔석 恭川李恭殘石 1枚	0.50	
육십인조상 六十人造像 1枚	1.00	
수불경잔석 隋佛經殘石 1枚	1.00	
수단회목조탑잔석 隋段懷穆造塔殘石 1枚	1.00	
잡조상 雜造像 4種 4枚	0.50	
양양장씨묘지 襄陽張氏墓誌 10種 16枚	1.00	
잡위제조상 雜魏齊造像 3枚	0.30	11월 30일
수조상 隋造像 1枚	0.10	
왕반호조상 王槃虎造像 1枚	전구자이(震古齋) 기증	
문수반야비 文殊般若碑 측면 1枚	위와 같음	
	26.400	
풍우루장길금탁편 風雨樓藏吉金拓片 12枚	3.60	12월 5일

당인사경석인본 唐人寫經石印本 1冊	0.50	
함분루비급 涵芬樓秘笈(제1집) 8冊	2.60	
예술총편 藝術叢編(제1~3집) 3冊	8.40	
한유웅잔비 漢劉熊殘碑 뒷면, 측면 탁본 2枚	1.40	
고창벽화정화 高昌壁畵精華 1冊	6.50	
산해경 山海經 2冊	2.00	12월 8일
중주금석기 中州金石記 2冊	0.60	
한서역전보주 漢西域傳補注 1冊	0.40	
	28.000	

총계 496.520

정사일기(1917년)

정월

1일 비. 오전에 롼리푸阮立夫가 왔다. 오후에 진눈깨비가 내렸다.

2일 흐림. 별일 없음.

3일 맑음. 오전에 하부토 댁의 연하장을 받았다. 밤에 배를 세내 시싱西興으로 향하였다. 커차오柯橋에 이르자 바람이 거세게 부는지라 오랫동안 정박했다.

4일 맑고 바람이 붉. 정오 좀 지나 시싱에 도착하였다. 강을 건너 첸장錢江여관에 투숙했다. 저녁에 항저우杭州 성내에 들어가 싱예興業은행으로 차이구칭을 찾아갔다. 또한 서우바이겅壽拜耕을 만났다. 식사를 한 후 숙소로 돌아왔다. 밤에 둘째와 셋째에게 편지를 부쳤다(一).

5일 맑음. 동틀 녘에 올라 정오 좀 지나 상하이에 도착했다. 저우창지周昌記여관에 투숙했다. 인인루螾隱廬에 가서 을묘년乙卯年『국학총간』國學叢刊 12책을 6위안에 구입했다. 오후에 싱예은행에 가서 장이즈蔣抑之를 찾아가 잠시 앉았다가 함께 그의 집에 갔다. 당대唐代의 「두산감형제조상」杜

山感兄弟造像 탁본 1매를 받았다. 장멍핑蔣孟蘋의 소장품으로 작년에 산시陝西에서 사왔는데, 가격이 수천 위안이나 된다고 한다. 저녁에 숙소로 돌아왔다. 밤에 둘째와 셋째에게 편지를 부쳤다(二).

6일 흐림. 동틀 녘에 후닝선滬寧線 역에 가서 차에 올라 베이징으로 향했다. 정오 좀 지나 양쯔강揚子江을 건너 차를 바꾸어 탔다.

7일 일요일. 맑음. 저녁에 톈진天津에 이르러 차를 바꾸어 탔다. 밤에 베이징 정양먼正陽門에 도착했다. 곧바로 인력거를 세내 읍관邑館에 닿았다.

8일 흐림. 오전에 지상의 거처에 갔다. 민국 5년 11월분 월급 300위안을 수령했다. 치서우산齊壽山에게 20위안을 갚았다. 부서에 갔다. 둘째에게 편지를 부쳤다(三). 햄을 지푸季市와 지상季上에게 각각 하나씩 주었다. 밤에 바람이 거세게 불었다.

9일 맑고 바람이 붊. 오전에 밍보銘伯 선생이 오셨다. 정오 좀 지나 류리창 즈리관서국直隷官書局에 가서 『금석원』金石苑 1부 6책을 받았다. 작년에 예약한 것이다. 더구자이德古齋에서 「안풍왕비풍씨묘지」安豊王妃馮氏墓誌 1매, 「휘민묘지」諱珉墓誌 1매를 도합 1위안 5자오에 구입했다. 밤에 리샤칭李霞卿이 왔다. 상치헝商契衡이 왔다.

10일 맑음. 오전에 쯔페이子佩에게 저장浙江 싱예은행에 가서 집에 여비 등 110위안을 송금하고 둘째에게 편지 한 통(四)을 전해 달라고 부탁했다. 저녁에 한서우진韓壽晉이 왔다. 밤에 판치신潘企莘이 왔다. 차이蔡 선생을 방문했다.

11일 맑음. 오전에 둘째의 편지를 받았다. 7일에 부친 것이다(1). 장춘팅張春霆이 「풍락칠제이사읍의등조상」豊樂七帝二寺邑義等造像 2매, 「고귀언조상」高歸彦造像과 「칠제사주혜욱등조상」七帝寺主惠郁等造像 각 1매를 주었다. 모두 딩저우定州에서 최근에 출토된 것이다. 밤에 쉬밍보許銘伯 선생, 마샤오셴馬孝先 선생이 오셨다.

12일 맑음. 오전에 둘째에게 편지를 부쳤다(五). 동료에게 고향의 토산물을 보냈다. 밤에 지푸의 거처에 갔다. 50위안을 갚았다.

13일 맑음. 오전에 셋째의 편지를 받았다. 8일에 부친 것이다. 밤에 바람이 거세게 불었다.

14일 맑음. 일요일, 쉬다. 오전에 류리창에 가서 잡다한 조상 4종 10매를 2위안에 구입했다. 또한 「미원신천시」美原神泉詩와 뒷면 2매를 1위안 5자오에 구입했다. 오후에 쉬위안徐元이 왔다. 치보강祁柏岡이 왔다.

15일 맑음. 오전에 둘째의 편지를 받았다. 11일에 부친 것이다(2). 치서우산이 만두 한 보자기를 주었다.

16일 맑음. 오전에 둘째에게 편지를 부쳤다(六). 우팡허우吳方侯의 편지를 받았다. 11일에 부친 것이다.

17일 맑고 바람이 거셈. 선상치沈商耆의 부친이 돌아가셔서 창춘사長椿寺에서 장례를 치렀다. 오후에 치서우산, 쉬지상과 함께 조문을 갔으며 부의금으로 2위안을 냈다. 밤에 웨이푸몐魏福綿이 왔다.

18일 맑음. 별일 없음. 밤에 차이蔡 선생의 편지를 받고서 곧바로 그의 거처로 갔다. 밤에 바람이 불었다.

19일 맑음. 오전에 둘째에게 『교육공보』教育公報 2책, 『청년잡지』青年雜誌 10책을 한 꾸러미로 만들어 부쳤다. 둘째의 편지를 받았다. 15일에 부친 것이다(3). 저녁에 탁본장수가 왔기에 「□조후지소자잔비」□朝侯之小子殘碑 1매, 「당해급처소합장묘지」唐詠及妻蘇合葬墓誌와 비개 2매, 「등왕장자려묘지」滕王長子厲墓誌 1매를 도합 3위안 5자오에 구입했다. 밤에 바람이 불었다.

20일 맑음. 오전에 둘째에게 편지를 부쳤다(八). 작년 12월분 월급 300위안을 수령했다. 판치신에게 20위안을 갚았다. 저녁에 바람이 거세게 불었다. 밤에 창이쳰常毅箴이 왔다.

21일 맑음. 일요일, 쉬다. 오전에 쉬지푸가 왔다. 정오 좀 지나 추쯔위 안襲子元이 왔다. 오후에 류리창의 탁본가게를 둘러보다가 「정문공상비」鄭文公上碑 1매를 2위안에, 「공빈묘지」鞏賓墓誌와 「용산공묘지」龍山公墓誌 각 1매를 2위안에, 그리고 「두려통등조상기」豆盧通等造像記 1매를 5자오에 구입했다. 밤에 상치헝이 왔다.

22일 맑음. 봄 휴가. 오전에 우중원伍仲文, 쉬지푸가 각기 음식을 보내왔다. 정오 못 미쳐 처경난車耕南이 왔다. 오후에 바람이 불었다. 저녁에 쉬지상이 오더니 음식을 주었다. 음력 섣달 그믐날이다. 밤에 홀로 앉아 비문을 썼다. 특별히 해가 바뀌는 느낌이 없다.

23일 맑음. 음력 정월 초하루, 쉬다. 오전에 둘째의 편지를 받았다. 19일에 부친 것이다(4). 저녁에 판윈타이范雲臺, 쉬스취안許詩荃이 왔다.

24일 맑음. 쉬다. 정오 좀 지나 왕쯔위王子餘가 왔다. 『콰이지군고서잡집』會稽郡故書雜集 1책을 주었다. 둘째에게 편지를 부쳤다(九). 우팡허우에게 편지를 부쳤다.

25일 맑음. 오전에 둘째의 편지를 받았다. 21일에 부친 것이다(5). 시게히사重久의 편지를 받았다. 17일에 부친 것이다. 차이 선생의 편지를 받자 곧바로 답신했다.

26일 맑음. 오전에 경사도서관 개관식[1]에 갔다. 스쩡師曾이 직접 그린 그림 한 점을 주었다.

27일 흐림. 선헝산沈衡山의 아들 루젠汝兼의 결혼 청첩장이 왔다. 축하

---

[1] 경사도서관이 광화사(光化寺)에서 팡자후퉁(方家胡同)의 국자감(國子監) 남학(南學)으로 이전하였다. 이날 개관식을 거행하고 기념사진을 촬영했다. 이튿날부터 일반인의 열람을 개시했다.

금 2위안을 보냈다. 저녁에 창이첸이 왔다.

28일 맑음. 일요일, 쉬다. 오전에 선중주沈仲久, 간룬성芇閏生이 왔다. 정오 좀 지나 류리창을 한 차례 둘러보다가 서점에서 『주고술림』籀膏述林 1부 4책, 『은상정복문자고』殷商貞卜文字考 1책, 『역대화상전』歷代畵像傳 1부 4책을 도합 인銀 4위안에 구입했다.

29일 맑음. 오전에 둘째에게 편지를 부쳤다(十). 정오 좀 지나 이발을 했다.

30일 흐림. 오전에 둘째의 편지를 받았다. 26일에 부친 것이다(6). 정오 좀 지나 저장 싱예은행에 가서 집에 이달치 생활비 100위안을 송금했다. 주샤오취안에게 인 10위안을 빌려주었다. 밤에 쯔페이가 이야기를 나누러 왔다.

31일 진눈깨비. 오전에 마루젠丸善서점에 인銀 9엔을 부쳤다. 오후에 날이 갰다. 시게히사에게 편지와 인 5엔을 부쳤다.

2월

1일 맑음. 오전에 우팡허우의 편지를 받았다. 정월 29일에 항저우에서 부친 것이다.

2일 맑음. 오전에 우팡허우에게 답신을 보냈다.

3일 맑음. 오전에 둘째에게 편지를 부쳤다(十一). 밤에 탁족을 하였다.

4일 맑음. 일요일, 쉬다. 오전에 둘째의 편지를 받았다. 정월 31일에 부친 것이다(7). 쑹즈팡宋知方의 편지를 받았다. 같은 날 상위上虞에서 부친 것이다. 정오 좀 지나 지푸의 거처로 갔다가 곧바로 나왔다. 통속교육연구회通俗敎育研究會의 다과회2)에 가서 진열된 서화를 구경했다. 오후에 류리창을 둘러보다가 『중국명화』中國名畵 제19집 1책을 1위안 5자오에 구입했다. 저녁에 우이자이吳一齋가 왔다. 밤에 상치형이 왔다.

5일 맑음. 정오경에 중앙공원에 갔다. 식사를 마치고 우먼午門에 가옥을 보러 갔다. 도서관으로 꾸밀 예정이라고 한다.[3] 모두 여섯 명의 동료가 함께 갔다. 왕수쥔王叔鈞이 「이업궐」李業闕 탁본 1매, 「고이궐」高頤闕 4매, 화상畵像 25매, 첨수자簽首字[4] 24매, 「가공궐」賈公闕 1매를 가져다주었다. 현지[5]의 류뤼제劉履階(녠쭈念祖)가 준 것이라고 한다.

6일 맑고 바람이 붊. 오전에 교도켄큐샤鄕土硏究社에 인 2엔 12전을 부쳤다. 저녁에 지푸의 거처에 가서 식사를 했다. 모두 아홉 명이 동석했다.

7일 맑음. 오전에 우팡허우의 편지를 받았다. 2일에 사오싱에서 부친 것이다.

8일 맑음. 오전에 둘째에게 편지를 부쳤다(十二). 쑹쯔팡에게 편지를 부쳤다. 왕수쥔에게 편지를 부쳤다. 저녁에 둘째와 셋째의 편지를 받았다. 4일에 부친 것이다(8).

9일 맑음. 별일 없음.

10일 흐림. 별일 없음. 밤에 진눈깨비가 내렸다.

---

2) 이 다과회는 교육부 강당에서 거행되었으며, 다과회에는 육조(六朝) 이래의 명인들의 서화 150여 점이 진열되고 고악(古樂)이 연주되었다.
3) 1917년 1월에 교육부는 구궁(故宮)의 우먼(午門)에 경사도서관을 설치하고 돤먼루(端門樓)에 역사박물관을 설립하도록 인가를 받았다. 이 때문에 루쉰 등이 사전에 시찰하러 갔던 것이다. 나중에 경사도서관은 우먼으로 이전하지 않았으며, 이곳에는 소규모의 도서관이 설립되었다. 역사박물관은 1918년 초에 우먼 앞의 좌우 조방(朝房)으로 옮겼다.
4) 첨수자(簽首字)란 머리글자가 '簽'으로 시작하는 단어를 가리킨다.
5) 왕수쥔(王叔鈞)과 류뤼제(劉履階)는 모두 쓰촨성(四川省) 출신이다. 이날 일기에서의 '현지'는 쓰촨성을 가리킨다. 왕수쥔은 루쉰의 뒤를 이어 통속교육연구회 소설부의 주임으로 근무하였으며, 1917년에는 내무부 비서에 이어 즈리(直隷)교육청장이 되었다. 류뤼제는 교육부 비서를 지냈다.

11일 흐리고 바람이 거셈. 일요일, 쉬다. 정오 좀 지나 둘째와 셋째에게 편지를 부쳤다(十三).

12일 맑음. 통일기념일, 쉬다. 오전에 둘째의 편지를 받았다. 8일에 부친 것이다(9). 우쾅허우의 편지를 받았다. 7일에 부친 것이다. 정오 좀 지나 류리창에 가서 탁편의 표구를 맡기고, 초탁본 「장귀남묘지」張貴男墓誌 1매를 교통은행권 10위안에 구입했다.

13일 맑음. 오전에 둘째에게 편지를 부쳤다. 스쩡이 그린 그림 한 점을 동봉했다(十四). 마루젠서점이 『통계광물학』統系礦物學 1책을 부쳐 왔다.

14일 맑음. 오전에 셋째의 편지를 받았다. 9일에 부친 것이다. 셋째에게 『광물학』 1책을 부쳤다. 우이자이에게 편지를 부쳤다.

15일 맑음. 오전에 둘째의 편지와 「영명조상」永明造像 탁본 1매를 받았다. 11일에 부친 것이다(10). 차이 선생에게 편지를 부쳤다. 마루젠서점의 편지를 받았다. 9일에 부친 것이다. 밤에 상치헝이 왔다.

16일 흐림. 오전에 둘째와 셋째에게 편지를 부쳤다. 10엔짜리 송금환과 20전짜리 수표를 동봉했다(十五). 오후에 주샤오취안이 10위안을 갚았다. 이달분 월급 300위안을 수령했다. 밤에 바람이 불었다.

17일 흐리고 바람. 별일 없음.

18일 맑음. 일요일, 쉬다. 오전에 차이 선생의 편지를 받았다. 주린沐鄰이 왔다. 정오 좀 지나 고등사범학교에서 『교우회잡지』校友會雜誌 1책을 보내왔다. 전구자이震古齋에 가서 「장수잔비」張壽殘碑 1매, 「남무양궐제자」南武陽闕題字 2매, 잡다한 한화상漢畵像 5매를 도합 2위안에, 그리고 「고류촌비구혜보일백오십인등조상」高柳村比丘惠輔一百五十人等造像 1매를 1위안에, 「조망희조상」曹望憘造像 4매를 12위안에, 약간 오래된 탁본 「주대림묘지」朱岱林墓誌 1매를 5위안에 구입했다.

19일 맑고 바람이 붊. 별일 없음. 마루젠에서 또 『계통광물학』系統礦物學 1책을 부쳐 보냈다. 아마 착오인 듯하다.

20일 맑음. 오전에 둘째의 편지를 받았다. 16일에 부친 것이다(11). 정오 못 미쳐 원화전文華殿과 원위안각文淵閣 등을 구경했다.

21일 맑음. 오전에 둘째에게 편지를 부쳤다(十六). 장이즈蔣抑卮에게 편지를 부쳤다. 마루젠서점으로부터 편지를 받았다. 정오 좀 지나 『계통광물학』 1책을 우편으로 반송했다.

22일 맑음. 정오 좀 지나 공묘孔廟에 가서 제례를 예행했다. 저녁에 우팡허우의 편지를 받았다. 18일에 항저우에서 부친 것이다.

23일 맑음. 오전에 둘째의 편지를 받았다. 19일에 부친 것이다(12). 밤에 핑안공사平安公司에 가서 영화를 관람한 후 국자감으로 가서 묵었다.

24일 맑음. 아침에 정제6)를 지냈다. 충성츠崇聖祠에서 거행했다. 오전에 둘째에게 편지를 부쳤다(十七). 셋째의 편지를 받았다. 21일에 부친 것이다. 밤에 창이첸에게서 『중국학보휘편』中國學報彙編 5책을 빌렸다.

25일 맑음. 일요일, 쉬다. 오전에 둘째의 편지를 받았다. 21일에 부친 것이다(13). 오후에 흐려졌다. 류리창에 가서 표구한 탁본을 찾아왔다. 모두 24종이다. 공임은 4위안이다.

26일 흐림. 오전에 쑹즈팡의 편지를 받았다. 23일에 항저우에서 부친 것이다. 오후에 날이 갰다.

27일 맑음. 오전에 둥자오민샹에 가서 일본 엔으로 환전했다. 정오 좀 지나 저장 싱예은행에 가서 이달치 생활비 100위안을 송금했다.

28일 맑고 바람이 붊. 오전에 둘째의 편지를 받았다. 24일에 부친 것

---

6) 정제(丁祭)란 음력 2월과 8월 초순의 정일(丁日)에 공자에게 올리는 제사를 가리킨다.

이다(14). 둘째와 셋째에게 편지를 부쳤다. 20위안을 동봉했다(十八). 밤에 판치신이 왔다.

3월

1일 맑음. 오전에 장이즈의 편지를 받았다. 2월 25일에 상하이에서 부친 것이다. 밤에 밍보 선생이 오셨다.

2일 맑음. 정오 좀 지나 2월분 월급 300위안을 수령했다.

3일 맑고 바람이 붊. 정오 좀 지나 후쿠코福子의 편지를 받았다. 2월 25일에 부친 것이다. 밤에 상치헝이 왔다.

4일 맑음. 일요일, 쉬다. 오전에 둘째의 편지를 받았다. 2월 28일에 부친 것이다(15). 정오 좀 지나 바람이 불었다. 류리창에 가서 「형방비」衡方碑와 뒷면 2매, 「곡랑비」谷朗碑 1매, '영숭'靈崇이라는 커다란 두 글자 1매, 「왕모제명병시각」王謨題名幷詩刻 1매, 「유공덕정송」庾公德政頌 1매를 도합 인 5위안에 구입했다. 오후에 마샤오셴이 왔다. 『콰이지고서집』會稽故書集 1책을 주었다.

5일 맑음. 오전에 쑹즈팡의 편지를 받았다. 2일 항저우에서 부친 것이다. 둘째에게 편지를 부쳤다(十九). 하부토 댁에 편지를 부쳤다. 요시코, 후쿠코에게 보내는 편지와 54위안을 동봉했다. 저녁에 리샤칭의 엽서를 받았다.

6일 맑음. 오전에 둘째의 편지를 받았다. 2일에 부친 것이다(16). 정오 좀 지나 싱예은행에 가서 90위안어치 송금환을 구입했다. 밤에 처겅난이 왔다. 간룬성이 오더니 문관에 응시하는 장웨이章煒의 보증을 서 달라 부탁했다.

7일 흐림. 오전에 둘째에게 편지를 부쳤다. 여비 60위안[7]과 지푸의 서적 구입금 30위안을 동봉했다(二十).

8일 맑음. 오전에 둘째의 편지를 받았다. 4일에 부친 것이다(17). 밤에 차이 선생에게 편지를 부쳤다. 바람이 거세게 불었다.

9일 맑고 바람이 붊. 저녁에 쉬쭝웨이徐宗偉가 와서 30위안을 빌려 갔다.

10일 맑음. 오전에 둘째와 셋째의 편지를 받았다. 6일에 부친 것이다 (18). 저녁에 마루젠서점의 편지를 받았다. 왕스첸王式乾의 편지를 받았다. 판치신이 내일 사오싱으로 돌아간다기에 독일어 문헌 4책을 셋째에게 전해 달라고 부탁했다.

11일 맑음. 일요일, 쉬다. 정오 좀 지나 둘째와 셋째에게 편지를 부쳤다(卄一). 왕스첸에게 편지를 부쳤다. 정오 좀 지나 류리창에 가서 「승혜등조상」僧惠等造像과 뒷면, 측면의 탁본 4매를 2위안에 구입했다. 돌아와 살펴보니 뒷면과 측면은 별도의 비문이었다. 오후에 다시 가지고 가서 돌려주고, 따로 「강양왕차비석씨묘지」江陽王次妃石氏墓誌와 「손룡백조상」孫龍伯造像 각각 1매를 도합 6위안에 구입했다.

12일 흐림. 별일 없음. 밤에 눈이 약간 내렸다.

13일 맑음. 오전에 둘째의 편지를 받았다. 9일에 부친 것이다(19). 요시코의 편지를 받았다. 7일에 도쿄에서 부친 것이다. 밤에 바람이 불었다.

14일 맑음. 오전에 둘째에게 편지를 부쳤다(卄二).

15일 맑음. 오전에 셰시위안謝西園이 왔다.

---

7) 루쉰은 베이징대학에의 취직을 위해 저우쭤런(周作人)을 차이위안페이(蔡元培)에게 소개하였다. 차이위안페이의 동의를 얻었기에 여비를 부친 것이다.

16일 맑음. 오전에 둘째의 편지를 받았다. 12일에 부친 것이다(20). 요시코의 편지를 받았다. 10일에 부친 것이다.

17일 맑음. 오전에 둘째에게 편지를 부쳤다(廿三). 오후에 우팡허우의 편지를 받았다. 13일에 항저우에서 부친 것이다. 밤에 상치헝이 왔다.

18일 맑음. 일요일, 쉬다. 정오 좀 지나 류리창에 가서 뤄양洛陽의 용문제각龍門題刻 전체 탁본 1조, 대소 약 1,320매를 33위안에 구입했다. 아울러 표구한 탁본 10매를 찾아왔다. 공임으로 3위안을 지불했다.

19일 맑음. 오전에 둘째의 편지를 받았다. 15일에 부친 것이다(21). 정오 좀 지나 하부토 댁에 편지를 부쳤다. 4월과 5월분 용돈 14위안과 요시코에게 보내는 편지 한 통을 동봉했다. 밤에 바람이 불었다.

20일 맑음. 오전에 둘째에게 편지를 부쳤다(廿四). 저녁에 지푸가 왔다. 황허黃河 이북의, 수隋 이전의 기록되지 않은 석각 탁본 30종 모두 48매를 대신 구입하여 가져왔다. 구딩메이顧鼎梅의 편지에 따르면 20위안어치라고 한다.

21일 흐림. 오전에 둔구자이敦古齋에서 「유의묘지」劉懿墓誌의 약간 낡은 탁본 1매를 가져왔기에 인銀 5위안으로 사들였다. 쑹즈팡에게 편지를 부쳤다. 위한장虞含章에게 편지와 20위안을 부쳤다. 구딩메이에게 주는 탁본 대금이다.

22일 눈이 흩뿌리다가 갬. 오후에 흐림. 셰시위안이 왔으나 만나지 못했다.

23일 맑음. 별일 없음.

24일 맑음. 오전에 둘째의 편지를 받았다. 20일에 부친 것이다(22). 밤에 리샤칭이 왔다. 상치헝이 왔다.

25일 맑음. 일요일, 쉬다. 오전에 타오녠친陶念欽 선생이 오셨다. 셋째의 편지를 받았다. 21일에 부친 것이다. 쉬지상이 왔다. 정오 좀 지나 류리창에 가서 화상 탁본 1매, 잡다한 전탁본 21매를 도합 인 2위안에 구입했다. 오후에 지푸의 거처에 갔다.

26일 흐림. 오전에 둘째의 편지를 받았다. 22일에 부친 것이다(23). 밤에 가랑비가 내렸다.

27일 흐림, 정오 좀 지나 이발을 했다.

28일 맑음. 오전에 둘째의 편지를 받았다. 24일에 부친 것이다(24). 셋째에게 편지를 부쳤다(一). 밤에 탁족을 했다.

29일 맑음. 쓰썽에게 부탁하여 퉁구탕同古堂에서 나무 도장 2매를 새겼는데, 아주 좋았다. 저녁에 한서우첸韓壽謙이 왔다.

30일 맑음. 오전에 둘째의 편지를 받았다. 26일에 부친 것이다(25). 저녁에 쉬쭝웨이, 왕스첸이 왔다. 50위안을 건네주었다. 전에 주었던 30위안을 합쳐 도합 80위안을 이달치 생활비로 송금하였다.

31일 맑음. 오전에 밍보 선생이 오셨다. 요시코, 후쿠코의 편지를 받았다. 25일에 부친 것이다. 저녁에 지푸가 햄 한 그릇을 보내 주었다.

4월

1일 맑음. 정오 좀 지나 도서관 분관으로 쯔페이를 찾아갔다. 류리창에 가서 탁본의 표구를 맡기고, 「태산진전잔석」泰山秦篆殘石 1매, 「이씨상비송」李氏像碑頌 1매, 「성공부인묘지」成公夫人墓誌 1매를 도합 인 2위안에 구입했다. 저녁에 판윈타이范雲臺, 쉬스취안徐詩荃이 왔다. 저녁에 둘째가 사오싱에서 왔다. 『예술총편』藝術叢編 2집부터 6집 각 1책, 『고경도록』古鏡圖錄 1책, 『서하역연화경고석』西夏譯蓮華經考釋 1책, 『서하국서약설』西夏國書略說 1책을 가져왔다. 모두 상하이를 지나면서 구입한 것인데, 도합 17위안 4자오 어치이다. 책을 뒤적이면서 이야기를 나누다가 한밤이 되어서야 잠이 들었다.

2일 맑음. 휴가를 내다. 정오 좀 지나 둘째와 함께 이창益昌에 가서 점심을 먹었다. 오후에 샤칭이 왔다. 밤에 상치형이 왔다.

3일 맑음. 별일 없음.

4일 흐리고 바람. 오전에 하부토 댁의 편지를 받았다. 요시코와 후쿠코의 편지가 동봉되어 있었다. 3월 31일에 부친 것이다. 판치신의 편지를 받았다. 3월 30일에 부친 것이다.

5일 흐림. 오전에 차이 선생이 오셨다. 정오 좀 지나 요시코에게 꿀에 절인 대추 한 상자를 부쳤다. 밤에 웨이푸멘이 왔다.

6일 맑고 바람이 붊. 정오 좀 지나 요시코에게 편지와 20위안을 부쳤다. 오후에 류리창에 가서 방주타房周陀·연효례燕孝禮 묘지墓誌 각 1매를 도합 인銀 2위안 5자오에 구입했다.

7일 맑음. 오전에 셋째의 편지를 받았다. 2일에 부친 것이다. 오후에 둘째와 함께 류리창을 돌아다니고, 「찬룡안비」攀龍顔碑를 「조준묘지」刁遵墓誌 및 뒷면 2매와 바꾸었다. 밤에 쉬지상이 왔다.

8일 흐림. 일요일, 쉬다. 오전에 둘째가 재차 쉬야오徐姚에서 「삼로휘자기일기」三老諱字忌日記 탁본 2매를 부쳐 왔다. 정오 좀 지나 셋째에게 편지를 부쳤다(三). 밍보 선생을 찾아뵈었다. 오후에 쉬위안이 왔다. 밤에 바람이 불었다.

9일 맑음. 오후에 3월분 월급 300위안을 수령했다. 밤에 둘째와 함께 밍보 선생의 거처에 갔다.

10일 맑음. 오전에 스쩡에게 「삼로비」三老碑 1매를 주었다. 오후에 왕스첸의 편지를 받았다. 판치신에게 편지를 부쳤다.

11일 흐림. 정오 좀 지나 류리창에 가서 옛 탁본 「백석신군비」白石神君碑와 뒷면 2매를 인 6위안에 구입했다.

12일 맑음. 별일 없음.

13일 맑음. 오전에 셋째의 편지를 받았다. 9일에 부친 것이다(二).

14일 맑음. 밤에 마샤오셴이 왔다. 다시 찍어 낸 묘지 탁본 5매를 주었다.

15일 맑고 바람이 붊. 일요일, 쉬다. 오전에 둘째와 함께 류리창에 가서 『염립본제왕도』閻立本帝王圖 1책을 1위안 2자오에 구입했다. 또한 칭윈거靑雲閣에 가서 차를 마시고 돌아왔다. 오후에 밍보 선생이 왔다.

16일 맑음. 오전에 셋째에게 편지와 생활비 50위안을 부쳤다. 노부코에게 보내는 편지 1통을 동봉했다(六). 오후에 스쩡이 「강독락위문왕조상」強獨樂爲文王造像 1매를 주었다. 새로 찍은 탁본이다.

17일 흐림. 오전에 셋째의 편지를 받았다. 13일에 부친 것이다(四).

18일 맑고 바람이 거셈. 정오 좀 지나 우먼午門에 갔다.

19일 맑음. 저녁에 지푸가 왔다.

20일 맑음. 오전에 요시코와 후쿠코의 편지를 받았다. 14일에 부친 것이다. 인주 한 갑을 3위안에 샀다.

21일 맑음. 별일 없음.

22일 맑음. 일요일, 쉬다. 오전에 지푸의 편지를 받았다. 정오경에 둘째와 함께 광허쥐廣和居에 가서 식사를 했다. 또한 류리창에 가서 『신주대관』神州大觀 제11집 1책을 1위안 6자오 5편에 구입했다. 아울러 표구한 탁본 18매를 찾아왔다. 공임은 2위안 4자오이다. 오후에 장이즈蔣抑之가 왔으나 만나지 못했다. 판치신, 리샤칭이 왔다. 저녁에 판원타이, 쉬스취안이 왔다. 밤에 바람이 불었다.

23일 맑음. 오전에 마루젠丸善에 인銀 16엔 50전을, 그리고 신분샤[8]에 인 3엔 50전을 부쳤다. 저녁에 둘째와 함께 쉬지상의 거처에 가서 식사를 하였다. 모두 7명이 동석하였다. 밤에 장이즈가 왔다.

24일 맑음. 오전에 마루젠에서 대영박물관에 소장된 『토속품도록』土俗品圖錄 1책을 부쳐 왔다. 셰허協和를 방문했다.

25일 맑음. 오전에 셋째의 편지를 받았다. 21일에 부친 것이다(六).

26일 맑음. 오전에 셋째에게 편지를 부쳤다(九). 마루젠서점의 편지를 받았다. 밤에 바람이 불었다.

27일 맑고 바람이 거셈. 오전에 노부코의 편지를 받았다. 23일에 부친 것이다. 선헝산沈衡山 모친의 부고를 받았다. 정오 좀 지나 부의금 2위안을 그의 거처로 우편으로 부쳤다.

28일 맑고 바람이 붊. 오전에 둔구이敦古誼 탁본가게에서 왔기에 「찬삼보복업비」贊三寶福業碑와 비액碑額 2매를 1위안에 구입했다. 요시코가 전병 두 상자를 부쳐 왔다. 저녁에 다이뤄링戴螺舲의 초대를 받아 둘째와 함께 그의 거처에 가서 마셨다. 모두 7명이 동석하였다.

29일 맑고 바람이 붊. 일요일, 쉬다. 정오 좀 지나 류리창 더구자이德古齋에 갔다. 「희평원년황장석제자」熹平元年黄腸石題字 1매, 「황녀잔석」皇女殘石 1매, 「고건묘지」高建墓誌·「건처왕씨묘지」建妻王氏墓誌·「고백년묘지」高百年墓誌·「백년처곡률씨묘지」百年妻斛律氏墓誌 각 1매를 6위안 5자오에 구입했다. 대길각석大吉刻石과 폄석잔자窆石殘字 등을 이것과 바꾸었다. 저녁에 쉬지상이 왔다.

---

8) 신분샤(辰文社)는 도쿄에 있던 서점이며, 주인은 나카지마 우사부로(中島卯三郎)이다.

30일 흐림. 오전에 요시코에게 편지와 10위안을 부쳤다. 정오 좀 지나 저장 싱예은행에 가서 이달치 생활비 100위안을 송금하고 편지를 부쳤다. 오후에 가랑비가 내리다가 금방 갰다.

5월

1일 맑음. 별일 없음.

2일 맑음. 오전에 노부코의 편지를 받았다. 4월 28일에 부친 것이다. 오후에 흐리더니 저녁에 비가 내렸다.

3일 비가 내리다가 오후에 갬. 별일 없음.

4일 흐리다가 저녁에 가랑비. 별일 없음.

5일 흐림. 오전에 흐림. 셋째의 편지를 받았다. 1일에 부친 것이다. 정오 좀 지나 가랑비가 내리다가 오후에 갰다. 쉬쭝웨이가 10위안을 빌리러 왔다.

6일 맑음. 일요일, 쉬다. 오전에 둘째와 함께 류리창에 가서 『예석』隷釋, 『예속』隷續 및 부록 왕본汪本 『예석간오』隷釋刊誤 모두 8책을 12위안에, 「원현위묘지」元顯魏墓誌 1매를 3위안에, 육조六朝의 잡다한 조상 11종 28매 등을 도합 7위안에 구입했다. 정오경에 이창에 가서 식사를 하였다. 정오 좀 지나 바람이 불었다. 밤에 밍보 선생의 엽서를 받았다.

7일 맑고 바람이 거셈. 오전에 마루젠에서 『폴란드소설집』波蘭說苑을 부쳐 왔다. 신분샤의 편지를 받았다.

8일 맑고 바람이 붊. 오전에 신분샤에 편지를 부쳤다. 이눙 백부[9]의 편지를 받았다. 7일에 츠저우磁州에서 부친 것이다. 마루젠서점의 편지를 받았다. 저녁에 밍보 선생의 초대를 받아 신펑러우新豊樓에서 마셨다. 스취안의 약혼예물로 인한 모임인데, 모두 9명이 동석하였다.

9일 맑고 바람이 붊. 오후에 마루젠에 편지를 부쳤다. 저녁에 지쯔추季子求가 왔다. 상치헝이 왔다.

10일 흐림. 우레이찬吳雷川 부인의 부고를 받았다. 부의금 2위안을 보냈다. 저녁에 가랑비가 내렸다.

11일 가랑비. 오전에 노부코의 편지를 받았다. 7일에 부친 것이다. 정오 좀 지나 저장 싱예은행에 갔다.

12일 맑음. 오전에 둘째가 서우산首善의원에 갔다. 요시코의 편지를 받았다. 5일에 부친 것이다. 오후에 한서우진이 왔다. 저녁에 지푸에게 편지를 보내 30위안을 빌렸다.

13일 맑음. 일요일, 쉬다. 오전에 둘째 처와 셋째의 편지를 받았다. 9일에 부친 것이다. 아울러 『역외소설집』 10책을 받았다. 치서우산이 왔다. 쉬지상이 왔다. 오후에 왕톄루王鐵如가 왔다. 둘째를 진찰해 달라고 Dr. Grimm을 모셨다. 홍역이라고 한다. 치서우산이 통역했다. 첸쉬안퉁錢玄同의 편지를 받았다. 곧바로 답장했다. 밤에 허칭鶴卿 선생에게 편지를 보내, 둘째를 대신하여 휴가를 신청했다.

14일 맑고 바람이 붊. 휴가를 냈다. 아침에 셋째와 둘째 처에게 편지를 부쳤다(十三). 오전에 지푸가 왔다. 둘째 처의 편지를 받았다. 10일에 부친 것이다. 정오 좀 지나 판치신이 왔다.

15일 맑고 바람이 붊. 휴가를 냈다. 아침에 셋째와 둘째 처에게 편지를 부쳤다(十四). 저녁에 쉬지상이 왔다.

---

9) 이눙(意農) 백부는 1913년 10월 25일자 일기에는 이눙(憶農) 백부로 적혀 있다. 루쉰의 족백(族伯)인 저우창펑(周鏘鳳)을 가리킨다.

16일 맑음. 오전에 양신쓰楊莘耜의 편지와 함께 어산서원魚山書院이 소장하고 있는 한화상漢畵像 탁본 1매를 받았다. 11일에 산둥 쯔양滋陽에서 부친 것이다. 구딩메이顧鼎梅가 『완염신록』琬琰新錄 1책, 석인본 「원현위묘지」元顯魏墓誌 1매를 보냈다. 지푸가 건네주었다. 정오 좀 지나 휴가를 신청했다. 오후에 둘째의 진찰을 위해 Dr. Diper를 모셨다. 치서우산이 와서 통역했다.

17일 맑음. 아침에 셋째와 둘째 처에게 편지를 부쳤다(十五). 판치신이 왔다.

18일 맑음. 오전에 일본우체국에 가서 셋째 처에게 편지와 150위안을 부쳤다. 양신스楊莘士의 편지를 받았다. 16일에 취푸曲阜에서 부친 것이다. 4월분 월급 300위안을 수령했다. 정오 좀 지나 류리창에 가서 「손료부도명」孫遼浮圖銘, 「오엄묘지」吳嚴墓誌, 「이칙묘지」李則墓誌 각 1조 모두 5매를 8위안에 구입했다. 오후에 등나무 의자 2개를 5위안 2자오에 샀다. 리샤칭이 왔다.

19일 흐림. 오전에 셋째와 둘째 처에게 편지와 이달치 생활비 100위안을 부쳤다. 지푸에게 20위안을 갚았다. 정오 좀 지나 류리창에 가서 약간 낡은 탁본 「태공여망표」太公呂望表 1매를 3위안에, 「장안희묘지」張安姬墓誌 1매를 1위안에, 육조 조상 4종 13매 등을 6위안에 구입했다. 오후에 바람이 불고 가랑비가 내렸다. 저녁에 쉬쭝웨이가 와서 20위안을 갚았다. 밤에 상치헝이 왔다. 밤에 바람이 세차게 불었다.

20일 맑음. 일요일, 쉬다. 오전에 둘째 처의 편지를 받았다. 16일에 부친 것이다. 정오 좀 지나 이발을 했다.

21일 맑음. 오전에 양신스가 부친 한화상 탁본 1묶음을 받았다. 16일에 취푸에서 부친 것이다. 저녁에 지푸가 야채탕 한 그릇을 둘째에게 보내 주었다. 밤에 차이 선생의 편지와 함께, 「찬삼보복업비」^{贊三寶福業碑}, 「고귀언조상」^{高歸彦造像}, 「풍악칠제이사읍의등조상」^{豐樂七帝二寺邑義等造像}, 「소식등방상노제기」^{蘇軾等訪象老題記} 탁본 각 2조를 받았다.

22일 맑음. 오전에 마루젠서점의 편지를 받았다. 15일에 부친 것이다. 차이 선생의 편지를 받았다. 둘째 처에게 편지를 부쳤다. 이눙 백부에게 편지를 부쳤다. 오후에 집에서 말린 야채 한 상자를 부쳐 왔다. 8일에 우편으로 부친 것이다.

23일 맑음. 아침에 셋째와 둘째 처의 편지를 받았다. 19일에 부친 것이다(十二). 후쑤이즈^{胡綏之}가 딸을 시집보낸다기에 인^銀 1위안을 보냈다.

24일 맑음. 아침에 셋째와 둘째 처의 편지를 받았다. 20일에 부친 것이다(十三). 오전에 셋째와 둘째 처에게 편지를 부쳤다(十七). 쉬위안^{徐元}에게 편지를 부쳤다. 둘째를 대신하여 쑨푸위안^{孫福源}과 쑹쿵셴^{宋孔顯}에게 편지를 부쳤다. 정오경에 지푸가 생선 한 그릇을 보내 주었다.

25일 맑음. 오전에 둘째 처의 편지를 받았다. 작은 외숙부가 20일에 돌아가셨다고 한다. 21일에 부친 것이다(十四). 저녁에 쉬위안이 왔다. 이달치 생활비로 50위안 송금환을 건네주었다.

26일 맑음. 오전에 셋째 처의 편지를 받았다. 21일에 부친 것이다. 정오 좀 지나 지푸가 약을 가지고 왔다.

27일 맑음. 일요일, 쉬다. 아침에 셋째의 편지를 받았다. 23일에 부친 것이다(十五). 셋째와 둘째 처에게 편지를 부쳤다(十八). 오전에 류리창에 가서 「천통 4년 잔비」^{天統四年殘碑} 1매, 수대의 「왕군묘지」^{王君墓誌} 비개 1매를 도합 1위안에, 그리고 영송사본^{景宋寫本} 「설씨종정관지」^{薛氏鍾鼎款識} 1부 4책을 3위안에 구입했다. 밤에 리샤칭의 편지를 받았다.

28일 맑고 바람이 붊. 오전에 셋째로부터 편지와 비첩^{碑籤} 한 묶음을 받았다. 24일에 부친 것이다(十六). 리샤칭에게 편지를 부쳤다. 시링인사에서 서목 1책을 부쳐 왔다. 지푸가 요리 한 그릇을 보내왔다. 정오 좀 지나 마루젠에서 부친 소설 2책 1꾸러미를 받았다.

29일 맑음. 저녁에 한서우첸이 왔다.

30일 흐림. 정오 좀 지나 이슬비가 오더니 바람이 세차졌다. 밤에 리쯔추가 왔다.

31일 가랑비. 오전에 둘째 처의 편지를 받았다. 27일에 부친 것이다(十七). 셋째 처의 편지를 받았다. 24일에 부친 것이다. 하부토 댁의 편지를 받았다. 25일에 부친 것이다. 양신스가 탁본 1묶음, 한화상 10매, 「우찬묘지」于纂墓誌 번각본 1매, 조상 4매, 전塼 3매를 부쳤다. 모두 지난濟南 금석보존소의 소장석이다. 30일에 부친 것이다. 밤에 판치신이 왔다. 쑹쯔페이가 왔다.

6월

1일 맑음. 오전에 양신스의 편지를 받았다. 29일에 지난에서 부친 것이다. 정오경에 흐림.

2일 맑음. 오전에 셰시위안의 엽서를 받았다. 30일에 쑤저우蘇州에서 부친 것이다. 밤에 상치헝이 왔다.

3일 맑음. 일요일, 쉬다. 오전에 셋째와 둘째 처의 편지를 받았다. 30일에 부친 것이다(十八). 밤에 웨이푸몐이 왔다.

4일 맑음. 저녁에 지푸가 요리 한 그릇을 보내왔다.

5일 맑음. 아침에 집으로부터 편지를 받았다. 1일에 부친 것이다(十九). 오후에 셋째 처의 편지를 받았다. 5월 30일에 부친 것이다.

6일 흐림. 정오 좀 지나 갰다. 별일 없음.

7일 맑고 바람이 붊. 오전에 셋째 처의 편지를 받았다. 1일에 부친 것이다.

8일 맑고 바람이 붊. 별일 없음.

9일 맑음. 오전에 탕얼허^{湯爾和}의 편지와 『동유일기』^{東游日記} 1책을 받았다. 5월분 월급 300위안을 수령했다.

10일 맑음. 일요일, 쉬다. 오전에 집으로부터 편지를 받았다. 6일에 부친 것이다(二十). 집에 편지를 부쳤다(二十一). 쉬지상이 왔다. 정오 못 미쳐 바람이 불고 가랑비가 내렸다. 허쑨^{和孫}이 왔다. 붙들어 점심을 먹었다. 오후에 둘째와 함께 성핑위안^{升平園}에 가서 목욕하였다. 칭윈거에 가서 신발 한 켤레를 샀다. 류리창에 들러 『소설월보』 1책을 사서 돌아왔다.

11일 맑음. 별일 없음.

12일 맑음. 별일 없음.

13일 흐리고 더움. 정오 좀 지나 지쓰교노니혼샤^{實業之日本社}에 인銀 4위안을 부치고 도쿄도[10]에 2위안을 부쳤다.

14일 맑음. 아침에 집으로부터 편지를 받았다. 10일에 부친 것이다(廿一). 오전에 저장 싱예은행에 가서 생활비 50위안을 송금하고, 둘째의 서적구입 대금 20위안과 편지를 부쳤다(廿二). 정오 좀 지나 열이 나더니 밤이 되어도 떨어지지 않았다.

15일 맑음. 병가를 냈다. 오전에 다이루링과 주샤오취안에게 편지를 부쳤다.

---

10) 도쿄도(東京堂)는 일본 도쿄에 있던 서점으로서, 제2차 세계대전 이전의 유명 대리점이다. 1890년 3월 10일 다카하시 신이치로(高橋新一郎)가 창설하였으며, 잡지를 중심으로 일본의 출판유통을 이끌었다.

16일 맑음. 오전에 이케다池田의원에 가서 진찰을 받았다. 더위를 먹었다고 한다. 오후에 병가를 냈다.

17일 흐림. 일요일, 쉬다. 오전에 지푸가 왔다. 오후에 바람이 불더니 갰다. 류리창에 가서 후부인侯夫人·왕극관王克寬·휘직諱直 묘지 각 1매를 2위안에, 육조 조상 7종 13매를 4위안 5자오에 구입했다. 아울러 『함분루비급』涵芬樓秘笈 제2집 8책을 2위안 5자오에 구입했다.

18일 흐림. 정오 좀 지나 비가 내렸다. 별일 없음.

19일 큰 비. 오전에 집으로부터 편지를 받았다. 15일에 부친 것이다(卄二). 정오 좀 지나 날이 갰다. 밤에 차이 선생의 편지를 받았다.

20일 맑음. 정오 좀 지나 허쑨和蓀이 왔다. 밤에 허쑨에게 편지를 부쳤다.

21일 맑음. 오후에 쉬위안, 쉬쭝웨이가 왔다. 20위안을 빌려주었다.

22일 맑음. 오전에 웨이푸몐이 왔다. 정오 좀 지나 리샤칭이 왔다. 밤에 왕징칭王鏡淸이 왔다.

23일 비. 음력 단오, 쉬다. 정오경에 지푸가 요리 두 가지를 보내 주었다. 맥주를 마시고서 오후까지 잠들었다. 쉬지상이 왔다.

24일 흐림. 일요일, 쉬다. 정오 좀 지나 날이 갰다. 쉬스취안이 왔다. 마샤오셴이 왔다. 밤에 상치형이 왔다.

25일 흐림. 오전에 요시코와 시게히사의 엽서를 받았다. 21일에 상하이에서 부친 것이다. 후쿠코의 편지를 받았다. 16일에 부친 것이다. 이시카와분에이도[11]의 편지를 받았다. 서적대금 완불을 알리는 것이다. 정오

---

11) 이시카와분에이도(石川文榮堂)는 일본 도쿄에 있던 서점이다. 1916년에 사가미야(相摸屋)서점의 주인이 세상을 떠나자 사후처리 업무를 이시카와분에이도가 처리하였다.

좀 지나 녠친念欽 선생이 오셨다.

26일 맑음. 별일 없음.

27일 맑음. 아침에 셋째의 편지를 받았다. 23일에 부친 것이다. 오전에 시게히사의 편지를 받았다. 같은 날에 사오싱에서 부친 것이다. 정오 좀 지나 도쿄도서점의 엽서를 받았다. 20일에 부친 것이다. 밤에 바람이 불었다.

28일 맑고 바람이 붊. 저녁에 쉬위안徐元, 쉬쭝웨이가 왔다. 90위안을 건네주었다. 전에 빌려준 돈과 합쳐 이달치 생활비로 송금했다.

29일 맑음. 오전에 집으로부터 편지를 받았다. 25일에 부친 것이다(卄四). 저녁에 치신이 왔다.

30일 맑음. 오전에 도쿄도에서 부친『현대 러시아의 사조 및 문학』露國現代之思潮及文學[12] 1책을 받았다.

7월

1일 흐림. 일요일, 쉬다. 오전에 류리창에 가서 「유평주조상」劉平周造像 1조 모두 4매를 2위안에 구입했다. 봉략逢略·나보노羅寶奴의 조상 각 1매를 덤으로 받았다. 잠시 후 비를 만나 곧바로 돌아왔다. 오후에 날이 갰다. 밍보 선생이 오셨다. 지푸가 어포 한 그릇을 보내 주었다.

2일 맑음. 오전에 6월분 월급 300위안을 수령했다. 첸쥔푸錢均夫가 장쑤江蘇의 비탁碑拓 18매를 9위안에 대신 구입해 주었다.

---

12) 이 책은 노보리 쇼무(昇曙夢)가 1915년에 신초샤(新潮社)에서 출판했으며, 원서의 책명은 『露國現代の思潮及び文學』이다.

3일 비. 오전에 교육부에 가서 동료들과 작별인사를 나누었다.[13] 정오경에 날이 갰다. 치서우산이 왔다.

4일 맑음. 오전에 밍보 선생이 오셨다. 오후에 다이뤄링, 쉬지상이 왔다. 저녁에 셰허가 왔다.

5일 맑음. 오전에 녠친 선생이 오셨다. 판치신이 차 한 봉지를 주었다. 오후에 밍보 선생을 찾아뵈었다.

6일 맑음. 정오 좀 지나 지상이 왔다. 밤에 바람이 세차게 불더니 우레와 번개가 요란하고 비가 내렸다.

7일 맑고 더움. 오전에 비행기가 나타났다. 정오경에 치서우산이 전보를 보냈다. 둘째와 함께 거처를 둥청東城의 촨반후퉁船板胡同의 신화新華여관으로 옮겼다.[14] 낯익은 사람이 아주 많았다.

8일 흐리다가 저녁에 비.

9일 흐림. 오후에 집에 무사하다는 전보를 띄웠다. 밤에 총성이 들렸다.[15]

10일 맑음. 해질 녘에 뇌우가 쏟아졌다.

11일 맑음. 오후에 쯔페이紫佩가 왔다.

---

13) 장쉰(張勳)의 복벽(復辟) 이후 루쉰이 교육부를 그만둔 일을 가리킨다. 1917년 7월 1일 장쉰은 푸이(溥儀)를 추대하여 '등극'시켰다. 루쉰은 이에 분노하여 사직하였으며, 이 때문에 교육부에 가서 동료들과 작별인사를 나누었던 것이다.

14) 장쉰(張勳)의 복벽 이후에 루쉰이 둥청으로 피난한 일을 가리킨다. 돤치루이(段祺瑞)는 공화제 옹호를 명목으로 7월 3일에 마창(馬廠)에서 병사를 일으켰으며, 장쉰을 토벌하기 위해 베이징 근교로 부대를 진격시켰다. 이날 오전 10시 장쉰의 복벽에 반대하는 베이징 난위안(南苑)항공학교의 항공대가 비행기 한 대를 띄워 황성(皇城)에 세 발의 폭탄을 투하했다. 6일부터 베이징 성내의 주민들은 분분히 피난길에 올랐는데, 루쉰 등은 치서우산의 도움을 받아 신화여관으로 거처를 옮겼다.

15) 장쉰의 군대를 공격하는 돤치루이의 '토벌군' 제11사단과 제12사단 사이에 충돌이 일어나 총격전이 벌어진 일을 가리킨다.

12일 맑음. 새벽 4시 반에 격렬한 포성이 들리더니 정오 좀 지나 2시 경에 그쳤다. 일은 평온을 되찾았지만,[16] 뜬소문이 요란했다. 음식 구하기 가 몹시 어려웠다. 저녁에 왕화주王華祝, 장중쑤張仲蘇 및 둘째와 함께 이싱 쥐[17]로 치서우산을 찾아가서 한 끼를 해결했다.

13일 맑음. 오전에 둘째와 함께 쉬밍보, 지푸를 찾아갔다. 식사를 한 후 거처로 돌아와 잠시 머물렀다. 판치신이 찾아왔다. 오후에 다시 신화여 관으로 돌아가 묵었다. 쑹즈팡의 편지를 받았다.

14일 맑음. 시국이 조금 잠잠해졌다. 둘째와 함께 읍관邑館으로 돌아 왔다.

15일 일요일. 비. 오후에 왕톄루가 왔다. 쉬지상이 왔다.

16일 흐림. 오전에 교육부에 갔다.[18] 마루젠과 도쿄도의 편지를 받았 다. 정오 좀 지나 둘째와 함께 성핑위안에 가서 이발과 목욕을 하였다. 또 한 혼자서 류리창에 가서 표구한 탁본을 찾아왔다. 모두 12매이며, 공임 으로 2위안을 지불했다. 이슬비가 내리자 곧장 돌아왔다. 밤에 큰 비가 내 렸다.

17일 맑음. 오후에 셋째의 편지를 받았다. 13일에 부친 것이다.

18일 맑음. 오전에 마루젠에서 『지나토우고』支那土偶考 제1권 1책을 부 쳐 왔다. 밤에 비가 내렸다.

---

16) 돤치루이와 장쉰 사이의 전투가 그친 것을 가리킨다. 이날 이른 아침에 돤치루이의 군대는 장 쉰의 군대에게 총공세를 가하여 톈탄(天壇) 등지를 점령하고, 오후 1시경에는 장쉰의 저택을 공 격하였다. 장쉰이 네덜란드 공사관으로 피신함에 따라 전투는 일단락되었다.
17) 이싱쥐(義興局)는 치서우산의 집안이 둥뱌오베이후퉁(東裱褙胡同)에서 운영하던 곡물가게이 다. 당시 식품을 살 수 있는 곳이 없었기에, 루쉰 등은 이곳으로 가서 끼니를 해결했다.
18) 루쉰은 장쉰의 복벽에 분노하여 교육부를 사직하였으나, 장쉰의 복벽이 실패로 끝나자 다시 교육부로 돌아왔다.

19일 흐림. 정오경에 맑게 개더니 밤에 비가 내림.

20일 흐림. 쑹즈팡에게 편지를 부쳤다. 정오경에 맑게 개더니 오후에 흐림. 류리창에 갔다가 비를 만나 거처로 돌아왔다. 다시 날이 갰다. 밤에 판치신이 왔다. 큰 비가 내렸다.

21일 비. 별일 없음.

22일 맑고 바람이 붊. 일요일, 쉬다. 정오 좀 지나 둘째와 함께 중앙공원에 갔다.

23일 흐림. 오후에 뇌우가 쏟아지더니 밤새도록 내렸다.

24일 맑음. 정오경에 장중쑤, 치서우산과 함께 쥐셴탕聚賢堂에 가서 식사를 하였다. 밤에 비가 내렸다.

25일 비. 오전에 저장 싱예은행에 가서 생활비 200위안을 송금했다.

26일 비. 오후에 갬. 바람이 불더니 밤에 가랑비가 내렸다. 별일 없음.

27일 흐림. 오후에 비가 내림. 별일 없음.

28일 비가 내리다가 정오경에 갬. 별일 없음.

29일 흐림. 일요일, 쉬다. 오전에 판치신이 왔다. 정오경에 둘째와 함께 광허쥐에 가서 식사를 하였다. 또한 류리창을 돌아다닌 후에 헤어졌다. 둘째와 더불어 칭윈거에 가서 차를 마시고 관인쓰제觀音寺街로 나가 비스킷, 사탕 한 상자씩을 사서 돌아왔다. 밤에 비가 내렸다.

30일 비. 오전에 갰다. 별일 없음.

31일 맑음. 오후에 치서우산, 쉬지상과 함께 대학으로 가서 차이 선생을 찾아뵙고서 저녁에 돌아왔다. 밤에 천스쩡陳師曾이 왔다.

8월

1일 맑음. 별일 없음. 밤에 뇌우가 요란했다. 방 곳곳에 비가 샜다.

2일 맑음. 오후에 흐림. 쉬위안에게 편지를 부쳤다. 상위^{上虞} 난청^{南城}의 후룽창^{胡榮昌}을 통해 전해 주도록 부탁했다.

3일 맑음. 오전에 집에 편지를 부쳤다(^{卅五}). 정오 좀 지나 7월분 월급 300위안을 수령했다. 저녁에 뇌우에 우박이 섞여 내렸다.

4일 맑음. 오후에 셋째의 편지와 함께 첩첨^{帖籤} 한 묶음을 받았다. 대단히 조잡했다. 7월 30일에 부친 것이다.

5일 맑음. 일요일, 쉬다. 오전에 밍보 선생이 오셨다. 차이 선생에게 편지를 부쳤다. 셋째에게 편지를 부쳤다. 정오 못 미쳐 둘째와 함께 류리창에 가서 '가지기매'^{家之基邁} 등의 글이 새겨진 잔석^{殘石} 탁본 1매를 5자오에 구입했다. 아울러 조상 잔석 탁본 1매를 구입했는데, 제자^{題字}가 없고 그림새김이 매우 정치하다. 당대^{唐代}의 물건인 듯한데, 그 잔석은 이미 일본으로 건너갔다고 한다. 그래서인지 탁본의 가격은 1위안 5자오나 되었다. 칭윈거에 가서 차를 마시고 점심을 먹었다. 관인쓰제로 나와 비스킷 한 상자를 사서 돌아왔다. 오후에 주린이 왔다. 지상이 둘째 딸을 데리고 왔다.

6일 흐림. 때때로 가랑비. 별일 없음.

7일 맑음. 오전에 하부토 댁의 편지를 받았다. 1일에 부친 것이다. 차이 선생에게 편지와 함께 대학 휘장[19]의 시안을 부쳤다.

8일 맑음. 별일 없음.

---

19) 루쉰이 베이징대학을 위해 만든 대학 휘장의 도안을 가리킨다. 차이위안페이(蔡元培)는 1916년 2월 베이징대학의 총장에 취임하자마자 루쉰에게 대학의 휘장을 디자인해 달라고 부탁했다.

9일 맑고 무더움. 오후에 첸중지錢中季가 이야기를 나누러 왔다가 밤중에야 돌아갔다.

10일 맑고 더움. 저녁에 상치형이 왔다.

11일 맑음. 별일 없음.

12일 흐림. 일요일, 쉬다. 오전에 장이즈가 왔다.

13일 맑고 바람이 붊. 오전에 도쿄도로부터 편지와 함께 『일본일지화신』[20] 한 질 5책을 받았다. 오후에 집으로부터 편지를 받았다. 9일에 부친 것이다(三十三). 밤에 셋째가 부친 미사용 첩첨帖籤 한 꾸러미를 받았다. 역시 9일에 부친 것이다.

14일 맑음. 밤에 장이즈가 왔다.

15일 맑음. 오후에 차이 선생의 편지를 받았다.

16일 맑음. 오후에 리샤칭이 왔다. 저녁에 쯔페이가 와서 차 한 꾸러미를 주었다.

17일 맑음. 정오 좀 지나 마루젠서점의 편지를 받았다. 저녁에 첸중지가 왔다.

18일 흐림. 오전에 마루젠에서 부친 영문서목 4책을 받았다. 오후에 류리창에 가서 탁본 표구를 맡기고 「왕기단비」王基斷碑 1매를 5자오에 구입했다.

19일 맑음. 일요일, 쉬다. 오전에 둘째와 함께 시성핑위안西升平園에 가서 목욕을 마치고서 류리창을 들러 돌아왔다. 오후에 리샤칭의 편지를 받

---

20) 『일본일지화신』(日本一之畵噺)은 이와야 사자나미(巖谷小波)의 글, 오카노 사카에(岡野榮), 고바야시 쇼키치(小林鍾吉)와 스기우라 히스이(杉浦非水) 등의 그림으로 이루어져 나카니시야(中西屋)서점에서 1911년부터 1914년에 걸쳐 시리즈물로 출판된 아동용 도서이다. 원서의 명칭은 『日本一ノ畵噺』이다.

고서 곧바로 답장했다. 펑더싼封德三이 왔다. 바람이 불었다.

20일 흐림. 오전에 도쿄도에 부친 3책을 받았다. 쉬위안의 편지를 받았다. 14일 상위에서 부친 것이다. 저녁에 가랑비가 내렸다.

21일 아침에 가랑비. 공원 내의 도서열람소[21]가 개관했다. 이곳을 시찰하러 갔다. 오전에 날이 갰다. 저녁에 판치신이 왔다. 두하이성杜海生이 왔다.

22일 비. 정오 좀 지나 두하이성에게 편지를 부쳤다. 주린의 편지를 받았다.

23일 흐림. 집에서 차 두 봉지를 부쳤다. 정오 좀 지나 사람을 우체국에 보내 찾아오게 했다. 오후에 큰 비가 내렸다.

24일 맑음. 오후에 류리창에 가서 표구한 탁본을 찾아왔다. 모두 30매이고 공임으로 4위안을 지불했다.

25일 맑음. 오전에 주티셴朱逷先이 왔다.

26일 흐림. 일요일, 쉬다. 오전에 위수자오虞叔昭가 왔다. 정오 좀 지나 돤무산푸端木善孚가 왔다. 우팡허우의 편지를 받았다. 저녁에 쉬스취안이 왔다. 밤에 비가 내렸다.

27일 맑음. 저녁에 첸중지가 왔다. 밤에 비바람이 사납게 몰아쳤다.

28일 흐림. 정오 좀 지나 큰 비가 한바탕 내렸다. 저녁에 선상치에게 편지를 부쳤다. 밤에 쯔페이가 왔다. 차 대금을 지폐 12매로 갚았다. 큰 비가 내렸다.

29일 맑음. 오전에 펑더싼이 왔다.

---

21) 도서열람소는 중앙공원 사직단(社稷壇)의 극전(戟殿)을 열람실 및 서고로 삼아 이날 이용자에게 개방되었다. 1925년에 경사제삼보통도서관(京師第三普通圖書館)으로 개칭되었다.

30일 맑음. 오전에 마루젠서점에 20위안을 부쳐 서적구입권[22]을 샀다.

31일 맑음. 오후에 류리창에 가서 표구한 탁본을 찾아왔다. 저녁에 지 쯔추가 왔다. 상치형이 왔다.

9월

1일 흐림. 정오 좀 지나 큰 비가 한바탕 내렸다가 갰다. 저녁에 펑더싼이 샹창香廠의 청위안澄園에 초대하여 식사를 하였다. 둘째와 함께 갔으며, 동석자 중에는 지쯔추, 야오주칭姚祝卿도 있었다. 밤에 비가 내렸다. 오후에 집에 8월치 생활비 50위안을 부쳤다. 쯔페이에게서 빌렸다.

2일 일요일, 쉬다. 비, 오후에 펑더싼이 왔다.

3일 가랑비. 오전에 마루젠에서 영문 소설 2책을 부쳐 왔다.

4일 맑음. 오전에 타오녠친 선생이 오셨다. 마루젠서점의 편지를 받았다.

5일 가랑비. 별일 없음.

6일 맑고 바람이 붊. 오전에 도쿄도에 인銀 6위안을 부쳤다.

7일 맑음. 오전에 도쿄도에 편지를 부쳤다.

8일 맑음. 정오 좀 지나 8월분 월급 300위안을 수령했다. 저녁에 둔구이에서 탁본을 가지고 왔으나 쓸만한 것이 없었다. 가지고 있는 탁편 29종을 골라 표구를 맡겼다. 밤에 쯔페이가 왔다. 판치신이 왔다.

9일 흐림. 일요일, 쉬다. 오전에 둘째와 함께 지푸를 방문하였으나 만

---

22) 마루젠서점은 메이지 32년(1898)부터 서적구입권을 발행하기 시작했다. 고객은 서적구입권의 액수대로 서적과 문구 등을 구입할 수 있었다.

나지 못했다. 곧바로 밍보 선생의 댁에 가서 마침 카이펑開封에서 온 판원타이를 만났는데, 안양安陽 보산석각寶山石刻 탁본 한 벌을 주었다. 위대魏代에서 수대隋代까지의 석각 19종, 당대의 석각 33종, 송대의 석각 1종 등 모두 82매이다. 정오 좀 지나 장세허가 왔다. 상치헝이 왔다. 펑더싼이 왔다. 오후에 쉬지상이 왔다.

10일 흐림. 밤에 지푸가 왔다.

11일 맑고 바람이 붉. 오후에 류리창에 갔다. 저녁에 지푸를 찾아갔으나 만나지 못했다.

12일 맑음. 밤에 리샤칭, 쑹쯔페이가 왔다.

13일 맑음. 정오 좀 지나 저장 싱예은행에 가서 집에 50위안을 부쳤다. 8월치의 보충분이다. 쑹즈팡의 편지를 받았다. 9일에 항저우에서 부친 것이다. 밤에 쉬지푸가 왔다.

14일 흐림. 오전에 마루젠으로부터 편지를 받았다. 6일에 부친 것이다. 저녁에 비가 왔다.

15일 맑음. 정오 좀 지나 이발을 했다.

16일 맑음. 일요일, 쉬다. 오전에 왕스첸이 왔다. 지푸가 왔다. 밤에 비가 내렸다.

17일 비. 오전에 쉬위안의 편지를 받았다. 사오싱에서 부친 것이다. 우팡허우의 편지를 받았다. 옌저우嚴州에서 부친 것이다.

18일 비. 오전에 마루젠으로부터 서적 2책을 받았다. 정오 좀 지나 날이 갰다. 저녁에 지푸의 거처에 갔다.

19일 흐림. 오전에 마루젠에서 부친 서적구입권 2매와 편지를 받았다. 밤에 쯔페이가 왔다.

20일 맑음. 저녁에 쉬지상이 왔다.

21일 맑음. 정오 좀 지나 류리창에 가서 「조진비」曹眞碑와 뒷면 2매를 1위안에, 「방법사등암굴기」方法寺等岩窟記와 각경刻經 2매를 2위안에 구입했다. 황쯔젠黃子澗의 형의 부고를 받고서 부의금 1위안을 냈다. 오후에 펑더싼의 편지를 받았다. 18일에 상하이에서 부친 것이다. 밤에 지푸가 왔다.

22일 맑음. 정오 좀 지나 도서분관에 가서 『열반경』涅槃經을 빌렸다. 또한 류리창에 갔다. 밤에 상치형이 왔다. 이눙 백부의 편지를 받았다. 16일에 츠저우에서 부친 것이다. 비가 내렸다.

23일 맑고 바람이 붊. 일요일, 쉬다. 정오 좀 지나 밍보 선생을 찾아갔으나 만나지 못했다. 서적구입권 2매를 그의 집에 놓아 스취안의 결혼을 축하하였다. 지푸를 찾아갔으나 만나지 못했다. 오후에 장이즈가 왔다. 밤에 지푸가 왔다.

24일 맑음. 오전에 밍보 선생이 오셨다. 후쿠코의 편지를 받았다. 18일에 부친 것이다. 밤에 첸중지가 왔다.

25일 맑음. 정오 좀 지나 마루젠에서 체호프 소설 영역본 1책을 부쳐 왔다.

26일 맑음. 오전에 마루젠으로부터 편지를 받았다. 밤에 상치형이 왔다. 지푸에게 편지를 부쳤다.

27일 흐림. 정오 좀 지나 비가 내렸다. 상치형에게 편지를 부쳤다. 순즈順直의 수재 의연금으로 인銀 2위안을 기부했다.[23]

28일 비. 오전에 이눙 백부에게 편지를 부쳤다. 첸중지에게 편지를 부쳤다. 쑹즈팡에게 편지를 부쳤다.

---

23) 1917년에 남운하(南運河)의 수리를 게을리하여 둑이 터지는 바람에 허베이(河北) 지역에 대홍수가 발생하였다. 수재를 입은 지역은 백여 현에 달하고 이재민은 수백만에 이르렀다. 루쉰은 9월 27일, 10월 26일, 12월 26일 세 차례에 걸쳐 수재의연금을 기부했다.

29일 맑음. 오후에 이달분 월급 300위안을 수령했다. 도서분관으로 주샤오취안을 찾아갔다. 지푸를 찾아갔으나 만나지 못했다. 첸쉬안퉁의 편지를 받았다. 밤에 상치헝이 왔다.

30일 맑음. 일요일, 쉬다. 오전에 두하이성이 왔다. 지푸가 왔다. 판치신이 왔다. 오후에 펑더싼의 편지를 받았다. 23일에 상하이에서 부친 것이다. 주린이 왔다. 주펑셴, 첸쉬안퉁이 왔다. 장셰허가 왔다. 음력 중추절인지라 집오리를 삶고 술을 사와 저녁 식사를 하였다. 쉬안퉁이 식사 후에 돌아갔다. 달빛이 몹시 아름다웠다. 밍보와 지푸가 각각 요리 두 가지를 주었다.

10월

1일 맑음. 중추절의 대체 휴일이다. 오전에 밍보 선생이 오셨다. 정오 좀 지나 쯔페이가 왔다.

2일 맑음. 오전에 도쿄도에서 도스토예프스키의 소설 3책, 다카기高木 씨의 동화[24] 2책을 한 꾸러미로 부쳐 왔다.

3일 맑음. 정오 좀 지나 후쿠코에게 편지를 부쳤다.

4일 맑음. 아침에 푸화거富華閣에서 탁본을 가지고 왔다. 오후에 쑹마이宋邁가 편지와 함께 『등음잡기』藤陰雜記 2부를 보내왔다. 각 부마다 2책이다. 밤에 창이첸이 왔다.

5일 흐림. 정오 좀 지나 두하이성을 찾아가 100위안을 건네주었다. 오후에 저장 싱예은행에 가서 55위안을 인출하여 9월치 생활비로 송금했다.

---

24) 다카기 도시오(高木敏雄)의 저서인 『일본 옛날이야기』(日本昔ばなし)를 가리킨다.

류리창에 가서 「장무왕태비로묘지」^{章武王太妃盧墓誌}, 「임회왕묘지」^{臨淮王墓誌}
각 1매, 「곽달묘지」^{郭達墓誌}와 비개 2매, 「원예처조상」^{元倪妻造像} 1매를 도합
6위안에 구입했다. 지푸가 전탁편 1매를 가져왔는데, '용봉'^{龍鳳}이란 두 글
자가 적혀 있다. 중수^{仲書} 선생이 주신 것으로, 동위^{東魏}의 물건으로 보이
고, 글자는 찍어 낸 것이 아니라 손으로 새긴 것이며, 120위안을 들여 구
하였다고 한다. 밤에 쑹마이에게 답신하였다.

6일 흐림. 오전에 지푸에게 편지를 부쳤다. 정오 좀 지나 답신을 받았
다.

7일 맑음. 일요일, 쉬다. 오전에 둘째와 함께 왕푸징제^{王府井街}에 가서
빙얼^{餅餌25)}을 먹은 후 구궁전^{故宮殿}을 돌아다니고 원화전^{文華殿}에 진열된 서
화를 구경하였다. 다시 공원을 돌아다니다가 차를 마시고 돌아왔다. 리샤
칭이 왔으나 만나지 못했다. 편지와 갚는 돈 20위안, 차 두 봉지를 놓아두
고 갔다. 오후에 밍보 선생과 지푸가 왔다.

8일 맑음. 저녁에 쯔페이가 왔다. 첸쉬안퉁이 왔다.

9일 비. 별일 없음.

10일 맑음. 국경일, 쉬다. 정오 좀 지나 관인쓰제에 가서 비스킷 두 상
자를 사고, 다시 류리창에 가서 「도귀묘지」^{陶貴墓誌} 1매를 구입했다. 난링^南
^陵 서씨^{徐氏}의 장석^{藏石}인데, 번각본으로 여겨지기도 한다. 가격은 2위안이
다. 아울러 고건^{高建} 및 처 왕씨^{王氏}, 고백년^{高百年} 및 곡률묘지^{斛律墓誌} 모두 4
매를 1위안에 구입했다. 저녁에 우레가 울리고 비바람이 약간 쳤다.

11일 맑고 바람이 붊. 쉬다. 정오 좀 지나 상치헝이 왔다.

---

25) 밀가루 등을 반죽하여 넓적한 원형으로 만들어 굽거나 찐 음식을 가리킨다. 반죽한 밀가루를
발효시켜 그 안에 각종 소를 넣기도 한다.

12일 맑음. 정오 좀 지나 치서우산과 함께 지상을 방문하였다. 둘째 처의 편지를 받았다. 2일에 부친 것이다. 저녁에 지푸에게 편지를 부쳤다.

13일 맑음. 저녁에 첸쉬안퉁이 왔다.

14일 맑음. 일요일, 쉬다. 오전에 쉬스취안이 왔다. 정오 좀 지나 류리 창에 가서 「안락왕원전묘지」安樂王元詮墓誌 1매를 12위안에, 위魏나라의 「관중후소군신도」關中侯蘇君神道 1매를 1위안에 구입했다. 밤에 쯔페이가 왔다.

15일 맑음. 오전에 마루젠에 20위안을 부쳤다. 판치신의 편지를 받았다. 9일에 사오싱에서 부친 것이다. 정오 좀 지나 흐려지더니 밤에 뇌우가 몰아쳤다.

16일 맑음. 오전에 지푸에게 편지를 부쳤다. 마루젠에서 『쿠프린 소설 선』古普林小說選 1책을 부쳐 왔다.

17일 맑음. 오전에 마루젠으로부터 편지를 받았다. 밤에 상치형이 왔다.

18일 맑음. 오전에 상치형에게 편지를 부쳤다. 저녁에 쉬스취안이 와서 「원흠묘지」元欽墓誌 1매를 주었다. 쯔페이가 왔다. 밤에 지푸가 왔다. 상치형이 왔다.

19일 맑음. 정오 좀 지나 쉬지상의 문병을 갔다. 저녁에 밍보 선생이 오셨다. 200위안을 빌려주었다. 밤에 탁족을 하였다.

20일 맑음. 오전에 지푸가 왔다. 둘째와 함께 농사시험장을 돌아보았다. 오후에 도쿄 하부토 댁의 편지를 받았다. 12일에 부친 것이다. 오후에 류리창에 가서 「순악묘지」荀岳墓誌 1매, 「오백여인조상기」五百余人造像記와 뒷면 2매, 구빙寇憑·진秦·연演의 묘지 각 1매를 도합 15위안에 구입했다. 이 가운데 5위안은 다시 찍어 낸 탁본으로 충당하고, 10위안을 지불하였다. 아울러 표구한 탁본 대소 22매를 찾아왔다. 공임으로 5위안을 지불했다.

21일 흐림. 일요일, 쉬다. 정오 좀 지나 리샤칭이 왔다. 저녁에 밍보 선생의 댁에 가서 식사를 하였다. 둘째도 함께 갔다.

22일 맑음. 정오 좀 지나 저장 싱예은행에 가서 쯔잉子英에게 진 빚 150위안, 쯔페이에게 진 빚 50위안을 송금했다. 저녁에 셰허의 집에서 식사를 하였다. 둘째도 함께 갔다. 밤에 장이즈가 왔으나 만나지 못했다.

23일 맑음. 정오 좀 지나 치서우산과 함께 샤오스를 돌아다녔다.

24일 비. 정오 좀 지나 쉬지상을 문병하였다. 저녁에 리샤칭의 편지를 받고서 곧바로 답신했다. 밤에 장이즈가 왔다.

25일 비. 저녁에 지푸가 왔다.

26일 비. 오전에 지푸에게 『음류재설자』飮流齋說瓷 2책을 부치고 『소년병단』少年兵團 1책을 반환하였다. 오후에 이번 달 월급 300위안을 수령했다. 즈리直隷의 수재의연금으로 11위안을 기부하였다. 저녁에 리샤칭으로부터 편지와 함께 첩첩帖籤 4매를 받았다. 보후이伯撝 숙부의 편지를 받았다. 22일에 난징南京에서 부친 것이다.

27일 흐림. 정오경에 지상을 찾아가 대신 수령한 월급을 건네주었다. 저녁에 비가 내렸다.

28일 맑고 바람이 거셈. 일요일, 쉬다. 오전에 리샤칭이 왔다. 두하이성이 왔다. 정오 좀 지나 류리창에 가서 탁본 표구를 맡겼다. 아울러 진대晉代의 「풍공묘지」馮恭墓誌, 「양범묘지」楊范墓誌 각 1매를 도합 4위안에 구입했다. 그리고 「요찬묘지」姚纂墓誌 1매는 대단히 흐릿한데, 취양曲陽에서 출토되었다고 한다. 1위안이다. 또한 「범금도」梵禁圖 1매를 받았는데, 돤씨端氏의 목각본이다.

29일 맑음. 정오 좀 지나 치서우산과 함께 샤오스를 돌아다녔다.

30일 맑음. 별일 없음.

31일 맑음. 정오 좀 지나 치서우산과 함께 샤오스를 돌아다녔다. 저녁에 지푸가 왔다. 밤에 지상을 문병하러 갔다.

11월

1일 맑음. 정오 좀 지나 지상을 문병하러 갔다. 치서우산에게 외투 한벌을 사 달라고 부탁했다. 20위안을 주었다.

2일 맑음. 오전에 장티푸스 예방약 한 병을 1위안에 구입했다. 도쿄도로부터 편지와 함께 『문예사조론』文藝思潮論 1책을 받았다.

3일 흐림. 정오 못 미쳐 치서우산과 함께 중앙공원에 갔다. 오후에 양피의 마고자 옷감을 20위안에 샀다. 밤에 바람이 거세게 불었다.

4일 맑고 바람이 붊. 일요일, 쉬다. 정오 좀 지나 류리창에 가서 「장경조상」張敬造像 1조 6매를 5위안에, 우싱吳興의 야오씨姚氏가 소장한 육조의 조상 10종 13매를 6위안에, 「하장식묘지」賀長植墓誌 1매를 2위안에 구입했다. 다자란大柵欄에 가서 내복 셔츠 두 가지를 10위안에, 그리고 빙얼 등을 3위안에 샀다. 저녁에 난로를 9위안에 놓았다. 밤에 쯔페이가 왔다. 얼음이 얼었다.

5일 맑음. 정오 좀 지나 지상을 문병하러 갔다. 즈리의 수재의연금 추첨이 발표되었다. 연초 네 갑을 얻었다.

6일 맑음. 오전에 교육부 아전에게 우체국에 가서 집에서 부쳐 온 차 한 봉지를 찾아오게 하였다.

7일 흐림. 오전에 지붕을 수리했다. 정오 좀 지나 눈이 약간 내렸다. 차이 선생께 편지를 부쳐 지상을 대신하여 강사 사직원을 냈다. 서우산이 함께 서명했다.

8일 맑음. 오전에 지상을 문병하러 갔다.

9일 맑고 바람이 거셈. 별일 없음.

10일 맑고 바람이 붊. 쉬다. 정오 못 미쳐 둘째와 함께 도서분관으로 쯔페이를 찾아갔다. 루이푸샹瑞蚨祥에 가서 방한복과 방한모, 담요를 지폐 120위안에 구입했다. 정오 좀 지나 칭윈거에 가서 먹고 마셨다. 류리창 더구자이德古齋에 가서 한화상漢畵像 탁본 2종을 1위안에 구입했다. 뤄씨洛氏가 예전에 소장했던 것을 새로 탁본한 것으로, 최근에 유럽인에게 매각되었다. 글자는 있지만 위각僞刻이다. 아울러 「구치묘지」寇治墓誌 탁본 1매를 3위안에 구입했다.

11일 맑음. 일요일, 쉬다. 오전에 두하이성의 거처에 가서 100위안을 건네주었다. 전에 둘째를 통해 건네준 100위안과 합쳐 모두 사오싱에 송금하였다. 지난달과 이달의 생활비이다. 지상을 문병하였다. 차츰 회복되고 있다. 지쯔추, 류리칭劉歷靑이 왔다. 오후에 밍보 선생의 거처에 갔다. 판치신이 왔다. 밤에 셋째의 편지를 받았다. 요시코가 6일 낮에 딸을 낳았다고 한다.

12일 맑음. 정오 좀 지나 고등사범학교에 가서 국가國歌를 들었다.[26] 저녁에 밍보 선생이 오셔서 인銀 150위안을 갚았다. 취안券 200위안에 해당된다. 밤에 첸쥐안퉁이 왔다.

13일 맑음. 오전에 저장 싱예은행에 예금하러 갔다.

14일 맑음. 오후에 쉬쥔푸許駿甫에게 편지를 부쳤다. 저녁에 바람이 불었다.

---

26) 교육부는 홍헌(洪憲)시대의 국가를 폐지하고 '경운가'(卿雲歌)를 국가로 회복하기로 정하였다. 그리하여 고등사범학교 학생들에게 국가를 합창하도록 하고, 교육부 관계자와 교육계 대표에게 합창을 들은 후의 의견을 구하였다.

15일 맑음. 오전에 보후이 숙부에게 답신했다. 우팡허우에게 답신했다.

16일 맑음. 정오경에 치서우산, 다이뤄링과 함께 식당에 가서 식사했다. 오후에 이발을 했다. 저녁에 쯔페이가 왔다.

17일 맑음. 오전에 마루젠에서 책 3책을 부쳐 왔다. 정오경에 주샤오취안, 치서우산과 함께 지샹을 문병하러 갔다. 많이 나았다. 밤에 상치헝이 왔다. 바람이 불었다.

18일 흐림. 일요일, 쉬다. 오전에 바람이 불고 갰다. 한서우진이 왔다. 정오경에 둘째와 함께 관인쓰제에게 가서 음식을 샀다. 다시 칭윈거의 위후춘玉壺春에 가서 차를 마시고 춘쥐안[27]을 먹었다. 또한 조그마한 가게에서 북위北魏의 잡다한 조상 6매, 북주北周의 「장법사비」張法師碑 1매를 도합 3위안에 구입했다. 류리창으로 나와 더구자이에 이르러 「소역묘지」蕭場墓誌와 비개 2매를 2위안 5자오에, 그리고 「송매조상」宋買造像 4매를 1위안에 구입했다. 다시 둔구이에 가서 표구한 탁편 30매를 찾아왔다. 공임은 5위안이다.

19일 맑음. 롼허쑨阮和孫이 왔으나 만나지 못했다. 명함을 남겨 두고 갔다. 밤에 바람이 불었다.

20일 맑음. 오후에 류리창에 가서 탁본의 표구를 맡겼다.

21일 맑음. 정오 좀 지나 샤오스를 돌아다녔다. 저녁에 허쑨이 와서 집에서 부친 죽순과 말린 채소 한 상자를 건네주었다.

22일 맑음. 정오 좀 지나 지샹을 문병하러 갔다.

23일 맑음. 오전에 마루젠에서 『광물학』礦物學 1책을 부쳐 왔다. 밤에

---

27) 춘쥐안(春卷)은 얇게 민 밀가루 피에 만두소를 넣고 기름에 튀긴 기다란 모양의 음식이다.

바람이 불었다.

24일 흐림. 오전에 『광물학』을 셋째에게 부쳤다. 마루젠에서 편지를 보내왔다. 밤에 바람이 불었다.

25일 맑음. 일요일, 쉬다. 정오 못 미처 둘째와 함께 류리창에 가서 장아소張阿素·경씨耿氏 묘지 각 1매를 3위안에 구입했다. 아울러 「위선무빈사마씨묘지」魏宣武嬪司馬氏墓誌 1매를 중복된 탁본 5종 14매와 바꾸었다. 4위안어치이다. 정오경에 칭원거에서 점심을 먹었다. 관인쓰제로 나와 음식 1위안어치와 위약 4위안어치를 샀다. 정오 좀 지나 둘째 처로부터 털양말 한 켤레와 편지를 받았다. 10일에 우편으로 부친 것이다. 오후에 판치신이 왔다.

26일 맑고 바람이 붊. 정오경에 위약 한 갑을 집에 부쳤다. 저녁에 둘째 처의 편지를 받았다. 23일에 부친 것이다.

27일 맑음. 오전에 도쿄도에서 엽서를 부쳐 왔다. 오후에 둘째 처에게 편지를 부쳤다. 둘째의 편지를 동봉했다. 허쑨이 왔으나 만나지 못한 채 떠났다. 밤에 쯔페이가 왔다.

28일 맑음. 오전에 리샤칭李遐卿의 편지를 받았다.

29일 맑음. 오전에 샤칭에게 10위안을 빌려주었다. 둘째가 곧 떠난다.

30일 맑음. 별일 없음.

12월

1일 맑음. 오전에 나카니시야[28]에 편지를 부쳤다. 정오 좀 지나 지상을 문병하러 갔다. 저녁에 차이구칭蔡谷青이 왔다.

2일 맑고 바람이 세참. 일요일, 쉬다. 정오 좀 지나 주린이 왔다. 오후에 구칭谷淸이 왔다. 차이 선생이 오셨다.

3일 맑음. 오전에 둘째 처의 편지를 받았다. 29일에 부친 것이다. 도쿄도에서 서적 4책을 부쳐 왔다. 곧바로 1책을 사오싱에 부쳤다.

4일 맑음. 정오 좀 지나 저장 싱예은행에 가서 지난달 생활비 100위안을 송금하고 편지를 부쳤다. 저녁에 구칭이 왔다.

5일 맑음. 밤에 쯔페이가 왔다. 바람이 불었다.

6일 맑음. 오전에 둘째 처의 편지를 받았다. 2일에 부친 것이다. 정오 좀 지나 쉬지상을 문병하러 갔다.

7일 흐리고 바람. 정오 좀 지나 눈이 약간 오다가 갰다. 별일 없음.

8일 맑음. 오전에 리샤칭의 편지를 받았다. 정오 좀 지나 류리창에 가서 표구한 탁본을 찾았다. 공임은 3위안이다. 또한 「식재사원화상」食齋祠園畫像 1매, 궁내사양씨宮內司楊氏·낙릉왕원언樂陵王元彦의 묘지 각 1매, 「윤경목조상」尹景穆造像 및 뒷면 2매, 불경 잔석 2매 등을 구입했는데, 도합 6위안어치이다. 아울러 「영원삼년양화매지연권」永元三年梁和買地鉛券·「연홍삼년왕군□전묘지」延興三年王君□磚墓誌의 탁본 각 1매를 덤으로 받았다. 위작인 듯하다. 밤에 상치헝이 왔다. 바람이 불었다.

9일 맑고 바람이 거셈. 일요일, 쉬다. 오전에 쉬스취안이 왔다. 밤에 판치신이 왔다.

10일 맑음. 별일 없음.

11일 흐림. 저녁에 눈이 약간 내리다가 그쳤다. 이가 조금 아팠다.

12일 맑음. 오전에 셋째와 셋째 처의 편지를 받았다. 8일에 부친 것이

---

28) 나카니시야(中西屋)는 일본 도쿄에 있는 서양서적 판매 서점이다. 루쉰은 일본에 유학하던 시절에 자주 이 서점에 들렀으며, 귀국 후에도 연락을 취하였다.

다. 쑹즈팡의 편지를 받았다. 9일에 항저우에서 부친 것이다. 오후에 쑹마이의 편지를 받았다. 저녁에 장이즈가 왔다.

13일 진눈깨비가 한 치 넘게 쌓임. 정오 좀 지나 마루젠에서 편지가 왔다. 저녁에 밍보 선생이 요리 두 가지를 보내 주었다. 밤에 바람이 불었다.

14일 맑고 바람이 거셈. 오전에 나카니시야에서 편지가 왔다. 마루젠에서 『독일문학의 정신』德文學之精神 1책을 부쳐 왔다. 영어서적이다. 둘째가 구입한 것이다. 오후에 11월분 월급 300위안을 수령했다. 인銀 1에 취안券 9의 비율이다. 지상의 집으로 문병을 갔다. 대신 수령한 월급을 건네 주었다. 저녁에 쑹쯔페이가 왔다.

15일 맑음. 별일 없음.

16일 맑음. 일요일, 쉬다. 리쾅푸李匡輔로부터 무연탄 반 톤을 나누어 받았다. 취안券 5매를 지불했다. 오후에 류리창에 가서 「사삼공산비」祀三公山碑의 뒷면 1매, 「석문명후제기」石門銘後題記 1매, 「범사언묘명」范思彦墓銘 1매, 「임회왕상비」臨淮王像碑 1매를 도합 6위안에 구입했다. 또한 다자란에 가서 먹을거리를 사서 돌아왔다. 밤에 두하이성이 왔다.

17일 맑고 바람이 붊. 정오 좀 지나 우먼午門도서관을 시찰하였다.[29] 밤에 한서우진이 왔다.

18일 맑음. 왕수탕汪書堂의 모친의 생신을 맞아 축하금 2위안을 보냈다. 장런푸張仁輔가 부친상을 입었다. 부의금 2위안을 냈다. 밤에 고양이가 왔다.

---

29) 1917년 1월 12일 대총통 리위안홍(黎元洪)은 우먼(午門) 일대에 경사도서관을 설치하자는 교육부의 요청을 승인하였다. 이 승인을 받고서 루쉰이 우먼을 시찰하였던 것은 2월 5일의 일기에도 적혀 있다. 그러나 이후 여기에는 소규모의 도서관이 설립되었을 뿐이다. 여기에서 말하는 우먼도서관이란 이 소규모의 도서관을 가리킨다.

19일 맑음. 오전에 도쿄도에서 편지가 왔다. 오후에 다시 우먼도서관에 갔다.

20일 맑음. 별일 없음.

21일 맑음. 정오 좀 지나 하부토 댁에 편지와 30위안을 부쳤다. 내년 정월부터 3월까지의 몫이다. 밤에 왕스첸이 왔다. 25위안을 건네주었다.

22일 맑음. 동지, 쉬다. 오전에 밍보 선생이 오셨다.

23일 맑음. 일요일, 쉬다. 오전에 둘째와 함께 류리창에 가서 탁본의 표구를 맡겼다. 아울러 공묘孔廟의 잡다한 한비漢碑 7매, 「교관비석문」校官碑釋文 1매, 「조법현조상」趙法現造像 2매를 도합 5위안에 구입했다. 또한 위魏나라 사람의 묘지 6매를 15위안에 구입했다. 또 제齊와 위魏나라 사람의 묘지 5매를 구입했는데, 저장浙江 왕씨王氏의 장석藏石이라고 한다. 10위안 어치이다. 곧바로 칭윈거에 가서 차를 마시고 점심 후에 빙얼을 약간 사서 돌아왔다. 저녁에 첸쉬안퉁이 와서 이야기를 나누었다.

24일 맑음. 오전에 집에 꿀에 절인 대추와 겨자 가루를 한 상자 보냈다. 지푸의 편지를 받았다. 19일에 부친 것이다. 샤칭이 10위안을 갚았다.

25일 맑고 바람이 거셈. 기념일, 쉬다. 저녁에 다이뤄링, 치서우산이 잇달아 왔다. 함께 성안사聖安寺에 갔다. 쉬지상의 부인이 세상을 뜬 지 사흘째라 이곳에서 불공을 올렸다. 불공을 마치고 걸어서 돌아왔다. 이미 밤이 깊었다.

26일 맑음. 정오 좀 지나 난카이南開중학의 수재에 의연금 4위안을 기부하였다. 밤에 바람이 불었다.

27일 맑음. 오전에 둘째 처의 편지를 받았다. 밤에 웨이푸몐이 왔다. 밤에 바람이 불었다.

28일 맑고 바람이 거셈. 오전에 도쿄도로부터 서적 3책을 받았다. 정오경에 치서우산, 둘째와 함께 허지[30]에서 식사를 했다.

　29일 맑음. 정오 좀 지나 주샤오취안, 치서우산과 함께 쉬지상을 문병하러 갔다. 오후에 치통으로 인해 천순룽陳順龍의 거처로 가서 충치를 뽑았다. 3위안을 지불했다. 돌아온 후에도 여전히 나아지지 않았다. 충치가 더 있는 모양이다.

　30일 맑음. 일요일, 쉬다. 정오 못 미쳐 둘째와 함께 칭윈거의 푸진서장富晋書莊에 가서 『고명기도록』古明器圖錄 1책, 『제로봉니집존』齊魯封泥集存 1책, 『역대부패후록』歷代符牌後錄 1책을 도합 취안券 19위안에 구입했다. 또다시 천순룽의 거처에 가서 충치 하나를 뽑았다. 3위안을 지불했다. 류리창으로 나와 더구자이에 잠시 앉았다가 주고한안락조상석周庫汗安洛造像石 1점을 취안券 24위안에 구입했다. 돤타오자이端匋齋의 옛 물건이다. 문자는 빼어나지 않으나 형상은 완전했다. 오후에 흐려졌다.

　31일 흐림. 오전에 집에 편지와 함께 이달치 생활비 50위안을 부쳤다. 둘째 처와 셋째 처에게 보내는 편지 한 통씩을 동봉했다. 아울러 『광릉조』廣陵潮 제7집 1책을 부쳤다. 저녁에 월급으로 취안券 300위안을 수령했다. 연하장에 답신을 썼다. 밤에 탁족을 하였다.

---

30) 허지(和記)는 시단(西單) 룽셴후퉁(絨線胡同)에 있는 소고기 가게이며, 국수요리도 함께 팔았다. 1918년경에 루쉰은 자주 이곳에서 점심을 먹었다.

도서장부

을묘년국학총간 乙卯年國學叢刊 12冊	6.00	정월 5일
당두산감형제조상탁본 唐杜山感兄弟造像拓本 1枚	장이즈 기증	
위안풍왕비풍씨묘지 魏安豊王妃馮氏墓誌 1枚	1.00	정월 9일
수휘민묘지 隋諱瑉墓誌 1枚	0.50	
풍락칠제이사읍의등조상 豊樂七帝二寺邑義等造像 2枚	장춘팅 기증	정월 11일
고귀언조상 高歸彦造像 1枚	위와 같음	
칠제사주혜울등조상 七帝寺主惠鬱等造像 1枚	위와 같음	
잡조상 雜造像 4種 10枚	2.00	정월 14일
미원신천시 美原神泉詩 및 뒷면 2枚	1.50	
□조후지소자잔비 □朝侯之小子殘碑 1枚	2.00	정월 19일
당해묘지 唐該墓誌 및 碑蓋 2枚	1.00	
등왕장자려묘지 滕王長子勵墓誌 1枚	0.50	
정문공상비 鄭文公上碑 1枚	2.00	정월 21일
공빈묘지 鞏賓墓誌 1枚	1.00	
용산공묘지 龍山公墓誌 1枚	1.00	
두로통등조상기 豆盧通等造像記 1枚	0.50	
주고술림 籀膏述林 4冊	1.60	정월 28일
은상정복문자고 殷商貞蔔文字考 1冊	0.40	
역대화상전 歷代畵像傳 4冊	2.00	
	23.000	
중국명화 中國名畵(제19집) 1冊	1.50	2월 4일
이업궐 李業闕 1枚	왕수친 기증	2월 5일
고이궐 高頤闕 大小 4枚	위와 같음	
가공궐 賈公闕 1枚	위와 같음	
장귀남묘지 張貴男墓誌 1枚	10.00	2월 12일
장수잔비 張壽殘碑 1枚	0.50	2월 18일
평읍황성향궐제자 平邑皇聖鄕闕題字 2枚	0.50	
잡한화상 雜漢畵像 5枚	1.00	
고류촌비구혜보등조상 高柳村比丘惠輔等造像 1枚	1.00	

조망희조상 曹望憘造像 4枚	12.00	
주대림묘지 朱岱林墓誌 1枚	5.00	
	31.500	
형방비 衡方碑 및 뒷면 2枚	2.00	3월 4일
곡랑비 穀朗碑 1枚	1.00	
영숭 靈崇 2大字	0.50	
왕모제명 王謨題名 및 詩刻 1枚	0.50	
유공덕정송 庾公德政頌 1枚	1.00	
강양왕차비석씨묘지 江陽王次妃石氏墓誌 1枚	6.00	3월 11일
손룡백조상 孫龍伯造像 1枚	덤으로 받음	
용문전탁 龍門全拓 大小 1,320枚	33.00	3월 18일
하삭석각 河朔石刻 30種 48枚	20.00	3월 20일
유의묘지 劉懿墓誌 1枚	5.00	3월 21일
한화상 漢畵像 1枚	0.50	3월 25일
잡전탁편 雜磚拓片 21枚	1.50	
	71.000	
태산진전잔석 泰山秦篆殘石 1枚	0.50	4월 1일
이씨상비송 李氏像碑頌 1枚	0.50	
성공부인묘지 成公夫人墓誌 1枚	1.00	
방주타묘지 房周陀墓誌 1枚	1.50	4월 6일
연효례묘지 燕孝禮墓誌 1枚	1.00	
조준묘지 刁遵墓誌 및 뒷면 2枚	3.00	4월 7일
백석신군비 白石神君碑 및 뒷면 2枚	6.00	4월 11일
염립본제왕도 閣立本帝王圖 1冊	1.20	4월 15일
강독락조상 強獨樂造像 1枚	천스쩡 기증	4월 16일
신주대관 神州大觀(제11집) 1冊	1.65	4월 22일
찬삼보복업비 贊三寶福業碑 및 碑額 2枚	1.00	4월 28일
희평원년황장석제자 熹平元年黃腸石題字 1枚	0.50	4월 29일
자황녀잔석 字皇女殘石 1枚	2.00	
고건묘지 高建墓誌 1枚	1.00	
고건처왕씨묘지 高建妻王氏墓誌 1枚	1.00	

고백년묘지 高百年墓誌 1枚	1.00	
고백년처곡률씨묘지 高百年妻斛律氏墓誌 1枚	1.00	
	23.850	
예석예속 隸釋隸續 8冊	12.00	5월 6일
원현위묘지 元顯魏墓誌 1枚	3.00	
육조조상 六朝造像 11種 28枚	7.00	
어산서원한화상 魚山書院漢畵像 1枚	양신스 기증	5월 16일
손료부도명 孫遼浮圖銘 1枚	2.00	5월 18일
오엄묘지 吳嚴墓誌 및 碑蓋 2枚	3.00	
이칙묘지 李則墓誌 및 碑蓋 2枚	3.00	
제태공여망표 悌太公呂望表 1枚	3.00	5월 19일
장안희묘지 張安姬墓誌 1枚	1.00	
육조조상 六朝造像 4種 13枚	6.00	
천통잔비 天統殘碑 1枚	0.80	5월 27일
수왕군묘지비개 隋王君墓誌碑蓋 1枚	0.20	
영송설씨종정관지 景宋薛氏鍾鼎款識 4冊	3.00	
한화상 漢畵像 10枚	양신스 기증	5월 31일
번본우찬묘지 翻本于纂墓誌 1枚	위와 같음	
잡조상 雜造像 4種 5枚	위와 같음	
잡전문 雜磚文 3枚	위와 같음	
	44.000	
후부인묘지 侯夫人墓誌 1枚	1.00	6월 17일
왕극관묘지 王克寬墓誌 1枚	0.50	
휘직묘지 諱直墓誌 1枚	0.50	
의원법의조불국비 意瑗法義造佛國碑 4枚	1.50	
반경휘등조상 潘景暉等造像 3枚	1.00	
잡조상 雜造像 6枚	2.00	
함분루비급 涵芬樓秘笈(제2집) 8冊	2.50	
	9.000	
유평주조상 劉平周造像 4枚	2.00	7월 1일
잡조상 雜造像 2枚	덤으로 받음	

장쑤양비 江蘇梁碑 15枚	5.00	7월 2일

9월에 공임 6위안에 표구를 맡김

선국산비 禪國山碑 1枚	2.00	
소굉비화상 蕭玄碑畵像 1枚	1.00	
묘궐잔자 墓闕殘字 9枚	1.00	
	11.000	
가지기매잔석 家之基邁殘石 1枚	0.50	8월 5일
당각불상탁본 唐刻佛像拓本 1枚	1.50	
왕기단비 王基斷碑 1枚	0.50	8월 18일
	2.500	
안양보산석각탁본 安陽寶山石刻拓本 62종 82枚	판원타이 기증	9월 9일
조진잔비 曹眞殘碑 및 뒷면 2枚	1.00	9월 21일
방법사등조석굴기 方法寺等造石窟記 및 經 2枚	2.00	
	3.000	
등음잡기 藤陰雜記 2部 4冊	쑹제춘 기증	10월 4일
용봉전탁본 龍鳳磚拓本 1枚	천중수 선생 기증	10월 5일
노태비묘지 盧太妃墓誌 1枚	2.50	
임회왕묘지 臨淮王墓誌 1枚	2.50	
곽달묘지 郭達墓誌 및 碑蓋 2枚	0.80	
원예처매조상명 元倪妻買造像銘 1枚	0.20	
고건묘지비개 등 高建墓誌碑蓋等 4枚	1.00	10월 10일
도귀묘지 陶貴墓誌 1枚	2.00	
안락왕원전묘지 安樂王元詮墓誌 1枚	12.00	10월 14일
관중후소군신도 關中侯蘇君神道 1枚	1.00	
원흠묘지 元欽墓誌 1枚	쉬스취안 기증	10월 18일
순악묘지 荀嶽墓誌 1枚	2.50	10월 20일
포의오백여인조상 包義五百餘人造像 및 뒷면 2枚	5.00	
구빙묘지 寇憑墓誌 1枚	2.50	
구진묘지 寇臻墓誌 1枚	2.50	
구연묘지 寇演墓誌 1枚	2.50	
풍공묘지 馮恭墓誌 1枚	2.00	10월 28일

항목	금액	날짜
양범묘지 楊範墓誌 1枚	2.00	
요찬묘지 姚纂墓誌 1枚	1.00	
	42.000	
장경조석주불상 張敬造石柱佛像 6枚	5.00	11월 4일
야오씨장 잡조상 姚氏藏雜造像 10種 13枚	6.00	
하장식묘지 賀長植墓誌 1枚	2.00	
한화상잔석 漢畵像殘石 2枚	1.00	11월 10일
구치묘지 寇治墓誌 1枚	3.00	
북위잡조상 北魏雜造像 6枚	2.00	11월 18일
장법사비 張法師碑 1枚	1.00	
소역묘지 蕭瑒墓誌 및 碑蓋 2枚	2.50	
송매조상 宋買造像 4枚	1.00	
경씨묘지 耿氏墓誌 1枚	1.50	11월 25일
장아소묘지 張阿素墓誌 1枚	1.50	
위선무빈사마씨묘지 魏宣武嬪司馬氏墓誌 1枚	4.00	
	30.500	
식재사원화상 食齋祠園畵像 1枚	1.00	12월 8일
궁내사양씨묘지 宮內司楊氏墓誌 1枚	1.00	
원언묘지 元彦墓誌 1枚	2.00	
윤경목조상 尹景穆造像 및 뒷면 2枚	1.50	
조불경잔석 造佛經殘石 2枚	0.50	
삼공산신비 三公山神碑 뒷면 1枚	1.00	12월 16일
석문명후제기 石門銘後題記 1枚	1.00	
범사언묘명 范思彦墓銘 1枚	1.00	
임회왕상비 臨淮王像碑 1枚	3.00	
공묘잡한비 孔廟雜漢碑 6種 7枚	3.50	12월 23일
교관비석문 校官碑釋文 1枚	0.50	
조법현등조상 趙法現等造像 2枚	1.00	
위묘지 魏墓誌 6種 6枚	15.00	

東安王太妃陸	文獻王元湛	文獻王妃馮
文獻王妃王	元均	元顯

위제묘지 魏齊墓誌 5種 5枚   10.00

　　寶泰　　　　　　寶泰妻妻　　　元悰

　　元寶建　　　　　石信

고명기도록 古明器圖錄 1冊   10.00   12월 30일

제로봉니집존 齊魯封泥集存 1冊   6.00

역대부패후록 歷代符牌後錄 1冊   3.00

                                                  61.000

　　　총계 362.450

                                    12월 31일, 등불 아래 기록하다

무오일기(1918년)

정월

1일 맑고 바람이 붊. 쉬다. 오전에 판윈타이范雲臺, 쉬스취안許詩荃, 쉬스잉許詩英이 왔다. 주린洙鄰이 왔다. 정오 좀 지나 밍보 선생의 거처에 갔다. 오후에 판치신藩企莘이 왔다.

2일 맑음. 휴가, 정오 좀 지나 류리창에 가서 「원고묘지」元固墓誌 1매를 4위안에 구입했다. 지푸 댁에서 요리 두 가지를 보내왔다.

3일 맑음. 쉬다. 오전에 쯔페이子佩가 왔다. 정오 좀 지나 집으로부터 편지를 받았는데, 펑뿔이 쓴 글이 들어 있다. 허쑨和蓀의 편지를 받았다. 루안灤安에서 부친 것이다. 쑹즈팡의 편지를 받았다. 밤에 바람이 불었다.

4일 맑음. 오전에 교육부의 다과회에 갔다. 둘째가 푸진서장富晋書莊에 가서 『은허서계고석』殷墟書契考釋 1책, 『은허서계대문편』殷墟書契待問編 1책, 『당삼장취경시화』唐三藏取經詩話 1책을 도합 취안參 11위안에 구입해 왔다. 저녁에 쉬쭝웨이徐宗偉가 왔다. 왕스첸王式乾이 와서 75위안을 건네주었다. 전에 사오싱紹興에 송금했던 것과 합쳐 12월분 생활비이다. 황黃 아무개라는 이[1]가 재판관시험 응시의 보증인을 서 달라고 부탁하러 왔다.

5일 맑음. 오전에 허쑨에게 편지를 부쳤다. 지푸에게 편지와 강의록[2] 1권을 부쳤다. 마루젠丸善에서 달력 한 부를 부쳐 왔다.

6일 맑고 바람이 붊. 일요일, 쉬다. 정오 좀 지나 룽인퉁龍蔭桐이 왔다.

7일 맑음. 오전에 쉬보친許伯琴의 엽서를 받았다. 30일에 우창武昌에서 부친 것이다. 하부토羽太 댁의 편지를 받았다. 12월 30일에 부친 것이다. 마루젠서점으로부터 엽서와 서목 4책을 받았다. 밤에 바람이 불었다.

8일 맑음. 정오 좀 지나 치서우산齊壽山과 함께 쉬지상許季上을 문병하러 갔다.

9일 맑음. 오후에 류리창에 가서 탁본의 표구를 맡기고, 이미 표구해 놓은 것을 찾아왔다. 공임은 5위안이다. 리샤칭李霞卿에게 편지를 부쳤다.

10일 흐림. 정오 좀 지나 치서우산과 함께 샤오스에 갔다. 리李 아무개에게 부의금 1위안을 보냈다.

11일 흐림. 오전에 두 제수로부터 편지를 받았다. 7일에 부친 것이다. 저녁에 샤칭이 왔다. 밤에 쯔페이가 왔다.

12일 맑고 바람이 붊. 정오 좀 지나 리샤칭의 편지를 받았다. 10일에 부친 것이다.

13일 맑음. 일요일, 쉬다. 정오 좀 지나 둘째와 함께 류리창 더구자이德古齋에 갔다가 우연찮게 「상존호비」上尊號碑의 비액碑額 및 그 밖의 잡다한 전탁편磚拓片과 석탁편石拓片 모두 6매를 1위안에 구입했다. 다시 베이징대학으로 샤칭遐卿을 찾아갔다. 아울러 저장 제5중학 동창회에 참석했다. 사

---

1) 원문은 '黃厶'이다. '厶'는 중국어의 '某'를 대신한다.
2) 『유럽문학사』(歐洲文學史)를 가리킨다. 저우쭤런이 저술한 후 루쉰이 수정을 가하였다.

진을 촬영하고 다과를 나누다가 6시에 거처로 돌아왔다.

14일 맑음. 별일 없음.

15일 맑음. 밤에 『곡성도보』^{曲成圖譜} 쓰기를 마쳤다. 모두 32쪽이다. 바람이 불었다.

16일 맑음. 오전에 집에 편지를 부쳤다. 분묘 조성비로 50위안, 그리고 이달치 생활비로 50위안을 동봉했다.

17일 맑음. 별일 없음. 밤에 바람이 불었다.

18일 맑고 바람이 거셈. 오전에 마루젠으로부터 편지와 함께 서적 3책을 받았다. 도쿄도^{東京堂}에서 편지를 보내왔다.

19일 맑고 바람이 붊. 정오 좀 지나 주샤오취안^{朱孝荃}과 함께 쉬지상을 찾아갔다. 커스우^{柯世五}의 동생이 결혼한다기에 2위안을 보냈다.

20일 맑음. 일요일, 쉬다. 정오 좀 지나 류리창 전구자이^{震古齋}에 가서 「교관비」^{校官碑} 1매를 2위안에, 「이종묘지」^{李琮墓誌} 측면 포함 1매를 1위안 5자오에 구입했다. 다시 둔구자이^{敦古齋}에 가서 표구한 탁본 20매를 찾아왔다. 공임으로 3위안을 지불했다. 아울러 위^魏의 법흥^{法興} 등의 조상 1매를 5자오에 구입했다.

21일 흐림. 정오경에 바람이 불고 갰다. 별일 없음.

22일 맑음. 별일 없음.

23일 약간의 눈. 정오경에 둘째가 부서로 왔다. 천스쩡^{陳師曾}, 치서우산을 불러 허지^{和記}에서 식사를 하였다. 정오 좀 지나 지푸^{季市}에게 『신청년』^{新靑年} 1책을 부쳤다. 통속도서관^{通俗圖書館}, 치서우산, 첸쥔푸^{錢均夫}에게 각각 1책씩 보내 주었다. 밤에 한서우첸^{韓壽謙}이 왔다.

24일 맑음. 밤에 쑹쯔페이^{宋子佩}가 왔다.

25일 진눈깨비. 정오 좀 지나 이발을 했다. 이달치 생활비 100위안을 부쳤다. 셰허協和에게 중국은행中國銀行에서 송금해 달라고 부탁했다.

26일 맑음. 정오 좀 지나 치서우산과 함께 쉬지상을 찾아갔다. 다시 샤오스에 갔다. 위통으로 인해 약을 먹었다.

27일 맑음. 일요일, 쉬다. 정오 좀 지나 류리창에 가서 「장수잔비」張壽殘碑 1매, 「풍휘빈조상」馮暉賓造像 4매, 허난河南에서 출토된 불교 화상 2매를 도합 취안券 5위안에 구입했다. 오후에 타오녠친陶念欽 선생이 오셨다. 셋째가 편지를 보내왔다. 성升 숙부께서 난징南京에서 돌아가셨다고 한다.

28일 맑음. 오전에 류리칭劉歷靑이 왔다. 정오 좀 지나 치서우산, 다이뤄링戴螺舲과 함께 샤오스에 갔다. 저녁에 쉬쥔푸許駿甫가 왔다.

29일 맑고 바람이 붊. 별일 없음.

30일 맑음. 위통이 심하였다. 밤에 쯔페이子佩가 왔다.

31일 맑음. 별일 없음.

2월

1일 맑음. 정오경에 둘째가 부서로 찾아왔다. 또다시 치서우산과 함께 허지에 가서 식사를 마친 후 샤오스를 둘러보았다. 쉬지상에게 편지를 부쳤다.

2일 맑음. 오전에 쑹쯔페이에게 편지와 소포를 부쳤다. 밤에 『이지재감구시』頤志齋感舊詩를 한 쪽 보완하여 베꼈다.

3일 흐림. 일요일, 쉬다. 정오 좀 지나 둘째와 함께 류리창에 가서 「예학명」瘞鶴銘 1매를 5위안에 구입했다. 해질 녘에 주린의 거처에 가서 식사를 하였다. 쩡뤄런曾侶人, 두하이성杜海生이 자리를 함께 하다가 밤에 돌아갔다.

4일 진눈깨비. 오전에 주린이 음식 네 가지를 보내 주었다. 정오 좀 지나 셋째의 편지를 받았다. 1월분 월급 300위안을 수령했다. 그중에 인위안이 60위안이다.[3] 밤에 쯔페이가 왔다. 내일 사오싱으로 돌아간다고 한다. 쉬위안徐元의 편지를 받았다.

5일 맑음. 오전에 사오싱의 수지채방처[4]로부터 편지를 받았다.

6일 맑음. 추쯔위안裘子元의 아우가 우르무치에 있다기에 비석의 탁본을 부탁하고자, 오전에 종이 30매와 먹 하나를 부쳤다. 오후에 류리창에 가서 쑹즈성宋芷生을 대신하여 『원유산시주』元遺山詩注 한 질 6책을 구입하고, 아울러 자신을 위해 『취성석』醉醒石 한 질 2책을 구입했다. 각각 취안券 6위안을 지불했다. 쉬쭝웨이가 찾아와 인銀 10위안을 빌려 갔다.

7일 흐림. 정오 좀 지나 『원유산시주』를 타이위안太原의 쑹즈성에게 부쳤다. 저녁에 쉬췬푸가 왔다.

8일 흐림. 저녁에 쉬췬푸가 왔다. 밤에 바람이 불었다.

9일 맑고 바람이 붊. 오후에 치서우산을 대신하여 쉬췬푸에게 편지와 20위안을 부쳤다. 쉬밍보 선생이 오셨다. 장셰허張協和가 반야[5] 한 마리를 보내 주었다. 저녁에 첸쉬안퉁이 왔다.

10일 맑음. 일요일, 쉬다. 정오 좀 지나 류리창에 가서 「조속생명」曹續生銘과 「마입사낭매지권」馬卄四娘買地券 탁본 각 1매를 2위안에 구입했다. 다시

---

3) 중화민국 수립 이후 국립은행인 교통은행(交通銀行)과 중국은행(中國銀行)은 전국 규모에서의 태환권 발행능력을 지니고 있었으며, 발행된 은행권(지폐)은 인위안(銀元)과 거의 동일한 가치를 지니고 있었다. 그러나 위안스카이(袁世凱) 정부의 경제적 혼란이 드러나는 1915년경부터 두 은행의 지폐(취안券)에 '베이징'(北京)이라는 문자가 인쇄되기 시작하자, 차츰 그 가치가 하락하였다. 이러한 상황을 알고 있던 정부는 급료를 인위안뿐만 아니라 지폐를 섞어 지불하였다.
4) 사오싱(紹興) 수지채방처(修志采訪處)는 사오싱권학소(紹興勸學所)에 소속된 기관이다. 원래 사오싱에 관한 기록을 수집·정리할 의도였으나, 결국 실현되지는 못하였다.
5) 반야(板鴨)는 오리를 소금에 절여 납작하게 말린, 난징(南京)의 토속 유명요리이다.

푸진서장에 가서 『은문존』殷文存 1책을 7위안에 구입했다. 오후에 판러산 范樂山 선생(쭝하오宗鎬)이 오셨다. 쉬밍보 선생이 요리 두 가지를 보내 주셨다. 저녁에 류반눙劉半農이 왔다.

11일 맑음. 설, 쉬다. 정오 좀 지나 둘째와 함께 창뎬廠甸을 쭉 둘러보았다. 오후에 차이구칭蔡谷青이 왔다.

12일 맑음. 쉬다. 오후에 밍보 선생의 거처에 가서 이야기를 나누었다.

13일 맑음. 쉬다. 정오 좀 지나 둘째와 함께 창뎬을 둘러보았다. 다시 칭윈거青雲閣에 가서 차를 마셨다. 마유위馬幼漁에게 편지를 부쳤다.

14일 맑음. 오전에 마루젠서점으로부터 편지 3통을 받았다.

15일 맑음. 오후에 마수핑馬叔平의 편지를 받았다. 밤에 첸쉬안퉁이 왔다.

16일 맑음. 저녁에 상치헝商契衡이 왔다. 밤에 바람이 불었다.

17일 맑고 바람이 붊. 일요일, 쉬다. 정오 좀 지나 둘째와 함께 창뎬과 훠선먀오火神廟를 돌아다녔다. 『신주대관』神州大觀 권12집 1책을 취안券 3위안에 구입했다. 또한 『사례경유저』寫禮庼遺著 한 질 4책을 3위안에, 『장닝금석기』江寧金石記 한 질 2책을 2위안에 구입했다. 아울러 고등사범 부속소학생의 수공예품 2점을 퉁위안銅元 28메이에 구입했다.

18일 맑음. 오전에 도쿄도로부터 편지를 받았다. 밤에 『사례경유저』 4책을 2책으로 장정하였다.

19일 맑고 바람이 붊. 오전에 도쿄도에서 『구어법』口語法 1책을 부쳐 왔다. 첸쉬안퉁을 대신하여 구입한 것이다. 둘째 처의 편지를 받았다.

20일 맑음. 정오 좀 지나 일꾼을 시켜 일본우체국에 가서 마루젠에서 부쳐 온 드 브리스⁶⁾의 『돌연변이설』物種變化論 1책을 찾아오게 하였다.

21일 흐리고 바람이 거셈. 정오 좀 지나 쯔페이에게 편지를 부쳤다.

22일 맑음. 오전에 마루젠에서 영어 서적 3책과 편지를 부쳐 왔다. 셋째에게 『돌연변이설』 1책과 편지를 부쳤다. 둘째 처에게 보내는 편지와 이달치 생활비 80위안, 그리고 쯔페이에게 부탁한 서적 구입비 20위안과 편지를 동봉했다.

23일 맑음. 오전에 둘째 처의 편지를 받았다. 저녁에 밍보 선생이 오셔서 『신청년』 1책을 주셨다. 첸쉬안퉁이 왔다.

24일 맑음. 일요일, 쉬다. 정오경에 마수핑이 왔다. 정오 좀 지나 창뎬을 돌아다니다가 더구자이에서 「원찬묘지」元纂墓誌와 「난부인묘지」蘭夫人墓誌 각 1매를 취안券 7위안에 구입했다. 푸진서장에서 『비별자』碑別字 한 질 2책을 2위안에 구입했다. 또한 고등사범 부속중학생의 수공예품 판매처에서 쇠망치 하나를 퉁위안 54메이에 샀다.

25일 흐림. 오전에 쯔페이의 편지를 받았다. 13일에 사오싱에서 부친 것이다. 정오 좀 지나 일본우체국에 가서 마루젠에 인銀 13위안을 부쳤다.

26일 맑음. 정오 좀 지나 하부토 댁에 편지와 15위안을 부쳤다. 이달 분 월급 300위안을 수령했다.

27일 맑음. 오전에 지푸의 편지를 받았다. 22일에 난창南昌에서 부친 것이다. 오후에 교육부에서 취안券을 받으러 거처로 돌아왔다.

28일 맑음. 치서우산에게 환전을 부탁했다. 도합 취안券 600위안으로 인 354위안을 받았다. 밤에 첸쉬안퉁이 왔다.

---

6) 드 브리스(Hugo De Vries, 1848~1935)는 네덜란드의 식물학자로서, 멘델 유전법칙을 재발견하고 돌연변이설을 제창하였다.

3월

1일 맑음. 오후에 통속도서관에 갔다. 밤에 상치형이 왔다.

2일 맑음. 정오 좀 지나 집에 2월분 생활비로 100위안을 부쳤다. 밤에 첸쉬안퉁이 왔다.

3일 흐림. 일요일, 쉬다. 오전에 둘째 처와 셋째 처의 편지를 받았다. 2월 27일에 부친 것이다. 정오 좀 지나 류리창에 가서 「장승묘비」張僧妙碑, 요백다姚伯多, 기쌍호錡雙胡, 소풍국蘇豊國 등의 조상 각 1조, 모두 대소 11매를 취안券 8위안에 구입했다. 오후에 밍보 선생의 거처에 갔다. 저녁에 차이궈칭蔡國靑과 그의 부인이 왔다.

4일 맑음. 오전에 셋째의 편지를 받았다. 2월 28일에 부친 것이다. 쑹즈성으로부터 편지와 탁편 1꾸러미를 받았다. 28일에 타이위안太原에서 부친 것이다.

5일 흐림. 별일 없음. 밤에 상치형이 왔다.

6일 맑음. 정오 좀 지나 마루젠에 인 6위안을 부쳤다. 밤에 탁족을 하였다.

7일 맑음. 오전에 셋째에게 『호조론』互助論 1책을 부쳤다. 오후에 쑹즈성에게 편지를 부쳤다.

8일 흐림. 오전에 롼허썬阮和森에게 편지를 부쳤다. 밤에 비가 오더니 금방 그쳤다.

9일 흐리고 바람이 거셈. 어제 쯔페이가 사오싱에서 왔다. 오늘 오후에 구입한 『예술총편』藝術叢編 제2년분 6책, 『설문고주보』說文古籒補 2책, 『자설』字說 1책, 『명원』名原 1책을 보내왔는데, 도합 인 23위안, 취안 38메이어치이다. 아울러 집에서 부쳐 준 짜오지糟鷄[7] 한 상자, 자신이 구입한 햄 하나, 그리고 겨울 죽순 9개를 주었다.

10일 맑고 바람이 거셈. 일요일, 쉬다. 정오 좀 지나 쯔페이가 왔다.

11일 맑음. 오전에 도서관분관, 첸쥔푸, 치서우산 등에게 『신청년』을 각각 1책씩 나누어 보냈다. 아울러 지푸에게 1책과 편지를 부쳤다. 다이뤄링에 죽순 3개를 주었다. 오후에 쉬쭝웨이의 편지를 받고서 곧바로 답신했다. 천스쩡이 호대왕릉⁸⁾ 전탁본 1매를 주었다. 또한 함께 류리창에 가서 잡다한 탁편 3매를 1위안에, 그리고 「조전비」^{曹全碑}와 뒷면 2매를 2위안에 구입했다.

12일 맑음. 별일 없음.

13일 맑음. 저녁에 왕톄루^{王鐵如}가 왔다.

14일 맑음. 오후에 마루젠서점의 편지를 받았다.

15일 맑음. 오전에 쑹즈성의 엽서를 받았다. 11일에 부친 것이다. 정오경에 둘째가 교육부에 왔다. 치서우산을 불러 허지로 가서 식사를 하였다. 저녁에 샤오스를 돌아다녔다.

16일 맑음. 오전에 스쩡이 고인감^{古印鑑}의 영인본^{景印本} 4장을 주었다. 밤에 쯔페이가 왔다.

17일 흐림. 일요일, 쉬다. 오전에 쉬쥔푸가 왔다. 정오 좀 지나 류리창에 가서 십이신경^{十二辰鏡} 1매를 취안^券 10위안에, 「원현위묘지」^{元顯魏墓誌} 비개 1매를 2위안에 구입했다. 또한 칭윈거에서 『수당이래관인집존』^{隋唐以來官印集存} 1책을 6위안에 구입했다. 오후에 밍보 선생이 오셨다.

---

7) 짜오지(糟鷄)는 중국 저장성(浙江省)의 특색 있는 요리이다. 닭을 끓는 물에 넣어 핏물을 제거한 다음 뜨거운 불로 익힌다. 다시 차갑게 식힌 닭을 네 토막으로 잘라 소금과 조미료, 술이나 지게미로 버무려 절인 다음, 이것을 적당히 발효시키면 향긋한 냄새를 풍기는 요리로 먹을 수 있다.
8) 호대왕릉(好大王陵)은 고구려광개토경평안호대왕릉(高句麗廣開土境平安好大王陵)을 가리킨다.

18일 흐림. 오후에 천스쩡과 함께 류리창에 가서 서양종이 50매를 사서 돌아왔다. 밤에 첸쉬안퉁이 왔다.

19일 맑음. 오전에 마루젠에서 서적 한 꾸러미를 부쳐 왔다. 즉시 일부를 사오싱으로 부쳤다. 정오 좀 지나 공묘에 가서 제례를 예행하였다.

20일 맑음. 정오 좀 지나 하부토 댁에 편지와 30위안을 부쳤다. 또 도쿄도에 3위안을 부쳤다. 밤에 국자감에 가서 묵었다.

21일 맑음. 아침에 공묘의 제례를 올린 후 거처로 돌아와 누웠다. 정오 좀 지나 다시 부서로 가서 잠시 머물렀다.

22일 맑음. 오전에 마루젠의 편지를 받고서 곧바로 답신했다. 저녁에 두하이성이 왔다. 100위안을 건네주어 생활비로 사오싱에 송금하도록 했다. 밤에 허쑨의 편지를 받았다. 19일에 부친 것이다.

23일 흐림. 오전에 타오녠친 선생이 오셨다. 저녁에 둘째와 함께 주린의 집에 가서 마셨다. 밤에 비가 내렸다.

24일 비. 일요일, 쉬다. 오후에 바람이 불었다. 별일 없음.

25일 맑고 바람이 붊. 정오 좀 지나 류리창에 가서 미앙동각未央東閣과 탁편瓦拓片 1매를 취안參 1위안에 구입했다. 아울러 청양경靑洋鏡 1매와 일유희경日有憙鏡 1매를 도합 취안 11위안에 구입했다. 밤에 쯔페이가 왔다.

26일 흐림. 오전에 허쑨에게 편지를 부쳤다. 정오 좀 지나 이발을 했다. 이달치 월급 300위안을 수령했다.

27일 흐림. 정오 좀 지나 스쩡과 함께 그의 거처로 가서 책을 빌렸다. 집에 이달치 생활비 100위안을 하이성이 송금했다.

28일 흐림. 정오 좀 지나 다이뤄링과 함께 샤오스를 둘러보았다. 오후에 가랑비가 내렸다. 밤에 첸쉬안퉁이 왔다.

29일 맑음. 오전에 쑹즈팡의 편지를 받았다. 24일에 부친 것이다. 정오 좀 지나 류리창에 가서 「갱봉잔화상」更封殘畵像 1매, 「적만조상」翟蠻造像 1매를 도합 2위안에 구입했다. 저녁에 가랑비가 내렸다.

30일 맑고 바람이 붊. 오전에 마수핑에게 편지를 부쳤다. 셋째에게 『자연사』自然史 1책을 부쳤다. 펑더封德의 편지 3통을 받았다. 정오 좀 지나 샤오스를 둘러보았다. 밤에 판치신이 왔다.

31일 맑음. 일요일, 쉬다. 정오 좀 지나 류리창에 가서 「석문화상」石門畵像 및 뒷면 2매, 「이홍연조상」李洪演造像 1매, 「건숭사조상」建崇寺造像 및 뒷면 2매, 「양현숙조상」楊顯叔造像 1매, 「장신룡식□무묘기」張神龍息□茂墓記 1매를 도합 8위안에 구입했다.

4월

1일 맑음. 오전에 지푸에게 『신청년』과 둘째의 강의록 1권을 부쳤다. 마루젠의 엽서를 받았다. 정오 좀 지나 샤오스를 둘러보았다. 리멍저우李夢周에게 부의금 2위안을 냈다. 마수핑의 편지를 받았다.

2일 맑음. 정오 좀 지나 샤오스를 돌아다녔다.

3일 맑음. 오전에 도쿄도에서 부친 서적 2책과 편지를 받았다. 마루젠의 편지를 받았다.

4일 흐림. 오전에 도쿄도와 마루젠에 편지 한 통씩을 부쳤다. 정오 좀 지나 창이첸常毅箴에게 편지와 서적 2책을 부쳤다.

5일 흐림. 저녁에 첸쉬안퉁, 류반눙이 왔다. 밤에 바람이 불었다.

6일 맑음. 오전에 후쿠코의 편지를 받았다. 3월 31일에 부친 것이다. 정오 좀 지나 샤오스를 돌아다녔다. 저녁에 왕스첸이 왔다. 밤에 리샤칭이 왔다. 쑹쯔페이가 왔다.

7일 맑음. 일요일, 쉬다. 오전에 둘째와 함께 류리창을 돌아다녔다. 다시 공원에 가서 차를 마시고 밤에 돌아왔다.

8일 흐림. 쉬다.[9] 오전에 셋째와 요시코의 편지를 받았다. 4일에 부친 것이다. 오후에 밍보 선생이 오셨다.

9일 흐림. 오전에 후쿠코의 사진 1매를 받았다. 마루젠의 편지를 받았다. 밤에 스취안이 왔다.

10일 흐림. 오전에 둘째 처의 편지를 받았다. 6일에 부친 것이다. 쉬스취안의 편지를 받았다. 밤에 창이첸이 아이를 데리고 왔다. 취안多 15위안을 건네주어 『은문존』殷文存 및 『고명기도록』古明器圖錄을 사러 갔다.

11일 흐림. 오전에 천스쩡에게 「장사비」張奢碑 1매를 주었다. 정오 좀 지나 중국은행에 가서 70위안을 지난달 생활비로 송금했다. 오후에 천스쩡과 함께 류리창의 퉁구탕同古堂에 가서 지푸를 대신하여 도장을 새기고, 아울러 나의 나무도장 5개와 돌도장 1개를 도합 6위안에 구입했다. 더구자이에 가서 「□조후소자잔비」□朝侯小子殘碑 뒷면 1매를 2위안에, 그리고 「두확등조상」杜矍等造像 4매를 3위안에 구입했다. 저녁에 쉬스취안에게 편지를 부쳤다.

12일 맑음. 정오 좀 지나 도쿄의 하부토 댁에서 전병 2상자를 부쳐 왔다.

13일 맑고 바람이 거셈. 별일 없음.

14일 맑고 바람이 거셈. 일요일, 쉬다. 오전에 성안사聖安寺에 가서 부인의 상을 입은 쉬지상을 조문했다. 정오 좀 지나 류리창에 갔다. 중복된

---

9) '국회성립기념일'을 위한 국경일이다. 1913년 4월에 제1차 국회가 열렸던 것을 기념하여 1916년 12월에 이날을 기념일로 정하였다.

탁편을 더구자이에 가지고 가서 다른 탁본과 맞바꾸었다. 취안券 20위안어치이다. 우선 잔화상殘畵像 1매를 구했는데, 취안 4위안어치이다. 또 북제北齊의 적살귀묘기석翟煞鬼墓記石 하나를 샀는데, 20위안어치이다. 푸산福山 왕씨王氏의 옛 물건인데, 나중에 경양涇陽 돤씨端氏의 소유가 되었다가 이제 세상에 흩어져 나온 것이라고 한다. 오후에 마유위가 왔다. 리샤칭이 왔다.

15일 맑다가 정오 좀 지나 바람이 붊. 별일 없음.

16일 맑음. 오후에 홀로 샤오스를 돌아다녔다.

17일 맑음. 오전에 도쿄도로부터 편지와 서적 한 꾸러미를 받았다. 오후에 바람이 불었다.

18일 맑음. 밤에 쑹쯔페이가 왔다.

19일 맑음. 오전에 마루젠의 편지를 받았다. 정오경에 둘째가 교육부에 왔다. 함께 허지에 가서 식사를 하였다. 치서우산도 불렀다. 저녁에 류리창에 가서 지푸의 도장과 표구한 족자를 찾고, 나의 나무도장 다섯 개를 찾았다. 공임은 5위안이다. 표구한 탁본 20매를 찾았다. 공임은 3위안이다.

20일 맑음. 오전에 둘째 처의 편지를 받았다. 16일에 부친 것이다. 정오 좀 지나 샤오스를 돌아다녔다. 저녁에 밍보 선생의 거처에 갔으나 병환으로 만나지 못했다. 지푸의 도장과 족자를 그의 일꾼에게 건네주면서 전해 달라 부탁했다.

21일 흐림. 일요일, 쉬다. 정오 좀 지나 류리창 더구자이에 가서 화상전탁편 5매를 구했다. 대길산방大吉山房의 소장품이라고 한다. 아울러 손세명孫世明 등의 조상 4매를 구했다. 도합 취안券 4위안어치인데, 마찬가지로 중복된 탁본으로 갈음하였다. 또한 「요보현조석탑기」姚保顯造石塔記 1매를 구했다. 값을 치르지는 않았다. 밤에 첸쉬안퉁이 왔다.

22일 맑다가 저녁에 바람이 붊. 별일 없음.

23일 흐림. 밤에 장이즈가 왔다.

24일 맑음. 오전에 둘째 처의 편지를 받았다. 마루젠으로부터 서적 2 책을 받았다. 오후에 샤오스를 돌아다녔다. 저녁에 가랑비가 내렸다.

25일 맑음. 밤에 리샤칭이 왔다. 바람이 불었다.

26일 맑음. 오후에 이달치 월급 300위안을 수령했다. 저녁에 첸쉬안 퉁이 왔다.

27일 맑다가 오후에 바람이 붊. 별일 없음.

28일 맑음. 일요일, 쉬다. 정오 못 미쳐 류리창에 가서 전탁본 9매를 2 위안에 구입하고, 중복된 탁본으로 이를 갈음하였다. 아울러 한현종韓顯宗 및 조씨묘지趙氏墓誌 각 1매를 도합 5위안에, 그리고 조상 3종 4매를 도합 6 위안에 구입했다. 정오 좀 지나 밍보 선생이 오셨다. 오후에 허칭鶴卿 선생 이 오셨다. 바람이 불었다.

29일 맑음. 정오 좀 지나 중국은행에 가서 90위안을 이달치 생활비로 송금하였다. 다이루링이 절여 말린 돼지고기 한 꾸러미를 보내 주었다. 밤 에 웨이푸몐이 왔다. 비가 내렸다.

30일 비. 오전에 둘째를 대신하여 집에 소포 하나를 부쳤다. 정오 좀 지나 갰다.

5월

1일 맑음. 별일 없음.

2일 흐림. 오후에 밍보 선생의 거처에 갔다. 저녁에 쉬안퉁이 왔다. 밤에 가랑비가 내렸다.

3일 흐림. 정오 좀 지나 류리창에 갔다. 옥함산玉函山 수당조상隋唐造像 대소 35매, 「치경철등잔조상」郗景哲等殘造像 1매를 구했다. 4위안어치인데, 중복된 탁본으로 갈음하였다. 아울러 주대周代의 「왕통묘지」王通墓誌 1매를 1위안에 구입했다. 저녁에 리샤칭의 편지를 받았다. 밤에 판치신이 왔다.

4일 맑음. 별일 없음.

5일 먹구름. 일요일, 쉬다. 오전에 한서우진이 왔다. 오후에 왕스첸이 왔다. 70위안을 건네고 전에 쉬쭝웨이가 빌려 간 10위안을 합쳐 도합 80 위안을 4월분 생활비로 송금하도록 했다. 저녁에 바람이 불었다.

6일 맑음. 오전에 지푸에게 『신청년』 제4호 1책을 부쳤다. 정오 좀 지나 샤오스를 돌아다녔다. 밤에 장이즈가 왔다.

7일 맑음. 밤에 쑹쯔페이가 왔다.

8일 맑음. 밤에 쑹쯔페이가 왔다.

9일 맑음. 정오 좀 지나 도쿄도의 엽서를 받았다. 류리창에 가서 잡다한 위조 탁편 6매를 2위안에 구입했다. 아울러 표구한 탁본 21매를 찾아왔다. 공임은 3위안이다. 저녁에 청윈탕澄雲堂의 사람이 왔다. 돤씨端氏가 소장한 석탁편 6종 18매를 골라 5위안에 구입했다.

10일 흐림. 정오경에 둘째가 교육부에 왔다. 치서우우산과 함께 허지에 가서 식사를 했다. 오후에 비가 내렸다. 우중원伍仲文에게 편지를 부쳤다.

11일 비. 저녁에 스쩡의 편지를 가지고 주씨朱氏에게 전탁편을 사러 갔다. 옛날 돈 2매를 보았다. 탁편은 아직 정리되지 않았노라고 했다. 옛날 돈을 입수했다.

12일 맑음. 일요일, 쉬다. 오후에 흐리고 우레가 쳤다. 선인모沈尹默의 편지를 받았다. 밤에 첸쉬안퉁이 왔다.

13일 맑음. 오전에 스쩡이 주씨가 매각한 전탁편을 건네주었다. 모두 60매인데, 왕수단王樹枏의 소장품이라고 한다. 탁본의 질이 매우 떨어져서 가져갈 만한 것이 없었다. 오후에 류리창에 가서 「문사연조상」文士淵造像 2매, 제명잔석題名殘石 1매, 잡다한 전탁편 7매를 각 1위안에 구입했다. 저녁에 밍보 선생이 스잉詩英을 데리고 오셨다. 지푸의 가족이 내일 떠난다[10]고 한다.

14일 맑음. 저녁에 쑹쯔페이가 왔다. 밤에 잠을 이루지 못했다.

15일 맑음. 오후에 흐림. 별일 없음.

16일 맑음. 도서분관 요리사에게 저녁식사를 준비하게 했다. 매달 금액은 5위안 5자오를 주기로 했다.

17일 흐림. 정오 좀 지나 류리창에 가서 탁본의 표구를 맡겼다. 리샤칭李遐卿에게 편지를 부쳤다.

18일 흐림. 오전에 쉬이쑨徐以孫이 왔다. 도쿄도에서 서적 한 꾸러미를 부쳐 왔다. 저녁에 밍보 선생의 거처에 갔다.

19일 흐리고 바람이 거셈. 일요일, 쉬다. 약간 몸이 아프다.

20일 맑음. 머리와 사지가 아프다.

21일 맑음. 쉬지상이 『몽동선사유집』夢東禪師遺集 1책을 주었다. 집에서 차를 한 통 부쳐 왔다. 저녁에 키니네를 복용했다.

22일 맑음. 정오 좀 지나 이발을 했다. 저녁에 쯔페이에게 편지를 부쳤다. 밤에 첸쉬안퉁이 왔다. 잠을 이루지 못했다.

23일 흐림. 정오 좀 지나 도서분관에 갔다. 류리창 더구자이에 가서

---

10) 1917년 9월 7일에 정부는 각 성의 교육청장을 임명하였으며, 쉬서우창(許壽裳)은 교육부에서 장시(江西)교육청장으로 전임하기로 결정되었다. 그리하여 쉬서우창은 9월부터 홀로 부임하였으며, 그의 가족은 약 8개월 뒤늦은 이때에 쉬서우창의 부임지로 떠나게 되었다.

항농묘恒農墓 전탁편 대소 100매를 구입했다. 이 가운데 두 매는 중복되었다. 24위안어치이다. 「강아환조상」江阿歡造像 1매, 「휘덕묘지」諱德墓誌 1매를 각각 2위안에 구입했다. 밤에 비가 내렸다.

24일 비. 오전에 우중원의 편지를 받았다. 20일에 부친 것이다. 셋째 처의 편지를 받았다. 저녁에 쯔페이에게 취안券 20위안을 빌려주었다.

25일 비. 오후에 리샤칭李霞卿으로부터 편지와 첩첨帖籤 24매를 받았다.

26일 흐림. 일요일, 쉬다. 정오 좀 지나 갰다. 밍보 선생이 오셨다. 저녁에 쑹쯔페이로부터 편지와 함께, 대신 구입한 서적 상자 네 개와 책꽂이 두 개를 받았다. 모두 합쳐 취안券 23위안을 지불했다. 밤에 잠을 이루지 못했다.

27일 맑음. 정오 좀 지나 이달치 월급 300위안을 수령했다. 류리창에 가서 마사백馬祠伯과 은쌍화殷雙和의 조상 각 1매를 6자오에 구입했다. 다자란大柵欄에 가서 밀짚모자 하나를 2위안에 샀다. 저녁에 가랑비가 내렸다. 밤에 첸쉬안퉁이 왔다.

28일 맑음. 정오 좀 지나 중국은행에 가서 생활비 100위안을 송금했다. 저녁에 밍보 선생에게 편지를 부쳤다. 쯔페이가 왔다.

29일 맑음. 오전에 쑨보캉孫伯康이 리어우런酈藕人의 편지를 가지고 왔다. 쉬지푸의 편지를 받았다. 23일에 부친 것이다. 정오 좀 지나 그에게 답신했다. 스쩡이 「황초잔석」黃初殘石 탁편을 가지고 왔는데, 모두 3점이다. 량원러우梁問樓의 물건이며, 팔려고 한다기에 구입하였다. 가격은 취안券 20위안이다. 오후에 류리창에 가서 「무맹종사□□조상좌」武猛從事□□造像坐 탁편 2매를 1위안 4자오에 구입했다. 밤에 뇌우가 쳤다.

30일 맑음. 오전에 밍보 선생의 편지를 받았다. 저녁에 뇌우가 쳤다.

31일 맑고 바람이 붊. 오전에 도쿄도에서 『신진작가총서』新進作家叢書 5

책을 부쳐 왔다. 정오 좀 지나 둘째가 교육부에 왔다. 함께 둥성핑위안東升平園에 가서 목욕을 했다. 또한 다자란의 네이롄성內聯升에 가서 펑펑의 가죽구두를 주문했다. 다시 류리창 더구자이에서 「숭산삼궐」嵩山三闕 전체 탁본 1권을 빌려 돌아왔다.

6월

1일 맑음. 오전에 둘째와 함께 베이징대학교로 차이 선생과 쉬이쑨徐以孫을 찾아갔다. 『지나미술사 조소편』支那美術史彫塑篇을 열람했다. 정오경에 디이춘第一春에서 식사를 했다. 정오 좀 지나 공원을 돌아다니다가 약한 비바람을 만나 서둘러 돌아오니 날이 갰다. 밍보 선생에게 편지를 부쳤다.

2일 맑고 바람이 붊. 일요일, 쉬다. 정오 좀 지나 쉬이쑨의 편지와 함께 「여초묘지」呂超墓誌 탁편 1매, 그리고 그의 집에 소장된 소품 탁편 21매를 받았다. 어제 부친 것이다.

3일 맑음. 오전에 쉬이쑨의 편지와 함께, 구딩메이顧鼎梅가 준 잔석殘石 탁편 9매를 전달받았다. 둘째가 우체국에 가서 지난달치 생활비 100위안을 부쳤다.

4일 맑음. 오전에 도쿄도의 편지를 받았다. 정오 좀 지나 류리창 더구자이에 가서 「숭산삼궐화상」嵩山三闕畵像 탁본 1조, 대소 34매를 취안券 36위안에 구입했다. 또한 진대晉代의 잔석 및 뒷면 1매를 1위안에 구입했다. 다시 전구자이에 가서 「주박잔석」朱博殘石 1매를 4위안에, 「유한작사자명」劉漢作師子銘 1매를 5자오에, 「밀장성조교비」密長盛造橋碑 및 뒷면 2매를 1위안에, 「천불산조상」千佛山造像 12매를 2위안에, 「운문산조상」雲門山造像 10매를 1위안에 구입했다. 저녁에 더구자이 사람이 왔다. 「고한안락상」庫汗安洛像

및 「적살귀기」翟煞鬼記를 각각 6매씩 탁본하기 위해서이다. 바람이 불었다.

5일 맑음. 오전에 쉬이쑨에게 「고한안락조상」, 「적살귀기」의 탁본 각 1매를 보내 주었다. 둘째가 가지고 갔다.

6일 맑음. 오전에 양신스楊莘士의 편지를 받았다. 저녁에 리샤칭李遐卿 이 왔다. 탁본장수가 왔기에 「창룡경오석」倉龍庚午石 1매를 1위안에 구입 했다.

7일 맑음. 별일 없음.

8일 맑음. 저녁에 쑹쯔페이가 왔다. 밍보 선생이 오셨다. 밤에 첸쉬안 퉁이 왔다.

9일 흐림. 일요일, 쉬다. 오후에 주린이 왔다.

10일 맑음. 정오 좀 지나 류리창에 가서 「이사잔비」里社殘碑 및 뒷면 2 매를 구입했다. 진대晉代의 각석刻石인 듯하다. 아울러 「원사화묘지」元思和墓 誌 1매를 구입했다. 도합 취안 12위안을 주었다. 이 가운데 6위안은 중복 된 탁본을 팔아 갈음했다.

11일 맑음. 오전에 양신스에게 편지를 부쳤다. 밤에 바람이 불고 또 뇌우가 몰아쳤다. 「여초묘지」呂超墓誌의 발문을 지었다.[11]

12일 흐림. 오전에 이쑨 선생에게 편지를 부쳤다. 저녁에 밍보 선생으 로부터 편지와 요리 두 가지를 받았다. 밤에 뇌우가 몰아쳤다.

13일 맑음. 음력 단오, 쉬다. 별일 없음.

14일 맑음. 오전에 도쿄도에서 부쳐 온 서적 한 꾸러미를 받았다.

15일 맑음. 저녁에 쑹쯔페이가 왔다. 상치헝이 왔다.

---

11) 「여초묘지」(呂超墓誌)는 1917년에 사오싱(紹興)에서 출토되었으며, 110여 글자만 남아 있을 뿐이다. 루쉰은 남제(南齊) 시기의 각석이라 고증하고 이를 위해 발문을 지었다. 이 발문은 현재 『집외집습유보편』(集外集拾遺補編)에 수록되어 있다.

16일 맑음. 일요일, 쉬다. 오전에 밍보 선생이 오셨다. 정오 좀 지나 창이첸에게 편지를 부치고 『중국학보휘편』中國學報彙編 5책을 돌려주었다.

17일 맑음. 오전에 지푸에게 『신청년』과 둘째의 강의록 1권을 부쳤다. 둘째 처와 셋째 처에게 편지를 부쳤다.

18일 맑고 더움. 치서우산에게 부탁하여 새끼양의 모피 5장을 샀다. 도합 취안券 100위안어치이다. 정오 좀 지나 두 꾸러미를 집에 부쳤다.

19일 맑음. 오전에 첸다오쑨錢稻孫에게 『시박재변문』示樸齋變文 1책을 보내 주었다. 정오 좀 지나 지푸에게 편지를 부쳤다. 저녁에 쑹쯔페이가 왔다. 밤에 리샤칭이 왔다. 뇌우가 몰아쳤다.

20일 맑음. 아침에 둘째가 사오싱으로 떠났다. 저녁에 첸쉬안퉁의 편지를 받았다. 밤에 우레가 쳤다.

21일 비. 오전에 선인모에게 편지를 부쳤다.

22일 맑음. 오전에 하부토 댁에 편지와 30위안을 부쳤다. 7월분부터 9월분까지이다. 정오 좀 지나 류리창 더구자이에 가서 「낭야대각석」郞邪臺刻石 탁본 1매, 한화상漢畵像 1매, 글자가 있고 위각僞刻인데, 도합 취안 6위안에 구입했다. 아울러 신주국광사神州國光社에서 『신주대관』神州大觀 제13집 1책, 석인본 『고천정선탁본』古泉精選拓本 2책을 역시 도합 취안 6위안에 구입했다. 오후에 허쑨의 편지를 받았다. 18일에 루청潞城에서 부친 것이다. 저녁에 비바람이 약간 쳤다. 선인모의 편지를 받았다. 밤에 첸쉬안퉁이 왔다.

23일 맑음. 일요일, 쉬다. 오전에 쯔페이가 왔다. 정오 좀 지나 밍보 선생의 거처에 갔다. 오후에 이쑨以巽 선생의 편지를 받았다. 소개편지가 두 통 동봉되어 있다.

24일 맑음. 오전에 나카니시야中西屋의 엽서를 받았다. 에반스서관[12]

에서 둘째에게 부친 편지를 받았다. 둘째를 대신하여 대학의 문과교무처에 편지를 부쳤다. 안에 시험답안지를 동봉했다. 둘째에게 편지를 부쳤다. 첸쉬안퉁의 편지를 동봉하였다(七四). 허쑨에게 편지를 부쳤다. 밤에 리샤칭이 왔다. 셋째 처와 펑豐, 천晨이 함께 찍은 사진 한 장을 받았다. 20일에 부친 것이다.

25일 맑음. 오전에 둘째의 엽서를 받았다. 22일에 상하이에서 부친 것이다. 정오경에 비가 한바탕 내렸다. 저녁에 헝산衡山 선생이 오셨다.

26일 비. 오전에 셋째의 편지를 받았다. 18일에 부친 것이다(三二). 또한 통을 받았는데, 22일에 부친 것이다(三三). 둘째의 엽서를 받았다. 21일에 난징에서 부친 것이다. 둘째에게 편지를 부쳤다. 둘째 처와 셋째 처의 편지, 그리고 벽돌 탁본을 받기 위한 이쑨以孫 선생의 소개편지 2통을 동봉하였다. 오후에 이달치 월급 300위안을 수령했다. 저녁에 날이 갰다.

27일 맑음. 오전에 중국은행에 가서 이달치 생활비 100위안을 송금하고 편지[번호 붙이지 않음]를 부쳤다. 둘째를 대신하여 지쓰교노니혼샤實業之日本社에 인銀 3엔 60전을 부치고, 『부인세계』婦人世界의 정기구독을 신청했다. 7월부터이다. 정오 좀 지나 류리창 상우관商務館에 가서 『각재집고록』慤齋集古錄 1부를 예약하였다. 가격의 절반인 취안券 13위안 5자오를 지불했다. 아울러 옛 화폐 4매를 1위안에, 「마씨묘지」馬氏墓誌 1매를 1위안에 구입했다. 저녁에 첸쉬안퉁이 왔다. 밤에 쯔페이가 와서 20위안을 갚았으며, 쑹쿵셴宋孔顯이 둘째에게 갚는 20위안을 건네주고 백포도주 한 병을 주었다.

28일 맑고 무더움. 오후에 저장뤼진공학[13]으로부터 편지를 받았다.

12) 에반스(Evans, 伊文思)서관은 영국인 에드워드 에반스(Edward Evans)가 상하이 베이쓰촨로 (北四川路) 30호에 열었던 서점이다.
13) 저장뤼진공학(浙江旅津公學)은 1909년에 창립되었으며, 차이위안페이 등의 도움을 받았다.

저녁에 비가 내렸다.

29일 맑음. 오전에 둘째의 편지를 받았다. 25일에 사오싱에서 부친 것이다(卅四). 오후에 나카니시야에서 둘째에게 부친 책 한 꾸러미를 받았다. 마루젠에서도 한 꾸러미를 보내왔는데, 착오인 듯하다. 주린의 거처를 방문하였으나 만나지 못했기에 편지 한 통을 맡겼다. 밤에 쑨보캉이 작별 인사를 하러 왔다. 내일 아침에 돌아간다고 하였다.

30일 흐림. 일요일, 쉬다. 저녁에 첸쉬안퉁이 왔다.

7월

1일 맑음. 오전에 둘째에게 편지(七十六)와 서적 2책 한 꾸러미를 부쳤다. 마루젠으로부터 편지와 서적 한 꾸러미를 받고, 나카니시야로부터 서적 한 꾸러미를 받았다. 꾸러미마다 1책씩이었는데, 모두 둘째가 주문한 것이다. 집에서 부친 차 두 통을 받았다.

2일 맑음. 오전에 둘째에게 서적 2책을 한 꾸러미로 부쳤다. 정오경에 치서우산과 함께 공원에 갔다가 오후에 류리창을 들러 돌아왔다.

3일 맑음. 오전에 마루젠으로부터 편지와 서적 2책 한 꾸러미를 받았다. 저녁에 리샤칭李遐卿이 왔다.

4일 흐림. 아침에 둘째의 편지를 받았다. 6월 28일에 부친 것이다(三八). 또 한 통의 편지는 30일에 부친 것이다(三九). 오전에 둘째에게 편지를 부쳤다. 시험답안지를 동봉했다(卌). 저녁에 뇌우가 쳤다.

5일 맑음. 오전에 쉬이쑨 선생에게 편지를 부쳤다. 오후에 첸쉬안퉁의 편지를 받았다. 밤에 답신했다. 왕스첸이 중국은행 취안券 30위안을 빌리러 왔다.

6일 맑음. 오전에 마루젠으로부터 편지와 서적 1책을 받았다. 기침을 앓는지라 이케다池田의원에 가서 진찰을 받았다. 기관지염이라면서 약 두 종을 주었다. 밤에 가랑비가 내렸다.

7일 흐림. 일요일, 쉬다. 오후에 날이 갰다. 밍보 선생이 오셨다.

8일 맑음. 오전에 이케다의원에 가서 진찰을 받았다. 정오경에 둘째의 편지를 받았다. 4일에 부친 것이다(四十).

9일 맑고 바람이 붊. 오전에 둘째의 편지를 받았다. 안에 「부자연도태」[14]의 번역원고가 동봉되어 있다. 5일에 부친 것이다(四十一). 쑨보캉의 엽서를 받았다. 5일에 항저우杭州에서 부친 것이다. 둘째에게 편지를 부쳤다(七八). 마루젠에 편지를 부쳤다. 정오 좀 지나 류리창 더구자이에 가서 「한황장석제각」漢黃腸石題刻 대소 62매를 취안 13위안에 구입했다. 또한 진대晉代의 「장랑묘비」張朗墓碑 및 뒷면 2매는 일본인이 소장한 각석刻石이라고 하는데, 취안 5위안에 구입했다. 밤에 둘째의 번역 원고 정리를 마쳤다.

10일 맑음. 별일 없음.

11일 맑음. 오전에 첸쉬안퉁에게 편지를 부쳤다.

12일 맑음. 쉬다. 오전에 둘째의 편지를 받았다. 8일에 부친 것이다(四二). 첸쉬안퉁의 편지를 받았다. 정오 좀 지나 류리창에 갔다. 다시 시성 핑위안西升平園에 가서 이발과 목욕을 했다. 밤에 첸쉬안퉁이 왔다.

13일 맑음. 오전에 셋째의 편지를 받았다. 시게히사重久의 편지가 동봉되어 있다. 8일에 부친 것이다. 둘째에게 편지와 함께 6월분 생활비 100위안을 부쳤다(七九). 정오경에 둘째가 부친 전탁편 한 꾸러미를 받았다. 9

---

14) 「부자연도태」(不自然淘汰)는 스웨덴의 스트린드베리(August Strindberg, 1849~1912)의 단편 소설이다. 저우쭤런이 번역하고 루쉰이 손을 보아 『신청년』 제5권 제2호(1918년 8월)에 발표하였다.

일에 부친 것이다. 밤에 우레가 약하게 울렸다. 전탁본을 풀로 붙였다.

14일 맑음. 일요일, 쉬다. 오전에 둘째의 엽서를 받았다. 10일에 부친 것이다. 쉬안퉁의 편지를 받았다. 저녁에 펑커수馮克書가 왔다. 자는 더쥔德峻, 옛 사오싱사범학교 학생이며, 현재 고등사범학교에 재학 중이다. 밤에 판원타이, 쉬스취안이 이야기를 나누러 왔다. 뇌우가 약간 쏟아졌다. 다퉁전大同磚을 2조 탁본했다. 잠을 이루지 못했다.

15일 맑음. 오전에 둘째에게 편지를 부쳤다. 셋째와 시게히사에게 보내는 편지 한 통씩을 동봉했다(八〇). 둘째의 편지를 받았다. 11일에 부친 것이다(四三). 리샤칭의 편지를 받았다. 저녁에 첸쉬안퉁이 와서, 둘째를 대신하여 수령한 6월분 월급의 절반인 120위안을 건네주었다. 류반눙의 편지를 받았다.

16일 맑음. 오전에 류반눙의 편지를 받았다. 저녁에 류리칭이 왔다. 밤에 비가 내렸다.

17일 흐림. 오전에 둘째의 편지를 받았다. 13일에 부친 것이다(四四). 아울러 전탁본 한 꾸러미를 받았다. 같은 날에 우편으로 부친 것이다. 둘째에게 『그리스문학연구』希臘文學硏究 1책을 부쳤다. 정오경에 날이 갰다. 이케다의원에 가서 진찰을 받았다. 밤에 뇌우가 쳤다.

18일 맑음. 오전에 둘째의 편지와 역문 한 편을 받았다. 14일에 부친 것이다(四五). 둘째에게 편지를 부쳤다(八一). 저녁에 가랑비가 한바탕 내렸다.

19일 맑음. 오전에 하부토 댁의 편지를 받았다. 10일에 부친 것이다. 정오 좀 지나 류리창에 가서 「비구혜휘등조상기」比丘惠暉等造像記와 상像의 뒷면에 새겨진 경문 모두 3매를 1위안에 구입했다. 베이징대학에서 둘째에게 6월분 월급의 절반인 120위안을 보내왔다. 대신 수령했다. 밤에 비가 내렸다.

20일 맑음. 오전에 둘째의 편지와 번역원고 1편을 받았다. 16일에 부친 것이다(四六). 첸쉬안통에게 편지를 부쳤다. 정오 좀 지나 치서우산이 일꾼을 보내왔다. 200위안을 지불했다. 오후에 가랑비가 내리다가 금방 그쳤다. 둘째가 부친 서적 한 꾸러미를 받았다. 16일에 우편으로 부친 것이다. 저녁에 쑹쯔페이가 왔다. 첸쉬안통이 왔다. 둘째가 14일에 부쳐 준 역문 1편, 그리고 내가 지은 글 한 편[15]을 건네주었다.

21일 맑음. 일요일, 쉬다. 오전에 류반눙의 편지를 받았다. 오후에 둘째에게 편지를 부쳤다(八二). 밍보 선생의 거처에 갔다. 저녁에 왕스첸이 10위안을 빌리러 왔다. 리샤칭이 왔다. 밤에 큰 비가 내렸다.

22일 비. 오전에 밍보 선생에게 편지를 부쳤다.

23일 흐림. 오전에 둘째의 편지를 받았다. 19일에 부친 것이다(四七). 도쿄도서점에 20위안을 부쳤다.

24일 맑음. 오후에 두하이성이 왔다. 밤에 뇌우가 몰아쳤다.

25일 맑음. 아침에 둘째의 편지를 받았다. 21일에 부친 것이다(四八). 마루젠으로부터 두 통의 편지를 받았다. 오전에 선인모에게 편지를 부쳤다. 둘째에게 편지를 부쳤다(八三).

26일 맑음. 오전에 이달치 월급 300위안을 수령했다. 정오경에 두하이성의 거처에 가서 100위안을 건네주어 집에 송금케 하고 영수증을 받아 돌아왔다. 둘째가 부친 서적 1책, 번역원고 1편, 전탁본 4매를 받았다. 22일에 우편으로 부친 것이다. 저녁에 선인모의 편지와 시를 받았다. 밤

---

15) "내가 지은 글 한 편"은 「나의 절열관」(我之節烈觀)을 가리킨다. 이 글은 나중에 『무덤』(墳)에 수록되었다.

에 쑹쯔페이가 왔다.

27일 맑음. 오전에 둘째의 편지를 받았다. 23일에 부친 것이다(四九).

28일 맑음. 일요일, 쉬다. 오후에 선인모에게 편지를 부쳤다. 리샤칭이 왔다. 밤에 왕스첸이 취안券 30위안과 인銀 10위안을 갚으러 왔다. 몹시 무덥다. 잠을 이루지 못했다.

29일 맑음. 오전에 둘째에게 편지를 부쳤다. 하이성의 송금 영수증 1매를 동봉했다(八四). 또한 『실용구어법』實用口語法을 따로 부쳤다. 중국은행에 가서 이달치 생활비로 100위안을 송금했다. 둘째의 편지를 받았다. 「우쥔정만경」16)의 탁편 2매가 동봉되어 있다. 25일에 부친 것이다(五十). 밤에 첸쉬안퉁이 왔다. 『입센호』17) 10책을 가져왔다.

30일 흐리다가 오전에 큰 비가 내림. 탕얼허湯爾和가 준 『전갈 독선의 조직학적 연구보고』蝎尾毒腺之組織學的研究報告 1책을 다오쑨稻孫이 가져왔다. 정오 좀 지나 날이 갰다.

31일 맑음. 오전에 둘째에게 편지(八五)와 『입센호』 1책을 부쳤다. 『입센호』를 밍보 선생께도 1책 보내 드리고 지푸에게도 1책을 부쳤다. 일본 우체국에 가서 취안券 23메이로 『은허복사』殷墟卜辭 1책을 인환引換하였다. 살펴보니 몹시 열악하다. 정오 좀 지나 류리창에 가서 「회선우제각」會仙友題刻 및 「사마준업묘지」司馬遵業墓誌 각 1매를 도합 취안 5위안에 구입했다. 오후에 류반눙이 왔다. 밤에 비가 내렸다.

---

16) 「우쥔정만경」(吳郡鄭蔓鏡)은 1917년 산인(山陰) 란상향(蘭上鄕)에 있는 여초(呂超)의 무덤에서 출토되었다. 납으로 만든 제품인 듯하며 이미 파손되어 있었지만, 명문(銘文)이 새겨져 있다. 루쉰은 고대문헌 및 기타 실물을 참조하여 「여초묘출토 우쥔정만경고」(呂超墓出土吳郡鄭蔓鏡銘考)란 글을 지었다. 이 글은 현재 『집외집습유보편』(루쉰전집 10권)에 수록되어 있다.

17) 『입센호』(伊勃生號)는 『신청년』 제4권 제6호의 '입센' 특집호를 가리킨다.

8월

1일 가랑비. 오전에 둘째의 편지를 받았다. 28일에 부친 것이다(五一). 집에 사범학교 간장[18]을 4책 부쳤다. 밤에 리샤칭이 왔다.

2일 비. 오전에 둘째에게 편지를 부쳤다(八六). 저녁에 날이 갰다. 밤에 비가 내렸다.

3일 비. 오전에 둘째의 편지와 경탁본鏡拓本 3매를 받았다. 30일에 부친 것이다(五二).

4일 흐림. 일요일, 쉬다. 오후에 밍보 선생이 오셨다. 밤에 날이 갰다.

5일 맑음. 오전에 지푸의 편지를 받았다. 7월 30일에 부친 것이다. 둘째에게 편지를 부쳤다(八七). 정오 좀 지나 류리창의 퉁구탕에 가서 도장 2매를 찾아오다. 석대石代와 공임은 모두 취안券 5위안이다. 오후에 리샤칭의 편지를 받았다. 『대학일간』大學日刊 1부가 동봉되어 있다. 밤에 첸쉬안퉁이 와서 둘째의 7월분 월급의 절반인 120위안을 건네주었다.

6일 맑음. 오전에 둘째의 편지를 받았다. 2일에 부친 것이다(五三). 쑨보캉의 엽서를 받았다. 1일에 부친 것이다. 즉시 답신했다. 오후에 류반눙, 첸쉬안퉁이 왔다. 쉬스취안과 그의 동생이 왔다.

7일 맑음. 오후에 주린이 왔다. 밤에 쯔페이가 왔다.

8일 맑음. 오전에 둘째의 편지를 받았다. 4일에 부친 것이다(五四). 둘째에게 편지를 부쳤다(八八). 정오 좀 지나 류리창에 가서 '소천직일'小泉直一 1매, '포천'布泉 2매,[19] 글자가 없는 조그마한 구리 조상 2점을 도합 취안

---

18) 사범학교 간장(簡章)은 베이징여자사범학교 교칙을 가리킨다.
19) '소천직일'(小泉直一)과 '포천'(布泉)은 모두 옛 화폐의 일종이다.

6위안에 구입했다. 칭원거에 가서 편지지 한 통, 신발 한 켤레를 도합 취안 3위안에 샀다. 오후에 류반눙의 편지를 받았다. 밍보 선생의 거처에 가서 책을 돌려드리고, 경탁본 1매를 건네 카이펑開封에 전송해 달라고 부탁드렸다.

9일 맑음. 오전에 스쩡에게 경탁본 1매를 주었다. 오후에 인銀 1위안으로 자그마한 구리 조상 한 점을 구했다. 선씨沈氏의 물건이다. 밤에 판치신이 왔다.

10일 맑음. 오전에 둘째의 편지를 받았다. 6일에 부친 것이다(五五). 도쿄도의 엽서를 받았다. 차이 선생께 편지를 부쳤다. 오후에 도쿄도에 편지를 부쳤다. 선인모에게 편지를 부쳤다. 밤에 비가 내렸다.

11일 비. 일요일, 쉬다. 아침에 둘째에게 편지를 부쳤다(八九). 정오 좀 지나 날이 갰다. 류리창을 돌아다녔다. 칭원거를 들러 성핑위안升平園에 가서 이발과 목욕을 하였다. 저녁에 다시 비가 내렸다.

12일 맑음. 쉬다. 오전에 둘째의 편지를 받았다. 8일에 부친 것이다(五六). 곧바로 답신했다(九十). 오후에 선인모의 편지를 받고서 곧바로 답신했다. 후스즈胡適之와 둘째의 편지를 받았다. 저녁에 우레가 약하게 울렸다.

13일 맑음. 오전에 도쿄도에서 부친 잡지 6책을 받았다. 아울러 편지 한 통을 따로 받았다. 저장 싱예은행에 가서 상하이 수취의 송금환 1매를 작성했다. 밤에 비문을 교열했다.

14일 맑음. 아침에 둘째의 편지와 전탁본 1매를 받았다. 10일에 부친 것이다(五七). 오전에 둘째에게 편지를 부쳤다. 후스즈의 편지와 송금환, 그리고 여비 및 서적 구입비를 합쳐 도합 취안洋 100위안을 동봉했다 (九一). 쉬이쑨 선생에게 편지와 전탁편 한 꾸러미, '귀학제수'龜鶴齊壽의 옛 화폐와 여초묘경呂超墓鏡의 탁본 각 1매를 부쳤다.

15일 흐림. 오전에 둘째의 편지를 받았다. 번역원고 1편이 동봉되어 있다. 11일에 부친 것이다(五八). 첸쉬안퉁의 편지를 받았다. 정오 좀 지나 답신하였다. 밤에 쯔페이가 왔다.

16일 맑음. 오전에 후쿠코의 편지를 받았다. 10일에 부친 것이다. 밤에 쉬안퉁이 와서 둘째의 월급 120위안을 건네주었다. 7월 후반분이다.

17일 맑음. 오전에 둘째의 편지와 「유위상기」維衛像記 탁편 1매를 받았다. 13일에 부친 것이다(五九). 또 책 한 꾸러미를 받았는데, 원고 한 편이 동봉되어 있다. 같은 날 우편으로 부친 것이다. 둘째에게 편지를 부쳤다. 둘째 처에게 보내는 편지 한 통을 동봉하였다(九二). 정오 좀 지나 류리창에 가서 잡다한 한화상 6매, 「백구곡제자」白駒谷題字 2매를 도합 취안 6위안에 구입했다. 오후에 리샤칭의 편지를 받았다. 밤에 류반눙이 왔다.

18일 맑음. 일요일, 쉬다. 오전에 둘째의 엽서를 받았다. 14일에 부친 것이다. 오후에 밍보 선생의 거처에 갔다. 저녁에 뇌우가 한바탕 몰아쳤다. 잠시 후 달이 떴다.

19일 맑음. 오전에 둘째에게 편지를 부쳤다(九三).

20일 맑음. 정오 좀 지나 쉬이쑨徐以孫 선생의 편지를 받았다. 둘째의 편지를 받았다. 둘째 처의 편지, 그리고 경탁편 4매가 동봉되어 있다. 16일에 부친 것이다(六十).

21일 맑음. 오전에 둘째의 편지를 받았다. 17일에 부친 것이다(六一). 둘째에게 편지를 부쳤다. 둘째 처에게 보내는 편지를 동봉했다(九四). 지푸季黻에게 편지를 부쳤다. 정오 좀 지나 밍보 선생이 요리 두 그릇을 보내주었다. 밤에 리샤칭이 왔다.

22일 맑음. 오전에 쉬이쑨 선생께 편지를 부쳤다. 정오 좀 지나 류리창에 갔다.

23일 흐림. 오전에 둘째의 편지를 받았다. 19일에 부친 것이다(六二). 정오경에 날이 갰다. 저녁에 두하이성이 왔다. 밤에 쯔페이가 왔다.

24일 동틀 녘에 비가 오다가 아침에 갬. 오전에 둘째에게 편지를 부쳤다(九五). 오후에 다시 비가 내렸다.

25일 흐림. 일요일, 쉬다. 오전에 둘째의 편지와 번역원고 두 편을 받았다. 21일에 부친 것이다(六三). 정오경에 답신했다(九六). 첸쉬안퉁에게 편지를 부쳤다. 오후에 밍보 선생이 오셨다. 밤에 비가 내렸다.

26일 비. 오전에 차이구칭의 편지와 통지서 한 통을 받았다. 22일에 부친 것이다. 월급 300위안을 수령했다.

27일 가랑비. 오전에 차이구칭에게 편지를 부쳤다. 오후에 쑨보캉의 엽서를 받았다. 21일에 도쿄에서 부친 것이다. 밤에 첸쉬안퉁이 왔다. 감기에 걸려 열이 올랐다.

28일 맑음. 오전에 둘째의 편지와 번역원고 1편을 받았다. 24일에 부친 것이다(六四). 곧바로 답신했다(九七). 정오 좀 지나 차이 선생께 편지를 부쳤다. 류성劉弁에게 중국은행에 가서 이달 생활비로 100위안을 송금케 하였다. 저녁에 밍보 선생이 오셨다. 밤에 리샤칭의 편지를 받았다.

29일 맑음. 오전에 쑹쯔페이에게 편지를 부치고 책을 돌려주었다. 탕얼허의 편지를 받았다. 정오 좀 지나 류리창에 가서 「양선비」楊宣碑 1매, 「광업사조상비」廣業寺造像碑 1매를 도합 취안券 4위안에 구입했다. 오후에 류반눙이 왔다. 둘째가 번역한 소설 2편, 「수감록」20) 1편을 건네주었다. 밤

---

20) 「수감록」(隨感錄)은 저우쭤런이 지은 「수감록 24」를 가리킨다. 이 글은 『신청년』 제5권 제3호(1918년 9월)에 발표되었다.

에 차이 선생의 편지를 받았다.

30일 맑음. 오전에 쑹즈팡의 편지를 받았다. 26일에 항저우에서 부친 것이다. 둘째와 셋째에게 편지를 부쳤다(九八). 탕얼허에게 편지를 부쳤다. 정오 좀 지나 두하이성의 거처에 가서 100위안을 건네고 송금증 1매를 받았다. 오후에 류반눙의 편지를 받고서 곧바로 답신했다. 밤에 쯔페이가 왔다. 키니네 네 알을 복용했다.

31일 맑음. 오전에 마루젠으로부터 편지와 『프랑스문학』法國文學 1책을 받았다. 쑨보캉의 편지를 받았다. 25일에 부친 것이다. 정오경에 '무엇'을 받고서[21] 치서우산의 집에 가서 식사를 했다. 동석한 이로는 장중쑤張仲蘇, 왕화추王畵初, 구스쥔顧石君, 쉬지상, 주샤오취안, 다이뤄링 등 모두 여덟 명이다. 저녁에 밍보 선생의 거처에 갔다. 밤에 리샤칭이 와서 15위안을 빌려 갔다.

9월

1일 맑음. 일요일, 쉬다. 오전에 둘째의 편지를 받았다. 전탁본 2매가 동봉되어 있다. 28일에 부친 것이다(六五).

2일 맑음. 오전에 셋째에게 편지를 부쳤다. 지난달과 이달의 생활비로 송금증 1매와 100위안, 그리고 통지서 한 통을 동봉했다(九九). 정오 좀 지나 도쿄도의 편지를 받았다. 곧바로 답신했다. 쑨보캉에게 편지와 규정 한 묶음을 부쳤다.

3일 맑음. 오전에 둘째의 편지를 받았다. 30일에 부친 것이다(六六).

---

21) 원문은 '午得[?]'. 한 글자를 알 수 없다.

오후에 비가 내렸다.

4일 맑음. 오전에 류반눙에게 편지와 글 한 편,[22] 잡지 8책을 부쳤다. 오후에 쉬안퉁이 보낸 편지를 받았다. 저녁에 밍보 선생의 거처에 갔다. 왕스첸이 와서 취안券 30위안을 빌려 갔다.

5일 맑음. 오전에 첸쉬안퉁에게 편지를 부쳤다. 저녁에 쑹쯔페이가 왔다.

6일 맑음. 오전에 둘째의 편지를 받았다. 2일에 부친 것이다(六七). 쑹 즈팡에게 편지를 부쳤다.

7일 맑음. 오전에 주샤오취안에게 『대승법원의림장기』大乘法苑義林章記 1조 7책을 사 달라고 부탁하고서 취안 3위안을 주었다. 정오 좀 지나 류리 창에 가서 한대漢代 전탁편 3매, 잡다한 조상 탁편 10매를 도합 취안 5위안 에 구입했다.

8일 맑음. 일요일, 쉬다. 리쾅푸李匡輔의 모친이 작고하여 광후이사廣惠 寺에 분향소를 마련했다기에, 오전에 조문하러 가서 부의금 4위안을 냈다. 밤에 열이 올라 키니네 두 알을 복용했다.

9일 흐림. 오전에 둘째의 엽서를 받았다. 6일에 상하이에서 부친 것이 다. 오후에 우먼午門에 갔다가 공원을 들러 거처로 돌아오니 어느덧 밤이 다. 밤에 밍보 선생이 오셨다. 키니네 네 알을 복용했다.

10일 맑음. 오전에 후보허우胡博厚가 와서 입학의 보증인을 서 달라고 부탁하였다. 정오 좀 지나 가랑비가 내렸다. 베이징대학에 가서 보증 수속 을 마치고서 인모尹默를 방문했다가 유위幼漁를 만나 잠시 이야기를 나누 고 나왔다. 맑음. 밤에 둘째가 베이징에 도착했다. 커다란 한 통의 차와 야

---

22) '글 한 편'은 「수감록 25」를 가리킨다. 나중에 『열풍』(熱風)에 수록되었다.

채말림 한 광주리를 가져왔다. 아울러 상하이에서 서적 6종 13책을 구입해 왔다. 도합 취안^券 12위안어치이며, 목록은 도서장부에 있다. 쯔페이, 샤칭이 역에서 동행하여 와서 잠시 앉았다가 갔다. 밤늦도록 이야기를 나누다가 잠이 들었다. 바람이 불었다.

11일 맑음. 오전에 셋째의 편지를 보았다. 둘째가 가지고 온 것이다. 밤에 첸쉬안퉁이 왔다.

12일 흐리다가 정오 좀 지나 맑아짐. 저녁에 밍보 선생이 오셨다. 저녁에 자선구호 티켓을 2장 구입했다.

13일 맑음. 저녁에 밍보 선생 거처에 갔다. 밤에 게 두 마리를 먹었다.

14일 맑고 바람이 붊. 오전에 쉬지상이 인도의 부처 유적을 담은 사진 11매를 주었다.

15일 맑음. 일요일, 쉬다. 오후에 게 두 마리를 먹었다.

16일 흐림. 오전에 하부토 댁의 편지를 받았다. 7일에 부친 것이다. 쑨보캉의 엽서를 받았다. 8일에 부친 것이다. 저녁에 밍보 선생에게 편지를 부쳤다. 밤에 비바람이 약간 쳤다.

17일 맑음. 오전에 하부토 댁에 편지를 부쳤다. 정오 좀 지나 쉬안퉁에게 편지를 부쳤다. 저녁에 비가 한바탕이 쏟아지더니 갰다. 밤에 다시 쉬안퉁에게 편지를 부쳤다. 밤에 게이세이도[23]에 편지를 부쳤다. 둘째가 쓴 것이다.

18일 맑고 바람이 붊. 오전에 과자 한 상자를 집에 부쳤다. 정오 좀 지나 류리창에 가서 북주^{北周}의 「화악송」^{華岳頌}과 당각후비^{唐刻後碑} 모두 2매를

---

23) 게이세이도(鶏聲堂)는 일본의 서점으로서, 1901년 다카시마 다이엔(高島大円, 1875~1949)에 의해 창설되어 잡지를 판매했다.

취안鈔 2위안에 구입했다. 오후에 이달치 월급 150위안을 지급받았다. 밤에 두하이성이 왔다. 밤에 탁족을 했다.

19일 맑고 바람이 붊. 음력 중추절, 쉬다. 정오 좀 지나 주린이 왔다. 오후에 가랑비가 내리다가 곧 갰다. 류반눙이 왔다. 쉬지상이 왔다. 저녁에 밍보 선생이 음식 두 그릇을 보내 주었다.

20일 맑음. 오후에 다이뤄링과 함께 샤오스를 돌아다녔다.

21일 맑음. 오후에 류리창에 가서 『은허서계정화』殷墟書契精華 1책을 취안 3위안에, 『함분루비급』 제3집부터 제5집까지 모두 24책을 취안 12위안에 구입했다. 류반눙에게 『은허복사』를 팔아 달라고 부탁하여 일본 지폐 20엔을 받았다. 밤에 자오허녠趙鶴年이 왔다. 밤에 밍보 선생이 오셨다.

22일 맑음. 일요일, 쉬다. 별일 없음. 밤에 『당풍루금석발미』唐風樓金石跋尾를 쓰기 시작했다.

23일 맑음. 별일 없음.

24일 흐림. 오전에 『포씨집』을 교정했다.[24] 밤에 쑹쯔페이가 왔다.

25일 흐림. 정오 좀 지나 자오사오셴趙紹仙에게 편지를 부쳤다. 오후에 『포씨집』 교정을 마쳤다. 지푸 부인의 부음이 도착했다. 부의금 인銀 4위안을 셰허에게 송금하도록 부탁했다. 왕스첸의 편지를 받았다. 저녁에 자오사오셴이 왔다. 밤에 바람이 불었다.

26일 맑음. 오전에 왕스첸에게 편지를 부쳤다. 오후에 이달치 월급 150위안을 수령했다. 저녁에 두하이성이 왔다. 2위안을 건네주어 쩡뤼런

---

24) 『포씨집』(鮑氏集)은 『포명원집』(鮑明遠集)을 가리킨다. 루쉰은 청대 모부계(毛斧季)가 송대 각본에 근거하여 교감한 적이 있는 판본으로 명대 왕사현(汪士賢)의 교본을 교정하고, 이튿날 이 작업을 마치고서 「『포명원집』 교감기」(『鮑明遠集』校記)라는 글을 지었다. 이 글은 현재 『집외집습유보편』에 수록되어 있다.

모친의 축수용 병풍을 마련하도록 했다. 밤에 쑹쯔페이가 왔다. 「수감록」한 편을 썼다.[25] 4쪽이다.

27일 맑음. 오후에 하부토 댁에 편지와 20위안을 부쳤다. 류리창에 가서 전탁편 20매를 취안券 2위안에 구입했다. 밤에 바람이 거세고 우박이 섞인 뇌우가 약간 몰아쳤다.

28일 맑음. 정오 좀 지나 류리창에 가서 와당瓦當 탁편 40매를 지폐 6위안에 구입했다. 아울러 『중국명화』中國名畫 20집 1책을 3위안에 구입했다.

29일 맑고 바람이 붊. 오후에 왕스첸이 왔다. 78위안을 건네 이전에 주었던 취안 40위안과 합쳐 100위안으로 에누리하여 생활비로 송금했다. 밤에 리샤칭의 편지를 받았다. 첸쉬안퉁이 왔다.

30일 맑고 바람이 붊. 오후에 인인루蟫隱廬의 서목 1책을 받았다.

10월

1일 맑음. 쉬다. 오후에 밍보 선생이 오셨다.

2일 맑음. 오전에 집에 편지와 70위안을 부쳤다. 지난달 생활비이다. 정오 좀 지나 이발을 했다.

3일 흐림. 오전에 리샤칭에게 편지를 부쳤다. 정오경에 비가 내렸다. 오후에 마루젠에 영어서적 1책을 반송했다. 저녁에 맑아졌다가 다시 비가 내렸다.

4일 맑음. 정오 좀 지나 류리창에 갔다.

5일 맑고 바람이 세참. 별일 없음.

---

25) 「수감록 33」을 가리킨다. 나중에 『열풍』에 수록되었다.

6일 맑고 바람이 붊. 일요일, 쉬다. 오후에 첸쉬안퉁이 왔다. 둘째가 열이 올라 누웠다. 유행성 감기인 듯하다.

7일 맑음. 나도 열이 올랐다. 오전에 판치신에게 편지를 보내 휴가 신청을 부탁했다. 둘째 처의 편지를 받았다. 3일에 부친 것이다. 저녁에 류반눙에게 편지를 부쳤다. 밤에 판치신이 왔다. 키니네 다섯 알을 복용했다.

8일 맑음. 계속 병가 중. 오전에 리샤칭의 편지를 받았다. 키니네 네 알을 복용했다.

9일 바람이 세차고 가랑비. 계속 병가 중. 오후에 류반눙의 편지를 받았다. 키니네 네 알을 복용했다.

10일 맑음. 쉬다. 오전에 쉬지상이 왔다. 정오 좀 지나 리샤칭이 왔다. 저녁에 류반눙, 쑹쯔페이가 왔다.

11일 맑음. 계속 병가 중. 정오 좀 지나 치서우산이 왔다. 오후에 다이뤄링이 왔다. 쯔페이에게 부탁하여 취안^券 8위안어치의 모직 바지 두 가지, 취안 5위안어치의 더우안씨^{兜安氏} 보폐약^{補肺藥26)} 네 곽을 구입하였다. 둘째와 나누어 복용하였다.

12일 맑고 바람이 붊. 오전에 셋째에게 편지를 부쳤다. 마루젠서점에 편지를 부쳤다. 밤에 쯔페이가 왔다.

13일 맑고 바람이 붊. 일요일, 쉬다. 별일 없음.

14일 맑음. 오전에 둘째가 일본우체국에 가서 『불교의 미술과 역사』^{佛教之美術及歷史} 1책을 찾아왔다. 가격은 5엔 60전이며, 중국 취안^券 7위안에

---

26) 더우안씨(兜安氏, Doan's) 보폐약(補肺藥)은 더우안씨서약공사(兜安氏西藥公司)에서 폐렴을 치료하기 위해 제조하여 판매한 약품의 하나이다. 더우안씨서약공사는 미국 상인이 1909년에 상하이에 개설한 최초의 서양약품 제조 및 판매회사이다. 토사곽란, 설사, 농, 화상, 폐렴에 효험을 나타내는 소염 및 진통제 등을 주로 제조·판매하였으며, 전국 각지의 대도시에 분점을 두었다.

해당한다. 밤에 『당풍루금석문자발미』의 베끼기를 마쳤다. 목록까지 모두 64쪽이다.

15일 맑고 바람이 붊. 별일 없음. 밤에 『회음금석근존록』淮陰金石僅存錄을 쓰기 시작했다.

16일 맑음. 오전에 쉬바오첸徐寶謙의 편지를 받았다. 정오 좀 지나 류리창에 가서 도장을 새겼다. '저우씨'周氏 두 글자에 석대石代를 합쳐 취안 2위안을 지불했다. 「삼공산비」三公山碑와 측면 2매, 한화상 2매를 도합 취안 4위안에, 그리고 위魏와 제齊의 조상 3종 9매를 6위안에, 「한목란묘명」韓木蘭墓銘 1매를 1위안에 구입했다.

17일 흐림. 정오 좀 지나 샤오스에 갔다. 우레와 함께 우박이 한바탕 쏟아지고 바람이 세찼다. 사오중웨이邵仲威, 후펀저우胡芬舟의 부고를 받았다. 각각 부의금 2위안을 보냈다.

18일 맑음. 오전에 두하이성의 편지를 받았다.

19일 맑음. 오전에 둘째 처와 셋째 처의 편지를 받았다. 정오 좀 지나 두하이성을 찾아가 60위안을 건네주었다. 도장을 찾아왔다.

20일 맑음. 일요일, 쉬다. 오전에 둘째 처와 셋째 처에게 편지를 부쳤다. 정오경에 둔구이敦古誼 탁본가게에서 와서 조상 3종을 놓아두고 갔다. 가격은 아직 의논하지 않았다. 오후에 밍보 선생이 오셨다. 밤에 리샤칭의 편지와 함께 동창회[27] 명부를 받았다. 내일 건네주도록 둘째에게 부탁했다. 바람이 거셌다.

21일 맑음. 오전에 셋째가 부친 독일어 서적 4책을 받았다. 17일에 우편으로 부친 것이다. 도쿄의 하부토 댁의 편지를 받았다. 5일에 부친 것이

---

27) 저장제5중학(浙江第五中學) 동창회를 가리킨다.

다. 정오 좀 지나 류리창의 둔구이 탁본가게에 가서 조상 2종 8매를 취안券 5위안에 구입하기로 정하고, 우릉폄석禹陵窆石 탁본 1매를 취안 2위안에 팔기로 하여, 취안 3위안을 지불하였다.

22일 맑음. 별일 없음.

23일 맑음. 별일 없음.

24일 맑음. 오전에 셋째의 편지를 받았다. 집에 편지와 이달치 생활비 100위안을 부쳤다. 하이성이 송금했다.

25일 맑음. 밤에 쑹쯔페이가 왔다.

26일 맑음. 오전에 이달치 월급 300위안을 수령했다. 오후에 두하이성을 찾아가 40위안을 더 건네주었다.

27일 맑음. 일요일, 쉬다. 오전에 밍보 선생이 오셨다. 정오 좀 지나 둘째와 함께 류리창에 가서 「설광조상」薛廣造像 1매, 「합촌장유조상」合村長幼造像 4매를 각각 취안 3위안에 구입했다. 아울러 「노문기묘지」盧文機墓誌 1매를 취안 1위안에 구입했다. 다시 관인쓰제觀音寺街 칭원거에 가서 차를 마시고 해질 녘에 걸어 돌아왔다. 도쿄도서점에 편지를 부쳤다.

28일 흐리고 바람. 오후에 리샤칭의 편지를 받았다.

29일 맑음. 오전에 왕스첸에게 편지를 부쳤다.

30일 맑음. 오전에 지푸에게 『신청년』 제5권 제1호와 제2호의 각 1책, 『부령휘편』部令彙編 1책을 부쳤다.

31일 맑음. 오후에 왕스첸의 편지를 받았다.

11월

1일 흐림. 오전에 첸쉬안퉁의 편지를 받았다. 정오 좀 지나 답신했다. 가랑비가 내리다가 금방 그쳤다. 밤에 「수감록」 두 편[28]을 썼다.

2일 맑고 바람이 붊. 오전에 집에 편지와 90위안을 부쳤다. 지난달치이다. 저녁에 쯔페이가 왔다.

3일 맑음. 일요일, 쉬다. 밤에 『회음금석근존록』의 베끼기를 마쳤다. 총 89쪽이다. 비가 내렸다.

4일 비가 쉬지 않고 내림. 별일 없음.

5일 맑음. 별일 없음.

6일 맑고 바람이 붊. 첫 얼음. 정오 좀 지나 첸쉬안퉁에게 편지를 부쳤다. 둘째의 편지를 동봉했다.

7일 맑음. 별일 없음. 밤에 첸쉬안퉁의 편지를 받았다.

8일 맑음. 정오 좀 지나 판치신의 편지를 받았다. 구두 한 켤레를 취안 3위안에 샀다. 밤에 탁족을 했다.

9일 맑고 바람이 붊. 오전에 셋째의 편지를 받았다. 정오 좀 지나 연씨보환燕氏補丸 네 알을 복용했다. 저녁에 세 차례 설사를 했다.

10일 맑음. 일요일, 쉬다. 쉬지쉬안徐吉軒 부친의 생신날이기에 정오경에 가서 축수용 병풍대금으로 3위안을 냈다. 판지류范吉六의 딸이 결혼한다기에 축하의 비단글 비용으로 2위안을 냈다. 정오 좀 지나 리샤칭이 왔다. 밍보 선생이 오셨다.

11일 맑음. 정오 좀 지나 관인쓰제에 가서 모직바지 한 가지, 장갑 한

---

28) 「수감록 35」와 「수감록 36」을 가리킨다. 두 편 모두 『열풍』에 수록되었다.

켤레를 도합 취안 5위안에 샀다. 또한 식품을 약간 샀다.

12일 맑음. 오전에 왕스첸에게 편지를 부쳤다. 오후에 주샤오취안이 버섯 두 묶음을 주었다. 저녁에 밍보 선생이 오셨기에 한 묶음을 나누어 드렸다.

13일 맑음. 오전에 도쿄도의 엽서를 받았다. 2일에 부친 것이다. 정오 좀 지나 둘째가 교육부로 찾아왔다. 함께 류리창에 가서 더구자이에서 「육소묘지」陸紹墓誌 1매, 「영평잔조상」永平殘造像 1매, 「비구도보조상기」比丘道珵造像記 및 측면 3매를 도합 취안 4위안에 구입했다. 다시 칭원거를 들러 성핑위안升平園에 가서 목욕을 했다. 저녁에 첸쉬안퉁이 왔다. 밤에 바람이 불었다.

14일 맑음. 오전에 리샤칭의 편지를 받았다. 정오 좀 지나 밍보 선생께 편지를 부쳤다. 밤에 쑹쯔페이가 왔다.

15일 맑음. 별일 없음.

16일 눈이 약간 오다가 금방 그침. 별일 없음.

17일 맑음. 일요일, 쉬다. 오전에 쉬지상이 왔다. 저녁에 첸쉬안퉁의 편지를 받았다.

18일 맑음. 오후에 첸쉬안퉁에게 편지를 부쳤다. 밤에 왕스첸의 편지를 받았다.

19일 맑음. 정오 좀 지나 루이푸샹瑞蚨祥에 가서 장갑 두 켤레, 스카프 두 개를 도합 취안 18위안에 사서 둘째와 나누어 착용하였다. 다시 신창信昌약방에 가서 요오드화칼륨 2온스, 고미팅크 50그램을 도합 취안 2위안 2자오에 샀다. 밤에 장이즈가 왔다.

20일 맑음. 오전에 둘째 처의 편지를 받았다. 정오 좀 지나 스쩡이 량원러우梁文樓의 소장 탁본 여러 종을 가져와 팔고 싶다고 하기에 「가공궐」

賈公閘 1매, 원공元公과 희씨姬氏의 묘지 잔석탁본 각 1매를 도합 취안 16위안에 구입했다. 키니네 한 병, 연의생제담약燕醫生除痰藥 한 병을 도합 취안 7위안에 샀다.

21일 흐림. 오전에 도쿄도에서 서적 5책을 부쳐 왔다. 정오 좀 지나 중국은행에 가서 이달치 생활비 100위안을 송금하고 편지를 부쳤다. 밤에 바람이 거셌다.

22일 맑고 바람이 붊. 별일 없음.

23일 맑음. 밤에 지쯔추가 왔다.

24일 맑음. 일요일, 쉬다. 별일 없음.

25일 맑음. 별일 없음.

26일 맑음. 오후에 이달치 월급 300위안을 수령했다. 유럽전쟁협제회[29]에 30위안을 기부했다.

27일 맑음. 오후에 류리창의 상우인서관商務印書館에 가서 『각재집고록』愙齋集古錄 1부 26책을 찾아왔으며, 예약 후의 반값인 취안券 18위안을 지불했다.

28일 맑음. 쉬다. 오후에 밍보 선생이 오셨다. 저녁에 류반눙, 첸쉬안퉁이 왔다.

29일 흐림. 쉬다. 오후에 진눈깨비가 내렸다. 쉬지상이 왔다. 밤에 바람이 불었다.

30일 맑고 바람이 붊. 저녁에 왕스첸의 편지를 받았다.

---

29) 유럽전쟁협제회(歐戰協濟會)는 제1차 세계대전이 끝난 뒤 미국 대통령 윌슨(T. W. Wilson)의 제창에 의해 설립된 조직이다. 이 회는 곳곳의 전쟁터의 병사와 포로, 재외중국인 노동자의 처리를 돕기 위해 모금운동을 전개하였다. 중국은 1억 7천만 위안을 모금하였다. 당시 국무원은 월급이 100위안을 넘는 공무원들은 월급의 10분의 1을 기부하도록 통지하였다.

12월

1일 맑음. 일요일, 쉬다. 별일 없음.

2일 맑음. 오전에 집에 편지와 지난달분 75위안을 부쳤다. 오후에 류리창에 가서 『반고루한석기존』攀古樓漢石紀存 1책을 취안 1위안에 구입했다. 저녁에 밍보 선생이 요리 두 가지를 보내 주셨다.

3일 맑음. 정오 좀 지나 이발을 했다. 또 Pepana 한 상자를 취안 6위안에 샀다.

4일 맑음. 저녁에 첸쉬안퉁이 왔다.

5일 맑음. 별일 없음.

6일 맑고 바람이 붊. 오전에 집에 소포 하나를 부쳤다. 정오경에 둘째가 교육부에 왔다. 치서우산을 불러 함께 허지에 가서 식사를 했다. 밤에 쑹쯔페이가 왔다. 리샤칭의 편지를 받았다.

7일 맑고 바람이 붊. 별일 없음.

8일 맑음. 일요일, 쉬다. 정오 좀 지나 리샤칭이 와서 15위안을 갚았다. 취안 32위안에 해당한다. 판치신이 왔다. 장셰허가 왔다.

9일 맑음. 정오 좀 지나 셰허에게 100위안을 빌려주었다.

10일 흐림. 정오경에 치서우산에게 100위안을 빌려 셰허에게 빌려주었다. 정오 좀 지나 날이 갰다. 마루젠의 엽서를 받았다.

11일 맑음. 저녁에 첸쉬안퉁, 류반눙이 왔다.

12일 맑음. 별일 없음.

13일 맑음. 저녁에 바람이 불었다. 별일 없음.

14일 맑음. 정오 좀 지나 류리창에 가서 「개공사니도사조상」皆公寺尼道仕造像 1매, 「곽시손조상」郭始孫造像 4매를 도합 취안 3위안에 구입했다.

15일 맑음. 일요일, 쉬다. 정오 좀 지나 밍보 선생이 오셨다.

16일 맑음. 오전에 도쿄도에서 서적 2책을 부쳐 왔다. 저녁에 쑹쯔페이가 왔다.

17일 맑음. 저녁에 밍보 선생이 오셨다. 밤에 류반눙, 첸쉬안퉁이 왔다.

18일 맑음. 오후에 하부토 댁에 편지와 30위안을 부쳤다.

19일 진눈깨비. 별일 없음.

20일 진눈깨비. 오전에 셋째에게 편지를 부쳤다.

21일 맑음. 오후에 흐림. 별일 없음.

22일 맑고 바람이 붊. 일요일, 쉬다. 류반눙이 불러 둥안東安시장의 중싱차러우中興茶樓에 가서 차를 마셨다. 저녁에 둘째와 함께 갔는데, 동석한 이로는 쉬베이훙徐悲鴻, 첸모링錢秣陵, 선스위안沈士遠, 쥔모君黙, 첸쉬안퉁 등이다. 10시에 돌아왔다.

23일 맑음. 쉬다. 정오 좀 지나 밍보 선생이 오셨다.

24일 맑음. 오전에 쉬지푸에게 『신청년』 2책을 부치고, 또 셋째에게 1책과 서적 2책을 한 꾸러미로 부쳤다.

25일 맑음. 쉬다. 오후에 둘째 처의 편지를 받았다. 저녁에 주린이 왔다.

26일 맑음. 오전에 둘째 처에게 편지를 부쳤다. 이달치 월급 300위안을 수령했다. 저녁에 둥반교東板橋의 마유위 거처에 갔다. 우즈후이吳稚暉, 첸쉬안퉁 및 둘째가 먼저 와 있었다. 천바이녠陳百年과 류반눙도 왔다. 식사를 한 후 돌아왔다.

27일 맑음. 정오 좀 지나 류리창에 가서 '안읍'安邑이란 옛 화폐 2매를 취안3위안에 구입했다. 아울러 「서협송」西狹頌과 「오서도」五瑞圖 1조 3매를 6위안에, 잔석 2매를 2위안에, 그리고 무명 화상 1매를 2위안에 구입했다.

저녁에 왕스첸이 왔다. 밤에 리샤칭의 편지를 받았다.

　　28일 맑음. 오전에 집에 편지와 100위안을 부쳤다. 정오경에 둘째가 교육부에 왔다. 치서우산을 불러 함께 허지에 가서 식사를 했다. 밤에 쑹쯔페이가 왔다.

　　29일 맑음. 일요일, 쉬다. 정오 좀 지나 쉬스취안, 스쉰詩荀이 왔다. 밍보 선생이 오셨다. 오후에 천바이녠, 류반눙, 첸쉬안퉁이 왔다. 셋째의 편지를 받았다. 25일에 부친 것이다.

　　30일 맑음. 치서우산에게 100위안을 갚았다. 밤에 리샤칭에게 편지를 부쳤다.

　　31일 흐림. 오전에 집에 편지와 70위안을 부쳤다. 아울러 서우산의 양복맞춤비 30위안을 보냈다. 도쿄도에서 서적 2책을 부쳐 왔다. 밤에 밍보 선생이 요리 두 그릇을 보내 주었다. 밤에 바람이 거셌다.

도서장부

원고묘지 元固墓誌 1枚	4.00	1월 2일
은허서계고석 殷墟書契考釋 1冊	7.00	1월 4일
은허서계대문편 殷墟書契待問編 1冊	2.50	
당삼장취경시화 唐三藏取經詩話 1冊	1.50	
교관비 校官碑 1枚	2.00	1월 20일
이종묘지련측 李琮墓誌連側	1.50	
위법흥 등 조상 魏法興等造像 1枚	0.50	
장수잔비 張壽殘碑 1枚	0.50	1월 27일
풍휘빈조상 馮暉賓造像 4枚	1.50	
석교화상 釋敎畵像 2枚	3.00	

	24.000	
예학명탁본 瘞鶴銘拓本 1枚	5.00	2월 3일
취성석 醉醒石 2本	6.00	2월 6일
조속생명기 曹續生銘記 1枚	1.00	2월 10일
마입사낭매지권 馬卄四娘買地券 1枚	1.00	
은문존 殷文存 1册	7.00	4월에 매각
신주대관 神州大觀(제12집) 1册	3.00	2월 17일
사례경유저 寫禮頎遺著 4册	3.00	
장닝금석기 江寧金石記 2册	2.00	
원찬묘지 元纂墓誌 1枚	5.00	2월 24일
난부인묘지 蘭夫人墓誌 1枚	2.00	
비별자 碑別字 2册	2.00	
	37.000	
장승묘비 張僧妙碑 1枚	2.00	3월 3일
요백다등조상 姚伯多等造像 4枚	2.50	
기쌍호등조상 錡雙胡等造像 4枚	2.50	
소풍국등조상 蘇豊國等造像 2枚	1.00	
합읍십인등조상 合邑卅人等造像 1枚	쑹즈성 기증	3월 4일
진씨합종조상 陳氏合宗造像 4枚	위와 같음	
예술총편 藝術叢編(제2년분) 6册	34.00	3월 9일
설문고주보 說文古籀補 2册	2.20	
자설 字說 1册	0.80	
명원 名原 1册	1.00	
호대왕전 好大王磚 1枚	천스쩡 기증	3월 11일
잡탁편 雜拓片 3枚	1.00	
전비 全碑 및 뒷면 2枚	2.00	
원현위묘지비개 元顯魏墓誌碑蓋 1枚	2.00	3월 17일
수당이래관인집존 隋唐以來官印集存 1册	6.00	
미앙동각와탁 未央東閣瓦拓 1枚	1.00	3월 25일
갱봉잔석 更封殘石 1枚	1.00	3월 29일
적만조상 翟蠻造像 1枚	1.00	

석문화상 石門畵像 및 뒷면 2枚	2.50	3월 31일
이홍연조상 李洪演造像 1枚	2.50	
건숭사조상 建崇寺造像 2枚	2.00	
양현숙조상 楊顯叔造像 1枚	0.50	
장신룡식묘기 張神龍息墓記	0.50	
	68.000	
□조후소자잔비 □朝侯小子殘碑 뒷면 1枚	2.00	4월 11일
두확등조상 杜霍等造像 4枚	3.00	
잔화상 殘畵像 1枚	4.00	4월 14일
손세명 등 조상 孫世明等造像 5枚	2.00	4월 21일
화상전 畵像磚 5枚	2.00	
화상전 畵像磚 9枚	2.00	4월 28일
한현종묘지 韓顯宗墓誌 1枚	4.00	
조씨묘지 趙氏墓誌 1枚	1.00	
안록교촌조상 安鹿交村造像 1枚	1.00	
승운조상 僧暈造像 1枚	3.00	
범국인조상 范國仁造像 2枚	2.00	
	26.000	
옥함산수당조상 玉函山隋唐造像 35枚	4.00	5월 3일
치경철등잔조상잔석 郗景哲等殘造像殘石 1枚		
왕통묘지 王通墓誌 1枚	1.00	
잡위탁편 雜僞拓片 6枚	2.00	5월 9일
돤씨장석탁편 端氏藏石拓片 6種 18枚	5.00	
왕씨장전탁편 王氏藏磚拓片 60枚	3.00	5월 11일
문사연등조상 文士淵等造像 및 뒷면 2枚	1.00	5월 13일
제명잔석 題名殘石 1枚	1.00	
전탁편 磚拓片 7枚	1.00	
몽동선사집 夢東禪師集 1冊	쉬지상 기증	5월 21일
항농묘전탁편 恒農墓磚拓片 100枚	24.00	5월 23일
강아환조상 江阿歡造像 1枚	2.00	
휘덕묘지 諱德墓誌 1枚	2.00	

북제조상 北齊造像 2種 2枚	0.60	5월 27일
황초잔석 黃初殘石 3枚	20.00	5월 29일
무맹종사□□조상좌 武猛從事□□造像坐 2枚	1.40	
	68.000	
여초묘지탁 呂超墓誌拓 1枚	쉬이쑨 선생 기증	6월 2일
금석소품탁편 金石小品拓片 21枚	위와 같음	
잔석탁편 殘石拓片 9枚	구딩메이 기증	6월 3일
숭산삼궐화상 嵩山三闕畫像 大小 34枚	36.00	6월 4일
진잔석병음 晉殘石幷陰 合 1枚	1.00	
주박잔석 朱博殘石 1枚	4.00	
유한작사자명 劉漢作師子銘 1枚	0.50	
밀장성조교비 密長盛造橋碑 및 뒷면 2枚	1.00	
천불산조상 千佛山造像 12枚	2.00	
운문산조상 雲門山造像 10枚	1.00	
창룡경오잔석 倉龍庚午殘石 1枚	1.00	6월 6일
이사잔비 里社殘碑 및 뒷면 2枚	8.00	6월 10일
원사화묘지 元思和墓誌 1枚	4.00	
시박재변문 示樸齋變文 1冊	첸다오쑨 기증	6월 19일
낭야대각석 郎邪臺刻石 1枚	5.00	6월 22일
한화상 漢畫像 1枚	1.00	
신주대관 神州大觀 (제13집) 1冊	2.70	
고천탁선인본 古泉拓選印本 2冊	3.30	
각재집고록 愙齋集古錄 예약	13.50	6월 27일
마씨묘지 馬氏墓誌 1枚	1.00	
	85.000	
한황장석탁편 漢黃腸石拓片 62枚	13.00	7월 9일
장랑묘비 張朗墓碑 및 뒷면 2枚	5.00	
혜휘등조상 惠暉等造像 및 刻經 3枚	1.00	7월 19일
은허복사 殷墟蔔辭 1冊	23.00	7월 31일
회선우제각 會仙友題刻 1枚	1.00	
사마준업묘지 司馬遵業墓誌 1枚	4.00	

	47.000	
잡한화상 雜漢畫像 6枚	4.00	8월 17일
백구곡제각 白駒穀題刻 2枚	2.00	
양선비 楊宣碑 1枚	2.00	8월 29일
광업사조상비 廣業寺造像碑 1枚	2.00	
	10.000	
대승법원의림장기 大乘法苑義林章記 7冊	3.00	9월 7일
한전탁편 漢磚拓片 3枚	1.00	
잡조상탁편 雜造像拓片 10枚	4.00	
면복고 冕服考 2冊	2.00	9월 10일
선적원총서 選適園叢書 4種 5冊	5.00	
한어한한록 閑漁閑閑錄 1冊	1.00	
고병부고략잔고 古兵符考略殘稿 1冊	1.00	
철운장귀지여 鐵雲藏龜之餘 1冊	2.00	
면성정사잡문 面城精舍雜文 1冊	1.00	
주화악송 및 당후비 周華嶽頌 및 唐後碑 2枚	2.00	9월 18일
은허서계정화 殷墟書契精華 1冊	3.00	9월 21일
함분루비급 涵芬樓秘笈(제3~5집) 24冊	12.00	
잡전탁편 雜磚拓片 20枚	2.00	9월 27일
와당탁편 瓦當拓片 40枚	6.00	9월 28일
중국명화 中國名畫(제20집) 1冊	3.00	
	48.000	
삼공산비 三公山碑 및 측면 2枚	2.00	10월 16일
한화상 漢畫像 2枚	2.00	
낙음촌인조상 洛音村人造像 4枚	2.50	
이승조상 李僧造像 4枚	2.50	
우경열등조상 牛景悅等造像 1枚	1.00	
한목란묘명 韓木蘭墓銘 1枚	1.00	
이원해등조상 李元海等造像 4枚	3.00	10월 21일
합읍인등조상 合邑人等造像 4枚	2.00	
동완령설광조상 東莞令薛廣造像 1枚	3.00	10월 27일

합촌장유조상 合村長幼造像 4枚	3.00	
노문기묘지 盧文機墓誌 1枚	1.00	
	23.000	
육소묘지 陸紹墓誌 1枚	2.50	11월 13일
영평잔조상 永平殘造像 1枚	0.50	
도보조상 道陞造象 및 측면 3매	1.00	
촉가공궐 蜀賈公闕 1枚	6.00	11월 20일
원공묘지 元公墓誌 1枚	5.00	
희씨묘지 姬氏墓誌 1枚	5.00	
각재집고록 愙齋集古錄 26冊	18.00	11월 27일
	38.000	
반고루한석기존 攀古樓漢石紀存 1冊	1.00	12월 2일
개공사조상 皆公寺造像 1枚	1.00	12월 14일
곽시손조상 郭始孫造像 4枚	2.00	
한잔석 漢殘石 및 뒷면 1枚	1.00	12월 27일
잔석 殘石 1枚	1.00	
서협송 西狹頌 및 前題 2枚	3.00	
오서도연기 五瑞圖連記 1枚	3.00	
육조화상 六朝畵像 1枚	2.00	
	14.000	

총계 취안(券) 488.000위안, 인(銀) 약 300위안에 상당함.

기미일기(1919년)

1월

1일 맑고 바람이 붊. 쉬다. 오후에 판치신潘企莘이 왔다.

2일 맑음. 쉬다. 정오 좀 지나 둘째와 함께 밍보銘伯 선생의 거처에 갔다. 밤에 탁족을 했다.

3일 맑고 바람이 붊. 쉬다. 오후에 선스위안沈士遠이 왔다.

4일 맑음. 오전에 쉬지푸許季市의 편지를 받았다. 천스쩡陳師曾이 도장 하나를 새겨 주었다. 글자는 '콰이지會稽 저우씨周氏'이다.

5일 맑음. 일요일, 쉬다. 오전에 류반눙劉半農의 편지를 받았다.

6일 맑음. 오전에 마루젠丸善에서 수첩 한 권을 부쳐 왔다.

7일 맑음. 별일 없음. 밤에 류반눙, 첸쉬안퉁錢玄同이 왔다.

8일 맑음. 오전에 마루젠에서 달력 하나를 부쳐 왔다.

9일 맑음. 오후에 셋째 처의 편지를 받았다. 저녁에 밍보 선생의 거처에 갔다. 쑹쯔페이宋子佩가 왔다.

10일 흐림. 별일 없음. 저녁에 시게히사重久의 편지를 받았다. 밤에 진눈깨비가 내렸다.

11일 흐림. 정오 좀 지나 맑음. 별일 없음.

12일 맑음. 일요일, 쉬다. 오후에 류반눙이 왔다. 저녁에 첸쉬안퉁이 왔다.

13일 큰 눈. 별일 없음.

14일 맑음. 별일 없음.

15일 진눈깨비, 몹시 추움. 오전에 밍보 선생에게 편지를 부쳤다. 셋째에게 편지를 부쳤다.

16일 흐림. 오전에 집에 편지와 60위안을 치서우산齊壽山의 양복대금 및 연말 잡비로 부쳤다. 왕스첸王式乾에게 편지를 부쳤다. 쉬지푸에게 편지와 『신조』新潮 1책을 부쳤다. 장쯔성張梓生에게 『신조』 1책을 둘째를 대신하여 부쳤다. 밤에 비와 함께 싸라기눈이 내렸다.

17일 흐림. 오전에 리샤칭李遐卿의 편지를 받았다. 오후에 치서우산이 양복대금 55위안을 갚았다. 밤에 바람이 불었다.

18일 흐림. 밤에 바람이 불었다. 별일 없음.

19일 맑음. 일요일, 쉬다. 오후에 밍보 선생이 오셨다. 밤에 쑹쯔페이가 왔다.

20일 맑음. 위커스兪恪士 선생의 부음을 들었다. 오후에 만장을 보냈다. 저녁에 탁본장수가 왔다. 「고락주조상」高洛周造像 및 뒷면, 측면 모두 4매, 「천평잔조상」天平殘造像 3매를 도합 취안券 2위안에 구입했다.

21일 맑음. 오후에 둘째가 베이징대학에서 「갑골계문탁본」甲骨契文拓本 1조 4책을 사왔다. 종이와 먹 구입비 및 공임으로 도합 취안 16위안이 들었다. 밤에 첸쉬안퉁이 왔다.

22일 맑음. 오후에 흐림. 별일 없음.

23일 맑음. 정오 좀 지나 리샤칭에게 편지를 부쳤다. 오후에 류리창에 가서 원문元文과 원탁元晫의 묘지 각 1매, 「원간묘지」元玕墓誌 및 비개 2매, 「이주씨묘지」爾朱氏墓誌 전후 두 각석을 합친 탁본 1매를 도합 취안 14위안에 구입했다. 장셰허張協和가 반야板鴨 한 마리를 보내 주었다. 밤에 밍보 선생에게 편지를 부치고 양갱羊羹 한 상자를 보내 드렸다.

24일 맑음. 저녁에 리샤칭이 왔다. 류반눙이 왔다.

25일 맑음. 오전에 탁본가게에서 왔다. 「남무양궐화상」南武陽闕畵像 9매를 골라 구입했는데, 온전치 않은 탁본 한 묶음이 취안 6위안이다. 아울러 잔조상 2매를 취안 1위안에 구입했다. 정오 좀 지나 다퉁관大同館에 가서 이발을 했다.

26일 맑음. 일요일, 쉬다. 오후에 셋째의 편지를 받았다. 22일에 부친 것이다.

27일 맑음. 오전에 이달치 월급 300위안을 수령했다.

28일 맑음. 오전에 셋째에게 『신청년』 1책을 부쳤다. 저녁에 첸쉬안퉁이 왔다.

29일 흐림. 별일 없음.

30일 맑음. 정오 좀 지나 도쿄도東京堂에 10위안을 송금했다. 첸쉬안퉁에게 엽서를 부쳤다.

31일 맑음. 오후에 쉬다. 쉬지상許季上이 왔다. 저녁에 밍보 선생이 요리 두 그릇, 쭝쯔粽子와 녠가오年糕를 보내오셨다. 밤에 첸쉬안퉁의 편지를 받았다. 등이 아파 옥도정기Iodine tincture를 발랐다.

2월

1일 맑음. 설, 쉬다. 별일 없음. 밤에 키니네 3알을 복용했다.

2일 맑음. 일요일, 쉬다. 오전에 밍보 선생과 다이뤄링戴螺舲에게 편지를 부치고, 아울러 베이징대학 학예회[1] 입장권 1매씩을 각각 보내 드렸다. 정오 좀 지나 둘째와 함께 대학의 학예회에 갔다가 저녁에 돌아왔다. 쉬지상이 왔다.

3일 맑음. 쉬다. 별일 없음.

4일 맑음. 오전에 첸쉬안퉁에게 편지를 부쳤다. 지푸에게 『신청년』, 『신조』 각 1책을 부쳤다. 저녁에 류반눙이 왔다. 밤에 첸쉬안퉁의 편지를 받았다.

5일 맑음. 별일 없음.

6일 맑음. 다이뤄링이 마루젠에 예치한 12엔이 둘째의 청구서 안에 기입되었기에 인銀 8위안을 건네주고, 대신 마루젠서점에 편지로 이를 통지하기로 했다. 정오 좀 지나 편지를 부쳤다. 밤에 쑹쯔페이가 왔다.

7일 맑음. 오후에 흐림. 별일 없음.

8일 맑음. 별일 없음.

9일 맑고 바람이 붊. 일요일, 쉬다. 별일 없음.

10일 맑음. 오전에 지푸에게 『신청년』 1책을 부치고, 셋째에게 서적 4책을 부쳤다. 저녁에 첸쉬안퉁이 왔다.

11일 맑음. 정오 좀 지나 치서우산과 함께 바오쯔제報子街에 집[2]을 보

---

1) 베이징대학 학생회는 회화기술연구회(繪畵技術研究會)의 자금을 마련하기 위하여 이날 오후에 베이징대학 2원(二院) 강당에서 학예대회를 거행하였다. 이 대회에서는 중국과 서양의 음악을 연주하는 한편, 각 수장가들이 소장한 송원(宋元) 이래의 명화 200여 점을 전시하였다.

러 갔는데, 이미 팔렸다.

12일 맑음. 쉬다.[3] 정오 좀 지나 도서분관에 갔다. 둘째를 기다려 함께 창뎬廠甸을 돌아다니다가 더구자이德古齋에서 돤씨端氏가 소장한 전탁편 한 꾸러미를 구입했다. 한대의 묘전墓磚 380매, 잡전雜磚 11매, 육조의 묘전 25매, 당송원대唐宋元代의 묘전 7매 등 총 423매에 취안券 50위안어치이다. 아울러 수대隋代의 잔비殘碑 1매를 취안 1위안에 구입했다. 해질 녘에 함께 구미동학회[4]에 갔다. 다수의 사람이 유럽으로 떠나는 타오멍허陶孟和를 송별하기 위함이었다. 세 개의 탁자를 배설했으며, 20여 명이 모였다. 밤에 돌아왔다.

13일 맑음. 오전에 도쿄도의 편지를 받았다. 정오 좀 지나 치서우산과 함께 톄장후퉁鐵匠胡同으로 집을 보러 갔으나, 적합하지 않았다.

14일 맑음. 저녁에 더청德成[5]에 가서 인銀 312위안을 취안券 500엔으로 바꾸었다.

15일 맑음. 별일 없음.

16일 맑음. 일요일, 쉬다. 오전에 첸쉬안퉁에게 편지를 부쳤다. 쉬스취안許詩荃이 왔다. 정오 좀 지나 둘째와 함께 첸먼前門 밖의 징한역京漢驛 식당

---

2) 루쉰은 친족이 사오싱 신타이먼(新台門)의 주택을 매각하였기에 가족을 베이징으로 옮기기로 하였다. 이날부터 집을 물색하기 시작하여 8월 29일에 바다오완(八道灣) 11호의 뤄씨(羅氏)의 집을 매입했다.

3) 1912년 2월 12일 청조의 황제가 퇴위하고 임시공화정부가 성립된 후 남북의 통일이 도모되었다. 이날을 기념하여 1913년부터 국경일로 정하였다.

4) 구미동학회(歐美同學會)는 유럽과 미국에 유학한 적이 있는 사람들에 의해 결성된 조직이다. 1913년에 량둔옌(梁敦彥), 싸전빙(薩鎭水), 옌후이칭(顔惠慶), 잔톈유(詹天佑) 등이 베이징에서 결성했다. 이 모임의 터는 원래 시자오민샹(西交民巷)에 있었으나, 1916년에 난허옌(南河沿)으로 옮겼다.

5) 베이징의 베이다산루베이(北大扇路北)에 있었던 옛 금융기관인 전포(錢舖)이며, 외화를 환전할 수 있었다. 근대적인 은행제도가 시행되기 이전에 중국에는 이 밖에도 표장(票莊), 은호(銀號), 노방(爐房) 등의 금융기관이 각지에 있었다.

에 가서 점심을 먹었다. 다시 류리창의 훠선먀오火神廟를 돌아다니다가 더 구자이에서 돤씨가 소장한 와당 탁편 32매를 취안 2위안에 구입했다.

17일 맑음. 별일 없음.

18일 흐리고 바람이 거셈. 저녁에 첸쉬안퉁의 편지를 받았다.

19일 맑음. 별일 없음.

20일 맑음. 오전에 첸쉬안퉁에게 편지를 부쳤다. 쑨칭린孫慶林에게 월간 2책을 부쳤다. 저녁에 쑹쯔페이가 왔다.

21일 맑음. 정오 좀 지나 류리창에 가서 연희토규延熹土圭 탁본 1매를 취안 3위안에 구입했다.

22일 맑음. 오전에 다이뤄링에게서 취안 10위안을 빌렸다. 차오스루曹式如가 작고했다. 부의금으로 2위안을 냈다. 왕웨이바이王維白의 부인이 작고했다. 부의금 1위안을 냈다.

23일 흐리고 바람이 붊. 일요일, 쉬다. 정오 좀 지나 밍보 선생의 거처에 갔다. 저녁에 류반눙이 왔다.

24일 맑음. 정오 좀 지나 집을 보러 다녔다.

25일 맑음. 오전에 장쯔성張梓生과 셋째에게 『매주평론』每週評論을 각각 한 묶음씩 부쳤다.

26일 흐림. 오전에 도쿄도에서 서적 한 꾸러미 3책을 부쳐 왔다. 오후에 이달치 월급 300위안을 수령했다. 다이뤄링에게 10위안을 갚았다. 허난河南의 수재[6]에 4위안을 기부했다.

27일 맑음. 오전에 린루성林魯生의 집에 가서 함께 집을 두 곳 보러 다

---

6) 1918년 여름부터 가을에 걸쳐 중국 각지에서 수재가 잇달았다. 허난(河南)의 수재는 이 가운데 하나이다. 중국 정부는 1918년 8월 27일 허난의 수재에 인(銀) 2만 위안을 원조금으로 지출하기로 결정했다.

넜다.

28일 맑음. 아침에 밍보 선생의 거처로 문병을 갔다.

3월

1일 맑음. 오전에 밍보 선생의 거처에 갔다. 정오 좀 지나 린루성과 함께 여러 곳에 집을 보러 다녔다. 오후에 바람이 거셌다. 저녁에 첸쉬안퉁이 왔다.

2일 맑음. 일요일, 쉬다. 저녁에 두하이성杜海生이 왔다.

3일 맑음. 오전에 도쿄도의 엽서를 받았다. 정오 좀 지나 류리창에 가서 더구자이에서 뙨씨가 소장한 와당 탁편, 그리고 2월 16일에 구입한 것과 중복되지 않는 260매를 취안券 14위안에 구입했다.

4일 흐림. 아침에 밍보 선생의 거처에 갔다. 정오 좀 지나 공묘에 가서 제례를 예행했다.

5일 흐림. 별일 없음.

6일 맑음. 아침 5시에 공묘에 가서 정제丁祭를 올려 9시에 마쳤다. 거처에서 쉬었다. 오후에 흐림. 리샤칭이 왔다. 밤에 바람이 불었다.

7일 흐림. 별일 없음. 저녁에 가랑비가 내렸다. 첸쉬안퉁이 왔다.

8일 흐림. 정오 좀 지나 장셰허를 불러 집을 보러 다녔다. 밤에 진눈깨비가 내렸다.

9일 맑음. 일요일, 쉬다. 별일 없음.

10일 맑음. 원고 한 편[7]의 정서를 마쳤다. 약 4천여 자이다. 가오이한高一涵에게 부치면서 아울러 편지를 둘째에게 가져가게 했다. 밤에 바람이 불었다.

11일 맑음. 정오 좀 지나 린루성과 함께 집을 보러 다녔다. 오후에 밍보 선생의 거처에 갔다.

12일 맑음. 오후에 집을 보러 다녔다. 또한 류리창에 갔다. 밤에 쑹쯔페이가 왔다.

13일 흐림. 오전에 지푸에게 잡지 1권을 부치고 장쯔성에게도 1권을 부쳤다. 장쯔성의 편지를 받고서 곧바로 답신했다. 오후에 쑹즈팡의 편지를 받았다.

14일 맑음. 정오 좀 지나 집을 보러 갔다. 오후에 다시 외출하였는데, 셰허를 불러 함께했다.

15일 맑고 바람이 붊. 오전에 도쿄도에서 부친 서적 한 꾸러미를 받았다. 저녁에 밍보 선생의 거처에 갔다.

16일 맑음. 일요일, 쉬다. 별일 없음.

17일 맑음. 오전에 쑹쯔페이에게 책을 부치고 책을 돌려주었다.

18일 맑고 바람이 붊. 오전에 둘째를 대신하여 철학사 서적을 장쯔성에게 부쳤다. 밤에 첸쉬안퉁이 왔다.

19일 맑음. 오전에 도쿄도에서 소설 책과 엽서를 부쳐 왔다. 정오경에 주샤오취안, 장셰허와 함께 광닝보제廣寧伯街에 가서 집을 본 후 셰허의 집에서 점심을 먹었다. 저녁에 쑹쯔페이가 왔다.

20일 맑음. 정오 좀 지나 류리창에 갔다.

21일 맑음. 저녁에 셋째를 위해 글을 썼다.

22일 맑음. 오전에 하부토 댁에 편지와 30위안을 부쳤다.

---

7) 단편소설 「쿵이지」(孔乙己)를 가리킨다. 1918년 겨울에 썼다가 이날 베껴쓰기를 마쳤다. 『신청년』 제6권 제4호(1919년 4월)에 발표되었다가, 훗날 『외침』(吶喊)에 수록되었다.

23일 맑음. 일요일, 쉬다. 정오 좀 지나 밍보 선생의 거처에 갔다. 저녁에 판치신이 왔다.

24일 맑고 바람이 거셈. 별일 없음.

25일 맑고 바람이 붊. 별일 없음.

26일 흐림. 치서우산이 허난河南에서 돌아왔다. 정오 좀 지나 그의 거처에 가서 이야기를 나누었다. 「채씨조노자상기」蔡氏造老子像記와 「장□노등조상잔제명」張□奴等造像殘題名 각 1매, 뤄양洛陽의 「용문시불화상」龍門侍佛畵像 6매를 선물받고서 해질 녘에 돌아왔다. 밤에 쑹쯔페이가 왔다. 바람이 불었다.

27일 진눈깨비. 별일 없음.

28일 맑음. 오전에 안딩먼安定門 내 천불사千佛寺의 베이징빈아원北京貧兒院에 엽서를 부쳐 매년 3위안을 기부하기로 하였다. 셋째가 찻잎 한 상자를 보내서 오후에 찾아왔다.

29일 맑고 바람이 붊. 오전에 저장 싱예은행浙江興業銀行에 가서 상하이로 송금했다. 밍보 선생께 편지를 부쳤다. 저녁에 둘째가 교육부에 왔다. 함께 류리창에 가서 더구자이에서 「유평국개도각석」劉平國開道刻石 2매, 그리고 「원휘묘지」元徽墓誌 1매를 도합 취안券 8위안에 구입했다. 이어 첸먼前門 밖 서역西驛에 가서 식사를 하였다. 천바이녠陳百年, 류수야劉叔雅, 주티셴朱逷先, 선스위안沈士遠, 인모尹默, 류반눙, 첸쉬안퉁, 마유위馬幼漁 등 모두 10명이 동석하였다.

30일 맑고 바람이 붊. 일요일, 쉬다. 오전에 리샤칭의 편지를 받았다. 쉬스취안이 왔다. 저녁에 쉬스링許詩荃, 스취안의 초대로 광허쥐廣和居에서 마셨다. 둘째와 함께 갔다. 자리에는 다이戴 군 한 사람이 더 있었다.

31일 맑음. 동틀 녘에 둘째가 첸먼 역으로 갔다. 그곳에서 쑹쯔페이,

리샤칭을 만나 함께 사오싱으로 떠났다.[8] 밤에 바람이 불었다.

4월

1일 맑음. 저녁에 왕스첸이 왔다. 이가 아파 천순룽陳順龍 의사에게 치료를 받았다.

2일 흐림. 오전에 셋째의 편지를 받았다. 3월 28일에 부친 것이다(卄五). 정오 좀 지나 이발을 했다.

3일 맑음. 아침에 둘째와 셋째에게 편지를 부쳤다(卅九). 오후에 이를 치료하러 갔다. 저녁에 쑨푸위안孫福源이 왔다.

4일 맑음. 오전에 게이세이도鷄聲堂에서 『불상신집』佛像新集 2책을 부쳐 왔다. 취안券 5위안으로 대금을 상환하였다. 저녁에 밍보 선생의 거처에 갔다. 밤에 첸쉬안퉁이 왔다.

5일 맑음. 오전에 둘째의 편지를 받았다. 2일에 상하이에서 부친 것이다. 곧바로 답신했다(卅). 정오 좀 지나 3월분 월급 300위안을 수령했다.

6일 맑음. 일요일, 쉬다. 정오 좀 지나 밍보 선생이 오셨다.

7일 맑고 바람이 거셈. 오전에 셋째의 편지를 받았다. 3일에 부친 것이다(卄六). 오후에 고아원에 편지를 부쳤다. 천순룽 의사의 거처에 가서 이를 치료했다. 『함분루비급』 제6집 1조 8책을 취안 3위안 5자오에 구입했다.

8일 흐림. 쉬다.[9] 정오 좀 지나 빈아원에 연액 3위안을 기부했다. 오후

---

8) 저우쭤런(周作人)은 이날 사오싱으로의 귀향길에 올라 4월 18일 가족을 이끌고 일본의 처가에 갔다가 5월 중순에 홀로 베이징으로 돌아왔다.
9) 이날은 국회성립기념일이다.

에 리서우창李守常의 편지를 받았다. 밤에 바람이 거세게 불었다.

9일 맑고 바람이 거셈. 오전에 둘째의 엽서를 받았다. 5일에 사오싱에서 부친 것이다. 정오 좀 지나 둘째와 셋째에게 편지를 부쳤다(四一). 도쿄도에서『신조』新潮 3월호 1책을 부쳐 왔다.

10일 맑음. 오후에 의사 천씨의 거처에 이를 치료하러 갔다. 류리창에 가서 왕수단王樹枬의 전탁편을「최선화묘지」崔宣華墓誌와 바꾸었다. 취안 3위안으로 환산했다. 아울러「원진묘지」元珍墓誌 1매를 취안 5위안에 구입했다. 류반눙의 편지를 받았다.

11일 흐림. 오후에『신촌』新村 1책을 수령했다.

12일 맑음. 오전에 둘째의 편지를 받았다. 8일에 부친 것이다(二七). 치서우산을 대신하여 빈아원에 3위안을 기부했다.

13일 맑음. 일요일, 쉬다. 오후에 류반눙이 왔다. 주린이 왔다. 잠시 후 함께 바오자제鮑家街에 집을 보러 갔다. 둘째가 부친 책 한 꾸러미 5책을 받았다. 8일에 사오싱에서 부친 것이다.

14일 맑음. 오전에 장쯔성과 셋째에게『매주평론』을 각각 1부씩 부쳤다. 정오경에 치서우산과 함께 식당에 가서 식사를 했다. 다이뤄링도 왔다. 오후에 의사 천씨의 거처에 갔지만, 마침 외출 중이라 만나지 못했다. 저녁에 셋째에게 편지를 부쳤다(四十二).

15일 맑음. 정오 좀 지나 천순룽 의사의 거처에 가서 치아 치료를 마쳤다. 도합 5위안이 들었다. 다시 약을 약간 구하러 왔다. 류리창의 유정서국有正書局에 가서『중국명화』中國名畵 제21집 1책을 구입하였다. 기념으로 6할에 해주어 취안 1위안 5자오를 지불했다. 오후에 셋째가 부친 책 두 꾸러미 모두 3책을 받았다. 10일에 우편으로 부친 것이다. 밤에 바람이 불었다.

16일 맑고 바람이 거셈. 오전에 첸쉬안퉁의 편지를 받았다. 리서우창의 편지가 동봉되어 있다. 오후에 푸멍전傅孟眞의 편지를 받았다. 반눙이 전해 주었다.

17일 맑음. 오전에 둘째와 셋째의 편지를 받았다. 13일에 부친 것이다 (二八). 푸멍전에게 편지를 부쳤다. 쉬안퉁에게 편지를 부쳤다.

18일 맑음. 오전에 둘째의 편지와 번역 원고 1편, 그리고 책 한 꾸러미 2책을 받았다. 모두 14일에 부친 것이다(二九). 밍보 선생의 편지를 받았다. 정오 좀 지나 답신했다. 일본우체국에 가서 서적 7책의 꾸러미 하나를 30엔에 맞바꾸었다. 둘째가 산 것이다.

19일 맑음. 오전에 둘째의 편지를 받았다. 15일에 부친 것이다(三十). 일본우체국에 가서 서적 6책의 꾸러미 하나를 20엔을 주고 받았다. 역시 마루젠이 둘째에게 부친 것이다.

20일 비. 일요일, 쉬다. 별일 없음.

21일 흐림. 오전에 둘째의 엽서를 받았다. 17일 상하이에서 부친 것이다. 정오 좀 지나 도쿄의 둘째와 그의 처에게 편지를 부쳤다. 오후에 바람이 거셌다.

22일 맑음. 오전에 셋째의 편지를 받았다. 18일에 부친 것이다(卅一). 밤에 첸쉬안퉁이 왔다. 리샤칭이 사오싱에서 와서 도합 취안券 15위안어치의 『예술총편』藝術叢編 3책, 취안 1위안 5자오어치의 증간增刊 1책을 건네 주었다. 아울러 차 한 상자를 주었다.

23일 맑음. 오후에 첸쉬안퉁에게 편지를 부쳤다. 리샤칭이 왔다. 밤에 셋째에게 편지를 부쳤다(四三).

24일 맑고 바람이 붊. 저녁에 밍보 선생을 찾아뵈었으나 외출 중이었다.

25일 맑고 바람이 붊. 오전에 밍보 선생의 편지를 받았다. 밤에 소설 한 편[10]을 지었다. 약 3천 자이며, 정서를 마쳤다.

26일 맑음. 오전에 리샤칭의 편지를 받았다. 둘째의 엽서를 받았다. 20일에 나가사키^{長崎}에서 부친 것이다. 밤에 탁족을 하였다.

27일 맑음. 일요일, 쉬다. 오전에 리샤칭이 와서 5위안을 갚았다. 쉬지상이 왔다. 셋째의 편지를 받았다. 23일에 부친 것이다(三十二). 쉬스친^{許詩荈}이 왔다. 오후에 바람이 불었다. 밍보 선생의 거처에 가서 이야기를 나누었다.

28일 맑음. 오전에 셋째에게 편지(四四)와 『매주평론』 제2기를 부쳤다. 리샤칭의 편지를 받았다. 오후에 흐림. 차이^蔡 선생을 찾아뵈었다. 첸쉬안퉁에게 편지와 원고 한 편을 부쳤다. 이달치 월급 300위안을 수령했다. 셰허가 100위안을 갚았다. 밤에 가랑비가 내렸다. 선인모에게 편지를 부쳤다. 리샤칭에게 편지를 부쳤다.

29일 맑음. 도쿄도에서 부친 잡지 1책을 받았다. 정오 좀 지나 바람이 거셌다. 저장 싱예은행에 예금하러 갔다. 류리창에 가서 「정국사비」^{定國寺碑} 1매를 구입했다. 비액^{碑額}이 있으며, 취안 1위안 5자오를 지불했다. 아울러 「왕씨잔석」^{王氏殘石} 1매, 잡다한 전탁편 8매를 도합 취안 2위안에 구입했다. 둘째의 편지를 받았다. 23일에 도쿄에서 부친 것이다.

30일 맑음. 오전에 셋째의 편지와 원고 반 편을 받았다. 26일에 부친 것이다(三三). 오후에 흐리다가 바람이 불었다. 마루젠에서 서적 2책 꾸러미 하나를 부쳐 왔다. 첸쉬안퉁의 편지를 받았다. 저녁에 답신했다.

---

10) 단편소설 「약」(藥)을 가리키며, 원고는 사흘 후에 첸쉬안퉁에게 부쳤다. 나중에 『외침』에 수록되었다.

5월

1일 비. 정오 좀 지나 바람이 거세짐. 일본우체국에 가서 100위안, 그리고 둘째 처에게 편지를 부쳤다. 저녁에 날이 갰다. 선인모의 편지를 받았다.

2일 맑음. 정오 좀 지나 인모에게 편지를 부쳤다. 오후에 서우산과 함께 비차이후퉁辟才胡同에 땅을 보러 갔다.

3일 맑음. 오전에 둘째의 편지를 받았다. 27일에 부친 것이다. 정오 좀 지나 첸먼 밖에 가서 환전을 했다. 오후에 셋째의 편지와 원고 반 편을 받았다. 30일에 부친 것이다(卅四). 첸쉬안퉁의 편지를 받았다. 저녁에 쑨푸위안이 왔다. 밤에 셋째에게 편지를 부쳤다(四十五). 바람이 불었다.

4일 흐림. 일요일, 쉬다. 쉬지쉬안徐吉軒이 부친의 장례를 치렀다. 오전에 조문을 가서 부의금 3위안을 냈다. 오후에 쑨푸위안이 왔다. 류반눙이 와서 서적 2책을 건네주었다. 마루젠에서 부쳐 온 것이다.

5일 맑음. 정오 좀 지나 셋째에게 편지를 부쳤다(四十六). 둘째의 편지를 받았다. 30일에 부친 것이다. 밤에 장이즈蔣抑之가 왔다.

6일 맑다가 오후에 흐리고 바람이 붊. 저녁에 차이구칭蔡谷青이 왔다.

7일 맑음. 오후에 둥스첸董世乾이 왔다. 옛 중학교의 학생이다. 저녁에 밍보 선생이 요리 두 가지를 주셨다. 바람이 한바탕 불었다.

8일 흐림. 오전에 셋째의 편지를 받았다. 4일에 부친 것이다(三十五). 오후에 류리창에 갔다. 저녁에 이슬비가 내렸다.

9일 비. 저녁에 밍보 선생이 신펑러우新豊樓에서 한잔하자고 청했다. 밤에 첸쉬안퉁으로부터 편지와 잡지 10책을 받았다.

10일 흐림. 오전에 리샤칭에게 편지를 부쳤다. 정오 좀 지나 셋째에게 편지를 부쳤다(四七). 둘째의 편지를 받았다. 4일에 부친 것이다. 저녁에 쑨푸위안이 왔다. 리샤칭이 와서 잡지 6책을 대신 구입했다.

11일 흐림. 일요일, 쉬다. 오전에 쉬지상이 왔다. 정오 좀 지나 밍보 선생의 거처에 갔다.

12일 흐림. 오전에 셋째의 편지를 받았다. 8일에 부친 것이다(三十六). 선인모에게 편지를 부쳤다. 장쯔성, 쉬지푸와 셋째에게 잡지 각 1권씩을 부쳤다.

13일 맑음. 오전에 셋째의 편지를 받았다. 9일에 부친 것이다(卅七). 저녁에 셋째에게 편지를 부쳤다(四八). 밤에 쯔페이가 사오싱에서 도착했다. 『홍농총묘유문』弘農塚墓遺文 1책, 옷 네 벌을 가져왔다. 둘째가 부쳐 달라고 부탁한 것이다. 아울러 말린 죽순 한 꾸러미와 차 자루를 주었다.

14일 맑음. 오전에 둘째의 편지를 받았다. 7일에 부친 것이다. 등이 아팠다.

15일 맑음. 저녁에 첸쉬안퉁이 왔다.

16일 맑고 바람이 붊. 오전에 밍보 선생의 편지를 받았다. 정오 좀 지나 류리창에 가서 「영불암마애」映佛岩摩崖 8매, 「남자준조상」南子俊造像 2매, 「장손부인나씨묘지」長孫夫人羅氏墓誌 1매를 도합 취안券 10위안에 구입했다. 등에서 어깨까지 온통 몹시 아파서 밤에 안티피린antipyrine을 1/3그램 복용했다.

17일 맑음. 오전에 셋째의 편지를 받았다. 13일에 부친 것이다(卅八). 오후에 밍보 선생에게 편지를 부쳤다. 둘째의 편지를 받았다. 10일에 부친 것이다. 저녁에 대학에서 사람을 통해 둘째의 월급을 보내왔다. 3, 4월 두 달의 월급 480위안이었다. 아울러 정양허鄭陽和의 편지 한 통을 함께 보냈다.

18일 흐림, 일요일, 쉬다. 오전에 류반눙이 왔다. 정오 좀 지나 가랑비가 내렸다. 둘째가 도쿄에서 왔다. 서적 한 상자를 가져왔다. 밤에 주샤오취안에게 말린 죽순 한 꾸러미와 편지를 보내 주었다.

19일 비. 오전에 셋째에게 편지를 부쳤다(四九).

20일 맑음. 아침에 셋째의 편지를 받았다. 요시코가 14일 오후 5시에 아들[11]을 낳았다고 한다. 이름을 지어 달라고 부탁했다. 15일에 부친 것이다(卅九). 오전에 린퉁臨潼의 지사 롼아오보阮翱伯에게 편지와 탁편 4매를 부쳤다. 정오 좀 지나 류리창에 가서 잔묘지殘墓誌 1매, 「진세보조상」陳世寶造像 1매를 각각 취안 1위안에 구입했다. 저녁에 비가 한바탕 쏟아졌다. 밤에 쑹쯔페이가 왔다.

21일 맑음. 정오 좀 지나 정양허에게 편지를 부쳤다. 저녁에 쑨푸위안이 와서 『소학답문』小學答問 1책을 주었다.

22일 맑음. 오전에 셋째의 편지를 받았다. 18일에 부친 것이다(四十). 리샤칭의 편지를 받았다.

23일 맑음. 오전에 리샤칭에게 편지를 부쳤다. 오후에 베이징대학에 가서 『마숙평소장갑골문탁본』馬叔平所藏甲骨文拓本 1책을 구했다. 공임은 취안 4위안이다. 밤에 후스즈胡適之가 둥싱러우東興樓에서 한잔하자고 청했다. 함께 자리한 사람은 10명이다.

24일 맑음. 오전에 리샤칭의 편지를 받았다. 밤에 바람이 불었다.

25일 흐림. 일요일, 쉬다. 오후에 밍보 선생이 오셨다. 주린이 왔다. 쉬안퉁이 왔다. 밤에 비가 내렸다.

---

11) 저우젠런(周建人)과 하부토 요시코(羽太芳子) 사이에 낳은 둘째아들 저우펑얼(周豊二)을 가리킨다.

26일 맑음. 오전에 월급 300위안을 수령했다. 장셰허가 100위안을 갚았다. 정오 좀 지나 다이뤄링의 거처에 문병을 갔다.

27일 맑음. 오전에 셋째의 편지를 받았다. 23일에 부친 것이다(四一). 정오 좀 지나 스자후퉁施家胡同의 저장 싱예은행에 예금하러 갔다. 오후에 리샤칭의 편지를 받았다. 저녁에 쑹쯔페이가 왔다.

28일 맑음. 정오 좀 지나서 쳰먼다졔前門大街에 갔다가 다시 류리창에 갔다.

29일 맑음. 오전에 위수자오虞叔昭의 편지를 받고서 정오 좀 지나 답신했다. 오후에 쉬지쉬안과 함께 장졔커우蔣街口에 집을 보러 갔다. 저녁에 쳰쉬안퉁이 왔다.

30일 맑음. 오전에 셋째의 편지를 받았다. 27일에 부친 것이다(四二). 쑹즈팡宋知方의 편지를 받았다. 28일에 항저우에서 부친 것이다. 저녁에 쑹쯔페이가 왔다. 밤에 왕스첸이 왔다.

6월

1일 흐림. 일요일, 쉬다. 오전에 둔구이敦古誼 탁본가게 사람이 왔다. 「충주석궐화상」忠州石闕畵像 6매를 골라 구입했다. 세칭 「정방궐」丁房闕이라 하지만 실은 당대唐代의 석각이다. 아울러 「양공궐」楊公闕 1매를 구입했다. 도합 취안 10위안을 지불했다. 정오 좀 지나 치셔우산에게 편지를 부쳤다. 오후에 밍보 선생의 거처에 갔다. 저녁에 쯔페이가 이샹자이頤香齋에서 한잔하자고 청했다. 둘째와 함께 갔다.

2일 맑음. 음력 단오, 쉬다. 오전에 밍보 선생이 요리 두 그릇을 보내주었다. 저녁에 쳰쉬안퉁이 왔다.

3일 맑다가 오후에 흐림. 쉬지쉬안과 함께 후궈사[12] 일대에 가서 집을 돌아보았다. 저녁에 바람이 한바탕 거세게 분 후 가랑비가 내렸다.

4일 맑음. 저녁에 주린이 왔다. 쑨푸위안이 왔다.

5일 맑음. 정오 좀 지나 류리창에 가서 「여초묘지」呂超墓誌 1매를 취안 4위안에 구입했다. 밤에 이눙憶農 백부의 편지를 받았다.

6일 맑음. 정오 좀 지나 류리창에 가서 「주유석실화상」朱鮪石室畵像 잔탁殘拓 14매를 취안 3위안에 구입했다. 오후에 쉬스쉰許詩荀이 왔다. 저녁에 둘째가 다구자이達古齋가 소장하고 있는 동기銅器 탁편 100매를 취안 9위안에 구입해 왔다. 인銀 5위안 4자오에 해당한다. 쑹쯔페이가 왔다.

7일 맑음. 오전에 란아오보가 부친 위대魏代의 조상 탁본 3종 11매와 편지를 받았다. 밤에 바람이 불었다.

8일 흐림. 일요일, 쉬다. 정오 좀 지나 날이 갰다. 오후에 류리칭이 왔다.

9일 비가 내리다가 정오 좀 지나 갬. 샤오스에 갔다. 오후에 셋째의 편지를 받았다. 5일에 부친 것이다. 리샤칭의 편지를 받았다.

10일 맑음. 밤에 탁족을 했다.

11일 흐리다가 오후에 가랑비. 저녁에 류반눙, 첸쉬안퉁이 왔다.

12일 맑음. 아침에 쉬스쉰이 왔다. 저녁에 밍보 선생의 거처에 갔다. 밤에 쯔페이가 왔다.

13일 맑다가 저녁에 가랑비.

---

12) 후궈사(護國寺)는 베이징의 8대 사묘(寺廟)의 하나로서, 베이징시 시청(西城) 시쓰파이러우(西四牌樓) 북쪽에 있다. 원대(元代)에 지어지기 시작했으며, 원래 명칭은 충궈사(崇國寺)였으나, 명대 성화(成化) 연간에 다룽산후궈사(大隆善護國寺)로 개칭하였다. 청대 강희(康熙) 때에 중건하여 후궈사로 개칭하였으나, 민국 초기 당시에는 이미 퇴락한 상태였다.

14일 맑음. 오후에 리샤칭의 편지를 받았다. 저녁에 쑨푸위안이 왔다. 밤에 비가 내렸다.

15일 맑음. 일요일, 쉬다. 오후에 리샤칭이 왔다.

16일 맑음. 오후에 장쯔성에게 『신조』新潮 2책을 부쳤다. 정오 좀 지나 류리창에 가서 금문 탁편 5매, 「손성매지연권」孫成買地鉛券 탁편 1매를 도합 취안 3위안에 구입했다.

17일 맑음. 저녁에 쑨푸위안, 쑹쯔페이가 왔다.

18일 맑다가 오후에 흐림. 별일 없음.

19일 맑다가 오후에 흐림. 저녁에 둘째와 함께 제일무대第一舞臺에 가서 학생의 연극을 보러 갔다. 후스즈의 작품 「종신대사」終身大事 1막과 난카이南開학교의 작품인 「신촌정」新村正 4막[3]이다. 한밤이 되어서야 돌아왔다.

20일 흐림. 오전에 쑨푸위안孫伏園이 왔다. 오후에 비가 내렸다.

21일 맑음. 오전에 이눙 백부께 편지를 부쳤다. 정오 좀 지나 류리창에 가서 첨족소폐[14] 5매를 취안 5위안에 구입했다. 「유추예조상」劉醜兒造像 탁본 1매를 덤으로 받았다.

22일 맑음. 일요일, 쉬다. 별일 없음.

23일 맑음. 별일 없음.

24일 맑고 더움. 밤에 쉬쥔푸徐駿甫가 왔다.

25일 흐리고 바람. 밤에 첸쉬안퉁의 편지를 받았다.

26일 맑고 무더움. 오전에 이달치 월급 300위안을 수령했다. 허賀군에게 부의금 2위안을 냈다.

---

13) 「신촌정」(新村正)은 5막의 신극, 즉 화극(話劇)이다. 톈진(天津) 난카이신극단(南開新劇團)의 집단창작물이다. 베이징대학의 신극단이 공연할 때에 원래의 5막을 4막으로 압축하였다.
14) 첨족소폐(尖足小幣)는 춘추시대에 유통되었던 화폐로서 도포(刀布)의 일종이다.

27일 맑음. 정오 좀 지나 쉬씨^{徐氏} 댁에 부의금 3위안을 냈다.

28일 맑음. 오전에 국산품제조소^{國貨製造所15)}에 10위안을 출자하였다. 오후에 류리창에 가서 꽤 낡은 탁본 「서문표사당비」^{西門豹祠堂碑} 및 뒷면 2매, 즈리^{直隷}에서 출토된 조상 3종 3매, 「대신행선사탑명비」^{大信行禪師塔銘碑} 1매를 도합 취안 6위안에 구입했다. 쯔페이에게 편지를 부치고 『금석별』^{金石莂} 1책을 돌려주었다.

29일 흐림. 일요일, 쉬다. 저녁에 첸쉬안퉁이 왔다. 밤에 비가 내렸다.

30일 가랑비. 정오 좀 지나 날이 갬. 저녁에 리샤칭이 왔다. 밤에 큰 비가 내렸다.

7월

1일 흐림. 정오 못 미쳐 뤄즈시^{羅志希}, 쑨푸위안이 왔다. 오후에 뇌우가 요란하게 쳤다.

2일 비. 아침에 둘째가 도쿄로 떠났다.¹⁶⁾ 정오 좀 지나 날이 갰다. 오후에 쉬스진^{許世瑾}이 왔다. 왕스첸이 왔다.

3일 맑음. 쉬다.¹⁷⁾ 오후에 밍보 선생의 거처에 갔다.

4일 맑음. 오전에 셋째에게 편지를 부쳤다(五八). 오후에 쉬안퉁의 편지를 받았다. 저녁에 비가 내렸다.

5일 맑음. 오전에 첸쉬안퉁에게 편지를 부쳤다. 정오 좀 지나 첸먼 밖

---

15) 5·4운동 이후 일부 베이징대학 학생들이 배일(排日)의 의분에서 출발하여 일본상품을 배척하고자 일상용품을 생산하는 조직을 자발적으로 만들었다.
16) 저우쭤런은 일본으로 가서 가족을 데리고 8월 10일 베이징으로 돌아왔다.
17) 이날은 공화회복기념일(共和灰復記念日)이다. 1917년 7월 청조의 황제 푸이(溥儀)를 내세워 복벽을 꾀했던 장쉰(張勳)의 책동에 대해, 장쉰 토벌의 깃발을 내걸었던 것이 7월 3일이었다.

에 가서 환전을 했다. 류리창에 가서 「남석굴사비」南石窟寺碑 1매를 취안參 5위안에, 그리고 「왕아비전지」王阿妃磚誌 1매를 취안 1위안에 구입했다. 오후에 쑨푸위안이 왔다. 타오수천陶書臣의 편지를 받았다. 저녁에 류반눙이 왔다. 밤에 뇌우가 쏟아졌다.

6일 맑음. 일요일, 쉬다. 오전에 장이즈가 왔다.

7일 맑음. 정오 좀 지나 성핑위안升平園에 가서 이발과 목욕을 했다. 칭원거에 가서 신발 한 켤레를 취안 2위안에 샀다. 아울러 『신강방고록』新畺訪古錄 1책을 취안 1위안에 구입했다. 밤에 쉬스취안이 왔다.

8일 맑음. 오전에 둥자오민샹東交民巷의 일본우체국에 가서 둘째에게 편지와 400위안을 부쳤다. 정오 좀 지나 흐림. 오후에 쉬지상이 왔다. 저녁에 첸쉬안퉁이 왔다가 밤에 갔다. 뤄즈시에게 건네는 편지와 원고 한 편[18]을 부쳐 달라고 그에게 부탁하였으며, 또한 그에게 책 한 권을 돌려주었다. 리샤칭에게 잡지 1책을 주었다. 리서우창에게 글 한 편을 건네주었다. 둘째가 번역한 것이다.

9일 흐림. 오전에 셋째의 편지를 받았다. 4일에 부친 것이다(五十). 오후에 셋째에게 편지(五九)와 함께 『신청년』 1책, 『매주평론』 3부를 부쳤다. 『매주평론』 2부는 장쯔성에게 전달하는 것이다. 베이징대학에서 둘째에게 『유럽문학사』歐洲文學史의 순익 8위안 1자오 4편을 보내 주었다. 저녁에 쑨푸위안이 왔다. 타오수천이 왔다. 밤에 뤄즈시의 편지와 『신조』의 원고지 40매를 받았다.

10일 가랑비. 오전에 뤄즈시에게 편지를 부쳤다. 정오 좀 지나 날이 갰다. 쉬지쉬안과 약속하여 바다오완八道灣에 집을 보러 갔다. 밤에 류반

---

18) 단편소설 「내일」(明天)을 가리킨다. 이 작품은 후에 『외침』에 수록되었다.

눙, 첸쉬안퉁이 왔다. 쿵더학교[19]에 기부금 10위안을 내 달라고 부탁했다.

11일 맑음. 저녁에 쑹쯔페이가 왔다. 쉬지상이 왔다.

12일 맑음. 오전에 셋째의 편지를 받았다. 8일에 부친 것이다(五一).
둘째의 편지를 받았다. 6일에 가고시마鹿兒島 요시마쓰吉松에서 부친 것이
다.[20] 저녁에 가랑비가 내렸다. 왕줘한王倬漢의 편지를 받았는데, 리샤칭이
입원했다고 한다.

13일 흐림. 일요일, 쉬다. 오후에 비가 한바탕 쏟아졌다. 저녁에 밍보
선생의 거처에 갔다. 밤에 비가 내렸다.

14일 맑음. 오전에 셋째의 편지를 받았다. 10일에 부친 것이다(五二).
둘째에게 편지를 부쳤다. 셋째에게 편지를 부쳤다(六十). 정오 좀 지나 리
샤칭의 편지를 받았다. 쑨푸위안을 방문했다. 쉬지쉬안을 방문했다. 오후
에 류리창에 가서『신주대관』神州大觀 제14집 1책을 취안 3위안에 구입했
다. 밤에 뇌우가 쳤다.

15일 맑음. 오전에 셋째에게『매주평론』한 꾸러미를 부쳤다. 정오 좀
지나 바다오완에 가서 집을 측량하고 도면을 작성했다.

16일 흐림. 저녁에 비. 별일 없음.

17일 큰 비. 오전에 둘째에게 편지를 부쳤다. 팡方 숙부를 위해 고약 2

---

19) 쿵더(孔德)학교는 프랑스의 철학자 콩트(Auguste Comte, 1798~1857)의 이름에서 따온 초중
등학교이다. 1917년에 베이징대학의 일부 인사들이 기획하고 베이징대학의 교수와 학생이 교
육을 담당하였다. 당시 학교 건물은 팡진샹(方巾巷)에 있었으며, 나중에 둥화먼다졔(東華門大
街)로 이전하였다.

20) 저우쭤런은 1919년 3월『신청년』제6권 제3호에「일본의 신촌」을 쓰고 그 실정을 소개한 이후,
4월에 일본에 갔을 때 신촌(新村)을 방문할 계획을 세우고 있었다. 그리하여 7월 2일 톈진(天津)
을 떠난 그는 6일 기타큐슈(北九州)의 모지(門司)에 도착한 후 미야자키현(宮崎縣) 휴가시(日向
市)로 향하였다. 가고시마(鹿兒島) 요시마쓰(吉松)는 기차의 환승역으로서, 그는 이곳에서 하루
를 묵었다.

매를 사서 셋째에게 부쳐 전달케 하였다. 오후에 쉬지상이 와서 30위안을 빌려 갔다. 저녁에 밍보 선생이 요리 두 가지를 보내 주었다.

18일 흐림. 오전에 둘째의 편지를 받았다. 11일에 다카조高城에서 부친 것이다. 정오 좀 지나 뇌우가 요란하게 쏟아져 실내에 물이 반 치나 찼다.

19일 비. 오전에 셋째의 편지를 받았다. 15일에 부친 것이다(五三). 리샤칭의 편지를 받았다. 정오 좀 지나 날이 갰다. 쑨푸위안이 왔다. 셋째에게 편지를 부쳤다(六一). 밤에 리샤칭에게 답신했다.

20일 맑음. 일요일, 쉬다. 오전에 셋째가 부친 모기장 하나와 찻잎 한 상자를 받았다. 먀오광거妙光閣에 가서 아내를 여읜 쉬이徐翼를 조문하러 갔다. 오후에 리샤칭의 편지를 받았다. 저녁에 첸쉬안퉁의 편지를 받았다.

21일 맑음. 오전에 둘째에게 편지를 부쳤다. 베이징대학에서 둘째의 6월분의 상반기 월급 120위안을 보내왔다.

22일 맑음. 오전에 셋째에게 『매주평론』 2부를 부쳤다. 둘째의 편지를 받았다. 15일에 하마마쓰浜松에서 부친 것이다. 오후에 쑨푸위안이 왔다. 밤에 쉬스취안이 왔다.

23일 맑음. 오전에 셋째의 편지를 받았다. 19일에 부친 것이다(五四). 정오 좀 지나 바다오완의 뤄씨羅氏 댁을 구입하기로 결정하고, 현 소유주와 함께 경찰총청에 알리러 갔다.[21] 중앙공원에 가서 감옥출품전람회[22]를 구경하고, 푸른 격자무늬 타월 한 다스를 취안卷 3위안에 샀다. 오후에 주

---

21) 청 정부는 광서(光緖) 28년(1903)에 베이징에 경찰청을 설치하였으며, 민국 수립 후에도 이 제도를 유지하였다. 민국정부의 규정에 따르면, 주민이 부동산을 매입하거나 건물을 신축할 때에는 경찰청 및 그 하급의 경찰분주소에서 관리를 담당하였다.

22) 사법부는 7월 20일부터 23일까지 중앙공원 사직단에서 '감옥출품전람회'(監獄出品展覽會)를 열도록 하였다. 이날 루쉰은 제일감옥(第一監獄)의 교화사인 쑹린(宋琳)의 초대로 이곳에 가게 되었다.

샤오취안에게 편지를 부쳤다. 쉬스취안에게 편지를 부쳤다. 저녁에 첸쉬 안퉁이 왔다.

24일 맑음. 오전에 셋째에게 편지를 부쳤다(六二). 리샤칭에게 편지를 부쳤다.

25일 맑음. 정오경에 리샤칭의 편지를 받았다. 밤에 쑨푸위안이 왔다.

26일 비. 오전에 둘째에게 편지를 부쳤다. 이달치 월급 300위안을 수 령했다. 쉬지상이 30위안을 갚았다. 둘째의 편지를 받았다. 21일에 도쿄 에서 부친 것이다. 둘째와 그의 가족을 위해 이웃집 왕씨王氏의 방 네 칸을 세내어 33위안을 지불했다.

27일 비. 일요일, 쉬다. 오후에 날이 갰다. 쑨푸위안이 왔다. 뤄즈시가 왔다. 리샤칭의 편지를 받았다.

28일 흐림. 오후에 갬. 별일 없음.

29일 맑음. 오전에 셋째에게 『매주평론』 2부를 부쳤다. 오후에 셋째의 편지를 받았다. 24일에 부친 것이다(五五).

30일 맑음. 오전에 셋째에게 편지를 부쳤다(六三). 정오 좀 지나 다이 뤄링과 함께 쉬지쉬안을 문병했다.

31일 맑음. 오전에 둘째의 편지를 받았다. 24일에 부친 것이다. 첸쉬 안퉁에게 편지와 원고23) 8매를 부쳤다. 정오 좀 지나 후궈사護國寺에 가서 부동산의 잡무를 처리하였다. 저녁에 쑹쯔페이가 왔다. 밤에 비가 내렸다.

---

23) 「수감록61 · 불만(不滿)」, 「수감록62 · 분에 겨워 죽다(恨恨而死)」, 「수감록63 · '어린이에게' (與幼者)」, 「수감록64 · 유무상통(有無上通)」, 「수감록65 · 폭군의 신민(暴君的臣民)」, 「수감록 66 · 생명의 길(生命的路)」 등의 6편을 가리킨다. 모두 훗날 『열풍』(熱風)에 수록되었다.

8월

1일 맑다가 오후에 흐림. 쑨푸위안이 왔다.

2일 맑음. 오전에 셋째의 편지를 받았다. 29일에 부친 것이다(五六). 천원관辰文館에서 『민요』俚謠 1책을 부쳐 왔다. 베이징대학에서 사람을 보내 둘째의 6월분 하반기 월급 120위안을 보내왔다. 정오 좀 지나 시즈먼西直門 안 황차오黃橋의 순경분주소巡警分駐所에 가서 가옥 사안을 문의했다. 저녁에 쯔페이가 이야기를 하러 왔다. 『한 청년의 꿈』[24]을 번역하기 시작했다.

3일 맑음. 일요일, 쉬다. 저녁에 쯔페이가 왔다. 첸쉬안퉁이 왔다.

4일 맑음. 오전에 둘째의 편지를 받았다. 26일에 부친 것이다. 셋째에게 편지(六四)와 『매주평론』 2부를 부쳤다. 정오 좀 지나 쯔페이에게 부탁하여 가구 19점을 40위안에 구입했다. 또한 쯔페이, 치신, 샤칭이 힘을 합쳐 의자 네 개를 보내 주었다. 오후에 리샤칭의 편지를 받았다.

5일 맑음. 정오 좀 지나 리샤칭이 왔다. 오후에 쉬지상이 왔다.

6일 맑음. 오전에 셋째의 편지를 받았다. 2일에 부친 것이다(五七). 둘째의 편지를 받았다. 7월 28일에 부친 것이다. 아울러 「신촌방문기」[25] 원고 13매를 받았다. 31일에 부친 것이다.

---

24) 원문은 '或レ青年ノ夢'. 4막극인 『一個青年的夢』을 가리킨다. 일본의 무샤노코지 사네아쓰(武者小路實篤, 1885~1976)의 작품이다. 번역문은 애초에 베이징의 『국민공보』(國民公報)에 발표되었으나, 번역이 제3막 제2장에 이르렀던 1919년 10월에 이 매체가 출판법 위반이라는 이유로 베이양정부(北洋政府)에 의해 폐쇄됨에 따라 더 이상 게재하지 못하였다. 이후 천두슈(陳獨秀)의 제안에 따라 1920년 1월부터 번역 전문을 『신청년』 제7권 제2호부터 제4호까지 연재하였다. 1922년 7월에 상우인서관에서 단행본으로 출판되었다.
25) 「신촌방문기」(訪新村記)는 곧 저우쭤런이 저술한 「訪日本新村記」를 가리킨다. 루쉰은 7일에 첸쉬안퉁에게 전달하였으며, 나중에 『신조』(新潮) 제3권 제1호에 발표되었다.

7일 맑음. 오전에 셋째의 편지를 받았다. 3일에 부친 것이다(五八). 리샤칭의 편지를 받았다. 둘째의 편지를 받았다. 7월 31일에 부친 것이다. 지푸에게 『신청년』과 『신조』를 각각 1책씩 부쳤다. 첸쉬안퉁에게 편지를 부쳤다. 오후에 둔구이 탁본가게에서 「숭현사비기」嵩顯寺碑記 1매를 가져왔기에 취안 5위안에 구입했다. 저녁에 쑹쯔페이가 왔다. 쑨푸위안이 왔다. 밤에 주샤오취안에게 편지와 키니네 10알을 보냈다.

8일 맑고 바람이 붊. 오전에 셋째에게 편지를 부쳤다(六五).

9일 맑다가 정오 좀 지나 한바탕 가랑비. 쉬지상에게 편지를 부쳤다. 오후에 서우주린壽洙鄰이 왔다. 쉬친푸가 왔다.

10일 흐림. 일요일, 쉬다. 정오 좀 지나 둘째, 둘째 처, 펑豊, 미謐, 멍蒙 및 시게히사重久가 도쿄에서 왔다. 이웃집 왕씨 댁에 임시로 거처하였다. 저녁에 쑹쯔페이가 왔다.

11일 맑음. 오전에 셋째가 모슬린mousseline 셔츠 두 가지를 부쳐 보냈다. 정오 좀 지나 비가 한바탕 내렸다.

12일 맑음. 오전에 첸쉬안퉁에게 편지를 부쳤다. 오후에 첸쉬안퉁의 편지를 받았다. 저녁에 보슬비가 내렸다.

13일 맑고 무더움. 오전에 첸쉬안퉁의 편지를 받고서 바로 답신했다.

14일 맑고 더움. 별일 없음.

15일 비, 정오 좀 지나 갬. 오후에 첸쉬안퉁이 왔다.

16일 맑음. 별일 없음.

17일 맑음. 일요일, 쉬다. 정오 좀 지나 밍보 선생, 스취안, 스쉰이 왔다.

18일 맑음. 정오 좀 지나 시정공소市政公所에 부동산 매매계약을 확인하러 갔다. 셋째의 편지를 받았다. 14일에 부친 것이다(六十).

19일 맑음. 오전에 저장 싱예은행에 돈을 인출하러 갔다. 뤄씨羅氏 가옥의 매입이 이루어져, 저녁에 광허쥐에서 계약을 하였다. 선금 1,750위안과 중개료 175위안을 지불했다.

20일 맑음. 오전에 장쯔성과 셋째에게 『매주평론』을 각각 두 부씩 부쳤다.

21일 가랑비, 정오 좀 지나 갬. 류리창에 가서 「유웅두등조상」^{劉雄}頭等造像과 측면 3매를 취안 1위안에 구입했다. 관인쓰제觀音寺街에 가서 Pepana 1병, 소금 1병을 3위안에 샀다. 탕얼허湯爾和를 방문했다.

22일 맑음. 오후에 셋째에게 편지를 부쳤다.

23일 맑음. 오후에 뤄즈시, 쑨푸위안이 왔다. 밤에 바람이 불고 뇌우가 쳤다.

24일 맑음. 일요일, 쉬다. 오후에 리샤칭이 왔다.

25일 맑음. 오후에 리샤칭의 편지와 신문 2매를 받았다. 밤에 쉬쥔푸가 왔다.

26일 맑음. 오전에 이달치 월급 300위안을 수령했다.

27일 맑음. 오전에 이발을 했다. 정오 좀 지나 비가 한바탕 내렸다.

28일 맑음. 오전에 셋째의 편지를 받았다. 24일에 부친 것이다. 정오 좀 지나 큰 비가 내렸다.

29일 맑음. 별일 없음.

30일 맑음. 오전에 저장 싱예은행에 예금하러 갔다. 류리창에 가서 「원문묘지」^{元雯墓誌} 1매와 「원략묘지」^{元略墓誌} 1매를 도합 취안 7위안에 구입했다.

31일 맑음. 일요일, 쉬다. 오전에 타오수천의 편지와 등나무 의자 2개를 받았다. 취안 10위안을 지불했다. 오후에 쉬스취안이 와서 「여초묘지」^{呂超墓誌}와 발문跋文 1책을 건네주었다. 판서우밍范壽銘 선생이 주신 것이다.

1일 맑음. 별일 없음.

2일 맑음. 별일 없음.

3일 맑음. 오후에 셋째의 편지와 송금환 1,000위안[26]을 받았다. 지난 달 29일에 부친 것이다.

4일 맑음. 정오 좀 지나 중국은행에 가서 1,000위안을 인출하여 저장 싱예에 예금했다. 류리창에 갔다.

5일 맑음. 오전에 셋째에게 편지를 부쳤다. 저녁에 쑹쯔페이가 왔다. 타오수천의 편지와 등나무 의자 2개를 받았다. 취안 11위안을 지불했다.

6일 맑음. 정오 좀 지나 둘째가 가옥취득증명서를 받아 왔다.

7일 비. 일요일, 쉬다. 별일 없음.

8일 흐림. 별일 없음.

9일 맑음. 별일 없음.

10일 맑음. 별일 없음.

11일 맑음. 오전에 리샤칭의 편지를 받았다.

12일 맑음. 별일 없음.

13일 비. 정오 좀 지나 리샤칭에게 편지를 부쳤다. 오후에 첸쉬안퉁 이 왔다. 저녁에 판치신이 왔다. 밤에 리샤칭의 편지를 받았다. 바람이 불 었다.

14일 맑고 바람이 붊. 일요일, 쉬다. 정오 좀 지나 밍보 선생을 방문했 다. 저녁에 타오수천이 와서 철제 집기 다섯 가지를 주었다. 리샤칭의 편

---

26) 사오싱 신타이먼(新台門)의 집을 매각한 돈의 일부이다. 19일에 받은 송금환도 마찬가지이다.

지를 받았다.

15일 맑음. 오후에 셋째의 편지를 받았다. 11일에 부친 것이다.

16일 맑음. 밤에 쑹쯔페이가 와서 차 한 봉지를 주었다.

17일 맑고 바람이 붊. 밤에 탁족을 했다.

18일 맑음. 오전에 쉬지푸, 장쯔성 및 셋째에게 잡지를 각 1권씩 부쳤다. 정오 좀 지나 치서우산, 쉬쉬안 및 목수 장씨와 함께 바다오완에 건축공사를 보러 갔다. 오후에 리샤칭의 편지를 받았다.

19일 맑음. 별일 없음. 밤에 셋째의 편지와 600위안을 받았다.

20일 맑음. 아침에 쉬徐 아무개가 문을 두드리면서 소란을 피우더니 잠시 후에 갔다. 정오 좀 지나 류리창에 갔다. 밤에 타오수천이 왔다.

21일 맑음. 일요일, 쉬다. 정오 좀 지나 타오수천이 왔다. 수험생 네 명의 보증을 서 달라고 부탁했다.

22일 맑다가 정오 좀 지나 흐림. 천중첸陳仲騫, 쉬썬위徐森玉, 쉬지쉬안과 함께 시정공소市政公所에 가서 공원 내 도서관 건에 관해 의논하였다.

23일 맑음. 별일 없음.

24일 맑음. 별일 없음.

25일 맑음. 별일 없음.

26일 맑음. 정오 좀 지나 중국은행에 돈을 인출하러 갔다. 오후에 이 달치 월급 300위안을 수령했다. 후베이湖北의 수재[27]에 의연금 6위안을 기부했다. 저녁에 가랑비가 내렸다.

27일 맑음. 별일 없음.

---

27) 1919년 여름에 접어든 후 후베이에 홍수로 인해 큰 피해가 발생하여, 창장(長江) 연안의 20여 현이 물에 잠겼다.

28일 비. 일요일, 쉬다. 정오 좀 지나 뤄羅와 리李가 왔다. 가옥일을 하기 위함이다.

29일 맑음. 오전에 쑹즈팡의 편지를 받았다.

30일 맑음. 정오 좀 지나 공묘에 제례를 예행하러 갔다.

10월

1일 맑다가 정오 좀 지나 가랑비. 별일 없음.

2일 맑음. 새벽 2시에 공묘에 가서 제례를 올렸다. 5시 반에 끝마치고 돌아왔다. 정오 좀 지나 쉬스진許詩董이 와서 『역외소설집』域外小說集 2책을 건네주었다. 저녁에 쑹쯔페이가 선沈군과 함께 왔다. 밤에 뇌우가 쳤다.

3일 비가 내리다가 오후에 갬. 별일 없음.

4일 흐림. 오전에 싱예은행에 돈을 인출하러 갔다. 아울러 거담제 2상자를 샀다. 오후에 날이 갰다.

5일 맑음. 일요일, 쉬다. 오전에 선인모의 편지와 시를 받았다. 정오 좀 지나 쉬지쉬안이 거처에 가서 그를 불러 함께 바다오완에 갔다. 방 아홉 칸을 받고 400위안을 건네주었다. 오후에 가랑비가 내렸다.

6일 흐림. 정오 좀 지나 경찰청에 가서 가옥 수리 건을 알렸다.

7일 맑음. 별일 없음.

8일 맑음. 음력 중추절, 쉬다. 오전에 쑨푸위안이 왔다. 저녁에 밍보 선생이 요리 두 가지를 보내 주셨다. 밤에 리샤칭의 편지를 받았다.

9일 맑음. 별일 없음.

10일 맑음. 쉬다. 오전에 바다오완에 가서 가옥 수리를 살펴보았다.

11일 흐림. 정오 좀 지나 홍차오洪橋의 경찰분주소에 매매계약을 확인하러 갔다. 오후에 비가 내렸다.

12일 맑음. 일요일, 쉬다. 정오경에 주린이 왔다. 정오 좀 지나 시게重군 및 펑豊과 함께 시성핑위안^{西升平園}에 가서 목욕을 했다. 또한 거리로 나가 집기를 샀다.

13일 맑음. 별일 없음.

14일 맑음. 정오 좀 지나 루이푸샹^{瑞蚨祥}에 피륙을 사러 갔다. 밤에 이가 아팠다.

15일 맑음. 오전에 리샤칭에게 편지를 부쳤다. 정오 좀 지나 키니네 세 알을 복용했다.

16일 맑음. 오후에 바다오완의 집에 갔다.

17일 맑음. 정오 좀 지나 류리창에 가서 장준처묘전^{張俊妻墓磚} 3매, 「왕승남묘지」^{王僧男墓誌} 및 비개 2매, 「유맹진묘지」^{劉猛進墓誌} 앞뒷면 2매, 「팽성사비」^{彭城寺碑}와 뒷면 및 비좌화상^{碑坐畫像} 모두 3매를 도합 취안^券 12위안에 구입했다. 오후에 목공에게 50위안을 지불했다. 리샤칭의 편지를 받았다.

18일 맑다가 정오 좀 지나 비가 내린 후 저녁에 다시 개고 바람이 거셈. 별일 없음.

19일 맑음. 일요일, 쉬다. 오전에 시게重군, 둘째, 둘째 처 및 펑豊, 미謐, 멍蒙과 함께 마차를 타고서 농사시험장에 놀러 갔다가 오후에 돌아왔다. 돌아오는 길에 바다오완의 집을 둘러보았다.

20일 흐림. 쉬다. 정오 좀 지나 밍보 선생을 찾아뵈었다. 오후에 바람이 불더니 저녁에 갰다.

21일 맑음. 별일 없음.

22일 맑음. 별일 없음.

23일 맑음. 오후에 바다오완의 집에 갔다.

24일 맑음. 오후에 다자란大柵欄에 가서 의류와 잡화를 샀다.

25일 맑다가 밤에 바람이 붊. 별일 없음.

26일 맑음. 일요일, 쉬다. 별일 없음.

27일 맑음. 오전에 이달치 월급 300위안을 수령했다. 목공에게 50위안을 지불했다. 오후에 수도서분국自來水西分局에 가고, 아울러 바다오완의 집을 살펴보았다.

28일 맑음. 별일 없음.

29일 맑음. 아침에 수도서분국에 가서 직원과 약속하여 바다오완에 함께 가서 토지를 측량했다. 밤에 바람이 거셌다.

30일 맑고 추움. 저녁에 쑹쯔페이가 왔다.

31일 맑음. 정오 좀 지나 이발을 했다.

11월

1일 맑음. 오후에 바다오완의 집에 갔다.

2일 맑음. 일요일, 쉬다. 오전에 리샤칭이 왔다. 오후에 류리창에 가서 「여광□묘기」呂光□墓記 1매, 「이자공조상」李子恭造像 1매를 도합 취안 1위안에 구입했다. 다자란에 갔다.

3일 맑음. 정오 좀 지나 저장 싱예은행에 돈을 인출하러 갔다.

4일 맑음. 오후에 쉬지쉬안과 함께 바다오완에 뤄씨羅氏와 중개인을 만나러 갔다. 1,350위안을 건네주었다. 가옥의 양수讓受가 모두 끝났다. 저녁에 리샤칭의 편지를 받았다.

5일 맑음. 별일 없음.

6일 맑음. 별일 없음.

7일 흐리고 바람이 불다가 정오경에 갬. 오후에 바다오완 집에 갔다.

8일 맑음. 오후에 목공에게 50위안을 지불했다.

9일 맑음. 일요일, 쉬다. 오전에 쑨푸위안, 춘타이春台가 왔다. 오후에 쉬스진許詩荃이 왔다.

10일 흐림. 정오 좀 지나 바다오완에 갔다. 저녁에 가랑비가 내렸다. 밤에 류반눙이 왔다.

11일 맑음. 별일 없음.

12일 흐림. 오전에 바다오완에 갔다.

13일 맑음. 오전에 치서우산에게 부탁하여 남에게 500위안을 빌리게 하였다. 이자는 1부 3리, 기간은 석달이다. 바다오완의 집에 수도를 놓았다. 공임으로 80위안 1자오를 지불했다. 수도관이 천씨陳氏 집을 지나는지라 통과료로 30위안을 청구받았으며, 중개인에게도 5위안을 청구받았다. 오후에 교육부에서 회의가 열렸다. 저녁에 쑹쯔페이가 왔다.

14일 맑음. 정오 좀 지나 바다오완의 집에 갔다. 수도 설치가 이미 끝나 있었다. 목공에게 50위안을 지불했다. 저녁에 판치신이 왔다. 밤에 바람이 불었다. 서적을 정리하여 상자에 담았다.

15일 맑음. 오전에 리샤칭의 편지를 받았는데, 저녁에 본인이 직접 왔다. 밤에 집기와 서적을 정리했다.

16일 흐림. 일요일, 쉬다. 오전에 장이즈蔣抑卮가 왔다. 정오 좀 지나 샤칭에게 편지를 부쳤다. 오후에 쉬스진이 와서, 밍보 선생과 지푸가 보내온 이사축하금 모두 20위안을 건네주었다. 밤에 회관 내에 있는 집기의 정리를 모두 마쳤다. 바람이 불었다.

17일 맑고 밤에 바람이 붊. 탁족을 했다.

18일 맑음. 정오 좀 지나 바다오완의 집에 갔다. 리샤칭의 편지를 받았다.

19일 맑음. 정오 좀 지나 천바오관長報館으로부터 편지를 받았다.

20일 맑음. 오전에 밍보 선생의 거처에 갔다. 정오 좀 지나 장이즈蔣抑之의 편지를 받았다. 저녁에 쑨푸위안이 왔다. 쑹쯔페이가 왔다.

21일 맑음. 오전에 둘째 가족과 함께 바다오완의 집으로 이사를 했다.[28]

22일 맑음. 오전에 천바오관에 편지를 부쳤다. 정오 좀 지나 류리창에 가서 숭현사嵩顯寺와 남석굴사南石窟寺의 비석 뒷면 각각 1매, 불경 잔석 4매를 도합 취안 5위안에 구입했다. 천순룽 치과의사의 거처에 가서 이 하나를 뽑고 2위안을 지불했다. 관인쓰제에 들러 물건을 샀다. 밤에 바람이 몹시 거셌다.

23일 맑고 바람이 붊. 일요일, 쉬다. 오후에 천바이녠, 주티셴, 선인모, 첸다오쑨錢稻孫, 류반눙, 마유위가 왔다.

24일 맑음. 오후에 천바오관에 편지를 부쳤다. 역사박물관에 갔다.

25일 맑음. 정오 좀 지나 뤄즈시의 편지를 받았다.

26일 흐림. 오전에 이달치 월급의 절반 150위안을 수령했다. 정오 좀 지나 뤄즈시에게 편지를 부쳤다. 귀성신청서를 제출했다.[29] 목공에게 50위안을 지불했다. 『한 청년의 꿈』 제1막의 재교를 마쳤다.[30]

27일 맑음. 정오 좀 지나 이달치 월급 잔액 150위안을 수령했다.

28일 맑음. 정오 좀 지나 첸먼 밖에 갔다.

---

28) 루쉰은 이날 이주한 후 1923년 8월 2일 좐타후퉁(磚塔胡同) 61호로 이사를 가기까지 3년 8개월간 이곳에서 살았다.

29) 사오싱에 돌아가서 가족을 데리고 베이징으로 이사를 오기 위해 휴가를 신청했던 것이다. 12월 1일에 출발하여 29일에 돌아왔다.

30) 이 극본 번역이 『신청년』에 다시 실리게 되었기에 교열을 재차 보았던 것이다.

29일 맑음. 정오 좀 지나 목공에게 175위안, 유리 대금으로 40위안을 지불했다. 가옥 수선은 대략 이쯤에서 마쳤다.

30일 맑고 바람이 붊. 일요일, 쉬다. 정오 좀 지나 주티셴이 왔다. 오후에 쑹쯔페이가 왔다. 리샤칭도 왔다.

12월

1일 맑음. 아침에 첸먼에 가서 징펑선京奉線에 탑승했다. 정오경에 톈진에 이르러 진푸선津浦線으로 바꾸어 탔다.

2일 맑음. 정오 좀 지나 푸커우浦口에 도착했다. 양쯔강揚子江을 건너 닝후선寧滬線으로 갈아타고 밤에 상하이에 닿았다. 차 안에서 주윈칭朱雲卿을 만나 함께 상하이여관에 묵었다.

3일 비. 아침에 후항선滬杭線에 탑승하여 정오경에 항저우에 도착하였다. 칭타이제이淸泰第二여관에 투숙했다. 정오 좀 지나 중국은행으로 차이구칭蔡谷淸을 찾아갔다. 오후에 제원공사捷運公司에 가서 일을 문의하였다. 밤에 구칭의 거처에 가서 식사를 했다.

4일 비. 오전에 첸탕강錢塘江을 건너 웨안越安기선을 타고서 저녁에 사오싱에 도착하자 곧바로 가마를 타고 집에 갔다.

5일 흐림. 오후에 촨메이傳梅 숙부께서 오셨다.

6일 맑음. 정오 좀 지나 처겅난車耕南이 왔다. 리어우런酈藕人이 왔다.

7일 흐림, 일요일. 오전에 롼주쑨阮久孫이 왔다. 정오경에 차이구칭의 편지를 받았다.

8일 맑음. 서적을 정리하였다.

9일 맑음. 오전에 둘째의 편지를 받았다. 5일에 부친 것이다. 오후에 신메이心梅 숙부께서 오셨다.

10일 맑음. 별일 없음.

11일 비. 오전에 둘째의 편지와 『신청년』 제7권 제1기 1책을 받았다. 7일에 부친 것이다. 정오 좀 지나 열이 오르는 듯하여 잠시 잠을 잤다. 밤에 키니네 한 알을 복용했다.

12일 흐림. 오전에 둘째에게 편지를 부쳤다.

13일 맑음. 정오 좀 지나 천쯔잉陳子英에게 편지를 부쳤다. 오후에 쉬지상의 편지를 받았다. 저녁에 리어우런이 왔다.

14일 맑음. 일요일. 오후에 쉬지상에게 편지를 부쳤다. 차이구칭에게 편지를 부쳤다. 전탁 1매를 샀다. 상단과 좌측에 글자가 있고, 하단에 '우개'虞凱라는 두 글자가 있다. 나머지는 망가져 있다. 5자오를 지불했다.

15일 맑음. 정오 좀 지나 판치신의 편지를 받았다.

16일 맑음. 오전에 차이구칭의 편지를 받았다. 둘째의 편지를 받았다. 12일에 부친 것이다.

17일 맑음. 오전에 천쯔잉이 왔다. 저녁에 장보다오張伯燾가 왔다. 밤에 팡方 숙부를 발인했다.

18일 맑음. 별일 없음. 탁본장수가 다시 '우개' 전탁을 가지러 왔다. 팔고 싶지 않다고 하기에 그것을 되돌려 주었다.

19일 맑음. 오전에 주커밍朱可銘의 편지를 받았다. 정오 좀 지나 리어우런이 왔다. 저녁에 찬傳 작은할머니께서 송별식을 마련해 주셔서 어머니를 따라 갔다. 셋째도 함께 갔다. 밤에 비가 내렸다.

20일 비. 정오 좀 지나 판치신에게 편지를 부쳤다. 쉬이쑨徐詒孫에게 부의금 1위안을 냈다. 저녁에 날이 갰다.

21일 맑음. 일요일. 오전에 둘째의 편지를 받았다. 17일에 부친 것이다. 정오 좀 지나 차이구칭에게 편지를 부쳤다. 제원공사에 편지를 부쳤다. 저녁에 신메이 숙부가 오셨다. 밤에 짐 꾸리기를 거의 마쳤다.

22일 맑음. 아침에 쉬지쉬안에게 편지를 부쳤다. 주커밍에게 편지를 부쳤다. 둘째에게 편지를 부쳤다. 셋째 등과 함께 샤오야오러우消搖漊에 가서 성묘를 하고서 저녁에 돌아왔다.

23일 비. 오전에 차이구칭의 편지와 런푸창任阜長의 그림 한 폭을 받았다. 정오 좀 지나 가옥 매각에 서명했다.

24일 맑음. 오후에 배 두 척을 세내 어머니와 셋째, 가족을 데리고 짐을 끌고서 사오싱을 떠났다. 장위톈蔣玉田 숙부께서 배웅하러 오셨다. 밤에 등롱에 불이 붙어 손으로 눌러 끄려다가 손가락에 화상을 입었다.

25일 맑음. 아침에 시싱西興에 도착했다. 위우팡俞五房의 주선으로 첸탕강을 건너 첸장錢江여관에 투숙했다. 구칭의 부탁을 받은 쑨孫군이 도우러 왔다. 정오 좀 지나 운송해야 할 짐을 제원공사에 넘겼다. 성내로 들어가 구칭을 방문하여 런푸창의 그림을 돌려주었다.

26일 맑음. 아침에 항후선杭滬線에 탑승하여 장간江干을 출발하였다. 난잔南站 앞에 이르러 레일 손상으로 인해 열차가 정차했다. 상하이러우上海樓 여관에 묵었는데, 몹시 열악했다. 한밤에 야간급행열차에 올라 상하이를 떠났다.

27일 흐림. 아침에 난징에 도착하여 중시中西여관에 묵었다. 오전에 비가 내렸다. 정오경에 양쯔강을 건넜다. 눈보라가 돌연 몰아쳐 몹시 고생하고서야 열차에 올랐다. 침대차를 타고서 약간 편안해졌다. 오후에 푸커우浦口를 출발했다. 저녁에 날이 갰다.

28일 맑음. 저녁에 톈진에 도착했다. 다안大安여관에 묵었다.

29일 맑음. 아침에 톈진을 출발하여 정오경에 첸먼 역에 도착하였다.

시게 군, 둘째와 쉬쿤徐坤이 역에 마중을 나왔다. 쉬지쉬안 역시 류성劉升, 쑨청孫成을 나오도록 해놓았다. 여유 있게 역을 나왔다. 오후에 모두 집에 이르렀다.

30일 맑음. 오전에 교육부에 갔다. 밍보 선생께 햄 하나와 말린 죽순 한 바구니를 보내 드렸다. 쉬지쉬안에게는 조끼 두 가지와 룽옌龍眼 한 바구니를 보내 주었다. 다이뤄링에게는 말린 죽순 한 바구니를 보내 주었다. 정오 좀 지나 이발을 했다. 오후에 이달치 월급 300위안을 수령했다.

31일 맑음. 오전에 치서우산에게 룽옌 한 바구니를 보내 주었다. 정오 좀 지나 류리창에 가서 공신통孔神通과 이홍평李弘枰의 묘지 각 1매를 취안 4위안에 구입했다. 묘지전墓誌磚 4점을 구했는데, '대원평도학궐'大原平陶郝闕, '장안옹주류무처'萇安雍州劉武妻, '이거처'李巨妻, '□아노'□阿奴 등이다. 도합 20위안이다. 아울러 부장품 2점을 구입했는데, 개와 집오리로 당나라 사람의 무덤에서 출토되었다. 도합 2위안이다. 묘지전은 딩저우定州에서, 부장품은 뤄양洛陽에서 출토되었다. 오후에 차이구칭에게 편지를 부쳤다. 주커밍에게 편지를 부쳤다.

도서장부

고락주조상 高洛周造像 4枚	1.50	1월 20일
천평잔조상 天平殘造像 3枚	0.50	
대학소장계문탁본 大學所藏契文拓本 4冊	16.00	1월 21일
원문묘지 元文墓誌 1枚	2.00	1월 23일
원탁묘지 元晫墓誌 1枚	5.00	
원간묘지 元玕墓誌 및 碑蓋 2枚	3.00	
이주씨묘지 爾朱氏墓誌二石合 1枚	4.00	

남무양궐화상 南武陽闕畵像 9枚	6.00	1월 25일
잔조상 殘造像 2枚	1.00	
	39.000	
돤씨장전탁편 端氏藏磚拓片 423枚	50.00	2월 12일
개황십삼년잔비 開皇十三年殘碑 1枚	1.00	
돤씨장와당탁편 端氏藏瓦當拓片 32枚	2.00	2월 16일
연희토규탁본 延熹土圭拓本 1枚	3.00	2월 21일
	56.000	
돤씨장와당탁편 端氏藏瓦當拓片 260枚	14.00	3월 3일
채씨조노자상기 蔡氏造老子像記 1枚	치서우산 기증	3월 26일
장□노등잔조상 張□奴等殘造像 1枚	위와 같음	
용문시불화상 龍門侍佛畵像 6枚	위와 같음	
유평국개도각석 劉平國開道刻石 2枚	6.00	3월 29일
원휘묘지 元徽墓誌 1枚	2.00	
	22.000	
불상신집 佛像新集 2冊	5.00	4월 4일
함분루비급 涵芬樓秘笈(제6집) 8책	3.50	4월 7일
최선화묘지 崔宣華墓誌 1枚	맞바꿔 구함	4월 10일
원진묘지 元珍墓誌 1枚	5.00	
중국명화 中國名畵(제21집) 1冊	1.50	4월 15일
예술총편 藝術叢編 3冊	15.00	4월 22일
예술총편증간 藝術叢編增刊 1冊	1.50	
정국사비 定國寺碑 및 碑額 2枚	1.50	4월 29일
왕씨잔석 王氏殘石 1枚	1.00	
잡전탁편 雜磚拓片 8枚	1.00	
	35.000	
영불암마애 映佛岩摩崖 8枚	8.00	5월 16일
남자준조상 南子俊造像 2枚	1.00	
장손부인묘지 長孫夫人墓誌 1枚	1.00	
잔묘지 殘墓誌 1枚	1.00	5월 20일
진세보조상 陳世寶造像 1枚	1.00	

항목	금액	날짜
마숙평소장계문 馬叔平所藏契文 1冊	4.00	5월 23일
	16.000	
정방궐화상 丁房闕畵像 6枚	8.00	6월 1일
양공궐 楊公闕 1枚	2.00	
여초묘지 呂超墓誌 1枚	4.00	6월 5일
불전본주유묘화상 不全本朱鮪墓畵像 14枚	3.00	6월 6일
다구자이소장동기탁편 達古齋所藏銅器拓片 100枚	9.00	
합읍이백입인조상 合邑二百卄人造像 4枚	롼아오보 기증	6월 7일
읍자칠십인등조상 邑子七十人等造像 4枚	위와 같음	
칠십인조상 七十人造像 3枚	위와 같음	
잡금문탁편 雜金文拓片 6枚	3.00	6월 16일
서문표사당비 西門豹祠堂碑 및 뒷면 2枚	2.00	6월 28일
유흑등조상 劉黑等造像 1枚	0.50	
승혜거조상 僧慧炬造像 1枚	0.50	
노숙□등조상 魯叔□等造像 1枚	1.00	
대신행선사탑비 大信行禪師塔碑 1枚	2.00	
	35.000	
남석굴사비 南石窟寺碑 1枚	5.00	7월 5일
왕아비묘지 王阿妃墓誌 1枚	1.00	
신강방고록 新畺訪古錄 1冊	1.00	7월 7일
신주대관 神州大觀(제14집) 1冊	3.00	7월 14일
	10.000	
숭현사기 嵩顯寺記 1枚	5.00	8월 7일
유웅두등조상 劉雄頭等造像 및 측면 3매	1.00	8월 21일
원문묘지 元雯墓誌 1枚	3.50	8월 30일
원략묘지 元略墓誌 1枚	3.50	
여초묘지 呂超墓誌 1枚 및 跋文 1冊	판(范) 선생 기증	8월 31일
	13.000	
장준처류묘전 張俊妻劉墓磚 3枚	2.00	10월 17일
왕승남묘지 王僧男墓誌 및 碑蓋 2枚	2.00	
유맹진묘지 劉猛進墓誌 2枚	5.00	

팽성사비 彭城寺碑, 뒷면 및 비좌화상 碑坐畵像	3.00	
	12.000	
여광□묘기 呂光□墓記 1枚	0.50	11월 2일
이자공조상 李子恭造像 1枚	0.50	
숭현사비 嵩顯寺碑 뒷면 1枚	1.00	11월 22일
남석굴사비 南石窟寺碑 뒷면 1枚	2.00	
불경잔석 佛經殘石 4枚	2.00	
	6.000	
공신통묘지 孔神通墓誌 1枚	2.00	12월 31일
이홍평묘지 李弘枰墓誌 1枚	2.00	
	4.000	

한 해 총계 취안 248위안

일기 제9(1920년)

1월

1일 맑음. 쉬다. 정오 좀 지나 판치신潘企莘이 왔다.

2일 흐림. 쉬다. 오후에 바람이 불었다. 별일 없음.

3일 맑음. 쉬다. 오후에 타오수천陶書臣이 왔다. 밤에 밍보 선생의 편지를 받았다.

4일 맑음. 일요일, 쉬다. 오후에 첸쉬안퉁錢玄同이 왔다.

5일 맑음. 오전에 장보다오張伯燾에게 『국악보』國樂譜 2책을 부쳤다. 정오 좀 지나 흐림. 다자란大柵欄에 가서 이불을 샀다. 또 류리창에 갔다. '학궐'郝闕 전磚이 위작이라 의심이 가는지라 교섭하여 '조향처곽'趙向妻郭 전磚으로 바꾸었다.

6일 흐림. 정오 좀 지나 번쓰후퉁本司胡同의 세무처에 가서 가옥세를 냈다. 도합 180위안이다. 저녁에 골동장수가 전磚을 바꾸러 왔다. 이번 전에는 '경상촌조향처곽'京上村趙向妻郭이라는 글이 있다. 밤에 바람이 불었다.

7일 흐림. 정오 좀 지나 샤오스에 갔다. 목기를 덧붙여 샀다.

8일 맑음. 정오 좀 지나 샤오스에 갔다. 자기 완구 하나를 샀다. 역사박물관에 갔다.

9일 맑음. 정오 좀 지나 밍보 선생에게 편지와 잡지 2책을 부쳤다.

10일 맑음. 오후 이케다池田의원에 페이沛의 약을 받으러 갔다. 아울러 리밍처李明澈 군을 문병했다. 저녁에 사회교육사 동료 9명이 시계 하나, 램프 둘, 다구 한 벌을 주었다.

11일 흐림. 일요일, 쉬다. 오전에 눈이 조금 내리고 밤에 바람이 불었다. 별일 없음.

12일 맑고 바람이 거셈. 오전에 처겅난車耕南의 편지를 받았다. 정오 좀 지나 이케다의원에 가서 페이沛의 왕진을 부탁했다. 저녁에 다시 약을 타러 갔다. 저녁에 등이 아팠다.

13일 맑음. 정오 좀 지나 지쯔추季自求 부인의 부의금으로 5위안을 둘째와 함께 냈다. 오후에 롼허쑨阮和蓀의 편지를 받았다. 또한 따로 부친 「정철비」程哲碑와 「보태사비」寶泰寺碑의 탁본 1매 각 1매가 밤에 도착했다.

14일 맑음. 등이 아파서 쉬다. 테레빈terebene유를 발랐다.

15일 맑음. 정오 좀 지나 샤오스를 돌아다녔다.

16일 맑음. 정오 좀 지나 이케다의원에 페이沛의 약을 받으러 갔다. 가구를 샀다. 중복된 「여초지」呂超誌 탁본을 류리창에서 진대晉代의 정서부인鄭舒夫人 및 수대隋代의 위낭묘지尉娘墓誌 각 1매와 바꾸었다. 취안券 4위안어치이다.

17일 맑음. 오전에 동료가 복숭아꽃과 매화 화분 8개를 보내 주었다.

18일 맑음. 일요일, 쉬다. 오전에 장이즈蔣抑之가 왔다. 정오 좀 지나 쑨푸위안孫伏園이 왔다. 밤에 바람이 불었다. 『한 청년의 꿈』의 번역을 모두 마쳤다.

19일 맑음. 오전에 사오싱에서 부친 서적 등이 베이징에 도착했다. 저녁에 찾아 왔다. 밤에 바람이 약간 불었다.

20일 맑음. 정오 좀 지나 류리창의 퉁구탕同古堂에 가서 셋째에게 줄 먹통과 구리자 각각 2개를 구입했다. 더구자이德古齋에 가서 「왕송묘지」王誦墓誌 1매를 취안 3위안에 구입했다. 저장 싱예은행浙江興業銀行으로 장이즈를 찾아갔으나 만나지 못했다. 쪽지와 함께 『혜중산집』嵇中山集 사본 1책을 남겨 놓았다. 밤에 바람이 불었다.

21일 맑음. 별일 없음.

22일 맑음. 별일 없음.

23일 맑음. 정오 좀 지나 역사박물관에 갔다.

24일 맑음. 정오 좀 지나 샤오스에 가서 「도속칠십팔인등조상」道俗七十八人等造像과 「담룽담초등조상」曇陵曇初等造像의 탁본 각 1매를 도합 취안 반 위안에 구입했다. 설사를 했다. 밤에 약 2알을 복용했다.

25일 맑음. 일요일, 쉬다. 정오 좀 지나 리샤칭李遐卿, 자오즈위안趙之遠이 왔다. 쉬스취안許詩荃이 왔다.

26일 맑음. 오후에 국가연구회[1]에 갔다.

27일 맑음. 오후에 회의를 하였다.

28일 흐림. 정오 좀 지나 하부토 모친의 편지를 받았다. 21일에 부친

---

[1] 국가연구회(國歌研究會)는 1919년 11월에 교육부에 의해 설립되었다. 1919년 12월에 루쉰, 선 펑녠(沈彭年), 첸다오쑨(錢稻孫), 리줴(李覺), 천시겅(陳錫賡) 등이 간사로 파견되었다. 위안스카 이(袁世凱)는 총통 재임기간에 국가로 「중국은 우주간에 우뚝 서다」(中國雄立宇宙間)를 제정하 였으나, 그가 죽은 후 폐지되었다. 베이양정부(北洋政府)는 새로운 국가를 제정하기 위하여 이 연구회를 설립하고 문학가와 음악가를 초빙하여 공동으로 창작하도록 하였다. 그리하여 이 연 구회에서는 여러 차례의 논의를 거쳐 1920년 4월에 「경운가」(卿雲歌)를 국가로 정하였으며, 국 회는 1921년 7월 1일부터 정식으로 이를 국가로 사용하기로 결정하였다. 1927년 난징국민정 부가 들어선 이후 이 국가 역시 폐지되었다.

것이다.

29일 흐림. 별일 없음.

30일 진눈깨비. 별일 없음.

31일 진눈깨비. 오전에 처경난의 편지를 받았다. 오후에 리샤칭의 편지와 글 세 편을 받았다. 밤에 바람이 몹시 세차게 불었다.

2월

1일 흐리고 바람이 거셈. 일요일, 쉬다. 별일 없음.

2일 맑음. 오후에 회의를 하였다.

3일 맑음. 정오 좀 지나 지푸에게 잡지 1책을 부쳤다.

4일 맑음. 오후에 밍보銘伯 선생의 편지를 받았다. 밤에 바람이 불었다.

5일 맑음. 정오 좀 지나 밍보 선생께 편지를 부쳤다.

6일 흐림. 밤에 탁족을 했다.

7일 흐리다가 정오 좀 지나 갬. 별일 없음.

8일 맑음. 일요일, 쉬다. 오전에 장셰허張協和가 왔다. 바람이 불었다.

9일 맑음. 오전에 경사도서분관京師圖書分館에 갔다. 정오 좀 지나 류리창에 가서 원연명元延明, 원첩원元鈷遠, 원괴元瑰, 원유元維, 우경于景, 왕송처원씨王誦妻元氏 등의 묘지 각 1매, 그리고 「우경지」于景誌 개석蓋石 1매, 「태평사잔마애」太平寺殘摩崖 1매, 「개화사읍의조상」開化寺邑義造像 4매 등을 도합 취안 20위안에 구입했다. 오후에 1월 전반분 월급 150위안을 수령했다. 치서우산齊壽山이 대신하여 빌렸던 200위안을 갚았다. 이자는 11위안 7자오이다. 신조사[2]에 편지와 리쭝우李宗武의 원고 1편을 부쳤다.

10일 맑음. 오전에 쑹즈팡宋知方의 편지를 받았다. 롼허쑨에게 편지를 부쳤다. 리샤칭에게 편지를 부쳤다.

　11일 맑음. 정오 좀 지나 장쯔칭章子靑을 찾아갔으나 만나지 못했다.
오후에 리샤칭의 편지를 받았다.

　12일 맑음. 쉬다. 별일 없음.

　13일 흐림. 별일 없음.

　14일 약간의 눈. 별일 없음.

　15일 맑음. 일요일, 쉬다. 오후에 서적을 정리하였다.

　16일 맑음. 오전에 주커밍朱可銘의 편지를 받았다. 1월 후반분 월급
150위안을 수령했다. 치서우산이 대신하여 빌렸던 100위안을 갚았다. 정
오 좀 지나 쉬지쉬안徐吉軒의 거처에 갔다. 샤오스를 돌아다녔다.

　17일 진눈깨비. 오후에 이달치 월급 취안 240을 지급받았다. 치서우
산이 대신 빌렸던 200위안을 갚았다. 이자는 8위안이다.

　18일 약간의 눈. 오전에 진씨金氏댁의 편지를 받았다. 정오 좀 지나 밍
보 선생을 찾아갔으나 뵙지 못했다.

　19일 맑음. 쉬다. 음력 섣달 그믐이다. 저녁에 조상께 제사를 올렸다.
밤에 요리를 보태 술을 마셨다. 폭죽을 쏘았다. 쉬지쉬안이 감귤과 사과를
각각 1봉지씩 보내왔다.

　20일 맑음. 쉬다. 정오 좀 지나 밍보 선생과 스취안이 왔다.

---

2) 신조사(新潮社)는 베이징대학의 일부 학생과 교원이 조직한 진보적 경향의 사단이다. 1918년
11월 19일에 창설되었으며, 주요 성원으로는 푸쓰녠(傅斯年), 뤄자룬(羅家倫), 양전성(楊振聲),
저우쭤런(周作人) 등이 있다. 이 사단에서는『신조』월간, '신조총서'(新潮叢書), '신조문예총서'
(新潮文藝叢書)를 출판했다. 1920년 10월 이후 출판발행의 업무는 쑨푸위안(孫伏園), 리샤오펑
(李小峰)이 책임을 맡았다. 루쉰은『신조』월간을 위해 원고를 저술·번역을 하는 외에,『외침』
(吶喊),『중국소설사략』(中國小說史略) 등의 저술, 동화극을 번역한『연분홍 구름』(桃色的雲) 등을
신조사에서 출판했다.

21일 흐림. 쉬다. 별일 없음.

22일 진눈깨비. 일요일, 쉬다. 오후에 쑹쯔페이宋子佩가 왔다. 밤에 바람이 불었다.

23일 맑고 바람이 붊. 별일 없음.

24일 맑음. 오후에 쑹쯔페이에게 책을 빌려 달라고 편지를 부쳤다.

25일 맑음. 정오 좀 지나 통속도서관에 가서 책을 빌렸다. 저녁에 쑹쯔페이의 편지를 받았다.

26일 큰 눈. 병가를 냈다.

27일 흐리다가 오후에 갬. 별일 없음.

28일 흐림. 정오 좀 지나 류리창에 가서 원사元思, 원문元文, 이원화李媛華의 묘지 각 1매, '상광'祥光 등의 글자가 있고 윈난雲南에서 출토되었다는 잔석 1매를 도합 취안 8위안에 구입했다. 아울러 석제 고슴도치 한 점을 3위안에 구입했다. 저녁에 눈이 약간 내렸다.

29일 흐림. 일요일, 쉬다. 낡은 책을 수선했다. 밤에 바람이 불었다.

3월

1일 맑음. 정오 좀 지나 창뎬廠甸을 돌아다니다가 제齊의 「고모잔비」高厶殘碑 및 뒷면 2매를 취안 2위안에 구입했다. 아울러 위작 「노보묘지」魯普墓誌 1매를 무료로 받았다.

2일 맑음. 정오 좀 지나 이발을 했다.

3일 맑음. 별일 없음.

4일 맑음. 정오 좀 지나 치서우산에게 50위안을 빌렸다.

5일 맑음. 정오 좀 지나 도서분관으로 쑹쯔페이를 찾아갔다. 창뎬을

돌아다니다가 원수비국元壽妃麴, 영릉공주寧陵公主, 원우元羽의 묘지墓誌 각 1
매를 도합 취안參 10위안에 구입했다.

6일 맑음. 정오 좀 지나 도서분관으로 쑹쯔페이를 찾아갔다. 창뎬을
돌아다니다가 『공총자』孔叢子 4책, 『고금주』古今注 1책, 『중흥한기집』中興閒氣
集 2책, 『백씨풍간』白氏諷諫 1책을 도합 취안 6위안에 구입했다.

7일 맑음. 일요일, 쉬다. 정오 좀 지나 콰이뤄무剷若木가 왔다. 저녁에
쑹쯔페이의 편지를 받았다.

8일 맑음. 별일 없음.

9일 흐림. 오전에 초대장을 발송했다. 오후에 비가 내렸다.

10일 맑음. 정오 좀 지나 쳰먼前門 밖에 가서 약과 흡입기를 도합 3위
안에 구입했다.

11일 맑음. 별일 없음.

12일 맑음. 별일 없음.

13일 맑음. 정오 못 미쳐 추쯔위안裘子元이 탁편 4종을 가지고 왔다. 전
에 신장新疆에 있는 그의 동생에게 탁본을 구해 달라고 부탁한 적이 있었
다. 「금강경잔각」金剛經殘刻, 「국빈조사비」麴斌造寺碑, 앞 비석의 뒷면인 듯한
「국빈지조사계지기」麴斌芝造寺界至記, 「장회적묘지」張懷寂墓誌 등이다. 비교적
좋은 것으로 각각 1종씩 골랐다.

14일 흐림. 일요일, 쉬다. 정오경에 집을 마련했을 때에 물건을 보내
준 동료와 고향사람을 연회에 초대했다. 탁자 2개에 모두 15명이었다. 콰
이뤄무의 편지를 받았다.

15일 맑음. 별일 없음.

16일 맑음. 정오경에 콰이뤄무가 한잔하자고 청하여 서역西站에 갔다.
장이즈를 만났다. 오후에 장보다오張伯燾의 편지를 받았다.

17일 맑음. 쑨관화孫冠華의 여동생이 시집을 간다기에 축하금 1위안을 보냈다.

18일 맑음. 정오 좀 지나 공묘에 가서 제례를 예행했다.

19일 흐림. 밤에 가랑비에 바람이 불었다. 별일 없음.

20일 맑음. 동틀 녘에 공묘에 갔다. 아침에 제례 집행을 마치고 돌아와 잠을 잤다. 정오 좀 지나 깨어 일어났다.

21일 일요일, 쉬다. 오후에 장이즈가 와서 『혜강집』 1책을 돌려주었다. 저녁에 가랑비가 내리고 밤에 바람이 불었다.

22일 흐림. 정오 좀 지나 류리창에 갔다.

23일 맑음. 저녁에 쉬스쉰許詩荀이 왔다.

24일 맑음. 별일 없음.

25일 맑음. 정오 좀 지나 역사박물관에 갔다.

26일 맑음. 별일 없음.

27일 흐리고 밤에 가랑비. 별일 없음.

28일 흐림, 일요일, 쉬다. 별일 없음.

29일 가랑비. 별일 없음.

30일 맑음. 정오 좀 지나 다이뤄링에게 100위안을 빌렸다.

31일 맑음. 몹시 피곤하여 휴가를 냈다.

4월

1일 흐림. 계속 쉬다. 저녁에 쉬지상許季上이 왔다. 밤에 비가 찔끔 내렸다.

2일 맑음. 오후에 쑹쯔페이에게 편지를 부쳤다. 셰런빙謝仁冰의 여동생이 시집을 간다기에 축하금 1위안을 보냈다.

3일 맑고 바람이 거셈. 정오 좀 지나 류리창에 가서 원요元遙와 그의 아내 양씨梁氏의 묘지 각 1매, 「당요묘지」唐耀墓誌 1매를 도합 5위안에 구입했다.

4일 맑음. 일요일, 쉬다. 별일 없음.

5일 맑음. 별일 없음.

6일 맑음. 오후에 후궈사護國寺를 돌아다녔다.

7일 맑음. 정오 좀 지나 회의를 하였다.

8일 맑음. 쉬다. 오후에 쉬지상이 부친 「숭산삼궐」嵩山三闕 탁본 5매, 「숭양사비」嵩陽寺碑 및 뒷면과 측면 모두 2매, 「동홍달조상」董洪達造像 및 뒷면과 측면 모두 2매를 받았다.

9일 맑음. 별일 없음.

10일 흐림. 오전에 3월 전반분 월급 120위안을 수령했다. 다이루링에게 100위안을 갚았다. 가오랑셴高閬仙 어머니의 생신 축하금으로 3위안을 분담했다. 정오 좀 지나 첸다오쑨錢稻孫과 함께 샤오스를 돌아다녔다. 밤에 바람이 불었다.

11일 흐림. 일요일, 쉬다. 오후에 이슬비가 내리다가 곧 갰다.

12일 흐리고 바람. 별일 없음.

13일 맑음. 별일 없음.

14일 맑음. 정오 좀 지나 허셰허우何燮侯가 찾아왔다.

15일 맑음. 오전에 천궁샤陳公俠의 편지를 받았다. 밍보 선생의 편지를 받았다.

16일 맑음. 정오 좀 지나 밍보 선생의 거처에 갔다. 오후에 장시회관[3]에 가고 국악연구회에 갔다. 저녁에 앞마당에 라일락 두 그루를 심었다.

17일 맑음. 정오 좀 지나 우먼牛門에 갔다.[4]

18일 맑음. 일요일, 쉬다. 오전에 웨이성未生의 편지를 받았다. 오후에 마수핑馬叔平, 유위幼漁, 주티셴朱逷先, 선스위안沈士遠이 왔다. 수핑에게 신장의 석각 탁편 3종을 주었다.

19일 맑음. 정오 좀 지나 중앙공원을 돌아다녔다. 오후에 우먼에 갔다.

20일 맑고 바람이 붊. 정오 좀 지나 중앙공원을 돌아다녔다. 오후에 우먼에 갔다. 이발을 했다.

21일 맑음. 오전에 지난달 월급 잔액 180위안을 수령했다. 치서우산에게 50위안을 갚았다. 정오 좀 지나 천궁샤에게 편지를 부쳤다.

22일 맑음. 정오 좀 지나 우먼에 갔다.

23일 맑음. 오후에 둘째가 『함분루비급』涵芬樓秘笈 제7집과 제8집을 도합 4위안 4자오에 구입해 왔다. 저녁에 첸다오쑨이 선인모沈尹默의 송별회를 열어 초대했다. 동석자는 모두 9명이었다. 밤에 바람이 불었다.

24일 맑음. 정오 좀 지나 류리창에 가서 『전등신화』剪燈新話와 『여화』餘話 모두 2책을 5위안에 구입했다. 오후에 우먼에 갔다. 주커밍의 편지를 받았다. 마수핑의 편지를 받았다. 쑹쯔페이에게 편지를 부쳐 책을 돌려주었다.

25일 맑음. 일요일, 쉬다. 정오 좀 지나 어머니, 둘째 및 펑豊과 함께 싼

---

3) 장시회관(江西會館)은 베이징 쉬안우먼(宣武門) 밖 한길에 있으며, 1883년(청 광서光緖 9년)에 세워졌다.

4) 독일상인클럽인 '덕화총회'(德華總會)의 장서를 정리하러 갔던 일을 가리킨다. 독일이 제1차 세계대전에서 패한 후, 상하이 독일상인클럽에 소장된 여러 나라의 서적은 교육부에 의해 전리품으로 접수되어 우먼(牛門)의 누각 위에서 분류·정리되었다. 루쉰은 이 작업에 참여하여, 독일어와 러시아어 서적의 조사를 담당하였다. 1920년 4월부터 11월까지 일기 속에 등장하는 '우먼에 갔다'는 기록은 모두 이 일을 가리킨다. 훗날 루쉰이 번역한 『노동자 셰빌로프』의 원본은 바로 이 독일어 서적더미에서 구했던 것이다.

베이쯔위안三貝子園을 돌아다녔다. 저녁에 가오랑셴이 장시회관에서 한 잔 마시자고 청했다. 목욕을 했다.

26일 맑음. 별일 없음.

27일 맑음. 정오 좀 지나 우먼에 갔다. 저녁에 첸다오쑨이 왔다. 쑹즈팡의 편지를 받았다.

28일 맑음. 정오 좀 지나 류리창에 가서 「유화인묘지」劉華仁墓誌 1매를 1위안에 구입했다. 다시 칭윈거靑雲閣에 가서 신발 한 켤레를 1위안 4자오에 샀다. 오후에 우먼에 갔다. 밤에 바람이 불었다.

29일 흐리다가 정오 좀 지나 갬. 별일 없음.

30일 맑음. 오후에 우먼에 갔다.

5월

1일 맑음. 정오 좀 지나 우먼에 갔다.

2일 맑음. 일요일, 쉬다. 오전에 가오랑셴의 어머니가 여든 살 생신을 맞으셨다기에 장시회관에 축하드리러 가서 연극 2막을 보고 돌아왔다. 천궁샤의 편지를 받았다.

3일 맑음. 정오 좀 지나 우먼에 갔다.

4일 맑음. 오후에 주커밍에게 편지를 부쳤다. 쑹즈팡에게 편지를 부쳤다. 저녁에 쉬쥔푸許駿甫가 왔다.

5일 흐림. 저녁에 비가 찔끔 내림. 별일 없음.

6일 맑음. 오후에 우먼에 갔다.

7일 맑음. 별일 없음.

8일 맑음. 오후에 우먼에 갔다.

9일 맑음. 일요일, 쉬다. 별일 없음.

10일 흐림. 정오 좀 지나 류리창에 갔다.

11일 맑음. 오전에 치서우산이 「원서묘지」元緖墓誌 1매를 주었다. 오후에 우먼에 갔다. 저녁에 중앙공원에 가서 둘째가 오기를 기다리면서 차를 마셨다.[5]

12일 맑음. 정오 좀 지나 우먼에 갔다. 밤에 탁족을 했다.

13일 흐림. 몸이 좋지 않아 쉬다.

14일 맑음. 오후에 4월분 월급의 절반 150위안을 수령했다.

15일 흐리다가 오후에 가랑비. 별일 없음.

16일 흐림. 일요일, 쉬다. 페이沛의 첫 돌을 맞았다. 오후에 면을 먹고 술을 마셨다. 가랑비가 내렸다.

17일 맑음. 신조사에서 『과학방법론』科學方法論 1책을 보내왔다.

18일 맑음. 별일 없음.

19일 맑음. 페이가 크게 앓아 밤에 의사를 불렀다. 잠에 들지 못했다.

20일 맑음. 날이 밝을 무렵 페이를 퉁런同仁병원[6]에 입원시켰다. 요시코芳子와 시게히사重久가 수발을 들었다. 의사의 말로는 폐렴이라고 한다. 정오경에 돌아오고, 셋째가 갔다. 오후에 글을 보내 셋째에게 페이의 병상을 물었다. 저녁에야 회답이 왔는데 나아진 듯하다고 한다.

21일 맑음. 오전에 병원에 갔다.

---

5) 후스(胡適)가 소집한 『신청년』 제8권 편집토론회에 참가하기 위함이었다. 출석자로는 리다자오(李大釗), 후스, 장선푸(張申甫), 첸쉬안퉁, 구명위(顧孟餘), 타오멍허(陶孟和), 천바이녠(陳百年), 선인모, 옌웨이츠(嚴慰慈), 왕싱궁(王星拱), 주티셴, 저우쭤런 등 모두 12명이었다.

6) 퉁런병원(同仁病院)은 퉁런후이의원(同仁會醫院)이라고도 한다. 일본인이 세운 병원으로 둥단(東單)에 있다. 1920년 7월에 즈환(直皖)전쟁이 일어났을 때, 루쉰은 그의 가족을 이 병원으로 피난시키기도 하였다.

22일 맑음. 병원에 있었다. 둘째에게 부탁하여 치서우산에게 100위안을 빌리게 했다.

23일 맑고 바람이 거셈. 일요일, 쉬다. 병원에 있다가 오전에 돌아와서 밤에 다시 갔다.

24일 맑음. 병원에 있었다. 폐병의 증상이 몹시 위중했다. 오후에 다자란大柵欄에 물건을 사러 갔다.

25일 흐림. 병원에 있다가 저녁에 돌아왔다. 한밤에 시게히사가 왔다. 폐병이 위급하다고 했다. 서둘러 다시 병원으로 달려갔다.

26일 맑음. 페이의 병세가 호전되었다. 오전에 교육부에 갔다. 밤에는 병원에 있었다.

27일 맑음. 오전에 교육부에 갔다. 밤에는 병원에 있었다.

28일 맑음. 오전에 교육부에 갔다. 밤에는 병원에 있었다.

29일 흐림. 오전에 교육부에 갔다. 정오 좀 지나 탕얼허湯爾和를 방문했다. 류리창에 가서 원혜元譓, 원은元恩, 원욱元頊, 이원강李元姜의 묘지 각 1매를 도합 5위안에 구입했다. 오후에 병원에 가서 저녁에 귀가했다. 뇌우가 한바탕 몰아쳤다.

30일 비. 일요일, 쉬다. 오전에 탁족을 했다. 정오 좀 지나 날이 갰다. 저녁에 병원에 갔다.

31일 맑음. 오전에 교육부에 갔다. 밤에 병원에 있었다.

6월

1일 맑음. 오전에 교육부에 갔다가 정오경에 집에 돌아왔다. 쑹쯔페이의 편지를 받았다. 밤에 병원에 있었다.

2일 흐림. 오전에 교육부에 갔다. 정오 좀 지나 이발을 했다. 밤에 병원에 있었다. 뇌우가 몰아쳤다.

3일 맑음. 오전에 교육부에 갔다. 쯔페이에게 책 한 권을 돌려주었다. 정오경에 집에 돌아왔다. 밤에 병원에 있었다. 뇌우가 몰아쳤다.

4일 맑음. 오전에 교육부에 갔다. 밤에 병원에 있었다.

5일 맑음. 오전에 교육부에 갔다. 밤에 병원에 있었다.

6일 맑음. 일요일, 쉬다. 오전에 어머니와 펑이 페이를 보러 병원에 왔다. 함께 집으로 돌아왔다. 저녁에 가랑비가 내렸다. 쉬스쉰이 왔다.

7일 맑음. 정오경에 병원에 갔다. 오후에 국가연구회에 갔다. 밤에 병원에 있었다.

8일 맑음. 오전에 교육부에 갔다. 오후에 병원에 갔다가 저녁에 집으로 돌아왔다.

9일 맑음. 오전에 교육부에 갔다. 밤에 병원에 있었다. 큰 비가 내렸다.

10일 흐림. 오전에 교육부에 갔다. 정오경에 날이 갰다. 집에 돌아왔다. 밤에 병원에 있었다.

11일 맑음. 오전에 교육부에 갔다. 다이뤄링에게 50위안을 빌렸다. 밤에 병원에 있었다.

12일 맑음. 오전에 교육부에 있었다. 정오경에 통속도서관에 갔다. 밤에 병원에 있었다. 큰 비가 내렸다.

13일 비. 일요일, 쉬다. 병원에 있었다. 오후에 첸다오쑨의 편지를 받았다.

14일 흐림. 오전에 교육부에 있었다. 밤에 병원에 있었다.

15일 맑음. 오전에 교육부에 갔다. 오후에 4월분 하반기 월급 150위안을 수령했다. 다이뤄링에게 50위안을 갚았다. 위우헝像物恒의 미국 유학의 보증을 서 주었다. 밤에 비가 내렸다. 집으로 돌아왔다.

16일 맑음. 별일 없음.

17일 맑음. 정오 좀 지나 퉁런병원에 문병하러 갔다. 오후에 리샤칭의 편지를 받았다.

18일 맑고 바람이 거셈. 저녁에 쉬스쉰이 왔다.

19일 맑음. 정오 좀 지나 퉁런병원에 페이를 문병하러 갔다.

20일 맑음. 일요일이자 단오, 쉬다.

21일 맑음. 쉬다. 별일 없음.

22일 맑음. 오전에 5월분 상반기 월급 150위안을 수령했다. 정오 좀 지나 퉁런병원에 페이를 문병하러 갔다. 오후에 류반눙의 엽서를 받았다. 5월 3일 영국에서 부친 것이다.

23일 맑음. 별일 없음.

24일 맑음. 정오 좀 지나 퉁런병원에 갔다. 역사박물관에 갔다. 밤에 바람이 불었다.

25일 가랑비가 내리다가 정오 좀 지나 갬. 둘째가 『신주대관』神州大觀 제15집 1책을 1위안 5자오에 구입해 왔다.

26일 맑음. 정오 좀 지나 퉁런병원에 페이를 문병하러 갔다. 둘째 역시 왔다. 함께 가게에 가서 아이스커피를 마시고서 다시 베이징대학에 갔다.[7] 밤에 바람이 불었다.

27일 맑음. 일요일, 쉬다. 저녁에 바람이 거세고 우레에 가랑비가 내리다가 저녁 늦게 다시 날이 갰다.

---

7) 이날 두 사람은 베이징대학에서 천왕다오(陳望道)가 두 사람에게 보낸 편지, 그리고 그가 번역한 「공산당선언」의 최초 중국어 번역본을 받았다.

28일 맑음. 정오 좀 지나 류리창에 가서 「원용묘지」元容墓誌 1매를 1위안에 구입했다.

29일 맑음. 별일 없음.

30일 맑음. 정오 좀 지나 퉁런병원에 갔다. 오후에 주커밍의 편지를 받았다.

7월

1일 맑음. 정오 좀 지나 퉁런병원에 갔다.

2일 흐리다가 오전에 가랑비.

3일 맑음. 쉬다. 별일 없음.

4일 맑음. 일요일, 쉬다. 저녁에 큰 비가 내렸다. 별일 없음.

5일 맑음. 오전에 교육부에서 다과회를 열었다. 정오 좀 지나 퉁런병원에 페이를 문병하러 갔다. 저녁에 리샤칭이 왔다. 밤에 가랑비가 내렸다.

6일 맑음. 쉬다. 어머니의 병환으로 밤에 야마모토山本 의사에게 왕진을 청하였다.

7일 맑음. 별일 없음.

8일 맑음. 별일 없음.

9일 맑음. 오전에 더싼德三이 교육부로 찾아왔다. 정오 좀 지나 치서우산의 집에 가서 식사를 하고서 퉁런병원에 페이를 문병하러 갔다. 오후에 인모의 편지를 받았다.

10일 맑음. 오전에 5월분 월급 30위안을 수령했다. 다시 치서우산에게 40위안을 빌렸다.

11일 맑음. 일요일, 쉬다. 별일 없음.

12일 맑음. 오전에 야마모토병원[8]에 갔다. 오후에 비가 내렸다.

13일 맑음. 오전에 퉁런병원에 갔다. 오후에 페이가 퇴원하여 집에 돌아왔다. 치서우산에게 30위안을 빌렸다. 저녁에 뤄즈시羅志希, 쑨푸위안이 왔다. 밤에 뇌우가 쳤다.

14일 맑음. 별일 없음.

15일 가랑비가 내리다가 정오경에 갬. 오후에 페이가 설사하는지라 야마모토 의사의 왕진을 청했다. 밤에 비가 내렸다.

16일 맑음. 아침에 페이가 다시 퉁런병원에 입원했다. 오전에 교육부에서 5월분 월급의 미지급분 120위안을 지급했다.

17일 흐림. 오후에 쑹쯔페이가 왔다. 첸쉬안퉁이 왔다.

18일 맑음. 일요일, 쉬다. 소식이 매우 위급했다.[9] 밤에 어머니 이하 아녀자들을 둥청東城의 퉁런의원으로 보내 잠시 피신케 했다.

19일 맑음. 오전에 어머니 이하 여러 사람이 집으로 돌아왔다.

20일 맑음. 정오경에 야마모토의원에 약을 가지러 갔다.

21일 맑음. 오후에 이발을 했다.

22일 맑음. 정오 못 미쳐 야마모토의원에 약을 가지러 갔다.

23일 맑음. 별일 없음.

24일 맑음. 정오 못 미쳐 야마모토의원에 약을 가지러 갔다. 책꽂이 6

---

8) 야마모토(山本)병원은 곧 야마모토의원으로, 일본인 야마모토 다다타카(山本忠孝)가 시단(西單)의 싱부제(刑部街)에 개설하였다. 1920년부터 1926년까지 루쉰과 그의 친척 및 벗들이 이 병원에서 자주 치료를 받았다. 3·18참사 이후에는 루쉰이 이 병원으로 피신하기도 하였다.

9) 즈환(直皖)전쟁에서 환군(皖軍; 즉 안후이군安徽軍)이 궤멸되었다는 소식을 가리킨다. 1920년 7월 8일에 시작된 즈환전쟁은 15일에 베이징 교외에서 대격전을 벌였다. 18일에 크게 패한 환군은 베이징으로 들어오고자 하였기에 베이징 시민의 공포를 불러일으켰다. 19일에 안후이파인 돤치루이(段祺瑞)가 사직함으로써 정전하게 되었다.

개를 샀다. 오후에 서적을 정리했다.

25일 맑음. 일요일, 쉬다. 책을 정리했다.

26일 맑음. 별일 없음.

27일 큰 비. 오전에 치서우산에게 10위안을 빌렸다.

28일 맑음. 별일 없음.

29일 맑음. 별일 없음. 치서우산에게 20위안을 빌렸다.

30일 맑고 무더움. 별일 없음.

31일 별일 없음.

8월

1일 맑음. 일요일, 쉬다. 별일 없음.

2일 맑음. 오전에 처경난의 편지를 받았다. 정오 좀 지나 쉬지쉬안에게 15위안을 빌렸다. 다이뤄링에게 20위안을 빌렸다.

3일 맑음. 별일 없음.

4일 흐리다가 오후에 비. 별일 없음.

5일 맑음. 정오 못 미쳐 야마모토의원에 약을 가지러 갔다. 소설 1편[10]을 밤이 되어서야 쓰기를 마쳤다.

6일 맑음. 저녁에 마유위馬幼漁가 베이징대학의 초빙장[11]을 보내 주러 왔다. 리샤칭의 편지를 받았다.

---

10) 단편소설 「야단법석」(風波)을 가리킨다. 이 원고는 7일 천두슈(陳獨秀)에게 부쳤다. 나중에 『외침』에 수록되었다.
11) 베이징대학이 루쉰을 국문과의 강사로서 초빙한다는 증서를 가리킨다. 루쉰은 중국소설사 등의 교과목을 담당하였다. 1923년에는 베이징대학연구소 국학문위원회(國學門委員會) 위원으로 초빙받기도 하였다.

7일 맑음. 오전에 천중푸陳仲甫에게 소설 1편을 부쳤다. 정오 못 미쳐 밍보 선생의 거처에 갔다.

8일 맑음. 일요일, 쉬다. 별일 없음.

9일 맑음. 별일 없음.

10일 흐림. 밤에 「차라투스트라 서언」[12] 쓰기를 마쳤다. 모두 20매다.

11일 맑음. 별일 없음.

12일 맑음. 별일 없음.

13일 맑음. 정오 못 미쳐 장쯔칭章子靑 선생을 찾아뵈었다. 30위안을 받았다. 신메이心梅 숙부에게서 송금되어 온 것이다.

14일 맑음. 오전에 쉬지쉬안에게 15위안을 갚았다. 오후에 흐림.

15일 맑음. 일요일, 쉬다. 별일 없음.

16일 맑음. 아침에 차이蔡 선생을 찾아뵈었으나 만나지 못했다. 저녁에 탕얼허에게 편지를 부쳤다.

17일 맑음. 오전에 차이 선생께 편지를 부쳤다.

18일 맑다가 오후에 흐리고 바람. 별일 없음.

19일 가랑비, 별일 없음.

20일 맑음. 오전에 치서우산에게 10위안을 빌렸다. 오후에 비가 내렸다. 저녁에 차이 선생의 편지를 받았다.

21일 흐림. 오후에 쑹쯔페이가 왔다. 차이 선생께 편지를 부쳤다. 저녁에 리샤칭이 와서 핑수이[13]의 새 차 한 봉지를 주었다.

---

12) 「차라투스트라 서언」(蘇魯支序言)은 독일의 니체가 지은 것으로, 루쉰의 번역문은 『신조』(新潮) 제2권 제5기(1920년 9월)에 발표되었다. 발표 당시의 제목은 「차라투스트라의 서언」(察拉圖斯忒拉的序言)이다. 나중에 『역총보』(譯叢補)에 수록되었다.

22일 흐림. 일요일, 쉬다. 정오 좀 지나 날이 갰다. 별일 없음.

23일 맑음. 정오 좀 지나 리샤칭에게 편지를 부치고 12위안을 빌렸다. 밤에 비가 내렸다.

24일 맑음. 오전에 치서우산에게 10위안을 빌렸다. 리샤칭의 편지를 받았다. 주샤오취안에게 편지를 부쳤다.

25일 맑음. 별일 없음.

26일 맑음. 정오 좀 지나 리샤칭의 편지를 받고서 곧바로 답신하고 8위안을 빌렸다. 해질 녘에 비가 한바탕 쏟아졌다. 고등사범학교의 편지를 받았다. 밤에 마오쯔룽毛子龍에게 편지를 부쳤다.

27일 맑다가 오후에 한바탕 비, 밤에 큰 비. 별일 없음.

28일 흐리다가 정오 좀 지나 맑음. 별일 없음.

29일 맑음. 일요일, 쉬다. 정오 좀 지나 서적을 정리했다.

30일 맑음. 정오 좀 지나 류리창에 갔다. 다시 칭윈거에 가서 신발 한 켤레를 샀다.

31일 맑음. 별일 없음.

9월

1일 흐림. 오후에 고등사범학교의 편지를 받음. 밤에 비가 내렸다.

2일 맑음. 오전에 대학에 편지를 부쳤다. 고등사범학교에 편지를 부쳤다.

---

13) 핑수이(平水)는 사오싱의 남동쪽에 위치한 진(鎭)이며, 당대(唐代)로부터 찻잎의 집산지로 유명한 곳이다.

3일 맑음. 별일 없음.

4일 맑음. 오전에 여자사범학교[14]에 편지를 부쳤다.

5일 흐림. 일요일, 쉬다. 밤에 가랑비가 내렸다. 별일 없음.

6일 맑고 밤에 바람. 별일 없음.

7일 맑음. 별일 없음.

8일 흐림. 오전에 쑹즈팡의 편지를 받았다. 고등사범학교의 편지를 받았다.

9일 흐림. 별일 없음.

10일 맑음. 정오 좀 지나 쑹쯔페이를 방문하였다. 오후에 고등사범학교의 편지를 받았다.

11일 흐림. 정오 좀 지나 쑹쯔페이를 방문하여 60위안을 빌렸다. 밤에 비가 내렸다.

12일 비. 일요일, 쉬다. 별일 없음.

13일 비, 쉬다. 별일 없음.

14일 흐림. 별일 없음.

---

14) 여자사범학교는 곧 베이징여자고등사범학교(北京女子高等師範學校)이며, 후에 베이징여자사범대학(北京女子師範大學)으로 개칭되었다. 루쉰의 일기에는 여사(女師), 여사교(女師校), 여사범교(女師範校), 여자사교(女子師校), 여자사범(女子師範), 여자사범교(女子師範校), 여고사교(女高師校), 여사대(女師大), 여자사범대학(女子師範大學), 제이사범학원(第二師範學院), 여자문리학원(女子文理學院) 등으로 쓰여 있다. 쉬안우먼(宣武門) 내의 스푸마다제(石駙馬大街)에 위치해 있다. 이 학교의 전신은 광서 34년(1908)에 설립한 경사여자사범학당(京師女子師範學堂)인데, 1912년에 베이징여자사범학원으로 개칭되었다. 1919년에는 국립베이징여자고등사범학교로, 1925년에 다시 국립베이징여자사범대학으로 바뀌었다. 루쉰은 1923년 10월에 이 학교의 국문과 강사를 겸임하여 중국소설사 등의 교과목을 맡았다. 1925년의 여자사범대학 소요사태에서 루쉰은 진보적인 학생의 투쟁을 적극 지지하였다. 1928년에 이 학교는 다시 베이핑대학제2사범학원(北平大學第二師範學院)으로 개칭되었다가 다시 베이핑대학여자문리학원(北平大學女子文理學院)으로 개칭되었다. 루쉰은 1929년과 1932년에 베이징의 어머니를 만나러 왔을 때에 초청을 받아 강연하였다.

15일 맑음. 정오 좀 지나 이발을 했다.

16일 흐리고 바람. 별일 없음.

17일 맑음. 별일 없음.

18일 맑음. 별일 없음.

19일 맑음. 일요일, 쉬다. 아침에 고등사범학교의 편지를 받았다. 시사신보관[15]의 편지를 받았다.

20일 흐림. 별일 없음. 밤에 비가 내렸다.

21일 맑음. 별일 없음.

22일 가랑비가 내리다가 오전에 갬. 펑더싼彭德三의 편지를 받았다. 오후에 고등사범학교의 편지를 받았다. 주커밍의 편지를 받았다.

23일 맑다가 밤에 비. 별일 없음.

24일 흐림. 오후에 6월분 상반기 월급 150위안을 수령했다. 다이뤄링에게 20위안을 갚았다.

25일 맑음. 오후에 쑨푸위안이 총서의 일[16]로 이야기를 하러 왔다. 저녁에 치서우산이 시산西山에서 돌아왔다. 배와 호두 각각 한 꾸러미를 주었다.

26일 맑음. 일요일인 데다 음력 중추절, 쉬다. 저녁에 보슬비가 내렸다. 별일 없음.

27일 흐림. 중추절의 대체 휴일. 오전에 주커밍이 왔다. 저녁에 비가 내렸다.

28일 흐림. 오전에 치서우산에게 20위안을 갚았다. 밤에 탁족을 했다.

---

15) 시사신보관(時事新報館)은 상하이에 있는 신문사의 하나이다. 이 신문의 부간인 『학등』(學燈)에서 국경절 특집호를 기획하여 루쉰에게 원고를 청탁했던 것이다.
16) 신조사(新潮社)에서 '문예총서'(文藝叢書)를 출판하려던 일을 가리킨다.

29일 맑음. 정오 좀 지나 시사신보관에 글 한 편[17]을 부쳤다. 밤에 비가 내렸다.

30일 맑음. 별일 없음.

10월

1일 흐림. 오전에 고등사범학교에 답신했다. 오후에 가랑비가 내렸다.

2일 흐리다가 밤에 비. 별일 없음.

3일 맑음. 일요일, 쉬다. 오후에 쯔페이가 왔다. 밤에 바람이 불었다.

4일 맑음. 별일 없음.

5일 맑음. 별일 없음.

6일 맑다가 밤에 바람이 거셈.

7일 맑음. 별일 없음.

8일 맑음. 공자탄신일, 쉬다. 오전에 마유위가 왔다.

9일 맑음. 별일 없음.

10일 맑음. 일요일, 쉬다. 오전에 천바이녠의 엽서를 받았다. 정오 좀 지나 미술학교의 국가연구회에 가서 합창 연습을 들었다. 오후에 첸쉬안퉁의 엽서를 받았다.

11일 흐림. 쌍십절의 대체 휴일. 오전에 치서우산이 왔다. 저녁에 뇌우가 한바탕 쏟아졌다.

12일 맑음. 별일 없음.

13일 맑음. 밤에 펑더싼의 편지를 받았다.

---

17) 단편소설 「두발 이야기」(頭髮的故事)를 가리킨다. 나중에 『외침』에 수록되었다.

14일 맑음. 정오 좀 지나 펑더싼에게 편지를 부쳤다.

15일 맑음. 밤에 리샤칭의 편지를 받았다.

16일 흐림. 저녁에 주커밍이 쉬저우許州로 떠났다.

17일 맑음. 일요일, 쉬다. 별일 없음.

18일 맑음. 오전에 6월분 하반기 월급 150위안을 수령했다. 리샤칭에게 20위안을 갚았다. 정오 좀 지나 쉬지쉬안과 함께 중앙공원의 순즈재난구제회順直賑災會[18]에 갔다.

19일 맑음. 밤에 쑹쯔페이의 엽서를 받았다.

20일 맑다가 밤에 약한 바람. 별일 없음.

21일 맑음. 별일 없음.

22일 맑음. 밤에 베이징대학의 편지를 받았다. 『노동자 셰빌로프』工人綏惠略夫의 번역[19]을 끝마쳤다. 모두 124매이다.

23일 맑음. 오전에 베이징대학에 답신했다.

24일 맑음. 일요일, 쉬다. 오전에 쉬지상이 왔다.

25일 맑음. 오전에 펑더싼의 편지를 받았다.

26일 맑음. 별일 없음.

27일 맑음. 오전에 치서우산에게 200위안을 빌렸다. 밤에 월식月蝕이 있었다.

---

18) 1920년에는 산시(陝西), 허난(河南), 즈리(直隷), 산둥(山東), 산시(山西) 등 다섯 성에 가뭄이 크게 들었다. 이재민은 2,500만 명, 사망자는 50만 명, 재난지역은 317개 현에 달하였다. 이 가운데 즈리의 90여 개 현에서는 수확이 전혀 없었다. 이달 16일부터 18일까지 사흘 동안 중앙공원에서 순즈재난구제오락회(順直賑災遊藝會)를 개최하여 모금운동을 벌였다.

19) 루쉰은 독일어 번역본에 근거하여 중역하였다. 치서우산의 도움을 받아 정리한 후, 이듬해 4월 18일에 선옌빙(沈雁冰)에게 부쳐 『소설월보』 제12권 제7호부터 제9호, 제11호, 제12호(1921년 7~9월, 11~12월)에 발표되었다.

28일 흐림. 정오 좀 지나 샤오스를 돌아다녔다.

29일 맑음. 별일 없음.

30일 맑음. 별일 없음.

31일 맑음. 일요일, 쉬다. 별일 없음.

11월

1일 맑음. 별일 없음.

2일 맑음. 정오 좀 지나 류리창에 가서 중화서국^{中華書局}에서 『보실은
계류찬』^{簠室殷契類纂} 1부를 예약하고, 반액인 2위안을 선불했다.

3일 흐림. 정오 좀 지나 쉬지상의 거처에 갔다가 그의 아들을 야마모
토병원에 진찰받으러 데려갔다. 오후에 바람이 거셌다. 펑더싼이 교육부
에 왔다. 5위안을 빌려주었다. 밤에 싸라기눈이 약간 내리다가 그쳤다.

4일 맑음. 별일 없음.

5일 맑음. 밤에 탁족을 했다.

6일 맑음. 별일 없음.

7일 맑음. 일요일, 쉬다. 밤에 가랑비가 내렸다. 별일 없음.

8일 흐림. 별일 없음.

9일 맑음. 정오 좀 지나 펑더싼의 편지를 받았다. 오후에 이발을 했다.
중푸^{仲甫}에게 소설 한 편[20]을 부쳤다.

10일 맑음. 별일 없음.

---

20) 러시아 아르치바셰프가 지은 소설 「행복」(幸福)을 가리킨다. 루쉰의 번역문은 『신청년』 제8권
　제4호(1920년 12월)에 발표되었으며, 후에 상우인서관(商務印書館)의 『현대소설역총』(現代小說
　譯叢)에 수록되었다.

11일 맑음. 정오 좀 지나 펑더싼이 교육부에 왔다. 15위안을 빌려주었다.

12일 맑음. 정오경에 도서분관으로 쯔페이를 찾아가『문원영화』文苑英華 6책을 빌렸다.

13일 맑음. 별일 없음.

14일 맑음. 일요일, 쉬다. 오전에 리샤칭의 편지를 받았다.

15일 맑음. 별일 없음.

16일 맑음. 오전에 7월분 월급 300위안을 수령했다. 치서우산에게 200위안을 갚았다.

17일 맑음. 별일 없음.

18일 흐림. 정오 좀 지나 도서분관에 갔다. 밤에 가랑비가 내렸다.

19일 맑음. 정오 좀 지나 우먼에 갔다.

20일 맑고 바람이 붊. 저녁에 마유위가 왔다. 중복된『콰이지철영집』會稽掇英集 1부를 주었다.

21일 맑음. 일요일, 쉬다. 별일 없음.

22일 맑음. 오후에 리샤칭의 편지를 받았다.

23일 맑음. 열이 나서 쉬다. 오전에 피마자유를 두 수저 복용했다. 설사를 두번 했다.

24일 맑음. 정오경에 리샤칭이『소설 창작방법』小說ノ作リ方 1책을 가져왔다. 그의 동생 쭝우宗武에게 증정받은 것이다. 정오 좀 지나 쑹쯔페이의 편지와 장정을 마친 책 26책을 받았다. 공임은 1,000원文이다.

25일 맑음. 몸이 아파 쉬다. 밤에 키니네 10알을 복용했다.

26일 맑음. 몸이 아파 쉬다. 밤에 키니네 10알을 복용했다.

27일 맑음. 오전에 치서우산에게 10위안을 빌렸다. 오후에 아오키 마사루青木正兒의 편지를 받았다. 후스즈가 전해 주었다.

28일 맑음. 일요일, 쉬다. 낡은 책을 장정했다. 정오 좀 지나 흐렸다.

29일 맑음. 피로하여 쉬다.

30일 맑음. 별일 없음.

12월

1일 맑음. 오전에 리샤칭에게 30위안을 빌렸다.

2일 흐림. 오전에 8월분 상반기 월급 150위안을 수령했다. 치서우산에게 10위안을 갚았다. 정오 좀 지나 류리창에 가서 한대漢代의 잔비殘碑 뒷면 1매, 「전매조상」田邁造像 및 측면 3매, 「혜구도통조상」惠究道通造像 1매, 잡다한 조상 5종 6매를 도합 4위안에 구입했다. 밤에 바람이 불었다.

3일 흐림. 별일 없음.

4일 흐리다가 밤에 진눈깨비. 별일 없음.

5일 진눈깨비, 일요일, 쉬다. 저녁에 주티셴, 마유위가 왔다.

6일 맑음. 별일 없음.

7일 약간의 눈. 쉬다. 정오 좀 지나 어머니와 함께 바바오후퉁八寶胡同의 이토伊東치과의원[21]에 이를 치료하러 갔다.

8일 맑음. 정오 좀 지나 샤오스에 갔다.

9일 흐림. 오전에 베이징대학에 편지를 부쳤다. 저녁에 답신을 받았다.

10일 맑음. 별일 없음.

---

21) 이토(伊東)치과의원은 충원먼(崇文門) 내의 바바오후퉁(八寶胡同)에 일본인 이토 도요사쿠(伊東豊作)가 운영하였던 치과병원이다. 루쉰은 이후 치아 치료를 위해 이 병원을 이용하였으며, 1929년에 베이징을 일시 방문했을 때에도 이 병원을 통원하였다.

11일 맑음. 밤에 탁족을 했다.

12일 맑음. 일요일, 쉬다. 밤에 바람이 거셌다. 별일 없음.

13일 맑음. 정오 좀 지나 장랑성張閬聲에게 가서 『설부』說郛 2책을 빌렸다.

14일 맑음. 별일 없음.

15일 맑음. 오전에 치서우산에게 50위안을 빌렸다. 아오키 마사루에게 편지를 부쳤다.

16일 맑음. 정오 좀 지나 도서분관에 가서 쯔페이가 대신 지불한 장정대금 1,000원文을 갚았다. 류리창에 갔다. 밤에 지진이 약 1분쯤 일어나다가 그쳤다.[22]

17일 맑음. 오후에 고등사범학교의 편지를 받았다.

18일 흐림. 정오 못 미쳐 쉬췬푸가 왔다. 정오 좀 지나 바람이 거셌다.

19일 맑음. 일요일, 쉬다. 별일 없음.

20일 맑음. 정오 좀 지나 장랑성에게 편지와 서적 2종 7책을 부쳤다.

21일 맑음. 별일 없음.

22일 맑음. 동지, 쉬다.

23일 맑음. 쉬지상의 편지를 받았다. 싱가포르에서 부친 것이다.

24일 맑음. 정오경에 쉬지푸가 왔다. 정오 좀 지나 베이징대학에 강의하러 갔다.[23]

25일 맑음. 쉬다. 오후에 첸쉬안퉁이 와서 마수핑을 대신하여 「효당산

---

22) 간쑤(甘肅) 하이위안(海原) 지구에서 발생한 강력한 지진의 여파가 베이징까지 미쳤다.

23) 이날부터 베이징대학 국문과에서 강의를 시작하였다. 처음에는 매주 금요일에 한 시간씩 '중국소설사' 교과목을 강의하였으나, 나중에는 일주일에 세 차례로 차츰 늘어났다. 아울러 교과목 또한 늘어나 문예이론으로 구리야가와 하쿠손(廚川白村)의 『고민의 상징』(苦悶的象徵)을 강의하였다.

석각」孝堂山石刻을 돌려주었다.

26일 맑음. 일요일, 쉬다. 오후에 쉬지푸가 와서 난펑南豊의 귤 한 상자를 보내 주었다. 밤에 바람이 불었다.

27일 맑음. 별일 없음.

28일 맑음. 오전에 치서우산에게 20위안을 빌렸다.

29일 흐리다가 정오 좀 지나 갬. 정오 좀 지나 주샤오취안에게 50위안을 빌렸다.

30일 진눈깨비. 별일 없음.

31일 맑다가 정오 좀 지나 약간의 눈. 류리창에 가서 「삼체석경잔석」三體石經殘石 1매, 잡다한 조상 4종 5매를 1위안에 구입했다. 저녁에 8월분 하반기 및 9월분 월급 450위안을 수령했다. 치서우산에게 170위안을, 주샤오취안에게 50위안을 갚았다.

도서장부

정철비 程哲碑 1枚	허쑨 형 기증	1월 13일
보태사비 寶泰寺碑 1枚	위와 같음	
정서부인잔묘지 鄭舒夫人殘墓誌 1枚	「여초지」와 교환	1월 16일
위부낭잔묘지 尉富娘殘墓誌 1枚	위와 같음	
왕송묘지 王誦墓誌 1枚	3.00	1월 20일
담릉담초등조상 曇陵曇初等造像 1枚	0.20	1월 24일
도속칠십팔인등조상 道俗七十八人等造像 1枚	0.30	
	3.500	
원연명묘지 元延明墓誌 1枚	4.00	2월 9일
원첩원묘지 元鉆遠墓誌 1枚	2.00	

우경묘지 于景墓誌 1枚	3.00	
원괴묘지 元瑰墓誌 1枚	2.00	
원유묘지 元維墓誌 1枚	2.00	
왕송처원씨묘지 王誦妻元氏墓誌 1枚	4.00	
태평사잔마애묘지 太平寺殘摩崖墓誌 1枚	1.00	
개화사조상 開化寺造像 4枚	2.00	
원사묘지 元思墓誌 1枚	2.00	2월 28일
이원화묘지 李媛華墓誌 1枚	4.00	
원문묘지 元文墓誌 1枚	2.00	
상광잔비 祥光殘碑 1枚	2.00	
	30.000	
고모잔비 高厶殘碑 및 뒷면 2枚	2.00	3월 1일
영릉공주묘지 寧陵公主墓誌 1枚	4.00	3월 5일
원우묘지 元羽墓誌 1枚	3.00	
원수비국묘지 元壽妃麴墓誌 1枚	3.00	
공총자 孔叢子 4冊	1.00	3월 6일
최표고금주 崔豹古今注 1冊	2.00	
중흥한기집 中興閒氣集 1冊	2.00	
백씨풍간 白氏諷諫 1冊	1.00	
금강경잔석 金剛經殘石 1枚	추(裵) 군이 신장(新疆)에서 탁본을 부쳐 옴	
국빈조사비 麴斌造寺碑 1枚	위와 같음	
국빈지조사계지기 麴斌芝造寺界至記 1枚	위와 같음	
장회적묘지 張懷寂墓誌 1枚	위와 같음	
	18.000	
원요묘지 元遙墓誌 1枚	인(銀) 2.00	4월 3일
원요처양묘지 元遙妻梁墓誌 1枚	2.00	
당요묘지 唐耀墓誌 1枚	1.00	
숭산삼궐 嵩山三闕 5枚	쉬지푸 부침	4월 8일
숭양사비 嵩陽寺碑 2枚	위와 같음	
동홍달조상 董洪達造像 2枚	위와 같음	
함분루비급 涵芬樓秘笈(제7집) 8冊	2.20	4월 23일

함분루비급 涵芬樓秘笈(제8집) 8冊	2.20	
전등신화 剪燈新話와 여화 餘話 2冊	5.00	4월 24일
유화인묘지 劉華仁墓誌 1枚	1.00	4월 28일
	인 15.400	
원서묘지 元緒墓誌 1枚	치서우산 기증	5월 11일
원혜묘지 元譓墓誌 1枚	2.00	5월 29일
원은묘지 元恩墓誌 1枚	1.00	
원욱묘지 元頊墓誌 1枚	1.00	
이원강묘지 李元薑墓誌 1枚	1.00	
	5.000	
신주대관 神州大觀(제15집) 1冊	1.50	6월 25일
원용묘지 元容墓誌 1枚	1.00	6월 28일
	2.500	
한비 漢碑 뒷면 殘石 1枚	0.50	12월 2일
전매조상 田邁造像 및 측면 3枚	1.00	
혜구도통조상 惠究道通造像 1枚	0.50	
잡조상 雜造像 5種 6枚	2.00	
삼체석경잔석 三體石經殘石 1枚	1.00	12월 31일
잡조상 雜造像 4種 5枚	1.00	
	6.000	

총계 취안(券) 51.5위안, 이것의 6할인 30.9위안, 그리고 인(銀) 28.9위안. 총합은 인(銀) 51.8위안[24]

---

24) 총합은 취안(券) 총액 인 51.5위안의 6할인 30.9위안과 인 28.9위안을 합한 59.8위안이다.

일기 제10(1921년)

1월

1일 맑고 바람이 거셈. 휴가. 별일 없음.

2일 맑음. 쉬다. 일요일. 오전에 장보다오張伯燾의 편지를 받았다. 오후에 쑨푸위안孫伏園이 왔다.

3일 맑음. 쉬다. 정오 좀 지나 후스즈胡適之의 편지를 받고 곧바로 답신했다.

4일 맑음. 쉬다. 오전에 주린洙鄰이 왔다. 오후에 쑹쯔페이宋子佩가 왔다.

5일 맑음. 정오 좀 지나 류리창에 가서 왕세종등조상王世宗等造像 2매, 잡다한 조상 5종 6매를 도합 3위안에, 잡다한 전탁편 7매를 1위안에, 「두로은비」豆盧恩碑 1매를 1위안에 구입했다. 아울러 「이벽묘지」李璧墓誌, 용문龍門 20품, 츠저우磁州의 6종을 「원경조상」元景造像과 「곽양비」霍揚碑의 각 1매와 바꾸었다.

6일 맑음. 정오경에 지푸季市와 함께 이창益昌에 가서 식사를 했다. 오후에 둘째를 대신하여 새끼양 모피 1장을 난징의 천싱모陳興模에게 부쳤다.

7일 맑음. 정오 좀 지나 마수핑馬叔平에게 편지와 함께 이안탕怡安堂 구제권 대금 5위안을 부쳤다.

8일 맑음. 별일 없음.

9일 맑음. 일요일, 쉬다. 별일 없음.

10일 맑음. 정오 좀 지나 천스쩡陳師曾에게서 그림 한 폭을 받았다. 밤에 바람이 불었다.

11일 맑음. 별일 없음.

12일 흐림. 정오 좀 지나 고등사범학교에 가서 강의했다.[1]

13일 맑음. 별일 없음.

14일 맑음. 정오 좀 지나 베이징대학에 강의하러 갔다.

15일 맑음. 정오 좀 지나 고등사범학교에 편지와 명부를 부쳤다.

16일 맑음. 일요일, 쉬다. 저녁에 쑹쯔페이의 편지를 받았다.

17일 맑음. 정오 좀 지나 이발을 했다.

18일 흐림. 밤에 탁족을 했다.

19일 맑음. 오전에 첸쉬안퉁의 편지를 받았다. 정오 좀 지나 고등사범학교에 강의하러 갔다.

20일 맑음. 오전에 리서우창李守常에게 편지를 부쳤다. 오후에 도서분관에 책을 반납했다.

21일 맑음. 정오 좀 지나 베이징대학에 강의하러 갔다. 고등사범학교에 강의원고와 편지를 부쳤다. 밤에 바람이 불었다.

22일 맑음. 오후에 쑹쯔페이가 왔다.

---

1) 이날부터 베이징고등사범학교 국문과에서 중국소설사를 강의하기 시작하였다. 이날로부터 1922년 12월까지는 매주 수요일 오후에, 1923년부터 1925년 여름까지는 매주 금요일 오전에 강의를 하였다.

23일 맑음. 일요일, 쉬다. 별일 없음.

24일 맑음. 별일 없음.

25일 맑음. 정오 좀 지나 장보다오에게 편지와 국악보 1매를 부쳤다. 오후에 쉬지쉬안徐吉軒과 함께 후궈사護國寺에 시장을 구경하러 갔다. 밤에 후스즈의 편지를 받았다.

26일 맑음. 오전에 샤오진嘯숄의 롼씨阮氏댁의 편지를 받았다. 이모님이 음력 12월 13일 축시에 세상을 뜨셨다고 한다.[2] 정오 좀 지나 고등사범학교에 강의하러 갔다. 더구자이德古齋에서 「원협묘지」元勰墓誌와 「원상묘지」元詳墓誌 각 1매를 도합 2위안에 구입했다. 아울러 잡다한 전탁편 3매, 「이포제명」李苞題名 잔각 1매를 각각 5자오에 구입했다. 리위안자이利遠齋에서 리가오[3] 1병, 사탕 60개를 샀다. 후스즈의 편지를 첸쉬안퉁에게 전해 주었다.[4]

27일 진눈깨비. 오전에 주커밍朱可銘에게 편지를 부쳤다. 밤에 바람이 불었다.

28일 맑음. 정오경에 베이징대학에 강의하러 갔다. 오후에 류리창에 가서 『보실은계류찬』簠室殷契類纂 1부 4책을 선불했던 예약금과 합쳐 도합 4위안에 구입했다. 고등사범학교에 강의원고를 부쳤다.

---

2) 샤오진(嘯숄)은 사오싱 성북 30킬로미터(지금의 상위上虞에 속함)에 위치해 있는 곳의 지명이다. 이모는 루쉰의 어머니인 루루이(魯瑞)의 큰언니를 가리킨다. 이 큰이모는 샤오진의 롼유쥔(阮有俊)과 결혼하였다. 흔히 「광인일기」(狂人日記)의 모델로 알려져 있는 롼주쑨(阮久孫)의 어머니이다.

3) 리가오(梨膏)는 배즙에 꿀을 섞어 끓인 뒤에 반고체 상태로 만든 음식이다.

4) 1920년 말과 1921년 초 두 차례에 걸쳐 후스는 『신청년』 동인들에게 편지를 써서, 이 잡지가 맑스주의를 선전하는 "색채가 너무 선명"하다고 지적하면서 "정치를 다루지" 않도록 편집방침을 바꾸어 달라는 의견을 제기하였다. 1921년 1월 3일, 루쉰은 후스의 첫번째 편지를 받고서 곧바로 "그럴 필요는 없다"라고 반대 의견을 밝히는 답신을 보냈으며, 25일 두번째 편지를 받고서 다시 반대 의견을 밝히는 답신을 보냈다.

29일 맑음. 별일 없음.

30일 맑음. 일요일, 쉬다. 별일 없음.

31일 맑음. 별일 없음.

2월

1일 맑고 밤에 바람. 별일 없음.

2일 맑음. 정오 좀 지나 아내를 여읜 콰이뭐무^{剛若木}를 조문했다. 고등사범학교에 강의하러 갔다.

3일 맑음. 정오 좀 지나 작년 10월분 월급 300위안을 수령했다. 의연금 15위안을 기부했다. 치서우산에게 100위안을 갚았다. 일본 교토^{京都}의 기추도^{其中堂5)}에 편지와 서적대금 4엔 40전을 부쳤다.

4일 맑음. 오전에 작년 11월분 상반기 월급 150위안을 수령했다. 리샤칭^{李遐卿}에게 30위안을 갚았다. 정오 좀 지나 베이징대학에 강의하러 갔다가 다시 신조사에 들러 잠시 앉아 있었다. 인인루^{蟬隱廬}에 편지와 서적대금 4위안 4자오를 부쳤다. 오후에 학계급진회^{學界急振會6)}에 출석했다. 저녁에 대학의 9월분과 10월분 월급 도합 36위안을 수령했다.

5일 맑음. 오전에 롼씨^{阮氏}댁에 편지와 조위금 3위안을 부쳤다. 정오 좀 지나 류리창에 가서 「곽군신도」^{霍君神道} 1매, 단제^{段濟}와 곽달^{郭達}, 이성^{李盛}의 묘지 각 1매, 「단모묘지」^{段模墓誌} 및 비개 2매, 양괴^{梁瑰}와 공신통^{孔神}

---

5) 기추도(其中堂)는 일본 교토에 있는 고서점이다. 1921년부터 1929년까지 루쉰은 자주 이 서점을 통해 우편으로 서적을 구입했다.

6) 1920년 화베이(華北)의 다섯 성이 크게 가물어 전국적으로 긴급모금회가 조직되었다. 학계급진회(學界急振會)는 교육부에서 이날 조직된 것이다.

通 묘지의 비개 각 1매, 「번경현조상」樊敬賢造像 및 뒷면 2매 등을 도합 6위 안에 구입했다. 상우인서관에서 간행된 송인소설宋人小說 5종 7책을 도합 2위안에 구입했다. 오후에 쉬지쉬안과 함께 후궈사護國寺의 시장에 가서 테이블 하나를 2위안에 샀다.

6일 맑음. 일요일, 쉬다. 정오 좀 지나 류리창에 가서 「원란묘지」元鸞墓誌 1매를 1위안에 구입했다. 아울러 상우인서관에서 간행된 송인소설 15종 22책을 6위안에 구입했다.

7일 맑음. 정오 좀 지나 야마모토의원에 쉬지쉬안의 통역을 위해 갔다. 밤에 후스즈胡適之의 편지를 받았다.

8일 맑음. 설, 쉬다. 오전에 신청년사에 원고 1편[7]을 부쳤다.

9일 맑음. 쉬다. 별일 없음.

10일 흐림. 쉬다. 오후에 장중쑤張仲蘇가 왔다.

11일 맑음. 별일 없음.

12일 흐림. 쉬다. 『혜강집』을 한 차례 교정했다.

13일 맑음. 일요일, 쉬다. 별일 없음.

14일 맑음. 정오 좀 지나 저장 싱예은행浙江興業銀行에 가서 50위안어치 송금환을 구입했다. 류리창을 슬쩍 둘러보았다. 상우인서관에서 『속수기문』涑水紀聞 1부 2책, 『설원』說苑 1부 4책을 도합 1위안 2자오에 구입했다. 밤에 첸쉬안퉁錢玄同이 『한송기서』漢宋奇書 1부 20책을 보내왔다.

15일 맑음. 오전에 쑹쯔페이宋紫佩에게 편지와 취안泉 50위안어치 송금환을 부쳤다. 저녁에 바람이 불었다.

---

7) 단편소설 「고향」(故鄕)을 가리키며, 『신청년』 제9권 제1호(1921년 5월)에 실렸다. 나중에 『외침』에 수록되었다.

16일 맑고 바람이 거셈. 오전에 기추도에서 『수호화보』水滸畫譜 2책, 『충의수호전』忠義水滸傳 전10회 5책, 서목 1책을 부쳐 왔다. 정오 좀 지나 고등사범학교에 강의하러 갔다.

17일 맑음. 정오 좀 지나 창뎬廠甸을 돌아다녔다.

18일 맑고 바람이 붊. 정오 좀 지나 베이징대학에 강의하러 갔다.

19일 맑음. 오전에 기추도서점으로부터 편지를 받았다. 정오 좀 지나 리샤칭에게 편지를 부쳤다. 인인루에 편지를 부쳤다.

20일 맑음. 일요일, 쉬다. 오전에 리샤칭의 편지를 받았다.

21일 맑음. 정오 좀 지나 베이징대학에 강의원고를 부쳤다. 셋째가 가지고 갔다. 저녁에 첸쉬안퉁의 편지, 그리고 그가 대신 구입한 『신화선화유사』新話宣和遺事 4책을 받았다. 값은 4위안이다.

22일 맑음. 오전에 란씨댁의 편지를 받았다. 인인루로부터 엽서와 『습유기』拾遺記 2책을 받았다. 몹시 조악하며, 값은 8자오이다.

23일 맑음. 오전에 인인루에 편지를 부쳤다. 정오 좀 지나 고등사범학교에 강의하러 갔다. 류리창을 지나다가 『철교만고』鐵橋漫稿 1부 4책을 인銀 3위안에 구입했다.

24일 맑음. 밤에 리서우창李守常의 편지를 받았다. 베이징대학으로부터 편지를 받았다.

25일 흐림. 오전에 길을 가던 중에 의연금 1위안을 기부했다. 오후에 미술학교에 갔다. 허쑨和孫의 편지를 받았다.

26일 맑고 바람이 거셈. 오전에 쑹쯔페이의 편지를 받았다. 21일에 사오싱에서 부친 것이다. 밤에 탁족을 했다.

27일 맑음. 일요일, 쉬다. 정오 좀 지나 시게重 군, 셋째 및 펑豐과 함께 공원을 나들이하였다. 다시 우먼午門에 올랐다가 누각 위에서 리샤칭을 만났다. 함께 여러 전각을 돌아다니다가 차를 마시고 돌아왔다.

28일 흐림. 장랑성張閬聲에게서 『청쇄고의』青瑣高議 잔본 1책을 얻어, 셋째에게 필사하도록 부탁했다. 밤에 바람이 불었다.

3월

1일 흐리고 바람이 거셈. 별일 없음.

2일 흐리고 바람이 붊. 정오 좀 지나 고등사범학교에 강의하러 갔다. 「읍의오십사인조상」邑義五十四人造像 1매를 구입했다. 산시山西 다퉁大同에서 출토되었다고 한다. 아울러 「경선사석상명」敬善寺石像銘 1매를 구입했다. 도합 1위안을 지불했다. 명대의 각본刻本 6권본 『혜중산집』嵇中散集에 근거하여 문란각본文瀾閣本을 교정했다.[8]

3일 맑음. 별일 없음.

4일 맑고 바람이 붊. 정오 좀 지나 베이징대학에 강의하러 갔다.

5일 맑음. 별일 없음.

6일 맑고 바람이 붊. 일요일, 쉬다. 별일 없음.

7일 맑음. 정오 좀 지나 쉬지쉬안의 거처에 가서 대신 의사의 왕진을 청했다. 저녁에 리쭝우李宗武의 편지를 받았다.

8일 흐림. 정오 좀 지나 쉬지쉬안의 거처에 갔다. 오후에 『혜중산집』의 교정을 마쳤다.

---

8) 6권본은 명대의 장섭(張燮)이 편집하여 간행한 『칠십이명가집』(七十二名家集)에 수록된 『혜중산집』(嵇中散集)을 가리키며, 문란각본(文瀾閣本)은 명대의 황성증(黃省曾)의 각본(刻本)을 베낀 것이다. 루쉰은 이 두 책을 서로 대조하여 8일에 교감을 끝마쳤다. 이 교감을 통하여 장섭의 각본은 황성증의 각본을 바탕으로 하고 있지만, 배열 순서가 어지러워져 이미 『혜강집』(嵇康集)의 본래 모습은 사라져 버렸음을 알 수 있었다.

9일 맑음. 정오 좀 지나 고등사범학교에 강의하러 갔다. 도서분관으로 쯔페이를 찾아갔으나 아직 도착하지 않았다.

10일 맑음. 오후에 쉬지쉬안을 방문했다. 저녁에 구입을 부탁했던 송인宋人의 소설류 4종 7책, 『예술총편』藝術叢編 9책을 쯔페이가 가져왔다. 도합 26위안 2자오 4편어치이다. 아울러 찻잎 한 자루, 반야板鴨 한 마리, 붓 네 자루를 주었다. 밤에 바람이 불었다.

11일 맑고 바람이 붊. 정오 좀 지나 베이징대학에 강의하러 갔다.[9]

12일 맑고 바람이 붊. 정오 좀 지나 공묘에 제례를 예행하러 갔다.

13일 맑음. 일요일, 쉬다. 오후에 바람이 불었다. 별일 없음.

14일 맑음. 정오 좀 지나 쉬지쉬안을 방문하였다. 리쭝우가 『북제수호화전』北齊水滸畵傳 1책을 대신 사 주었다. 값은 1위안 2자오이며, 샤칭에게서 건네받았다. 밤에 『북쇄고의』北瑣高議의 베끼기를 마쳤다.[10]

15일 동이 트기 전에 공묘에 가서 제례를 올렸다. 흐림.

16일 맑음. 오전에 마유위馬幼漁에게 편지를 부쳤다. 작년 11월분 하반기 월급 150위안을 수령했다. 의연금으로 27위안, 석탄대금으로 28위안을 냈다. 오후에 도서분관에 가서 쯔페이에게 6위안 2자오 4편, 그리고 전에 송금한 도서대금의 부족분을 합쳐 도합 30위안을 갚았다. 류리창에 갔다. 사오츠궁邵次公에게 『역외소설집』 1책을 부쳤다.

17일 맑음. 정오 좀 지나 인인루에서 『습유기』拾遺記 1책을 부쳐 왔다. 아울러 『수신기』搜神記 2책을 부쳐 왔는데, 온전치 않았다.

---

9) 이번 강의는 교육계가 급료지불을 요구하는 동맹파업을 시작하기 전 루쉰의 마지막 수업이 되었다. 이달 14일 베이징교육계는 급료지불을 요구하는 동맹파업을 개시하였다. 이에 따라 루쉰은 각 학교에서의 수업을 중지하였으며, 다음 학기에 들어서서야 강의를 재개하였다.

10) 이날 필사를 마친 것은 2월 28일에 빌려온 잔본이다. 후에 다시 베끼기를 계속하여 1923년 4월 17일에 전집(前集)의 필사를 마쳤다. 현존하는 필사본은 275쪽이다.

18일 맑음. 오전에 인인루에 편지를 부치면서 『수신기』를 반송했다.

19일 흐리고 밤에 바람이 붊. 별일 없음.

20일 맑음. 일요일, 쉬다. 오후에 이발을 했다. 밤에 『혜강집』을 교정했다. 조미창趙味滄의 교정본을 이용하였다.

21일 맑음. 별일 없음.

22일 맑음. 별일 없음.

23일 흐림. 정오 좀 지나 류리창에 가서 온전치 않은 운봉산제각雲峰山題刻 3종 4매, 잡다한 전탁편 3매를 도합 2위안 5자오에 구입했다. 아울러 역사박물관을 위해 와당 2개를 3위안에 구입했다. 밤에 눈이 약간 내렸다.

24일 약간의 눈. 별일 없음.

25일 흐림. 별일 없음.

26일 진눈깨비. 별일 없음.

27일 맑음. 일요일, 쉬다. 오전에 마수핑의 편지를 받았다. 밤에 앞니 하나를 뽑았다.

28일 맑음. 별일 없음.

29일 맑음. 오전에 리훙량李鴻樑의 편지를 받았다. 치서우산에게 50위안을 빌렸다. 오후에 둘째가 야마모토의원에 입원했다.[11]

30일 맑음. 정오 좀 지나 야마모토의원에 갔다.

31일 흐림. 정오 좀 지나 류리창에 가서 「병적제조상」丙赤齊造像 3매, 「손오삽인등조상」孫昨卅人等造像 3매를 도합 2위안에, 그리고 「송중묘지」宋仲墓誌 1매를 5자오에 구입했다. 저녁에 쑨푸위안이 왔다.

---

11) 저우쭤런은 1920년 말에 늑막염을 앓았는데, 이때 병세가 악화되어 야마모토의원에 입원하게 되었다. 6월 2일에 샹산(香山) 비윈사(碧雲寺)로 정양을 떠났다가 9월 21일에 집으로 돌아왔다. 루쉰은 그동안 의료비를 충당하기 위해 700여 위안을 빌렸다.

4월

1일 맑음. 오전에 위우헝象物恒의 편지를 받았다. 정오 좀 지나 쉬지푸에게 100위안을 빌렸다.

2일 흐림. 정오 좀 지나 야마모토의원에 둘째를 문병하러 갔다. 『불본행경』佛本行經 2책을 가지고 돌아왔다. 밤에 탁족을 했다.

3일 흐림. 일요일, 쉬다. 정오 좀 지나 리샤칭, 왕쥐한王倬漢이 왔다.

4일 맑고 바람이 붊. 오전에 인인루에서 보낸 엽서를 받았다.

5일 맑음. 오전에 치서우산에게 50위안을 빌렸다. 정오 좀 지나 야마모토의원에 둘째를 문병하러 갔다. 오후에 인인루에서 『모시초목조수충어소』毛詩草木鳥獸蟲魚疏, 『영가군기』永嘉郡記 집본, 『한서예문지거례』漢書藝文志擧例 각 1책을 부쳐 왔다. 도합 1위안 4자오어치이다. 밤에 바람이 불었다.

6일 흐리고 바람이 거셈. 오전에 인인루에 편지를 부쳤다. 오후에 야마모토의원에 갔다. 밤에 몸이 약간 좋지 않았다.

7일 맑음. 오전에 소장하고 있던 『육십종곡』六十種曲 1책을 40위안에 팔기로 했다. 정오 좀 지나 신화은행新華銀行에 이 대금을 받으러 갔다.

8일 맑음. 쉬다. 오후에 쑨푸위안이 왔다.

9일 맑음. 오전에 차이구칭蔡谷靑에게 편지를 부쳤다. 오후에 야마모토병원에 갔다.

10일 흐림. 일요일, 쉬다. 오후에 쑨푸위안이 왔다.

11일 흐림. 저녁에 푸위안의 편지를 받았다. 선옌빙沈雁冰, 정전둬鄭振鐸의 편지가 동봉되어 있다. 밤에 쉬안퉁 등 다섯 사람의 편지를 받았는데, 둘째의 병상을 물었다. 「침묵의 탑」[12]의 번역을 마쳤다. 약 4천 자이다.

12일 흐림. 오전에 쑨푸위안에게 편지와 원고 2편[13]을 부쳤다. 쉬안퉁

등 다섯 사람에게 편지를 부쳤다. 정오 좀 지나 야마모토의원에 둘째를 문병하러 갔다. 『출요경』出曜經 1부 6책을 가지고 갔다. 오후에 치서우산에게 의흥국義興局에서 200위안을 빌리도록 부탁했다. 이자는 1편 5리이다. 선젠스沈叔士에게 편지를 부쳤다.

13일 흐림. 오전에 선옌빙에게 편지를 부쳤다. 정오 좀 지나 바람이 거세지고 황사가 자욱하였다. 저녁에 쑨푸위안의 편지를 받았다.

14일 흐리고 바람이 거셈. 쉬다. 정오 좀 지나 맑아졌다. 선젠스의 편지를 받았다.

15일 흐림. 오전에 쑨푸위안에게 편지와 『속언론』俗諺論 1책을 부쳤다. 오후에 가랑비가 내렸다.

16일 맑고 바람이 붊. 오전에 선젠스에게 편지를 부쳤다. 리샤칭에게 편지를 부쳤다. 셋째가 류리창에 가는지라 『청상잡기』青箱雜記 1책, 『투할록』投轄錄 1책을 사오도록 부탁했다. 도합 5자오를 지불했다.

17일 맑음. 일요일, 쉬다. 정오 좀 지나 쑨푸위안이 왔다. 밤에 샤칭의 편지를 받았는데, 구칭이 병사했다고 한다.

18일 맑음. 오전에 『노동자 셰빌로프』의 번역원고 1부를 선옌빙에게 부쳤다. 오후에 선젠스의 편지를 받았다. 첸쉬안퉁의 편지를 받았다. 밤에 바람이 불었다. 선옌빙의 편지를 받았다.

19일 맑고 바람이 붊. 정오 좀 지나 리서우창에게 편지를 부쳤다.

20일 맑음. 정오 좀 지나 류리창에 가서 「엄연군각석」嚴掾君刻石 2매를

---

12) 「침묵의 탑」(沉默之塔)은 일본의 모리 오가이(森鷗外, 1862~1922)의 소설 「沉默の塔」을 가리킨다. 루쉰은 이 작품을 번역하여 2월 21일부터 24일에 걸쳐 『천바오 부간』(晨報副刊)에 연재하였다. 후에 『현대일본소설집』(現代日本小說集)에 수록되었다.
13) 번역원고 「침묵의 탑」과 저우쭤런의 시 「과거의 생명」(過去的生命)을 가리킨다.

2위안에, 「장기묘지」張起墓誌 1매와 잡다한 조상 2매를 1위안에 구입했다. 오후에 바람이 불었다.

21일 맑음. 오전에 선옌빙에게 편지를 부쳤다. 밤에 바람이 불었다.

22일 맑음. 오전에 인인루에서 『추저우금석록』楚州金石錄 1책, 『오여독서전수필』五餘讀書廛隨筆 1책을 부쳐 왔다. 도합 1위안 5자오어치이다. 정오 좀 지나 야마모토의원에 둘째를 문명하러 갔다.

23일 흐리고 바람이 붊. 별일 없음.

24일 맑음. 일요일, 쉬다. 정오 좀 지나 타오왕차오陶望潮가 왔다. 쑨푸위안이 왔다.

25일 가랑비. 별일 없음.

26일 흐림. 정오 좀 지나 치서우산에게 20위안을 빌렸다. 밤에 리샤칭과 그의 아우 쭝우가 왔다. 가랑비가 내렸다.

27일 맑음. 정오 좀 지나 민국 9년 12월분 상반기 월급 150위안을 수령했다. 치서우산에게 20위안을 갚았다. 오후에 야마모토의원에 둘째를 문병하러 갔다. 『기세경』起世經 2책과 『사아함모초해』四阿含暮抄解 1책을 가져갔다.

28일 흐림. 장중쑤張仲蘇가 어머니의 생신을 맞아 중앙공원에 연회를 마련했다. 정오경에 치서우산, 다이뤄링과 함께 갔다. 오후에 소설월보사로부터 편지와 송금증 1장을 받았다. 선젠스의 편지를 받았다. 바람이 불었다.

29일 맑음. 오전에 쉬지상이 왔다. 정오 좀 지나 고등사범학교에 2월분 및 3월분 월급 34위안을 받으러 갔다. 도서분관에 가서 쯔페이에게 20위안을 갚았다. 오후에 비가 한바탕 쏟아졌다. 밤에 선옌빙의 편지를 받았다.

30일 이슬비가 내리다가 오전에 갬. 기추도에 편지와 3엔 40전을 부쳤다. 저녁에 선옌빙에게 편지와 번역원고 1편[14]을 부쳤다. 약 9천 자이다. 선젠스에게 편지를 부쳤다.

5월

1일 맑음. 일요일, 쉬다. 오후에 쑨푸위안에게 편지를 부쳤다. 안에 둘째의 시 세 편을 동봉했다. 밤에 바람이 불었다.

2일 맑음. 정오 좀 지나 리샤칭에게 편지와 서적대금 3위안 4자오를 부쳤다. 오후에 샤칭의 편지를 받고서 밤에 답신했다.

3일 비. 정오 좀 지나 쑨푸위안에게 편지와 원고 한 편[15]을 부쳤다. 치서우산에게 100위안을 갚았다.

4일 맑음. 정오 좀 지나 류리창의 상우인서관에 가서 『노동자 셰빌로프』의 번역료 120위안을 받았다. 『함분루비급』 제9집 1부 8책을 2위안 2자오에 구입했다.

5일 맑음. 오전에 어머니를 모시고 야마모토의원에 진찰을 받으러 갔다. 오후에 리샤칭의 편지를 받았다. 쑨푸위안에게 편지를 부쳤다.

6일 맑음. 오전에 선옌빙의 편지를 받았다.

7일 흐림. 오후에 야마모토의원에 둘째를 문병하러 갔다. 비가 내리

---

14) 러시아 아르치바셰프의 소설 「의사」(醫生)의 번역원고를 가리킨다. 루쉰은 독일어본을 저본으로 하여 중역하였으며, 「역자부기」를 썼다. 『소설월보』 제12권 호외 『러시아문학연구』(俄國文學研究; 1921년 9월)에 발표되었으며, 후에 『현대소설역총』(現代小說譯叢)에 수록되었다.
15) 일본 아쿠타가와 류노스케(芥川龍之介)의 소설인 「코」(鼻)의 번역원고를 가리킨다. 루쉰의 번역원고는 5월 11일부터 13일에 걸쳐 『천바오 부간』에 발표되었으며, 후에 『현대소설역총』에 수록되었다.

다가 저녁에 개더니 밤에 바람이 불었다.

8일 맑음. 일요일, 쉬다. 오전에 선젠스의 편지를 받았다. 쉬지상이 왔다. 장중쑤가 왔다. 정오 좀 지나 선옌빙에게 편지를 부쳤다.

9일 맑음. 저녁에 책장 하나를 주티셴에게 돌려주었다.

10일 맑음. 정오 좀 지나 야마모토의원에 둘째를 문병하러 갔다. 『당래변경』當來變經 등 1책을 가져갔다. 저녁에 가랑비가 내렸다.

11일 맑음. 정오 좀 지나 차이구칭의 집에 부의금으로 인銀 4위안을 보냈다.

12일 흐림. 정오 좀 지나 선젠스에게 편지를 부쳤다. 오후에 바람이 불었다.

13일 맑음. 오전에 쑨푸위안에게 편지와 셋째의 원고를 부쳤다. 저녁에 이발을 했다. 밤에 선옌빙의 편지를 받았다.

14일 흐림. 오후에 야마모토의원에 둘째를 문병하러 갔다.

15일 맑음. 일요일, 쉬다. 정오 좀 지나 선옌빙에게 편지와 셋째의 번역원고 1편을 부쳤다. 오후에 흐리고 바람이 불었다. 밤에 탁족하였다.

16일 흐림. 오전에 주커밍朱可銘의 편지를 받았다. 오후에 정전둬의 편지를 받았다. 저녁에 가랑비가 내렸다.

17일 비. 오전에 기추도에서 『이장길가시』李長吉歌詩 3책, 『죽보상록』竹譜詳錄 2책을 부쳐 왔다. 도합 4위안 4자오어치이다. 밤에 바람이 불었다. 선젠스의 편지를 받았다.

18일 맑음. 정오 좀 지나 야마모토의원에 둘째를 문병하러 갔다. 중푸仲甫의 편지를 받았다.

19일 맑음. 오전에 정전둬에게 편지를 부쳤다. 리서우창에게 편지를 부쳤다. 첸쉬안퉁에게 편지를 부쳤다.

20일 흐림. 오전에 12월분 하반기 월급 150위안을 수령했다. 밤에 선옌빙의 편지를 받았다. 비가 내렸다.

21일 흐림. 정오 좀 지나 야마모토의원에 갔다.

22일 맑음. 일요일, 쉬다. 별일 없음.

23일 맑음. 별일 없음.

24일 맑음. 오전에 치서우산이 왔다. 함께 샹산香山의 비원사碧雲寺에 갔다가[16] 오후에 돌아왔다. 목욕을 하였다.

25일 맑음. 정오 좀 지나 선옌빙에게 편지를 부쳤다. 쑨푸위안에게 편지를 부쳤다. 정오 좀 지나 둘째를 문병하러 갔다. 리서우창의 편지를 받았다.

26일 맑음. 정오 좀 지나 야마모토의원에 둘째를 문병하러 갔다.

27일 맑음. 아침 일찍 일꾼을 데리고 시산西山 비원사에 가서 둘째를 위해 세낸 방을 정리하였다. 정오 좀 지나 돌아오는 길에 하이뎬海甸에 들러 술을 마시고 몹시 취했다. 밤에 쑨푸위안의 편지를 받았다.

28일 흐림. 정오 좀 지나 쑹쯔페이를 방문했다. 오후에 야마모토의원에 둘째를 문병하러 갔다. 밤에 선옌빙에게 편지를 부쳤다. 셋째의 번역원고 1편을 동봉했다.

29일 맑음. 일요일, 쉬다. 오후에 쑨푸위안이 왔다. 저녁에 뇌우가 한바탕 몰아쳤다.

30일 맑음. 오전에 쑹쯔페이의 편지와 빌린 돈 50위안을 받았다. 오후에 리샤칭에게 40위안을 빌렸다.

31일 맑음. 오전에 선젠스에게 편지를 부쳤다. 『인간의 생활』人間的生活

---

16) 이날 루쉰은 저우쭤런의 정양지로 비원사 내의 반야당(般若堂) 서쪽 곁방을 임대하였다.

의 교정을 마치고[17] 리샤칭에게 반송했다. 정오경에 둘째가 야마모토의원을 퇴원하여 집에 돌아왔다. 정오 좀 지나 류리창에 가서 「구간묘지」寇侃墓誌 및 비개 2매, 「저진비」邸珍碑 및 뒷면 2매, 「진씨합종조상」陳氏合宗造像 사면과 대좌臺座 5매를 도합 4위안에 구입했다. 아울러 「양군칙묘명」楊君則墓銘 1매를 1위안에 구입했다.

6월

1일 맑음. 오후에 쑹쯔페이의 편지를 받고서 저녁에 답신했다.

2일 맑음. 오후에 둘째를 비원사에 보냈다. 셋째, 펑이豊一와 함께 갔다가 저녁에 돌아왔다. 밤에 비가 내렸다.

3일 비. 별일 없음.

4일 비. 오후에 치서우산에게 50위안을 빌렸다. 선옌빙의 편지를 받았다. 밤에 쑨푸위안의 편지를 받았다.

5일 흐림. 일요일, 쉬다. 오후에 쑨푸위안이 왔다. 둘째의 편지를 받았다. 어제 부친 것이다.

6일 맑음. 오전에 리샤칭의 편지를 받았다. 정오 좀 지나 도서분관에 가서 쑹쯔페이에게 50위안을 갚았다. 류리창에 가서 「비구법랑조상」比丘法朗造像 및 뒷면 모두 2매를 1위안에 구입했다. 오후에 류퉁카이劉同愷에게 편지를 부쳤다. 치서우산에게 50위안을 갚았다.

7일 흐리다가 밤에 비. 별일 없음.

---

17) 『인간의 생활』(人間的生活)은 일본 무샤노코지 사네아쓰(武者小路實篤)의 소설이며, 마오용탕(毛詠棠)과 리쭝우가 공역했다. 루쉰이 이날 교정을 마친 후, 7월에는 저우쭤런이 서문을 썼다.

8일 맑다가 오후에 가랑비. 별일 없음.

9일 맑음. 정오 좀 지나 리샤칭에게 편지와 글 한 편을 부쳤다. 선옌빙에게 편지를 부쳤다. 저녁에 쑨푸위안이 왔다.

10일 맑음. 음력 단오, 쉬다. 오전에 베이징대학의 교무처에 편지를 부쳤다.

11일 맑음. 오전에 쑨푸위안에게 번역원고 한 편[18]을 부쳤다. 1월분 및 2월분 월급 600위안을 수령했다. 즈리直隸의 수재의연금으로 15위안을 기부하고 석탄대금으로 27위안을 지불하였다. 아울러 의흥국에 200위안을 갚았으며, 이자는 6위안이다.

12일 맑음. 일요일, 쉬다. 아침에 시산의 비원사에 둘째를 문병하러 갔다. 저녁에 돌아왔다.

13일 흐림. 오전에 왕징즈汪靜之에게 편지를 부쳤다. 리샤칭에게 편지를 부쳤다. 오후에 비가 내리다가 저녁에 갰다.

14일 맑음. 오전에 베이징대학 교무처에 시험답안지 17매를 부쳤다. 오후에 워푸사[19]에 가서 불서 3종을 구입했다. 둘째가 부탁한 것이다. 밤에 리샤칭의 편지를 받았다. 밤에 탁족을 했다.

15일 맑음. 별일 없음.

16일 흐림. 오후에 선옌빙의 편지를 받았다.

17일 흐림. 정오 좀 지나 류리창과 칭윈거에 가서 잡다한 물건을 샀다.

18일 맑음. 오전에 쑨푸위안의 편지를 받았다. 오후에 워푸사에 가서

---

18) 일본 아쿠타가와 류노스케(芥川龍之介)의 소설 「라쇼몽」(羅生門)의 번역원고를 가리킨다. 루쉰의 번역원고는 6월 16일부터 17일에 걸쳐 『천바오 부간』에 발표되었으며, 후에 『현대일본소설집』에 수록되었다.

19) 베이징에는 워푸사(臥佛寺)가 두 군데 있다. 하나는 시산(西山)에, 다른 하나는 충원먼(崇文門) 밖의 화스다제(花市大街) 부근에 있다. 여기에서는 후자를 가리킨다.

둘째를 위해 불경 3종을, 그리고 내가 볼 책으로『능가경론』楞伽經論 등 4종 8책,『자싱장목록』嘉興藏目錄 1책을 도합 1위안 7자오 5펀에 구입했다.

19일 흐림. 일요일, 쉬다. 시산 비원사에 둘째를 문병하러 갔다가 저녁에 돌아왔다.

20일 흐림. 별일 없음.

21일 맑음. 별일 없음.

22일 흐림. 오전에 야마모토의원에 가서 판치신을 위해 통역했다. 위푸사에 가서 둘째를 위해『범망경소』梵網經疏,『입세아비담론』立世阿毘曇論 각 1부를 구입했다. 정오 좀 지나 쑨푸위안의 편지를 받고서 곧바로 답신했다. 밤에 둘째의 편지를 받았다.

23일 비. 오전에 선옌빙에게 편지를 부쳤다.

24일 맑음. 정오 좀 지나 류리창의 전화총국 및 고등사범학교에 갔다. 더구자이에서 「관구검평고구려잔비」毌丘儉平高句麗殘碑 및 뒷면의 제기 모두 2매를 1위안 5자오에 구입했다.

25일 흐림. 정오 좀 지나 야마모토의원에 갔다. 오후에 가랑비가 내리다가 금방 갰다. 저녁에 쑨푸위안이 왔다.

26일 맑음. 일요일, 쉬다. 아침에 샹산의 비원사에 갔다. 오후에 가랑비가 내리다가 금방 갰다.

27일 맑고 바람이 붊. 정오 좀 지나 야마모토의원에 갔다. 저녁에 둘째의 편지와『대승론』大乘論 2부를 받았다.

28일 맑다가 밤에 비바람. 별일 없음.

29일 맑음. 오후에 목욕을 했다. 저녁에 둘째의 편지를 받았다.

30일 맑음. 정오 좀 지나 둘째에게 편지를 부쳤다. 오후에 왕징즈의 편지를 받았다.

7월

1일 맑음. 정오 좀 지나 선옌빙의 편지를 받았다. 저녁에 둘째의 편지를 받았다.

2일 맑음. 밍보 선생이 어제 해시亥時에 지병으로 작고하셨다. 정오 못 미쳐 조문을 갔다. 저녁에 둘째의 편지와 불서 4부를 받았다. 중푸에게 편지와 원고 한 편[20]을 부쳤다. 리지李季에게 전하게 했다.

3일 흐림. 일요일, 쉬다. 오전에 이발을 했다. 장이즈가 왔다. 정오 좀 지나 쑨푸위안이 왔다.

4일 맑음. 쉬다. 아침에 어머니가 샹산에 갔다. 오후에 둘째의 편지를 받고서 저녁에 답신했다.

5일 맑음. 별일 없음.

6일 흐리다가 정오경에 갬. 저녁에 둘째의 편지를 받았다. 바람이 거세지고 뇌우가 한바탕 몰아쳤다.

7일 맑음. 오전에 선옌빙에게 편지를 부쳤다. 쑨푸위안에게 편지를 부쳤다. 베이징대학 편집부에 수입인지[21] 1,000매와 편지를 둘째를 대신하여 부쳤다. 위푸사에 가서 둘째를 위해 불서 5종을, 그리고 내가 볼 책으로 『대승기신론해동소』大乘起信論海東疏, 『심승종십구의론』心勝宗十句義論, 『금

---

20) 일본 기쿠치 간(菊池寬)의 소설 「미우라 우에몬의 최후」(三浦右衛門の最後)를 번역한 원고 「三浦右衛門的最後」를 가리킨다. 루쉰은 이 작품을 번역한 후에 부기를 지었다. 이 원고는 우송된 후 18일에 반송되었다가 19일에 직접 천두슈(陳獨秀)에게 보내져 『신청년』 제9권 제3호(1921년 7월)에 발표되었다. 후에 『현대일본소설집』에 수록되었다.

21) 상우인서관(商務印書館)은 저우쭤런의 『유럽문학사』(歐洲文學史)를 재판하고자 하였으며, 루쉰은 저우쭤런을 대신하여 인세의 수입인지를 베이징대학 편역처에 부쳐 상우인서관에 전송하게 하였다. 나중에 편역처에서는 수입인지를 전송하지 않은 채 8일에 루쉰에게 반송하였다.

칠십론』叢七十論 각 1부, 모두 5책을 9자오에 구입했다.

8일 맑음. 오전에 베이징대학에서 수입인지를 반송했다. 정오 좀 지나 비가 한바탕 내렸다. 저녁에 둘째의 편지와 『인간의 생활』서문 한 편을 받았다. 즉시 편지를 덧붙여 리샤칭에게 전송했다.

9일 맑음. 오후에 리샤칭의 편지를 받았다. 쑨푸위안이 왔다.

10일 맑음. 일요일, 쉬다. 아침에 샹산 비윈사에 둘째를 문병하러 갔다. 오후에 지푸 또한 놀러 왔다. 해질 녘에 어머니, 펑과 함께 그의 자동차 편으로 집에 돌아왔다.

11일 맑음. 밤에 쑨푸위안에게 번역원고 한 편[22]을 부쳤다.

12일 맑음. 별일 없음.

13일 맑음. 오후에 둘째의 편지를 받았다. 밤에 답신했다.

14일 맑음. 아침에 쑨푸위안의 편지를 받았다. 오후에 흐림.

15일 맑음. 오후에 목욕을 하였다.

16일 흐림. 정오 좀 지나 선옌빙의 편지를 받았다.

17일 흐림. 일요일, 쉬다. 아침에 둘째에게 편지를 부쳤다. 오후에 쑨푸위안의 편지를 받았다. 저녁에 둘째의 편지를 받았다. 가랑비가 내렸다.

18일 비. 오전에 3월분 월급 300위안을 수령했다. 즈리의 한해旱害 의 연금으로 15위안, 소득세[23]로 2.7위안, 비윈사 방세로 50위안을 지불했다.

---

22) 핀란드의 작가이자 언론인, 정치인인 알키오(Santeri Alkio, 1862~1930)의 소설 「아메리카에 간 아버지」(父親在亞美利加)를 번역한 원고를 가리킨다. 루쉰은 독일어본을 저본으로 중역하였으며, 번역후기를 지었다. 7월 17일부터 18일에 걸쳐 『천바오 부간』에 발표하였으며, 후에 『현대소설역총』에 수록되었다.

23) 이전에는 공무원의 세금 징수에 대해 명확한 규정이 없었으나, 1920년 9월 15일 베이양정부는 소득세 조례를 공표하여 1921년 1월부터 실시하기로 하였다. 그러나 각계의 반대로 말미암아 재정부와 농상부는 3개월간 연기하기로 선포한 후 회의를 거쳐 1921년 4월부터 시행키로 의안을 제출하였다.

밤에 리지쯔李季子에게 편지를 덧붙여 반송하였다.

19일 맑음. 오전에 쉬지푸에게 100위안을 갚았다. 셋째에게 부탁하여 『함분루비급』제10집 1부 8책을 2위안 1자오에 구입했다. 밤에 천중푸에게 편지와 원고 한 편을 부쳤다. 선옌빙에게 원고 한 통을 둘째를 대신하여 부쳤다.

20일 맑음. 별일 없음.

21일 맑음. 아침에 페이沛가 이질로 인해 야마모토의원에 입원하였다. 오전에 왕스첸王式乾의 편지를 받았다.

22일 맑음. 저녁에 둘째의 편지를 받았다.

23일 큰 비. 오후에 왕징즈에게 편지를 부쳤다. 장시천章錫琛에게 둘째를 대신하여 편지를 부쳤다.

24일 흐림. 일요일, 쉬다. 아침에 시산 비윈사에 둘째를 문병하러 갔다. 밤에 비가 내렸다.

25일 비가 내리다가 정오 좀 지나 갬. 오후에 쑨푸위안이 왔다.

26일 맑음. 오후에 둘째의 편지를 받았다. 저녁에 선옌빙에게 편지를 부쳤다. 둘째의 원고 한 편을 동봉했다.

27일 흐림. 오후에 목욕을 했다.

28일 흐림. 오전에 추쯔위안裘子元의 거처에 갔다. 쥐루巨鹿에서 막 돌아온 참이었다. 송宋의 자침磁枕 하나를 구입해 왔는데, 깨진 것을 잘 수리한 것으로 가격은 2위안 5자오이다. 이것을 가지러 갔다. 아울러 그릇 하나를 증정받았다. 족부足部에 '송'宋이란 글자와 서명이 있다. 정오 좀 지나 리샤칭의 편지를 받고서 곧바로 답신했다. 저녁에 둘째의 편지와 번역원고를 받았다. 밤에 비가 내렸다.

29일 큰 비. 목이 아파 정오 좀 지나 야마모토의원에 진찰을 받으러 갔다. 아울러 페이를 문병했다.

30일 비. 정오경에 둘째를 대신하여 궁주신宮竹心에게 편지와 『유럽문학사』, 『역외소설집』 각 1책을 부쳤다. 오후에 리쭝우의 편지를 받았다. 20일에 지바千葉에서 부친 것이다.

31일 흐림. 일요일, 쉬다. 오전에 샤칭의 편지를 받았다. 둘째의 편지를 받고서 오후에 답신했다. 날이 갰다.

8월

1일 맑음. 아침에 쑨푸위안에게 번역원고 2편을 부쳤다. 둘째가 번역한 것이다. 오후에 쑹쯔페이가 왔다.

2일 흐림. 정오경에 선옌빙의 편지를 받았다.

3일 큰비. 오후에 둘째의 편지를 받았다.

4일 보슬비가 내리다가 오전에 갬. 둘째에게 편지를 부쳤다. 저녁에 답신과 함께 번역원고 2편, 불서 4종을 받았다.

5일 맑음. 별일 없음. 밤에 비가 내렸다.

6일 맑음. 오전에 쉬지푸에게 100위안을 빌렸다. 오후에 둘째의 편지를 받았다.

7일 맑음. 일요일, 쉬다. 아침에 둘째에게 편지를 부쳤다. 오후에 궁주신의 편지를 받았다. 밤에 둘째의 답신을 받았다.

8일 비. 몸이 좋지 않아 쉬다. 정오 좀 지나 둘째를 대신하여 허쭤린何作霖에게 번역원고 1편을 부쳤다.

9일 맑음. 계속 쉬다. 정오 좀 지나 선옌빙에게 편지를 부쳤다. 둘째의 번역원고 2편과 류반눙의 번역원고 1편을 동봉했다.

10일 맑음. 정오 좀 지나 쯔페이에게 100위안을 빌렸다. 셋째에게 받아 오게 했다. 정오 좀 지나 목욕을 하였다. 고다드 F. W. Goddard 박사가 왔다.

11일 맑음. 오전에 쉬씨許氏댁에 부의금 5위안을 냈다. 오후에 페이가 퇴원하여 집에 돌아왔다. 저녁에 둘째의 편지를 받았다.

12일 맑음. 정오 좀 지나 도서분관으로 쯔페이를 찾아가 50위안을 빌렸다. 저녁에 둘째의 편지와 번역원고 1편, 『문예순간』文藝旬刊 1책을 받았다. 밤에 리샤칭이 왔다.

13일 비. 쉬다. 정오경에 어제의 원고를 동방잡지사東方雜誌社에 부쳤다. 선옌빙에게 답신했다.

14일 맑음. 일요일, 쉬다. 정오 좀 지나 장춘사에 밍보 선생에게 분향하러 갔다. 저녁에 둘째의 편지를 받았다. 밤에 선옌빙의 편지를 받았다.

15일 맑음. 오전에 4월분 상반기 월급 150위안을 수령했다.

16일 맑음. 별일 없음.

17일 비. 오전에 선옌빙에게 편지를 부쳤다. 궁주신에게 편지를 부쳤다. 쯔페이의 편지와 『신청년』 1책을 받았다. 정오경에 날이 갰다. 저녁에 둘째의 편지와 번역원고 1편을 받았다.

18일 맑음. 아침에 둘째에게 편지를 부쳤다. 쯔페이에게 편지를 부쳤다. 저녁에 궁주신의 편지를 받았다.

19일 맑음. 저녁에 둘째의 편지를 받았다. 밤에 샤칭이 와서 『신교육』新教育 1책, 사과 16개를 주었다.

20일 맑고 더움. 오후에 목욕을 했다. 밤에 선옌빙의 편지를 받았다.

21일 맑음. 일요일, 쉬다. 아침에 샹산에 둘째를 문병하러 갔다가 저녁에 돌아왔다.

22일 맑음. 오후에 쯔페이가 왔다. 저녁에 인모尹默의 초대로 중앙공원에서 식사를 하였다. 스위안土遠, 쉬안퉁, 유위幼漁, 젠스兼士 및 이름이 황黃이라는 장펑쥐張鳳擧 등이 동석했다. 밤에 바람이 불었다.

23일 비. 오전에 난창관南昌館으로 장펑쥐를 찾아갔다.

24일 흐림. 오후에 선옌빙에게 편지를 부쳤다. 궁주신에게 편지를 부쳤다. 밤에 비가 내렸다.

25일 가랑비. 오후에 둘째의 편지를 받았다. 밤에 궁주신의 편지를 받았다.

26일 맑음. 오전에 지푸의 편지를 받고서 곧바로 답신했다. 저녁에 둘째로부터 원고 1편을 받았다.

27일 맑음. 오후에 선옌빙에게 편지와 교정지 1부를 부쳤다.

28일 맑음. 일요일, 쉬다. 오후에 둘째의 편지를 받았다. 저녁에 마유위에게 편지를 부쳤다. 둘째를 대신하여 리서우창에게 편지를 부쳤다.

29일 맑음. 오후에 장펑쥐가 왔다. 『역외소설집』 1책을 주었다. 저녁에 셋째가 시산에서 돌아왔다. 둘째의 편지와 원고 1편, 소설목록[24] 1매를 받았다. 밤에 답신했다. 동생을 대신하여 선인모에게 『신촌』新村 7책을 부쳤다.

30일 맑음. 오전에 리쭝우가 『동트기 전의 노래』夜ア々前ノ歌 1책을 부쳐 왔다. 오후에 천중푸에게 편지와 둘째의 글 1편, 반눙의 글 2편을 부쳤다. 선옌빙에게 편지와 글 2편,[25] 그리고 둘째의 글 2편을 부쳤다.

31일 맑음. 아침에 선옌빙의 편지를 받았다. 오전에 궁주신에게 편지

---

24) 저우쭤런과 공동 번역한 『현대일본소설집』에 수록할 작품 편목을 가리킨다. 루쉰은 증보하자고 제안하였다.

를 부쳤다. 4월분 하반기 월급 150위안을 수령했다. 둘째에게 편지를 부치고 오후에 답신을 받았다. 장쯔성張梓生의 편지를 받았다. 저녁에 리샤칭이 왔다.

9월

1일 맑음. 오후에 도서분관에 가서 쯔페이에게 100위안을 갚았다. 류리창에 갔다. 저녁에 마유위의 초대로 옌빈러우宴賓樓에서 식사를 했다. 장펑쥐張鳳擧, 샤오유메이蕭友梅, 첸쉬안퉁錢玄同, 선스위안沈士遠, 인모, 젠스 등이 동석했다.

2일 맑음. 오전에 쑨푸위안의 편지를 받았다. 오후에 셋째가 상하이로 떠났다.[26] 둘째의 편지를 받았다. 저녁에 궁주신의 편지를 받았다.

3일 맑음. 오전에 워푸사에 가서 『정토십요』淨土十要 1부를 1위안 2자오에 구입했다. 정오 좀 지나 치서우산이 시산에 간다기에, 둘째에게 『정토십요』 1부와 붓 세 자루, 편지를 전해 달라고 부탁했다. 궁주신에게 편지를 부쳤다.

4일 맑음. 일요일, 쉬다. 정오 좀 지나 장쯔성에게 편지를 부쳤다. 밤에 둘째의 편지와 원고 1편을 받았다.

---

25) 소설 「미친 처녀」(瘋姑娘)와 「전쟁 중의 벨코」(戰爭中的威爾珂)를 가리킨다. 전자는 핀란드의 미나 칸트(Minna Canth, 1844~1897)의 작품이고, 후자는 불가리아의 바조프(Ivan Minchov Vazov, 1850~1921)의 작품이다. 루쉰은 독일어본을 저본으로 중역하였으며, 번역후기를 지었다. 두 작품 모두 번역된 후에 치서우산의 교열을 거쳤다. 『소설월보』(小說月報) 제12권 제10호 '피압박민족문학호'(1921년 10월)에 발표되었으며, 후에 『현대소설역총』에 수록되었다.
26) 루쉰과 저우쭤런의 청탁으로 저우젠런(周建人)은 상하이 상우인서관에서 직업을 구하였다. 그리하여 이날 상하이로 떠난 것이다.

5일 흐림, 오전에 베이징대학에 가서 둘째를 대신하여 월급을 수령했다. 리지구李季谷에게 편지와 소액환 3엔 50전을 부쳤다. 저녁에 둘째의 편지와 원고 1편을 받았다. 판추이퉁潘垂統에게 『소설월보』 8호 1책, 그리고 7호 1책을 부쳤다.

6일 맑음. 오전에 리지구에게 편지를 부쳤다. 궁주신에게 편지와 『소설월보』 8호 1책을 부쳤다. 오후에 선옌빙으로부터 편지 두 통과 교정원고 1부를 받았다. 둘째의 편지를 받았다.

7일 맑음. 정오 좀 지나 둘째를 대신하여 베이징대학에 편지를 부쳤다. 오후에 쑨푸위안이 왔다. 둘째의 편지를 받았다. 저녁에 선옌빙에게 편지와 문학사 원고 1편,[27] 교정원고 1부를 부쳤다.

8일 맑음. 정오 좀 지나 류리창에 가서 전탁본 26매를 3위안에, 「감천산각석」甘泉山刻石의 아직 잘라내지 않은 것 2매를 2위안 5자오에, 「상용장각석」上庸長刻石 1매를 1위안에, 「왕성비」王盛碑 1매를 1위안 5자오에, 잡다한 조상 8종 12매를 2위안 5자오에 구입했다. 저녁에 롼주쑨阮久孫의 편지를 받았다. 선옌빙의 편지를 받았다. 밤에 탁족을 했다.

9일 맑음. 오전에 둘째에게 편지를 부쳤다. 셋째에게 편지를 부쳤다. 정오 좀 지나 베이징대학에 보강을 하러 갔다.[28] 저녁에 둘째의 편지를 받았다.

10일 맑음. 오전에 선옌빙에게 편지와 원고 1편[29]을 부쳤다. 천중푸에게 원고 2편, 정전둬에게 책 1권을 둘째를 대신하여 부쳤다. 오후에 쑨푸

---

27) 「근대 체코문학 개관」(近代捷克文學槪觀)을 가리키며, 체코의 카라세크(Jiři Karasek ze Lvovic)의 저작이다. 루쉰은 독일어본을 저본으로 하여 중역하였으며, 역자 후기를 지었다. 『소설월보』 제12권 제10호 '피압박민족문학호'(1921년 10월)에 발표되었으며, 후에 『역총보』(譯叢補)에 수록되었다.

28) 석 달간의 교원동맹파업으로 인한 수업결손을 보충하기 위해 보강이 이루어졌다.

위안에게 원고 2편을 부쳤다. 판추이퉁과 궁주신의 원고이다.

11일 맑음. 일요일. 동 트기 전에 공묘에 제례를 올리러 갔다.

12일 맑음. 아침에 주류친朱六琴과 커밍이 왔다. 오전에 둘째에게 편지를 부치고 저녁에 답신을 받았다.

13일 맑음. 오전에 쑨푸위안에게 편지와 원고[30]를 부쳤다. 셋째의 편지를 받았다. 쑹쯔페이에게 편지를 부쳤다. 여자고등사범학교와 장스잉章士英에게 둘째를 대신하여 편지를 부쳤다. 선옌빙의 편지를 받았다. 오후에 가오랑셴高閬仙이 『여씨춘추점감』呂氏春秋點勘 1부 3책을 주었다.

14일 맑음. 정오 좀 지나 고등사범학교에 강의하러 갔다. 「이태비묘지」李太妃墓誌 1매를 2위안에 구입했다.

15일 맑음. 오전에 리샤칭에게 『일문요결』日文要訣 1책을 돌려주었다.

16일 흐림. 음력 중추절, 쉬다. 오후에 청수원程叔文이 왔다. 밤에 비가 내렸다.

17일 흐림. 오전에 셋째의 편지를 받고 오후에 답신했다. 둘째에게 편지를 부쳤다. 궁주신에게 편지를 부쳤다. 5월분 월급 300위안을 수령했다. 비윈사에 방세 50위안을 지불했다. 밤에 복통이 있었다.

18일 맑음. 일요일, 쉬다. 오후에 쑨푸위안이 왔다. 설사약 두 알을 복용했다. 밤에 비가 내렸다.

19일 맑고 바람이 붊. 저녁에 둘째의 편지와 원고 3편을 받았다.

---

29) 「우크라이나 문학 약설」(小俄羅斯文學略說)을 가리키며, 오스트리아의 문학사가 카르펠레스(Gustav Karpeles)의 저작이다. 루쉰은 이를 번역하고 역자 후기를 지었다. 『소설월보』 제12권 제10호 '피압박민족문학호'(1921년 10월)에 발표되었으며, 후에 『역총보』에 수록되었다.

30) 동화 「연못가」(池邊)를 가리키며, 러시아 예로센코의 작품이다. 루쉰은 번역한 후 역자 후기를 지었다. 9월 24일부터 26일에 걸쳐 『천바오 부간』에 발표되었으며, 후에 『예로센코 동화집』에 수록되었다.

20일 맑고 바람이 붊. 오전에 궁주신의 편지를 받았다. 정오 좀 지나 베이징대학에 월급을 수령하러 갔다.

21일 맑음. 오전에 리쭝우의 편지를 받았다. 정오 좀 지나 고등사범학교에 강의하러 갔다. 도서분관에 가서 쯔페이에게 50위안을 갚았다. 저녁에 둘째의 편지를 받았다. 밤에 둘째가 시산에서 돌아왔다. 선옌빙의 편지를 받았다.

22일 맑음. 오전에 선옌빙에게 편지를 부쳤다. 오후에 하부토 부친의 편지를 받았다. 리샤칭의 편지를 받았다. 쑨푸위안의 편지를 받았다.

23일 흐림. 정오 좀 지나 비가 한바탕 쏟아졌다. 베이징대학에 강의하러 갔다.

24일 맑다가 오후에 큰 비가 한바탕 쏟아진 후 곧바로 갬. 별일 없음.

25일 맑음. 일요일, 쉬다. 오전에 셋째의 엽서를 받았다. 천중푸의 편지를 받았다. 밤에 궁주신의 편지를 받았다.

26일 맑음. 오전에 궁주신에게 편지를 부쳤다. 셋째에게 편지와 리위친李虞琴의 원고 1편을 부쳤다. 천중푸에게 편지, 둘째와 셋째의 원고 및 나의 번역원고[31] 각 1편을 부쳤다. 오후에 쑨푸위안이 왔다.

27일 맑음. 오전에 리쭝우의 엽서를 받았다. 고등사범학교에 편지를 부쳤다. 밤에 쑨푸위안의 편지를 받았다.

28일 맑음. 쉬다. 오후에 궁주신이 왔다.

29일 맑음. 별일 없음.

30일 흐림. 오전에 셋째의 편지를 받았다. 27일에 부친 것이다. 지푸

---

31) 동화 「좁은 바구니」(狹的籠)를 가리키며, 러시아 예로센코의 작품이다. 루쉰은 이 작품을 9월 중순에 번역하였다. 역자 후기에는 '8월 16일'이라 적었는데, 이는 오기인 듯하다. 출판이 연기된 『신청년』 제9권 제4호(1921년 8월)에 발표되었으며, 후에 『예로센코 동화집』에 수록되었다.

가 『월만당일기』越縵堂日記 1부 51책을 주었다. 정오 좀 지나 베이징대학에 강의하러 갔다. 추쯔위안이 조모의 상을 입어 부의금 2위안을 냈다.

10월

1일 흐림. 오전에 쑨푸위안에게 편지를 부쳤다. 쉬쉬안쑤許璇蘇가 왔다.

2일 흐림. 일요일, 쉬다. 오전에 마유위, 주티셴이 왔다. 지궁취안冀貢泉이 편주汾酒 1병을 보내 주었다. 오후에 쑨푸위안의 편지를 받았다. 장스잉이 왔다. 자는 데자이㙤齋이며, 신메이心梅 숙부의 사위이다.

3일 맑음. 정오 좀 지나 리샤칭에게 편지를 부쳤다. 푸쩡샹傅增湘의 아버지가 생신을 맞았다. 아랫사람들이 장수 축원용 병풍을 만들 돈을 모은다기에 2위안을 주었다.

4일 맑음. 오전에 셋째의 편지를 받았다. 저녁에 리샤칭의 편지를 받았다.

5일 맑음. 정오 좀 지나 고등사범학교에 강의하러 갔다. 저장 싱예은행에 가서 14위안을 인출했다. 오후에 리샤칭에게 편지를 부쳤다. 쉬셴쑤許羨蘇에게 편지를 부쳤다. 밤에 『청쇄고의』를 베꼈다.

6일 맑음. 별일 없음.

7일 맑음. 오전에 샤칭의 편지를 받았다. 정오 좀 지나 베이징대학에 강의하러 갔다. 오후에 설사약 두 알을 복용했다. 가오랑셴이 오씨吳氏 평점平點 『회남자』淮南子 1부 3책을 주었다. 샤칭, 쯔페이, 푸위안에게 편지를 보내 식사를 약속했다. 저녁에 푸위안이 왔다.

8일 흐림. 오후에 여자고등사범학교에서 쉬셴쑤를 맞아 함께 고등사

범학교에 가서 보증인이 되어 주었다.[32]

9일 흐림. 일요일, 쉬다. 정오 좀 지나 갰다. 리지구가 영문서적 1책을 보내왔다. 도합 1엔 30전어치이며, 둘째가 구입을 부탁한 것이다. 오후에 다시 흐렸다. 직접 책 두 권을 제본했다. 저녁에 쑨푸위안, 쑹쯔페이, 리샤 칭이 잇달아 도착했다. 식사를 한 후 흩어졌다. 한밤에 가랑비가 내렸다.

10일 흐리고 바람이 거셈. 쉬다. 리쭝우의 번역원고[33]를 교열했다.

11일 맑음. 밤에 장스잉의 편지를 받았다. 마유위에게 편지를 부쳤다. 탁족을 했다.

12일 맑음. 오후에 리쭝우의 번역원고의 교열을 마치고서 곧바로 편지와 함께 리샤칭에게 부쳤다.

13일 맑음. 오전에 리샤칭의 답신을 받았다. 정오 좀 지나 류리창에 가서 「석선묘지」石鮮墓誌 뒷면과 측면의 합본 1매, 「국준묘지」鞠遵墓誌와 「손절묘지」孫節墓誌 각 1매, 「양하진조상」楊何眞造像 1매, 잡다한 전탁편 7매를 도합 인銀 6위안 5자오에 구입했다. 저녁에 쑨푸위안이 왔다.

14일 맑음. 밤에 궁주신의 편지와 번역원고 2편을 받았다.

15일 흐림. 정오 못 미쳐 궁주신에게 편지를 부쳤다. 오후에 셋째의 편지를 받았다. 11일에 부친 것이다. 저녁에 키니네 세 알을 복용했다.

16일 흐림. 일요일, 쉬다. 오전에 셋째의 엽서를 받았다. 정오경에 셋째에게 편지를 부쳤다. 오후에 궁주신이 왔다.

17일 흐림. 오전에 쑨푸위안에게 편지를 부쳤다. 셋째의 편지를 받았다. 13일에 부친 것이다.

---

32) 쉬셴쑤는 원래 베이징여자고등사범학교에 재학 중이었는데, 고등사범학교로 전학하고자 하여 루쉰에게 보증인이 되어 달라 부탁하였다.
33) 『인간의 생활』(人間的生活)을 가리킨다.

18일 이슬비. 정오 좀 지나 베이징대학에 강의하러 갔다. 저녁에 셋째에게 편지를 부쳤다.

19일 이슬비. 정오 좀 지나 고등사범학교에 강의하러 갔다. 9월분 월급 18위안을 수령했다. 더구자이에서 소씨비蕭氏碑의 측면과 비좌화상碑座畵像 6매, 경도연耿道淵 등의 조상 4매를 도합 2위안 5자오에 구입했다. 쑨푸위안에게 원고 1편[34]을 부쳤다. 둘째에게 서적대금 6위안을 갚았다.

20일 맑음. 정오 좀 지나 류리창에 갔다.

21일 맑음. 별일 없음.

22일 흐림. 오전에 선스위안沈士遠에게 편지를 부쳤다. 정오경에 장쯔치蔣子奇가 교육부로 찾아왔다. 우푸자이吳復齋가 병으로 고생한다기에 오후에 5위안을 레이촨雷川 선생께 부탁하여 보냈다. 저녁에 쑨푸위안孫福源이 왔다.

23일 맑음. 일요일, 쉬다. 오전에 셋째의 편지를 받았다. 오후에 장쯔치가 와서 찻잎, 말린 고기를 보내 주었다.

24일 맑음. 정오 좀 지나 샤오스를 돌아다니다가 붓통 하나, 연적 하나를 도합 5자오에 샀다. 오후에 우먼午門에 월급지불을 요구하러 갔다.[35]

25일 맑음. 정오 좀 지나 베이징대학에 강의하러 갔다. 오후에 다이뤄링, 쉬쓰이徐思眙와 함께 샤오스를 돌아다녔다. 도기 2점을 5자오에 샀다.

26일 맑음. 정오 좀 지나 고등사범학교에 강의하러 갔다.

27일 맑음. 오전에 교육부가 사전에 공제했던 의연금 60위안을 잠정

---

34) 동화「봄밤의 꿈」(春夜の夢)을 가리키며, 러시아 예로센코의 작품이다. 루쉰은 번역한 후 번역 후기를 썼다. 10월 22일「천바오 부간」에 발표하였으며, 후에『예로센코 동화집』에 수록되었다.
35) 베이양정부(北洋政府)는 국고가 바닥나 1921년 10월 말까지 군사와 행정 각 부문의 비용의 부채액이 1억 4,573만 위안에 이르렀다. 이해 10월까지 교육부는 이미 5개월분의 급료를 지불하지 못하였으며, 이로 인해 교육부 직원이 월급지불을 요구하게 되었던 것이다.

적으로 반환한다고 회답하였다.[36] 셋째에게 번역원고 1편[37]을 부쳤다. 오후에 샤오스에 가서 백자 화병 하나를 550원文에 샀다. 궁주신의 편지를 받았다.

28일 맑음. 오전에 셋째의 편지를 받았다. 25일에 부친 것이다. 잠시 후에 또 『주금문존』周金文存 권5, 권6 모두 4책, 6위안어치가 부쳐져 왔다. 아울러 『전문명가』專門名家 2집 1책, 2위안어치가 부쳐져 왔는데, 중복하여 잘못 구입한 것이다. 또한 왕벽지王辟之의 『면수연담록』澠水燕談錄 1책 5자오어치가 부쳐져 왔다. 오후에 후궈사護國寺의 시장을 대충 둘러보았다.

29일 맑음. 오후에 셋째에게 편지를 부쳤다.

30일 맑음. 일요일, 쉬다. 저녁에 쑨푸위안이 왔다. 장쯔치가 왔다.

31일 맑음. 별일 없음.

11월

1일 약간의 눈. 정오 좀 지나 베이징대학에 강의하러 갔다.

2일 맑음. 정오 좀 지나 고등사범학교에 강의하러 갔다. 우유링吳又陵이 자신의 저서 『문록』文錄 1책을 부쳐 보냈다.

3일 맑음. 저녁에 치서우산에게 30위안을 빌렸다. 밤에 궁주신의 편지를 받았다.

---

36) 베이양정부는 재난에 대한 의연금의 명목으로 월급에서 일정 금액을 공제하는 일이 잦았다. 교육부 직원들이 월급의 지불을 요구하는 투쟁을 전개함에 따라 공제했던 의연금을 잠정적으로 반환하지 않으면 안 되었다.

37) 동화 「독수리의 마음」(鵰的心)을 가리키며, 러시아 예로센코의 작품이다. 루쉰의 번역은 『동방잡지』(東方雜誌) 제18권 제22호(1921년 11월)에 발표되었으며, 후에 『예로센코 동화집』에 수록되었다.

4일 맑음. 오전에 후위즈胡愈之의 편지를 받았다. 정오 좀 지나 도서분관으로 쑹쯔페이를 찾아갔다. 류리창에 가서 『청내부소장당송원명적』清內府所藏唐宋元名迹 영인본 1책을 1위안 2자오에 구입했다. 오후에 궁주신에게 답신했다.

5일 맑음. 오전에 후위즈에게 편지를 부쳤다. 정오경에 쉬지푸의 거처에 가서 50위안을 빌렸다. 정오 좀 지나 샤오스를 돌아다녔다. 차이쑹강蔡松岡 댁에 부의금 1위안을 냈다. 밤에 시링인사西泠印社에 편지를 부쳤다. 바람이 불었다.

6일 흐리고 바람이 붊. 일요일, 쉬다. 오후에 쑨푸위안이 왔다.

7일 맑고 바람이 붊. 별일 없음.

8일 맑음. 정오 좀 지나 베이징대학에 강의하러 갔다.

9일 맑음. 정오 좀 지나 고등사범학교에 강의하러 갔다. 오후에 다퉁하오大同號에서 200위안을 빌렸다. 월 이자는 1푼이다. 치서우산에게 30위안을 갚았다.

10일 맑음. 별일 없음.

11일 맑음. 오전에 쑨푸위안이 왔다.

12일 맑음. 오전에 시링인사에서 서목 1책을 부쳐 왔다. 밤에 교육부에 회의하러 갔다.

13일 맑음. 일요일, 쉬다. 별일 없음.

14일 맑음. 별일 없음.

15일 맑음. 오전에 셋째의 편지와 『광창전록』廣倉專錄 1책 2위안짜리를 받았다. 정오 좀 지나 베이징대학에 강의하러 갔다. 오후에 셋째에게 편지와 번역원고 1편[38]을 부쳤다. 장스잉의 편지를 받았다.

16일 흐리고 바람이 붊. 정오 좀 지나 고등사범학교에 강의하러 갔다.

셋째의 편지를 받았다.

17일 맑음. 별일 없음.

18일 맑음. 오후에 셋째에게 편지를 부쳤다.

19일 맑음. 쉬다. 별일 없음.

20일 흐림. 일요일, 쉬다. 오후에 쑨푸위안이 왔다. 밤에 탁족을 했다.
바람이 불었다.

21일 맑음. 정오 좀 지나 쑹쯔페이가 왔다. 저녁에 궁주신에게 편지를
부쳤다. 장스잉에게 편지를 부쳤다.

22일 맑음. 정오 좀 지나 베이징대학에 강의하러 갔다.

23일 흐림. 정오 좀 지나 고등사범학교에 강의하러 갔다. 저녁에 쑨푸
위안의 편지를 받았다. 밤에 바람이 거셌다.

24일 맑음. 오전에 셋째의 편지를 받았다.

25일 맑음. 저녁에 쑨푸위안이 왔다. 궁주신이 왔다.

26일 쉬다. 별일 없음.

27일 흐림. 일요일, 쉬다. 정오경에 리샤칭이 왔다. 저녁에 쑨푸위안이
왔다.

28일 맑음. 오전에 선옌빙의 편지와 교정원고를 받고서 저녁에 반송
하였다. 아울러 아르치바셰프의 초상 1매[39]를 부쳤다. 쉬지푸에게 편지를
부쳤다.

29일 맑음. 오전에 셋째가 『현대』^{現代} 잡지 1책을 부쳐 왔다. 정오 좀

---

38) 동화 「물고기의 비애」(魚的悲哀)를 가리킨다. 러시아 예로센코의 작품이다. 루쉰은 이 작품을
   번역한 후 역자 후기를 썼다. 『부녀잡지』(婦女雜誌) 제8권 제1호(1922년 1월)에 발표하였으며,
   후에 『예로센코 동화집』에 수록되었다.
39) 이 초상은 『노동자 셰빌로프』의 중국어역 단행본의 앞머리에 게재되었다.

지나 베이징대학에 강의하러 갔다.

30일 맑음. 오전에 후위즈의 편지를 받았다. 정오 좀 지나 고등사범학교에 강의하러 갔다.

12월

1일 맑음. 밤에 선옌빙의 편지와 예로셴코의 원고 한 묶음[40]을 받았다.

2일 맑음. 별일 없음.

3일 맑음. 쉬다. 오전에 쑨푸위안의 편지를 받았다. 정오 좀 지나 선옌빙에게 편지와 예로셴코의 원고 및 번역원고 각 1편[41]을 부쳤다. 아울러 후위즈에게 보내는 답신 1매를 동봉했다. 저녁에 쑨푸위안이 왔다.

4일 맑음. 일요일, 쉬다. 별일 없음.

5일 맑음. 별일 없음.

6일 맑음. 정오 좀 지나 베이징대학에 강의하러 갔다.

7일 맑음. 오전에 쉬셴쑤의 편지를 받았다. 정오 좀 지나 고등사범학교에 갔다.

8일 흐림. 쉬다. 정오 좀 지나 쑨푸위안에게 편지를 부쳤다. 원고[42]를 동봉했다. 오후에 쉬셴쑤가 왔다.

9일 흐림. 오전에 선옌빙의 편지를 받고서 오후에 답신했다. 밤에 바람이 불었다.

---

40) 「세계의 화재」(世界的火災)의 원고를 가리킨다.
41) 「세계의 화재」 원고 및 루쉰의 번역원고를 가리킨다. 번역문은 『소설월보』 제13권 제1호(1922년 1월)에 발표되었으며, 후에 『예로셴코 동화집』에 수록되었다.
42) 「아Q정전」(阿Q正傳)의 속고(續稿)를 가리킨다. 이해 12월 4일부터 『천바오 부간』에 연재되고 있었다.

10일 맑음. 쉬다. 정오 좀 지나 이발을 했다.

11일 맑음. 일요일, 쉬다. 별일 없음.

12일 맑음. 별일 없음.

13일 맑음. 오전에 후위즈의 엽서를 받았다. 정오 좀 지나 베이징대학에 강의하러 갔다.

14일 맑음. 정오 좀 지나 고등사범학교에 강의하러 갔다.

15일 흐림. 쉬다. 저녁에 쑨푸위안이 왔다.

16일 맑음. 오전에 선옌빙의 편지와 아르치바셰프의 초상 1매를 받았다. 쉬지푸가 와서 『호당림관변문』^{湖唐林館駢文} 1책을 주었다. 정오 좀 지나 궁웨이성^{龔未生}의 편지와 『저장도서관보고』^{浙江圖書館報告} 1책을 받았다. 밤에 바람이 거세게 불었다.

17일 맑음. 오후에 선옌빙에게 답신했다. 밤에 바람이 불었다.

18일 맑고 바람이 붊. 일요일, 쉬다.

19일 맑음. 별일 없음.

20일 맑음. 정오 좀 지나 베이징대학에 강의하러 갔다. 밤에 『한 청년의 꿈』의 교정을 끝마쳤다.⁴³⁾ 곧바로 선옌빙에게 부쳤다.

21일 맑음. 정오 좀 지나 고등사범학교에 강의하러 갔다. 더구자이에서 「백망각석」^{伯望刻石} 모두 4매를 5위안에 구입했다. 아울러 「광무장군비」^{廣武將軍碑} 및 뒷면, 측면, 비액^{碑額} 모두 5매를 6위안에 구입했다.

22일 맑고 추움. 쉬다. 오후에 선옌빙에게 편지를 부쳤다.

23일 맑음. 별일 없음.

---

43) 단행본으로 조판하기 전에 루쉰은 번역원고에 대해 다시 한번 수정을 가하였다. 12월 19일에 이 작품에 대한 「후기」를 썼다.

24일 맑음. 오전에 쑹쯔페이의 편지를 받고서 정오 좀 지나 답신했다. 밤에 탁족을 했다.

25일 맑음. 일요일, 쉬다. 아침에 차오다장喬大壯이 왔으나 만나지 못했다. 오후에 신메이 숙부에게 편지를 부쳤다. 쑹쯔페이에게 편지를 부쳤다.

26일 흐림. 오전에 후위즈의 편지와 『최후의 탄식』最後之嘆息 1책을 받았다. 예로센코가 준 것이다.

27일 맑음. 아침에 후위즈에게 편지와 번역원고 1편44)을 부쳤다. 정오 좀 지나 베이징대학에 강의하러 갔다.

28일 맑음. 정오 좀 지나 고등사범학교에 강의하러 갔다.

29일 맑음. 아침에 치야오산齊耀珊의 거처에 갔다. 선옌빙의 편지를 받았다.

30일 맑음. 오전에 셋째의 편지를 받았다. 27일에 부친 것이다. 정오 좀 지나 리지구가 부쳐 보낸 『현대 8대 사상가』現代八大思想家 1책을 받았다. 오후에 완구 십여 점을 사서 여러 아이들에게 나눠 주었다.

31일 맑음. 오전에 리쭝우에게 편지를 부쳤다. 셋째에게 편지와 『현대』 잡지 1책을 부쳤다. 정오 좀 지나 류리창에 갔다. 더구자이에서 전탁편 3종을 주었다. 모두 돤씨端氏의 물건이다. 오후에 6월분 봉급의 3할인 90위안을 수령했다.

---

44) 동화 「두 가지 사소한 죽음」(兩個小小的事)을 가리키며, 러시아 예로센코의 작품이다. 루쉰은 번역원고를 『동방잡지』 제19권 제2호(1922년 1월)에 발표하였으며, 후에 『예로센코 동화집』에 수록되었다.

도서장부

왕세종등조상 王世宗等造像 2枚	1.00	1월 5일
두로은비 豆盧恩碑 1枚	1.00	
잡조상 雜造像 5種 6枚	2.00	
잡전탁편 雜磚拓片 7枚	1.00	
원경조상 元景造像 1枚	교환	
곽양비 霍揚碑 1枚	위와 같음	
이포제명 李苞題名 1枚	0.50	1월 26일
원협묘지 元勰墓誌 1枚	1.00	
원상묘지 元詳墓誌 1枚	1.00	
잡전탁편 雜磚拓片 3枚	0.50	
보실은계류찬 簠室殷契類纂 4本	4.00	1월 28일
	12.000	
곽군신도 霍君神道 1枚	0.50	2월 5일
단제묘지 段濟墓誌 1枚	0.50	
단모묘지 段模墓誌 및 碑蓋 2枚	0.50	
곽달묘지 郭達墓誌 1枚	0.50	
이성묘지 李盛墓誌 1枚	1.00	
양괴묘지 梁瑰墓誌 碑蓋 1枚	0.30	
공신통묘지 孔神通墓誌 碑蓋 1枚	0.30	
번경현등조상 樊敬賢等造像 및 뒷면 2枚	1.40	
상우관인 송인소설 商務館印宋人小說 5種 7冊	2.00	
원란묘지 元鸞墓誌 1枚	1.00	2월 6일
상우관인 송인소설 商務館印宋人小說 15種 22冊	6.00	
속수기문 涑水紀聞 2冊	0.80	2월 14일
설원 說苑 4冊	0.40	
유천중신수호전화보 柳川重信水滸傳畫譜 2冊	2.30	2월 16일
충의수호전 忠義水滸傳 前十回 5冊	1.00	
신화선화유사 新話宣和遺事 4冊	4.00	2월 21일
철교만고 鐵橋漫稿 4本	3.00	2월 23일

	25.500	
읍의오십사인조상 邑義五十四人造像 1枚	0.60	3월 2일
경선사석상명 敬善寺石像銘 1枚	0.40	
송인설부서 宋人說部書 4種 7冊	1.760	3월 10일
민국팔년분예술총편 民國八年分藝術叢編 6冊	16.320	
민국구년분예술총편 民國九年分藝術叢編 3冊	8.160	
북제수호화전 北齊水滸畵傳 1冊	1.20	3월 14일
습유기 拾遺記 1冊	0.40	3월 17일
운봉산석각 雲峰山石刻 零種 4枚	1.50	3월 23일
잡전탁편 雜磚拓片 3枚	1.00	
병적제조상 陃赤齊造像 3枚	1.00	3월 31일
손오조상 孫昈造像 3枚	1.00	
송중묘지 宋仲墓誌 1枚	0.50	
	32.240	
모시초목소신교정본 毛詩草木疏新校正本 1本	0.80	4월 5일
영가군기집본 永嘉郡記輯本 1本	0.10	
한서예문지거례 漢書藝文志擧例 1本	0.50	
송인설부 2종 宋人說部 2種 2本	0.50	4월 16일
엄연군각석 嚴掾君刻石 2枚	2.00	4월 20일
장기묘지 張起墓誌 1枚	0.60	
잡조상 雜造像 2種 2枚	0.40	
추저우금석록 楚州金石錄 1冊	1.00	4월 22일
오여독서전수필 五餘讀書塵隨筆 1冊	0.50	
	6.300	
함분루비급 涵芬樓秘笈(제9집) 8冊	2.20	5월 4일
이장길가시 李長吉歌詩 3冊	2.70	5월 17일
죽보상록 竹譜詳錄 2冊	1.60	
구간묘지 寇侃墓誌 및 碑蓋 2枚	1.00	5월 31일
저진비 邸珍碑 및 陰側 2枚	2.00	
진씨조상 陳氏造像 및 陰側坐 5枚	1.00	
	10.500	

법랑조상 法朗造像 및 陰側 2枚	1.00	6월 6일
능가경론 楞伽經論 3種 譯本 7冊	1.30	6월 18일
입능가심현의 入楞伽心玄義 1冊	0.10	
자싱장목록 嘉興藏目錄 1冊	0.350	
관구검잔비 毌丘儉殘碑 및 題記 2枚	1.50	6월 24일
	4.250	
대승기신론해동소 大乘起信論海東疏 2冊	0.370	7월 7일
심승종십구의론 心勝宗十句義論 2冊	0.320	
금칠십론 金七十論 1冊	0.210	
함분루비급 涵芬樓秘笈(제10집) 8冊	2.10	7월 19일
	3.000	
정토십요 淨土十要 4冊	1.20	9월 3일
성전탁편 城磚拓片 6枚	1.50	9월 8일
잡전탁편 雜磚拓片 20枚	1.50	
감천산각석 甘泉山刻石 2枚	2.50	
상용장각석 上庸長刻石 1枚	1.00	
왕성비 王盛碑 1枚	1.50	
잡조상 雜造像 8種 12枚	2.50	
이태비묘지 李太妃墓誌 1枚	2.00	9월 14일
월만당일기 越縵堂日記 51冊	쉬지푸 기증	9월 30일
	13.700	
석선묘지 石鮮墓誌 및 陰側 2枚	2.00	10월 13일
국준묘지 鞠遵墓誌 1枚	2.00	
손절묘지 孫節墓誌 1枚	0.50	
양하진조상 楊何眞造像 1枚	0.80	
잡전탁본 雜磚拓本 7枚	1.20	
소씨비 蕭氏碑 측면과 비좌상화상 碑座上畵像 6枚	2.00	10월 19일
경도연 등 조상 耿道淵等造像 4枚	0.50	
주금문존 周金文存(권5) 2冊	3.00	10월 28일
주금문존 周金文存(권6) 2冊	3.00	
전문명가2집 專門名家二集 1冊	2.00	

면수연담록 瀘水燕談錄 1冊   0.50

                                             15.500

청내부장당송원명적 淸內府藏唐宋元名迹 1冊   1.20   11월 4일

광창전록 廣倉專錄 1冊   2.00   11월 15일

                                             3.200

송백망각석 宋伯望刻石 4枚   5.00   12월 21일

광무장군비 廣武將軍碑 및 陰側 5枚   6.00

전탁편 磚拓片 3種 3枚   더구자이 기증 12월 31일

                                             11.000

　올해 맞바꾼 것을 제외하면 서적구입비는 총 137위안 1자오 9편이다.

일기 제12(1923년)

1월

1일 맑음. 쉬다. 쉬야오천徐耀辰, 장펑쥐張鳳擧, 선스위안沈士遠, 인모尹默, 쑨푸위안孫伏園을 초대하여 점심을 먹었다. 바람이 불었다.

2일 맑음. 쉬다. 정오 좀 지나 이발을 했다.

3일 맑음. 쉬다. 저녁에 쑨푸위안에게 번역원고 1편[1]을 부쳤다.

4일 맑음. 친군秦君에게 한대의 옥玉 한 점을 주었다.

5일 맑음. 오전에 셋째가 부친 책 한 꾸러미를 받았다. 『월하소문집』月下所聞集 1책, 『양산묵담』兩山墨談 4책, 『유림잡설』類林雜說 2책 등 도합 2위안 3자오어치가 들어 있다. 고등사범학교에 강의하러 갔다. 영인본 『중원음운』中原音韻 1부 2책을 3위안 2자오에 구입했다. 저녁에 지푸季市를 방문했다. 나가모치 도쿠이치永持德一의 초대로 타오위안陶園에서 한잔했다.[2] 동

---

1) 「베이징대학 학생 연극과 옌징여학교 학생 연극 관람기」(觀北京大學學生演劇和燕京女校學生演劇的記)를 가리킨다. 러시아 예로센코의 작품으로, 루쉰의 번역문은 1월 6일 『천바오 부간』에 발표되었으며, 후에 『역총보』(譯叢補)에 수록되었다.

석한 사람은 모두 9명이었으며, 10시에 돌아왔다.

6일 흐림. 정오 좀 지나 후스즈^{胡適之}에게 편지를 부쳤다. 셋째에게 편지를 부쳤다. 기추도^{其中堂}에서 서목 1책을 부쳐 왔다.

7일 흐림. 일요일, 쉬다. 정오 좀 지나 이하라^{井原}, 후지쓰카^{藤塚}, 나가모치, 허^賀 네 사람이 왔다. 『콰이지군고서잡집』^{會稽郡故書雜集} 1부씩을 주었다. 따로이 후지쓰카에게는 당대의 석경^{石經} 탁편 1점을 주었다. 오후에 마루야마^{丸山}가 왔다. 기자인 다치바나 시라키^{橘樸}를 소개했다.

8일 맑음. 정오 좀 지나 샤오스를 거닐었다.

9일 맑음. 오전에 베이징대학에 강의하러 갔다. 차이^蔡 선생에게 편지를 부쳤다. 석편 3매를 동봉했다. 기추도에 3위안을 부쳤다.

10일 맑음. 정오 좀 지나 장쥐선^{章菊紳}에게 편지를 부쳤다. 샤오스를 돌아다니다가 『호구전』^{好述傳} 1부 4책을 2자오에 구입했다. 저녁에 주티셴^{朱逖先}, 장펑쥐, 마유위^{馬幼漁}, 선스위안, 인모, 젠스^{堅士}가 왔다. 티셴에게 내가 소장하던 전탁편 일부를 주었다.

11일 맑음. 오후에 쑨푸위안에게 편지를 부쳤다.

12일 맑음. 오전에 고등사범학교에 강의하러 갔다. 밤에 장쥐선의 편지를 받고서 곧바로 답신했다.

13일 맑음. 저녁에 상하이의학서국^{上海醫學書局}에 편지와 12위안 8자오를 부쳐 『사례거총서』^{士禮居叢書} 및 『당시기사』^{唐詩紀事}를 예약했다. 푸위안이 왔다.

---

2) 나가모치 도쿠이치(永持德一)는 일본 유학생 다케다 사카에(竹田復, 1891~1986), 차이위안페이(蔡元培)와 루쉰을 초대하였다. 이 자리에서 루쉰은 『시경』의 "지난날 나 떠날 적에 버들 무성하였더니, 이제 돌아오는 길엔 함박눈이 내리는구려"(昔我往矣, 楊柳依依; 今我來思, 雨雪菲菲)라는 시구를 썼다.

14일 진눈깨비. 일요일, 쉬다. 정오경에 날이 갰다. 오후에 셋째의 편지를 받았다. 11일에 부친 것이다. 저녁에 장췌성章㕔生의 엽서를 받았다. 밤에 바람이 불었다. 푸위안에게 웨이젠궁魏建功을 비판하는 원고 1편[3]을 부쳤다.

15일 맑음. 오후에 쉬친원許欽文이 푸위안의 편지를 가지고 왔다.[4]

16일 맑음. 오전에 베이징대학에 강의하러 갔다.

17일 맑음. 별일 없음.

18일 맑음. 정오 좀 지나 셋째에게 편지를 부쳤다.

19일 흐림. 오전에 고등사범학교에 강의하러 갔다. 정오 좀 지나 치과의사 천순룽陳順龍의 거처에 가서 위턱의 종기를 절개하고 피를 빼냈다. 또 류리창에 가서 더구자이德古齋에서 위대魏代의 장철張澈, 원수안元壽安, 원회元誨, 원정元珽의 처 목부인穆夫人, 수대隋代의 곽휴郭休 등의 묘지 탁본 각 1조, 그리고 산둥山東 상허商河에서 출토된「용천정지명」龍泉井誌銘 1조를 도합 8위안에 구입했다. 다시 고등사범학교에 예로센코의 강연[5]을 들으러 갔다. 저녁에 9월분 하반기 월급 150위안을 수령하였다. 동료인 장푸張紱가 병사하였다. 부의금 5위안을 냈다.

20일 흐림. 오후에 의학서국에서 축쇄본『사례거총서』1부 30책, 활자본『당시기율』1부 10책을 부쳐 왔다. 저녁에 예로센코와 둘째가 이마

---

3)「웨이젠궁 군의 '감히 맹종하지 않는다'를 읽은 이후 몇 가지 성명을 발표하다」(看了魏建功君的 '不敢盲從'以後的幾句聲明)를 가리킨다. 이 글은『집외집습유보편』(集外集拾遺補編)에 수록되어 있다.

4) 쉬친원(許欽文)이 쑨푸위안의 소개를 통해 찾아왔던 것은 조카를 여자고등사범학교의 교원으로 추천해 달라고 부탁하기 위함이었다.

5) 예로센코는 고등사범학교 국문학회의 요청에 응하여「과거의 유령」(過去的幽靈)이라는 제목의 강연을 했다. 경멘즈(耿勉之)가 번역한 강연록은 26일 루쉰에 의해 쑨푸위안에게 전해져 29일『천바오 부간』에 발표되었다.

무라今村, 이노우에井上, 시미즈清水, 마루야마 등 네 명과 나를 식사에 초대했다. 성싼省三도 왔다.

21일 흐림. 일요일, 쉬다. 저녁에 의학서국에 편지를 부쳐 『당시기사』의 결락된 쪽을 요구했다.

22일 흐림. 정오 좀 지나 마유위에게 편지를 부쳤다.

23일 맑음. 오전에 베이징대학에 강의하러 갔다.

24일 맑음. 별일 없음.

25일 맑음. 오후에 베이징대학에서 『국학계간』國學季刊 1책을 보내왔다.

26일 맑음. 오전에 고등사범학교에 강의하러 갔다. 정오 좀 지나 상우인서관에 가서 『천뢰각구장송인화책』天籟閣舊藏宋人畵冊 1책을 3위안에 구입했다. 오후에 E군의 고등사범학교에서의 강연록을 쑨푸위안에게 부쳤다. 기추도에서 『오잡조』五雜組 8책, 『주여』塵餘 2책, 도합 4위안 6자오어치를 부쳐 왔다.

27일 맑음. 정오 좀 지나 샤오스에 갔다. 오후에 셋째의 편지를 받았다. 23일에 부친 것이다. E군을 대신하여 원고 1편을 부쳤다.

28일 맑음. 일요일, 쉬다. 정오 좀 지나 쯔페이가 왔다. 저녁에 푸위안이 왔다. 밤에 『주여』 2책을 다시 장정하였다.

29일 맑음. 오전에 징우鏡吾 선생의 편지를 받았다. 의학서국의 편지를 받았다.

30일 맑음. 오전에 베이징대학에 강의하러 갔다. 정오 좀 지나 류리창에 가서 「위효문황제조구급부도비」爲孝文皇帝造九級浮屠碑 및 뒷면 모두 2매를 1위안에 구입했다. 고등사범학교에 강의원고를 받으러 갔다. 오후에 쑹쯔페이의 편지를 받고서 곧바로 답신했다. 가오랑셴에게 편지를 부쳤다.

31일 맑음. 밤에 『오잡조』 8책을 다시 장정했다.

2월

1일 맑음. 별일 없음.

2일 맑고 바람이 붊. 정오 좀 지나 류리창에 가서 영인원본『본초연의』本草衍義 1부 2책을 2위안 8자오에 구입했다.

3일 맑고 바람이 붊. 오전에 마유위에게 편지를 부쳤다. 즈리관서국直隸官書局에서『석림유서』石林遺書 1부 12책, 4위안 5자오어치, 그리고『수당유서』授堂遺書 1부 16책, 7위안어치를 보내왔다. 정오 좀 지나 푸진서장富晉書莊에 책을 사러 갔으나 구하지 못했다. 오후에 작년 10월분 상반기 월급 150위안을 수령했다. 커다란 궤짝 2점을 23위안에 샀다.

4일 맑음. 일요일, 쉬다. 오후에『당시기사』1쪽을 보충하여 베꼈다.

5일 맑음. 오후에 첸다오쑨錢稻孫이『도광십팔년등과록』道光十八年登科錄 1책을 주었다. 후스즈胡適之가『독서잡지』여러 책을 부쳐 왔다.

6일 맑음. 오후에 쉬지쉬안徐吉軒, 추쯔위안裴子元과 함께 샤오스를 돌아다녔다. 밤에 성싼이 서적 1책을 부쳐 왔다.

7일 맑음. 정오 좀 지나 홀로 샤오스를 돌아다녔다. 저녁에 기추도에서 좌훤左暄의『삼여우필』三餘偶筆 8책,『건상소품』巾箱小品 4책을 부쳐 왔다. 가격은 도합 3위안 2자오이다. 둘째 또한 운소도[6)]에서 볼만한 책 몇 종을 구입했다.

8일 흐림. 피로한 탓에 교육부에 가지 않았다. 책 여러 권을 장정했다.

9일 맑고 바람이 붊. 정오 좀 지나 샤오스를 돌아다녔다.『태평광기』

---

6) 운소도(芸草堂)는 메이지 28년(1895) 4월에 야마다 나오사부로(山田直三郎)가 교토에 창설한 서점이다. 다이쇼 7년(1918)에 도쿄점을 증설하였다. 주로 미술관련 서적을 출판하였다.

잔본 4책을 책당 50원文에 구입했다. 징우 선생께 편지를 부쳤다.

10일 흐림. 밤에 책갑 2매를 만들었다.

11일 맑음. 일요일, 쉬다. 오전에 책갑 2매를 만들었다. 오후에 허츠장賀慈章이 이마제키 덴포今關天彭를 데리고 이야기를 하러 와서 『베이징의 고정림사』北京ノ顧亭林祠 1책을 주었다. 밤에 기추도에서 『세설일』世說逸 1책을 부쳐 왔다. 가격은 5자오이다.

12일 맑음. 쉬다. 『금석존』金石存 4책을 다시 장정하고 책갑 2매를 만들었다. 하루를 들였다.

13일 맑음. 별일 없음.

14일 맑음. 오전에 작년 10월분 하반기 월급 150위안을 수령했다. 정오 좀 지나 류리창에 가서 「원정묘지」元珽墓誌 및 비개 2매를 2위안에, 『당토명승도회』唐土名勝圖會 6책을 5위안에, 『창안지』長安志 5책을 2위안 5자오에 구입했다. 도기 연적 2개를 2위안에 구입하고, 이 가운데 하나를 둘째에게 주었다. 오후에 작년 11월분 상반기 월급 150위안을 수령했다.

15일 맑음. 오후에 샤오스를 돌아다녔다. 음력 섣달그믐이다. 밤에 폭죽소리가 요란하여 잠을 이루지 못했다.

16일 맑음. 쉬다. 별일 없음.

17일 맑음. 쉬다. 정오경에 둘째가 위다푸郁達夫, 장펑쥐, 쉬야오천, 선스위안, 인모, 젠스를 초대하여 식사를 했다. 마유위, 주티셴도 왔다. 오후까지 이야기를 나누었다.

18일 맑음. 일요일, 쉬다. 별일 없음.

19일 눈이 약간 내리다가 그침. 쉬다. 별일 없음.

20일 맑음. 오후에 추쯔위안과 함께 쑹윈거松雲閣에 가서 토우土偶 3점을 도합 5위안에 구입했다. 작년 11월 하반기 월급 150위안을 수령했다.

21일 맑음. 정오 좀 지나 류리창에 가서 한대의 화상 탁본 3매를 1위안 5자오에 구입했다. 다시 쑹윈거에 가서 토우인土偶人 8점을 도합 14위안에 구입했다. 또 노점에서 『명동갑록』明僮故錄 1책을 1자오에 샀다.

22일 맑음. 정오 좀 지나 류리창을 돌아다니다가 「정주조상」丁柱造像 탁편 1매를 2위안 5자오에 구입했다. 옹대년翁大年의 제사題辭가 있다.

23일 맑음. 정오 못 미쳐 장펑쥐가 점심에 초대했다. 열 명이 동석했다.

24일 맑음. 오전에 장쥔제張俊傑의 편지를 받았다.

25일 맑고 바람이 붊. 일요일, 쉬다. 오후에 셋째의 편지를 받았다.

26일 맑고 바람이 붊. 정오 좀 지나 창뎬厰甸을 돌아다니다가 「완조조상」緩曹造像과 「모차조상」毛叉造像 모두 4매를 2위안에 구입했다. 오후에 기추도서점에서 『소씨제병원후론』巢氏諸病源候論 1부 10책을 구입했다. 가격은 역시 2위안이다. 밤에 위다푸로부터 식사 초대장을 받았다. 왕수쥔王叔鈞의 큰아들이 결혼한다기에 축하금 4위안을 보냈다.

27일 맑음. 오전에 베이징대학에 강의하러 갔다. 정오 좀 지나 후스즈가 교육부에 왔다. 저녁에 함께 둥안東安시장에 갔다. 다시 둥싱러우東興樓에 가서 위다푸의 초대에 응했다. 술을 마시다가 도중에 돌아왔다.

28일 맑음. 정오 좀 지나 창뎬을 돌아다니다가 잡다한 소설 몇 종을 구입했다. 칭윈탕慶雲堂에 가서 푸자이葍齋가 소장하고 있는 전탁편을 구경했다. 가격이 비싸며, 새로 탁본한 듯하다. 「조전비」曹全碑 및 뒷면 2매를 구입했다. 모두 전지이며, 가격은 1위안 5자오이다. 아울러 왕치자궐잔자王稚子闕殘字 및 화상 각 1매, 제기題記 2매를 3위안에 구입했다. 또한 석문石門 화상 2매를 6위안에 구입했다. 그 가운데 하나는 뒷면인데, '건녕建寧 4년' 운운의 제자題字가 있다. 두 개의 방문榜文은 위각僞刻이다. 밤에 위다푸의 편지를 받았다.

3월

1일 흐리다가 정오 좀 지나 맑음. 별일 없음. 밤에 바람이 거세게 불었다.

2일 맑고 바람이 붊. 오전에 고등사범학교에 강의하러 갔다. 창뎬을 돌아다니다가 「장성묘갈」張盛墓碣 탁본 1매를 1위안에 구입했다.

3일 맑음. 오전에 셋째에게 편지를 부쳤다. 장쥔제에게 답신했다.

4일 맑음. 일요일, 쉬다. 옛 서적 2책을 새로 장정했다.

5일 맑음. 별일 없음.

6일 맑음. 오전에 베이징대학에 강의하러 갔다. 저녁에 선젠스沈兼士의 편지를 받았다.

7일 흐리다가 저녁에 비. 별일 없음. 밤에 바람이 거세게 불었다.

8일 흐리고 바람이 거셈. 목과 등에 통증이 있어 쉬다. 해질 녘에 바람이 잦다.

9일 맑음. 오전에 고등사범학교에 강의하러 갔다.

10일 진눈깨비. 별일 없음.

11일 흐림. 일요일, 쉬다. 오후에 쯔페이가 왔다. 밤에 바람이 불었다.

12일 맑음. 별일 없음.

13일 흐림. 오전에 베이징대학에 강의하러 갔다. 오후에 바람이 불고 맑다가 밤에 보슬비가 내렸다.

14일 흐림. 정오 좀 지나 후스즈의 편지를 받았다. 교육부에 『대명현지』大名縣志를 반환했다.

15일 흐림. 정오 좀 지나 이발을 했다. 위다푸의 편지를 받았다. 오후에 작년 12월분 상반기 월급 150위안을 수령했다. 밤에 가랑비가 내렸다.

16일 흐림. 오전에 고등사범학교에 강의하러 갔다. 저녁에 날이 갰다. 타이둥서국[7]에서 부친『창조』創造 1책을 받았다. 밤에 탁족을 했다.

17일 맑음. 오후에 쉬지쉬안, 추쯔위안과 함께 샤오스를 돌아다녔다. 『독서잡석』讀書雜釋 4책을 1위안에 구입했다.

18일 맑음. 일요일, 쉬다. 정오 좀 지나 후스즈에게 편지를 부쳤다. 오후에 이우관李又觀[망명 중인 조선인]이 왔다. 저녁에 마루야마가 왔다. 쑨베이하이孫北海에게 도서관 열람의 편의를 부탁하는 글을 한 통 써 주었다.

19일 맑음. 별일 없음.

20일 맑음. 오전에 베이징대학에 강의하러 갔다. 정오 좀 지나 류리창에 가서 영인본『초씨역림』焦氏易林 1부 16책을 4위안에 구입했다. 밤에 마유위에게 편지를 부쳤다.

21일 맑음. 오후에 쑨푸위안이 아들 후이디惠迪를 데리고 왔다.

22일 맑음. 저녁에 마루야마丸山의 편지를 받았다. 리샤칭의 편지를 받았다.

23일 맑음. 오전에 고등사범학교에 강의하러 갔다. 즈리서국直隷書局에 가서 석인본『이견지』夷堅志 및『요재지이』聊齋志異 각 1부를 각각 1위안 8자오에 구입했다. 오후에 공묘에 가서 정제丁祭의 제례를 예행했다.

24일 맑음. 오후에 후궈사護國寺 시장을 잠시 둘러보았다.

25일 맑음. 일요일. 동틀 녘에 공묘에 가서 제례를 올렸다. 돌아오는 길에 인력거에서 떨어져 치아 두 개가 부러졌다.

26일 가랑비. 쉬다. 저녁에 날이 갰다.

---

7) 타이둥서국(泰東書局)은 상하이의 타이둥도서국(泰東圖書局)을 가리키며, 웨난궁(越南公)이 운영을 주관하였다. 1930년에 이 출판사는 루쉰 등을 월간『세계문화』(世界文化) 편집에 초빙했다.

27일 흐림. 쉬다. 오전에 셰허協和가 왔다. 저녁에 비가 내렸다. 셋째가 『미쇄』彌灑 1책을 부쳐 왔다.

28일 맑음. 쉬다. 오전에 지푸가 와서 『소설사』 강의록[8] 마흔한 쪽을 주었다.

29일 맑음. 신조사新潮社에서 『풍광심리』風狂心理 1책을 주었다.

30일 맑음. 오전에 사범고등학교에 강의하러 나갔다. 『우향영습』藕香零拾 1부 32책을 8위안 4자오에 구입했다.

31일 흐리다가 저녁에 비. 별일 없음.

4월

1일 맑음. 일요일, 쉬다. 별일 없음.

2일 흐리고 바람이 붊. 정오 좀 지나 베이징대학에서 『태평광기』太平廣記 80책과 그 밖의 9책을 보내와 교정을 부탁했다.

3일 흐림. 오전에 베이징대학에 강의하러 갔다. 오후에 샤오스를 돌아다니다가 석각 「공자급제자상찬」孔子及弟子像贊 탁본 15매를 4자오에 구입했다. 저녁에 차이 선생의 편지를 받았다. 아울러 한대 화상 탁본 3매를 돌려주었다. 밤에 비가 내렸다.

4일 흐림. 별일 없음.

5일 맑음. 별일 없음.

6일 흐림. 청명절, 쉬다. 별일 없음.

---

8) 베이징고등사범학교에서 인쇄한 『중국소설사대략』(中國小說史大略) 강의 프린트를 가리킨다. 후에 수정을 거쳐 『중국소설사략』(한국어판 루쉰전집 11권)이란 이름으로 출판되었다.

7일 흐리고 바람이 붊. 오후에 가랑비가 내리다가 금방 그쳤다. 별일 없음.

8일 맑음. 일요일, 쉬다. 오전에 마루야마, 호소이細井 두 사람이 와서 사진을 찍고 돌아갔다. 오후에 푸위안이 후이디를 데리고 왔기에, 둘째 및 펑이豐一와 함께 공원에 갔다. 또한 리샤오펑李小峰, 장마오천章矛塵을 만나 한참 동안 차를 마시다가 해질 녘에 돌아왔다.

9일 맑음. 쉬다.『청쇄고의』의 결본을 베꼈다. 오후에 레이촨雷川 선생이 오셨다.

10일 맑음. 오전에 베이징대학에 강의하러 갔다. 왕중런王仲仁이 밤 3시에 프랑스병원[9]에서 죽었다는 소식을 듣고 울적했다. 정오 좀 지나 류리창에 가서 즈리서국에 책의 장정을 부탁했다. 오후에 소설월보사에서『소설월보』1호 1책을 부쳐 왔다.

11일 맑고 바람이 거셈. 밤에 마유위에게 편지를 부쳤다.

12일 맑음. 오후에 푸위안이 왔다. 밤에 바람이 불었다.

13일 맑음. 오전에 리샤칭의 편지를 받았다. 허즈싼何植三 등의 편지를 받았다. 고등사범학교에 강의하러 갔다. 더구자이德古齋에서 「왕지명등조상」王智明等造像 2(?)매, 「진신강등조상」陳神姜等造像 4매, 「엄수등수탑기」嚴壽等修塔記 1매, 「법진등조상기」法眞等造像記 4매를 도합 3위안에 구입했다. 쑹윈거에서 당대의 진흙불상 1점을 1위안에 샀는데, 산시陝西에서 출토된 것이다. 정오 좀 지나 쑨푸위안에게 편지를 부쳤다. 샤오스를 돌아다니다가『한율고』漢律考 1부 4책을 1위안에 구입했다.

---

9) 프랑스병원(法國病院)은 베이징의 둥자오민샹(東交民巷) 시커우(西口)에 있다. 3·18참사 후에 루쉰은 이곳으로 피난하였다.

14일 맑고 바람이 붊. 정오 좀 지나 고등사범학교에 강의원고를 부쳤다. 마루야마의 편지를 받았다.

15일 맑고 바람이 붊. 일요일, 쉬다. 오전에 저우자모周嘉謨에게 편지를 부쳤다. 정오경에 마루야마의 식사 초대를 받아 예로센코 및 둘째와 함께 중앙반점에 갔다.[10] 동석한 이로는 후지쓰카, 다케다竹田, 야오천耀辰, 펑쥐鳳擧 등 모두 8명이었다. 오후에 야오천, 펑쥐, 그리고 둘째와 함께 학생들이 모인 문학회[11]에 갔다. 밤에 푸위안, 샤오펑과 후이디가 왔다.

16일 흐리고 정오 좀 지나 비. 저녁에 장펑쥐가 광허쥐廣和居에서의 식사에 초대하였다. 동석한 이는 사와무라澤村의 조교 리黎 군, 마수핑馬叔平, 선쥔모沈君黙, 젠스堅士, 쉬야오천이다. 예로센코는 귀국하였다.

17일 비. 오전에 베이징대학에 강의하러 갔다. 오후에 맑고 바람이 불었다. 저우자모의 편지와 극본원고 1편을 받았다. 후스즈가 『서유기고증』西遊記考證 1책을 주었다. 밤에 『청쇄고의』 전집前集의 보충 베끼기를 끝마쳤다.

18일 맑고 바람이 붊. 오후에 추쯔위안과 함께 쑹윈거에 가서 토우인 4점을 도합 5위안에 구입했다.

19일 맑음. 정오 좀 지나 지푸에게 『소설사』 강의 프린트[12] 1권을 부

---

10) 이날 마루야마 곤메이(丸山昏迷)가 중앙반점에 연석을 마련한 것은 귀국하는 예로센코를 송별하기 위함이었다.
11) 문학회는 춘광사(春光社)의 집회를 가리킨다. 춘광사는 베이징대학 학생들이 1923년 봄에 조직한 문예사단이다. 성원으로는 쉬친원(許欽文), 둥추팡(董秋芳), 궁바오셴(龔寶賢) 등 20여 명이었다.
12) 『소설사』 강의 프린트는 『중국소설사략』 강의본을 가리킨다. 루쉰은 1920년 가을부터 베이징대학에서 중국소설사를 강의하였는데, 강의록을 학생들에게 계속 인쇄하여 나누어 주었다. 이날 인쇄하였으나 아직 장정되지 않은 강의록 173쪽 분량을 쉬서우창(許壽裳)에게 부쳤던 것이다. 『중국소설사』는 1923년 12월 베이징대학의 신조사에서 상권을 출판하고, 이듬해 6월에 하권을 출판하였다.

쳤다.

20일 맑음. 별일 없음.

21일 맑음. 오전에 쯔페이가 햄 하나, 차 한 상자를 주었다. 밤에 E군의 원고 1편[13]의 번역을 끝마쳤다.

22일 맑음. 일요일, 쉬다. 후궈사에 시장이 열리는지라 정오 좀 지나 나가 보았다. 오후에 쯔페이가 왔다.

23일 흐림. 별일 없음.

24일 맑음. 오전에 베이징대학에 강의하러 갔다. 정오 좀 지나 샤오스를 돌아다니다가 500원^{文}으로 『각세진경천화편』^{覺世眞經闡化編} 1부 8책을 구입했다. 오후에 쉬지쉬안, 추쯔위안과 함께 쑹윈거에 갔다. 마침 뤄양^{洛陽}에서 온 사람이 있어서 5위안으로 육조^{六朝}의 조그마한 토우인 2점, 송대의 자기 노리개 6점을 샀다. 밤에 베이징대학에서 『국학계간』 1책을 부쳐 왔다.

25일 맑음. 별일 없음.

26일 맑음. 별일 없음.

27일 맑음. 오전에 고등사범학교에 강의하러 갔다. 즈리서국^{直隸書局}에 가서 『동인수혈침자도경』^{銅人腧穴針灸圖經} 1부 2책을 1위안 4자오에, 그리고 석인본 『성유상해』^{聖諭像解} 1부 10책을 1위안에 구입했다. 쑹윈거에 가서 토우인 2점, 닭과 돼지 각 1점을 5위안에 샀다. 오후에 다이뤄링^{戴螺舲}과 함께 샤오스를 둘러보다가 1위안 1자오로 조그마한 자기 화분 1점과 커다란 자기 쟁반 2점을 샀다. 밤에 바람이 불었다.

---

13) 러시아 예로셴코의 동화 「붉은 꽃」(紅的花)을 가리킨다. 루쉰은 번역원고를 4월 28일에 후위즈(胡愈之)에게 보냈다. 『소설월보』 제14권 제7호(1923년 7월)에 발표되었으며, 1931년 상하이 카이밍서점(開明書店)판의 예로셴코동화합집 『행복의 배』(幸福的船)에 수록되었다.

28일 맑음. 오후에 후위즈에게 번역원고 1편을 부쳤다. 밤에 탁족을 했다.

29일 맑음. 일요일, 쉬다. 오후에 후위즈에게 편지를 부쳤다. 서적 6책의 장정을 마쳤다. 저녁에 푸위안이 왔다.

30일 맑음. 오전에 정전둬鄭振鐸의 편지와 인세 54위안을 받았다. 오후에 작년 12월분 하반기 월급 150위안을 수령했다. 밤에 셋째가 돌아와 담배 두 상자를 주었다.

5월

1일 맑고 바람이 붊. 정오 좀 지나 도서분관으로 쯔페이를 찾아갔으나 만나지 못했다. 상우인서관에 가서 인세 54위안을 받아 『옥편』玉篇 3책, 『광운』廣均 5책, 『법언』法言 1책, 『비릉집』毗陵集 4책을 도합 3위안 4자오에 구입했다. 쑹윈거에 가서 토우인 5점을 7위안에 샀다. 셋째에게서 외투한 벌을 양도받고서, 그 원가 14위안을 돌려주었다. 밤에 정전둬에게 답신했다.

2일 맑고 바람이 붊. 별일 없음.

3일 흐리다가 오후에 가랑비. 정월분의 반달치 월급 150위안을 수령했다.

4일 가랑비가 내리다가 오후에 갬. 마루야마가 교육부로 찾아왔다. 쑨베이하이孫北海에게 도서관 열람을 위해 다케다, 고니시小西, 와키미즈脇水 세 사람을 소개하는 편지를 썼다. 왕퉁자오王統照가 왔다.

5일 맑음. 별일 없음.

6일 맑음. 일요일, 쉬다. 정오경에 쑨푸위안이 왔다.

7일 흐리고 밤에 바람이 거셈. 별일 없음.

8일 흐리고 바람이 붊. 오전에 베이징대학에 강의하러 갔다. 마루야마와 이시카와 한잔石川牛山 두 사람을 만났다. 저녁에 마루야마의 초대로 대륙반점大陸飯店에서 식사를 했다. 동석한 이로는 이시카와 및 후지와라 가마에藤原鎌兄 두 사람이 더 있었다.

9일 맑음. 별일 없음.

10일 맑음. 돈을 갹출하여 친펀秦汾을 위해 족자를 만들자는 이가 있어 1위안을 냈다. 성싼省三이 떠난다고 하기에 5위안을 전별금으로 주었다. 저녁에 둘째와 술과 안주를 약간 마련하여 셋째와 함께 마셨다. 푸위안도 초대했다.

11일 맑음. 오전에 고등사범학교에 강의하러 갔다.

12일 맑음. 오전에 성싼의 편지를 받았다. 밤에 자오쯔허우趙子厚의 편지를 받았다.

13일 맑음. 일요일, 쉬다. 정오 좀 지나 둘째와 함께 춘광사春光社의 요청에 응하여 이야기를 나누었다. 오후에 중앙공원에서 셋째와 펑완豐丸을 만나 함께 차를 마셨다. 저녁에 푸위안이 왔다. 밤에 『안씨가훈』顏氏家訓 2책을 다시 장정했다.

14일 맑음. 아침에 셋째가 상하이에 갔다. 『최후의 탄식』最後之嘆息 1책을 쯔성梓生에게 전해 달라고 부탁했다. 저녁에 추쯔위안과 시지칭西吉慶에 가서 식사를 했다. 다시 베이징대학 제2원에 가서 다나베 히사오田邊尚雄의 강연 「중국 옛 음악의 가치」中國古樂之價值[14]를 들었다.

---

14) 원제는 「지나 고대음악의 세계적 가치」(支那古代音樂の世界的價値)이다. 강연의 일본어 원고는 5월 20일과 27일 일본어판 『베이징주보』(北京週報) 제65, 66호에 실렸으며, 중국어 번역원고는 5월 23일 『천바오 부간』에 실렸다.

15일 흐림. 오전에 베이징대학에 강의하러 갔다. 정오 좀 지나 가오랑셴이 『왕우승집전주』王右丞集箋注 1책을 5위안에 대신 구입해 주었다. 저녁에 비가 한바탕 내렸다. 밤에 『석림유서』石林遺書 12책의 재장정을 마쳤다.

16일 맑음. 밤에 탁족을 했다.

17일 맑음. 밤에 고서를 손질했다.

18일 비. 오전에 고등사범학교에 강의하러 갔다. 다구자이達古齋에서 「호종매지권」浩宗買地券 1매를 2위안에, 그리고 「구윤철묘지」寇胤哲墓誌 및 비개 1매, 잔석 2종 2매를 도합 2위안에 구입했다. 도서분관에 책을 조사하고, 또 쯔페이에게 이사 축하금으로 10위안을 주었다. 오후에 날이 갰다.

19일 가랑비. 오후에 샤칭이 와서 『근대 8대 사상가』近代八大思想家 1책과 태평천국왕인太平天國王印의 사본 2매를 주었다. 밤에 셋째의 편지를 받았다. 16일에 상하이에서 부친 것이다. 고서 3부를 다시 장정하여 모두 12책을 끝마쳤다. 술을 마셨다.

20일 흐림. 일요일, 쉬다. 오후에 쯔페이가 왔다. 푸위안이 와서 워싱턴표 궐련 한 상자를 주었다. 이 밖에 리샤오펑李小峰이 전해 달라고 부탁했던 『물보라』浪花 2책을 주었다. 밤에 돌아갔다. 소설집 『외침』의 원고 1권과 인쇄비 200위안을 맡겼다.[15]

21일 흐리다가 오후에 갬. 셋째에게 편지와 서적 1책을 부쳤다. 저우자모에게 편지와 희곡 원고를 부쳤다. 샤오스를 돌아다니다가 『조시총담』朝市叢談 1부 8책을 2자오에 구입했다.

22일 맑음. 오전에 베이징대학에 강의하러 가서 『태평광기』를 반납했

---

15) 루쉰의 첫번째 소설집인 『외침』(吶喊)은 원래 1923년 8월 신조사(新潮社)에서 출판할 예정이었으나 신조사의 자금부족으로 인해 루쉰이 인쇄비 200위안을 마련하여 빌려주었다. 이 금액은 1924년 3월 14일, 4월 4일 두 차례에 걸쳐 상환되었다.

다. 셋째가 『초례존』草隷存 1부 2책을 부쳐 왔다. 가격은 3위안 2자오이다.

23일 맑음. 오후에 사와무라와 장펑쥐가 왔다. 저녁에 정전둬에게 편지를 부쳤다. 밤에 바람이 거세게 불었다.

24일 맑고 바람이 붊. 정오 좀 지나 『베이징승경』北京勝京 1책을 지푸에게 부쳤다. 저녁에 푸위안이 왔다.

25일 흐림. 오전에 고등사범학교에 강의하러 갔다. 더구자이에 가서 사와무라를 위해 「효당산화상」孝堂山畵像 1조를 3위안 5자오에 구입했다. 오후에 쑨푸위안의 편지, 그리고 인쇄를 부탁한 명함 100매를 받았다. 역사박물관에서 마테오 리치Matteo Ricci의 지도사진 1조 3매를 주었다. 밤에 16쪽을 보충하여 베꼈다. 비가 내렸다.

26일 맑음. 오전에 셋째의 편지를 받았다. 23일에 부친 것이다. 오후에 바람이 불었다. 저녁에 둘째가 술자리를 마련하여 손님을 청했다. 사와무라, 마루야마, 야오천, 펑쥐, 스위안, 유위, 그리고 우리, 모두 8명이 왔다.

27일 맑고 바람이 붊. 일요일, 쉬다. 정오 좀 지나 주쉰久巽의 편지를 받았다. 셋째의 편지를 받았다. 이발을 했다.

28일 맑음. 오전에 셋째의 편지를 받았다. 25일에 부친 것이다. 정오 좀 지나 제왕묘帝王廟[16)]에 아폴론Apollon전람회[17)]의 회화를 구경하러 갔다. 오후에 정월분 월급의 3할인 90위안을 수령했다. 샤오스를 둘러보았다. 밤에 셋째에게 답신했다.

29일 맑음. 오전에 베이징대학에 강의하러 갔다. 오후에 더구자이에

---

16) 제왕묘(帝王廟)는 역대 제왕의 사당을 가리키며, 베이징 푸청먼(阜成門) 내의 한길에 있다. 민국 후에는 공공장소로 변하여 이곳에서 전람회가 자주 개최되었다.
17) 아폴론(Apollon)전람회는 아폴론학회가 이달 15일부터 30일에 걸쳐 개최한 제2회 회화전이다. 아폴론은 그리스 신화에 등장하는 태양신이다.

가서 황장석명黃腸石銘[18] 2매, 잡다한 조상 7종 10매, 묘명墓名 3종 3매를 도합 12위안에 구입했다.

30일 맑음. 별일 없음.

31일 맑음. 저녁에 바람이 붊. 별일 없음.

6월

1일 맑음. 오전에 셋째의 편지를 받았다. 28일에 부친 것이다. 저녁에 답신했다.

2일 맑음. 치질로 거의 누워 지냈다.

3일 맑음. 일요일, 쉬다. 오전에 쉬야오천, 장펑쥐, 선스위안, 인모가 왔다. 밤에 탁족을 했다.

4일 맑고 더움. 별일 없음.

5일 가랑비. 오전에 베이징대학에 강의하러 갔다. 밤에 날이 갰다.

6일 맑음. 오전에 푸위안의 편지를 받았다. 정오 좀 지나 지푸에게 『소설사』 3편을 부쳤다. 저녁에 목욕을 했다. 오전부터 한밤까지 『왕우승집 전주』 4쪽을 보충하여 베꼈다. 바람이 불었다.

7일 맑음. 정오 좀 지나 세계어학교[19]의 자금준비 학예회에 갔다. 밤에 『왕우승집』 2쪽을 보충하여 베꼈다.

---

18) 황장석(黃腸石)은 고고학에서 사용되는 명칭으로서, 동한(東漢)의 제후왕묘를 만드는 데에 흔히 사용되었던 석재이다. 이 석재에는 왕묘 제작의 연월, 제작자의 인명, 산지, 크기 등이 새겨져 있다.

19) 세계어학교(世界語學校), 즉 에스페란토학교는 베이징세계어전문학교(北京世界語專門學校)를 가리킨다. 1923년부터 창설준비에 들어갔는데, 루쉰은 발기인 겸 이사의 한 사람이었다. 루쉰은 1923년 9월부터 1925년 3월까지 이 학교에서 중국소설사를 강의하였다.

8일 맑음. 오전에 고등사범학교에 강의하러 갔다. 궈야오쭝郭耀宗에게 소설 원고를 되돌려보냈다. 더구자이에 가서 「여초정묘지」呂超靜墓誌 1매를 1위안에, 육조의 조상 7종 12매를 2위안에 구입했다. 밤에 뇌우가 쏟아졌다. 『왕우승집』 3쪽을 보충하여 베꼈다.

9일 맑음. 오전에 『왕우승집』 1쪽을 보충하여 베꼈다. 『왕우승집』의 보충을 끝마쳤다. 밤에 베이징대학의 답안지 46매를 살펴보았다.

10일 맑음. 일요일, 쉬다. 오전에 셋째의 편지를 받았다. 7일에 부친 것이다. 정오 좀 지나 가랑비가 내리다가 저녁에 갰다. 푸위안이 왔다. 밤에 『왕우승집』 8책을 장정했다. 고등사범학교의 답안지 27매를 살펴보았다.

11일 맑음. 별일 없음.

12일 맑음. 오후에 고등사범학교에 갔다. 후쿠오카福岡의 편지를 받았다. 저녁에 푸위안에게 편지를 부쳤다.

13일 흐림. 오후에 푸위안이 왔다. 가랑비가 내리다가 곧 그쳤다.

14일 맑음. 오후에 먀오진위안繆金源의 편지와 「강소청의」江蘇清議 3매, 「병각공도화」枰角公道話 2매를 받았다.

15일 맑음. 오후에 다이뤄링의 거처에 갔다. 고등사범학교에 월급을 수령하러 갔다. 밤에 바람이 불었다.

16일 맑고 더움. 정오경에 이가 아파서 오후에 유산마그네슘 1첩을 복용했다. 저녁에 설사를 두 번 하더니 차츰 나아졌다.

17일 흐리고 바람이 붊. 일요일, 쉬다. 오전에 먀오진위안에게 답신했다. 셋째에게 편지를 부쳤다. 푸위안이 후이뎨惠迭를 데리고 와서 춘타이春台가 프랑스에서 보내온 편지를 건네주었다. 저녁에 날이 갰다.

18일 맑음. 단오절, 쉬다. 정오경에 쑨푸위안을 초대하여 식사를 하였다. 후이디惠迪 역시 왔다. 연일 『수당유서』授堂遺書를 다시 장정하였는데,

한밤에 이르러 실 꿰기를 마쳤다. 모두 16책이며, 두 상자로 나누었다.

19일 맑음. 오후에 월급 51위안을 수령했다. 정월분의 1할 7부이다. 저녁에 이가 다시 약간 아팠다.

20일 맑음. 오전에 이토伊東 의사의 거처로 이를 치료하러 갔다. 우선 이를 두 개 뽑았다.

21일 맑음. 오후에 특별유통권 116위안을 수령했다. 2월분 월급의 3할 3부이다.

22일 흐리고 바람이 붊. 오후에 이토 의사의 거처로 이를 치료하러 갔다. 이를 두 개 뽑았다.

23일 맑음. 오후에 류리창에 가서 토우인 1점, 자그마한 자기 개 1점을 도합 2위안에 구입했다.

24일 맑음. 일요일, 쉬다. 정오 좀 지나 바람이 불었다. 저녁에 푸위안이 왔다.

25일 맑고 바람이 붊. 저녁에 목욕을 했다. 밤에 뇌우가 몰아쳤다.

26일 맑음. 오전에 이토의 거처에 가서 이를 하나 뽑았다. 루미창祿米倉으로 펑쥐, 야오천을 찾아갔다. 스위안, 인모와도 만났다. 둘째는 이미 와 있었다. 함께 식사를 하고 해질 녘까지 이야기를 나누고서야 나왔다. 둥안東安시장에 갔다가 장씨蔣氏의 각본 『찰박』札樸을 발견하고서 1부 8책을 2위안 4자오에 구입했다. 셋째의 편지를 받았다. 23일에 부친 것이다. 펑성싼馮省三의 편지를 받았다. 밤에 가랑비가 내렸다.

27일 흐림. 오전에 샤칭에게 부의금 5위안을 냈다. 황중카이黃中塏가 딸을 시집보내기에 1위안을 주었다.

28일 흐림. 오전에 이토의 거처에 가서 충치를 하나 때웠다. 정오 좀 지나 푸위안이 왔다. 오후에 비가 내렸다.

29일 맑음. 오전에 류리창에 갔다. 칭윈거에 가서 신발 한 켤레를 샀다. 베이징대학 신조사에 갔다. 잠시 후 리샤오펑, 쑨푸위안 및 둘째와 함께 제2원의 식당에 가서 점심을 먹었다. 푸위안이 지불했다. 저녁에 셋째의 편지를 받았다.

30일 맑음. 오전에 이토의 거처에 가서 충치 두 개를 때웠다. 오후에 쯔페이가 와서 차 두 봉지를 주었다.

7월

1일 맑음. 일요일, 쉬다. 저녁에 바람이 불었다. 별일 없음.

2일 맑음. 별일 없음.

3일 흐림. 쉬다. 셋째에게 편지를 부쳤다. 둘째와 둥안시장에 갔다가 다시 둥자오민샹의 서점에 갔다. 다시 야마모토 사진관[20]에서 윈강석굴雲岡石窟의 불상 사진 14매, 정딩正定의 목불상木佛像 사진 3매를 도합 6위안 8자오에 구입했다. 오후에 푸위안이 와서 춘타이가 보내 준 주석제 말 한 필을 건네주었다.

4일 맑음. 오전에 펑쥐, 스위안, 인모가 왔다.

5일 맑음. 별일 없음.

6일 맑다가 정오 좀 지나 흐리고 저녁에 비비람이 약간 몰아침. 목욕을 했다.

7일 맑음. 정오좀 지나 푸위안의 편지를 받았다. 고등사범학교[21]의 편

---

20) 야마모토 사진관은 일본인 야마모토 산시치로(山本贊七郎)가 베이징 왕푸징다제(王府井大街)에 열었던 사진관이다. 1897년(청 광서光緒 23년)에 개업하였으며, 청말 중국의 사회상을 보여주는 각종 풍광과 유물, 인물의 사진을 다수 남겼다.

지를 받고서 곧바로 답신했다. 마유위의 편지와 잔본 『삼국지연의』三國志演義 16책을 받았다. 오후에 답신했다. 저녁에 비바람이 약간 몰아쳤다.

8일 맑음. 일요일, 쉬다. 오후에 푸위안이 왔다. 저녁에 우레가 치고 밤에 이슬비가 내렸다.

9일 흐림. 몸이 피로하여 쉬다. 별일 없음.

10일 맑다가 오후에 비가 한바탕 쏟아지고 곧바로 갬. 별일 없음.

11일 맑다가 오후에 비바람이 한바탕 거세게 몰아침. 별일 없음.

12일 맑음. 오전에 셋째의 편지를 받았다. 9일에 부친 것이다. 오후에 상우인서관으로부터 예로셴코의 삼색 초상화[22] 1,000매를 받았다. 신조사를 대신하여 구입한 것이다. 마유위의 편지를 받았다.

13일 맑음. 저녁에 목욕을 했다.

14일 맑음. 정오 좀 지나 셋째의 편지를 받았다. 대학의 문예계간에 원고 1편을 썼다. 저녁에 푸위안이 왔다가 곧바로 갔다. 오늘밤부터 내 방에서 식사를 하기 시작하였으며,[23] 스스로 요리 한 가지를 마련했다. 이것은 기록해 둘 만한 일이다.

15일 흐림. 일요일, 쉬다. 오후에 쿵싼쿵三이 왔다. 리샤칭이 장남을 데리고 왔다. 사오싱에서 나오는 붓 열 자루를 주었다. 저녁에 비가 내렸다.

16일 비. 오후에 셋째에게 편지를 부쳤다.

---

21) 베이징고등사범학교는 1923년 7월 1일부터 베이징국립사범대학(北京國立師範大學)으로 개칭되었다. 하지만 루쉰의 일기에서는 이후로도 계속해서 고등사범학교를 가리키는 용어, 이를테면 '고사'(高師) 혹은 '사범학교'(師範學校) 등을 사용하고 있다. 이 책에서는 이날 이후부터 '고등사범학교'를 '베이징사범대학'으로 번역하여 역문의 통일을 기하고자 한다.
22) 이 초상화는 후에 간행된 『연분홍 구름』(桃色的雲)의 첫머리에 게재되었다.
23) 루쉰 형제와 그들의 가족은 바다오완(八道灣)에 함께 거주하였으나, 저우쭤런의 아내 하부토 노부코(羽太信子)의 충동질로 말미암아 루쉰과 저우쭤런 사이에 불화가 발생하였다. 이날 밤부터 루쉰은 가족과 함께 식사하지 않은 채 홀로 식사를 했다.

17일 흐림, 오전에 다이창팅戴昌霆이 셋째가 전해 달라 맡긴 대바구니 하나와 베 한 꾸러미를 건네주었다. 상우인서관 제판소로부터 예로셴코의 초상 동판[24] 세 개를 받았다. 오후에 비가 내렸다.

18일 흐림. 정오경에 주쉰久巽의 편지를 받았다. 밤에 보슬비가 내렸다.

19일 흐림. 오전에 치밍啓孟이 직접 편지[25]를 가져왔다. 나중에 불러 물어보려 하였으나 오지 않았다. 오후에 비가 내렸다.

20일 맑음. 정오 좀 지나 마유위에게 편지를 부치면서 『열녀전』列女傳, 『당국사보』唐國史補, 잔본 『삼국지연의』三國志演義를 돌려주었다. 오후에 푸위안이 왔다. 밤에 성싼, 성수聲樹가 왔다. 한밤중에 뇌우가 요란하게 퍼부었다.

21일 맑음. 오후에 이발을 했다.

22일 맑음. 일요일, 쉬다. 별일 없음.

23일 맑음. 오전에 큰 거울 하나를 역사박물관에 기증했다. 셋째의 편지를 받았다. 20일에 부친 것이다. 밤에 답신했다.

24일 맑음. 오후에 성수가 왔다.

25일 맑음. 오전에 이토의 거처에 이를 치료하러 갔다. 성수에게 편지를 부쳤다.

26일 맑음. 오전에 콴타후퉁에 집을 보러 갔다.[26] 오후에 서적을 정리

---

24) 예로셴코의 화상은 일본의 서양화가인 나카무라 쓰네(中村彝)가 그렸으며, 7월 베이징대학 신 조사에서 출판된 『연분홍 구름』의 첫머리에 삼색판으로 실렸다. 당시 베이징의 제판기술이 뛰 어나지 않았기 때문에 상하이의 상우인서관에 제판을 맡겼던 것이다.

25) 저우쭤런이 가져온 편지는 "앞으로 뒤뜰로 오지 마시오"라는 내용을 담고 있었다. 형제의 우의 는 이로부터 결별하고 말았다.

26) 루쉰은 저우쭤런과 결별한 뒤 바다오완의 집에서 나올 준비를 하였으며, 쉬셴쑤(許羨蘇)의 소 개로 콴타후퉁 61호로 집을 보러 갔다.

하여 상자에 담았다.

27일 맑음. 오전에 푸위안의 편지를 받았다. 오후에 쯔페이가 아들과 조카를 데리고 왔다. 마른 죽순과 새 차 한 꾸러미를 각각 주었다. 그의 아이에게는 장난감 두 점을 주었다.

28일 맑음. 오전에 이토의 거처로 이를 치료하러 갔다. 오후에 쑨푸위안이 『연분홍 구름』 20책을 가져왔다. 곧바로 그에게 1책을 주고 리샤오펑에게 1책을 전해 달라고 부탁했다. 밤에 셋째에게 편지를 부쳤다.

29일 맑음. 일요일, 쉬다. 종일 서적을 상자에 담아 넣어 밤에 끝마쳤다. 비가 내렸다.

30일 흐림. 오전에 서적과 법첩法帖 등을 담은 크고 작은 12상자를 교육부에 보관하였다. 마유위에게 편지를 부치면서 『당국사보』 및 『청쇄고의』를 돌려주었다. 다이뤄링, 펑성싼에게 『연분홍 구름』을 1책씩 주었다. 정오경에 비가 한바탕 내렸다. 셋째의 편지를 받았다. 26일에 부친 것이다. 밤에 답신했다.

31일 맑음. 오전에 추쯔위안을 방문하여 함께 집을 보러 다녔다. 쉬지푸에게 편지를 부치면서 『문선』文選 1부를 돌려주고 『연분홍 구름』 1책을 주었다.

8월

1일 흐림. 오전에 이토의 거처로 이를 치료하러 갔다가 시미즈 야스조淸水安三를 만나 함께 커피숍에 가서 잠시 앉아 있었다. 정오 좀 지나 짐을 꾸렸다. 오후에 펑성싼의 편지를 받았다. 저녁에 가랑비가 내렸다. 셋째에게 편지를 부쳤다.

2일 비가 내리다가 정오 좀 지나 갬. 오후에 아내를 데리고 좐타후퉁 61호로 이사했다.[27]

3일 맑음. 오후에 쉬셴쑤許羨蘇, 위펀俞芬에게 『연분홍 구름』을 1책씩 주었다.

4일 맑음. 오전에 『연분홍 구름』을 후쿠오카, 쓰마가리津曲 두 사람에게 각각 1책씩 부쳤다. 펑성싼에게 편지를 부쳤다. 저녁에 판치신潘企莘이 왔다.

5일 흐림. 일요일, 쉬다. 아침에 어머니가 오셨다. 셋째의 편지를 받았다. 7월 31일에 부친 것이다. 저녁에 쑨푸위안이 와서 춘타이가 리옹에서 보내온 편지를 가져와 보여 주었다. 가랑비가 내렸다.

6일 맑음. 오전에 셋째의 편지를 받았다. 2일에 부친 것이다. 곧바로 답신했다.

7일 맑음. 별일 없음.

8일 흐림. 오전에 이토의 거처로 이를 치료하러 가서 이를 해넣었다. 도합 50위안이 들었다. 푸위안이 와서 예로셴코 초상화의 인쇄비 28위안 6자오를 건네주었다. 천바이녠陳百年의 어머니가 돌아가셨다. 부의금으로 2위안을 냈다. 오후에 창웨이쥔常維鈞이 와서 『가요』歌謠 주간 1책을 주었다. 쯔페이가 왔다. 가랑비가 내렸다.

9일 흐리다가 정오경에 맑음. 별일 없음.

10일 흐림. 오전에 펑성싼이 왔다. 이토의 거처로 해넣은 이를 교정하러 갔다. 오후에 쑨푸위안이 왔다. 밤에 비가 내렸다.

---

27) 루쉰은 8월 2일 이곳으로 이주하여 9개월 남짓 거주한 후, 1924년 5월 25일 푸청먼(阜成門) 안의 시싼탸오(西三條) 21호로 이주하였다.

11일 비. 별일 없음.

12일 흐림. 일요일, 쉬다. 정오경에 비가 내렸다. 푸위안의 편지를 받고서 곧바로 답신했다. 오후에 날이 갰다. 장마오천, 쑨푸위안이 왔다. 밤에 『산야철습』山野撥拾을 대충 교정하였다.

13일 맑음. 오전에 셋째의 편지를 받았다. 9일에 부친 것이다. 어머니가 오셨다. 10위안을 빌려 달라는 셋째 처의 편지를 건네주었다. 원하는 금액을 맞추기 위해 이 가운데 5위안을 어머니에게서 빌렸다. 밤에 『산야철습』의 교정을 마쳤다.

14일 흐림. 오전에 푸위안에게 편지를 부치고 『산야철습』의 원고를 반송했다. 아울러 춘타이에게 보내는 편지를 동봉했다. 셋째에게 편지를 부쳤다. 리마오루李茂如에게 편지를 부쳤다. 정오경에 날이 갰다. 지푸의 편지를 받았다.

15일 흐림. 오전에 셋째 처의 편지를 받았다. 정오 좀 지나 비가 한바탕 내렸다.

16일 맑음. 오전에 지푸에게 편지를 부쳤다. 셋째에게 편지를 부쳤다. 정오 좀 지나 리마오루, 추이웨촨崔月川이 왔다. 곧바로 함께 보뤄창菠蘿倉 일대로 집을 보러 다녔다.[28] 두루 살펴본 후 시쓰파이러우西四牌樓에 들러 냉커피를 마시고 돌아왔다.

17일 맑음. 별일 없음.

18일 맑음. 오전에 2월분 월급 4위안을 수령했다. 일꾼에게 여름 수당으로 주었다.

---

28) 루쉰은 어머니 역시 바다오완에서 이주하여 그와 함께 거주하고자 하였기에 이날부터 곳곳으로 집을 구하러 다녔다.

19일 맑음. 일요일, 쉬다. 오전에 어머니가 오셨다. 후쿠오카의 엽서를 받았다. 12일에 부친 것이다. 정오경에 푸위안의 편지를 받았다.

20일 가랑비. 정오 좀 지나 성이 리李인 사람과 함께 사방으로 집을 보러 다녔다. 오후에 큰 비가 내렸다.

21일 맑음. 오전에 2월분 월급 8위안을 수령했다. 정오 좀 지나 어머니는 바다오완의 집으로 가셨다.

22일 맑음. 오전에 셋째의 편지와 15위안을 받았다. 오후에 성이 친秦이라는 사람과 함께 시청西城에 집을 두 곳 보러 갔다. 저녁에 푸위안이 『외침』20책을 가져왔다.

23일 맑음. 뤄잉중羅膺中이 결혼한다는 소식을 받았다. 축하금으로 1위안을 냈다. 다이뤄링, 쉬야오천, 장펑쥐, 선스위안, 인모, 펑성싼, 쉬셴쑤, 위펀, 사와무라에게 각각 『외침』1책을 나누어 주었다. 밤에 가랑비가 내렸다.

24일 맑음. 오전에 셋째가 대신 구입한 서적 4책을 받았다. 2위안 5자오어치이다. 첸쉬안퉁과 쉬지푸에게 각각 『외침』1책을 주었다. 성싼이 이사를 한지라 어제 부친 책이 되돌아왔다. 밤에 성수와 함께 와서 다시 가져갔다.

25일 맑음. 오전에 이토의 거처로 해넣은 이를 교정하러 갔다. 주커밍朱可銘의 편지를 받았다. 4일에 부친 것이다. 오후에 왕중유王仲猷에게 집으로 오라고 하여 함께 구이런관貴人關에 집을 보러 갔다. 저녁에 쉬친원, 쑨푸위안이 왔다.

26일 맑음. 일요일, 쉬다. 오전에 어머니가 판씨潘氏 어멈을 통해 복숭아 7개를 보내왔다. 셋째가 보내온 돈을 곧바로 셋째 처에게 전해 달라고 건네주었다. 오후에 쉬친원이 왔다. 리샤칭이 왔다. 밤에 탁족을 했다.

27일 맑음. 정오 좀 지나 셋째에게 편지를 부쳤다.

28일 흐림. 정오 좀 지나 양중허楊仲和와 함께 시단西單의 남쪽 일대로 집을 구하러 다녔다. 오후에 가랑비가 내리더니 금방 갰다. 밤에 다시 가랑비가 내리고 우레가 울렸다.

29일 맑음. 오전에 어머니가 오셔서 셋째 처의 편지와 갚을 돈 5위안을 건네주고, 정어리 두 꿰미를 주셨다. 어머니에게 즉시 돈을 갚았다. 정어리 한 꿰미를 위편 양에게 주었다.

30일 흐림. 오후에 선스위안의 편지를 받았다. 비가 내렸다.

31일 맑음. 오전에 어머니가 신제커우新街口의 바다오완의 집에 갔다. 오후에 양중허와 함께 집을 보러 세 곳을 다녔으나 모두 마음에 들지 않았다.

9월

1일 흐림. 오전에 추이웨촨崔月川에게 이끌려 제시街西로 집을 보러 다녔다. 오후에 『외침』 1책씩을 마루야마와 후스즈에게 부쳤다.

2일 맑음. 일요일, 쉬다. 오후에 흐림. 성수가 왔다. 판치신이 왔다.

3일 맑음. 오전에 롼허썬阮和森이 왔다. 점심을 먹자고 붙들어 점심 먹은 후에 갔다. 정오 좀 지나 마루야마의 편지를 받았다. 밤에 비가 내렸다.

4일 맑음. 오후에 도서분관으로 쯔페이를 찾아가 책을 조사했다. 『갑신조사소기』甲申朝事小記 1부를 빌려 돌아왔다.

5일 비. 오후에 2월분 월급의 절반인 150위안을 수령했다. 밤에 큰 비가 내렸다.

6일 흐림. 별일 없음.

7일 맑음. 정오 좀 지나 샤오스를 돌아다녔다.

8일 맑음. 아침에 어머니가 오셨다. 오전에 류리창에 가서 베이징사범대학의 월급을 받아,『장자집해』莊子集解 1부 3책을 1위안 8자오에 구입했다. 아울러 각목 두 상자를 사서 위씨兪氏 댁의 두 아이에게 주었다. 오후에 판치신의 편지를 받고서 곧바로 답신했다.

9일 흐림. 일요일, 쉬다. 별일 없음.

10일 맑음. 스쩡師曾의 모친이 돌아가셨다는 부고를 받고 부의금 2위안을 냈다. 펑윈이彭允彝 부친의 생신을 맞아 축하금을 모으는 이가 있어 1위안을 냈다.

11일 맑음. 정오 좀 지나 베이징대학에 가서 4월분 월급 9위안을 받았다. 오후에 창웨이쥔에게 편지를 부쳤다. 쯔페이가 와서 햄 한 토막을 주었다.『연분홍 구름』과『외침』각 1책을 주었다. 리샤오펑, 쑨푸위안이 왔다. 각각에게『외침』1책을 주었으며, 별도로 1책을 장마오천에게 전해 달라고 부탁했다. 밤에 가랑비가 내렸다.

12일 맑음. 오전에 어머니와 함께 야마모토의원에 진찰을 받으러 갔다. 정오 좀 지나 중학교에 가서 위펀 양의 보증인이 되었다.[29] 비가 한바탕 내렸다.

13일 흐림. 오전에 허쑨이 왔다. 오후에 리선자이와 함께 쉬안우먼宣武門 부근으로 집을 보러 갔다. 밤에 탁족을 했다.

14일 맑음. 오전에 베이징사범대학에 가서 2월분 월급 2위안과 3월분 월급 4위안을 받았다.『관자』管子 1부 4책,『순자』荀子 1부 6책을 도합 3위

---

29) 베이징여자고등사범학교 부속중학(1924년에 베이징여자사범대학 부속중학으로 개칭)을 가리킨다. 당시 위펀은 이 학교에 재학 중이었다.

안에 구입했다. 야마모토의원에 약을 타러 갔다. 마루야마에게 편지를 부쳤다. 정오 좀 지나 둥단파이러우東單牌樓의 신이양행信義洋行에 가서 회로탄懷爐炭, 그리고 삼발이 하나를 구입했다. 마루야마를 찾아갔으나 만나지 못했다. 마유위가 왔으나 만나지 못했다. 저녁에 바람이 불었다. 가랑비가 내리다가 금방 그쳤다.

15일 맑음. 오후에 추쯔위안의 거처에 가서 함께 두청황먀오제都城隍廟街로 집을 보러 갔다.

16일 맑음. 일요일, 쉬다. 오전에 쉬친원이 왔다. 야마모토의원에 약을 타러 갔다. 오후에 날이 흐렸다. 셋째 처가 편지로 어머니의 병세를 물었다. 뇌우가 한바탕 쏟아지더니 곧 그쳤다. 밤에 쓰파이러우四牌樓를 이리저리 거닐었다. 허썬의 편지를 받았다.

17일 맑음. 오전에 푸위안의 편지를 받았다. 정오 좀 지나 세계어전문학교에 강의하러 갔다.

18일 흐림. 오전에 어머니와 함께 야마모토의원에 진찰을 받으러 갔다. 정오 좀 지나 날이 갰다. 어머니는 바다오완의 집으로 가셨다. 저녁에 바람이 불었다.

19일 맑음. 오후에 셋째에게 편지와 첸다오쑨의 번역원고 1편을 부쳤다. 저녁에 성싼이 강의원고를 가지러 왔다. 한밤에 뇌우가 쳤다. 잠을 이루지 못해 술을 마셨다.

20일 흐림. 오후에 판치신이 왔다. 함께 시즈먼西直門 안에 가서 린웨보林月波를 방문하여 집을 보았다.

21일 맑음. 정오 좀 지나 쑨푸위안을 찾아가 나의『꿈』夢 1책을 주었다. 저녁에 린웨보가 왔다.

22일 흐림. 오전에 시베이청西北城으로 집을 보러 갔다. 천바오관晨報館

에서 원고를 부탁하는 편지를 받았다.[30] 정오 좀 지나 가랑비가 내렸다. 오후에 뱌오베이후퉁表背胡同으로 치서우산을 찾아가 200위안을 빌렸다.

23일 흐림. 일요일, 쉬다. 아침에 허썬이 왔으나 누워 있던 터라 만나지 못했다. 오후에 세계어전문학교에 내일 휴강을 요청하는 편지를 건네러 갔다. 친씨秦氏라는 사람이 왔다. 함께 스라오냥후퉁石老娘胡同에 가서 집을 살펴볼 작정이었으나 그러지 못했다.

24일 흐림. 첸타오위안前桃園의 집을 사고 싶어 리선자이와 약속하여 함께 린웨보를 방문하였으나, 계약 순서가 일치하지 않아 이루어지지 못했다. 돌아오는 길에 난차오창南草廠에 들러 집을 두 곳 보았다. 오후에 치서우산을 찾아가 200위안을 갚았다. 기침이 심하다. 감기인 듯하다.[31]

25일 맑음. 중추절, 쉬다. 정오 좀 지나 리마오루가 집 구입 건으로 찾아와 이야기를 나누었다. 쓰파이러우에 가서 웨빙月餠 세 상자와 아스피린 정 한 통을 샀다. 밤에 약 세 알을 먹고 땀을 냈다.

26일 맑음. 정오 좀 지나 지푸의 편지를 받고서 곧바로 전화로 답했다. 3월분 월급 56위안을 수령했다. 한 달치의 17퍼센트이다.

27일 맑음. 아침에 어머니가 오셨다. 저녁에 리마오루가 왔다.

28일 가랑비가 내리다가 정오 좀 지나 갬. 오후에 딩샹춘鼎香村에 가서 마른 준치와 찻잎을 샀다.

29일 맑음. 오전에 베이징사범대학에 가서 월급 14위안을 받았다. 3월분 전액이다. 상우인서관에 가서 『맹자』孟子 1부 3책, 『설원』說苑 1부 6책을 도합 2위안 8자오에 구입했다. 오후에 허썬이 왔다.

---

30) 천바오관에서 출판 5주년을 기념하는 증간에 실을 원고를 루쉰에게 의뢰한 편지를 가리킨다.
31) 루쉰의 폐병이 다시 도졌다. 이듬해 3월에야 호전되었다.

30일 맑음. 일요일, 쉬다. 정오경에 리마오루가 왔다. 밤에 세계어학교로부터 편지와 9월분 월급 10위안을 받았다.

10월

1일 흐리고 바람이 거셈. 오전에 리마오루가 왔다. 함께 여러 곳의 집을 보러 다녔다. 정오 좀 지나 세계어학교에 강의하러 갔다. 셋째의 엽서를 받았다. 9월 27일에 부친 것이다. 밤에 리샤오펑, 쑨푸위안이 왔다. 열이 너무 올라 아스피린으로 땀을 냈다. 또한 설사를 네 차례나 했다.

2일 맑음. 오전에 야마모토의원에 진찰을 받으러 갔다. 리마오루의 편지를 받았다.

3일 맑음. 설사가 심하여 정오 좀 지나 야마모토의원에 가서 진찰을 받고 관장을 했다. 한밤중에 약간 차도가 있었다.

4일 맑음. 정오 좀 지나 야마모토의원에 진찰을 받으러 갔다. 저녁에 미음과 생선 수프를 먹기 시작했다.

5일 맑음. 저녁에 리선자이가 왔다.

6일 맑음. 정오 좀 지나 셋째에게 편지를 부쳤다. 야마모토의원에 진찰을 받으러 갔다.

7일 흐림. 일요일, 쉬다. 오후에 쯔페이가 왔다. 푸위안이 왔다. 저녁에 바람이 불었다.

8일 맑고 바람이 붊. 정오 좀 지나 세계어학교에 강의하러 갔다. 오후에 야마모토의원에 진찰을 받으러 갔다. 『중국소설사략』원고[32]의 상권을 쑨푸위안에게 부쳐 인쇄를 부탁했다. 밤에 지푸의 편지를 받았다.

9일 맑음. 정오 좀 지나 마유위에게 편지를 부쳤다. 지푸가 교육부로 와서 나에게 400위안을 빌려주었다. 즉시 서우산에게 잠시 예금하도록 부탁했다.

10일 맑음. 쉬다. 오전에 샤쿠이루夏葵如의 편지를 받고서 곧바로 답신했다. 정오 좀 지나 장쥐선章菊紳의 편지를 받고서 곧바로 답신했다. 어머니가 바다오완의 집으로 가셨다. 리선자이를 찾아가 함께 집을 보러 몇 곳을 다녔다.

11일 맑음. 정오 좀 지나 야마모토의원에 진찰을 받으러 갔다. 오후에 허썬이 왔으나 만나지 못했다.

12일 맑음. 정오 좀 지나 반비제半壁街로 집을 보러 다녔다.

13일 맑음. 아침에 여자고등사범학교에 강의하러 갔다.[33] 오전에 셋째의 편지를 받았다. 10일에 부친 것이다. 정오 좀 지나 답신했다. 오후에 흐림. 첸다오쑨에게 편지를 부쳤다. 저녁에 스취안詩荃이 왔다. 『연분홍 구름』과 『외침』 각 1책을 주었다. 밤에 바람이 불었다.

14일 맑고 바람이 붊. 일요일, 쉬다. 정오 좀 지나 더성먼德勝門 안에 집을 보러 갔다. 저녁에 쑨푸위안이 왔다.

15일 맑음. 오전에 첸다오쑨이 왔다. 『연분홍 구름』과 『외침』 각 1책을 주었다. 정오 좀 지나 세계어학교에 강의하러 갔다. 오후에 야마모토의원에 진찰을 받으러 갔다. 셋째에게 편지를 부쳤다. 장쥐선에게 편지를 부쳤다.

---

32) 『중국소설사략』의 원고는 1920년부터 1923년까지 베이징대학, 베이징고등사범학교에서의 루쉰의 강의 프린트를 개정하여 만든 것으로, 상권과 하권 두 책으로 나뉘어 신조사(新潮社)에서 출판되었다. 상책은 15편인데, 이날 부친 것은 상책의 일부이다.

33) 여자고등사범학교는 곧 국립베이징여자고등사범학교를 가리킨다. 루쉰은 이 학교의 교장인 쉬서우창(許壽裳)의 초빙을 받아 이날부터 1926년에 베이징을 떠날 때까지 이 학교에서 중국소설사 등을 강의하였다.

16일 맑음. 정오 좀 지나 전젠후퉁針尖胡同에 집을 보러 갔다.

17일 맑음. 정오 좀 지나 리선자이가 왔다. 함께 사방의 가까운 곳에 집을 보러 다녔다. 저녁에 옌燕 의사 강장보약 두 알을 먹었다.

18일 흐림. 오후에 교육부로부터 정월분 월급의 잔액 10위안을 수령했다. 저녁에 리샤오펑, 쑨푸위안이 왔다.

19일 비. 오전에 베이징사범대학에 강의하러 갔다. 정오 좀 지나 바람이 거세졌다. 베이징대학에 강의하러 갔다. 대학에서 4월 하반기 및 5월 전체 월급 27위안을 수령했다. 오후에 쑨푸위안의 편지를 받고서 곧바로 답신했다. 허썬이 찾아왔으나 만나지 못했다.

20일 맑음. 아침에 여자고등사범학교에 강의하러 갔다. 오전에 어머니가 오셨다. 오후에 쉬친원이 왔다.

21일 맑음. 일요일, 쉬다. 저녁에 쑨푸위안이 왔다. 춘타이의 편지를 가져와 보여 주었다.

22일 맑음. 정오 좀 지나 바람이 불었다. 세계어학교에 강의하러 갔다. 오후에 쉬스취안에게 편지를 부쳤다. 셋째의 편지를 받았다. 19일에 부친 것이다. 원고매도 계약서[34]가 동봉되어 있기에, 즉시 첸다오쑨에게 전송하였다. 통속도서관에 책을 반납함과 아울러 빌리러 갔다. 쑨푸위안에게 『외침』 5책을 구입해 달라고 부탁했는데, 저녁에 사람을 시켜 보내왔다. 가격은 2위안 5자오이다. 밤에 바람이 거세게 불었다.

23일 맑고 바람이 붊. 정오 좀 지나 리선자이가 왔다. 쑨푸위안에게 『소설사』 원고 한 묶음[35]을 부쳤다. 셋째에게 편지를 부쳤다. 오후에 푸위

---

34) 첸다오쑨이 번역한 『신곡일단』(神曲一臠)의 판권을 상우인서관에 매각한다는 계약이다. 이 책은 1924년 12월에 출판되었다.
35) 『중국소설사략』 상권의 나머지 원고이다.

안의 편지를 받고서 저녁에 답신했다. 바람이 그쳤다. 밤에 푸위안의 편지를 받았다.

24일 맑음. 오전에 쑨푸위안의 편지를 받고서 정오 좀 지나 답신했다. 정오 좀 지나 리선자이가 왔다. 함께 푸청먼阜成門 안으로 집을 보러 갔다.

25일 맑음. 정오 좀 지나 선스위안 조모의 부음을 듣고 부의금 2위안을 냈다.

26일 흐림. 오전에 베이징사범대학에 강의하러 갔다. 정오 좀 지나 베이징대학에 강의하러 갔다. 경사도서관에 책을 보러 갔다가 저녁에 돌아왔다. 첸다오쑨의 편지를 받았다.

27일 맑음. 아침에 첸다오쑨에게 편지를 부쳤다. 셋째에게 편지를 부쳤다. 여자고등사범학교에 강의하러 갔다. 오전에 첸다오쑨의 엽서를 받았다. 정오 좀 지나 양중허, 리선자이가 왔다. 함께 다쯔먀오達子廟에 집을 보러 갔다.

28일 흐림. 일요일, 쉬다. 저녁에 리선자이를 방문했다. 쉬친원, 쑨푸위안이 왔다. 함께 쑨더싱반점孫德興飯店에 가서 저녁을 먹은 후, 희극전문학교[36] 학생의 연극 2막을 보러 신민대희원新民大戲院에 갔다.

29일 맑음. 정오 좀 지나 세계어학교에 강의하러 갔다. 베이징대학에 강의원고를 부쳤다. 창웨이쥔에게 편지를 부쳤다. 셋째의 편지를 받았다. 27일에 부친 것이다. 밤에 답신했다. 이발을 했다.

30일 맑음. 정오 좀 지나 양중허, 리선자이가 왔다. 함께 푸청먼 내 싼탸오후퉁三條胡同에 집을 보러 갔다. 21호의 여섯 칸짜리 구옥을 구입하기

---

36) 인예희극전문학교(人藝戲劇專門學校)를 가리킨다. 이 학교는 1922년 11월 푸보잉(蒲伯英), 천다베이(陳大悲) 등이 창립했다. 이날 저녁 신밍극장(新明劇場; 일기에서는 신민대희원新民大戲院이라 오기)에서 신극 두 편, 「평민의 은인」(平民的恩人)과 「양심」(良心)이 공연되었다.

로 결정했다.[37] 가격은 800위안으로 정하고, 수리할 곳의 점검과 측량을
마친 후 계약금으로 10위안을 주었다.

31일 비가 내리다가 오전에 갬. 허썬이 산시山西에서 왔다. 술지게미
로 절인 오리알 한 바구니와 펀주汾酒 한 병을 주었다. 오후에 뤄마시驟馬市
에 가서 말린 조기 두 마리, 차 한 근을 샀다. 왕중유에게 편지를 부쳤다.
밤에 방의 배치도를 3매 그렸다. 세계어학교에서 이달치 월급 15위안을
보내 주었다. 비가 내렸다.

11월

1일 맑음. 정오 좀 지나 왕중유에게 경찰서에 가옥 이전신고를 해 달
라고 부탁했다.

2일 맑음. 오전에 베이징사범대학에 강의하러 갔다. 정오 좀 지나 베
이징대학에 강의하러 갔다. 셋째의 편지를 받았다. 10월 29일에 부친 것
이다.

3일 맑음. 오전에 어머니가 바다오완의 집으로 가셨다. 정오 좀 지나
흐림.

4일 흐림. 일요일, 쉬다. 오전에 어머니가 서적 2책, 오리 간 한 그릇,
땅콩 한 봉지를 인편에 보냈다. 정오 좀 지나 주커밍에게 편지를 부쳤다.
셋째에게 편지를 부쳤다. 오후에 보슬비가 내렸다. 밤에 탁족을 했다.

5일 비. 정오 좀 지나 세계어학교에 강의하러 갔다.

---

37) 이날 푸청먼 내의 시싼탸오(西三條)의 구옥을 매입하기로 정한 이후, 11월에 명의 이전의 수속
을 밟고, 12월 2일에 계약서를 작성했다. 이듬해 1월에 개축을 시작하고, 5월 25일에 입주하였
다. 루쉰은 이곳에서 1926년 8월까지 거주하였다. 지금은 루쉰박물관의 일부로 쓰이고 있다.

6일 흐리다가 오후에 개고 바람이 붊. 셋째가 우편으로 내복 한 꾸러미를 보내왔다. 받자마자 곧장 어머니에게 전송했다.

7일 맑고 바람이 거셈. 정오 좀 지나 도서열람소에 책을 구하러 갔으나 소득이 없었다. 만두 12개를 사서 돌아왔다. 저녁에 바람이 그쳤다.

8일 맑음. 정오 좀 지나 화로를 갖추었다. 3위안이 들었다. 천위안안陳援庵이 『원서역인화화고』元西域人華化考 원고본 1부 2책을 주었다. 뤄잉중羅膺中이 가져온 것이다. 밤에 편주를 마시고, 죽 대신에 밥을 먹기 시작했다. 발병일로부터 39일째이다.

9일 맑음. 오전에 베이징사범대학에 강의하러 갔다. 정오경에 세계서국에 갔다. 판매하는 것을 보니 모두 좋지 않은 책이어서 소득 없이 나왔다. 정오 좀 지나 집에 돌아오니 어머니가 와 계셨다. 함께 야마모토의원에 진찰을 받으러 갔더니, 감기라고 한다. 춘타이가 파리에서 부쳐 온 편지와 새의 깃털 2개, 철탑 그림엽서 1매를 받았다. 모두 푸위안이 전해 주었다. 저녁에 화로를 지피기 시작했다.

10일 맑음. 아침에 고등여자사범학교에 강의하러 갔다. 정오 좀 지나 셋째의 편지를 받았다. 6일에 부친 것이다. 오후에 마루야마의 편지를 받았다. 샤오펑과 푸위안이 왔다. 위핑보俞平伯가 준 자그마한 초상사진을 건네주었다. 유아기의 모습을 찍은 것인데, 곡원 선생38)이 간직하고 있었다.

11일 맑음. 일요일, 쉬다. 오전에 야마모토의원에 약을 타러 갔다. 정오 좀 지나 석탄 1톤 반을 15위안 9자오에 샀다. 운임은 1위안이다.

12일 흐리고 바람이 거셈. 오전에 마루야마의 편지를 받았다. 정오 좀

---

38) 곡원(曲園) 선생은 유월(俞樾, 1821~1907)이다. 그는 저장성(浙江省) 더칭현(德淸縣) 출신으로, 자는 음포(蔭甫)이며, 스스로 곡원거사(曲園居士)라 일컬었다. 청대의 저명한 문학가이자 경학가이다. 위핑보는 유월의 손자이다.

지나 세계어학교에 강의하러 갔다. 오후에 미야노이리 하쿠아이[宮野入博愛]의 편지를 받았다. 셋째의 편지를 받았다. 8일에 부친 것이다. 저녁에 허썬이 와서 식사를 한 후에 갔다.

13일 맑음. 정오 좀 지나 리선자이를 방문했다. 푸위안에게 편지를 부쳤다. 셋째에게 편지를 부쳤다. 야마모토의원에 약을 타러 갔다. 오후에 쯔페이가 왔다.

14일 흐림. 오전에 쑨푸위안의 편지를 받았다. 마루야마가 와서 후지쓰카 교수가 준 『통속충의수호전』通俗忠義水滸傳과 『습유』拾遺 1부 80책, 『표주훈역수호전』標注訓譯水滸傳 1부 15책을 건네주었다. 저녁에 푸위안이 왔다.

15일 맑음. 정오 좀 지나 위다푸가 왔다. 야마모토의원에 약을 타러 갔다.

16일 맑음. 아침에 베이징사범대학에 강의하러 갔다. 정오 좀 지나 베이징대학에 강의하러 갔다. 오후에 네이유쓰취[內右四區] 디얼로[第二路]의 파출소에 갔다가, 다시 시싼탸오후퉁[西三條胡同] 21호에 갔다. 아울러 뤼얼[呂二]을 시켜 롄하이[連海]에게 편지를 보냈다. 저녁에 리선자이가 왔다.

17일 맑음. 오전에 여자고등사범학교에 강의하러 갔다. 야마모토의원에 약을 타러 갔다.

18일 맑음. 일요일, 쉬다. 오전에 허썬이 왔다. 리선자이를 불러 함께 시싼탸오후퉁의 롄하이의 집에 갔다. 그 가족과 네이유쓰취 디얼로의 파출소에 가서 가옥매매계약을 확인했다. 밤에 바람이 불었다.

19일 맑고 바람이 붊. 오전에 푸위안의 편지를 받았다. 정오 좀 지나 세계어학교에 강의하러 갔다. 푸위안에게 편지와 소설사 1편[39]을 부쳤다.

20일 맑음. 정오 좀 지나 도서분관으로 쯔페이를 찾아가 책을 반납하였다. 베이징사범대학에 가서 월급 12위안을 수령하고, 곧바로 서점에서

『이식록』耳食錄 1부 8책, 『지상초당필기』池上草堂筆記 1부 역시 8책을 도합 1위안 6자오에 구입했다.

21일 흐림. 정오 좀 지나 야마모토의원에 약을 타러 갔다.

22일 맑음. 오후에 2월분 월급 31위안과 3월분 월급 100위안을 수령했다. 위다푸가 『조라집』蔦蘿集 1책을 주었다.

23일 흐리고 바람이 거셈. 정오 좀 지나 베이징대학에 강의하러 갔다. 오후에 3월분 월급 150위안을 수령했다.

24일 맑고 바람이 거세다가 정오 좀 지나 바람이 잦아들다. 야마모토의원에 약을 타러 갔다.

25일 맑음. 일요일, 쉬다. 오전에 석탄을 잘게 부수다가 엄지를 다쳤다. 정오 좀 지나 류리창에 가서 「위삼체석경」魏三體石經 잔본 탁편 6매, 「비구니자경묘지」比丘尼慈慶墓誌 탁편 1매를 도합 6위안에 구입했다.

26일 맑음. 정오 좀 지나 세계어학교에 강의하러 갔다. 오후에 쯔페이가 왔으나 만나지 못해 쪽지를 남겨 두고 갔다.

27일 맑음. 오후에 쉬친원이 왔다. 밤에 바람이 불었다.

28일 맑음. 별일 없음.

29일 맑음. 정오 좀 지나 류리창에 갔다. 우웨촨吳越川의 편지를 받았다.

30일 맑음. 오전에 쯔페이의 편지를 받았다. 정오 좀 지나 베이징대학에 강의하러 갔다. 셋째의 편지를 받았다. 27일에 부친 것이다. 저녁에 푸위안이 왔다. 세계어학교에서 이달치 월급 15위안을 보내왔다. 창웨이쥔에게 편지를 부쳤다.

---

39) 「송대 민간의 이른바 소설 및 그 이후」(宋民間之所謂小說及其後來)를 가리킨다. 1923년 12월 1일 『선바오 5주년 기념 증간』(晨報五周年紀念增刊)에 발표되었으며, 후에 『무덤』(墳; 루쉰전집 1권)에 수록되었다.

12월

1일 맑음. 오전에 어머니가 바다오완의 집으로 가셨다. 뤼얼이 모셔다 드렸다. 치서우산이 지푸의 월급 400위안을 건네주었다. 서우얼壽嶼의 아내 부음을 듣고 부의금 1위안을 냈다. 푸위안이 와서 『중국소설사략』의 견본쇄를 보여 주었다.

2일 맑음. 일요일, 쉬다. 오전에 셋째에게 편지를 부쳤다. 정오경에 시창안제西長安街 룽하이쉬안龍海軒에서 가옥 매매계약을 체결했다. 계약금으로 500위안을 선불하고 구계약서와 신계약서를 받았다. 함께 식사를 하였다. 동석한 이는 이리부伊立布, 롄하이, 우웨촨, 리선자이, 양중허와 나 모두 여섯 사람이었다. 식사를 마치고 다시 우웨촨과 함께 네이유쓰취 디얼 파출소에 가서 새로운 계약을 확인했다. 쿵싼이 왔으나 만나지 못하고, 밤에 다시 와서 이야기를 나누었다.

3일 맑음. 정오 좀 지나 리선자이를 방문했다. 세계어학교에 강의하러 갔다. 저녁에 선자이와 함께 경찰청에 가서 계약금액에 관한 사안을 상담했다.

4일 흐림. 오전에 장펑쥐로부터 편지와 함께, 사와무라 교수가 직접 촬영하여 증정한 다퉁석굴大同石窟의 여러 불상사진 1책을 받았다. 밤에 쿵싼이 왔다.

5일 흐림. 별일 없음.

6일 흐림. 정오 좀 지나 셋째의 편지를 받았다. 3일에 부친 것이다. 리리천酈荔臣의 편지가 동봉되어 있다. 저녁에 눈이 내렸다.

7일 맑음. 아침에 베이징사범대학에 강의하러 갔다. 4월분 월급의 3할 5부, 그리고 5월분 월급의 2할, 도합 10위안을 수령했다. 정오 좀 지나 베이징대학에 강의하러 갔다. 오후에 셋째에게 편지를 부쳤다. 치서우산, 양중허에게 『연분홍 구름』과 『외침』 각 1책씩을 주었다. 천룽징陳蓉鏡 아내의 부음을 듣고 부의금 1위안을 냈다. 저녁에 아스피린 한 알을 복용했다.

8일 맑음. 아침에 여자고등사범학교에 강의하러 갔다. 통속도서관에 책을 살펴보러 갔다. 정오 좀 지나 딩샹춘에 가서 찻잎 2근을 2위안 2자오에 샀다. 류리창에 가서 『정사』情史 1부 16책을 2위안에 구입했다. 아울러 잡다한 소설 3종을 2위안에 조금 모자란 가격에 구입했다.

9일 맑음. 일요일, 쉬다. 오후에 쯔페이가 왔다.

10일 맑음. 오전에 어머니가 땅콩 한 상자를 보내 주셨다. 정오 좀 지나 세계어학교에 강의하러 갔다.

11일 맑음. 오전에 시싼탸오 파출소에 경찰청의 통지서를 받으러 갔다. 정오 좀 지나 다시 경찰총청에 가서 수속비 1위안 9자오 5펀을 납부했다. 오후에 지푸에게 편지와 강의원고 1편을 부쳤다. 쑨푸위안이 『중국소설사략』 200책을 부쳐 보냈다. 곧바로 45책을 여자고등사범학교에 부치고 스취안에게 판매처에 보내 달라고 부탁했다. 아울러 세계어학교에 105책을 가지고 갔다.

12일 큰 눈, 오전에 갬. 천바오사晨報社로부터 원고료 15위안을 받았다. 천스쩡의 부음을 받고서 부의금 2위안을 냈다. 오후에 푸위안이 교육부에 왔다. 뤄링, 웨이쿤, 지푸, 위펀 양, 마루야마에게 『중국소설사략』을 1책씩 주었으며, 리선자이에게 『외침』 1책을 주었다. 밤에 바람이 불었다.

13일 맑음. 치서우산이 후처를 얻는다기에 축하금으로 2위안을 냈다.

14일 맑음. 아침에 베이징사범대학에 강의하러 갔다. 정오 좀 지나 베이징대학에 강의하러 갔다. 오후에 셋째의 편지를 받았다. 11일에 부친 것이다.

15일 맑음. 아침에 여자고등사범학교에 강의하러 갔다. 오전에 통속도서관에 책을 빌리러 갔다. 정오 좀 지나 쭝부후퉁總布胡同의 옌서우탕燕壽堂에 가서 치서우산의 혼례식을 구경하고 남아서 점심을 먹었다. 치신, 지쉬안에게『중국소설사략』1책씩을 주었다.

16일 맑고 바람이 붊. 일요일, 쉬다. 정오 좀 지나 쯔페이가 왔다. 허군何君이 왔다. 오후에 리선자이, 왕중유가 왔다. 함께 쓰파이러우에 이르러 목공을 불러 시싼탸오로 가서 집수리 비용의 견적을 내게 했다.

17일 맑음. 오전에 어머니가 오셨다. 정오 좀 지나 세계어학교에 강의하러 갔다.

18일 맑음. 어제 한밤중에 일하는 할멈 두 사람이 큰소리로 말다툼을 하는 바람에 잠을 이루지 못해 몹시 피곤한지라 하루를 쉬었다.

19일 맑음. 별일 없음.

20일 맑음. 정오 좀 지나 왕중유, 리선자이를 불러 함께 쓰파이러우에 가서 목공을 불러 시싼탸오후퉁의 낡은 집 수리비의 견적을 내게 했다. 밤에『중국소설사략』하권의 저술을 끝마쳤다.[40] 바람이 불었다.

21일 맑고 바람이 붊. 오전에 베이징사범대학에 강의하러 갔으며, 5월분 월급 5위안을 수령했다. 정오 좀 지나 베이징대학교에 강의하러 갔으며, 6월분 월급 18위안을 수령했다. 오후에 쉬스취안의 편지를 받았다. 셋째에게 편지를 부쳤다. 쑨푸위안의 편지를 받았다.

22일 맑음. 아침에 여자고등사범학교에 강의하러 갔다. 정오 좀 지나 시정공소市政公所에 가서 매매계약을 확인하였다. 푸위안이 교육부로 찾아

---

40)『중국소설사략』하권은 제16편부터 제28편까지를 포괄한다. 루쉰은 이날 저술을 마친 후 교정을 보기 시작했다. 1924년 3월 4일에 교정을 마치고 8일에 쑨푸위안에게 인쇄하도록 넘겼다.

왔다. 오후에 지푸의 편지와 『월만당변문』越縵堂騈文 1책을 받았다. 쉬안퉁, 유위, 마오천, 스즈에게 각각 『중국소설사략』 1책을 주고, 지쉬안에게는 『외침』 1책을 주었다. 춘타이가 Styka 작作 톨스토이 초상화 우편엽서 2종을 부쳐 주었다.

23일 맑음. 일요일, 쉬다. 오후에 리선자이가 왔다. 쑹쯔페이가 왔다.

24일 맑음. 쉬다. 오전에 왕중유의 편지를 받았다. 정오 좀 지나 세계어학교에 강의하러 갔다. 오후에 쉬스취안을 찾아갔으나 만나지 못했다. 지푸를 방문하여 『월만당변문』을 돌려주었다. 장마오천의 편지를 받았다. 밤에 바람이 불었다.

25일 맑음. 정오 좀 지나 서우주린壽洙鄰, 롼허썬阮和森이 왔다. 리선자이가 왔다. 오후에 리샤오펑, 쑨푸위안 및 후이디가 왔다.

26일 맑음. 오전에 위다푸가 와서 『창조주보』創造週報 반년간 합정본 1책을 주었다. 『중국소설사략』 1책을 그에게 주었다. 정오 좀 지나 시정공소에 가서 보충 날인을 했다. 22일에 매매계약을 확인할 때 한 장에 날인이 빠졌기 때문이다. 통속도서관에 가서 책을 반납하고 또 빌렸다. 밤에 쉬지쉬안의 집에 가서 잠시 머물렀다. 여자고등사범학교 문예회에 강연하러 가서 30분 만에 마쳤다. 『문예회간』文藝會刊 4책을 보냈다. 스취안과 함께 지푸의 거처에 가서 식사를 하고서 10시에 돌아왔다.

27일 맑고 바람이 붊. 별일 없음.

28일 맑고 바람이 거세며 몹시 추움. 오전에 베이징사범대학에 강의하러 갔다. 정오 좀 지나 베이징대학에 강의하러 갔다. 후스즈의 편지를 받았다. 창웨이쥔에게 전에 빌렸던 소설 2종을 돌려주었다. 밤에 바람이 그쳤다.

29일 맑음. 오전에 여자고등사범학교에 강의하러 갔다. 후스즈에게 편지를 부쳤다. 정오 좀 지나 통속도서관에 가서 책을 반납했다.

30일 맑음. 일요일, 쉬다. 오후에 리선자이가 왔다. 리샤오펑, 장마오천, 쉬친원, 쑨푸위안 그리고 후이디가 왔다. 친원에게 『중국소설사략』1책을 주었다. 쑹쯔페이의 편지를 받았다.

31일 맑음. 정오경에 아스피린 두 상자를 샀다. 옆구리의 통증을 치료하기 위해 두 알을 복용했다. 정오 좀 지나 세계어학교에 강의하러 갔다. 교육부로부터 3월분 월급 잔여금과 4월분 월급의 2할, 도합 132위안을 수령했다. 일꾼에게 명절수당 12위안을 주었다. 판지류范吉六 부인의 부음을 듣고 부의금으로 1위안을 냈다.

도서장부

월하소문집 月下所聞集 1冊	0.20	1월 5일
양산묵담 兩山墨談 4冊	1.30	
유림잡설 類林雜說 2冊	0.80	
영원본중원음운 景元本中原音韻 2冊	3.20	
장철묘지 張澈墓誌 1枚	1.50	1월 19일
원정처목묘지 元珽妻穆墓誌 및 碑蓋 2枚	1.50	
원수안묘지 元壽安墓誌 1枚	1.50	
원회묘지 元誨墓誌 1枚	2.00	
곽휴묘지 郭休墓誌 1枚	1.00	
용천정지명 龍泉井誌銘 1枚	0.50	
영인사례거총서 景印士禮居叢書 30冊	8.60	1월 20일
배인당시기사 排印唐詩紀事 10冊	4.20	
천뢰각송인화책 天籟閣宋人畵冊 1冊	3.00	1월 26일
오잡조 五雜組 8冊	3.60	

주여 塵餘 2冊	1.00	
위효문조구급비 爲孝文造九級碑 및 뒷면 2枚	1.00	1월 30일
	34.900	
본초연의 本草衍義 2冊	2.80	2월 2일
석림유서 石林遺書 12冊	4.50	2월 3일
수당유서 授堂遺書 16冊	7.00	
도광십팔년등과록 道光十八年登科錄 1冊	첸다오쑨 기증	2월 5일
삼여우필 三餘偶筆 8冊	2.20	2월 7일
건상소품 巾箱小品 4冊	1.00	
세설일 世說逸 1冊	0.50	2월 11일
원정묘지 元珽墓誌 및 碑蓋 2枚	2.00	2월 14일
당토명승도회 唐土名勝圖會 6冊	5.00	
창안지 長安志 5冊	2.50	
한화상 漢畵像 3枚	1.50	2월 21일
정주조상 丁柱造像 1枚	2.50	2월 22일
완조조상 緩曹造像 2枚	1.00	2월 26일
모차조상 毛叉造像 2枚	1.00	
소씨제병원후론 巢氏諸病源候論 10冊	2.00	
조전비 曹全碑 및 뒷면 2매	1.50	2월 28일
왕치자궐잔자 王稚子闕殘字 및 題記 4枚	3.00	
석문화상 石門畵像 및 뒷면 2枚	6.00	
	46.000	
장성묘갈 張盛墓碣 1枚	1.00	3월 2일
독서잡석 讀書雜釋 4冊	1.00	3월 17일
역림 易林 16冊	4.00	3월 20일
우향영습 藕香零拾 32冊	8.40	3월 30일
	14.400	
공급제자상찬 孔及弟子像贊 15枚	0.40	4월 3일
왕지명등조상 王智明等造像 4(?)枚	0.50	4월 13일
진신강십삼인등조상 陳神薑十三人等造像 4枚	1.50	
엄수등수고탑기 嚴壽等修故塔記 1枚	덤으로 받음	

단천사비구법진등조상 檀泉寺比丘法眞等造像 4枚	1.00	
한율고 漢律考 4冊	1.00	
동인침자도경 銅人針灸圖經 2冊	1.40	4월 27일
석인 성유상해 石印聖諭像解 10冊	1.00	
	6.800	
옥편 玉篇 3冊	0.90	5월 1일
광운 廣韻 5冊	1.40	
양자법언 揚子法言 1冊	0.30	
비릉집 毗陵集 4冊	1.00	
왕우승집전주 王右丞集箋注 8冊	5.00	5월 15일
호종매지권 浩宗買地券 1枚	2.00	5월 18일
구윤철묘지 寇胤哲墓誌 및 碑蓋 1枚	1.00	
잔석탁본 殘石拓本 2種 2枚	1.00	
조시총담 朝市叢談 8冊	0.20	5월 21일
초례존 草隸存 2冊	3.20	5월 22일
황장석명 黃腸石銘 2枚	1.00	5월 29일
잡조상 雜造像 7種 10枚	5.00	
이안녕묘지 李安寧墓誌 1枚	5.00	
맹창묘지 孟敞墓誌 1枚	0.50	
성공지개 成公誌蓋	0.50	
	28.000	
여초정묘지 呂超靜墓誌 1枚	1.00	6월 8일
육조조상 六朝造像 7種 12枚	2.00	
찰박 札樸 8冊	2.40	6월 26일
	5.400	
운의우의 雲議友議 1冊	0.70	8월 24일
산우금석록 山右金石錄 1冊	0.60	
순원금석발미 循園金石跋尾 1冊	0.70	
월구 越謳 1冊	0.50	
	2.500	
장자집해 莊子集解 3冊	1.80	9월 8일

관자 管子 4冊	1.20	9월 14일
순자 荀子 6冊	1.80	
맹자 孟子 3冊	1.00	9월 29일
설원 說苑 6冊	1.80	
	7.600	
원서역인화화고고본 元西域人華化考稿本 2冊	천위안안 기증	11월 8일
통속충의수호전 通俗忠義水滸傳 80冊	후지쓰카 기증	11월 14일
표주훈역수호전 標注訓譯水滸傳 15冊	위와 같음	
이식록 耳食錄 8冊	0.80	11월 20일
지상초당필기 池上草堂筆記 8冊	0.80	
위삼체석경잔석 魏三體石經殘石 6枚	4.00	11월 25일
비구니자경묘지 比丘尼慈慶墓誌 1枚	2.00	
	7.600	
다퉁석굴불상섭영 大同石窟佛像攝影 1책 사와무라(澤村) 교수 기증		12월 4일
정사 情史 16冊	2.00	12월 8일

총계 149.200, 매달 평균 12.433위안

일기 제13(1924년)

1월

1일 맑음. 쉬다. 오전에 후스즈^{胡適之}의 편지와 원고 1편[1]을 받았다. 쉬친원^{許欽文}, 쑨푸위안^{孫伏園}이 왔다. 그들을 붙들어 점심을 함께 먹었다. 오후에 쑹쯔페이가 수^鈴를 데리고 왔다. 저녁에 아스피린 1정을 복용했다.

2일 맑음. 오후에 리선자이^{李愼齋}가 왔다. 함께 시싼탸오후퉁^{西三條胡同}에 가서 구입한 집을 인수받고, 잔금 300위안을 지불했다.

3일 맑음. 쉬다. 별일 없음.

4일 맑음. 오전에 베이징사범대학에 강의하러 갔다. 월급 9위안을 수령했는데, 5월분이다. 정오 좀 지나 베이징대학에 강의하러 갔다.

5일 맑음. 오전에 여자고등사범학교에 강의하러 갔다. 통속도서관에 가서 책을 빌렸다. 기추도^{其中堂}에서 부친 서목 1책을 받았다. 오후에 후스

---

1) 후스의 「『수호속집 두 종류』 서문」(『水滸續集兩種』序)을 가리킨다. 루쉰은 1월 5일에 보낸 답신에서 "서문은 대단히 뛰어나며, 독자에게 적지 않게 도움이 된다"고 기술하였다.

즈에게 편지와 원고 1편, 『서유기』西遊記 2책을 부쳤다. 밤에 설사약 두 알을 복용했다.

6일 맑고 바람이 붊. 일요일, 쉬다. 오후에 쿵싼쑨三이 왔다. 설사약 두 알을 복용했다. 밤에 탁족을 했다.

7일 맑고 바람이 붊. 정오 좀 지나 푸위안에게 편지를 부쳤다. 세계어 학교에 강의하러 갔다. 밤에 아스피린 1정을 복용하고 땀을 약간 냈다.

8일 맑음. 오후에 쑨푸위안이 교육부로 와서 『외침』의 순익금 260위안과 왕젠싼王劍三의 편지를 건네주었다. 즉시 5위안을 지불하여 『산야철습』山野掇拾, 『물레 이야기』紡輪故事 각 5부를 예약했다. 여자고등사범학교에 가서 쉬셴쑤許羨蘇에게 20위안을 건넸다. 이 가운데 13위안은 셋째를 위한 돈이다.

9일 맑음. 별일 없음. 밤에 샹페이량向培良이 왔다.

10일 맑음. 정오 좀 지나 시정공소에 가서 가옥매입증명서, 도면첨부 1통을 받았다. 비용은 1위안이다. 밤에 쿵싼이 왔다.

11일 맑음. 오전에 베이징사범대학에 강의하러 갔다. 정오 좀 지나 베이징대학에 강의하러 갔다. 오후에 쑨푸위안의 편지를 받았다. 저녁에 쿵싼과 성수聲樹가 왔다.

12일 맑음. 아침에 쑨푸위안에게 편지를 부쳤다. 왕젠싼王劍三에게 부치는 답신을 동봉했다. 여자고등사범학교에 강의하러 갔다. 정오 좀 지나 리선자이와 함께 번쓰후통本司胡同의 세무처에 가서 가옥세를 납부했다. 가옥을 750위안으로 산정하여 세금을 45위안 납부했다. 돌아오는 길에 룽하이쉬안龍海軒에 들러 점심을 먹었다.

13일 맑음. 일요일, 쉬다. 정오 좀 지나 쯔페이가 왔다. 오후에 샤오펑小峰, 친원, 마오천矛塵, 푸위안 및 후이뎨惠迭가 왔다. 밤에 바람이 불었다.

14일 맑음. 정오 좀 지나 쑨푸위안에게 편지를 부쳤다. 치서우산에게 200위안을 빌렸다. 마루젠丸善서점의 엽서를 받았다.

15일 맑음. 정오 좀 지나 허쑨和蓀의 편지를 받았다. 12일에 타이위안太原에서 부친 것이다. 미장이 리더하이李德海와 시싼탸오 옛집의 수리계약을 맺었다. 공임은 1,020위안으로 정하였다. 오후에 마루젠서점에 5위안을 부쳤다. 저녁에 리선자이가 왔다. 천성수陳聲樹가 왔다.

16일 맑음. 오후에 마루젠서점에 편지를 부쳤다. 저녁에 리선자이가 왔다. 미장이 리씨에게 100위안을 지불했다.

17일 맑음. 정오 좀 지나 셋째에게 편지를 부쳤다. 오후에 베이징사범대학 부속중학교 교우회에 강연하러 갔다.[2] 딩샹춘鼎香村에 가서 찻잎 2근을 근당 1위안에 샀다. 천바오사晨報社로 쑨푸위안을 찾아갔다. 쉬친원도 있었다. 함께 빈옌러우賓宴樓에 가서 저녁을 먹었다. 설탕소를 넣은 찐빵 14개를 사서 돌아왔다. 마루젠의 엽서를 받았다.

18일 맑음. 오전에 베이징사범대학에 강의하러 갔다. 정오 좀 지나 베이징대학에 강의하러 갔다. 저녁에 미장이 리씨에게 200위안을 지불했다.

19일 맑고 바람이 붊. 오전에 여자고등사범학교에 강의하러 갔다. 일용품을 5위안어치 샀다. 오후에 치서우산에게 200위안을 빌렸다.

20일 맑음. 일요일, 쉬다. 정오 못 미쳐 리선자이가 왔다. 함께 시싼탸오에 가서 기와와 목재를 살펴보고, 미장이 리씨에게 100위안을 지불했다. 정오 좀 지나 쯔페이가 왔으나 만나지 못했다. 오후에 마루야마가 왔다. 저녁에 이발을 했다.

---

2) 강연의 제목은「천재가 없다고 하기 전에」(未有天才之前)이다. 이 강연원고는 후에 『무덤』(墳)에 수록되었다.

21일 맑음. 오전에 펑성싼馬省三이 왔다. 쑹쯔페이가 왔다. 오후에 후스즈에게 편지와 『변설홍니기』邊雪鴻泥記 원고본 1부 12책을 부쳤다. 저녁에 미장이 리씨에게 100위안을 지불했다. 소설월보사로부터 글을 청탁하는 편지를 받았다. 곧바로 거절하는 답신을 보냈다.

22일 맑음. 정오 좀 지나 통속도서관에 가서 책을 반납했다. 샤오스를 돌아다녔다.

23일 흐림. 정오 좀 지나 쯔페이가 왔다. 쑨푸위안에게 편지를 부쳤다. 저녁에 미장이 리씨에게 200위안을 지불했다. 밤에 눈이 약간 내렸다.

24일 흐림. 별일 없음. 밤에 바람이 불었다.

25일 맑고 바람이 거셈. 정오 좀 지나 베이징대학에 강의하러 갔다. 오후에 셋째의 편지를 받았다. 22일에 부친 것이다.

26일 맑음. 오전에 여자고등사범학교에 강의하러 갔다. 정오 좀 지나 셋째에게 편지를 부쳤다. 베이징사범대학에 재시험 문제지를 보냈다.

27일 맑음. 일요일, 쉬다. 오전에 리선자이가 왔다. 식사를 한 후 함께 시싼탸오후퉁에 가서 석회 부리는 것을 지켜보았다. 오후에 흐렸다. 밤에 샹페이량이 왔다.

28일 맑음. 아침에 펑성싼의 편지를 받았다. 오전에 리선자이가 왔다. 함께 시싼탸오후퉁에 가서 석회 부리는 것을 지켜보았다. 어제 부린 것과 합쳐 모두 여덟 수레이며, 약 15,000근이다. 왕중유王仲猷가 대신하여 경찰서에 가서 건축신고를 하였다. 정오 좀 지나 쑨푸위안의 편지를 받았다.

29일 맑음. 오전에 리빙중李秉中이 왔다. 자는 융첸庸倩이다. 정오 좀 지나 마유위馬幼漁에게 편지를 부쳤다.

30일 맑음. 저녁에 리선자이가 왔다.

31일 맑고 바람이 붊. 오전에 경찰청에 가서 부동산계약을 확인했다.

2월

1일 맑음. 오전에 리선자이가 왔다. 함께 시싼탸오후퉁에 가서 석회 부리는 것을 지켜보았다. 오후에 셋째의 편지를 받았다. 1월 29일에 부친 것이다.

2일 맑음. 오전에 셋째 처의 편지를 받았다. 정오 좀 지나 정전둬鄭振鐸로부터 편지와 인세 56위안을 받았다. 차오다좡喬大壯에게 『중국소설사략』 1책을 주었다. 리선자이가 대신 지불한 석회대금 18위안을 갚았다. 저녁에 추쯔위안裘子元과 함께 리주취안李竹泉의 가게에 가서 당인唐人의 묵서묘지墨書墓誌를 구경하였다. 상우인서관商務印書館에 가서 『회남홍렬집해』淮南鴻烈集解 1부 6책을 3위안에 구입했다.

3일 맑음. 일요일, 쉬다. 오전에 정전둬가 『회색말』灰色馬 1책을 부쳐 주고, 구이차오顧一樵가 『지란과 재스민』芝蘭與茉莉 1책을 부쳐 주었다. 정오 좀 지나 리선자이가 왔다. 저녁에 쉬친원, 장마오천張矛塵이 왔다.

4일 맑음. 오전에 셋째에게 편지를 부쳤다. 정전둬에게 보내는 편지를 동봉했다. 정오경에 세계어학교에서 작년 12월분 월급 15위안을 보내 왔다. 정오 좀 지나 베이징대학에 작년 7월분 월급 18위안과 8월분 월급 8위안을 받으러 갔다. 오후에 추쯔위안과 샤오스를 돌아다녔다. 작년 4월분 월급 180위안을 수령했다. 술과 빙얼을 모두 4위안어치 샀다. 밤에 세계어학교에서 『중국소설사략』 97책의 대금 23위안 2자오 8편을 보내왔다. 음력 섣달 그믐이다. 술을 특별히 많이 마셨다.

5일 흐림. 쉬다. 오전에 맑아졌다. 정오경에 리샤칭李遐卿이 아들을 데리고 왔다. 그들을 붙들어 점심을 함께 했다.

6일 진눈깨비. 쉬다. 오후에 쉬친원이 왔다. 밤에 잠이 오지 않아 술 한 병을 비웠다.

7일 맑음. 쉬다. 정오경에 바람이 불었다. 별일 없음.

8일 흐림. 오전에 H군이 왔다. 장궈간張國淦이 점심에 초대했다. 우레이촨吳雷川, 커스우柯世五, 천츠팡陳次方, 쉬지쉬안徐吉軒, 간甘 아무개 등이 동석했다. 오후에 상우인서관에서 『부녀잡지』 십년기념호 1책을 부쳐 왔다. 마루젠서점의 편지를 받았다.

9일 눈. 오후에 후스즈에게 편지를 부쳤다.

10일 흐림. 일요일, 쉬다. 정오경에 맑음. 오후에 창뎬廠甸을 돌아다니다가 『쾌심편』快心編 1부 12책을 1위안 4자오에 구입했다. 밤에 진눈깨비가 내렸다.

11일 흐림. 정오 좀 지나 맑고 바람이 붊. 위펀兪芬 양에게 편지 두 통을 전하여 부쳤다. 저녁에 후스즈의 편지를 받았다.

12일 맑음. 쉬다. 오후에 여자고등사범학교에서 9월분과 10월분 월급 모두 27위안을 보내왔다.

13일 맑음. 아침에 어머니가 바다오완의 집으로 가셨다. 정오 좀 지나 장펑쥐張鳳擧의 편지를 받고서 곧바로 답신했다. 위펀 양에게 편지 한 통을 전하여 부쳤다.

14일 맑고 바람이 거셈. 정오 좀 지나 어머니가 땅콩 한 상자를 부쳐 보냈다. 지푸季市를 방문했다. 셋째의 편지를 받았다. 9일에 부친 것이다.

15일 맑고 바람이 붊. 정오경에 왕줘한王倬漢, 판치신潘企莘이 왔다. 오후에 셋째에게 편지를 부쳤다.

16일 맑음. 정오 좀 지나 마루젠서점에서 독일어 『동아시아묵화집』東亞墨畵集 1책을 부쳐 왔다. 대금은 5위안인데, 이미 결제하였다. 저녁에 후스즈에게 편지와 120회본 『수호전』水滸傳 1부를 부쳤다.[3]

17일 맑음. 일요일, 쉬다. 오전에 리융첸李庸倩과 그의 벗이 왔다. 리선자이가 왔다. 어머니가 오셔서 점심을 드시고 가셨다. 오후에 쑹쯔페이가 왔다. 쉬친원이 왔다. H군이 왔다. 차이차蔡察, 자가 성싼省三이라는 자가 왔으나 만나지 못했다.

18일 맑음. 오전에 리선자이가 왔다. 함께 시싼타오에 가서 집을 둘러보았다. 경찰파출소에 가서 건축허가증을 받았다. 수속비로 2위안 7자오 7펀 5리를 지불했다. 밤에 소설 1편[4]을 썼다.

19일 흐림. 정오 좀 지나 맑음. 저녁에 어머니에게 탕위안湯圓[5] 10개를 보내 드렸다. 밤에 바람이 불었다.

20일 맑음. 정오 좀 지나 여자고등사범학교 부속중학에 편지를 부쳤다. 오후에 위펀 양이 상하이에서 와서 박하주 2병, 과일 두 종류를 주었다. 저녁에 쿵싼空三이 왔다. 밤에 월식이 일어나고 바람이 불었다.

21일 맑고 바람이 붊. 저녁에 미장이 리씨에게 100위안을 지불했다.

22일 맑고 바람이 거셈. 오전에 베이징사범대학에 강의하러 갔으며, 6월분 월급 18위안을 수령했다. 정오 좀 지나 베이징대학에 강의하러 갔다. 번쓰후퉁本司胡同의 세무처에 가서 가옥세 납세증명서를 받았다. 저녁에 사탕 두 상자를 사와 먹었다.

23일 맑고 바람이 붊. 오전에 여자고등사범학교에 강의하러 갔다. 차

---

3) 이즈음 후스는 『수호전』을 연구하고 있었다. 루쉰은 2월 9일에 후스에게 보낸 편지에서, 치서우 산의 본가에 120회본 『수호지』가 있는데 50위안에 팔리고 내놓았음을 알려 주었다. 후스는 11 일에 보낸 답신에서 구매의사를 밝혔으며, 그리하여 루쉰은 치서우산을 대신하여 서적을 부쳐 주었다. 후스는 4월 12일에 책 대금 45위안을 지불하였으며, 루쉰은 4월 14일에 책 대금을 치서우 산에게 건네주었다.
4) 단편소설 「행복한 가정」(幸福的家庭)을 가리킨다. 2월 25일에 저우젠런(周建人)에게 부쳤다. 후에 『방황』(彷徨)에 수록되었다.
5) 탕위안(湯圓)은 음력 1월 15일의 원소절(元宵節)에 먹는 일종의 찹쌀떡탕이다.

1근을 1위안에 샀다. 오후에 셋째의 편지를 받았다. 20일에 부친 것이다.

24일 맑음. 일요일, 쉬다. 오후에 쉬친원이 왔다.

25일 맑음. 정오 좀 지나 세계어학교에 강의하러 갔다. 학교 의사인 덩멍셴鄭夢仙이 종두 접종을 세 군데에 했다. 아울러 옆구리의 통증을 진찰해 달라고 부탁했다. 가벼운 늑막염이라고 하면서 곧바로 처방을 해주었다. 오후에 셋째에게 편지와 소설원고 1편을 부쳤다. 밤에 H군이 왔다.

26일 맑음. 저녁에 세계어학교에 약을 타러 갔으나 받지 못했다. 리빙중의 편지를 받고서 곧바로 답신했다. 후스즈에게 편지를 부쳤다. 밤에 바람이 불었다.

27일 흐림. 밤에 리융첸과 그의 벗이 왔다.

28일 맑음. 오전에 어머니가 오셨다가 오후에 바다오완으로 가셨다. 야마모토의원에 진찰을 받으러 갔다. 늑막염이 아니라 신경통이라고 한다. 진찰비와 약값으로 4위안 6자오를 지불했다. 밤에 쿵싼과 덩멍셴이 왔다. 『연분홍 구름』 1책을 주었다.

29일 맑음. 오전에 베이징사범대학에 강의하러 갔다. 정오 좀 지나 베이징대학에 강의하러 갔다. 창웨이쥔과 함께 베이허옌北河沿의 국학전문연구소[6]에 가서 잠시 머물렀다. 오후에 친시밍秦錫銘 부친의 부음을 듣고 부의금으로 1위안을 냈다.

---

6) 국학전문연구소(國學專門硏究所)는 베이징대학연구소국학문(北京大學硏究所國學門)을 가리킨다. 1921년에 설립되었으며, 1924년 당시 루쉰은 이 연구소의 운영위원회 위원으로 초빙되었다.

3월

1일 맑음. 아침에 여자고등사범학교에 강의하러 갔다. 샤푸쥔夏浮筠에게 『중국소설사략』 1책을 주었다. 정오 좀 지나 야마모토의원에 진찰을 받으러 갔다. 오후에 셋째의 편지와 서적 출고증 한 장을 받았다. 2월 27일에 부친 것이다.

2일 맑음. 일요일, 쉬다. 오후에 뤄밍제羅莫階, 리선자이가 왔다. 왕유더王有德가 왔는데, 자가 수린叔鄰이다.

3일 맑음. 정오 좀 지나 세계어학교에 강의하러 갔다. 오후에 지푸의 편지를 받았다. 저녁에 그를 찾아갔다.

4일 약간의 눈. 오전에 H군이 왔다. 정오 좀 지나 야마모토의원에 진찰을 받으러 갔다. 밤에 『중국소설사략』 하권의 교정을 끝마쳤다.

5일 흐림. 별일 없음. 밤에 바람이 불었다.

6일 흐림. 오후에 야마모토의원에 진찰을 받으러 갔다. 셋째의 편지를 받았다. 3일에 부친 것이다. 밤에 베이징사범대학 부속중학 강연 원고[7]의 교정을 끝마쳤다.

7일 맑음. 오전에 베이징사범대학에 강의하러 갔다. 강연원고를 쉬밍훙徐名鴻에게 건네주었다. 정오 좀 지나 베이징대학에 강의하러 갔다. 오후에 쑨푸위안이 교육부에 와서 춘타이春台가 지은 『대서양의 바닷가』大西洋之濱를 보여 주었다. 밤에 세계어학교에서 1월 상반기 및 2월 하반기의 월급 도합 15위안을 보내 주었다. 춘타이가 지은 『대서양의 바닷가』를 다 읽었다.

---

7) 「천재가 없다고 하기 전에」를 가리킨다.

8일 맑음. 아침에 여자고등사범학교에 강의하러 갔다. 오전에 야마모토의원에 갔다. 셋째 처가 마리쯔馬理子를 데리고 왔다. 오후에 야마모토의원에 진찰을 받으러 갔다. 밤에 H군이 왔다. 쑨푸위안에게 『대서양의 바닷가』와 『중국소설사략』 하권의 원고를 부쳤다.

9일 맑고 바람이 붊. 일요일, 쉬다. 오후에 푸위안이 왔다. 쯔페이가 왔다. 친원이 왔다. 밤에 주커밍朱可銘의 편지를 받았다. 둥양東陽에서 부친 것이다.

10일 맑음. 오전에 어머니가 오셨다가 정오 좀 지나 가셨다. 세계어학교에 강의하러 갔다. 마루젠의 엽서를 받았다. 밤에 탁족을 했다.

11일 맑음. 정오 좀 지나 야마모토의원에 진찰을 받으러 갔다. 오후에 마루젠에 편지와 1위안 6자오를 부쳤다. 셋째에게 편지를 부쳤다. 밤에 리융첸이 왔다. 바람이 약간 불었다.

12일 맑고 바람이 붊. 별일 없음.

13일 맑고 바람이 붊. 정오 좀 지나 야마모토의원에 진찰을 받으러 갔다.

14일 맑음. 오전에 베이징사범대학에 강의하러 갔다. 정오 좀 지나 베이징대학에 강의하러 갔다. 오후에 장쯔성張梓生의 편지를 받았다. 저녁에 푸위안이 와서 전에 신조사가 빌렸던 100위안을 건네주었다.[8] 밤에 샹페이량向培良이 왔다.

15일 맑음. 아침에 여자고등사범학교에 강의하러 갔다. 오전에 야마모토의원에 진찰을 받으러 갔다. 장쯔성의 집에 오랫동안 맡겨 두었던 서

---

8) 1923년 5월 20일의 일기에서 언급하였듯이, 신조사에서는 루쉰의 『외침』 초판 2,000부를 인쇄하기 위해 루쉰에게서 200위안을 빌렸다. 이날 루쉰에게 반환된 100위안은 이 금액 가운데의 일부이다.

적[9]이 운반되어 왔다. 모두 한 상자인데, 살펴보니 쓸 만한 책이 하나도 없었다. 오후에 창웨이쥔常維鈞에게 『가요』歌謠 주간의 겉표지 도안[10] 2매를 부쳤다.

16일 맑음. 일요일, 쉬다. 오후에 쿵싼이 왔다. 저녁에 리선자이가 왔다. 미장이 리씨에게 100위안을 지불했다.

17일 맑음. 오전에 리선자이가 왔다. 정오 좀 지나 세계어학교에 강의하러 갔다. 셋째에게 편지를 부쳤다. 소설 원고[11]와 장쯔성에게 보내는 답신을 동봉했다.

18일 맑음. 정오 좀 지나 위다푸가 『창조』 1책을 주었다. 야마모토의원에 진료를 받으러 갔다. 오후에 쉬스쉰許詩荀의 결혼소식을 받았다. 축하금으로 2위안을 냈다. 베이징사범대학 교무부에 편지를 부쳤다.

19일 맑음. 저녁에 쑨푸위안의 편지를 받았다.

20일 흐림. 정오 좀 지나 야마모토의원에 진찰을 받으러 갔다. 셋째의 편지를 받았다. 17일에 부친 것이다. 밤에 H군이 왔다.

21일 흐림. 오전에 베이징사범대학에 강의하러 갔다. 정오 좀 지나 베이징대학에 강의하러 갔다. 오후에 비가 한바탕 쏟아졌다.

22일 맑음. 아침에 어머니가 오셨다. 여자고등사범학교에 강의하러 갔다. 오후에 셋째에게 편지를 부쳤다. 야마모토의원에 진찰을 받으러 갔다. 밤에 바람이 불었다.

23일 맑고 바람이 붊. 일요일, 쉬다. 오후에 친원이 왔다. 저녁에 푸위

---

9) 루쉰은 사오싱 신타이먼(新台門)의 집을 매각한 후 베이징으로 이사할 즈음, 서적 일부를 우원먼(五雲門) 밖에 사는 제자 장쯔성에게 맡겼다. 이날 운반되어 온 서적이 이 가운데의 일부이다.
10) 루쉰은 『가요』의 편집자인 창웨이쥔의 부탁에 응하여 『가요』 주간의 증간을 위해 도안을 만들었다.
11) 단편소설 「복을 비는 제사」(祝福)이다. 이 작품은 후에 『방황』에 수록되었다.

안이 왔다. 밤에 몹시 노곤했다. 피로했던 모양이다. 일찍 잠자리에 들었
다.

24일 맑다가 오후에 흐림. 셋째의 편지를 받았다. 21일에 부친 것이
다. 푸위안에게 소설 원고 1편[12]을 부쳤다. 밤에 바람이 불었다. 몸에 열이
올라 편안치 않았다. 담배를 끊었다.

25일 맑음. 정오 좀 지나 야마모토의원에 진찰을 받으러 갔다. 감기라
고 한다. 밤에 H군이 왔다. 베이징사범대학의 편지를 받았는데, 아주 터무
니없었다.

26일 맑음. 종일토록 정양했다.

27일 맑음. 아침에 베이징사범대학에 강사사임 편지[13]를 부쳤다. 베
이징대학과 여자고등사범학교에는 휴가를 냈다. 정오 좀 지나 야마모토
의원에 진찰을 받으러 갔다. 오후에 쉬친원이 왔다. 저녁에 리선자이가
왔다.

28일 흐림. 오후에 푸위안이 와서 간단한 반찬 네 가지를 주었다. 친
원이 왔다.

29일 맑고 바람이 붊. 정오 좀 지나 야마모토의원에 진찰을 받으러 갔
다. 오후에 쯔페이가 왔다. 셋째에게 편지를 부쳤다. 구스밍顧世明, 왕전汪震,
루쯔란盧自然, 푸옌博岩 네 명이 왔다. 모두 베이징사범대학 학생이다. 밤에
셋째의 편지를 받았다. 26일에 부친 것이다. 쉬안퉁의 편지를 받았다. 25

---

12) 단편소설 「비누」(肥皂)이다. 이 작품은 후에 『방황』에 수록되었다.
13) 루쉰은 3월 25일에 베이징사범대학 교무부로부터 편지를 받았는데, 내용이 황당하여 사주하
    는 이가 있는 듯하였다. 그래서 루쉰은 이날 강사직을 사임하는 편지를 부쳤던 것이다. 29일에
    구스밍(顧世明) 등이 문병을 오고, 또 30일에는 이 대학 국문과 주임인 양수다(楊樹達: 우푸溫夫)
    가 찾아와 해명함으로써, 그 편지는 교무부 직원이 썼으나 배후가 없음을 알게 되었으며, 이리
    하여 루쉰은 사의를 철회하였다.

일부터 이날까지 쉬었다. 한가로이 정양하면서 간혹 글을 쓰고 싶었으나 잘 되지 않았다.

30일 맑음. 일요일, 쉬다. 오전에 양위푸楊遇夫가 왔다. 정오 좀 지나 이발을 했다. 리융첸과 그의 벗이 왔다. 뤼성呂生 등이 왔는데, 모두 세계어학교 학생이다. 저녁에 바이타사白塔寺[14]의 시장을 구경하러 갔다가, 시싼탸오의 집에 가서 둘러보았다. 밤에 리선자이가 왔다.

31일 맑음. 정오 좀 지나 첸쉬안퉁에게 편지를 부쳤다. 야마모토의원에 진찰을 받으러 갔다. 오후에 리선자이에게 50위안을 빌렸다. 미장이 리씨에게 100위안을 지불했다. 쑨푸위안에게 편지를 부쳤다.

4월

1일 흐리고 저녁에 가랑비. 차 한 근을 1위안에 샀다. 밤에 『중국소설사략』의 30쪽을 교정했다.[15]

2일 흐리고 바람이 붊. 오후에 푸위안에게 『중국소설사략』의 교정본을 부쳤다. 첸다오쑨錢稻孫이 딸을 결혼시킨다기에 1위안을 보냈다.

3일 흐리고 바람이 거셈. 정오 좀 지나 성싼이 왔다.

4일 맑음. 오전에 베이징사범대학에 강의하러 갔다. 월급 18위안을 수령했다. 정오 좀 지나 베이징대학에 강의하러 갔다. 창웨이쥔이 『가요』 주간 기념호 2책을 주었다. 오후에 상우인서관에서 『동방잡지』 기념호 상

---

14) 바이타사(白塔寺)는 곧 먀오잉사(妙應寺)로서, 베이징 푸청먼(阜成門) 안에 있다. 절 안에 흰색의 라마탑이 있기에 바이타사라 일컫는다. 원대 지원(至元) 8년(1271)에 건립되었으며, 처음 명칭은 대성수만안사(大聖壽萬安寺)이며, 명대 천순(天順) 원년(1457)에 지금의 이름으로 개칭되었다. 청대 이후 이 절의 묘회(廟會)는 베이징 4대 묘회의 하나로서 성황을 누렸다.

15) 루쉰은 『중국소설사략』 하권의 교열을 이날부터 시작하여 6월 17일에 끝마쳤다.

하 2책을 부쳐 왔다. 마루젠서점에서 『비어즐리전』比亞玆來傳 1책을 부쳐 왔다. 저녁에 쑨푸위안이 와서 100위안을 건네주었다. 전에 신조사에 빌려주었던 것으로, 이리하여 모두 갚았다. 빙얼 1위안 5자오어치를 샀다.

5일 맑음. 청명절, 쉬다. 정오 좀 지나 쑨탸오후퉁의 집을 살펴보았다. 저녁에 성싼이 와서 2위안을 빌려 갔다. 밤에 바람이 불었다.

6일 맑고 바람이 붊. 일요일, 쉬다. 정오 좀 지나 쉬친원이 왔다. 오후에 리쭝우李宗武가 조카를 데리고 왔다.

7일 맑음. 정오 좀 지나 세계어학교에 강의하러 갔으나 수업이 없어서, 순청제順城街로 천쿵싼陳空三을 찾아갔다. 오후에 월급 102위안을 수령했다. 작년 4월분의 3할 1부이다. 리선자이에게 50위안을 갚았다.

8일 맑음. 쉬다. 정오 좀 지나 바람이 거세졌다. 베이징대학에 가서 월급 10위안을 받았다. 8월분 전부이다. 충원먼崇文門 안의 신이信義약방에 가서 여러 약품을 샀다. 둥야공사[16]에 가서 『문학원론』文學原論, 『고민의 상징』苦悶の象徵, 『진실은 이렇게 속인다』眞實はかく佯る 등의 각 1책을 도합 5위안 5자오에 구입했다. 중앙공원에 가서 잠깐 거닐다가 햄이 든 찐빵 30개를 사가지고 돌아왔다.

9일 맑음. 정오 좀 지나 리성李生이 왔다. 베이징대학에서 『가요』 증간호 5책을 주었다. 곧바로 지푸에게 2책, 서우산에게 1책을 주었다.

10일 맑음. 오전에 리융첸의 편지를 받았다.

11일 맑음. 오전에 베이징사범대학에 강의하러 갔다. 정오 좀 지나 베이징대학에 강의하러 갔다. 밤에 『중국소설사략』을 교정하였다.

---

16) 둥야공사(東亞公司)는 일본인이 베이징 둥단(東單)에 개설한 상점인데, 부수적으로 일본서적을 판매하였다. 루쉰은 1924년부터 1926년까지 자주 이곳에서 책을 구입하였다.

12일 흐림. 아침에 여자고등사범학교에 강의하러 갔다. 정오 좀 지나 베이징대학에 가서 9월분 월급 12위안을 받았다. 이우이공사一五一公司에 가서 목공용구 한 세트를 2위안에 구입했다. 핑안덴잉공사平安電影公司에 가서 「살로메」薩羅美[17]를 관람했다. 세계어학교 학생이 왔으나 만나지 못한 채 쪽지를 남겨 두고 갔다. 후스즈의 편지와 서적 대금 45위안을 받았다. 저녁에 쉬친원이 왔기에 『중국소설사략』 교정원고를 건네주고서 푸 위안에게 전해 달라고 부탁했다. 밤에 셋째의 편지와 상우인서관의 원고료 40위안을 받았다. 한밤에 이르러서야 소설 한 편[18]의 정서를 마쳤다.

13일 맑음. 일요일, 쉬다. 오전에 중앙공원의 쓰이쉬안四宜軒에 갔다. 쉬안퉁을 만나 차를 마시면서 저녁까지 이야기를 나누다가 돌아왔다.

14일 맑음. 오전에 성수가 왔다. 정오 좀 지나 세계어학교에 강의하러 갔다. 오후에 서적 대금 45위안을 치서우산에게 건네면서 전해 달라 부탁했다.

15일 흐림. 오전에 첸다오쑨이 왔다. 『중앙미술』中央美術 4책을 빌려주었다. 오후에 허썬의 편지를 받았다. 12일에 빙저우井州에서 부친 것이다. 셋째에게 편지와 소설 원고 1편, 그리고 쉬친원의 작품 2편을 부쳤다. 저녁에 H군이 왔다.

16일 맑음. 저녁에 여자고등사범학교 문예연구회에 갔다. 구주허우顧竹侯, 선인모沈尹默를 만났다.

17일 맑고 오후에 바람이 붊. 시싼탸오의 집에 갔다. 미장이 리씨에게

---

17) 아일랜드 극작가 오스카 와일드(Oscar Wilde, 1854~1900)의 시극 『살로메』를 개작한 영화이다. 1922년 미국의 United Artists에서 제작하였다. 핑안덴잉공사는 베이징의 둥창안제(東長安街)에 있었다.

18) 단편소설 「술집에서」(在酒樓上)를 가리킨다. 4월 15일에 저우젠런(周建人)에게 부쳤으며, 후에 『방황』에 수록되었다.

30위안을 지불했다.

18일 맑음. 오전에 베이징사범대학에 강의하러 갔다. 월급 26위안을 받았다. 정오 좀 지나 베이징대학에 강의하러 갔다. 오후에 바람이 거셌다.

19일 맑음. 아침에 여자고등사범학교에 강의하러 갔다. 정오 좀 지나 카이밍극장開明戲園에 가서 아프리카 탐험영화[19]를 관람했다. 지푸에게 『중국소설사략』 강의록 인쇄본 한 묶음을 부쳤다. 이로써 전부를 부쳤다. 베이징대학에서 『국학계간』國學季刊 제3기 1책을 부쳐 왔다. 밤에 쿵싼이 왔다. 리융첸의 편지를 받았다.

20일 맑고 바람이 거셈. 일요일, 쉬다. 오후에 양위푸가 왔다. 쉬친원이 왔다.

21일 맑음. 정오 좀 지나 세계어학교에 강의하러 갔다. 리중칸李仲侃에게 편지를 부쳤다. 허썬에게 편지를 부쳤다.

22일 흐리고 바람이 붊. 오후에 시싼탸오후퉁의 집에 갔다. 푸위안의 편지와 교정원고를 받았다. 즉시 답신했다.

23일 맑음. 정오 좀 지나 세계어학교에 오사카 겐지小坂狷二의 강연[20]을 들으러 갔다.

24일 맑음. 오전에 리중칸이 왔으나 만나지 못했다. 정오 좀 지나 흐리고 바람이 거셌다. 오후에 셋째의 편지를 받았다. 21일에 부친 것이다.

25일 맑음. 오전에 베이징사범대학에 강의하러 갔다. 정오 좀 지나 웨

---

19) 미국의 Metro사에서 1923년에 제작한 기록영화 「아프리카원정」을 가리킨다. 카이밍극장은 베이징 첸먼(前門) 밖 주스커우(珠市口)에 있으며, 훗날 주스커우영화관(珠市口影院)으로 바뀌었다.
20) 당시 철도성(鐵道省) 기사였던 세계어주의자(Esperantist)인 오사카 겐지(小坂狷二, 1888~1969)는 중국을 방문하여 이날 「대동의 기도」(大同의 企圖)라는 제목으로 강연했다. 이 강연원고는 일본어판 『베이징주보』(北京週報) 제110호에 실렸다.

중구이月中桂에서 상하이 경마의 마권 1매를 11위안에 샀다. 베이징대학에 강의하러 갔다. 오후에 치서우산에게 100위안을 빌렸다. 작년 4월분 월급 30위안을 수령했다. 쑨푸위안이 부친 교정원고를 받았다.

26일 맑음. 아침에 여자고등사범학교에 강의하러 갔다. 오전에 류리창에 가서 일용품을 구입했다. 정오 좀 지나 시싼탸오후퉁의 집을 살펴보러 갔다. 오후에 셋째에게 편지와 경마 마권 1매를 부쳤다. 푸위안에게 교정원고를 되돌려 보냈다.

27일 맑음. 일요일, 쉬다. 정오 좀 지나 흐리고 바람이 붊. 별일 없음.

28일 흐림. 정오 좀 지나 세계어학교에 강의하러 갔다. 오후에 가랑비가 내렸다. 천바오사晨報社에서 원고료 15위안을 보내왔다.

29일 맑음. 정오 좀 지나 어머니가 바다오완의 집으로 가셨다. 오후에 셋째에게 편지를 부쳤다. 밤에 탁족을 했다.

30일 맑음. 정오 좀 지나 위다푸가 왔다. 시싼탸오후퉁에 개축한 집을 구경하러 갔다. 미장이 리씨에게 20위안을 지불했다. 치서우산에게 50위안을 갚았다. 밤에 바람이 불었다.

5월

1일 맑음. 오전에 리선자이가 왔다. 함께 쓰파이러우에 가서 유리 14장을 18위안 5자오에 구입하였다. 다시 함께 시싼탸오후퉁의 집으로 왔다. 오후에 샤쑤이칭夏穗卿 선생의 부음이 왔다. 부의금으로 2위안을 보냈다. 셰런빙 어머니의 부음을 받고서 부의금 1위안을 보냈다. 저녁에 리융첸이 왔다.

2일 맑음. 오전에 베이징사범대학에 강의하러 갔다. 정오 좀 지나 베

이징대학에 강의하러 갔다. 오후에 중앙공원에 가서 차를 마시고, 중일회화전람회를 구경했다.[21]

3일 맑음. 아침에 후스즈에게 편지를 부쳤다. 장융산張永善에게 편지를 부쳤다. 장무한張目寒에게 편지를 부쳤다. 여자고등사범학교에 강의하러 갔다. 오전에 류리창에 가서 『스쩡유묵』師曾遺墨[22] 제1집과 제2집 각 1책을 도합 3위안 2자오에 구입했다. 정오 좀 지나 리선자이가 왔다.

4일 맑음. 일요일, 쉬다. 오후에 쑨푸위안이 와서 춘타이가 부쳐 준 인쇄한 그림 4매를 건네주었다.

5일 맑음. 오전에 H군이 왔다. 12위안을 주었다. 정오 좀 지나 세계어학교에 강의하러 갔다. 셋째의 편지를 받았다. 2일에 부친 것이다. 곧바로 『전국중학소재지명표』全國中學所在地名表 1책을 부쳤다. 밤에 리융첸의 편지를 받았다.

6일 맑음. 아침에 어머니가 오셨다가 정오 좀 지나 바다오완의 집으로 가셨다. 오후에 셋째에게 편지를 부쳤다. 가오랑셴高閬仙이 『논형거정』論衡擧正 1부 2책을 주었다. 셋째로부터 쉬친원의 원고 1편을 반송받았다. 저녁에 차 한 근을 1위안에, 단술 한 동이를 1자오에 샀다. 리샤오펑, 장마오천, 쑨푸위안이 왔다. 지푸가 인력거부를 고용하고 싶어 하기에 장싼張

---

21) 중일회화전람회는 중일회화연합전람회(中日繪畵聯合展覽會)를 가리키며, 중앙공원의 사직단(社稷壇)에서 개최되었다. 이 전람회에는 중국화가 천반딩(陳半丁), 치바이스(齊白石), 야오망푸(姚茫父)와 일본화가 히로세 도호(廣瀨東畝), 고무로 스이운(小室翠雲) 등 수십 명의 작품이 출품되었다.

22) 천스쩡(陳師曾)은 루쉰과 더불어 난징(南京)의 광로학당(礦路學堂), 일본의 고분학원(弘文學院), 교육부 등에서 오랫동안 함께해 온 벗이었다. 화가인 그는 48세를 일기로 1923년 12월 12일에 사망하였는데, 사인은 장티푸스였다. 고궁박물원(故宮博物院)은 그의 업적을 기리기 위해 5월부터 『스쩡유묵』(師曾遺墨)이라 이름을 붙인 화집을 출간하기 시작하여, 1926년까지 모두 10집을 출간하였다. 루쉰은 이 화집을 모두 구입하였다.

三에게 둘러보라고 하였다.

7일 흐림. 오후에 시미즈 야스조淸水安三가 왔으나 만나지 못했다.

8일 흐림. 정오 좀 지나 집성국제어언학교集成國際語言學校[23]에 강의하러 갔다. 오후에 샤쑤이칭 선생의 빈소에 조문하러 갔다. 저녁에 쑨푸위안이 교육부로 왔다. 곧바로 함께 중앙공원에 가서 차를 마시다가, 저녁 8시가 되자 셰허協和학교의 강당에 가서 신월사新月社가 타고르의 64세 생신을 축하하는 극본 「치트라」Chitra 2막의 공연[24]을 관람했다. 돌아오니 이미 한밤중이었다.

9일 맑고 바람이 거셈. 오전에 베이징사범대학에 강의하러 갔다. 정오 좀 지나 베이징대학에 강의하러 갔다. 공원에 가서 식사를 했다. 저녁에 춘타이의 편지를 받았다.

10일 맑음. 아침에 여자고등사범학교에 강의하러 갔다. 오전에 리선자이의 거처에 갔다. 정오 좀 지나 리선자이가 왔다. 함께 시싼탸오후퉁의 집에 갔다. 칠장이와 도배장이를 불러 견적을 내게 했다. 오후에 작년 4월분 월급 30위안을 수령했다. 쑨푸위안에게 편지와 교정원고를 부쳤다.

11일 흐림. 일요일, 쉬다. 정오 좀 지나 광후이사廣慧寺에 가서 모친의 상을 입은 셰런빙을 조문했다. 천바오관晨報館으로 쑨푸위안을 찾아갔다. 오후까지 앉아 있다가 함께 공원에 가서 차를 마셨다. 덩이저鄧以蟄, 리쭝

---

23) 집성국제어언학교(集成國際語言學校)는 일기에서 국제어언학교, 집성학교, 집성교 등으로 표기하기도 한다. 루쉰은 5, 6월 사이에 이 학교에서 강의를 담당하였다.
24) 인도의 시인 타고르(Rabindranath Tagore)는 1924년 4월 중국을 방문하였다. 그가 베이징에 머물던 5월에는 마침 그의 64세 생일을 맞아, 신월사는 둥단(東單)의 셰허(協和)의학교의 강당을 빌려 경축회를 개최하였다. 후스(胡適)가 주관한 이 경축회는 타고르의 중국어 이름 '축진단'(竺震旦)의 함의에 대한 량치차오(梁啓超)의 설명, 타고르의 축사, 그의 극본 「치트라」(Chitra)에 대한 쉬즈모(徐志摩)와 린후이인(林徽因)의 공연 등으로 이루어졌다.

우 등을 만나 한참 동안 이야기를 나누고서 밤이 되어 돌아왔다.

12일 맑음. 미장이 리씨가 공사를 마쳤다. 9위안 5자오를 지불하여 완불했다. 정오 좀 지나 세계어학교에 강의하러 갔다.

13일 흐림. 오전에 쯔페이가 와서 200위안을 빌려 갔다. 오후에 셋째의 편지를 받았다. 10일에 부친 것이다. 시싼탸오후퉁에 가서 집에 페인트칠을 보았다. 위僞 양에게 부탁하여 위안타오안袁匋盦 선생이 그린 비단바탕의 산수화 4폭을 구했다. 밤에 쑨푸위안이 『물레 이야기』紡輪故事 5책을 가지고 왔다. 곧바로 위 양, 위안 씨에게 1책씩 주었다. 바람이 불었다.

14일 맑고 바람이 거셈. 정오 조금 지나 상우인서관에 가서 『등석자』鄧析子, 『신감』申鑒, 『중론』中論, 『대당서역기』大唐西域記, 『문심조룡』文心雕龍 각 1부를 도합 2위안 8자오에 구입했다. 아울러 면련지25)에 인쇄한 『태평악부』太平樂府 1부 2책을 4위안에 구입했다. 셋째가 부친 리청荔丞의 그림 한 폭을 받았다. 오후에 셋째에게 편지를 부쳤다.

15일 맑고 오후에 바람이 붊. 집성국제어언학교에 강의하러 갔다. 오후에 창웨이쥔을 방문했다. 그가 18일에 결혼한다기에 『태평악부』 1부를 보내 축하했다. 정전둬의 편지와 인세 55위안을 받았다. 저녁에 푸위안에게 편지를 부쳤다.

16일 맑음. 오전에 베이징사범대학에 강의하러 갔다가 월급 23위안을 받았다. 9월분의 6할 3부이다. 정오 좀 지나 베이징대학에 강의하러 갔다가 월급 11위안을 받았다. 9월분 잔액 및 10월분의 일부이다. 중앙공원에 가서 차를 마시고 만두를 먹었다. 오후에 정전둬에게 편지를 부쳤다.

---

25) 면련지(棉連紙)는 연사지(連史紙)라고도 일컫는다. 대나무를 재료로 삼아 흰색에 결이 촘촘한 종이로서, 주로 고서 인쇄 혹은 붓글씨에 사용된다.

17일 맑음. 아침에 여자고등사범학교에 강의하러 갔다. 정오 좀 지나 바람이 불었다.

18일 맑음. 일요일, 쉬다. 정오 좀 지나 바람이 거세게 불었다. 쉬친원이 왔다. 오후에 쑨푸우안이 왔다.

19일 흐리고 바람이 붊. 정오 좀 지나 세계어학교에 강의하러 갔다. 『물레 이야기』 1책을 지푸에게 주었다.

20일 맑음. 아침에 어머니가 오셨다가 정오 좀 지나 바다오완의 집에 가셨다. 리선자이를 방문하여 함께 나가 침대용 널판 세 개를 9위안에 구입했다. 월급 66위안을 수령했다. 작년 4월분 잔액과 5월분의 일부이다. 치서우산에게 50위안을 갚았다. 쑨푸위안에게 교정원고와 편지를 부쳤다. 셋째의 편지를 받았다. 16일에 부친 것이다. 10위안을 요시코芳子에게 건네 달라고 부탁받았다. 저녁에 야마모토의원에 요시코를 문병하러 가서, 10위안을 건네고 내 돈 10위안도 건넸다. 밤에 바람이 불었다.

21일 맑음. 정오 좀 지나 셋째에게 편지를 부쳤다. 싼탸오후퉁의 집을 살펴보러 갔다. 칠장이에게 21위안을, 그리고 도배장이에게 12위안을 지불했다. 저녁에 여자고등사범학교의 소요[26]로 인해 조정을 요청하는 학생들의 편지를 받았다. 뤄잉중羅膺中, 판치신과 함께 갔지만, 뒤이어 온 사람은 정제스鄭介石 한 사람뿐이었다. H군이 왔다. 밤에 우레와 번개가 치더니 비가 내렸다.

22일 흐림. 정오 좀 지나 집성국제어언학교에 강의하러 갔다. 오후에

26) 1924년 2월 말 쉬서우창(許壽裳)을 뒤이어 양인위(楊蔭榆)가 베이징여자고등사범학교의 교장에 취임한 뒤, 베이양정부 교육부의 지시에 따라 학생의 자치활동을 억압하여 교사와 학생의 불만을 일으켰다. 4월 말, 여자고등사범학교 교사 15명이 연명으로 사직을 발표하고, 기타 교원 역시 잇달아 수업을 거부하여 소요사태로 발전하였다. 이날 저녁 루쉰은 학생들의 요청에 응하여 조정에 나섰다.

소낙비가 한바탕 내렸다. 쑨푸위안에게 교정원고를 부쳤다.

23일 맑고 바람이 붊. 아침에 스취안이 왔다. 오전에 베이징사범대학에 강의하러 갔다. 정오 좀 지나 베이징대학에 강의하러 갔다.『중고문학사』中古文學史,『사여강의』詞余講義,『문자학형의편』文字學形義篇 및『음편』音篇 각 1책을 도합 1위안에 구입했다. 중앙공원에 가서 차를 마시고 만두를 먹었다. 저녁에 쑨푸위안이 왔다. 우자전吳家鎭 모친의 부음을 받고 부의금 1위안을 냈다. 밤에 스취안이 왔다.

24일 맑음. 아침에 여자고등사범학교에 강의하러 갔다. 오전에 도서 분관으로 쯔페이를 찾아갔으나 만나지 못했다. 오후에 다시 그를 찾아가 100위안을 갚았다. 칠장이에게 20위안을 지불했다. 밤에 짐을 정리했다.

25일 일요일. 맑음. 아침에 시싼탸오후퉁의 새집으로 이사했다.[27] 오후에 친원이 와서『물레 이야기』1책을 주었다. 바람이 불었다.

26일 맑음. 오전에 지푸가 찾아와 꽃병 하나, 다기 1세트 6점을 주었다. 정오 좀 지나 세계어학교에 강의하러 갔다. 오후에 야마모토의원에 셋째 처를 문병하러 갔다. 저녁에 리융첸의 편지를 받았다.

27일 맑고 바람이 붊. 오후에 리융첸에게 편지를 부쳤다. 후스즈에게 보내는 편지를 동봉했다. 저녁에 스취안의 초대에 응해 셰잉쥐[28]에 갔다.

28일 맑음. 오전에 어머니가 오셨다. 정오 좀 지나 쯔페이가 왔다. 오

---

27) 루쉰은 1923년 8월 2일 바다오완 11호에서 좐타후퉁 61호로 이사한 뒤, 10월 30일 시싼탸오후퉁의 21호 여섯칸짜리 구옥을 매입하였다. 1924년 초에 개축을 시작하여 5월 중순에 끝마침에 따라 이날 입주하였던 것이다. 1926년 8월 루쉰이 베이징을 떠난 후 루쉰의 어머니와 아내 주안(朱安)은 계속 이곳에 거주하였다. 1949년 10월 19일 루쉰의 옛집(故居)으로서 외부에 개방되었다.

28) 셰잉쥐(擷英居)는 첸먼(前門) 밖에 있는 서양요리점으로, 정식명칭은 셰잉판차이관(擷英番菜館)이다. 베이징여자고등사범학교의 소요 사태 당시 교장 양인위를 비롯한 사범학교 측이 베이징의 교육계 명사를 초청하여 연회를 열었던 곳이 바로 이곳이다.

후에 어머니를 따라 야마모토의원에 진찰을 받으러 갔다.

29일 맑음. 정오 좀 지나 집성국제어언학교에 강의하러 갔다. 오후에 허썬의 편지를 받았다. 27일에 부친 것이다. 셋째의 편지를 받았다. 26일에 부친 것이다. 작년 5월분 월급 50위안을 수령했다. 저녁에 푸위안이 왔다. 친원과 함께 햄 하나를 주었다. 밤에 야마모토의원에 갔다.

30일 맑고 더움. 오전에 베이징사범대학에 갔다가 작년 9월분 월급 7위안을 받았다. 정오 좀 지나 베이징대학에 강의하러 갔다. 리융첸에게 50위안을 빌려주었다. 쉬친원을 만나 그를 불러 중앙공원에 가서 차를 마셨다. 밤에 바람이 불었다.

31일 흐림. 아침에 여자고등사범학교에 강의하러 갔다. 오전에 중고품 탁자와 의자 모두 5개를 7위안에 구입했다. 정오경에 천바오사로 쑨푸위안을 찾아갔다가 그곳에서 점심을 먹었다. 오후에 딩샹춘에 가서 차 2근을 2위안에 샀다. 상우인서관에 가서 『신어』新語, 『신서』新書, 『혜중산집』, 『사선성시집』謝宣城詩集, 『원차산집』元次山集 각 1부 모두 7책을 2위안 2자오에 구입했다. 조본粗本 『아우당총서』雅雨堂叢書를 가오랑셴에게 팔아 4위안을 받았다. 밤에 탁족을 했다.

6월

1일 맑음. 일요일, 쉬다. 오후에 쯔페이가 왔다. 저녁에 야마모토의원에 갔다. 밤에 『혜강집』 1권을 교정했다.[29]

---

29) 루쉰은 영인된 명대 가정(嘉靖) 4년 여남(汝南) 황씨(黃氏) 남성정사간본(南星精舍刊本) 『혜중산집』(嵇中散集)을 5월 31일 상우인서관에서 구입하였다. 루쉰은 이날부터 이 책을 자신의 교정본과 비교·검토하는 작업을 개시하여 8일에 끝마쳤다.

2일 맑음. 정오 좀 지나 세계어학교에 강의하러 갔다. 오후에 셋째에게 편지를 부쳤다. 푸위안의 편지를 받았다. 밤에 후스즈의 편지를 받고, 『오십년래의 세계철학』五十年來之世界哲學 및 『중국문학』中國文學 각 1책을 증정받았다. 『설고』說庫 2책을 반환받았다. 비가 약간 내렸다.

3일 흐림. 오전에 리선자이가 왔다. 정오 좀 지나 이발을 했다. 오후에 큰 비가 한바탕 내렸다. 밤에 『혜강집』 1권을 교정했다.

4일 맑음. 오전에 샤오진嘯崎의 롼씨阮氏 댁에서 야채말림 한 바구니를 부쳐 왔다. 오후에 쑨푸위안에게 교정원고를 부쳤다. 건축의 준공을 보고했다.

5일 맑음. 정오 좀 지나 집성국제어언학교에 강의하러 갔다. 후스즈를 방문하였으나 만나지 못했다. 오후에 작년 5월분 월급 100위안, 6월분 69위안을 수령했다. 위스키와 건포도를 샀다. 밤에 H군이 왔다. 야마모토 의원에 갔다.

6일 맑음. 음력 단오, 쉬다. 종일 『혜강집』을 교정했다. 저녁에 리런찬李人燦이 와서 소설 원고 2편을 보여 주었다.

7일 흐림. 오전에 여자고등사범학교에 강의하러 갔다. 정오경에 쑨푸위안을 방문했다. 후스즈에게 편지를 부쳤다. 오후에 셋째의 편지를 받았다. 3일에 부친 것이다. 밤에 바람이 불었다. 『혜강집』 제9권의 절반까지 교정을 보았다. 비가 내렸다.

8일 흐림. 일요일, 쉬다. 아침에 어머니가 오셨다. 오전에 셋째의 편지를 받았다. 5일에 부친 것이다. 오후에 마오천, 친원, 푸위안이 왔다. 왕, 쉬, 위왕兪 양 세 자매 등 다섯 사람이 왔다. 밤에 『혜강집』 교정을 끝마쳤다.

9일 맑음. 정오 좀 지나 세계어학교에 강의하러 갔다. 야마모토의원에 갔다. 오후에 순경이 측량하러 왔다. 리런찬이 왔다.

10일 맑음. 오전에 셋째에게 편지를 부쳤다. 정오 좀 지나 우사구右四區분서[30]에 가서 계약을 확인했다. 오후에 바람이 불었다. 밤에 『혜강집』 서문을 써서 교정하였다.[31]

11일 맑고 바람이 붊. 아침에 천샹허陳翔鶴의 편지를 받았다. 오전에 정전둬에게 편지를 부쳤다. 롼허썬에게 편지를 부쳤다. 야먀모토의원에 어머니의 약을 타러 갔다. 푸위안에게 교정원고를 부쳤다. 오후에 바다오완 집에 책과 집기를 가지러 갔는데, 서쪽 곁채에 들어서자마자 치멍啓孟과 그의 처가 갑자기 나와 욕을 퍼부으면서 두들겨 팼다. 또한 전화로 시게히사重久와 장펑쥐, 쉬야오천徐耀辰을 오라 하더니, 그의 처가 그들에게 나의 죄상을 늘어놓았다. 거칠고 더러운 말이 많았고, 날조하여 말도 안 되는 곳은 치멍이 바로잡기도 하였다. 하지만 끝내 책과 집기를 들고 나왔다. 밤에 야오멍성姚夢生의 편지와 소설 원고 1편을 받았다.

12일 맑음. 정오 좀 지나 집성국제어언학교에 강의하러 갔다. 저녁에 푸위안이 왔다. 리융첸이 왔다.

13일 맑음. 오전에 베이징사범대학에 시험을 보이러 갔다. 상우인서관에서 『잠부론』潛夫論, 『채중낭집』蔡中郎集, 『도연명집』陶淵明集, 『육신주문선』六臣注文選 각 1부, 모두 36책을 10위안 4자오에 구입했다. 베이징사범대학 9월분 월급 6위안, 10월분 19위안을 수령했다.

---

30) 당시 베이징의 경찰서는 시내를 내성(內城) 10구와 외성(外城) 10구, 도합 20구로 나누어 관할하고 있었다. 내성은 좌우 각각 4구와 중앙 2구로 이루어져 있으며, 우구(右區)는 고궁의 서쪽이었다. 루쉰의 집이 있는 시쌴탸오는 우사구에 속해 있었다.

31) 루쉰은 1913년부터 여러 차례에 걸쳐 『혜강집』을 교감하였는데, 이날에 이르러 기본적인 작업이 끝났던 것이다. 루쉰은 『『혜강집』 일문에 관한 고증』(『嵇康集』逸文考), 『『혜강집』에 대한 기록고증』(『嵇康集』著錄考) 외에, 이날 『『혜강집』 서』(『嵇康集』序)를 썼다. 이 세 편은 모두 『고적서발집』(古籍序跋集)에 수록되어 있다.

14일 맑음. 오전에 여자고등사범학교에 강의하러 갔다. 정오경에 쑨푸위안을 찾아가 교정원고를 건네주었다. 오후에 흐리고 저녁에 바람이 한바탕 거세게 불었다.

15일 맑음. 일요일, 쉬다. 오전에 위다푸가 왔다. 저녁에 뇌우가 한바탕 몰아쳤다.

16일 가랑비. 오전에 천샹허에게 답신했다. 야오멍성에게 답신했다. 정오경에 폭우가 쏟아져, 세계어학교에 강의하러 가지 못했다. 오후에 날이 갰다. 밤까지 서적을 정리하였다. 달이 무척 아름다웠다.

17일 맑음. 오후에 쑨푸위안이 교정원고를 가지고 왔다. 곧바로 교정을 마치고 정오표[32] 1쪽을 만들었다. 저녁에 리융첸이 왔다.

18일 맑음. 정오경에 야마모토의원에 갔다. 오후에 리중칸이 왔다. 푸위안의 편지를 받았다. 저녁에 성수가 왔다.

19일 가랑비. 오전에 집성국제어언학교에 편지를 부쳐 휴가를 냈다. 정오경에 야마모토의원에 약을 타러 갔다. 밤에 H군이 와서 10위안을 빌려 갔다.

20일 맑음. 오후에 주쑨久孫의 편지를 받았다. 12일에 부친 것이다. 저녁에 쑨푸위안이 『중국소설사략』 하권 100책을 가져왔다. 곧바로 그에게 1책을 주고, 또한 마오천, 친원에게 각각 1책을 전해 달라 부탁했다. 아울러 여자고등사범학교에 부칠 50책 역시 가져가도록 부탁했다.

21일 맑음. 오전에 여자고등사범학교에 강의하러 갔다. 샤푸윈夏浮雲, 다이뤄링, 판치신, 정제스, 리중칸, 쭝우, 쉬지쉬안, 상페이량, 쉬지푸에게 『중국소설사략』 하권을 1책씩 주었다. 오후에 천샹허의 편지를 받았다. 저

---

32) 『중국소설사략』의 정오표를 가리킨다.

녁에 리런찬이 왔다. 지푸를 찾아갔지만 만나지 못하고, 가져다줄 말린 야채 한 꾸러미,『중국소설사략』하권 1책을 스잉詩英에게 건네주었다. 빈라이샹濱來香에 가서 아이스크림을 먹고 건포도를 샀다. 또한 빙餅 6매를 사서 야마모토의원에 가지고 가서 아이들에게 먹였다.

22일 맑음. 일요일, 쉬다. 오후에 쉬친원이 왔다. 저녁에 푸위안이 왔다. 리샤오펑, 장마오천이 왔다.

23일 흐림. 오전에 어머니와 함께 야마모토의원에 진찰받으러 갔다. 정오 좀 지나 가랑비가 내리다가 곧 그쳤다. 저녁에 위余 양이 왔기에『중국소설사략』하권 1책을 주고, 또 1책을 위안裒 양에게 전해 달라고 부탁했다. 밤에 비가 내렸다. 여자고등사범학교의 시험답안지 채점을 마쳤다.

24일 맑음. 오전에 집성국제어언학교의 편지를 받고서 곧바로 답신했다. 주쉰久巽에게 편지를 부쳤다. 여자고등사범학교에 시험답안지 43매, 점수표 2장을 부쳤다. 치서우산에게『중국소설사략』상하 각 1책을 주었다. 추쯔위안이 영원永元 11년의 단전탁편斷磚拓片 1매, 화전탁편花磚拓片 10매를 주었다. 허난河南 신양저우信陽州에서 출토되었으며, 역사박물관에 소장되어 있는 것이다. 오후에 쯔페이가 왔다. 저녁에 리융첸이 왔다.

25일 맑음. 정오경에 야마모토의원에 약을 타러 갔다. 밤에 베이징사범대학의 시험답안지를 채점했다.

26일 맑음. 오전에 쯔페이의 편지와 함께 베이징대학의 학생모집 광고를 받고서, 곧바로 광고를 위 양에게 전해 주었다. 정오 좀 지나 국제어언학교에 강의하러 갔다. 후스즈에게『중국소설사략』하권 1책을 주었다. 오후에 리중칸의 편지를 받았다. 주쉰이 부쳐 준 말린 야채 한 바구니를 받았다. 밤에 베이징사범대학 시험답안지의 채점을 마쳤다.

27일 맑고 더움. 오전에 베이징사범대학에 시험답안지 20부를 부쳤다. 첸쉬안퉁에게 『중국소설사략』 하권 1책을 부쳤다. 저녁에 리중칸의 초대를 받아 이샹자이頤鄕齋에 식사하러 갔다. 동석한 사람은 왕윈춰王雲衢, 판치신, 쑹쯔페이와 그의 아들 수舒, 중칸과 그의 아들 등이다.

28일 맑음. 정오 좀 지나 베이징대학에 시험 감독을 하러 갔다. 오후에 리융첸을 방문하였다. 천바오사로 쑨푸위안을 찾아갔다. 왕핀칭王聘卿도 있었다. 그리하여 셴눙先農에 들렀다가 시베이西北대학[33] 사무처에서 주관하는 연회에 갔다. 산시陝西의 하기강연에 가기로 약속했다. 동석한 이는 8, 9명이다. 바람이 거세게 불다가 잠시 후 그쳤다. 네 자짜리 대나무침대 하나를 12위안에 샀다. 쯔페이가 느릅나무 안석 2개를 보내 주었다.

29일 맑음. 일요일, 쉬다. 오후에 푸위안이 왔다. 저녁에 샹페이량이 왔다. 쿵싼이 왔다.

30일 맑음. 정오경에 쑨푸위안을 찾아갔다가 쉬안퉁을 만났다. 함께 광허쥐廣和居에 가서 점심을 먹었다. 오후에 푸위안과 함께 먼쾅후퉁門匡胡同의 옷가게에 가서 장삼 두 가지를 맞추었다. 하나는 모시이고, 다른 하나는 캐시미어이다. 가격은 15위안 8자오이다. 다시 취안예창[34]에 가서 둘러보았다. 푸페이칭傅佩青의 편지를 받았다. 왕핀칭王品青이 전해 주었다. 밤에 바람이 불었다.

---

33) 시베이(西北)대학은 1923년에 시안(西安)에 창립되었으며, 교장은 푸퉁(傅銅)이었다. 당시 이 대학은 산시성(陝西省) 교육청과 '하기학교'를 개설하기로 합의하고 유명 학자들을 강사로 초빙하고 있었다. 왕핀칭(王品青)의 소개로 이 대학은 루쉰 등에게 강의를 위해 시안으로 와줄 것을 요청하였다. 이날 연석에서 상담한 후 루쉰은 즉시 출발 준비에 착수하였다.

34) 취안예창(勸業場)은 톈안먼(天安門) 서남쪽에 위치한 문화예술복합센터이다. 1905년에 경사권공진열소(京師勸工陳列所)에서 출발하여 1928년에는 공상부국산품진열장(工商部國貨陳列場)으로 바뀌었다.

7월

1일 흐림. 오전에 지푸를 방문했다. 정오경에 푸위안이 교육부로 왔다. 함께 시지칭西吉慶에 가서 점심을 먹었다. 다시 함께 여자고등사범학교 부속중학교에 가서 한 시간 남짓 학예회를 관람했다. 저녁에 쉬친원이 왔다.

2일 흐리고 정오경에 비. 샹페이량의 편지를 받았다. 저녁에 갰다.

3일 흐림. 쉬다. 정오 좀 지나 위다푸를 방문하여 『중국소설사략』 하권 1책을 주었다. 쑨푸위안을 방문하여 오후에 함께 취안예창에 가서 여행용품을 구입했다. 셋째에게 편지를 부쳤다. 유위에게 편지를 부쳤다. 샹페이량의 편지를 동봉했다. 저녁에 비가 한바탕 내리더니 잠시 후 그쳤다. 밤에 위다푸가 천샹허, 천아무개를 데려와 이야기를 나누었다.

4일 흐리다가 정오경에 비. 지푸의 거처에 가서 점심을 먹었다. 정오 좀 지나 시정공소에 가서 부동산계약을 확인했다. 저녁에 푸위안, 샤오펑, 마오천이 왔다. 푸위안에게 86위안을 빌렸다. 왕제싼王捷三이 산시陝西 가는 일자를 정하러 왔다.

5일 맑음. 오전에 지푸에게서 20위안을 빌렸다. 서우산이 아스피린 3통을 주었다. 베이징대학에 시험답안지 19매를 부쳤다. 마유위, 창웨이쥔에게 각각 『중국소설사략』 하권 1책씩을 부쳤다. 정오 좀 지나 셋째가 왔다. 오후에 리융첸이 왔다. 쯔페이가 와서 이야기를 나누었다. 밤에 시칭당西慶堂에 가서 이발과 목욕을 했다. 리중칸이 왔으나 만나지 못했다.

6일 흐림. 일요일, 쉬다. 오전에 셋째가 왔다. 리융첸이 창常 군을 데리고 왔다. 여비 10위안을 빌려주고, 아울러 『중국소설사략』을 1부씩 주었다. 정오 좀 지나 유위가 왔다. 오후에 가랑비가 오더니 곧 그쳤다. 저녁에 푸위안이 왔다. 밤에 가랑비가 내리다가 잠시 후 큰 비가 내렸다.

7일 흐림. 오전에 셋째가 와서 시디西諦가 증정한 『러시아문학사략』俄國文學史略 1책을 건네주었다. 여자고등사범학교에 시험답안지 1매를 부쳤다. 상페이량에게 편지를 부쳤다. 비가 내렸다. 정오경에 야마모토의원에 가서 비스킷 10개를 샤오투부小土步에게 주었다. 저녁에 날이 갰다. 서역식당에 가서 저녁을 먹었다. 저녁을 먹은 후 기차에 올라 시안西安으로 향하였다.[35] 십여 명이 동행하였으며, 왕제싼이 안내를 맡았다.

8일 맑았다 비가 내렸다 함. 오후에 정저우鄭州에 도착하여 다진타이大金台여관에 묵었다. 저녁에 네댓 명의 동행자와 함께 시내를 돌아다녔다.

9일 맑음. 오전에 기차에 올라 정저우를 떠났다. 밤에 산저우陝州[36]에 도착했다. 장싱난張星南이 마중을 나왔다. 야오우耀武대여관에 묵었다.

10일 맑음. 아침에 배를 타고 산저우를 떠났다. 황허를 따라 산시陝西로 향하였다. 오후에 비가 내렸다. 밤에 링바오[37]에 정박했다.

11일 흐림. 아침에 링바오를 떠났다. 오전에 큰 비에 역풍을 만나 배가 쉬이 나아가지 못했다. 밤에 여전히 링바오 부근에 정박했다.

12일 맑음. 아침에 배가 떠났다. 여전히 역풍이라 네 명을 고용하여 배를 끌어 나아가게 했다. 밤에 원샹[38]에 정박했다. 설사를 했다.

13일 일요일. 맑음. 아침에 원샹을 출발했다. 오후에 퉁관潼關에 도착

---

35) 이날 저녁 산시성장주경대표(陝西省長駐京代表)는 서역식당(西車站)에서 송별식을 열었다. 동행자는 왕퉁링(王桐齡), 장팅푸(蔣廷黻), 리지즈(李濟之), 천딩모(陳定謨), 샤위안리(夏元瑮), 천중판(陳鍾凡), 후샤오스(胡小石), 쑨푸위안, 왕샤오인(王小隱) 등이며, 왕제싼이 수행하였다. 루쉰은 이날 출발하여 37일 만인 8월 12일에 베이징으로 돌아왔다

36) 산저우(陝州)는 지금의 허난(河南) 싼먼샤시(三門峽市)이다. 당시 룽하이선(隴海線) 서부구간 종점이었다. 그래서 이튿날 루쉰 일행은 여기에서 배편으로 황허를 서쪽으로 건넜다

37) 링바오(靈寶)는 허난성 서부에 있는 현의 명칭이다. 북쪽으로 황허에 임해 있다.

38) 원샹(閿鄕)은 옛 현의 명칭이다. 지금은 링바오현에 속해 있다.

했다. 밤에 자동차 정류장에서 묵었다. 설사를 하여 Help[39]를 두 차례 14알 복용했다.

14일 맑음. 아침에 자동차로 퉁관을 떠났다. 정오 좀 지나 린퉁臨潼에 도착하여 화칭궁華淸宮 옛터를 둘러보고 온천으로 가서 목욕을 했다. 대대장인 자오칭하이趙淸海가 점심에 초대했다. 오후에 시안에 도착하여 시베이대학 교원 숙소에 묵었다. 어머니에게 편지를 부쳤다. 저녁에 왕이산王嶧山, 쑨푸위안과 함께 부근의 거리를 거닐고, 종려 부채 두 자루를 사서 돌아왔다.

15일 흐림. 정오 좀 지나 비림碑林을 둘러보았다. 보구탕博古堂에서, 야오저우耀州에서 출토된 석각 탁편 2종,「채씨조로군상」蔡氏造老君像 4매,「장승묘비」張僧妙碑 1매를 도합 1위안에 구입했다. 오후에 초대회에 갔다. 저녁에 장멘즈張勉之, 쑨푸위안과 함께 저자를 둘러보았다. 서너 군데의 골동품가게에 들러 악기樂妓 토우인土偶人 2점을 4위안에, 사희경四喜鏡 한 매를 2위안에, 귀면鬼面 2점을 1위안에 구입했다.

16일 맑음. 정오 좀 지나 리지즈, 장팅푸, 쑨푸위안과 함께 저자를 둘러보았다. 저녁에 이쑤사[40]의 초청으로 연극을 관람하였다. 연극은「쌍금의」雙錦衣 전편이다.

17일 흐림. 정오경에 리, 장, 쑨 세 사람과 함께 젠푸사薦福寺와 다츠언사大慈恩寺를 돌아다녔다. 밤에「쌍금의」후편을 관람했다.

18일 흐림. 정오 좀 지나 가랑비가 내리다가 곧 갰다. 리지즈, 샤푸쥔,

---

39) Help는 소화제이다.
40) 이쑤사(易俗社)는 이쑤링쒜사(易俗伶學社)로서, 1912년 7월에 "새로운 희곡을 만들어 내고 낡은 사회를 개조함"을 종지로 설립되었다. 루쉰은 시안 체류 중에 다섯 차례 이 단체의 공연을 관람했다. 아울러 자금을 지원하였으며, 동행한 강사와 연명으로 제사(題辭)를 쓴 편액을 보내기도 하였다.

쑨푸위안과 함께 저자를 한 바퀴 둘러보았다. 다시 공원에 가서 차를 마셨다. 밤에 이쑤사에 가서 「대효전」大孝傳 전편을 관람했다. 달이 몹시 밝았다.

19일 맑음. 정오 좀 지나 난위안먼南院門 옌간위안閻甘園의 집에 가서 그림을 구경했다. 저녁에 장신난張辛南의 거처에 가서 식사를 했다.

20일 맑음. 오전에 잡다한 조상 탁편 4종 10매를 2위안에 구입했다. 하기학교 개학식에 가서 사진을 촬영했다. 밤에 가랑비가 내렸다. 리지즈에게 『중국소설사략』 상하 2책을 주었다.

21일 비. 오전에 한 시간 강연했다.[41] 저녁에 한 시간 강연했다. 밤에 술자리에 갔다.

22일 비. 정오 좀 못 미쳐, 그리고 저녁에 각각 한 시간씩 강연했다.

23일 흐림. 오전에 가랑비가 내렸다. 두 시간 강연했다. 정오 좀 지나 날이 갰다. 자가 루칭儒卿인 왕환유王煥猷가 왔다. 저녁에 대여섯 명의 동료와 함께 학교를 나와 산보하였다. 망가진 계단을 걷다가 발을 헛디뎌 땅바닥에 넘어지는 바람에 오른쪽 무릎에 상처를 입었다. 그리하여 산보를 중지하고서 얼빙을 약간 사서 돌아왔다. 상처에 요오드팅크를 발랐다.

24일 맑음. 오전에 어머니에게 편지를 부쳤다. 지푸에게 편지를 부쳤다. 정오 못 미쳐 한 시간 동안 강연했다. 저녁에 성장의 관공서에 가서 마셨다.[42]

25일 맑음. 오전에 한 시간 강연했다. 정오 좀 지나 몹시 더워서 쿠난주苦南酒[43]를 마시고서 잠이 들었다.

---

41) 이날 하기학교의 강의가 시작되었다. 루쉰은 오전에 「중국소설의 역사적 변천」(中國小說的歷史的變遷)을 강의하기 시작하여 이달 29일에 끝마쳤다. 강의는 모두 11차례, 12시간에 걸쳐 행해졌다.

42) 산시성(陝西省) 성장 겸 독군 류전화(劉鎭華)는 이날 저녁에 하기학교 교사를 위한 연회를 마련하였다.

26일 맑고 더움. 정오 못 미쳐 한 시간 강연했다. 저녁에 왕제싼의 초대를 받아 이쑤사에 가서 「인월원」人月圓 공연을 관람했다.

27일 맑고 더움. 일요일, 쉬다. 정오 좀 지나 바람이 거셌다.

28일 맑음. 오전에 한 시간 강연했다. 정오 좀 지나 하기학교의 월급 100위안을 수령했다. 오후에 한 시간 강연했다.

29일 맑음. 정오 못 미쳐 한 시간 강연했다. 강의를 모두 끝마쳤다. 정오 좀 지나 뇌우가 한바탕 쏟아지고서 곧 갰다. 오후에 쑨푸위안과 함께 난위안먼南院門의 저자를 돌아다니다가, 노기弩機 한 점과 조그마한 토기제 올빼미 한 점을 도합 4위안에 샀다. 저녁에 리융첸의 편지를 받았다. 21일에 부친 것이다. 밤에 바람이 불었다.

30일 맑음. 오전에 쑨푸위안에게 우체국에 가서 신조사에 86위안을 갚도록 부탁했다. 오후에 장우탕講武堂에 가서 약 30분간 강연했다.[44] 밤에 바람이 불었다.

31일 맑고 더움. 오전에 쭌구탕尊古堂의 탁본장수가 왔다. 「창공비」蒼公碑 및 뒷면 2매, 「대지선사비측화상」大智禪師碑側畫像 2매, 「와룡사관음상」臥龍寺觀音像 1매를 도합 1위안에 구입했다. 오후에 뇌우가 한바탕 요란하더니 곧 갰다.

---

43) 당시 시안(西安)에는 사오싱주(紹興酒)와 흡사하게 만든 난주(南酒)가 있었다. 난주는 달착지근한 톈난주(甛南酒)와 씁쓸한 쿠난주(苦南酒)로 나뉘는데, 후자가 사오싱주에 가까웠다고 한다.
44) 하기학교의 강연을 마친 후, 루쉰은 요청에 응하여 육군학생들에게 소설사에 관한 강연을 한 차례 하였다.

8월

1일 맑음. 오전에 쑨푸위안과 함께 골동품가게를 둘러보다가 자그마한 토우인 2점, 자기제 비둘기 2점, 자기제 원숭이 머리 1점, 채화어룡도병彩畵魚龍陶瓶 1점을 도합 3위안에 구입했다. 원숭이 머리를 리지즈에게 주었다. 노기弩機 큰 것 2점, 작은 것 2점, 이 가운데 하나에는 글자가 있는데, 도합 14위안에 구입했다. 저녁에 추차이관⁴⁵⁾에서 열리는 연회에 초대받았으나 가지 않았다. 뇌우가 요란했다.

2일 흐리다가 오전에 갬. 오후에 어머니에게 편지를 부쳤다.

3일 맑음. 일요일, 오전에 샤푸췬, 쑨푸위안과 함께 곳곳에 작별인사를 하러 다녔다. 정오 좀 지나 하기학교의 월급과 여비 200위안을 수령하였다. 즉시 천딩모陳定謨에게 베이징에 50위안을 부치고 이쑤사에도 50위안을 기부하도록 부탁했다. 오후에 청년회靑年會에 가서 목욕을 했다. 저녁에 성장 류씨가 이쑤사에서 송별의 연극을 공연하는 연회를 열었다.⁴⁶⁾ 밤이 되어 다시 「안근례비」顔勤禮碑 10매, 『이이곡집』李二曲集 1부, 구기열매와 포도, 질려蒺藜, 땅콩을 각각 2상자씩 보내 주었다. 바람이 불었다.

4일 맑음. 아침에 노새 가마로 둥먼東門을 나와 배에 올랐다. 웨이수이渭水를 따라 동쪽으로 가다가 역풍을 만나 약 20리를 나아가 정박했다.

5일 맑음. 역풍이 약간 불었다. 저녁에 웨이난⁴⁷⁾에 정박했다.

---

45) 추차이관(儲材館)은 1923년 전후에 산시성 성장 겸 독군인 류전화가 후보 문관을 예비로 보유하였던 기구이다. 이 기구의 터는 원래 청대의 중흥 명신인 다충용공(多忠勇公; 다웅아多隆阿, 1817~1864)의 사당 앞뜰이며, 지금의 시안(西安) 우웨이스쯔샹(五味什字巷) 북쪽이다.

46) 루쉰과 샤위안리(夏元瑮), 쑨푸위안 세 사람이 먼저 베이징으로 돌아가려 하였기에, 류전화는 송별의 연회를 마련하였던 것이다.

47) 웨이난(渭南)은 산시성에 속한 현의 명칭이다.

6일 맑음. 역풍을 만나 밤에 화저우[48]에 정박했다.

7일 맑음. 역풍이 불었다. 저물 녘에 더욱 심해져 정박했다. 싼허커우[49]에서 아직 10여 리 떨어져 있다.

8일 흐림. 정오경에 통관에 이르러 상추절임[50] 10근을 1위안에 샀다. 정오 좀 지나 다시 나아가 밤에 원상에 정박하였다.

9일 맑음. 역풍이 불었다. 정오경에 한구관[51]에 이르러 잠시 정박했다. 푸위안과 함께 올라 멀리 바라보았다. 돌아오는 길에 물가에서 돌 두 개를 주워 기념으로 삼았다. 오후에 산저우陝州에 도착하여 야오우耀武대 여관에 묵었다. 바퀴벌레가 많아 밤새 잠을 이루지 못했다.

10일 일요일. 맑음. 아침에 류쉐야劉雪亞에게 편지를 부쳤다. 리지즈에게 편지를 부쳤다. 룽하이선을 타고 출발하여 정오 좀 지나 뤄양洛陽에 도착했다. 뤄양대여관에 묵었다. 오후에 푸위안과 함께 시내를 잠시 돌아다녔다. 카이펑開封의 비단 한 필을 18위안에, 토우인 2점을 8자오에 구입했다. 저녁에 징양반점景陽飯莊에서 저녁을 먹었다. 비가 한바탕 쏟아지고서 곧 갰다.

11일 맑음. 아침에 기차편으로 뤄양을 출발했다. 오전에 정저우鄭州에 도착하여 다진타이大金台여관에 묵었다. 정오 좀 지나 푸위안과 함께 기관총대대로 류지수劉冀述를 찾아갔다. 골동품가게 네댓 군데를 둘러보았으나, 진열된 것이 대부분 가짜였다. 저녁에 정저우를 떠났다.

---

48) 화저우(華州)는 산시성에 속한 현으로서 지금의 화현(華縣)이다. 경내에 있는 화산(華山)으로 인해 붙여진 명칭이다.

49) 싼허커우(三河口)는 산시성 화인현(華陰縣) 북쪽에 있으며, 동쪽이 황허로 통한다.

50) 상추절임(醬萵苣)은 통관의 특산으로서 전국적으로 유명하였다.

51) 한구관(函穀關)은 허난성 링바오현 북동쪽에 있으며, 황허로부터 약 1리 남짓 떨어져 있다. 전해오는 이야기에 따르면, 관윤희(關尹喜)가 노자(老子)를 방문했던 곳이라고 한다.

12일 맑음. 동틀 녘에 기차는 네이추內丘에 도착했다. 물에 잠긴 선로가 아직 복구되지 않아 2리 남짓을 걸어 펑춘馮村에 이르러 다시 기차에 올라 출발하였다. 한밤에 베이징 첸먼에 도착했다. 세관은 가져온 자그마한 골동품 몇 점을 보더니 기이한 물건이라 여겨서인지 몹시 애를 먹여 한참 만에야 끝이 났다. 자동차를 불러 타고서 집에 돌아왔다. 쌓여 있는 우편물을 정리하였다. 이 가운데에 후스즈의 편지가 있는데 7월 13일에 부친 것이다. 셋째의 편지가 있는데, 8월 1일에 부친 것이다. 상우인서관에서 부친 원고료 16위안이 있고, 여자고등사범학교에서 부친 작년 11월분 월급 13위안 5자오와 초빙장도 있다. 나머지는 일일이 기록하지 않는다.

13일 맑음. 오후에 후스즈에게 편지를 부쳤다. 여자고등사범학교에 초빙장을 반송했다.[52] 리선자이를 찾아가 땅콩과 구기자 각각 한 상자, 카이펑의 비단 한 필, 「안근례비」 1매를 주었다. 야마모토의원에 셋째 처를 문병하러 갔다. 용돈 20위안을 주었다. 시계厈 군에게 건포도 한 상자를 주었다. 밤에 비가 내렸다. 목욕을 했다.

14일 흐림. 아침에 셋째에게 편지를 부쳤다. 푸위안에게 편지를 부쳤다. 오전에 날이 갰다. 오후에 H군이 왔다. 저녁에 리선자이가 와서 대신 수령한 6월분 월급 165위안을 건네주었다. 또한 대리로 납부한 신축가옥세 42위안을 곧바로 갚았다. 주커밍의 편지를 받았다. 7월 19일에 둥양東陽에서 부친 것이다. 감기에 걸려 약을 먹었다.

15일 흐림. 아침에 지푸를 방문하여 10위안을 갚고, 어룡도병魚龍陶瓶 한 점, 사희경四喜鏡 한 점, 「안근례비」 1매, 상추절임 두 꾸러미를 주었다.

---

52) 루쉰은 양인위의 학교운영방침에 불만을 품고서 여자고등사범학교의 초빙장을 반송하고서 사직의사를 밝혔으나, 나중에 학생들의 만류로 말미암아 강의를 계속하기로 하였다.

오후에 핀칭, 마오천, 샤오펑, 푸위안, 후이뎨가 왔다.

16일 흐림. 오전에 셋째에게 편지를 부쳤다. 베이징사범대학에 가서 작년 10월분과 11월분 월급 각 17위안을 받았다.『스쩡유묵』제3집 1책을 1위안 6자오에 구입했다. 쉬쓰이徐思貽에게 「안근례비」 1매를 주었고, 쉬지쉬안, 치서우산에게 각각 2매를 주었다. 저녁에 리융첸이 와서 난커우南口산 복숭아 11개를 주었다.

17일 비. 일요일, 쉬다. 오전에 셋째의 편지를 받았다. 14일에 부친 것이다. 오후에 친원이 왔다. 쿵싼이 왔다. 저녁에 날이 갰다.

18일 흐림. 오전에 셋째에게 편지를 부쳤다. 리웨즈李約之에게『중국소설사략』2책을 부쳤다. 리지런李級仁에게『연분홍 구름』1책을 부쳤다. 다이뤄링이 자신이 그린 산수화 1폭을 주었다. 「안근례비」 1매를 주었다. 오후에 상페이량이 왔다. 저녁에 푸위안이 왔다. 밤에 비가 내렸다.

19일 비가 내리다가 정오경에 갬. 쯔페이에게 편지와 상추절임 한 꾸러미를 부쳤다. 지쉬안에게 구기자 한 상자를 주었다. 저녁에 샤푸쥔이 푸위안과 함께 왔기에, 쉬안난춘宣南春으로 불러 저녁을 먹었다.

20일 맑음. 오후에 리융첸이 상셴성尙獻生에게 받은 사진 1매를 가져왔다.

21일 맑음. 오후에 푸위안이 왔다. 저녁에 H군이 왔다.

22일 맑음. 정오 좀 지나 쑹윈거松雲閣에 가서 삼태기를 지닌 우인偶人 1점을 2위안에 구입했다. 더구자이에 가서 「여초정묘지」呂超靜墓誌 1매를 역시 2위안에 구입했다. 오후에 리융첸이 왔다. 쑹쯔페이가 왔다. 신조사에서 재판본『외침』20책을 보내왔다.

23일 맑음. 아침에 셋째의 편지를 받았다. 20일에 부친 것이다. 오전에『중국소설사략』및『외침』각각 5책을 창안長安에 부쳐, 차이장청蔡江澄,

돤사오옌段紹岩, 왕한팡王翰芳, 짠젠싱詹健行, 쉐샤오콴薛效寬에게 나누어 주었다. 「여초정묘지」를 우레이촨에게 건네주어 사오보중邵伯絅에게 전송해 달라고 부탁했다. 정오경에 상우인서관 분관의 편지와 영수증 2매를 받았다. 오후에 쉬친원에게 편지와 영수증 1매를 부쳤다. 짠젠싱에게 편지를 부쳤다. 저녁에 비바람이 거세게 몰아치고 우레와 번개가 치더니 가랑비가 이어졌다.

24일 맑음. 일요일, 쉬다. 오전에 셋째에게 편지를 부쳤다. 푸위안에게 편지를 부쳤다. 오후에 푸위안이 와서 창안에서 출토된 필률[53] 한 점을 주었다. 밤에 비문을 베꼈다. 우레와 번개가 쳤다. 비는 내리지 않았다.

25일 흐리고 정오경에 가랑비. 『외침』1책을 지푸에게 주었다. 정오경에 날이 갰다. 저녁에 담의 보수를 마쳤다. 공임은 11위안이다.

26일 흐리다가 정오경에 맑음. 오후에 푸위안의 편지 두 통을 받고서 곧바로 답신했다. 리용첸이 왔다. 셋째가 옷 한 가지를 부쳐 왔다.

27일 맑음. 정오경에 상우인서관에 가 원고료 6위안을 받았다. 판위신관番禺新館에 가서 『신풍각총서』新風閣叢書 1부 16책을 8위안에 구입했다.

28일 흐림. 오전에 리용첸의 편지를 받았다. 셋째에게 편지를 부쳤다. 오후에 창웨이쥔이 왔다.

29일 흐림. 오전에 리용첸에게 답신했다. 정오경에 가랑비가 내리다가 곧 갰다. 짠젠싱과 쉐샤오콴의 편지를 받았다. 오후에 리지즈와 쑨푸위안이 왔다. 샹페이량이 왔다. 밤에 톈田군 등이 왔다. H군이 와서 25위안을 빌려 갔다.

30일 맑음. 오후에 장무한張目寒이 왔다. 몸이 편찮고 열이 있는 듯하

---

53) 필률(篳篥)은 필률(觱篥)이라고도 하며, 고대 황관악기(簧管樂器)의 하나이다.

였다. 밤에 설사를 했다. 약 3알을 복용했다.

31일 맑음. 일요일, 쉬다. 정오경에 리런찬이 왔으나, 노곤하여 만나지 못했다. 「비간묘제자」比干墓題字와 「관세음상」觀世音像 각 1매를 증정받았다. 아스피린 4알을 복용했다.

9월

1일 맑음. 오후에 쑨푸위안에게 편지를 부쳤다. 리융첸이 와서 20위안을 빌려 갔다. 저녁에 친원, 마오천이 왔다. 마오천이 『월야』月夜 1책을 주었다. 밤에 샤오펑, 푸위안이 왔다.

2일 맑음. 오전에 셋째의 편지를 받았다. 8월 30일에 부친 것이다. 주커민朱可民에게 편지와 50위안을 부쳤다. 밤에 후스즈의 편지를 받았다.

3일 맑음. 오전에 리융첸의 편지와 우우吳吾의 시를 받았다. 정오 좀 지나 공묘에 가서 제례를 예행했다. 밤에 시베이대학에서 부친 강의원고 1편54)을 받았다.

4일 맑음. 오전에 쑨푸위안의 편지와 『변설홍니기』邊雪鴻泥記 원고 2책을 받았다. 「관세음상」을 쉬지쉬안에게 주었다. 오후에 셋째에게 편지를 부쳤다. 밤에 리융첸의 편지를 받았다. 한밤중에 공묘에 가서 정제丁祭를 집례했다.

5일 흐림. 오후에 야오멍성姚夢生이 왔다. 자가 뤄런祼人이다. 밤에 시베이대학에서의 강의원고를 교정하였다. 가랑비가 내렸다.

---

54) 시베이대학이 주관한 하기학교에서 루쉰이 강의했던 「중국소설의 역사적 변천」의 기록원고를 가리킨다. 루쉰은 6일에 이 원고의 수정을 마쳤다. 현재 『중국소설사략』(루쉰전집 11권)에 편입되어 있다.

6일 비. 오전에 재시험 제목을 베이징대학 교무부에 부쳤다. 정오 좀 지나 강의원고를 교정하여 한밤중에 끝마쳤다.

7일 맑음. 일요일, 쉬다. 밤에 H군이 왔다.

8일 맑음. 오전에 교정한 강의원고를 시베이대학출판부에 부쳤다. 직접 「이소」離騷의 구를 모아 만든 대련對聯[55]을 차오다좡喬大壯에게 써 달라고 부탁했다. 오후에 쑨푸위안, 리샤오펑이 와서 『연분홍 구름』의 판권대금 70위안을 건네주었다. 저녁에 리융첸이 왔다.

9일 맑음. 오전에 짠젠싱, 쉐샤오콴에게 편지를 부쳤다. 증개축 보세 증서補稅證書를 받아 왔다. 세액은 42위안이다. 정오경에 야마모토의원에 가서 50위안을 건넸다. 오후에 『소설월보』 제7기 1책을 받았다.

10일 맑음. 치서우산이 쑤닝肅寧 사람에게서 '군자'君子 전磚 한 점을 구했다. 모서리는 깨져 있지만 글자는 손상되지 않았다. 값을 정하지 못했다. 잠시 가지고 돌아가 오후에 여러 매의 탁본을 떴다. 위팡兪芳, 위짜오兪藻 자매가 입학 보증인을 서 달라고 부탁하러 왔다. 즉시 보증서를 써 주었다. 밤에 비가 내리더니 우레와 번개가 치고 바람이 불었다. 잡서를 교정하였다.

11일 맑음. 오전에 셋째의 편지를 받았다. 6일에 부친 것이다. 오후에 쉬친원이 왔다. 벌레먹은 책을 손보았다.

12일 맑음. 정오 좀 지나 시베이대학출판부로부터 편지를 받았다. 베이징대학에 가서 작년 10월분 월급 잔액 13위안, 그리고 11월과 12월의 월급 전액 각각 18위안을 받았다. 리융첸을 찾아갔으나 만나지 못했다. 공

---

55) 대련(對聯)은 "태양이 엄자산에 가까워지지 않기를 바라고, 두견새 먼저 울까 걱정하네"(望崦
嵫而勿迫, 恐鵜鴂之先鳴)이다. 앞의 구는 「이소」(離騷) 가운데의 "吾令羲和弭節兮, 望崦嵫而勿迫"
에서, 뒤의 구는 "恐鵜鴂之先鳴兮, 使夫百草爲之不芳"에서 비롯된 것이다.

원을 잠시 돌아다녔다. 저녁에 쑨푸위안, 리샤오펑이 와서 『연분홍 구름』의 인세 47위안을 건네주었다. 밤에 벌레먹은 책을 손보았다.

13일 흐림. 음력 중추절, 쉬다. 오전에 주커민의 편지를 받았다. 8일에 부친 것이다. 리선자이가 대신 수령한 월급 115위안을 리뤄윈李若雲이 보내왔다. 뤄윈은 이름이 웨이칭維慶이며, 선자이의 아들이다. 정오 좀 지나 날이 갰다가 밤에 가랑비가 내렸다.

14일 흐림. 일요일, 쉬다. 오전에 양인위, 후런저胡人哲가 왔다. 정오 좀 지나 뤄밍제, 리뤄윈이 왔다. 뤄 군이 족자 4폭을 주었는데, 직접 만들고 쓴 것이다. 오후에 판치신이 와서 반야板鴨 한 마리, 배 한 광주리를 주었다. 반야는 되돌려주고 배만 받았다. 셋째가 『부녀문제 10강』婦女問題十講 1책을 부쳐 왔다. 장시전章錫箴이 준 것으로, 8일에 우편으로 부쳤다. 저녁에 리융첸이 와서 벗인 궈얼타이郭爾泰, 주야오둥朱曜冬의 난팡南方대학 입학을 위한 보증인이 되어 달라 부탁했다. 즉시 보증서를 써 주었다.

15일 흐림. 자오허녠趙鶴年 부인의 부음을 듣고 부의금 1위안을 보냈다. 저녁에 성수가 왔다. 밤에 바람이 불었다.

16일 비. 오전에 세계어학교로부터 편지를 받고서 곧바로 답신했다. 정오 좀 지나 『월야』를 장무한에게 반송했다. 오후에 사오보중의 편지를 받았다. 저녁에 마오천, 푸위안이 왔다.

17일 맑음. 저녁에 도서분관으로 쯔페이를 찾아가 50위안을 갚았다.

18일 맑음. 오전에 후런저의 편지와 원고 2편을 받았다. 정오 좀 지나 셋째에게 편지를 부쳤다. 오후에 베이징사범대학에 가서 작년 11월분 월급 19위안과 12월분 14위안을 받았다. 더구자이에서 잡다한 조상 19종 24매를 도합 5위안에 구입했다. 리주안李竹庵의 집에서 옥제 돼지 대소 2점을 2위안에 샀다. 상우인서관에서 잡서 3종 4책을 1위안 6자오에 구입했다. 밤에 전탁편磚拓片을 대충 정리했다.

19일 흐림. 밤에 H군이 왔다. 한밤중에 가랑비가 내렸다.

20일 맑음. 오전에 장무한이 『별을 향해』의 번역원고[56] 전체를 가져와 보여 주었다. 정오 좀 지나 흐리고 바람이 불었다.

21일 맑음. 일요일, 쉬다. 오전에 유위가 와서 '군자' 전탁본 1매를 주었다. 쉬친원이 왔다. 오후에 쑨푸위안이 왔다. 밤에 전탁편을 정리하였다.[57] 『별을 향해』를 보았다.

22일 맑음. 정오 좀 지나 후런저에게 답신했다. 밤에 『고민의 상징』苦悶的象徵의 번역[58]에 착수하였다.

23일 맑음. 정오 좀 지나 이발을 했다. 주샤오취안의 부음을 받고서 부의금 2위안을 보냈다. 밤에 H군이 왔다.

24일 맑음. 오전에 루슈전陸秀眞, 뤼윈장呂雲章이 왔다. 저녁에 야마모토 의원에 가서 12위안을 건네주었다. 리융첸의 편지를 받았다.

25일 흐림, 쉬다. 오전에 마유위에게 편지를 부쳤다. 리융첸에게 편지를 부쳤다. 정오경에 유위가 왔다. 친원이 와서 소설 3편을 보여 주었다. 저녁에 후런저의 편지와 글 2편을 받았다.

26일 가랑비가 내리다가 곧 그침. 오후에 유위의 편지를 받았다. 저녁에 샤오펑, 푸위안, 후이뎨가 왔다.

---

56) 『별을 향해』(往星中)는 러시아 작가 안드레예프의 극본이며, 리지예(李霽野)가 번역하였다. 루쉰은 이날 교열을 시작하여 11월 상순에 역자와 면담하였다.

57) 루쉰은 수년에 걸쳐 수집한 옛 전탁본을 정리하여 책으로 엮어 냈으며, 제명을 『쓰탕전문잡집』(俟堂專文雜集)으로 정하고 이날 「제기」(題記)를 썼다. 이 책은 1960년 문물출판사(文物出版社)에서 영인본으로 출판되었다.

58) 루쉰은 이날 번역을 시작하여 10월 10일에 끝마치고, 10월 1일부터 31일까지 『천바오 부간』에 연재하였다. 후에 이것을 교재로 베이징대학 등의 학교에서 강의한 적이 있다. 1925년에 단행본으로 출판되었다.

27일 맑음. 오전에 장무한에게 편지를 부쳤다. 리용첸에게 편지를 부쳤다. 쑨푸위안에게 편지를 부쳤다. 쉬셴쑤와 위펀 양에게 편지를 부쳤다. 롼주쉰阮久巽의 편지를 받았다. 20일에 사오싱에서 부친 것이다. 정오 좀 지나 푸위안의 편지와 초고지 한 묶음을 받았다. 저녁에 리용첸의 편지를 받았다. 밤에 H군이 왔다.

28일 맑음. 일요일, 쉬다. 정오 좀 지나 우멘짜오吳覓藻, 장훙시章洪熙, 쑨푸위안이 왔다.

29일 맑음. 정오 좀 지나 리용첸에게 편지를 부쳤다. 푸위안에게 편지 2통을 부쳤다. 6위안에 '군자'전을 구입했다. 밤에 비가 내렸다. 리지런李級仁의 편지를 받았다. 한밤중에 별이 보였다.

30일 맑음. 저녁에 야마모토의원에 갔다. 리용첸이 왔다.

10월

1일 흐림. 정오 좀 지나 셋째의 편지를 받았다. 9월 27일에 부친 것이다. 푸위안에게 편지를 부쳤다. 밤에 비가 내렸다.

2일 비. 오전에 허썬의 편지를 받았다. 후런저의 편지와 글 2편을 받았다. 정오 좀 지나 날이 갰다. 후런저에게 편지와 글 3편을 부쳤다. 푸윈에게 편지와 번역원고[59] 2장章을 부쳤다. 셰허의 동생인 다허達和가 후처를 맞는다고 알려 왔기에 축하금 2위안을 보냈다. 저녁에 장무한의 편지를 받았다. 밤에 장훙시, 쑨푸위안이 왔다. 신조사에서 『서문장고사』徐文長故事 2책을 보내왔다.

---

59) 『고민의 상징』을 번역한 원고를 가리킨다. 8일과 16일에 부친 번역원고 역시 마찬가지이다.

3일 맑음. 오전에 셋째 처의 편지를 받았다. 정오 좀 지나 창웨이쥔에 게 편지를 부쳤다. 셋째에게 편지를 부쳤다. 세계어학교에 강의하러 갔다. 오후에 『서문장고사』 1책을 지푸에게 주었다. 여자고등사범학교에 가서 작년 12월분 월급 13위안 5자오를 수령했다. 저녁에 야마모토의원에 가 서 20위안을 냈다. 푸위안의 편지 2통과 인쇄된 강의원고 1부를 받았다. 밤에 바람이 불었다.

4일 맑음. 저녁에 쿵싼이 왔다. 밤에 『예석』隷釋 8책을 새로 장정했다.

5일 맑음. 일요일, 쉬다. 저녁에 푸위안이 왔다. 셋째 처가 왔다.

6일 흐림. 오후에 위俞 양이 와서 장갑 한 켤레를 주었다. 밤에 바람이 불었다.

7일 흐림. 오전에 푸위안의 편지를 받았다.

8일 맑음. 오후에 푸위안에게 편지와 번역원고 1장을 부쳤다.

9일 맑음. 정오 좀 지나 역사박물관에 갔다. 밤에 탁족을 했다.

10일 맑음. 쉬다. 정오 좀 지나 장무한이 왔다. 오후에 푸위안, 후이데 가 왔다. 여자고등사범학교 교무과에 편지를 부쳤다. 천성수에게 편지를 부쳤다. 밤에 『고민의 상징』의 번역을 끝마쳤다.

11일 맑음. 정오 좀 지나 베이징대학에 가서 1월분 월급 18위안을 받 았다. 둥야공사東亞公司에 가서 『근대사상 16강』近代思想十六講, 『근대문예 12 강』近代文藝十二講, 『문학 10강』文學十講, 『붉은 러시아, 보았던 대로의 기록』赤 露見タママの記 각 1책을 도합 6위안 8자오에 구입했다. 저녁에 푸위안의 편 지를 받았다. 밤에 H군이 왔다.

12일 맑음. 일요일, 쉬다. 오후에 구제강顧詰剛, 창웨이쥔이 왔다. 오후 에 쉬친원이 왔다. 밤에 리융첸이 왔다.

13일 맑음. 정오경에 후핑샤胡萍霞 여사가 왔다. 정오 좀 지나 여자고등사범학교에 강의하러 갔다. 저녁에 쑨푸위안, 장훙시가 왔다.

14일 흐림. 정오 좀 지나 세계어전문학교에 강의하러 갔다. 오후에 푸위안이 샤푸췐의 엽서 한 장을 전해 주었다. 밤에 바람이 거세게 불었다.

15일 흐리고 바람이 거셈. 오전에 돤사오옌段紹巖의 편지를 받았다. 8일에 창안長安에서 부친 것이다. 오후에 허썬에게 편지를 부쳤다. 작년 7월분 월급 26위안을 수령했다.

16일 맑음. 정오경에 후핑샤의 편지와 원고를 받고서 정오 좀 지나 답신했다. 아울러 대신에 천바오사에 엽서를 부쳤다. 셋째에게 편지를 부쳤다. 쑨푸위안에게 번역원고 3장을 부쳤다.

17일 흐림. 오전에 춘타이의 편지와 그림엽서 2매를 받았다. 9월 21일에 리옹에서 부친 것이다. 베이징사범대학에 강의하러 갔다. 월급 11위안을 수령했다. 정오 좀 지나 베이징대학에 강의하러 갔다. 『고금잡극』古今雜劇 30종 1부 5책을 2위안에 구입했다.

18일 맑음. 오전에 셋째 처의 편지를 받았다. 어제 시산西山에서 부친 것이다. 저녁에 리융첸이 왔다. 밤에 바람이 불었다.

19일 맑음. 일요일, 쉬다. 오전에 후핑샤의 편지를 받았다. 『인류를 위하여』人類の爲めに 1책을 받았다. 아마 SF군이 증정했을 것이다. 천바오사에서 『부전』⁽⁶⁰⁾ 합정본 2책을 보내왔다. 오후에 장마오천, 쑨푸위안이 왔다.

20일 맑음. 오전에 셋째의 편지를 받았다. 14일에 부친 것이다. 정오 좀 지나 푸위안에게 편지를 부쳤다. 여자고등사범학교에 강의하러 갔다. 오후에 푸위안의 편지를 받았다. 리융첸의 편지를 받았다.

---

60) 『부전』(副鐫)은 『천바오 부전』(晨報副鐫)을 가리킨다. 쑨푸위안이 편집을 담당하였을 때에는 『천바오 부전』이라 일컬었으나, 쉬즈모(徐志摩)가 편집을 담당한 이후에는 『천바오 부간』(晨報副刊)으로 개칭하였다.

21일 맑음. 오전에 리융첸에게 편지를 부쳤다. 석탄 1톤을 13위안에 구입했다. 운임은 1위안 2자오이다. 정오 좀 지나 세계어학교에 강의하러 갔다. 오후에 장마오천의 편지를 받았다.

22일 맑음. 오전에 리융첸이 작별 인사를 하러 왔다. 전별금으로 20위안을 주었다. 정오 좀 지나 쉬친원이 왔다.

23일 맑음. 오전에 리융첸이 왔다. 저녁에 H군이 와서 10위안을 건네주었다.

24일 맑음. 오전에 베이징사범대학에 강의하러 갔다. 정오 좀 지나 베이징대학에 강의하러 갔다.

25일 흐림. 정오 좀 지나 푸위안이 왔다. 지푸의 거처에 가서 번역을 의논하였다.[61]

26일 맑음. 일요일, 쉬다. 오전에 후펑샤의 편지를 받았다. 정오경에 푸위안, 후이뎨가 왔다. 오후에 흐림. 저녁에 리융첸이 왔다. 밤에 가랑비가 내렸다.

27일 흐림. 정오 좀 지나 여자고등사범학교에 강의하러 갔다. 오후에 푸위안의 편지를 받았다. 저녁에 H군이 와서 대신 구입한 『상아탑을 나서며』象牙の塔を出て와 『십자가두를 향해 가며』十字街頭を行く 각 1책을 건네주었다. 도합 4위안 2자오어치이다.

28일 맑음. 오전에 H군이 왔다. 정오 좀 지나 창웨이쥔에게 편지를 부쳤다. 세계어전문학교에 강의하러 갔다. 오후에 후펑샤에게 편지를 부쳤다. 지푸에게서 10위안을 빌렸다. 저녁에 쑹쯔페이가 왔다. 베이징대학의 『사회과학계간』社會科學季刊 1책을 받았다.

---

61) 『고민의 상징』 중에 인용된 영문시(英文詩)의 번역에 관하여 의논한 것이다.

29일 맑음. 정오 좀 지나 쉬친원이 왔다. 저녁에 『여반』旅伴 1책을 받았다. 리샤오펑이 증정한 것이다.

30일 맑음. 오전에 H군이 와서 셔츠 한 가지를 건네주었다. 5위안을 부쳐 달라고 부탁했다. 오후에 쯔페이에게서 50위안을 빌려 지푸에게 10위안을 갚았다.

31일 맑고 바람이 붊. 오전에 후펑샤의 편지를 받았다. 베이징사범대학에 강의하러 갔다. 정오 좀 지나 베이징대학에 강의하러 갔다. 저녁에 셋째의 편지를 받았다. 26일에 부친 것이다. 밤에 번역을 했다.[62]

11월

1일 맑음. 오후에 리융첸의 편지를 받았다. 밤에 논문 1편의 번역을 끝마쳤다.

2일 흐림. 일요일, 쉬다. 오전에 위다푸가 왔다. 오후에 쉬친원이 왔다. 리융첸이 왔다.

3일 맑음. 오전에 쉬친원이 왔다. 쑨푸위안이 왔다. 정오 좀 지나 흐림. 밤에 장훙시가 왔다.

4일 맑음. 오전에 후펑샤의 편지를 받았다. 정오 좀 지나 세계어학교에 강의하러 갔다.

5일 맑음. 오전에 왕제싼이 왔다. 오후에 셋째에게 편지와 원고 1편,

---

62) 일본의 구리야가와 하쿠손(廚川白村)의 논문 「스페인 극단의 장성」(西班牙劇壇的將星)을 가리킨다. 이날부터 번역에 착수하여 11월 1일에 번역을 마쳤으며, 「역자 부기」를 지었다. 5일에 저우젠런에게 부쳐 『소설월보』 제16권 제1호(1925년 1월)에 발표되었다. 후에 『벽하역총』(壁下譯叢)에 수록되었고, 부기는 현재 『역문서발집』(루쉰전집 12권)에 수록되어 있다.

그리고 쉬친원의 글 3편을 부쳤다.

6일 맑음. 오전에 후펑샤의 편지와 원고 1편을 받았다. 밤에 바람이 불었다.

7일 맑음. 오전에 베이징사범대학에 강의하러 갔다. 오후에 셋째 처의 편지를 받았다.

8일 맑고 바람이 붊. 정오 좀 지나 후펑샤에게 편지를 부쳤다. 작년 7월분 월급 23위안을 받았다. 저녁에 푸위안, 이핑衣萍이 왔다.

9일 맑음. 일요일, 쉬다. 오후에 장무한이 왔다. 쉬친원이 왔다.

10일 맑음. 정오 좀 지나 여자고등사범학교에 강의하러 갔다. 샤오스에 가서 소설 잡서 4종 10책을 도합 1위안에 구입했다. 가오랑셴이 『회남자집증』淮南子集證 1부 10책을 주었다. 세계어학교의 10월분 월급 15위안을 받았다.

11일 맑음. 정오 좀 지나 세계어학교에 강의하러 갔다.

12일 맑고 바람이 붊. 정오 좀 지나 여자고등사범학교에서 1월분 월급 6위안을 보내왔다.

13일 맑음. 오전에 산둥山東 방언으로 말하는 20여 세의 젊은이가 남의 이름을 빌려 뛰어들어와 돈을 요구했다.[63] 미친 듯, 난폭한 듯하여 나를 모욕하고 겁주어 글을 쓰지 못하게 하려는 것 같았다. 한참 만에야 그

---

63) 당시 베이징사범대학 국문과 학생인 양어성(楊鄂生, ?~1925)이 찾아온 일을 가리킨다. 정신질환을 앓고 있던 그는 당시 베이징사범대학 국문계 주임인 양위푸(楊遇夫, 1885~1956)를 자처하면서 루쉰을 찾아와 다짜고짜 돈을 요구했다. 루쉰은 누군가의 사주를 받은 게 아닐까 의심하여 그날 밤에 「'양수다' 군의 습격을 기록하다」(記'楊樹達'君的襲來)를 써서 그의 행위를 질책하였다. 나중에 루쉰은 양어성의 친구가 알려 준 덕분에 오해를 풀게 되었으며, 이를 위해 특별히 「양군 습격 사건에 대한 정정」(關於楊君襲來事件的辯正)을 지었다. 이달 24일에 루쉰이 쑨푸위안에게 보낸 원고는 바로 이 글이다. 이 두 편의 글은 후에 모두 『집외집』(集外集)에 수록되었다.

의 미친 듯한 태도가 거짓임을 알아챘다. 마침내 돌아갔는데, 그때가 대략 10시 반이었다. 이핑을 방문했다. 저녁에 푸위안, 마오천이 왔다. 이핑이 왔다.

14일 맑음. 정오 좀 지나 베이징대학에 강의하러 갔다. 오후에 허썬의 편지를 받았다. 2일에 부친 것이다.

15일 맑음. 저녁에 샤오펑, 푸위안이 『위쓰』語絲 5책을 보내왔다. 타오수천陶書臣 아버지의 부음에 부의금 2위안을 냈다.

16일 맑음. 일요일, 쉬다. 정오 좀 지나 징유린荊有麟이 왔다. 오후에 쯔페이가 왔다. 밤에 마오천, 푸위안이 왔다. 『위쓰』 출간비를 돕기 위해 10위안을 건네주었다.

17일 맑음. 정오 좀 지나 여자고등사범학교에 강의하러 갔다. 월급 2위안을 받았다. 밤에 이핑, 푸위안이 왔다.

18일 흐림. 정오 좀 지나 세계어학교에 강의하러 갔다. 오후에 천원후陳文虎를 방문했다. 위 양을 방문했다. 장이핑을 방문했다. 밤에 이핑, 푸위안이 왔다. 가랑비가 내리다가 한밤에 눈으로 변했다.

19일 눈. 오전에 셋째의 편지를 받았다. 12일에 부친 것이다. 오후에 답신했다. 아울러 『위쓰』 1책을 부쳤다. 징유린에게 편지를 부쳤다. 작년 7월분 월급 83위안을 수령했다. 『소설월보』 1책을 받았다.

20일 맑음. 오전에 지푸가 왔다. 정오 좀 지나 징유린이 왔다. 저녁에 여자고등사범학교에서 월급 5위안 5자오를 보내왔다. 1월분은 완료되었다. 밤에 위다푸가 왔다.

21일 맑음. 오전에 베이징사범대학교에 강의하러 갔다. 작년 12월분, 올해 1월분 월급 각 8위안을 수령했다. 정오 좀 지나 베이징대학에 강의하러 가서 2월분 월급 15위안을 수령했다. 저녁에 위쓰사語絲社로부터 편지를 받았다.

22일 맑고 바람이 붊. 오전에 셋째 처의 편지를 받았다. 마오천, 푸위 안이 왔다. 샤오펑이 『결혼의 사랑』結婚的愛 1책을 주었다.

23일 맑고 바람이 불었다. 일요일, 쉬다. 정오 좀 지나 H군이 왔다. 오후에 친원이 왔다. 저녁에 푸위안이 왔다. 밤에 이핑이 왔다.

24일 맑음. 오전에 리위안李遇安의 편지와 원고[64]를 받고서 곧바로 답신했다. 쑨푸위안에게 편지와 원고를 부쳤다. 정오 좀 지나 징유린이 왔다. 여자고등사범학교에 강의하러 갔다. 저녁에 이핑을 찾아갔으나 만나지 못해 쪽지를 남기고 나왔다. 밤에 푸위안이 왔다.

25일 맑음. 정오 좀 지나 세계어학교에 강의하러 갔다. 저녁에 푸위안이 왔다. 징유린이 왔다.

26일 맑음. 오전에 쉬안퉁의 편지를 받았다. 쯔페이의 편지를 받았다. 리융첸의 엽서를 받았는데, 14일에 상하이에서 부친 것이다. 오후에 쉬안퉁에게 답신했다. 쯔페이에게 답신했다. 저녁에 H군이 왔다. 『동방잡지』 1책을 받았다. 신조사의 편지를 받았다.

27일 맑음. 오전에 푸위안이 왔다. 오후에 양위푸의 편지를 받았다. 밤에 바람이 불었다.

28일 맑음. 오전에 베이징사범대학에 강의하러 갔다. 정오 좀 지나 베이징대학에 강의하러 갔다. 오후에 둥야공사에 가서 『사림』辭林 1책, 『곤충기』昆蟲記 제2권 1책을 도합 5위안 2자오에 구입했다. 천바오사로부터 원고료 70위안을 받고, 강의 인쇄비 5위안 1자오를 지불했다. 밤에 리런찬

---

64) 리위안(李遇安)의 원고는 「"'양수다' 군의 습격을 기록하다"를 읽고」(讀了"記'楊樹達'君的襲來")를 가리킨다. 이 글은 1924년 12월 1일 『위쓰』 주간 제3기에 발표되었다.

이 와서 5위안을 빌려 갔다.

29일 맑음. 오전에 후핑샤의 편지를 받았다. 정오 좀 지나 흐림. 쯔페이에게 편지를 부치고 『언해』言海를 돌려주었다. 오후에 바람이 거세게 불었다.

30일 맑음. 오전에 셋째의 편지를 받았다. 22일에 부친 것이다. 전광眞光에 가서 영화를 관람했다.[65] 쑨푸위안과 함께 왕핀칭, 징유린, 왕제싼을 초대하여 중싱러우中興樓에서 점심을 먹었다. 오후에 샤오펑을 찾아갔으나 만나지 못했다. 저녁에 신조사에 가서 『위쓰』를 받아 돌아왔다.

12월

1일 맑음. 오전에 가오高 여사가 왔다. 정오 좀 지나 여자고등사범학교에 강의하러 갔다. 밤에 징유린이 왔다. 성수가 왔다. 푸위안이 왔다.

2일 맑음. 정오 좀 지나 세계어학교에 강의하러 갔다. 저녁에 짱이취臧亦蓮의 편지를 받았다. 정전둬의 편지를 받았다. H군이 왔다. 10위안을 건네 전해 달라 부탁했다. 밤에 리위안의 편지와 원고를 받았다.

3일 맑음. 정오 좀 지나 타오쉬안칭陶璇卿, 쉬친원이 왔다. 오후에 셋째에게 편지를 부쳤다. 짱이취에게 답신했다. 저녁에 쯔페이가 왔다.

4일 맑음. 오전에 리위안에게 답신했다. 창웨이쥔에게 편지를 부쳤다. 정오경에 흐림. 오후에 추쯔위안이 「석불의각문」石佛衣刻文 탁본 2매를 주었다. 이 비석은 미국인 비숍이 구입해 갔다고 한다. 『동방잡지』 1책을 받

---

65) 루쉰이 관람했던 영화는 맥 세넷 스튜디오(Mack Sennett Studios)에서 1923년에 출품한 코미디영화 「유가경몽」(遊街驚夢)이다. 전광영관관은 둥화먼다제(東華門大街)에 있었으며, 후에 아동극장으로 바뀌었다.

왔다. 밤에 이핑이 왔다. 쿵싼이 와서 3위안을 빌려 갔다. 유린이 왔다.『고민의 상징』을 교열하였다.[66]

5일 맑음. 오전에 베이징사범대학에 강의하러 갔다. 정오 좀 지나 베이징대학에 강의하러 갔다. 구제강에게 편지와『국학계간』겉표지 도안[67] 1매를 부쳤다. 오후에 정전둬에게 편지를 부쳤다. 저녁에 리런찬이 왔다. 유린이 와서 원고[68]를 건네주었다. 밤에『소설월보』1책,『부녀잡지』1책을 받았다.

6일 맑음. 저녁에 유린이 와서 원고를 가져갔다. 밤에 쯔페이로부터 초대장을 받았다. 셋째의 편지를 받았다. 2일에 부친 것이다.

7일 맑음. 일요일, 쉬다. 오전에 가오슈잉高秀英 양, 쉬이징許以敬 양이 왔다. 수톈曙天 양과 이핑이 왔다. 정오 좀 지나 푸위안이 왔다. 오후에 친원이 왔다. 쿵싼이 왔다.

8일 맑음. 오전에 유린의 편지를 받았다. 정오 좀 지나 바람이 불었다. 여자고등사범학교에 강의하러 갔다. 저녁에 쯔페이가 쉬안난춘宣南春에서의 식사에 초대했다. 지푸와 함께 갔다. 펑지자馮稷家, 사오츠궁邵次公, 판치신, 둥추팡董秋芳과 주朱, 우吳 두 사람이 동석했다. 바람이 거셌다.

9일 맑고 바람이 붊. 정오 좀 지나 세계어학교에 강의하러 갔다. 밤에 샤오펑, 푸위안이 왔다. 인쇄본을 교열하였다.

---

66) 『고민의 상징』의 단행본 교료지(校了紙)를 교열한 것을 가리킨다. 1925년 2월에 교열을 끝마쳤다.

67) 루쉰은『국학계간』의 겉표지 도안을 디자인해 주었다. 후에 이 잡지의 제1호와 제2호에 사용되었다.

68) 징유린(荊有麟)이 펴낸『민중문예주간』(民衆文藝週刊) 창간호에 실릴 원고를 가리킨다. 징유린은 특별히 루쉰이 읽고 교열해 주기를 청하였다. 루쉰은 이 잡지를 위해 제17기까지 교열해 주었다.

10일 맑음. 정오 좀 지나 친원이 왔다. 오후에 셋째에게 편지를 부쳤다. 신조사에 교정본을 부쳤다. 밤에 바람이 불었다. 창훙長虹이 와서 『광풍』狂飆과 『세계어주간』世界語週刊을 주었다. 푸위안의 편지를 받았다.

11일 맑음. 저녁에 유린이 왔다.

12일 맑음. 오전에 베이징사범대학에 강의하러 갔다. 정오 좀 지나 베이징대학에 강의하러 갔다. 둥야공사에 가서 『그리스 천재의 여러 모습』希臘天才之諸相 1책, 케벨ケーベル의 『소품집 속속편』續續小品集 1책, 『문예사조론』 1책을 도합 5위안 2자오에 구입했다. 저녁에 H군이 왔다. 여비 30위안을 주었다. 푸위안이 왔다. 유린이 왔다. 밤에 『고민의 상징』을 교열했다.

13일 흐림. 오후에 베이징대학에 가서 2월분 월급 3위안, 그리고 3월분 5위안을 받았다. 신조사에 가서 교정본을 건네주었다. 둥야공사에 가서 『톨스토이와 도스토예프스키』托爾斯泰卜陀斯妥夫斯基 1책, 『전설의 시대』傳說の時代 1책, 『아사쿠사다요리』淺草タヨリ, [69] 『인류학과 인종학상에서 본 동북아시아』人類學及人種學上ヨリ見タル北東亞細亞 1책을 도합 9위안 4자오에 구입했다. 밤에 푸위안이 왔다. 이핑이 왔다.

14일 맑음. 일요일, 쉬다. 오전에 왕시란王錫蘭의 편지를 받았다. 리융첸의 편지를 받았다. 5일에 광저우廣州에서 부친 것이다. 푸주푸傅築夫(자는 쮜지作楫. 융녠永年 출신), 량성후이梁繩褘(자는 쯔메이子美, 싱탕行唐 출신)가 왔다. 베이징사범대학 학생이다. 중국 신화의 수집에 관한 일을 논의하였다.[70] 가오루高魯가 『부녀필휴』婦女必携 1책을 부쳐 왔다. 오후에 왕시란에게

---

69) 『아사쿠사다요리』(淺草タヨリ)는 시마자키 도손(島崎藏村)이 1924년 슌요도(春陽堂)에서 출간하였다. 원제는 『아사쿠사다요리 감상집』(淺草タヨリ感想集)이다.

70) 푸주푸(傅築夫)와 량성후이(梁繩褘)는 당시 중화서국에서 아동용 주간을 편집하고 있었는데, 중국의 고대신화를 아동용 이야기로 개작하고자 하여 루쉰에게 가르침을 청하였던 것이다.

답신했다. 저녁에 푸위안이 왔다.

15일 맑음. 오전에 마오천이 왔다. 정오 좀 지나 여자고등사범학교에 강의하러 갔다. 저녁에 유린이 왔다. 위다푸가 왔다. 푸위안의 편지를 받았다. 구제강의 편지를 받았다. 샹페이량이 왔다. 『고민의 상징』을 교열했다.

16일 맑음. 정오 좀 지나 세계어학교에 강의하러 갔다. 오후에 이발을 했다. 둥야공사에서 아리스토텔레스의 『시학』^{詩學} 1책, 쇼펜하우어 『논문집』 1책, 『문예부흥론』^{文藝復興論} 1책, 『곤충기』^{昆蟲記} 제1권 1책을 도합 6위안 4자오에 구입했다. 밤에 리위안의 편지와 원고를 받았다.

17일 안개. 오전에 장마오천이 왔다. 정오 좀 지나 친원이 왔다. 『위쓰』를 리융첸에게 부쳤다.

18일 흐림. 오후에 셋째에게 편지를 부쳤다. 저녁에 난첸장후퉁^{南千張胡同}의 병원에 후핑샤를 문병하러 갔다.

19일 맑음. 오전에 베이징사범대학에 강의하러 갔다. 정오 좀 지나 베이징대학에 강의하러 갔다. 오후에 작년 7월분 월급 43위안을 수령했다. 저녁에 유린이 왔다. 둥야공사에서 『혁명기의 연극과 무용』^{革命期之演劇與舞踊} 1책을 보내왔다. 가격은 6자오이다.

20일 맑음. 정오 좀 지나 윈우^{雲五}, 창훙, 가오거^{高歌}가 왔다. 오후에 후핑샤를 문병하였는데, 약간 차도가 있는 듯하였다.

21일 맑음. 일요일, 쉬다. 오전에 장무한이 왔다. 이핑, 수톈이 왔다. 지푸가 왔다. 정오 좀 지나 유린이 왔다. 저녁에 푸위안이 왔다. 샹페이량이 왔다. 밤에 리싱신^{李醒心}의 편지를 받았다.

22일 맑음. 쉬다. 오전에 리싱신에게 답신했다. 푸위안에게 편지를 부쳤다. 정오 좀 지나 유린이 왔다. 밤에 이핑이 왔다.

23일 맑음. 정오 좀 지나 세계어학교에 강의하러 갔다. 『부녀잡지』 1

책을 받았다. 저녁에 페이량이 왔다. 쯔페이가 왔다.

24일 맑음. 오전에 쑨카이디孫楷第에게 답신했다. 리위안에게 답신했다. 리융첸에게 답신했다. 오후에 푸위안에게 편지와 원고[71]를 부쳤다. 저녁에 쯔페이가 왔다. 중칸이 왔다. 창훙이 왔다.

25일 맑음. 쉬다. 정오 좀 지나 유린이 왔다. 친원이 왔다. 이핑, 수톈이 왔다. 오후에 뤼치呂琦의 편지를 받았다. 자는 원루蘊儒이다. 쯔페이가 왔다. 밤에 위다푸가 와서 『Gewitter im Mai』 von L. Ganghofer[72] 1책을 주었다. 리런찬이 와서 5위안을 갚고 소설원고 1편을 건네주었다. 탁족을 했다.

26일 맑음. 오전에 베이징사범대학에 강의하러 갔다. 1월분 급료 25위안을 받았다. 정오 좀 지나 베이징대학에 강의하러 갔다. 저녁에 리지예李霽野의 편지를 받았다. 유린의 엽서를 받았다. 쯔페이가 왔다. 리융첸의 편지를 받았다. 14일에 광저우 황푸黃埔에서 부친 것이다. 밤에 샹페이량의 편지를 받았다.

27일 흐림. 정오 좀 지나 친원이 왔다. 야오멍성이 왔다. 저녁에 푸위안이 왔다. 유린이 왔다.

28일 맑음. 일요일, 쉬다. 징유린이 중싱러우에서의 점심에 초대했다. 정오 못 미쳐 그곳에 갔다. 세리세프,[73] 샹줘項拙, 후충쉬안胡崇軒, 쑨푸위안

---

71) 「통신─'정샤오관에게 보내는 편지'」(通訊'致鄭孝觀')를 가리킨다. 후에 『집외집습유』(集外集拾遺)에 수록되었다.

72) 루트비히 강호퍼(Ludwig Ganghofer, 1855~1920)의 『5월의 폭풍』(Gewitter im Mai, Stuttgart Bonz, 1908).

73) 세리세프(Inocento Serišev)는 당시 일본에서 추방당하여 하얼빈을 거쳐 베이징에 와서 세계어학교의 교사로 재직 중이었다. 그는 천쿵싼(陳空三)에게 루쉰을 만나고 싶다는 의향을 밝혔으며, 천쿵싼은 징유린과 논의하였다. 징유린이 이 일을 루쉰에게 알리자, 루쉰은 밖에서 만나기를 원하여 이날 모임이 이루어졌던 것이다.

이 동석했다. 오후에 둥야공사에 가서 『타이스』^{タイス} 1책을 1위안에 구입했다. 셋째의 편지를 받았다. 23일에 부친 것이다.

29일 흐림. 정오 좀 지나 여자고등사범학교에 강의하러 갔다. 밤에 쯔페이가 왔다. 세계어학교에서 9월분과 11월분 월급 각각 10위안을 보내왔다.

30일 진눈깨비. 정오 좀 지나 세계어학교에 강의하러 갔다. 오후에 날이 개더니 밤에 다시 눈이 내렸다. 『고민의 상징』 인쇄본을 교열하였다.

31일 맑다가 거센 바람에 하늘 가득 눈이 날림. 오후에 푸위안이 왔다. 그에게 샤오펑에게 보내는 편지와 교정원고를 부쳐 달라고 부탁했다. 저녁에 유린이 왔다.

도서장부

회남홍렬집해 淮南鴻烈集解 6本	3.00	2월 2일
동아시아묵화집 東亞墨畵集 1本	5.00	2월 16일
	8.000	
비어즐리전 比亞妓來傳 1本	1.50	4월 4일
문학원론 文學原論 1本	2.70	4월 8일
진실은 속임수 眞實はかく佯る 1本	1.10	
고민의 상징 苦悶の象徵 1本	1.70	
	7.000	
스쩡유묵 師曾遺墨(제1집) 1本	1.60	5월 3일
스쩡유묵 師曾遺墨(제2집) 1本	1.60	
논형거정 論衡擧正 2本	가오랑셴 기증	5월 6일
등석자 鄧析子 1本	0.105	5월 14일
신감 申鑒 1本	0.30	

중론 中論 1本	0.40	
대당서역기 大唐西域記 4本	1.50	
문심조룡 文心雕龍 1本	0.50	
태평악부 太平樂府	4.00	
문자학강의 文字學講義 2本	0.440	5월 23일
중고문학사강의 中古文學史講義 1本	0.320	
사여강의 詞餘講義 1本	0.240	
신어 新語 1本	0.20	5월 31일
신서 新書 2本	0.70	
혜중산집 嵆中散集 1本	0.40	
사선성시집 謝宣城詩集 1本	0.30	
원차산집 元次山集 2本	0.60	
	13.200	
잠부론 潛夫論 2本	0.60	6월 13일
채중낭집 蔡中郎集 2本	0.70	
도연명집 陶淵明集 2本	0.70	
문선육신주 文選六臣注 30本	8.40	
영원단전탁편 永元斷磚拓片 1枚	추쯔위안 기증	6월 24일
화전탁편 花磚拓片 10枚	위와 같음	
	10.040	
채씨조로군상 蔡氏造老君像 4枚	0.60	7월 15일
장승묘비 張僧妙碑 1枚	0.40	
곽시손조상 郭始孫造像 4枚	0.60	7월 20일
기씨조로군상 錡氏造老君像 4枚	0.80	
화엄경제십이품 華嚴經第十二品 1枚	0.30	
명성유도해 明聖諭圖解 1枚	0.20	
구구소한도 九九消寒圖 1枚	0.10	
창공비 蒼公碑 및 뒷면 2枚	1.00	7월 31일
대지선사비측화상 大智禪師碑側畫像 2枚		
와룡사관음상 臥龍寺觀音像 1枚		
	4.000	

안근례비십분 顔勤禮碑十分 40枚	류쉐야 기증	8월 3일
이이곡집 李二曲集 16本	위와 같음	
스쩡유묵 師曾遺墨(제3집) 1本	1.60	8월 16일
여초정묘지 呂超靜墓誌 1枚	2.00	8월 22일
신풍각총서 新風閣叢書 16本	8.00	8월 27일
비간묘제자 比幹墓題字 1枚	리이산 기증	8월 31일
오도자관음상 吳道子觀音像 1枚	위와 같음	
	11.600	
최근조상 崔勤造像 1枚	1.00	9월 18일
육조잡조상 六朝雜造像 11種 14枚	3.00	
잔잡조상 殘雜造像 7種 10枚	1.00	
	5.000	
붉은 러시아, 보았던 대로의 기록 赤露見タママの記 1本	0.70	10월 11일
근대사상 16강 近代思想十六講 1本	2.10	
근대문예 12강 近代文藝十二講 1本	2.00	
문학 10강 文學十講 1本	2.00	
고금잡극 古今雜劇 30種 5本	2.00	10월 17일
인류를 위하여 人類の爲めに 1本	S.F.君 기증	10월 19일
상아탑을 나서며 象牙の塔を出て 1本	2.10	10월 27일
십자가두를 향해 가며 十字街頭を行く 1本	2.10	
	13.000	
회남자집증 淮南子集證 10本	가오랑셴 기증	11월 10일
사림 辭林 1本	2.80	11월 28일
곤충기 昆蟲記(제2권) 1本	2.40	
	5.200	
석불의각문탁본 石佛衣刻文拓本 2枚	추쯔위안 기증	12월 4일
그리스 천재의 여러 모습 希臘天才の諸相 1本	2.00	12월 12일
케벨 속속소품집 ケ―ベル續續小品集 1本	1.60	
톨스토이와 도스토예프스키 托氏卜陀氏 1本	2.400	12월 13일
전설의 시대 傳說の時代 1本	3.200	
아사쿠사다요리 淺草ダヨリ 1本	1.20	

북동아세아 北東亞細亞 1本	2.60	
아리스토텔레스 시학 亞裏士多德詩學 1本	1.70	12월 16일
쇼펜하우어 논문집 勘本華爾論文集 1本	1.20	
문예부흥론 文藝復興論 1本	1.20	
곤충기 昆蟲記(제1권) 1本	2.30	
혁명기의 연극과 무용 革命期の演劇と舞踊 1本	0.60	12월 19일
타이스 タイース 1本	1.00	12월 28일
	22.200	

　　총계 99.240, 매달 평균 8.286위안일 뿐.

일기 제14(1925년)

1월

1일 맑음. 정오경에 푸위안^{伏園}이 화잉반점^{華英飯店}에서의 점심에 초대했다. 위^俞 양 자매, 쉬^許 양과 친원^{欽文}, 모두 7명이 함께 했다. 오후에 중톈^{中天}에 가서 영화를 관람¹⁾하고서 저녁에 돌아왔다.

2일 맑음. 오후에 핀칭^{品靑}, 샤오펑^{小峰}이 왔다. 밤에 유린^{有麟}이 왔다.

3일 흐림. 저녁에 설사약 두 알을 복용했다. 밤에 『문학주간』^{文學週刊}을 위해 글 한 편²⁾을 썼다.

4일 맑음. 일요일, 쉬다. 정오 좀 지나 유린이 왔다. 오후에 푸위안이 왔다. 쯔페이^{紫佩}가 수^舒를 데리고 왔다. 밤에 이핑^{衣萍}이 왔다. 페퇴피의 시 3편³⁾의 번역을 끝마쳤다.

---

1) 루쉰이 관람했던 영화는 「사랑의 희생」(愛的犧牲)이다. 중톈극장은 당시 쉬안우먼(宣武門) 내의 시룽셴후퉁(西絨線胡同)에 있었다.
2) 「시가의 적」(詩歌之敵)을 가리킨다. 6일에 쑨시전(孫席珍)에게 건네주었다. 후에 『집외집습유』(集外集拾遺)에 수록되었다.

5일 맑음. 정오 좀 지나 여자사범대학에 강의하러 갔다. 작년 2월분 월급 5위안을 수령했다. 교육부로부터 재작년 7월분 월급 86위안을 받았다. 기추도其中堂로부터 서목 1책을 받았다. 『지나연구』支那研究 제2기 1책을 받았다. 둥야東亞공사로부터 통지 서신을 받았다. 오후에 빈라이샹濱來香에 가서 우유를 마시고 간식거리를 샀다.

6일 맑음. 아침에 셋째에게 편지를 부쳤다. 리융첸李庸倩에게 편지를 부쳤다. 정오 좀 지나 세계어학교에 강의하러 갔다. 둥야공사에 가서 『신러시아문학의 서광기』新俄文學之曙光期 1책, 『지나 마적의 비사』支那馬賊裏面史 1책을 도합 2위안 2자오에 구입했다. 친원이 왔다. 그에게 원고 1편을 쑨시전孫席珍에게 전해 달라고 부탁했다. 밤에 『고민의 상징』 인쇄본을 교열했다. 유린이 왔다.

7일 맑음. 오후에 신조사新潮社에 교정원고를 부쳤다.

8일 맑음. 저녁에 이핑이 왔다. 밤에 충쉬안崇軒, 유린이 왔다.

9일 맑음. 오전에 베이징사범대학에 강의하러 갔다. 정오 좀 지나 베이징대학에 강의하러 갔다. 오후에 흐림. 푸위안의 편지를 받았다. 왕주王鑄의 편지가 동봉되어 있다. 저녁에 답신했다.[4] 밤에 이핑, 푸위안이 왔다. 유린이 왔다. 샹페이량向培良, 중칭항鍾靑航이 왔다.

---

3) 「태양은 뜨겁게 비추고」(太陽酷熱地照臨), 「무덤에 쉬고 있다……」(墳墓休息著……), 「나의 사랑—결코……아니라네」(我的愛—決不是……)를 가리킨다. 이 세 수의 시는 「A. Petöfi의 시」(A. Petöfi的詩)라는 제목으로 『위쓰』(語絲) 주간 제11기(1925년 1월 26일)에 발표되었다. 후에 이 잡지의 제9기(1925년 1월 12일)에 발표된 「나의 아버지의 솜씨와 나의 솜씨」(我的父親的和我的手藝), 「내가 나무이고 만약 네가……」(願我是樹, 倘使你……) 두 수와 함께 「A. Petöfi의 시」라는 제명으로 『역총보』(譯叢補)에 수록되었다.

4) 왕주의 편지와 루쉰이 왕주에게 보낸 답신은 「『고민의 상징』에 관하여」(關於『苦悶的象徵』)라는 제명으로 1925년 1월 13일 『징바오 부간』(京報副刊)에 발표되었다. 후에 『집외집습유』에 수록되었다.

10일 흐림. 오전에 푸위안에게 편지를 부쳤다. 창웨이쥔常維鈞에게 편지를 부쳤다. 리융첸에게 『위쓰』 제4기부터 제8기까지를 부쳤다. 저녁에 푸위안이 왔다. 작년 12월분 『징바오 부간』의 원고료 30위안을 수령했다.

11일 맑음. 일요일, 쉬다. 정오 좀 지나 유린이 왔다. 오후에 야오멍성姚夢生이 왔다. 쯔페이가 왔다. 밤에 쉬안퉁의 편지를 받았다.

12일 맑음. 정오 좀 지나 여자사범대학에 강의하러 갔다. 작년 3월분 월급 6위안을 받았다. 오후에 리샤오펑에게 교정원고를 부쳤다. 첸쉬안퉁錢玄同에게 답신했다. 저녁에 유린이 왔다.

13일 흐림. 정오 좀 지나 이핑이 왔다. 저녁에 유린이 왔다.

14일 흐림. 정오 좀 지나 이핑이 왔다. 오후에 베이징대학에 가서 월급을 받았다. 3월분 13위안, 4월분 4위안이다. 밤에 단문 1편[5]을 썼다.『고민의 상징』인쇄본을 교열했다.

15일 맑음. 정오 좀 지나 친원이 왔다. 유린이 왔다. 오후에 샤오펑에게 편지와 원고를 부쳤다. 저녁에 푸위안이 왔다.

16일 맑음. 저녁에 지푸의 거처에 가서 식사를 했다. 밤에 여자사범대학 동락회[6]에 다녀왔다.

17일 맑음. 오전에 셋째의 편지를 받았다. 10일에 부친 것이다. 정오 좀 지나 이핑이 왔다. 밤에 유린이 왔다. 리위안李遇安의 편지를 받았다.

18일 맑음. 일요일, 쉬다. 정오 좀 지나 쑨시전이 왔다. 오후에 친원, 푸

---

5) 「문득 생각나는 것 1」(忽然想到1)을 가리킨다. 15일에 다시 부기를 썼다. 후에 본문은 『화개집』 (華蓋集)에 수록되었고, 부기는 『집외집습유』에 수록되었다.
6) 여자사범대학 동락회(同樂會)는 베이징여자사범대학 신년동락회(新年同樂會)를 가리킨다. 이 동락회에서 베이징대학 학생 어우양란(歐陽蘭)의 단막극 「아버지의 귀가」(父親的歸來)가 공연되었다. 후에 누군가 이 극본이 일본의 기쿠치 간(菊池寬)의 「아버지 돌아오다」(父歸る)를 표절하였다고 지적하였다.

위안이 왔다.

19일 맑음. 오전에 리융첸이 황푸黃埔에서 보낸 사진을 받았다. 밤에
유린이 왔다.

20일 맑음. 오후에 쉬친원許欽文, 타오쉬안칭陶璇卿에게 편지를 부쳤다.
밤에 설사약 2알을 복용했다.

21일 흐림. 오전에 천쯔량陳子良이 왔다. 정오 좀 지나 유린이 왔다. 밤
에 이핑이 왔다. 푸위안이 왔다. 은단 20알을 먹었다.

22일 흐림. 오전에 가오거高歌의 편지를 받았다. 18일에 카이펑開封에
서 부친 것이다. 어머니와 함께 이토伊藤 의사댁에 치아를 치료하러 갔다.
둥야공사에 가서 『근대의 연애관』近代戀愛觀 1책을 2위안에 구입했다. 정오
좀 지나 샤오스를 돌아다니다가 『굉천뢰』轟天雷 1책을 동전 10메이에 샀
다. 오후에 쉬친원이 와서 술 2병을 주었다. 푸위안이 왔다. 밤에 『소설월
보』 1책을 받았다.

23일 맑음. 오후에 『동방잡지』 1책을 받았다. 류리창에 가서 석인본
왕형공王荊公 『백가당시선』百家唐詩選 1부 8책을 2위안 4자오에 구입했다.
밤에 유린이 와서 원저우溫州산 홍귤 16개와 붕어 두 마리를 주었다. 리선
자이李愼齋가 와서 대신 수령한 월급 198위안을 건네주었다. 재작년 7월분
과 8월분이다.

24일 맑음. 음력 정월 초하루, 쉬다. 정오경부터 한밤중까지 『상아탑
을 나서며』[7]의 두 편을 번역하였다.

25일 맑음. 일요일, 쉬다. 점심을 준비하여 타오쉬안칭, 쉬친원, 쑨푸

---

7) 이날부터 『상아탑을 나서며』를 번역하여 2월 18일에 끝마쳤다. 2월 14일부터 18일, 21일, 23일,
25일, 28일, 3월 2일부터 5일, 7일, 9일, 11일에 『징바오 부간』에 발표되었다.

위안을 초대했다. 정오 못 미쳐 모두 왔다. 친원이 『천바오증간』[晨報增刊] 1
책을 주었다. 어머니가 위[俞] 양 자매 세 사람과 쉬[許] 양, 왕[王] 양을 점심에 초
대했다. 정오에 모두 왔다. 밤에 한 편을 번역했다.[8]

26일 맑고 바람이 붊. 쉬다. 정오 좀 지나 쯔페이가 왔다. 오후부터 밤
까지 세 편을 번역했다. 유린이 왔다.

27일 맑음. 쉬다. 정오 좀 지나 이핑이 왔다. 셋째의 편지를 받았다. 20
일에 부친 것이다.

28일 맑음. 오전에 마유위[馬幼漁]에게 편지를 부쳤다. 정오 좀 지나 핀
칭, 이핑이 와서 탕위안 30개를 주었다. 오후에 푸위안이 왔다. 저녁에 셋
째에게 편지를 부쳤다. 리위안에게 편지를 부쳤다. 리샤오펑에게 편지와
교정원고 및 도판[圖版][9]을 부쳤다. 밤에 하쿠손[白村] 씨의 『상아탑을 나서며』
의 두 편을 번역했다. 『들풀』[野草]의 한 편[10]을 썼다.

29일 큰 눈. 오전에 쑨시전의 편지와 시를 받았다. 정오경에 날이 개
고 바람이 불었다. 저녁에 유린이 왔다.

30일 맑음. 밤에 유린이 와서 원고를 가져갔다.

31일 맑음. 정오 좀 지나 친원이 왔다. 오후에 『동방잡지』 1 책을 받았
다. 저녁에 푸위안이 왔다. 이핑이 왔다. 밤에 유린이 뤼윈루[呂蘊儒]와 함께
왔다.

---

8) 『상아탑을 나서며』의 번역을 가리킨다. 26일의 번역 역시 마찬가지이다.
9) 『고민의 상징』의 교료지 및 삽화의 동판을 가리킨다.
10) 「아름다운 이야기」(好的故事)를 가리킨다. 후에 『들풀』에 수록되었다.

2월

1일 맑음. 일요일, 쉬다. 저녁에 이핑, 샤오펑과 후이데惠迭가 왔다. 밤에 푸위안이 왔다.

2일 맑음. 오전에 리융첸의 엽서를 받았다. 1월 16일에 부친 것이다. 늑간肋間 신경통이 일어났다.

3일 맑음. 오전에 베이징사범대학에 가서 작년 1월분 월급의 잔액 3위안, 2월분 전액 36위안, 그리고 3월분 15위안을 받았다. 창뎬廠甸을 잠시 돌아다녔다. 쑹윈거松雲閣에서 올빼미 술잔 1점을 1위안에 구입했다. 아울러 구리 조상 한 점을 10위안에 구입했는데, 뒷면에 '造像信士周科妻胡氏'라고 새겨져 있다. 『로댕의 예술』羅丹之藝術 1책을 1위안 7자오에 구입했다. 밤에 유린이 왔다.

4일 흐리다가 정오경에 갬. 친원이 왔다. 밤에 샤오펑의 번역문[11]에 대한 교열을 마쳤다.

5일 흐림. 정오 좀 지나 샤오펑에게 편지와 교정원고를 부쳤다. 밤에 이핑이 왔다. 유린이 왔다. 푸위안이 왔다.

6일 흐림. 별일 없음.

7일 맑음. 오전에 장펑쥐張鳳舉가 왔으나 만나지 못했다. 리융첸의 편지를 받았다. 1월 22일에 부친 것이다. 밤에 유린이 와서 원고를 가져갔다. 이날은 원소절이라 쉬었다.

8일 흐림. 일요일, 쉬다. 오전에 장펑쥐에게 편지를 부쳤다. 정오 좀 지

---

11) 리샤오펑의 번역원고 「두 다리」(兩條腿)를 가리킨다. 루쉰은 리샤오펑의 번역원고를 독일어 역본과 대조하여 교열하였다.

나 창훙長虹, 춘타이春台, 옌쫑린閻宗臨이 왔다. 오후에 이핑, 수톈曙天이 왔다. 유린이 왔다. 밤에 푸위안이 왔다. 그에게 교정원고를 샤오펑에게 부쳐 달라고 부탁했다. 바람이 불었다.

9일 맑고 바람이 붊. 정오 좀 지나 여자사범대학에 강의하러 갔다. 저녁에 리샤오펑에게 편지를 부쳤다. 밤에 상페이량이 왔다.

10일 맑음. 오전에 리웅첸의 편지를 받았다. 1월 30일에 부친 것이다. 오후에 쑨푸위안에게 편지와 원고[12]를 부쳤다. 베이징대학 교무부에 편지를 부쳤다. 류리창에 가서 『스쩡유묵』師曾遺墨 제4집 1책을 1위안 6자오에 구입했다. 밤에 리지예李霽野의 편지와 원고 3편을 받았다. 밤에 글 한 편[13] 쓰기를 마쳤다. 아스피린 한 알을 복용했다.

11일 맑음. 정오 좀 지나 쉬친원이 왔다. 저녁에 가게에 가서 찻잎과 그 밖의 것들을 샀다. 밤에 푸위안이 와서 번역원고[14]를 가져갔다. 이핑이 왔다. 유린이 와서 빙얼 한 상자를 주었다. 창훙이 왔다. 셋째 처의 편지를 받았다.

12일 맑음. 쉬다. 오후에 푸위안, 상페이량, 뤼윈루가 왔다. 저녁에 왕핀칭王品靑, 샤오펑, 이핑, 후이데가 왔다. 밤에 핀칭, 이핑, 샤오펑, 푸위안, 후이데와 함께 퉁허쥐同和居에 가서 식사를 했다.

13일 맑음. 오전에 베이징대학에 가서 4월분 월급 전액, 5월분 6위안을 받았다. 둥야공사에 가서 『사상·산수·인물』 1책을 2위안에 구입했다. 천바오사에서 『증간』增刊 1책, 산시탕三希堂의 법첩法帖[15] 사진 3매를 보내주었다. 밤에 유린이 왔다.

---

12) 「글자를 곱씹다(咬文嚼字) 2」를 가리킨다. 후에 『화개집』(華蓋集)에 수록되었다.
13) 「청년필독서」(靑年必讀書)를 가리킨다. 후에 『화개집』에 수록되었다.
14) 『상아탑을 나서며』를 가리킨다. 2월 14일부터 계속하여 『천바오 부간』에 발표되었다.

14일 맑고 바람이 붊. 오전에 둥야공사의 점원이 『러시아현대의 사조와 문학』露國現代の思潮及文學 1책을 3위안 6자오에 구입했다. 저녁에 H군이 왔다. 셋째의 편지를 받았다. 9일에 부친 것이다. 옆구리의 통증이 더욱 심해지고 위에도 통증이 일어났다.

15일 맑음. 일요일, 쉬다. 오후에 푸위안이 어머니를 연극 관람에 초대했다. 이핑, 수톈曙天이 왔다. 펑원빙馮文炳이 왔으나 만나지 못했다. 증정받은 『현대평론』과 『위쓰』를 두고 갔다. 쉬친원이 왔다. 리지예의 『검은 가면을 쓴 사람』黑假面人의 번역원고[16] 1편을 받았다.

16일 흐림. 정오 좀 지나 여자사범대학에 가서 작년 3월분 월급 8위안 5자오, 4월분 13위안 5자오, 5월분 5위안을 수령했다. 『부녀잡지』 1책을 받았다. 저녁에 리지예의 편지를 받았다. 밤에 페이량이 왔다. 창훙이 왔다. 푸위안이 왔다. 바람이 거세게 불었다.

17일 맑음. 오후에 푸위안이 번역원고료 30위안을 보내 주었다. 사오위안충邵元沖, 황창구黃昌穀의 식사 초대를 받았다.[17] 저녁에 갔다가 곧 돌아

---

15) 산시탕(三希堂)은 고궁박물관(故宮博物館) 양심전(養心殿)의 서난각(西暖閣)으로서, 청대 건륭제의 서방(書房)이다. '三希'란 "선비는 현인이 되기를 바라고, 현인은 성인이 되기를 바라고, 성인은 천인이 되기를 바란다"(士希賢, 賢希聖, 聖希天)는 뜻, 그리고 세상에 드문 세 가지 진기한 보물(稀世珍寶)의 뜻을 함께 지니고 있다. 건륭제는 건륭 12년(1747)부터 15년까지 이부상서 양시정(梁詩正), 호부상서 장부(蔣溥) 등에게 칙령을 내려, 궁내에 소장된 역대의 서법작품 가운데에서 정수를 뽑아 『삼희당석거보급법첩』(三希堂石渠寶笈法帖)을 새겨 펴내도록 하였다. 법첩은 총 32책, 각석 500여 개이며, 위진으로부터 명대 말에 이르기까지 135명 서법가의 300여 작품을 망라하고 있다.

16) 리지예는 번역을 마친 후 루쉰에게 교열과 출판사 소개를 부탁하였다. 루쉰은 교열을 마친 후 3월 14일 저우젠런(周建人)을 통해 상우인서관 편역소에 보냈지만, 채택되지 않았다. 1927년 3월에 웨이밍사(未名社)에서 출판되었다.

17) 사오위안충(邵元沖), 황창구(黃昌穀)는 간행을 준비 중이던 『베이징민국일보』(北京民國日報)의 총편집과 사장을 각각 맡고 있었다. 이날 이들은 루쉰에게 원고를 청탁하기 위해 식사에 초대하였던 것이다. 루쉰은 이들의 청탁에 응하여 이달 28일에 「장명등」(長明燈)을 써서 3월 1일 사오위안충에게 전달했다. 이 작품은 3월 5일부터 8일까지 이 신문에 연재되었다.

왔다.

18일 맑음. 오전에 왕제싼王捷三에게 편지를 부쳤다. 리지예에게 편지를 부쳤다. 정오 좀 지나 베이징대학의 『국학계간』 권1의 4호 1책을 받았다. 오후에 푸위안에게 편지와 원고[18]를 부쳤다. 런궈전任國楨에게 편지를 부쳤다. 리융첸의 엽서를 받았다. 둥관東莞의 야영지에서 부친 것이다. 저녁에 푸위안이 왔다. 밤에 유린이 왔다. 『상아탑을 나서며』의 번역을 끝마쳤다.

19일 맑음. 정오 좀 지나 이핑이 왔다. 함께 중톈中天극장에 가서 영화를 관람했다.[19] 밤에 페이량, 유린이 왔다.

20일 흐림. 오전에 베이징사범대학에 강의하러 갔다. 작년 3월분 월급 11위안을 받았다. 정오 좀 지나 베이징대학에 강의하러 갔다. 오후에 왕제싼의 편지를 받았다. 『동방잡지』 1책을 받았다. 런궈전의 편지를 받았다. 리지예의 편지를 받았다.

21일 맑음. 정오 좀 지나 친원이 왔다. 오후에 창웨이쥔에게 편지를 부쳤다. 런궈전에게 편지와 번역원고를 부쳤다. 저녁에 보이서사博益書社에 가서 『신구약전서』新舊約全書 1책을 1위안에 구입했다. 밤에 유린이 왔다.

22일 맑고 바람이 거셈. 일요일, 쉬다. 별일 없음.

23일 맑음. 오전에 후핑샤胡萍霞의 편지를 받았다. 19일에 샤오간孝感에서 부친 것이다. 런궈전의 편지를 받았다. 정오 좀 지나 여자사범대학에 강의하러 갔다. 오후에 장팅푸蔣廷黻에게 『중국소설사략』과 『외침』 각 1책을 부쳤다. 『소설월보』 1책을 받았다. 밤에 유린이 왔다. 푸위안이 왔다.

---

18) 「문득 생각나는 것 4」(忽然想到4)를 가리킨다. 후에 『화개집』에 수록되었다.
19) 관람했던 영화는 극영화 「수화원앙」(水火鴛鴦)이다. 이 영화는 상하이대륙영편공사(上海大陸影片公司)에서 1924년에 출품하였다.

24일 맑음. 정오 좀 지나 이핑, 수톈, 샤오펑, 수류漱六가 왔다. 저녁에 가오거高歌가 왔다. 푸위안이 왔다. 밤에 윈루, 창훙, 페이량이 왔다. 런궈전에게 답신했다.

25일 맑음. 오후에 『부녀잡지』 1책을 받았다. 밤에 유린이 왔다. 바람이 불었다.

26일 맑음. 밤에 유린이 왔다.

27일 흐림. 오전에 베이징사범대학에 강의하러 갔다. 정오 좀 지나 베이징대학에 강의하러 갔다. 오후에 웨이쥔維鈞, 핀칭, 이핑, 친원과 함께 자그마한 찻집에 들어가 한담을 나누었다. 밤에 푸위안이 왔다. 샹이위項亦愚, 징유린荊有麟이 왔다.

28일 맑다가 정오 좀 지나 흐림. 오후에 샤오펑에게 편지를 부쳤다. 밤에 바람이 거세게 불었다. 소설 한 편[20]을 완성했다.

3월

1일 맑고 바람이 붊. 일요일, 쉬다. 오전에 마오좡허우毛壯侯가 왔으나 만나지 못한 채, 사오위안충의 편지를 남겨놓고 갔다. 유린이 왔다. 오후에 민국일보관民國日報館에 가서 사오위안충의 편지와 원고를 건네주었다. 상우인서관에 가서 『별하재총서』別下齋叢書, 『일존총서』佚存叢書, 『청의각고기물문』清儀閣古器物文 각 1부를 예약했다. 도합 36위안 7자오 5편을 지불했다. 푸위안이 왔으나 만나지 못했다. 밤에 유린, 윈루, 창훙, 페이량이 왔다.

2일 맑음. 오전에 셋째에게 편지를 부쳤다. 리위안李遇安의 편지를 받

---

20) 단편소설 「장명등」을 가리킨다. 후에 『방황』에 수록되었다.

았다. 오후에 여자사범대학에 강의하러 갔다. 셋째의 편지를 받았다. 2월 26일에 부친 것이다.

3일 맑고 바람이 붊. 오후에 리지즈李濟之의 편지를 받았다. 밤에 푸위안이 왔다. 유린이 왔다.

4일 맑음. 정오 좀 지나 친원이 왔다. 밤에 유린이 와서 과일통조림 네 개를 주었다. 창흥이 왔다. 저녁에 쯔페이가 찾아왔기에 50위안을 갚았다.

5일 맑음. 정오 좀 지나 이핑이 왔다. 저녁에 둥야공사에 가서 『신러시아미술대관』新俄美術大觀 1책, 『현대프랑스문예총서』現代佛蘭西文藝叢書 6책, 『최신 문예총서』最新文藝叢書 3책, 『근대극 12강』近代劇十二講 1책, 『예술의 본질』藝術の本質 1책을 도합 15위안 8자오에 구입했다. 밤에 유린이 왔다. 페이량이 왔다.

6일 맑고 바람이 붊. 오전에 베이징사범대학에 강의하러 갔다. 정오 좀 지나 베이징대학에 강의하러 갔다. 오후에 샤오펑, 이핑, 수톈과 함께 자그마한 가게에 들러 우유를 마시면서 한담했다. 밤에 푸위안이 왔다. 유린이 왔다.

7일 맑음. 정오 좀 지나 유린이 왔다. 오후에 신조사에서 『고민의 상징』 10책을 보내왔다. 밤에 이핑이 왔다.

8일 맑음. 일요일, 쉬다. 오전에 리위안의 편지와 원고를 받았다. 베이징사범대학에 강의프린트 담당부서에 편지를 부쳤다. 정오 좀 지나 바람이 거세게 불었다. 오후에 리쭝우李宗武가 왔다. 『고민의 상징』 1책을 주었다. 쉬 양, 위안 양, 위 양에게 각각 『고민의 상징』을 1책씩 주었다. 밤에 푸위안이 왔다.

9일 맑음. 오전에 셋째의 편지를 받았다. 4일에 부친 것이다. 정오 좀 지나 여자사범대학에 강의하러 갔다. 오후에 지푸에게 『고민의 상징』 2책을 주었다. 리위안에게 편지와 원고를 부쳤다. 밤에 유린이 왔다. 『고민의 상징』 1책을 주었다. 옌쭝린闇宗臨, 창훙이 와서 『정신과 사랑의 여신』精神與愛的女神 2책을 주었다. 각각에게 『고민의 상징』 1책을 주었다. 전振이라 서명한 이에게서 편지와 시 원고를 받았다.

10일 맑고 바람이 붊. 오후에 샤오펑에게 편지를 부쳤다. 셋째에게 편지와 극본 1편을 부쳤다. 저녁에 이발을 했다. 밤에 자오치원趙其文의 편지와 원고를 받았다. 유린이 왔다. 신조사에서 『고민의 상징』 9책을 보내 왔다.

11일 맑음. 오전에 리샤오펑을 방문했다. 정오 좀 지나 바람이 거세게 불었다. 푸위안이 『산야철습』山野掇拾 4책을 가져왔다. 쉬광핑許廣平의 편지를 받았다. 밤에 이핑, 푸위안이 왔다. 세계어전문학교에 교원사직의 편지를 부쳤다.

12일 맑음. 오전에 자오치원趙其文에게 편지를 부쳤다. 쉬광핑에게 답신했다. 량성웨이梁生爲의 편지를 받았다. 정오경에 가오거가 왔다. 『고민의 상징』 1책을 주었다. 오후에 쉬쉬성徐旭生에게 편지를 부쳤다. 『산야철습』과 『정신과 사랑의 여신』 각 1책씩을 지푸에게 주었다. 저녁에 마리쯔馬理子를 위해 야마모토의원의 입원비 36위안 2자오를 지불했다. 저녁에 뤼윈루, 샹페이량이 왔다. 『고민의 상징』 1책씩을 주었다.

13일 맑음. 정오 좀 지나 베이징대학에 강의하러 갔다. 자오치원의 편지를 받았다. 샤오펑의 거처에 갔다. 오후에 셋째 처의 편지를 받았다.

14일 맑음. 오후에 셋째에게 편지와 리지예의 번역원고 1편을 부쳤다. 쯔페이의 편지를 받았다. 밤에 푸위안이 왔다.

15일 흐림. 일요일, 쉬다. 오전에 진눈깨비가 내렸다. 량성웨이에게 편지를 부쳤다. 위 양과 쉬 양에게 각각 『산야철습』 1책을 부쳤다. 정오 좀 지나 유린이 왔다. 오후에 친원이 왔다. 밤에 페이량이 왔다. 이핑, 푸위안이 왔다.

16일 맑음. 오전에 쉬광핑의 편지를 받았다. 정오경에 친원이 왔다. 런궈전에게 편지를 부쳤다. 밤에 창훙이 왔다.

17일 흐림. 별일 없음. 『동방잡지』, 『부녀잡지』, 『소설월보』 각 1책을 받았다.

18일 맑음. 저녁에 상우인서관에 가서 원고료 15위안을 받았다. 신밍新明극장에 가서 여자사범대학 사학과 학생의 연극21)을 관람했다. 런궈전의 편지를 받았다. 베이징대학에서 『사회과학계간』 1책을 보내왔다. 유린이 오고 친원, 쉬안칭璇卿이 왔으며 이핑이 왔으나, 모두 만나지 못했다. 밤에 소설 1편22)을 지어 정서를 마쳤다.

19일 흐림. 오전에 런궈전의 편지를 받았다. 리위안의 편지와 원고를 받았다. 쉬광핑에게 답신했다. 정오 좀 지나 맑음. 타오쉬안칭, 쉬친원이 왔다. 잠시 앉았다가 곧바로 함께 제왕묘帝王廟에 가서 타오군회화전람회陶君繪畫展覽會23)를 관람했다. 장신난張辛南, 왕핀칭王品靑을 만났다. 오후에 지푸와 함께 전람회를 다시 관람했다. 밤에 유린이 왔다. 이핑, 푸위안이 왔다.

20일 흐림. 오전에 베이징사범대학에 강의하러 갔다. 3월분 월급 10위안, 4월분 8위안을 받았다. 정오 좀 지나 베이징대학에 강의하러 갔다. 류쯔겅劉子庚이 자신이 번각한 『탁강환사』濯絳宦詞 1책을 주었다. 저녁에 이

---

21) 이날 신밍극장에서는 「탁문군」(卓文君; 궈모뤄郭沫若 작)과 「바이올린과 장미」(環琅璃與薔薇; 톈한田漢 작)를 공연하였다.

22) 단편소설 「조리돌림」(示衆)을 가리킨다. 후에 『방황』에 수록되었다.

23) 타오위안칭(陶元慶)의 서양화전람회를 가리킨다. 이달 18일과 19일에 베이징 시쓰(西四) 제왕묘의 중화교육개진사(中華敎育改進社)에서 개최되었다. 수채유화 등 23점의 작품이 전시되었다.

핑이 왔다. 밤에 유린이 왔다. 창홍이 와서 『정신과 사랑의 여신』 10책을 주었다.

21일 흐림. 오전에 쉬광핑의 편지를 받았다. 정오경에 우수톈, 이핑, 푸위안의 초대를 받아 서역西車站의 식당에서 식사를 했다. 왕유융王又庸, 리사오시黎劭西도 동석하였다. 저녁에 가랑비가 내렸다. 유린이 왔다. 밤에 탁족을 했다.

22일 흐림. 일요일, 쉬다. 오전에 쉬스취안許詩荃, 스쉰詩荀이 왔다. 『고민의 상징』과 『정신과 사랑의 여신』을 1책씩 주었다. 창홍이 왔다. 무한, 지예가 왔다. 가오거, 페이량이 왔다. 유린이 왔다. 정오 좀 지나 쉬안칭, 친원이 왔다. 오후에 가랑비가 내리다가 저녁에 맑아지고 바람이 불었다. 유린이 와서 단문 1편[24]을 가져갔다.

23일 흐림. 정오 좀 지나 쑨푸위안에게 편지를 부쳤다. 리샤오펑에게 편지를 부쳤다. 여자사범대학에 강의하러 갔다. 가오거의 편지를 받았다. 장팅푸의 편지를 받았다. 리사오시가 『국어문법』國語文法 1책을 부쳐 보냈다. 재작년 8월분 월급 65위안을 수령했다. 밤에 샹페이량이 벗 한 사람을 데리고 왔다. 『고민의 상징』 1책을 주었다. 가오거에게 답신했다.

24일 흐림. 오전에 창홍의 편지를 받았다. 정오 좀 지나 페이량을 찾아갔으나 만나지 못해 쪽지를 남겨 두고 나왔다. 오후에 리위안에게 편지와 원고를 부쳤다. 장팅푸에게 편지를 부쳤다. 쉬광핑에게 편지를 부쳤다. 저녁에 셋째의 편지를 받았다. 19일에 부친 것이다. 친원이 왔다. 밤에 바람이 불었다. 리샤오펑, 쑨푸위안과 후이데가 왔다. 『고민의 상징』 1책을 첸다오쑨錢稻孫에게 주었다.

---

24) 「전사와 파리」(戰士和蒼蠅)를 가리킨다. 후에 『화개집』에 수록되었다.

25일 맑고 바람이 붊. 오전에 리샤오펑을 찾아가 잡감문을 선정했다.[25] 베이징대학에 가서 재작년 5월분 월급 8위안, 6월분 5위안을 받았다. 둥야공사에 가서 『학예론초』學藝論鈔, 『소설연구 16강』小說研究十六講, 『반역자』叛逆者 각 1책을 도합 4위안 6자오에 구입했다. 저녁에 신밍극장에 가서 여자사범대학 철학교육과 학생들의 학예회 연극[26]을 관람했다.

26일 맑음. 오전에 샹페이량의 편지를 받았다. 지예의 편지와 랴오난蓼南의 원고를 받았다. 정오 좀 지나 유린이 왔다.

27일 맑음. 오전에 베이징사범대학에 강의하러 갔다. 정오 좀 지나 베이징대학에 강의하러 갔다. 류눙차오劉弄潮의 편지를 받았다. 샤오펑, 이핑, 친원과 함께 자그마한 가게에 들러 우유를 마셨다. 둥야공사로부터 편지를 받았다. 오후에 쑨푸위안의 편지를 받았다. 쉬광핑의 편지를 받았다. 밤에 리런찬李人燦이 왔다. 유린이 왔다. 류눙차오에게 답신했다. 비가 내렸다.

28일 흐림. 오전에 가오거의 편지를 받았다. 신조사에서 『고민의 상징』 10책을 보내왔다. 정오 좀 지나 바람이 거세게 불다가 맑아졌다. 셋째에게 편지를 부쳤다. 정전둬에게 보내는 편지와 랴오난의 원고를 동봉했다. 『고민의 상징』 4책을 전둬, 젠후堅瓠, 옌빙雁冰, 시천錫琛에게 나누어 부쳤다. 민국 12년 8월분 월급 17위안, 그리고 9월분 165위안을 수령했다. 지푸에게 100위안을 갚았다. 밤에 류눙차오가 왔다. 유린, 충쉬안崇軒, 루스위陸士鈺가 왔다.

---

25) 『열풍』(熱風)을 가리킨다. 루쉰은 이날 이 책의 편목을 선정했다. 리샤오펑 등이 편집·인쇄에
착수하여, 이해 10월에 교료본을 교열하였다.
26) 철학교육과 학생들은 타지에 실습하러 가는 비용을 마련하기 위해 신밍극장에서 「애정과 원
수」(愛情與世仇; 셰익스피어의 「로미오와 줄리엣」의 개작인 듯하다) 등의 연극을 공연했다.

29일 맑고 바람이 붊. 일요일, 쉬다. 정오 좀 지나 유린이 왔다. 오후에 수톈, 이핑이 왔다. 푸위안, 후이데가 왔다. 징바오사京報社에서 2월분 원고료 40위안을 받았다. 밤에 류눙차오가 왔다. 페이량이 왔다. 창훙이 왔다.

30일 맑음. 오전에 쉬쉬성에게 편지를 부쳤다. 정오 좀 지나 여자사범 대학에 강의하러 갔다. 작년 5월분 월급 8위안 5자오를 받았다.

31일 맑음. 오전에 이핑이 왔다. 오후에 샤펑에게 편지를 부쳤다. 저녁에 창뎬廠甸에 갔다. 밤에 유린이 왔다.

4월

1일 흐리고 바람이 붊. 오전에 쉬광핑에게 편지를 부쳤다. 푸위안에게 단문27)을 부쳤다. 오후에 치서우산齊壽山에게 100위안을 갚았다. 『동방잡지』 1책을 받았다. 『지나 2월』支那二月 제2기 1책을 받았다. 저녁에 쑨시전孫席珍이 왔다. 장펑쥐가 왔다.

2일 맑다가 정오 좀 지나 흐림. 펑원빙이 왔다. 쯔페이紫佩가 왔다. 밤에 이핑이 왔다.

3일 맑고 바람이 붊. 오전에 베이징사범대학에 강의하러 갔다. 정오 좀 지나 베이징대학에 강의하러 갔다. 첸차오사淺草社 직원이 『뿌리 얕은 풀』淺草28) 1권의 4기 1책을 주었다. 밤에 유린이 왔다. 윈쑹거雲松閣의 리칭

---

27) 「이건 이런 뜻」(這是這麼一個意思)을 가리킨다. 후에 『집외집습유』에 수록되었다.
28) 첸차오사(淺草社)는 1923년 3월 베이징에서 창립된 문예사단이다. 주요 성원으로는 린루지(林如稷), 천샹허(陳祥鶴), 천웨이모(陳煒謨), 펑즈(馮至) 등이 있다. 이 문예사단에서는 문예계간 『뿌리 얕은 풀』(淺草)을 출판했으며, 상하이 『민국일보』(民國日報)의 『문예순간』(文藝旬刊)을 편집하기도 하였다. 이날 펑즈는 『뿌리 얕은 풀』을 루쉰에게 전달하고자 찾아왔다. 루쉰은 1926년 4월 10일에 쓴 「일각」(一覺) 중에서 이 일을 언급하였다.

위李慶裕가 꽃나무의 식재를 의논하러 왔다. 자오치원의 편지를 받았다.

4일 맑음. 정오 좀 지나 친원이 왔다. 쿵셴수孔獻書의 편지를 받았다. 오후에 『부녀잡지』 1책을 받았다. 밤에 페이량, 유린이 왔다.

5일 맑음. 일요일, 쉬다. 오전에 셋째 처의 편지를 받았다. 리용첸의 편지를 받았다. 3월 20일에 광둥廣東의 닝현寧縣에서 부친 것이다. 윈쑹거에서 나무를 심으러 왔다. 보랏빛깔과 흰빛깔의 라일락 각각 두 그루, 벽도碧桃 한 그루, 산초나무와 들장미, 자두나무 각각 두 그루, 갯버들 세 그루이다. 정오 좀 지나 쑨시전이 왔다. 위 양이 보낸 박하주薄荷酒 한 병, 그리고 위안타오안袁匋盦이 직접 그려 보낸 산수화 한 폭을 받았다. 오후에 자오치원의 편지를 받고서 곧바로 답신했다. 리샤오펑에게 편지를 부쳤다. 저녁에 리핑이 왔다. 밤에 페이량 등이 왔다. 창홍 등이 왔다. 『고민의 상징』 2책을 가오거에게 전해 달라고 부탁했다.

6일 흐림. 어제 청명절의 대체휴일이다. 오전에 쿵셴수가 왔다. 오후에 친원이 왔다. 『정신과 사랑의 여신』 1책을 주었다. 리위안의 편지와 시문 원고를 받았다. 밤에 쉬광핑의 편지를 받았다.

7일 맑음. 오후에 여자사범대학 교무부에 편지를 부쳤다. 쉬광핑에게 『맹진』猛進 5기를 부쳤다. 저녁에 리위안의 편지와 시 원고를 받았다. 밤에 유린, 페이량이 왔다. 정전둬의 편지를 받았다. 이핑이 왔다.

8일 맑고 바람이 거셈. 쉬다. 정오 좀 지나 마오천이 왔다. 오후에 이핑, 수톈이 왔다. 핀칭, 샤오펑, 후이뎨가 왔다. 자오치원의 편지를 받았다. 징헝靜恒이 왔다.

9일 맑음. 오전에 자오쯔청趙自成에게 편지를 부쳤다. 자오치원에게 편지를 부쳤다. 류처치劉策奇에게 편지를 부쳤다. 쉬광핑에게 편지를 부쳤다. 런궈전에게 편지를 부쳤다. 오후에 정전둬에게 편지와 『서호이집』西湖二集

6책을 부쳤다.

10일 맑음. 오전에 런궈전의 편지를 받았다. 베이징사범대학에 강의하러 갔다. 정오 좀 지나 베이징대학에 강의하러 갔다. 마오천, 페이쫀 군에게 『고민의 상징』을 1책씩 주었다. 리샤오펑에게 편지를 부쳤다. 오후에 이핑에게 편지를 부쳤다. 셋째의 편지를 받았다. 7일에 부친 것이다. 밤에 탕징형唐靜恒이 왔다.

11일 맑음. 오전에 자오치원의 편지를 받고서 정오경에 답신했다. 셋째에게 편지를 부쳤다. 친원이 왔다. 정오 좀 지나 위펀鈺芬, 우수톈, 장이핑章衣萍이 왔다. 오후에 어머니와 함께 푸청먼 밖 댜오위타이釣魚台로 놀러 갔다. 밤에 술을 사서 창훙, 페이량, 유린을 불러 함께 마셨다.[29] 크게 취했다. 쉬광핑의 편지를 받았다. 셋째의 편지를 받았다. 8일에 부친 것이다.

12일 맑고 바람이 거셈. 일요일, 쉬다. 오후에 샤오펑, 이핑이 왔다. 쉬광핑, 린줘펑林卓鳳이 왔다. 저녁에 리위안에게 편지를 부치면서 시 원고 1편을 반송했다.

13일 맑음. 정오 좀 지나 여자사범대학에 강의하러 갔다. 오후에 셋째에게 편지를 부쳤다. 저녁에 친원이 왔다. 밤에 페이량이 왔다. 창훙이 왔다.

14일 맑음. 오전에 리위안의 편지를 받았다. 저녁에 페이량이 카이펑開封으로 떠난다고 작별 인사를 하러 왔다. 『산야철습』 1책과 연필 한 자루를 주었다. 밤에 류눙차오가 글 한 편을 부쳐 왔다. 『동방잡지』, 『소설월보』 각 1책을 받았다.

---

29) 이 자리에서 루쉰 등은 『망위안』(莽原) 주간의 창간을 논의하였으며, 열흘이 지난 후에 편집을 시작하였다.

15일 맑음. 오전에 쉬광핑에게 편지를 부쳤다. 리샤오펑에게 편지와 원고[30]를 부쳤다. 정오 좀 지나 짱이취臧亦蓮의 편지를 받았다. 시 원고 한 편이 동봉되어 있다. 유린이 왔다. 친원이 왔다. 밤에 런찬이 와서 쉬사旭社[31]의 편지를 건네주었다.

16일 흐림. 정오 좀 지나 이핑이 왔다. 저녁에 샤오스를 돌아다니다가 『오청진지』烏靑鎭志, 『광릉시사』廣陵詩事 각 1책을 도합 1위안 2자오에 구입했다. 바람이 불었다. 밤에 후충쉬안胡崇軒, 샹이위가 왔으나 만나지 못했다. 『소련의 문예논전』蘇俄之文藝論戰의 교열을 마쳤다.

17일 맑음. 오전에 베이징사범대학에 강의하러 갔다. 정오 좀 지나 베이징대학에 강의하러 갔다. 월급 13위안, 작년 6월분 전액을 수령했다. 오후에 쉬광핑의 편지를 받았다. 밤에 창훙이 창옌성과 함께 왔다. 바람이 불었다. 쑨페이孫斐의 편지를 받았다. 리융첸의 편지를 받았다.

18일 흐림. 정오 좀 지나 유린이 왔다. 수톈이 왔다. 저녁에 바람이 불었다. 밤에 이핑이 왔다.

19일 맑음. 일요일, 쉬다. 오전에 정전둬의 편지를 받았다. 셋째 처의 편지를 받았다. 정오 좀 지나 유린이 왔다. 오후에 샤오펑, 이핑, 후이디가 왔다. 후충쉬안, 샹이위가 왔다. 저녁에 비가 내렸다.

20일 맑음. 정오 좀 지나 여자사범대학에 강의하러 갔다. 학생들을 이끌고서 역사박물관을 참관하였다.[32] 중앙공원에 갔다. 오후에 셋째의 편

---

30) 「루쉰 공고」(魯迅啓事)와 「문득 생각나는 것 5」를 가리킨다. 이 두 편의 글은 모두 『징바오 부간』에 발표되었다. 전자는 『집외집습유보편』에, 그리고 후자는 『화개집』에 수록되었다.

31) 쉬사(旭社)는 베이징대학 학생들이 조직한 문학단체로서, 『쉬광』(旭光) 순간을 출판했다. 보내온 편지는 루쉰에게 원고를 청탁하는 것이다.

32) 역사박물관은 고궁(故宮)의 우먼러우(午門樓) 위에 자리잡고 있다. 당시 대외적으로 개방하지 않은 상태였다. 루쉰은 주비위원의 신분으로 학생들을 이끌고 사전에 참관한 것이다.

지를 받았다. 17일에 부친 것이다. 밤에 류눙차오가 왔다. 유린이 왔다.

21일 맑음. 오전에 팅판延璠의 편지를 받았다. 13일에 난양南陽에서 부친 것이다. 번역원고[33]를 리샤오펑에게 부쳤다. 시 원고를 짱이춰에게 부쳤다. 편지 한 통을 동봉했다. 무한이 와서 번역원고 2편을 건네주었다. 셋째에게 편지를 부쳤다. 오후에 쉬광핑의 편지를 받았다. 『동방잡지』 1책을 받았다. 쯔페이의 편지를 받았다. 밤에 유린이 왔다. 창홍이 왔다. 짱이춰의 편지를 받았다. 쯔모梓模의 편지와 『윈난주간』雲南週刊을 받았다. 창옌성의 편지를 받았다.

22일 맑음. 오전에 뤼치呂琦의 편지를 받았다. 가오거와 페이량의 편지가 동봉되어 있다. 18일에 카이펑에서 부친 것이다. 친원이 왔다. 오후에 이핑을 방문했다. 저녁에 이핑, 수톈이 왔다. 밤에 비가 내렸다. 『망위안』莽原 제1기의 원고를 편집했다.

23일 흐림. 아침에 유린이 왔다. 쉬광핑에게 편지를 부쳤다. 쯔모에게 답신했다. 정오 좀 지나 리위안의 편지를 받고서 곧바로 답신했다. 오후에 어떤 학생이 배를 한 광주리 보내 주었다. 밤에 유린이 왔다. 윈루, 가오거, 페이량에게 답신했다.

24일 비. 정오 좀 지나 베이징대학에 강의하러 갔다. 오후에 쉬광핑에게 편지와 『망위안』을 부쳤다. 밤에 유린이 왔다.

25일 맑고 바람이 거세더니 정오 좀 지나 흐림. 별일 없음.

26일 맑음. 일요일, 쉬다. 오전에 쑨융셴孫永顯의 편지와 옌즈쥐燕志儁의 시 원고를 받았다. 정오경에 샤오펑에게 원고[34]를 부쳤다. 오후에 이핑, 수

---

33) 일본의 쓰루미 유스케(鶴見祐輔, 1885~1973)의 수필 「헛된 독학」(空しき篤學)을 가리킨다. 루쉰의 번역은 4월 25일 『징바오 부간』에 발표되었으며, 후에 『사상·산수·인물』(思想·山水·人物)에 수록되었다.

톈이 왔다. 샤오펑이 왔다. 푸위안이 와서 춘타이의 편지, 그가 준 독일어역 로티의 『베이징의 마지막 날』北京之終日[35] 1책, 그림엽서 2매, 사탕제품두 가지, 말린 과일 한 봉지를 건네주었다. 밤에 창훙, 유린이 왔다.

27일 맑음. 아침에 쉬광핑의 편지를 받았다. 샹페이량의 편지와 원고를 받았다. 오전에 리위안의 편지를 받고서, 며칠 전에 받은 배가 그가 준것임을 알았다. 딩현定縣의 산물로 이름은 황샹궈黃香果라고 한다. 저녁에친원이 와서 소설집[36] 10책을 주었다. 밤에 무한, 징이靜衣가 왔다. 곧바로친원의 소설을 1책씩 주었다. 린궈전의 편지와 번역원고 1편을 받았다.

28일 맑음. 오전에 푸위안에게 편지를 부쳤다. 리위안에게 편지를 부쳤다. 유린이 왔다. 정오 좀 지나 쉬광핑의 편지와 원고를 받았다. 오후에월급 165위안을 수령했다. 재작년 9월분 전액이다. 치서우산에게 100위안을 갚았다. 밤에 상웨尙鉞, 창훙이 왔다. 푸위안에게 편지를 부쳤다.

29일 맑음. 오전에 쉬광핑에게 편지를 부쳤다. 천쿵싼에게 편지를 부쳤다. 정오 좀 지나 유린이 왔다. 저녁에 류리창의 상우인서관에 가서 『설문고주보보』說文古籀補補 4책을 4위안에 구입했다. 밤에 페이량의 편지를받았다. 27일에 부친 것이다.

30일 흐림. 정오 좀 지나 이핑, 샤오펑이 와서, 3월분 『징바오』京報의원고료 30위안을 보내 주었다. 딩링丁玲의 편지를 받았다. 장훙녠蔣鴻年의

---

34) 「죽은 불」(死火)과 「개의 힐난」(狗的駁詰)을 가리킨다. 후에 모두 『들풀』에 수록되었다.

35) 피에르 로티(Pierre Loti, 1850~1923)는 프랑스의 소설가이며, 작품 속의 이국적 정취로 이름이널리 알려졌다. 해군학교에서 학업을 마친 그는 1885년부터 1891년까지 중국 해역에서 군 복무를 하였으며, 1906년에는 함장에 임명되었다. 1902년에 발표된 그의 소설 『베이징의 마지막날』은 영국과 프랑스의 연합군이 위안밍위안(圓明園)을 불살랐던 일을 기록하고 있다.

36) 쉬친원의 작품집 『단편소설 3편』(短篇小說三篇)을 가리킨다. 베이징 선너자이(沈訥齋)에서 출판되었다.

편지를 받았다. 밤에 샤오밍小酩이 왔다. H군이 왔다. 유린이 왔다.

5월

1일 흐림. 정오 좀 지나 리샤오펑을 찾아갔다가 『종군일기』從軍日記 및 『성의 초현』性之初現 각 1책을 증정받았다. 밤에 유린이 왔다. 리샤오펑에게 편지를 부쳤다. 쉬광핑의 편지를 받았다. 『위쓰』를 위해 소설 1편[37]을 완성했다.

2일 흐림. 오후에 셋째의 편지를 받았다. 주쉰久巽과 량서첸梁社乾의 편지가 동봉되어 있다. 4월 29일에 부친 것이다. 밤에 유린이 왔다. 창훙과 류劉, 우吳 두 사람이 왔다. 창훙과 류군에게 쉬친원의 소설을 1책씩 주었다.

3일 맑음. 일요일, 쉬다. 오전에 무한이 왔다. 그에게 소설 원고 1편을 샤오펑에게 전해 달라고 부탁했다. 정오 좀 지나 친원이 왔다. 유린이 왔다. 탕唐군이 왔다. 오후에 이핑, 수톈과 우吳여사가 왔다. 저녁에 쉬광핑에게 편지를 부쳤다. 창훙이 왔다. 상웨의 편지 2통을 받았다. 김천우金天友[38]의 편지를 받았다.

4일 맑음. 정오 좀 지나 쑨푸위안에게 편지를 부쳤다. 여자사범대학에 강의하러 갔다. 밤에 샤오펑, 마오천, 푸위안, 후이뎨가 왔다.

5일 가랑비. 아침에 장무한의 편지를 받았다. 오전에 푸위안이 왔다. 유린이 왔다. 정오 좀 지나 장무한의 편지를 받았다. 페이량, 윈루의 편지를 받았다. 저녁에 이핑이 왔다. 밤에 창훙, 위판玉帆이 왔다.

---

37) 단편소설 「가오선생」(高老夫子)를 가리킨다. 3일에 장무한에게 부탁하여 리샤오펑에게 전달했다. 후에 『방황』에 수록되었다.
38) 한국인으로 보인다(루쉰전집 19권 참조).

6일 가랑비. 오전에 유린이 왔다. 셋째의 원고를 받았다. 자오산푸趙善甫의 편지와 원고를 받았다. 오후에 리지예의 원고를 받았다. 밤에 유린이 왔다. 김천우에게 편지를 부쳤다. 자오인탕趙蔭棠의 편지를 받았다.

7일 맑음. 오전에 유린이 왔다. 옌성의 편지를 받았다. 정오 좀 지나 춘타이의 편지를 받았다.

8일 맑음. 오전에 베이징사범대학에 강의하러 갔다. 작년 4월분 월급 28위안, 5월분 3위안을 받았다. 정오 좀 지나 베이징대학에 강의하러 갔다. 차오징화曹靖華의 편지를 받았다. 오후에 페이퉁쩌費同澤의 편지를 받았다. 저녁에 유린이 왔다. 밤에 창훙이 왔다.

9일 맑음. 오전에 무한, 충우叢蕪가 왔다. 오후에 원루, 페이량에게 편지와 원고[39]를 부쳤다. 차오징화에게 편지를 부쳤다. 바실리예프王希禮에게 보내는 편지를 동봉했다.[40] 저녁에 유린이 왔다. 밤에 창훙, 중우鍾吾가 왔다. 샤오밍이 왔다. 이핑, 샤오펑, 수류가 왔다. 푸위안이 왔다. 둔줴鈍拙의 편지를 받았다. 셋째의 편지와 원고를 받았다. 6일에 부친 것이다.

10일 흐림. 일요일, 쉬다. 정오 좀 지나 유린, 김천우가 왔다. 오후에 쉬광핑의 편지를 받았다. 비가 한바탕 내리고서 곧 갰다.

11일 맑음. 오후에 지푸를 방문했다. 밤에 유린이 왔다. 리웨이빈李渭濱이 왔다. 리위안의 편지와 원고를 받았다.

12일 흐림. 정오 좀 지나 친원이 왔다. 오후에 여자사범대학의 회의[41]에 갔다. 창옌성의 엽서를 받았다. 저녁에 친원이 왔다.

---

39) 「베이징통신」(北京通信)을 가리킨다. 후에 『화개집』에 수록되었다.
40) 바실리예프(Б. А. Васильев, ?~1937)는 차오징화의 소개로 루쉰의 「아Q정전」을 번역하게 되었다. 그는 루쉰에게 서문을 써 달라고 부탁하는 한편, 번역상의 의문점을 상의하기도 하였다. 루쉰이 이날 편지에서 그의 의문점에 답하였을 가능성도 있다.

13일 비. 오전에 페이량의 편지를 받았다. 오후에 창옌성에게 편지를 부쳤다. 셋째에게 편지를 부쳤다.

14일 맑음. 오전에 상중우尚鍾吾의 편지를 받았다. 유린이 왔다. 정오 좀 지나 장신난, 장타오링張桃齡이 왔다. 장타오링의 자는 예춘冶春이다. 오후에 이발을 했다. 저녁에 창훙이 왔다. 밤에 쒀페이素非, 유린이 왔다. 이핑, 핀칭이 왔다. 징눙靜農, 루옌魯彦이 왔다.

15일 흐림. 오전에 베이징사범대학에 강의하러 갔다. 정오 좀 지나 베이징대학에 강의하러 갔으나 휴교였다. 장무한의 거처에 갔다. 오후에 비가 내리더니, 밤이 되어 우레가 울렸다. 리쭝우의 편지를 받았다. 13일에 톈진天津에서 부친 것이다.

16일 흐림. 오전에 유린이 왔다. 정오 좀 지나 리융첸의 편지를 받았다. 7일에 메이현梅縣에서 부친 것이다. 오후에 비가 한바탕 내렸다. 저녁에 이핑이 왔다. 밤에 친원이 왔다. 『소설월보』 1책을 받았다.

17일 흐림. 일요일, 쉬다. 정오경에 유린이 왔다. 정오 좀 지나 비가 내렸다. 루옌, 징눙, 쑤위안素園, 지예가 왔다. 오후에 맑음. 밤에 쉬광핑의 편지와 원고를 받았다. 장무한의 편지와 원고를 받았다.

18일 흐림, 정오경에 이핑의 편지를 받았다. 정오 좀 지나 첸쉬안퉁에게 편지를 부쳤다. 야마카와 소수이山川早水에게 편지를 부쳤다. 여자사범대학에 강의하러 갔다. 작년 6월분 월급 11위안을 받았다. 저녁에 천페이

---

41) 베이징여자사범대학은 5월 7일 국치기념대회를 개최하였다. 교장인 양인위(楊蔭楡)는 의장으로서 연단에 오르려 하였으나 학생들의 저지에 부딪히자 학생자치회 임원인 류허전(劉和珍), 쉬광핑 등 6명을 제적하여 학생들의 소요를 더욱 확산시켰다. 이날 학생자치회는 교장실을 봉쇄하고 교장의 축출을 주장하였으며, 아울러 오후 2시에 사생연석회의(師生聯席會議)를 소집하여 교직원에게 평상시처럼 업무를 유지해 줄 것을 요청하였다. 루쉰은 이 연석회의에 출석하여 학생들의 의사를 지지했다.

란陳斐然이 왔다. 밤에 유린이 왔다. 무한이 왔다. 천바이녠陳百年의 편지를 받았다.

19일 맑고 바람이 붊. 오전에 쉬광핑에게 편지를 부쳤다. 천원화陳文華에게 편지를 부쳤다. 정오 좀 지나 친원이 왔다. 밤에 창훙이 왔다.

20일 맑고 바람이 붊. 오전에 유린이 왔다. 셋째의 편지를 받았다. 15일에 부친 것이다. 정오 좀 지나 쉬광핑의 편지를 받았다. 징눙의 편지와 원고를 받았다. 쑨푸위안에게 편지를 부쳤다. 저녁에 루옌, 징눙이 왔다. 샤오밍이 왔다. 밤에 왕즈헝王志恒의 편지와 원고를 받았다. 차오징화의 편지를 받았다. 베이징사범대학의 시험답안지를 살펴보았다.

21일 맑음. 오후에 여자사범대학 학생회에 갔다.[42] 저녁에 타이징눙臺靜農의 편지를 받았다. 밤에 뤼윈장呂雲章에게 편지를 부쳤다. 창훙, 유린이 왔다. 충쉬안이 왔다. 핀칭, 이핑이 왔다. 샤오밍의 편지를 받았다.

22일 맑음. 오전에 베이징사범대학에 강의하러 가서 시험답안지를 건네주었다. 정오 좀 지나 베이징대학에 강의하러 갔다. 오후에 페이량의 편지 2통을 받았다. 19일과 20일에 부친 것이다. 저녁에 런궈전이 왔다. 자는 쯔칭子卿이다. 쩌우밍추鄒明初, 장핑장張平江이 왔다. 밤에 유린이 왔다.

23일 맑음. 오전에 원쑹거에서 월계화 화분 두 개를 보내왔다. 정오 좀 지나 루옌이 왔다. 오후에 리샤오펑에게 편지를 부쳤다. 저녁에 유린이 왔다. 밤에 샤오펑, 이핑이 왔다. 비가 내렸다.

24일 비. 일요일, 쉬다. 정오 좀 지나 맑음. 유위幼漁를 방문했다. 오후에 자오치원의 편지를 받았다. 저녁에 샤오밍이 왔다. 리샤오펑에게 편지를 부쳤다. 밤에 유린, 무한이 왔다. 친원이 왔다. 번개가 치더니 곧 뇌우가

쏟아졌다.

25일 맑음. 정오 좀 지나 여자사범대학에 강의하러 갔다. 오후에 셋째의 편지와 원고를 받았다. 21일에 부친 것이다. 저녁에 리샤오펑에게 편지를 부쳤다. 사오퍄오핑邵飄萍에게 편지를 부쳤다. 밤에 창훙, 중우가 왔다. 바람이 거세게 불었다.

26일 맑음. 오전에 자오치원에게 답신했다. 샤오밍에게 편지와 번역 원고를 부쳤다. 장시전章錫箴의 원고를 받았다. 오후에 비가 한바탕 쏟아지더니 곧 갰다. 저녁에 유린이 왔다. 밤에 샤오밍의 편지를 받았다.

27일 맑고 바람이 붊. 오후에 셋째에게 편지를 부쳤다. 차오징화에게 편지를 부쳤다. 리샤오펑에게 편지를 부쳤다. 월급 66위안을 수령했다. 밤에 샤오펑, 이핑 등이 왔다. 쉬광핑의 편지를 받았다.

28일 흐림. 정오 좀 지나 룽광容光에 가서 사진을 찍었다.[43] 상우인서관에 가서 『별하재총서』別下齋叢書, 『일존총서』佚存叢書 각 1책을 받았다. 저녁에 쉬광핑, 뤼윈장이 왔다. 밤에 루옌이 왔다. 『고민의 상징』 1책을 주었다.

29일 흐림. 오전에 베이징사범대학에 강의하러 갔다. 작년 5월분 월급 5위안을 받았다. 정오 좀 지나 베이징대학에 강의하러 갔다. 저녁에 유린이 왔다. 자오인탕이 왔다. 창훙, 중우가 왔다. 밤에 「「아Q정전」서언 및 자술 약전」의 작성을 마쳤다.

30일 맑음. 오전에 지푸를 방문했다. 오후에 푹 잠이 들었다. 쭝우가 『문록』文錄 1책을 보내 주었다. 밤에 이핑이 왔다.

31일 비가 내리다가 오전에 갬. 천샹허陳祥鶴, 천웨이모陳煒謨가 왔다.

---

43) 바실리예프는 루쉰에게 서문, 자전과 함께 사진을 보내 달라고 요청했다. 루쉰은 이날 룽광사진관에 가서 사진을 찍고, 이튿날 「러시아 역본 「아Q정전」 서언 및 저자의 자술 약전」(俄文譯本 『阿Q正傳』序及著者自敍傳略)을 썼다. 후에 『집외집』에 수록되었다.

장핑장張平江 등이 왔다. 정오경에 리쭝우가 왔다. 쉬광핑에게 편지를 부쳤다. 쉬지푸에게 편지를 부쳤다. 정오 좀 지나 친원이 왔다. 오후에 지푸, 스취안이 왔다. 저녁에 꾀칭이 왔다. 유린이 왔다. 뇌우가 몰아쳤다.

6월

1일 가랑비. 정오 좀 지나 여자사범대학에 강의하러 갔다. 월급 2위안 5자오를 수령했다. 작년 6월분 전액이다. 쉬광핑의 편지를 받았다. 셋째 처의 편지를 받았다. 밤에 유린이 왔다. 큰 비가 한바탕 쏟아졌다.

2일 흐림. 오전에 장무한의 편지를 받았다. 5월 30일에 카이펑에서 부친 것이다. 정오경에 유린이 왔다. 오후에 쉬광핑에게 편지를 부쳤다. 베이징사범대학 교무부에 편지를 부쳤다. 저녁에 날이 맑아졌다.

3일 흐림, 오전에 페이량 등의 편지를 받았다. 저녁에 창훙이 왔다. 밤에 루옌, 유린이 왔다. 밤에 비가 내렸다.

4일 가랑비가 내리다가 정오경에 맑음. 오후에 지푸와 함께 중톈극장에 가서 영화[44]를 관람했다. 정전둬가 『타고르전』太戈爾傳 1책을 증정했다. 리샤오펑이 『두 다리』兩條腿 2책을 증정했다. 셋째의 편지를 받았다. 1일에 부친 것이다. 밤에 유린이 왔다.

5일 흐림. 오전에 리위안의 편지를 받았다. 중펑의 편지를 받았다. 정오 좀 지나 린줘펑이 왔다. 상하이의 일로 모금을 하기 위해서였다.[45] 5위안을 기부했다. 저녁에 친원이 왔다. 유린이 왔다. 밤에 비가 내렸다. 자오

---

44) 이날 루쉰이 관람했던 영화는 「참룡우선기」(斬龍遇仙記, 상집)이다. 이 영화는 1924년에 제작된 독일의 극영화 「니벨룽겐 : 지그프리트」(*Die Nibelungen: Siegfried*)이다.

츠핑趙赤坪의 편지를 받았다.

6일 맑고 바람이 붊. 오전에 쉬광핑의 편지를 받았다. 핀칭이 왔다. 정오 좀 지나 이핑이 왔다. 오후에 중톈에 가서 영화[46]를 보았다. 저녁에 룽광에 가서 사진을 찾았다. 상중우의 편지를 받았다. 밤에 가랑비가 내렸다.

7일 흐림. 일요일, 쉬다. 정오경에 런쯔칭任子慶의 편지를 받았다. 정오 좀 지나 친원이 왔다. 오후에 샤오펑, 이핑이 왔다. 리구이성李桂生의 편지와 원고를 받았다. 저녁에 쯔페이가 왔다. 밤에 유린이 왔다.

8일 맑음. 오전에 상중우에게 편지를 부쳤다. 런쯔칭에게 편지를 부쳤다. 탁족을 했다. 오후에 「「아Q정전」 서언 및 자술 약전」과 사진 1매를 차오징화에게 부쳤다. 상중우가 왔다. 리위안에게 편지와 원고 2편을 부쳤다. 저녁에 창홍이 왔다. 유린, 루옌이 왔다. 밤에 유린의 편지를 받았다.

9일 흐림. 정오 못 미쳐 런쯔칭의 편지를 받았다. 저녁에 쉬친원이 작별인사를 하러 왔다. 밤에 리위안의 편지와 원고를 받았다.

10일 맑음. 오전에 주씨댁[47]의 편지를 받았다. 유린이 왔다. 오후에 뇌우가 거세게 휘몰아치고 우박이 떨어졌다. 밤에 단문 2편[48]을 지었다.

11일 맑음. 오후에 런쯔칭에게 편지를 부쳤다. 밤에 잡감 한 편[49]을 썼다.

---

45) 상하이의 일이란 5·30참사(慘案)을 가리킨다. 5·30참사 소식이 베이징에 전해진 후 베이징의 각 대학에서는 동맹휴업을 실시하여 상하이 노동운동을 성원하였다. 여자사범대학 학생자치회는 6월 4일 전체대회를 개최하여 모금활동을 전개하여 부상자와 피해자를 위문하고 구제하기로 결의하였다.

46) 이날 루쉰이 관람했던 영화는 「참룡우선기」(斬龍遇仙記, 하집)이다. 이 영화의 원명은 「니벨룽겐: 크림힐트의 복수」(Die Nibelungen: Kriembilds Rache)이다.

47) 주씨(朱氏)댁은 주안(朱安)의 친정을 가리킨다.

48) 「전원사상」(田園思想)과 「민첩한 역자」 부기(『敏捷的譯者』附記)를 가리킨다. 후에 전자는 『집외집』에, 후자는 『집외집습유보편』에 수록되었다.

49) 「문득 생각나는 것 10」(忽然想到10)을 가리킨다. 후에 『화개집』에 수록되었다.

12일 맑음. 오후에 셋째에게 편지를 부쳤다. 샤오펑에게 편지와 원고[50]를 부쳤다. 저녁에 유린이 왔다. 밤에 비바람이 몰아쳤다.

13일 맑음. 정오 좀 지나 대학에 가서 각종 주간지를 구입함과 아울러 샤오펑을 방문했다. 오후에 쉬광핑의 편지와 원고를 받았다. 상중우의 편지와 원고를 받았다. 샤오밍이 왔다. 『사회과학계간』社會科學季刊 1책을 받았다. 저녁에 중우, 유린이 왔다. 창훙과 장시타오張希濤가 왔다. 밤에 런쯔칭으로부터 편지와 『번뇌는 지혜에서』煩惱由于才智의 원문 1책을 받았다. 차이몐인蔡丏因으로부터 편지와 『주지민보 5주년 기념책』諸暨民報五週年紀念冊 1책을 받았다.

14일 맑음. 일요일, 쉬다. 오전에 쉬광핑에게 편지를 부쳤다. 오후에 쉬광핑, 뤼윈장이 왔다. 저녁에 중우, 유린이 왔다. 차오징화의 편지를 받았다. 밤에 푸위안이 와서 『징바오』京報 4월분 원고료 20위안, 5월분 10위안을 건네주었다. 량서첸으로부터 편지와 등사판 인쇄본 『아Q정전』[51] 2책을 받았다.

15일 맑음. 저녁에 마오천이 왔다. 밤에 고서를 수선했다.

16일 맑음. 오전에 중칸仲侃이 왔다. 저녁에 유린이 왔다. 창훙, 이란已燃이 왔다. 후쭈야오胡祖姚의 편지를 받았다. 마오쿤毛坤의 편지를 받았다. 『소설월보』, 『부녀잡지』 각 1책을 받았다. 밤에 셋째의 편지를 받았다. 13일에 부친 것이다.

17일 맑음. 오전에 창옌성의 편지를 받았다. 이펑이 왔다. 샤오펑이

---

50) 「러시아 역본 「아Q정전」 서언 및 저자의 자술 약전」(俄文譯本『阿Q正傳』序及著者自敍傳略)을 가리킨다. 이날 『위쓰』에 건네주어 발표되었다.

51) 량서첸이 『아Q정전』을 영역한 등사판 인쇄본을 가리킨다. 루쉰은 이것을 교정한 후 6월 20일에 반송하였으며, 이듬해에 상우인서관에서 출판하였다.

『서문장고사』^{徐文長故事} 2집 2책을 주었다. 오후에 이 가운데 1책을 지푸에게 전해 주었다. 샤오펑에게 편지를 부쳤다.

18일 맑음. 오전에 마오쿤에게 답신했다. 차이몐인에게 편지를 부쳤다. 샤오밍이 왔다. 오후에 쉬광핑의 편지를 받았다. 저녁에 창훙이 왔다. 밤에 쉬친원의 편지를 받았다. 15일에 푸전^{浦鎭}에서 부친 것이다. 『웨이보』^{微波} 제3기 1책을 받았다.

19일 맑음. 오후에 장무한의 편지를 받았다. 저녁에 천페이란이 왔다. 유린이 왔다.

20일 맑음. 정오 좀 지나 류처치의 편지를 받았다. 량서첸에게 편지와 교정한 『아Q정전』을 부쳤다. 쉬광핑의 편지를 받았다. 상중우의 편지를 받았다. 후샤오^{胡斅}의 편지를 받았다. 저녁에 가랑비가 내렸다. 유린이 왔다. 샤오펑, 핀칭, 이핑이 왔다.

21일 맑음. 일요일, 쉬다. 별일 없음.

22일 흐림. 오전에 장무한에게 편지를 부쳤다. 장마오천에게 편지를 부쳤다. 셋째에게 편지를 부쳤다. 오후에 비가 내렸다. 『동방잡지』 1책을 받았다. 치서우산에게 100위안을 갚았다. 리샤오펑이 『어젯밤』^{昨夜} 2책을 증정했다. 밤에 창훙이 왔기에 곧바로 1책을 주었다.

23일 맑음. 오전에 타이징눙의 편지와 원고를 받았다. 리지예^{李霽野}의 편지와 원고를 받았다. 오후에 베이징사범대학에 시험답안지 14매를 부쳤다. 저녁에 비가 한바탕 쏟아졌다. 핀칭, 마오천이 왔다. 셋째의 편지를 받았다. 21일에 부친 것이다.

24일 맑음. 오전에 리구이성의 편지와 원고를 받았다. 오후에 월급 198위안을 수령했다. 지푸에게 100위안을 갚았다. 밤에 비가 내렸다.

25일 맑음. 단오, 쉬다. 오전에 유린의 편지를 받았다. 오후에 셋째의 편지를 받았다. 22일에 부친 것이다. 저녁에 비가 내렸다.

26일 맑음. 저녁에 H군이 왔다. 유린의 편지를 받았다.

27일 맑음. 오전에 쉬광핑의 편지를 받았다. 오후에 월급 33위안을 수령했다. 저녁에 페이량의 편지를 받았다. 중우의 편지를 받았다.

28일 맑음. 일요일, 쉬다. 저녁에 핀칭이 왔다. 밤에 샤오펑과 이펑이 왔다.

29일 맑음. 오전에 샹페이량에게 편지를 부쳤다. 쉬광핑에게 편지를 부쳤다. 저녁에 쉬광핑의 편지와 원고를 받고서 곧바로 답신했다. 창훙이 와서 유린의 편지와 함께 『필률기념간』驚築紀念刊 1책을 건네주었다. 밤에 비가 내렸다. 쑨푸위안의 편지를 받았다.

30일 맑음. 오전에 리위안의 편지와 원고를 받았다. 오후에 리구이성에게 편지와 원고를 부쳤다.

7월

1일 맑음. 정오 좀 지나 쉬광핑의 편지를 받았다. 저녁에 H군이 작별 인사를 하러 왔다.

2일 맑음. 오전에 샹중우에게 편지를 부쳤다. 셋째에게 편지를 부쳤다. 장무한에게 사진 1매를 부쳤다. 정오 못 미쳐 쉬광핑이 왔다. 정오 좀 지나 량서첸으로부터 편지와 사진 3매를 받았다. 리구이성의 편지를 받았다. 뤼윈루로부터 편지와 합정본 『위바오 부간』豫報副刊 1책을 받았다.

3일 맑음. 쉬다. 정오 좀 지나 흐리다가 저녁에 비가 내렸다. 유린의 편지를 받았다.

4일 흐림. 오전에 페이량의 편지를 받았다. 정저우鄭州에서 부친 것이다. 정오 좀 지나 중앙공원에 가서 퉁성同生에서 사진을 2매 찍었다.[52] 저녁에 유린이 와서 20위안을 빌려 갔다. 밤에 쉬광핑의 편지와 원고를 받았다.

5일 맑음. 일요일, 쉬다. 정오 좀 지나 중윈仲芸, 유린이 왔다. 오후에 쯔페이가 왔다. 저녁에 창훙이 왔다. 밤에 핀칭이 왔다. 샤오펑이 와서 『야만성의 잔존』蠻性之遺留 2책을 주었다. 징눙의 편지를 받았다. 루옌의 편지가 동봉되어 있다.

6일 맑음. 정오 좀 지나 제일감옥공장第一監獄工場에 가서 등나무 제품과 목기 등 모두 8점을 도합 32위안에 구입했다. 오후에 징눙, 쑤위안素媛, 츠핑, 지예霽野가 왔다. 바오푸抱樸가 왔다. 저녁에 쉬광핑, 쉬셴쑤許羡蘇, 왕순친王順親이 왔다. 유린의 편지와 쑤위안의 번역원고를 받았다. 쉬안퉁의 편지를 받았다.

7일 맑음. 오전에 유린에게 편지를 부쳤다. 쉬안퉁에게 답신했다. 가오랑셴이 『포박자교보』抱朴子校補 1책을 주었다.

8일 비. 정오경에 유린의 편지를 받았다. 류멍웨이劉夢葦와 탄정비譚正璧의 편지가 동봉되어 있다. 오후에 상중우의 편지를 받았다. 6일에 카이펑에서 부친 것이다. 저녁에 날이 갰다. 유린이 왔다. 『외침』 1책을 주었다.

9일 흐림. 정오 좀 지나 처경난의 편지를 받았다. 6일에 톈진에서 부친 것이다. 오후에 유린이 왔다. 비가 내렸다.

10일 흐림. 오전에 쉬광핑에게 편지를 부쳤다. 상중우에게 편지를 부쳤다. 정오 좀 지나 중앙공원에 갔다.[53] 오후에 징눙, 무한이 왔다. 바실리

---

52) 『아Q정전』의 영역자인 량서첸이 번역본에 실을 사진을 요청해 왔기에, 루쉰은 퉁성사진관에서 사진을 찍었던 것이다.
53) 4일에 퉁성사진관에서 찍은 사진을 찾으러 중앙공원에 갔던 것이다.

예프의 편지와 그가 준 사진, 그리고 차오징화의 편지와 번역원고를 건네받았다. 저녁에 중원, 유린이 왔다. 밤에 뤼윈장의 편지와 원고를 받았다.

11일 맑음. 정오 좀 지나 리샤오펑을 방문하여 『외침』 9책을 받고, 아울러 『여동빈고사』呂洞賓故事 2책을 증정받았다. 오후에 지푸가 왔다. 얻은 서적 각각 1책을 그에게 주었다. 후청차이胡成才가 와서 런궈전의 편지를 건네주었다. 진중원金仲芸이 왔기에 『외침』 1책을 주었다. 저녁에 무한, 유린이 왔다.

12일 맑음. 일요일, 쉬다. 오전에 뤼윈장에게 편지를 부쳤다. 커중핑柯仲平에게 편지를 부쳤다. 오후에 핀칭이 왔다.

13일 맑음. 아침에 웨이쑤위안韋素園의 편지와 원고를 받았다. 정오 좀 지나 량서첸에게 편지와 『외침』 1책, 사진 2매를 부쳤다. 처겅난에게 편지를 부쳤다. 차오징화에게 편지를 부쳤다. 탄정비에게 편지를 부쳤다. 첸쉬안퉁에게 편지를 부쳤다. 오후에 쯔페이가 왔다. 천페이란이 왔다. 저녁에 창훙이 왔기에 『외침』 1책을 주었다. 밤에 지예, 징눙이 왔다. 편지를 써서 쉬쉬성에게 전해 달라고 부탁했다. 그에게 웨이쑤위안을 『민보』民報에 소개해 달라고 부탁하는 편지이다. 중우의 편지를 받았다. 샤오펑의 편지를 받았다. 광핑의 편지를 받았다.

14일 맑음. 정오경에 여자사범대학에 가서 작년 9월부터 12월까지의 월급 54위안을 받았다. 불경유통처에 가서 『홍명집』弘明集 1부 4책, 『광홍명집』廣弘明集 1부 10책, 『잡비유경』雜譬喩經 5종 모두 5책을 도합 3위안 8자오 4펀에 구입했다. 정오 좀 지나 쑤위안의 편지를 받았다. 징눙의 편지와 원고를 받았다. 자오인탕의 편지를 받았다. 저녁에 중원, 유린이 왔다. 창훙이 왔다. 밤에 비가 내렸다. 뤼윈장의 편지를 받았다.

15일 맑음. 오전에 쉬광핑에게 편지를 부쳤다. 정오 좀 지나 베이징사범대학에 가서 작년 5월과 6월분 월급 62위안, 그리고 9월분 40위안을 받았다. 상하이의 사건에 4위안 5자오 8편을 기부했다. 『도재장석기』*匋齋藏石記* 1부 12책을 3위안에 구입했다. 『스쩡유묵』*師曾遺墨* 제5집과 제6집 각 1책을 도합 3위안 2자오에 구입했다. 정오 좀 지나 후청차이가 왔다. 밤에 런쯔칭*任子卿*의 편지를 받았다.

16일 맑음. 정오 좀 지나 쉬광핑의 편지를 받고서 오후에 답신했다. 이빈*A. A. Ивин*이 방문했다. 후청차이가 동행했다. 『외침』 1책을 주었다. 저녁에 웨이쑤위안에게 편지를 부쳤다. 밤에 루옌이 왔다.

17일 맑음. 저녁에 핀칭, 이핑, 샤오핑이 왔다. 이들의 초대로 공원에 가서 밤참을 먹고 영화[54]를 관람했다. 밤에 친원의 편지를 받았다.

18일 맑음. 정오경에 쑤위안이 왔으나 만나지 못했다. 광핑의 편지를 받았다. 밤에 쉬안퉁의 편지를 받았다.

19일 맑음. 일요일, 쉬다. 오전에 쑤위안의 편지와 원고를 받았다. 리위안의 편지를 받았다. 정오 좀 지나 쉬광핑, 뤼윈장이 왔다. 후청차이가 왔다. 쑤위안, 충우, 지예가 왔다. 오후에 무한이 왔다. 『외침』 1책을 주었다. 창홍이 왔다. 저녁에 징눙이 왔다. 밤에 가랑비가 내렸다. 리샤오펑에게 편지와 원고[55]를 부쳤다.

20일 맑음. 정오 좀 지나 유린, 중원이 왔다. 루옌과 그의 부인이 왔다. 『외침』 1책을 주었다. 리위안에게 편지와 『망위안』*莽原*을 주었다. 오후에 창옌성의 편지를 받았다. 쉬안퉁에게 편지를 부쳤다. 밤에 창홍이 왔다.

---

54) 이날 중앙공원 야외극장에서 「스카라무슈」(*亂世英雄*, *Scaramouche*)를 상영했다. 렉스 잉그램 (Rex Ingram)이 감독을 맡았으며, 미국의 메트로픽처스(Metro Pictures)에서 1923년에 배급하였다.

55) 「'타마더'에 대하여」(*論'他媽的!'*)를 가리킨다. 후에 『무덤』에 수록되었다.

량서첸의 편지를 받았다.

21일 맑음. 오전에 상중우의 편지를 받았다. 정오 좀 지나 이발을 했다. 오후에 쉬광핑, 수칭淑卿이 왔다. 왕순친과 위씨 세 자매가 왔다. 셋째 처의 편지를 받았다. 저녁에 후청차이가 왔다. 밤에 쉬안퉁의 편지를 받았다. 비가 내렸다.

22일 흐리고 정오 좀 지나 비. 지푸, 서우산과 함께 시지칭西吉慶에 가서 점심을 먹었다. 다시 공원을 함께 거닐었다.

23일 종일 부슬비.

24일 비. 오전에 뤼윈장에게 편지를 부쳤다. 량서첸에게 편지를 부쳤다. 셋째에게 편지를 부쳤다.

25일 비. 오전에 바이보白波에게 답신했다. 민국 12년 10월, 11월분 월급 83위안을 수령했다. 리샤오펑에게 원고[56]를 부쳤다. 양위푸楊遇夫의 편지를 받았다. 바오청메이鮑成美의 원고가 동봉되어 있다. 오후에 유린이 왔다. 밤을 새워 인쇄본을 교열하였다.

26일 흐림. 일요일, 쉬다. 오전에 웨이쑤위안의 편지와 원고를 받았다. 차오징화의 편지를 받았다. 오후에 장무한과 왕 군汪君이 왔다. 저녁에 진중원이 왔다.

27일 비. 오전에 태화전太和殿에 가서 문소각文溯閣의 서적을 점검했다.[57] 정오 좀 지나 날이 갰다. 오후에 루옌이 왔다. 쉬광핑의 편지와 원고를 받았다. 웨이충우의 편지와 원고를 받았다. 창훙이 왔다.

---

56) 「눈을 크게 뜨고 볼 것에 대하여」(論睜了眼看)를 가리킨다. 후에 『무덤』에 수록되었다.

57) 선양(沈陽)의 문소각에 소장되어 있던 『사고전서』(四庫全書)는 1914년 베이징으로 운반되어 태화전과 보화전(保和殿)에 보관되었다. 1925년 7월 16일 장쭤린(張作霖)은 돤치루이(段祺瑞) 정부에 전보로 반환을 요구하고, 8월 8일 선양으로 옮겼다. 루쉰은 운송 전의 점검작업에 참가했다.

28일 맑음. 정오 좀 지나 둥야공사에 가서 『연분』(ユカリ) 1책을 3위안에 구입했다. 중앙공원에 갔다. 오후에 지예, 쑤위안이 왔다. 쉬광핑, 쉬셴쑤, 왕순친이 왔다. 저녁에 중원, 유린이 왔다. 가랑비가 내렸다.

29일 비. 오전에 보화전保和殿에 책을 점검하러 갔다. 정오 좀 지나 날이 갰다. 저녁에 유린이 왔다. 밤에 뇌우가 몰아쳤다.

30일 맑음. 오전에 쉬광핑에게 편지를 부쳤다. 정오 좀 지나 셋째 처의 편지를 받았다. 밤에 이핑이 왔다. 량서첸의 편지를 받았다.

31일 맑음. 오전에 보화전에 책을 점검하러 갔다. 밤에 이핑이 왔다. 유린이 왔다. 밤에 비가 오더니 곧 갰다. 셋째의 편지를 받았다. 29일에 부친 것이다.

8월

1일 흐림. 오전에 큰 비가 내렸다. 보화전에 책을 점검하러 갔다. 정오 좀 지나 웨이쑤위안을 찾아갔으나 만나지 못한 채 책을 남기고 나왔다. 충우叢蕪에게 보내는 편지와 번역원고를 덧붙였다. 리샤오펑을 방문했다. 오후에 지푸가 왔다. 루옌과 그의 부인이 왔다. 시게히사의 편지를 받았다. 26일에 도쿄에서 부친 것이다. 날이 갰다. 저녁에 뤼윈장이 왔다. 밤에 비가 내렸다.

2일 비. 일요일, 쉬다. 오전에 리샤오펑에게 편지를 부쳤다. 셋째에게 편지를 부쳤다. 오후에 날이 갰다. 핀칭이 왔다. 『백유법구경』百喻法句經 1책을 주었다. 유린, 중원이 왔다. 저녁에 창훙이 왔다. 쉬안칭旋卿, 친원이 왔다. 햄 하나와 차 한 상자를 증정받았다.

3일 맑음. 오전에 웨이쑤위안의 편지와 원고를 받았다. 리위안의 편지와 원고를 받았다.

4일 흐림. 오전에 리샤오펑에게 편지를 부쳤다. 오후에 창훙이 왔다. 친원이 왔다. 무한이 왔다. 유린이 왔다.

5일 맑음. 오전에 상중우의 편지를 받았다. 정오 좀 지나 치서우산과 함께 공원에 갔다. 오후에 지푸도 왔다. 저녁에 창훙이 왔다. 유린, 중원이 왔다. 밤에 커중핑이 왔다.

6일 흐림. 정오 좀 지나 상우인서관에 가서 예약한 『청의각고기물문』 淸儀閣古器物文 1부 10책을 받았다. 오후에 쉬안칭, 친원이 왔다. 저녁에 웨이충우에게 편지를 부쳤다. 리샤오펑에게 원고[58]를 부쳤다.

7일 맑음. 정오경에 서우산, 지푸와 함께 공원에 갔다. 오후에 여자사범대학 유지회[59]에 갔다. 밤에 유린이 왔다.

8일 흐리다가 정오경에 비. 오후에 여자사범대학 유지회에 갔다.[60] 밤에 친원이 왔다. 페이량의 편지를 받았다. 8월 20일에 헝양衡陽에서 부친 것이다.

9일 흐림. 일요일, 쉬다. 오전에 유린의 편지를 받았다. 후청차이에게 편지를 부쳤다. 상중우에게 편지를 부쳤다. 징난과 그의 아내가 왔다. 정오 좀 지나 유린이 왔다. 오후에 중우, 창훙이 왔다. 저녁에 천페이란이 왔다.

---

58) 「여교장의 남녀에 관한 꿈」(女校長的男女的夢)을 가리킨다. 이 글은 『징바오 부간』에 발표되었다가 후에 『집외집습유』에 수록되었다.

59) 8월 1일 여자사범대학 교장 양인위(楊蔭楡)는 베이양군벌정부의 힘을 믿고서 네 학급의 해산을 선언하고, 직접 보안경찰과 깡패들을 이끌고서 학교에 있던 학생들을 쫓아냈다. 8월 5일 학생자치회는 전체학생대회를 개최하여, 학교 교직원 및 교육에 관심 있는 사회 인사들에게 학생과 함께 교무유지회를 조직하여 각 교무를 수행할 것을 요청하고, 해산명령에 대한 거부 및 양인위의 축출을 결의하였다. 이날 오후 5시에 교무유지회가 개최되었으며, 루쉰은 이곳에 출석하였던 것이다.

60) 이날 회의에 출석한 루쉰은 마위짜오(馬裕藻), 쑨펑전(孫逢楨), 장이후이(張貽惠), 셰쉰추(謝循初), 원위안모(文元模) 등과 함께 10일에 전교교원회의를 개최할 것을 발의하였다.

10일 흐림. 오전에 베이징대학에 가서 작년 7월부터 9월까지의 월급 도합 54위안을 받았다. 정오 좀 지나 여자사범대학의 유지회에 갔다.[61] 저녁에 지예, 쑤위안이 왔다. 유린이 왔다. 창훙이 왔다.

11일 맑음. 오전에 웨이쑤위안에게 편지를 부쳤다. 이빈에게 편지와 소설 14책을 부쳤다. 정오 좀 지나 베이징반점으로 바실리예프를 찾아갔으나, 이미 떠난 뒤였다. 둥야공사에 가서 『지나동화집』支那童話集, 『러시아문학의 이상과 현실』露西亞文學の理想と現實, 『도박자』賭博者, 『차라투스트라』ツァラトウストラ, 『세계연표』世界年表 각 1책을 도합 10위안 2자오에 구입했다. 오후에 여자사범대학 유지회에 갔다.[62] 저녁에 유린, 중원이 왔다. 밤에 중칭항鍾靑航이 왔다. 이미 신경착란인 듯하다.

12일 맑음. 정오 좀 지나 류리창에 갔다. 오후에 유지회[63]에 갔다. 저녁에 장무한이 왔다. 우지싱吳季星이 왔다. 밤에 셋째의 편지를 받았다. 8일에 부친 것이다. 이핑이 『깊은 맹세』深誓 1책을 증정하였다. 쯔페이가 조카 더위안德沅 편에 마른 죽순과 차를 보내왔다.

13일 흐림. 정오경에 중앙공원의 라이진위쉬안來今雨軒에서 열리는 맹진사猛進社[64]의 오찬 모임에 갔다. 정오 좀 지나 유지회에 갔다.[65] 저녁에

61) 이날 회의에서는 학교 구제의 선후책이 협의되었다. 교원 14명, 학생 30여 명이 출석하였다. 이 회의에서 여자사범대학 교무유지회는 위원제를 실시하기로 결의하고, 위원의 정원을 정했다.

62) 이날 오후 3시에 여자사범대학 교무유지회가 개최되었다. 출석자 가운데 교원은 루쉰을 포함한 14명, 학생은 30여 명이었다. 회의에서는 루쉰 등 9명의 교원을 교무유지회의 위원으로 선출하였으며, 학생 측의 12명의 위원은 자치회의 임원이 돌아가며 담당하기로 하였다. 수속이 완전하지 않았기 때문에 선거결과는 이날 공포되지 않았다.

63) 여자사범대학의 학생자치회는 이날 오후에 전체학생 긴급회의를 개최하였으며, 루쉰 등 4명의 교원이 출석을 요청받았다. 이날 회의에서는 관련된 측과의 교섭경과 및 각교의 지원 상황에 대한 임원의 보고가 이루어지고, 앞으로의 활동방침이 결정되었다.

64) 맹진사(猛進社)는 1925년 3월에 베이징에서 성립된 문예사단이다. 주요 성원으로 쉬빙창(徐炳昶), 리쭝퉁(李宗侗) 등이 있으며, 『맹진』(猛進) 주간을 출판했다. 이 문예사단을 지원했던 루쉰은 이 잡지에 「민국 14년의 '경서를 읽자'」(十四年的'讀經'), 「자질구레한 이야기」(碎話), 「통신(쉬

유린有林, 중원이 왔다. 밤에 쯔페이가 왔다.

14일 맑음. 나의 면직령이 공표되었다.[66] 오전에 추쯔위안이 왔다. 스취안이 왔다. 지푸, 셰허가 왔다. 쯔페이가 왔다. 쉬광핑이 왔다. 정오 좀 지나 창홍이 왔다. 중칸이 왔다. 가오랑셴이 왔다. 오후에 이핑이 왔다. 샤오펑, 푸위안, 춘타이, 후이데가 왔다. 판치신이 왔다. 쉬지쉬안이 왔다. 친원, 쉬안칭이 왔다. 리선자이가 왔다. 저녁에 유린, 중원이 왔다. 밤에 진중金鍾, 우지싱이 왔다. 구제강顧詰剛의 편지를 받았다.

15일 큰 비가 내리다가 오전에 그침. 뤼윈장의 편지를 받았다. 타이징능의 엽서를 받았다. 정오경에 마오천이 왔다. 핀칭이 왔다. 오후에 여자사범대학 유지회에 갔다.[67] 저녁에 중앙공원에 갔다. 지푸를 식사에 초대하였다.

16일 맑음. 정오 좀 지나 유린, 중원이 왔다. 징난의 아내가 톈진으로 돌아갔다. 오후에 주린이 왔다. 쯔페이가 왔다.

17일 맑음. 오전에 웨이쑤위안의 편지를 받았다. 왕중유王仲猷, 첸다오쑨錢稻孫이 왔다. 정오경에 쉬쓰이徐思貽가 왔다. 지푸가 왔다. 정오 좀 지나 여자사범대학의 유지회에 갔다.[68] 장징천張靖宸이 왔으나 만나지 못했다.

쉬성에게致徐旭生)」을 발표하였다.

65) 이날 회의에서 루쉰은 정식으로 여자사범대학 교무유지회 위원에 추천받았다.

66) 루쉰이 여자사범대학의 학생을 지지하자, 교육총장인 장스자오(章士釗)는 "도당을 조직하고 여학생에게 동조하여 교무유지회 설치를 제창하고 그 위원이 되었다"는 이유를 들어 8월 12일 돤치루이 집정부에 교육부 첨사직무에서 루쉰을 파면해 줄 것을 요청했으며, 13일 돤치루이는 이를 비준했다.

67) 이날 오후 2시에 열린 여자사범대학 교무유지회는 대강당에서 각계의 인사들에게 장스자오와 양인위가 여자사범대학을 몰래 폐쇄하고자 꾀하고 있음을 폭로하였다. 일본유학생 귀국대표, 베이징학생연합회 대표, 베이징 각교 상하이참사 후원회 대표, 광저우(廣州)학생연합회 대표가 잇달아 발언하여, 여자사범대학의 문제는 실로 중국 전국교육계의 문제이며, 장스자오가 여자사범대학을 해산하려는 것은 전국의 교육을 파괴하는 첫걸음임을 지적함과 아울러, 각계의 장스자오축출대동맹 및 여자사범대학 졸업생후원회를 조직할 것을 제의하였다.

왕핀칭, 리샤오펑이 왔으나 만나지 못한 채 『춘수』春水 1책과 합정본 『위쓰』 5책을 남겨 놓았다. 저녁에 공원에 갔다. 서우산이 식사에 초대했다. 지푸와 그의 부인, 딸이 동석했다. 밤에 웨이쑤위안, 리지예가 왔다. 셋째의 편지를 받았다. 15일에 부친 것이다.

18일 맑음. 오전에 셋째에게 편지를 부쳤다. 유지회에 갔다.[69] 정오 좀 지나 지푸를 방문하였다. 쯔페이를 방문하였다. 오후에 처겅난의 편지를 받았다. 가오거의 편지를 받았다. 중우, 창훙이 왔다. 저녁에 지푸의 편지를 받았다. 창웨이쥔이 왔다.

19일 맑음. 오전에 지푸를 방문했다. 유위를 방문했다. 유지회에 갔다.[70] 밤에 큰 비가 내렸다.

20일 맑음. 오전에 구제강에게 편지를 부쳤다. 지푸를 방문했다. 정오 좀 지나 함께 서우산의 집에 갔다. 루링蘆衿도 있었다. 식사를 한 후 함께 중앙공원으로 가서 차를 마셨다. 저녁에 창훙이 왔다. 유린이 왔다. 밤에 쯔페이가 왔다.

21일 맑음. 오전에 리위안이 찾아왔으나 만나지 못했다. 편지와 만향옥晚香玉 한 묶음을 남겨 두고 갔다. 지푸를 방문했다.

---

68) 이날 회의에서는 여자사범대학 학생자치회, 가장 및 보증인 연석회, 여자사범대학 교무유지회, 베이징 각교 상하이참사 후원회, 여자사범대학 졸업생후원회, 베이징학생연합회, 상하이학생총회 등이 장스자오축출대동맹을 결성하였다. 회의에서 루쉰은 교육부에 의한 설비의 접수를 허용해서는 안 된다는 의견을 제기했다.

69) 이날 회의에서는 아래와 같이 결정하였다. 1. 이달 25일에 신입생 모집을 개시한다. 2. 장스자오가 돤치루이에게 제출한 신청서에는 여학생의 인격을 모욕한 부분이 있으므로 여자사범대학 재경학생(在京學生)은 연명으로 고소장을 재판부에 제출하여 장스자오를 고소한다.

70) 이날 오전 장스자오는 교육부 전문교육사 사장 류바이자오(劉百昭)에게 명하여 무장경관과 교육부 직원을 인솔하여 여자사범대학의 접수를 강행케 함으로써 학생과의 사이에 충돌이 일어났다. 학생 7명이 부상을 당하고 각교와 각 단체의 대표 14명이 체포되었다. 이날 저녁 교무유지회는 회의를 열어 밤늦도록 대응책을 강구하였다.

22일 흐림. 오전에 페이량의 편지를 받았다. 쑤위안, 지예가 함께 왔다. 정오경에 지푸가 왔다. 유린이 왔다. 바이보의 편지와 원고를 받았다. 오후에 약간의 비가 내렸다. 런쯔칭의 편지를 받았다.

23일 일요일, 비. 오전에 지푸를 방문했다. 정오 좀 지나 스위안을 방문했다. 저녁에 샤오펑, 핀칭이 왔다. 밤에 창홍이 왔다.

24일 맑음. 오전에 지푸가 왔다. 루옌이 왔다. 정오경에 푸위안, 춘타이가 왔다. 정오 좀 지나 창홍이 왔다. 유린이 왔다. 밤에 런쯔칭에게 편지를 부쳤다. 타이징눙에게 편지를 부쳤다. 셋째의 편지를 받았다. 21일에 부친 것이다.

25일 맑음. 오전에 유지회에 갔다.[71] 정오 좀 지나 지푸를 방문했다. 밤에 유린이 왔다.

26일 맑음. 오전에 우체국에 가서 일화 22엔을 송금했다. 둥야공사에 가서 『혁명과 문학』革命と文學 1책을 1위안 6자오에 구입했다. 치서우산을 방문하고, 다시 함께 리구이성을 문병하러 더화德華의원에 갔다. 정오 좀 지나 페이량의 편지를 받았다. 오후에 지푸가 왔다. 쯔페이가 왔다. 스취안이 왔다. 왕징즈와 이핑, 수톈이 왔다. 술 한 병을 증정받았다. 밤에 H군에게 편지를 부쳤다.

27일 맑음. 오전에 장중쑤가 왔다. 유지회에 갔다.[72] 밤에 판치신이

71) 19일에 이어 류바이자오는 20일과 22일 두 차례에 걸쳐 다수를 이끌고서 여자사범대학을 점거했다. 22일 오후 그는 남녀 건달을 지휘하여 학생들을 학교 밖으로 내몰아 접수를 강행하였다. 이날 교무유지회는 학교를 원상으로 회복하고 장스자오를 축출할 방안을 논의한 끝에, 따로 이 교사(校舍)를 얻고, 귀향학생에게는 베이징으로 돌아오도록 편지로 알리며, 교원은 무보수로 수업을 진행하고, 교무유지회는 수업재개의 경비를 모금하기로 결정하였다.

72) 여자사범대학이 강제 점거 당하였기에 교무유지회는 바오쯔제(報子街)의 보습학교에 임시사무실을 설치하였다.

왔다.

28일 흐림. 오전에 지푸를 찾아갔으나 만나지 못했다. 정오 좀 지나 창훙이 왔다. 쯔페이가 왔다. 저녁에 젠궁建功, 푸위안이 왔다.[73] 밤에 비가 내렸다.

29일 흐리다가 오후에 갬. 지푸가 왔다. 추쯔위안이 왔다.

30일 일요일, 맑음. 오전에 유지회에 갔다.[74] 오후에 비가 내렸다. 밤에 리지예, 웨이쑤위안, 충우, 타이징눙, 자오츠핑이 왔다.[75]

31일 맑음. 오전에 평정원에 가서 장스자오를 고소하는 소송비 30위안을 납부했다. 지푸를 찾아갔으나 부재중이었다. 정오 좀 지나 셋째에게 편지를 부쳤다. 오후에 지푸가 왔다.

9월

1일 맑음. 오전에 야마모토의원에 갔다. 지푸를 방문했다. 오후에 지예, 츠핑, 쑤위안, 충우, 징눙이 왔다. 밤에 류성劉升이 월급 66위안을 보내주었다. 유린, 중원이 왔다. 샤오밍이 왔다.

2일 맑음. 오전에 뤼젠추呂劍秋가 왔다. 오후에 샤오펑, 푸위안, 춘타이, 후이뎨가 왔다. 저녁에 중칸이 와서 붓 12자루를 주었다.

---

73) 이날 저녁 웨이젠궁(魏建功)이 루쉰을 방문한 것은 루쉰에게 리밍(黎明)중학에서 강의해 달라고 요청하기 위함이었다.
74) 이즈음 여자사범대학이 모금했던 경비는 이미 그해의 필요액을 충당하기에 충분했다. 교사(校舍) 역시 이미 물색하여 당일로 수리에 착수했으며, 잇달아 약간 명의 교수초빙도 이루어졌다. 이날 회의에서는 수업을 진행하면서 각 단체와 연합하여 장스자오 타도운동을 전개하기로 결정하였다.
75) 이날 밤 리지예 등이 찾아왔을 때, 루쉰은 웨이밍사(未名社)의 설립을 제안했다.

3일 맑음. 오전에 타오쉬안칭, 쉬친원의 편지를 받았다. 8월 28일에 타이저우台州에서 부친 것이다. 리샤오펑에게 편지를 부쳤다. 정오경에 유위가 왔다. 밤에 런쯔칭의 편지를 받았다. 1일에 펑톈奉天에서 부친 것이다.

4일 흐림. 오전에 쩌우밍추가 왔다. 지푸를 방문했다. 정오경에 루옌과 그의 부인이 왔다. 정오 좀 지나 창웨이쥔이 와서 『경본통속소설』京本通俗小說 제21권 1부 2책을 주었다. 저녁에 지푸가 왔다. 서우산이 왔다.

5일 흐림. 오전에 스취안이 왔다. 양위푸楊遇夫가 왔다. 쑹쿵셴宋孔顯이 왔다. 오후에 야마모토의원에 갔다. 리쭝우가 왔다. 장마오천이 왔다. 이란己燃, 창훙이 왔다.

6일 일요일. 맑고 바람이 붊. 오전에 쑨야오구孫堯姑가 왔다. 가오쥔펑高君風이 왔다. 오후에 야마모토의원에 갔다. 밤에 쯔페이의 편지를 받았다.

7일 맑음. 오전에 베이징대학에 갔다. 유위를 방문했다.[76] 『Heine집』海納集 1부 4책을 5위안 5자오에 구입했다. 밤에 젠궁이 왔다. 왕핀칭의 편지를 받았다. 쉬광핑의 편지와 원고를 받았다.

8일 흐림. 오전에 지푸를 방문했다. 목욕을 했다. 오후에 미네하타 요시미쓰峰旗良充의 편지와 지푸의 소개장을 받았다.

9일 맑음. 오전에 베이징대학에 가서 작년 10월분 월급 10위안을 받았다. 둥야공사에 가서 『Koeber 박사 소품집』ケーベル博士小品集,[77] 구리야가와 하쿠손廚川白村의 『인상기』印象記, 『문예관견』文藝管見 각 1책을 도합 4위

---

76) 여자사범대학 교무유지회는 궁먼커우(宮門口) 내의 난샤오제(南小街) 쭝마오후퉁(宗帽胡同) 14호에 교사(校舍)를 얻은 후, 즉시 개학 준비에 착수하였다. 이날 루쉰은 마유위(馬幼漁)를 찾아가 문과 교학과 관련된 사안을 상의하였다.

77) 케벨(Raphael Gustav von Koeber, 1848~1923)은 독일계 러시아인 철학자이자 음악가이다. 메이지(明治)정부의 초청을 받아 도쿄제국대학에서 철학과 서양고전을 가르쳤다.

안 5자오에 구입했다. 오후에 쑤위안, 충우, 츠핑, 지예, 징눙이 왔다. 미네하타 요시미쓰가 왔다. 지푸가 왔다. 샤오펑, 쉐자오^{學昭}, 푸위안, 춘타이가 왔다. 『산야철습』^{山野撤拾} 1책을 증정받았다. 밤에 창훙이 왔다. 한밤중에 뇌우가 거세게 몰아쳤다.

10일 흐림. 오전에 교무유지회에 갔다. 정오 좀 지나 리밍중학[78]에 강의하러 갔다. 오후에 유린, 중원이 왔다. 비가 내렸다.

11일 맑음. 오전에 지푸가 왔다. 쯔위안이 왔다. 오후에 비가 내렸다. 저녁에 유위의 편지를 받았다. 유린이 왔다.

12일 맑음. 오전에 셋째의 편지를 받았다. 9일에 부친 것이다. 『차라투스트라―해석 및 비평』^{ツアラトウストラ解釋幷びに批評} 1책을 받았다. H군이 부친 것이다. 정오 좀 지나 여자사범대학 교무위원회에 갔다.[79] 저녁에 서우산이 왔다.

13일 일요일. 맑고 바람이 붊. 오전에 셋째에게 편지를 부쳤다. 가오쥔펑이 왔다. 정제스^{鄭介石}가 왔다. 추쯔위안이 왔다. 유린이 왔다. 오후에 쯔페이가 왔다. 리샤오펑이 왔다. 서우산이 왔다. 저녁에 왕핀칭이 왔다. 친원의 편지를 받았다.

14일 맑음. 정오 좀 지나 창훙이 왔다. 여자사범대학에 갔다. 오후에 쑤위안, 충우, 징눙, 지예가 왔다. 밤에 샤오펑이 왔다.

15일 맑음. 정오 좀 지나 리샤오펑이 왔다. 둥야공사에 가서『지나시론사』^{支那詩論史} 1책, 『사회진화사상강화』^{社會進化思想講話} 1책을 도합 4위안

---

78) 리밍(黎明)중학은 5·30운동 중에 웨이젠궁이 설립한 학교이다. 리중퉁이 교장을 맡았다. 루쉰은 웨이젠궁의 요청을 받아 이 학교의 고등부 문과의 소설 담당교원으로서 이날부터 강의를 시작하여 1925년 12월 중순에 사직하였다.
79) 여자사범대학에서는 13일에 신입생을 모집하기 시작하였다. 이날 회의에서 문리 예과의 신입생(한 반), 각 학년의 편입생, 총 26명을 모집하기로 결정하였다.

에 구입했다. 오후에 지푸를 방문했다. 밤에 유린이 왔다. 쉬쉬성의 편지를 받았다.

16일 맑음. 정오 좀 지나 중우鍾吾가 왔다. 오후에 여자사범대학에 갔다. 저녁에 미네하타를 만났다. 밤에 교육부로부터 월급 40위안을 받았다.

17일 맑음. 오전에 런쯔칭의 편지를 받았다. 펑원빙의 편지를 받았다. 정오 좀 지나 리밍중학에 강의하러 갔다. 오후에 여자사범대학에 갔다. 저녁에 지푸를 찾아갔으나 만나지 못했다. 미네하타의 초대를 받아 이시다石田요리점에서 식사를 하였다. 이토 다케오伊藤武雄, 다쓰타 기요토키立田淸辰, 시게미쓰 마모루重光葵, 주짜오우朱造五와 지푸가 동석하였다. 밤에 서우산이 왔다.

18일 맑음. 오전에 다중공학[80]에 강의하러 갔다. 리샤오펑을 방문하여 『소련의 문예논전』 10책을 받았다. 아울러 『서문장고사』徐文長故事 2책을 증정받았다. 오후에 창훙이 왔다. 지푸가 왔다. 밤에 유린이 왔다. 충우가 왔다. 지예가 왔다.

19일 맑음. 정오 좀 지나 외국어학교[81]에 갔다. 지예의 편지를 받았다. 오후에 유위가 왔으나 만나지 못했다.

20일 일요일, 맑음. 오전에 리쉬안보李玄伯에게 원고[82]를 부쳤다. 멍윈차오孟雲橋에게 답신했다. 런쯔칭에게 편지를 부쳤다. 유린이 왔다. 쯔페이

---

80) 다중공학(大中公學)은 1924년에 창설되었으며, 차이위안페이(蔡元培)가 교장을 맡았다. 5·30 운동 이후 베이징대학의 '상하이참사후원회'가 창설한 5·30학교(五卅學校)와 합병되었다. 루 쉰은 1925년 9월부터 11월까지 이 학교의 고등부 신문예학과의 교원을 겸임하였다.
81) 외국어학교는 곧 사립 베이징외국어전문학교를 가리킨다. 마쉬룬(馬敍倫), 쑹춘팡(宋春舫) 등이 창설하였으며, 학교의 터는 시청(西城) 둥셰제(東斜街)에 있었다. 여자사범대학은 9월 18일부터 20일에 걸쳐 이 학교를 빌려 신입생 입학식을 거행하였다. 루쉰은 이날 미리 살펴보러 갔던 것이다. 다음 날에는 일반상식 과목의 시험이 있었기에 시험을 감독하러 갔다.
82) 「결코 한담이 아니다(2)」(幷非閑話2)를 가리킨다. 후에 『화개집』에 수록되었다.

가 왔다. 정오 좀 지나 외국어전문학교에 여자사범대학의 시험을 감독하러 갔다. 저녁에 쉐자오, 수톈, 춘타이, 이핑, 푸위안, 후이데가 왔다. 밤에 시험답안지를 살펴보았다. 스취안의 편지를 받았다.

21일 흐림. 아침에 여자사범대학의 입학식에 갔다.[83] 밤에 춘타이의 편지를 받았다. 셋째의 편지와 문학연구회의 인세 50위안을 받았다. 19일에 부친 것이다. 유린의 편지를 받았다. 밤에 가랑비가 내렸다.

22일 흐림. 오후에 지푸가 왔다. 저녁에 창훙, 유린이 왔다. 교육부로부터 월급 40위안을 받았다.

23일 맑음. 오전에 중국대학[84]에 갔다. 정오 좀 지나 열이 나더니 밤이 되자 매우 심해졌다.[85] 러우이원樓亦文의 편지를 받았다.

24일 맑음. 오전에 추쯔위안이 왔다. 저녁에 유린이 왔다. 쑤위안, 지예가 왔다. 키니네를 복용하였다.

25일 맑음. 오전에 야마모토의원에 진찰을 받으러 갔다. 지푸를 방문했다. 충우의 편지를 받았다. 저녁에 유린이 왔다. 가오랑셴이 왔다. 밤에 왕핀칭의 편지를 받았다. 장시천章錫琛이 부쳐 준 『신문학개론』新文學槪論 1책을 받았다.

26일 맑음. 오전에 러우이원에게 답신했다. 웨이충우에게 답신했다. 주린의 편지를 받았다. 정오 좀 지나 리샤오펑을 방문했다. 둥야공사에 가

---

83) 여자사범대학은 새로운 학교터에서 입학식을 거행하였는데, 약 200여 명이 입학식에 참석했다. 루쉰은 입학식에서 강연을 했다.
84) 중국대학(中國大學)의 원명은 국민대학(國民大學)이다. 쑨중산(孫中山)이 1913년에 창설하였으며, 1917년에 중국대학으로 개칭하였다. 교장은 처음에는 쑹자오런(宋敎仁)이 맡았으며, 1925년 당시에는 왕정팅(王正廷)이 맡고 있었다. 루쉰은 1925년 9월부터 이듬해 5월까지 이 학교 본과의 소설학과 교사를 겸임했다.
85) 폐병이 재발하여 이듬해 1월 초에야 호전되었다.

서『지나문화의 연구』支那文化の研究 1책,『지나문학사강』支那文學史綱 1책,『남만광기』南蠻廣記 1책을 도합 9위안 3자오에 구입했다. 밤에 창훙이 와서『섬광』閃光 5책과 펀주汾酒 1병을 주었다. 술을 되돌려주었다. 밤에 가랑비가 내렸다. 핀칭이 왔다.

27일 일요일, 맑음. 오전에 야마모토의원에 진찰을 받으러 갔다. 지푸를 방문했으나 만나지 못했다. 도중에 우레이촨吳雷川 선생을 만나 그의 거처에 가서 잠시 앉아 있었다. 오후에 루옌과 그의 부인, 아이가 왔다. 저녁에 창훙이 왔다.

28일 흐림. 오전에 지푸가 왔다. 여자사범대학 유지회에 갔다.[86] 오후에 지푸가 왔다. 쯔페이에게 편지를 주었다. 주린에게 편지를 부쳤다. 리위안의 편지를 받았다. 밤에 쯔페이가 왔다. 친원의 편지와 타오쉬안칭이 그린 표지그림[87] 1매를 받았다.

29일 맑음. 오전에 셋째에게 편지를 부쳤다. 뤼윈장呂雲章에게 편지를 부쳤다. 친원에게 편지와『소련의 문예논전』 3책을 부쳤다. 아울러 장시천에게 1책을 부쳤다. 야마모토의원에 진찰을 받으러 갔다. 정오경에 지푸를 방문했다. 밤에 런쯔칭의 편지를 받았다. 황펑지黃鵬基의 편지와 원고를 받았다. 밤에 비가 내렸다.

30일 비. 정오 좀 지나 유위가 왔다.

---

86) 이날 여자사범대학 유지회는 교무회의를 개최하여 교과과정의 안배문제를 논의하고, 10월 5일 개학하기로 결정했다.

87) 쉬친원(許欽文)의 소설집『고향』(故鄕)의 겉표지 그림을 가리킨다. 10월 6일자의 주석을 참고하시오.

10월

1일 맑음. 아침에 친원에게 편지를 부쳤다. 리샤오펑에게 편지를 부쳤다. 오전에 야마모토의원에 진찰을 받으러 갔다. 오후에 정제스가 왔다. 저녁에 창훙, 중우가 왔다. 민국 12년 11월분 월급 93위안, 그리고 10월분 105위안을 수령했다. 밤에 징눙이 왔다. 쑤위안, 지예, 충우, 츠핑이 왔다.

2일 맑음. 음력 중추절. 오후에 수톈, 이핑, 펀칭, 샤오펑과 그의 부인이 왔다. 밤에 유린이 왔다.

3일 맑음. 정오 좀 지나 야마모토의원에 진료를 받으러 갔다. 오후에 후청차이가 왔다. 웨이젠궁이 와서 리밍중학의 월급 6위안을 건네주었다.

4일 일요일, 맑음. 오전에 다중공학의 월급 8자오를 받았다. 오후에 지푸가 왔다. 밤에 선린沈琳, 자이펑롼翟鳳鸞의 편지와 그들의 가서家書를 받았다. 푸위안과 춘타이의 편지를 받았다.

5일 맑음. 오전에 선씨沈氏와 자이씨翟氏의 가서家書를 돌려보냈다. 춘타이에게 답신했다. 정오경에 지푸를 방문하여 함께 시안西安반점으로 미네하타를 찾아갔으나, 이미 장자커우張家口로 떠난 뒤였다. 왕순친王順親의 편지를 받았다. 오후에 야마모토의원에 진찰을 받으러 갔다.

6일 맑음. 오전에 사범대학에 가서 작년 9월분 월급 5위안과 10월분 45위안, 11월분 42위안을 수령했다. 상우인서관에 가서 인세 50위안을 받고, 『Art of Beardsley』 2책을 구입했다. 1책에 1위안 7자오이다. 정오경에 셋째의 편지와 『고향』 표지 그림[88]을 받았다.

---

88) 『고향』(故鄕)은 쉬친원의 단편소설집이다. 이 소설집의 겉표지에 타오위안칭(陶元慶)의 수채화 「붉은 장삼」(大紅袍)을 채택했다. 이 그림은 원래 상하이의 상우인서관에 보내 인쇄할 예정이었으나 끝내 인쇄되지 못하였다. 그리하여 루쉰은 저우젠런(周建人)에게 이를 반송케 하여

7일 흐림. 오전에 웨이충우에게 편지를 부쳤다. 런쯔칭에게 편지를 부쳤다. 셋째에게 편지를 부쳤다. 중국대학에 강의하러 갔다. 정오경에 날이 갰다. 타이징눙의 편지를 받았다. 오후에 샤오펑의 집에 가서 『중국소설사략』[89] 20책, 『외침』 5책, 『팽이』陀螺 8책을 받았다. 교육부로부터 월급 33위안을 수령했다. 민국 13년 12월분이다. 저녁에 후청차이가 왔다. 『중국소설사략』 1책, 『소련의 문예논전』 1책을 주었다. 밤에 시험답안지를 살펴보았다.

8일 맑고 바람이 붊. 오전에 여자사범대학에 가서 시험답안지를 제출했다. 지푸에게 편지와 『중국소설사략』 2책, 『팽이』 1책을 주었다. 정오 좀 지나 리밍중학에 강의하러 갔다. 야마모토의원에 진찰을 받으러 갔다. 밤에 지예가 왔다. 뤼윈장의 편지를 받았다.

9일 맑음. 오전에 다중공학에 강의하러 갔다. 리샤오펑의 거처에 가서 『소련의 문예논전』 4책을 1위안에 구입했다. 정오 좀 지나 여자사범대학에 강의하러 갔다. 왕제싼王捷三이 사진 한 장을 주었다. 시천, 시디西諦, 탄정비에게 『중국소설사략』을 1권씩 부쳤다. 친원에게 『중국소설사략』과 『팽이』 각 1권을 부쳤다. 쉬안칭에게 『Art of Beardsley』 1책을 부쳤다. 오후에 지푸가 왔다. 저녁에 샤오펑, 핀칭이 왔다. 『쿵더학교순간』孔德學校旬刊 합본 1책을 증정받았다. 커중핑이 왔다.

10일 맑음. 오전에 교정이 끝난 원고[90]를 쑤위안에게 부쳤다. 오후에 쑤위안, 충우가 왔다. 『중국소설사략』, 『팽이』 각 1책을 주었다.

베이징의 재정부 인쇄국에서 인쇄하였다.
89) 이 『중국소설사략』은 베이신서국(北新書局)에서 간행한 합정본이다.
90) 『상아탑을 나서며』의 교료지를 가리킨다. 이하 11월 6일, 13일, 17일, 19일의 일기 중의 '교정이 끝난 원고', '인쇄원고' 등은 모두 이 교료지이다.

11일 일요일. 맑음. 밤에 샤오펑의 편지를 받았다.

12일 맑음. 오후에 창훙, 페이량이 왔다.『중국소설사략』을 1책씩 주었다. 지푸가 왔다. 저녁에 이핑이 왔다.

13일 맑음. 오전에 여자사범대학에 강의하러 갔다. 루옌이 왔다. 정오 경에 이핑이 왔다. 샤오펑에게 편지와 원고[91]를 부쳐 달라고 그에게 부탁했다. 오후에 타이징눙의 편지와 원고를 받았다. 저녁에 충우가 왔다. 밤에 친원의 편지를 받았다. H군의 편지를 받았다. 평정원의 통지[92]를 받았다. 곧바로 편지를 첨부하여 쯔페이에게 보냈다. 왕핀칭의 편지와『모범문선』模範文選(상) 1책을 받았다.

14일 맑음. 오전에 야마모토의원에 진찰을 받으러 갔다. 둥야공사에 가서『티베트 유람기』西藏遊記 1책을 2위안 8자오에 구입했다. 밤에 친원의 편지를 받았다. 탄정비의 편지와『중국문학사대강』中國文學史大綱 1책을 받았다. 진중원의 편지를 받았다.

15일 맑음. 정오 좀 지나 리밍중학에 강의하러 갔다. 오후에 쯔페이가 왔다. 충우가 왔다. 저녁에 판치신이 왔다. 밤에 치서우산이 왔다.

16일 맑음. 아침에 황펑지에게 편지를 부쳤다. 뤼윈장에게 편지를 부쳤다. 류밍웨이에게 답신했다. 오전에 다중공학에 강의하러 갔다. 샤오펑을 방문했다. 오후에 쯔페이가 왔다.『중국소설사략』과『소련의 문예논전』을 1책씩 주었다. 셋째가 부친 원고 1편을 받았다. 밤에 유린이 왔다.

---

91) 「소설 둘러보기와 선택」(小說的瀏覽和選擇)과 「역자 부기」(譯後附記)를 가리킨다. 전자는 러시아 케벨(Raphael Gustav von Koeber)의 논문이다. 루쉰이 이를 번역하여『위쓰』주간 제49기와 제50기(1925년 10월 19일과 26일)에 발표하였다. 후에『벽하역총』(壁下譯叢)에 수록되었다. 후자는『역문서발집』(譯文序跋集; 루쉰전집 12권)에 수록되었다.

92) 이날 평정원은 장스자오의 답변서 사본을 보내왔으며, 루쉰에게 5일 이내에 회답할 것을 요구했다.

17일 맑음. 오전에 셋째에게 편지를 부쳤다. 야마모토의원에 진찰을 받으러 갔다. 지푸를 방문하였다. 판원란范文瀾을 만났다. 『문심조룡강소』文心雕龍講疏 1책을 증정받았다. 셋째의 편지를 받았다. 14일에 부친 것이다. 뤼윈장의 편지를 받았다. 밤에 바람이 불었다.

18일 일요일. 흐림. 저녁에 창훙이 왔다. 밤에 쑤위안, 징눙, 지예가 왔다. 인쇄비 200위안[93]을 건네주었다.

19일 맑음. 오후에 지푸가 왔다. 저녁에 쯔페이가 왔다. 차오징화가 『세 자매』三姉妹 1책을 증정했는데, 샤오밍이 가져왔다.

20일 맑음. 오전에 지푸가 왔다. 정오경에 웨이쑤위안을 방문했으나 만나지 못했다. 치서우산을 방문하여, 다시 함께 둥위창董雨蒼을 찾아가 그가 소장한 옛 기물을 구경했다. 무릎덮개용 모포 하나를 12위안 2자오에 샀다.

21일 맑음. 오전에 중국대학에 강의하러 갔다. 첸먼前門 밖으로 가서 모자를 샀다. 류처치의 편지와 원고를 받았다. 오후에 정제스가 왔다.

22일 맑음. 정오 좀 지나 리밍중학에 강의하러 갔다. 야마모토의원에 진찰을 받으러 갔다. 오후에 펀칭, 샤오펑, 이핑이 왔다. 푸위안, 춘타이가 왔다. 저녁에 북쪽 방으로 옮겼다. 밤에 잡감문을 교열했다.[94]

23일 맑음. 오전에 다중공학에 강의하러 갔다. 정오 좀 지나 여자사범대학에 강의하러 갔다. 오후에 원래의 방으로 돌아왔다. 루옌, 유린이 왔다.

24일 흐림. 위다푸가 왔다. 오후에 지푸가 왔다. 창옌성의 편지를 받

---

93) 웨이밍사(未名社)의 운영자금을 건네주었음을 가리킨다.
94) 『열풍』(熱風)의 교료지를 교열하였음을 가리킨다.

았다.

25일 일요일. 맑음. 오전에 쯔페이에게 편지를 부쳤다. 충우가 왔다. 쯔위안이 왔다. 오후에 바실리예프가 왔다. 『소련의 문예논전』과 『중국소설사략』을 1책씩 주었다. 저녁에 치서우산이 와서 토우인 한 점을 주었다.

26일 맑음. 오후에 지푸가 왔다. 저녁에 쑤위안, 지예, 징눙이 왔다. 밤에 허썬의 편지를 받았다. 23일에 부친 것이다.

27일 맑음. 오전에 상중우의 편지와 원고를 받았다. 정오 좀 지나 페이량, 창훙이 왔다. 오후에 지푸가 왔다.

28일 맑음. 오전에 중국대학에 강의하러 갔다. 9월분 월급 5위안을 받았다. 『회남구주교리』淮南舊注校理 1책, 『경적구음변증』經籍舊音辨證 1부 2책을 각각 8자오 4편에 구입했다. 추쯔위안에게 편지를 부쳤다. 정오경에 추쯔위안이 와서 여자사범대학의 미지급분 13위안 5자오를 건네주었다. 상중우가 왔다. 유린의 편지와 원고를 받았다. 오후에 류궈六國반점으로 바실리예프를 찾아가 『위쓰』 합정본 1과 2를 각 1책씩 주었다. 시자오민샹西交民巷의 싱화興華공사에 가서 신발을 9위안 5자오에 구입했다. 저녁에 리푸하이가 왔다. 뤼인장呂雲章의 편지를 받았다. 여자사범대학에 편지를 부쳤다. 치서우산에게 편지를 부쳤다. 마오천이 왔다.

29일 맑음. 정오 좀 지나 리밍중학에 강의하러 갔다. 야마모토의원에 진찰을 받으러 갔다. 오후에 지예의 편지를 받고서 곧바로 답신했다. 펑지가 왔다.

30일 맑음. 오전에 지푸에게 편지를 부쳤다. 다중공학에 강의하러 갔다. 『천마산방총저』天馬山房叢著 1책을 1위안 2자오에 구입했다. 정오 좀 지나 샤오펑을 방문하여 『중국소설사략』 5책을 받았다. 친원, 쉬안칭의 편지를 받았다. 17일에 부친 것이다. 여자사범대학에 강의하러 갔다. 리밍중학으로부터 월급 8위안을 받았다.

31일 맑음. 저녁에 서우산, 지푸를 식사에 초대했다.

11월

1일 일요일, 맑음. 오전에 민국 12년 12월분 월급 66위안을 수령했다.
정오 좀 지나 스취안이 작별인사를 하러 왔다. 간쑤甘肅로 떠난다고 한다.
오후에 다중공학으로부터 3위안 2자오를 수령했다. 저녁에 추쯔위안이
와서 여자사범대학의 미지급분 월급 48위안을 건네주었다. 밤에 셋째의
편지를 받았다. 10월 27일에 부친 것이다. 신여성사新女性社로부터 편지[95]
를 받았다. 가랑비가 내렸다. 유린의 편지와 원고를 받았다.

2일 맑음. 오전에 웨이쑤위안을 방문했다. 샤오펑이 방문하여 100위
안을 받았다. 베이징대학에 강의하러 갔다. 정오 좀 지나 바람이 불었다.
여자사범대학 교무회의에 갔다.

3일 맑고 바람이 붊. 오전에 여자사범대학 17주년 기념회에 갔다. 저
녁에 장펑쥐를 방문하였다. 조상造像의 제기題記 가운데 글자가 남아 있는
탁편 1매를 증정받았다. 다퉁大同 윈강석불雲崗石佛의 노천불 서쪽 제8굴에
서 출토된 것이라고 한다.

4일 맑음. 오전에 중국대학에 강의하러 갔다. 야마모토의원에 진찰을
받으러 갔다. 밤에 쑤위안, 지예가 왔다.

5일 맑음. 정오 좀 지나 리밍중학에 강의하러 갔다. 리샤오펑을 방문
했다. 장펑쥐를 방문했다. 둥야공사에 가서 『근대의 연애관』近代の戀愛觀,

---

95) 장시천(章錫琛)이 『신여성』(新女性) 월간의 창간호를 위해 루쉰에게 원고를 청탁했다.

『애욕과 여성』愛慾と女性,『창조적 비평론』創造的批評論 각 1책을 5위안에 구입했다. 밤에 상중우의 편지를 받았다. 2일에 뤄산羅山에서 부친 것이다.

6일 흐리다가 정오 좀 지나 맑음. 여자사범대학에 강의하러 갔다. 저녁에 지예에게 편지와 교정원고를 부쳤다. 밤에 유린이 왔다. 창훙, 페이량이 왔다.

7일 맑음. 오전에 지푸가 왔다. 후핑샤의 편지를 받았다. 3일에 샤오간孝感에서 부친 것이다. 오후에 친원에게 편지를 부쳤다. 유위에게 편지를 부쳤다. 셋째의 편지를 받았다. 10월 31일에 부친 것이다.

8일 일요일, 맑음. 오전에 장펑쥐의 편지를 받았다. 쉬광핑, 루슈전陸秀珍이 왔다. 정오경에 마오천이 왔다. 핀칭이 왔다.

9일 맑음. 오전에 베이징대학에 강의하러 갔다. 정오 좀 지나 쉬쉬성을 방문했다.

10일 비. 오전(후)[96]에 여자사범대학에 강의하러 갔다.

11일 비. 정오 좀 지나 지푸가 왔다. 여자사범대학 교무회의에 갔다.[97] 오후에 친원의 편지를 받았다. 저녁에 서우산이 왔다.

12일 맑음. 정오 좀 지나 리밍중학에 강의하러 갔다. 야마모토의원에 진찰을 받으러 갔다. 오후에 이발을 했다.

13일 맑음. 오전에 다중공학에 강의하러 갔다. 리샤오펑을 방문했다. 둥야공사에 가서 『개·고양이·사람』犬·猫·人間 1책을 1위안 5자오에 구입했다. 정오 좀 지나 여자사범대학에 강의하러 갔다. 오후에 주씨朱氏댁에 축하금 10위안을 부쳤다. 쯔페이가 왔다. 저녁에 지푸가 왔다. 밤에 유린

---

96) 일기 원문에는 '上午後'로 기록되어 있는데, '後'는 군글자로 보인다.
97) 회의에서 새로운 학교부지로 옮겨 오기 전의 학생들의 복학문제를 토론했다.

이 왔다. 바람이 불었다. 교료본을 교열했다.

14일 맑음. 오전에 충우의 편지와 원고를 받았다. 오후에 수톈, 이핑, 핀칭, 샤오펑이 왔다. 『열풍』 40책을 받았다. 밤에 쑤위안, 지예가 왔다. 황핑지의 편지와 원고를 받았다.

15일 일요일. 맑음. 오후에 외출하여 산보했다.

16일 맑음. 오전에 베이징대학에 강의하러 갔다. 오후에 지예에게 편지를 부쳤다. 지푸가 왔다. 밤에 탕허이湯鶴逸의 편지를 받았다.

17일 맑음. 오전에 후핑샤의 편지를 왕젠싼에게 전해 주었다. 리샤오펑에게 편지를 부쳤다. 여자사범대학에 강의하러 갔다. 정오경에 흐림. 오후에 쑤위안의 편지와 교정원고를 받았다. 저녁에 쯔페이가 왔다.

18일 맑음. 오전에 중국대학에 강의하러 갔다. 10월분 월급 10위안을 받았다. 정오 좀 지나 흐림. 밤에 『새 이야기』鳥的故事 4책을 받았다.

19일 맑음. 오전에 리지예의 편지와 교정원고를 받았다. 정오 좀 지나 리밍중학에 강의하러 갔다. 저녁에 친원의 편지와 『별을 향해』의 표지그림98)을 받았다. 11일에 부친 것이다.

20일 맑음. 아침에 장펑쥐의 편지를 받았다. 오전에 다중공학에 강의하러 갔다. 웨이쑤위안을 찾아갔으나 만나지 못했다. 리샤오펑을 방문하여 『죽림 이야기』竹林故事 2책을 증정받았다. 리쉬안보李玄伯에게 원고99)를 부쳤다. 오후에 여자사범대학에 강의하러 갔다. 밤에 유린이 왔다. 바람이 거세게 불었다.

21일 맑음. 오전에 지푸가 왔다. 정오 좀 지나 징화인서국精華印書局에

---

98) 루쉰의 부탁을 받아 타오위안칭(陶元慶)이 그린 것이다.
99) 「민국 14년의 '경서를 읽자'」(十四年的'讀經')를 가리킨다. 후에 『화개집』에 수록되었다.

가서 이미지 도판[100]을 주문하고 10위안을 지불했다. 즈리서국直隷書局에 가서 『금문편』金文編 1부 5책을 7위안에, 『조집전평』曹集銓評 1부 2책을 2위 안 4자오에, 『호북선정유서』湖北先正遺書 불완전본 3종 5책을 3위안에 구입 했다. 사범대학에 가서 작년 11월분 월급 3위안, 12월분 13위안을 받았다. 오후에 리지구李季谷가 왔다. 밤에 샹페이량, 황핑지가 왔다.

22일 일요일, 맑음. 오전에 펑쥐의 편지를 받았다. 오후에 왕핀칭이 왔다. 밤에 유린의 편지를 받았다.

23일 맑음. 오전에 베이징대학에 강의하러 갔다. 정오경에 웨이쑤위 안을 방문했다. 그의 거처에서 점심을 먹었다. 장펑쥐에게 편지를 부쳤다.

24일 맑음. 오전에 여자사범대학에 강의하러 갔다. 오후에 신여성사 에 글 한 편[101]을 부쳤다. 쉬친원에게 편지와 『열풍』 2책을 부쳤다. 셋째에 게 편지와 『열풍』 3책, 충우의 소설 원고 1편을 부쳤다.

25일 맑음. 오전에 중국대학에 강의하러 갔다. 오후에 셋째의 편지를 받았다. 20일에 부친 것이다. 밤에 이핑이 왔다. 쑤위안, 징눙, 지예가 왔다.

26일 맑음. 오전에 샹페이량, 황핑지의 편지를 받았다. 정오 좀 지나 리밍중학에 강의하러 갔다. 웨이쑤위안의 편지를 받았다. 오후에 마오천 이 왔다. 부녀주간사婦女週刊社에 편지[102]와 원고를 부쳤다. 저녁에 쯔페이 가 왔다. 이핑의 편지를 받았다. 구멍위顧孟餘의 편지를 받았다.

27일 맑음. 오전에 다중공학에 강의하러 갔다. 리샤오펑을 방문했다. 정오 좀 지나 바람이 불었다. 여자사범대학에 강의하러 갔다. 선인모沈尹默 가 『추명집』秋明集 2책을 주었다. 밤에 바람이 불었다. 유린이 왔다. 푸위안,

---

100) 『상아탑을 나서며』의 겉표지와 삽도의 동판과 아연판을 주문하여 제작했다.
101) 「견벽청야주의」(堅壁淸野主義)를 가리킨다. 후에 『무덤』에 수록되었다.
102) 「과부주의」(寡婦主義)를 가리킨다. 후에 『무덤』에 수록되었다.

춘타이, 후이뎨가 왔다.

28일 맑음. 아침에 셋째에게 편지를 부쳤다. 오전에 지푸가 왔다. 주린에게 『중국소설사략』 1책을 부쳐 주었다. 정오 좀 지나 야마모토의원에 진찰을 받으러 갔다. 교육회[103]에 가서 구멍위를 기다렸으나 오지 않았다. 저녁에 리샤오펑을 방문했다. 밤에 페이량이 왔다. 징화인서국에서 제작한 동판 다섯, 아연판 여섯을 받았다. 가격은 16위안 6자오 6펀이다. 구멍위의 편지를 받았다.

29일 맑음. 오전에 교육회로 구멍위를 찾아갔다. 정오경에 웨이쑤위안을 방문했다. 리샤오펑을 방문했다. 오후에 지푸가 왔다. 수톈과 이핑이 왔다. 밤에 「자연주의의 이론 및 기교」自然主義之理論及技巧[104]의 번역을 마쳤다.

30일 맑음. 오전에 베이징대학에 강의하러 갔다. 리샤오펑을 방문했다. 『대서양의 바닷가』大西洋之濱 2책을 증정받았다. 아울러 100위안을 건네받았다. 웨이쑤위안을 방문했다. 오후에 지푸가 왔다. 함께 여자사범대학의 교육유지회에 가서 학생들의 복교를 도왔다.[105] 저녁에 바람이 거세게 불었다. 지푸가 왔다. 밤에 유린이 왔다. 푸위안이 와서 『월만당일기』

---

103) 베이징교육회(北京敎育會)를 가리키며, 이 단체는 베이창제(北長街)에 있었다. 구멍위는 이 모임의 회장이었다.

104) 이 글은 일본의 가타야마 고손(片山孤村, 1879~1933)이 지은 논문이다. 루쉰이 번역한 글은 후에 『벽하역총』에 수록되었다.

105) 1925년 11월 말, 베이징의 노동자, 학생 및 각계의 민중은 관세자주권을 요구하여 시위를 일으켜 '돤치루이(段祺瑞) 타도'를 구호로 제기하였다. 돤치루이 집단의 관원들은 뿔뿔이 흩어져 도주하였다. 이날 베이징여자사범대학의 터에 따로 설립된 '국립여자대학' 학생들은 장스자오가 이미 톈진으로 도주하였음을 알게 되자, 곧바로 여자사범대학의 회복을 제창함과 아울러 대표 10여 명을 뽑아 쭝마오후퉁(宗帽胡同)으로 보내 여자사범대학 학생의 학교복귀를 환영하도록 하였다. 오후에 여자사범대학 학생 60여 명은 루쉰 등의 인솔을 받아 원래의 학교로 돌아왔으며, 이들은 여자대학의 취소를 발표하고 여자사범대학을 회복하는 복교선언을 발표하였다.

두 상자를 돌려주었다. 춘타이가 함께 온지라 『대서양의 바닷가』 1책을
주었다.

12월

1일 맑고 바람이 거셈. 오전에 친원의 편지를 받았다. 지예의 편지를
받았다. 유린의 편지를 받았다. 정오 좀 지나 여자사범대학에서 열린 회의
에 참석했다. 후에 함께 스푸마다제石駙馬大街의 여자사범대학교 각계연합
회에 갔다. 이 학교의 교무장인 샤오춘진蕭純錦이 불량배를 사주하여 회의
를 습격하였다.[106] 밤에 쑤위안, 지예, 징눙이 왔다. 페이량, 펑지의 편지를
받았다.

2일 맑음. 오전에 지푸의 편지와 원고를 받았다. 정오 좀 지나 베이징
사범대학北京師範大學에 가서 12월분 월급 14위안을 받았다. 국민신보관[107]에 갔다.

3일 맑음. 정오 좀 지나 리밍중학에 강의하러 갔다. 베이징대학에 가
서 작년 11월분과 12월분 월급 31위안을 받았다. 리샤오펑을 방문하여
『서문장고사』 4집 2책을 증정받았다. 둥야공사에 가서 『예술과 도덕』藝術
と道德, 『남만광기 속편』續南蠻廣記 각 1책을 도합 4위안 8자오에 구입했다.
저녁에 페이량의 편지와 원고를 받았다. 이핑이 왔다. 밤에 『상아탑을 나

---

106) 이날 오후 2시에 여자사범대학 학생들은 학교의 강당에서 각계 대표를 초대하여 대학의 원상
회복의 경과를 보고하였다. 여자대학의 전임 교무장이었던 샤오춘진은 수십 명의 불량배를 동
원하여 소란을 피웠으나, 각계 대표들에 의해 저지되었다.
107) 국민신보관(國民新報館)은 국민당 좌파가 주재하는 선전기구이다. 1925년 말에 『국민신보』
(國民新報)를 발행했으며, 덩페이황(鄧飛黃)이 주편을 맡았다. 루쉰은 이 신문의 요청에 따라 장
펑쥐와 함께 격월로 『국민신보 부간』 을간(乙刊)의 편집을 담당했다. 이날 국민신보관에 간 것
은 이 『부간』의 편집을 상의하기 위해서였다.

서며』의 발문[108] 작성을 마쳤다.

4일 맑음. 아침에 이핑에게 편지를 부쳤다. 곧바로 답신을 받았다. 오전에 지푸가 왔다. 지예의 편지를 받고서 오후에 답신했다. 야마모토의원에 진찰을 받으러 갔다. 여자사범대학에 갔다. 밤에 번역원고를 교정했다.

5일 맑음. 오전에 지푸의 편지를 받았다. 정오경에 페이량에게 편지를 부쳤다. 오후에 충우가 왔다. 린위탕林語堂에게 편지를 부쳤다.

6일 일요일. 맑고 바람이 붊. 오후에 덩페이황鄧飛黃의 편지를 받고서 곧바로 답신했다. 린위탕에게 편지를 부쳤다. 저녁에 쯔페이가 왔다. 『위쓰』합정본 제1권과 제2권을 각 1책씩 증정받았다. 밤에 페이량이 와서 10위안을 빌려 갔다. 『죽림 이야기』 1책을 증정받았다.

7일 맑음. 오전에 베이징대학에 강의하러 갔다. 정오 좀 지나 리샤오펑을 방문했다. 『문학개론』文學槪論 2책을 증정받았다. 밤에 덩페이황이 왔다.

8일 맑음. 오전에 린위탕의 편지를 받았다. 지푸가 왔다. 밤에 쑤위안이 작별인사를 하러 왔다.[109] 40위안을 빌려주었다.

9일 흐리고 바람이 붊. 오전에 중국대학에 강의하러 갔다. 저녁에 지푸의 편지와 원고를 받았다.

10일 맑음. 정오 좀 지나 리밍중학에 강의하러 갔다. 야마모토의원에 진찰을 받으러 갔다.

11일 맑음. 정오 좀 지나 여자사범대학에 강의하러 갔다. 저녁에 샤칭이 왔다. 저녁에 지예의 편지를 받았다. 탁족을 했다.

---

108) 『『상아탑을 나서며』 후기」를 가리킨다. 현재 『역문서발집』(루쉰전집 12권)에 수록되었다.
109) 웨이쑤위안은 카이펑(開封)의 국민군 제2군의 러시아어 통역으로 근무할 예정이었으며, 이듬해 3월에 베이징으로 돌아왔다.

12일 맑음. 오전에 페이량의 편지를 받았다. 저녁에 유린이 왔다. 밤에 지예, 징눙이 왔다.

13일 일요일. 맑음. 정오경에 추쯔위안이 왔다. 오후에 리밍중학교에 사직의 편지를 부쳤다. 유린에게 원고를 부쳤다.

14일 맑음. 오전에 충우의 원고를 받았다. 베이징대학에 강의하러 갔다. 지예를 방문하였으나 만나지 못하여 편지를 남겨 두고 나왔다. 베이징대학 학생회에 원고[110]를 부쳤다. 취광쥔曲廣均에게 편지를 부치면서 원고를 되돌려주었다. 둥야공사에 가서 『산타로의 일기』三太郎日記 합정본 1책을 2위안 2자오에 구입했다. 밤에 쉬쉬성의 편지와 원고를 받았다. 마오천이 왔다.

15일 눈이 약간 내리다가 곧 갬. 오전에 지예의 편지를 받았다. 취광쥔의 편지를 받았다. 펑지의 편지를 받았다. 저녁에 쯔페이가 왔다. 밤에 린위탕의 편지와 원고를 받았다. 바람이 불었다.

16일 맑음. 오전에 중국대학에 강의하러 갔다. 정오 좀 지나 쉬지쉬안의 편지와 교육부로부터의 월급 33위안을 받았다. 이펑의 편지를 받았다. 오후에 취광쥔에게 편지를 부쳤다. 리지예에게 편지를 부쳤다. 밤에 리위안의 편지를 받았다. 지푸의 편지를 받았다.

17일 맑음. 오전에 리위안에게 편지를 부쳤다. 린위탕에게 편지를 부쳤다. 정오 좀 지나 베이징대학 27주년 기념회[111]에 갔다. 여자사범대학의 교무유지회에 갔다. 밤에 페이량의 편지를 받았다.

---

110) 「내가 본 베이징대학」(我觀北大)을 가리킨다. 후에 『화개집』에 수록되었다.
111) 베이징대학은 대학설립 27주년을 기념하기 위하여 12월 17일과 18일 이틀에 걸쳐 경축행사를 거행했다. 이날 오후에 제3원의 대강당에서는 광둥의 음악과 경극 등의 프로그램을 공연하고 역대의 중요 문물을 전시했다.

18일 맑음. 오전에 여자사범대학에 강의하러 갔다. 밤에 징눙, 지예가 왔다.

19일 맑음. 정오 좀 지나 야마모토의원에 진찰을 받으러 갔다. 밤에 왕전쥔王振鈞의 편지를 받고서 곧바로 답신했다. 유린의 편지를 받았다.

20일 일요일. 맑음. 오전에 쩌우밍추에게 편지를 부쳤다. 정오 좀 지나 징눙, 충우, 지예가 왔다. 지푸가 왔다. 그에게 『열풍』과 『위쓰증간』을 각 1책씩 스취안에게 부쳐 달라고 부탁했다. 밤에 바람이 불었다. 커중핑이 왔다.

21일 아침에 페이량이 왔으나 만나지 못했다. 부정기간 『광풍』狂飆 5책을 남겨 주었다. 오전에 베이징대학에 강의하러 갔다. 리쉬안보에게서 『백회본수호전』百回本水滸傳 1부 5책을 증정받았다. 샤오펑을 방문하여 『이슬비』微雨 2책을 증정받았다. 오후에 샤오펑에게 편지를 부쳤다. 저녁에 쯔페이가 왔다.

22일 맑음. 오전에 페이량의 편지를 받았다. 정오 좀 지나 펑원빙이 왔으나 만나지 못했다. 오후에 지예가 왔다. 페이량과 정鄭군이 왔다. 저녁에 취광쥔의 편지와 원고를 받았다. 리샤오펑의 편지를 받았다. 밤에 창훙의 편지를 받았다. 쑤위안의 편지를 받았다.

23일 맑음. 오전에 중국대학에 강의하러 갔다. 오후에 덩페이황에게 편지를 부쳤다. 유린에게 편지를 부쳤다.

24일 맑음. 오전에 리샤오펑을 방문했다. 지푸가 왔으나 만나지 못했다. 편지를 남겨 두고서 돌아갔다. 오후에 리쉬안보에게 편지와 원고[112]를 부쳤다. 유린의 편지를 받았다. 저녁에 지푸가 왔다.

---

112) 「자질구레한 이야기」(碎話)를 가리킨다. 후에 『화개집』에 수록되었다.

25일 맑음. 정오 좀 지나 리사오시^{黎劭西}가 왔다. 저녁에 이핑, 핀칭, 샤오펑이 왔다.

26일 맑음. 오전에 셋째의 편지를 받았다. 2일에 부친 것이다. 다시 한 통을 받았다. 5일에 부친 것이다. 정오 좀 지나 야마모토의원에 진찰을 받으러 갔다. 오후에 베이징사범대학에 월급을 받으러 갔지만, 회계가 이미 종료된 터였다. 즈리서국에 가서 『춘추좌전두주보집』^{春秋左傳杜注補輯} 1부 10책, 『명의고』^{名義考} 1부 3책을 4위안에 구입했다. 밤에 징눙, 충우, 지예가 왔다. 유린이 왔다. 베이징대학연구소[113]에서 고고학실에 소장된 옛 기물의 사진 10매, 그리고 엽서 12매, 탁편 43종을 보내왔다.

27일 일요일. 흐리고 바람이 붊. 오전에 지푸가 왔다. 친원의 편지를 받았다. 9일에 부친 것이다. 위탕의 편지를 받았다. 오후에 바람이 거세게 불었다.

28일 맑고 바람이 거셈. 오전에 베이징대학에 강의하러 갔다. 리지예를 방문하였다. 쑤위안이 갚은 40위안을 건네받았다.

29일 맑음. 오전에 위탕에게 편지를 부쳤다. 지푸의 편지를 받았다. 저녁에 여자사범대학 교무회의에 갔다. 밤에 린위탕의 편지와 원고를 받았다.

30일 맑고 바람이 붊. 오전에 중국대학에 강의하러 갔다. 지난달 월급 10위안을 수령했다. 덩페이황의 편지를 받았다. 오후에 리샤오펑을 방문했다. 타이징눙을 방문했다. 둥야공사에 가서 『근대미술 12강』^{近代美術十二}

---

113) 베이징대학연구소(北京大學研究所)는 베이징대학 평의회 제3차 회의에서 제출된 「국립베이징대학연구소 조직대강」에 근거하여 1921년에 설립되었으며, 자연과학, 사회과학, 국학, 외국문학의 네 부분으로 나뉘어 있었다. 1922년 1월 국학부를 설치하고, 그 안에 편집실, 고고연구실, 가요연구회, 풍속조사회, 명청당안정리회(明淸檔案整理會), 방언조사회 등을 두었으며, 학교의 도서관 내에도 연구에 필요한 특별열람실을 마련하였다.

^講 책을 2위안 6자오에 구입했다.

31일 맑음. 저녁에 푸위안, 춘타이, 후이디가 왔다. 밤에 유린이 왔다.

도서장부

신러시아문학의 서광기 新俄文學之曙光期 1本	0.60	1월 6일
지나 마적의 비사 支那馬賊裏面史 1本	1.60	
근대의 연애관 近代の戀愛觀 1本	2.00	1월 22일
백가당시선 百家唐詩選 8本	2.40	1월 23일
	6.600	
로댕의 예술 羅丹之藝術 1本	1.70	2월 3일
스쩡유묵 師曾遺墨(제4집) 1本	1.60	2월 10일
사상·산수·인물 思想山水人物 1本	2.00	2월 13일
러시아현대의 사조와 문학 露國現代の思潮及文學 1本	3.60	2월 14일
신구약전서 新舊約全書 1本	1.00	2월 21일
	9.900	
별하재총서 別下齋叢書 40本	14.750	3월 1일
일존총서 佚存叢書 30本	10.50	
청의각고기물문 淸儀閣古器物文 10本	11.50	
신러시아미술대관 新俄美術大觀 1本	0.700	3월 5일
현대프랑스문예총서 現代佛蘭西文藝叢書 6本	6.720	
최신 문예총서 最新文藝叢書 3本	3.360	
근대연극 12강 近代演劇十二講 1本	2.900	
예술의 본질 藝術の本質 1本	2.340	
탁강환사 濯絳宦詞 1本	류쯔경 기증	3월 20일
국어문법 國語文法 1本	리사오시 기증	3월 23일
반역자 叛逆者 1本	0.650	3월 25일
소설연구 16강 小說研究十六講 1本	2.10	
학예론초 學藝論鈔 1本	1.850	

	57.150	
오청진지 烏靑鎭志 2本	0.70	4월 16일
광릉시사 廣陵詩事 2本	0.50	
베이징의 마지막 날 北京之終末日	쑨춘타이 기증	4월 26일
설문고주보보 說文古籀補補 4本	4.00	4월 29일
	5.200	
포박자교보 抱朴子校補 1本	가오랑셴 기증	7월 7일
홍명집 弘明集 4本	1.00	7월 14일
광홍명집 廣弘明集 10本	2.20	
잡비유경 雜譬喩經 5本	0.640	
도재장석기 匋齋臧石記 12本	3.00	7월 15일
스쩡유묵 師曾遺墨(제5집) 1本	1.60	
스쩡유묵 師曾遺墨(제6집) 1本	1.60	
연분 ユカリ 1本	3.00	7월 28일
	13.040	
지나동화집 支那童話集 1本	3.10	8월 11일
러시아문학의 이상과 현실 露西亞文學の理想と現實	2.00	
도박자 賭博者 1本	1.50	
차라투스트라 ツアラトウストラ 1本	2.40	
최신세계연표 最新世界年表 1本	1.20	
문학과 혁명 文學と革命 1本	1.60	8월 26일
	11.800	
경본통속소설 京本通俗小說(제21권) 2本	창웨이쥔 기증	9월 4일
하이네집 Heine's Werke 4本	5.50	9월 7일
케벨 박사 소품집 ケ―ベル博士小品集 1本	2.20	9월 9일
인상기 印象記 1本	1.50	
문예관견 文藝管見 1本	1.00	
차라투스트라―해석 및 비평 ツアラトウストラ解釋幷びに批評 1本	1.20	9월 12일
사회진화사상강화 社會進化思想講話 1本	1.60	9월 15일
중국시론사 中國詩論史 1本	2.40	
지나문학사강 支那文學史綱 1本	2.200	9월 26일

지나문화의 연구 支那文化の研究 1本		4.40	
남만광기 南蠻廣記 1本		2.50	
		24.300	
비어즐리의 예술 Art of Beardsley 2本		3.40	10월 6일
티베트 유람기 西藏遊記 1本		2.80	10월 14일
경적구음변증 經籍舊音辨證 2本		0.840	10월 28일
회남구주교리 淮南舊注校理 1本		0.840	
천마산방총저 天馬山房叢著 1本		1.20	10월 30일
		9.040	
운강조상제기탁편 雲崗造像題記拓片 1枚	장평쥐 기증		11월 3일
근대의 연애관 近代の戀愛觀 1本		2.10	11월 5일
여성과 애욕 女性と愛慾 1本		1.90	
창조적 비평론 創造的批評論 1本		1.00	
개·고양이·사람 犬·貓·人間 1本		1.50	11월 13일
금문편 金文編 5本		7.00	11월 21일
조집전평 曹集銓評 2本		2.40	
숭양석각집기 嵩陽石刻集記 2本		1.20	
모정객화 茅亭客話 1本		0.60	
동헌필록 東軒筆錄 2本		1.20	
추명집 秋明集 2本	선인모 기증		11월 27일
		18.400	
예술과 도덕 藝術と道德 1本		2.10	12월 3일
남만광기 속편 續南蠻廣記 1本		2.70	
합본 산타로의 일기 合本三太郎の日記 1本		2.20	12월 14일
춘추좌전두주보집 春秋左傳杜注補輯 10本		3.00	12월 26일
명의고 名義考 3本		1.00	
북대고고학실장기탁편 北大考古學室藏器拓片 43種	베이징대학 기증		
근대미술 12강 近代美術十二講 1本		2.60	12월 30일
		13.600	

총계 159.130, 매달 평균 13.260위안

일기 제15(1926년)

1월

1일 맑음. 밤에 베이징대학 제3원에 가서 위스극사^{於是劇社}가 공연하는 「충실치 않은 애정」을 관람했다.[1]

2일 맑음. 정오 좀 지나 야마모토의원에 갔으나, 마침 휴무일이었다. 여자사범대학 유지회에 갔다.[2] 쯔페이紫佩, 추팡秋芳, 핀칭品青, 샤오펑小峰이 왔으나, 모두 만나지 못했다. 밤에 징눙靜農, 지예霽野가 왔다.

3일 일요일. 맑음. 오전에 지푸季市를 방문했다. 중칸仲侃이 왔으나 만나지 못했다. 차 두 상자를 남겨 두고 갔다. 저녁에 마오천矛塵이 왔다.

4일 맑음. 오전에 선젠스沈兼士의 편지를 받았다. 베이징대학에 강의하

---

1) 위스극사(於是劇社)는 베이징대학 학생 황펑지(黃鵬基) 등이 조직한 연극단체이다. 「충실치 않은 애정」(不忠實的愛情)은 샹페이량이 만든 화극으로서, 1929년에 치즈서국(啓智書局)에서 단행본으로 출판되었다.
2) 이 회의에는 쉬서우창, 루쉰, 천치슈(陳啓修), 마유위 등 14명이 참석하였다. 회의에서는 여자사범대학 유지회를 지지하는 유지회 주석 이페이지(易培基)를 교장에 임명할 것을 제의하여 전체의 동의를 얻은 후 공문을 기초하였으며, 대표 4명을 보내 정부당국의 비준을 촉구하였다.

러 갔다. 정오 좀 지나 장펑쥐張鳳擧를 방문했다. H. Bahr의 『Expression-ismus』 1책, 자기 소품 한 점. 그리고 대신 구입한 M. Beerbohm의 『Fifty Caricatures』 1책을 증정받았다. 5위안 2자오어치이다. 둥야탕東亞堂에 가서 '아르스미술총서'アルス美術叢書 5책을 도합 7위안 2자오에 구입했다. 밤에 펑지朋其가 왔다. 『상아탑을 나서며』 1책을 주었다.

5일 맑음. 오전에 여자사범대학에 강의하러 갔다. 야마모토의원에 진찰을 받으러 갔다. 오후에 『상아탑을 나서며』 3책을 타오쉬안칭陶璇卿과 쉬친원許欽文에게 주었다. 장펑쥐에게 투고자의 원고3)를 부쳤다.

6일 맑음. 오전에 셋째에게 편지를 부쳤다. 친원에게 편지를 부쳤다. 다이둔즈戴敦智에게 편지를 부쳤다. 취광쥔曲廣均에게 편지를 부쳤다. 펑지에게 「자서 약전」自敍傳略을 부쳤다. 허윈펑賀雲鵬에게 원고를 반송했다. 유린有麟에게 원고를 반송했다. 중국대학에 강의하러 갔다. 오후에 지푸가 왔다. 저녁에 교육부로부터 월급 17위안을 받았다.

7일 맑음. 오전에 지예의 편지를 받았다. 리위안李遇安의 편지와 원고를 받았다. 취광쥔의 편지와 원고를 받았다. 오후에 페이량培良의 편지를 받았다. 오후에 푸위안伏園, 춘타이春台가 왔다. 저녁에 지푸가 왔다. 밤에 징유린荊有麟이 작별인사를 하러 왔다.

8일 맑음. 오전에 여자사범대학에 강의하러 갔다.

9일 맑음. 오전에 덩페이황鄧飛黃에게 편지를 부쳤다. 지예에게 편지를 부쳤다. 오후에 지푸가 왔다. 저녁에 이핑衣萍, 핀칭이 왔다. 샤오펑이 와서 80위안을 건네주었다. 밤에 마오천의 편지를 받았다. 리위안의 편지

---

3) 1월분 『국민신보 부간』(國民新報副刊) 을간(乙刊)은 장펑쥐가 편집을 담당하였으므로, 루쉰은 접수한 원고를 그에게 넘겨 처리하도록 하였다.

와 원고를 받았다.

10일 일요일. 맑음. 오전에 국민신보관에서 지난달 편집비 30위안을 보내왔다. 지푸가 왔다. 정오 좀 지나 페이량이 와서 창훙의 여비로 10위안을 건네주었다. 오후에 여자사범대학 교무유지회에 갔다.[4] 저녁에 반눙半農이 여자사범대학으로 찾아왔다. 함께 시지칭西吉慶에 가서 저녁을 먹었다. 지푸를 불러냈다. 밤에 『새로운 성도덕 토론집』新性道德討論集 1책을 받았다. 장쉐전章雪箴이 부쳐 보낸 듯하다.

11일 흐림. 오전에 량서첸梁社乾의 편지를 받았다. 베이징대학에 강의하러 갔다. 리지예를 방문했다. 리샤오펑을 방문했다. 장펑쥐를 방문하여, 구리야가와 하쿠손廚川白村의 무덤 및 나라奈良의 절에 방사된 순록 사진 각 1매를 증정받았다. 오후에 시게히사重久의 엽서를 받았다. 쯔페이가 왔기에 50위안을 갚았다. 반제를 마쳤다.

12일 맑음. 오전에 여자사범대학에 강의하러 갔다. 베이징사범대학에 가서 재작년 12월분 월급 18위안, 작년 1월분 11위안을 받았다. 즈리直隸서국에 가서 옌커쥔嚴可均이 교정한 도장본道藏本 『윤문자』尹文子와 『공손룽자』公孫龍子 각 1책을 8자오에, 그리고 『사학총서』詞學叢書 1부 10책을 8위안에 구입했다. 오전에 덩페이황에게 편지를 부쳤다. 취광쿤에게 편지를 부쳤다. 펑쥐에게 편지를 부쳤다. 저녁에 지푸가 왔다. 밤에 쑨푸위안의 편지를 받았다. 징눙의 편지와 원고를 받았다.

13일 흐림. 오전에 여자사범대학의 교장환영회[5]에 갔다. 지예의 편지

---

4) 이 회의에는 루쉰, 쉬서우창, 펑쭈쉰(馮祖荀), 마유위, 정몐(鄭奠) 등 8명이 참석했다. 지난번 회의에서 이페이지(易培基)를 교장에 천거한 사안은 이미 각의에서 통과되었다. 이 회의에서는 교장취임환영회를 개최하기로 결정하였으며, 교무유지회를 해산하기로 하고 「교무유지회 직무 인수인계 선언」(校務維持會交卸職務宣言)을 통과시켰다.

를 받았다. 밤에 징눙이 왔다. 『망위안』莽原의 원고와 인쇄비 60위안을 건
네주었다.[6] 여자사범대학 기념회[7]에 갔다. 펑쥐의 편지를 받았다.

14일 맑음. 오전에 지예에게 편지를 부쳤다. 오후에 지푸가 왔다.

15일 흐림. 오전에 펑쥐에게 원고[8]를 부쳤다. 여자사범대학에 강의하
러 갔다. 정오경에 지푸와 함께 시지청에 가서 식사를 했다. 오후에 각교
교직원연석회의[9]에 갔다. 밤에 지예가 왔다. 상중우의 편지를 받았다. 탁
족을 했다.

16일 맑음. 오전에 베이징대학에 가서 집합한 다수의 사람들과 함께
국무원에 미지급된 급료를 요구하러 갔다. 저녁에 돌아왔다. 저녁에 지푸
의 편지를 받았다.

17일 일요일. 맑음. 오전에 장광런張光人의 편지를 받았다. 리지예에게
편지를 부쳤다. 커중핑柯仲平, 쑹쯔페이宋紫佩가 왔으나 만나지 못했다.

18일 흐리고 바람이 붊. 정오 좀 지나 리지예를 방문하여 펑지에게
원고료 12위안을 부쳐 달라고 부탁했다. 장무한張目寒을 만나 인탕蔭棠에
게 원고료 2위안을 부쳐 달라고 부탁했다. 리샤오펑을 만나 『비오는 날의
글』雨天之書 10책을 받았다. 오후에 교육부에 갔다.[10]

---

5) 이페이지 교장의 취임을 환영하는 대회를 가리킨다. 쉬서우창이 주관하고, 루쉰과 쉬광핑(許廣
   平)이 각각 교무유지회와 학생자치회를 대표하여 환영사를 낭독했다. 환영회를 마친 뒤 전원이
   사진을 촬영했다.
6) 이날 루쉰은 검토를 마친 제2기 원고를 타이징눙에게 건넴으로써 배열하고 목차를 붙여 인쇄에
   넘기도록 하였으며, 아울러 인쇄비를 대신 마련해 주었다.
7) 이날 여자사범대학 학생의 '양인위(楊蔭楡) 반대선언'을 제출한 일주년을 기념하여 학생자치회
   에서 문예만찬을 개최하였다.
8) 「흥미로운 소식」(有趣的消息)을 가리킨다. 후에 『화개집속편』(華蓋集續編)에 수록되었다.
9) 베이양군벌 정부가 교육경비와 교직원급여를 삭감하려는 것에 반대하여, 베이징의 국립 9개교
   의 교직원이 이날 연석회의를 개최하였다. 이 회의에서는 이튿날 국무원에 가서 일치단결하여
   급여 지불을 요구하기로 하였다. 루쉰은 여자사범대학을 대표하여 이번 회의에 출석하였다.

19일 맑고 바람이 거셈. 오전에 장펑쥐에게 편지를 부쳤다. 여자사범대학에 강의하러 갔다. 저녁에 쯔페이가 왔다. 핀칭에게 편지를 부쳤다. 밤에 페이량이 왔다.

20일 맑음. 오전에 처겅난車耕南의 편지를 받았다. 중국대학에 강의하러 갔다. 중국대학 저장浙江동창회에 5위안을 기부했다. 교육부로부터 월급 33위안을 수령했다. 밤에 지푸의 편지와 원고를 받았다.

21일 맑음. 오전에 리징촨李靜川에게 편지를 부쳤다. 펑쥐에게 원고를 부쳤다. 지예에게 편지와 원고를 부쳤다. 셋째의 편지를 받았다. 14일에 부친 것이다. 핀칭의 편지를 받았다. 자오인탕趙蔭棠의 편지를 받았다. 오후에 쉬쉬성徐旭生에게 편지를 부쳤다. 펑쥐의 편지 2통을 받았다. 밤에 징능, 지예가 왔다. 덩페이황에게 편지를 부쳤다.

22일 맑음. 오전에 여자사범대학에 강의하러 갔다. 오후에 둥성펑위안東升平園에 가서 이발과 목욕을 했다. 밤에 쉬쉬성의 편지를 받았다. 바람이 불었다.

23일 맑음. 오전에 친원의 편지를 받았다. 15일에 상하이에서 부친 것이다. 펑지의 편지를 받았다. 지예의 편지를 받았다. 저녁에 핀칭이 왔다.

24일 일요일. 맑음. 오전에 유린의 편지를 받았다. 15일에 이스猗氏에서 부친 것이다. 오후에 지푸가 왔다. 밤에 샤오펑의 편지를 받았다.

25일 맑음. 오전에 베이징대학에 강의하러 갔다. 정오 좀 지나 지예를 방문했다. 샤오펑을 방문했다. 밤에 교육부로부터 월급 33위안을 수령했다.

---

10) 교육부는 1월 17일에 '복직령'을 발표했다. 즉 "이에 저우수런(周樹人)을 당해 부서의 첨사로 임명하고, 비서처에서 직무를 행하도록 한다"라고 적혀 있다. 이리하여 루쉰은 이날 교육부에 가서 복직하였다.

26일 맑음. 오전에 여자사범대학에 강의하러 갔다. 샤오펑에게 편지와 원고[11]를 부쳤다. 베이징대학 교무부에 시험문제를 부쳤다. 서적을 구리야가와 하쿠손 기념회[12] 야마모토 슈지山本修二, 쉬친원, 쉬스취안許詩荃에게 나누어 부쳤다. 타오쉬안칭陶璇卿에게 원화原畵를 반송했다. 정오경에 장화姜華의 편지를 받았다.

27일 맑음. 오전에 중국대학에 강의하러 갔다. 징능의 원고를 받았다.

28일 맑음. 오전에 장마오천이 왔다. 오후에 베이징대학으로부터 월급 21위안을 받았다. 재작년 12월분 13위안과 작년 1월분 8위안의 합계이다. 마오천이 대신 수령했다. 밤에 취광쉰의 원고를 받았다. 아이화극사愛華劇社로부터 기부를 요청하는 편지를 받았다.

29일 흐림. 오전에 장펑쥐에게 원고[13]를 부쳤다. 여자사범대학에 가서 이달치 월급 40위안 5자오를 수령했다. 정오경에 시지칭에 가서 식사를 했다. 오후에 베이징사범대학에 가서 작년 1월 및 2월분 월급 32위안을 받았다. 즈리서국에 가서 『배경루총서』拜經樓叢書 1부 10책을 4위안 2자오에 구입했다. 저녁에 리징촨이 왔다. 강의록 용지대금 5위안 6자오, 필사대금 10위안, 장인의 노임 2위안을 지불했다. 밤에 바람이 불었다. 창훙이 왔다.

30일 맑음. 오후에 지푸가 왔다. 저녁에 쯔페이가 왔다. 덩페이황에게 편지를 부쳤다.

---

11) 「학계의 삼혼」(學界의 三魂)을 가리킨다. 후에 『화개집속편』에 수록되었다.
12) 구리야가와 하쿠손(廚川白村) 기념회는 '고(故) 구리야가와 박사 기념사업실행위원회'를 가리킨다. 이시다 겐지(石田憲次), 신무라 이즈루(新村出) 등이 설립을 준비하여 1924년 7월에 교토제국대학 내에 발족하였다. 루쉰은 이날 자신이 중국어로 번역한 『고민의 상징』과 『상아탑을 나서며』를 증정했다.
13) 「고서와 백화」(古書與白話)를 가리킨다. 후에 『화개집속편』에 수록되었다.

31일 일요일. 맑음. 오전에 리지구李季谷가 설떡인 녠가오年糕를 보내
주었다. 정오 좀 지나 핀칭, 샤오펑이 왔다. 오후에 수톈曙天, 이핑이 왔다.
밤에 위탕語堂의 편지를 받았다. 지예에게 원고 등을 반송했다. 징눙, 충우
叢蕪, 산푸善甫, 지예가 왔다. 린위탕에게 답신했다.

2월

1일 맑음. 오전에 페이량의 편지를 받았다. 친원의 편지를 받았다. 21
일에 부친 것이다. 이핑의 편지를 받았다.

2일 맑음. 오전에 지푸가 왔다. 이핑이 왔다. 샤오펑에게 원고[14]를 부
쳤다.

3일 맑음. 정오 좀 지나 베이징대학에 갔다. 서적판매처에서『중국문
학사략』中國文學史略 1책,『자의유례』字義類例 1책을 도합 1위안에 구입했다.
지예를 방문했다. 샤오펑을 방문했으나 만나지 못했다. 둥야공사에 가서
『희곡의 본질』戲曲の本質 1책,『프랑스문학 이야기』佛蘭西文學の話 1책,『일본
만화사』日本漫畵史 1책을 도합 6위안 8자오에 구입했다. 서우산을 방문했다.
저녁에 쯔페이가 왔다. 광펑의 편지를 받았다.

4일 맑음. 오전에 푸위안에게 원고[15]를 부쳤다. 리위안의 편지와 원고
를 받았다. 오후에 루징칭陸晶淸 등이 왔다. 지푸가 왔다. 둥야공사에서 '아
르스미술총서' 4책을 도합 6위안 8자오에 구입했다.

5일 맑음. 오전에 지푸를 방문했다. 정오 못 미쳐 중앙공원 라이진위

---

14)「편지가 아니다」(不是信)를 가리킨다. 후에『화개집속편』에 수록되었다.
15)「나는 아직 '그만둘' 수 없다」(我還不能'帶住')를 가리킨다. 후에『화개집속편』에 수록되었다.

쉬안來今雨軒에 가서 지푸, 서우산, 유위를 기다려 함께 점심을 먹었다. 오후에 핀칭, 샤오펑이 와서 100위안을 건네주었다. 지예에게 편지를 부쳤다. 펑쥐의 편지를 받았다. 주린沭鄰의 편지를 받았다.

6일 맑음. 오전에 덩페이황鄧飛黃의 편지를 받았다. 오후에 지예에게 편지를 부쳤다. 레이주상雷助祥에게 답신했다. 장화姜華에게 답신했다. 리샤오펑에게 원고를 부쳤다. 펑쥐에게 답신했다. 전융안甄永安에게 원고를 반송했다.

7일 맑음. 일요일, 오전에 친원의 편지를 받았다. 27일에 사오싱에서 부친 것이다. 중칭항鍾靑航이 사진 1매를 부쳐 왔다. 리징촨李靜川이 왔다. 오후에 지예에게 편지를 부쳤다. 셋째에게 편지를 부쳤다. 장화의 편지를 받았다. 저녁에 지푸가 왔다. 펑쥐의 편지와 원고료 4위안을 받았다. 밤에 징눙, 지예가 왔다. 페이량이 왔다.

8일 맑음. 오전에『중국소설사략』 1책을 후지쓰카藤塚에게 부쳤다. 친원의 편지와『국민신보 부간』 1책을 부쳤다. 오후에 장펑쥐에게 편지를 부쳤다. 쉬쉬성에게 편지를 부쳤다. 저녁에 페이량의 편지와 함께 옷을 돌려받았다. 전융안이 왔으나 만나지 못했다. 장슈중張秀中의 편지와『새벽바람』曉風 1책을 건네받았다.

9일 흐림. 정오 좀 지나 베이징대학에 시험답안지 4매를 제출하러 갔다. 핑민야학교[16]에 서적 3책을 증정했다. 리샤오펑을 방문하였다.『우즈후이 학술논저』吳稚暉學術論著 1책을 증정받고,『유림외사』儒林外史 1책을 9자오에 구입했다. 오후에 지푸가 왔다. 밤에 지예, 타이징눙의 편지와 원고를 받았다. 바람이 불었다.

---

16) 베이징대학 평민야학교(平民夜校)를 가리킨다. 이 야학교는 1920년 1월 20일에 설립되었다.

10일 맑고 바람이 붊. 오전에 쉬쉬성의 편지를 받았다. 오후에 징눙, 지예에게 편지를 부쳤다. 충우에게 편지를 부쳤다. 밤에 지예, 징눙, 충우가 왔다.

11일 맑음. 오전에 커중핑의 편지를 받았다. 밤에 눈이 약간 왔다.

12일 맑음. 저녁에 창훙과 정샤오쉰鄭效洵이 왔다. 밤에 교육부로부터 민국 13년[1924년] 1월분 월급 231위안을 수령했다.

13일 음력 병인년 정월 초하루. 맑음. 오전에 상중우尙鍾吾의 편지와 원고를 받았다. 오후에 창훙, 샤오쉰이 왔다.

14일 일요일. 맑고 바람이 거셈. 오후에 지푸가 왔기에 100위안을 갚았다. 페이량이 왔다. 저녁에 시게미쓰 마모루重光葵에게 편지를 부쳤다. 덩페이황에게 편지를 부쳤다. 밤에 전융안이 왔다.

15일 맑음. 오전에 둥추팡董秋芳이 와서 빙얼 두 상자를 주었다. 『상아탑을 나서며』, 『비오는 날의 글』 각 1책과 『망위안』莽原 제3기를 주었다. 친원의 편지를 받았다. 7일에 부친 것이다. 오후에 펑쥐에게 편지를 부쳤다. 쯔페이와 수舒가 왔다. 정제스鄭介石가 왔다. 타오쉬안칭陶璇卿의 편지와 도안 그림 1매17)를 받았다. 4일에 사오싱에서 부친 것이다. 밤에 전융안이 왔으나 만나지는 못했다.

16일 맑음. 별일 없음.

17일 진눈깨비. 오후에 충우의 편지와 원고를 받았다. 밤에 펑쥐의 편지를 받았다. 바람이 거세게 불었다.

18일 맑음. 별일 없음.

19일 맑음. 오전에 지예에게 편지를 부쳤다. 충우에게 편지를 부쳤다.

---

17) 이 도안은 후에 『당송전기집』(唐宋傳奇集)의 겉표지에 사용되었다.

오후에 천마오가 와서 『유선굴』遊仙窟 2책을 빌려 갔다. 밤에 충우의 편지와 원고를 받았다. 한밤에 5,000자 원고 한 편[18]을 완성했다.

20일 맑음. 정오 좀 지나 펑쥐에게 편지를 부쳤다. 위탕에게 편지를 부쳤다. 창뎬廠甸을 돌아다니다가 『도집』陶集과 석인본 『사통통석』史通通釋 각 1책을 도합 2위안 2자오에 구입했다. 밤에 지예, 징눙, 충우가 왔다. 리샤오펑의 편지를 받았다. 징인위敬隱漁가 리옹에서 보내온 편지[19]가 동봉되어 있다.

21일 일요일. 흐리고 바람이 거셈. 오전에 덩페이황의 편지와 원고를 받았다.

22일 맑음. 오전에 창훙의 편지와 원고를 받았다. 정오 좀 지나 바람이 거세게 불었다. 위탕의 편지를 받았다. 밤에 창훙이 와서 10위안을 빌려 갔다.

23일 맑음. 정오 좀 지나 린위탕에게 편지를 부쳤다. 리지예를 방문했다. 둥야공사에 가서 책 9종을 도합 24위안 8자오에 구입했다. 치서우산을 찾아갔으나 만나지 못했다. 장펑쥐를 방문했다. 장마오천의 편지와 『당인설회』唐人說薈 두 상자, 그리고 대신 수령한 베이징대학의 월급 20위안을 받았다. 쉬지상許季上의 편지를 받았다. 밤에 커중펑이 왔다.

24일 맑음. 오전에 지예에게 편지를 부쳤다. 마오천에게 편지를 부쳤다. 오후에 지푸가 왔다. 밤에 주린의 편지를 받았다. 페이량이 왔다.

25일 맑음. 오후에 치서우산을 방문했다. 저녁에 리지예를 찾아가 『망

---

18) 「개·고양이·쥐」(狗·貓·鼠)를 가리킨다. 후에 『아침 꽃 저녁에 줍다』(朝花夕拾)에 수록되었다.
19) 징인위는 이 편지에서 자신이 루쉰의 「아Q정전」을 프랑스어로 번역한 후 로맹 롤랑(Romain Rolland)에게 발표할 곳을 소개해 달라고 부탁했으며, 로맹 롤랑은 작품을 읽은 후 찬성하고 이를 『유럽』(Europe)이란 잡지에 발표할 예정임을 알려 주었다. 아울러 로맹 롤랑의 평론 원문은 이미 창조사에 보냈다고 루쉰에게 알렸으나, 후에 창조사의 간행물에는 실리지 않았다.

위안』을 받았다.

26일 맑음. 오전에 지푸에게 편지를 부쳤다. 덩페이황에게 편지를 부쳤다. 쉬지상의 엽서를 받았다. 쉬친원의 편지와 원고를 받았다. 17일에 부친 것이다. 핀칭, 샤오펑이 왔다. 밤에 충우, 지예가 왔다.

27일 맑음. 오전에 타오위안칭陶元慶에게 편지를 부쳤다. 펑지朋其에게 편지와 원고를 부쳤다. 쉬지상에게 답신했다. 탁족을 했다. 오후에 린위탕의 편지와 원고를 받았다. 웨이충우韋叢蕪에게 편지를 부쳤다. 쉬친원에게 편지와 『망위안』 4책을 부쳤다. 징인위에게 편지와 『망위안』 4책을 부쳤다. 밤에 고서를 새로 장정하였다.

28일 일요일. 맑음. 오전에 유린의 편지를 받았다. 2월 9일에 부친 것이다. 충우의 편지를 받았다. 오후에 위僉 양이 와서 반야㕷鴨 한 마리를 주었다. 중칸이 왔으나 만나지 못했다. 밤에 하이마害馬[20]의 편지를 받았다. 지예의 편지를 받았다. 샤오펑의 편지를 받았다.

3월

1일 맑음. 오전에 자오취안청趙泉澄에게 원고를 반송했다. 충우에게 편지를 부쳤다. 푸원에게 편지를 부치고 셋째에게 원고 1편을 부쳤다. 프랑스에서 온 편지를 창홍에게 전해 주었다. 오후에 유위가 왔다. 이핑이 왔다. 샤오펑에게 원고[21]를 부쳤다.

---

20) 하이마(害馬)는 쉬광핑(許廣平)을 가리킨다. 베이징여자사범대학의 소요사태 중에 쉬광핑 등의 학생자치회 임원들은 양인위에게 '무리를 해치는 말'(害群之馬)이라고 질책을 받았다. 루쉰은 이를 쉬광핑의 애칭으로 사용하였던 것이다.
21) 「꽃이 없는 장미」(無花的薔薇)를 가리킨다. 후에 『화개집속편』에 수록되었다.

2일 맑음. 오전에 징눙을 방문했다. 샤오펑을 방문하여 그 서점[22]에서 석인본『지부족재총서』知不足齋書 1부, 석인본『성명잡극』盛明雜劇 1부, 『만고수곡, 귀현공연보』萬古愁曲, 歸玄恭年譜 합각본 1책을 도합 41위안 6자오에 구입했다. 셋째가 부친『자연계』自然界 2책을 받았다.

3일 맑음. 오전에 셋째의 편지를 받았다. 2월 25일에 부친 것이다. 중국대학에 강의하러 갔다. 작년 12월분 월급 10위안을 받았다. 지푸가 왔다. 둥추팡의 편지를 받았다. 저녁에 친원의 편지를 받았다. 2월 22일에 부친 것이다. 밤에 바람이 불었다.

4일 맑고 바람이 붊. 오전에 장펑쥐에게 편지를 부쳤다. 리샤오펑을 방문했다. 저녁에 쯔페이가 왔다.

5일 맑음. 오후에 샤오펑, 푸위안이 왔다.

6일 맑음. 아침에 지예에게 편지를 부쳤다. 여자사범대학 평의회[23]에 갔다. 오전에 펑쥐의 편지를 받았다. 음력 정월 22일이다. 밤에 하이마의 갈기머리를 잘랐다.[24] 징눙, 지예가 왔다. 페이량이 왔다.

7일 일요일. 맑음. 오후에 샤오펑이 와서 100위안을 건네주었다. 지푸가 왔다. 핀칭, 샤오펑 등 아홉 사람과 함께 나귀를 타고서 댜오위타이釣魚臺를 구경했다. 저녁에 반눙의 집에 가서 식사를 했다. 펑쥐, 쉬안보玄伯, 바이녠百年, 위탕, 웨이쥔維鈞 등 열 명이 동석했다. 취광쥔의 편지를 받았다.

8일 흐림. 오전에 마오천이 왔다. 지예의 편지를 받았다. 여자사범대

---

22) 베이신서국(北新書局)을 가리킨다.

23) 여자사범대학 평의회는 이 학교의 중대한 교무문제를 다루는 최고기구이다. 교장, 교무주임, 총무주임과 선출된 교수대표로 이루어진다. 여자사범대학으로의 복원 이후 평의회가 재조직되었으며, 루쉰은 성원으로 추천받았다.

24) 루쉰이 이날을 '음력 정월 22일'이라고 굳이 밝힌 것은 이날이 쉬광핑의 28번째 생일이었기 때문이다. 루쉰과 쉬광핑이 남녀로서 교제를 이미 시작했음을 짐작할 수 있다.

학의 2월분 월급 20위안 2자오 5편을 수령했다. 밤에 비가 내렸다.

9일 맑고 바람이 붊. 오전에 지예에게 편지를 부쳤다. 둥추팡에게 답신했다. 취광췬에게 답신했다. 여자사범대학에 강의하러 갔다. 정오경에 지푸가 시안西安반점으로 식사에 초대했다. 위탕, 샹성湘生, 유위가 동석했다. 오후에 덩페이황의 편지와 3월분 『국민신보 부간』 편집비 30위안을 받았다. 저녁에 루옌魯彦이 왔다.

10일 맑고 바람이 붊. 아침에 덩페이황에게 편지와 원고[25]를 부쳤다. 오전에 자이융쿤翟永坤에게 편지를 부쳤다. 리위안에게 편지를 부쳤다. 중국대학에 강의하러 갔다. 정오경에 타이징눙을 방문했다. 리샤오펑을 방문하여 20위안을 받고, 그의 거처에서 점심을 먹었다.

11일 맑음. 오전에 지예에게 편지를 부쳤다. 오후에 자이융쿤이 왔다. 원고료 2위안을 주었다.

12일 맑음. 정오 좀 지나 지예에게 편지를 받고서 곧바로 답신했다. 저녁에 쯔페이가 왔다.

13일 맑고 바람이 붊. 구리야가와 하쿠손의 편지를 받았다. 오후에 지예의 편지를 받았다. 유린의 편지를 받았다.

14일 일요일. 맑고 바람이 거셈. 오후에 창훙, 페이량이 왔다. 저녁에 덩페이황에게 편지를 부쳤다.

15일 맑고 바람이 붊. 오전에 미술학교에 가서 린펑몐 개인회화전람회[26]를 관람했다. 지푸를 방문했다. 오후에 지예의 편지를 받았다. 밤에 지예, 징눙이 왔다. 천중첸陳仲騫에게 편지를 부쳤다. 징눙이 10위안을 갚

---

25) 「중산선생 서거 일주년」(中山先生逝世後一周年)을 가리킨다. 후에 『집외집습유』에 수록되었다.
26) 린펑몐(林風眠) 개인회화전람회는 1926년 3월 10일부터 국립예술전문학교에서 개최되었다. 전람회 기간은 일주일이고, 전시작품은 40점이었다.

왔다.

16일 맑음. 오전에 여자사범대학에 강의하러 갔다. 샤오스를 돌아다니다가 『한율고』漢律考 1부 4책을 1위안에 구입했다. 오후에 지푸가 왔다. 밤에 전웅안이 왔다.

17일 맑음. 오전에 중국대학에 강의하러 갔다. 평정원에 결재서[27] 송달비 1위안을 납부하러 갔다. 지예의 편지와 원고를 받았다. 오후에 리샤오펑을 방문했다. 『국민신보』 편집회에 갔다. 주다난朱大枏, 젠셴아이蹇先艾가 왔으나 만나지 못했다. 저녁에 쯔페이가 왔다.

18일 맑음. 오전에 샤오펑에게 편지를 부쳤다. 오후에 유린이 와서 사탕 제품 3종을 주었다. 밤에 루엔이 왔다. 추팡의 편지를 받았다.

19일 진눈깨비. 오전에 펑쥐의 편지를 받고서 저녁에 답신했다. 샤오펑에게 편지를 부쳤다. 『고민의 상징』 재판원고의 교정[28]을 마쳤다.

20일 맑고 바람이 붊. 오후에 페이량이 왔다. 저녁에 런궈전의 편지를 받았다. 8일에 지린吉林에서 부친 것이다.

21일 일요일. 맑음. 오후에 지푸가 왔다. 차오징화曹靖華, 웨이충우, 쑤위안, 타이징눙, 리지예가 왔다. 펑원빙이 왔다. 쯔페이가 왔다. 저녁에 추쯔위안이 왔다.

22일 맑음. 정오 좀 지나 여자사범대학 평의회에 갔다. 저녁에 지푸가 왔다. 서우산이 왔다. 셋째의 편지를 받았다. 16일에 부친 것이다.

23일 맑음. 오전에 쯔페이가 왔다. 베이징사범대학으로부터 월급 53

---

27) 평정원의 결재서는 3월 23일에 송달되었는데, 이 결재서에는 장스자오(章士釗)가 루쉰에 대해 "면직 처분을 신청했던 것은 위법이며, 취소되어야 한다"라고 공포되어 있었다. 31일 국무총리 자더야오(賈德耀)는 교육부에 이것을 집행하도록 '훈령'하였다.

28) 『고민의 상징』의 초판이 매진되자, 루쉰은 1925년 10월부터 재판 준비에 들어갔다. 이날 교정을 끝마치고 4월 초에 재판되었다.

위안을 수령했다. 정오 좀 지나 쑤위안을 방문했다. 샤오펑을 방문했다. 서우산을 방문했다. 둥야공사에 가서 『사랑과 죽음의 유희』愛と死の戱 1책, 『지나 고대화론 연구』支那上代畵論硏究 1책, 『지나화가전』支那畵人傳 1책을 도합 7위안 4자오에 구입했다. 오후에 쑤위안에게 편지를 부쳤다. 샤오펑에게 편지를 부쳤다. 저녁에 쯔페이가 왔다. 밤에 창홍이 왔다. 웨이쑤위안, 징눙, 지예가 왔다.

24일 맑음. 정오 좀 지나 지푸를 방문했다. 쿵더학교孔德學校에 갔다. 치서우산을 방문했다. 저녁에 쯔페이가 왔다.

25일 맑음. 오전에 류허전劉和珍, 양더췬楊德群 두 사람의 추도회[29]에 갔다. 펑쥐의 편지를 받았다. 취광췬의 편지와 원고를 받았다. 오후에 핀칭이 왔다. 지푸가 왔다.

26일 맑음. 오전에 푸위안의 편지를 받았다. 친원의 편지를 받았다. 15일에 타이저우台州에서 부친 것이다. 오후에 여자사범대학 평의회에 갔다. 저녁에 쯔위안을 방문하고, 다시 함께 지푸를 방문했다. 교육부로부터 월급 3위안을 받았다.

27일 맑음. 오전에 지푸가 왔다. 정오경에 유린이 왔다. 오후에 샤오펑, 이핑이 왔다. 지예가 왔다.

28일 일요일. 흐림. 오후에 쯔페이가 왔다. 셋째의 편지를 샤오펑에게 전했다. 런쯔칭에게 편지를 부쳤다. 추팡의 편지를 받았다.

29일 맑음. 오전에 야마모토의원에 입원했다.[30] 오전에 수칭淑卿이 왔다. 유린이 왔다. 오후에 쯔페이가 왔다. 밤에 지예에게 편지를 부쳤다.

---

29) 3·18참사 당시에 희생되었던 류허전(劉和珍)과 양더췬(楊德群) 두 열사를 추념하기 위해, 베이징여자사범대학은 이날 추도대회를 개최하였다. 추도대회에 참가했던 루쉰은 4월 1일에 「류허전 군을 기념하여」(記念劉和珍君)를 썼다.

30일 맑음. 정오 좀 지나 추쯔위안을 방문했으나 만나지 못했다. 오후에 여자사범대학으로부터 월급 20위안 2자오 5편을 받았다. 샤오펑이 가져온 돈 70위안과 셋째에게 갚는 돈 13위안을 받았다.

31일 흐림. 오전에 중국대학에 강의하러 갔다. 2월분 월급 5위안을 받았다. 오후에 웨이쑤위안 등을 방문했다. 샤오펑을 방문했다. 저녁에 쯔페이가 왔다.

4월

1일 맑음. 오후에 지푸가 왔다.

2일 맑음. 오전에 이발을 했다. 차오징화의 편지를 받고서 정오 좀 지나 답신했다. 지푸가 왔다. 오후에 쯔페이에게 편지를 부쳤다. 창훙에게 편지를 부쳤다. 셋째에게 편지를 부쳤다. 저녁에 쯔페이가 왔다.

3일 맑음. 정오 좀 지나 지예를 방문했다. 샤오펑을 방문하여 『고민의 상징』 재판본 15책을 받았다. 지푸가 왔다. 저녁에 쯔페이가 왔다.

4일 일요일. 흐림. 정오 좀 지나 지예에게 편지를 부쳤다. 오후에 유린이 왔다.

5일 맑음. 오전에 친쥔례秦君烈의 편지를 받고서 곧바로 답신했다. 리잉췬李英群에게 원고를 반송했다. 정오경에 지푸를 찾아갔으나 만나지 못했다. 웨이쑤위안에게 편지를 부쳤다. 저녁에 지푸가 왔다. 밤에 유린이 왔다. 쯔페이가 왔다. 석인본 『가태 콰이지지 및 보경속지』嘉泰會稽志及寶慶續

---

30) 당시 『징바오』(京報)는 돤치루이(段祺瑞) 정부가 루쉰 등의 문화교육계 인사 48명을 체포하려 한다는 사실을 공표했다. 이로 이해 루쉰은 야마모토의원으로 잠시 피신하였다가, 4월 8일에 집으로 돌아왔다.

志 1부와 판지, 모두 6위안 8자오어치를 대신 예약해 달라고 그에게 부탁했다.

6일 맑음. 오전에 여자사범대학에 강의하러 갔다. 집으로 돌아왔다. 웨이쑤위안의 편지를 받았다. 지예의 편지를 받았다. 오후에 지예를 방문했다. 샤오펑을 방문했다. 다시 의원으로 돌아갔다. 샤오펑으로부터 30위안을 받았다. 저녁에 샤오펑에게 편지를 부쳤다. 펑쥐에게 편지를 부쳤다. 저녁에 쯔페이가 왔다. 밤에 유린이 왔다.

7일 맑음. 오전에 페이량에게 편지를 부쳤다. 푸위안에게 원고[31]를 부쳤다. 중국대학에 강의하러 갔다. 정오 좀 지나 지푸를 방문했다. 오후에 지푸가 왔다. 유린이 왔다.

8일 흐리고 바람이 거셈. 오전에 펑쥐의 편지를 받았다. 정오경에 지예에게 편지를 부쳤다. 정오 좀 지나 마오천의 편지를 받았다. 오후에 야마모토의원을 나왔다. 지푸를 방문했다. 창훙의 편지를 받았다. 저녁에 창훙이 왔다. 밤에 샤오펑의 편지를 받았다.

9일 맑음. 정오 좀 지나 지예를 찾아갔으나 외출 중이었다. 샤오펑을 방문했다. 둥야공사에 가서 『미학』美學 1책, 『미학원론』美學原論 1책, 『아리시마 다케오 저작집』有島武郞著作集 1부터 3까지 각 1책, 플란넬제 상象 1점을 도합 7위안에 구입했다. 치서우산을 방문하여 플란넬제 상을 그의 셋째 아들에게 주었다. 밤에 쯔페이가 왔다.

10일 맑음. 오전에 유린이 왔다. 지푸가 오자 곧바로 함께 서우산을 방문했다. 오후에 이핑이 왔다. 페이량, 즈푸芝圃가 왔다. 쯔페이가 왔다. 유린이 왔다. 중칸이 왔기에 『중국소설사략』 1책을 주었다.

---

31) 「이 같은 '빨갱이 토벌'」(如此'討赤')을 가리킨다. 후에 『화개집속편』에 수록되었다.

11일 일요일. 맑음. 오전에 샤오펑의 편지를 받았다. 오후에 창훙이 왔다. 저녁에 지푸가 왔다. 마오천, 푸위안, 춘타이가 왔다.

12일 맑음. 오전에 베이징대학에 강의하러 갔다. 정오 좀 지나 샤오펑을 방문했다. 친원의 편지를 받았다. 3월 31일에 부친 것이다. 밤에 지푸를 방문했다.

13일 맑음. 오전에 여자사범대학에 강의하러 갔다. 충우의 편지를 받고서 정오경에 답신했다. 리톈즈李天織에게 편지를 부쳤다. 밤에 창훙의 편지를 받았다. 지예의 편지를 받았다. 인쇄원고를 교정하였다.[32]

14일 맑음. 오전에 톈젼산田間山의 편지와 원고를 받았다. 중국대학에 강의하러 갔다. 정오 좀 지나 푸위안에게 원고[33]를 부쳤다. 오후에 페이량이 왔다. 충우의 편지를 받고서 저녁에 답신했다. 밤에 펑지의 편지와 원고를 받았다. 탁족을 했다.

15일 맑음. 오전에 지예에게 편지를 부쳤다. 펑지에게 편지를 부쳤다. 오후에 지푸가 와서 함께 서우산을 방문했다. 야마모토의원에 갔다. 지예의 편지를 받았다. 저녁에 독일의원으로 옮겼다.[34]

16일 비. 오후에 수칭이 왔다. 펑쥐에게 편지를 부쳤다. 저녁에 서우산을 방문했다.

17일 비. 오전에 집에 돌아가 잠시 둘러보았다. 둥야공사에 가서 『아리시마 다케오 저작집』 제11집 1책, 『지나유람기』支那遊記 1책을 도합 2위안 5자오에 구입했다. 푸위안에게 편지를 부쳤다. 지예에게 편지를 부쳤

---

32) 『화개집』의 교료지를 교열하였다.
33) 「50명을 하나하나 들추어내다」(大衍發微)를 가리킨다. 후에 『이이집』(而已集)에 수록되었다.
34) 이 당시 펑계(奉系) 군벌 장쭤린(張作霖)의 선두부대가 베이징 교외의 가오차오(高橋)에 이르면서 베이징의 형세가 다시 매우 긴박해졌다. 루쉰은 치서우산의 도움을 받아 쉬서우창과 함께 독일의원으로 옮겼다가 23일에 거처로 돌아왔다.

다. 밤에 둥안東安반점에 갔다.[35]

18일 일요일. 맑음. 오전에 둥안반점에 갔다. 둥추팡의 편지를 받았다. 정오경에 유린이 왔다. 쯔페이가 왔다. 서우산이 왔다. 함께 독일반점에 가서 점심을 먹었다. 오후에 광핑이 왔다. 저녁에 수칭이 왔다. 친원과 위안칭의 편지를 받았다. 8일에 부친 것이다.

19일 흐리고 바람이 붊. 오전에 유린이 왔다. 지예의 편지를 받았다.

20일 맑음. 오전에 수칭이 왔다. 유린이 왔다. 샤오펑의 편지를 받았다. 서우산을 방문했다. 정오경에 지예에게 편지를 부쳤다. 정오 좀 지나 샤오펑을 방문했다. 집에 돌아가 잠시 살펴보았다.

21일 맑음. 오전에 수칭이 왔다. 집에 돌아가 살펴보았다. 밤에 의원으로 왔다. 셋째의 편지를 받았다. 14일에 부친 것이다.

22일 흐림. 오전에 서우산이 왔다. 저녁에 수칭이 왔다. 페이량의 편지와 원고를 받았다. 17일에 양류칭楊柳青에서 부친 것이다. 펑지의 원고를 받았다. 톈원산의 편지를 받았는데, 욕설을 퍼부으면서 원고의 반환을 요구했다. 즉시 찾아 부쳐 주었다. 유린이 왔다. 밤에 가랑비가 내렸다.

23일 흐림. 오전에 여자사범대학에 시험을 치르러 갔다. 집에 돌아와 잠시 살펴보았다. 징인위의 편지를 받았다. 정오 좀 지나 징눙을 방문했다. 샤오펑을 방문했다. 저녁에 독일의원에서 집으로 돌아왔다. 웨이쑤위안의 편지를 받았다. 친원의 편지와 도안 1매를 받았다. 3월 28일에 부친 것이다. 밤에 리위안의 편지를 받았다. 15일에 딩현定縣에서 부친 것이다.

24일 흐림. 오전에 펑쥐에게 편지를 부쳤다. 친원에게 편지를 부쳤다.

---

35) 당국이 수배자들의 주소지를 수사한다는 소문이 돌았기 때문에, 루쉰은 남에게 부탁하여 가족을 둥창안제(東長安街) 둥안반점에 잠시 머물도록 조처를 취하였다.

셋째에게 편지를 부쳤다. 오후에 유린이 왔다.

25일 일요일. 맑고 바람이 붊. 오후에 추팡이 왔다. 징인위에게 편지를 부쳤다. 쯔페이가 왔다. 밤에 리위안의 편지를 받았다. 이핑의 편지를 받았다. 밍쉬名繡의 편지를 받았다. 지예의 편지와 원고를 받았다.

26일 흐림. 오전에 베이징대학에 강의하러 갔다. 지예를 방문하여 인쇄비 100위안을 건네주었다. 정오 좀 지나 샤오펑을 방문하여 100위안을 받았다. 펑쥐의 편지를 받았다. 둥야공사에 가서 『아리시마 다케오 저작집』제12집 1책을 1위안 2자오에 구입했다. 서우산을 찾아갔으나 만나지 못했다. 오후에 지푸가 왔다. 밤에 프랑스의원에 갔다.[36]

27일 맑음. 오후에 서우산을 방문했다. 둥야공사에 가서『최근의 영문학』最近の英文學 1책을 2위안에 구입했다

28일 맑음. 오후에 쯔페이가 왔다. 류산如山이 왔다. 밤에 목욕을 했다.

29일 맑음. 별일 없음.

30일 맑음. 오후에 취쥔주曲均九의 편지를 받았다. 타이징능의 편지를 받았다. 덩페이황에게 편지를 부쳤다. 밤에 집으로 돌아왔다.

5월

1일 흐림. 정오 좀 지나 징눙에게 편지를 부쳤다. 취쥔주에게 답신했다. 오후에 천웨이모陳煒謨, 펑즈馮至가 왔다. 먀오진위안繆金源이 왔다. 저녁에 의원에 갔다.

---

36) 이날 이른 아침에 수배자 중 한 사람이며 진보적 언론인이었던 사오퍄오핑(邵飄萍)이 펑계 군벌에게 살해당하였다. 이 소식을 들은 루쉰은 뜻밖의 일을 방지하기 위하여 프랑스의원으로 피난했던 것이다.

2일 일요일. 맑음. 오전에 쯔페이가 왔다. 정오 좀 지나 샤오펑을 방문하였으나 만나지 못하고, 『고향』 10책을 받았다. 쑤위안을 방문하고 번역시를 교정하였다.[37] 오후에 집에 돌아와 둘러보고서 의원으로 갔다. 저녁에 샤오펑, 마오천이 왔다. 밤에 집으로 돌아왔다.[38]

3일 흐림. 오전에 베이징대학에 강의하러 갔다. 정오 좀 지나 우정총국에 타오쉬안칭이 부친 나의 초상화[39]를 받으러 갔지만, 사람들이 너무나 빽빽하여 받지 못했다. 프랑스의원에 가서 일용품을 약간 가지고서 다시 우정총국에 가서 초상화를 받아 돌아왔다. 밤에 둥야공사에서 『남녀와 성격』男女と性格, 『작자의 감상』作者の感想, 『영원의 환영』永遠の幻影 각 1책을 도합 4위안 5자오에 구입했다.

4일 흐림. 오전에 충우의 편지를 받았다. 오후에 지푸가 왔다. 셋째의 편지를 받았다. 28일에 부친 것이다. 즉시 답신했다. 쯔페이가 왔다.

5일 가랑비. 오전에 징눙이 와서 『망위안』 10책을 건네주었다. 중국대학에 강의하러 갔다가 3월분 월급 5위안을 받았다. 신발 한 켤레를 2위안 5자오에 샀다. 덩페이황의 편지와 지난달 편집비 30위안을 받고서 즉시 답신했다. 저녁에 천웨이모로부터 편지와 『가라앉은 종』沉鐘 제4기 1책, 안드레예프의 사진 1장을 받았다. 밤에 처경난車耕南의 엽서를 받았다. 4일에 톈진天津에서 부친 것이다.

6일 맑음. 오전에 덩페이황의 편지를 받았다. 정오 좀 지나 바람이 거세게 불었다. 오후에 웨이쑤위안을 방문했다. 리샤오펑을 방문했다. 프랑

---

37) 웨이쑤위안과 함께 후샤오(胡斅)가 번역한 『열둘』(十二個)을 교열한 것을 가리킨다.
38) 프랑스의원에서 집으로 돌아간 것을 가리킨다.
39) 타오위안칭(陶元慶)이 루쉰의 사진에 근거하여 그린 목탄화 초상화를 가리킨다. 후에 베이징 시싼탸오(西三條)의 루쉰의 옛집 남쪽 방에 오랫동안 걸려 있었다.

스의원에 일용품을 가지러 갔다.

7일 맑음. 오전에 평쥐, 쉬성이 왔다. 저녁에 지푸가 왔다. 평쥐의 편지를 받았다.

8일 맑음. 정오 좀 지나 가오거高歌, 돤페이성段沛聲이 왔다. 오후에 리지구李季谷가 왔으나 만나지 못하고 항저우杭州산 붓 여덟 자루를 남겨 두고서 갔다. 평쥐의 편지를 받았다.

9일 일요일. 흐리다가 정오 좀 지나 가랑비. 리위안을 방문하여 원고료 5위안을 건네주었다. 즈리直隷서국에 서적 장정을 맡겼다.

10일 맑음. 오전에 베이징대학에 강의하러 갔다. 샤오펑을 방문했다. 지예를 방문했다. 탄짜이콴譚在寬의 편지를 받았다. 정오 좀 지나 다루춘大陸春에서의 식사에 초대하는 위탕의 편지를 받고,[40] 저녁에 갔다. 유위, 지푸가 동석했다. 둥추팡이 왔다. 『고향』 1책을 주었다.

11일 맑음. 오후에 반눙이 『와부집』瓦釜集 1책을 증정했다.

12일 맑음. 아침에 탄짜이콴에게 편지를 부쳤다. 친원, 쉬안칭에게 편지를 부쳤다. 오전에 중국대학에 강의하러 갔다. 지푸가 왔다. 저녁에 쯔페이가 왔다. 밤에 촨다오川島가 왔다. 친원의 편지를 받았다. 4일에 부친 것이다.

13일 흐림. 오전에 지예에게 편지와 원고[41]를 부쳤다. 샤오펑에게 편지를 부쳤다. 정오 좀 지나 지예의 편지를 받았다. 샤오펑의 편지와 『어린 독자에게』寄小讀者 1책을 받았다. 쑤위안의 편지를 받았다. 저녁에 핀칭에게 편지와 원고[42]를 부쳤다. 야오천耀辰, 유위, 지푸와 함께 쉬안난춘宣南春

---

40) 린위탕은 이미 샤먼(廈門)대학의 문과주임으로 초빙을 받았던 처지였다. 그는 루쉰에게 샤먼대학에 함께 가기를 청했다.

41) 「24효도」(二十四孝圖)를 가리킨다. 후에 『아침 꽃 저녁에 줍다』에 수록되었다.

에서 위탕의 송별연을 열었다. 지예가 왔으나 만나지 못했다. 리지구의 편지를 받았다.

14일 맑음. 오전에 지예에게 편지를 부쳤다. 여자사범대학에 강의하러 갔다. 정오 좀 지나 핀칭의 편지를 받았다.

15일 맑음. 오전에 위탕이 왔다. 정오 좀 지나 흐리고 바람이 불었다. 오후에 여자사범대학으로부터 월급 6위안을 받았다. 구제강, 푸옌창博彦長, 판자쉰潘家洵이 왔다. 저녁에 교육부에서 월급 79위안을 보내 주었다. 밤에 탁족을 했다.

16일 일요일. 흐리다가 정오 좀 지나 가랑비가 내리고 오후에 갬. 펑지가 와서 10위안을 빌려 갔다. 가오거가 왔다.

17일 맑음. 오전에 베이징대학에 강의하러 갔다. 정오 좀 지나 쑤위안, 지예를 방문했다. 샤오펑을 방문하였다. 『어린 독자에게』, 『러브레터 한 묶음』情書一束, 『아득한 남서풍』渺茫的西南風 각 2책을 증정받았다. 아울러 곧바로 그 서국43)에서 『공손룡자주』公孫龍子注 1책, 『춘추복시』春秋復始 1부 6책, 『사기탐원』史記探原 1부 2책을 도합 2위안 8자오에 구입했다. 오후에 베이징대학에 가서 2월분 월급 8위안, 3월분 2위안을 받았다.

18일 맑음. 오전에 반눙의 편지를 받았다. 저녁에 추팡의 편지와 원고를 받았다. 밤에 바람이 불었다.

19일 맑음. 오전에 중국대학에 갔다. 정오 좀 지나 베이징대학에서 『국학계간』 1책을 보내 주었다. 오후에 베이징사범대학에 가서 3월분 월급 24위안을 받았다. 즈리서국에 가서 새로 장정한 서적을 받았다. 공임은

---

42) 「『치화만』 제기」(『痴華鬘』題記)를 가리킨다. 후에 『집외집』에 수록되었다.
43) 베이신서국(北新書局)을 가리킨다.

1위안 2자오이다. 여자사범대학의 린위탕 송별다과회에 갔다. 아울러 월급 10위안 1자오를 수령했다.

20일 맑음. 오후에 지예의 편지를 받았다. 반눙에게 편지를 부쳤다.

21일 맑음. 오전에 여자사범대학에 강의하러 갔다. 정오경에 시지칭西吉慶에 가서 식사를 했다. 오후에 충우의 편지를 받았다. 리위안의 편지와 원고를 받았다. 지푸가 왔다. 저녁에 둥야공사에서 『아리시마 다케오 저작집』 제13집부터 제15집까지 모두 3책을 보내왔다. 3위안 7자오어치이다.

22일 맑음. 오전에 자이융쿤의 편지를 받았다. 레이촨雷川 선생이 오셨다. 밤에 지예의 엽서를 받았다. 21일에 톈진에서 부친 것이다. 샤오펑의 편지를 받았다. 비가 내렸다.

23일 일요일. 비. 정오 좀 지나 충우의 편지와 원고를 받았다.

24일 맑음. 아침에 반눙에게 편지를 부쳤다. 오전에 베이징대학에 강의하러 갔다. 정오 좀 지나 샤오펑을 방문했다. 쑤위안을 방문했다. 황윈신黃運新의 편지와 시를 받았다. 저녁에 추팡이 와서 학비 15위안을 빌려 갔다. 즈팡織芳의 편지를 받았다. 22일에 바오딩保定에서 부친 것이다. 밤에 셋째의 편지를 받았다. 푸위안의 편지가 동봉되어 있다. 17일에 부친 것이다. 위탕으로부터 작별의 인사장과 사진을 받았다. 쑤빈蘇濱의 편지를 받았다.

25일 비. 오전에 쑤핑蘇萍에게 답신했다. 쑤위안에게 편지를 부쳤다. 리스쥔李世軍이 왔다.

26일 흐림. 오전에 겅난의 아내가 왔다. 정오경에 이즈抑卮가 왔다. 오후에 시험답안지를 모두 살펴보았다. 밤에 반눙의 편지를 받았다.

27일 비. 오전에 류시위劉錫愈에게 원고를 반송했다. 자이융쿤에게 편지를 부쳤다. 여자사범대학 평의회에 평의원 사직서를 부쳤다. 정오경에 궁주신宮竹心의 편지를 받았다. 정오 좀 지나 웨이쑤위안을 방문하였다. 『별을 향해』가 이미 출판되어 있음을 보았다. 10책을 받았다. 리샤오펑을 방문하여 『물레 이야기』 3책, 『여성미』女性美 2책을 증정받았다. 반능에게 편지와 글[44]을 부쳤다. 정전둬의 편지와 인세 환어음 59위안을 받았다.

28일 흐림. 오전에 여자사범대학에 강의하러 갔다. 정오 좀 지나 지푸를 방문했다. 류리창에 가서 『스쩡유묵』師曾遺墨 제7집부터 제10집까지 모두 4책을 6위안 4자오에 구입했다. 오후에 즈팡의 편지를 받았다. 24일에 페이샹肥鄕에서 부친 것이다. 저녁에 지구가 왔다.

29일 맑다가 밤에 바람이 거셈. 별일 없음.

30일 맑고 바람이 붊. 오전에 친원의 편지를 받았다. 20일에 부친 것이다. 펑원빙의 편지를 받았다. 여자사범대학에 강의하러 갔다.[45] 핀칭이 왔으나 만나지 못했다. 오후에 친원의 원고를 받았다. 펑원빙이 왔다. 『별을 향해』 1책을 주었다. 저녁에 리빙중李秉中의 편지와 그림엽서 3매를 받았다. 12일에 모스크바에서 부친 것이다. 여자사범대학에 시험답안지를 반송했다.

31일 맑음. 오전에 『별을 향해』를 스취안과 친원에게 1책씩 부치고, 웨이밍사를 대신하여 4책을 쉬안칭에게 부쳤다. 저녁에 선리즈沈立之에게 답신했다. 중국대학에 편지를 부쳐 강의를 계속하지 못함을 알렸다.

---

44) 「『하전』 서문」(『何典』題記)을 가리킨다. 후에 『집외집습유』에 수록되었다.
45) 이날 루쉰은 여자사범대학의 5·30기념대회에 참석하여 강연을 했다. 강연원고는 일실되었다.

6월

1일 맑음. 오전에 즈팡의 엽서를 받았다. 28일에 진탄전金灘鎭에서 부친 것이다. 우정총국에 가서 59위안을 받았다. 쿵더학교로 편칭을 찾아갔으나 만나지 못하고, 책을 남겨 두고 나왔다. 샤오펑을 방문했다. 정오 좀 지나 쑤위안을 방문했다. 둥야공사에서『아리시마 다케오 저작집』제16집 1책,『프롤레타리아예술론』無産階級藝術論 1책,『문예사전』文藝辭典 1책을 도합 4위안 6자오에 구입했다. 샤오펑으로부터 100위안을 받았다. 밤에 인쇄원고를 교정하였다.[46] 마줴馬珏 양에게『치화만』癡華鬘 1책을 증정했다.

2일 맑음. 밤에 추쯔위안이 왔다. 둥야공사에서『문학에 뜻을 둔 사람에게』文學に志す人に 1책을 보내왔다. 가격은 1위안 4자오이다. 가오거의 편지를 받았다.

3일 맑음. 오전에 쑤위안에게 편지와「『가난한 사람들』서문」窮人小引을 부쳤다.[47] 샤오펑에게 편지를 부치고, 정오 좀 지나 답신과『화개집』20책을 받았다. 오후에 이에 답신했다. 펑쥐에게 편지를 부쳤다. 셋째에게 편지를 부쳤다. 정전둬에게 보내는 편지를 동봉했다. 저녁에 서우산이 왔다. 함께 술을 마시고, 서적 4종을 주었다. 밤에 마줴 양의 편지를 받았다. 인쇄원고를 교정했다.

4일 맑음. 오전에 여자사범대학에 강의하러 갔다. 정오 좀 지나 지푸를 방문했다. 오후에 루슈전이 왔다. 저녁에 펑쥐의 편지를 받았다.

5일 맑음. 오전에 샤오펑에게 편지를 부쳤다. 탁족을 했다. 오후에 가

---

46) 『방황』의 교료지를 교열한 것을 가리킨다.
47) 『가난한 사람들』(窮人)은 웨이충우(韋叢蕪)가 번역하였다. 루쉰은 일역본에 근거하여 교정을 보았으며, 서문을 지었다. 이 서문은 후에『집외집』에 수록되었다.

오거의 편지를 받았다. 밤에 바람이 불었다.

6일 일요일. 맑음. 오전에 천웨이모, 펑즈가 왔다. 중앙공원에 가서 쓰투차오司徒喬의 회화전람회[48]를 관람하고, 조그마한 그림 2점을 9위안에 구입했다. 핀칭과 샤오펑이 왔으나 만나지 못하고, 『치화만』 5책을 남겨 놓고서 갔다. 밤에 친원, 쉬안칭의 편지를 받았다. 지난달 28일에 부친 것이다.

7일 맑음. 정오 좀 지나 쑤위안을 방문했다. 샤오펑을 방문하여 『하전』何典 10책을 받았다. 저녁에 지푸가 저녁식사에 초대하였다. 서우산도 함께 하였다. 뤄쉐롄羅學濂의 편지를 받았다. 천웨이모의 편지를 받았다. 왕핀칭에게 편지를 부쳤다. 밤에 잠을 이루지 못했다.

8일 맑음. 이른 아침에 겅난의 아내가 톈진으로 돌아갔다. 오전에 핀칭의 편지와 원고를 받았다. 뤄쉐롄이 왔다.

9일 맑음. 오전에 자오인탕, 선쯔옌沈孜研이 왔다. 밤에 비가 내렸다.

10일 비. 오전에 처겅난의 편지를 받았다.

11일 흐림. 오전에 펑쥐에게 편지를 부쳤다. 쑤위안에게 편지와 원고[49]를 부쳤다. 오후에 샤오펑의 편지를 받았다. 즈팡의 편지를 받았다. 6일에 뤄양洛陽에서 부친 것이다. 저녁에 Battlet,[50] 충우와 장군張君이 왔다.

12일 맑음. 별일 없음. 소설에 관해 이전에 베껴 두었던 자질구레한 이야기들을 편집하였다.[51]

---

48) 6월 4일부터 6일까지 쓰투차오는 베이징 중앙공원의 수이셰(水榭)에서 개인화전을 열었다. 루쉰은 이곳에 관람하러 가서 「다섯 경찰 하나의 ○」(五個警察一個○)와 「만두가게 앞」(饅店門前) 각 1점을 구입했다.

49) 「통신(웨이밍에게 보내는 답신)」을 가리킨다. 후에 『집외집』에 수록되었다.

50) Battlet은 Robert Merrill Bartlett의 오기이다. 바틀렛(1898~1995)은 미국인으로 당시 베이징 대학의 서양철학문학과 교수로 재직하였다.

13일 일요일. 맑음. 오전에 충우를 방문했다. 샤오펑을 방문하여 『마음의 탐험』心的探險 12책을 받았다. 오후에 쯔페이가 왔다. 지푸가 왔다.

14일 음력 단오절이다. 맑음. 정오 좀 지나 뤼윈장이 왔다. 창훙의 원고를 받았다. 8일에 항저우에서 부친 것이다. 둥추팡의 편지를 받았다. 저녁에 교육부로부터 월급 83위안을 수령했다. 탁족을 했다.

15일 맑음. 정오 못 미쳐 천선즈陳愼之가 왔다. 오후에 구제강이 『고사변』古史辨 제1책 1책을 증정했다. 여자사범대학의 월급 20위안을 받았다.

16일 맑음. 오후에 충우, 쑤위안을 방문했다. 샤오펑을 방문하였다가 핀칭과 반눙을 만났다.

17일 맑음. 오전에 리빙중에게 편지와 서적 3책을 부쳤다. 비가 내렸다. 베이징사범대학에 가서 3월분 월급 8위안, 4월분 14위안을 받았다. 즈리서국에 가서 『태평광기』太平廣記 1부를 8위안에 구입했다. 첫번째 권은 빠져 있다. 또한 『관고당휘각서목』觀古堂彙刻書目 1부 16책을 12위안에 구입했다. 친원의 편지를 받았다. 7일에 부친 것이다. 저녁에 핀칭에게 편지를 부쳤다.

18일 비. 오전에 셋째의 편지를 받았다. 12일에 부친 것이다. 천선즈가 왔다. 젠스兼士의 편지를 받았다. 정오 좀 지나 날이 갰다. 지푸가 왔다. 저녁에 반눙이 왔다.

19일 맑음. 오전에 지푸, 스진詩葷이 와서, 위병의 처방을 세워주었다.[52] 젠스가 왔다. 밤에 둥야공사에서 『현대프랑스문예총서』現代佛蘭西文藝

---

51) 『소설구문초』(小說舊聞鈔)를 가리킨다. 편집을 마친 후 1926년 8월 1일에 서문을 썼다.

52) 루쉰은 3월 말부터 5월 초까지 피난생활로 인해 위를 상하게 되었다. 이날 쉬우창(許壽裳)이 베이징의과대학 조교수인 형 쉬스친(許詩芹)을 데려와 루쉰의 위병에 대해 처방을 내리게 했던 것이다.

叢書 4책,『동서문예평론』東西文藝評論 1책을 보내 주었다. 가격은 도합 8위안 2자오이다. 핀칭의 편지와 책을 받았다.

20일 일요일. 비. 오전에 수칭淑卿에게 상우인서관에 가서 석인본『한위총서』漢魏叢書 1부 40책,『고씨문방소설』顧氏文房小說 1부 10책을 예약해 달라고 부탁했다. 가격은 도합 21위안 3자오이다.

21일 흐림. 오전에 셋째에게 편지를 부쳤다. 왕핀칭에게 편지를 부쳤다. 정오경에 날이 갰다. 위안遇安의 편지를 받았다. 쑤위안의 편지를 받았다. 이핑의 편지와 원고를 받았다. 정오 좀 지나 광핑에게 베이신서국에 가서『위쓰』를, 그리고 웨이밍사에 가서『가난한 사람들』을 받아오도록 부탁했다. 오후에 지푸가 왔다. 밤에 롼주쉰阮久巽의 편지를 받았다. 12일에 부친 것이다.

22일 흐림. 밤에 둥야공사에서 '아르스미술총서'アルス美術叢書 7책을 보내왔다. 가격은 12위안 8자오이다. 반눙의 편지를 받았다.

23일 맑음. 정오 좀 지나 샤오펑으로부터 편지와『희미한 꿈』飄渺的夢 15책, 그리고 반눙에게서 빌렸던『완옥헌집』浣玉軒集 2책을 받았다. 오후에 쑤위안이 왔다. 핀칭의 편지와『시인정략』詩人征略 두 상자를 받았다. 곧바로 이전에 빌렸던 책을 반환했다. 저녁에 가오거가 왔다. 서적 3책을 주었다. 밤에 바람이 불었다.

24일 맑음. 오전에 추팡이 왔으나 만나지 못했다. 유린이 와서 곶감 두 꾸러미를 주었다. 반눙에게 편지를 부쳤다. 펑지에게 편지를 부쳤다. 샤오펑에게 편지를 부쳤다. 쑤위안에게 편지를 부쳤다. 여자사범대학에 시험문제를 부쳤다. 오후에 비가 내렸다.

25일 맑음. 정오 좀 지나 지푸를 방문했다. 류리창에 책을 가지러 갔다. 오후에 비가 한바탕 쏟아졌다.

26일 맑음. 정오 좀 지나 핀칭을 찾아가 책을 돌려주었다. 서우산을 방문하였으나 만나지 못했다. 둥야공사에 가서 『원숭이떼에서 공화국까지』猿の群から共和國まで 1책, 『소설로 보는 지나의 민족성』小說から見たる支那の民族性 1책을 도합 3위안 8자오에 구입했다. 샤오펑을 방문하였으나 만나지 못했다. 충우를 방문했다. 오후에 펑지의 편지를 받았다. 지예의 편지를 받았다. 리지구의 엽서를 받았다.

27일 일요일. 맑음. 어머니가 편찮으셔서 야마모토 의사를 모셔왔다. 오후에 펑지에게 편지를 부쳤다. 위안에게 편지를 부쳤다. 저녁에 샤오펑, 핀칭이 왔다. 밤에 유린이 왔다.

28일 맑음. 오전에 류리창에 갔다. 신창信昌약방에 가서 약을 구입했다. 류반능을 찾아갔으나 만나지 못했다. 서우산을 찾아갔다. 오후에 샤오펑을 방문하여 100위안을 받았다. 아울러 그에게 반능에게 편지와 원고[53]를 부쳐 달라고 부탁했다. 밤에 샤오펑의 편지를 받고서 곧바로 답신했다. 탁족을 했다. 주쉰이 보내 준 말린 야채 한 광주리를 받았다.

29일 맑음. 저녁에 천선즈의 편지를 받고서 곧바로 답신했다.

30일 맑음. 오전에 소설사의 시험점수를 베이징대학 교무부에 부쳐 주었다. 샤오펑에게 편지를 부쳤다. 오후에 위안의 편지를 받았다. 지푸가 왔다. 저녁에 위안이 『국문독본』國文讀本 3책을 가져왔다. 『화개집』 등 4책을 주었다. 밤에 가오거로부터 편지와 『쉬안상』弦上 제19기 5책을 받았다.

---

53) 「즉흥일기(馬上日記)・미리 쓰는 서문(豫書)」을 가리킨다. 후에 『화개집속편』에 수록되었다.

7월

1일 맑음. 오전에 위탕의 편지를 받았다. 6월 21일에 샤먼에서 부친 것이다. 반눙에게 원고[54]를 부쳤다. 정오 좀 지나 이발을 했다. 오후에 징인위로부터 편지와 『*Europe*』[55] 1책을 받았다. 저녁에 젠스의 편지를 받았다. 핀칭의 편지를 받았다. 동아고고학회[56]로부터 초대장을 받았다. 밤에 푸주밍(符九銘)이 왔다. 밤에 고바야시(小林)에게 고고학회의 초대를 거절하는 편지를 부쳤다.

2일 맑음. 저녁에 주쉰에게 편지를 부쳤다. 샤오펑에게 편지를 부쳤다. 반눙에게 원고를 부쳤다.

3일 맑음. 오전에 어머니와 함께 야마모토의원에 진찰을 받으러 갔다. 정제스가 왔으나 만나지 못했다. 정오 좀 지나 이토(伊東) 의사의 거처에 가서 치아 세 개를 뽑았다. 치서우산을 방문했다. 둥야공사에 갔다. 샤오펑을 찾아갔다. 쑤위안을 찾아갔다.

4일 일요일. 맑음. 오전에 쑤위안의 편지를 받고서 곧바로 답신했다. 얼마 후 다시 답신을 받았다. 페이량, 가오거가 왔다. 오후에 가오거의 편지와 원고를 받았다. 젠스가 왔다. 저녁에 반눙에게 편지를 부쳤다. 위탕의 편지를 받았다. 6월 25일에 샤먼에서 부친 것이다. 셋째의 편지와 충우

---

54) 「즉흥일기」(馬上日記)를 가리킨다. 이튿날 부친 원고 역시 마찬가지이다. 후에 『화개집속편』에 수록되었다.

55) 1926년 『*La Europa*』의 5월호와 6월호는 징인위가 번역한 루쉰의 「아Q정전」을 연재하였다.

56) 동아고고학회(東亞考古學會)는 일본의 학술단체이다. 1926년 6월 하순에 이 학회의 대표인 교토대학의 하마다(濱田) 교수, 도쿄제국대학의 시마무라(島村) 교수 등이 견학차 베이징을 방문하여 중국의 관련 학술부문의 접대를 받았다. 그들은 귀국 전에 베이징의 고고학자 및 베이징에 체재 중인 각국의 학자들을 연회에 초대했다. 루쉰은 이 연회에 가지 않았다.

의 원고를 받았다. 6월 29일에 부친 것이다.

5일 맑음. 저녁에 반눙의 편지를 받았다. 위탕에게 편지를 부쳤다. 핀 칭에게 편지를 부쳤다. 셋째에게 편지를 부쳤다. 밤에 둥야공사에서 『신 러시아 팸플릿』新露西亞パンフレット 2책, 『현대문호평전총서』現代文豪評傳叢書 4 책을 보내왔다. 가격은 도합 8위안 2자오이다.

6일 맑음. 오전에 샤오펑으로부터 편지와 50위안, 그리고 『위쓰』합정 본 제4책 6책을 받았다. 곧바로 답신했다. 정오 좀 지나 신창약방에 가서 약을 구입했다. 오후에 중앙공원에 가서 치서우산과 책의 번역을 시작했 다.[57] 저녁에 페이량, 가오거가 왔다.

7일 맑음. 오전에 지푸가 왔다. 정오 좀 지나 친원이 왔다. 오후에 공원 에 책을 번역하러 갔다가 뤄링螺舲을 만났다. 저녁에 핀칭의 편지를 받았 다. 젠스의 편지를 받고서 곧바로 답신했다. 밤에 탁족을 했다.

8일 맑음. 오전에 이토의 거처에 갔다. 정오 좀 지나 젠스를 찾아갔다. 오후에 공원에 갔다.

9일 맑음. 정오 좀 지나 공원에 갔다. 저녁에 마오천의 편지를 받고서 곧바로 답신했다. 밤에 가랑비가 내렸다.

10일 비. 정오 좀 지나 이토의 거처에 가서 치아 치료를 마쳤다. 15위 안을 지불했다. 둥야공사에 가서 『시혼 예찬』詩魂禮讃 1책을 1위안 3자오에 구입했다. 신창약방에 가서 약을 구입했다. 오후에 날이 갰다. 서우산을 방문했다. 중앙공원에 갔다. 지푸를 만나 함께 차를 마시고 저녁에 돌아왔

---

57) 『작은 요하네스』(小約翰)의 번역을 가리킨다. 이날부터 루쉰은 치서우산과 함께 중앙공원에서 독일본을 저본으로 하여 네덜란드 작가 반 에덴(Frederik van Eeden)의 장편 동화 *De Kleine Johannes*를 번역하기 시작하여 8월 13일에 번역 초고를 이루었다. 1927년 5, 6월 사이에 루쉰 은 광저우(廣州)에서 다시 번역원고를 정리하였다.

다. 샤오펑으로부터 편지와 『위쓰』 15책, 『외침』 10책을 받았다. 젠궁建功의 편지를 받았다. 밤에 둥야공사에서 『프랑스문예총서』佛蘭西文藝叢書 1책을 보내왔다. 가격은 1위안 4자오이다. 루징칭陸晶淸이 항저우에서 부친 엽서와 사진을 받았다. 반눙의 편지를 받았다.

11일 일요일. 맑음. 오전에 마오천이 왔다. 정오 좀 지나 추팡이 왔다. 오후에 공원에 갔다. 저녁에 가랑비가 내렸다. 반눙과 도중에 만났다. 젠궁의 편지와 교정원고[58]를 받았다. 친원이 왔다.

12일 맑음. 오전에 쉬안칭이 왔다. 친원이 왔다. 오후에 지푸의 편지를 받았다. 천웨이모 등 네 명이 왔다. 큰 비가 한바탕 쏟아졌다.

13일 맑음. 아침에 '삼언'三言을 중심으로 하는 소설서목과 표[59] 5부를 받았다. 나가사와 기쿠야長澤規矩也 씨가 도쿄에서 부쳐 온 것이다. 오전에 리중칸이 왔다. 유위가 왔다. 오후에 공원에 갔다. 충우가 왔으나 만나지 못했다. 마오천의 편지를 받았다.

14일 비. 오후에 반눙에게 원고 두 편[60]을 부쳤다. 쑤위안에게 편지를 부쳤다. 마오천에게 편지를 부쳤다. 공원에 갔다. 저녁에 창훙의 편지와 원고를 받았다. 11일에 항저우에서 부친 것이다. 쑤위안의 편지를 받았다.

15일 흐림. 오전에 징靜이 찻잎 두 상자를 주었다. 오후에 페이량에게 편지를 부쳤다. 공원에 갔다. 저녁에 친원이 찻잎 한 상자를 주었다. 쑤위

---

58) 『당송전기집』(唐宋傳奇集)의 교정원고를 가리킨다. 루쉰은 이 서적을 편집할 때에 청대의 황성 (黃晟)이 간행한 소자본(小字本) 『태평광기』(太平廣記)에서 많은 것을 집록하였다. 하지만 오류를 염려하여 웨이젠궁에게 베이징대학에 소장된 명대의 허자창(許自昌) 간본과 대조해 줄 것을 요청하였다.

59) 시오노야 온(鹽穀溫)의 제자인 나가사와 기쿠야(長澤規矩也)가 일본의 나이카쿠분코(內閣文 庫) 및 제국도서관 등지에 소장된 도서에서 기록해 낸 것이다.

60) 『즉흥일기(馬上日記) 2』를 가리킨다. 후에 『화개집속편』에 수록되었다.

안의 편지를 받았다. 밤에 가오거, 페이량이 왔다.

16일 맑음. 오전에 쑤위안, 충우를 방문했다. 샤오펑을 방문하여 그의
거처에서 점심을 먹었다. 아울러 소설 등 33종을 도합 15위안에 구입하여,
그에게 징인위에게 부쳐 달라고 부탁했다.[61] 오후에 공원에 갔다. 마오천
이 왔으나 만나지 못했다. 저녁에 유린의 편지를 받았다. 14일에 바오딩에
서 부친 것이다.

17일 맑음. 오전에 쑤위안에게 편지를 부쳤다. 오후에 공원에 갔다.
저녁에 펑지의 편지와 원고를 받았다.

18일 일요일. 흐림. 오전에 타오수청陶書誠이 왔다. 친원이 왔다. 오후
에 날이 맑아졌다. 공원에 갔다. 정제스가 왔으나 만나지 못했다. 밤에 페
이량, 가오거가 왔다.

19일 맑음. 오전에 젠궁에게 편지를 부쳤다. 충우의 편지를 받았다.
정오 못 미쳐 유위가 와서 책을 빌려 갔다. 저녁에 쯔페이가 왔다. 밤에 둥
야공사에서 『바이런』バイロン 1책, 『프롤레타리아문학의 이론과 실제』無産階
級文學の理論と實際 1책을 2위안 2자오에 구입했다.

20일 비가 내리다가 정오경에 갬. 샤오성이蕭盛燮가 왔으나 만나지 못
했다. 친원이 왔다. 오후에 공원에 갔다.

21일 맑음. 아침에 샤오성이 왔으나 만나지 못했다. 정오 좀 지나 쑤
위안을 방문했다. 샤오펑을 방문하여 『양편집』揚鞭集 상권 2책을 구했다.
오후에 공원에 갔다. 교육부에 가서 민국 13년의 2월분 월급 99위안을 받
았다.[62] 저녁에 리빙중의 편지를 받았다. 6일에 모스크바에서 부친 것이

---

61) 징인위가 로맹 롤랑의 부탁을 받아 루쉰에게 중국 문학작품을 수집해 달라고 부탁했다. 루쉰
은 수집한 중국 문학작품을 베이신서국에 대신 부쳐 달라고 부탁했다.

다. 이란己然의 편지를 받았다. 6월 29일에 프랑스에서 부친 것이다. 셋째의 편지를 받았다. 17일에 부친 것이다. 큰 비가 내렸다.

22일 맑음. 오전에 펑지에게 편지를 부쳤다. 판칭으로부터 편지와 『청쇄고의』青瑣高議 1부를 받았다. 곧바로 답신했다. 오후에 공원에 갔다. 진중원金仲芸이 왔다. 밤에 친원이 왔다.

23일 맑음. 오전에 천웨이모, 천상허가 왔다. 오후에 공원에 갔다.

24일 맑음. 오전에 리위안의 편지와 원고를 받았다. 정오경에 웨이충우의 편지 2통을 받았다. 정오 좀 지나 샤오펑으로부터 편지와 40위안, 그리고 『춘희』茶花女 2책을 받았다. 오후에 공원에 갔다. 여자사범대학으로부터 월급 12위안 3자오 2편을 수령했다. 3월분과 4월분이다.

25일 일요일. 맑음. 오전에 주쉰의 엽서를 받았다. 수천이 왔다. 마오천이 왔다. 정오 좀 지나 페이량, 가오거, 페이성이 왔다. 오후에 공원에 갔다. 밤에 비가 내렸다.

26일 흐림. 오전에 충우에게 편지를 부쳤다. 정오경에 타오쉬안칭이 왔다. 오후에 샤오펑으로부터 편지와 『낙타』駱駝 두 책을 받고서 곧바로 답신했다. 타오수천이 와서 궁샤公俠에게 부친 편지 2통을 건네주었다. 징눙의 편지와 원고를 받았다. 18일에 훠추霍丘에서 부친 것이다. 충우가 왔다.

27일 흐림. 아침에 반눙으로부터 편지와 『양편집』, 『춘희』 각 1책을 받았다. 오전에 타오예궁陶冶公이 왔다. 정오 좀 지나 샤오펑을 방문했다. 오후에 마오천에게 편지를 부치고 책을 반환했다. 징인위에게 편지를 부쳤다. 공원에 갔다. 펑쥐가 왔으나 만나지 못하고, 필냐크[63]의 사진 한 매와

---

62) 루쉰은 이날 월급을 수령한 상황을 소재로 이날 밤에 「'월급 지급'에 관한 기록」(記'發薪')을 썼다. 후에 『화개집속편』에 수록되었다.

곶감 한 꾸러미를 놓아두고 갔다. 저녁에 타오쉬안칭에게 편지를 부쳤다. 친윈이 왔다. 젠스의 편지를 받았다.

28일 맑음. 정오경에 쑤위안의 편지를 받았다. 정오 좀 지나 주쉰에게 편지를 부쳤다. 셋째에게 편지를 부쳤다. 샤오펑에게 편지를 부쳤다. 오후에 젠스를 찾아가 샤먼대학[64]의 월급 400위안과 여비 100위안을 수령했다. 공원에 갔다. 서우산에게 100위안을 갚았다가 다시 100위안을 빌렸다.

29일 맑음. 아침에 쑤위안의 편지를 받고서 곧바로 답신했다. 쯔페이에게 편지를 부쳤다. 정오 좀 지나 충우의 편지를 받았다. 오후에 공원에 갔다. 우빈武斌이 왔으나 만나지 못하고 편지를 남겨 두고 갔다. 저녁에 베이징대학의 월급 15위안을 받았다. 진중원이 왔다.

30일 맑음. 오전에 쑤위안의 편지를 받았다. 우빈에게 편지를 부쳤다. 천웨이모에게 편지를 부쳤다. 정오 좀 지나 비가 한바탕 쏟아졌다. 마오천의 편지를 받고서 오후에 답신했다. 펑쥐에게 편지를 부쳤다. 쑤위안과 충우에게 편지를 부쳤다. 공원에 갔다. 푸원으로부터 편지와 방의 사진 한 매를 받았다. 쯔페이와 추팡의 편지를 받았다.

31일 흐림. 오전에 타오예궁에게 편지를 부쳤다. 위다푸가 왔다. 샤오펑의 편지를 받았다. 오후에 비가 내렸다. 공원에 갔다. 유린이 왔으나 만

---

63) 필냐크(Борис Андреевич Пильняк, 1894~1945)는 소련의 작가로서 흔히 '동반자' 작가로 널리 알려져 있다.

64) 샤먼대학(廈門大學)은 애국 화교인 천자겅(陳嘉庚)이 1921년에 샤먼에 세운 대학으로, 교장은 린원칭(林文慶)이다. 1926년 5월 린위탕(林語堂)은 이 대학의 문과주임 겸 국학연구원 비서를 맡고 있었다. 그의 추천을 받아 루쉰은 문과 국문계 교수 겸 국학연구원 연구교수로 임명되었다. 루쉰은 8월 26일 베이징을 떠나 상하이를 거쳐 9월 4일 샤먼에 도착하였다. 이듬해 1월 16일 샤먼을 떠나 광저우(廣州)로 떠나기까지 샤먼에서 4개월 12일 동안 지냈다.

나지 못했다. 시게히사의 편지를 받았다. 24일에 일본 도쿄에서 부친 것이다.

8월

1일 일요일. 맑음. 오전에 자이융쿤이 왔으나 만나지 못했다. 오전에 지푸의 편지를 받았다. 7월 29일에 자싱嘉興에서 부친 것이다. 처경난이 왔다가 식사를 한 후에 갔다. 오후에 샤오펑을 방문했다. 충우를 방문하여 100위안을 건네주었다. 펑쥐를 방문하였다가 독일반점德國飯店에서의 저녁식사에 초대받았다. 푸수마이傅書邁가 동석했다. 둥야공사에 가서 『풍경은 움직인다』風景は動く 1책을 2위안에 구입했다. 야마모토山本 사진관에 가서 ALBUM 3책을 1책에 1위안에 샀다. 리위안이 왔으나 만나지 못해, 편지와 베이징사범대학의 『국문선본』國文選本 2책을 놓아두고 갔다. 저녁에 가랑비가 내렸다. 타오예궁의 편지를 받았다.

2일 맑음. 오전에 베이징사범대학에 가서 4월분 월급 5위안을 받았다. 둥성핑위안東升平園에 가서 목욕을 했다. 오후에 유린, 중윈이 왔다. 저녁에 반농이 왔다. 밤에 친원이 왔다.

3일 맑음. 오전에 젠스의 편지를 받고서 곧바로 답신했다. 펑쥐에게 편지를 부쳤다. 리위안에게 편지를 부쳤다. 오후에 공원에 갔다. 베이하이北海 공원에서 차모임이 있다는 충우의 편지를 받고서 저녁에 거기에 갔다. 주서우헝朱壽恒 여사, 쉬광핑 여사, 창웨이쥔, 자오사오허우趙少侯와 쑤위안이 동석했다.

4일 맑음. 오전에 젠스가 왔다. 함께 쑹윈거松筠閣에 토용土俑을 보러 갔다. 오후에 공원에 갔다. 세계일보사의 원고료 14위안 3자오를 받았다. 밤

에 충우가 왔다. 평쥐의 편지를 받았다. 후스즈^{胡適之}의 편지가 동봉되어
있다.

5일 맑음. 오전에 스취안의 편지를 받았다. 7월 19일에 란저우^{蘭州}에
서 부친 것이다. 구제강으로부터 편지와 『공교대강』^{孔敎大綱} 1책을 받았다.
정오 좀 지나 쯔페이가 왔다. 오후에 샤오펑에게 편지를 부쳤다. 페이량
에게 편지를 부쳤다. 공원에 갔다. 저녁에 펑 군^{馮君}이 왔는데, 그의 이름을
알지 못한다. 밤에 둥야공사에서 '아르스미술총서', 『근대영시개론』<sup>近代英
詩槪論</sup> 각 1책을 보내왔다. 가격은 도합 5위안 4자오이다.

6일 맑음. 오전에 샤오펑의 편지를 받았다. 오후에 공원에 갔다. 저녁
에 비가 내렸다. 셋째의 편지를 받았다. 3일에 부친 것이다.

7일 흐림. 오전에 셋째의 편지를 받았다. 4일에 부친 것이다. 지푸가
왔기에 100위안을 갚았다. 유위의 편지를 받았다. 오후에 공원에 갔다. 저
녁에 쯔페이, 중칸, 추팡이 창메이쉬안^{長美軒}에서 송별회를 열었다. 좌중에
는 쯔페이의 아들 수^舒와 타오 군^{陶君}도 있었다.

8일 일요일. 맑음. 아침에 광핑의 편지를 받았다. 오전에 광핑, 루슈전
이 왔다. 추쯔위안이 왔다. 페이량, 가오거가 왔다. 리샤오펑의 편지와 150
위안을 받았다. 정오 좀 지나 유린, 중원이 왔다. 오후에 유위를 방문했다.
예궁을 방문했다. 저녁에 유위, 인모, 평쥐가 독일반점에서 송별연을 열었
다. 좌중에는 젠스와 유위의 자식도 있었다.

9일 흐림. 오전에 황펑지^{黃鵬基}, 스민^{石珉}, 중원, 유린의 편지를 받았다.
오늘 저녁 이란탕^{漪瀾堂}에서의 송별연에 초대받았다. 정오경에 비가 내렸
다. 오후에 마오천이 와서 시오노야 세쓰잔^{鹽谷節山}의 편지와 서목 1부를
건네주었다. 저녁에 이란탕에 갔다.

10일 맑음. 오전에 충우의 편지를 받았다. 정오 좀 지나 친원이 왔다.

중원이 왔다. 오후에 공원에 갔다. 밤에 둥야공사에서 『불교미술』佛教美術 1
책, 『문학론』文學論 1책을 보내왔다. 가격은 5위안 2자오이다. 충우의 시와
편지를 받았다.

11일 흐리다가 정오 좀 지나 맑음. 친원이 왔다. 지푸에게 편지를 부
쳤다. 장워쥔張我軍에게 편지를 부쳤다. 오후에 공원에 갔다. 반눙에게 편
지와 펑지의 원고를 부쳤다. 밤에 위안이 왔다. 장워쥔이 와서 『타이완민
보』臺灣民報 4책을 주었다.

12일 맑음. 정오경에 쑤위안의 편지를 받고서 곧바로 답신했다. 충우
에게 보내는 편지를 동봉했다. 오후에 샤오펑에게 편지를 부쳤다. 공원에
갔다. 창웨이쥔이 왔으나 만나지 못했다. 샤오펑으로부터 편지와 음식 네
가지, 『소설구문초』20책, 『가라앉은 종』10책을 받았다. 뤼윈장, 쉬광핑,
루슈전의 편지를 받았다. 밤에 페이량 등이 왔으나 만나지 못했다.

13일 맑음. 오전에 여자사범대학의 송별회에 갔다. 정오경에 뤼呂, 쉬
許, 루陸 세 아가씨의 점심 초대에 갔다. 쉬쉬성, 주티셴, 선스위안沈士遠, 인
모, 쉬지푸가 동석했다. 오후에 창웨이쥔에게 『소설구문초』 1책과 사진 1
장을 부쳤다. 공원에 가서 『작은 요하네스』의 번역을 끝마쳤다. 서우산이
라이진위쉬안來今雨軒의 저녁식사에 초대했다. 루링蘆輪, 지푸가 동석했다.
밤에 바람이 한바탕 거세게 불었다. 둥야공사에서 『동서문학 비교평론』東
西文學比較評論 1부 2책을 보내왔다. 가격은 7위안 4자오이다.

14일 맑음. 오전에 자오단뤄趙丹若가 왔다. 정오경에 샤오스에 가서 책
장 하나를 10위안에 샀다. 야마모토의원에 진찰을 받으러 갔다. 밤에 가오
거, 페이량, 페이성이 왔다. 비가 내렸다.

15일 일요일. 맑음. 오전에 뤼, 쉬, 루 세 아가씨에게 편지를 부쳤다. 야
마모토의원에 콜레라 예방주사를 맞으러 갔다. 정오경에 타오예궁이 왔

다. 위탕의 편지 두 통을 받았다. 정오 좀 지나 웨이쑤위안을 방문했다. 샤오펑을 방문했다.

16일 맑음. 아침에 쑤위안의 편지를 받았다. 오전에 지푸가 왔다. 정오경에 윈쟝, 징칭, 광핑을 불러 점심을 먹었다. 오후에 충우의 시를 쉬야오천에게 전송했다. 셋째의 편지를 받았다. 13일에 부친 것이다. 친원이 왔다. 저녁에 셋째에게 답신했다. 전둬에게 보내는 편지를 동봉했다.

17일 맑음. 오전에 시오노야 세쓰잔, 장시전章錫箴, 옌쭝린閻宗臨에게 서적을 나누어 부쳤다. 공원에 갔다. 왕차오望潮에게 점심을 초대받았다. 저녁에 쯔페이의 편지를 받았다. 가라시마 다케시辛島驍가 와서 시오노야 세쓰잔이 준 『전상평화삼국지』全相平話三國志 1부를 보내 주었다. 오카노岡野가 함께 왔다.

18일 맑음. 오전에 궁샤公俠의 편지를 받았다. 오후에 수천書臣이 왔다. 저녁에 위탕에게 편지를 부쳤다. 샤오펑에게 편지를 부쳤다. 비가 내렸다.

19일 맑음. 오전에 가라시마가 왔다. 붙들어 점심을 함께 하고, 활자본 『서양기』西洋記, 『성세인연』醒世姻緣 각 1부를 주었다. 오후에 지푸가 왔다. 밤에 샤오펑이 와서 100위안을 건네주었다. 핀칭이 함께 와서 쿵더학교 국문교재 10여 책, 창웨이쥔이 준 『톨스토이우언』托爾斯泰寓言 1책, 그리고 인모가 24위안에 대신 구입한 『유학경오』儒學警悟 7집 1부 모두 10책을 주었다.

20일 맑음. 오전에 주린이 왔다. 류아슝劉亞雄이 왔다. 오후에 친원이 왔다. 저녁에 리위안이 왔다.

21일 맑음. 오전에 야마모토의원에 가서 콜레라 예방주사를 다시 맞았다. 정오경에 지푸의 점심 초대로 중앙공원의 라이진위쉬안에 갔다. 윈쟝, 징칭晶卿, 광핑, 수칭, 서우산壽山, 스잉詩英이 동석했다. 오후에 쯔페이가 왔다. 친원의 편지를 받았다. 저녁에 유린이 와서 음식통조림 네 개를 주었다.

22일 일요일, 맑음. 오전에 여자사범대학파괴 일주년 기념[65]에 가서 강연했다. 리위안의 원고를 반눙에게 부쳤다. 오후에 마쉰보^{馬巽伯}가 왔다.

23일 흐림. 오전에 샤오펑의 편지를 받았다. 쑤위안을 방문했다. 샤오펑을 방문했다. 오후에 쑤위안에게 편지를 부쳤다. 밤에 페이량이 왔다.

24일 맑음. 오전에 지푸가 왔다. 샤오펑에게 편지와 원고[66]를 부쳤다. 정오경에 마오천이 왔다. 오후에 쯔페이가 왔다. 저녁에 친원이 왔다. 비가 내렸다.

25일 맑음. 짐을 정리했다. 저녁에 뤼윈장이 와서 『만운』^{漫雲} 1책을 주었다. 샤오펑의 편지를 받았다. 밤에 바람이 불었다.

26일 맑음. 오전에 시오노야 세쓰잔에게 편지를 부쳤다. 지푸가 왔다. 유린, 중원이 왔다. 오후에 샤오펑에게 편지를 부쳤다. 쯔페이가 왔다. 친원이 왔다. 함께 짐을 역으로 날랐다. 3시에 역에 도착했다. 수칭^{淑卿}, 지푸, 우린, 중원, 가오거, 페이성, 페이량, 쉬안칭, 윈장, 징칭, 핑메이^{評梅}가 전송하러 나왔다. 추팡 역시 왔다. 4시 25분에 베이징을 떠났다. 광핑이 동행하였다. 7시 반에 톈진에 도착하여 중국여관에 묵었다.

27일 맑음. 오전에 엽서를 서우산과 수칭에게 띄웠다. 정오경에 열차

65) 1925년 8월 6일 장스자오(章土釗)는 돤치루이(段祺瑞) 정부에게 여자사범대학을 폐교하고 이 대학의 터에 여자대학을 새로 설립할 것을 제안했다. 이에 따라 8월 22일 전문교육사(專門教育司) 사장인 류바이자오(劉百昭)는 군경과 불량배들을 동원하여 학생들을 교내에서 내쫓았다. 1926년 8월 22일은 바로 그날의 일주년이 되는 날이었기에, 이를 기념하는 모임이 개최되었던 것이다. 루쉰은 이 기념모임에 참석하여 강연을 하였으며, 이 강연은 상페이량이 기록하여 「강연 기록」(記談話)이라 제명을 붙였다. 후에 『화개집속편』에 수록되었다.
66) 「강연 기록」을 가리킨다.

에 올라 1시에 톈진을 출발했다.

28일 흐림. 정오 좀 지나 2시 반에 푸커우浦口에 도착하였다. 곧바로 창장長江을 넘어 자오상招商여관에 묵었다. 오후에 엽서를 수칭과 지푸에게 띄웠다. 광핑과 함께 저자를 한 바퀴 둘러보았다. 밤 10시에 열차에 올라 11시에 샤관下關을 출발했다.

29일 흐림. 아침 7시에 상하이에 도착했다. 후닝여관에 묵었다. 습기가 많고 비좁아 도저히 투숙할 수 없었다. 셋째를 방문하여 함께 여관으로 돌아가 멍위안孟淵여관으로 옮겼다. 정오 좀 지나 큰 비가 쏟아졌다. 저녁에 광핑은 친척집으로 옮겼다. 짐을 가지고 함께 갔다. 밤에 셋째와 함께 베이신서국에 가서 리즈윈李志雲을 찾았다. 카이밍開明서점[67]에 가서 장시전을 찾았다. 엽서를 수칭에게 띄웠다.

30일 흐림. 오전에 광핑이 왔다. 정오경에 리즈윈, 싱무칭邢穆卿, 쑨춘타이孫春台가 왔다. 정오 좀 지나 쉐전雪簃이 왔다. 오후에 차를 마시자는 정전둬의 초대장을 받았다. 셋째와 함께 중양차러우中洋茶樓에 가서 차를 마셨다. 저녁에 샤오셴消閑 별장에 가서 저녁을 먹었다. 류다바이劉大白, 샤몐쭌夏丏尊, 천왕다오陳望道, 선옌빙沈雁冰, 정전둬, 후위즈胡愈之, 주쯔칭朱自淸, 예성타오葉聖陶, 왕보샹王伯祥, 저우위퉁周予同, 장쉐춘章雪村, 류쉰위劉助宇, 류수친劉叔琴 및 셋째가 동석하였다. 밤에 다바이, 몐쭌, 왕다오, 쉐춘이 거처로 와서 이야기를 나누었다. 비가 내렸다.

31일 흐림. 정오 좀 지나 광핑이 왔다. 창훙, 쉐춘이 왔다. 리즈윈이 와

67) 카이밍서점(開明書店)은 장시천(章錫琛) 등이 1926년 8월에 상하이에 창립하였다. 1931년 웨이밍사(未名社)는 해체된 후 모든 인쇄 및 발행과 관련된 업무를 이 서점에 위탁하여 처리하였으며, 판권 또한 이 서점에서 계승하였다. 웨이밍사와 개별 성원들이 루쉰 등에게 연체한 인세는 이 서점의 서적 대금과 이 서점에서 작품을 출판한 성원의 인세로 충당하였다.

서 사탕 세 상자와 술 네 병을 주었다. 오후에 비가 내리다가 저녁에 갰다. 밤에 셋째와 함께 저자를 둘러보다가, 고서점에서 『송원구서경안록』宋元舊書經眼錄 1부 1책, 『라마정찰기』蘿䗪亭札記 1부 4책을 도합 4위안 8자오에 구입했다. 쉐춘, 쯔성梓生이 왔다.

9월

　1일 흐림. 오전에 진유화金有華가 왔다. 오후에 센쑤羨蘇에게 엽서를 부쳤다. 셋째와 함께 저자를 둘러보다가 『남심진지』南潯鎭志 1부 8책을 3위안 2자오에 구입했다. 밤 12시에 기선 '신닝'新寧에 탑승했다. 셋째가 배까지 전송했다. 비가 내렸다.

　2일 흐림. 아침 7시에 상하이를 출발했다.

　3일 흐림. 별일 없음.

　4일 흐림. 오후 1시에 샤먼에 도착하여 중허中和여관에 묵었다. 센쑤와 셋째에게 엽서를 띄웠다. 위탕, 젠스, 푸위안이 거처로 왔다. 즉시 배를 세내어 샤먼대학으로 옮겼다.[68]

　5일 일요일. 맑음. 오전에 린 군林君이 왔다. 비가 내렸다. 정오경에 수칭에게 편지를 부쳤다. 셋째에게 편지를 부쳤다. 광핑에게 편지를 부쳤다. 푸위안과 함께 위탕의 거처에 가서 점심을 먹었다. 오후에 해변을 따라 돌아왔다. 조개껍질을 한 움큼 주웠다.

　6일 맑음. 저녁에 해변에 나가 산보하였다.

　7일 맑다가 오후에 흐림. 별일 없음.

---

68) 이날부터 루쉰은 샤먼대학 생물학원 3층 국학연구원 진열소의 빈방에 입주하였다.

8일 맑고 바람이 붊. 정오 좀 지나 지푸에게 편지를 부쳤다. 샤오펑에게 편지와 원고[69]를 부쳤다. 오후에 수칭의 편지를 받았다. 2일에 부친 것이다. 천딩모陳定謨가 왔다. 위녠위안兪念遠이 왔다. 구제강이 송롄宋濂의 『제자변』諸子辨 1책을 주었다.

9일 맑음. 정오 좀 지나 천딩모를 방문하여 함께 난푸퉈南普陀[70]를 돌아다녔다. 밤에 젠스가 영인본 『교종금약』教宗禁約 1부를 주었다. 바람이 불었다.

10일 흐리고 오후에 바람 불고 비. 8월분 월급 취안泉 400위안을 수령했다. 밤에 비바람이 거세게 불어 창이 깨지고 집이 흔들렸다. 태풍일 것이다.

11일 흐림. 오전에 푸위안에게 중국은행에 가서 셋째에게 취안 200위안을 송금하고, 아울러 서적구입대금으로 100위안을 부쳐 달라고 부탁했다.

12일 일요일. 맑음. 오후에 수칭에게 편지와 엽서 1매를 부쳤다. 가라시마에게 편지를 부쳤다.

13일 맑음. 오전에 광핑에게 엽서를 부쳤다. 웨이쑤위안에게 엽서를 부쳤다. 셋째에게 편지를 부쳤다. 오후에 셋째가 부쳐 준 『고씨문방소설』顧氏文房小說 1부, 상우인서관 서목 1책을 받았다. 4일에 부친 것이다. 밤에 비가 내렸다.

14일 맑고 바람이 붊. 오전에 광핑의 편지 두 통을 받았다. 6일과 8일

---

69) 「상하이에서 보내는 편지」(上海通信)를 가리킨다. 후에 『화개집속편』에 수록되었다.
70) 난푸퉈(南普陀)는 샤먼의 유명한 고찰인 난푸퉈사(南普陀寺)를 가리킨다. 당대(唐代)에 건축되었으며, 샤먼대학의 뒷산 기슭에 있다. 루쉰은 샤먼에 있는 동안 여러 차례 이 사찰에서 벗을 만나거나 각종 활동을 하였다.

에 부친 것이다. 쑤위안의 편지를 받았다. 4일에 베이징에서 부친 것이다. 지예의 편지를 받았다. 8월 25일에 안후이^{安徽}에서 부친 것이다. 셋째에게 편지를 부쳤다. 페이량의 원고를 창훙에게 부쳤다. 오후에 광핑에게 편지와 『신여성』^{新女性} 1책을 부쳤다. 저녁에 좡쿠이장^{莊奎章}이 왔다.

15일 맑음. 오전에 셋째가 부친 『자연계』^{自然界} 2책을 받았다. 4일에 부친 것이다. 오후에 비가 한바탕 쏟아졌다.

16일 흐림. 오후에 마오천의 편지를 받았다. 샤오펑으로부터 편지와 『위쓰』^{語絲}를 받았다. 셋째의 편지를 받았다. 9일에 부친 것이다. 밤에 비바람이 쳤다.

17일 흐림. 아침에 셋째에게 편지를 부쳤다. 쑤위안에게 편지를 부쳤다. 오전에 가랑비가 내리고 바람이 불었다. 오후에 맑게 갰다. 징쑹^{景宋}의 편지를 받았다. 13일에 부친 것이다. 샤오펑이 보내 준 『방황』과 『열둘』 각 5책을 받았다. 쑤쑤이루^{蘇遂如} 등의 편지를 받았다. 밤에 바람이 불었다.

18일 맑고 바람이 붊. 오전에 셴쑤에게 편지와 『위쓰』 10책을 부쳤다. 징쑹에게 서적 2책을 부쳤다. 샤오펑에게 편지를 부쳤다.

19일 일요일. 맑음. 오전에 우이뎨^{烏一蝶}의 편지를 받았다. 셋째의 편지와 시링인사^{西泠印社}의 서목 1책을 받았다. 13일에 부친 것이다. 가라시마 다케시가 부쳐 준 「이탁오묘갈」^{李卓吾墓碣}의 탁본 1조를 받았다. 베이징에서 부친 것이다. 다이시장^{戴錫璋}, 쑹원한^{宋文翰}이 와서 난푸퉈에서의 오찬에 초대했다. 좡쿠이장과 절에서 함께 만났다. 위탕, 젠스, 푸위안도 동석했다.

20일 맑음. 오전에 샤오펑에게 편지를 부쳤다. 쑤위안에게 편지와 원고⁷¹⁾를 부쳤다. 샤먼대학 개학식⁷²⁾에 갔다. 가라시마 다케시로부터 편지와 이탁오 묘지 사진 1매를 받았다. 10일에 베이징에서 부친 것이다. 장쉐춘의 편지를 받았다. 오후에 광핑에게 편지를 부쳤다.

21일 맑음. 주징저우朱鏡宙가 둥위안東園에서의 오찬에 초대했다. 정오 못 미쳐 젠스, 푸위안과 함께 갔다. 좌중에는 황모징黃莫京, 저우싱난周醒南과 기타 이름을 듣지 못한 다섯 사람이 더 있었다. 음력 중추절이다. 달이 떠올랐다. 위탕이 국학원 입주자 앞으로 웨빙月餠 한 광주리를 보내 주었다. 주사위 6개를 던져 숫자의 많고 적음에 따라 이를 가져갔다.

22일 맑음. 오전에 이발을 했다. 정오 좀 지나 징쑹의 편지를 받았다. 17일에 부친 것이다. 저녁에 답신했다.

23일 맑음. 오전에 장쒜춘에게 편지를 부쳤다. 셋째에게 편지를 부쳤다. 정오 좀 지나 셴쑤의 편지를 받았다. 15일에 부친 것이다.

24일 맑음. 오전에 셴쑤에게 편지와 『위쓰』를 부쳤다. 쯔페이에게 편지를 부쳤다. 광핑의 편지를 받았다. 18일에 부친 것이다.

25일 맑음. 오후에 국학원에서 지메이러우集美樓로 옮겼다.[73] 밤에 바람이 불었다.

26일 일요일. 흐리고 바람이 거셈. 오전에 셋째의 편지를 받았다. 19일에 부친 것이다. 타오수천의 편지를 받았다. 19일에 쉬저우徐州에서 부친 것이다.

27일 흐리고 바람이 붊. 오전에 광핑에게 편지를 부쳤다. 쉬안칭이 그린 초상화를 받았다. 조그마한 사진 12매를 받았다. 16일에 수칭이 베이

---

71) 「백초원에서 삼미서옥으로」(從百草園到三味書屋)를 가리킨다. 후에 『아침 꽃 저녁에 줍다』에 수록되었다.

72) 샤먼대학의 개학식은 '췬셴러우'(群賢樓) 2층의 대강당에서 거행되었다. 루쉰은 이튿날부터 문학사, 소설사를 강의하기 시작하였으며, 매주 2시간씩 강의하였다.

73) 진열소에 전시품을 두게 되었기에 루쉰은 지메이러우(集美樓)로 옮겨 가지 않으면 안 되었다. 루쉰은 샤먼을 떠날 때까지 113일 동안 이곳에 거처하였다.

징에서 부친 것이다. 오후에 비가 한바탕 쏟아지고 곧 맑게 개고 바람이 불었다.

28일 맑고 바람이 거셈. 오후에 카이밍서점에서 부친 서적, 잡지 등 4종을 받았다.

29일 맑고 바람이 붊. 오전에 지예와 충우의 편지를 받았다. 19일에 부친 것이다. 오후에 지푸의 편지를 받았다. 21일에 부친 것이다. 셋째의 편지를 받았다. 24일에 부친 것이다. 아울러 서적 5종 19책의 한 꾸러미를 받았다. 가격은 도합 4위안 4자오이다.

30일 맑고 바람이 붊. 오전에 광핑의 편지를 받았다. 24일에 부친 것이다.

10월

1일 흐림. 오전에 광핑에게 편지와 『망위안』 2책을 부쳤다. 샤오펑에게 편지와 『위쓰』 5책을 부쳤다. 유위에게 편지를 부쳤다. 오후에 9월분 월급 400위안을 수령했다. 저녁에 어우양즈歐陽治가 이야기를 나누러 왔다. 밤에 바람이 거세게 불었다.

2일 흐리고 바람이 붊. 오전에 푸위안이 샤먼시에 갔다. 그에게 부탁하여 『사부휘간』四部彙刊본 『악부시집』樂府詩集 1부 16책을 4위안 5자오에 구입했다. 오후에 셴쑤의 편지를 받았다. 24일에 부친 것이다. 리위안의 편지를 받았다. 25일에 부친 것이다.

3일 일요일. 흐림. 오전에 뤄창페이羅常培의 방문을 받았다.

4일 맑음. 오전에 마오천에게 편지를 부쳤다. 수칭에게 편지를 부쳤다. 쑤위안, 충우, 지예에게 편지를 부쳤다. 셋째에게 편지를 부쳤다. 광핑의 편지를 받았다. 29일에 부친 것이다. 수칭의 편지를 받았다. 27일에 부친 것이다. 오후에 지푸에게 편지를 부쳤다.

5일 맑음. 오전에 궁샤에게 편지를 부쳤다. 광핑에게 편지를 부쳤다. 가라시마 다케시에게 편지를 부쳤다. 셋째가 부친 서적 다섯 꾸러미 9종 85책, 그리고 잡서 한 꾸러미 4종 6책을 받았다. 가격은 도합 30위안 5자오이다. 오후에 편지를 받았다. 1일에 부친 것이다. 핀칭의 편지를 받았다. 9월 27일에 부친 것이다. 린셴팅林仙亭이 찾아와 『피눈물의 꽃』血淚之花 1책을 주었다.

6일 맑음. 정오 좀 지나 수칭에게 편지를 부쳤다. 셋째에게 편지를 부쳤다. 샤오펑에게 편지를 부치면서 핀칭에게 보내는 답신을 동봉했다. 오후에 베이신서국에서 부친 서적 네 꾸러미, 그리고 웨이밍사의 서적 한 꾸러미를 받았다. 저녁에 바람이 거세게 불었다. 둥추팡의 편지와 번역원고[74]를 받았다.

7일 맑고 바람이 붊. 별일 없음.

8일 흐리고 바람이 붊. 오전에 쑤위안에게 편지와 원고[75]를 부쳤다. 밤에 보슬비가 내렸다.

9일 흐림. 오전에 타오수천에게 편지를 부쳤다. 둥추팡에게 편지를 부쳤다. 젠스가 당인묘지唐人墓誌 탁본 2매를 주었다.

10일 일요일. 흐림. 오전에 학교에서 국경절 기념행사를 가졌다. 정오 좀 지나 국학연구원 성립대회[76]가 개최되었다. 오후에 친원의 편지를 받

---

74) 『자유를 쟁취한 파도』(爭自由的波浪)를 가리킨다. 역자인 둥추팡은 루쉰에게 편집과 교정, 출판사 소개를 부탁했다. 루쉰은 편집과 교정을 마치고 「서문」을 써서, 11월 17일에 리샤오펑에게 부쳤다.
75) 「아버지의 병환」(父親的病)을 가리킨다. 후에 『아침 꽃 저녁에 줍다』에 수록되었다.

왔다. 9월 30일에 부친 것이다. 수위안漱園의 편지를 받았다. 같은 날에 부친 것이다. 마오천의 편지를 받았다. 4일에 샤오싱에서 부친 것이다. 밤에 전교 친목회에 가서 연주를 듣고 영화를 관람했다. 탁족을 했다.

11일 흐림. 오전에 광핑에게 편지를 부쳤다. 마오천에게 편지를 부쳤다. 린셴팅과 그의 벗 네 명이 왔다. 오후에 샤오펑의 편지를 받았다. 9월 29일에 부친 것이다. 밤에 바람이 불었다.

12일 맑고 바람이 붊. 오전에 핀칭이 부친 원고[77]와 친원이 부친『고향』4책을 받았다. 오후에 쯔페이의 편지를 받았다. 3일에 부친 것이다. 광핑의 편지를 받았다. 5일에 부친 것이다.

13일 맑고 바람이 붊. 오전에 쯔페이에게 편지를 부쳤다. 위안의 엽서를 받았다. 4일에 다롄大連에서 부친 것이다. 춘타이의 편지를 받았다. 6일에 상하이에서 부친 것이다.

14일 흐림. 쯔페이가 부친『역대명인연보』歷代名人年譜 1부 10책을 받았다. 가격은 2위안 5자오이다. 오전에 주간회의에 가서 30분간 강연을 했다.[78] 오후에 푸위안이 저자에 간다기에『산해경』山海經 1부 2책을 사 달라고 부탁했다. 가격은 5자오이다.

---

76) 샤먼대학 국학연구원은 린원칭(林文慶)이 원장을 겸임하고 선젠스와 린위탕이 주임과 비서를 나누어 맡고 있었다. 국학연구원 성립대회는 이날 오후에 300여 명의 내빈과 함께 거행되었다. 린원칭과 선젠스가 연설한 후 다과회에 뒤이어 연구원의 도서부 및 고문물진열실을 참관하였다. 전시품 가운데에는 루쉰이 소장하고 있던 육조와 수당대의 조상과 탁편이 있었다.

77) 간여사(淦女士), 즉 펑위안쥔(馮沅君)의 소설집『권시』(卷施)를 가리킨다. 왕핀칭은 루쉰에게 이 작품을 살펴보고 '오합총서'(烏合叢書)에 편입하고, 타오위안칭에게 겉표지를 그려 달라고 해줄 것을 부탁했다.

78) 샤먼대학은 매주 목요일 주간회의를 하도록 규정하고 있었다. 이날 루쉰은 교장 린원칭의 요청에 따라 췬셴러우(群賢樓) 대강당에서 강연을 하였는데, 주요 내용은 '중국책을 읽지 말자'와 '일을 잘 하는 사람'이었다. 강연기록이『샤다주간』(廈大週刊)에 발표될 때, '중국책을 읽지 말자'는 내용은 삭제되었다.

15일 맑음. 오전에 징쑹의 편지를 받았다. 8일에 부친 것이다. 오후에
『화개집속편』의 편집을 마쳤다.[79]

16일 맑음. 아침에 징쑹에게 편지를 부쳤다. 오전에 징쑹의 편지를 받
았다. 10일에 부친 것이다. 정제스의 편지를 받았다. 류셴留仙으로부터 전
보를 받았다.[80] 웨이쑤위안에게 편지와 원고[81]를 부쳤다. 샤오펑에게 보
내는 편지 한 통을 동봉했다. 밤에 바람이 몹시 거셌다.

17일 일요일, 흐리고 바람이 붊. 별일 없음.

18일 맑고 바람이 붊. 오전에 징쑹에게 편지를 부쳤다. 정제스에게 답
신했다. 수칭의 편지를 받았다. 9일에 부친 것이다. 셋째의 편지를 받았다.
11일에 부친 것이다. 저녁에 동료 6명과 함께 난푸퉈사南普陀寺에서 젠스
의 송별회를 열었다.

19일 맑음. 오전에 셋째에게 편지를 부쳤다. 수칭에게 편지를 부쳤다.
샤오펑에게 편지와 『권시』 및 『화개집속편』 원고를 부쳤다. 오후에 지푸
의 편지를 받았다. 12일에 부친 것이다. 수칭의 편지를 받았다. 12일에 부
친 것이다. 수위안의 엽서를 받았다. 10일에 부친 것이다.

20일 맑음. 오전에 수칭에게 편지를 부쳤다. 수위안에게 편지를 부쳤
다. 춘타이에게 편지를 부쳤다. 오후에 광핑의 편지를 받았다. 15일에 부

---

79) 『화개집속편』(華蓋集續編)은 1926년 10월에 편집에 착수하여 14일에 「'강연 기록'(記談話) 부
기(附記)」, 『화개집속편』 서언(『華蓋集續編』小引) 등을 쓰고, 15일에 편집을 끝마쳤으며, 19일
에 원고를 리샤오펑에게 부쳤다. 샤먼대학에 온 이후에 쓴 잡문 7편은 1927년 3월에 '속편의 속
편'으로 편성하여 모두 이 『화개집속편』에 수록하였다.
80) 류셴(留仙)은 주류셴(朱騮先), 즉 주자화(朱家驊)이다. 그는 루쉰, 선젠스와 린위탕에게 전보를
보내 광저우(廣州)에 와서 중산대학교의 학제개혁 문제를 둘러싼 토론에 참여해 줄 것을 요청
했다.
81) 「사소한 기록」(瑣記)과 「후지노 선생」(藤野先生)을 가리킨다. 모두 『아침 꽃 저녁에 줍다』에 수
록되었다.

친 것이다.

21일 맑음. 오전에 광핑에게 편지와 책 한 꾸러미를 부쳤다. 샤오펑에게 편지를 부쳤다. 일본 분큐도[82]로부터 『고본삼국지연의』古本三國志演義 별쇄본 12쪽을 받았는데, 수칭이 전해 주었다. 오후에 춘타이에게 편지를 부쳤다. 저녁에 난푸퉈사 및 민난불학원[83]에서 타이쉬 화상太虛和尙의 환영연을 열었다. 초대장으로 초대받아 그곳에 갔다. 출석한 이는 30여 명이었다. 밤에 바람이 불었다.

22일 맑음. 정오 좀 지나 셰단讍므의 편지를 받았다. 오후에 친원의 편지를 받았다. 16일에 부친 것이다.

23일 맑음. 오전에 젠스와 함께 주류셴에게 편지를 부쳤다.[84] 위안의 편지를 받았다. 19일에 광저우에서 부친 것이다. 샤오펑의 편지를 받았다. 13일에 부친 것이다. 오후에 징쑹의 편지와 원고를 받았다. 19일에 부친 것이다. 징눙의 편지를 받았다. 16일에 부친 것이다. 마오천의 편지를 받았다. 15일에 부친 것이다. 밤에 바람이 불었다.

24일 일요일. 맑고 바람이 거셈. 오전에 징쑹에게 편지와 『위쓰』, 『망위안』을 부쳤다. 위안에게 편지를 부쳤다. 싱눙星農에게 보내는 편지를 동봉했다. 마오천에게 편지를 부쳤다. 오후에 샤오펑에게 편지를 부쳤다. 밤에 영화[85]를 관람했다. 링컨의 생애를 다루었다.

---

82) 분큐도(文求堂)는 일본인 다나카 게이타로(田中慶太郎, 1880~1951)가 도쿄에 개설한 서점이다. 중국의 고서를 취급하였으며, 신간서적도 출판하였다.

83) 민난불학원(閩南佛學院)은 난푸퉈사에 부설된 불학원이다. 타이쉬 화상은 미국에서 불학을 강론하다가 귀국하여 샤먼에 잠시 체류하고 있었다.

84) 당시 쉬서우창(許壽裳)이 실업한 처지였기에 루쉰과 선젠스는 연명으로 주류셴에게 편지를 보내 중산대학에서 교편을 잡을 수 있도록 쉬서우창을 소개하였다.

85) 1924년에 미국의 First National Pictures에서 출품한 「Abraham Lincoln」을 가리킨다.

25일 맑음. 오후에 셰단에게 답신했다. 친원이 부쳐 준 소설 한 꾸러미를 받았다. 중궈서점中國書店에서 부쳐 준 『팔사경적지』八史經籍志 1부 16책을 받았다. 셋째가 5위안에 대신 구입하여 18일에 부친 것이다. 저녁에 친원에게 편지를 부쳤다. 밤에 바람이 불었다.

26일 맑고 바람이 붊. 오전에 수칭이 보내 준 스웨터 두 가지, 스디약수[86] 한 병을 받았다. 8일에 우편으로 부친 것이다.

27일 흐림. 아침에 젠스가 작별인사를 하러 왔다. 오전에 징쑹의 편지를 받았다. 22일에 부친 것이다. 푸위안의 편지를 받았다. 23일에 부친 것이다. 셋째의 편지를 받았다. 20일에 부친 것이다. 마오천의 편지를 받았다. 21일에 부친 것이다. 지예의 편지를 받았다. 15일에 부친 것이다. 추팡의 편지를 받았다. 17일에 부친 것이다. 오후에 베이신서국에서 부친 서적한 꾸러미 8종을 받았다. 18일에 부친 것이다. 밤에 비가 내렸다.

28일 비. 오전에 수칭에게 편지를 부쳤다.

29일 맑음. 오전에 징쑹에게 편지를 부쳤다. 푸위안의 편지를 받았다. 다푸의 편지가 동봉되어 있다. 25일에 부친 것이다. 징쑹의 편지를 받았다. 23일에 부친 것이다. 쉬안칭의 편지를 받았다. 24일에 부친 것이다. 셋째에게 편지를 부쳤다. 징쑹의 원고를 동봉했다. 정오 좀 지나 타오쉬안칭에게 답신했다. 샤오펑에게 편지를 부쳤다. 오후에 바람이 거세게 불었다.

30일 맑고 바람이 거셈. 아침에 광핑에게 편지를 부쳤다. 오전에 지예에게 편지를 부쳤다. 셋째가 대신 구입하여 부친 『전한삼국진남북조시』全漢三國晉南北朝詩 1부 26책, 『역대시화』歷代詩話 및 『속편』續編 40책을 받았다.

---

86) 스디약수(十滴藥水)는 콜레라성의 급성증상, 현기증, 구토, 설사, 복통 등의 증상에 효과가 있는 민간약제이다. 장뇌(樟腦), 회향(茴香), 계피유(桂皮油) 등으로 제조한다.

가격은 19위안이다. 가라시마가 부친 『시분』斯文⁸⁷⁾ 3책을 받았다. 오후에 셰단의 편지를 받았다.

31일 일요일. 맑고 바람이 붊. 오전에 시게히사의 편지를 받았다. 23 일에 부친 것이다. 수위안의 편지를 받았다. 22일에 부친 것이다.

11월

1일 맑음. 정오 좀 지나 광핑의 편지를 받았다. 10월 27일에 부친 것이 다. 밤에 바람이 불었다.

2일 맑음. 오전에 광핑에게 편지를 부쳤다. 오후에 왕헝王衡의 편지를 받았다. 10월 24일에 부친 것이다. 사진이 동봉되어 있다.

3일 맑음. 오후에 정전둬의 편지를 받았다. 미루줘宓汝卓의 편지가 동 봉되어 있다.⁸⁸⁾ 곧바로 답신했다. 차오이어우曹軼歐의 편지를 받고서 곧바 로 답신했다. 가라시마 다케시가 부친 별쇄본 『고본삼국지연의』古本三國志 演義 12쪽을 받았다. 10월 26일에 우편으로 부친 것이다. 바람이 불었다.

4일 맑고 바람이 붊. 오전에 수위안에게 편지와 『무덤』墳의 서목⁸⁹⁾을

87) 『시분』(斯文)은 재단법인 시분회(斯文會)에서 발간한 잡지이다. 시분회는 1880년에 동양 의 학술문화 교류를 목적으로 이와쿠라 도모미(岩倉具視, 1825~1883)가 다니타 데키(穀幹城, 1837~1911) 등과 함께 창설한 '시분학회'(斯文學會)를 모체로 하였으며, 이것이 1918년에 공익 재단법인 시분회로 발전하였다. 『시분』은 1919년 가네코 겐타로(金子堅太郎, 1853~1942), 핫토 리 우노키치(服部宇之吉, 1867~1939) 등이 주도하여 창간하였다. 창간의 취지는 "유도(儒道)를 위주로 동아시아의 학술을 천명함으로써 메이지천황의 교육에 관한 칙어의 취지를 받들고, 우 리 국체의 정화를 발휘함에 있다"고 밝히고 있다.

88) 미루줘(宓汝卓)는 당시 와세다(早稻田)대학에 유학 중인 학생으로서, 루쉰의 대리인 신분으로 도쿄제국대학 교수인 시오노야 온과 만나, 나이카쿠분코(內閣文庫)에서 발견된 『전상삼국지평 화』(全相三國志平話)의 영인본을 구했다. 아직 출판되지 않았기에 손에 넣을 수 없었지만, 사태 가 누설될까 봐 미루줘는 정전둬에게 편지를 보내, 루쉰의 대리로서 행했던 일을 루쉰이 추인해 주도록 조정해 달라고 부탁했다.

부쳤다. 샤오펑에게 보내는 편지를 동봉하고, 아울러 전뒈에게서 온 편지의 절반을 동봉했다. 오후에 10월분 월급 400위안을 수령했다. 징쑹의 편지를 받았다. 10월 30일에 부친 것이다.

5일 맑고 바람이 붊. 오전에 지푸의 편지를 받았다. 28일에 부친 것이다. 뤼윈장의 편지를 받았다. 같은 날에 부친 것이다. 수칭의 편지를 받았다. 같은 날에 부친 것이다. 정오 좀 지나 답신했다. 지푸에게 보내는 편지를 동봉했다. 징쑹에게 편지를 부쳤다. 오후에 푸위안이 광저우廣州에서 돌아왔다. 위안의 편지와 대신 구입한 광야서국廣雅書局의 서적 18종 34책, 12위안 8자오어치를 가져왔다.

6일 맑고 바람이 붊. 오전에 쑤위안의 엽서를 받았다. 10월 27일에 부친 것이다.

7일 일요일. 맑고 바람이 붊. 오전에 쑤위안의 편지 2통을 받았다. 29일과 30일에 부친 것이다. 친원의 편지를 받았다. 29일에 부친 것이다.

8일 맑음. 정오 좀 지나 왕젠천汪劍塵이 왔다. 뤼윈장에게 편지를 부쳤다. 징쑹에게 편지와 책 한 꾸러미를 부쳤다. 샤오펑에게 원고90)를 부쳤다. 수위안에게 편지를 부쳤다. 오후에 수위안의 엽서를 받았다. 29일에 부친 것이다. 밤에 바람이 거세게 불었다.

9일 맑음. 오후에 징쑹의 편지를 받았다. 5일에 부친 것이다.

10일 맑음. 오전에 징쑹에게 편지를 부쳤다. 수위안에게 편지를 부쳤다. 푸위안과 함께 샤먼 시내에 가서 약과 신발, 모자, 알코올 등을 도합 22위안에 구입했다. 상우인서관에서 『자치통감고이』資治通鑒考異, 『전주도연

---

89) 『무덤』의 「제기」(題記)와 목록을 가리킨다.
90) 「샤먼 통신(廈門通信) 2」를 가리킨다. 후에 『화개집속편』에 수록되었다.

명집』箋注陶淵明集 각 1부, 편지봉투 100매, 편지지 50매를 도합 2위안 8자오에 샀다. 난쉬안주러우南軒酒樓에 가서 점심을 먹고, 오후에 배를 세내 돌아왔다. 수칭의 편지를 받았다. 1일에 부친 것이다. 수위안의 편지를 받았다. 2일에 부친 것이다. 춘타이의 편지를 받았다. 3일에 사오싱에서 부친 것이다. 싱모칭邢墨卿의 편지를 받았다. 3일에 상하이에서 부친 것이다. 밤에 바람이 불었다.

11일 맑음. 오전에 중산대학[91]으로부터 초빙장과 리위안의 편지를 받았다. 5일에 부친 것이다. 징쏭의 편지를 받았다. 7일에 부친 것이다.

12일 맑음. 오전에 라오차오화饒超華에게 편지와 원고를 부쳤다. 웨이수위안에게 편지와 원고를 부쳤다. 싱모칭에게 편지를 부쳤다.

13일 맑음. 밤에 딩산丁山, 푸위안과 함께 난푸퉈사에 가서 인형극을 관람하고 면을 먹었다. 비바람이 거셌다.

14일 일요일. 어둡다. 오전에 수위안에게 편지와 원고[92]를 부쳤다. 샤오펑에게 보내는 편지를 동봉하였다. 비바람이 거셌다. 수칭에게 편지를 부쳤다.

15일 비바람. 오전에 리지구의 편지를 받았다. 5일에 부친 것이다. 셋째의 편지를 받았다. 7일에 부친 것이다. 오후에 답신했다.

16일 흐림. 오전에 왕젠위汪劍餘의 편지를 받았다. 오후에 징쏭에게 편지를 부쳤다. 샤오펑의 편지를 받았다. 7일에 부친 것이다. 마오천의 편지를 받았다. 11일에 부친 것이다. 밤에 린징량林景良과 허칭和淸이 왔다.

---

91) 중산대학(中山大學)은 원명이 광둥대학(廣東大學)으로, 1924년 2월에 광둥고등사범, 광둥공립법과대학, 광둥공립농업전문학교가 합병하여 이루어졌다. 1926년 9월에 쑨중산(孫中山)을 기념하여 중산대학으로 개칭하였다. 같은 해 10월에 교장제를 위원제로 바꾸었으며, 규칙과 제도를 바꾸어 개혁을 진행했다. 루쉰은 이 대학의 교수로 초빙받았다.
92) 「『무덤』 뒤에 쓰다」(寫在『墳』後面)를 가리킨다. 후에 『무덤』에 수록되었다.

17일 맑음. 오전에 마오천에게 편지를 부쳤다. 정오 좀 지나 샤오펑에게 편지와 추팡의 원고 한 봉지를 부쳤다. 오후에 교내 교직원의 사진을 찍은 후 친목회를 열었다. 린위린林玉霖의 망언과 먀오쯔차이繆子才의 질책으로 끝났다.[93] 밤에 바람이 거세게 불었다.

18일 맑음. 오후에 광핑의 편지를 받았다. 12일에 부친 것이다. 밤에 바람이 거셌다.

19일 맑음. 오후에 광핑에게 편지를 부쳤다. 예위안葉淵의 편지를 받았다.

20일 맑음. 오전에 징쑹의 편지 3통을 받았다. 15일, 16일, 17일에 부친 것이다. 오후에 위탕이 초대한 다과회에 갔다.

21일 일요일. 흐림. 오전에 징쑹에게 편지와 간행물 한 묶음을 보냈다. 수위안에게 편지와 원고를 부쳤다. 샤오펑에게 보내는 편지를 동봉했다. 춘타이와 모칭에게 보내는 편지, 그리고 쉐춘에게 보내는 편지를 부쳤다. 공고의 원고[94]를 동봉했다. 수칭의 편지를 받았다. 11일에 부친 것이다. 유위의 편지를 받았다. 13일에 부친 것이다. 수위안의 편지를 받았다. 13일에 부친 것이다. 페이량의 편지를 받았다. 12일에 부친 것이다. 마오천의 편지를 받았다. 12일에 부친 것이다. 쉬안칭의 편지를 받았다. 12일에 부친 것이다. 정오경에 유위에게 답신했다. 밤에 바람이 불었다.

---

93) 이날 친목회에서 학생지도장인 린위린은 "교장은 교직원에 대해 부모처럼 살뜰해야 한다"라고 말했다. 이 말로 인해 철학과 교수인 먀오쯔차이의 질책을 받았던 것이다.

94) 「이른바 '사상계의 선구자' 루쉰이 알리는 글」(所謂'思想界先驅者'魯迅啓事)을 가리킨다. 루쉰은 이 원고를 웨이쑤위안, 리샤오펑, 쑨푸시(孫福熙), 장시천(章錫琛) 등에게 동시에 부쳤으며, 『망위안』 반월간, 『위쓰』 주간, 『베이신』(北新) 주간, 『신여성』 월간에 각각 발표하였다. 후에 『화개집속편』에 수록되었다. 웨이쑤위안에게 보낸 원고 속에는 따로 「판아이눙」(范愛農) 한 편이 있었다. 이 글은 후에 『아침 꽃 저녁에 줍다』에 수록되었다.

22일 맑음. 오전에 마오천에게 편지를 부쳤다. 수칭에게 편지를 부쳤다. 수위안에게 편지를 부쳤다. 오후에 광핑의 편지를 받았다. 17일에 부친 것이다. 지예와 충우의 편지를 받았다. 14일에 부친 것이다. 밤에 바람이 거세게 불었다.

23일 맑음. 오후에 쉬안칭에게 편지를 부쳤다. 페이량에게 편지를 부쳤다.

24일 맑음. 오후에 쉬안칭이 부쳐 준 그림[95] 한 점을 받았다. 서우산에게 편지를 부쳤다. 지예와 충우에게 편지를 부쳤다.

25일 맑고 바람이 붊. 정오경에 린멍친林夢琴이 점심에 초대했다. 오후에 수칭에게 편지를 부쳤다. 안에 친원에게 보내는 편지, 그리고 간행물 한 꾸러미 9책, 쉬안칭의 그림 한 점을 동봉했다. 왕헝에게 편지를 부쳤다. 리지구에게 편지를 부쳤다.

26일 맑고 바람이 거셈. 오후에 징쑹에게 편지를 부쳤다. 린허칭林河淸이 왔다. 저녁에 장시쩡蔣希曾이 왔다. 밤에 영화를 관람했다.

27일 맑음. 아침에 장시쩡과 위탕이 왔다. 함께 작은 기선으로 지메이集美학교[96]에 갔다. 정오 좀 지나 30분간 강연을 하고 위탕과 함께 기선을 타고 돌아왔다. 광핑의 편지를 받았다. 23일에 부친 것이다. 밤에 강당에 누전으로 작은 불이 났다.

---

95) 『무덤』의 겉표지 그림을 가리킨다. 타오위안칭의 작품이다. 쉬친원이 삼색판의 교정에 다소 경험이 있었기에, 루쉰은 이틀날 이 그림을 쉬셴쑤에게 부쳐 쉬친원에게 전달하여 베이징에서 인쇄하도록 부탁하였다.

96) 지메이(集美)학교는 천자겅(陳嘉庚)이 1912년에 설립하였다. 1926년 당시의 교장은 예위안(葉淵)이었다. 루쉰은 초대를 받아 이 학교에서 강연을 했다. 강연기록은 루쉰의 수정을 거쳐 12월 2일에 반송되었다. 강연의 내용은 예위안의 관점과 달라 『지메이주간』(集美週刊)에 실리지 않았다. 강연원고는 일실되었다.

28일 일요일. 맑음. 오전에 수위안의 편지를 받았다. 16일에 부친 것이다. 수칭의 편지를 받았다. 17일에 부친 것이다. 징눙의 편지를 받았다. 20일에 부친 것이다. 쾅푸줘鄭富灼의 편지를 받았다. 24일에 부친 것이다. 웨이자오치魏兆淇, 주페이朱斐, 왕팡런王方仁, 추이전우崔眞吾가 전난관鎭南關의 조그마한 푸저우福州 요리집에서 푸위안의 송별회를 열었다. 초대를 받아 함께 갔다. 술안주가 제법 맛있었다.

29일 흐림. 오전에 수칭에게 편지를 부쳤다. 수위안에게 편지를 부쳤다. 셋째에게 편지를 부쳤다. 광핑에게 편지를 부쳤다. 정오 좀 지나 광핑이 부쳐 준 털실 조끼 하나, 인장 하나를 받았다. 17일에 우편으로 부친 것이다. 징눙의 편지를 받았다. 17일에 부친 것이다.

30일 맑고 바람이 붊. 정오 좀 지나 상우인서관에서 부친 영역본 『아Q정전』을 3책 받았다. 위탕, 푸위안에게 각각 1책을 나누어 주었다. 오후에 수칭의 편지를 받았다. 23일에 부친 것이다. 친원의 편지를 받았다. 같은 날에 부친 것이다. 유린의 편지를 받았다. 22일에 부친 것이다. 또한 중원의 편지를 받았다. 같은 날에 부친 것이다. 수위안의 편지를 받았다. 23일에 부친 것이다. 마오천의 편지를 받았다. 26일에 부친 것이다. 셋째의 편지를 받았다. 27일에 부친 것이다. 밤에 비가 내렸다.

12월

1일 흐림. 오전에 쾅푸줘에게 편지를 부쳤다. 유린, 중원에게 편지를 부쳤다. 마오천에게 편지를 부쳤다. 수칭에게 편지를 부쳤다. 서적 구입을 위해 쑤저우蘇州의 전신서사振新書社에 편지와 8위안 1자오를 부쳤다. 저녁에 가랑비가 내렸다.

2일 맑고 바람이 붊. 오전에 광핑의 편지를 받았다. 27일에 부친 것이다. 오후에 지메이학교에 강연원고를 부쳤다.

3일 맑음. 아침에 광핑에게 편지와 잡지 5책을 부쳤다. 지난달 월급 400위안을 수령했다. 평민학교[97]에 5위안을 기부했다. 밤에 잠깐 영화를 보았다. 제목은 「신인의 가정」[98]이었는데, 아주 형편없었다.

4일 맑음. 정오경에 푸위안과 함께 웨이, 주, 왕, 추이 네 명을 초대하여 마셨다. 오후에 수위안의 편지를 받았다. 11월 28일에 부친 것이다.

5일 일요일. 맑음. 오전에 수위안에게 편지를 부쳤다. 셋째에게 편지를 부쳤다. 저녁에 천딩모, 뤄신톈羅心田이 이야기를 나누러 왔다.

6일 흐림. 오전에 구둔러우顧敦鍒와 량서첸梁社乾의 편지를 받았다. 11월 28일에 자커우閘口에서 부친 것이다. 오후에 징쑹의 편지를 받았다. 2일에 부친 것이다. 베이신서국에서 부쳐 준 『중국소설사략』 40책,[99] 『연분홍 구름』과 『방황』 각 5책을 받았다.

7일 맑음. 오전에 징쑹에게 편지를 부쳤다. 수칭에게 편지를 부쳤다. 오후에 비가 내리더니 밤에 바람이 거세게 불었다.

8일 맑고 바람이 붊. 오전에 마오천의 편지를 받았다. 1일에 부친 것이다. 수칭의 편지를 받았다. 지난달 29일에 부친 것이다. 징인위의 편지와 그림엽서 4매를 동봉했다. 파리에서 부쳤다. 오후에 수위안의 편지를

---

97) 평민학교(平民學校)는 샤먼대학 학생자치회가 운영하는 학교로서, 교원은 대부분 학생이 담당하였다. 학생은 샤먼대학의 나이 어린 노동자와 부근의 노동자 및 농민의 자녀들이었다. 이달 12일 샤먼대학의 췬셴러우(群賢樓)를 빌려 설립대회를 개최하였으며, 루쉰, 린원칭(林文慶), 린위린 등을 초대하여 강연을 요청하였다.
98) 「신인의 가정」(新人之家庭)은 1924년 상하이밍싱영화공사(上海明星影片公司)에서 출품한 국산 극영화이다.
99) 『중국소설사략』 40책은 샤먼대학에서 중국소설사를 수강하는 학생들의 교재로 사용하기 위해 받은 것이다.

받고서 곧바로 답신했다. 밤에 바람이 거세게 불었다. 날씨가 갑자기 추워졌다.

9일 맑음. 오전에 수칭에게 편지를 부쳤다. 량서첸과 구융루顧雍如에게 답신했다. 즈장之江대학 월간사에 답신했다. 해질 녘에 링지鈴記에 가서 이발을 했다.

10일 맑음. 오전에 푸위안과 함께 샤먼 시내에 갔다가 비에유톈別有天에서 점심을 먹었다. 트렁크 하나를 7위안에 구입했다. 상우인서관에서 『외국인명지명표』外國人名地名表 1책을 1위안 3자오에 샀다. 밤에 영화를 잠깐 관람했다. 바람이 거세게 불었다.

11일 맑음. 오전에 딩딩산丁丁山의 초대로 구랑위鼓浪嶼에 갔으며, 뤄신톈, 쑨푸위안과 둥톈洞天에서 점심을 먹었다. 정오 좀 지나 르광암日光岩 및 관하이별서觀海別墅에서 노닐다가 오후에 배편으로 돌아왔다. 량서첸이 부친 영역본 『아Q정전』 6책을 받았다.

12일 일요일. 맑음. 오전에 광핑에게 편지를 부쳤다. 평민학교 성립대회에 가서 5분간 연설했다. 징쑹의 편지 3통을 받았다. 이 가운데 두 통은 7일에, 한 통은 8일에 부친 것이다. 저녁에 푸위안과 함께 위탕을 방문하였다. 그의 거처에서 저녁을 먹었다.

13일 흐림. 오전에 징쑹에게 편지를 부쳤다. 쑹원한宋文翰에게 『중국소설사략』 상·하책을 반송하고, 제3판 합정본 1책을 주었다. 번역원고[100]를 수위안에게 부치고, 아울러 영역본 『아Q정전』 2책을 지예와 충우에게 나

---

100) 일본의 쓰루미 유스케(鶴見祐輔)의 수필 「유머에 관하여」(ユーモアに就て)를 번역한 「유머를 말하다」(說幽默)를 가리킨다. 루쉰은 이를 번역함과 아울러 「역자 적다」(譯者識)를 써서 『망위안』 반월간 제2권 제1기(1927년 1월)에 발표했다. 번역한 글은 후에 『사상·산수·인물』에 수록되었으며, 「역자 적다」는 「역자 부기」(譯後記)로 바뀌어 『역문서발집』에 수록되었다.

누어 주었다. 정오 좀 지나 류셴의 편지[101]를 받았다. 7일에 부친 것이다. 오후에 상웨尙鉞의 편지를 받았다. 1일에 부친 것이다. 수칭의 편지를 받았다. 1일에 부친 것이다. 샤오펑의 편지를 받았다. 6일에 부친 것이다. 수위안의 편지를 받았다. 6일에 부친 것이다. 전둬의 편지를 받았다. 6일에 부친 것이다. 밤에 비가 내렸다.

14일 가랑비. 오전에 전둬에게 편지를 부쳤다. 샤오펑에게 편지를 부쳤다. 젠스에게 편지를 부쳤다. 위안의 편지를 받았다. 8일에 부친 것이다. 정오 좀 지나 자오펑허趙風和, 니원저우倪文宙가 왔다. 오후에 광핑에게 잡지 한 묶음을 부쳤다. 위탕이 저녁식사에 초대했다. 푸위안이 함께 갔다.

15일 맑고 따뜻함. 오후에 샤오펑이 부친 책 세 꾸러미를 받았다. 찻잎 2근, 인주 한 상자를 받았다. 모두 셋째가 사서 부친 것이다. 저녁에 리수전李叔珍이 왔다. 밤에 바람이 거세게 불고 보슬비가 내렸다.

16일 맑음. 오전에 징쑹의 편지를 받았다. 12일에 부친 것이다. 오후에 답신했다. 저녁에 좡쿠이장莊奎章이 왔다. 밤에 비바람이 쳤다.

17일 흐림. 정오경에 하오빙헝郝秉衡, 뤄신톈, 천딩모의 초대를 받아 난푸퉈사에서 마셨다. 8명이 동석했다. 정오 좀 지나 『위략집본』魏略輯本 2책, 『유불위재수필』有不爲齋隨筆 2책을 받았다. 셋째가 도합 2위안에 구입하여 부쳐 주었다. 밤에 바람이 불었다.

18일 맑고 바람이 거셈. 정오 좀 지나 푸위안이 남쪽으로 갔다. 오후에 린무투林木土(자字는 샤오푸筱甫) 등이 찾아왔다.

19일 일요일. 흐림. 오전에 춘타이의 편지를 받았다. 12일에 부친 것이다. 셋째의 편지를 받았다. 13일에 부친 것이다. 수칭의 편지를 받았다.

---

101) 주자화(朱家驊)가 편지를 보내 루쉰에게 속히 광저우(廣州)로 오도록 재촉하였다.

9일에 부친 것이다. 후쿠오카福岡의 편지가 동봉되어 있다. 유린의 편지를 받았다. 10일에 부친 것이다. 젠스의 편지를 받았다. 10일에 부친 것이다. 곧바로 답신했다. 오후에 장량청張亮丞이 와서 이야기를 나누었다. 자오펑허가 왔다. 밤에 가랑비가 내렸다.

20일 흐림. 오전에 후쿠오카에게 편지를 부쳤다. 수칭에게 편지를 부쳤다. 셋째에게 편지를 부쳤다.

21일 흐림. 오전에 광핑에게 편지를 부쳤다. 위안에게 편지를 부쳤다. 다푸와 위안의 편지를 받았다. 14일에 부친 것이다. 정오경에 중산대학으로부터 편지[102]를 받았다. 15일에 부친 것이다. 오후에 저장浙江 동향회에 2위안을 기부했다. 밤에 바람이 불었다.

22일 동지. 맑고 바람이 붊. 오전에 마오천의 편지를 받았다. 15일에 부친 것이다. 유린에게 편지를 부쳤다.

23일 맑음. 오후에 징쑹의 편지를 받았다. 19일에 부친 것이다. 저녁에 린홍량林洪亮이 왔다. 밤에 바람이 거세게 불었다.

24일 맑음. 오전에 징쑹에게 편지를 부쳤다. 오후에 날이 흐렸다. 마오천이 왔다. 오후에 징쑹의 편지를 받았다. 16일에 부친 것이다. 친원의 편지를 받았다. 15일에 부친 것이다. 전둬의 편지를 받았다. 20일에 부친 것이다. 셋째가 부친 『아Q정전』 2책을 받았다. 전신振新서국이 부친 비씨費氏 영송본影宋本 『당시』唐詩 합정본 1책, 『초범루총서』峭帆樓叢書 1부 20책을 받았다. 밤에 영화를 관람했다. 바람이 불었다. 에케Gustav Ecke, 샤오언청蕭恩承에게 영역본 『아Q정전』을 1책씩 주었다.

---

102) 중산대학 위원회에서 보내온 편지를 가리킨다. 이 편지는 루쉰에게 이미 정교수로 초빙되었음을 통지하고, 하루 속히 출발해 줄 것을 요청했다.

25일 가랑비. 오전에 광펑에게 편지를 부쳤다. 중궈서점으로부터 서목 1책을 받았다. 정오 좀 지나 딩산丁山이 왔다. 오후에 날이 갰다. 마오천이 정인본精印本『잡찬 4종』雜纂四種, 『월야』月夜 각 1책, 짜오어[103]와 건어 한 쟁반, 쑤탕[104] 스무 봉지를 주었다.

26일 일요일. 맑음. 오전에 중산대학에 편지를 부쳤다. 밤에 바람이 불었다. 추이전우가 오향五香 드렁허리 한 꾸러미를 주었다.

27일 맑음. 정오 좀 지나 샤오펑에게 원고 2편[105]을 부치고, 오후에 편지를 띄웠다. 셋째에게 편지를 부쳤다. 밤에 바람이 거세게 불었다.

28일 맑음. 오전에 지푸의 편지를 받았다. 21일에 부친 것이다. 수칭의 편지를 받았다. 18일에 부친 것이다. 중국은행으로부터 편지를 받고서 곧바로 답신했다. 정오경에 샤오펑에게 편지를 부쳤다. 전뒈에게 편지를 부쳤다. 지푸에게 편지를 부쳤다. 오후에 푸위안의 편지 2통을 받았다. 21일과 22일에 부친 것이다. 쑨위안의 편지를 받았다. 21일에 부친 것이다. 쑹원한의 편지를 받았다. 21일에 부친 것이다.

29일 맑음. 정오 좀 지나 수위안에게 편지를 부쳤다. 오후에 회의를 열었다.[106] 천완리陳萬里가 취안저우泉州의 십자석각十字石刻 탁본 1매를 주었다.

30일 맑음. 오전에 지푸에게 편지를 부쳤다. 징쑹에게 편지를 부쳤다.

---

103) 짜오어(糟鵝)는 거위를 요리한 보존식품의 일종이다. 만드는 방법은 짜오지(糟鷄)와 흡사하다. 1918년 3월 9일의 짜오지(糟鷄)에 관한 주석을 참조.
104) 쑤탕(酥糖)은 실타래처럼 늘인 엿에 콩고물, 쌀가루, 참깨가루 등을 입혀서 바삭바삭하게 만든 과자이다.
105) 「'출판계로 가면서' 코너의 '전략」('走到出版界'的'戰略')과 「새로운 세상물정」(新的世故)을 가리킨다. 현재 『집외집습유보편』에 수록되어 있다.
106) 국학연구원의 회의를 가리킨다. 린원칭의 의견에 근거하여 이과의 각 주임을 국학원 고문으로 초빙하여 '감정을 소통하자'는 문제를 토론하였는데, 루쉰은 이에 반대의사를 표명했다.

정오경에 춘타이에게 원고[107]를 부쳤다. 오후에 딩산이 왔다. 저녁에 위탕이 왔다. 밤에 바람이 불었다. 마오천을 방문했다.

31일 맑음. 정오경 저우볜민周弁民의 초대로 바오빙薄餅[108]을 먹었다. 어우 군歐君, 마오천과 각각의 부인이 동석했다. 오후에 마오천과 함께 위탕을 방문했다. 『문학대강』文學大綱 1책을 받았다. 전둬가 증정했다. 샤먼대학의 일체의 직무를 사임했다. 밤에 마오루이장毛瑞章이 왔다. 뤄신톈이 왔다. 가라시마 다케시에게 편지를 부쳤다.

도서장부

바르의 표현주의 H. Bahr : Expressionismus	장펑쥐 기증	1월 4일
비어봄의 50 캐리커처 M. Beerbohm : Fifty Caricatures	5.20	
아르스미술총서 アルス美術叢書 5本	7.20	
교도장본 공손룡자 校道藏本公孫龍子 1本	0.40	1월 12일
교도장본 윤문자 校道藏本尹文子 1本	0.40	
사학총서 詞學叢書 10本	8.00	
배경루총서 拜經樓叢書 10本	4.20	1월 29일
	27.400	
중국문학사요략 中國文學史要略 1本	0.40	2월 3일
자의유례 字義類例 1本	0.60	
희곡의 본질 戲曲の本質 1本	2.50	
프랑스문학 이야기 佛蘭西文學の話 1本	2.10	
일본만화사 日本漫畵史 1本	2.20	

---

107) 「『삼장법사 불경 취득기』 등에 대해서」(關於『三藏取經記』等)를 가리킨다. 후에 『화개집속편』에 수록되었다.
108) 얇은 밀가루 전병을 가리킨다.

아르스미술총서 アルス美術叢書 4本	6.80	2월 4일
우즈후이 학술논저 吳稚暉學術論著 1本	샤오펑 기증	2월 9일
수진본도연명집 袖珍本陶淵明集 2本	0.60	2월 20일
영인 사통통석 景印史通通釋 8本	1.60	
지나문학연구 支那文學硏究 1本	6.70	2월 23일
지나소설희곡개설 支那小說戲曲槪說 1本	2.60	
지나불교유물 支那佛敎遺物 1本	2.70	
지나남북기 支那南北記 1本	3.00	
참과 아름다움 信と美 1本	3.00	
문학입문 文學入門 1本	1.40	
프롤레타리아문화론 無産者文化論 1本	1.20	
베토벤 ベトオフエン 1本	1.20	
예술국순례 藝術國巡禮 1本	3.00	
	41.600	
지부족재총서 知不足齋叢書 240本	39.00	3월 2일
성명잡극 盛明雜劇 10本	2.20	
만고수곡 萬古愁曲 1本	0.40	
한율고 漢律考 4本	1.00	3월 16일
사랑과 죽음의 유희 愛と死の戲 1本	1.40	3월 23일
지나 고대화론 연구 支那上代畵論硏究 1本	3.60	
지나화가전 支那畵人傳 1本	2.40	
	50.000	
가태 콰이지지, 속지 嘉泰會稽志及續志 10本	6.80	4월 5일
아리시마 다케오 저작집 有島武郞著作集 3本	2.40	4월 9일
미학 美學 1本	1.80	
미학원론 美學原論 1本	2.50	
아리시마 다케오 저작집 有島武郞著作集(제11집) 1本	1.40	4월 17일
지나유람기 支那遊記 1本	2.10	
아리시마 다케오 저작집 有島武郞著作集(제12집) 1本	1.20	4월 26일
최근의 영문학 最近の英文學 1本	2.00	4월 27일
	19.200	

남녀와 성격 男女と性格 1本		2.10	5월 3일
작자의 감상 作者の感想 1本		1.50	
영원의 환영 永遠の幻影 1本		0.90	
공손룡자주 公孫龍子注 1本		0.60	5월 17일
춘추복시 春秋復始 1本		1.60	
사기탐원 史記探原 1本		0.60	
아리시마 다케오 저작집 有島武郎著作集 3本		3.70	5월 21일
스쩡유묵 師曾遺墨(제7~10집) 4本		6.40	5월 28일
		18.900	
아리시마 저작집 有島著作(제16집) 1本		1.30	6월 1일
프롤레타리아예술론 無産階級藝術論 1本		1.00	
문예사전 文藝辭典 1本		2.30	
문학에 뜻을 둔 사람에게 文學に志す人に 1本		1.40	6월 2일
고사변 古史辨(제1책) 1本		구제강 기증	6월 15일
태평광기 太平廣記 63本		8.00	6월 17일
관고당휘각서목 觀古堂彙刻書目 16本		12.00	
프랑스문예총서 佛蘭西文藝叢書 4本		6.20	6월 19일
동서문학평론 東西文學評論 1本		2.00	
한위총서 漢魏叢書 40本		17.00	6월 20일
고씨문방소설 顧氏文房小說 10本		4.30	
아르스미술총서 アルス美術叢書 7本		12.80	6월 22일
원숭이떼에서 공화국까지 猿の群から共和國まで 1本		2.60	6월 26일
소설로 보는 지나의 민족성 小說から見たる支那の民族性		1.20	
		71.900	
신러시아팸플릿 新露西亞パンフレット 2本		2.60	7월 5일
문호평전총서 文豪評傳叢書 4本		5.60	
시혼 예찬 詩魂禮讚 1本		1.30	7월 10일
프랑스문예총서 佛國文藝叢書 1本		1.40	
문호평전총서 文豪評傳叢書 1本		1.40	7월 19일
신러시아팸플릿 新俄パンフレット 1本		0.80	
		12.700	

풍경은 움직인다 風景は動く 1本	2.00	8월 1일
아르스미술총서 アルス美術叢書 1本	1.80	8월 5일
근대영시개론 近代英詩概論 1本	3.60	
불교미술 佛敎美術 1本	3.10	8월 10일
문학론 文學論 1本	2.10	
동서문학 비교평론 東西文學比較評論 2本	7.40	8월 13일
전상삼국지평화 全相三國志平話 1部	시오노야 교수 기증	8월 17일
유학경오 儒學警悟 10本	24.00	8월 19일
송원구서경안록 宋元舊書經眼錄 1本	2.40	8월 31일
라마정찰기 蘿摩亭札記 1本	2.40	
	48.800	
남심진지 南潯鎭志 8本	3.20	9월 1일
교종금약 敎宗禁約 2帖	젠스 기증	9월 9일
고씨문방소설 顧氏文房小說 10本	4.00	9월 13일
이탁오묘갈탁본 李卓吾墓碣拓本 1組	가라시마 다케시 기증	9월 19일
석인설문해자 石印說文解字 4本	1.00	9월 29일
세설신어 世說新語 6本	0.70	
진이준문집 晉二俊文集 3本	0.90	
옥대신영집 玉臺新詠集 3本	0.80	
재조집 才調集 3本	1.00	
	11.600	
악부시집 樂府詩集 16本	4.50	10월 2일
당예문지 唐藝文志 2本	3.00	10월 5일
원우당인전 元祐黨人傳 4本	1.80	
미산시안광증 眉山詩案廣證 2本	0.50	
호아 湖雅 8本	4.00	
월하정사총초 月河精舍叢鈔 23本	6.00	
우만루총서 又滿樓叢書 8本	4.00	
이소도 離騷圖 2種 4本	4.00	
건안칠자집 建安七子集 4本	1.00	
한위육조명가집 漢魏六朝名家集 30本	7.00	

당장부인묘지탁본 唐蔣夫人墓誌拓本 1枚	젠스 기증	10월 9일
당최황좌묘지탁본 唐崔黃左墓誌拓本 1枚	젠스 기증	
역대명인연보 歷代名人年譜 10本	2.50	10월 14일
산해경 山海經 2本	0.50	
추인고본삼국지연의 抽印古本三國志演義 12쪽	분큐도 기증	10월 21일
팔사경적지 八史經籍志 16本	5.00	10월 25일
전한삼국진남북조시 全漢三國晉南北朝詩 20本	가라시마 군 기증	10월 30일
역대시화 歷代詩話 16本	4.40	
역대시화속편 歷代詩話續編 24本	5.80	
	62.000	
추인고본삼국연의 抽印古本三國演義 12쪽	가라시마 군 기증	11월 3일
구진서 등 집본 舊晉書等輯本 10本	3.40	11월 5일
보예문지등 補藝文志等 9種 9本	3.20	
굴원부주 屈原賦注 等 3種 5本	2.20	
소실산방집 少室山房集 10本	4.00	
자치통감고이 資治通鑑考異 6本	1.40	11월 10일
전주도연명집 箋注陶淵明集 2本	0.60	
	14.800	
외국인명지명표 外國人名地名表 1本	1.30	12월 10일
위략집본 魏略輯本 2本	1.50	12월 17일
유불위재수필 有不爲齋隨筆 2本	0.50	
비씨각 당시 費氏刻唐詩 2種 1本	0.80	12월 24일
초범루총서 峭帆樓叢書 20本	7.30	
취안저우 십자석각 탁본 泉州十字石刻拓本 1枚	천완리 기증	12월 29일
문학대강 文學大綱(제1권) 1本	정전둬 기증	12월 31일
	11.400	

총계 400.300

평균 매달 33.36위안

『일기 1』에 대하여

—1912~1926년의 일기 해제

『일기 1』에 대하여
― 1912~1926년의 일기 해제

일기란 무엇인가. 모두가 다 아는 인간 매일의 기록물이다. 그런데 어느 시대의 일기인가에 따라 일기의 목적과 효용은 달랐다. 우리가 아는 의미에서의 '지금' '여기'의 일기는 근대의 시작과 더불어 시작된 근대주체로 거듭난 '개인'의 기록물이다. 하루의 일들을 기록하되 자신의 감정과 느낌을 기록하고 나아가 자기반성과 자아의 성찰을 동반하는 기록이다. 일기를 쓴다는 행위는 자기를 돌아보는 모종의 행위임으로 매우 '내밀한' 사적 기록이기도 하다. 그 중심에는 근대적 '자아'가 있고 그런 자아를 기록하는 것은 '개인'의 발견으로 이름되는 르네상스 이후의 일이다. 지금도 초등학교에서 일기를 쓰도록 권장하고 담임교사는 그 일기를 점검할 수 있는 '특권'을 갖는데 이는 근대적 교육제도와 불가분의 관계에 놓인 '글쓰기 지도'다. 물론 근대 이전의 기록 역시 '개인'의 기록물이다. 그러나 그 개인과 근대 이후의 개인은 성격을 달리한다. 근대 이전에는 개인이라는 개념이 없거나 있어도 희박했다. 개인이란 개념의 탄생 자체가 근대 이후의 일이다.[1] 전통사회의 개인이 가족과 혈연, 지역과 왕조라는 공동체 속의 인간관계 하에 있는 존재, 혹은 신과의 밀접한 관계 안에서의 피조물로서 신에게 예속되어 있는, 인격적 독립 이전의 존재라고 한다면 근대의 개인은 우리가 명지하다시피 신, 이념, 왕조, 가족, 혈연, 지연 등 모든 속박으로부터 자유로운, 독립적 인격을 지닌 유일무이한 존재로서의 인간, 자아가 확장된, 개인화된 개인이다. 그러므로 근대 이전과 근대 이후의 일기는 그 성격이 다를 수밖에 없다.

또 근대 이전에 일기를 쓴다는 것은 일정한 계층에게만 가능한 일이었다. 일단 먹고사는 일상적 노동에서 자유로운 지식인들의 행위였고 글자를 수단으로 한 행위이니 문자를 소유할 수 있었던 식자계층만이 할 수 있는 일이었다. 사농공상에서 사± 계급의 고유한 기록행위였던 것, 지식인들의 일기였던 것이다. 또한 대개의 경우 나를 드러내지 않는 순전한 사실만의 기록으로, 사사로운 희노애락과 감정의 표현은 철저하게 배제되어 마땅한, 개인감정과 느낌 같은 것은 무언가 무의식적으로 차단된, 조선시대 선조들의 일기와 같은 것들이다. 이런 의미에서 볼 때, 정다산의 일기나 백범일기와 같은 것은 이미 근대적 자아 드러내기의 일기에 근접해 간 일기라 할 수 있다. 우리나라 고대의 일기는 조선시대 이전의 것은 전해지지 않는다. 조선시대(1392~1897)의 일기 역시 조선 전기의 것은 3권만 전해지고 대부분은 모두 조선 후기의 것들이다. 임진왜란과 병자호란을 중심으로 조선시대를 전후기로 나눈다면 조선시대의 방대한 일기는 모두 후기의 것인 셈이다.[2] 이는 일기라는 기록행위의 역사가 그리 길지

---

1) 물론 전통사회에도 개인이 있었고 중세 기독교 사회에도 개인이 있었으며 모든 결정에서 개인의 결단과 선택이 요구되었다. 그러나 근대 시민사회와 더불어 시작된 근대적 개인은 자기 확신과 자기 인식이 증대된, 자기공고화의 과정을 거쳐서 형성된, 모든 분야에서의 신성불가침한 자유와 평등, 인권 의식이 강화된, 삶의 자기주체로서 자각이 강화된 '개인화'된 개인이다. 리하르트 반 뒬멘, 최윤영 옮김, 『개인의 발견』, 현실문화연구, 2005.
2) 강명관, 「강명관의 심심한 책읽기」, 경향신문, 2015. 3. 27.

않음을 말하는 것이기도 하며 그것 역시 근대적 개인의 탄생 이전과 이후의 일기 성격이 판이하게 달라지는 것임은 위에서 말한 바와 같다. 새삼 이런 이야기를 하는 것은 루쉰의 일기가 '근대 중국' 이후의 기록이긴 하지만 거의 자신의 속내를 드러내지 않는, 철저한 내면 봉쇄의 일기이면서 아주 가끔 '자아'를 조금 드러내는 기록의 형태, 그러니까 전통적 일기와 근대적 일기의 과도기적 성격의 일기체가 아닌가 하는 점을 짚고자 함에서다. 마치 그의 중국어 문장이 완전한 백화문도 아니고 완전한 고문도 아닌, 반문반백半文半白의, 5·4기의 과도기적인 성격을 지닌 문체인 것처럼 말이다.

판본

루쉰은 1909년 일본 유학에서 귀국하여 고향 사오싱의 사범학교, 중학교 등지에서 교사, 교감, 교장으로 일하다가, 1912년 국민당 정부의 교육부 장관이었던 차이위안페이의 권유로 교육부 직원이 되었다. 그는 1912년 난징정부의 베이징 이전에 따라 베이징으로 옮겨 간 후 첨사라고 하는 교육부 말단 관리의 생활을 했다. 이 전집의 원본으로 참고한 1981년판 및 2005년판 베이징 런민人民문학출판사의 『루쉰전집』에서 『루쉰일기』는, 한국어 번역본으로 제17권과 제18권 두 권으로 되어 있다. 일기 첫 권인 제17권은 1912년 5월 5일 루쉰이 사오싱에서 톈진을 경유하여 베이징에 도착한 후, 6일 교육부에 첫 출근을 하면서부터 시작한다. 제17권에 수록된 일기는 1912년에서 1926년까지의 14년 8개월간의 일기이고 제18권에 수록된 일기는 1927년부터 1936년 10월 18일까지의 9년 10개월간의 일기다. 일기 두 권을 합치면 24년 6개월간의 기록인 셈이다.

루쉰의 일기는 루쉰의 생활과 루쉰 전투의 주요한 기록 가운데 하나며 루쉰 사상과 활동, 그의 저작을 연구하는 데 있어 피해갈 수 없는 자료다. 1951년 4월 상하이출판공사上海出版公司는 루쉰이 손으로 쓴 일기 수고본을 토대로 1,050부를 영인해 당시 중국 내 도서관, 문화단체, 제한된 연구자들에게 공급했다. 루쉰이 살아생전 그토록 신경 썼던 좋은 종이에 고급 장정으로 오프셋 인쇄로 제작했다. 자연히 가격은 비싸졌고 일반 대중에게 저렴하게 보급하지 못했다. 1,050부部 24책冊으로 구성되었는데, 3질帙로 합철한 일기는 정장본으로, 2질로 합철한 일기는 평장본이었다. 모두 선장본線裝本이다. 책 앞에는 펑쉐펑馮雪峰의 「『루쉰일기』 영인출판 설명」이 있다.[3] 그들은 장차 활자 인쇄본이 나와 모든 독자에게 보급될 수 있기를 희망한다고 했다. 1922년의 일기는 수고가 유실되어 싣지 못했다.[4] 이후에 영인본으로 나온 것은 1979년에서부터 1983년에 걸쳐 찍은 『루쉰수고전집』魯迅手稿全集본이 있다. 이것도 2질 24책 선장본과 전 8책으로 된 양장본이 있다. 이후 1959년 8월 베이징 런민문학출판사에서 최초 활자본으로 된 일기 상하 2권을 번체자繁體字로 찍어 냈다. 이 두 권짜리 『루쉰일기』는 부피가 작아 휴대하기 편리했고 가격도 저렴해 일반 대중에게 보급되었다. 그러나 이 활자본은 교정상태가 좋지 않았고 구두점이나 인쇄 면에서도 적지 않은 문제점이 있었다. 그러다가 1976년 루쉰 탄생 95주년 및 루쉰 서거 40주년을 기념하기 위해 베이징 런민문학출판사에서 다시 『루쉰일기』 상하 2권을 출판했는데, 이것은 첫번째 활자본과

---

3) 『魯迅日記 I』(『魯迅全集』 제17권), 東京 : 學習硏究社, 1985, 537쪽.
4) 이 해의 일기는 1941년 12월 15일 일본군이 루쉰의 미망인 쉬광핑을 체포했을 때 압수당했고 그 이후 행방불명되었다. 1922년의 일기는 1937년 쉬서우창(許壽裳)이 『루쉰연보』(魯迅年譜)를 편찬했을 때 당시의 자료에 근거해 다시 기록, 보완한 것이다. 『루쉰일기』(전집 18권) 부록 「1922년 일기 단편」 참조.

확연히 구분되는 책이었다. 수고본의 고체자古體字는 꼭 필요한 경우가 아니면 모두 현재 사용하는 간체자로 바꾸었고 임자년, 계축년 등의 옛날식 표현에 서력西曆을 병기했으며 일기 수고에 있었던 오자나 탈자, 연문[5]도 모두 교정하였다. 처음 활자본에서 많은 오류가 있었던 구두점(수고본에는 구두점이 없음)이나 일본어 서명 등도 모두 수정했고 몇몇 의문이 풀리지 않는 부분에는 (?) 표를 하여 이후의 연구를 촉발했다. 또한 상세한 '인명색인'을 부록으로 신설해 독자의 편의를 도모했다. 또 수고본에 누락되었던 1922년 일기를 쉬서우창이 가지고 있던 기록 및 자료를 바탕으로 재구성해 부록으로 만들어 실었다.[6] 이것들을 기초로 하여 그 이후에 발견된 자료를 다시 보완하고 수정하여 출판한 것이 이 전집 번역이 참고본으로 삼은, 1981년판 (베이징) 런민문학출판사본 18권짜리 『루쉰전집』 안의 일기며 그 후에 다시 수정 증보된 2005년판, 같은 출판사의 18권짜리 『루쉰전집』 안의 일기다.

17권 일기의 시기(1912~1926)는 크게 두 시기로 나눌 수 있다. 1918년 「광인일기」 발표 '이전의 시기'와 그 '이후의 시기'다. 일본유학에서 귀국하여 1918년 「광인일기」를 발표하여 5·4신문학문단에 일약 소설가로 등단, 작가로서의 생활을 시작하는 때를 기점으로 하여 그 '이전 시기'를 우리는 흔히 루쉰의 '침묵 10년기'라고 한다. 1909년 8월 자의반 타의반——경제사정, 어머니 부탁——으로 일본에서 귀국하여 집안 살림을

---

5) 연문(衍文). 필사나 판각, 조판 시에 잘못하여 더 들어가게 된 글자나 문장을 지칭.
6) 일기 판본 관련은, 張向天, 「談新版『魯迅日記』」(1976. 10), 『魯迅日記書信詩稿札記』, 香港: 生活·讀書·新知 三聯書店, 1984. 1~11쪽; 『魯迅日記』上·下卷, 北京: 人民文學出版社, 1976. 7., '出版說明'; 『魯迅日記 I』(『魯迅全集』 제17권), 東京: 學習研究社, 1985. 2., 南雲智의 「解說」 등 참조.

책임지는 보통의 가장으로 살아가기 시작한 때부터 1918년까지의 시기가 그것이다. 이 시기는 중국근현대사에서, 1840년 아편전쟁 발발 이후 서구 열강들의 폭압적 침탈로부터 나라를 구하기 위한 전 중국 민족의 구국대장정과, 거대한 파고로 밀려 온 서구 근대화를 향한 고단하고 지난한 사건들이 실패와 좌절을 연속해 간 시간 아래 놓여 있다. 민족생존을 위한 투쟁 속에서 1911년의 신해혁명, 1919년 5·4 반제국 반봉건 애국운동과 신문화운동, 1·2차 국공합작과 결렬, 4·12쿠데타, 1925년 5·30 노동자대투쟁 등등 굵직굵직한 역사의 파고를 힘겹게 넘어가고 있는 중이었다. 그러나 루쉰은 교육부 말단직원으로 월급을 받으며 독서와 탁본으로 소일을 하고 있었다. 마치 세상일에 눈과 귀를 닫은 듯 세월을 '허송'하고자 작정을 한 듯 지내고 있었다. 루쉰 인생을 네 분기로 나눌 때 초기初期(1881~1909), 전기前期(1909~1918), 중기中期(1918~1927), 후기後期(1927~1936)로 분기할 수 있는데, 이를 세 분기로 다시 나눌 경우는 초기와 전기를 합쳐서 전기(1881~1918)로 셈하기도 한다. 그러므로 17권의 일기는 루쉰의 전기에서 중기에 걸친 기록이라고 할 수 있다. 그리고 이 시기는 다시 1918년 「광인일기」 발표를 기점으로 하여 그 이전 주로 교육부 관리로서 지낸 생활의 기록과 1918년 이후 작가로서의 활동 기록이 주로 기록돼 있다고 보면 된다. 1912년 이전의 일기에 대해서는, 저우쭤런 등의 기록을 통해 유추는 가능하지만 아쉽게도 원고가 남아 있지 않다.[7]

---

7) "1901년 저우쭤런 일기에 부록으로 실린 루쉰의 「자젠성 잡기」(戛劍生雜記) 말미에 '무술(戊戌) 일기에서 발췌했다'라고 한 것으로 보아 이 글은 루쉰이 난징으로 간 1898년에 쓴 일기로 생각된다."(胡水, 『魯迅硏究札記』) 또 같은 저우쭤런 일기(1902년 1월 14일)에는 "'형의 옛날 일기를 조사해 보았더니'라고 되어 있고, 더욱이 같은 해 3월 16일 일본으로 유학 간 형이 그 여행(아마도 배를 타고 일본으로 가던—역자) 때의 일기를 엮은 「부상기행」(扶桑記行)을 부쳐 주었다는 기록이 있다. 이 일기는 유감스럽게도 현존하지 않는다. 『魯迅日記 I』, 535~536쪽.

기록

중국은 기록의 역사가 길며 그 기록물 역시 보존 상태가 양호하다. 기록의 전통은 자연환경에 적응해 간 인간이 자연과의 경험에서 쌓인 사건과 상상을 기록하기 시작한 것에서 출발하여 정착 문명을 만들기 시작한 인류 조상이 유한한 공간에서 반복적으로 누적된 경험을 쌓음으로써 만들어진 문화이기도 하다. 그 기록은 과거의 경험을 다시 반복하게 하는 선순환의 구조를 지니기도 하지만 모종의 판단과 행위에 앞서 그것을 규제하는 강력한 규범 장치의 역할을 하기도 한다.[8] 중국 역시 다른 민족이나 마찬가지로 수많은 외침과 민란, 전쟁이 있었으나 워낙 영토가 광활하다 보니 이전하고 보존할 수 있는 공간 용량이 컸었던 것은 아닌가 한다. 기원전 2천 년의 기록으로 전해지고 있는 『시경』詩經을 필두로 『서경』書經, 『역경』易經 등 13경과 사서史書들, 그것들의 수많은 주석본, 처음 사립학교를 연 공자와 그 제자들에 의한 기록을 필두로 춘추전국시대의 제자백가서에 이르기까지, 근현대의 수많은 개인 기록물과 전기傳記류, 지방지, 혁명시기의 현장 르포 기록, 후일담기록 등등 가히 중국은 기록물의 나라라고 할 수 있다. 이러한 전통은 사실 우리 고대 선조들에게도 면면히 이어져 왔고 조선 말까지 그래 왔다. 조선 말의 오래된 한학자 집안이자 항일, 의병활동 및 동학농민운동가 집안 출신이며 분단의 희생으로 22년간 옥고를 치른 노촌老村 이구영 선생님[9]은 어린 시절의 집안 풍경을 얘기하면서 종종 대대로 내려오던 엄청난 기록물에 대해 얘기한 바 있다. 가서家書, 일기, 행

---

8) 신영복, 『강의 — 나의 동양고전 독법』, 돌베개, 2004, 67~69쪽.
9) 이구영(李九榮. 1920~2006). 심지연, 『역사는 남북을 묻지 않는다』, 소나무, 2001 ; 이구영, 『찬겨울 매화 향기에 마음을 씻고』, 바움, 2004 참조.

장, 재산목록 및 출납부, 메모, 구한말 의병 관련 기록들, 집안 대대로 내려온 수많은 장서와 문서들에 대한 얘기다. 동학혁명 때 땔감이 없어 하인들이 불쏘시개로 쓰기도 하였으며, 이 선생님이 장손으로 일제 시기 월북하여 집안을 지키지 못했고 또 한국전쟁기에 이리저리 흩어지고 흩어져 보관이 여의치 않았다. 그러고도 출옥 후에 남아 있었던 집안의 기록물들이 여전히 엄청나게 많았었다는 이야기. 그는 돌아가시기 전, 이것들을 국가기관에 이관하였다고 했다. 한 가정이 이러할진대 우리의 고대에도 왕조 및 관아, 지역사회에 의해 보관되어 전수된 것 말고도 개인 민간의 기록들이 얼마나 많이 있었겠는가 상상할 수 있는 일이다.

다만, 조선시대 그 많은 기록물들은 전국을 휩쓴 수많은 왜란과 호란에 의해 철저하게 불타고 유실되었을 것이다. 또한 일본 제국에 의한 식민시기 문화말살 통치로 철저하게 파괴되고 유실당했을 것이다. 한국의 전통시기 기록물의 빈약성은 조상들이 기록을 하지 않아서가 아니라 그것을 보관 보존할 수 없었던, 작은 땅덩어리 안에서의 잦은 왜란과 호란, 민란과 같은 난국의 결과이며 일제 35년의 통치와 그것이 남긴 상처의 결과다. 지금 우리는 개인적으로 기록의 관습이 약하다. 기록에 의해 누적된 역사의 구체성이 약화된 지 오래이다. 일국의 대통령이 자신의 언행을 은폐한 것에 대해서도 일방에서는 무척 '관대'한 이상한 풍경이 연출된다. 중국은 고대부터 왕 옆에 좌우 두 명의 기록관史官이 있어서, 왼쪽 사관左史은 24시간 왕의 언言을 기록하고 오른쪽 사관右史는 24시간 왕의 행行을 기록해 왔다. 이는 동아시아의 전통이 되었고 한국 역시 오랜 세월 동안 이렇게 해왔다. 그것은 막강한 왕의 권력을 규제하는 강력한 장치였다. 그리고 그것은 동아시아 보편의 상식과 교양이었다. 그런 교양이 사라진 2016년 박근혜 정권과 청와대, 그것을 바라보는 국민들의 입장이 참으로 민망하고 부끄럽다. 포스트모던 시기에 접어든 지금 여기에는 잦은 여행과 이주 및 이동, 정착을 거부하는 일회적 삶의 풍경들이 넘쳐난다. 노마드적 영혼들의 허무한 부유가 기록을 중시하지 않는 시대의 풍경을 만들어 가고 있는 듯하다.

루쉰에게 일기는

다시 루쉰으로 돌아가자. 루쉰은 기록정신이 강한 중국 지식인층의 전통 정신을 체현한 사람이다. 책 구매는 물론, 작은 그림이나 탁본, 일용품의 기록까지 자질구레한 모든 것을 기록했다. 루쉰 일기의 이해를 위해 다소 길지만 아래, 일기에 대한 루쉰의 생각을 옮겨 본다.

"나는 원래 매일 일기를 쓴다. 이는 혼자 읽기 위해서 쓰는 것이다. 세상에 이런 일기를 쓰는 사람이 많을 것이다. 일기를 쓴 사람이 유명인이 되면 사후에 일기도 출간될 수 있다. 읽는 사람도 특별히 흥미로운데 왜냐하면 그가 일기를 쓸 때 「내감편」의 외모편을 쓰듯이 젠체하지 않은 진면목을 볼 수 있기 때문이다. 나는 이것이 일기의 정통 적자라고 생각한다. 그런데 내 일기는 그렇지 못하다. 적는 것은 서신 왕래와 금전 출납이므로 진면목이라 할 것도 없으며 진위를 가릴 거리는 더더욱 없다. 예를 들면 이렇다. 2월 2일 맑음. A의 편지를 받았다. B가 왔다. 3월 3일 비. C학교에서 월급 X위안을 받았다. D에게 답신했다. 한 줄이 찼지만 쓸 일이 더 있으면 종이도 좀 아깝기 때문에 그날 일을 전날의 빈칸에 써넣는다. 요컨대 믿을 만하지 못하다. 그러나 나는 B가 온 것이 2월 1일인지 아니면 2월 2일인지 사실 크게 상관하지 않으며 쓰지 않아도 괜찮다고 생각한다. 그리고 기록하지 않을 때도 자주 있다. 내 목적은 답신의 편의를 위해서 누가 편지를 보냈는지를 기록하는 데 있으며 언제 답신을 했는지 특히 학교 월급을 몇 년 몇 월에 몇 분의 몇을 받았는지 등을 적는데 있을 뿐이다. 소소한 것들을 잘 기억하지 못하기 때문에 확인하기 편리하게 반드시 장부가 하나 있어야 양쪽이 모호하지 않을 수 있다. 나도 사람들에게 얼마나 많이 돈을 빌려줬고 장래에 사람들이 돈을 다 갚으면 어느 정도의 부자가 될 건지 알 수 있도록 말이다. 그 밖에 다른 야심을 가지고 있지는 않다."[10]

"그 밖의 다른 야심"이란 일기를 저술로 삼는 행위를 말한다. 다른 사람에게 보이기 위한 글이며 현세가 되었든 사후가 되었든 사람들의 평판을 기대하는 "큰 기대를 품는" 류의 일기를 말한다. 이러한 일기는 "애초부터 제3자에게 보여 줄 계획이므로 진면목이 나오지 않는" 일기다. "최소한 자기에게 불리한 일은 아무래도 숨길 것"이라고 생각하기 때문이다. 이러한 일기에 대해 루쉰은 "일기의 정통이 아닌 것" 같다고 했다.[11] 일기에 대한 루쉰의 이런 발언은 1926년 6월 오랜 친구인 류반눙劉半農이 『세계일보』「부간」에 실을 원고청탁을 하자 거절을 하지 못하고 무언가를 쓰긴 써야 하는데 하고 고민하던 끝에 집필하기 시작한 연재물 「즉흥일기」의 서두에 나온다. 그러면 루쉰은 공개물이 아닌 자신의 진짜 일기에서 자신의 진면목을 그대로 다 보여 주는 기록을 하였는가, 하면 그렇지 않았다. 그가 생각하는 정통의 일기라는 것은 위 인용문에서 밝힌바, 자기 자

---

10) 「즉흥일기」(馬上日記), '미리 쓰는 서문', 『화개집속편』(『루쉰전집』 제4권), 385~386쪽.
11) 「즉흥일기」, '미리 쓰는 서문', 『화개집속편』, 386~387쪽.

신을 위해 쓰는 기록으로서 하루 동안 일어난 일의 '사실 기록'인 일기다. 비망록에 가까운, 때론 출납 '장부'와 같은 기록이기도 하다. 아무래도 자신의 진면목을 드러내기 위해서는 좀더 근대로 내려온, 자기 내면의 내밀한 기록이어야 할 것인데 루쉰 일기는 짐짓 그 이전에 머물러 있는 듯하다. 가능한 자신의 느낌이나 감정의 기록은 절제되어 있다.

이를테면 이런 경우가 그 전형적인 예다. 베이징에서의 공무원 생활 후 일 년여 만에 사오싱의 고향집을 방문한다. 고향에 가져갈 선물을 사고 포장을 하고 육로와 배편, 다시 육로와 배편을 이용하여 거의 일주일 만에 힘겹게 고향에 도착한다. 그러나 도착한 날 어디에도 고향의 풍경이라든가 그리워했던 어머니나 가족에 대한 반가운 마음, 감정 기록이 없다. 베이징에서 세 차례 고향을 방문하지만 루쉰 감정이나 느낌 따위의 기록은 아예 없다. 일기에 수시로 등장하는 '아무 일 없다'가 있어서 그 행간을 짐작해 볼 뿐이다. 일기의 사물화, 사실 기록으로서의 일기다. 물론 완벽하게 개인감정 노출이 없다는 것은 아니다. 목욕 후 "아주 쾌적했다"라든가, 교육부에서 미학 교육을 없앴다는 소식에 "이런 어리석은 놈들, 불쌍불쌍하다" 등의 표현들, 화집畵集을 보았는데 "아주 기분이 좋았다" 정도의 표현은 가끔 등장한다. 크게 놀랐다, 화가 났다, 걱정근심 없는 날 없구나 등의 표현들도 있다. 자신의 감정과 느낌을 가능한 절제하되 아주 조금씩은 짧게 표현하는 기록의 형태다. "시내에서 돌아오는 길에 달빛이 너무 아름다워 노새마차를 타고 거리를 돌아다녔다."(1912. 8. 22.) 같은 것은 그나마 긴 편이다. 17권에서 루쉰의 감정이 가장 많이 드러난 때는 아마도 1912년 7월 19일 일기, 고향 친구 판아이눙이 10일 사오싱에서 익사하였다는 소식을 접한 날이 아닐까 한다. 루쉰은 이날 슬프고 슬프다 하며 비통해하였고, 3일 뒤인 22일에는 그를 애도하는 시 3편을 일기에 남기고 있다. 이렇듯, 사건과 사실의 건조한 기록 틈새로 언뜻 언뜻 보이는 루쉰 사고의 흐름과 감정선, 최소의 표현으로 축약 기술되고 있는 루쉰의 사적 취향과 가치 판단들, 루쉰 일기의 매력은 여기에 있다.

시대, 사회상

우리가 루쉰의 여러 측면을 논할 때 흔히 동원되는 수사에 혁명가 루쉰, 전사戰士 루쉰, 문학가 루쉰, 화가 루쉰, 미술운동가 루쉰, 교육자 루쉰, 수집전문가 루쉰, 출판인 루쉰, 연구자 루쉰 등등이 있다. 이러한 면모는 전통과 근대의 과도기를 온 몸으로 헤쳐 나간 루쉰의 전방위적 삶을 형용하는 수사들이라고 할 수 있는데 이들에 대한 연구의 출발 지점에 놓여 있는 것이 일기다. 여기에는 루쉰의 의식주뿐만 아니라 소소한 희로애락과 가족사, 가장으로서의 한 남자, (생)노병사에 이르기까지의 '일상 루쉰'의 모습이 선명하게 각화되어 있다.

　　루쉰 일기는 필자에 의해 철저하게 의도된 정확한 사건 사실의 기록이면서 근대적 개인으로서의 루쉰 개인의 가치관과 희로애락, 생각과 감정이 그 사물화된 행간의 틈새에 보석처럼 박혀 있다. 하여, 독자들의 해석 여지를 한껏 넓혀 주는 읽을거리를 제공한다. 루쉰이 자신의 가치관이나 감정을 표현하는 방식은 간단하게 세 가지로 보인다. 첫째는 아무런 대응을 하지 않는, 무대응의 방식이다. 말할 가치가 없는 일의 경우가 그렇다. 꼴통 수구보수 위안스카이 총통하의 공화당이 당 배지를 만들어 교육부 직원들에게 나누어 준 일에 대해 아무 판단을 하지 않는다. 사실 기록만 한다. 둘째는 아주 간략한 가치판단의 표현이다. 예를 들면 고대 전통 문물을 함부로 취급하고 있고, 그런 것들이 파괴 유실되고 있는 안타까운 현실을 기록하고는, 옛 문물에 대한 중국인들이 태도가 무성의하다, 는 정도의 기술이 그러하다. 셋째는 개인적 감정, 느낌에 대한 간단하지만 진솔한 표현이 있다. 기분 좋다, 놀랐다, 화가 난다, 슬프다 등.

루쉰 일기가 촘촘한 사실의 기록이다 보니 루쉰이 살았던 당시 시대의 풍경과 사회상이 흑백사진처럼 인화되어 우리 눈앞에 그대로 나타난다. 몇 가지만 예를 들어 보면 이렇다. 당시의 교통발달 수준에 비해 우리가 상상하는 것 이상으로 우편배달이 신속하고 정확함에 놀라게 된다. 루쉰은 베이징에서 사오싱의 동생 저우쭤런에게 거의 매일 책과 편지를 주고받았다. 어떤 편지는 5~6일 만에, 어떤 것은 4일 만에 도착했다. 사오싱에서 24일 발송한 편지를 베이징의 루쉰이 28일 받았다. 14일이 걸린 우편물에 대해서는 왜 지체되었는지 이상하다고 기록하기도 했다. 도쿄에서 23일 부친 우편물이 30일 배달되기도 했다. 우편물은 밤에서도 종종 배달되었다. 물론 거리가 멀어지면 한 달이 소요되기도 했다. 시안西安에서 5월 9일 부친 소포가 6월 10일 루쉰에게 배달된 경우 등이 그러하다. 또 초기 교육부에서의 근무상태로부터 당시 공무원들의 업무강도가 상당히 느슨한 편이었다는 것도 알 수 있다. 오전에 출근하였다가 업무를 보고 오후에는 수시로 류리창에 나가 서화나 골동품을 구경할 수 있었다. 맘에 드는 것을 골라 천천히 집으로 귀가한 날이 다반사다. 위안스카이 치하 교육부의 여러 가지 웃지 못할 풍경도 엿보인다. 공자제전孔子祭奠을 지내는 민국 초창기 모습이 상세하게 기록되어 있다(1914년 3월 2일). 새벽에 공묘孔廟에서 시작하는 제전에 참여하기 위해 집이 먼 루쉰은 그 전날 제례가 있는 장소에 미리 가 잠을 잔다. 제사 후에는 오랜 관습대로 술과 고기를 두루 나누어 분배한다. 이런 풍경에 대해 루쉰은 그 모습이 정말 황당하고 슬프고 개탄스러울 뿐이라고만 했다. 공무원 신분으로 아무 말 없이 이를 수행해야만 했던 루쉰의 비애와 동료들의 비애, 그것은 독자들이 상상할 몫이다. 1911년 신해혁명이 일어나고 근대정부가 들어선 이후지만, 전통의 암흑이 사회 곳곳에 똬리를 틀고 앉아 있다. 또 교육부가 주관하는 전시회를 위해 해외에서 박물관 소장품을 빌려주었는데 이를 지키기 위해 집에서 모포를 가져와 교육부에서 쪽잠을 자는 루쉰도 있다. 베이징의 12월은 엄동설한, 추워서 새벽까지 잠들지 못했다고 썼다. 친구 쉬지상이 와서 9시까지 같이 있어 준다. 그런 풍경 사이로, 소중한 것을 지켜야 한다는 공무원 루쉰의 강한 책임감이 보이기도 하지만, 고대문물을 훔치는 도둑들이 당시 무척 횡행했음을 유추할 수도 있다. 또, 당시 국민당 정부의 열악한 재정상태도 가늠해볼 수 있다. 국가재정을 조달하기 위해 수시 국채를 발행한다든가, 공무원의 봉급을 제때에 지급하지 못한다든가 하는 상황이다. 루쉰도 미지급된 월급을 수시로 공채로 받았다. 또 당시의 교통 발달 현황을 알 수도 있다. 1913년 베이징에서 고향 사오싱까지의 귀향 과정을 기록하면서 기차와 큰 배, 작은 배, 여러 형태의 여관들, 배표 구입의 과정, 짐꾼들 호객행위, 가격 흥정 등의 상황을 상세하게 기술함으로써 당시 교통정보와 숙박문화, 힘들고 긴 여정을 볼 수 있게 해준다. 베이징 오후 4시 40분 기차로 톈진을 향해 출발, 저녁 7시 20분 톈진 도착, 톈진에서 1박…… 이런 식이다.

이 밖에도 민국 초기의 구 학제 폐지와 신 학제 개편의 과정, 복잡한 화폐제도, 주음부호 통일을 위한 회의, 국장國章 제작과 국가國歌 제정, 구극과 신극의 지방공연 실태, 고대 왕실의 제단이었던 톈탄天壇과 셴눙탄先農壇을 일반인을 위한 공원으로 만드는 과정, 도서관과 박물관 설립의 과정, 전국적인 수재水災와 한재旱災, 범국가적인 의연금 모금운동, 온갖 전단傳單에 대한 기록, 지역분쟁에 대한 기록, 기타 간행물과 출판사, 서점 등

등에 대한 꼼꼼한 기록. 루쉰일기는 파노라마처럼 당시 시대상을 죽 보여준다. 당시 사회사를 연구할 수 있는 귀중한 자료다.

일상, 독서, 두 가지 사건

이상이 시대와 사회의 풍경이라 한다면 일기의 대부분은 루쉰 개인의 일상이 전면에 드러나 있다. 몇 가지만 예를 들어 보자. 집안 식사시설이 편치 않아서이기도 했을 것이나 루쉰과 동료, 친구들은 식사를 거의 대부분 사서 해결한다. 당시 이미 폭넓게 식당문화가 자리를 잡았다는 것이다. 맛이 있다 없다, 조악하다 등 음식에 대한 세세한 루쉰의 품평도 이채롭다. 간식으로 비스킷을 무척 좋아한 루쉰도 보인다. 시장에 나가 치약가루 등 일용품을 사면서 꼭 비스킷을 사서 귀가했다. 담배와 과자를 좋아한 루쉰. 그러나 수시로 찾아오는 위통과 치통, 기침, 감기와 몸살, 키니네를 상시 복용하는 모습도 있다. 교육부 근무 초창기 월급으로 240위안을 받아 집에 생활비 50위안 부치고는 나머지는 자신이 사용했다. 수시로 친구나 동향의 지인, 후배 학생들에게 돈을 빌려주고 다시 받았는데 그 기록이 매우 정밀하고 촘촘한 편이라는 점. 경제관념이 정확했음을 알 수 있다. 매달 생활비를 보내던 루쉰은 1913년에는 월급이 제대로 지급되지 않아 곤란을 겪었고 다른 사람에게 종종 돈을 꾸기도 한다. 월급 240위안 가운데 170위안만 지급되고 나머지 70위안은 채권으로 지급된다. 지난달 채권도 지불되지 않고, 계속 현금으로 해결되지 않다가 급기야는 교육부 직원들이 감원되기에 이른다. 1913년 겨울, 관제 개편에 따라 첨사는 18명 감원되었고 주사는 42명이 감원된다. 그러고도 11월 월급은 90프로인 216위안만 지급된다. 그런 상황에서도 사오싱의 생활비는 50위안에서 100위안으로 올려 계속 송금한다. 1914년에는 처음으로 책 가격이 비싸 살 엄두를 못 내겠다는 기록도 등장한다. 루쉰이 사오싱 고향의 일가족을 베이징으로 불러올려 함께 사는 1919년까지, 그는 월급의 반에 가까운 돈을 가족의 생활비로 송금한다. 생활비뿐만 아니라 동생 저우쭤런의 부인 하부토 노부코의 친척이나 형제, 저우젠런의 아내 하부토 요시코 등에 대해서도 일이 있으면 수시로 금전적 도움을 주거나 필요한 물건을 사서 부친다. 루쉰의 교육부 월급이 지연 지불되는 문제도 있거니와 지출이 많아진 루쉰의 경제형편은 넉넉하지 못했다. 1920년대부터 시작한 여러 대학으로의 출강은 경제적인 문제 해결을 위한 것이기도 하다는 분석도 있다. 1919년부터 가족들과 함께 기거하기 시작한 바다오완八道灣으로 이사하기 전, 1912년 5월부터 1919년 11월까지 머물렀던 동향인 숙소 사오싱회관[12]이 무척 불편하였다는 점도 알 수 있다. 이웃집에서 웃고 떠든다든가 그 집에 시골 손님이 들어 강한 사투리 억양으로 떠들어대면 밤새 잠을 잘 수 없는 일이 종종 발생했다, 등등.

1918년 5월 루쉰은 『신청년』에 「광인일기」를 발표하였다. 그러나 일기에는 지금까지 하던 대로 여전히 옛 비문을 베끼거나 탁본을 수집하는 등, 작가로서 등단한 심경이나 사람들의 이목을 끌게 된 것 등에 대한 기록이 없다. 탁본, 탁편, 조상造像을 수집하고 표구를 하고 책을 구입하고 수선하는 등 그냥 지금까지 해온 심상한 기록의 연장이다. 1919년 5월 4일

---

12) 1912년부터 1919년까지 루쉰이 가장 오래 거주한 베이징의 숙소. 사오싱회관(紹興縣館)의 원래이름은 산콰이회관(山會邑館)이다. 사오싱부(紹興府) 관할인 산인현(山陰縣)과 콰이지현(會稽縣) 출신 베이징 거주 인사들이 돈을 각출하여 지은 동향인 숙소로 쉬안우먼(宣武門) 난반제(南半截) 골목(胡同)에 있었다.

은 중국현대사에서 획을 그은 5·4운동이 발발한 날이다. 5·4운동 발발의 전야는 수개월간 제1차 세계대전의 종료와 더불어 승전국과 패전국 간의 전쟁 배상과 조약 체결의 문제로 세계가 들끓고 있었다. 늦게 연합국에 군대를 파견한 중국은 연합국의 승리로 승전국의 일원 자격을 가졌고 산둥성을 강제 점거하였던 독일은 패전국에 속하므로 독일은 산둥성에서 물러가야 마땅했으며 산둥성의 자치권은 당연히 중국으로 되돌아오는 것이 당연했다. 일반 중국인들은 모두 그렇게 기대했다. 그러나 영·미·프·이·일 중심으로 체결된 바르샤바 조약은 산둥성의 자치권을 독일에서 일본으로 넘기는 것에 전격 합의하기에 이른다. 돤치루이 정부의 미온적인 태도와 당시 외무장관 등 부패관료들의 매국적 태도에 분노한 베이징의 대학생들과 지식인들은 격노했고 이에 대한 분노의 표출로 시작된 반제·반봉건의 애국주의운동은 전국으로 노도처럼 번져 나갔다. 정치운동에서 시작한 이 운동은 베이징을 넘어 톈진, 상하이, 난징, 동남아 화교사회까지 확산되었고 학생·지식인 중심에서 노동자·농민·상공인까지 합세하는 거국적인 시민운동으로 번졌다. 아편전쟁 이후 중국인들이 줄곧 믿어온, 서구 근대국가들이 가지고 있을 거라고 상상했던 '공리'公理에 대한 최소의 신뢰마저 철저한 배신감으로 무너졌고, 구국의 구체적인 방법론으로 시대마다 변주는 조금씩 달랐어도 기본 원칙으로 인식해 왔던 80여 년간의 이이제이以夷制夷(오랑캐의 방법으로 오랑캐를 제압한다)의 방법이 전면적으로 재조정되는 국면이 시작된 것이다. 중국은 이 5·4운동을 기점으로 지금까지의 근대화 방법론인 '서방으로부터 배운다'從西方學習가 '러시아로부터 배운다'從俄國學習로 변하는 대전환의 시기를 맞는다. 5·4 이전에도 맑스주의·레닌주의가 수입되어 지식인들 중심으로 학습되고 전파되었으나 일반 대중에게 확산력을 갖진 못했다. 하지만 이제 민중들은 맑스주의와 레닌주의로 선회하기 시작했다. 그 길만이 중국을 구할 수 있는 길이라고 생각하기 시작한 것이다. 당시 러시아는, 1차 레닌혁명이 실패한 후 10여 년의 준비를 거쳐 1918년 2차 레닌혁명을 성공시킨 상태였다. 차르 봉건왕조를 끌어내리고 노동자·농민이 중심이 된 프롤레타리아 정부를 세웠다. 그런데, 노도처럼 번진 이 반제 애국 국민운동과 이어서 전개된 신문화운동 당시의 루쉰일기 어디에도 이런 사회분위기를 감지할 수 있는 기록이 없다. 1919년 이사하게 될 집을 구하기 위해 베이징 시내 여기저기를 걸어 다닌 루쉰은 분명 이 물결을 접했을 것이나 이에 대한 기록은 전무하다. 「광인일기」 발표 이후 쓰기 시작한 소설, 시, 평론, 수필 등 문학작품의 창작과 번역에 관한 일, 그것을 언제, 어디 출판사에 보냈다는 등의 기록만이 세세할 뿐이다.

일기 17권에서 주목할 루쉰 개인사에 관한 것에는 두 가지가 있다. 이사와 동생 저우쭤런과의 불화에 관한 기록이다. 1912년 5월 동향사람들이 기거하던 사오싱회관에서 처음 베이징 생활을 시작한 루쉰은 1919년 7월 23일 바다오완八道灣 11호에 방 9칸짜리 집을 계약하고 이해 9월부터 11월까지 가옥 수선과 수도 설치를 하고 11월 21일 저우쭤런 가족과 함께 먼저 이사를 한다. 그런 다음, 12월 1일 사오싱으로 출발, 12월 4일 집에 도착[13]하여 어머니와 아내 주안, 셋째인 저우젠런의 가족들을 이끌고 대가족이 베이징으로 이사를 한다. 그리고 1923년 7월 14일 저우쭤런과의 불화 사건이 터진 이후, 26일 좐다후퉁磚塔胡同 61호로 이주를 결정, 8

---

13) 이때는 4개의 기차를 이용할 수 있게 되었고 나흘 만에 사오싱 집에 도착한다. 1913년 6월 1차 귀향 시 6일이 소요된 것(6월 19일 출발, 6월 24일 도착) 등과 비교하면 많이 빨라졌다.

월 2일 아내와 먼저 거처를 옮긴다. 이후에 어머니가 바다오완과 좐다후퉁을 왕복하는 기록이 나오고 10월 30일에는 푸청먼阜城門 안의 시싼탸오西三條 21호에 방 6칸짜리 집을 계약하고 이듬해 1924년 5월 25일 어머니, 아내와 함께 정주를 위한 이주를 단행한다. 이 집은 나중, 루쉰이 수배를 피해 베이징을 완전히 떠나게 되는 1926년 8월 이후에도 어머니와 주안의 거처로 계속 사용되었다.

둘째, 동생 저우쭤런과의 결별은 그 원인이 아직까지 분명하게 밝혀진 바 없다. 일기 기록에 의하면 1923년 7월 14일 "오늘밤부터 내 방에서 식사를 하기 시작하였으며, 스스로 요리 한 가지를 마련했다. 이것은 기록해 둘 만한 일이다." 7월 19일 일기에는 둘째가 형 루쉰에게 절교편지를 보냈다. "앞으로 뒤뜰로 오지 마시오." 루쉰이 쪽지를 받은 그날, "나중에 불러 물어보려 하였으나 오지 않았다." 그 후 그들은 사실상 영원히 결별한다. 영원히 얼굴을 보지 않았다. 1924년 6월 11일 일기에는 적나라한 기록이 나온다. "오후에 바다오완 집에 책과 집기를 가지러 갔는데, 서쪽 곁채에 들어서자마자 치밍과 그의 처가 갑자기 나와 욕을 퍼부으면서 두들겨 팼다. 또한 전화로 시게히사와 장펑쥐, 쉬야오천을 오라 하더니, 그의 처가 그들에게 나의 죄상을 늘어놓았다. 거칠고 더러운 말이 많았고, 날조하여 말도 안 되는 곳은 치밍이 바로잡기도 하였다. 하지만 끝내 책과 집기를 들고 나왔다." 루쉰과 저우쭤런과의 결별에 대해서는 여러 가지 추측이 난무하다. 저우쭤런의 아내 하부토 노부코가 자기 남편과 루쉰과의 돈독한 관계를 시기하여 모함 이간질했다는 설, 루쉰이 노부코의 목욕장면을 우연히 보았다가 생긴 갈등이라는 설, 생활비를 대고 있던 '검소한' 루쉰과 실제 집안 살림을 맡고 있던 노부코의 지나친 사치함으로 인해 쌓인 오랜 갈등설[14] 등이 대표적인 설이다. 이에 대해서는 여러 가지 회고담과 자료들이 있으나 추측만 가능할 뿐이다. 당사자인 루쉰과 저우쭤런, 그 일을 알고 있었던 친구로 전해지는 장펑쥐張鳳擧와 촨다오川島 등이 끝까지 함구하였기 때문이다. 그러나 루쉰 어머니의 회고와 가장 가까이 있었던 친구 쉬서우창 등의 회고를 참고하면, 동생 저우쭤런에 대한 루쉰의 지나친 기대와 애정, 히스테리와 이중적인 성격을 지닌 노부코의 무절제한 사치와 소비행태, 아내 말만 듣고 행동한 저우쭤런, 가정경제에 대한 루쉰의 힘겨움이 쌓이고 쌓여 발생한 일로 보인다.[15] 이처럼 루쉰 일기에는 루쉰의 소소한 일상이 적나라하게 드러나 있다. 루쉰의 인간관계, 식사 초대, 음주 모습, 결혼식과 장례식, 아이 돌잔치 등에 참여한 기록, 사오싱 출신의 베이징 유학 학생들에 대한 장학금 혹은 학비 대여, 그들의 취업 시 여러 명에게 보증을 서는 모습 등이다.

또 루쉰의 여러 가지 여가활동, 업여業餘의 작업 등도 기록되어 있어 행간에서 유추할 정황들이 제시된다. 루쉰의 여가 소일거리로 가장 큰 즐거움은 독서였다. 그가 책을 사고 읽고 빌리고 또 다른 사람에게 부쳐 주고 한 것은 거의 매일의 기록에 있다. 독서를 위한 인생이었다. 또한 그 독서의 범위와 경계가 방대하였다. 동서고금을 섭렵하다시피 하였다. 문단

---

14) 예를 들면 루쉰은 인력거로 출퇴근하지만 노부코는 외출시 택시를 이용했고, 루쉰은 병원에 가서 진료를 받지만 노부코는 늘 택시로 왕진을 청해 집에서 진료를 받았다는 등.

15) 사오싱에서는 어머니가 집안 경제를 관장했으나 베이징으로 이사한 후에는 노부코가 살림을 책임졌다. 루쉰의 월급 300위안과 원고료, 강의료 등을 매월 노부코에게 갖다 주었는데 이는 당시 직장인 월급의 10배 이상이었다고 한다. 검소함이 몸에 밴 루쉰은 노부코의 지나친 사치함으로 생활비가 모자라 종종 돈을 꾸러 다녔다고 한다. 이에 대해서는 다음 자료 참조. 쉬서우창, 『죽은 친구 루쉰에 대한 인상기』(亡友魯迅印象記), 베이징 인민문학출판사, 1955(『魯迅卷』初編, 518~519쪽). 루쉰 모친의 회고는, 兪芳, 『내 기억 속의 루쉰 선생』(我記憶中的魯迅先生), 항저우 저장인민출판사, 1981, 101~102쪽.

에 등단 한 이후에도 마찬가지였다. 류리창을 한가로이 거닐다 서점에 들러 책을 구경하고 고르고, 집에 돌아오면 독서를 하는 일이 그의 일과에서 가장 중요한 일이었다. 루쉰의 독서생활에 대해서는 여기서 상세히 언급하지 않겠다. 그것에 대해서는 이미 상당한 정도의 연구가 진행되었다.[16] 1년 일기의 마지막에 부록으로 기록한, 1년간 구입하거나 기증받은 도서 장부에는 책의 제목과 권수, 금액과 날짜가 상세히 기록되어 있어 그 대강을 짐작할 수 있게 한다. 이른바 '수많은 책을 독파하여 그 글이 신들린 듯하다'讀書破萬卷, 下筆如有神의 경지에 오른 전형적인 인물로 볼 수 있다. 17권 일기에서 주목할 서지사항은 1918년 이전 '침묵 10년기'에서의 불교서적 탐독(주로 1914년에 집중됨)과 『혜강집』嵇康集의 교감校監과 주석 작업을 위한 독서활동이다. 베이징에서 맞은 어느 추석에 종일 숙소에서 화엄경을 읽었다는 기록(1914. 10. 4.)은 그가 당시 얼마나 불교에 심취하였는지를 보여 준다. 친구에게 불경을 빌리기도 하고 불교경전을 인쇄하여 보급하던 불교경전유통처에 20위안(당시 봉급 240위안의 12분의 1)을 기부하기도 한다(1914. 7. 27.).

필사의 달인, 1인 편집출판인, 수집전문가

다른 소일거리가 없었던 루쉰은 밤에도 일에 집중하고 그것을 즐겼다. 비스킷을 먹으면서, 담배를 피우면서. 종일 비가 내리는 일요일에 밤늦도록 고서적을 필사하는 루쉰의 모습은 일기에서 종종 만날 수 있다. 아직 작가로 데뷔하기 전, 시대의 소용돌이에 휘말려 치열하게 논쟁하고 싸우지 않

---

16) 예. 何錫章, 『魯迅讀書生涯』, 武漢: 長江文藝出版社, 1997.

으면 안 되었던 시기의 전야에, 교육부 말단관리의 공무원으로 집안의 경제를 책임지던 시절, 그는 독서를 넘어 1인 편집인 및 출판가이자 전문수집가로서의 길을 걷기 시작한다. 그의 나이 30세 초반의 일이다. 구입한 책의 상태가 조악한 경우, 파본인 경우, 어떤 주석들이 정확하지 않다고 판단된 경우, 그는 다른 책을 빌리거나 참고하여 구입한 파본의 내용을 보충하였고 나아가 장정하고 수선까지 했다. 오탈자를 대조하여 교정을 보고 전문가에게 장정까지 부탁하여 완정된 책을 만들었다. 1915년 4월 28일 일기에, "도서분관에서 『소봉래각금석문자』小蓬萊閣金石文字를 빌렸다. 집에 소장하고 있는 책의 파손된 1장을 보완 필사했다." 이런 식이다. 이러한 루쉰 행위는 마치 그만의 고유한 '습관'처럼 보일 정도로 일상적으로 기술되어 있다. 그것은 어릴 때부터 형성된 일종의 꼼꼼한 성격이나 정리벽整理癖 같은 것에서 온 것이기도 하고, 오랜 세월 길들여진 루쉰의 심미안이 작동하는 지점에서 하는 작업들이기도 할 것이다.[17] 파본된 책의 상태가 수선할 수 없을 지경이거나 아니면 스스로 정서淨書하고 싶은 책을 만나게 되면 그는 그것을 필사하기 시작했다. 루쉰은 필사의 달인이다. 지금 영인되어 유포된 루쉰 필사본들의 원고들을 보면 처음부터 끝까지 한 글자도 흐트러짐 없이 단정하게 써 나간 붓글씨의 행렬에 놀라게 된다. 마치 도를 닦는 사람이 곱게 마음을 빗질하면서 한 획도 삐침이 없이 써 나

---

17) "루쉰 선생이 책을 아끼는 것은 무척 유별났다. 그의 말이다. 이건 어릴 때부터 길러진 습관이다. 돈은 없고 책은 봐야겠는데 책 한 권 구하기 힘들고, 어떻게 애지중지하지 않을 수 있었겠는가? …… 사람들이 책을 소중하게 아끼면 책 수명이 늘어나 더 많은 사람들이 읽을 수 있게 되고, 그러면 책의 효용도 더 커질 것 아니겠는가?" "선생님 방에는 책 수선 도구 세트들이 갖춰져 있어 시간만 나면 장정하고 책 수선을 했다. 바늘에 실을 꿰어 꿰매고, 타닥타닥 두드려 맞추고, 꼼꼼하게 풀칠하는 것을 보면 정말 책 수선 전문가 같았다." 兪芳, 『내 기억 속의 루쉰 선생』, 26~27쪽.

간 듯한, 놀랍고 아름다운 초록抄錄이다. 루쉰의 성격이 보이는 지점이다. 필사를 하여 책을 만드는 일 외에 의미 있다고 생각하는 책은 여러 권 영인하여 남에게 기증하기도 했다. 불교에 대한 믿음이 깊어 가던 시기에는, 어머니 생신을 축하드리기 위해 『백유경』 100부를 영인하여 어머니께 봉정하고 주변 사람들에게 기증했다. 또한 오랫동안 수정·보완한, 고향의 지방지인 『콰이지군고서잡집』을 자비로 인쇄 배포하기도 했다. 그러한 일들은 그가 평생 동안 수행한 일들 가운데 그의 몸에 밴 아주 자연스러운 일이었다.

또 루쉰은 수집을 매우 중시하였다. 중시했다기보다는 좋아하였다가 옳은 표현일 것이다. 17권 일기의 시기에 보이는 수집 품목은 대부분 (책 외에) 비석탁본과 조상造像 등의 골동품, 서화집과 옛날 돈이 주류를 이룬다. 고문물 및 서화집의 가치에 대해 남다른 안목을 지닌 루쉰은 그것들이 오랜 사회적 격동기를 거치면서 이리저리 흩어지거나 파손되는 것을 안타깝게 보았고 그것들을 수집 보존해야 한다는 의식이 작동된 것으로 보인다. 그러한 수집행위는 루쉰의 당시 경제상황에서 비추어 볼 때 좀 과하다 싶을 정도로, 다소 편집증적이다라는 생각이 들 정도로 매수에 몰두한다. 1913년부터 시작된 탁본수집에 대한 집착과 화보수집은 루쉰의 서화 및 표상에 대한 가치부여와, 이미지에 대한 선천적 취향이 작용하고 있다. 어린 시절에 좋아했던 그림 복사와 수시로 그린 그림들이 이후에 '화가 루쉰'을 형성해 갔듯, 일생 동안 이뤄진 여러 나라의 화집 및 목각 수집에 기울인 노력은 그러한 예술취향의 일환에서 발로된 것이다. 그림을 좋아한 루쉰은, 류리칭劉立青이 오면 그를 붙들고 그림을 그리게 한다든가, 천스쩡陳師曾에게 그림을 그려 가져오게 한다든가 하였다. 또한 그림과 서화의 미적 가치와 목판화의 계몽적 가치에 주목한 루쉰은 종이의 종류와 지질, 물감의 인쇄상태에 대한 심미안에서도 무척 까다로운 편이었다. 이를 품평하는 대목에 이르면 예술 평론가로서의 루쉰 일면도 볼 수 있다.[18] 국경일을 기념하는 우체국 소인을 갖고 싶어서 자신에게 편지를 부치는 소소한 수집행위에서부터 탁본과 옛날 돈, 도록, 서첩, 도자기 등 수집과 후기 루쉰의 각종 국내 목각화집과 비어즐리 등 외국 화가들의 화집과 목판화 수집에 이르기까지, 그는 현대목각운동의 선구자답게 그 수집의 범위가 방대하고 안목 또한 깊었다. 문화거인으로서의 루쉰의 일상을 보여 주는 부분이다.

옮긴이 유세종

(1916년~1926년 일기는 이주노의 번역임)

---

18) 대표적인 예. 「『베이핑 전지 족보』 서문」, 『집외집습유』(루쉰전집 9권), 545~551쪽; 「삼한서옥에서 교정 인쇄한 서적」, 「『인옥집』 광고」, 「『십죽재전보』 패기」, 『집외집습유보편』(루쉰전집 10권), 635, 644, 649쪽. "……에서 …… 한 책을 부쳐 왔다. 외국의 열악한 종이로 인쇄를 해서 나쁜 책이 되어 버렸다."(1915년 10월 17일 일기) 등.

지은이 루쉰(魯迅, 1881.9.25~1936.10.19)

본명은 저우수런(周樹人), 자는 위차이(豫才)이며, 루쉰은 탕쓰(唐俟), 링페이(令飛), 펑즈위(豊之餘), 허자간(何家幹) 등 수많은 필명 중 하나이다.

저장성(浙江省) 사오싱(紹興)의 명문가에서 태어나 어린 시절 조부의 하옥(下獄), 아버지의 병사(病死) 등 잇따른 불행을 경험했고 청나라의 몰락과 함께 몰락해 가는 집안의 풍경을 목도했다. 1898년부터 난징의 강남수사학당(江南水師學堂)과 광무철로학당(礦務鐵路學堂)에서 서양의 신학문을 공부했고, 1902년 국비유학생 자격으로 일본으로 건너갔다. 고분학원(弘文學院)에서 일본어를 공부하고 센다이 의학전문학교(仙臺醫學門學校)에서 의학을 공부했으나, 의학으로는 망해 가는 중국을 구할 수 없음을 깨닫고 문학으로 중국의 국민성을 개조하겠다는 뜻을 세우고 의대를 중퇴, 도쿄로 가 잡지 창간, 외국소설 번역 등의 일을 하다가 1909년 귀국했다. 귀국 이후 고향 등지에서 교원 생활을 하던 그는 신해혁명 직후 교육부 장관 차이위안페이(蔡元培)의 요청으로 난징 중화민국 임시정부의 교육부 관리를 지냈다. 그러나 불철저한 혁명과 여전히 낙후된 중국 정치·사회 상황에 절망하여 이후 10년 가까이 침묵의 시간을 보냈다.

1918년 「광인일기」를 발표하면서 본격적인 작품 활동을 시작한 그는 「아Q정전」, 「쿵이지」, 「고향」 등의 소설과 산문시집 『들풀』, 『아침 꽃 저녁에 줍다』 등의 산문집, 그리고 시평을 비롯한 숱한 잡문(雜文)을 발표했다. 또한 러시아의 예로셴코, 네덜란드의 반 에덴 등 수많은 외국 작가들의 작품을 번역하고, 웨이밍사(未名社), 위쓰사(語絲社) 등의 문학단체를 조직, 문학운동과 문학청년 지도에도 앞장섰다. 1926년 3·18 참사 이후 반정부 지식인에게 내린 국민당의 수배령을 피해 도피생활을 시작한 그는 샤먼(廈門), 광저우(廣州)를 거쳐 1927년 상하이에 정착했다. 이곳에서 잡문을 통한 논쟁과 강연 활동, 중국좌익작가연맹 참여와 판화운동 전개 등 왕성한 활동을 펼쳤으며, 55세를 일기로 세상을 등질 때까지 중국의 현실과 필사적인 싸움을 벌였다.

옮긴이 유세종(1912~1915년 일기)

한국외국어대학교에서 루쉰의 산문시집 『들풀』의 상징체계 연구로 박사학위를 받았고, 한신대학교 중국지역학과에 재직했었다. 지은 책으로는 『루쉰』(1995), 『루쉰식 혁명과 근대중국』(2008), 『화엄의 세계와 혁명―동아시아의 루쉰과 한용운』(2009) 등이 있고, 옮긴 책으로는 『청년들아, 나를 딛고 오르거라(서한선)』(1991), 『호루라기를 부는 장자(고사신편)』(1995), 『들풀』(1996), 『루쉰전』(공역, 2007) 등이 있다.

옮긴이 이주노(1916~1926년 일기)

서울대학교 중어중문학과에서 『현대중국의 농민소설 연구』로 박사학위를 받았고, 현재 전남대학교 중어중문학과에 재직 중이다. 지은 책으로는 『중국의 민간전설 양축 이야기』(2017), 『중국현대문학의 세계』(공저, 1997), 『중국현대문학과의 만남』(공저, 2006) 등이 있고, 옮긴 책으로는 『역사의 혼, 사마천』(공역, 2002), 『중화유신의 빛, 양계초』(공역, 2008), 『서하객유기』(전7권, 공역, 2011) 등이 있다.

루쉰전집번역위원회 명단(가나다 순)

공상철, 김영문, 김하림, 박자영, 서광덕, 유세종,
이보경, 이주노, 조관희, 천진, 한병곤, 홍석표